J.J. Bl

Handbuch des Schweizerischen Bundesstaatsrechtes

Erster und Zweiter Band

J.J. Blumer

Handbuch des Schweizerischen Bundesstaatsrechtes

Erster und Zweiter Band

Unveränderter Nachdruck der Originalausgabe von 1863.

1. Auflage 2022 | ISBN: 978-3-37507-166-0

Verlag: Salzwasser Verlag GmbH, Zeilweg 44, 60439 Frankfurt, Deutschland
Vertretungsberechtigt: E. Roepke, Zeilweg 44, 60439 Frankfurt, Deutschland
Druck: Books on Demand GmbH, In de Tarpen 42, 22848 Norderstedt, Deutschland

Blumer,

Handbuch des schweizerischen Bundesstaatsrechtes.

I.

Handbuch

des

Schweizerischen

Bundesstaatsrechtes.

Von

Dr. J. J. Blumer

Erster Band.

Schaffhausen.

1863.

Vorrede.

Nachdem die Bundesreform von 1848 das früher bestandene eidgenössische Staatsrecht völlig umgewandelt und nachdem die neue Bundesverfassung durch Bundesgesetze und zahlreiche Rekursentscheide eine immer ausgedehntere Entwicklung nach allen Seiten hin erlangt hatte, musste sich das Bedürfniss einer systematischen Bearbeitung des gegenwärtigen schweizerischen Bundesstaatsrechtes immer entschiedener geltend machen. Längere Zeit blieb dieses Bedürfniss gänzlich unbefriedigt; in den letzten Jahren sind zwei Werke erschienen, die zwar, jedes in seiner Art, unstreitig volle Anerkennung verdienen, gleichwohl aber eine neue, nach einem selbstständig entworfenen Plane ausgeführte Arbeit mir nicht auszuschliessen schienen.

Herr Nationalrath K a i s e r in Solothurn hat in den Jahren 1857 bis 1860 ein »Schweizerisches Staatsrecht in drei Büchern« ver-veröffentlicht. Das erste Buch behandelt — nach einer ausführlichen Einleitung, welche sich namentlich über die Geschichte und Litteratur der Staatswissenschaften im Auslande verbreitet — die individuellen Rechte; das zweite Buch »das Staatsrecht«, das dritte Buch »das Bundesrecht«. Bei dieser Eintheilung findet sich jedoch das Staatsrecht des Bundes keineswegs getrennt von demjenigen der Kantone, vielmehr werden im ersten und zweiten Buche beide neben einander erörtert. Es folgt daraus, dass der Leser, welcher sich von unserm Bundesstaatsrechte ein klares und vollständiges Bild verschaffen will, dasselbe in allen drei Bänden zusammensuchen muss, was der praktischen Brauchbarkeit des Werkes offenbar Eintrag thut. Kantonales und

Bundesstaatsrecht sind in der Schweiz zwei wesentlich verschiedene Gebiete, die zwar sicherlich mannigfach auf einander einwirken, jedoch, gleichwie sie in der Praxis getrennt sind, so auch in der Theorie besser auseinander gehalten werden, damit jedes um so richtiger und genauer aufgefasst werde. Die neue Bundesverfassung insbesondere hat, im Gegensatze zu dem früher bestandenen Bundesrechte, den Bundesbehörden einen durchaus selbstständigen Wirkungskreis angewiesen, in welchem sie mit grosser Freiheit, von den Kantonen beinahe vollkommen unabhängig sich bewegen können; es ist daher wohl der Mühe werth, der äusserst interessanten Entwicklung unserer Bundesverhältnisse eine eigene Untersuchung zu widmen. Das vorliegende Werk unterscheidet sich von dem Kaiser'schen zunächst darin, dass es sich auf das Staatsrecht des schweizerischen Bundes beschränkt und dasjenige der Kantone bei Seite lässt; ein zweiter Unterschied liegt in der Methode, welche bei Kaiser eine vorherrschend philosophische, bei mir hingegen eine historische ist. Ich bin weit entfernt, den Werth allgemeiner, rein theoretischer Erörterungen im Staatsrechte gering anschlagen zu wollen; verdanken wir doch wissenschaftlichen Anregungen manchen sehr erheblichen Fortschritt im praktischen Staatsleben! Aber das ist meine vollendete Ueberzeugung, dass das Verständniss der bestehenden Einrichtungen eines konkreten Staates vor Allem aus in ihrer geschichtlichen Entstehung gesucht werden muss und dass insbesondere das schweizerische Staatsrecht grösstentheils auf historischem Boden ruht und in einer fünfhundertjährigen, schicksalsreichen Vergangenheit seine beste Erläuterung findet. Daher habe ich nicht bloss eine ausführliche geschichtliche Einleitung, welche auf selbstständiger Quellenforschung und zum Theil noch auf eigenen Wahrnehmungen beruht, der Darstellung unseres gegenwärtigen Bundesstaatsrechtes vorausgeschickt, sondern auch bei jedem einzelnen Abschnitte, wo sich nur immer Veranlassung dazu bot, historische Bemerkungen über die fragliche Materie, insbesondere über die Entstehung des betreffenden Verfassungsartikels eingeschaltet.

Von ganz anderer Art als das Kaiser'sche Werk ist die Sammlung von Entscheidungen der Bundesbehörden, welche Herr Obergerichtspräsident Dr. Ullmer in Zürich auf Veranlassung des eidgenössischen Justizdepartements, das hierin einem Postulate der Bundesversammlung Folge gab, im vergangenen Jahre unter dem Titel »Die staatsrechtliche Praxis der schweizerischen Bundesbehörden aus den Jahren 1848 bis 1860« herausgegeben hat. Diese Sammlung, welche nicht bloss dem Fleisse und der Gewissenhaftigkeit, sondern auch der Einsicht und juristischen Durchbildung des Herausgebers Ehre macht, ist namentlich von den Praktikern mit lebhafter Freude begrüsst worden. In der That kann, wer für die Behandlung und Beurtheilung einzelner Rechtsfälle in den vorangegangenen Erkenntnissen Rath sucht, nichts Besseres thun als sich an diese reichhaltige Quelle der Belehrung zu wenden. Dagegen macht das Werk selbst keinen Anspruch darauf, eine vollständige und zusammenhängende, wissenschaftliche Darstellung unseres Bundesstaatsrechtes zu liefern; es enthält vielmehr bloss an einander gereihte Fragmente aus den gedruckten und ungedruckten Akten der Bundesbehörden und lässt einen sehr wesentlichen Theil der Bundeskompetenz, welcher mehr dem Verwaltungs- als dem Rechtsgebiete angehört, gänzlich unberührt. Das vorliegende Werk trifft zwar insoferne mit dem Ullmer'schen zusammen als es ebenfalls zunächst nur das positive Recht, wie es durch die Thätigkeit der Bundesbehörden aus der Bundesverfassung sich entwickelt hat, darstellen will; aber es unterscheidet sich wesentlich in der ganzen Anlage, indem es vorzugsweise darauf Bedacht nimmt, dem Leser, welcher sich über unsere Bundeseinrichtungen näher unterrichten will, ein lebendiges Gesammtbild derselben in ihrem organischen Zusammenhange vorzuführen. Meine Absicht ist zunächst nicht darauf gerichtet, dem Praktiker eine Rüstkammer zu liefern, in welcher er für zukünftige Rechtsfälle seine Waffen suchen kann, sondern ich dachte bei Abfassung dieses Buches namentlich an jüngere Leute, die sich durch Selbststudium belehren wollen, dann an die grosse Zahl von Beamten, Anwälten und Geschäftsleuten in den Kantonen, denen das Bundesrecht, obschon sie nicht selten damit in Berührung kommen, noch nicht recht geläufig ist, endlich an das Ausland, welches ohne Zweifel ein näheres Studium unserer Bundeseinrichtungen in mancher Hinsicht lehrreich finden wird.

Der Plan zu dem gegenwärtigen Werke wurde bald nach Vollendung der »Staats- und Rechtsgeschichte der schweizerischen Demokratien« entworfen. Dem Verfasser schien es, dass theils seine langjährige, ununterbrochene Theilnahme an den Verhandlungen der Bundesbehörden, theils seine historischen Arbeiten, welche ihn bereits mit einem grossen Theile des nationalen Rechtsstoffes vertraut gemacht hatten, für eine systematische Bearbeitung des schweizerischen Bundesstaatsrechtes nicht unerhebliche Legitimationsgründe sein dürften. Im Zeitpunkte der schrecklichen Feuersbrunst, welche den grössten Theil meines Heimathortes und zugleich meine eigene Wohnung mit einer werthvollen Bücher- und Handschriftensammlung verzehrte, war das Manuscript schon ziemlich vorgerückt. In den wenigen Augenblicken, welche mir zu Rettung einiger Besitzthümer übrig blieben, gelang es mir nur die »geschichtliche Einleitung« den Flammen zu entreissen, was mir nachher um so lieber war als manche dafür benutzte Quellen mir nach dem Brande nicht mehr zu Gebote gestanden wären. Diese Rettung eines Theiles des Manuscriptes gab mir auch den Muth, den zerstörten Theil desselben wieder herzustellen und die Arbeit fortzusetzen. Diess war freilich bei den grossen und schweren Aufgaben, welche der Brand hinterlassen, nur mit vielen Störungen und Unterbrechungen möglich, auf die ich mich wohl zu meiner Entschuldigung berufen darf, wenn, wie ich nicht zweifle, das vorliegende Buch noch Manches zu wünschen übrig lässt. Ein bedeutender Theil desselben war bereits geschrieben, als das Ullmer'sche Werk erschien; ich habe letzteres wesentlich nur zur Nachlese benutzt und in dieser Hinsicht hat es mir allerdings treffliche Dienste geleistet, weil es eine Menge von Entscheidungen des Bundesrathes und des Bundesgerichtes enthält, die früher nirgends gedruckt waren.

Gegenwärtiges Werk soll als ein »Handbuch« erwünschte Vollständigkeit mit möglichster Kürze zu vereinigen suchen; es ist daher auf zwei mässige Bände berechnet. Die vier Abtheilungen, in welche es zerfällt, sind folgende: I. Geschichtliche Einleitung. II. Die Bundesverfassung vom 12. September 1848 in ihrer Fortentwicklung durch die Gesetze und Beschlüsse der Bundesbehörden.

III. Die eidgenössischen Konkordate. IV. Die Staatsverträge mit dem Auslande. Die zweite Abtheilung, welche bei Weitem die wichtigste ist, zerfällt wieder in drei Abschnitte, die sich an diejenigen der Bundesverfassung selbst anschliessen: A. Der Bereich der Bundesgewalt. B. Die Bundesbehörden. C. Revision der Bundesverfassung. In dem ersten Abschnitte habe ich die materiellen Bestimmungen der Bundesverfassung durchgangen, dieselben aus ihrer Entstehungsweise erläutert und sodann ihre bisherige Anwendung und Auslegung in der Gesetzgebung und Praxis dargestellt. Der zweite Abschnitt wird sich vorzüglich mit der Organisation und den Kompetenzen der eidgenössischen Behörden beschäftigen und dabei insbesondere auch noch den für das Bundesgericht bestehenden gesetzlichen Bestimmungen nähere Aufmerksamkeit schenken. Wenn ich mich im ersten Abschnitte wesentlich darauf beschränkt habe, die von massgebender Stelle erlassenen Beschlüsse und deren Motivirung anzuführen, ohne allfällig abweichende Ansichten stark hervortreten zu lassen; so werde ich dagegen im zweiten Abschnitte nicht umhin können mich deutlich darüber auszusprechen, was ich an der Organisation der Bundesbehörden tadelnswerth finde, damit bei einer zukünftigen Revision auf zweckmässige Aenderungen Bedacht genommen werde. In einem Anhange zur zweiten Abtheilung werde ich das im Wurfe liegende Bundesgesetz über die Rechtsverhältnisse der Niedergelassenen, wenn es inzwischen zu Stande kömmt, sowie allfällige andere Gesetze und Beschlüsse, welche in den nächsten zwei Sessionen der Bundesversammlung erlassen werden, besprechen.

Da zur Zeit der letzten Januarsitzung der Bundesversammlung der grösste Theil des ersten Bandes bereits gedruckt war, so ist aus den Verhandlungen derselben hier Folgendes nachzutragen:

Zu S. 258. Dem Beschlusse des Ständerathes betreffend den Rekurs Bisang ist der Nationalrath beigetreten. (Bundesbl. 1863 I. 164—171.)

Zu S. 273. Der Beschluss des Bundesrathes, betreffend die zürcherische Stempelabgabe, wurde an die Bundesversammlung rekurrirt, jedoch von dieser bestätigt. (Ebenda S. 399—409.)

Zu S. 284. Hinsichtlich des Gerichtstandes bei Erbschaftsklagen sind in der letzten Zeit den gesetzgebenden Räthen zwei interessante Rekurse vorgelegen. Im Falle der Erbschaft Cottier ging die Bundesversammlung, entgegen der Ansicht des Bundesrathes, wesentlich von dem Standpunkte aus, dass vor Allem die Universalität der Erbschaftsmasse festzuhalten sei und daher bei Klagen, welche sich ihrem Rechtsgrunde nach auf den gesammten Nachlass eines Verstorbenen beziehen, nicht verschiedene Gerichtsstände begründet sein können, je nachdem einzelne Stücke des Nachlasses in dem einen oder andern Kanton liegen. Sie entschied sich dann, da der Kanton Waadt dem sachbezüglichen Konkordate nicht beigetreten ist, für den Gerichtsstand im Kanton Bern, vorzüglich aus folgenden zwei Gründen: 1) weil die Gesetzgebungen beider Kantone übereinstimmend für Erbschaftsklagen das Forum des Wohnortes des Erblassers aufstellen; 2) weil in diesem Falle auch die beklagten Erben im Kanton Bern wohnen, das forum domicili des Beklagten aber nach Art. 50 der Bundesverfassung überhaupt die Regel bildet, welche so lange gilt als nicht eine Ausnahme nachgewiesen werden kann. — In dem Kompetenzkonflikte zwischen den Kantonen Zürich und St. Gallen, betreffend die Erbschaft Schoch, liessen sich jene beiden Gründe nicht für den Gerichtsstand in Rapperswyl, wo die Erblasserin verstorben war, anführen; daher kam ein übereinstimmender Beschluss der beiden Räthe nicht zu Stande. In Kraft verbleibt der Beschluss des Bundesrathes, welcher auch hier den Gerichtsstand des Wohnortes des Erblassers aufgestellt hat. (Bundesbl. 1862 III. 252—259. 1863 I. 190, 465—470. II. 58—62.)

Betreffend den Gerichtsstand bei Injurienklagen spricht sich der Bericht der nationalräthlichen Kommission über den Rekurs Häusser folgendermassen aus: »Betrachtet man die Ehrverletzung als ein gewöhnliches Vergehen (délit), so kann man sagen, das schweizerische Bundesrecht lässe das forum delicti allermindestens mit dem forum domicilii concurriren. Richtiger aber scheint es, die auf Satisfaktion und accessorisch auf Strafe gerichtete Ehrverletzungsklage, die bloss vom freien Willen des Gekränkten abhängt, als eine persönliche Klage zu betrachten, d. h. sie dem Art. 50 der Bundesverfassung zu unterwerfen und sie somit an den Wohnsitz des

Beklagten zu ketten. Unser Bundesstaatsrecht hat sich in dieser Hinsicht in specieller Beziehung auf Ehrverletzungen immer entschiedener ausgesprochen.« — In dem genannten Rekursfalle erklärte sich die Bundesversammlung, entgegen der Ansicht des Bundesrathes, mit Entschiedenheit für den Grundsatz, dass, wer sich vor einem inkompetenten Richter einlässt, jedoch eine gerichtsablehnende Einrede erhebt, dadurch keineswegs auf das Recht verzichtet, den Entscheid des Richters nachher vor den Bundesbehörden anzufechten. (Bundesbl. 1863 I. 471—479.)

Zu S. 364. Das letztjährige finanzielle Ergebniss der Postverwaltung hat, gegen unsere Erwartung, einen kleinen Gewinn für die Eidgenossenschaft gezeigt, welcher den Kantonen auf Rechnung ihrer, in den Jahren 1860 und 1861 erlittenen Verluste ausbezahlt wird. Indessen besteht die ganze Summe, welche unter die Kantone vertheilt werden kann, in nicht mehr als Fr. 4062. 10. (Bundesbl. 1863 II. 220.)

Zu S. 413. In Bezug auf das Eisenbahntransportwesen hat die Bundesversammlung die in der bundesräthlichen Botschaft entwickelten Ansichten genehmigt. (Amtl. Samml. VII. 404—405. Bundesbl. 1863 I. 519—524.)

Wir könnten auch noch in dem letzten Geschäftsberichte des bundesräthlichen Justiz- und Polizeidepartements einige Nachträge zu diesem Bande sammeln; allein es würde uns diess zu weit führen. Doch können wir nicht umhin, die Bedenken erregende Thatsache einer auffallenden Vermehrung der Rekurse hervorzuheben. Der Bundesrath hat im Jahr 1862 über nicht weniger als 95 Beschwerden entscheiden müssen, welche ihm gegen Verfügungen kantonaler Behörden eingingen, während in den ersten zehn Jahren nach 1848 durchschnittlich nicht mehr als 13 Rekurse jährlich behandelt wurden. In gleichem Verhältnisse wächst die Zahl der Beschwerden über Beschlüsse des Bundesrathes, welche bei der Bundesversammlung anhängig gemacht werden. In diesen auffallenden Erscheinungen liegt sicherlich eine ernste Mahnung an die Bundesbehörden, ihre Entscheidungen jeweilen nach allen Seiten hin wohl abzuwägen, damit für alle, bei Rekursfragen in Betracht kommenden Verhältnisse immer mehr ein festes Recht in der Eidgenossenschaft sich entwickle! Möchte das vorliegende Buch, in Verbindung mit dem Ullmer'schen Werke, die Kenntniss des bestehenden Bundesstaatsrechtes in weitern Kreisen verbreiten und dadurch dazu beitragen, dass die Zahl der Rekurse sich vermindere; möchte es aber auch die Mitglieder der Bundesbehörden auf die hohe Bedeutung des ihnen zukommenden Entscheidungsrechtes aufmerksam machen und sie zu ernster Prüfung der vorkommenden staatsrechtlichen Fragen veranlassen!

Ich schliesse mit der Bemerkung, dass, so Manches auch im Einzelnen an unserm Bundesleben mit Recht ausgesetzt werden mag, doch das allgemeine Bild desselben, wie es sich aus einer Darstellung wie die vorliegende ergiebt, sicherlich kein ungünstiges ist. Manche Bedenken und Besorgnisse, welche dem praktischen Staatsmanne im Gewirre der sich bekämpfenden Ansichten und Bestrebungen aufsteigen, verschwinden bei einem ruhigen Ueberblicke, welcher mit der Gegenwart zugleich auch die Vergangenheit und die Zukunft ins Auge fasst. Möge die gedeihliche Entwicklung, deren unser Vaterland seit 1848 sich erfreut, noch recht lange fortdauern!

Glarus, im April 1863.

Der Verfasser.

Inhaltsverzeichniss

des ersten Bandes.

Erste Abtheilung.

Geschichtliche Einleitung.

Erstes Kapitel.

Uebersicht der Geschichte des schweizerischen Bundesrechtes bis zum Jahr 1830.

Seite

§ 1. Die alte Eidgenossenschaft bis zum Jahr 1798 3

§ 2. Die helvetische Republik 18

§ 3. Die Vermittlungsakte 33

§ 4. Der Bundesvertrag von 1815 und der Zeitraum der Restauration . 45

Zweites Kapitel.

Die Umgestaltung der Schweiz in den Jahren 1830 bis 1848.

§ 1. Die Reform in den Kantonen und die misslungene Bundesrevision (1830 bis 1835) 59

§ 2. Zunehmende Verwicklungen und deren Lösung durch den Sonderbundskrieg (1834 bis 1847) 87

§ 3. Die Bundesreform vom Jahr 1848 127

Zweite Abtheilung.

Die Bundesverfassung vom 12. September 1848 in ihrer Fortentwicklung durch die Gesetze und Beschlüsse der Bundesbehörden.

Erster Abschnitt.

Der Bereich der Bundesgewalt.

Erstes Kapitel.

Das Verhältniss der Eidgenossenschaft zu den Kantonen im Allgemeinen.

Seite

§ 1. Charakter und Zweck des Bundes (Art. 2, 3 der Bundesverf.) . . . 141

§ 2. Die Kantone und ihre Verfassungen (Art. 5, 6) 146

§ 3. Ausscheidung der Bundes- und der Kantonalsouveränetät (Art. 74, 80) 155

§ 4. Verträge unter den Kantonen (Art. 7) 161

Zweites Kapitel.

Verhältnisse zum Ausland.

§ 1. Krieg und Frieden; Bündnisse und Verträge (Art. 8, 9, 15) . . . 164

§ 2. Amtlicher Verkehr mit auswärtigen Staaten; Wahrung der völkerrechtlichen Beziehungen (Art. 10, 90) 169

§ 3. Fremder Kriegsdienst (Art. 11) 172

§ 4. Auswärtige Pensionen, Titel und Orden (Art. 12) 190

Drittes Kapitel.

Handhabung der Rechtsordnung im Innern.

§ 1. Verbot der Selbsthülfe; Rechtsverfahren zwischen den Kantonen (Art. 14, 74, 90, 101) 191

§ 2. Eidgenössische Interventionen (Art. 16, 17, 104) 193

§ 3. Sorge für die Beobachtung der Bundesvorschriften, der Konkordate und der Kantonalverfassungen; Entscheidung interkantonaler Kompetenzfragen (Art. 74, 90, 105) 197

§ 4. Auslieferung der Verbrecher (Art. 55) 207

Viertes Kapitel.

Garantirte Rechte der Schweizerbürger.

§ 1. Gleichheit vor dem Gesetze (Art. 4, 48) 217
§ 2. Freie Niederlassung; politische Rechte der Niedergelassenen und Aufenthalter (Art. 41, 42) 227
§ 3. Unverjährbarkeit des Bürgerrechtes (Art. 43) 249
§ 4. Cultusfreiheit, Verhältnisse zwischen den Confessionen (Art. 44) . 252
§ 5. Pressfreiheit (Art. 45) 264
§ 6. Vereinsrecht (Art. 46) 276
§ 7. Petitionsrecht (Art. 47) 279
§ 8. Gerichtsstand des Wohnortes (Art. 50) 281
§ 9. Rechtskraft der Civilurtheile (Art. 49) 289
§ 10. Verbot von Ausnahmsgerichten und politischen Todesurtheilen (Art. 53. 54) 295
§ 11. Freier Verkehr (Art. 29, 51) 298
§ 12. Rechte, die in den Kantonalverfassungen enthalten sind (Art. 5) . 309

Fünftes Kapitel.

Sorge für die gemeinsame Wohlfahrt.

§ 1. Aufhebung der Binnenzölle (Art. 23 bis 27, 31) 323
§ 2. Regulirung der Verbrauchsteuern (Art. 32) 337
§ 3. Abschaffung der Transportvorrechte (Art. 30) 341
§ 4. Oberaufsicht über Strassen und Brücken (Art. 35) 347
§ 5. Postwesen (Art. 33) 348
§ 6. Telegraphen 366
§ 7. Münzwesen (Art. 36) 369
§ 8. Mass und Gewicht (Art. 37) 378
§ 9. Oeffentliche Werke. A. Eisenbahnen (Art. 21) 384
§ 10. » » B. Flusskorrektionen (Art. 21) 414
§ 11. » » C. Gebirgsstrassen (Art. 21) 420
§ 12. Höhere Lehranstalten (Art. 22, 58) 430
§ 13. Beiträge für verschiedene gemeinnützige Zwecke 446
§ 14. Einbürgerung der Heimathlosen (Art. 56) 449
§ 15. Fremdenpolizei (Art. 57, 43) 463
§ 16. Gesundheitspolizei (Art. 59) 474

Sechstes Kapitel.

Das Militärwesen.

§ 1. Verbot stehender Truppen (Art. 13) 476
§ 2. Allgemeine Wehrpflicht (Art. 18) 479
§ 3. Organisation des Bundesheeres (Art. 19, 20) 483
§ 4. Unterricht (Art. 20) 500
§ 5. Bewaffnung und Ausrüstung (Art. 20) 505
§ 6. Landwehr (Art. 19) 508

Siebentes Kapitel.

Das Finanzwesen.

§ 1. Das Vermögen der Eidgenossenschaft (Art. 39, 40) 510
§ 2. Die Zölle (Art. 23—25, 39) 517
§ 3. Das Pulverregal (Art. 38, 39) 526
§ 4. Geldbeiträge der Kantone (Art. 39) 529

Erste Abtheilung.

Geschichtliche Einleitung.

Erstes Kapitel.

Uebersicht der Geschichte des schweizerischen Bundesrechtes bis zum Jahr 1830.

§ 1. Die alte Eidgenossenschaft bis zum Jahr 1798.

Verfassungen, welche die Wohlfahrt eines Volkes begründen sollen, müssen auf dem festen Grunde der geschichtlich hergebrachten Verhältnisse beruhen; sie dürfen, indem sie dem zeitgemässen Fortschritte die Bahn öffnen und damit der Zukunft vorarbeiten, gleichwohl von der Vergangenheit und ihren Ergebnissen sich nicht allzuweit entfernen. Diesen Anforderungen entspricht die schweizerische Bundesverfassung von 1848, welcher die nachfolgende Darstellung gewidmet sein soll; sie beruht auf historischer Grundlage und kann, wie wir im Einzelnen nachweisen werden, in vielen ihrer Bestimmungen nur im Zusammenhange mit frühern Verhältnissen richtig aufgefasst werden. Wir müssen daher, ehe wir die Erörterung des gegenwärtigen Bundesstaatsrechtes beginnen können, einen Blick werfen auf die Entstehungsgeschichte desselben seit den ersten Anfängen des Schweizerbundes, wobei wir indessen, um nicht zu weit von unsrer eigentlichen Aufgabe abzuschweifen, namentlich für die ältere Zeit uns möglichster Kürze befleissen werden.*)

Die alte Eidgenossenschaft wurde in einem Zeitalter gegründet, welches, bei dem Mangel einer kräftigen Centralgewalt im deutschen

*) Den Leser, welcher sich gründlichere historische Belehrung zu verschaffen wünscht, verweisen wir im Allgemeinen auf Bluntschli's Geschichte des schweizerischen Bundesrechtes von den ersten ewigen Bünden bis auf die Gegenwart. Band I. (1846–1849): Geschichtliche Darstellung. Band II. (1852): Urkundenbuch. Stettler, das Bundesstaatsrecht der schweiz. Eidgenossenschaft vor dem J. 1788 (1844). Das Bundesstaatsr. der schweiz. Eidgenossensch. gemäss den Entwicklungen seit dem J. 1798 bis zur Gegenwart (1847). Segesser Rechtsgesch. v. Luzern II. 11–88. Blumer Staats- und Rechtsgesch. der schweiz. Demokratien I. 328–360. II. 1. 3–28, 74–91.

Reiche, dem Entstehen föderativer Vereinigungen unter den freien Gemeinden äusserst günstig war. Hätte nicht schon im 14. Jahrhundert ein fester Kern der heutigen Schweiz, an welchen sich die übrigen Landschaften allmälig anlehnen konnten, auf blutigen Schlachtfeldern seine Unabhängigkeit von österreichischer Landeshoheit erkämpft, so wäre später, bei der zunehmenden Macht der umliegenden Monarchien, die Gründung der schweizerischen Bundesrepublik kaum mehr möglich gewesen. Fragen wir aber, wie es gekommen, dass die Eidgenossenschaft den Stürmen der Jahrhunderte trotzen konnte, während die andern freistädtischen Bünde des Mittelalters bald wieder sich auflösten, so kann die Ursache jedenfalls nicht in der Trefflichkeit ihrer Bundesverfassung gesucht werden. Wir erblicken einen hauptsächlichen Grund ihres längern Bestandes darin, dass, während die andern Bünde eben bloss städtische Gemeinwesen umschlossen, die schweizerische Eidgenossenschaft dagegen neben Reichsstädten auch freie Länder in sich fasste und so eine glückliche Mischung von Elementen grösserer Macht und Bildung einerseits, von ungeschwächter Naturkraft und ausdauernder Zähigkeit anderseits enthielt. Der gewaltigen Thatkraft, welche die Eidgenossen in den Kriegen des 15. Jahrhunderts entfalteten, sowie der günstigen Lage des Landes, welches wie eine Alpenfeste über die ebnen Länder rings herum emporragt, hatte die Schweiz es zu verdanken, dass drei volle Jahrhunderte lang kein äusserer Feind sie mehr anzugreifen wagte. Fast noch wunderbarer war es, dass die Eidgenossenschaft die innern Streitigkeiten überdauerte, welche zuerst zwischen Städten und Ländern, dann nach der Glaubenstrennung zwischen den beiden Confessionen ausbrachen. Nicht wenig trug dazu ein äusseres Band bei, welches die getrennten Gemüther fortwährend zusammenhielt: die gemeinsame Beherrschung der von den Eidgenossen gemeinschaftlich erworbenen Landschaften. Aber auch das Bewusstsein natürlicher Zusammengehörigkeit, hervorgehend aus dem Bedürfnisse gegenseitiger Unterstützung zum Schutze der gemeinsamen Freiheiten und Rechte nach aussen hin, hatte in den Gliedern des schweizerischen Staatskörpers tiefe Wurzeln geschlagen, welche auch die erbittertste augenblickliche Entzweiung nicht gänzlich auszureissen vermochte.

Die schweizerische Eidgenossenschaft, welche im Laufe der Jahrhunderte über zahlreiche Landschaften deutscher und romanischer Zunge sich ausbreitete, hat bekanntlich einen sehr bescheidenen Anfang genommen. Ihre Wiege liegt an den grossartig-schönen Gestaden des Vierwaldstättersee's, wo drei kleine Länder sich verbanden, um der Landeshoheit zu entgehen, welche das Haus Habsburg-Oesterreich hier zu begründen suchte. Das ursprüngliche Rechtsverhältniss, welches diesem Streite zu Grunde lag, und der Verlauf des Freiheitskampfes bis zum entscheidenden Siege der drei Waldstätte am Morgarten sind in neuerer Zeit Gegenstand gründlicher und scharfsinniger Untersuchungen geworden; gleichwohl ist es nicht völlig gelungen, das Dunkel aufzuklären, welches wegen Mangelhaftigkeit der Quellen über vielen einzelnen Fragen schwebt, und eine über jeden Zweifel erhabne Entstehungsgeschichte des Schweizerbundes herzustellen.*) Für uns genügt es zu wissen, dass die älteste Verbindung von Uri, Schwyz und Unterwalden wahrscheinlich in die Mitte des 13. Jahrhunderts fällt, weil um diese Zeit die beiden letztern Länder im Streite lagen mit der jüngern habsburgischen Linie, welche dort erbliche Hoheitsrechte geltend machte, während Kaiser Friedrich II. die Länder in den unmittelbaren Schutz des Reiches genommen hatte. Da die jüngere Linie zu schwach war, um ihre Ansprüche durchzusetzen, so verkaufte sie 1272 ihre Rechte in den Waldstätten dem Haupte der ältern Linie, dem nachherigen Könige Rudolf von Habsburg, welcher die Länder Schwyz und Unterwalden namentlich in den letzten Jahren seiner Regierung die Abhängigkeit von seinem Hause hart empfinden liess. Unmittelbar nach seinem Tode, als in den obern deutschen Landen für und wider seinen Sohn Albrecht grosse Partheiung waltete, den 1. August 1291 schlossen die drei Waldstätte den ersten urkundlichen Bund unter sich ab. Durch diesen versprachen sie einander in guten Treuen und gelobten sich eidlich, mit Rath und That, mit Leib und Gut einander nach ganzen Kräften beizustehen in und ausser ihren Thälern und sich gegenseitig, bei eintretender Noth, auf eigne Kosten zuzuziehen. Wenn unter den Verbündeten Streit entstehen würde, so sollten die Weisesten unter

*) Die beste und klarste Zusammenstellung der Resultate neuerer Forschungen hat G. v. Wyss gegeben in seinem akademischen Vortrage »über die Geschichte der drei Länder Uri, Schwyz und Unterwalden in den Jahren 1212—1315« (1858).

ihnen nach ihrem Ermessen denselben schlichten, und wenn dann ein Theil sich diesem Spruche nicht fügen würde, so sollten die andern Eidgenossen ihn dazu nöthigen. Der Bund der drei Waldstätte war, wie noch deutlicher aus dem Bündnisse der Länder Uri und Schwyz mit der Stadt Zürich vom 16. October 1291 hervorgeht, vorzugsweise gegen die österreichische Herrschaft gerichtet, mit welcher sie dann auch mehrere Jahre sich im Kriege befanden. Erst nachdem Herzog Albrecht im Jahr 1298 deutscher König geworden, scheint es ihm gelungen zu sein, die Rechtsansprüche seines Hauses gegen Schwyz und Unterwalden wieder auf drückende Weise geltend zu machen; auch Uri's Reichsfreiheit anerkannte er nicht mehr und nach der Volksüberlieferung sandte er auch diesem Lande einen Vogt, der sich arge Gewaltthätigkeiten erlaubte. Nach dem Tode machten die drei Waldstätte, begünstigt von seinem Nachfolger am Reiche Heinrich VII., sich auf immer frei von der österreichischen Herrschaft, und als nachher Herzog Leopold sie am Morgarten angriff, schlugen die tapfern Söhne des Gebirges sein stolzes Heer in die Flucht. Wenige Wochen nach diesem Siege, den 9. December 1315 erneuerten die drei Länder ihren ewigen Bund von 1291 mit dem Beifügen, dass kein Land ohne der andern Zustimmung einen Herrn nehmen solle.

An den Bund der drei Waldstätte schloss sich wie um seinen Kern allmählig der Bund der VIII alten Orte an, welcher die zweite, schon bedeutendere Entwicklungsstufe der Eidgenossenschaft bezeichnet. Ein günstiges Geschick wollte es, dass die benachbarte Stadt Luzern des Beistandes der drei Länder bedurfte, um auch ihrerseits von österreichischer Landeshoheit frei zu werden. Der Bund der vier Waldstätte vom 7. November 1332 brachte zuerst das städtische und das ländliche Element in nähere, dauernde Verbindung mit einander und legte damit den Grund zur Ausdehnung der werdenden Bundesrepublik auf grössere Kreise. Ein weiterer, entscheidender Schritt in dieser Richtung geschah durch den ewigen Bund, welchen die Reichsstadt Zürich, um ihre neue demokratische Verfassung gegen die Angriffe des umliegenden Adels zu schützen, den 1. Mai 1351 mit den vier Waldstätten abschloss, und es ist der Inhalt dieses Bundbriefes für die spätern Verbindungen zwischen den eidgenössischen Orten vorzugsweise massgebend geworden. Als hierauf Krieg ausbrach zwischen Oesterreich und den

Eidgenossen, eroberten Letztere die dem herzoglichen Hause pflichtigen Länder Glarus und Zug und nahmen sie im Juni 1352 in ihren Bund auf. Während aber Zug, wahrscheinlich weil an der Spitze des Amtes eine kleine Stadt sich befand und die Lage des Ländchens von grosser strategischer Wichtigkeit war, völlig gleiche Rechte mit den fünf ältern Orten erhielt, wurde dagegen das Thal Glarus vorläufig in eine untergeordnete Stellung versetzt, welche derjenigen der spätern zugewandten Orte ähnlich war, und erst 1450 wurde es gleichberechtigtes Glied der Eidgenossenschaft. Der Bund, welcher an den stillen Ufern des Vierwaldstättersee's seinen Anfang genommen, war nun bereits so mächtig geworden in den alamannischen Landen, dass die stolze Reichsstadt Bern, Uechtlands Haupt, für gerathen fand, demselben beizutreten. Den 1. März 1353 wurde der ewige Bund abgeschlossen zwischen dieser Stadt und den drei Ländern Uri, Schwyz und Unterwalden. Mittelbar traten auch Zürich und Luzern mit Bern in ein Bundesverhältniss, indem jene Städte sich verpflichteten, von den drei Waldstätten für Bern sich mahnen zu lassen, wie umgekehrt Bern versprach, auf erfolgende Mahnung der drei Länder auch den beiden Städten zu Hülfe zu ziehen. Später, im Jahr 1423, wurde zwischen Zürich und Bern ein unmittelbares Bündniss abgeschlossen.

Die Bünde der VIII alten Orte enthalten im Wesentlichen folgende Bestimmungen: 1) Die Verbündeten verpflichten sich gegenseitig zum bewaffneten Zuzuge. Wenn ein Ort angegriffen oder an seinem Rechte gekränkt wird, so soll es bei seinem Eide darüber erkennen, dass ihm Unrecht geschehe; dann ist es befugt, die andern Orte zu mahnen und diese sind verpflichtet, mit Leib und Gut ihm beizustehen, und zwar in eignen Kosten. Im Zürcher Bunde wurden zuerst für diese Verpflichtung bestimmte geographische Gränzen abgesteckt; zugleich wurde hier festgesetzt, dass im Falle eines plötzlichen Angriffes auf eines der Orte die Eidgenossen auch ungemahnt zuziehen sollen, in Fällen aber, wo grössere Kriegszüge und Belagerungen als nothwendig erscheinen, eine Tagsatzung über deren Ausführung berathen solle. Nach dem Berner Bunde mit den Waldstätten sollte in allen Fällen der Zuzug nicht ohne Weiteres stattfinden, sondern vorerst sollten die Boten der verbündeten Orte zusammentreten, um die Art und Weise der Hülfeleistung festzustellen. Aehnlich lautet der Bund Bern's mit Zürich, nur dass hier der Fall eines plötzlichen Angriffes ausgenommen ist. 2) Die Orte verpflichteten sich, Streitigkeiten, welche unter ihnen entstehen würden, schiedsrichterlich austragen zu lassen. Wenn ein Theil sich weigern würde, Minne oder Recht anzunehmen, so sollten die unbetheiligten Orte ihn dazu zwingen. In der Regel wählte jeder Theil zwei Schiedsrichter und diese vier »Zugesetzten«, wenn sie in ihren Urtheilen zerfielen, ernannten einen Obmann aus dem Kreise der Eidgenossenschaft. Nach den Bünden mit Bern indessen sollte der Obmann von dem ansprechenden Theile aus dem angesprochenen gewählt werden; eine Bestimmung, welche sich schon im Riekenberger Handel von 1381 als ungeeignet erwies. 3) Nach dem Luzerner Bunde durfte kein Ort ohne der Eidgenossen Wissen und Willen andere Verbindungen eingehen; die Bünde mit Zürich und Bern hingegen enthielten nur die Bestimmung, dass allen spätern Verbindungen der ewige Bund der Eidgenossen vorgehen sollte. 4) Eigenmächtige Pfändung ohne Gericht und Urtheil, sowie die Schuldhaft oder Arrestlegung auf Vermögen des Schuldners bei andern als ganz liquiden Forderungen werden untersagt. 5) Wer den Gerichten den schuldigen Gehorsam verweigert, den sollen die Eidgenossen zur Abtragung alles daraus entstehenden Schadens anhalten. 6) Verbrecher, welche an einem der verbündeten Orte vor Gericht den Leib verwirkt haben, sollen die Eidgenossen in ihrem Gebiete ebenfalls verrufen, wenn sie von jenem Orte darum angegangen werden. 7) In bürgerlichen Prozessen soll der Kläger den Angesprochenen bloss vor den Gerichten seines Wohnortes in's Recht fassen, es wäre denn, dass ihm hier der Rechtsgang verweigert würde. 8) Nach dem Bunde zwischen Zürich und Bern sollten Erbschaftsstreitigkeiten immer von denjenigen Gerichten ausgetragen werden, in deren Gebiete die Erbschaft gefallen war. 9) Der nämliche Bund enthielt auch zuerst die in den spätern Verbindungen häufig vorkommende Bestimmung, dass die Eidgenossen sich gegenseitig freien Kauf gewähren sollten.

Seine weitere Entwicklung erhielt das Bundesrecht der VIII alten Orte zunächst durch drei gemeinsam errichtete Urkunden aus dem 14. und 15. Jahrhundert. Der Pfaffenbrief von 1370 war gegen die Immunität der Geistlichen, gegen fremde, namentlich geistliche Gerichte und gegen unerlaubte Selbsthülfe gerichtet; auch verpflichteten sich die Eidgenossen ihre Strassen zu schirmen, damit Fremde und Einheimische mit Leib und Gut sicher darauf fahren mögen. Grössere Bedeutung hatte der Sempacherbrief von 1393, welcher, neben einer gemeineidgenössischen Kriegsordnung, namentlich auch Bestimmungen zum Schutze des Landfriedens und zur Verhütung leichtsinniger Fehden enthielt. Die wichtigste dieser Urkunden endlich war das Stanzerverkommniss von 1481, durch welches die VIII Orte sich gelobten, nicht bloss einander nicht widerrechtlich anzugreifen noch durch die Angehörigen angreifen zu lassen, sondern auch widerspenstige Unterthanen einander gehorsam machen zu helfen.

Gleichzeitig mit dem Abschlusse des Stanzerverkommnisses geschah der erste Schritt zur Erweiterung des Bundes der VIII alten Orte, gegen welche die Länder sich lange gesträubt hatten: die Städte Freiburg und Solothurn — erstere seit dem 13. Jahrhundert enge verbündet mit Bern, letztere seit dem Sempacherkriege ein zugewandtes Ort der Eidgenossenschaft — wurden in den Bund aufgenommen. Es folgten 1501 die Städte Basel und Schaffhausen, 1513 das Land Appenzell; die letztern beiden Orte waren ebenfalls schon seit längerer Zeit der Eidgenossenschaft nahe befreundet. Der Kreis der XIII Orte, aus denen bis zum Jahr 1798 die alte Eidgenossenschaft bestand, war damit abgeschlossen. Die fünf neuen Orte erhielten indessen nicht völlig gleiche Rechte mit den ältern Orten: letztere verpflichteten sich gegen Freiburg, Solothurn und Appenzell nur zum Zuzuge innerhalb ihres Gebietes, während die neuern Orte unbedingt in Kriegsfällen Hülfe zu leisten hatten; Basel hinwieder durfte nur mit Bewilligung der Eidgenossen Krieg anfangen und sollte, wie auch Schaffhausen, bei innern Streitigkeiten derselben eine neutrale und vermittelnde Stellung einnehmen; alle fünf neuern Orte endlich durften nur mit Zustimmung der Eidgenossen neue Verbindungen eingehen. Als ein Fortschritt in der bundesrechtlichen Entwicklung ist hervorzuheben, dass in den neuern Bundbriefen seit 1481 die Eidgenossen sich auch noch verpflichteten, keine neuen Zölle gegen einander zu erheben.

Neben den XIII eidgenössischen Orten gehörten dem schweizerischen Staatskörper in etwas untergeordneter Stellung auch noch die zugewandten Orte an. Mit diesem Ausdrucke bezeichnete man diejenigen benachbarten Städte, Landschaften und kleinen Fürsten, welche, ohne wirkliche Glieder der Eidgenossenschaft zu sein, doch mit einzelnen oder allen Orten derselben in ewige Verbindung getreten waren, demnach sich an die Eidgenossenschaft anlehnten und ihre Schicksale theilten. Es waren diess folgende Orte: 1) die kleine Republik Gersau, mit den IV Waldstätten verbündet, von deren Gebiet sie umschlossen war; 2) der Abt von Engelberg, welcher unter dem Schirm der III Orte Luzern, Schwyz und Unterwalden stand; 3) die Stadt St. Gallen, seit 1412 mit den VII östlichen Orten der Eidgenossenschaft, seit 1454 aber mit den VI Orten Zürich, Bern, Luzern, Schwyz, Zug und Glarus verbündet; 4) der Abt von St. Gallen, welcher 1451 unter die Schirmhoheit der IV Orte Zürich, Luzern, Schwyz und Glarus sich begeben hatte, mit der ihm zugehörigen Landschaft Toggenburg, welche den Ländern Schwyz und Glarus allein verpflichtet war; 5) die Stadt Biel, mit Bern, Solothurn und Freiburg von alter Zeit her enge befreundet; 6) die Grafen von Neuenburg, mit den nämlichen Orten und mit Luzern verbündet; 7) der Bischof und die sieben Zehnten des Landes Wallis, seit dem 15. Jahrhundert einerseits mit Luzern, Uri und Unterwalden, anderseits mit Bern, seit 1533 aber mit den VII katholischen Orten in ewigen Bündnissen stehend; 8) die drei rhätischen Bünde, von welchen der obere und der Gotteshausbund seit 1497 und 1498 mit den VII östlichen Orten, der Zehngerichtenbund seit 1590 mit Zürich und Glarus verbündet war; 9) die Stadt Mühlhausen im Sundgau, welche 1515 ein Bündniss mit allen XIII Orten abschloss, aber 1586 dasselbe von den katholischen Ständen zurückgeschickt erhielt; 10) die Stadt Rothwyl in Schwaben, welche ebenfalls mit allen XIII Orten eine ewige Vereinigung hatte, die aber in Folge des dreissigjährigen Krieges ohne förmliche Aufkündung erlosch; 11) die Stadt Genf, vor der Reformation mit Freiburg und Bern, nach derselben mit Bern und Zürich verbündet; endlich 12) der Bischof von Basel-Pruntrut, welcher 1579 ein Schutzbündniss mit den VII katholischen Orten einging.

Der Kreis der alten Eidgenossenschaft erweiterte sich aber nicht bloss durch Bündnisse, sondern in höherm Masse noch durch Gebietserwerbung auf dem Wege des Ankaufs und der Eroberung. Zunächst hatte jedes der XIII Orte sein eigenes Gebiet für sich, welches grossentheils mit den jetzigen Kantonsgränzen zusammenfiel. Ausser diesen Gränzen besass Zürich noch die Herrschaft Sax im Rheinthal, Bern den westlichen Theil des Aargau's und die Waadt, Uri das Thal Livinen, Glarus die Grafschaft Werdenberg. Neben den Landschaften, welche einzelnen Orten ausschliesslich zugehörten, gab es andere, welche einer grössern oder kleinern Anzahl von eidgenössischen Orten gemeinschaftlich unterworfen waren. Diese gemeinen Herrschaften waren: 1) die Grafschaft Baden im Aargau, seit dem 15. Jahrhundert den VIII alten Orten, seit 1712 bloss noch den Ständen Zürich, Bern und Glarus unterthan; 2) die freien Aemter im Wagenthal, anfänglich den VI Orten Zürich, Luzern, Schwyz, Unterwalden, Zug und Glarus zugehörig, welche erst im 16. Jahrhundert Uri in den Mitbesitz aufnahmen, dann 1712 in zwei Theile getrennt, von welchen der nördliche ebenfalls den drei Ständen Zürich, Bern und Glarus ausschliesslich, der südliche den VIII alten Orten gemeinschaftlich zufiel; 3) Thurgau und 4) Sargans, seit dem 15. Jahrhundert den VII östlichen Orten unterworfen, welche 1712 noch Bern in den Mitbesitz aufnehmen mussten; 5) die Herrschaft Rheinthal, seit dem Ende des 15. Jahrhunderts den VII östlichen Orten und dem Lande Appenzell zugehörig, bis im Jahr 1712 Bern auch hier in die Mitregierung eintrat; 6) die vier ennetbirgischen Vogteien Lugano, Locarno, Mendrisio und Mainthal (Val Maggia), seit 1512 den sämmtlichen XIII Orten mit Ausnahme Appenzell's unterthan; 7) die Grafschaft Bellenz, welche den Ständen Uri, Schwyz und Nidwalden zugehörte; 8) die Stadt und Herrschaft Rapperswyl, seit 1464 unter der Schirmhoheit der IV Orte Uri, Schwyz, Unterwalden und Glarus, an deren Stelle 1712 Zürich, Bern und Glarus traten; 9) die Herrschaften Utznach, Gaster und Gams, den Ständen Schwyz und Glarus zugehörig; endlich 10) die Vogteien Schwarzenburg, Murten, Orbe, Grandson und Tscherlitz (Echallens), welche von Bern und Freiburg gemeinschaftlich beherrscht wurden.

Der staatliche Bau der Eidgenossenschaft war so lose in einander gefügt, dass das Bedürfniss einer Reform auf Grundlage einer allgemeinen Bundesurkunde für die sämmtlichen Orte sich schon frühe geltend machen musste. Was in dieser Hinsicht der einsichtsvolle Bürgermeister Waser von Zürich nach dem grossen

Bauernkriege von 1653 anstrebte, würde ohne Zweifel früher oder später zu Stande gekommen sein, hätte nicht die kirchliche Reformation des 16. Jahrhunderts die Eidgenossenschaft in zwei feindliche Heerlager getrennt, zwischen denen fortwährendes Misstrauen, oft leidenschaftliche Erbitterung herrschte. Jede der beiden Glaubensparteien bildete gewissermassen für sich selbst einen engern Bundesverein, welcher seine eignen Tagsatzungen, seine eigne innere und auswärtige Politik, seine eignen Verbindungen mit dem Auslande hatte. Unter diesen Verhältnissen konnte das schweizerische Bundesrecht sich nicht anders weiter entwickeln, als durch die Vergleiche und Friedensschlüssse, welche von Zeit zu Zeit entweder zu Verhütung oder nach Beendigung eines Bürgerkrieges zwischen den Religionspartheien abgeschlossen wurden. Von besonderer Wichtigkeit war die Bestimmung des Badener Vergleiches von 1632, nach welcher, während sonst in der Regel über die Angelegenheiten der gemeinen Herrschaften die Mehrheit der betheiligten Stände entschied, Religionssachen hievon eine Ausnahme machen und, falls darüber nicht eine gütliche Verständigung erfolgte, schiedsgerichtlich ausgetragen werden sollten. Der vierte Landfrieden von 1712 dehnte diese Bestimmung dahin aus, es sollten auch die allgemeinen Regierungssachen der paritätischen Vogteien Thurgau und Rheinthal durch »gleiche Sätze« von beiden Confessionen entschieden werden. Dass Angelegenheiten, welche die Religion oder die Souveränetät eines eidgenössischen Standes berührten, dem eidgenössischen Rechtsverfahren nicht unterliegen sollten, hatte der dritte Landfrieden von 1656 festgesetzt.

Der lockere Verband, welcher die alte Eidgenossenschaft zusammenhielt, beruhte wesentlich auf den gemeineidgenössischen Tagsatzungen, als dem einzigen bundesrechtlichen Organe, welches einige Bedeutung erlangen konnte und in welchem sich die Idee eines Staatenbundes, der die dreizehn und zugewandten Orte umschloss, gleichsam verkörperte. Die Tagsatzungen bestanden in der ersten Periode der Eidgenossenschaft aus den Gesandten der VIII alten Orte, später aus denjenigen der XIII Orte, zu welchen seit der Mitte des 17. Jahrhunderts noch Abgeordnete des Abtes von St. Gallen und der Städte St. Gallen und Biel kamen. Während noch im 16. Jahrhundert die Tagsatzungen häufig bloss mit einem Gesandten jedes Standes beschickt wurden, ward es dagegen später Regel, dass jeder eidgenössische Ort sich durch zwei Gesandte vertreten liess, von denen jedoch nur der erste im Namen des Standes seine Stimme abgab; die zugewandten Orte aber durften nicht mehr als einen Abgeordneten senden. Ursprünglich konnte jeder Ort von sich aus, so oft ihm dafür ein Bedürfniss vorzuliegen schien, an einen ihm beliebigen Ort eine Tagsatzung ausschreiben; später geschah diess in der Regel durch den Vorort Zürich, welcher auch den Vorsitz führte, und zwar wurden die meisten Tagsatzungen von 1415 an bis zum Toggenburgerkriege in Baden, nachher in Frauenfeld gehalten. Die ordentlichen Tagsatzungen, an welchen die Jahrrechnung der gemeinen Herrschaften der VIII alten Orte abgelegt wurde, fanden im Sommer nach St. Johann des Täufer's Tag statt. Der Landvogt von Baden, später von Thurgau hielt die Umfrage, zählte die Stimmen ab, gab beim Gleichstehen derselben in Geschäften, über welche die Mehrheit der an der Berathung Theil nehmenden Stände zu verfügen hatte, den Stichentscheid und besiegelte die von der Tagsatzung erlassnen Schreiben und Urkunden. Das Protokoll führte bis 1712 der Landschreiber von Baden allein; nachher wurde es von dem Landschreiber von Thurgau und dem ersten Rathssubstituten von Zürich gemeinschaftlich verfasst. Wie aus den reichhaltigen »Abschieden«, welche nach jeder Tagleistung den Ständen zugesandt wurden, hervorgeht, wurden wichtigere Geschäfte in der Regel nicht in der ersten Verhandlung erledigt, weil die Gesandten nicht zum Voraus mit genügenden Instructionen von ihren Obrigkeiten versehen waren; um diese in der Zwischenzeit einzuholen, setzte die Tagsatzung häufig selbst den Tag fest, an welchem sie wieder zusammentreten wollte. Der Geschäftskreis der Tagsatzung wurde bei dem Mangel einer festen Verfassung, welche ihre Competenz genau umschrieben hätte, je nach den Zeitverhältnissen bald enger, bald weiter gezogen. Im Allgemeinen können wir hier darüber blos Folgendes bemerken:

1) Dem Auslande gegenüber vertrat die Tagsatzung den eidgenössischen Staatskörper, welcher, lange bevor der westphälische Frieden die Trennung der Schweiz vom deutschen Reiche förmlich aussprach, als selbstständige Macht im europäischen Staatensysteme Geltung und Anerkennung gefunden hatte. Sie empfing die Ge-

sandten auswärtiger Mächte, hörte deren Vorträge an und ertheilte darauf Antwort; sie ordnete auch selbst zuweilen Gesandtschaften nach dem Auslande ab. Sie beschloss im Namen des schweizerischen Gesammtstaates über Krieg und Frieden; zur Vertheidigung des Landes und seiner Neutralität traf sie bei Kriegen zwischen den benachbarten Mächten die nöthigen Verfügungen. Sie unterhandelte über Bündnisse mit auswärtigen Staaten, wobei es freilich jedem Kanton freigestellt blieb, denselben beizutreten oder nicht. Gegenüber den Schweizern, welche in auswärtigen Kriegsheeren dienten, wahrte die Tagsatzung ebenfalls die vaterländischen Interessen: so berief sie 1507 die in französischen Diensten, 1521 die beim Papste und seinen Verbündeten stehenden Truppen, 1519 und 1525 die dem Herzog von Württemberg zugezogenen Reisläufer zurück und 1668 befahl sie den Regimentern, welche mit der französischen Armee in die Freigrafschaft Burgund eingefallen waren, dieses Land zu verlassen, indem sie zugleich fernere Werbungen für Frankreich verbot.

2) Um desto kräftiger dem Auslande gegenüber zu stehen, musste vor Allem aus darauf Bedacht genommen werden, Frieden und Eintracht im Innern der Eidgenossenschaft aufrecht zu halten. Zu den hauptsächlichsten Aufgaben der Tagsatzung gehörte daher die Beilegung innerer Streitigkeiten, sei es, dass solche zwischen mehrern Kantonen oder dass sie im Innern eines Standes oder zwischen einem eidgenössischen Orte und seinen Angehörigen walteten. Auch ohne von beiden Parteien angerufen zu sein, fühlte sich die Tagsatzung im Interesse der Ruhe und des Friedens in der Eidgenossenschaft verpflichtet, bei derartigen Streitigkeiten in vermittelnder Weise einzuschreiten, und wir müssen in hohem Masse die Geduld und Ausdauer anerkennen, welche sie dabei, der Hartnäckigkeit der streitenden Theile gegenüber, so oft an den Tag legte. Wenn auf dem Wege der Vermittlung der Streit nicht erledigt werden konnte, so pflegte man die Parteien ans Recht zu weisen; die Weigerung, sich in dasselbe einzulassen, galt für durchaus unbefugt und gab den unbetheiligten Orten das Recht, gegen die ungehorsame Partei mit Gewalt einzuschreiten. Schon der alte Zürcherkrieg war eben dadurch veranlasst worden, dass Zürich sich geweigert hatte, mit Schwyz und Glarus ins Recht zu stehen, und der Erfolg des Krieges nöthigte die Stadt, den Bestimmungen der

Bundbriefe, welche das Rechtsverfahren zwischen den eidgenössischen Orten regelten, nachzukommen. Freilich erwiesen sich diese Bestimmungen sehr oft als ungenügend, weil sie für den Fall, dass die Schiedsrichter sich über die Person des Obmanns nicht verständigen konnten, nichts Weiteres vorschrieben. Auch wenn Streitigkeiten, die im Innern eines Kantons walteten, an ein gleich besetztes Schiedsgericht gewiesen wurden, bot die Wahl eines Obmannes zuweilen unübersteigliche Schwierigkeiten dar. Die Tagsatzung selbst war zum rechtlichen Entscheide eines Streites durch Mehrheitsbeschluss nur insofern befugt, als die beiden Parteien ihre Einwilligung dazu gaben.

3) Obschon jedes Ort sein besonderes Recht und seine eigene Gesetzgebung hatte, in welche sich der Bund nicht einmischte, so wurden doch gemeinsame Uebel und gemeinsame Interessen auch an der Tagsatzung erwogen und durch gemeine Satzungen und Ordnungen häufig geregelt. Dabei ist freilich anzunehmen, dass solche Verordnungen gewöhnlich nicht bloss auf einem Mehrheitsbeschlusse, sondern auf einer Vereinbarung sämmtlicher Stände beruhten. Wir begegnen ihnen vorzugsweise in dem noch thatkräftigen Jugendalter der Eidgenossenschaft, im 15. und im Anfange des 16. Jahrhunderts. Als Beispiele sind anzuführen: ein Uebereinkommen gemeiner Eidgenossen wider den Vorkauf vom Jahr 1416; Verordnungen gegen Pensionen, Dienst- und Gnadengelder von fremden Herren aus den Jahren 1474 und 1503, wider unerlaubtes Anwerben und Reislaufen von 1494, 1497 und 1503, gegen das Herumziehen fremder und einheimischer Bettler und »Feldsiechen« von 1490 und 1510; eine Uebereinkunft betreffend die »bösen Blattern« (eine pestartige Krankheit) von 1496; endlich die Verordnungen gegen das Schmähen und Aufreizen um des Glaubens willen seit 1529. Im Jahr 1515 stellte die Tagsatzung den wichtigen Grundsatz auf, dass in Sachen, welche die Ehre und Wohlfahrt der Eidgenossenschaft betreffen und den Bünden sowie dem Herkommen nicht widersprechen, die Minderheit der Stände sich den Beschlüssen der Mehrheit zu unterziehen habe. Allein im praktischen Staatsleben der Eidgenossen drang dieser Grundsatz nicht durch, weil bald nachher die Glaubenstrennung die Orte mehr als je auseinander brachte und an die Stelle des eidgenössischen Gemeinsinns, welcher jenen Beschluss hervorgerufen,

den Geist schroffer Absonderung treten liess. In der That wurden seit der Reformation wenig andere gemeine Satzungen und Ordnungen mehr errichtet als solche, die sich auf die Geschäftsordnung der Tagsatzung selber oder auf die gemeinen Herrschaften bezogen. Eine wichtige Ausnahme bildet freilich das sogen. eidgen. Defensionale vom Jahr 1668, durch welches zu Behauptung der Unabhängigkeit und Neutralität der Schweiz drei Auszüge von je 13,400 Mann und 16 Kanonen aufgestellt und auf die XIII eidgenössischen, die drei zugewandten Orte, welche die Tagsatzung besuchten, und die gemeinen Herrschaften vertheilt, auch über die Organisation des Bundesheeres gewisse allgemeine Bestimmungen getroffen wurden. Allein gerade die Geschichte des Defensionales, von welchem, nachdem es einstimmig angenommen worden, die katholisch-demokratischen Stände sich bald wieder lossagten, zeigt, dass die Tagsatzung nicht die Macht hatte, die von ihr aufgestellten Satzungen einer Minderheit von Kantonen gegen deren Willen aufzudrängen.

4) Während in den eigentlich politischen Angelegenheiten die eidgenössischen Orte sich als besondere Staaten gegenüberstanden, war diess dagegen bei der Verwaltung der gemeinen Herrschaften nicht der Fall. Hier erschienen die regierenden Stände vielmehr nur als Miteigenthümer eines unvertheilten Gemeingutes und es genügte daher eine einfache Stimmenmehrheit für alle Beschlüsse, welche sich auf die Vogteien bezogen; erst durch die confessionellen Verträge des 17. und 18. Jahrhunderts erlitt dieser Grundsatz, wie wir gesehen haben, einige Abänderungen. Die Verwaltung der gemeinen Herrschaften krankte übrigens an schweren Uebeln, denen die Tagsatzung zwar von Zeit zu Zeit durch heilsame »Landesordnungen« zu steuern suchte, welche sie aber, weil es ihr auch hier an Einheit und Kraft des Willens gebrach, keineswegs auszurotten vermochte. Wir rechnen dazu namentlich den in den demokratischen Kantonen eingerissenen Missbrauch, dass die Landvogtstellen mit schwerem Gelde erkauft werden mussten, wofür sich die Gewählten natürlich wieder auf den Unterthanen erholten, sowie den schleppenden Processgang in Civilrechtssachen, indem gegen die Entscheidungen des Landvogtes, welcher selbst oft bereits die zweite Instanz bildete, zuerst an die Jahrrechnungstagsatzung oder in den italienischen Vogteien an das sogenannte ennetbirgische

Syndikat und dann erst noch an die regierenden Stände selbst appelirt werden konnte.

Die Mängel und Gebrechen der alten schweizerischen Bundesverfassung waren so einleuchtend, dass sie keineswegs bloss von den grundsätzlichen Gegnern, deren Zahl namentlich seit dem Ausbruche der französischen Revolution immer mehr zunahm, sondern auch von warmen Anhängern der hergebrachten Ordnung lebhaft empfunden und erkannt wurden. In einem Verfassungsplane, den im Sommer 1799 beim Vorrücken der Oesterreicher in der Schweiz die Männer der Reaction entwarfen, finden wir folgendes merkwürdige Urtheil über die alten Bundeszustände: »Die verschiedenen Staaten waren nur durch gewisse, mehr oder weniger ausgedehnte Bündnisse, durch die Erinnerung gemeinschaftlich geführter Kriege und durch einige gemeinsame Besitzungen zusammengehalten. Die Einheit der Eidgenossen, selbst gegen das Ausland, existirte im Grund mehr in der Idee als in der Wirklichkeit, weil sie durch keine, dieselbe handhabende Autorität vorgestellt war. Die gewöhnlichen Zusammenkünfte der Abgesandten der schweizerischen Stände waren eigentlich nur Jahrrechnungs-Tagsatzungen zur Abnahme der Rechnungen und Schlichtung der Appellationen aus den gemeinen Herrschaften; sie sind nur *accessorie* hie und da zur Berathung über allgemeine Angelegenheiten gebraucht worden. Bei ausserordentlichen Zusammenkünften fehlte es immer an Vollmacht, sowie an einem gemeinsamen Vermögen und die Majorität selbst hatte gar keine Autorität zur Ausführung der gut befundenen Massregeln. Die Nicht-Einwilligung eines einzigen Standes hemmte den Fortgang aller allgemeinen Angelegenheiten, und selbst zur Vollziehung der einhelligen Beschlüsse war kein hinreichendes Mittel vorhanden. In Zeiten von äusserer Gefahr waren die schweizerischen Staatsmänner nicht von e i n e m Willen, e i n e m Zweck geleitet, es konnte daher nach der Natur der Sache nicht anders kommen, als dass sie sich nie in ihrer Gesammtheit äussern konnten, und dass dieselben bei gleich guten Gesinnungen doch wegen der sich entgegenwirkenden Kraft ungleicher Mittel und Meinungen dem gemeinschaftlichen Zweck nicht nur nicht förderlich, sondern sogar hinderlich werden mussten.« *)

*) Carl Ludw. v. Haller, Gesch. der Wirkungen u. Folgen des österreich. Feldzuges in der Schweiz. S. 553.

§ 2. Die helvetische Republik.

Hätten die schweizerischen Obrigkeiten des 17. und 18. Jahrhunderts zu rechter Zeit Hand angelegt an die Verbesserung der mangelhaften Bundeseinrichtungen, — hätten sie auch in den Kantonen, anstatt bloss auf die Erhaltung und Erweiterung ihrer Herrschaftsrechte Bedacht zu nehmen, billigen Volkswünschen und den Anforderungen des fortschreitenden Zeitalters Rechnung getragen; so wäre wol unserm Vaterlande jener gewaltsame Umsturz alles Bestehenden erspart worden, welcher mit dem Einfalle einer französischen Armee im Frühling 1798 erfolgte. Dieses Ereigniss war von namenlosem Elende begleitet, weil die Schweiz, von einer fremden Macht erobert und ausgeplündert, Schauplatz eines furchtbaren europäischen Krieges wurde. Aber auch unter weniger ungünstigen äussern Verhältnissen hätte die helvetische Einheitsverfassung, eine Nachahmung der französischen vom Jahr 1795, welche die Schweiz vom Directorium der mächtigen Nachbarrepublik als Geschenk erhielt, niemals feste Wurzeln im Volke schlagen können, weil sie sich zu weit entfernte von den hergebrachten Verhältnissen und den wirklichen Bedürfnissen des Landes.

Man kann sich in der That im Verfassungsleben eines Volkes kaum einen grössern Sprung denken, als den die Schweiz am 12. April 1798 machte! Den Boden des historischen mit demjenigen des philosophischen oder sogenannten Naturrechtes vertauschend, ging sie von der äussersten Zersplitterung in zahllose Gebiete, die ihre eigenthümlichen Einrichtungen hatten, zum straffen Einheitsstaate über nach dem Zuschnitte der französischen Musterrepublik, von der Herrschaft der souveränen Räthe in den Städten und der Landsgemeinden in den »altgefreiten Popularständen« zu einer allgemeinen, auf den abstrakten Ideen von Freiheit, Gleichheit und Volkssouveränetät beruhenden Repräsentativdemokratie. Die Grundzüge der neuen Verfassung waren folgende: Die Souveränetät beruhte einzig und allein auf der Gesammtheit der Bürger der helvetischen Republik als Eines unzertheilbaren Staates, in welchem die Kantone blos noch Verwaltungsbezirke bildeten. Das Volk übte indessen seine Souveränetät nur aus durch die Annahme der Staatsverfassung und durch die Ernennung von Wahlmännern, je eines auf 100 Aktivbürger, in den

Primarversammlungen. Die Wahlmänner jedes Kantons traten zusammen, um die Abgeordneten zu den zwei Kammern des gesetzgebenden Körpers, die Mitglieder der kantonalen Gerichte und der Verwaltungskammern zu wählen. Die gesetzgebende Gewalt der Republik wurde ausgeübt durch den Grossen Rath, welcher für das erste Mal aus 8 Abgeordneten jedes Kantons bestand, in Zukunft aber nach Verhältniss der Bevölkerung zusammengesetzt werden sollte, und durch den Senat, bestehend aus den gewesenen Direktoren und 4 Abgeordneten jedes Kantons, welche 30 Jahre alt, verheirathet oder Wittwer sein mussten und bereits gewisse höhere Stellen bekleidet haben sollten. Der Senat hatte die Beschlüsse des Grossen Rathes zu genehmigen oder zu verwerfen. Die beiden Räthe wählten das Vollziehungsdirektorium von 5 Mitgliedern in der Weise, dass für jede zu besetzende Stelle der eine Rath, den das Loos hiefür bezeichnete, eine Liste von 5 Kandidaten bildete, aus welcher der andere Rath den Direktor ernannte. Das Vollziehungsdirektorium, unterstützt durch 4 von ihm selbst bezeichnete Minister für die verschiednen Zweige der Staatsverwaltung, war die eigentliche Regierung der Schweiz. Seine Organe waren die Regierungsstatthalter in den Kantonen, die Unterstatthalter in den Distrikten, die Agenten in den Gemeinden. Die Eigenthümlichkeit der kantonalen Verhältnisse fand etwelche, freilich ungenügende Berücksichtigung in den Verwaltungskammern, welche »die unmittelbare Vollziehung der Gesetze über die Finanzen und den Handel, die Künste, die Handwerke, den Ackerbau, die Lebensmittel, die Unterhaltung der Städte und der Landstrassen« besorgen sollten. Die Rechtspflege wurde ausgeübt durch Distrikts- und Kantonsgerichte und einen obersten Gerichtshof; letzterer, bestehend aus einem Mitgliede für jeden Kanton, urtheilte über Anklagen gegen die Mitglieder der gesetzgebenden und vollziehenden Gewalt, entschied in zweiter Instanz über die schwerern Kriminalfälle und war befugt, die Sprüche der untern Gerichte in Civilsachen wegen Formfehlern, Mangel an Kompetenz oder Verletzung der Staatsverfassung zu kassiren. Die Eintheilung in Kantone hielt sich grossentheils an die Gränzen der ehemaligen eidgenössischen Stände und ihrer Unterthanenlande; doch wurde das weitläufige Gebiet der Republik Bern in vier neue Kantone: Bern, Oberland, Aargau und Leman

2*

(Waadt), getrennt, während dagegen die drei Urstände mit Zug zum neuen Kanton Waldstätten vereinigt, aus Glarus, Gaster, der March und den Höfen, Utznach, Rapperswyl, dem obern Toggenburg, Sax, Gams, Werdenberg und Sargans der neue Kanton Linth und aus Appenzell, der Stadt und Landschaft St. Gallen, dem Rheinthal und dem untern Toggenburg der neue Kanton Säntis gebildet wurde. Schwächung des Einflusses der alten Demokratien, welche als ein Heerd des Widerstandes gegen die neue Ordnung der Dinge erschienen, war der ausgesprochene Zweck dieser Neubildungen in der innern und östlichen Schweiz.

Nicht volle zwei Jahre dauerte die Herrschaft der Verfassung von 1798 und auch während dieser Zeit noch war dieselbe in den östlichen Kantonen, welche im Sommer 1799 von österreichischen und russischen Heeren besetzt waren, mehrere Monate hindurch suspendirt. Nach dem entscheidenden Siege der Franzosen bei Zürich (26. September 1799) wurde zwar die ganze Schweiz wieder der helvetischen Regierung unterworfen, welche seit dem 31. Mai ihren Sitz in Bern (früher in Luzern) hatte. Allein immer lauter wurde der Unwille des Volkes über die schmähliche Abhängigkeit von Frankreich, dessen Kommissäre und Generale sich die ärgsten Bedrückungen erlaubten, über das Schutz- und Trutzbündniss, welches die Schweiz nöthigte, für die Kriege der französischen Republik das Blut ihrer Söhne zu opfern, über die schlechte Finanzwirthschaft und die harten, oft leidenschaftlichen Massregeln, welche, unter Laharpe's Einfluss, das Direktorium in seiner verzweifelten Lage ergriff. Die Klagen des Volkes fanden ihren Wiederhall selbst in den gesetzgebenden Räthen, welche anfänglich eben so eifrig wie das Direktorium der Revolution zugethan gewesen waren. Seit dem Staatsstreiche vom 18. Brumaire, durch welchen General Bonaparte das französische Direktorium stürzte und unter dem Titel eines Ersten Consuls der Regierungsgewalt in Frankreich sich bemächtigte, war der Schweiz, deren Zustände noch viel unleidlicher waren, die Nachahmung dieses Beispieles so nahe gelegt, dass es sich nur noch um die Frage handelte, ob das Direktorium die ihm feindliche Mehrheit der Räthe oder die Letztere das Direktorium auflösen werde. Die Räthe kamen ihrer Vertagung, welche die Mehrheit des Direktoriums beabsichtigt hatte, zuvor und machten am 7. Januar 1800 dem verfassungsmässigen Zustande ein Ende, indem sie das Direktorium für aufgelöst erklärten und an dessen Stelle einen Vollziehungsausschuss von 7 Mitgliedern, der gemässigtern Partei angehörend, setzten, welcher bis zur Annahme einer neuen Verfassung die Regierung führen sollte. Die beiden gesetzgebenden Räthe, deren Unfähigkeit gegenüber den traurigen Zuständen des Landes immer greller hervortrat, lösten dann — halb freiwillig, halb gezwungen — am 7. August sich ebenfalls auf, und es trat an ihre Stelle ein grösstentheils aus ihrer Mitte gewählter Gesetzgebungsrath von 50 Mitgliedern, der wieder einen neuen Vollziehungsrath von 7 Mitgliedern ernannte. Von diesen neuen Behörden war zwar die Parthei der eigentlichen Revolutionäre oder Terroristen ausgeschlossen, aber die doktrinären Einheitsfreunde hatten gleichwohl in denselben, den Föderalisten gegenüber, die Mehrheit. Indessen hatte man sich bei der drückenden Abhängigkeit von Frankreich, in welcher sich damals die Schweiz befand, schon zu sehr daran gewöhnt, das entscheidende Wort im Verfassungsstreite aus Paris zu erwarten, als dass die helvetische Regierung gewagt hätte, ohne vorherige Anfrage beim Ersten Consul eine neue Verfassung auszuarbeiten. Bonaparte, dessen politischem Scharfblicke es nicht entging, dass ein absolutes Einheitssystem keineswegs den natürlichen Verhältnissen der Schweiz und den festwurzelnden Gewohnheiten ihrer Bewohner entspreche,*) entschied sich für einen Entwurf, welcher zwar im Wesentlichen die Einheit festzuhalten, gleichwohl aber der Autonomie der Kantone mannigfache Zugeständnisse zu machen suchte. Diesen Entwurf, welchen der Erste Consul am 30. April 1801 zu Malmaison den schweizerischen Abgeordneten übergab, genehmigte der gesetzgebende Rath am 29. Mai und beschloss, ihn einer auf den September einzuberufenden helvetischen Tagsatzung vorzulegen. Die Grundzüge desselben sind folgende:

*) In einem Berichte des Ministers des Auswärtigen an den Ersten Consul vom 8. April 1801 findet sich die interessante Stelle: »Die französische Regierung bemerkte in den einzelnen Gegenden der Schweiz eine solche Verschiedenheit in Sitten, Religion, Sprache, Erwerbsarten und Fruchtbarkeit des Bodens, dass sie die Anwendung der nämlichen Gesetze, besonders der finanziellen, auf alle Theile des Landes für unmöglich hielt; sie besorgte daher den Ausbruch neuer Unruhen bei einem verbündeten Volke, welches durch sein zähes Festhalten an seinen alten Gebräuchen hinlänglich zu zeigen schien, dass eine, auf deren völlige Unterdrückung gegründete Regierung keinen Bestand haben würde.« Monnard, Geschichte der helvet. Revolution II. 84.

Genau ausgeschieden werden die Kompetenzen der Centralbehörden, welche die »Nationalsouveränetät« ausüben, von denjenigen der Kantonalbehörden. In den Bereich der Erstern fallen: »die allgemeine Oberpolizei; die bewaffnete Macht zur innern und äussern Beschützung der Republik; die politischen und diplomatischen Verhältnisse mit dem Auslande; die einförmige Verwaltung der bürgerlichen und peinlichen Gerichtsbarkeit; die Bestimmung des Beitrages, welchen jeder Kanton an den öffentlichen Schatz zahlen soll; die Regale: Salz- und Bergwerke, Posten, Zölle und Gefälle; das Münzwesen und dessen Polizei; die Handelsverhältnisse; die allgemeinen Anstalten des öffentlichen Unterrichts.« In den Bereich der Kantonalbehörden fallen: »die Erhebung der Grundsteuern; die Bestimmung der Bedürfnisse des Kantons und die Mittel, denselben durch die örtlichen Kontributionen abzuhelfen; die Zuchtpolizei; die Verwaltung der Nationalgüter und Domänen, mit Inbegriff der Zehnten und Grundzinse; der Gottesdienst und die Besoldung der Geistlichen; die besondern Anstalten für Erziehung und öffentlichen Unterricht.« — Die Centralgewalt der Republik ruht in den Händen dreier Behörden: der Tagsatzung, des Senats und des Kleinen Rathes. Die Tagsatzung besteht aus 82 Abgeordneten, von den Kantonen nach Verhältniss ihrer Bevölkerung auf 5 Jahre gewählt. Sie genehmigt die Rechnungen der Schatzkammer und erkennt über Beschwerden der Kantone gegen Verfügungen des Senates. Die vom Senate vorbereiteten Gesetzesentwürfe werden zunächst den Kantonen zur Annahme vorgelegt; wenn aber ein Entwurf von der Mehrheit der Kantone verworfen wird und der Senat gleichwohl auf demselben beharrt, so kann die Tagsatzung von sich aus denselben zum Gesetz erheben. Der Senat besteht aus 2 Landammännern und 23 Räthen, welche von der Tagsatzung ernannt werden. Neben der Vorberathung der Gesetze liegt ihm die allgemeine Verwaltung und Polizei ob; er erklärt Krieg, schliesst Frieden, geht Bündnisse und Staatsverträge ein; er beurtheilt die Streitigkeiten zwischen Kantonen und zieht Eingriffe kantonaler Behörden in die allgemeine Verfassung an die Tagsatzung. Die eigentliche Vollziehungsgewalt steht dem, vom Senate aus seiner Mitte gewählten Kleinen Rathe zu, bestehend aus dem Ersten (im Amte stehenden) Landammann und 4 Räthen, welche die verschiedenen Verwaltungszweige unter sich vertheilen.

Der Erste Landammann, welchem das politische Departement obliegt, wählt die diplomatischen Vertreter der Schweiz im Auslande, sowie die Präfekten der Kantone; letztere können nur vom Kleinen Rathe abberufen werden. Der Senat kann sich bis auf 6 Monate vertagen und während dieser Zeit stehen alle seine Befugnisse, welche sich nicht auf die Gesetzgebung beziehen, dem Kleinen Rathe zu. — Jeder Kanton hat seine besondere administrative Organisation, welche nach den örtlichen Verhältnissen eingerichtet wird. Dieselbe wird entworfen durch die Kantonaltagsatzung, welche in der Weise gebildet wird, dass jede Munizipalität eines ihrer Mitglieder an den Distriktshauptort abordnet und dann die versammelten Abgeordneten der Munizipalitäten einen Abgeordneten des Distriktes erwählen. Die Kantonaltagsatzung hat auch für das erste Mal die Abgeordneten zur helvetischen Tagsatzung zu ernennen und für die Zukunft deren Wahlart zu bestimmen.

Nachdem die kantonalen Tagsatzungen die Kantonsverfassungen entworfen und die Abgeordneten zur helvetischen Tagsatzung ernannt hatten, trat letztere den 7. September 1801 in Bern zusammen. Sie bestand zum grössern Theile aus Einheitsfreunden und revidirte in diesem Sinne den Entwurf von Malmaison, welcher in dem Berichte ihrer Kommission nicht ohne Grund bezeichnet wurde als »eine oberflächliche Arbeit, voll Dunkelheit, voller Lücken und Widersprüche, ein Gemisch von zwei Staatsformen, von denen keine überwiegt, sondern zwischen denen ein Konflikt zu befürchten ist.« *) Vorangestellt wurde der Grundsatz der Einheit des Staates und des Staatsbürgerrechtes; die im Entwurfe aufgestellte Kantonseintheilung wurde zwar im Wesentlichen beibehalten, aber die Verbesserung derselben der Gesetzgebung anheimgestellt. Der Centralgewalt wurden, neben den ihr im Entwurfe eingeräumten Attributen, noch ferner übertragen: die allgemeine Verfügung über das Kirchenwesen, soweit es vom Staate abhängig ist; das Eigenthum und die Verfügung über Nationalgüter und Domänen; die Unterhaltung der Heerstrassen und dazu gehöriger Brücken mit der Befugniss, Weg- und Brücken-

*) Vergl. auch Rengger's gedruckte Rede gegen den Entwurf, gehalten in der Sitzung vom 25. September (Bern u. Zürich 1801).

gelder zu beziehen; die Ertheilung des helvetischen Bürgerrechtes. Der Loskauf der Zehnten und Grundzinse um eine billige Entschädigungssumme wurde vorgeschrieben; kein Theil des helvetischen Bodens sollte mit einer unablöslichen Abgabe beschwert und kein liegendes Gut unveräusserlich erklärt werden. Die Organisation der Tagsatzung blieb im Wesentlichen unverändert; dagegen wurde ihre Kompetenz erweitert, indem ihr nun unbedingt die Berathung und Annahme der vom Senate vorgeschlagenen Gesetze, die Beschlussfassung über Krieg, Frieden, Bündnisse und Staatsverträge, sowie über allfällige Vermehrung der stehenden Truppen, die Bewilligung der nöthigen Geldsummen für die allgemeinen Bedürfnisse übertragen und Beschwerden gegen Verfügungen des Senats nicht bloss von Kantonen, sondern auch von Bürgern zugelassen wurden. Die Zahl der Senatoren wurde von 25 auf 30 erhöht, damit jedem Kanton um so eher wenigstens Eine Stelle im Senate zugesichert werden könne. Die Befugnisse des Senates und des Kleinen Rathes wurden nach dem Entwurfe festgesetzt; nur wurde dem Kleinen Rathe nun auch die Wahl der Statthalter der Kantone aus einem fünffachen Vorschlage der grössern Kantonalbehörde eingeräumt. Die besondere Verwaltungsorganisation jedes Kantons sollte von der Tagsatzung geprüft und, sofern darin keine, der allgemeinen Verfassung widersprechende Bestimmungen enthalten wären, genehmigt werden; jede Aenderung an derselben erforderte ebenfalls die Zustimmung der Tagsatzung. Der obersten Verwaltungsbehörde jedes Kantons gemeinschaftlich mit dem Regierungsstatthalter wurden folgende Verrichtungen übertragen: »die Verwaltung der Nationalgüter und Domänen nach den Gesetzen und Verordnungen; die Berathung und Feststellung der in den Kantonen besonders nothwendigen Vollziehungsmassregeln der Gesetze, die Aufsicht und Kontrolle über ihre Vollziehung, das erste Repressionsrecht gegen die Kantonalbeamten, wenn sie diese Vollziehung unterlassen, der Entscheid über Verwaltungsstreitigkeiten, unter Vorbehalt des Weiterzuges an die gemeinsame Regierung über Gegenstände, die in den Attributen dieser letztern liegen.« Dem Gerichtswesen, welches der Entwurf nicht näher berührt hatte, wurde bei der Revision desselben ein besonderer Abschnitt gewidmet. Bloss dem Grundsatze nach wurde hier festgestellt, dass in den Kantonen Friedens- und erstinstanzliche Gerichte. sowie in jedem Kanton ein Appellationsgericht, welches über Civilstreitigkeiten bis auf einen Werth von 3000 Frkn. letztinstanzlich abzusprechen habe, bestehen sollen; dagegen wurde die nähere Organisation dieser Gerichtsstellen sowie die Wahl ihrer Mitglieder den Kantonen überlassen. Der oberste Gerichtshof, aus 11 Mitgliedern bestehend, sollte vom Senate aus einem dreifachen Vorschlage der Tagsatzung gewählt werden und in letzter Instanz über Civilstreitigkeiten, deren Werth die Summe von 3000 Frkn. überstieg, sowie über schwerere Kriminalfälle bis zur Einführung von Schwurgerichten entscheiden. Für geringere Kriminalfälle sollte er die Kassationsbehörde sein; ferner wurde ihm die Beurtheilung von Anklagen gegen Mitglieder der Tagsatzung und des Senates. sowie gegen Kantonalbehörden, welche sich Verfassungsverletzungen zu Schulden kommen liessen, und die Aufsicht über die untern Gerichtsstellen übertragen. Auch konnte jeder Civilstreit, welchen der Staat hatte, von jeder der beiden Partheien bis an den obersten Gerichtshof gezogen werden. Die Erlassung allgemeiner Gesetzbücher für Civilrecht, Strafrecht und Prozess wurde der gemeinsamen Regierung, die Einrichtung der Advokatur und des Notariates hingegen den Kantonalbehörden übertragen. Endlich wurde in einem Schlussabschnitte der Verfassung der Grundsatz aufgestellt, es solle für die aktive und passive Wahlfähigkeit zu National- und Kantonalämtern ein Census bestehen, dessen Betrag indessen von den Kantonen zu bestimmen sei.

Da diese Verfassung, welche die von Paul Usteri präsidirte Tagsatzung am 24. October 1801 zum Abschlusse brachte, das erste konstitutionelle Gesetz für die ganze Schweiz ist, welches nicht vom Auslande diktirt, sondern von einer Versammlung von Abgeordneten aller Kantone freithätig und in verhältnissmässig kurzer Zeit geschaffen wurde, so mussten wir sie hier etwas einlässlicher betrachten, obschon sie niemals ins Leben eingeführt, sondern gleichsam in der Geburt erstickt worden ist. Es ist begreiflich, dass sie die grosse Parthei der Föderalisten nicht befriedigte; aber zu jener Zeit entschied nicht der Wille des Schweizervolkes, sondern das Machtwort Frankreichs. Der Erste Consul, welcher der Simplonstrasse wegen die Losreissung des Wallis von der Schweiz verlangte, fühlte sich dadurch verletzt, dass die Verfassung die Integrität des Helvetischen Freistaates zu sichern suchte; unter dem Schutze der französischen Bajonnete kam daher der Staatsstreich vom 28. October zu Stande, welchen die in der Tagsatzung unterlegene Parthei gegen die Einheitsfreunde ausführte. Die Mehrheit des noch bestehenden Gesetzgebungsrathes erklärte die Tagsatzung für aufgelöst und den Entwurf vom 29. Mai für das Grundgesetz der Republik; darauf ernannte sie einen Senat von 25 Mitgliedern, der aus lauter Föderalisten zusammengesetzt war. Alois Reding, der als Erster Landammann an die Spitze der Regierung gestellt wurde, eilte nach Paris, um von Bonaparte die Anerkennung der neuen Ordnung zu erwirken; er erhielt sie jedoch nur unter der Bedingung, dass, um eine Versöhnung der Partheien anzubahnen, noch 6 Einheitsfreunde sowohl in den Senat als in den Kleinen Rath beigezogen würden. Der Senat nahm nun am 27. Februar 1802 mit bloss 12 gegen 11 Stimmen eine Verfassung an, welche, ohne die Wünsche der Föderalisten zu befriedigen, noch weniger den Einheitsfreunden zusagte.*) Sie war im Wesentlichen nur eine weitere Ausführung des Entwurfes von Malmaison, jedoch mit noch grösserer Begünstigung der kantonalen Autonomie. Gleich im Eingange war das Helvetische Staatsbürgerrecht fallen gelassen und statt desselben nur der Grundsatz aufgenommen: »Jeder helvetische Bürger ist befugt, sich überall in der Republik niederzulassen und an seinem Wohnorte alle bürgerlichen und politischen Rechte auszuüben ohne andere Einschränkungen, als welchen die Bürger des Kantons selbst unterworfen sind.« Mit Bezug auf die Gebietseintheilung finden wir in dieser Verfassung zuerst wieder die sämmtlichen demokratischen Kantone auf ihre alten Gränzen beschränkt, wobei indessen das Livinerthal als ein Gebietstheil Uri's erscheint; zum ersten Male tritt hier auch der Kanton St. Gallen in seinem jetzigen Bestande auf, während dagegen neben dem Kanton Aargau noch ein Kanton Baden genannt wird. Das Repräsentationsverhältniss an der Tagsatzung wurde — für die kleinen Kantone bedeutend günstiger als in den frühern Entwürfen — folgendermassen festgestellt: Bern 6, Zürich 5, Luzern 3, Uri 1, Schwyz 2, Unterwalden 1, Zug 1, Glarus 1, Solothurn 2, Freiburg 3, Basel 2, Schaffhausen 1, Appenzell 2, St. Gallen 4, Aargau 2, Ba-

*) Nach Brunnemann, der Kanton Thurgau unter der Helvetik S. 99, war diese Verfassung hauptsächlich das Werk der Senatoren Anderwert von Thurgau und v. Wyss von Zürich.

den 2, Waadt 4, Graubünden 3, Tessin 3, Wallis 2, — zusammen 52 Mitglieder. Jeder Kanton sollte überdies ein Mitglied im Senate haben, wofür die oberste Behörde desselben der Tagsatzung einen Dreiervorschlag machte; ebenso sollten die Mitglieder des obersten Gerichtshofes aus doppelten Vorschlägen, von welchen die einen vom Senate, die andern von den Kantonen ausgingen, von der Tagsatzung gewählt werden. Das Recht der Annahme oder Verwerfung der vom Senat entworfenen Gesetze wurde wieder den Kantonen eingeräumt, von welchen sogar zwei Drittheile zustimmen mussten; nur wenn in dieser Weise die Annahme nicht erfolgte, und der Senat gleichwohl auf seinem Vorschlage beharrte, hatte die Tagsatzung zu entscheiden. Ihr blieb ferner die Befugniss gesichert, Krieg zu erklären, Frieden, Bündnisse und Verträge zu schliessen; auch sollte sie alljährlich die stehende Truppenmacht bestimmen. Der Senat, welcher als oberste Verwaltungs- und vorberathende Gesetzgebungsbehörde erscheint und dem nun auch die Entscheidung von Streitigkeiten in den Kantonen, welche auf die Verfassungsgarantie Bezug haben, zugewiesen wurde, sollte aus zwei Landammännern, zwei Statthaltern und 26 Räthen bestehen. Aus seiner Mitte ernannte er den Kleinen Rath, welcher aus den vier obersten Beamten und noch 7 andern Mitgliedern gebildet wurde. Für die Kantone sollten keine besondern Regierungsstatthalter mehr von der Centralgewalt bestellt werden, sondern es sollte diese ihre besondern Aufträge an eine aus den obersten Kantonalbehörden, welche hiefür einen Dreiervorschlag zu machen befugt waren, eigens gewählte Magistratsperson gelangen und, falls sie nicht befolgt würden, von sich aus vollziehen lassen. In der Rechtspflege, welche grundsätzlich von der Verwaltung völlig getrennt sein sollte, wurde die Kompetenz des obersten Gerichtshofes beschränkt auf Civilfälle, welche nicht bloss einen Werth von mehr als 3000 Franken hatten, sondern in denen zugleich der Helvetische Staat oder ein Kanton oder eine ausländische Person als Parthei erschien oder die beiden Partheien aus Bürgern verschiedener Kantone bestanden, sowie auf Kriminalfälle, bei welchen die kantonale Gerichtsbehörde auf Todesstrafe oder auf Einsperrung oder Landesverweisung von wenigstens 10 Jahren erkannt hatte. Im Uebrigen wurden die Attribute der National- und Kantonalsouveränetät wesentlich wie im Entwurfe vom 24. October ausgeschieden und insbesondere noch erklärt, dass in der, der Erstern zugehörenden »höhern Polizei« begriffen seien: »a) der Strassen- und Brückenbau und gemeinnützige Kanäle, b) das Sanitätswesen, c) die Sicherheits- und Kriminalpolizei, d) die Handwerks- und Gewerbspolizei, e) das Zollwesen.« — So behielt man, während man die Bedeutung der Kantone wiederherzustellen suchte, im Wesentlichen doch einen Einheitsstaat bei; man überliess der Centralgewalt die wichtigsten Befugnisse, aber man gewährte ihr nicht einen freien Spielraum und selbstständige Entwicklung, indem man sie in den wichtigsten Beziehungen von den Kantonalbehörden abhängig machte! Es bildet dieser Entwurf den ausgesprochensten Gegensatz zur jetzigen Bundesverfassung, welche zwar der Souveränetät des Bundes viel engere Gränzen gezogen, dafür aber seinen Organen eine möglichst selbstständige, vom Einflusse der Kantone wenig berührte Wirksamkeit angewiesen hat.

Die Verfassung vom 27. Februar 1802 war wieder ein todtgebornes Kind; denn mehrere Kantone, denen sie zur Annahme vorgelegt wurde, verwarfen dieselbe, und andere verweigerten die Abstimmung. Bei der steigenden Erbitterung der Partheien suchte man die Wirkungen des Staatsstreiches vom 28. October durch einen zweiten Staatsstreich aufzuheben, welcher, abermals unter dem geheimen Einflusse des französischen Gesandten, am 17. April, als Reding und mehrere seiner Anhänger sich des Osterfestes wegen nach Hause begeben hatten, durch die unitarische Mehrheit des Kleinen Rathes ausgeführt wurde. Der Senat wurde vertagt und dafür auf den 28. April eine sogenannte Notabelnversammlung, grösstentheils aus Einheitsfreunden bestehend, einberufen, um über den Entwurf vom 29. Mai 1801 und die etwa nöthigen Abänderungen desselben ihr Gutachten abzugeben. Aus den Berathungen dieser Versammlung, welche den 20. Mai 1802 geschlossen wurden, ging abermals eine neue Verfassung hervor, welche sich im Ganzen wieder mehr dem Entwurfe vom 24. October näherte, dabei aber auch denjenigen vom 27. Februar so viel als möglich berücksichtigte. Vergleicht man alle die verschiedenen Verfassungsentwürfe, welche in der kurzen Zeit von einem Jahr auf einander folgten, mit einander, so findet man in denselben keineswegs unvereinbare Gegensätze; es scheint vielmehr, dass die Partheien, welche in den Helvetischen Behörden einander gegenüber standen, mehr wegen persönlicher als wegen grundsätzlicher Fragen sich bekämpften. Die Verfassung vom 20. Mai 1802, welche in der Redaktion jedenfalls sorgfältiger ausgearbeitet ist, als alle frühern Entwürfe, unterscheidet zwischen der »allgemeinen Staatsverwaltung«, welche »alle Gegenstände des gemeinsamen Wohles, und die der Souveränetätsausübung wesentlich angehören, umfasst«, und der besondern Verwaltung der Kantone, welche sich mehr auf lokale Angelegenheiten bezieht und für die jeder Kanton sich eine beliebige Organisation geben mag. Die Centralregierung ist wieder in die Hand der drei bereits bekannten Behörden gelegt. Die gesetzgebende Gewalt wird in der Regel durch die Tagsatzung ausgeübt, welche aus Stellvertretern der Kantone besteht, die nach einem indirekten und sehr komplizirten Wahlsysteme im Verhältnisse von Einem auf 25,000 Seelen ernannt werden. Nur Gesetzesvorschläge, welche neue Auflagen einführen, sind den Kantonen zur Genehmigung vorzulegen; werden sie nicht von zwei Drittheilen derselben angenommen, so kann der Senat sie gleichwohl an die Tagsatzung bringen. Der Senat, aus 27 Mitgliedern bestehend, wird von der Tagsatzung frei gewählt; nur soll jeder der 18 Kantone ein Mitglied und kein Kanton mehr als 3 Mitglieder in demselben haben. Neben den, bereits in den frühern Entwürfen dem Senate eingeräumten Befugnissen erscheint nun auch das Recht, Strafurtheile zu mildern oder nachzulassen. Der Vollziehungsrath, welcher vom Senate aus seiner Mitte gewählt wird, besteht aus nicht mehr als drei Mitgliedern: dem Landammann und zwei Landstatthaltern; jedoch sind ihm zur Besorgung der verschiedenen Verwaltungszweige fünf verantwortliche Staatssekretäre mit berathender Stimme beigegeben. Die Kompetenzen des obersten Gerichtshofes sind nach dem Entwurfe vom 27. Februar normirt und in Betreff der Gesetzbücher ist festgesetzt: Strafrecht und Strafprozess, Forst- und Handelsgesetze sollen für die ganze Republik gleichförmig sein; ein allgemeines Civilgesetzbuch und Civilprozessgesetz sollen zwar entworfen, jedoch in keinem Kanton ohne seine Zustimmung eingeführt werden. Die Kantone sind verpflichtet, die kirchlichen Bedürfnisse der beiden Konfessionen zu bestreiten, und es wird ihnen zu diesem Behufe der Ertrag der Zehnten und Grundzinsen angewiesen; auch sollen die »geistlichen Güter nur zur Unterhaltung von religiösen, öffentlichen Unterrichts- oder Unterstützungsanstalten verwendet werden.« Der Staat übernimmt die Errichtung einer »allgemeinen Lehranstalt für die höhere wissenschaftliche Erziehung« und sorgt für die Bildung der Geistlichen beider Konfessionen auf besondern Anstalten. Die Einkünfte des helvetischen Staates bestehen in dem Ertrage sämmtlicher Regalien und der gesetzlich eingeführten indirekten Abgaben; wenn diese nicht hinreichen, so werden »besondere Beiträge von den Kantonen nach Massgabe der in denselben befindlichen und ihnen überlassenen Nationalgüter eingefordert.« *)

Diese von der Notabelnversammlung entworfne Verfassung legte der Kleine Rath dem Schweizervolke zur Annahme vor; eine Liste von 27 Männern, welche den neuen Senat bilden sollten, war dem Entwurfe beigefügt. Bei der Abstimmung ergaben sich 72,453 Annehmende gegen 92,423 Verwerfende; den Erstern wurden aber 167,172 Nichtstimmende beigezählt und auf diese Weise für die Annahme der Verfassung eine künstliche Mehrheit erzielt! Am 2. Juli erklärte der Kleine Rath dieselbe für das Staatsgrundgesetz Helvetiens und am 3. konstituirte sich der neue Senat. Nach mehrjährigen Schwankungen schien endlich wieder ein fester Boden für das Staatsleben der Schweiz gefunden zu sein; allein es zeigte sich bald, dass der neuen Ordnung der Dinge die einzige natürliche Grundlage, welche in einer Republik bestehen kann, nämlich die Zustimmung der Volksmehrheit fehlte. Napoleon Bonaparte zog, um der helvetischen Regierung ihre Abhängigkeit von seinem Willen recht fühlbar zu machen, plötzlich die französischen Truppen aus der Schweiz zurück und sofort brach in einer Reihe von Kantonen offne Empörung aus. In den demokratischen Kantonen versammelten sich die Landsgemeinden und stellten die alten Verfassungen wieder her. Die helvetischen Truppen, welche von der Regierung aufgeboten waren, wurden von den Unterwaldnern an der Rengg überfallen und geschlagen; die Stadt Zürich schloss ihnen ihre Thore und wurde darauf von General Andermatt ohne Erfolg

*) Troxler, die sieben Bundesverfassungen der schweiz. Eidgenossenschaft von 1798 bis 1815. Zürich 1838. Eine verdienstliche Sammlung, weil die ephemeren, aber für die Geschichte unsres Bundesstaatsrechtes immerhin nicht unwichtigen Verfassungen von 1801 und 1802 sonst sehr selten geworden sind.

bombardirt. In den Kantonen Baden, Aargau, Solothurn und Bern erhob sich das Landvolk und zog, mit Knitteln bewaffnet (daher der Name »Stecklikrieg«), gegen die Hauptstadt der Republik, welche beinahe ohne Schwertstreich von der helvetischen Regierung geräumt wurde. Während nun diese letztere am 20. September nach Lausanne übersiedelte, traten die demokratischen Kantone in Schwyz zu einer Tagsatzung zusammen und erliessen an die ehemaligen Städtekantone die Einladung, den Grundsatz der Rechtsgleichheit zwischen Stadt und Land treu und aufrichtig anzunehmen und sich mit ihnen zur Berathung der gemeinsamen Angelegenheiten des Vaterlandes zu vereinigen. Aehnliche Einladungen ergingen an die ehemaligen zugewandten Orte und gemeinen Herrschaften. Von allen Städtekantonen sandte zuerst Zürich einen Gesandten von der Stadt und einen vom Lande an die Tagsatzung; diesem Beispiele folgten Basel, Schaffhausen, Luzern, zuletzt auch Solothurn. Ebenso erschienen Gesandte von Zug, der Stadt St. Gallen, der alten Landschaft, Thurgau, Rheinthal, Baden, Graubünden. Das Patriziat von Bern dagegen, welches das alte Regiment so viel als möglich wieder herzustellen suchte, bedang in der Uebereinkunft, welche es mit der Tagsatzung für gemeinsame Vertreibung der helvetischen Regierung aus dem Waadtlande abschloss, sich aus, dass kein Theil in die innern Angelegenheiten des andern sich einmischen solle; es schickte daher auch nur Einen Gesandten als Vertreter der »Stadt und Republik« nach Schwyz. Während nun die Tagsatzung zum letzten Angriffe gegen die Helvetik unter dem Oberbefehle des Generals Bachmann von Näfels ein kleines Bundesheer sammelte, beschäftigte sie sich zugleich mit dem Entwurfe einer neuen Bundesverfassung, welcher von grossem Interesse ist, weil er zeigt, dass auch unter den schweizerischen Staatsmännern, welche im Föderalismus eine Lebensbedingung für die Schweiz erblickten, doch das Bedürfniss grösserer Centralisation, als die alten Bünde und selbst nachher wieder der Bundesvertrag von 1815 sie boten, lebhaft gefühlt wurde. Zwar wurde in dem Entwurfe mit Nachdruck hervorgehoben, dass jeder Kanton selbst sich eine beliebige Verfassung geben, seine Obrigkeiten wählen, seine Oekonomie, seine kirchlichen Angelegenheiten und seine Rechtspflege unabhängig von jeder Centralbehörde besorgen möge; auch wurde die alte Tagsatzung mit Gesandten, welche von den

Kantonen Instruktionen zu empfangen hätten, wieder hergestellt. Aber neben der Tagsatzung erscheint als die eigentliche Bundesregierung ein Eidgenössischer Rath, in welchem zwar auch jeder Kanton durch ein von ihm selbst gewähltes Mitglied vertreten sein sollte, der aber nach dem freien Ermessen seiner Mitglieder gültige Mehrheitsbeschlüsse fassen und seinen Präsidenten selbst ernennen konnte. In die Competenz des Eidgenössischen Rathes wurden gelegt: 1) die Leitung sämmtlicher auswärtiger Angelegenheiten, mochten sie die ganze Schweiz oder bloss einzelne Kantone betreffen, wobei jedoch der Entscheid über Krieg und Frieden, Bündnisse, Militärkapitulationen und Handelsverträge der Tagsatzung vorbehalten blieb, welche mit zwei Drittheilen der Standesstimmen darüber erkannte; 2) die Oberaufsicht und oberste Verfügung über das eidgenössische Militärwesen mit dem Vorbehalte, dass die zu entwerfende allgemeine Militärorganisation von zwei Drittheilen der Kantone angenommen werden musste; 3) das Vorschlagsrecht für allgemein nützliche Einrichtungen, worüber die Tagsatzung entschied; 4) bei Streitigkeiten zwischen Kantonen oder 5) bei Unruhen im Innern eines Kantons die Vermittlung und nöthigenfalls die Antragstellung bei der Tagsatzung zum massgebenden Abspruche. Die Mitglieder des Eidgenössischen Rathes sollten feste Besoldungen aus der Bundeskasse beziehen; doch sollte in ruhigen Zeiten und bei minder wichtigen Geschäften die Behörde sich vertagen und die einstweilige Verwaltung einem Ausschusse von 8 Mitgliedern übertragen, welche sie mit möglichster Berücksichtigung der verschiedenen Confessionen und Regierungsformen aus ihrer Mitte wählte. Die Mitglieder des Eidgenössischen Rathes durften nicht als Gesandte an die Tagsatzung ernannt werden; dagegen hatten die Mitglieder des Ausschusses bei den Geschäften, über welche sie der Tagsatzung Bericht zu erstatten hatten, deliberative Stimme. Als Finanzquellen wurden der Eidgenossenschaft zugewiesen: das Münz-, Pulver-, Bergwerks-, Post- und Salzregal, ferner die in den Befreiungsurkunden der ehemaligen gemeinen Herrschaften ausdrücklich vorbehaltenen Domänen und Gefälle.*)

*) Kommissional-Gutachten über die allgemeine Verfassung, entworfen im October 1802, im Archiv Schwyz. Vgl. Muralt's Hanns v. Reinhard S. 459—461, Steinauer Geschichte des Freistaates Schwyz I. 403—404. Offenbar ist der

§ 3. Die Vermittlungsakte.

Es geschah keineswegs aus Vorliebe für das Einheitssystem, welches seit fünfthalb Jahren als unpassend für die Schweiz und insbesondere in dem letzten allgemeinen Aufstande als gänzlich haltlos sich erwiesen hatte, dass der französische Machthaber die Bundesarmee unter General Bachmann in ihrem Siegeslaufe gegen Lausanne aufhielt und, indem er seine Vermittlung zur Begründung eines dauerhaften Verfassungswerkes anbot, die vorläufige Wiedereinsetzung sämmtlicher helvetischen Behörden verlangte. Schon in Malmaison am 30. April 1801 hatte sich Bonaparte deutlich genug in föderalistischem Sinne ausgesprochen*); noch einlässlicher geschah diess in den berühmten Konferenzen vom 12. December 1802 in St. Cloud und vom 29. Januar 1803 in den Tuilerien, wo er u. A. das denkwürdige Wort sprach: »Eine Regierungsform, die nicht das Ergebniss einer langen Reihe von Ereignissen, Unglücksfällen, Anstrengungen und Unternehmungen eines Volkes ist, kann niemals Wurzel fassen.« **) Was den Ersten Consul zur gebieterischen Dazwischenkunft in die schweizerischen Angelegenheiten veranlasste, war vielmehr die sich ihm aufdrängende Ansicht, dass auswärtige, namentlich englische Einflüsse bei dem Aufstande gegen die helvetische Regierung mit im Spiele seien und dass es sich um eine vollständige Reaktion handle, welche das Bollwerk der Alpen einer neuen europäischen Coalition, die sich gegen Frankreich bilden könnte, überliefern würde. Sofort war nun sein Entschluss gefasst: er wollte der Schweiz eine ihrem Charakter und ihren Bedürfnissen entsprechende Verfassung zurückgeben, aber sie sollte diese Wohlthat einzig ihm zu verdanken haben; in ihrem Innern zufriedengestellt, sollte sie dagegen nach aussen hin gänzlich an Frankreich gekettet sein. Diesen Zweck erreichte Bonaparte, indem er einerseits, da die Tagsatzung in Schwyz nur der Waffengewalt weichen zu wollen erklärte, abermals durch eine französische Armee die Schweiz besetzen liess, anderseits aber Abgeordnete der helvetischen Regierung, der Kantone und einzelner Städte zu sich nach Paris

oben erwähnte Haller'sche Verfassungsplan von 1799 nicht ohne Einwirkung auf diesen Entwurf geblieben.

*) Bericht des helvetischen Ministers bei Muralt S. 458.

**) Monnard II. 361.

lud, um nach Anhörung der Wünsche und Ansichten aller Partheien seinen Entscheid zu fällen. War es auch demüthigend für unser Vaterland, dass es nicht durch sich selbst die nothwendig gewordene Neugestaltung seiner Verhältnisse, die Ausgleichung zwischen alter und neuer Zeit erlangen konnte, so musste es doch in seiner damaligen Lage die ihm angebotene Vermittlung mit Dank annehmen. Denn so leicht es, im Augenblicke der französischen Dazwischenkunft, für die Tagsatzung in Schwyz gewesen wäre, die gänzliche Auflösung der helvetischen Regierung zu bewerkstelligen, so schwer hätte es ihr fallen müssen, über die sehr verschiedenartigen Begehren, welche sich in einzelnen Theilen der Schweiz mit Bezug auf die künftige Gebietseintheilung und die Kantonsverfassungen erhoben, zu entscheiden und zugleich ihren Bundesentwurf für alle Kantone zur Geltung zu bringen.

Folgendes sind die Grundzüge der Vermittlungsakte, welche Napoleon Bonaparte am 19. Februar 1803 den schweizerischen Abgeordneten zur Consulta überreichte und welche von da an bis zu seinem Sturze das, unter dem besondern Schutze des Vermittlers stehende Grundgesetz der Eidgenossenschaft bildete:

Die Schweiz erscheint nicht mehr als ein Einheitsstaat, welcher in Kantone abgetheilt ist, sondern sie besteht aus XIX souveränen Kantonen, deren besondere Verfassungen zuerst festgestellt wurden, ehe man die Bundesverfassung, als die Krone des ganzen Gebäudes, denselben beifügte. Die XIII alten Orte wurden in ihren frühern Gebietsgränzen wieder hergestellt; nur dass Aargau und Waadt von Bern getrennt blieben. In den demokratischen Kantonen wurde die alte Landsgemeindeverfassung wieder eingeführt mit einigen heilsamen Abänderungen, welche sich auf das Alter der Stimmfähigkeit und auf die Initiative bei der Gesetzgebung bezogen. Die Städtekantone erhielten eine Repräsentativverfassung, welche auf dem Grundsatze der Rechtsgleichheit von Stadt und Land beruhte; doch wurde für die active und passive Wahlfähigkeit ein Census aufgestellt und die Wahlkreise hatten direkt aus ihrer Mitte bloss einen Drittheil der Mitglieder des Grossen Rathes zu wählen, während sie für die übrigen zwei Drittheile, welche durch das Loos bezeichnet wurden, Kandidaten aus den übrigen Bezirken ernennen mussten. Diese Einrichtung, welche für eine Zeit des Ueberganges passend erschien, hatte offenbar den Zweck, der grössern politischen

Bildung, welche sich in den Städten fand, die gebührende Berücksichtigung zu verschaffen. Die sechs neuen Kantone, welche durch die Vermittlungsakte den dreizehn alten beigesellt wurden, waren 1) St. Gallen, bestehend aus der Stadt St. Gallen, dem Gebiete der ehemaligen Abtei und den Landschaften Rheinthal, Sax, Gams, Werdenberg, Sargans, Gaster, Utznach und Rapperswyl; 2) Graubünden, der alte Freistaat der drei rhätischen Bünde, von welchem jedoch Veltlin, Cleven und Worms losgetrennt und zur italienischen Republik geschlagen waren; 3) Aargau, bestehend aus dem ehemals bernischen Aargau, dem von Oesterreich abgetretenen Frickthal, der Grafschaft Baden und den freien Aemtern; 4) Thurgau; 5) Tessin, bestehend aus sämmtlichen ehemaligen italienischen Vogteien mit Einschluss des Livinerthals; 6) Waadt, die ehemals bernische Landschaft mit den Vogteien Orbe, Grandson und Echallens, an welchen auch Freiburg Antheil gehabt hatte. Mit Ausnahme Graubündens, dessen alte Verfassung nur eine zeitgemässe Umbildung erlitt, erhielten auch diese neuen Kantone Repräsentativverfassungen mit einem noch komplizirtern Wahlsysteme als dem für die Städtekantone aufgestellten. Auch hier wählten die einzelnen Wahlkreise nur einen Drittheil der Mitglieder des Grossen Rathes direkt aus ihrer Mitte; für die beiden andern Drittheile, welche ausgeloost wurden, hatten sie Kandidaten zu ernennen, für deren Wählbarkeit zu einem Theile ein ansehnliches Vermögen, zum andern Theile ein vorgerücktes Alter vorgeschrieben war.

Die XIX Kantone waren in der Weise mit einander verbunden, dass sie einander gegenseitig ihre Verfassungen, ihr Gebiet, ihre Freiheit und Unabhängigkeit sowol gegen äussere als gegen innere Angriffe gewährleisteten. Zur wirksamen Handhabung dieser Garantie wurde eine Bundesarmee aufgestellt, welche — da es nicht in der Politik des Vermittlers liegen konnte, der Schweiz eine grössere bewaffnete Macht zu verleihen — aus nicht mehr als 15,203 Mann bestand; die Beiträge, welche jeder Kanton an Truppen und Geld zu liefern hatte, waren genau festgesetzt. Die Bundesgewalt wurde ausgeübt theils durch die Tagsatzung, theils durch den Landammann der Schweiz. Die Tagsatzung berieth wieder, wie in frühern Zeiten, nach Instruktionen, welche jeder Kanton seinem Abgeordneten ertheilte; eine wichtige Neuerung aber lag darin, dass die Kantone nicht mehr völlig gleiches Stimmrecht übten, sondern die grössern Stände Bern, Zürich, Waadt, St. Gallen, Aargau und Graubünden je zwei Stimmen hatten, während von den übrigen Ständen jedem nur eine Stimme zukam. Die Tagsatzung versammelte sich wechselweise, ein Jahr nach dem andern, in den Städten Freiburg, Bern, Solothurn, Basel, Zürich und Luzern; der Kanton, welchen es der Reihenfolge nach traf, war für das Jahr Vorort (canton directeur) und hatte die Sitzungskosten zu bestreiten. Die jährliche ordentliche Sitzung der Tagsatung begann am ersten Montag im Brachmonat; ausserordentlich wurde sie einberufen: 1) wenn der Landammann der Schweiz es für nöthig erachtete; 2) wenn eine auswärtige Macht oder ein Kanton es verlangte und der Grosse Rath des Vorortes das Begehren begründet fand; 3) im Falle der Abweisung des Begehrens, wenn fünf Kantone sich für dasselbe erklärten. Landammann der Schweiz hiess der im Amte stehende Schultheiss oder Bürgermeister des Vorortes, welcher zugleich von selbst Gesandter seines Kantons an der Tagsatzung war und diese Versammlung präsidirte. Er vertrat die Schweiz nach aussen hin, wahrte den Kantonen gegenüber die Rechte des Bundes und hatte während seines Amtsjahres die sämmtlichen eidgenössischen Geschäfte theils allein, theils mit Zuratheziehung seiner Kantonsregierung zu leiten. Der Grosse Rath des Vorortes hatte ihm einen besondern Gehalt auszusetzen und die mit dem Amte verbundenen ausserordentlichen Ausgaben zu bestreiten. Der Tagsatzung und dem Landammann der Schweiz war eine ständige eidgenössische Kanzlei beigegeben, welche von Jahr zu Jahr dem Vororte folgte. Die Tagsatzung wählte die beiden Kanzleibeamten und bestimmte ihren Gehalt, welchen ebenfalls der vorörtliche Kanton zu bezahlen hatte.

Die Vermittlungsakte stellte sich entschieden auf den Boden der Kantonalsouveränetät, indem sie in Art. 12 den Grundsatz aussprach: »Les cantons jouissent de tous les pouvoirs qui n'ont pas été expressément délégués à l'autorité fédérale.« Gleichwohl lag es nicht in ihrer Absicht, die Kantonalsouveränetät in demjenigen Umfange, wie sie früher bestanden, wieder herzustellen, sondern es wurde dieselbe vielen wichtigen Beschränkungen unterworfen. Vorerst stellte die Bundesverfassung gewisse allgemeine Grundsätze auf, denen sich die Kantone zu unterziehen hatten. Dahin gehörten das Wegfallen aller politischen Vorrechte, welche früher einzelnen Personen, Familien oder Gemeinden zugestanden hatten; die freie Niederlassung der Schweizerbürger in allen Kantonen, verbunden mit der Ausübung der politischen Rechte nach den Gesetzen des Niederlassungskantons; die Aufhebung der alten Abzugsrechte: die Sicherung freien Verkehres (libre circulation) für Lebensmittel, Vieh und Kaufmannswaaren (denrées, bestiaux et marchandises); die der Tagsatzung eingeräumte Befugniss, einen schweizerischen Münzfuss einzuführen; die den Kantonen auferlegte Verpflichtung, Verbrechern, welche von den Justizbehörden eines andern Kantons verurtheilt wären oder gesetzlich verfolgt würden, keine Zuflucht zu gestatten; endlich das Verbot des Unterhaltes stehender Truppen, deren Anzahl 200 Mann übersteigen würde, sowie aller Sonderbündnisse von Kantonen unter sich oder mit auswärtigen Staaten. Den Bundesbehörden waren sodann, wenn auch nicht gerade zahlreiche, doch sehr wichtige Kompetenzen zugetheilt. Kriegserklärungen, Friedensverträge und Bündnisse wurden von der Tagsatzung beschlossen, und es war dazu die Genehmigung von $^3/_4$ der Kantone erforderlich. Die Tagsatzung allein war fernerhin befugt, Handelsverträge mit dem Auslande und Kapitulationen für Schweizertruppen in fremdem Dienste abzuschliessen; ohne ihre Einwilligung durften keinerlei Werbungen für eine auswärtige Macht stattfinden; über andere Gegenstände durften die Kantone nur nach eingeholter Erlaubniss der Tagsatzung mit ausländischen Regierungen unterhandeln. Ueber die Bundesarmee verfügte ebenfalls ausschliesslich die Tagsatzung; sie ernannte den Oberbefehlshaber und traf alle zur Sicherheit der Schweiz erforderlichen Massregeln. Wenn ein Kanton zu irgend einem Zwecke mehr als 500 Mann Truppen aufbieten wollte, so musste er vorher den Landammann der Schweiz davon in Kenntniss setzen. Brachen im Innern eines Kantons Unruhen aus, welche eidgenössische Hülfe als nothwendig erscheinen liessen, so hatte sich die Kantonsregierung an den Landammann der Schweiz zu wenden, welcher, nach eingeholtem Gutachten des vorörtlichen Kleinen Rathes, Truppen anderer Kantone aufbieten und in den empörten Kanton einrücken lassen konnte, unter Vorbehalt nachheriger Einberufung der Tagsatzung. Wenn die in einem Kanton entstandenen Unruhen die Sicherheit der übrigen Kantone bedrohten, so konnte die Tagsatzung auch von sich aus dagegen einschreiten. Entstanden Streitigkeiten zwischen zwei oder mehrern Kantonen, so hatten sich dieselben zunächst an den Landammann der Schweiz zu wenden, welcher zu gütlicher Ausgleichung des Streites Vermittler ernennen konnte. Gelang diese Ausgleichung nicht, so entschied darüber die Tagsatzung als Syndikat, wobei die Abgeordneten ohne Instruktionen stimmten und der Gesandte jedes Kantons nur Eine Stimme hatte. Die Zolltarife sämmtlicher Kantone hatte die Tagsatzung zu genehmigen, und es durften im Innern der Schweiz keine andern Zölle bezogen werden als solche, die zum Unterhalte von Strassen und Brücken bestimmt waren. Dem Landammann der Schweiz stand dafür ein Aufsichtsrecht zu über den Zustand der Strassen, Wege und Flüsse in der Schweiz; er war in dieser Hinsicht befugt, Befehle zu dringenden Arbeiten zu ertheilen und dieselben im Falle der Noth auf Kosten des säumigen Verpflichteten ausführen zu lassen. Endlich war in der Vermittlungsakte, um jeden Konflikt zwischen Bundes- und Kantonalsouveränetät zu verhüten, festgesetzt, dass eine Kantonsbehörde, welche ein von der Tagsatzung erlassenes Gesetz verletze, als der Auflehnung schuldig vor einen Gerichtshof gestellt werden könne, welcher aus den Präsidenten der Kriminalgerichte aller übrigen Kantone zu bilden sei.

Während der Herrschaft der Vermittlungsakte wurde das schweizerische Bundesrecht auf dem Wege der Bundesgesetzgebung nur in wenigen Punkten weiter entwickelt. Zunächst erschien die Bestimmung der Bundesverfassung, welche sich auf die Unterhandlungen einzelner Kantone mit auswärtigen Regierungen bezog, als einer Erläuterung bedürftig, die durch Beschluss der Tagsatzung vom 22. August 1803 erfolgte. Nach demselben sollten, wenn es sich nicht um den Abschluss eines auf längere Zeit berechneten Vertrages, sondern nur um Verabredungen über minder wichtige Gegenstände handelte, die Kantone von sich aus, unter blosser vorheriger Kenntnissgabe an den Landammann der Schweiz, unterhandeln dürfen; aber auch zum Abschlusse von Verträgen, welche bleibende Verbindlichkeiten auferlegten, sollte in Fällen von Dringlichkeit die Ermächtigung des Landammanns genügen, mit dem Vorbehalte, dass nachher die abgeschlossene Uebereinkunft immerhin noch der Tagsatzung zur

Einsicht und Genehmigung vorgelegt werden musste.*) Ein fernerer Beschluss der Tagsatzung vom 21. Juli 1804 wurde veranlasst durch die vorausgegangenen Unruhen im Kanton Zürich, welche der damalige Landammann von Wattenwyl mit grosser Energie unterdrückt hatte. In der von ihm ausgegangenen Aufstellung eines eidgenössischen Kriegsgerichtes, welches die Aufrührer bestrafte, erblickten einzelne Stände eine Verletzung der Kantonalsouveränetät; die Tagsatzung stellte daher für die Zukunft den Grundsatz auf, dass in ähnlichen Fällen es an der Regierung des betheiligten Kantons stehe, die Schuldigen entweder durch ihr verfassungsmässiges Kriminalgericht oder durch ein eidgenössisches Tribunal beurtheilen zu lassen. Die Zusammensetzung dieses letztern wurde dann näher bestimmt, wobei im Wesentlichen die vom Landammann bei den Zürcher Unruhen getroffenen Massnahmen bestätigt wurden.**) Die freie Niederlassung, welche dem Grundsatze nach in der Bundesverfassung vorgeschrieben war, wurde durch Beschluss der Tagsatzung vom 15. Juni 1805 dahin beschränkt, dass Ausländer, welche in einem Kanton das Bürgerrecht erwerben, erst nach Verfluss von zehn Jahren berechtigten Anspruch auf die Niederlassung in einem andern Kanton erlangen sollten. Durch einen fernern Beschluss vom 6. Juli 1805 wurde verfügt: 1) Der sich niederlassende Schweizer tritt in alle Rechte ein, welche der Kantonsbürger geniesst, mit Ausnahme der politischen Rechte und des Mitantheils an Gemeindegütern. Dafür hat er aber auch alle Verpflichtungen zu erfüllen, welche die Gesetze dem Kantonsbürger auferlegen. 2) Die Ausübung jener verfassungsmässigen Rechte ist unabhängig von der Religion, welcher der sich niederlassende Schweizer angehört. 3) Sie darf auch nicht erschwert werden durch Personal- oder Geldbürgschaften oder andere, den Niedergelassenen auferlegte Lasten. Vorbehalten bleibt eine Kanzleigebühr von höchstens 8 Franken. 4) Wer sich um die Niederlassung in einem andern Kanton bewirbt, muss einen gehörig ausgefertigten, von seiner Kantonsregierung legalisirten Heimathschein vorweisen.***)

*) Urkunden zum Repertorium der Abschiede der eidg. Tagsatzungen vom Jahr 1803—1813 (Bern 1843), No. XV.

**) Ebenda No. XLIV. Offizielle Sammlung der das schweiz. Staatsrecht betreffenden Aktenstücke (Zürich 1820) I. 212.

***) Urkunden No. LXXXVIII, LXXXIX.

Das Münzwesen wurde durch Tagsatzungsbeschluss vom 11. August 1803 dahin geregelt, dass der Schweizerfranken, auf welchem der eidgenössische Münzfuss beruhte, $1\frac{1}{2}$ französischen Franken an Werth gleichkommen sollte. Die Silbermünzen vom Franken aufwärts sollten von den Kantonen nur nach diesem Münzfusse ausgeprägt werden; bei kleinern Münzen hingegen waren sie nicht an denselben gebunden, jedoch sollte die Tagsatzung auch hier die Sorten, sowie ein Maximum der von den Kantonen auszuprägenden Scheidemünzen festsetzen. Das Postwesen erklärte die Tagsatzung am 2. August 1803 wieder als Regal der Kantone in ihrem Gränzumfange, wobei nur folgende allgemeine Grundsätze vorbehalten wurden: 1) Obrigkeitliche Schreiben sollten taxfrei sein und von den Posten weder Zölle noch Weggelder erhoben werden. 2) Das Postgeheimniss blieb gewährleistet. 3) Die Kantone sollten den Posten allen Schutz gewähren und dem Laufe derselben keinerlei Hemmnisse in den Weg legen. 4) Die Postbüreaux sollten, unter Garantie der betreffenden Kantone, für den Werth der ihnen anvertrauten Gegenstände verantwortlich sein, wobei jedoch höhere Gewalt vorbehalten blieb. 5) Bei Beschwerden gegen die Postverwaltung sollte in jedem Kanton dem Fremden wie dem Einheimischen unentgeldlich und summarisch Recht gehalten werden. In Betreff des Zollwesens wurden die einschlägigen Vorschriften der Bundesverfassung durch Tagsatzungsbeschluss vom 15. September 1803 dahin ausgelegt: es sollen sowohl die bestehenden Gränzzölle als auch die »zu festgesetzten Zwecken bestimmten« innern Zölle fortdauern, soferne keine gegründeten Beschwerden dagegen geführt werden; immerhin habe die Tagsatzung noch die Tarife zu genehmigen. Dem mächtigen Willen des zum Kaiser der Franzosen gekrönten Vermittlers sich beugend, verbot die Tagsatzung durch Beschluss vom 5. Juli 1806 die Einfuhr aller englischen Manufakturwaaren (mit Ausnahme des Baumwollgarns) in die Schweiz und zur Deckung der Unkosten, welche durch die Handhabung dieses Verbotes entstanden, legte sie eine eidgenössische Gränzgebühr auf alle übrigen Kaufmannswaaren. Durch einen fernern Beschluss vom 9. November 1810 wurde eine ausserordentliche Abgabe auf alle Kolonialwaaren eingeführt. Erst nachdem in der Völkerschlacht bei Leipzig Kaiser Napoleon unterlegen war, wurden die kostspieligen »eidgenössischen Gränzanstalten« aufgehoben;

dagegen wurde zu Bestreitung der ausserordentlichen militärischen Ausgaben, welche die damaligen Zeitverhältnisse mit sich brachten, zufolge einer Verordnung der Tagsatzung vom 26. November 1813 eine neue eidgenössische Eingangsgebühr bezogen. *) Endlich mag der Tagsatzungsbeschluss vom 28. Juli 1804, durch welchen die Linthkorrektion unter den Schutz und die Leitung der eidgenössischen Behörden genommen wurde, **) an dieser Stelle vorzüglich darum noch Erwähnung finden, weil in der Bundesverfassung von solchen wohlthätigen Unternehmungen nicht ausdrücklich die Rede war, somit jener Beschluss eine glückliche Erweiterung des Bundesrechtes enthielt, welche zur Zeit des Fünfzehnerbundes wohl nicht hätte durchgesetzt werden können.

Wichtiger als die genannten Tagsatzungsbeschlüsse waren in staatsrechtlicher Beziehung die eidgenössischen Konkordate, welche während der Mediationszeit zwischen den Kantonen abgeschlossen wurden. Während dort die Mehrheit der Stimmen für die ganze Schweiz das Gesetz machte, traten hier alle oder doch die meisten Kantone freiwillig zusammen, um sich über gewisse Grundsätze zu verständigen, welche in interkantonalen Verhältnissen zu Recht bestehen sollten. Es beschlugen diese Konkordate, welche nachher unter der Herrschaft des Fünfzehnerbundes bestätigt worden sind und grossentheils dermalen noch verbindliche Kraft haben, die nachfolgenden Materien:

1) den Gerichtsstand des Wohnortes in Forderungssachen;
2) die Gleichstellung der Schweizer im Rechtstriebe und in Konkursen mit den eigenen Kantonsbürgern (15. Juni 1804);
3) bewegliches Eigenthum einer Konkursmasse, welches in andern Kantonen liegt (7. Juni 1810);
4) das Heimathrecht der Ehefrau (8. Juli 1808);
5) die Gestattung gemischter Ehen (11. Juni 1812);
6) die Auslieferung von Verbrechern und Angeschuldigten, die Einvernahme von Zeugen in Kriminalfällen und die Herausgabe gestohlener Sachen (8. Juni 1809);

*) Ebenda No. CX, CXI, CXXIX, CXXX, CXXXVI.

**) Offizielle Sammlung I. 320 ff. Snell, Handb. des schweiz. Staatsrechts (Zürich 1839) I. 267 ff.

7) die Auslieferung von Ausreissern aus den besoldeten Kantonaltruppen (6. Juni 1806);
8) die Stellung der Fehlbaren bei Polizeivergehen (7. Juni 1810);
9) polizeiliche Massnahmen zu Unterdrückung des Vagantenwesens, sowie die Unzulässigkeit von Verbannungsstrafen gegen Schweizer (17. Juni 1812);
10) nähere Bestimmungen über das Passwesen (2. Juli 1813);
11) das Steuersammeln in der Schweiz (2. August 1804);
12) die Gesundheitspolizei (13. Juni 1806 u. 20. Juni 1809).*)

Werfen wir nun noch einen Blick auf die Zustände der Schweiz während der Herrschaft der Vermittlungsakte, so muss allgemein anerkannt werden, dass unser Vaterland damals in seinem Innern des Glückes einer ruhigen und friedlichen Entwicklung genoss, während welcher viele gute Keime für die Zukunft gelegt und manche gemeinnützige Unternehmungen an die Hand genommen werden konnten. »Zahllose Stoffe der Zwietracht«, sagt ein Geschichtschreiber, der diese Zeit aus eigner Erfahrung kannte**), »waren verschwunden. Ein vorher nie empfundener Brudersinn wuchs eben so sehr als einzelne Anmassungen sich verminderten. Das Aufhören der Unterthanenverhältnisse, die zuerst entehrend, dann zerstörend auf jede Republik zurückwirken, die sie in sich aufnimmt, hatte die Zahl der Eidgenossen verzehnfacht; mit einer bisher unbekannten Leichtigkeit und Eintracht bewegte sich ihre Politik, und die feindseligen Schranken des Verkehres waren zwischen den Kantonen gefallen. Das Bedürfniss fortschreitender Bildung und freierer Mittheilung war empfunden, und ihre Entwicklungen gediehen.« Die Schattenseite des Bildes, welches die Schweiz zur Mediationszeit darbot, liegt in ihrer Abhängigkeit von der französischen Politik, welche mit der zunehmenden Macht und Grösse des Vermittlers immer drückender wurde. Besonders schwer empfand die Schweiz die, in Folge der unaufhörlichen Kriege Napoleons sich stets erneuernden Werbungen für die kapitulirten Regimenter in französischen Diensten, sowie das Kontinentalsystem, welches ihren Handel und ihre In-

*) Offiz. Samml. I. 282—318. Snell I. 216—217, 242—244, 248—261, 264, 265.

**) Ludw. Meyer v. Knonau Handb. der Gesch. der schweiz. Eidgenossenschaft II. 738.

dustrie lähmte. Die Besetzung des Kantons Tessin durch französische Truppen und die Fruchtlosigkeit aller Vorstellungen, welche die eidgenössischen Behörden dagegen erhoben, zeigten vollends, wie der Vermittler die der Schweiz zugesicherte Unabhängigkeit verstand. Napoleon hatte die Schicksale der Schweiz zu sehr an diejenigen seines eignen Reiches gekettet, als dass sein Sturz auf die Verfassung, welche er ihr gegeben, ohne Rückwirkung hätte bleiben können.

Die gegen Frankreich verbündeten Mächte, deren siegreiche Heere gegen das Ende des Jahres 1813 der nördlichen Schweizergränze sich näherten, erklärten dem Landammann von Reinhard in Zürich: sie können die von der Tagsatzung proklamirte Neutralität, welche bei dem Abhängigkeitsverhältnisse der Schweiz zu Frankreich bis dahin nur dem Namen nach bestanden habe, nicht anerkennen.*) Im Bewusstsein ihrer militärischen Schwäche, welche der Vermittler aus selbstsüchtigen Gründen gefördert hatte, wich die Eidgenossenschaft einer zehnfachen Uebermacht; die schweizerischen Truppen, welche die Rheingränze besetzt hielten, wurden in ihre Heimath entlassen und die Heere der Verbündeten durchzogen in grossen Massen das schweizerische Gebiet, um in Frankreich einzurücken. Schon vor ihrem Einmarsche hatten, vom österreichischen Kabinet aus begünstigt, namentlich in Bern die Intriguen einer Parthei begonnen, welche die der Revolution von 1798 vorangegangenen Zustände zurückzuführen suchte. Den 23. December, als bereits ein österreichischer Vortrab in Bern einrückte, beschloss der Grosse Rath nach längerm Widerstande die Aufhebung der Vermittlungsakte und übergab seine Gewalt der beim Einmarsche der Franzosen abgetretenen Regierung, welche in einer, am folgenden Tage erlassenen Proklamation sofort Ansprüche auf die losgetrennten Kantone Aargau und Waadt erhob. Auch der Landrath von Schwyz sagte sich am 24. December von der Vermittlungsakte los und lud Zürich ein, seine alte Stellung als eidgenössischer Vorort wieder einzunehmen. Zugleich erklärten die Gesandten Oesterreichs und Russlands dem Landammann der Schweiz: die bestimmte Absicht der verbündeten Mächte gehe dahin,

*) Vgl. die von Ganz verfasste Erklärung der verbündeten Mächte, datirt aus dem Hauptquartier zu Freiburg im Breisgau vom 21. December 1813, bei G. Vogt Handb. des schweiz. Bundesrechtes S. 34 ff.

dass die Vermittlungsakte, als ein Werk fremder Willkür und Gewalt, gänzlich aufgehoben werde; sie empfahlen die beförderliche Herstellung eines neuen Bundesvereins. So trat an die Stelle der vom Landammann einberufnen ausserordentlichen Tagsatzung eine Eidgenössische Versammlung, bestehend aus den Gesandten der alten Orte Uri, Schwyz, Luzern, Zürich, Glarus, Zug, Freiburg, Basel, Schaffhausen und Appenzell. Von der Ueberzeugung ausgehend, dass nach den von aussen her und im Innern der Schweiz vorgefallenen Ereignissen die mediationsmässige Bundesverfassung keinen weitern Bestand haben könne, einigte sich die Versammlung am 29. December auf folgende Grundlagen eines neuen Bundes:

»1) Die beitretenden Kantone sichern sich im Geiste der alten Bünde und der seit Jahrhunderten unter den Eidgenossen bestandnen glücklichen Verhältnisse brüderlichen Rath, Unterstützung und treue Hülfe neuerdings zu.«

»2) Sowohl die übrigen alteidgenössischen Stände, als diejenigen, welche bereits seit einer langen Reihe von Jahren Bundesglieder gewesen sind, werden zu diesem erneuerten Verbande förmlich eingeladen.

»3) Zu Beibehaltung der Eintracht und Ruhe im Vaterlande vereinigen sich die beitretenden Kantone zu dem Grundsatze, dass keine mit den Rechten eines freien Volkes unverträglichen Unterthanenverhältnisse hergestellt werden sollen.

»4) Bis die Verhältnisse der Stände unter sich und die Leitung der allgemeinen Bundesangelegenheiten näher und fester bestimmt sind, ist der alteidgenössische Vorort Zürich ersucht, diese Leitung zu besorgen.«

Sofort schlossen sich dieser Uebereinkunft, auf die Einladung ihrer Urheber, die Gesandten der neuen Kantone St. Gallen, Aargau, Thurgau und Waadt an. Nach wenigen Tagen traten ihr auch die Abgeordneten von Solothurn, Unterwalden und Tessin bei und die meisten Stände ratifizirten ohne Verzug die von ihren Gesandten gefassten Beschlüsse. Nur Bern und Graubünden hielten sich ferne: ersteres, weil man seinen Ansprüchen auf Aargau und Waadt kein Gehör schenken wollte; letzteres wegen Unruhen in seinem Innern, indem eine starke Parthei die Lostrennung von der Eidgenossenschaft beabsichtigte.

§ 4. Der Bundesvertrag von 1815 und der Zeitraum der Restauration.

Die Uebereinkunft vom 29. December 1813, wenn sie auch in der über die Schweiz einbrechenden Zerrüttung als eine feste Grundlage für die zukünftige Einigung erschien, konnte es doch nicht verhindern, dass zu Anfang des Jahres 1814 die Eidgenossenschaft in zwei feindliche Partheien sich trennte, von denen die eine die Rechtszustände früherer Jahrhunderte so weit als möglich wieder herzustellen, die andere hingegen von den, durch die Erfahrung bewährten Errungenschaften der Neuzeit so viele als möglich zu retten bemüht war. Dem Beispiele Berns folgten schon im Laufe des Monats Januar Solothurn und Freiburg. Die alten Patriziate, welche hier unter dem Einflusse einer reaktionären Zeitströmung sich an die Stelle der mediationsmässigen Regierungen setzten, beriefen ihre Gesandtschaften von der Eidgenössischen Versammlung in Zürich zurück, welche — nicht ohne unmittelbare Einwirkung des österreichischen und russischen Bevollmächtigten — den ersten Entwurf einer Bundesurkunde ausarbeitete und am 10. Februar den sämmtlichen Ständen zur Instruktionsertheilung überschickte.*) Den 16. Februar erfolgte auch in Luzern ein Umschwung in aristokratischem Sinne; den 19. verkündigte Uri den Bewohnern Livinens in einer Proklamation, dass es sie wieder mit seinem Kanton vereinige; ähnliche Ansprüche erhoben Schwyz auf Utznach, Zug auf einen Theil der freien Aemter. Nachdem der Vorort Zürich, an der Uebereinkunft vom 29. December unentwegt festhaltend, die von mehrern Seiten verlangte Einberufung einer dreizehnörtigen Tagsatzung abgelehnt hatte, traten am 20. März, während die Gesandtschaften der übrigen Kantone sich wieder in Zürich versammelten, die VIII Orte Uri, Schwyz, Unterwalden, Luzern, Zug, Bern, Freiburg und Solothurn zu einer Gegentagsatzung in Luzern zusammen. Diese äussere Spaltung wurde indessen schnell gehoben durch die entschiedene Erklärung der fremden Gesandten, dass die verbündeten Mächte die Integrität und die Unabhängigkeit aller XIX Kantone unwiderruflich beschlossen hätten und keine andere als die in Zürich versammelte Tagsatzung anerkennen würden. Selbst Bern beschloss hierauf am 30. März, diese Tagsatzung zu

*) S. denselben bei Vogt S. 117–122.

beschicken, und den 6. April waren wieder die Gesandtschaften aller XIX Stände in Zürich versammelt. Freilich waren nun die Gegensätze nur um so näher an einander gerückt und es ist in der That nur zu begreiflich, dass bei der Ungewissheit über die endliche Gestaltung Europas nach Napoleons Sturze und bei der überall in der Schweiz herrschenden Gährung, welche in den Kantonen Solothurn, St. Gallen und Tessin eidgenössische Dazwischenkunft erforderlich machte, die lange Tagsatzung, wie sie nachher wegen ihrer beinahe anderthalbjährigen Dauer genannt wurde, nicht eine allen Bedürfnissen entsprechende Bundesverfassung zu Stande bringen konnte. Nachdem eine Mehrheit von bloss 10 Stimmen beschlossen hatte, den Entwurf vom 10. Februar bei der Berathung zu Grunde zu legen, wurde derselbe von der Tagsatzung bis zum 28. Mai umgearbeitet. Das aus ihren Verhandlungen hervorgegangene Bundesprojekt*) beizeichnete bei ihrem Wiederzusammentritte am 18. Juli der präsidirende Bürgermeister von Reinhard als »ein Werk, hervorgegangen aus ungleichen Standpunkten, berechnet zur Vereinigung zweier ungleichen Systeme: desjenigen einer unbedingten Kantonalsouveränetät und desjenigen einer zusammenhaltenden, kräftigen Centralität, daher eine Art von Kapitulation unter denselben.« Nicht mehr als $9^1/_2$ Stände erklärten sich damals für den Bundesentwurf, während an der Spitze der verwerfenden Kantone wieder Bern stand wegen seiner unbeachtet gebliebenen Ansprüche, an denen es wenigstens in Bezug auf Aargau festhielt. Auch der von der Tagsatzung niedergesetzten Kommission gelang es nicht, durch die Abänderungen, welche sie an dem Entwurfe vornahm, eine Mehrheit von Ständen für denselben zu gewinnen, und es hatte bereits den Anschein, als ob die Schweiz unfähig sei, sich selbst neu zu konstituiren und als ob, bei der zunehmenden Zwietracht in ihrem Innern, den auswärtigen Mächten die Aufgabe zufallen müsse, das Grundgesetz ihrer staatlichen Existenz aufzustellen. Zuletzt wurde gleichwohl in Privatkonferenzen der Abgeordneten, welche zwischen dem 8. und 16. August stattfanden, ein neuer Bundesentwurf vereinbart, welcher, in der Absicht, die Bedenken mancher ältern Stände zu beschwichtigen, entschiedner und unbedingter als der frühere dem Prinzip der Kantonalsouveränetät huldigte und die

*) Ebenda S. 130—142.

durch die Vermittlungsakte gewonnene Centralität aufgab. Und da das grösste Hinderniss für die Annahme des Bundesvertrages in den Gebietsansprüchen einiger älterer gegenüber den neuen Kantonen lag, so wurde dem Entwurfe als Erläuterung des ersten Artikels eine Uebereinkunft beigefügt, welche alle derartigen Ansprachen an Vermittler wies und für den Fall, dass eine gütliche Verständigung darüber nicht zu erzielen wäre, den Weg schiedsrichterlicher Austragung, jedoch bloss für allfällige Entschädigungsforderungen vorbehielt. Grosse Verdienste um diese Einigung hatten sich die Gesandten der bei den Gebietsansprüchen unbetheiligten Kantone, insbesondere Bürgermeister Wieland von Basel und Staatsrath Usteri von Zürich erworben;*) noch mehr hatte wohl dazu beigetragen eine Note der Bevollmächtigten Oesterreichs, Englands und Russlands vom 13. August, welche auf's nachdrücklichste die beförderliche Vollendung des Konstituirungswerkes empfahl und dabei Entschädigungen durch die von Frankreich zurückerstatteten Gebietstheile im Westen der Schweiz, vorzüglich für Bern, in Aussicht stellte. Die Tagsatzung beschloss nun am 16. August, die beiden auf dem Wege von Privatkonferenzen zu Stande gekommnen Entwürfe, des Bundesvertrages nämlich und der Uebereinkunft, den Kantonsbehörden zur Annahme zu empfehlen. Wirklich erfolgte diese nun bis zum 12. September durch fünfzehn und zwei halbe Stände, denen später auch noch Tessin beitrat. Nur in Schwyz, Nidwalden und Appenzell-Innerrhoden hatten die Landsgemeinden den Bundesvertrag verworfen, weil er ihnen, trotz der weitgehendsten Concessionen an die Rückschrittspartei, immer noch als zu centralistisch erschien; diess hielt indessen bei der entschiednen Mehrheit, welche sich für den Entwurf ausgesprochen, die Tagsatzung nicht ab, ihn als Grundgesetz der Eidgenossenschaft feierlich zu verkündigen.**) Eine weitere Entwicklung erhielt der neue Bund sofort dadurch, dass am 12. September die Tagsatzung noch drei neue Kantone, welche die Waffen der verbündeten Mächte dem französischen Reiche wieder entrissen hatten, in die schweizerische Eidgenossenschaft aufnahm: die Republiken Wallis und Genf und das unter preussische Herrschaft zurückgekehrte Fürstenthum

*) St. Galler »Erzähler« vom 19. August 1814.

**) Vgl. Abschied der ausserordentlichen Tagsatzung von 1814/15 I. 156 ff. Stettler das Bundesstaatsr. seit 1798 S. 44 ff. Vogt S. 143—150.

Neuenburg, dessen Regierung durch die Beitrittsurkunde*) für eidgenössische Angelegenheiten eine äusserlich selbstständige Stellung erhielt.

Wie über alle europäischen, so erfolgte auch über die, noch keineswegs völlig geregelten schweizerischen Angelegenheiten der endliche Entscheid durch den Wiener Kongress, bestehend aus den Bevollmächtigten von Oesterreich, Spanien, Frankreich, Grossbritannien, Portugal, Preussen, Russland und Schweden, bei welchem auch die Tagsatzung, sowie einzelne Kantone durch besondere Abordnungen sich vertreten liessen. Nach langen Verhandlungen, welche oft ganz in's Stocken geriethen, bis die Rückkehr Napoleons von der Insel Elba zu schnellem Abschlusse drängte, erfolgte endlich unterm 20. März 1815 die wichtige Erklärung von Seite des Kongresses, dass die Mächte, von welchen alle Partheien in der Schweiz nunmehr den definitiven Entscheid über die unausgetragnen Gebietsstreitigkeiten erwarteten, die immerwährende Neutralität der Schweiz unter der Bedingung gewährleisten, dass die Tagsatzung folgenden Vergleichsbestimmungen beitrete: »1) Die Integrität der XIX Kantone, wie sie zu Ende des Jahres 1813 bestanden, wird als Grundlage des schweizerischen Bundessystemes anerkannt. 2) Wallis, Genf und Neuenburg sind der Schweiz einverleibt und werden drei neue Kantone bilden. (In Folge späterer Verfügungen der Mächte wurde der Kanton Genf noch wesentlich vergrössert durch savoyische und französische Gebietstheile). 3) Das Bisthum Basel und die Stadt Biel mit ihrem Gebiete sollen künftighin Bestandtheile des Kantons Bern sein. Ausgenommen sind ein Bezirk, welcher dem Kanton Basel und ein kleines Stück Land, welches dem Kanton Neuenburg zugetheilt wird. 4) Zur Ausgleichung aller Entschädigungsforderungen sollen die Kantone Aargau, Waadt und St. Gallen den Kantonen Schwyz, Unterwalden, Glarus, Zug und Appenzell-Innerrhoden eine Aversalsumme von 500,000 Schweizerfranken, deren Vertheilung sowohl für die Bezahlung als für den Empfang nach Massgabe der eidgen. Geldscala stattfindet, und der Kanton Tessin dem Kanton Uri alljährlich die Hälfte des Ertrages der Zölle im Livinerthal entrichten. Diese Gelder sollen in den empfangenden Kantonen für öffentliche Unterrichtsanstalten und zu Be-

*) Offiz. Samml. I. 20—25. Snell I. 16—18.

streitung der Kosten der Landesverwaltung verwendet werden.« Zu dieser Erklärung des Wiener Kongresses sprach die Tagsatzung am 17. Mai ihren Beitritt aus.*)

Durch die Kongressakte, welche alle Hoffnungen auf Wiederherstellung früherer Zustände abschnitt, sahen sich im Frühlinge 1815 auch Schwyz und Appenzell-Innerrhoden veranlasst, dem neuen Bundesvertrage beizutreten. In Nidwalden verweigerte die fanatisirte Menge die Annahme desselben, bis nach dem Einmarsche eidgenössischer Truppen Ruhe und Ordnung in dem zerrütteten Lande wieder hergestellt wurden. Nach langen Zögerungen wurde endlich am 7. August 1815 von den Gesandten der XXII Kantone der Bundesvertrag feierlich beschworen. Der Inhalt desselben war, im Vergleiche mit demjenigen der Mediationsakte, kurz und dürftig. Die souveränen Kantone der Schweiz vereinigten sich neuerdings zur Behauptung ihrer Freiheit, Unabhängigkeit und Sicherheit gegen alle Angriffe fremder Mächte, sowie zur Handhabung der Ruhe und Ordnung im Innern. Sie gewährleisteten sich gegenseitig ihr Gebiet und ihre Verfassungen, welche von den obersten Kantonalbehörden in Uebereinstimmung mit den Grundsätzen des Bundesvertrages festzusetzen waren. Die Aufhebung aller politischen Vorrechte, welche die Vermittlungsakte enthalten hatte, wurde dahin beschränkt, dass, wie es keine Unterthanenlande mehr in der Schweiz gebe, so auch der Genuss der politischen Rechte niemals das ausschliessliche Privilegium einer Klasse der Kantonsbürger sein könne. Diese Bestimmung hinderte natürlich nicht, dass in den Städtekantonen allenthalben wieder grosse Vorrechte den Hauptstädten eingeräumt wurden! Zur Handhabung der Garantien, welche die Kantone gegen einander übernahmen, und zur Behauptung der Neutralität der Schweiz wurde eine Bundesarmee von 32,886 Mann aufgestellt und damit die durch die Vermittlungsakte für den ersten Auszug festfestgesetzte Truppenzahl mehr als verdoppelt. Die Scala der Mannschafts- und Geldbeiträge der Kantone sollte indessen von der Tagsatzung revidirt werden, was in den Jahren 1816 und 1817 in der

*) Offiz. Samml. I. 50—71. Snell I. 30—38. Vogt S. 157—179. — Die dem Kanton Tessin auferlegte Verpflichtung wurde von demselben durch Uebereinkunft vom 26. Januar 1846 um die Aversalsumme von Fr. 115,563. 64 a. W. ausgekauft. Offiz. Samml. III. 285. Snell I. Nachtr. 3, S. 1 ff.

Weise geschah, dass erstere im Ganzen auf 33,758 Mann, letztere auf 539,275 Schweizerfranken anstiegen. Ein wichtiger Fortschritt lag in der Errichtung einer eidgenössischen Kriegskasse, welche bis zum Betrage eines doppelten Geldkontingentes anwachsen sollte. Sie wurde, nach dem im November 1813 aufgestellten Vorgange, gebildet durch eine Eingangsgebühr auf Waaren, welche nicht zu den nothwendigsten Lebensbedürfnissen gehörten. Den Tarif bestimmte die Tagsatzung und die Gränzkantone, welche die Gebühren bezogen, legten ihr Rechnung darüber ab. Die Tagsatzung, an welcher jeder der XXII Kantone Eine Stimme hatte, versammelte sich in der jeweiligen vorörtlichen Hauptstadt ordentlicher Weise alljährlich am ersten Montag im Juli, ausserordentlich auf Einladung des Vorortes oder auf das Begehren von fünf Kantonen. Sie wurde präsidirt durch den im Amte stehenden Bürgermeister oder Schultheissen des Vorortes. In der Regel entschied an ihr die absolute Mehrheit der Stimmen; nur für Kriegserklärungen, Friedensschlüsse und Bündnisse mit auswärtigen Staaten waren, wie nach der Vermittlungsakte, $^3/_4$ und für die Ertheilung ausserordentlicher Vollmachten an den Vorort, sowie für die Beiordnung eidgenössischer Repräsentanten $^2/_3$ der Kantonsstimmen erforderlich. Im Allgemeinen wurden in die Competenz der Tagsatzung gelegt »alle erforderlichen Massregeln für die äussere und innere Sicherheit der Eidgenossenschaft;« im Einzelnen wurden als ihr zustehend erwähnt die Organisation und Beaufsichtigung der Kontingentstruppen, die Verfügung über Aufstellung und Gebrauch derselben, die Wahl des Generals und der eidgenössischen Obersten, die Ernennung und Abberufung eidgenössischer Gesandter, die Schliessung von Handelsverträgen mit auswärtigen Staaten. Militärkapitulationen und Verträge mit auswärtigen Regierungen über ökonomische und Polizeigegenstände, zu deren Abschluss die einzelnen Kantone berechtigt erklärt wurden, brauchten der Tagsatzung blos zur Kenntniss gebracht zu werden, damit sie die Rechte des Bundes und andrer Kantone wahren könne. Sonderbündnisse einzelner Kantone mit dem Auslande waren nicht mehr ausdrücklich und solche von Kantonen unter sich nicht unbedingt verboten, sondern nur insoweit, als solche Verbindungen dem Bunde oder den Rechten andrer Kantone nachtheilig wären. Für die Zeit, wo die Tagsatzung nicht versammelt war, wurde dem Vororte, welcher zwischen den Kantonen Zürich, Bern und Luzern je zu zwei Jahren um wechseln sollte, die Leitung der Bundesangelegenheiten mit den bis zum Jahr 1798 ausgeübten Befugnissen übertragen; eine Bestimmung, die einen Widerspruch in sich selbst enthielt, weil eine Bundesleitung, wie sie die neuen Zeitverhältnisse und selbst die Vorschriften des Bundesvertrages erforderten, in der alten Eidgenossenschaft überhaupt nicht bestanden hatte! Dem Vororte wurde wieder eine, von der Tagsatzung gewählte eidgenössische Kanzlei, bestehend aus einem Kanzler und einem Staatsschreiber, beigegeben. Diese Beamten, welche gewöhnlich lange Zeit an ihren Stellen verblieben, übten fortwährend, den häufig wechselnden vorörtlichen Regierungen gegenüber, einen bedeutenden Einfluss auf die Leitung der eidgenössischen Geschäfte aus. Zu Besorgung wichtiger Bundesangelegenheiten konnte die Tagsatzung, wenn sie nicht selbst versammelt bleiben wollte, der vorörtlichen Behörde eidgenössische Repräsentanten beiordnen, deren Zahl auf sechs festgesetzt war; sie wurden von den Kantonen nach einer vorgeschriebenen Kehrordnung gewählt. Die Tagsatzung hatte ihnen die erforderlichen Instruktionen zu ertheilen und die Dauer ihrer Verrichtungen zu bestimmen. Es erwies sich jedoch dieses neue Institut, für welches nur die frühere Uebung bei Gränzbesetzungen als entfernte Analogie angeführt werden konnte,*) um seiner Schwerfälligkeit und um der Unbestimmtheit willen, in welcher das Verhältniss der Repräsentanten zum Vororte gelassen wurde, als so durchaus unpraktisch, dass in dem Zeitraume von 33 Jahren, während dessen der Bundesvertrag in Kraft bestand, niemals davon Gebrauch gemacht worden ist. Streitigkeiten zwischen den Kantonen über Gegenstände, welche nicht durch den Bundesvertrag gewährleistet waren, sollten durch eidgenössische Schiedsgerichte gütlich ausgeglichen oder rechtlich entschieden werden. Konnten sich die von den Partheien aus den Magistraten unbetheiligter Kantone ernannten Schiedsrichter über die Wahl eines Obmanns nicht verständigen, so wurde derselbe von der Tagsatzung bezeichnet, welche nöthigenfalls auch den Spruch zu vollziehen hatte. Die streitenden Kantone waren verpflichtet, sich jeder Selbsthülfe zu enthalten. — Bei äussern oder innern Gefahren

*) Stettler Bundesstaatsr. vor 1798 S. 85, 86. Bundesstaatsr. seit 1798 S. 172.

war jeder Kanton berechtigt, seine Mitstände zur Hülfe zu mahnen. In beiden Fällen musste der Vorort davon in Kenntniss gesetzt werden; jedoch nur bei äussern Gefahren lag demselben ob, unter allen Umständen die Tagsatzung zu versammeln, während im Falle innerer Unruhen in einem Kantone diess nur auf Ansuchen der betreffenden Regierung, wenn die Gefahr fortdauerte, geschehen musste. Die Kosten der eidgenössischen Hülfeleistung trug bei äusserer Gefahr der Bund, bei innern Unruhen dagegen der mahnende Kanton, sofern die Tagsatzung darüber nicht anders verfügte. — Die freie Niederlassung von Kanton zu Kanton, welche die Mediationsakte vorgeschrieben hatte, war im Bundesvertrage von 1815 nicht mehr erwähnt. Auch der freie Verkehr war nicht mehr unbedingt gewährleistet, sondern bloss freier Kauf für Lebensmittel, Landeserzeugnisse und Kaufmannswaaren, und für diese Gegenstände, sowie auch für das Vieh ungehinderte Aus- und Durchfuhr von einem Kanton zum andern, mit Vorbehalt der erforderlichen Polizeiverfügungen gegen Wucher und schädlichen Vorkauf, wobei indessen die Einwohner anderer Kantone den eignen Kantonsbürgern gleichgehalten werden sollten. Die bestehenden Zölle, Weg- und Brückengelder sollten in Kraft verbleiben, für die Zukunft aber ohne Genehmigung der Tagsatzung weder neue errichtet, noch die bestehenden erhöht, noch ihr Bezug, wenn er auf bestimmte Jahre beschränkt war, verlängert werden. Endlich enthielt der Bundesvertrag, der sonst durchgehends in Sachen der innern Verwaltung Alles der Souveränetät der Kantone überliess, noch die sonderbare Inkonsequenz, dass er den Fortbestand der Klöster und Kapitel und die Sicherheit ihres Eigenthums, soweit es von den Kantonsregierungen abhing, gewährleistete!

Das neue Bundesrecht wurde nur unbedeutend weiter entwickelt durch die organischen Vorschriften, welche die Tagsatzung zu näherer Ausführung des Bundesvertrages aufstellte. Als solche sind zunächst zu erwähnen der Beschluss vom 25. Juli 1817, betreffend die bei der feierlichen Eröffnung der Tagsatzung zu beobachtenden Formen, und das Tagsatzungs-Reglement vom 7. Juli 1818. Da es oft vorkam, dass einzelne Gesandtschaften, weil sie nicht genügende Instruktionen besassen, nur unter Ratifikationsvorbehalt zu einem Beschlusse stimmten, so wurde am

6. Juli 1819 festgesetzt, dass die betreffenden Stände bis zur nächsten ordentlichen Tagsatzung sich darüber aussprechen sollten, widrigenfalls angenommen würde, dass sie die Stimmgebung ihrer Gesandten genehmigen. Hinsichtlich der Unterhandlungen einzelner Kantone mit auswärtigen Staaten wurde der Beschluss vom 22. August 1803 am 22. Juli 1819 in folgendem Sinne abgeändert: 1) Wenn eidgenössische Stände Verträge, welche durch den Bundesvertrag in ihre Befugniss gelegt sind, nämlich Militärkapitulationen und Verträge über ökonomische oder polizeiliche Gegenstände mit dem Auslande abschliessen, so sollen sie dieselben, ehe sie die Ratifikation der obersten Kantonsbehörde erhalten, der Tagsatzung vorlegen. Erst nachdem sich diese versichert hat, dass der Inhalt solcher Verträge weder dem Bundesverein noch bestehenden Bündnissen nach den Rechten anderer Kantone zuwiderlaufe, können sie in Vollzug gesetzt werden. 2) Wenn aber die Stände rein ökonomische Contrakte, welche keinerlei politische Verpflichtungen enthalten, mit auswärtigen Staaten abschliessen, so haben sie einfach der nächstfolgenden Tagsatzung Anzeige davon zu machen und die Beschaffenheit des Contraktes in guter Treue anzugeben. — Ein Fortschritt in den Beziehungen der Schweiz zum Auslande war es, dass die Tagsatzung sich schon am 8. August 1816 für die Errichtung schweizerischer Handelskonsulate in Städten und Ländern, wo Schweizer als Kaufleute etablirt sind, aussprach und die Art der Ernennung, sowie die Obliegenheiten der Konsuln näher regelte. Ebenso geschah es im Interesse der Nationalehre und einer würdigen staatsrechtlichen Stellung der Eidgenossenschaft, dass die Tagsatung am 8. August 1828 die Stände aufforderte, Werbungen für auswärtige, nicht kapitulirte Kriegsdienste auf ihrem Gebiete nicht zu gestatten. — Der Art. 11 des Bundesvertrages, welcher vom freien Verkehr handelte, wurde durch Beschlüsse vom 15. Juli 1818 und 13. Juli 1819 dahin interpretirt, dass die den Ständen vorbehaltenen polizeilichen Verfügungen gegen Wucher und schädlichen Vorkauf niemals in Sperranstalten von einem Kanton gegen den andern ausarten dürfen, dass Lebensmittelsperren gegenüber einem auswärtigen Staate nur mit Genehmigung des Vorortes oder der Tagsatzung von einem Kanton angeordnet werden können, und dass kein Kanton die Durchfuhr von Getreide und andern Lebensmitteln, welche vom Auslande kommen und für

einen andern Kanton bestimmt sind, hemmen oder erschweren solle. Mit Bezug auf die Bewilligung neuer Zölle, Weg- und Brückengelder wurde in den Jahren 1824 und 1828 verordnet: der Vorort solle, wenn derartige Begehren bei ihm eingehen, dieselben durch unpartheiische Experten begutachten lassen und ihren Bericht dem Traktandencirkular für die Tagsatzung beilegen; die begehrenden Stände sollen den Experten die auf den beabsichtigten Strassen- oder Brückenbau bezüglichen Pläne und Kostenanschläge mittheilen und ihnen für die Lokalbesichtigung einen sachkundigen Begleiter beiordnen. — Hinsichtlich der eidgenössischen Kriegskasse wurde am 14. August 1816 verfügt, dass dieselbe in verschiedenen Abtheilungen den drei Vororten collektiv zur Besorgung übergeben werden, die Aufsicht und Rechnungsabnahme aber einem Verwaltungsrathe von 7 Mitgliedern zustehen solle, welche von den Kantonen nach einer bestimmten Kehrordnung gewählt wurden. Die eidgenössischen Gränzgebühren, aus welchen die Kriegskasse gebildet wurde, erhielten durch Beschluss vom 16. August 1819 ihre nähere Festsetzung, indem sämmtliche Waaren in nicht mehr als zwei Klassen eingetheilt wurden, von denen die eine 2 Batzen, die andere 1 Batzen vom Centner bezahlte. Den 11. Juli 1820 wurde fernerhin durch Uebereinkunft der Stände verfügt, dass der Bezug der Gränzgebühren unverändert fortdauern solle, bis der vierfache (statt, wie der Bundesvertrag vorschrieb, der doppelte) Betrag eines Geldkontingentes angesammelt sei. Der Bestand einer gemeinsamen Kriegskasse trug nicht wenig bei zu den Fortschritten im eidgenössischen Militärwesen, durch welche sich die Restaurationsperiode vorzüglich auszeichnete. Von besonderer Bedeutung waren in dieser Hinsicht die Aufstellung einer eidgenössischen Militär-Aufsichtsbehörde, bestehend aus dem Präsidenten des Vorortes, vier von der Tagsatzung gewählten eidgenössischen Obersten und einem eidgenössischen Kriegssekretär, und die Errichtung einer Central-Militärschule in Thun, welche auf den Antrag dieser Behörde am 17. August 1818 beschlossen wurde.*) Es war ein Trost für den Vaterlandsfreund, dass wenigstens im Militärwesen eine kräftige Centralleitung verspürt wurde, welche man auf andern Gebieten nur zu oft schmerzlich vermisste.

*) Offiz. Samml. I. 219—230, 243—245, 264—282. II. 12, 86, 141, 155. Snell I. 183—188, 199, 213—214, 312—313, 339—343, 348, 368—375.

Wie unter der Herrschaft der Vermittlungsakte, so geschah auch in dem Zeitraum von 1815 bis 1830 die weitere Ausbildung des schweizerischen Bundesrechtes mehr auf dem Wege von Konkordaten, welche bloss für die beitretenden Kantone verbindlich waren, als auf demjenigen der Tagsatzungsbeschlüsse. Nicht bloss wurden die oben genannten Konkordate aus der Mediationszeit in den ersten Jahren nach Einführung des Bundesvertrages bestätigt, sondern es wurden auch, veranlasst durch die vielen Lücken, welche derselbe enthielt, zahlreiche neue Konkordate abgeschlossen, welche die nachfolgenden Verhältnisse betrafen:

1) den Schutz des Heimathrechtes für Convertiten (8. Juli 1819);

2) die Niederlassung von einem Kanton zum andern (den 10. Juli 1819 verpflichteten sich 12, nachher 13 Stände, an denjenigen Grundsätzen festzuhalten, welche zur Mediationszeit in Folge der Bundesverfassung und der Bundesgesetze vom Jahr 1805 gegolten hatten);

3) den schweizerischen Münzfuss (Revision des Tagsatzungsbeschlusses vom 11. August 1803 in dem Sinn, dass der Schweizerfranken dem Werthe von 1½ alten Livres tournois gleichkommen sollte, die Prägung kleinerer Münzen aber dem Gutdünken der Kantone gänzlich überlassen blieb; 14. Juli 1819);

4) das Postwesen (Bestätigung des Tagsatzungsbeschlusses vom 2. August 1803 mit dem Beifügen, dass kein Kanton zum Nachtheil anderer Kantone seine Posttaxen erhöhen oder seine Postrouten verändern solle; 9./10. Juli 1818);

5) die Erfordernisse zur Einsegnung einer rechtsgültigen Ehe zwischen Angehörigen verschiedener Kantone und zwischen Bürgern des nämlichen Kantons in einem andern Kanton, dann zwischen Schweizern und Ausländern, sowie zwischen zwei ausländischen Personen (4. Juli 1820);

6) die Zulässigkeit der Verkündung gemischter Ehen durch Civilbeamte und ihrer Einsegnung durch evangelische Geistliche (14. August 1821);

7) die Ausmittlung von Heimathrechten für die Heimathlosen*) (3. August 1819 und 17. Juli 1828);

*) Der erste Schritt in dieser Richtung war durch Tagsatzungsbeschlüsse vom 16. und 17. Juni 1812 geschehen. S. dieselben bei G. Vogt, Handb. des schweiz. Bundesrechtes S. 8.

8) die vormundschaftliche Jurisdiktion des Heimathkantons über seine Angehörigen, welche in andern Kantonen niedergelassen sind (15. Juli 1822);

9) die Beerbung Niedergelassener nach den Gesetzen ihres Heimathkantons (15. Juli 1822);

10) den Gerichtsstand bei Ehestreitigkeiten der Niedergelassenen in ihrem Heimathkanton (6. Juli 1821);

11) die Einstellung der Ausprägung von Scheidemünzen auf 20 Jahre (9. Juli 1824);

12) den Grundsatz, dass bei Betreibungen und Arresten zwischen Eidgenossen verschiedener Kantone die Regierungen selbst (nicht die Gerichte) das Konkordat vom 15. Juni 1804, betreffend das Forum des zu belangenden Schuldners, handhaben sollen (21. Juli 1826);

13) die Gleichberechtigung der Angehörigen der konkordirenden Stände in Erbschaftsfällen (24. Juli 1826);

14) den Schutz des Heimathrechtes für Angehörige, welche sich in auswärtige, nicht kapitulirte Kriegsdienste anwerben lassen (14. Juli 1828 u. 13. Juli 1829);

15) die Wanderbücher für Handwerksgesellen, die Reiseschriften fremder Arbeiter und Dienstboten, die Transportbefehle und das Verfahren gegen auswärtige Verbrecher, welche aus der Schweiz verwiesen werden (14. Juli 1828);

16) den Schutz des Heimatrechtes für Schweizer, welche sich im Auslande auf unregelmässige Weise verehelichen (11. Juli 1829);

17) die heimathrechtliche Versorgung von Ausländern, welche durch den Eintritt in ein kapitulirtes Schweizerregiment heimathlos geworden sind (6. Juli 1830);

18) die Anwendung gleichmässiger Grundsätze bei Aufstellung der Tarife für Zölle, Weg- und Brückengelder, Waghaus-, Sust- und ähnliche Gebühren (12. Juli 1830).*)

Die fünfzehn Jahre, während welcher das, nach dem Sturze Napoleons geschaffene System unbedingte Geltung hatte, waren für

*) Offiz. Samml. I. 288—296, 350—352, 355—358. II. 24—40, 77—78, 87—88, 109—110, 142, 146—153, 254 257, 260 262, 269—270. Snell I. 217—241, 244—247, 261—264, 299—300, 303—304, 307—309, 312—314.

die Schweiz eine Zeit der Erholung, deren das Land nach vielfachen Kämpfen und Leiden bedurfte; aber unter der äussern Ruhe, welche hin und wieder in Stagnation ausartete, schlummerten unversöhnte Gegensätze. Insbesondere hatten die Veränderungen in den Kantonsverfassungen, welche in den Jahren 1814 und 1815 vor sich gegangen waren, den Keim zu neuen Erschütterungen gelegt, welche früher oder später nicht ausbleiben konnten. Auch in denjenigen Städtekantonen, wo kein gewaltsamer Umsturz der Mediationsverfassungen stattgefunden, sondern die Grossen Räthe selbst die Veränderungen vorgenommen hatten, wie in Zürich, Basel und Schaffhausen, hatten die Hauptstädte, gleichwie in den aristokratischen Kantonen Bern, Luzern, Freiburg und Solothurn, ein mehr oder weniger starkes Uebergewicht in der Stellvertretung erhalten. Es erregte diess von Anfang an um so grössere Unzufriedenheit, als die neuen Verfassungen nirgends den Bürgern zur Annahme vorgelegt wurden. Auch in den neuen Kantonen erhielten die Verfassungen eine mehr aristokratische Richtung dadurch, dass die Grossen Räthe einen bedeutenden Theil ihrer Mitglieder selbst wählten aus Kandidatenlisten, welche durch Wahlkollegien, die ganz unter dem Einflusse der Regierungen standen, aufgestellt wurden. Daneben forderten die meisten Verfassungen gewisse Vermögensrequisite, entweder für die Ausübung des Stimmrechtes oder für die Wählbarkeit in den Grossen Rath oder in die Regierung. Auch das Verhältniss, in welchem die verschiedenen Staatsbehörden zu einander standen, erregte mannigfache Unzufriedenheit, indem die Grossen Räthe zu abhängig gehalten wurden von den Regierungen, und die richterliche von der ausübenden Gewalt zu wenig getrennt war. Die auswärtigen Kabinete, welche durch ihre Bevollmächtigten auch auf die Entwerfung der Kantonsverfassungen einen wesentlichen Einfluss geübt hatten, drängten nachher zu weitern Schritten, welche dem immer mehr erwachenden freisinnigen Zeitgeiste widerstrebten. Nach der Unterdrückung aufständischer Bewegungen in mehreren Nachbarstaaten verlangten sie von der Schweiz strengeres Einschreiten gegen die politischen Flüchtlinge und gegen die Tagespresse. Die Tagsatzung entsprach durch ihren Beschluss vom 14. Juli 1823 »über den Missbrauch der Druckerpresse und über Fremdenpolizei«, welchem, um äusserlich die Souveränetät der Kantone zu achten, die Form einer dringenden

Einladung an dieselben gegeben wurde. Nach diesem Beschlusse sollten genügende Massregeln dafür ergriffen werden, dass in Druckschriften, Tagblättern u. s. w. Alles ausgewichen werde, was befreundeten Mächten Veranlassung zu begründeten Beschwerden geben könnte; ebenso sollte das Eindringen und der Aufenthalt von Flüchtlingen, welche wegen Störungen der öffentlichen Ruhe aus einem andern Staate entwichen wären, sowie anderer Fremder, welche das ihnen in der Schweiz gewährte Domicil zu gefährlichen Umtrieben gegen auswärtige Regierungen oder zu Ruhestörungen im Innern missbrauchen würden, verhindert werden. Unter wachsendem Widerstande bestätigte die Tagsatzung in den folgenden Jahren diesen Beschluss, bis er im Jahr 1829 aufgegeben wurde.*) Inzwischen versuchten einzelne Regierungen, die Presse auch in den eidgenössischen und kantonalen Angelegenheiten zu beschränken, während sie in demokratischen Ständen einer unbeschränkten Freiheit genoss, welche zu Angriffen gegen die Zustände in andern Kantonen, wo die Censur herrschte, benutzt wurde. Wie daraus heftige Spannung zwischen den Kantonsregierungen entstand, so hatte der misslungene Versuch einer Retorsion gegen Frankreichs neues Mauthsystem im Jahr 1822 eine noch verderblichere Trennung zur Folge, indem die westlichen Kantone, welche auf dem Wege eines Konkordates die Retorsion ins Werk zu setzen suchten, auch gegen die nicht beitretenden Mitstände eine Mauthlinie errichteten. Endlich brachten auch die katholisch-kirchlichen Verhältnisse vielfache Spaltung und Gährung hervor, weil die römische Curie, nachdem sie die Schweiz von dem freisinnig verwalteten Bisthum Constanz losgerissen hatte, bei der Errichtung des neuen Bisthums Basel-Solothurn sich einen übermässigen Einfluss zu sichern suchte und mehrere Kantonsregierungen nur zu bereitwillig diesem Streben entgegenkamen.**)

*) Offiz. Sammlung II. 71–72, 103, 141, 230. Snell I. 202–204.

**) Vergl. Vögelin's Schweizergeschichte, fortges. v. H. Escher, IV. 134 ff.

Zweites Kapitel.

Die Umgestaltung der Schweiz in den Jahren 1830 bis 1848.

§ 1. Die Reform in den Kantonen und die misslungene Bundesrevision (1830 bis 1835).

Wir haben bis dahin gesehen, wie die Schweiz, nachdem im Jahr 1798 ihr altes Verfassungsgebäude in Folge innerer Fäulniss beim ersten feindlichen Angriffe von aussen zusammengebrochen war, zu neuen, dauernden Einrichtungen im Bunde und in den Kantonen ohne auswärtigen Beistand nicht mehr gelangen konnte. Wie den Wirren der Helvetik nur das Machtwort Bonaparte's ein Ziel zu setzen vermocht hatte, so war auch die Rekonstituirung der Eidgenossenschaft nach des Vermittlers Sturze gewissermassen unter der Oberleitung der siegreichen verbündeten Mächte geschehen; ihnen war insbesondere der Entscheid vorbehalten geblieben über die Frage der Integrität der durch die Vermittlungsakte geschaffenen Kantone, welche den heftigsten Streit unter den Schweizern veranlasst hatte. Auch die abermalige Umgestaltung der Schweiz in den Jahren 1830 bis 1848 erfolgte nicht ohne begünstigende Einwirkung auswärtiger Vorgänge: die Pariser Julirevolution gab den ersten Anstoss zu der um sich greifenden Bewegung, welche zunächst gegen die kantonalen Verfassungen von 1815 gerichtet war, und die Februarrevolution mit den sie begleitenden welterschütternden Ereignissen ermöglichte den ungehinderten Ausbau einer neuen Bundesverfassung nach dem Sonderbundskriege. Aber mit gerechtem Selbstgefühle dürfen wir gleichwohl sagen, dass die neueste Gestaltung der kantonalen und Bundesverhältnisse, wie sie seit dem Jahr 1830 erfolgte, unser eigenes Werk ist, auf welches auswärtige Regierungen keinerlei direkten Einfluss ausgeübt haben. Es tragen daher auch unsre gegenwärtigen Einrichtungen ein weit mehr nationales Gepräge an sich, als es bei den Schöpfungen der Jahre 1803 und 1815 der Fall war, und dieser Umstand scheint einige Gewähr dafür zu bieten, dass sie, in ihren wichtigsten Bestandtheilen wenigstens, sich eines längern, unveränderten Fortbestandes erfreuen werden, wenn auch im Laufe der Zeit fortwährend an einzelne Bestimmungen unsrer Verfassungen eine revidirende Hand wird angelegt werden müssen.

Nachdem die Julirevolution in Paris die ältere Linie der Bourbonen zum zweiten Male vom französischen Throne vertrieben hatte, kamen in der Schweiz die zahlreichen Gährungsstoffe, von denen wir im vorigen Abschnitte geredet haben, zum allgemeinen Ausbruche. Schon einige Monate vorher hatte Tessin, wo in der kantonalen Verwaltung die schreiendsten Uebelstände herrschten, eine durchgreifende Reform vorgenommen; nun erhob sich zuerst der Kanton Thurgau, wo eine Volksversammlung in Weinfelden den 18. October 1830 eine Revision der Verfassung durch einen eigens hiefür gewählten Verfassungsrath verlangte und hierauf der Grosse Rath, durch die Anwesenheit einer grossen Anzahl von Landleuten am Sitzungsorte eingeschüchtert, am 8. November diesem Begehren entsprach. Aehnliche Vorgänge wiederholten sich in den Kantonen Zürich, Aargau, St. Gallen, Luzern, Solothurn, Freiburg, Schaffhausen, Waadt, zuletzt auch in Bern. Unter dem Eindrucke der allgemeinen Bewegung stellte die Tagsatzung am 23. December den Grundsatz auf: es stehe jedem Kanton kraft seiner Souveränetät frei, die von ihm zweckmässig erachteten Veränderungen seiner Verfassung vorzunehmen, sofern dieselben dem Bundesvertrage nicht zuwiderlaufen, und es werde sich daher die Bundesbehörde auf keine Weise in solche Reformen einmischen. Dieser Beschluss, so sehr er durch eine politische Nothwendigkeit geboten war, stand doch eigentlich im Widerspruche mit dem bundesrechtlichen Systeme von 1815; er bildete daher den Anfang eines Uebergangszustandes, der bis zur Begründung eines neuen Bundes im Jahr 1848 fortdauerte.

Die neuen Verfassungen, welche in den benannten Kantonen bis zum Frühling und Sommer des Jahres 1831 ausgearbeitet und, mit Ausnahme Freiburg's, durch Volksabstimmung angenommen wurden, beruhten wesentlich auf folgenden Grundsätzen: Anerkennung der Volkssouveränetät, deren Ausübung aber auf die Wahlbefugnisse und auf die Abstimmung über Verfassungsänderungen beschränkt wurde; Uebertragung der Gesetzgebung, Steuerbewilligung,

Instruktionsertheilung für die Tagsatzung und des Aufsichtsrechtes über die Regierungen und Gerichte an die Grossen Räthe, wobei nur in St. Gallen dem Volke ein sogenanntes Veto gegen ihm missfällige Gesetze vorbehalten wurde; Rechtsgleichheit von Stadt und Land, jedoch in mehrern Kantonen noch eine, den Uebergang vom alten zum neuen Systeme berücksichtigende Begünstigung der Hauptstädte in der Repräsentation; in den meisten Kantonen unmittelbare Volkswahlen für die Mehrzahl der Abgeordneten in die Grossen Räthe, nur in Bern, Freiburg und zum Theil in Solothurn noch mittelbare Wahlen durch Bezirkskollegien; kurze Amtsdauern und daher öftere Erneuerung aller Behörden; Trennung der richterlichen von der ausübenden Gewalt; Pressfreiheit und Petitionsrecht; Gewerbsfreiheit; in mehrern Kantonen förmlich ausgesprochene Verpflichtung des Staates, für Verbesserung des Unterrichtes zu sorgen.

Während in den oben genannten Kantonen die Verfassungsrevision ihren ruhigen Verlauf nahm, führte sie dagegen im Kanton Basel zu blutigen Wirren, welche die Tagsatzung nöthigten, im Interesse des allgemeinen Landfriedens von dem aufgestellten Grundsatze der Nichtintervention abzugehen. Nicht befriedigt durch den Vorschlag eines vom Grossen Rathe bestellten Ausschusses, nach welchem die Stadt Basel 75, die Landschaft 79 Abgeordnete wählen sollte, verlangte eine Volksversammlung zu Liestal den 5. Januar 1831 die Einberufung eines Verfassungsrathes und Repräsentation nach der Kopfzahl; zugleich stellte sie für die, gegen die Stadt sich erklärenden Gemeinden eine provisorische Regierung auf. Die Bewegung gedieh zum Aufstande und die Regierung beschloss, denselben mit Gewalt zu unterdrücken. Den 13. Januar zogen 800 Mann von Basel aus, vertrieben die Landleute von den Ufern der Birs, wobei von beiden Partheien zusammen 10 Mann getödtet und etwa 30 verwundet wurden, und rückten dann am 15. nach Liestal vor. Die Mitglieder der provisorischen Regierung flohen nach Olten und die Landleute zerstreuten sich. Die zu Luzern versammelte Tagsatzung sandte zwei Kommissäre nach Basel und forderte die gesammte Bevölkerung des Kantons auf, die Waffen niederzulegen. Die Regierung entliess zwar die Gefangenen grösstentheils wieder, aber eine Amnestie auch für die entflohenen Führer des Aufstandes verweigerte sie entschieden, obschon dieselben in den, in der Umgestaltung begriffenen Kantonen grosse Sympathien fanden. Am 28. Februar wurde dann die vom Grossen Rathe nach dem Antrage des Ausschusses beschlossene neue Verfassung den Bürgern zur Annahme vorgelegt. In der Stadt erfolgte sie beinahe einstimmig; auf dem Lande mit 4994 gegen 2579 Stimmen. Neben dem unbilligen Repräsentationsverhältnisse enthielt die Verfassung die sonderbare, mit der Einheit des Staates durchaus unverträgliche Bestimmung, dass künftige Veränderungen derselben nicht von der Mehrheit der Gesammtbevölkerung, sondern einerseits von der Mehrheit der Stadtbürger und anderseits von derjenigen der Landbürger beschlossen werden sollten. Die Wahlen für den Grossen und Kleinen Rath fielen unter den bestehenden Verhältnissen sehr einseitig zu Gunsten der Stadt aus. Obgleich die Tagsatzung am 19. Juli der neuen Verfassung die eidgenössische Garantie ertheilte, fanden auf dem Lande doch neue Bewegungen statt. Im August erklärten 33 Mitglieder des Grossen Rathes ihren Austritt; in mehrern Dörfern wurden wieder Freiheitsbäume errichtet und Beamte der Regierung vertrieben. Zu Liestal traten die Mitglieder der frühern provisorischen Regierung wieder als solche auf und erliessen am 20. August einen »Tagesbefehl«, durch welchen die Bürger des Kantons aller Verpflichtungen gegen die Regierung enthoben und der Landsturm organisirt wurde. Am nämlichen Tage beschloss der Kleine Rath zu Basel abermals, den Aufstand mit Waffengewalt niederzuwerfen. Die Regierungstruppen, obgleich von den in Weinbergen und Gebüschen zerstreuten Landleuten mit lebhaftem Feuer empfangen, rückten bis Liestal vor und bemächtigten sich des Städtchens, wobei ein Haus in Brand gerieth. Allein da die Landleute den Widerstand fortsetzten und keine Verbindung mit den der Stadt anhängigen Gegenden bewirkt werden konnte, so traten die Truppen den Rückzug nach Basel an. Nun sandte die Tagsatzung abermals vier Repräsentanten nach Basel mit dem Auftrage, »den Insurgenten den Befehl zu ertheilen, die Waffen niederzulegen und zur gesetzlichen Ordnung und Ruhe zurückzukehren, an die Regierung aber die dringende Aufforderung zu richten, jedes Blutvergiessen sofort einzustellen.« Zuwider der Abmahnung der Repräsentanten hielten die Führer der Landleute am 25. August eine Volksversammlung, welche schon förmlich die Trennung aussprach durch den Beschluss, Ausschüsse der Bezirke zur Wahl einer definitiven Regierung zu berufen. Die Tagsatzung befahl der provisorischen Regierung zu Liestal sich aufzulösen, und da letztere sich weigerte, so beschloss sie die Besetzung des Kantons Basel durch eidgenössische Truppen. Aeusserlich wurde nun zwar die verfassungsmässige Ordnung hergestellt, aber die Erbitterung und die Hartnäckigkeit dauerten auf beiden Seiten fort. Die Landschaft blieb bei ihrer Forderung: »Verfassungsrath oder Trennung«; die Stadt verlangte entweder Handhabung der angenommenen Verfassung oder dann ebenfalls Trennung. Als am 18. September die Führer zu Liestal, ungeachtet förmlichen Verbotes, Ausschüsse der Gemeinden versammelten, liessen die Repräsentanten die Versammlung mit Gewalt auseinandertreiben, vier Führer verhaften und nach Bremgarten abführen. Auf der andern Seite gelang es den Repräsentanten nicht, den Grossen Rath zu einer unbedingten Amnestie oder zu einer Aenderung der Verfassung in den am meisten angefochtenen Artikeln zu bewegen. Da die Widersetzlichkeit gegen die von der Regierung eingesetzten Beamten fortdauerte, so beschloss der Grosse Rath am 18. November, die Bürger darüber abstimmen zu lassen, ob sie beim Kanton Basel in seiner gegenwärtigen Verfassung verbleiben oder sich lieber vom Kanton trennen wollen. Bei dieser verkehrten Fragestellung enthielten viele Landbürger sich der Abstimmung, und so ergab sich eine scheinbare Mehrheit für's Festhalten an der Verfassung. Eine Tagsatzungskommission hatte einen Vergleich vorgeschlagen, nach welchem Basel den Revisionsartikel fallen lassen, dann aber die Verfassung 6 Jahre lang durch die Eidgenossenschaft gehandhabt werden sollte: der Grosse Rath aber verwarf zum voraus, ehe nur die Tagsatzung selbst darauf eingetreten war, diesen Vorschlag und forderte unbedingte Handhabung der von der Eidgenossenschaft garantirten Verfassung. In der Mehrzahl der Kantone nahm inzwischen das Volk, welches in dem Streben der Landschaft nach Rechtsgleichheit seine eigne Sache erkannte, immer entschiedener Parthei gegen die Stadt Basel, welche sich viel zu sehr nur auf ihr formelles Recht steifte und den Zeitverhältnissen zu wenig Rechnung trug. Es sprachen sich daher zu Anfang des Jahres 1832 bloss noch in 8 Kantonen die Instruktionsbehörden für unbedingte Handhabung der Verfassung aus. Nun fasste der Grosse Rath von Basel, in welchem eine gereizte Stimmung immer mehr die ruhige Ueberlegung verdrängte, am 22. Februar den bedauerlichen Beschluss, es solle den 46 Gemeinden, in welchen sich bei der Abstimmung nicht die Mehrheit für das Bleiben erklärt hatte, alle öffentliche Verwaltung entzogen und der Vorort ersucht werden, durch Aufstellung einstweiliger Behörden für dieselben zu sorgen. Vergeblich waren die Protestationen des Vorortes und die dringenden Vorstellungen der eidgenössischen Repräsentanten; der Beschluss wurde am 15. März vollzogen. Die abgetrennten Gemeinden erklärten sich hierauf als souveräner Theil des Kantons unter dem Namen Basel-Landschaft; ein Verfassungsrath stellte im Monat April für den neuen Halbkanton eine Verfassung auf, welche am 4. Mai in 54 Gemeinden angenommen wurde. Inzwischen hatte, ungeachtet der fortdauernden Anwesenheit eidgenössischer Truppen, am 6. April in dem der Stadt treu gebliebenen Dorfe Gelterkinden abermals ein blutiger Zusammenstoss zwischen Stadtsoldaten und bewaffneten Landleuten stattgefunden, und Letztere hatten sich nach ihrem Siege mannigfache Excesse erlaubt. Die Tagsatzung, welche sich den 9. Mai wieder versammelte, ordnete nochmals einen Vermittlungsversuch in Zofingen an, und nachdem derselbe fehlgeschlagen hatte, beschloss am 14. Juni eine Mehrheit von zwölf Ständen, dem Begehren beider Parteien allzueilig entsprechend, grundsätzlich die Trennung in zwei Halbkantone. Die nähere Ausführung dieses Grundsatzes erfolgte durch Tagsatzungsbeschluss vom 14. September.

Auch im Kanton Schwyz musste die Tagsatzung wenigstens in vermittelnder Weise einschreiten, da das alte Land, welches seit 1815 wieder grosse politische Vorrechte genoss, das von den äussern Bezirken gestellte Begehren einer Verfassungsrevision auf Grundlage der Rechtsgleichheit mit hartnäckigem Stolze abwies und hierauf die äussern Bezirke im März 1831 für sich eine provisorische Verwaltungsbehörde aufstellten. Nachdem die eidgenössischen Vermittlungsversuche auch hier fruchtlos geblieben waren, trat im Frühjahr 1832 ein Verfassungsrath für die äussern Bezirke zusammen. Durch die am 6. Mai von einer Landsgemeinde zu Lachen angenommene Verfassung konstituirten sich die Bezirke March, Einsiedeln, Küssnach und Pfäffikon als selbstständigen Staat unter dem Titel »Kanton Schwyz äusseres Land.« Die Bezirke Gersau und Wollerau nahmen keinen Antheil an dem neuen Staatswesen.

Endlich traten auch in dem monarchischen Kanton Neuenburg Ereignisse ein, welche eine Intervention des Bundes herbeiführen mussten. Der König von Preussen hatte, dem Wunsche der vier Bürgerschaften entsprechend, den 22. Juni 1831 dem Kanton eine neue Verfassung gegeben, durch welche an die Stelle der alten Landstände ein, grösstentheils vom Volke gewählter gesetzgebender Rath trat, dem auch die Instruktionsertheilung in eidgenössischen Angelegenheiten übertragen wurde. Die Zugeständnisse, welche diese Verfassung enthielt, genügten indessen der republikanischen Parthei, welche gänzliche Trennung des Landes von Preussen verlangte, keineswegs. Den 12. September brach ein Aufstand aus und die Regierung sah sich genöthigt, den Insurgenten das Schloss zu übergeben, während sie ihre Anhänger zu Vallangin sammelte. Die Tagsatzung sandte zwei Repräsentanten, welche aus den benachbarten Kantonen Truppen einrücken liessen. Den 28. September kam eine Uebereinkunft zu Stande, nach welcher die Insurgenten den eidgenössischen Truppen das Schloss übergaben, beide Partheien ihre Truppen entliessen und eine allgemeine Amnestie stattfinden sollte. Da indessen der gesetzgebende Rath eine Abstimmung über die Trennungsfrage verweigerte, so wurde im December ein neuer Aufstand mit Beihülfe von Freischaaren aus andern Kantonen, namentlich Waadt und Genf, organisirt, aber vom Gouverneur Pfuel mit eigner Macht unterdrückt. Ein Kriegsgericht sprach hierauf über die gefangnen Insurgenten schwere Strafen aus. Die königliche Parthei, gegen die Nachbarkantone erbittert, verlangte nun Trennung von der Schweiz, für welche sich am 16. Febr. 1832 auch der gesetzgebende Rath erklärte. Allein der König von Preussen, welcher die Interessen seiner Unterthanen besser als sie selbst zu würdigen wusste, wies das Begehren ab.

Den eidgenössischen Wirren und Verwicklungen, welche die Bewegungen in Basel, Schwyz und Neuenburg zur Folge hatten, sowie der zum Theil nicht ungegründeten Besorgniss vor einer aristokratischen Reaktion, welche in einzelnen regenerirten Kantonen, namentlich in Bern, waltete, entkeimten zwei politische Sonderbünde, welche zwar keineswegs die ganze Schweiz ergriffen, aber doch eine Mehrzahl von Kantonen in zwei feindliche Heerlager trennten, die mit wachsender Erbitterung einander gegenüber standen. An der ausserordentlichen Tagsatzung, welche im

März 1832 in Luzern versammelt war, verabredeten die Gesandten der freisinnigen Stände Luzern, Zürich, Bern, Solothurn, St. Gallen, Aargau und Thurgau, in der Absicht, die mangelhaften Bestimmungen des Bundesvertrages über die Bedeutung und die Wirkungen der Garantie der Kantonsverfassungen zu ergänzen, das sogen. Siebnerkonkordat, welches nachher zwar von den Grossen Räthen der sämmtlichen genannten Kantone genehmigt wurde, die beabsichtigte Ausdehnung auf andre Stände aber nicht zu erlangen vermochte. Folgendes ist der wesentliche Inhalt des Konkordates: »Durch die gegenseitige Garantie ihrer Verfassungen verheissen sich die sieben Stände, sowohl die dem Volke jedes Kantons nach seiner Verfassung zustehenden Rechte und Freiheiten, als die verfassungsgemäss aufgestellten Behörden jedes Kantons und ihre verfassungsmässigen Befugnisse aufrecht zu erhalten. Sie gewährleisten sich ferner, dass Aenderungen dieser Verfassungen einzig in der, durch jede Verfassung selbst festgesetzten Weise vorgenommen werden können. Bei Zerwürfnissen wegen Verfassungsverletzung in einem Kanton üben nach fruchtlos versuchter Vermittlung die übrigen Konkordatskantone das Schiedsrichteramt aus. Die Schiedsrichter, welche strenge nach dem Sinn der bestehenden Verfassungen zu urtheilen haben, werden von den obersten Kantonsbehörden gewählt und sind an keine Instruktionen gebunden. Der betheiligte Stand ist pflichtig, sich dem Spruche zu unterziehen, den die konkordirenden Kantone nöthigenfalls vollstrecken. Durch die verheissene Garantie anerkennen die beitretenden Stände ihr Recht und ihre Pflicht, einander Schutz und Schirm zu leisten, und, unter Anzeige an den Vorort, einander selbst mit bewaffneter Macht einzeln oder in Gemeinschaft zu Hülfe zu ziehen, um Ruhe, Ordnung und Verfassung, wo diese gefährdet sein sollten, aufrecht zu erhalten. Das Konkordat wird mit ausdrücklichem Vorbehalte aller aus dem Bundesvertrage hervorgehenden Rechte und Pflichten abgeschlossen und soll als erloschen ausser Kraft treten, sobald der Bundesvertrag revidirt und in demselben die angemessenen Bestimmungen über Umfang und Wirkungen der Garantie der Verfassungen aufgenommen sein werden.« — So sehr die dieser eigenthümlichen Uebereinkunft zu Grunde liegende Idee, dass der eidgenössische Rechtsschutz nicht bloss den Regierungen, sondern auch dem Volke in den Kantonen zu gut kommen solle, Anerkennung verdient, so ist es doch einleuchtend und geht aus dem Schlussvorbehalte selbst hervor, dass, zuwider dem Geiste des eidgenössischen Bundesvereines, auf dem Wege eines blossen Konkordates über staatsrechtlich-politische Fragen von der grössten Wichtigkeit Bestimmungen getroffen werden wollten, welche, eben weil sie gleichsam die Fundamente der staatlichen Ordnung betreffen, nur in der Bundesverfassung selbst Platz finden können. Wir müssen das Siebnerkonkordat auch schon darum als einen politischen Missgriff betrachten, weil es, ohne den regenerirten Kantonen einen wirklichen Vortheil zu gewähren, grosses Misstrauen in der Schweiz hervorgerufen, die bereits bestehende Spaltung noch wesentlich erweitert und dadurch mit dazu beigetragen hat, dass die Bundesrevision, welcher es vorarbeiten wollte, für einmal zur Unmöglichkeit wurde. In der That ist es nur zu begreiflich, dass der Sonderbund der VII liberalen Stände sofort einem konservativen Gegenbündnisse rief. Nachdem die Tagsatzung am 14. September 1832 die Trennung des Kantons Basel in zwei Halbkantone definitiv beschlossen hatte, versammelte sich am 14. November die Sarner Konferenz, bestehend aus Abgeordneten der Kantone Uri, Schwyz, Unterwalden, Basel-Stadt, Wallis und Neuenburg, welche die Abrede trafen, Basel-Landschaft und die äussern Bezirke von Schwyz nicht als selbstständige Orte anzuerkennen und, wenn die Tagsatzung deren Gesandten in ihre Mitte aufnehmen würde, dieselbe zu verlassen. Diese Androhung wurde im März 1833, als die Tagsatzung wieder in Zürich zusammentrat, wirklich vollzogen: die Sarnerstände, in Schwyz versammelt, erklärten die Trennung des Kantons Basel ohne die Zustimmung aller Stände, sowie die Aufnahme von Basel-Landschaft in den Schooss der Tagsatzung für bundeswidrig und enthielten sich der Theilnahme nicht bloss an jener ausserordentlichen, zunächst wegen der Bundesreform einberufnen, sondern auch an der ordentlichen Tagsatzung des Jahres 1833. Während die VI in Schwyz tagenden Kantone erklärten, die Versammlung in Zürich nicht als eine recht- und bundesmässig zusammengesetzte Tagsatzung, noch ihre Beschlüsse als verbindlich ansehen zu können, änderte die Tagsatzung ihr Reglement dahin ab, dass zu einer gültigen Verhandlung die Anwesenheit von 12 statt 15 Ständen genügen sollte, und am 22. April anerkannte sie den getrennten Zustand des Kantons Schwyz unter Vorbehalt der

Wiedervereinigung und gestattete den äussern Bezirken wie der Landschaft Basel eine halbe Stimme in ihren Berathungen.

Hatten auf diese Weise die Verwicklungen, welche in Folge der Revisionsbewegungen in der Schweiz herrschten, im Sommer 1833 ihren Höhepunkt erreicht, so führten damals gerade die auf's äusserste gespannten Verhältnisse eine schnelle und glückliche Lösung derselben herbei. Durch die Partheiung, welche im Bezirke Küssnach herrschte, liess sich die Regierung von Schwyz verleiten, Truppen aufzubieten, welche unter dem Kommando des Obersten Abyberg, eines Mitgliedes der sechsörtischen Konferenz, am 31. Juli dort einrückten und den zu den äussern Bezirken haltenden Flecken Küssnach besetzten. Dieser bewaffnete Ueberfall, welcher in der ganzen Schweiz die grösste Aufregung hervorrief, ermuthigte die Tagsatzung zu kräftigem Einschreiten: schon am 1. August erklärte sie die Besetzung von Küssnach, welches zu dem von ihr als selbstständig anerkannten Theile des Kantons Schwyz gehörte, als Landfriedensbruch und beschloss schnelle Aufstellung von 5 bis 6000 Mann Bundestruppen, um die äussern Bezirke militärisch zu besetzen, die gesetzliche Ordnung wieder herzustellen und fernere Umwälzungsversuche zu verhindern. Das Ereigniss in Küssnach hatte aber zugleich im Kanton Basel einen noch viel bedenklichern Ausbruch des unter der Asche glimmenden Feuers zur Folge. Da unter der städtischen Regierung noch eine Anzahl von Gemeinden standen, welche räumlich keine Verbindung mit der Stadt hatten, sondern durch den landschaftlichen Halbkanton von derselben getrennt waren, so konnte es an häufigen Reibungen nicht fehlen. Seit dem Küssnacher Zuge nahmen dieselben einen ernstlichern Charakter an; die der Stadt getreuen Landgemeinden befürchteten das Schlimmste von der erbitterten Landschaft und verlangten Hülfe von der Stadt. Nicht ohne lebhafte Opposition beschloss am 2. August der dortige Grosse Rath, in welchem eine extreme Parthei die Oberhand gewann, den bewaffneten Auszug, welcher am 3. Morgens mit 1500 Mann unternommen wurde. Die Landschäftler, an Zahl weit überlegen und mit Geschütz versehen, erwarteten den andringenden Feind in äusserst günstiger Stellung, auf einer befestigten Anhöhe jenseits Pratteln. Es entstand nun ein blutiges Gefecht, welches mit gänzlicher Niederlage und wilder Flucht der städtischen Truppen endigte. 4 Offiziere und 58 Soldaten wurden getödtet; die Zahl der

Verwundeten betrug über hundert. Sofort besetzte nun die Landschaft die der Stadt treu gebliebenen Gemeinden diesseits des Rheins und nöthigte sie, den Anschluss an den neuen Halbkanton zu verlangen. Die Tagsatzung, als sie von dem Ausbruche des Bürgerkrieges im Kanton Basel Kunde erhielt, versammelte sich noch in der Nacht und beschloss sofort ein neues, noch bedeutenderes Truppenaufgebot, dann aber am 4. und 5. August die militärische Besetzung von Stadt und Landschaft. Den 6. wurde dann auch, da man einen zusammenhängenden Reaktionsplan auf Seite der Sarnerstände vermuthete, die Besetzung des innern Landes Schwyz angeordnet, welche ohne Widerstand erfolgte und die heilsame Folge hatte, dass schon am 9. an einer Konferenz zwischen den eidgenössischen Kommissären und der Regierung von Schwyz die Entwerfung einer für beide Landestheile gemeinschaftlichen Kantonsverfassung auf Grundlage der Rechtsgleichheit eingeleitet wurde. Vor den anrückenden eidgenössischen Truppen war die in Schwyz versammelt gewesene Sonderbundskonferenz nach Beckenried geflohen, wo sie ihre Vertagung beschloss und zugleich eine Erklärung an den Vorort zu Handen »der in Zürich vereinigten Stände« erliess, in welcher sie versicherte, dass die militärischen Massregeln von Schwyz und Basel ohne ihr Mitwissen getroffen worden seien. Als Antwort darauf verfügte die Tagsatzung am 12. August die Auflösung der »unter der Benennung Sarner Konferenz bekannten Verbindung einiger Stände« und forderte diese letztern auf, sich im Schoosse der Bundesversammlung durch Abgeordnete vertreten zu lassen. In der That rückten bis zum 2. September allmählig wieder die Gesandtschaften von Schwyz, Basel-Stadt, Unterwalden, Uri und Wallis in die Tagsatzung ein; nur in Neuenburg beschloss der gesetzgebende Rath, der Aufforderung nicht nachzukommen, sondern sich erneuert durch eine persönliche Abordnung an den König zu wenden um Einwilligung zur Trennung von der Schweiz, da der eidgenössische Bund durch die bisherigen Schritte der Mehrheit der Kantone thatsächlich vernichtet sei. Die Tagsatzung antwortete auf diese Erklärung am 3. September mit der erneuerten Aufforderung an Neuenburg, bis zum 10. eine Gesandtschaft nach Zürich zu schicken, widrigenfalls 6000 Mann eidgenössische Truppen, welche bereits aufgeboten wurden, den 11. in den Kanton einrücken sollten. Hierauf fand der gesetzgebende Rath für gut, sich zu unterwerfen; seine Abgeordneten erschienen am 10. September in der Tagsatzung.

In Folge des energischen Einschreitens der Bundesbehörde fanden endlich die Angelegenheiten der Kantone Basel und Schwyz ihre definitive Regelung: dort im Sinne der gänzlichen Trennung von Stadt und Land, hier im Sinne der Wiederherstellung des kantonalen Gemeinwesens. Ein Tagsatzungsbeschluss vom 26. August 1833 *) trennte Basel in zwei Halbkantone, die zu dem eidgenössischen Bunde in dem nämlichen Verhältnisse stehen sollten wie die Theile von Unterwalden und Appenzell. Wiedervereinigung wurde zwar vorbehalten, aber nur wenn sie von beiden Theilen freiwillig begehrt werde. Zu Baselstadt sollten nebst dem Stadtbanne bloss die wenigen Dörfer auf der rechten Seite, zu Basellandschaft der ganze auf der linken Seite des Rheines liegende Kanton gehören. Alles Staatseigenthum mit Einschluss der Kirchen-, Schul- und Armengüter musste zwischen den beiden Halbkantonen getheilt werden. Für Basellandschaft blieb die im Jahr 1832 aufgestellte Verfassung in Kraft und die vorher der Stadt anhängigen Gemeinden mussten sich derselben unterwerfen; Baselstadt musste sich eine neue Verfassung geben. Die Ausscheidung des Geld- und Mannschaftskontingents zwischen den beiden Theilen des Kantons Basel fand durch Tagsatzungsbeschlüsse vom 16. September statt. — In Schwyz, wo die Zerwürfnisse nicht bis zum Bürgerkriege geführt hatten und daher auch kein unheilbarer Riss die Partheien auseinanderhielt, gelang es der Tagsatzung und ihren Kommissarien, die Aufstellung einer den Kanton als Ganzes wieder vereinigenden Verfassung zu erwirken. Nachdem der Verfassungsrath die Kantonslandsgemeinde, welche im ersten Entwurfe fehlte, wieder hergestellt hatte, wurde die neue Verfassung von sämmtlichen Bezirken, mit Ausnahme der March, angenommen und hierauf bereits am 13. October eingeführt. Es versteht sich, dass zu diesem schnellen Erfolge die militärische Occupation wesentlich beitrug.

War auf diese Weise nach dreijährigen Wirren die Revisionsbewegung in den Kantonen — von der Trennung in Basel abgesehen — zu einem gedeihlichen Abschlusse gelangt und hatte zugleich die Tagsatzung durch ihr kräftiges Einschreiten die Eidgenossenschaft vor faktischer Auflösung bewahrt und die Autorität der gesetzlichen

*) Offiz. Samml. II. 297—302. Snell I. 112—117.

Bundesorgane allen Auflehnungsgelüsten gegenüber gerettet; so sollte dagegen die Bundesrevision, welche schon vor 1830 von vielen einsichtigen Eidgenossen, namentlich der jüngern Generation, als ein dringendes Bedürfniss erkannt, seither aber von einflussreichen Staatsmännern ernstlich angestrebt wurde, für einmal noch nicht erreicht werden. Die Initiative ging auch hier vom Kanton Thurgau aus, welcher bereits an der ordentlichen Tagsatzung des Jahres 1831 eine Verbesserung des Bundesvertrages von 1815 anregte. Der Antrag wurde kräftig unterstützt von den Ständen Zürich, Freiburg und St. Gallen, welche namentlich folgende Gegenstände als Zielpunkte der einzuleitenden Revision bezeichneten: 1) die Aufstellung eines von der Tagsatzung zu erwählenden Bundesrathes für ausserordentliche Zeitumstände statt des Repräsentantenrathes; 2) die freie Niederlassung; 3) den freien Verkehr im Innern der Schweiz; 4) eine erhöhte Kompetenz der Tagsatzung, besonders in Hinsicht auf den diplomatischen Verkehr mit dem Auslande und auf die zur Erhaltung der Unabhängigkeit der Schweiz erforderlichen Militäreinrichtungen; 5) ein zweckmässigeres Repräsentationsverhältniss in der Bundesversammlung, übereinstimmend mit demjenigen, welches unter der Vermittlungsakte stattfand; 6) Centralisation des Masses und Gewichts, des Münz-, Post- und Zollwesens; 7) genauere Bestimmungen über die Gewährleistung der Kantonsverfassungen, sowie über ein eidgenössisches Rechtsverfahren bei Streitigkeiten unter den Kantonen. Bei der Abstimmung ergab sich für Ueberweisung der Frage der Bundesrevision an eine Kommission bereits die ansehnliche Minderheit von 9 Ständen; eine Mehrheit von 12 Stimmen nahm den Gegenstand ad referendum für die ordentliche Tagsatzung von 1832. Inzwischen war insbesondere der Langenthaler Verein thätig für die Bundesrevision und an der ausserordentlichen Tagsatzung vom März 1832 arbeiteten im Auftrage der Gesandten, welche gleichzeitig das Siebnerkonkordat abschlossen, Baumgartner von St. Gallen, Karl Schnell von Bern und Kasimir Pfyffer von Luzern einen »Entwurf einer schweizerischen Bundesverfassung« aus, welcher nachher mit der Bezeichnung »von einer Gesellschaft Eidgenossen« im Druck erschien.*) Derselbe stellte eine Tagsatzung von 60 Mitgliedern auf,

*) Baumgartner, die Schweiz in ihren Kämpfen und Umgestaltungen von 1830 bis 1850. I. 279 ff.

welche ohne Instruktionen, nach eigner Ueberzeugung stimmen sollten. Zürich, Bern, St. Gallen, Aargau und Waadt erhielten je 4, Luzern, Freiburg, Graubünden, Thurgau, Tessin und Wallis je 3, die übrigen Kantone je 2 Abgeordnete. Die Tagsatzung sollte sich, wie bis dahin, abwechselnd in den Bundesstädten Zürich, Bern und Luzern versammeln. Als Präsident der Tagsatzung war ein Landammann der Schweiz bezeichnet, welcher frei aus den Bürgern aller Kantone für eine Amtsdauer von zwei Jahren, mit Nichtwiederwählbarkeit für die nächsten vier Jahre, gewählt werden sollte. Ihm war zugleich die vollziehende Gewalt des Bundes übertragen; für wichtigere Geschäfte hatte er jedoch einen Bundesrath von 4 Mitgliedern beizuziehen, welche die Tagsatzung ebenfalls für zwei Jahre aus den schweizerischen Bewohnern desjenigen Kantons wählte, in welchem sie während jener Zeit ihren Sitz hatte. Für Beurtheilung von Streitigkeiten unter Kantonen über Gegenstände, welche nicht der Kompetenz der Tagsatzung unterstellt waren, wurde ein Bundesgericht von 9 Mitgliedern und 4 Ersatzmännern aufgestellt. Den Kantonen war untersagt, Bündnisse oder über Gegenstände, in welchen die Tagsatzung allein als kompetent erschien, Verträge unter sich abzuschliessen; andere Verträge sollten keine dem Bundesstaate oder den Rechten der übrigen Stände nachtheilige Bestimmungen enthalten. Das Militärwesen wurde in dem Sinne zur Bundessache erklärt, dass das Kriegsmaterial mit Inbegriff der Munition, die Bewaffnung und der höhere Unterricht der Mannschaft vom Bunde selbst bestritten werden sollten. Das Münz- und Postregal wurden dem Bunde übertragen. Die den Kantonen bewilligten Zölle, Weg- und Brückengelder sollten in ihrem Bestande verbleiben, dagegen ohne Genehmigung der Tagsatzung weder neue errichtet, noch die bestehenden erhöht werden. Im Uebrigen sollte die Aus-, Ein- und Durchfuhr von Gegenständen des Verkehrs und des Verbrauchs aus einem Kanton in den andern weder verboten, noch mit Abgaben belastet werden. Den Schweizern beider Confessionen wurde das Recht des Liegenschaftenerwerbes, die freie Niederlassung und Gewerbsbetreibung in allen Kantonen gesichert. Hinsichtlich der Ausscheidung der Kompetenzen zwischen dem Bunde und den Kantonen enthielt der Entwurf die eigenthümliche Bestimmung, dass zwar der Entscheid über die Kompetenzfrage immer der Tagsatzung zustehen sollte, jedoch, wenn 20 in der Minderheit gebliebne

Mitglieder derselben es verlangten, eine zweite Berathung in einer folgenden Sitzung, an welche jeder Stand wenigstens einen neuen Abgeordneten zu senden hatte, stattfinden sollte.

An der ordentlichen Tagsatzung des Jahres 1832, als die Bundesrevision wieder zur Sprache kam, wurde dieselbe grundsätzlich beschlossen von 13½ Ständen (Luzern, Zürich, Bern, Freiburg, Solothurn, Basel, Schaffhausen, Appenzell A.Rh., St. Gallen, Graubünden, Aargau, Thurgau, Waadt und Genf), und die Ausführung des Werkes einer Kommission von 15 Mitgliedern übertragen, in welcher alle die verschiedenen Ansichten, die sich bereits in der Besprechung der Frage geltend gemacht hatten, ihre Vertretung fanden. Nur die Urkantone schlossen sich selbst von der Revisionskommission aus, indem der in dieselbe gewählte Landammann Zgraggen von Uri beharrlich ablehnte. Den 29. October versammelte sich die Kommission, welche zum grössern Theile aus den hervorragendsten schweizerischen Staatsmännern jener Zeit bestand*), unter ziemlich günstigen Auspizien in Luzern. Bis zum 20. December dauerten die gründlichen und würdigen Berathungen, in welchen ein Geist brüderlichen Entgegenkommens waltete und das lebendige Gefühl vorherrschte, dass es nur dem vereinten Wirken aller wahren Vaterlandsfreunde gelingen könne, ein neues und festes Band zu begründen, welches die XXII Kantone der Eidgenossenschaft umschlingen sollte. Die Grundzüge des nach den Beschlüssen der Kommission von Baumgartner ausgearbeiteten Bundesprojektes, welches bedeutend mehr als die gegenwärtige Bundesverfassung in die Einzelnheiten eingeht, sind folgende: Die Kantone behalten nicht bloss ihre Souveränetät, soweit nicht die aus ihr fol-

*) Baumgartner a. a. O. S. 351 theilt die Mitglieder in drei Fraktionen ein: zur radikalen, welche eine Reform nach grössern Umrissen wollte, gehörten er selbst, Hirzel von Zürich, Sidler von Zug, Tanner von Aargau, Mörikofer von Thurgau; zur konservativen, welche so viel als möglich an den Grundlagen des 1815er Bundes festzuhalten suchte, Heer von Glarus, Schaller von Freiburg, v. Meyenburg von Schaffhausen, v. Planta von Graubünden, v. Chambrier von Neuenburg; zur Mittelpartei, welche die sich entgegenstehenden Ansichten mit einander auszugleichen bemüht war, Eduard Pfyffer von Luzern, v. Tavel von Bern, Munzinger von Solothurn, Monnard von Waadt und Rossi von Genf. Es versteht sich indessen, dass man dabei nicht an organisirte Partheien denken darf, welche sich fortwährend gegenüberstanden, sondern nur an Meinungsschattirungen und an fliessende Gegensätze.

genden Rechte ausdrücklich der Bundesgewalt übertragen werden, sondern auch gleiches Stimmrecht an der Tagsatzung. Letztere besteht aus 44 Abgeordneten, welche in der Regel nach freier Ueberzeugung stimmen. Ausnahmsweise haben jedoch die Kantone Instruktionen zu ertheilen für folgende Geschäfte: Bündnisse und Verträge politischen Inhaltes mit dem Auslande, Kriegserklärungen und Friedensschlüsse, Anerkennung auswärtiger Staaten und Regierungen, bewaffnetes Einschreiten bei Unruhen in einem Kanton ohne Begehren der Regierung desselben, Schlussnahmen über die Kompetenz der Bundesbehörden, wenn diese bestritten wird, und Erläuterungen der Bundesurkunde, Bestimmung und Revision der Mannschafts- und Geldkontingente, Revision der Bundesurkunde. Ferner bedürfen die, durch die Mehrheit der stimmenden Abgeordneten gefassten Tagsatzungsbeschlüsse zu ihrer Gültigkeit der nachträglichen Genehmigung durch zwölf Kantone, welche in der Regel binnen sechs Monaten erfolgen muss, bei Verträgen nicht politischen Inhaltes mit dem Auslande, bei der Gewährleistung der Kantonsverfassungen, bei den zur Ausführung der Bundesurkunde erforderlichen Bundesgesetzen, ihrer Abänderung und Aufhebung, bei der Errichtung und Aufhebung bleibender Bundesbeamtungen im Innern und diplomatischer Agentschaften im Auslande, endlich beim Nachlasse von Interventionskosten. Das Vorschlagsrecht bei der Tagsatzung soll theils dem Bundesrathe, theils den Kantonen, theils jedem einzelnen Abgeordneten zustehen. Den Vorsitz in der Tagsatzung führt der Landammann der Schweiz, welcher von den Kantonen in der Weise gewählt wird, dass jeder derselben zwei Personen aus verschiedenen Kantonen bezeichnet. Ergibt sich auf diese Weise keine absolute Mehrheit oder erhalten mehrere Personen eine absolute Mehrheit von Kantonsstimmen, so trifft die Tagsatzung die Wahl aus denjenigen Personen, welche die meisten Kantonsstimmen auf sich vereinigt haben. Der Landammann der Schweiz ist zugleich Präsident des Bundesrathes, der vollziehenden Behörde der Eidgenossenschaft, welche neben ihm aus vier, von der Tagsatzung ernannten Mitgliedern besteht. Die Amtsdauer des Landammanns und der Bundesräthe ist auf 4 Jahre angesetzt; der Landammann ist nach Ablauf von zwei Amtsdauern für die dritte von der Wiederwahl ausgeschlossen. Die Geschäfte des Bundesrathes werden eingetheilt in die vier Departemente des

Aeussern, des Innern, des Militärs und der Finanzen; die Tagsatzung weist jedem der vier Mitglieder eines dieser Departemente an. Das Bundesgericht, bestehend aus einem Präsidenten, 8 Mitgliedern und 4 Ersatzmännern, wird von der Tagsatzung aus einer Kandidatenliste gewählt, welche in der Weise gebildet wird, dass jeder Stand zwei Personen, die eine aus dem eignen, die andere aus einem andern Kanton, vorschlägt. Die Amtsdauer des Bundesgerichtes sowie seines Präsidenten ist auf 6 Jahre festgesetzt. Der Kompetenz des Bundesgerichtes unterliegen folgende Civilrechtsfälle: a) Streitigkeiten zwischen Kantonen, in dem ausgedehnten Sinne, dass eine Kantonsregierung auch im Interesse von Privaten und Korporationen gegen die Regierung eines andern Kantons wegen Verweigerung oder Verletzung bundesmässiger Rechte das Bundesgericht anrufen kann; b) Streitigkeiten zwischen dem Bundesrath und einem Kanton, auf Ueberweisung der Tagsatzung; c) bei bewaffneter Dazwischenkunft des Bundes in einem Kanton Herstellung des verfassungsmässigen Zustandes und Entschädigung an den verletzten Theil, sofern die Behörden ihre Amtsgewalt missbraucht haben; d) Streitigkeiten in Bezug auf Heimathlosigkeit. Das Bundesgericht urtheilt als Kriminalgericht: a) in Fällen, wo die Tagsatzung Mitglieder des Bundesrathes oder andere eidgenössische Beamte in Anklagestand versetzt; b) über Fälle von Hochverrath gegen die Eidgenossenschaft, von Aufruhr und Gewaltthat gegen die Bundesbehörden; c) über Verletzungen der völkerrechtlichen Stellung der Schweiz gegen auswärtige Staaten; d) über Verbrechen von Militärpersonen in Fällen von Krieg oder bewaffneter Neutralität, sofern das Militärstrafgesetzbuch dieselben dem Bundesgerichte zuweist; e) über die während der Unruhen, welche die eidgenössische Dazwischenkunft in einem Kanton verursacht haben, verübten Verbrechen, sofern die Tagsatzung für angemessen erachtet, dieselben dem Bundesgerichte zu überweisen. Als Bundesstadt, wo sich die Tagsatzung versammelt und der Bundesrath seinen bleibenden Sitz hat, wird Luzern bezeichnet; das Bundesgericht soll sich in einem andern Kanton versammeln. Der Bund gewährleistet die Kantonsverfassungen nur unter der Bedingung, dass sie einerseits die Ausübung der politischen Rechte nach repräsentativen oder demokratischen Formen sichern und dieselben keiner Bürgerklasse ausschliesslich zuwenden, anderseits Bestimmungen darüber enthalten, wie sie revidirt werden können. Die Garantie der Verfassungen hat aber alsdann die Bedeutung, dass die Rechte und Freiheiten des Volkes gleich den Rechten und Befugnissen der Behörden gewährleistet sind. Die Kantone dürfen keine besondern Bündnisse und Verträge politischen Inhaltes unter sich abschliessen; Verkommnisse über Gegenstände der Gesetzgebung, des Gerichtswesens und der Verwaltung sind der Bundesbehörde vorzulegen und dürfen nur dann vollzogen werden, wenn sie nichts der Bundesurkunde oder den Rechten andrer Kantone Zuwiderlaufendes enthalten. Dem Auslande gegenüber steht dem Bunde allein das Recht zu, Krieg zu erklären und Frieden zu schliessen, Bündnisse und Staatsverträge, worunter auch Zoll- und Handelsverträge verstanden werden, einzugehen. Verkommnisse der Kantone mit dem Auslande, welche als zulässig erscheinen, bedürfen der Genehmigung der Bundesbehörde; ausgenommen sind jedoch Verträge für Lieferung von Salz und Getreide gegen rein ökonomische Leistungen, welche nur dann vorgelegt werden müssen, wenn es ausdrücklich von der Bundesbehörde verlangt wird. Der freie Verkehr von einem Kanton in den andern ist für Lebensmittel, Landes- und Industrieerzeugnisse, Vieh und Kaufmannswaaren gewährleistet. Vorbehalten sind Polizeiverfügungen gegen Wucher und schädlichen Vorkauf, welche indessen auch die eignen Kantonsbürger treffen sollen und niemals in Sperranstalten ausarten dürfen; ferner die bundesmässigen Zölle und die durch den Bund als zulässig erklärten Verbrauchsteuern. Der Bund erhebt Gränzgebühren von den in die Schweiz eingehenden Waaren, welche nicht zu den nothwendigsten Lebensbedürfnissen gehören; doch darf der gegenwärtige Ansatz derselben nicht erhöht werden. Den Kantonen werden Strassengelder bewilligt von Waaren, Wagen, Reisenden und Vieh, nach Massgabe von Gewicht und Entfernung, Zahl und Bespannung und mit Berücksichtigung der Bau- und Unterhaltskosten von Strassen, Brücken und Niederlagsstätten. Zu diesem Ende soll die Tagsatzung eine allgemeine Revision des Zollwesens in den Kantonen, welcher auch die Wasserzölle unterliegen, nach festgesetzten Grundsätzen vornehmen. Der Zustand der Strassen, auf welchen Zollgebühren bezogen werden, unterliegt der Beaufsichtigung des Bundes. Verbrauchssteuern dürfen die Kantone nur von Getränken, Lebensmitteln und rohen Landesprodukten erheben: die Erzeugnisse des eignen Kantons sollen gleich denjenigen andrer Kantone und schweizerische Erzeugnisse niedriger als ausländische besteuert werden. Damit diesen Grundsätzen nicht zuwider gehandelt werde, sind die Gesetze und Verordnungen über Verbrauchssteuern der Tagsatzung zur Einsicht vorzulegen. Das Postwesen im Umfange der ganzen Eidgenossenschaft wird vom Bunde übernommen. Als Entschädigung erhalten die Kantone $^3/_4$ des Reinertrages der Postbedienung im Umfange ihres Gebietes während des Jahres 1832. Dem Bunde wird ferner das Münzregal übertragen und dabei als Einheit des neuen schweizerischen Münzfusses der französische Franc angenommen. Dem Bunde soll das Recht zustehen, für den Umfang der Eidgenossenschaft gleiches Mass und Gewicht einzuführen. Die schweizerischen Masse und Gewichte sind nach einem Decimalsysteme zu bestimmen, welches mit den Systemen andrer Staaten in genauem und leicht anwendbarem Verhältnisse stehe. Fabrikation und Verkauf des Schiesspulvers in der Eidgenossenschaft sollen ausschliesslich dem Bunde zustehen. Das Bundesheer, aus den Kontingenten der Kantone gebildet, besteht in Auszug, Landwehr und Landsturm. Der Bundesauszug wird vorläufig auf 67,516 Mann angesetzt; doch soll die Mannschaftsskala, nach vorangegangener Volkszählung, an der ersten ordentlichen Tagsatzung revidirt werden. Der Bund übernimmt ausschliesslich für alle Waffengattungen den höhern Militärunterricht (Militärschulen, Truppenzusammenzüge), die Instruktion der Offiziere und Unteroffiziere und die erste Instruktion der Rekruten. Dem Bunde steht die Aufsicht über das Kriegszeug der Kantone zu. Die Militärverordnungen der Kantone sollen der allgemeinen Militärorganisation untergeordnet sein und bedürfen der Genehmigung des Bundesrathes. Alle Abtheilungen des Bundesheeres führen ausschliesslich die eidgenössische Fahne. Für jede Waffengattung wird eine gleichförmige, einfache Bekleidung angeordnet. In die Bundeskasse fallen: a) die Zinse des Kapitalfonds (der eidgenössischen Kriegsgelder), b) die schweizerischen Gränzgebühren, c) der Ertrag der Postverwaltung, d) die Einkünfte der Pulververwaltung. Sollten diese ordentlichen Einnahmen nicht ausreichen, so haben die Kantone Geldkontingente zu bezahlen, deren Skala ebenfalls von der ersten ordentlichen Tagsatzung zu revidiren ist. Der Bund gewährleistet allen Schweizern das Recht freier Niederlassung im ganzen Umfange der Eidgenossenschaft unter den hiefür vorgeschriebnen Bedingungen. Alle Abzugsrechte im Innern der Schweiz sind abgeschafft. Ueber Gegenstände, welche dem Bunde übertragen sind, steht allen Schweizern das Petitionsrecht an die Bundesbehörden zu. Alle Kantone sind verpflichtet, die Angehörigen andrer Kantone den eignen Angehörigen gleich zu halten in Bezug auf Steuern, Schuld- und Konkurssachen, Erbverhältnisse und gerichtliches Verfahren. Der aufrechtstehende schweizerische Schuldner darf nur vor dem Richter seines Wohnortes belangt werden. Bundesgesetze sind zu erlassen über die Heimathlosigkeit, über die Auslieferung der Verbrecher und über die Zulässigkeit von Verbannungsstrafen innerhalb der Eidgenossenschaft. Endlich kann nach Ablauf von 12 Jahren die Bundesurkunde revidirt werden, wenn mindestens 5 Stände es verlangen und eine mit Instruktionen versehene Tagsatzung mit der Mehrheit von 12 Kantonsstimmen es beschliesst. Die von der Tagsatzung revidirte Bundesurkunde tritt jedoch erst in Kraft, wenn sie die Sanktion von wenigstens 15 Kantonen erhalten hat.

Im Auftrage der Revisionskommission begleitete Professor Rossi den Entwurf einer Bundesurkunde mit einem geistvollen Berichte an die Kantone, welcher die Gesichtspunkte, von denen die Kommission ausgegangen war, klar und treffend hervorhob. Indessen weckte gerade der Umstand, dass die Beleuchtung in französischer Sprache erschien, Vorurtheile gegen den Entwurf in der deutschen Schweiz, wo man ihn als ein Werk der Doktrinäre der romanischen Kantone bezeichnete. In Flugschriften und Zeitungen sprachen sich Troxler, der nur von einem, durch das Schweizervolk nach Verhältniss der Kopfzahl gewählten Verfassungsrathe das Heil erwartete, Ludwig Snell und andere radikale Führer gegen den Entwurf aus. Eine zweite Klasse von Gegnern bestand aus der katholischen Geistlichkeit und der ganzen konservativen Parthei in der Schweiz, welche damals in der Sarner Konferenz ihre Spitze fand. Die Grossen Räthe der freisinnigen Stände nahmen zwar den Entwurf als Grundlage an für ihre Instruktionsberathungen, aber sie beschlossen eine Unzahl von Abänderungsanträgen. Allenthalben herrschte das Bestreben vor, die kantonalen Interessen so weit als möglich zu wahren; nur selten kam die lebendige Ueberzeugung zum Durchbruche, dass das grosse Werk der Umgestaltung der Eidgenossenschaft zu einem Bundesstaate bedeutender Opfer von Seite jedes einzelnen Standes würdig sei und ohne allgemeines Entgegenkommen nicht durchgeführt werden könne. Die Tagsatzung versammelte sich den 11. März 1833 in Zürich; aber neben den gänzlich ausgebliebenen Sarnerständen enthielten sich auch Zug, Appenzell und Tessin jeder Theilnahme an der Revisionsberathung. Eine Kommission, in welcher jeder der theilnehmenden Stände durch einen Gesandten vertreten war, beschäftigte sich in 35 langen Sitzungen mit der Abänderung des Entwurfes im Sinne der gestellten Anträge, — einer ebenso schwierigen als unerquicklichen Arbeit, deren Ergebniss zuletzt Niemanden zusagte. Die Tagsatzung selbst hielt, vom 13. bis 15. Mai, nur noch eine formelle Nachlese. Die hauptsächlichsten Aenderungen, welche an dem Entwurfe vom 20. Dezember 1832 vorgenommen wurden, sind folgende: Bei der Tagsatzung wurde das Vorschlagsrecht der einzelnen Abgeordneten gestrichen, die Zahl der Fälle, wo nur nach Instruktionen gestimmt werden durfte, vermehrt und bei den wichtigsten derselben statt der einfachen eine Zweidrittelsmehrheit von Ständen gefordert. Ferner wurden nun die Fälle, in denen die Tagsatzung von sich aus erledigende Beschlüsse fassen konnte, genau aufgezählt und die nachträgliche Genehmigung ihrer Schlussnahmen durch die Kantone zur Regel erhoben. Der Landammann der Schweiz sollte nach Ablauf einer Amtsdauer nicht mehr wählbar sein; die Mitglieder des Bundesrathes sollten je zu 2 Jahren zur Hälfte erneuert werden. Ebenso sollten die Mitglieder des Bundesgerichtes je zu 3 Jahren einer Erneuerung zur Hälfte unterliegen; auch die Amtsdauer des Präsidenten wurde nun auf 3 Jahre bestimmt. Die Beurtheilung politischer Verbrechen, die Ursache oder Folge von Unruhen sind, welche das eidgenössische Einschreiten in einem Kanton veranlassen, sollte dem Bundesgerichte nur zustehen, wenn die Angeschuldigten selbst die Ueberweisung an dasselbe verlangen würden. Beim freien Verkehr wurden neben den Polizeiverfügungen auch Gesetze über die Gewerbebesteurung vorbehalten. Die beabsichtigte grundsätzliche Umgestaltung des Zollwesens verwandelte sich in eine blosse Untersuchung der in den Kantonen bestehenden Zölle, Weg- und Brückengelder, um die Gewissheit zu erlangen, dass alle diese Gebühren von der Tagsatzung bewilligt worden seien. Der Bezug von Verbrauchssteuern wurde den Kantonen völlig freigegeben; nur sollte er ohne Hemmung des Transites geschehen. An die Stelle der vorgeschlagenen Centralisation des Postwesens trat eine blosse Beaufsichtigung desselben durch den Bund, worüber ein Bundesgesetz das Nähere bestimmen sollte. Sogar Postverträge der Kantone mit dem Auslande sollten, gleich Salzverträgen, der Genehmigung des Bundes nicht bedürfen, sondern der Tagsatzung nur das Recht zustehen, nachträglich Einsicht von denselben zu verlangen! Die Centralisation des Münzwesens wurde zwar beibehalten, aber an die Stelle des französischen Franc der Schweizerfranken als Münzeinheit gesetzt. Dabei erhielt der, das Münzwesen betreffende Artikel eine Ausführlichkeit, wie man sie nur in einem Gesetze suchen würde! Beim Schiesspulver wurde nur die Fabrikation, und auch diese nicht als Monopol, dem Bunde eingeräumt, der Verkauf dagegen den Kantonen vorbehalten. Das Bundesheer wurde auf den Auszug und die Landwehr, deren Bestand die Hälfte des Auszuges betragen sollte, beschränkt; doch sollte in Zeiten von Gefahr die Tagsatzung auch über die übrigen Streitkräfte jedes Kantons verfügen können. Die Instruktion der Rekruten wurde den Kantonen überlassen und die beabsichtigte gleichförmige Bekleidung gestrichen. Für Bestreitung der Bundesausgaben wurden nun regelmässige Beiträge der Kantone bis auf 1/6 der skalamässigen Geldkontingente gefordert; überdiess sollten, wenn die ordentlichen Einnahmen nicht ausreichten, die Kantone aus dem Reinertrage des Postregals bis auf 1/4 desselben beisteuern. Eine erweiterte Fassung erhielt nur der Artikel betreffend die Gleichstellung der Schweizerbürger; die Kantone verpflichteten sich, die Angehörigen anderer Kantone »in Absicht auf Gesetzgebung und gerichtliches Verfahren« den eigenen Angehörigen gleich zu halten. Auch die Revision der Bundesurkunde wurde insoweit erleichtert, als sie schon nach 6 Jahren sollte stattfinden dürfen; dagegen sollte nun eine Totalrevision nur von 8 Kantonen beantragt und von 14 beschlossen werden können.

Hatte schon der Entwurf der Revisionskommission, der doch mit Ausnahme des gleichen Stimmrechtes der Kantone den Wünschen der Reformfreunde so ziemlich entsprochen hatte, bei der radikalen Parthei entschiedene Missbilligung gefunden, so ist es um so begreiflicher, dass der verstümmelte Bundesentwurf der Tagsatzung, welche in Folge allzu engherziger Instruktionen sich ihrer grossen Aufgabe nicht gewachsen gezeigt hatte, die Erwartungen der Freisinnigen keineswegs befriedigte. Nichtsdestoweniger überwog in den Behörden der regenerirten Kantone die Einsicht, dass für den Augenblick etwas Besseres nicht erhältlich sei, die Rückkehr zum Bundesvertrage von 1815 aber das schlimmere Uebel wäre und vor Allem aus dem Zustande gänzlicher Auflösung des Bundes, welcher in der ersten Hälfte des Jahres 1833 immer mehr über das Vaterland hereinzubrechen drohte, ein Ende gemacht werden müsse. In dieser Stimmung ging der Grosse Rath des Vorortes Zürich am 10. Juni voran, indem er, unter Vorbehalt einer Volksabstimmung, sowie des unbedingten Beitrittes einer Mehrheit von 12 Ständen, mit 124 gegen 54 Stimmen (welch' letztere der konservativen Opposition angehörten) den Bundesentwurf annahm. Es folgten die Grossen Räthe: von Solothurn am 14. mit 76 gegen 19, von Luzern am 16. mit 71 gegen 3, von Bern am 17. mit 126 gegen 5, von St. Gallen (wo der Entwurf von beiden Seiten her angefochten wurde) am 19. mit 78 gegen 51 Stimmen. Nachher erklärten sich noch für die Annahme die Grossen Räthe und Landräthe von Basel-Landschaft, Genf, Freiburg, Thurgau, Glarus, Schaffhausen und Graubünden; doch war der Beitritt des letztern Standes mit Bedingungen verklausulirt. Dagegen wurde der Bundesentwurf schon am 14. Juni unter klerikalem Einflusse von dem Grossen Rathe Tessin's verworfen, und derjenige von Neuenburg beschloss am 17. den Entwurf, als von einer illegalen Tagsatzung ausgegangen, gar nicht in Betracht zu ziehen. Auch der Grosse Rath von Waadt, welcher selbst in dem verstümmelten Projekte noch Gefahr erblickte für die über Alles werth gehaltene Kantonalsouveränetät, beschloss am 6. Juli die Verwerfung in dem Sinne, dass eine nochmalige Berathung der Bundesrevision stattfinden sollte. In Solothurn wurde unter dem Einflusse Regierungsrath Munzinger's, eines der eifrigsten Freunde der projektirten Bundesverfassung, die Volksabstimmung schon auf den 30. Juni angeordnet; allein sie entsprach keineswegs den gehegten Erwartungen, indem nur 1875 Bürger sich für die Annahme, dagegen in Folge der vom »katholischen Verein« ausgegangenen Agitation 4030 sich für die Verwerfung erklärten und nur mit Beihülfe von 6171 Nichtstimmenden für den Bundesentwurf sich eine künstliche Mehrheit ergab. Entscheidend aber war die Volksabstimmung im Kanton Luzern, wo am 7. Juli 11,402 Stimmen gegen 7,307 (unter welchen auch die Abwesenden mitgezählt waren) den neuen Bund verwarfen. Die Gleichgültigkeit der Regierungsparthei, welche dem Entwurfe aufrichtig ergeben war, aber es an der nöthigen Belehrung des Volkes fehlen liess, und die scharfe Kritik, in der sich die Radikalen ergingen, hatten hier der Priesterparthei in die Hände gearbeitet, welche die weggelassene Garantie der Klöster nicht verschmerzen konnte und überhaupt jeder Verstärkung der Centralgewalt mit Rücksicht auf die protestantisch-liberale Mehrheit in der Schweiz abgeneigt war. Das Gewicht jener Abstimmung war um so grösser, als einerseits Luzern wegen seiner vorörtlichen Funktionen in den Jahren 1831 und 1832 und in Folge der vermittelnden Stellung, die der würdige Schultheiss Eduard Pfyffer eingenommen, einen wesentlichen Einfluss auf die Revisionsberathungen ausgeübt hatte, anderseits der Hauptstadt dieses Kantons die Ehre, permanente Bundesstadt zu werden, mit Umgehung der grössern und einflussreichern Vororte Zürich und Bern zugedacht war. Zwar nahm in Thurgau und Basel-Landschaft das Volk mit grossen Mehrheiten die neue Bundesverfassung an; andere Kantone aber verschoben die Abstimmung, entweder weil sie keinen günstigen Erfolg von derselben erwarteten, oder weil sie, bei der eigenthümlichen Lage der Dinge in der Schweiz, mit dem entscheidenden Worte noch zurückhalten wollten. Aargau's Grosser Rath, der erst am 23. Juli sein Votum abgab, beschloss, an der Tagsatzung eine nochmalige »ernste Berathung« des Bundesentwurfes zu verlangen, insbesondere um erneuert auf eine verhältnissmässige Repräsentation der Kantone nach Massgabe der Bevölkerung zu dringen. Eine vertrauliche Besprechung der Tagsatzungsgesandten, die am 29. und 30. Juli gehalten wurde, enthüllte nur die vollständige Rathlosigkeit, in welcher sich die instruirten Abgeordneten der Kantone über die Frage befanden, was nach der Volksabstimmung in Luzern in der Angelegenheit der Bundesrevision zu thun sei. Die Ereignisse in Schwyz und Basel, welche unmittelbar darauf folgten, und der vollständige Sieg der Tagsatzung über die Sarnerkonferenz hätten, sollte man denken, die liberalen Staatsmänner zu neuer, kräftiger Anhandnahme des

Revisionswerkes ermuthigen sollen; allein es walteten eben unter ihnen selbst zu verschiedenartige Ansichten über den Umfang der Reform, und in den kantonalen Behörden hatte sich ein zu geringes Mass von Opferwilligkeit gezeigt, als dass man in jenem Zeitpunkte von der wiederaufgenommenen Arbeit ein erspriessliches Resultat hätte erwarten können. Die bundesstaatlichen Ideen waren damals in der Schweiz noch nicht zur Reife gediehen, und es bedurfte, um sie zu zeitigen, noch vieler schmerzlicher Erfahrungen! Die Tagsatzung beschloss am 10. October, auf den Antrag einer hiefür ernannten Kommission: es sei mit Rücksicht darauf, dass die wenigsten Gesandtschaften zu neuer einlässlicher Berathung des Bundesentwurfes beauftragt seien, gegenwärtig nicht in eine solche einzutreten, hingegen den Ständen die eröffneten Instruktionen mitzutheilen und deren weitere Entschliessungen zu gewärtigen.

Wenn es auch niemals förmlich beschlossen wurde, so war man doch allgemein darüber einig, dass die in den Jahren 1832 und 1833 ausgearbeitete neue Bundesakte fallen gelassen werden müsse, und dass, wenn man überhaupt die Revisionsarbeit fortsetzen wolle, nichts anders übrig bleibe, als sie von Neuem anzufangen. Das Werk einer friedlichen Abfindung zwischen den verschiedenartigsten Ansprüchen war gescheitert; die grossen, freisinnigen Kantone, welche bei den Ereignissen des Sommers 1833 ihre Kraft fühlen gelernt hatten, fingen nun an höhere Forderungen zu stellen, während die konservative Parthei auf ihrem absoluten Widerstande beharrte. Der Vorort Zürich gab in einem Kreisschreiben vom 16. November vier verschiedene Wege an, unter welchen man auswählen müsse: neue Berathung eines Bundesprojektes durch die Tagsatzung mit Instruktionen; Konferenz aller Stände in gleicher Repräsentation, ohne Instruktionen; schweizerischer Verfassungsrath, zu wählen durch besondere Wahlkollegien; endlich allmälige partielle Revision des Bundes durch die Tagsatzung. Ein Verfassungsrath, vom Volke nach der Kopfzahl gewählt und von den kantonalen Behörden durchaus unabhängig, konnte unter den bestehenden Bundesverhältnissen wirklich nur als ein ganz revolutionäres Mittel, um den gewünschten Zweck zu erreichen, angesehen werden; es war daher etwas auffallend, dass gerade der Vorort in seiner amtlichen Stellung dasselbe als zulässig mit in Betracht zu ziehen empfahl, und wurde von den Regierungen der

Kantone Freiburg, Graubünden und Waadt sofort scharf getadelt. Dagegen sprach sich der Grosse Rath von Bern, dessen Führer zu jener Zeit eine sehr radikale Richtung eingeschlagen hatten, schon am 21. December für einen nach der Volkszahl zu wählenden Verfassungsrath aus; zum Losungsworte wurde hier die Alternative erhoben: entweder entschieden dem Einheitsstaate entgegenstreben, oder im hergebrachten Staatenbunde verbleiben. Die Sache blieb indessen auf sich beruhen bis zur ordentlichen Tagsatzung des Jahres 1834, wo sich für den Verfassungsrath, obschon der »Nationalverein« allenthalben dafür zu wirken suchte, neben Bern bloss Basel-Landschaft und Thurgau aussprachen. Die Tagsatzung beschloss am 4. August, an dem 1832 aufgestellten Grundsatze, dass eine Revision des Bundesvertrages von 1815 durch die Tagsatzung selbst vorzunehmen sei, festzuhalten, und ernannte zu Ausarbeitung neuer Anträge wieder eine zahlreiche Kommission, in welcher jeder der theilnehmenden Stände durch einen Gesandten vertreten war. Es war indessen schon von schlimmer Vorbedeutung, dass auf der einen Seite Bern und Basel-Landschaft, auf der andern Uri, Schwyz, Unterwalden, Appenzell, Tessin, Wallis und Neuenburg sich der Theilnahme enthielten. In der That ging die Kommission schon bei der Frage des Stimmrechtes der Kantone, welche als die wichtigste vorangestellt wurde, sehr weit auseinander. Eine Mehrheit von 7 Stimmen wollte, wie der beseitigte Bundesentwurf, das gleiche Stimmrecht an der Tagsatzung beibehalten; zwei Mitglieder (Hirzel von Zürich und Sprecher von Bernegg aus Graubünden) wollten den Kantonen von mehr als 100,000 Einwohnern je 2 Stimmen, den übrigen je 1 Stimme geben; zwei andere Mitglieder (Kasimir Pfyffer von Luzern und Kern aus Thurgau) beantragten das in dem Entwurfe einer »Gesellschaft von Eidgenossen« enthaltene System; endlich verlangten noch zwei Mitglieder (Baumgartner von St. Gallen und Zschokke von Aargau) Repräsentation nach der Volkszahl oder wenigstens eine derselben annähernde Abstufung. In Betreff der Instruktionen für die Tagsatzung nahm eine Mehrheit von 10 Stimmen das im Entwurfe von 1832 enthaltene System an. Für den Bundesrath stimmten 7 Mitglieder; 4 andere wollten den Vororten je 4 Repräsentanten aus verschiedenen Kantonen beigeben, die nach einer Kehrordnung für zwei Jahre gewählt werden und sich ordentlicher

Weise vor und nach jeder Session der Tagsatzung, ausserordentlicher Weise auf den Ruf der vorörtlichen Behörde oder auf das Verlangen von fünf Ständen versammeln sollten. Ueber die Institution eines Bundesgerichtes war man einig; aber 10 Stimmen wollten ihm eine weitere Kompetenz geben als der beseitigte Entwurf, indem die Kantone nach ihrem Antrage befugt sein sollten, das Bundesgericht als Kassationsbehörde für Civil- und Kriminalsachen, sowie als oberste Appellationsinstanz für Streitfälle zwischen einer Regierung einerseits, Privaten und Korporationen anderseits aufzustellen. Die Kommission spaltete sich ferner in zwei gleiche Hälften über die Frage, ob Verbrauchssteuern bloss von Getränken oder auch von Lebensmitteln und rohen Landesprodukten zu gestatten seien; dagegen erklärte sich eine Mehrheit von 10 Stimmen dafür, dass die Zölle ausschliesslich vom Bunde bezogen werden sollen gegen eine Vergütung von $^3/_4$ des bisherigen Reinertrages an die Kantone. Ebenso sprach sich eine Mehrheit von 8 Stimmen für Centralisation des Postwesens im Sinne des Entwurfes von 1832 aus.*) Die ganze Arbeit der Kommission, bei welcher die vor Allem nothwendige Einigung über die Grundlage eines neuen Bundes fehlte, hatte natürlich keinen andern Werth, als dass sie das ohnehin schon beträchtliche Material für eine künftige Bundesrevision durch die Resultate einer abermaligen einlässlichen Berathung vermehrte. Die Tagsatzung gelangte zu keinem andern Beschlusse, als dass sie die Anträge der Kommission ad referendum nahm.

Die gänzliche Ohnmacht, welche die oberste Bundesbehörde in der wichtigsten Angelegenheit des Vaterlandes an den Tag legte, hatte zur Folge, dass nun am 18. November 1834 auch der Grosse Rath von St. Gallen für die Einberufung eines schweizerischen Verfassungsrathes sich aussprach. Ihm folgte Zürich am 17. December. An der ordentlichen Tagsatzung des Jahres 1835 stimmten auch Luzern und Aargau, im Ganzen nunmehr 6 $^1/_2$ Stände für den Verfassungsrath, und es ergab sich für Revision durch die Tagsatzung bloss noch eine Minderheit von 9 Stimmen. Alljährlich wurde nun zwar die Frage der Bundesreform noch in der Tagsatzung

*) Kommissionsbericht an die Tagsatzung vom 28. August 1834, erstattet von Gerichtspräsident Reinert von Solothurn. Vergl. St. Galler »Erzähler« vom 29. August.

berathen, allein diese Verhandlungen waren gänzlich erfolglos und boten eben daher auch sehr wenig Interesse dar. Mochte auch die Bundesrevision als ein tief gefühltes Bedürfniss in immer weitern Kreisen fortleben, so war sie doch für die amtliche Thätigkeit einstweilen beseitigt und die Herrschaft des vielgeschmähten Bundesvertrages von 1815 neu befestigt!

Aus dem grossen Schiffbruche der Bundesreform wurden nur wenige und nicht sehr erhebliche Verbesserungen in den bestehenden eidgenössischen Zuständen gerettet. Wir rechnen dahin das revidirte Tagsatzungsreglement vom 14. Juli 1835, welches u. A. die schon früher eingeführte Oeffentlichkeit der Sitzungen, sowie den Grundsatz, dass die Anwesenheit von 12 Standesgesandtschaften für die Gültigkeit der Verhandlungen genüge, bestätigte, sowie das von zwölf Ständen angenommene Konkordat über eine gemeinsame schweizerische Mass- und Gewichtsordnung vom 17. August 1835.*)

Im Uebrigen haben wir aus der sturmbewegten Periode von 1831 bis 1835 bloss folgende Tagsatzungsbeschlüsse von bundesrechtlicher Bedeutung anzuführen:

1) Der Art. 11 des Bundesvertrages erhielt am 26. Juli 1831 folgende ausdehnende Interpretation: »Es soll im Innern der Eidgenossenschaft der freie Verkehr mit Lebensmitteln, Landes- und Industrieerzeugnissen, wie auch Kaufmannswaren, im vollsten Sinne des Wortes unbedingt stattfinden und demnach die Aus-, Ein- und Durchfuhr für solche Gegenstände, sowie für das Vieh, von Kanton zu Kanton auf keine Weise gehemmt werden dürfen.« Ferner wurde der Grundsatz ausgesprochen, dass kein Kanton die Produkte eines andern Kantons mit höhern Abgaben belegen dürfe, als die des eignen Landes.

2) Den 25. Juli 1834 wurde verordnet: es sollen keine andern Kreditive für Tagsatzungsgesandte mehr angenommen werden als solche, welche die klare und unzweideutige Bestimmung enthalten, dass den Eröffnungen der Gesandten voller Glaube beizumessen sei.

3) Den 13. August 1835 wurde eine neue Verordnung über die eidgenössischen Kriegsfonds erlassen, welche bis zu einem Betrage von mehr als 4 Millionen Schweizerfranken angestiegen und

*) Off. Samml. II. 369–381, 409–412. Snell I. 153–161, 316–319.

wovon nun der grössere Theil zinstragend angelegt war. Die Anleihen bedurften der Genehmigung des im Amte stehenden Vorortes. Die vorhandne Baarschaft wurde auf die drei Vororte vertheilt, welche für die sichere Verwahrung der ihnen übergebnen Gelddepots verantwortlich waren. Die drei Vororte vereint ernannten auf vier Jahre den eidgenössischen Administrator, welcher dem Verwaltungsrathe Rechnung abzulegen hatte.

4) Ferner wurde unter gleichem Datum beschlossen: Wenn sich Kantone über den schlechten Zustand von Strassen, für welche ein Zoll- oder Weggeld bewilligt worden, beschweren, so soll der Vorort die Sache untersuchen und, wenn die Beschwerde als begründet erscheint, den betreffenden Stand zur Verbesserung der Strasse anhalten.

Noch weniger fruchtbar war die genannte Periode in Bezug auf Konkordate. Neben der schon berührten Mass- und Gewichtsordnung haben wir hier bloss noch das Konkordat vom 25. Juli 1831 zu erwähnen, welches die Anwerbung von Landesfremden unter kapitulirte Schweizertruppen verbot.*)

§ 2. Zunehmende Verwicklungen und deren Lösung durch den Sonderbundskrieg (1834 bis 1847).

Die Reformbewegung der Dreissigerjahre hatte einen ungelösten Widerspruch zurückgelassen. Der Bundesvertrag von 1815 stand im engsten Zusammenhange mit den, gleichzeitig und in gleichem Geiste entworfnen Kantonsverfassungen: er war nur der Schlussstein des Gebäudes, welches die Restauration in der Schweiz aufgeführt hatte. Die Volksbewegung von 1830, von ganz entgegengesetzten Principien ausgehend, hatte die meisten Kantonsverfassungen gründlich umgestaltet; aber der Bundesvertrag, der zu den neuen politischen Grundlagen in keiner Weise mehr passte, war stehen geblieben. Wohl wurde dieses unglückliche Missverhältniss allgemein empfunden und anerkannt; aber noch war zu jener Zeit das Nationalgefühl nicht mächtig genug, um die kantonale Selbstsucht zu überwinden und noch fehlte es den Führern der Bewegungspartei allzusehr an einem klar durchdachten und fest vereinbarten Programm über Zweck und Umfang der Bundesreform. Wenn man

*) Off. Samml. II. 253—254, 258, 302—303, 387—399, 567. Snell I. 166—167, 214—215, 225—226, 315, 383—392.

den Entwurf der Revisionskommission von 1832 und vollends denjenigen der Tagsatzung von 1833 durchgeht, so kann man sich jetzt in gewissem Sinne darüber freuen, dass diese Bundesverfassungen nicht angenommen wurden, weil weder die eine noch die andere für längere Dauer ihres Bestandes und für eine vollkommen gedeihliche Entwicklung der Schweiz hinlängliche Gewähr geboten hätten. Nichts destoweniger lässt sich als wahrscheinlich behaupten, dass die Annahme jener Entwürfe unserm Vaterlande manche Demüthigung gegenüber dem Auslande und in seinem Innern manchen unfruchtbaren Hader, manchen Rechtsbruch und blutigen Zusammenstoss in den Kantonen, sowie den endlichen Ausbruch eines Bürgerkrieges in der Eidgenossenschaft erspart hätte. Hart war die Schule, welche die Schweiz durchzumachen hatte, bis sie endlich in den sichern Hafen einer, dem nationalen Bedürfniss entsprechenden Bundesverfassung einlaufen konnte!

Die Mängel und Gebrechen des Bundesvertrages zeigten sich znnächst in den Conflikten mit dem Auslande, welche die Schweiz in den Dreissigerjahren theils wegen der fremden Flüchtlinge, theils wegen der katholisch-kirchlichen Verhältnisse hatte. Polnische Flüchtlinge, welche in den Kanton Bern eingedrungen waren und dort auf Staatskosten verpflegt wurden, machten in Verbindung mit deutschen, italienischen und französichen Flüchtlingen am 2. Februar 1834, unter Anführung des General Romarino, von Waadt und Genf aus einen bewaffneten Einfall in Savoyen, der an der völligen Theilnahmlosigkeit der dortigen Bevölkerung scheiterte. In der westlichen Schweiz dagegen hatten sich allenthalben Sympathien für das Unternehmen kund gegeben und ein thatkräftiges Einschreiten der Kantonsregierungen gegen dasselbe verhindert. Dringende Noten der auswärtigen Mächte verlangten nun die Wegweisung aller Theilnehmer am Savoyerzuge, sowie aller deutschen Flüchtlinge, welche das Asyl zur Störung der Ruhe in den Nachbarstaaten missbrauchten. Der Vorort Zürich wollte in ersterer Beziehung entsprechen, scheiterte aber an dem Widerstande Bern's. Erst nachdem die deutschen Staaten mit Verkehrssperre gedroht hatten und das Volk selbst, der grossen Kosten wegen, der Polen überdrüssig geworden war, verfügte der Grosse Rath von Bern am 6. Mai deren Entfernung auf Ende Juni. Durch die Einflüsterungen der fremden Diplomaten liess sich der

Vorort bewegen, Namens der Eidgenossenschaft eine begütigende Abordnung nach Chambery an den König von Sardinien zu schicken; doch hatte diese willfährige Sendung geringen Erfolg. Abermalige Noten der deutschen Nachbarstaaten vom 20. Juni wiederholten nicht bloss die frühern Begehren, sondern forderten auch von der Eidgenossenschaft ein Verdammungsurtheil über das Savoyer Attentat, sowie beruhigende Zusicherungen für die Zukunft, — Alles unter Androhung sofortigen Eintretens der vorbereiteten Sperre. Hierdurch eingeschüchtert, verhiess der Vorort, ohne den nahe bevorstehenden Zusammentritt der Tagsatzung abzuwarten, dass die Schweiz hinfort alle Flüchtlinge, welche die Ruhe andrer Staaten zu stören suchen, von ihrem Gebiete wegweisen und ihnen die Rückkehr nicht mehr gestatten werde. Obschon die Nachgiebigkeit des Vorortes in der öffentlichen Meinung vielfache Anfechtung fand, genehmigte doch die Tagsatzung am 22. Juli mit 15 Stimmen die abgegebne Antwort, mit welcher sich Oesterreich und die übrigen reklamirenden Staaten befriedigt erklärt hatten. — Kaum war dieser Span erledigt, so gerieth die Regierung von Bern in neue Verwicklungen wegen eines revolutionsfreundlichen Vereinsfestes, welches deutsche Handwerker mit einigen Flüchtlingen am 27. Juli 1834 im Steinhölzli abhielten. Die österreichische Gesandtschaft verlangte Gewähr dafür, dass die deutschen Unterthanen vor offnen Verführungen zu auflehnenden und beleidigenden Handlungen gegen ihre Fürsten bewahrt werden; Bern antwortete ausweichend. Nun brach Oesterreich jeden unmittelbaren diplomatischen Verkehr mit Bern ab, und der Vorort Zürich missbilligte das ganze Verfahren, welches jener Stand auch in dieser Angelegenheit beobachtete. Mit Rücksicht auf den bevorstehenden Wechsel des Vorortes erliess die Regierung von Bern, auf den Rath der Gesandten von Frankreich und England, eine einlenkende Denkschrift an die Kabinete von Wien und Paris, in welcher sie versprach, ihre völkerrechtlichen Verpflichtungen stetsfort in guten Treuen zu erfüllen und freundschaftliche Verhältnisse sorgsam zu wahren. Allein Oesterreich gab sich mit dieser Erklärung noch nicht zufrieden, sondern verlangte amtliche Missbilligung des Steinhölzlifestes, Bestrafung der Schuldigen und beruhigende Zusicherungen für die Zukunft. Nachdem indessen mit Anfang des Jahres 1835 Bern Vorort und in dieser Eigenschaft auch von Oesterreich anerkannt worden war, begann die herrschende Parthei der Schnell von Burgdorf mit dem Radikalismus, welcher in dem sogen. Nationalverein seine Stütze fand, vollständig zu brechen. Nun benutzte der Vorort den Anlass, den ihm die Anzeige vom Tode des österreichischen Kaisers darbot, um in seiner Antwortsnote vom 31. März im Namen des Kantons Bern den Wunsch auszusprechen, »dass die wegen eines bedauerlichen und gemissbilligten Ereignisses eingetretnen Missverhältnisse um so eher für beseitigt erachtet werden möchten, als von Seite der Regierung dieses Kantons die allgemeinen völkerrechtlichen Grundsätze sorgfältig wahrgenommen würden.« Nachdem dann auch an Baiern, Würtemberg und Baden ähnliche Schreiben hatten erlassen werden müssen, erschien der österreichische Gesandte, der früher gegen alle Uebung sein Kreditiv von Zürich aus durch die Post nach Bern geschickt hatte, zur Audienz bei dem Bundespräsidenten. — Eine neue Demüthigung für Bern veranlassten die sogen. Badener Artikel, die Rechte des Staates gegenüber der katholischen Kirche betreffend, welche die Abgeordneten einiger freisinniger Stände im Januar 1834 verabredet hatten. Die Grossen Räthe der übrigen Kantone, mit Ausnahme Freiburgs, hatten dieselben genehmigt, allein der Papst hatte sie verdammt und das katholische Volk, von der Geistlichkeit und von kirchlich-politischen Vereinen bearbeitet, befand sich allenthalben, namentlich in Aargau und St. Gallen, in Aufregung. Auch im bernischen Jura wurde die verschobne Vorlage der Artikel beim Grossen Rathe von der katholischen Geistlichkeit dazu benutzt, um eine Petition gegen dieselbe in Umlauf zu setzen, welche mit 8000 Unterschriften bedeckt wurde. Der Regierung von Bern entsank dadurch der Muth, aber der Grosse Rath sprach gleichwohl, zuwider ihrem Antrage, am 20. Februar 1836 die Annahme der Badener Artikel aus. Nun wurden überall im katholischen Jura Freiheitsbäume errichtet, aufreizende Schmähschriften angeschlagen, Grossrathsmitglieder und Regierungsbeamte beleidigt; selbst Trennungsgelüste gegenüber dem alten Kanton wagten offen hervorzutreten. Hierauf bot der Grosse Rath 6400 Mann auf, welche, ohne Widerstand zu finden, die aufständischen Bezirke besetzten. Obschon es sich offenbar um eine innere, bloss die Schweiz und zunächst den Kanton Bern berührende Angelegenheit handelte, fand doch das französische Kabinet, ohne Zweifel durch die von Oesterreich erzielten Erfolge angetrieben, für gut, sich in dieselbe einzumischen. Den 30. Juli stellte der Botschafter, Herzog von Montebello, an die Regierung von Bern das gebieterische Begehren um Zurücknahme des Grossrathsbeschlusses vom 20. Februar binnen zweimal vierundzwanzig Stunden, widrigenfalls der Jura mit französischen Truppen besetzt würde. Der Grosse Rath, durch Eilboten auf den 2. Juli einberufen, hatte die Schwäche, eine zwischen der Regierung und dem französischen Botschafter vereinbarte Erklärung anzunehmen, welche in ihrer Wirkung einer Beseitigung der Badener Artikel völlig gleich kam! — Nach diesem leichten Siege ist es begreiflich, dass Frankreich nun auch in der Angelegenheit der Flüchtlinge einen herrischen Ton gegenüber der Schweiz annahm. Auf eine Anfrage des Vorortes Bern, ob die französische Regierung nicht geneigt wäre, kompromittirte Fremde zum Aufenthalte oder zur Durchreise nach entfernten Staaten der Schweiz abzunehmen, antwortete der Herzog von Montebello durch eine Note vom 18. Juli 1836, in welcher der Schweiz, schärfer als es je von den östlichen Mächten geschehen war, ihre Pflichten in Bezug auf Fremdenpolizei vorgehalten und, unter Androhung von Zwangsmassregeln, die Entfernung aller Flüchtlinge, welche das Wohlvernehmen zwischen ihr und den Nachbarstaaten stören, verlangt wurde. Diese Note wurde unterstützt durch die Gesandten von England, Oesterreich, Preussen, Baden, Sardinien. Man war bereits vorher in Folge amtlicher Erhebungen zu der Ueberzeugung gelangt, dass die Fremdenpolizei in manchen Kantonen ungenügend, den völkerrechtlichen Pflichten, wie einer gesunden Politik nicht entsprechend sei, und Zürich hatte daher schon vor dem Zusammentritte der Tagsatzung ein Konkordat zu besserer Handhabung derselben vorgeschlagen; aber ohne die französische Note und die Drohung einer gänzlichen Sperre (Blocus hermétique), welche der Minister Thiers durch seinen Botschafter an den Bundespräsidenten ergehen liess, wäre doch kaum der Tagsatzungsbeschluss (Conclusum) vom 11. August zu Stande gekommen, welcher die Wegweisung ruhestörischer Fremder unter die Oberaufsicht und Leitung des Vorortes, beziehungsweise der Tagsatzung stellte.*) Nach diesem Beschlusse nahm indessen die Tagsatzung, gekräftigt durch die von mehrern grossen Volksversammlungen ausgegangenen Kundgebungen, sich zusammen und erliess an die französische Regierung eine scharfe, von Monnard

*) Snell I. 205—207. Vgl. Baumgartner II. 196 ff.

verfasste Antwortsnote, in welcher darauf hingewiesen wurde, dass die in der Schweiz entdeckten Komplotte in Paris ihren Ursprung genommen und von dort die geheimen Befehle an die Verschwörer ausgegangen seien. Die gerechte Erbitterung, welche gegen Frankreich herrschte, wurde noch bedeutend gesteigert durch die von der Berner Polizei gemachte Entdeckung, dass der »Flüchtling« August Conseil, dessen Ausweisung Montebello gebieterisch verlangt hatte, ein von den französischen Behörden nach der Schweiz gesandter, von der Gesandtschaft in Bern mit falschen Pässen versehener Spion sei. Die Tagsatzung wies die Sache zur nähern Untersuchung an eine Kommission, deren Bericht (von Dr. Keller aus Zürich verfasst) gründlich und scharf die thatsächlichen, rechtlichen und diplomatischen Momente beleuchtete und mit dem Antrage schloss, es sei der französischen Regierung von dem Geschehenen Kenntniss zu geben. Indessen stimmten einstweilen bloss 10 Stände für diesen Antrag und die Tagsatzung ging am 10. September auseinander. Durch nachträglich eingehende Zustimmung dreier Stände erwuchs zwar der Antrag der Kommission zum Beschlusse, aber der Vorort beeilte sich nicht mit dessen Vollziehung. Geschickt wusste nun die französische Regierung der offiziellen Mittheilung der Akten zuvorzukommen, indem sie in einer neuen, äusserst heftigen Note vom 27. September den Conseilhandel, den sie als eine gegen den Botschafter angezettelte Intrigue bezeichnete, mit der Angelegenheit der Flüchtlinge vermengte, die Schale ihres Zornes gegen die »Faktion« ergoss, welche »sich sowohl in der öffentlichen Meinung als im Schoosse der Landesbehörden ein der schweizerischen Freiheit Unheil drohendes Uebergewicht widerrechtlich erworben«, endlich für die erlittne Beleidigung schnelle Genugthuung forderte mit der Erklärung, dass, bis dieselbe erfolgt sei, aller Verkehr mit der Schweiz abgebrochen werde. Sofort wurde nun die Tagsatzung auf den 17. October wieder einberufen. Ihre Berathungen hatten ein klägliches Resultat: den 31. October wurde der frühere Beschluss wegen Uebersendung der Akten an die französische Regierung zurückgenommen und den 5. November eine demüthige Antwort auf die letzte Note derselben beschlossen. Frankreich erklärte sich hierauf endlich befriedigt und hob die angeordnete Sperre gegen die Schweiz wieder auf. — Ernster noch war der Conflikt, in welchen die Schweiz im Herbst 1838 wegen der verlangten Ausweisung des Prinzen Louis Napoleon, thurgauischen Ehrenbürgers, mit Frankreich gerieth. Von beiden Seiten fanden bedeutende militärische Demonstrationen statt und es gab sich bei der schweizerischen Bevölkerung, namentlich der westlichen Kantone, der erhebende Entschluss kund, die Ehre und Unabhängigkeit des Vaterlandes auf's äusserste zu vertheidigen. Aber bei der zweideutigen Stellung, in welcher sich der Prinz zu seinem angebornen und zu seinem Adoptiv-Vaterlande befand, und den darauf beruhenden abweichenden Kommissionsanträgen und Standesinstruktionen wäre es kaum zu einem unbedingt ablehnenden, wahrscheinlich aber zu gar keinem Beschlusse der Tagsatzung gekommen. Louis Napoleon half der Schweiz aus ihrer Bedrängniss, indem er sich freiwillig entfernte.

Während die Eidgenossenschaft als Ganzes sowohl in ihren Beziehungen zum Auslande als auch mit Hinsicht auf alle Reformbestrebungen nur ein Bild der Ohnmacht und Schwäche darbot, gelangten dagegen in den Kantonen die Grundsätze der Reform von 1830 zu immer weiterer Entwicklung und Ausbreitung. In Schaffhausen wurden schon 1834, in Zürich 1838 die letzten Ueberbleibsel einer bevorzugten Stellung der Hauptstädte beseitigt und die Repräsentation im Grossen Rathe strenge nach der Volkszahl geordnet. Auch Thurgau hatte schon 1837 wieder eine Verfassungsrevision, bei welcher, aus übergrosser Furcht vor allzustarkem Einflusse der Regierung, die Mitglieder derselben vom Grossen Rathe ausgeschlossen wurden. Unter den demokratischen Ständen hatte zuerst Appenzell A. Rh. im Jahr 1834 eine neue Verfassung angenommen, welche indessen keine sehr wesentliche Aenderungen enthielt. Glarus folgte 1836, indem es die aus dem 17. Jahrhundert herstammende, im Jahr 1803 wiederhergestellte confessionelle Trennung in Verwaltung und Rechtspflege, sowie die damit verbundenen unbilligen Vorrechte, deren die Katholiken in den gemeinsamen Landesbehörden genossen, beseitigte und eine ganz neue, auf vollkommene Rechtsgleichheit und Gewaltentrennung gegründete Verfassung einführte. Der katholische Landestheil, auf die alten Verträge sich berufend, suchte Schutz bei der Tagsatzung, welche aber am 27. Juli 1837 für die neue Verfassung die eidgenössische Garantie aussprach. Fortgesetzter Widerstand gegen die Einführung derselben wurde dann unschwer durch Aufstellung der eignen Streitkräfte des Kantons, verbunden mit eidgenössischer Mahnung an Zürich und St. Gallen, besiegt. — Auch in Wallis begehrten 1838 die untern Zehnten, welche durch die Verfassung von 1815 den obern Zehnten gegenüber in der Repräsentation zurückgesetzt waren, eine Verfassungsrevision auf Grundlage der Rechtsgleichheit. Da es nicht möglich war, hiefür die vorgeschriebene Zweidrittelsmehrheit im Landrathe zu erlangen, und die obern Zehnten an einer von dieser Behörde angeordneten Konferenz hartnäckig gegen jede billige Ausgleichung sich sträubten, so trat im Januar 1839 ein Verfassungsrath zusammen, der bloss aus Abgeordneten der untern und mittlern Zehnten bestand. Die von ihm entworfene Verfassung stellte einen nach der Kopfzahl gewählten, nicht mehr an Instruktionen der Zehnten gebundenen, sondern nach freier Ueberzeugung stimmenden Grossen Rath auf, schonte aber so viel als möglich die Vorrechte der Geistlichkeit. Der Vorort Zürich, dessen Intervention sowohl vom Staatsrathe als auch von den obern Zehnten angerufen wurde, sandte zwei eidgenössische Kommissäre ab, welche sich umsonst bemühten, den obern Landestheil zur Theilnahme an einer erneuerten Verfassungsberathung zu bewegen. Inzwischen hatte der untere Landestheil die neue Verfassung angenommen, der neue Grosse Rath sich den 4. März in Sitten versammelt und einen neuen Staatsrath eingesetzt, so dass nun zwei Regierungen in dem getrennten Lande bestanden. Den Kommissären blieb, nach fruchtlos fortgesetzten Vermittlungsversuchen, nichts anderes übrig, als eine Rekonstituirung auf dem Fusse der Rechtsgleichheit durch einen allgemeinen Verfassungsrath unter eidgenössischer Anordnung vorzuschlagen. Die Tagsatzung genehmigte am 11. Juli diesen Antrag; allein nur Unterwallis gehorchte ihrem Beschlusse, während Oberwallis starrsinnig erklärte, an der alten Verfassung festhalten zu wollen. Der neue, nach Anordnung der Tagsatzung gewählte, aber bloss vom untern Landestheile beschickte Verfassungsrath wurde nun von den eidgenössischen Kommissären anerkannt; ebenso die neuen Behörden, welche auf Grundlage der von ihm entworfenen und vom Volke der sieben untern Zehnten am 25. August angenommenen Verfassung eingesetzt wurden. Gegen alle diese Vorgänge protestirte der Staatsrath von Oberwallis, der sich nach Siders zurückgezogen hatte, und verlangte die Trennung des Kantons. Ehe noch die Tagsatzung zu einem neuen Entscheide über die Angelegenheiten des entfernten Kantons Wallis gelangen konnte, trug sich unter ihren Augen ein Ereigniss zu, welches für die Geschicke der ganzen Schweiz von der weitgreifendsten Bedeutung war.

Grosse Bewegung hatte im vorörtlichen Kanton Zürich zu Anfang des Jahres 1839 die Berufung des Dr. Strauss auf den Lehrstuhl der Dogmatik hervorgerufen, welche der Grosse Rath nach einer tief in religiöse Fragen eingehenden Diskussion gebilligt hatte. Ein Vereinsnetz breitete sich über den Kanton aus, »um den christlichen Glauben in Kirche und Schule aufrechtzuhalten und den Volkswillen zur Kenntniss der Behörden zu bringen.« Beinahe 40,000 Unterschriften bedeckten die Petition, welche die Zurücknahme der Berufung verlangte, und der Grosse Rath unterzog sich dem gebieterischen Volkswillen, indem er den Dr. Strauss pensionirte. Damit war indessen der Friede zwischen Volk und Behörden noch keineswegs hergestellt; das einmal entstandene Missverhältniss, welches aus den verschiedenartigsten Beschwerden gegen die Regierung Nahrung schöpfte, dauerte vielmehr fort und das Central-Comité der Vereine fachte im August den Kampf von neuem an, indem es dem Volke diejenigen, in der Riesenpetition mitenthaltenen Begehren, welche der Grosse Rath nicht bewilligt hatte, in Erinnerung brachte. Die Regierung antwortete damit, dass sie die Veranstaltung von Gemeindsversammlungen in Folge etwaiger, vom Central-Comité ausgehender Aufträge untersagte, unter Androhung strafrechtlichen Einschreitens gegen Beamte, welche dieser Weisung nicht Folge leisten würden. Ein neuer Aufruf des Comité, in welchem es die Kirchgemeinden aufforderte, sich in dem verfassungsmässigen Rechte, beliebige Beschlüsse zu fassen, nicht beirren zu lassen, wurde hierauf von der Staatsanwaltschaft mit Beschlag belegt und gegen die Urheber desselben »wegen versuchter Reizung zum Aufruhr« Klage erhoben. Nun berief das Comité auf den 2. September nach Kloten eine grosse Volksversammlung, welche Zurücknahme der von den Behörden gethanen Schritte, Schutz des Petitionsrechts, Umgestaltung des Schullehrerseminars und des Erziehungsrathes in religiösem Sinne verlangte. Die Regierung gab eine ausweichende Antwort, welche das Comité als ganz unbefriedigend erklärte. Die Lage war so gespannt, dass es zu einem Ausbruche kommen musste. Die Führer des Aufstandes besorgten ohne Grund, dass die Stände des Siebnerkonkordates der bedrängten Regierung zu Hülfe kommen würden; daher erliessen sie am 5. September Nachmittags in alle Bezirke die Mahnung, den Landsturm bereit zu halten und ihn aufzubieten, »wenn die Glocken gehen«. Kaum hatte der Pfarrer Bernhard Hirzel zu Pfäffikon, einer der feurigsten Eiferer der sogenannten Glaubenspartei, diesen Mahnbrief erhalten, so liess er von sich aus die Sturmglocke ziehen. Die Nacht durch sammelte sich das unruhige Volk, schwoll zu 4- bis 5000 Männern an und zog unter Hirzels Führung am Morgen des 6. September in die Nähe von Zürich. Hier verlangten die Führer des Aufstandes abermals von der Regierung die Erfüllung sämmtlicher, in der Adresse von Kloten ausgesprochener Volkswünsche und die bestimmte Erklärung, dass sie weder jetzt noch in Zukunft »fremde« (eidgenössische) Hülfe in Anspruch nehmen wolle; zugleich wurde nun wirklich aus allen Gemeinden des Kantons der Landsturm herberufen. Da die Regierung zu lange auf eine Antwort warten liess, so zogen die zusammengelaufenen Schaaren, von denen nur ein kleiner Theil bewaffnet, der grössere Theil bloss mit Knitteln und Stöcken versehen war, geistliche Lieder singend in die Stadt. Die Regierung, im Postgebäude versammelt, hatte inzwischen die wenigen, in der Instruktion befindlichen Truppen unter das Kommando des Obersten Hirzel gestellt, welcher das Zeughaus und die Zugänge zum Sitzungsorte besetzen liess. Als nun die eine der beiden Kolonnen, in welche sich der Volkshaufe getheilt hatte, am Ende der Storchengasse anlangte, stiess sie auf eine hier aufgestellte Abtheilung Kavallerie. Aus den Reihen der Landleute fiel ein Schuss, worauf die Kavallerie einhieb und mehrere Landleute niederstreckte. Nachdem indessen auch die andere Kolonne, welche über die obere Brücke anrückte, auf dem Münsterhofe angelangt war, zog sich die Kavallerie zurück und die Landleute marschirten nun vorwärts gegen die Zeughäuser, zum Theil bis auf den Neumarkt. Hier wurden sie, da sie nicht zurückweichen wollten, von Infanteristen und Scharfschützen mit Gewehrfeuer empfangen; auch die Kavallerie brach abermals vor. Es fielen eine Anzahl Landleute; es fiel auch der wackere Regierungsrath Hegetschweiler, der als Friedensbote mit dem Befehle, das Feuern einzustellen, vom Posthause herbeigeeilt war. Die Landsturmschaaren lösten sich auf in regelloser Flucht; mit ihnen zugleich aber auch die Regierung, nachdem sie die Zeughäuser dem Schutze der vom Stadtrathe gebildeten, durch Oberst Ziegler befehligten Bürgerwache übergeben hatte. Durch das Central-Comité wurde nun eine provisorische Regierung, zugleich als »ergänzter eidgenössischer Staatsrath«, eingesetzt; an ihre Spitze liess sich der bisherige Amtsbürgermeister Hess stellen, der als Präsident des Vorortes und der Tagsatzung unentbehrlich schien. Das Landvolk, welches im Laufe des Tages aus allen Theilen des Kantons bewaffnet herbeigeeilt war, feierte seinen Sieg in einer grossen Volksversammlung. Den 9. September bestätigte der einberufene Grosse Rath den provisorisch entstandenen Staatsrath, löste sich dann auf und ordnete neue Wahlen an. Die in Zürich versammelte Tagsatzung, deren auf den 6. September angeordnete Sitzung durch das Präsidium abbestellt war, berieth in Privatkonferenzen, was zu thun sei. Weder die Anerkennung des Präsidenten der aus dem Aufstande hervorgegangenen provisorischen Regierung als Bundespräsidenten, noch die Uebertragung der vorörtlichen Funktionen an den Stand Bern und Verlegung der Tagsatzung nach dieser Stadt konnte eine Mehrheit von Stimmen erlangen; es blieb bei dieser Rathlosigkeit nichts anderes übrig, als die Sitzungen einstweilen einzustellen. Nachdem dann der neue Grosse Rath von Zürich, welcher natürlich in ganz konservativem Sinne gewählt wurde, eine neue Regierung eingesetzt und den Amtsbürgermeister Hess in dieser Eigenschaft bestätigt hatte, berief Letzterer auf den 23. September wieder die Tagsatzung ein, welche mit 15 Stimmen die neu beglaubigte Gesandtschaft des Vorortes anerkannte.

Der gewaltsame Umsturz der liberalen Zürcher Regierung übte den nächsten Einfluss auf die Angelegenheiten des Kantons Wallis aus. Statt einfach, wie die Kommission am 5. September einhellig übereingekommen war, die Verfassung und die Behörden, welche aus der vom Bunde angeordneten Rekonstituirung hervorgegangen waren, sowie die vom neuen Grossen Rathe gewählte Gesandtschaft, welche sich bereits auf den 6. in Zürich eingefunden hatte, anzuerkennen, war die Tagsatzung schwach und inkonsequent genug, am 24. mit 13 Stimmen eine neue Vermittlung anzuordnen. Dieselbe musste indessen schon an dem Umstande scheitern, dass die Regierung in Sitten, stark durch ihre formell-gesetzliche, auf einen Tagsatzungsbeschluss sich gründende Stellung, jeden amtlichen Verkehr mit den neu ernannten eidgenössischen Repräsentanten ablehnte und Letztere daher ihre ganze Wirksamkeit auf den obern Landestheil zu beschränken hatten. Nach ihrer Abreise war die Lage so gespannt, dass nur auf dem Wege der Gewalt eine bleibende Trennung des Kantons verhütet werden konnte. Wie früher in Basel, so wurde auch hier der Kampf zwischen den beiden Landestheilen durch die Ansprüche veranlasst, welche die beiden Regierungen auf einige zweifelhafte Gemeinden erhoben. Nachdem ein letzter Versuch zur Verständigung sich zerschlagen hatte, erging auf beiden Seiten ein allgemeines Aufgebot und die Mannschaften nahmen in der Nähe der Hauptstadt Stellung gegen einander. Den 1. April 1840 siegten die Unterwalliser, von Moriz Barman angeführt, auf der ganzen Operationslinie: die Oberwalliser Truppen lösten sich in Unordnung auf, über Verrath schreiend; ein Opfer ihrer Wuth wurde der Bruder des Landshauptmanns von Courten, welcher in Siders aus seinem Hause gerissen und ermordet wurde. Einem vorörtlichen Befehle, die Waffen niederzulegen, leisteten die Unterwalliser Truppen keine Folge; sie rückten vor und besetzten Siders, Leuk und Turtman, wo am 4. April die obern Zehnten ihre Unterwerfung ankündigten. Die Mannschaft wurde hierauf entlassen und der obere Landestheil, der nun auch für sich die neue Verfassung annahm, traf seine Wahlen in den Grossen Rath. Die Einheit des Kantons war damit wiederhergestellt; der Vorort aber war mit allen Interventionsversuchen zu spät gekommen und beim Stande Waadt, der zu den aufgebotenen eidgenössischen Truppen ein Bataillon hätte stellen sollen, sogar auf direkten Widerstand gestossen. Das Recht der vollendeten Thatsachen, welches in Zürich aufgekommen war, und schon im December 1839 im Kanton Tessin eine von der liberalen Parthei ausgeführte Revolution zur Folge gehabt hatte, entschied nun auch in Wallis: die ordentliche Tagsatzung des Jahres 1840 anerkannte einstimmig die Gesandtschaft dieses Standes und garantirte die Verfassung vom 3. August 1839.

An dieser Tagsatzung kam auch die Bundesrevision wieder zur Sprache. In dem wohlbegründeten Bewusstsein, dass die Zürcher Wirren des vorigen Jahres, bei denen die eidgenössischen Geschäfte mehrere Wochen lang jeder gesetzmässigen Leitung entbehrt hatten, ganz besonders geeignet gewesen seien, die Mängel der vorörtlichen Exekutive zu enthüllen, hatte der Vorort selbst beantragt, wenigstens die hierauf bezüglichen Bestimmungen des Bundesvertrages einer Reform zu unterstellen, und eine Mehrheit von Ständen hatte diesem Antrage beigestimmt. Es wurde eine Kommission niedergesetzt, deren Mehrheit einen »eidgenössischen Staatsrath« vorschlug, bestehend aus dem Regierungspräsidenten des Vorortes, zwei vom vorörtlichen Grossen Rathe ernannten und vier von der Tagsatzung aus den Bürgern aller übrigen Kantone ernannten Mitgliedern. Eine Minderheit wollte dagegen dem Präsidenten des Vorortes 6 Mitglieder beigeben, welche von den 19 nicht vorörtlichen Kantonen nach einer Kehrordnung, wie sie für den eidgenössischen Repräsentantenrath vorgeschrieben war, gewählt werden sollten.*) Diese Vorschläge konnten schon darum keinen Erfolg haben, weil die neuen, erbitterten Kämpfe, welche das Jahr 1841 der Schweiz brachte, die Aufmerksamkeit wieder von der Bundesreform ablenkten. — Von grosser Wichtigkeit war dagegen der Tagsatzungsbeschluss vom 21. Juli 1840, in Kraft erwachsen den 15. Februar 1841, über die Reorganisation des Bundesheeres, zusammengehalten mit den Beschlüssen vom 28. Juli und 11. August 1840 über die Organisation des eidg. Kriegsraths und der eidg. Militärlehranstalten.**) Hatte schon das Allgemeine Militärreglement von 1817 neben den Bundesauszug von 33,758 Mann eine gleich starke Bundesreserve hingestellt, so wurden nun (gemäss einem schon am 20. August 1838 von der Tagsatzung ausgesprochenen Grundsatze) diese beiden Abtheilungen zu einem Bundesheere von 64,019 Mann vereinigt. Die Militäraufsichtsbehörde verwandelte sich in einen eidgenössischen Kriegsrath, welchem die fortdauernde Ueberwachung des gesammten Militärwesens sowohl der Eidgenossenschaft als auch der Kantone übertragen war. An die Stelle der frühern Kantonalpanner trat die eidgenössische Fahne mit dem weissen Kreuz auf rothem Grunde, als Sinnbild der schweizerischen Einheit

*) Bericht der Kommission, besonders gedruckt im December 1840. Mitglieder der Mehrheit waren: Bürgermeister v. Muralt von Zürich, Dr. Kasimir Pfyffer von Luzern, Dr. Kern von Thurgau, Syndik Cramer von Genf. Die Minderheit bestand aus dem Staatsrath Druey aus Waadt. Druey und Pfyffer, welche dem »Nationalverein« angehört hatten, sprachen übrigens, der Berathung über die besondere Frage vorgehend, ihre Ueberzeugung aus, dass nur auf dem Wege einer Totalrevision des Bundesvertrages erspriessliche Resultate sich erzielen lassen.

**) Off. Sammlg. III. S. 61–66, 154. Snell I. Nachtrag S. 11, 14–19. Tagsatz.-Abschied v. 1840 Beil. K. Vergl. die neue Originalausgabe des Allgem. Militärreglements, Zürich 1846.

wenigstens im Heerwesen! Das Geschütz wurde vermehrt auf 134 Stück für die bespannten Batterien, 10 Stück für die Gebirgsartillerie und 160 Stück Reservegeschütz, wovon die Eidgenossenschaft 60 lieferte. Für alle Waffengattungen wurde nicht bloss gleichförmige, sondern auch gleichfarbige Kleidung vorgeschrieben. Das Maximum der Mannschaft aus verschiedenen Kantonen, welche alle zwei Jahre in eidgenössische Uebungslager zusammengezogen werden sollte, wurde von 3000 auf 4500 erhöht. Für die Rechtspflege bei den Truppen, welche sich im eidg. Dienst befanden, war schon 1837 ein neues Militärstrafgesetzbuch eingeführt worden. Die gesammte neue Organisation, welche das Bundesheer kräftig zusammenfasste, bewährte sich, als der Augenblick gekommen war, wo die in ihm vertretene Einheit über die politische Auflösung und Zersplitterung der Eidgenossenschaft den Sieg davon tragen sollte!

Vorerst hatte indessen die Schweiz vom Jahr 1841 an noch viele schwere Kämpfe zu bestehen. Es konnte nicht fehlen, dass die kirchlich-politische Revolution, welche im reformirten Kanton Zürich stattgefunden, mächtig einwirkte auf die katholische Bevölkerung anderer Kantone, welche mit der Freisinnigkeit ihrer Regierungen im Kirchen- und Schulwesen noch viel weniger Schritt zu halten vermochte. Die Nachwirkung war um so bedeutender, als gerade der zehnjährige Termin herannahte, in welchem mehrere der im Winter 1830/31 zu Stande gekommenen Verfassungen die Vornahme einer Revision gestatteten. Allenthalben wurden nun durch Volksvereine, denen, wie in Zürich, eine möglichst ausgedehnte Verzweigung gegeben ward, Verfassungsänderungen verlangt, welche sich nicht bloss auf die kirchlichen Verhältnisse, sondern auch auf demokratische Erweiterung der Volksrechte bezogen. In durchaus gesetzlicher Weise und zugleich mit dem grössten Erfolge wurde im vorörtlichen Kanton Luzern ein Systemwechsel in dem angedeuteten Sinne durchgeführt. Das Signal zur Volksbewegung hatte hier schon im November 1839 der unter geistlichem Einflusse stehende Grossrath Joseph Leu von Ebersol gegeben, indem er eine Reihe von weit gehenden Anträgen, meistens kirchlichen Inhaltes, stellte, welche der Grosse Rath »mit Entrüstung« beseitigte. Es folgte dann zu Anfang des Jahres 1840 eine mit 11,793 Unterschriften bedeckte Petition für Verfassungsrevision in demokratisch-kirchlichem Geiste; hierauf am 5. November die Gründung des Russwyler Vereins. Endlich am 31. Januar 1841 konnte das Luzerner Volk über die Verfassungsrevision abstimmen und es beschloss dieselbe mit 17,551 gegen 1679 Stimmen. Es wurde dann ein Verfassungsrath gewählt, in welchem die bisherige Grossrathsmehrheit durch nicht mehr als 4 Mitglieder vertreten war. Die neue Verfassung, welche am 1. Mai vom Volke angenommen wurde, entsprach in Bezug auf das Kirchen- und Schulwesen, unter vollständigem Preisgeben der staatlichen Hoheitsrechte, den weitgehenden Anforderungen der ultramontanen Geistlichkeit; neben den Badener Artikeln wurde, wie früher schon in Zürich, das Siebnerkonkordat ausdrücklich beseitigt; gegen Gesetze, Bündnisse, Konkordate, sowie gegen Einführung neuer Korporationen wurde dem Volke das Veto eingeräumt; die Vorrechte in der Repräsentation, welche 1831 der Hauptstadt noch geblieben waren, sowie die Selbstergänzung des Grossen Rathes fielen weg. Die neue, konservative Regierung beeilte sich, diese Verfassung, als Zeichen der Rückkehr zu voller Anerkennung kirchlicher Oberherrlichkeit, dem Papste zu Füssen zu legen! — Einen ganz andern Verlauf nahm die Volksbewegung im Kanton Solothurn. Im October 1840 beschloss hier der Grosse Rath selbst eine Verfassungsrevision und lud das Volk ein, seine Wünsche einzugeben. Eine von konservativen Führern entworfene, mit zahlreichen Unterschriften bedeckte Petition verlangte, neben Gewährung der kirchlichen Ansprüche, unmittelbare Wahl aller Mitglieder des Grossen Rathes in kleinern Wahlkreisen, Verminderung der Zahl der Beamten und ihrer Besoldungen, grössere Freiheit der Gemeinden, endlich das Veto gegen Gesetze und Staatsverträge. Der Grosse Rath aber ging nicht auf diese Begehren ein, sondern beschränkte sich darauf, das noch bestehende Vorrecht der Hauptstadt in der Repräsentation zu beseitigen, die unmittelbaren Wahlen von 26 auf 55 zu vermehren, dagegen den Regierungsrath von 17 auf 9 und das Obergericht von 13 auf 9 Mitglieder zu reduziren, die Amtsdauer aber von 6 auf 10 Jahre, doch mit Erneuerung zur Hälfte nach 5 Jahren, zu verlängern. Unzufrieden mit diesem Verfassungsentwurfe, versammelten sich die Ausschüsse der Volksvereine am 2. Januar 1841 in Mümliswyl, und empfahlen in einer von 52 Abgeordneten unterzeichneten Erklärung dem Volke die Verwerfung desselben, wobei sie zugleich gegen die vom Grossen

Rathe dem Revisionsartikel gegebene Auslegung, dass in diesem Falle die alte Verfassung auf weitere 10 Jahre in Kraft bleibe, sich verwahrten. Am folgenden Tage fand in Mariastein, von dortigen Klostergeistlichen veranstaltet, eine Versammlung von 2- bis 300 Männern statt, welche eine noch schärfere Erklärung an die Regierung ergehen liess; für den Fall der Verwerfung wurde im sogen. Schwarzbubenlande von einem Volkszuge nach Solothurn gesprochen. Hierauf schritt die Regierung, von Munzinger geleitet, zur That: die Unterzeichner der Mümliswyler Erklärung wurden verhaftet, Truppen aufgeboten, die Nachbarstände zu getreuem Aufsehen gemahnt. Den 10. Januar wurde dann die neue Verfassung mit 6289 gegen 4277 Stimmen angenommen; das liberale System hatte sich hier durch die Energie, die es im entscheidenden Augenblicke entwickelte, auf lange befestigt. — Im Aargau hatte der Grosse Rath, den allseitig geäusserten Wünschen Rechnung tragend, schon im December 1839 eine Verfassungsrevision beschlossen. Eine katholische Volksversammlung, welche am 2. Februar 1840 zu Mellingen gehalten wurde, verlangte für Kirchen- und Schulsachen confessionelle Trennung in der gesetzgebenden wie in der verwaltenden Behörde, das Veto, Vertheilung der Regierungsstellen auf die Bezirke u. s. w. Umgekehrt begehrte nun die reformirte Bevölkerung die Aufhebung der Parität, welche bis dahin im Grossen Rathe zwischen den beiden Confessionen bestanden hatte, und Repräsentation nach der Kopfzahl. Der erste Verfassungsentwurf des Grossen Rathes, welcher weder den einen noch den andern Begehren entsprach, wurde am 6. October von beiden Theilen verworfen. Eine Petition aus dem Freiamte verlangte nun einen Verfassungsrath; der Grosse Rath aber behielt die Revision in seiner Hand und beseitigte in dem zweiten Entwurfe die Parität, während er dagegen auf die Wünsche der Katholiken, welche eine neue Volksversammlung in Baden am 29. November ausgesprochen hatte, nicht eintrat. Der zweite Verfassungsentwurf wurde dann am 5. Januar 1841 vom Volke mit 16,050 gegen 11,484 Stimmen angenommen. Im Freiamte dauerte indessen die Gährung fort; in einigen Gemeinden wurden Freiheitsbäume errichtet. Nun beschloss die Regierung, unter dem Eindrucke gleichzeitiger Vorgänge in Solothurn, ähnlich wie dort zu verfahren und die Mitglieder des sogen. Bünzner-Comités, welches an der Spitze der Bewegung stand, verhaften zu lassen.

Allein das erbitterte Volk befreite am 10. Januar in Muri die gefangenen Führer und setzte den Regierungsrath Waller, welcher den Verhaftsbefehl ausgeführt hatte, selbst ins Gefängniss. Aehnliche Auftritte fanden in Bremgarten und Meienberg statt, und das befreite Comité beschloss nun, den Landsturm aufzubieten, um die Gränze des Freiamtes zu besetzen und von hier aus mit der Regierung zu unterhandeln. Letztere hatte inzwischen die ganze Auszüger- und Landwehrmannschaft aufgeboten und diejenigen Truppen, welche bereits wegen der Solothurner Wirren einberufen waren, eilends nach Lenzburg gesandt. Bern und Baselland, etwas später auch Zürich, wurden zum Zuzuge gemahnt. Schon am Morgen des 11. war der grössere Theil der aarganischen Truppen unter dem Kommando des Obersten Frei-Herosée in Lenzburg versammelt und zog dann gegen Mittag nach Vilmergen, das von einer zahlreichen Schaar Landstürmer besetzt war. Allein nach einem unbedeutenden Gefechte wichen dieselben zurück und zerstreuten sich; das Freiamt wurde darauf ohne fernern Widerstand besetzt und entwaffnet. Am 13. versammelte sich der Grosse Rath des Kantons Aargau und beschloss, unter dem Eindrucke des leicht errungenen Sieges, auf den Antrag des Seminardirektors Keller, die Aufhebung sämmtlicher Klöster, — eine seit langem vorbereitete Massregel, die nun als politische Nothwendigkeit hingestellt und mit der Betheiligung einzelner Convente am letzten Aufstande motivirt wurde. Hatte schon die wesentlich confessionelle Richtung, welche die Bewegung in Luzern und Solothurn, besonders aber im Aargau genommen, dem früher bloss politischen Partheienkampfe in der Schweiz ein neues, verbitterndes, tief in die Massen eindringendes Element beigemischt, so war nun vollends die mit dem Art. 12 des Bundesvertrages schwer zu vereinigende Aufhebung der aargauischen Klöster einer in die Eidgenossenschaft geschleuderten Brandfackel zu vergleichen, welche den heftigsten Zwist unter den Kantonen anfachte, der in seinen Folgen allmählig zum Bürgerkriege führte.

Sofort verlangten die katholischen Stände Uri, Schwyz, Unterwalden, Zug und Freiburg beim Vororte Bern die Einberufung einer ausserordentlichen Tagsatzung, welche auf den 15. März erfolgte. Schultheiss Neuhaus, welcher nicht bloss bereitwilligst die bernischen Truppen zu Unterdrückung des Aufstandes nach dem Freiamte entsendet hatte, sondern nun auch in seiner Eröffnungsrede entschieden zu Gunsten Aargau's sich aussprach, wurde, entgegen der Uebung, bei der Wahl des ersten Mitgliedes der Kommission übergangen, und schlug sodann eine spätere Wahl in dieselbe aus. Die Tagsatzung erklärte am 2. April mit 12½ Stimmen das Dekret vom 13. Januar für unvereinbar mit Art. 12 des Bundesvertrages und lud Aargau ein, nochmals auf den Gegenstand desselben einzutreten und dem Bunde Genüge zu thun, widrigenfalls die Tagsatzung sich eignen Entscheid vorbehielte. Da von Seite Aargau's bis zur ordentlichen Tagsatzung des Jahres 1841 keine entsprechende Antwort erfolgte, so beschlossen am 9. Juli 13½ Stände (das umgewandelte Luzern war inzwischen der Mehrheit beigetreten), an der Erklärung vom 2. April festzuhalten und den Kanton Aargau aufzufordern, dass er noch im Laufe des Monates das Ergebniss seiner neuen Berathungen der Tagsatzung mittheile. Hierauf beschloss der Grosse Rath am 19. Juli, die Wiederherstellung der drei Frauenklöster Fahr, Gnadenthal und Baden anzubieten. Die Tagsatzung vertagte sich, ohne einen Beschluss zu fassen, und als sie sich am 25. October wieder versammelte, so ergab sich weder für den Antrag, sich mit dem Anerbieten Aargau's zu begnügen, noch für die Forderung der Herstellung aller Klöster eine Stimmenmehrheit. Es machte sich nämlich in der öffentlichen Meinung der reformirten und paritätischen Kantone, an Volksversammlungen, welche in Zürich und Genf gehalten wurden, dann auch in den Instruktionsbehörden immer entschiedener die Ansicht geltend, dass man die Wiederherstellung der Mannsklöster von Aargau nicht verlangen könne, weil — abgesehen von ihrer grössern oder geringern Betheiligung am Januaraufstande — der ganze Einfluss, den sie auf ihre Umgebungen ausgeübt hatten, einer friedlichen und gedeihlichen Entwicklung des Kantons keineswegs förderlich gewesen war. Als daher nach jahrelangen, fruchtlosen und ermüdenden Verhandlungen der Grosse Rath von Aargau, veranlasst durch die Zureden einflussreicher liberaler Staatsmänner, am 29. August 1843 sich dazu verstand, auch noch das letzte Frauenkloster Hermetschwyl herzustellen, so erklärte sich am 31. August eine Mehrheit von 12 Ständen für befriedigt, womit diese Angelegenheit als erledigt betrachtet wurde.

Kaum hatte indessen die ordentliche Tagsatzung von 1843 sich aufgelöst, so berief der Vorort Luzern, welcher seit zwei Jahren an der Spitze der ultramontanen Parthei in der Schweiz stand, die sämmtlichen Kantone, welche die Herstellung aller aargauischen Klöster verlangt hatten, zu einer Konferenz auf den 13. September. Es erschienen jedoch bloss Abgeordnete von Uri, Schwyz, Unterwalden, Zug und Freiburg. Die Mehrheit dieser Konferenz beschloss: es sei durch ein an alle eidgenössischen Orte zu erlassendes Manifest die Herstellung aller Klöster im Aargau, die Wiedereinsetzung der thurgauischen Klöster in ihre Rechte und die Sicherung der Rechte der Katholiken in allen paritätischen Kantonen zu fordern und dabei anzudeuten, dass die Verweigerung als ein Verharren im »Bundesbruche« müsste betrachtet werden; ferner sei den Regierungen der Konferenzstände für gemeinschaftliche militärische Massregeln die nöthige Vollmacht zu ertheilen. Die Grossen Räthe und Landräthe der sechs Kantone genehmigten diese Beschlüsse und am 1. Februar 1844 erging das Manifest an die Stände, welches natürlich ohne weitern Erfolg blieb. Der katholische Sonderbund aber war nun dem Wesen nach — lange vor den Freischaarenzügen, die ihn später rechtfertigen sollten — bereits vorhanden. Er verstärkte sich im Mai 1844 durch das Hinzutreten von Wallis, wo, nicht ohne unmittelbare Einwirkung von Luzern aus, die radikale Parthei in blutigem Kampfe unterdrückt wurde. Durch die Ausschreitungen eines Vereines, der sich »die junge Schweiz« nannte, und durch den Einfluss der Priester, welche die Verkehrtheiten ihrer Gegner für sich auszubeuten verstanden, hatten die Ultramontanen auch im Unterwallis immer mehr Boden gewonnen. Um den fortdauernden Gewaltthätigkeiten, welche hier zwischen den Partheien stattfanden, ein Ende zu machen, bot der Grosse Rath die Landwehr von Oberwallis auf. Die Jungschweizer wurden bei Sitten und Ardon zurückgeschlagen, verbrannten aber die Brücke bei Riddes, wodurch sie sich gegen die Verfolgung der Oberwalliser sicherten. Als sie jedoch auf ihrem Rückzuge von Martinach nach St. Moritz an den Trient gelangten, fanden sie die dortige Brücke durch Unterwalliser von der Gegenparthei besetzt. Nicht ohne grosse Verluste konnte ein Theil der Jungschweizer nach St. Moritz sich durchschlagen; eine andere Abtheilung wurde nach Martinach zurückgetrieben, wo sie sich zerstreute. Nach Herstellung der Brücke bei Riddes wurden dann die Ortschaften der Jungschweizer durch die Oberwalliser besetzt und entwaffnet In der Eidgenossenschaft herrschte bei diesem Anlasse, in Folge des Misstrauens, welches die liberalen Kantone gegen den ultramontanen Vorort hegten, die vollendetste Bundesanarchie: nicht bloss weigerten sich die Regierungen von Bern und Waadt, dem vorörtlichen Truppenaufgebote Folge zu leisten. sondern Bern erklärte sogar, dass es den Durchmarsch anderer eidgenössischer Truppen über sein Gebiet nicht gestatten werde! $6^1/_2$ Stände begehrten beim Vororte die Einberufung einer ausserordentlichen Tagsatzung; diese aber, auch hier das Gewicht der vollendeten Thatsachen anerkennend, beschloss, sich in die Angelegenheiten des Kantons Wallis nicht weiter einzumischen.

Zu den bereits zahlreich vorhandenen Gährungsstoffen gesellte sich um diese Zeit ein neuer, welcher bei Protestanten wie bei freisinnigen Katholiken die aufregendste Wirkung äusserte. Zu dem Programme, welches die herrschende Parthei in Luzern sich gestellt hatte, gehörte auch die Einführung des, von Alters her übel berufnen Jesuitenordens, welcher bereits in Wallis, Freiburg und Schwyz seine festen Wohnsitze aufgeschlagen hatte, am katholischen Vororte. Aargau, welches gerne den Anlass benutzte, das feindselige Verhalten Luzern's in der Klosterfrage zu vergelten, stellte schon an der ordentlichen Tagsatzung von 1844 den Antrag auf Fortweisung der Jesuiten aus der ganzen Eidgenossenschaft; natürlich stimmten vorerst nur wenige Stände bei. Aber der Grosse Rath von Luzern, unbekümmert um die Aufregung, welche im eignen Kanton und in einem grossen Theile der übrigen Schweiz fortwährend zunahm, beschloss am 24. October die Berufung der Jesuiten, denen er die theologische Lehranstalt übergab. Nachdem das Veto, welches die liberale Minderheit gegen diesen Beschluss ergriffen, nicht zum Ziele geführt hatte, so nahm ein Theil dieser Parthei, im Einverständnisse mit Gleichgesinnten aus andern Kantonen, am 8. December zum bewaffneten Aufstande seine Zuflucht. Derselbe war indessen in der Hauptstadt so planlos angelegt, dass die wenigen, von der Regierung aufgebotenen Truppen ihn ohne Mühe besiegten. Die Zuzüger vom Lande, verstärkt durch 150 bis 200 Mann Freischaaren aus dem Kanton Aargau, hielten zwar die Emmenbrücke besetzt und schlugen hier die Regierungstruppen mit Verlust von 4 Todten und 20 Verwundeten zurück, aber sie wagten es nicht, ihren Sieg zu verfolgen und zerstreuten sich wieder. Schneller noch als die Aargauer zogen sich Freischaaren aus Solothurn und Baselland zurück, welche später als jene die Gränze überschritten hatten. Zahllose Verhaftungen wurden nun im Kanton Luzern vorgenommen, und das Vermögen sämmtlicher Theilnehmer am Aufstande wurde mit Beschlag belegt. Eine grosse Menge von Flüchtlingen erschien in andern Kantonen, wo sie durch das Mitleid, welches die freisinnige Bevölkerung an ihrem Schicksale empfand, die vorhandene Gährung steigerten. Den 4. Januar 1845 erliess der Grosse Rath von Luzern ein Gesetz, wodurch die Anführer von Freischaaren mit Todesstrafe bedroht und Jedermann erlaubt wurde, fremde Freischärler als Verletzer des Gebietes, Räuber und Mörder anzugreifen; zugleich beantragte er bei der Tagsatzung, dass sie ein Verbot der Freischaaren erlasse. Auf der andern Seite fanden dagegen in den Kantonen Bern und Aargau Volksversammlungen Statt, welche beschlossen, es sei der Antrag auf Fortweisung der Jesuiten durch eine, massenhaft zu unterzeichnende Volkspetition zu unterstützen, und es seien zu diesem Behufe in allen Kantonen Volksvereine zu gründen. Auch in Zürich, wo seit 1842 die liberale Parthei wieder immer mehr Boden gewonnen hatte, wurde am 26. Januar eine grosse Volksversammlung gehalten, welche sich dem aargauischen Antrage anschloss; in diesem Sinne instruirte auch der Grosse Rath seine Gesandtschaft an die Tagsatzung, welche der Vorort auf den 24. Februar einberufen hatte. Während hier auf gesetzlichem Wege ein politischer Umschwung vor sich ging, führte dagegen im Kanton Waadt die Jesuitenfrage eine Revolution herbei. Der Staatsrath hatte sich gegen den aargauischen Antrag ausgesprochen; der Grosse Rath beschloss am 13. Februar Abends nur eine dringende Einladung an Luzern, die Berufung der Jesuiten zurückzunehmen. Da diese Instruktion die radikale Parthei nicht befriedigte, so rief letztere durch ein grosses, zum Voraus verabredetes Feuerzeichen das Volk herbei. Von allen Seiten strömte dasselbe am folgenden Tage in die Hauptstadt; eine grosse bewaffnete Masse bewegte sich unter Trompetenschall nach dem Schlosse, wo der Staatsrath versammelt war. Da die aufgebotenen Milizen grossentheils zu den Aufständischen übergegangen, auf die wenigen vorhandenen Truppen jedenfalls nicht zu zählen war, so blieb dem Staatsrathe, der zudem das geistige Haupt des Aufstandes als Minderheit in seiner Mitte hatte, nichts anders übrig, als abzudanken. Auf Montbenon fand sodann eine, von Druey präsidirte Volksversammlung Statt, welche den Grossen Rath aufforderte, seine Tagsatzungsgesandtschaft im Sinne Aargau's zu instruiren, und zugleich eine provisorische Regierung ernannte. Eine zweite Versammlung vom 15. Februar ging noch weiter, indem sie den Grossen Rath für aufgelöst erklärte und die Wahl eines Verfassungsrathes anordnete, der dann natürlich im Sinne der Bewegungspartei ausfiel.

Obgleich nun die meisten reformirten und paritätischen Stände für den aargauischen Antrag gewonnen waren, so ergab sich an der ausserordentlichen Tagsatzung in Zürich doch noch keine Mehrheit, sondern nur eine starke Minderheit für denselben. Ebensowenig war für die, von vielen Seiten beantragte Empfehlung einer Amnestie an Luzern eine Mehrheit erhältlich. Dagegen wurde mit $13^2/_2$ Stimmen beschlossen: die Bildung bewaffneter Freikorps, sowie jedes Auftreten solcher Korps ohne Zustimmung der Regierungen sei nach dem Sinn und Zweck des Bundesvertrages unzulässig; die Stände seien demnach eingeladen, geeignete Massregeln zu treffen, dass solche Korps sich nicht bilden, und dass keinerlei Gebietsverletzungen durch bewaffnete Zuzüge stattfinden. Dieser papierene Beschluss, dessen Vollziehung von dem guten Willen der Kantone abhing, konnte nicht hindern, dass ein zweiter, in grösserm Masstabe angelegter Freischaarenzug gegen Luzern sich vorbereitete. In einer Versammlung von Offizieren aus den Kantonen Bern, Aargau, Solothurn und Baselland war schon Anfangs Februar, im Einverständnisse mit einem Ausschusse der Flüchtlinge, der Plan für das Unternehmen festgesetzt worden; nachher sammelten sich, von der aargauischen Regierung nicht gehindert, Schaaren von Flüchtlingen in der Gegend von Zofingen und hielten Waffenübungen. In Folge eines förmlichen Aufgebotes, welches von dem Ausschusse der Flüchtlinge ausging, trafen die Freischärler am 30. März Abends von allen Seiten her auf den Sammelplätzen Hutwyl und Zofingen ein. Es waren ungefähr 1000 Berner, 1100 Aargauer, 400 Basellandschäftler, 300 Solothurner und 1200 Luzerner; das Kommando übernahm der eidgen. Stabshauptmann Ochsenbein von Nidau. Artillerie und Munition verschafften sich die Freischärler, zum Theil mit scheinbarer Gewalt, jedoch ohne Widerstand zu finden, aus den Zeughäusern zu Liestal und Solothurn, von Aarburg und aus den Schlössern Nidau und Bipp. In der Nacht vom 30. auf den 31. März erfolgte der Auszug von den beiden Sammelplätzen nach dem Kanton Luzern: in Ettiswyl vereinigten sich die beiden Abtheilungen und zogen dann über Russwyl, in dessen Nähe sie zwei Kompagnien der Regierungstruppen zurückdrängten, nach Hellbühl, 2 Stunden von Luzern. Durch diesen Marsch umgingen sie die Hauptmacht der Luzerner Regierungstruppen, welche bei Sursee aufgestellt war. Sofort wurden nun die meisten dieser vorgeschobenen Truppen gegen Luzern zurückgezogen, und auch die Kontingente von Ob- und Nidwalden, von Luzern zu Hülfe gemahnt, trafen daselbst ein. Unterdessen hatte Ochsenbein zu Hellbühl seine Schaaren getheilt und die kleinere Abtheilung von ungefähr 1000 Mann zu einem Angriffe gegen die Emmenbrücke abgesandt, während er selbst mit dem Hauptkorps gegen die Dorrenbergerbrücke bei Littau zog. Diese Brücke, von wenigen Regierungstruppen vertheidigt, wurde genommen und die Freischaaren drangen über Littau gegen Luzern vor. Abends 7 Uhr kam die Spitze der Truppe beim Lädeli an, einem Wirthshause zehn Minuten von der Stadt. Aber die Leute waren durch den weiten Marsch und durch den Mangel an Proviant, wofür Niemand gesorgt hatte, schon gänzlich erschöpft, und ein nächtlicher Angriff durfte nicht gewagt werden. Nun sank mit der physischen auch die moralische Kraft: der unerwartete, unfreundliche Empfang, den die Freischaaren beim Landvolke gefunden, das Ausbleiben des versprochenen Zuzuges aus der Stadt und die Ungewissheit über das Schicksal der, nach der Emmenbrücke entsandten Kolonne, welche dort vom Feinde zurückgeworfen worden war, vermehrten die allgemeine Muthlosigkeit. Einige sich nähernde Streifwachen und der Schuss von einem Wachtposten erregten panischen Schrecken, und Alles floh gegen Littau zurück. Hier entschloss sich Ochsenbein zum Rückzuge, der, um die Artillerie zu retten, über Malters und die Brücke im Schachen stattfinden sollte. Allein in Malters standen bereits Regierungstruppen; ein quer über die Strasse gestellter, beladener Heuwagen hinderte die Durchfahrt, und aus den Fenstern des Wirthshauses und mancherlei Verstecken hervor wurde auf die gedrängten Schaaren anhaltend gefeuert. Durch die sich folgenden Haufen wurde die Verwirrung immer grösser. Das nächtliche Gefecht endigte gegen Morgen mit gänzlicher Niederlage der Freischaaren; auch am Sonnenberg, wo einige Kompagnien aufgestellt waren, wurden sie am Morgen des 1. April zurückgeschlagen; viele flüchtige Freischärler fielen dem erbitterten Landsturm in die Hände. Der gesammte Verlust der Freischaaren betrug 104 Todte und 785 Gefangene, unter denen 68 Verwundete; auch mussten sie 8 Kanonen mit den Munitionswagen und der Bespannung zurücklassen.

Unbeschreiblich war der Eindruck, den dieses Ereigniss in allen Theilen der Schweiz hervorrief. Musste man auch vom Standpunkte der formalen Staatsordnung und selbst von demjenigen der kantonalen Volksherrschaft aus den bewaffneten Ueberfall eines eidgenössischen Standes durch Schaaren, die sich in andern Kantonen, von den Regierungen unbehindert, gebildet hatten, entschieden verdammen; so zeigte es sich doch auf's unzweideutigste, dass die Sache, für welche die Freischaaren in den Kampf gegangen waren, sich lebhafter Sympathien erfreute bei der grossen Mehrheit des Schweizervolkes, die den Hass gegen das ultramontane Luzerner Regiment vollkommen theilte. Die Niederlage der Freischaaren wurde daher nicht bloss in den Kantonen, welche den Verlust ihrer Angehörigen betrauerten, sondern auch in andern, die sich in keiner Weise an dem Zuge betheiligt hatten, als ein nationales Unglück empfunden, und es blieb das Gefühl zurück, dass man eine Parthei, welche sich in der Schweiz in offenbarer Minderheit befinde, nicht lange im Siegesstolze sich wiegen lassen dürfe. Inzwischen hatte der Vorort Zürich zu Herstellung des Landfriedens eidgenössische Truppen in grosser Anzahl aufgeboten, welche die Gränzgegenden der Kantone Bern und Aargau gegen Luzern besetzten; ebenso hatte er eidgenössische Kommissäre ernannt und die Tagsatzung wieder einberufen, welche denselben die nöthigen Weisungen ertheilte. In Betreff der gefangenen Freischärler, welche nicht dem Kanton Luzern angehörten, kam am 23. April ein Auslösungsvertrag zu Stande, nach welchem Bern 70,000, Solothurn 20,000, Baselland 35,000, Aargau 200,000 Schweizerfranken an Luzern's Kriegskosten zu vergüten hatte. Zugleich bezahlte die Tagsatzung aus dem eidgen. Kriegsfonde die Kosten, welche die zu Hülfe gerufenen Kantone Uri, Schwyz, Unterwalden und Zug an Luzern forderten. Gegen die gefangenen Luzerner wurde gerichtliche Untersuchung eingeleitet und das Haupt derselben,

Dr. Robert Steiger, am 17. Mai vom Obergerichte zum Tode verurtheilt. Der Grosse Rath erklärte sich zwar geneigt, die Todesstrafe in eine ausländische Festungsstrafe umzuwandeln; allein während hierüber mit Sardinien unterhandelt wurde, wurde Steiger heimlich aus seinem Gefängnisse befreit und entkam, unter grossem Jubel in den freisinnigen Kantonen, nach Zürich. Die fortdauernde Erbitterung der im Kanton Luzern herrschenden Parthei gegen ihre politischen Gegner stieg auf den höchsten Punkt, als in der Nacht vom 19. auf den 20. Juli ihr Führer Joseph Leu in seinem Bette meuchlerisch erschossen wurde. Während man auf liberaler Seite den unglücklichen Einfall hatte, einen Selbstmord herauszuklügeln, wurde der Mörder bald entdeckt, und das ultramontane Regiment in Luzern bemühte sich nun, angesehene Männer der Opposition als Mitschuldige am Morde hinzustellen. Nach Durchführung des Prozesses gegen die Freischärler, in Folge dessen 675 Individuen in's Zuchthaus wandern sollten, sprach der Grosse Rath endlich im December 1845 für die Mehrzahl der Schuldigen eine bedingte Amnestie aus und ermächtigte die Regierung, mit den Einzelnen zu unterhandeln und jedem im Verhältnisse zu seiner Schuld und zu seinem Vermögen die Loskaufsumme zu bestimmen.

Unter den Kantonen, welche die Volksbewegung gegen die Jesuiten ergriffen hatte, empfand namentlich Bern einen Rückschlag der Freischaarenzüge im Sinne des Radikalismus. Die Regierung hatte hier der Bewegung unthätig, ja fast begünstigend zugesehen, bis sie ihr über den Kopf gewachsen war; erst nach vollendeter Niederlage der Freischaaren schritt sie dagegen ein, indem sie namentlich alle Beamten, die am Zuge Theil genommen, in ihren Verrichtungen einstellte. Sofort traten nun die Volksvereine in ein entschieden feindseliges Verhältniss zu der Regierung, gegen welche sich im Laufe der Zeit theils wegen einzelner politischer Gewaltakte, die sie verübt, theils wegen der geringen materiellen Fortschritte, welche sie angebahnt, mancherlei Unzufriedenheit gesammelt hatte. Eine Menge von Petitionen forderten Verfassungsrevision; der Grosse Rath war bereit, dem Begehren zu entsprechen, wollte aber nach Anleitung der Verfassung von 1831 die Revision selbst vornehmen. Um indessen dieselbe desto sicherer in ihre Hand zu bekommen, verlangte die Bewegungsparthei einen Verfassungsrath, und da immer entschiedener das Volk sich auf ihre Seite stellte, so musste der Grosse Rath am 22. Februar 1846 auch hierin willfahren. Die neue Verfassung vollendete nun die demokratische Umgestaltung des Kantons Bern, indem sie nicht bloss den Grossen Rath aus unmittelbaren Volkswahlen hervorgehen liess, sondern auch dem Volke das Recht der Abberufung desselben einräumte, dagegen die Befugnisse der Regierung in Bezug auf die Wahl und Entlassung der Beamten wesentlich einschränkte; zugleich verminderte sie die Mitgliederzahl des Regierungsrathes, und führte das Departementalsystem bei demselben ein. Um desto sicherer alle Landestheile für die neue Verfassung zu gewinnen, wurden den meisten derselben materielle Vortheile auf Unkosten der Staatskasse geboten. Mit sehr grosser Mehrheit wurde die Verfassung am 31. Juli vom Volke angenommen und hierauf die neue Regierung ganz im Sinne der Volksvereine bestellt.

Eine neue Wendung nahm der Kampf der Partheien in der Schweiz durch den Abschluss des katholischen Sonderbundes, welcher im December 1845 zu Luzern erfolgte,*) jedoch erst im Juni 1846 in weitern Kreisen bekannt wurde. Die VII Stände Luzern, Uri, Schwyz, Unterwalden, Zug, Freiburg und Wallis (die nämlichen, welche seiner Zeit auch den borromäischen Bund abgeschlossen hatten, ausser dass an Solothurns Stelle nun Wallis getreten war) verpflichteten sich durch diese Vereinigung, falls einer oder mehrere von ihnen angegriffen würden, zur Wahrung ihrer Souveränetätsrechte den Angriff gemäss dem Bundesvertrage von 1815, sowie gemäss den »alten Bünden« gemeinschaftlich mit allen zu Gebote stehenden Mitteln abzuwehren. Sobald einer der VII Stände von einem bevorstehenden oder erfolgten Angriffe sichere Kenntniss erhielte, sollte er auch ohne Mahnung von Seite des betreffenden Kantons verpflichtet sein, die nach Umständen erforderlichen Truppen aufzubieten. Die Anordnung aller, zur Vertheidigung der VII Stände erforderlichen Massnahmen, sowie die oberste Leitung im Kriege wurde einem gemeinschaftlichen Kriegsrathe, bestehend aus einem Abgeord-

*) Die erste Verabredung war bereits im August, an einer während der Tagsatzung in Zürich verpflognen Konferenz, geschehen. Vgl. das Protokoll der am 9., 10. und 11. December zu Luzern abgehaltnen Konferenz, gedruckt nach der im Archiv zu Sitten gefundnen Abschrift auf Veranstaltung der eidgen. Repräsentanten.

neten jedes der sieben Kantone, übertragen. Die Kosten von Truppenaufgeboten sollten in der Regel dem mahnenden Kanton zur Last fallen, aus besondern Gründen aber auch eine andere Vertheilung eintreten. Andere Kosten, welche im gemeinschaftlichen Interesse erwachsen würden, sollten von allen VII Ständen nach Massgabe der eidgen. Geldskala getragen werden. — Wenn auch dieses Bündniss seinem Wortlaute nach nur auf Vertheidigung gegen ungerechte Angriffe berechnet schien, so konnten doch Weiterblickende sich unmöglich darüber täuschen, dass der katholische Sonderbund unter Umständen auch aggressive Zwecke verfolgen würde, wie solche ein später aufgefundnes Projekt enthüllte, entworfen von dem geistigen Haupte der Allianz, dem Schultheissen Siegwart-Müller von Luzern, der aus einem eifrigen Radikalen durch mancherlei Wandelungen ein entschiedner Jesuitenfreund geworden war. Jedenfalls lag es in der Tendenz der neuen Ligne, die Eidgenossen je nach ihrem Glaubensbekenntnisse immer mehr in zwei feindliche Heerlager zu spalten und den Religionshass früherer Jahrhunderte wieder heraufzubeschwören. Aber nicht bloss seinem Geiste, sondern auch der Form nach war das Sonderbündniss unverträglich mit dem allgemeinen eidgenössischen Bunde*), indem es über Hülfeleistungen eines Kantons zu Gunsten des andern Vorschriften enthielt, welche von jenen des Bundesvertrages von 1815 wesentlich abwichen, und dem sonderbündischen Kriegsrathe Befugnisse einräumte, welche nur den eidgenössischen Behörden oder denjenigen des angegriffenen Kantons zukamen. Der Art. 6 des Bundesvertrages aber untersagte ausdrücklich Verbindungen unter den einzelnen Kantonen, die dem allgemeinen Bunde nachtheilig wären, und ein solcher Nachtheil war im Grunde immer vorhanden, wenn Sonderbündnisse geschlossen wurden, welche ähnliche Zwecke verfolgten und ähnliche Verpflichtungen auferlegten wie der Bund selbst.**) Die Führer der liberalen Schweiz, seit langem überzeugt, dass die traurige Verwirrung und Verwicklung der eidgenössischen Verhältnisse nicht anders mehr als auf dem Wege der Gewalt gelöst werden könne, richteten nun begreiflicher Weise ihre Angriffe vorzüglich gegen den Sonderbund,

*) Vgl. darüber das ganz unpartheiische Votum H. A. Zachariä's in der Schrift: »Die schweiz. Eidgenossenschaft, der Sonderbund und die Bundesrevision. Göttingen 1848,« besonders in dem Abschnitte: »Die Sonderbundsstiftung und deren Widerrechtlichkeit.«

**) Stettler Bundesstaatsr. seit 1798 S. 147.

für dessen Auflösung, wegen der bessern gesetzlichen Handhabe, eher als für Austreibung der Jesuiten eine Tagsatzungsmehrheit zu erzielen war. Kaum war aus den Verhandlungen des Grossen Rathes von Freiburg, wo die liberale Minderheit energischen Widerstand leistete, der Inhalt des Sonderbündnisses bekannt geworden, so instruirte Thurgau am 17. Juni 1846 seine Gesandtschaft, an der bevorstehenden ordentlichen Tagsatzung die Sache zur Sprache zu bringen und sich bei einlässlicher Berathung derselben den Art. 6 des Bundesvertrages zur Richtschnur zu nehmen. Wenige Tage nachher richtete der Vorort Zürich an Luzern die Einladung, den vollständigen Inhalt der unter den VII Ständen abgeschlossnen Uebereinkunft den Bundesbehörden zur Kenntniss zu bringen, und sprach dabei bereits für den Fall, dass der durch die Presse veröffentlichte Text im Wesentlichen genau sein sollte, seine Ansicht dahin aus, dass die Rechte des Bundes durch das Separatbündniss gefährdet werden. Zugleich lud der Vorort die Kantone ein, ihre Gesandtschaften zu ermächtigen, an einer Berathung dieser Angelegenheit im Schoosse der Tagsatzung Theil zu nehmen. Letztere behandelte in vier heissen Sitzungen vom 31. August bis zum 4. September die Sonderbundsfrage und am Schlusse der Diskussion erklärten sich bereits $10^2/_2$ Stände (Zürich, Bern, Glarus, Solothurn, Baselland, Schaffhausen, Appenzell A. Rh., Graubünden, Aargau, Thurgau, Tessin und Waadt) für den Antrag: »Es sei das Separatbündniss der VII katholischen Stände mit den Bestimmungen des Bundesvertrages von 1815 unverträglich und es sei dasselbe demgemäss als aufgelöst erklärt.«

Ueber diesen Antrag hatte sich Genf, dessen Instruktion bereits die Unverträglichkeit des Sonderbundes mit dem Bundesvertrage anerkannte, das Protokoll offen behalten. Der Grosse Rath beschloss nun am 3. October, demselben nicht beizutreten, dagegen vom Vororte die Berufung einer ausserordentlichen Tagsatzung zu verlangen, um durch alle von der Bundesverfassung dargebotnen Mittel den Frieden zu erhalten und kräftigere Massregeln gegen die Freischaaren zu bewirken. Gegen diesen, den damaligen Verhältnissen jedenfalls sehr wenig angepassten Beschluss protestirte am 5. eine zahlreich besuchte, von James Fazy geleitete Volksversammlung in der Kirche St. Gervais und erklärte ihn für verfassungswidrig, daher null und nichtig, weil er einen Bundesbruch begünstige und somit die Stellung Genfs zur Eidgenossenschaft verrücke. Als hierauf die Regierung gegen den Führer der Bewegung Verhaftsbefehle erliess, wurden im Quartier St. Gervais Barrikaden errichtet und es brach hier ein bewaffneter Aufstand aus. Die Regierung liess nun am 7. die Barrikaden mit Kanonen beschiessen, allein die hinter denselben aufgestellten Scharfschützen erwiederten das Feuer mit Erfolg; auch misslang der Angriff, den ein Bataillon Milizen auf das Thor von Cornevin unternahm. Der Verlust der Regierungstruppen betrug 6 Todte und 40 bis 50 Verwundete; die Insurgenten hatten bloss 3 Todte und 6 bis 8 Verwundete. Am folgenden Tage wurde die Erneuerung des Kampfes, zu welcher der Staatsrath bereit schien, verhindert durch eine in der grossen Stadt selbst abgehaltene Volksversammlung, welche ihn einlud, seine Gewalt niederzulegen. Diesem Ansinnen wurde sofort entsprochen und auf den 9. der Grosse Rath einberufen. Allein ehe noch diese Behörde zusammentrat, beschloss eine von Fazy geleitete Volksversammlung auf dem Platze Molard die Auflösung derselben, ordnete die Wahl eines neuen Grossen Rathes zu Revision der Verfassung an und stellte eine provisorische Regierung von 10 Mitgliedern auf. Der neue Grosse Rath, in welchem die siegreiche Parthei eine entschiedne Mehrheit erhielt, hob dann den Beschluss vom 3. October auf und stimmte den $10^2/_2$ Kantonen bei, welche in der Tagsatzung die sofortige Auflösung des Sonderbundes verlangt hatten. Das neue Staatsgebäude wurde auch in Genf auf sehr demokratische Grundlagen gestellt: abwechselnd sollte das eine Jahr der Staatsrath, das andere Jahr der Grosse Rath durch unmittelbare Volkswahlen erneuert werden. Zur Wahl des Staatsrathes versammeln sich sämmtliche Bürger des Kantons als Conseil général; der Grosse Rath dagegen wird in drei grossen Wahlkreisen gewählt.

Während auf diese Weise für den Sonderbund die Gefahr einer Tagsatzungsmehrheit immer näher rückte, beschäftigte sich der Kriegsrath desselben bereits auf's eifrigste mit militärischen Rüstungen. Schon im October 1846 wurde die ganze sonderbündische Armee organisirt; auch verschmähte man keineswegs, die Unterstützung des mit dem Sonderbunde sympathisirenden Auslandes nachzusuchen, indem im Januar 1847 der Kriegsrath mit grossem Danke von Oesterreich ein unentgeldliches Anleihen von 100,000 Gulden Conventionsmünze empfing. Es folgte im Juni ein Geschenk von 3000 Flinten aus den lombardischen Zeughäusern, welches der Kaiser den kleinen Kantonen machte. Auch Frankreichs Politik war damals so verblendet, dass sie den Sonderbund gegen die Eidgenossenschaft beschützte: die von Louis Philipp geschenkten Kanonen, welche sich noch in den Zeughäusern einzelner Kantone finden, können gegenwärtig nur daran erinnern, wie der Sturz des klugen Königs dem Untergange des Sonderbundes auf dem Fusse folgte!

Im Kanton St. Gallen hatte inzwischen im Wahlkampfe vom 2. Mai 1847 die liberale Parthei gesiegt; mit 75 gegen 72 Stimmen gab der neue Grosse Rath die zwölfte Standesstimme ab für die Auflösung des Sonderbundes. Die Tagsatzung versammelte sich den 5. Juli in Bern; sie war endlich in den Fall gesetzt, thatkräftige Beschlüsse zu fassen und es gab sich unter den Gesandten der zwölf und zwei halben Stände, welche die Mehrheit ausmachten, eine erfreuliche Uebereinstimmung kund. In Privatkonferenzen, wo man sich nach oft sehr lebhaften Debatten zuletzt doch immer zu einigen wusste, wurden die Anträge vorbereitet, und damit auch die Gesandtschaften, welche weniger entschiedne Instruktionen hatten, dafür stimmen könnten, erhielten sie immer eine gemässigte Fassung. Zuerst wurde den 20. Juli der Sonderbund für aufgelöst erklärt und die VII Stände für die Beachtung dieses Beschlusses verantwortlich gemacht; die Tagsatzung behielt sich dabei lediglich weitere Massregeln für die Zukunft vor, falls ihrer Schlussnahme nicht nachgelebt werden sollte. Es verdient hervorgehoben zu werden, dass auch Basel-Stadt die Unverträglichkeit des Sonderbündnisses mit dem Bundesvertrage ausdrücklich zugab, jedoch mit Rücksicht darauf, dass die Beschwerdepunkte der VII Stände noch nicht völlig gehoben seien, letztere bloss zur Auflösung desselben einladen wollte. Wenige Tage nachher folgte auf den Antrag Genfs der Beschluss, es seien die eidgenössischen Stabsoffiziere in den Sonderbundsständen aufzufordern, sich darüber zu erklären, ob sie im Falle einer Collision ihrer Pflichten sich unbedingt zur Verfügung des eidgen. Kriegsrathes stellen wollen, und es seien diejenigen unter ihnen, welche hierüber keine beruhigende Erklärung abgeben würden, des eidgen. Dienstes zu entlassen. Als hierauf von der Regierung von Tessin die Anzeige eintraf, es sei am 26. Juli ein Transport Munition, welcher aus der Citadelle von Mailand kam und für den

Sonderbund bestimmt war, in Lugano angehalten worden, und als auch die Regierung von Bern über Verschanzungen berichtete, welche an ihren Gränzen von den Sonderbundsständen aufgeworfen wurden, fand sich die Tagsatzung veranlasst, eine Siebnerkommission niederzusetzen, welche allmählig die vorberathende Behörde für alle politischen Fragen wurde.*) Auf den Antrag dieser Kommission wurden am 11. August die VII Stände ernstlich ermahnt, Alles zu unterlassen, was den Friedenszustand zu stören geeignet sei und namentlich ihre ausserordentlichen kriegerischen Rüstungen einzustellen; zur einstweiligen Beschlagnahme von Waffen und Munitionssendungen für den Sonderbund wurden die Kantone, über deren Gebiet sie gehen würden, ermächtigt. Auch die Frage der Bundesrevision wurde nun, nach langem Stillstande, wieder ernstlich an die Hand genommen und am 16. August eine Kommission, bestehend aus den ersten Gesandten aller der Stände, welche an dem Beschlusse Theil nahmen, beauftragt, darauf bezügliche Anträge der Tagsatzung zu hinterbringen. Endlich wurde noch am 3. September die Angelegenheit der Jesuiten als Bundessache erklärt, die Kantone Luzern, Schwyz, Freiburg und Wallis eingeladen, diesen Orden aus ihrem Gebiete zu entfernen, und für die Zukunft die Aufnahme desselben in andere Kantone untersagt. Am 9. September vertagte sich die Tagsatzung, nachdem sie in wenigen Wochen wichtigere Beschlüsse als sonst in einer Reihe von Jahren gefasst hatte, auf den 18. October.

Die Zwischenzeit wurde in den Kantonen der Mehrheit wie in denjenigen der Minderheit nur dazu benutzt, die einmal eingenommenen entschiednen Partheistellungen zu befestigen. In den demokratischen Sonderbundsständen sprachen sich die Landsgemeinden, in den übrigen die Grossen Räthe für bewaffneten Widerstand gegen die Tagsatzungsbeschlüsse aus. Dagegen entschieden sich in den sämmtlichen Mehrheitsständen die Instruktionsbehörden dafür, dass die Auflösung des Sonderbundes nöthigenfalls mit Waffengewalt zu vollziehen sei. Als nun die Tagsatzung wieder zusammen-

*) Ihre Mitglieder waren: Regierungspräsident Ochsenbein von Bern, Bürgermeister Dr. Furrer von Zürich, Landammann Munzinger von Solothurn, Landammann Näff von St. Gallen, Dr. Kern von Thurgau, Oberst Luvini von Tessin, Staatsrath Druey von Waadt. Von diesen sieben Mitgliedern sind nachher fünf in den ersten schweizerischen Bundesrath übergegangen.

trat, beschloss sie, zuerst noch den Weg freundlicher Belehrung zu betreten, indem sie an das Volk der Sonderbundskantone eine, beruhigende Zusicherungen enthaltende Proklamation erliess und nach jedem dieser Stände zwei Repräsentanten abordnete. Allein diese Sendung blieb gänzlich erfolglos, da in allen VII Kantonen die Einberufung der Grossen Räthe und Landsgemeinden, wie auch, mit Ausnahme Zugs, die Bekanntmachung der Proklamation verweigert wurde; Luzern ging so weit, die Verbreitung dieses Aktenstückes seinen Angehörigen bei Strafe zu untersagen. Ehe noch die Repräsentanten zurückgekehrt waren, rief die Tagsatzung, durch Meutereien im Kanton St. Gallen veranlasst, zur Handhabung der gesetzlichen Ordnung am 24. October 50,000 Mann unter die Waffen und stellte sie unter den Oberbefehl des zum General ernannten Obersten Dufour aus Genf. Die Wahl dieses verdienten und kenntnissreichen Offiziers, bei welcher keineswegs die Partheifarbe den Ausschlag gab, fand allgemeine Billigung und trug nicht wenig zum glücklichen Ausgange des unvermeidlich gewordnen Feldzuges bei. Die sonderbündischen Truppen waren schon seit dem 19. October versammelt; an ihre Spitze hatte der Kriegsrath den Obersten J. U. v. Salis-Soglio aus Graubünden gestellt.*) Ehe indessen der blutige Entscheid der Waffen angerufen wurde, fand am 28. auf die Einladung von Basel-Stadt noch eine Vermittlungskonferenz in Bern statt, welcher vier Abgeordnete der Mehrheit und sämmtliche Gesandte der Sonderbundsstände beiwohnten. Die Abgeordneten der Mehrheit erklärten sich, unter Voraussetzung der Auflösung des Sonderbundes, bereit, die Jesuitenfrage fallen zu lassen, wenn nur Luzern, seiner vorörtlichen Stellung wegen, den Orden freiwillig entferne; ja zwei derselben gingen sogar so weit, dass sie die Jesuitenfrage dem Entscheide des (damals liberalisirenden) Papstes Pius IX. unterstellen wollten. Allein Luzern wollte selbst auf dieses letztere Auskunftsmittel nur unter der Bedingung eingehen, dass gleichzeitig auch die aargauische Klosterfrage dem Papste zur Entscheidung vorgelegt würde; die Abgeordneten der Mehrheit erklärten natür-

*) Dass dieser Offizier seinen eignen Komittenten kein unbedingtes Vertrauen einflösste, ergiebt sich daraus, dass er anfänglich bloss zum Chef des Generalstabs bestimmt war und nachher als »zweiter Kommandant« der Sonderbundsarmee brevetirt wurde. Protokolle des Kriegsraths vom September 1846 und Januar 1847.

lich, dass auf diese längst abgethane Sache nicht mehr zurückgekommen werden könne, und so zerschlug sich die Vermittlung an dem Starrsinne der Minderheit. Tags darauf verliessen die Gesandten der VII Stände die Tagsatzung, ein Manifest zurücklassend, welches das Volk der liberalen Stände deutlich genug zur Empörung gegen seine Obrigkeiten aufforderte; mit ihrer Abreise waren die Würfel gefallen. Nachdem neben dem Aufgebote von 50,000 Mann auch noch die Bereithaltung und Einberufung der gesammten Reserve (Landwehr) war beschlossen worden, fasste die Tagsatzung am 4. November den förmlichen Executionsbeschluss und beauftragte den Oberbefehlshaber der eidgenössischen Truppen, mit der ihm zur Verfügung gestellten Militärmacht die Auflösung des Sonderbundes in's Werk zu setzen. Vom 10. November an standen auf Seite der Mehrheit nahezu 100,000 Mann mit 172 Stücken Geschützes im Felde; dieser Streitmacht hatte der Sonderbund bloss 29,574 Mann Milizen mit 74 Geschützen entgegenzustellen. Gleichwohl ergriff er schon am 3. November die Offensive, indem eine Abtheilung seiner Truppen die Höhe des Gotthardpasses, welche zum Kanton Tessin gehört, besetzte; hier verweilte sie bis zum 17. und stieg dann in dichtem Nebel nach Airolo hinunter, wo es ihr gelang, die Tessiner Truppen mit Verlust von 30 Todten und Verwundeten, einer Anzahl von Gefangenen und vielen Waffen und Gepäckwagen gänzlich in die Flucht zu schlagen. Dagegen misslang ein Angriff auf Aargau, den die Hauptmacht des Sonderbundes am 12. unternahm, um eine Diversion zu Gunsten des von eidgenössischen Truppen umzingelten Freiburg zu machen. Sowohl an der Schiffbrücke bei Lunnern als bei Geltwyl wurden die Sonderbündler, welche von den Freiämtlern mit offnen Armen empfangen zu werden hofften, von Zürcher und Aargauer Truppen zurückgeschlagen und der Rückzug, zu welchem sich General Salis genöthigt sah, machte einen höchst ungünstigen Eindruck auf die von ihm befehligte Mannschaft. Freiburg, mit grosser Uebermacht von allen Seiten umschlossen und von seinen Verbündeten sich selbst überlassen, wurde am 13. von General Dufour zur Uebergabe aufgefordert, welche, nachdem Abends noch an der Schanze von Bertigny ein Gefecht stattgefunden hatte, am 14. wirklich erfolgte. Die Regierung erklärte den Rücktritt des Kantons vom Sonderbunde; Stadt und Landschaft wurden mit eidgenössischen Truppen besetzt. Aus einer kleinen

Volksversammlung in der Hauptstadt ging am 15. eine provisorische Regierung hervor, welche, von den Repräsentanten der Tagsatzung sofort anerkannt, die Ausweisung der Jesuiten und der ihnen affilirten Orden verfügte. Nach der Unterwerfung Freiburgs verlegte Dufour sein Hauptquartier nach Aarau und zog eine Armee von 60,000 Mann an den Gränzen der Kantone Luzern, Zug und Schwyz zusammen. Zug, seiner exponirten Lage wegen schon früher schwankend und zum Einlenken geneigt, kapitulirte am 21. November; den 22. rückten eidgenössische Truppen in den Kanton ein und besetzten St. Wolfgang und Cham. Am gleichen Tage rückte die Berner Reservedivision unter Ochsenbein, nach hartnäckiger Gegenwehr der Luzerner bei Schüpfheim, durch das Entlibuch vor; die zweite und dritte Division unter den Obersten Burkhard und v. Donats marschirten von der westlichen und nordwestlichen Gränze her, ohne Widerstand zu finden, an die Emme und Reuss. Der 23. November war nun der Tag des entscheidenden Kampfes, an welchem die Sonderbundstruppen bei Honau, am Rothenberg und bei Gislikon durch die vierte Division unter Oberst Ziegler, bei Buonas und Meyerskappel durch eine Abtheilung der fünften Division, deren Kommandant Oberst Gmür war, aus ihren vortheilhaften Stellungen vertrieben wurden. Bei Honau und Gislikon schwankte der Entscheid; die eidgenössischen Truppen, mehrmals zum Weichen gebracht, verdankten ihren Sieg wesentlich der Entschlossenheit ihres Führers und der Ueberlegenheit ihrer Artillerie. Sie hatten 34 Todte und wenigstens 80 Verwundete; die Sonderbundstruppen 12 Todte und 45 Verwundete. Viel weniger bedeutend war der Widerstand, den die Truppen der fünften Division fanden, weil nur zwei Bataillone und einige Kompagnien Scharfschützen das südwestliche Ufer des Zugersee's vertheidigten, während der sonderbündische Divisionär, Landammann Abyberg, aus dessen Munde man so manche herausfordernde und prahlerische Rede gehört hatte, von seinem Hauptquartier Arth aus dem Treffen unthätig zuschaute. Kaum war die Kunde von der allgemeinen Niederlage nach Luzern gelangt, so schifften sich der sonderbündische Kriegsrath und die Kantonsregierung auf dem Dampfboote nach Flüelen ein; General Salis wurde ermächtigt, wegen Uebergabe der Stadt zu unterhandeln und sich dann mit der Armee in die Urkantone zurückzuziehen, um hier die Vertheidigung fortzusetzen. Allein mit der Flucht der Behörden, welche grossen Unwillen erregte, löste auch das sonderbündische Heer sich auf, zumal da General Salis, in Folge einer bei Gislikon erhaltenen Wunde, erschöpft und muthlos sich zeigte. Ohne förmliche Kapitulation zogen die eidgenössischen Truppen am 24. November in Luzern ein. Von hier aus richtete General Dufour an die Regierungen der Urkantone die Aufforderung, sich den Beschlüssen der Tagsatzung zu unterziehen. Sofort kapitulirten am 25. Unterwalden ob und nid dem Wald, am 26. Schwyz, am 27. Uri; die Besetzung durch eidgenössische Truppen, welche von Kommissarien der Tagsatzung begleitet waren, wurde keinem dieser Kantone erspart. Nun blieb bloss noch der vereinzelte Kanton Wallis übrig, dessen Grosser Rath am 29., auf die Kunde vom Anrücken der ersten Divison, für gut fand, dem Kommandanten derselben, Oberst Rilliet-Constant, die Kapitulation anzubieten. Bereits am 30. November erfolgte auch hier der Einmarsch der eidgenössischen Truppen. In Luzern, Zug und Wallis wurden durch Volksversammlungen, welche die radikale Parthei veranstaltete, provisorische Regierungen eingesetzt. In den Urkantonen wurden auf gesetzlichem Wege die Landsgemeinden einberufen, um theils den Rücktritt vom Sonderbunde förmlich auszusprechen, theils die Regierungen neu zu bestellen, da die eidgenössischen Repräsentanten sich weigerten, die bisherigen Behörden anzuerkennen, welche mit der Tagsatzung Krieg geführt hatten. Allenthalben wurden auch Verfassungsrevisionen theils eingeleitet, theils sofort in's Werk gesetzt.

Es war ein Glück für die Schweiz, dass sie mit ihrem innern Kriege vollständig zu Ende kam, ehe die auswärtigen Mächte sich über eine gemeinschaftliche Dazwischenkunft verständigen konnten. Ohne Zweifel wäre diese zu andern Zeiten früher erfolgt und hätte dann von den verderblichsten Folgen für unser Vaterland begleitet sein können; aber in dem Jahre, welches der Februarrevolution vorausging, herrschte bereits eine schwüle Luft in Europa. Oesterreich, welches noch in einer Note vom 11. November an den Sonderbund die von diesem gegen die Eidgenossenschaft eingenommene Stellung vollkommen gebilligt hatte,*) that doch keinerlei wirksame

*) S. dieselbe in den Schreiben des siebenörtigen Kriegsrathes an Wallis, gedruckt wie oben. Die Note betont indessen bloss die Aufrechthaltung der Kantonalsouveränetät und lässt die kirchlichen Fragen ganz bei Seite. Diess bestä-

Schritte zu dessen Vertheidigung; denn die allgemeine Aufregung, welche damals in ganz Italien herrschte, nahm die Thätigkeit des Wiener Kabinets vorzugsweise in Anspruch. Auch Frankreichs Regierung wurde durch die steigende Gährung, welche die Reformbegehren in seinem Innern hervorriefen, in der freien Bewegung nach aussen gehemmt; England dagegen, welches sich für die in der Angelegenheit der spanischen Heirathen erlittene Niederlage an der französischen Diplomatie rächen wollte, bemühte sich, die zunächst von dieser letztern angeregte gemeinschaftliche Intervention der Mächte hinauszuschieben und für die Schweiz unschädlich zu machen. Indessen gelang es doch noch bis gegen Ende Novembers den Entwurf zu übereinstimmenden Noten zu Stande zu bringen, durch welche eine Vermittlung angetragen wurde auf folgenden Grundlagen: 1) Die Sonderbundskantone wenden sich mit der Frage an den heiligen Stuhl, ob nicht im Interesse des Friedens und der Religion selbst den Jesuiten untersagt werden sollte, irgend einen festen Sitz in der Schweiz zu haben; 2) die Tagsatzung verspricht, die Unabhängigkeit und Souveränetät der Sonderbundskantone in keiner Weise zu gefährden, künftighin jeden von einem Freischaarenzug bedrohten Kanton kräftig zu schützen und keinen neuen Artikel ohne die Einwilligung aller Bundesglieder in die Bundesakte aufzunehmen; 3) die VII Stände sollen dann ihre besondere Verbindung auflösen; 4) sobald die Jesuitenfrage auf die angegebene Weise erledigt sein wird, sollen beide Theile ihre Truppen entlassen. Diese Vermittlungsvorschläge hätten kaum vor dem Kriege bei den Mehrheitsständen Eingang gefunden; nach dem Kriege (sie wurden am 30. November eingereicht) erschienen sie nun gar keiner Berücksichtigung mehr werth, weil sie für Verhältnisse berechnet waren, die glücklicher Weise nicht mehr bestanden. Vollends lächerlich war es, wie die französische Gesandtschaft den landesflüchtigen Sonderbundspräsidenten aufsuchen liess, um ihm ein Doppel ihrer Note zu bestellen; auffallender Weise war nämlich in derselben der sonderbündische Kriegsrath mit der Tagsatzung auf die gleiche Linie gestellt. Würdig und entschieden lautete die Antwort der Tag-

tigt die Andeutungen, welche Schmidt zeitgenöss. Geschichten S. 649 über Metternich's Politik giebt: Der greise Staatskanzler nahm in der Jesuitenfrage nur mit dem grössten Widerstreben Parthei für Luzern; er fühlte wohl, dass in derselben alle Gefahr für den Sonderbund, wie für sein eigenes System liege.

satzung vom 7. December: die angebotene Vermittlung wurde abgelehnt, nicht bloss weil sie in der Wirklichkeit keinen Gegenstand mehr hatte, sondern auch, weil das Princip jener Gleichstellung der durch die europäischen Verträge begründeten völkerrechtlichen Stellung der Schweiz und ihrer eignen Bundesverfassung widersprach; auf den Inhalt der gemachten Vorschläge wurde gar nicht eingetreten. Nichtsdestoweniger traten die Gesandten Frankreich's, Oestreich's und Preussen's an dem unter den Mächten vereinbarten Konferenzorte Neuenburg zusammen und übergaben im Einverständnisse mit Russland unter'm 18. Januar 1848 abermals gleichlautende Noten, worin erklärt wurde, »dass die durch den Bund von 1815 geforderte Kantonalsouveränetät in den militärisch besetzten Kantonen nicht als bestehend und der Schweizerbund nicht als in vertragsmässiger Lage sich befindend könne angesehen werden, bis jenen Kantonen ihre volle Unabhängigkeit wiedergegeben und ihre Regierungsbehörden vollkommen frei bestellt werden könnten; und dass keine Veränderung in der Bundesakte gültig sein könne, wenn sie nicht unter einstimmiger Genehmigung aller Kantone geschehe.« Da die Collektivnote das Recht zu dieser Einmischung in die innern Angelegenheiten der Schweiz aus der namentlich vom Wiener Hofe bei jedem Anlasse geltend gemachten Theorie herleitete, dass die Mächte im Jahr 1815 der Schweiz die Anerkennung ihrer Neutralität und die Erweiterung ihres Gebietes nur unter der Bedingung gewährt hätten, dass die Grundlagen des Bundesvertrages nicht geändert würden; so wurde in der (von Dr. Furrer redigirten) Antwortsnote der Tagsatzung vom 15. Febr. die gänzliche Unstichhaltigkeit dieser Theorie an der Hand der offiziellen Aktenstücke klar und einleuchtend nachgewiesen und somit abermals gegen die fremde Intervention entschieden protestirt. Es kann indessen keinem Zweifel unterliegen, dass die Belästigung der Schweiz nicht aufgehört hätte, und dass namentlich der Bundesreform, welche unmittelbar darauf an die Hand genommen wurde, von Seite des Auslandes beinahe unübersteigliche Hindernisse in den Weg gelegt worden wären, wenn nicht wenige Tage nach der letzten Antwortsnote der Tagsatzung eine plötzlich ausbrechende Revolution, auf welche die Ereignisse in der Schweiz nicht ohne Einfluss geblieben waren, den französischen Königsthron gestürzt und selbst die, sonst so sicher sich dünkenden Regierungen der beiden deutschen Grossmächte in den allgemeinen Strudel der Bewegung hineingerissen hätte.

Die militärische Besetzung der ehemaligen Sonderbundsstände, welche die Mächte in ihrer Note vom 18. Januar gerügt hatten, dauerte übrigens nur so lange, bis diese Kantone die erste Rate der ihnen durch Tagsatzungsbeschluss vom 2. December 1847 auferlegten Kriegskosten bezahlten und für die später fälligen Raten Caution leisteten. Unterwalden, welches zuerst diese Geldangelegenheiten mit der Tagsatzung ins Reine brachte, wurde schon mit Ende Decembers von der eidgenössischen Occupation befreit; die letzten eidgenössischen Truppen wurden aus dem Kanton Wallis am 22. Februar 1848 entlassen.*) Vom Neujahr an waren nun die ehemaligen Sonderbundsstände auch wieder in der Tagsatzung vertreten, und zwar durch liberale Gesandtschaften; es war ein erhebender Moment, als sie am 9. Januar miteinstimmten in den Dank, welchen die eidgenössischen Behörden im Namen des Vaterlandes ihrem hochverdienten Feldherrn und der ganzen Armee darbrachte. In den ersten Monaten des Jahres 1848 wurde auch in allen ehemaligen Sonderbundsständen die Verfassungsrevision zu Ende geführt. Allenthalben wurden die Bestimmungen, welche der katholischen Kirche einen ungebührlichen Einfluss einräumten, beseitigt; aber während man sonst in den letzten Jahren immer weiter in demokratischer Richtung gegangen war, schlug die liberale Partei in jenen Kantonen, um ihr System zu befestigen, eher eine entgegengesetzte Richtung ein. So wurde namentlich in Schwyz und Zug die Landsgemeinde abgeschafft, wobei freilich nicht ausser Acht zu lassen ist, dass dieselbe in Zug eine blosse Wahlgemeinde war, während die gesetzgebende Gewalt schon seit 1815 dem dreifachen Landrathe zustand, in Schwyz aber die Kantonslandsgemeinde am Rothenthurm ein neues, erst durch die Verfassung von 1833 eingeführtes Institut war, welches sich keineswegs bewährt hatte. Demokratische Surrogate waren in Zug die zweijährige Gesammterneuerung des Grossen Rathes, in Schwyz die Bezirks- und Kreisgemeinden, welch' letztern die Genehmigung der vom Kantonsrathe erlassenen Gesetze vorbehalten wurde. Den lautesten und nicht ganz unverdienten Tadel fand die neue Verfassung

*) Dufour, allgemeiner Bericht über die Bewaffnung und den Feldzug von 1847, S. 59.

von Freiburg, welche Amtsdauern von 9 Jahren für den Grossen Rath und von 8 Jahren für den Staatsrath vorschrieb und, ohne einer Volksabstimmung unterstellt worden zu sein, einzig vom Grossen Rathe angenommen wurde. In beiden Beziehungen kann indessen das Vorbild der Verfassung von 1831 wenigstens zur Entschuldigung angeführt werden; auch ist hervorzuheben, dass direkte Grossrathswahlen nunmehr an die Stelle indirekter traten. In Luzern wurde das im Jahr 1841 eingeführte Veto beibehalten, dagegen statt der vierjährigen Gesammterneuerung des Grossen Rathes dreijährige Drittelserneuerungen eingeführt. In Wallis wurde das sogenannte Referendum, d. h. das Recht, über die vom Grossen Rathe erlassenen Gesetze abzustimmen, welches die Verfassungen von 1839 und 1844 dem Volke vorbehalten hatten, auf Steuererhöhungen, überhaupt auf Aenderungen am Finanzsysteme beschränkt.

Werfen wir nun, am Schlusse unseres Abschnittes angelangt, noch einen Blick auf die organischen Beschlüsse der Tagsatzung während des vielbewegten Zeitraumes von 1836 bis 1847, so bleibt uns in der That nur eine geringe Nachlese übrig. Von staatsrechtlicher Wichtigkeit ist vor Allem aus der Beschluss vom 22. Juli 1836, betreffend den Rücktritt eines Kantons von einem eingegangenen Konkordate. Nach demselben sollte, wenn es sich um ein eidgenössisches, d. h. um ein von der Mehrheit der Kantone im Schoosse der Tagsatzung abgeschlossenes Konkordat handelte, der Rücktritt nur zulässig sein, wenn entweder die Mehrheit der konkordirenden Stände ihn gestattete, oder in zweiter Linie die Tagsatzung, an welche desshalb rekurrirt werden konnte, sich für die Gestattung entschied. Denjenigen Kantonen, welche sich durch den bewilligten Rücktritt in ihren materiellen Interessen benachtheiligt glaubten, blieb die Befugniss vorbehalten, den austretenden Stand vor dem eidgenössischen Rechte um Schadloshaltung zu belangen. Ebenso sollte über alle Anstände, welche mit Bezug auf besondere, d. h. bloss unter einzelnen Kantonen abgeschlossene Konkordate entstehen würden, das eidgenössische Recht entscheiden. — In Folge einer Bestimmung des Bundesvertrages von 1815 wurde, gestützt auf die Ergebnisse der durch Tagsatzungsbeschluss vom 7. September 1836 angeordneten Volkszählung, die eidgenössische Geld- und Mannschaftsscala im

Jahr 1838 einer Revision unterstellt. — Im Zollwesen wurde in den Jahren 1838 bis 1842 eine allgemeine Bereinigung der den Kantonen gestatteten Zollbezüge vorgenommen, deren Ergebniss die Tagsatzung als für die Zukunft massgebend anerkannte. — Der Fortbezug der eidgenössischen Gränzgebühren wurde durch Beschluss vom 7. August 1840, in Kraft getreten den 17. Juli 1843, auf weitere 20 Jahre verlängert. Der Ertrag derselben, sowie die Zinsen des Kriegsfondes sollten zunächst verwendet werden zur Bestreitung der jährlichen Ausgaben der eidgen. Centralmilitärverwaltung, sowie derjenigen der Centralkasse, d. h. der Civilausgaben des Bundes; blieb ein Ueberschuss, so wurde derselbe dem Kriegsfonde einverleibt. Musste dagegen wegen ausserordentlicher Ereignisse der Kriegsfond angegriffen werden, so war der Ertrag der Eingangsgebühren vorzugsweise zur Wiederherstellung desselben bis auf die Normalhöhe von Fr. 4,277,000 zu verwenden. Von diesem Kapitalbetrage sollten nach einem Beschlusse vom 8. August 1837 nicht mehr als 1,100,000 Franken baar in Kasse liegen. — Die Rechnungsverhältnisse der Centralkasse und der eidgenössischen Militärverwaltung wurden dann noch näher geregelt durch Beschlüsse der Tagsatzung vom 14. August 1845 und 10. August 1846. — In Folge des Sonderbundskrieges wurde endlich durch Beschluss vom 11. December 1847 ein Pensionsfond gegründet zu Unterstützung der im eidgenössischen Militärdienste Verwundeten und der Wittwen und Waisen gefallener Wehrmänner. In diesen Fond fielen die Summen von Fr. 300,000, welche Neuenburg, und von Fr. 15,000, welche Appenzell Innerrhoden zur Sühne dafür zu bezahlen hatten, dass diese Kantone, zuwider der ihnen obliegenden Bundespflicht, sich geweigert hatten, ihre Kontingentstruppen gegen den Sonderbund marschiren zu lassen.*)

Auch in Bezug auf eidgenössische Konkordate konnte eine Periode, in welcher so grosse Zwietracht und Zerrissenheit im Vaterlande herrschte, nicht besonders fruchtbar sein. Wir haben bloss folgende zu erwähnen, welche in dem Zeitraume von 1836 bis 1847 zu Stande kamen:

1) eine Erläuterung des Konkordates vom 7. Juni 1810, betreffend

*) Offiz. Samml. II. 381—382. III. 1—7, 11, 77—79, 205, 246—247, 291—292, 295—301, 320—321. Snell I. 173—174, 703—710, 714—717, 728; Nachtr. 2 S. 6—8; Nachtr. 3 S. 8, 17, 30, 32—38.

die Stellung der Fehlbaren bei Polizeivergehen (27. Juli 1840);

2) das Konkordat vom 26. Juli 1839, welches den Grundsatz aufstellt, dass von Angehörigen anderer Kantone keine höhern Einheirathungsgebühren gefordert werden dürfen, als von denjenigen des eignen Kantons;

3) das Nachtrags-Konkordat vom 15. Juli 1842, betreffend die Erfordernisse zur Einsegnung einer rechtsgültigen Ehe;

4) das Nachtrags-Konkordat vom 30. Juli 1847, betreffend die Ausmittlung von Heimathrechten für die Heimathlosen.*)

§ 3. Die Bundesreform vom Jahr 1848.

Wir haben bereits gesehen, wie die freisinnige Mehrheit, welche an der Tagsatzung von 1847 in allen Fragen den Ausschlag gab, auch die seit langem ruhen gebliebene Angelegenheit der Bundesrevision wieder ernstlich an die Hand genommen hatte. Freilich hing zur Zeit des Beschlusses vom 16. August der Erfolg der eingeleiteten Revision gänzlich ab von dem Ausgange des bereits mit Gewissheit vorauszusehenden Feldzuges wider den Sonderbund; es ist daher auch sehr begreiflich, dass bis gegen das Ende des Jahres die Aufmerksamkeit nicht bloss des Volkes, sondern auch der leitenden Staatsmänner sich beinahe ausschliesslich dem grossen militärisch-politischen Drama zuwandte, welches mit der Umgestaltung der gewesenen Sonderbundskantone endigte. Nicht die als letztes Ziel winkende Bundesrevision war es, was die eidgenössischen Wehrmänner begeisterte, als sie muthig und opferfreudig in den Kampf zogen; ihnen war zunächst nur daran gelegen, dass das politische System, welches seit 1830 in der Mehrzahl der Kantone und vorzüglich in den grössern und protestantischen Ständen sich eingebürgert hatte, einen entschiedenen Sieg erringe über das entgegenstehende System der Priesterherrschaft, der Unduldsamkeit und des kirchlichen Fanatismus, welches in Luzern und den mit ihm verbündeten Kantonen sich festgesetzt hatte und die finstern Zeiten des borromäischen Bundes wieder heraufzubeschwören drohte. Allerdings machte sich daneben bei Vielen, namentlich auch bei konservativen

*) Offiz. Samml. III. 75—77, 204, 247—248, 322—328. Snell I. Nachtr. 2. S. 3—5; Nachtr. 3 S. 10.

Offizieren, welche im Dienste der Tagsatzung standen, noch ein anderer, allgemeinerer Gesichtspunkt geltend: die vielen anarchischen Bewegungen und gesetzwidrigen Umwälzungen, welche seit dem »Zürichputsch« von 1839 einen Kanton nach dem andern ergriffen hatten, liessen das Bedürfniss immer lebhafter empfinden, dass einmal in der Schweiz Ruhe und Ordnung wiederhergestellt werde. Diesem Wunsche konnte, wenn nicht bloss ein augenblicklicher, sondern ein dauernder Friede geschaffen werden sollte, nicht anders als durch eine Bundesreform entsprochen werden, die seit langem zum Programme der liberalen Parthei gehörte; aber wenn auch die Ueberzeugung, dass dieselbe nothwendig, sehr verbreitet war, so herrschte doch sehr wenig Klarheit und Uebereinstimmung der Ansichten über die Art und Weise ihrer Ausführung. Unter den leitenden Staatsmännern waren manche, die, entmuthigt durch die Erfolglosigkeit früherer Reformbestrebungen, nur mit grosser Unlust an die Bundesrevision dachten, von welcher sie fürchteten, dass sie, ohne bedeutende Resultate herbeizuführen, die liberalen Stände unter sich veruneinigen und somit die Tagsatzungsmehrheit, welcher alle Fortschritte des Jahres 1847 zu verdanken waren, wieder auflösen werde. Indessen mahnte doch der ausgezeichnet günstige Augenblick, welcher nach der Besiegung des Sonderbundes eingetreten war, — ein Moment, wie er noch nicht da gewesen und nicht leicht wiederzukehren schien — zu gebieterisch an die Nothwendigkeit, die so lange schon angestrebte Bundesreform einmal ins Werk zu setzen, als dass nicht die erwähnten Bedenken vor der entschlossenen Haltung der weitsichtigern und muthigern unter den schweizerischen Staatsmännern hätten verstummen müssen. Erklärten doch die sämmtlichen in den Schooss der Tagsatzung zurückkehrenden ehemaligen Sonderbundskantone, denen man in Bezug auf die Bundesrevision keinerlei Gewalt angethan hatte, aus freien Stücken ihre Theilnahme an derselben, worauf ihre ersten Gesandten in die grosse Revisionskommission gewählt wurden. Auch die öffentliche Meinung, sowie einzelne Vereine fingen in den ersten Monaten des Jahres 1848 an, mit der hochwichtigen Frage der Bundesreform sich in verständiger und besonnener Weise zu beschäftigen. Der Sieg über den Sonderbund allein konnte, so lange noch auswärtige Einmischung zu befürchten war, keineswegs zum Uebermuthe reizen; auch trugen gerade die augenblicklichen Erfolge, welche man selbst unter der alten Ordnung der Dinge hatte erzielen können, dazu bei, dass die Reformwünsche, welche in der Presse laut wurden, sich mehr auf gewisse, vom Bunde zu übernehmende Garantieen und auf materielle Centralisationen, als auf durchgreifende Aenderungen im Organismus der Bundesbehörden bezogen. Wie bescheiden noch unmittelbar vor der Februarrevolution die Ansprüche selbst der radikalsten Fraktion unter den Reformfreunden waren, zeigt eine von dem Berner »Volksvereine« ausgegangene Druckschrift, welche sich mit einer, bloss annähernd der Bevölkerung entsprechenden, jedoch auf Volkswahl beruhenden Repräsentation an der Tagsatzung, verbunden mit einem Veto der Kantone gegen die Beschlüsse derselben, begnügen wollte.*)

Nachdem sich die Tagsatzung am 16. Februar auf unbestimmte Zeit vertagt hatte, trat schon am folgenden Tage die Revisionskommission zusammen. In ihr waren sämmtliche ganze und halbe Kantone, mit Ausnahme von Neuenburg und Appenzell Innerrhoden, durch ihre ersten Gesandten vertreten; Nidwalden und Appenzell-Ausserrhoden wohnten indessen nicht von Anfang an den Berathungen bei, sondern trafen erst während derselben ein. Zu Redaktoren des Bundesentwurfes ernannte die grosse Kommission den Obergerichtspräsidenten Dr. Kern von Thurgau und den Staatsrath Heinrich Druey von Waadt; ferner vertheilte sie ihre Mitglieder in vier Sektionen, an welche wichtigere Fragen zur Vorbegutachtung gewiesen wurden. Dabei trat indessen die Kommission, nach einem hiefür aufgestellten Programme, sofort selbst in die Materien ein und überliess den Redaktoren nur die nähere Ausarbeitung der von ihr angenommenen Grundsätze. Ehe man sich mit der Organisation der Bundesbehörden beschäftigte, berieth man die »allgemeinen Bestimmungen«, wobei es nicht fehlen konnte, dass die Entwürfe von 1832 und 1833 als werthvolle Vorarbeiten vielfach benutzt wurden. Bereits waren in einer ersten, allgemeinen Diskussion das »Verhältniss der Souveränetät der Kantone zum Bund« und die »Garantien des Bundes« durchberathen, als in Bern die Nachricht eintraf, dass die siegreiche Revolution in Paris nicht bloss das Ministerium Guizot, welches sich durch seine sonderbundsfreundliche Politik in der Schweiz so verhasst

*) Leitende Gesichtspunkte für eine schweiz. Bundesrevision, mitgetheilt vom Central-Comité des schweiz. Volksvereins. Bern 1848.

gemacht hatte, sondern auch den Thron Louis Philipps gestürzt habe. Der Eindruck dieses welterschütternden Ereignisses, welches in der Schweiz eine Menge von Bedenken gegen energische Durchführung der Bundesreform beseitigte, äusserte sich bald in den Berathungen über die Organisation der Tagsatzung, welche am 6. und 7. März in der Kommission stattfanden. Während früher die vorwiegende Stimmung für Beibehaltung des bisherigen Repräsentationsverhältnisses der Kantone gewesen war,*) entschieden sich nun 11 gegen 9 Mitglieder für eine Abänderung desselben und überwiesen den Gegenstand, um bestimmtere Anträge vorzulegen, der ersten Sektion. Immer mehr Anklang fand nun das nordamerikanische Zweikammersystem, welches, zuerst von James Fazy in einer besondern Druckschrift empfohlen, dann von Regierungsrath Rüttimann von Zürich in der Presse und im Kreise der Tagsatzungsgesandten lebhaft vertheidigt, anfänglich auf grosse Bedenklichkeiten und mannigfache Opposition gestossen war. In der Kommission war es namentlich Landammann Munzinger, welcher dasselbe mit der Kraft der vollendeten Ueberzeugung, dass es das einzige Mittel zur Ausgleichung der sich widerstreitenden Ansprüche von grossen und kleinen Kantonen enthalte, und mit allem dem Einflusse, den ihm seine langjährigen Erfahrungen in schweizerischen Bundesverhältnissen sicherten, befürwortete. Allmählig konnten sich selbst die Mitglieder aus den Urständen mit einem Systeme befreunden, welches, so fremdartig es ihnen auf den ersten Anblick vorkommen mochte, doch wenigstens gegenüber der reinen Kopfzahlvertretung ihren Kantonen noch einige Vortheile zu bieten schien.**) Die erste Sektion brachte zwar noch nicht das reine Zweikammersystem in Vorschlag, indem sie, von der Befürchtung ausgehend, dass man dabei sehr oft zu keinen Beschlüssen gelangen würde, für die Mehrzahl der Geschäfte gemeinschaftliche Berathung und Abstimmung der beiden Kammern vorschlug; die grosse Kommission dagegen sprach sich in der denkwürdigen Sitzung vom 23. März für den richtigen Grundsatz getrennter Verhandlung der beiden Räthe über alle Traktanden der Bundesversammlung aus, freilich auch noch mit dem sonderbaren Beisatze, »dass, wenn die Ständekammer zu keiner Mehrheit gelange, ein Beschluss der

*) Privatbrief eines Mitgliedes der Kommission an den Verf. v. 5. März 1848.
**) Privatbrief an den Verf. v. 26. März.

Nationalversammlung gleichwohl in Kraft erwachse«!*) Ueber die Aufstellung eines von den beiden Kammern gemeinschaftlich zu wählenden Bundesrathes, als vollziehende Behörde, sowie eines Bundesgerichtes hatte man sich sofort leicht geeinigt. Den 30. März schloss die Kommission ihre allgemeine Berathung, in welcher namentlich auch das Zollwesen zu langwierigen Debatten Anlass gegeben hatte, und am 3. April trat sie in die Prüfung des nach Massgabe ihrer Beschlüsse von den Redaktoren ausgearbeiteten Bundesentwurfes ein. In dieser zweiten Berathung wurde vorerst die Lostrennung Neuenburg's von der preussischen Monarchie, welche die unblutige Revolution vom 1. März faktisch vollzogen hatte, rechtlich dadurch besiegelt, dass der Bund nur republikanische Verfassungen unter seine Garantie zu nehmen erklärte. Die allgemeine Umwälzung in Europa, durch welche der Märzmonat des Jahres 1848 auf lange hin denkwürdig bleiben wird, insbesondere die blutigen Wirren, welche in der preussischen Hauptstadt selbst eingetreten waren, ermuthigten die Kommission, eine Bestimmung anzunehmen, welche, wie die Erfahrung seit 1830 hinlänglich bewiesen, durch die dringendsten Interessen der Eidgenossenschaft geboten war. Sodann wurde beim Zollwesen die wichtige Aenderung getroffen, dass man den Kantonen volle Entschädigung für ihre bisherigen Zölle, Weg- und Brückengelder, soweit der Bund deren Aufhebung für angemessen erachten würde, zusicherte, während der erste Entwurf ein System aufgestellt hatte, nach welchem die Eidgenossenschaft allen Kantonen 6 Batzen auf den Kopf der Bevölkerung bezahlen sollte, den nicht voll entschädigten Kantonen aber gestattet wurde, für den Betrag ihrer Einbusse Konsumogebühren auf Waaren zu beziehen. Endlich wurde die oben erwähnte Verstümmelung des Zweikammersystems fallen gelassen und letzteres in seiner Reinheit hergestellt, vorbehalten die Wahlen, Begnadigungen und Kompetenzentscheide, bei welchen die beiden Räthe zu gemeinsamer Verhandlung zusammentreten sollten.

Den 8. April vollendete die Revisionskommission ihre einlässlichen und gründlichen, in der Regel von einem einträchtigen und versöhnlichen Geiste beseelten Berathungen. Ihr Entwurf stimmte in den meisten Beziehungen überein mit der gegenwärtig bestehenden Bundesverfassung, welcher die nachfolgende Darstellung ge-

*) Protokoll der Revisionskommission S. 130.

widmet ist; wo diess nicht der Fall war, werden wir es später bei Besprechung der einzelnen Materien hervorheben. Unter'm 26. April veröffentlichten die beiden Redaktoren einen, den Entwurf beleuchtenden Bericht, in welchem sie sich über das Ganze der Arbeit folgendermassen aussprachen: »Die Kommission hat nicht unterlassen, frühere Revisionsprojekte zu Rathe zu ziehen. Sie hat den Entwurf von 1833 benutzt für das Programm, welches die Grundlage ihrer Berathungen bildete; aber sie hat nicht aus dem Auge verloren, dass seither die Ideen Fortschritte gemacht haben. Wenn auch einzelne Bestimmungen aus jenem Entwurf wieder aufgenommen worden sind, so hat die Kommission die Natur und das Wesen derselben geändert, indem sie statt der ausschliesslich kantonalen Repräsentation, welche dem Entwurfe von 1833 gleich dem Bundesvertrage von 1815 zu Grunde liegt, ein Repräsentationssystem in Vorschlag bringt, welches neben Repräsentanten der Kantone in die Bundesversammlung auch Abgeordnete der schweizerischen Nation beruft. Der Umstand, dass der Entwurf von 1833 Manches centralisiren, aber dabei doch die Kantonalsouveränetät als die ausschliessliche Basis der Repräsentation im Bunde festhalten wollte, hat nicht wenig zur Verwerfung desselben beigetragen.«

Die öffentliche Meinung nahm im Ganzen den Entwurf günstig auf; am meisten Widerspruch fand das Zweikammersystem, weil in den grössern Kantonen Manche, die sich vom europäischen Revolutionssturme die Segel schwellen liessen, nur noch von der Kopfzahlvertretung, aber nicht mehr von einer Berücksichtigung des kantonalen Elementes in der Bundesversammlung hören wollten, in den mittlern und kleinern Kantonen aber die Einen einer Tagsatzung mit grösserm Stimmrechte für die volkreichern Stände, ungefähr nach dem Systeme der Mediationsakte, den Vorzug gaben, die Andern dagegen an dem bisherigen Repräsentationsverhältnisse strenge festhalten wollten. Die Wirren im Auslande und die von verschiedenen Seiten gemachten Versuche, auch die Schweiz in den Strudel derselben hineinzuziehen, lenkten die Aufmerksamkeit zum Theil von der Bundesrevision ab; allgemein vorherrschend aber war das Gefühl, dass man den immer günstiger gewordenen Zeitpunkt benutzen und sich beeilen müsse, mit dem neuen Hause unter Dach zu kommen, ehe die fremden Mächte sich wieder in die schweizerischen Verfassungsfragen einmischen könnten.

Daher fand die unpraktische Idee eines eidgenössischen Verfassungsrathes, welche in dem Augenblicke, als die Revisionskommission ihre Arbeit beendigt hatte, wieder auftauchte, wenig Anklang; daher verlor man in den Instruktionsbehörden die Zeit nicht mit kleinlichen Haarspaltereien, wie sie im Jahr 1833 vorgekommen waren, sondern gab den Tagsatzungsgesandtschaften eher nur allgemeine Weisungen und daneben ausgedehnte Vollmachten, die ihnen ermöglichten, zum Entwurfe zu stimmen, wenn die gestellten Gegenanträge keinen Anklang fanden, oder jedem andern Vorschlage beizupflichten, welcher Aussicht auf eine Mehrheit hatte und mit den besondern Interessen des Standes oder den von ihm aufgestellten Grundsätzen nicht unvereinbar schien.

Schon am 15. Mai konnte die Tagsatzung, an welcher nunmehr sämmtliche XXII Kantone vertreten waren, die Bundesrevision an die Hand nehmen. Für die Aufstellung eines Verfassungsrathes sprachen sich nur die Stände Bern und Genf aus; dagegen wurde beschlossen, die artikelweise Berathung des Entwurfes der Kommission mit der Frage der Organisation der Bundesversammlung, als der wichtigsten, zu beginnen. Zürich schlug statt des Zweikammersystems einen einfachen Nationalrath vor, wobei gewisse, besonders wichtige Beschlüsse desselben der Genehmigung der Kantone unterstellt werden könnten; Bern und Aargau stimmten zum Nationalrathe ohne diese Beschränkung.*) Appenzell, Uri, Schwyz, Unterwalden und Schaffhausen sprachen sich dagegen für Beibehaltung der Tagsatzung mit dem bisherigen Repräsentationsverhältnisse aus, Glarus und Graubünden für eine progressive Vertretung der Kantone durch 2 bis 6, beziehungsweise 10 Abgeordnete, Thurgau und Wallis ebenfalls für Einen eidgenössischen Rath, in welchem jedoch Abgeordnete des schweizerischen Volkes und Repräsentanten der Stände neben einander sitzen sollten. Alle diese Anträge blieben indessen mit wenigen Stimmen in Minderheit; dagegen wurde das Zweikammersystem, welches namentlich Solothurn, St. Gallen, Waadt

*) Bern hatte allerdings seit 1834 für dieses System gestimmt, aber die oben S. 129 angeführte Schrift hatte sich mit aller Energie dagegen ausgesprochen und bemerkt: »Wir fürchten nicht, dass der Stand Bern jetzt noch einem Systeme huldigen wird, welches verdient hat, mit dem unfruchtbaren Princip der im Jahr 1846 gestürzten Regierung Hand in Hand zu gehen.«

und Genf mit Wärme und Nachdruck vertheidigten, schon am 17. Mai mit 16 Stimmen angenommen. Diese unerwartet grosse Mehrheit fand sich einfach darum zusammen, weil Jedermann sofort einsah, dass jenes System das einzig mögliche Vereinigungsmittel für die grundsätzlich so sehr aus einander gehenden Standpunkte darbiete; daher stimmten, kraft ihrer Vollmachten, für dasselbe in zweiter Linie mehrere Gesandtschaften, welche in erster Linie für abweichende Vorschläge sich ausgesprochen hatten. Nach dem Entscheide dieser Hauptfrage ging die Tagsatzung zur Berathung der »allgemeinen Bestimmungen« des Bundesentwurfes über, und es ging damit rasch vorwärts, bis man zu den materiellen Fragen (Militär-, Zoll- und Postwesen, Ausgaben für Unterrichtsanstalten und öffentliche Werke) gelangte. Hier war es namentlich wieder Bern, dessen Instruktion wesentlich vom Entwurfe abwich: es verlangte, dass der Bund alle Militärausgaben und zugleich die Erstellung und den Unterhalt der Hauptstrassen übernehmen solle, wogegen ihm die Kantone die Zölle und Posten ohne Entschädigung abzutreten hätten. Im Allgemeinen aber gingen die Instruktionen der einzelnen Stände, welche meistens nur ihre eigenen Interessen berücksichtigt, die Verhältnisse anderer Kantone dagegen ganz ausser Acht gelassen hatten, so weit auseinander, und zugleich fühlte man so sehr das Bedürfniss, das gesammte Finanzwesen des neuen Bundes auf eine möglichst solide Grundlage zu stellen, dass am 20. Mai die Tagsatzung zur nochmaligen Begutachtung der materiellen Fragen eine Kommission von 9 Mitgliedern niedersetzte.*) Es wurde nun, mit Uebergehung der, jene Fragen berührenden Artikel, in der Berathung der allgemeinen Bestimmungen und sodann der Organisation der Bundesbehörden fortgefahren, und nachdem auf diese Weise die Tagsatzung bis zum 10. Juni den ganzen übrigen Entwurf durchberathen hatte, legte am 13. die Kommission in Bezug auf die materiellen Fragen ihre Anträge vor. Sie hielten sich im Ganzen an das im Entwurf aufgestellte System; **) einzelne

*) Sie bestand aus den Herren Ochsenbein von Bern, Zehnder von Zürich, Steiger von Luzern, Munzinger von Solothurn, Kern von Thurgau, Druey von Waadt, Näff von St. Gallen, Böschenstein von Schaffhausen, Fazy von Genf.

**) Siehe die interessanten Berichte der Kommission, erstattet von den HH. Kern und Näff, im Abschiede der Tagsatzung von 1847/48 IV. 167—175.

Abänderungen, welche vorgeschlagen wurden, werden wir später an ihrem Orte berühren. Auch die Tagsatzung stimmte beinahe durchgehends den Vorschlägen ihrer Kommission bei; nur bei den Unterrichtsanstalten, zu deren Errichtung der Bund befugt sein sollte, wurden die Lehrerseminarien gestrichen, und beim Postwesen wurde — gegenüber der von der Kommission vorgeschlagnen Entschädigung der Kantone zu $^3/_4$ — die im Entwurf verheissene volle Entschädigung wieder hergestellt. Den 23. Juni wurde die erste Berathung des gesammten Entwurfes geschlossen und darauf, nachdem die Redaktoren das Ergebniss derselben zusammengestellt hatten, in eine zweite Berathung eingetreten, wobei insbesondere noch der Beisatz eingeschaltet wurde, dass, wenn der Reinertrag des Postwesens zu der in Aussicht gestellten vollen Entschädigung nicht hinreichen sollte, denselben verhältnissmässige Abzüge zu machen seien. Nach Beendigung der beiden artikelweisen Berathungen fand am 27. Juni noch eine allgemeine Diskussion und Abstimmung über das von der Tagsatzung ausgearbeitete Bundesprojekt statt; das Ergebniss derselben bestand darin, dass die Gesandtschaften von $13^1/_2$ Ständen sich für die Annahme erklärten, mit Vorbehalt der Ratifikation durch die verfassungsmässigen Organe in ihren Kantonen, während die meisten übrigen Gesandtschaften sich auf's Referiren beschränkten und nur diejenige von Schwyz ausdrücklich für Verwerfung stimmte. Mit Rücksicht auf die immer noch günstige, jedoch bereits einer Wendung sich nähernde Lage der europäischen Dinge wurde die verhältnissmässig kurze Frist bis zum 1. September angesetzt, binnen welcher die Kantone über die Annahme der neuen Bundesverfassung sich auszusprechen hatten.

Von grosser Wichtigkeit war nun zunächst der Entscheid des vorörtlichen Kantons Bern, dessen Gesandtschaft sich vorläufig, in Folge ihrer Instruktionen, noch nicht für die Annahme des von der Tagsatzung ausgearbeiteten Bundesprojektes hatte aussprechen können. Regierungspräsident Funk, welcher seit dem 1. Juni den Vorsitz in der Tagsatzung führte, war zwar gleich seinem Vorgänger Ochsenbein persönlich sehr für dasselbe eingenommen; im Regierungsrathe aber beschloss eine von Stämpfli und Stockmar geleitete Mehrheit von 5 Mitgliedern, beim Grossen Rathe auf Verwerfung anzutragen. Nach einer dreitägigen, lebhaften Diskussion ergab sich indessen am 19. Juli eine Mehrheit von 46 gegen 40 Stimmen im Grossen Rathe dafür, die Bundesverfassung dem Volke zur Annahme zu empfehlen. Vorangegangen war der Grosse Rath von Luzern, welcher schon am 7. sich für die Annahme ausgesprochen hatte, sowie derjenige Appenzell-Ausserrhoden's am 17.; es folgte Solothurn am 20., Zürich am 21. mit Einmuth, Aargau am 31. Juli, Glarus, St. Gallen und Graubünden am 1., Schaffhausen am 4. August. Es war eine schöne Zeit, in welcher der neue Bund zu Stande kam: die ganze Schweiz durchwehte ein besonnener, verständiger Geist, der die grossen Fortschritte, welche der Entwurf darbot, zu würdigen wusste und sich an das praktisch Erreichbare hielt, anstatt hohlen Theorien nachzujagen oder sich ängstlich an kantonale Interessen anzuklammern. Die Volksabstimmung begann am 5. und 6. August in den Kantonen Zürich, Bern, Solothurn, Genf und Baselland; überall ergaben sich grosse Mehrheiten für die Annahme. Unter den Landsgemeinden der reindemokratischen Kantone tagte zuerst diejenige von Glarus, welche, am 13. August zahlreich versammelt in feierlich gehobener Stimmung den neuen Bund annahm und damit zugleich bewies, dass sie historische Rechte, auf welche die kleinen Kantone sonst immer den grössten Werth gelegt hatten, dem klar erkannten Wohle des Gesammtvaterlandes zu opfern wisse. Die Landsgemeinde von Appenzell-Ausserrhoden folgte am 27. August, während dagegen am gleichen Tage Innerrhoden und die Urkantone verwarfen. Auch in Zug und Wallis stimmte die Mehrheit des Volkes für Verwerfung; in Luzern aber stimmten, aller geistlichen Umtriebe ungeachtet, 15,114 gegen 10,931 Bürger für die Annahme, und in Freiburg geschah letztere durch den Grossen Rath, weil eine Volksabstimmung durch die Kantonsverfassung nicht geradezu geboten war. In Neuenburg wurde die Bundesverfassung mit 5481 gegen 296 Stimmen angenommen; ebenso in Waadt mit grosser Mehrheit. Tessin verwarf dagegen, weil es sich in seinen materiellen Interessen durch den neuen Bund benachtheiligt glaubte.

Die Tagsatzung trat am 4. September wieder in Bern zusammen. Aus den ihr mitgetheilten Verbalprozessen ergab es sich, dass die Bundesverfassung von $15^1/_2$ Kantonen (Zürich, Bern, Luzern, Glarus, Freiburg, Solothurn, Basel, Schaffhausen, Appenzell-Ausserrhoden,

St. Gallen, Graubünden, Aargau, Thurgau, Waadt, Neuenburg und Genf) angenommen worden sei. Gestützt darauf, dass diese bedeutende Mehrheit von Ständen zugleich eine noch weit überwiegendere Mehrheit der schweizerischen Bevölkerung repräsentire, erklärte die Tagsatzung am 12. September, gleichwie ihre Vorgängerin im Jahr 1814 es gethan hätte, die Bundesverfassung als angenommen und lud die Kantone ein, sofort die ihnen treffenden Mitglieder des National- und Ständerathes zu wählen, damit die neue Bundesversammlung am 6. November zusammentreten könne. Mit Bezug auf die Nationalrathswahlen blieb den Kantonen für einmal überlassen, die Wahlkreise selbst zu bestimmen. Die Gunst der Zeit brachte es mit sich, dass alle Kantone ohne Ausnahme den Beschlüssen der Tagsatzung sich fügten und von keiner Seite mehr versucht wurde, von dem neuen Bunde sich abzusondern. Niemand dachte daran, die früher so oft aufgestellte Theorie, dass ohne die Zustimmung sämmtlicher XXII Kantone eine Revision des Bundesvertrages von 1815 unzulässig sei, nunmehr thatsächlich geltend zu machen und das Ausland, welches früher der Schweiz das Recht bestritten hatte, die Grundlagen ihrer Verfassung von sich aus abzuändern, hatte nun übergenug mit seinen eigenen Wirren zu schaffen. War doch die Schweiz, früher so häufig als ein Heerd der Anarchie und der Revolutionen verschrien, im Jahr 1848 neben dem freien England eines der ruhigsten Länder Europa's! Ihre Rekonstituirung wurde demnach eine vollendete Thatsache, ehe die Kabinete der Grossmächte mit ihr sich zu beschäftigen Zeit fanden, und nachdem die Bundesversammlung in ihrer ersten Session nach Anleitung der neuen Verfassung den Bundesrath als leitende und vollziehende Behörde der Eidgenossenschaft eingesetzt hatte, wurde letzterer von allen auswärtigen Regierungen in dieser Stellung anerkannt. Unbeweint sanken die alte Tagsatzung und mit ihr die drei Vororte in's Grab!

Zweite Abtheilung.

Die Bundesverfassung vom 12. September 1848

in ihrer Fortentwicklung

durch

die Gesetze und Beschlüsse der Bundesbehörden.

Erster Abschnitt.

Der Bereich der Bundesgewalt.

Erstes Kapitel.

Das Verhältniss der Eidgenossenschaft zu den Kantonen im Allgemeinen.

§ 1. Charakter und Zweck des Bundes.

Wir haben in der geschichtlichen Einleitung gesehen, wie die Schweiz zwischen verschiedenartigen Staatsformen hin und her schwankte, bis sie endlich zu einer Verfassung gelangte, mit welcher sich, während der vierzehnjährigen Dauer ihres Bestandes, die überwiegende Mehrheit der Nation immer mehr befreundet hat. Der lockere Staatenbund vor 1798 auf der einen und der Einheitsstaat von 1798 bis 1803 auf der andern Seite repräsentirten zwei sich gegenüberstehende Systeme, wie die Doktrin sie nicht schärfer ausgeprägt neben einander hinstellen kann. Schwerer sind die Uebergangsformen von 1803 und 1815 zu definiren, da zwar die Vermittlungsakte mehr dem Bundesstaate, der Bundesvertrag hingegen wieder mehr dem Staatenbunde sich näherte, aber keine dieser beiden Verfassungen vollständig denjenigen Erfordernissen entsprach, welche die Wissenschaft für den einen und für den andern Begriff aufzustellen pflegt. Wenn z. B. von einem Bundesstaate wohl mit Recht gefordert werden kann, dass er gewisse Rechtsgarantien nicht bloss für die Regierungen der Gliederstaaten, sondern auch für die einzelnen Bürger übernehme, so wird man sich umsonst in der Vermittlungsakte nach einer derartigen Bestimmung umsehen. Umgekehrt entsprach es keineswegs dem Wesen des Staatenbundes, welches möglichst unbeschränkte Souveränetät der Einzelstaaten verlangt, dass der Bundesvertrag von 1815 in Art. 8 »alle erforderlichen Massregeln für die äussere und innere Sicherheit der Eidgenossenschaft« in die Kompetenz der Tagsatzung legte und diese im Laufe der Zeit daraus die Befugniss ableitete, zuerst gegen die

Presse und gegen die fremden Flüchtlinge, dann gegen den Orden der Jesuiten einzuschreiten.*) Ueberhaupt ist der Gegensatz zwischen Staatenbund und Bundesstaat ein fliessender zu nennen, indem eben sehr verschiedenartige Gestaltungen möglich sind für die dauernde politische Vereinigung einer Anzahl von Staaten, welche, ohne ihre Selbstständigkeit völlig aufgeben zu wollen, zu einem grössern Staatskomplexe zusammentreten. Es kann nicht in unsrer Absicht liegen, hier in eine weitläufige Erörterung jener Begriffe einzutreten; für uns genügt es zu wissen, dass die Schweiz, nach fünfzigjährigen Uebergangszuständen, durch die Bundesverfassung von 1848 ebenso entschieden ein Bundesstaat geworden ist, wie sie vor dem Jahr 1798 ein blosser Staatenbund war, und dass sie gegenwärtig, neben der nordamerikanischen Union, die wissenschaftliche Idee eines Bundesstaates wohl am reinsten repräsentirt. Den wichtigsten und hauptsächlichsten Unterschied zwischen den beiden Staatsformen erblicken wir in der Machtstellung, welche den Bundesbehörden gegenüber den einzelnen Staatsbürgern eingeräumt ist. Im Staatenbunde hat der Bürger nur den Behörden des Einzelstaates, welchem er angehört, zu gehorchen; die Bundesbehörden haben sich an die Regierungen zu halten, und wenn diese ihren Weisungen nicht Folge leisten, so bleibt ihnen zu Durchführung derselben kaum etwas anders als der Weg der Gewalt übrig. Im Bundesstaate hingegen hat der Bürger den Gesetzen und Beschlüssen der Bundesbehörden ebensowohl wie denjenigen der Staatsbehörden nachzuleben, und es bestehen verfassungsmässige Organe, welche die genaue Beachtung der Bundesvorschriften auf friedlichem Wege sichern: in der Schweiz ist hiefür namentlich der Bundesrath mit sehr ausgedehnten Kompetenzen versehen, während in Nordamerika vorzüglich die Bundesgerichte es sind, welche der Bundesverfassung und den Bundesgesetzen Nachachtung zu verschaffen haben. Einen

*) Tocqueville, in seiner Beurtheilung von Cherbuliez, de la démocratie en Suisse (1847) sagt darüber: »La diète, dit l'art. 8 du pacte, prend toutes les mesures nécessaires pour la sécurité intérieure et extérieure de la Suisse, *ce qui lui donne la faculté de tout faire*. Les gouvernements fédéraux les plus forts n'ont pas eu de plus grandes prérogatives et, loin de croire qu'en Suisse la compétence du pouvoir central soit trop limitée, je suis porté à penser que ses bornes ne sont pas assez soigneusement posées.«

fernern, weitgreifenden Unterschied finden wir in dem Zwecke des Bundes: der Staatenbund hat bloss die äussern Staatszwecke: Behauptung der Unabhängigkeit nach aussen, der Ruhe und Ordnung im Innern, im Auge, während der Bundesstaat auch wichtige Zweige des innern Staatslebens in seinen Bereich zieht. *) Dieser Gegensatz kann in der That nicht prägnanter ausgedrückt sein, als wie er bei einer Vergleichung des Bundesvertrages von 1815 mit der Bundesverfassung von 1848 sofort hervortritt. Während nämlich der Erstere im Eingange sich folgendermassen ausspricht:

»Die XXII souveränen Kantone der Schweiz vereinigen sich durch den gegenwärtigen Bund zur Behauptung ihrer Freiheit, Unabhängigkeit und Sicherheit gegen alle Angriffe fremder Mächte, und zur Handhabung der Ruhe und Ordnung im Innern«,

sagt dagegen die Bundesverfassung (im Wesentlichen übereinstimmend mit den Entwürfen von 1832 und 1833) in Art. 2:

»*Der Bund hat zum Zweck: Behauptung der Unabhängigkeit des Vaterlandes gegen Aussen, Handhabung von Ruhe und Ordnung im Innern, Schutz der Freiheit und der Rechte der Eidgenossen und Beförderung ihrer gemeinsamen Wohlfahrt.*«

Mit klaren und unzweideutigen Worten findet sich hier ausgedrückt, dass die neue Eidgenossenschaft, indem sie gleich den frühern Bünden in der Wahrung der äussern Unabhängigkeit, sowie der innern Ruhe ihre Hauptaufgabe erkennt, dabei doch nicht stehen bleiben, sondern noch über weitere Staatszwecke ihre Fürsorge erstrecken will. Die Kantone, aus denen sie besteht, sind zu klein an Gebiet und Volkszahl, als dass sie hinlängliche Garantien für eine feste Rechtsordnung nach allen Seiten hin darbieten könnten; sie sind zu schwach an Hülfsmitteln, als dass es ihnen möglich wäre, allen den Anforderungen zu entsprechen, welche bei den vorgeschrittnen Kulturzuständen der Gegenwart an den Staat gestellt werden. In beiden Beziehungen also will die Eidgenossenschaft nachhelfen und sie hat der gestellten Aufgabe seit 1848 auf erfreuliche Weise nachgelebt. Es besteht gegenwärtig auch auf dem Gebiete des Staatsrechtes eine Rechtssicherheit, wie sie frühere Zeiten nicht gekannt haben, und so viele materielle Schöpfungen des letzten Jahrzehends, welche den Verkehr und den Gedankenaustausch unendlich erleichtert haben, hätten ohne die Unterstützung, die sie

*) Vgl. Ludw. Snell, Handb. des schweiz. Staatsrechts Bd. I. Einltg. S. XXI.

beim Bunde fanden, nicht in's Leben treten können. »Der Hauptvorzug der Form des Bundesstaates besteht darin, dass sie es möglich macht, für die allgemeinen Zwecke die Kraft des schweizerischen Volkes zusammenzufassen, ohne im Uebrigen den Kantonen das Recht der Selbstregierung zu entziehen. Alle Aufgaben, welchen die zersplitterten Mittel der Kantone nicht gewachsen sind, können nun von der Centralgewalt gelöst werden, und es bleibt dennoch den Kantonen ein reiches Feld der Thätigkeit, auf welchem sie frei und selbstständig sich bewegen und in edelm Wetteifer in mancherlei Leistungen für das Volkswohl sich gegenseitig überbieten können.«*)

Wenn es ferner zum Wesen der beiden Staatsformen gehört, dass der Staatenbund auf einem Vertrage, den die Gliederstaaten mit einander abgeschlossen haben, der Bundesstaat dagegen auf einer Verfassung beruht, welche die gesammte Nation in ihrer Mehrheit angenommen hat, so müssen wir auch diesen Unterschied zwischen der frühern und der gegenwärtigen staatsrechtlichen Grundlage der Eidgenossenschaft hervorheben. Die Bundesakte von 1815 trug den Namen wie die Form eines Vertrages an sich und wurde als solcher von den Gesandten der Kantone, welche den Bundeseid leisteten, unterzeichnet und besiegelt. Im Eingange unsres gegenwärtigen Grundgesetzes heisst es hingegen:

»Die schweizerische Eidgenossenschaft, in der Absicht, den Bund der Eidgenossen zu befestigen, die Einheit, Kraft und Ehre der schweizerischen Nation zu erhalten und zu fördern, hat nachstehende Bundesverfassung angenommen.«

Es liegt darin ein wesentlicher Unterschied auch gegenüber den Entwürfen von 1832 und 1833, nach welchen die souveränen Kantone es waren, die den Bundesvertrag von 1815 einer Revision unterwarfen und die neue »Bundesurkunde« als Grundgesetz annahmen. Indem man die »Eidgenossenschaft« als Schöpferin der Bundesverfassung hinstellte, wollte man den Gedanken ausdrücken, dass letztere weder in dem Willen der Kantone allein, noch ausschliesslich in demjenigen des Schweizervolkes ihren Ursprung genommen, sondern dass beide Faktoren bei ihrem Zustandekommen zusammengewirkt hätten.**) Und in der That war es beinahe in allen

*) Rüttimann über die der schweiz. Eidgenossensch. für Realisirung des Bundesrechts zu Gebote stehenden Organe und Zwangsmittel. Zürich 1862.

**) Abschied der ordentl. Tagsatzung v. 1847 Th. IV. S. 242.

Kantonen das Volk selbst, welches über die Bundesverfassung abstimmte, und erst nachdem sich eine Mehrheit von Kantonen, welche zugleich eine entschiedne Mehrheit des Schweizervolkes repräsentirte, für dieselbe ausgesprochen hatte, wurde sie von der Tagsatzung für angenommen erklärt. Ebenso ist für die Revision der Bundesverfassung, um die beiden Faktoren ebenfalls wieder zu berücksichtigen, vorgeschrieben, dass die revidirte Bundesverfassung der Zustimmung der Mehrheit der votirenden Schweizerbürger und zugleich der Mehrheit der Kantone bedürfe, um in Rechtskraft zu erwachsen (Art. 114).

Wie der in Art. 2 ausgesprochne Bundeszweck, dessen einzelne Theile wir in der nachfolgenden Darstellung bei der Anordnung unsres Stoffes berücksichtigen werden, so wie der Eingang der Bundesverfassung den Bundesstaat scharf vom Staatenbunde unterscheiden, so stellt ihn ebenso entschieden dem Einheitsstaate gegenüber der Art. 3, welcher klar und bestimmt vorschreibt:

»Die Kantone sind souverän, soweit ihre Souveränetät nicht durch die Bundesverfassung beschränkt ist, und üben als solche alle Rechte aus, welche nicht der Bundesgewalt übertragen sind.«

Nach dieser Grundbestimmung ist zwar die Souveränetät der Kantone wesentlich beschränkt und es ist neben dieselbe eine Souveränetät des Bundes hingestellt, obgleich dieser Ausdruck gerade nirgends in der Bundesverfassung gebraucht wird. Aber die Kantonalsouveränetät erscheint doch immerhin als die Regel, welche vorausgesetzt wird, und die Bundessouveränetät als die Ausnahme, deren Vorhandensein besonders nachgewiesen werden muss. Von den Befugnissen, welche zu den Souveränetätsrechten eines unabhängigen Staates gezählt werden, haben die Kantone, wie wir im Verlaufe unsrer Darstellung sehen werden, manche und wichtige dem Bunde abgetreten und mit Bezug auf diese Rechte erscheint nun der Bund, sowohl dem Auslande als dem einzelnen Schweizerbürger gegenüber, als souverän. Aber die meisten Souveränetätsrechte, und gerade diejenigen, welche am unmittelbarsten und häufigsten in die Verhältnisse der Privaten eingreifen, sind doch den Kantonen geblieben: so namentlich die gesammte Rechtsgesetzgebung und Rechtspflege, mit Vorbehalt interkantonaler und vorwiegend politischer Rechtsfälle, sowie gewisser vom Bunde garantirter Grundrechte der Schweizer; ferner das gesammte Finanzwesen mit Ausnahme des Zoll-, Post-, Münz- und Pulverregals, das Polizeiwesen mit Vorbehalt der Flüchtlingspolizei, das Schulwesen mit Ausnahme einer höhern Lehranstalt, das Kirchenwesen, soweit nicht durch Verhandlungen mit dem heiligen Stuhle politische Verhältnisse mit berührt werden u. s. f. Selbst die Militärhoheit, in welcher manche Schriftsteller vorzugsweise ein Kennzeichen der Souveränetät erblicken, ist den Kantonen durch den Bund nicht vollständig entzogen, wenn auch allerdings in sehr hohem Masse geschmälert worden; denn es wird Niemand ernstlich bestreiten wollen, dass es auch jetzt noch Fälle giebt, in denen die Kantone über ihre Truppen selbst verfügen können, wie wir in spätern Abschnitten unsrer Darstellung sehen werden.

Im Allgemeinen lässt sich die Tendenz der Bundesverfassung kaum besser bezeichnen, als durch die Worte, mit denen die Revisionskommission in ihrem Berichte vom 26. April 1848 ihre Arbeit bei ihren Kommittenten einführte:

»Ein Föderativsystem, welches die beiden Elemente, die nun einmal in der Schweiz vorhanden sind, nämlich das nationale oder gemeinsame und das kantonale oder besondere, achtet, welches jedem dieser Elemente giebt, was ihm im Interesse des Ganzen oder seiner Theile gehört, welches sie verschmelzt, vereinigt, welches die Glieder dem Ganzen, das Kantonale dem Nationalen unterordnet, indem sonst keine Eidgenossenschaft möglich wäre und die Kantone in ihrer Vereinzelung zu Grunde gehen müssten: — das ist's, was die jetzige Schweiz bedarf, das ist's, was die Kommission anstrebte in dem Entwurf einer Bundesverfassung, den sie der Tagsatzung vorzulegen die Ehre hat; das ist der Grundgedanke der ganzen Arbeit, der Schlüssel zu allen Artikeln.«

§ 2. Die Kantone und ihre Verfassungen.

Die Bundesverfassung von 1848 hat, während sie das Verhältniss der Kantone zur Eidgenossenschaft wesentlich umgestaltete, die Gebietsverhältnisse derselben völlig unberührt gelassen. Es sind daher die neunzehn Kantone, welche die Vermittlungsakte theils aus den Trümmern der Revolution wieder hergestellt, theils neu geschaffen hat, sowie die drei neuen Kantone, die dem Bundesvertrage von 1815 beitraten, völlig unverändert geblieben; nur hat die Bundesverfassung die im Jahr 1833 (unter Vorbehalt der Wiedervereinigung) vollzogne Trennung des Kantons Basel in zwei Halbkantone, gleich der seit Jahrhunderten bestehenden ähnlichen Trennung der Kantone Unterwalden und Appenzell, als eine vollendete Thatsache anerkannt. Die Eidgenossenschaft besteht daher eigentlich aus fünfundzwanzig halbsouveränen Gliederstaaten von sehr verschiedener Grösse und materieller Bedeutung. Dem Range nach, den ihnen die Bundesverfassung nach dem Datum ihres Eintrittes in den Schweizerbund giebt, sind es folgende Kantone und Halbkantone:

Kanton							
Zürich		mit	74	□ Stunden	u.	266,265	Einw.
Bern		»	299	»	»	467,141	»
Luzern		»	65	»	»	130,504	»
Uri		»	46	»	»	14,741	»
Schwyz		»	39	»	»	45,039	»
Unterwalden	ob dem Wald	»	20	»	»	13,376	»
	nid dem Wald	»	12	»	»	11,526	»
Glarus		»	30	»	»	33,363	»
Zug		»	10	»	»	19,608	»
Freiburg		»	72	»	»	105,523	»
Solothurn		»	34	»	»	69,263	»
Basel	Stadt	»	1	»	»	40,683	»
	Landschaft	»	18	»	»	51,582	»
Schaffhausen		»	13	»	»	35,500	»
Appenzell	Ausserrhoden	»	11	»	»	48,431	»
	Innerrhoden	»	6	»	»	12,000	»
St. Gallen		»	87	»	»	180,411	»
Graubünden		»	311	»	»	90,713	»
Aargau		»	61	»	»	194,208	»
Thurgau		»	42	»	»	90,080	»
Tessin		»	123	»	»	116,343	»
Waadt		»	139	»	»	213,157	»
Wallis		»	227	»	»	90,792	»
Neuenburg		»	35	»	»	87,369	»
Genf		»	12	»	»	82,876	»

Der Bund gewährleistet den Kantonen ihr Gebiet (Art. 5 der Bundesverf.). Es folgt daraus, dass kein Theil eines Kantons sich von demselben losreissen darf, um sich einem andern Kanton oder gar einem auswärtigen Staate anzuschliessen; die Eidgenossenschaft müsste in einem solchen Falle mit aller Macht einschreiten, um die

Integrität des kantonalen Gebietes, wie es dermalen besteht, zu wahren.*) Ferner ergiebt sich aus jener Bestimmung mit um so grösserer Sicherheit, dass Gränzanstände zwischen den Kantonen zu den Streitigkeiten von »staatsrechtlicher Natur« gehören, welche nach Art. 74 Ziff. 16 der Bundesverf. durch die Bundesversammlung zu entscheiden sind. Was die Gränzbereinigungen mit dem Auslande betrifft, so kann es nach Art. 5, zusammengehalten mit Art. 8 und 10 der Bundesverf., ebenfalls keinem Zweifel unterliegen, dass dieselben nicht in die Kompetenz der kantonalen, sondern der eidgenössischen Behörden fallen.

Der Bund gewährleistet den Kantonen fernerhin ihre Verfassungen. Die Bedeutung dieser Garantie wird in Art. 5 selbst näher dahin erläutert, dass sie umfasse »die Freiheit, die Rechte des Volkes und die verfassungsmässigen Rechte der Bürger gleich den Rechten und Befugnissen, welche das Volk den Behörden übertragen hat.« Der Bundesvertrag von 1815 enthielt keinerlei nähere Bestimmungen über Umfang und Folgen der Verfassungsgarantie und wurde daher oft so gedeutet und angewendet, als ob die Eidgenossenschaft nur die Rechte der Regierungen gegenüber dem Volke, nicht aber auch die Rechte des Volkes gegenüber den Regierungen zu schützen hätte. In diesem Uebelstande, der seit den kantonalen Reformen von 1830 in einem grossen Theile der Schweiz lebhaft empfunden wurde, lag die Veranlassung zu dem, in der geschichtlichen Einleitung näher besprochnen Siebnerkonkordate von 1832, durch welches die konkordirenden Stände sich versprachen, »sowohl die dem Volke jedes Kantons nach seiner Verfassung zustehenden Rechte und Freiheiten, als die verfassungsgemäss aufgestellten Behörden jedes Kantons und ihre verfassungsmässigen Befugnisse aufrecht zu erhalten.« Auf ähnliche Weise sagte der Bundesentwurf von 1833: »der Bund gewährleistet den Kantonen ihre Verfassungen und, nach Inhalt derselben, die Freiheit und die Rechte des Volkes gleich den Rechten und Befugnissen der Behörden.« In der Revisionskommission von 1848 fand die Theorie des Gesandten von Waadt, welcher die Rechte der Behörden nicht garantiren wollte, weil in einer Republik die Souveränetät des Volkes völlig unbeschränkt und ungebunden sein müsse, wenig Anklang; doch wurde

*) Prot. der Revisionskommission S. 21.

der Idee, dass auch die Rechte der Behörden nur auf dem, in der Verfassung ausgedrückten Volkswillen beruhen, wenigstens insoweit Rechnung getragen, dass in dem Entwurfe gesagt wurde: »die Freiheit und die Rechte des Volkes gleich den Rechten und den Befugnissen, welche das Volk den Behörden übertragen hat.« Einen wichtigen Zusatz zum Art. 5 beschloss dann noch die Tagsatzung, indem sie auf den Antrag der Gesandtschaft von Bern neben den Rechten des Volkes auch die »verfassungsmässigen Rechte der Bürger« unter die Garantie des Bundes stellte. Man wollte durch diesen Zusatz den Gedanken entfernen, dass es nur einer Mehrheit des Volkes in einem Kanton zustehe, sich über Verletzung der Verfassung durch die Behörden beim Bunde zu beschweren; man wollte dieses Recht auch einer Minderheit, ja selbst jedem einzelnen Bürger sichern.*) In Folge der gegenwärtigen Fassung des Art. 5, zusammengehalten mit Art. 74 Ziff. 8 und Art. 90 Ziff. 3 der Bundesverf., steht nun dem Schweizerbürger das unschätzbare Recht zu, die Intervention der Bundesbehörden anzurufen, nicht bloss wenn Bundes- und Konkordatsvorschriften, sondern auch wenn ausdrückliche Bestimmungen der kantonalen Verfassungen von den Behörden missachtet worden sind, mag diess nun in den grössern politischen Verhältnissen des Kantons oder mit Bezug auf individuelle Rechte des Einzelnen geschehen sein. Erst hierdurch ist die Garantie der Verfassungen eine volle Wahrheit geworden und es ist jene Befugniss um so werthvoller, je leichter es in den Kantonen, bei ihrem beschränkten Umfange, vorkommen kann, dass politische Leidenschaften oder administrative Willkür die Stimme des Rechtes übertönen. Wir werden in einem spätern Abschnitte untersuchen, wie die Beschwerden über Verletzung verfassungsmässiger Rechte bis dahin von den Bundesbehörden behandelt worden sind; hier genüge die Bemerkung, dass eben schon die Redaktion des Art. 5 hinlängliche Beruhigung dafür gewährt, dass nicht jede Frage der Gesetzesanwendung, z. B. in Civilprozessen, an den Bund gezogen werden kann, sondern nur Fälle, bei denen es sich um die Beachtung oder Nichtbeachtung einer Verfassungsbestimmung durch die kantonalen Behörden handelt.

Die Garantie der Verfassungen, welche der Bund übernimmt, setzt voraus, dass jeder Kanton, der eine Verfassungsänderung vor-

*) Abschied S. 53, 54.

nimmt, seine revidirte Verfassung den Bundesbehörden zur Einsicht vorzulegen und die förmliche Gewährleistung derselben nachzusuchen hat. (Art. 6 der Bundesverf.) Nach einem Bundesbeschlusse vom 16. August 1851 *) sind die Kantone verpflichtet, die Verfassungen, für welche sie die Garantie des Bundes nachsuchen, in einer angemessenen Anzahl gedruckter Exemplare dem Bundesrathe einzusenden, welcher alsdann für die nöthigen Uebersetzungen sorgen soll. Diejenigen Kantonsverfassungen, welche zur Zeit der Annahme der Bundesverfassung bereits in Rechtskraft bestanden, d. h. gemäss dem Bundesvertrage von 1815 von der Tagsatzung garantirt waren, bedürfen nach Art. 4 der Uebergangsbestimmungen keiner nachträglichen Vorlage an die Bundesbehörden, sondern werden als bereits gewährleistet betrachtet. Dabei versteht es sich indessen, dass Bestimmungen dieser ältern Verfassungen, welche sich mit Vorschriften des Bundes im Widerspruche befinden, von selbst aufgehoben sind; eine Ausnahme machen in dieser Hinsicht nur die Bestimmungen über Vornahme einer Verfassungsrevision, hinsichtlich deren man den Kantonen nicht zumuthen wollte, sofort neue Grundsätze zu adoptiren, sondern eine allmählige Durchführung des neuen Bundesrechtes vorzog. Ebenso kann die Vorschrift des Art. 6 litt. c der Bundesverfassung, nach welcher die zu gewährleistenden Verfassungen vom Volke angenommen worden sein müssen, begreiflicher Weise keine Rückwirkung üben auf bereits früher von der Tagsatzung garantirte Kantonsverfassungen.**) Wenn dagegen ein Kanton aus freien Stücken den Bundesbehörden eine vollständige Verfassung vorlegt, in welcher mit einzelnen neu angenommenen auch ältere, schon vor 1848 in Kraft gestandne Bestimmungen enthalten sind, so sind die Bundesbehörden berechtigt, auch diese letztern zu prüfen und ihnen die Gewährleistung zu versagen, wenn sie in irgend einer Beziehung mit den Bundesvorschriften nicht im Einklange stehen.***)

Der Bund hat die Gewährleistung der kantonalen Verfassungen auszusprechen, soferne sie die nachfolgenden Bedingungen erfüllen:

*) Amtl. Samml. II. 395.

**) Vgl. über die Motive des Uebergangsartikels 4 die Botschaft des Bundesrathes über die Verfassungsverhältnisse im Kant. Freiburg, Bundesbl. 1850 III. 785—787.

***) Kommissionalberichte, betreffend die Verfassung von Graubünden, Bundesbl. 1853 I. 431 ff., 456 ff. Bundesbeschl. in der Amtl. Samml. III. 337.

1) Sie dürfen nichts den Vorschriften der Bundesverfassung Zuwiderlaufendes enthalten. Diese Bestimmung kann als eine selbstverständliche für den Bundesstaat bezeichnet werden; sogar in dem Bundesvertrage von 1815 war sie bereits aufgestellt. Vorschriften einer kantonalen Verfassung, welche mit Bundesartikeln in direktem Widerspruche stehen, sowie solche, die letztere auf eine unzulässige Weise interpretiren, sind von der eidgenössischen Gewährleistung auszuschliessen.*) Handelt es sich dagegen bloss um zweifelhafte Redaktionen, bei denen die Möglichkeit nicht ganz ausgeschlossen ist, dass sie in einem, der Bundesverfassung entgegenstehenden Sinne ausgelegt werden könnten, so hat sich die Praxis eher dahin geneigt, sich mit der allgemeinen Erklärung zu begnügen, dass der Kanton als Bundesglied sich dem öffentlichen Rechte der Eidgenossenschaft unterziehe, woraus von selbst folgt, dass im Zweifelsfalle die kantonale Verfassung durch die Bundesverfassung zu erläutern ist.**) Auf der andern Seite ist die Bestimmung des Art. 6 litt. a der Bundesverf. auf eine, ihren Wortlaut ausdehnende, jedoch ihrem Geiste gewiss vollkommen entsprechende Weise angewendet worden, indem man verlangte, dass die kantonalen Verfassungen auch mit den Gesetzen des Bundes, namentlich den militärischen, im Einklange stehen müssen.***) Ebenso machte der Bund gegenüber einigen katholischen Kantonen, welche die Regelung des Verhältnisses zwischen Staat und Kirche — eines offenbar zur Verfassung eines Landes gehörenden Gegenstandes — einem, mit dem päpstlichen Stuhle abzuschliessenden Konkordate vorbehielten, auch seinerseits den Vorbehalt, dass dieses Konkordat den Bundesbehörden zur Einsicht und Prüfung vorzulegen sei.†)

2) Sie müssen die Ausübung der politischen Rechte

*) Vgl. den Bundesbeschluss, betr. die Verfassung des Kantons Uri, Bundesbl. 1850 II. 367, sowie denjenigen, betr. die Verfassung von Graubünden, s. oben.

**) Bericht der ständeräthl. Kommission über die Verf. des Kant. Thurgau, Bundesbl. 1850 II. 218. Botschaften des Bundesrathes, betr. die Verf. der Kantone Graubünden und Wallis, Bundesbl. 1853 III. 712, 1854 III. 29.

***) Bundesbeschluss, betr. die Verf. des Kant. Freiburg, Amtl. Samml. V. 579. Bericht der ständeräthl. Komm. im Bundesbl. 1857 II. 304. Vgl. Bundesbeschl., betr. die Verf. des Kant. Basel-Stadt, Amtl. Samml. VI. 39.

†) Bundesbeschl. und Bericht, betr. die Verf. des Kant. Freiburg a. a. O. Vgl. Bundesbeschluss, betr. die Verf. des Kant. Wallis, Amtl. Samml. IV. 229.

nach republikanischen — repräsentativen oder demokratischen — Formen sichern. In den Entwürfen von 1832 und 1833 war nur von »repräsentativen oder demokratischen Formen« die Rede mit der nähern Erläuterung, dass einerseits die Unterthanenverhältnisse jeder Art zwischen einzelnen Theilen eines Kantons untersagt, anderseits alle Staatsbürger, welche die durch das Gesetz vorgeschriebnen Bedingungen erfüllen, die politischen Rechte auszuüben befugt sein sollen und diese Befugniss niemals zu einem Vorrechte des Ortes, der Geburt, der Person oder Familie werden dürfe. Man sieht aus der ängstlichen Weitschweifigkeit, mit welcher diese Bestimmung namentlich im Entwurfe von 1833 abgefasst ist, dass zu jener Zeit der Kampf für politische Rechtsgleichheit, den namentlich die Landschaften in den Städtekantonen zu führen hatten, noch nicht völlig ausgetragen war. Im Jahr 1848 konnte man sich füglich kürzer fassen; denn die demokratische Umgestaltung der Schweiz seit 1830 war bereits so weit vorgeschritten, dass man eine Rückkehr unter aristokratische Regierungsformen nicht mehr zu befürchten hatte. Dagegen wagte man, durch die Pariser Februarrevolution und ihre nächsten Folgen ermuthigt, bei der zweiten Berathung des Bundesentwurfes in der Revisionskommission, wie wir oben gesehen haben, einen Schritt weiter zu gehen, indem man auch »republikanische« Formen verlangte und damit den Grundsatz aussprach: der Kanton Neuenburg, welcher als integrirender Bestandtheil der neuen Eidgenossenschaft bezeichnet wurde, dürfe nicht länger als ein »Fürstenthum« unter der Herrschaft des Königs von Preussen stehen! Wenn es unbestreitbare Wahrheit ist, dass eine gewisse Gleichartigkeit der Verfassungen der Gliederstaaten als ein unabweisbares Bedürfniss für einen Bundesstaat erscheint, so wird man auch die principielle Richtigkeit jenes Ausspruches, den die Tagsatzung einstimmig bestätigte, nicht anfechten können. Und wenn es nach den bestehenden thatsächlichen Verhältnissen ein Wagniss war, dass die kleine Schweiz von sich aus einem durch die europäischen Staatsverträge von 1815 begründeten, unnatürlichen Zustande ein Ende machte, so ist wenigstens dieses Wagniss vollständig gelungen, indem durch den Pariser Vertrag von 1857 die mit dem 1. März 1848 entstandene republikanische Verfassung Neuenburg's auch die rechtliche Sanktion der europäischen Mächte erlangt hat.

3) Sie müssen vom Volke angenommen worden sein. Diese Bestimmung, welche weder in den Entwürfen von 1832 und 1833, noch in demjenigen der Revisionskommission von 1848 sich findet, ist von der Tagsatzung auf den Antrag der Gesandtschaften von Thurgau und St. Gallen angenommen worden.*) Es liegt derselben offenbar die Idee zu Grunde: das demokratische Princip, auf welchem gegenwärtig das gesammte schweizerische Staatsrecht beruht, erheische mit gebieterischer Nothwendigkeit, dass bei der wichtigsten staatlichen Funktion, der Annahme eines Grundgesetzes, das Volk selbst seinen Willen ausspreche. Gegen diese feststehend gewordne Rechtsansicht war noch im Jahr 1848 im Kanton Freiburg gesündigt worden, indem die dortige neue Verfassung dem Volke nicht zur Annahme vorgelegt wurde. Nur mit Widerstreben sprach die Tagsatzung die eidgenössische Garantie für dieselbe aus, weil der Bundesvertrag von 1815 keinen rechtlichen Anhaltspunkt zu einer Verweigerung bot; den neuen Bund aber wollte sie zum voraus der Verpflichtung entbinden, Verfassungen zu gewährleisten, die nicht auf dem erklärten Willen der Volksmehrheit beruhen würden.

4) Sie müssen revidirt werden können, wenn die absolute Mehrheit der Bürger es verlangt. Die Entwürfe von 1832 und 1833 begnügten sich, den Nachweis zu fordern, dass überhaupt eine Revision der zu gewährleistenden Verfassung in gesetzmässiger Weise stattfinden könne, weil in den damals erst kürzlich beseitigten Kantonsverfassungen von 1815 derartige Bestimmungen gänzlich gefehlt hatten. Die fünfzehn ereignissreichen Jahre, welche bis 1848 folgten, waren reich an politischen Erfahrungen aller Art; insbesondere lehrten sie, dass es in einer demokratisch organisirten Republik wenig nütze, dem Volkswillen Fesseln anzulegen, welche er in einem Momente der Aufregung nur zu leicht wieder abzuschütteln versucht sein könnte. Die Revisionskommission**) nahm daher in der zweiten Berathung des Bundesentwurfes mit grosser Mehrheit die Bestimmung an, dass bei jeder, den Bundesbehörden vorgelegten Kantonsverfassung zu untersuchen sei, ob sie revidirt werden könne, wenn die Mehrheit der Stimmberechtigten es verlange, und dass nur unter dieser Bedingung die eidgenössische

*) Abschied S. 55.

**) Protokoll S. 162.

Gewährleistung auszusprechen sei. Seit 1848 haben die Bundesbehörden schon mehrfachen Anlass gehabt, diese Bundesvorschrift anzuwenden und auszulegen: 1850 wiesen sie die Verfassung Nidwaldens zurück, weil dieselbe bestimmte, dass erst nach Ablauf von sechs Jahren eine Revision stattfinden dürfe*); 1853 diejenige Graubünden's, weil nach derselben eine Revision nur auf den Antrag des Grossen Rathes und mit einer Mehrheit von zwei Drittheilen der Kreisstimmen sollte beschlossen werden können**); 1852 diejenige Schaffhausen's, weil sie die Bestimmung enthielt, dass bei Abstimmungen über die Vornahme einer totalen Revision, sowie über Annahme oder Verwerfung der Verfassung und Verfassungsgesetze zwei Drittheile der stimmberechtigten Kantonsbewohner anwesend sein müssen***).

Was die Frage betrifft, ob die Einführung einer Kantonsverfassung bis nach erlangter eidgenössischer Gewährleistung zu suspendiren sei, so hatte der Bundesrath bereits im Jahr 1850 bei einem Rekurse des vaterländischen Vereines von Nidwalden Anlass, dieselbe in verneinendem Sinne zu beantworten. Er stützte sich dabei wesentlich darauf, dass einerseits diese Suspension durch die Bundesverfassung nicht ausdrücklich verlangt werde, wie es z. B. mit Bezug auf gewisse polizeiliche Verfügungen der Kantone in Art. 29 der Fall sei, anderseits nach Art. 90 Ziff. 2 dem Bundesrathe vor wie nach dem Garantiebeschlusse die Befugniss zustehe, dafür zu sorgen, dass nicht durch bundeswidrige Verfügungen Rechte verletzt werden. Als später eine ähnliche Frage im Kanton Tessin auftauchte, äusserte sich der Bundesrath darüber folgendermassen: »Die Gewährleistung einer kantonalen Verfassung durch den Bund enthält in Beziehung auf die Frage der Gültigkeit dieser Verfassung nur die Beglaubigung, dass sie mit den Rechten des Bundes und den Bestimmungen der Bundesverfassung nicht im Widerspruche stehe. Erfolgt diese Beglaubigung auch erst nachträglich, so thut diess ihrer Inkrafttretung und Anwendung im Kantone selbst, vom Tage ihrer Annahme oder Proklamation an, keinen Eintrag.« †) Bei der

*) Bundesbl. 1850 II. 230, 234.

**) Bundesbl. 1853 I. 436, 456. Amtl. Samml. III. 338

***) Bundesbl. 1853 II. 556. Ullmer, die staatsrechtliche Praxis der schweiz. Bundesbehörden aus den Jahren 1848 bis 1860, S. 29.

†) Bundesbl. 1851 II. 318. 1855 II. 467.

Verfassung von Schaffhausen ist es sogar vorgekommen, dass sie erst nach vier Jahren, nachdem sie in volle Wirksamkeit getreten war, die eidgenössische Garantie erhielt. Die Bundesbehörden werden freilich darüber zu wachen haben, dass nicht durch Nachlässigkeit der Kantonsbehörden die Vorschriften des Art. 6 unbeachtet bleiben; aber die Rechtsfolge der Ungültigkeit auch derjenigen Bestimmungen, welche der Bundesverfassung und Bundesgesetzgebung nicht widersprechen, ist keineswegs schon an den Mangel der erfolgten Gewährleistung geknüpft. Dagegen sind allerdings, wie der Bundesrath bei Anlass eines Rekurses aus dem Kanton Uri erkannt hat, diejenigen Bestimmungen einer Kantonsverfassung, welche die Bundesversammlung bereits ausdrücklich als bundeswidrig erklärt und daher zur Revision zurückgewiesen hat, als rechtlich nicht existirend zu betrachten.*)

§ 3. Ausscheidung der Bundes- und der Kantonalsouveränetät.

Wir haben gesehen, dass die Bundesverfassung in Art. 3 den Grundsatz aufstellt: Alle Kompetenzen, die nicht ausdrücklich dem Bunde zugeschieden sind, bleiben den Kantonen vorbehalten. So klar und einfach dieser Grundsatz ist, so bleibt es doch unvermeidlich, dass über die, im einzelnen Falle oft schwer zu entscheidende Frage, was in den Bereich der Bundes- und der Kantonalsouveränetät falle, Meinungsverschiedenheiten walten können, welche der Lösung durch einen für beide Theile verbindlichen Spruch bedürfen. Es musste daher in der Bundesverfassung nothwendig die Behörde festgesetzt werden, welcher der Entscheid über derartige Kompetenzkonflikte zustehen sollte, und es war diese Festsetzung offenbar von grosser praktischer Tragweite, weil je nach dem Sinne, in welchem dieselbe erfolgte, eine grössere oder geringere Ausdehnung der Bundessouveränetät auf Unkosten der Kantonalsouveränetät zu erwarten war. In den Entwürfen von 1832 und 1833 war der Entscheid von Kompetenzstreitigkeiten zwischen Bundesbehörden und Kantonen der Tagsatzung übertragen, welche nach Instruktionen darüber berathen und abstimmen sollte; es waren also die Kantone, welche denselben in ihrer Hand hatten, und daher die Annahme gerechtfertigt, dass solche Kompetenzfragen nicht im Sinne

*) Ullmer, S. 21, 518.

der Verstärkung der Bundesgewalt gelöst werden würden. Mit vollem Bewusstsein wurde dagegen bei der Revision von 1848 die Beurtheilung von Kompetenzstreitigkeiten der nicht an Instruktionen gebundenen Bundesversammlung, und zwar dem zu Einer Sitzung vereinigten Collegium der beiden Räthe überwiesen (Art. 74, Ziff. 17 u. Art. 80 der Bundesverf.); man hegte dabei die Absicht, dass dieselben immer eher in nationalem als in kantonalem Geiste entschieden werden sollten. Der Bericht der Revisionskommission sagt darüber: »Eine Eidgenossenschaft ist nicht möglich, wenn eines der Glieder sich der Bundesautorität entziehen kann, unter dem Vorwande, dass ein Gegenstand nicht in die Kompetenz derselben gehöre.« Diese Erwägung spricht indessen nur für die Nothwendigkeit eines verfassungsmässigen Entscheides durch eine Bundesbehörde, lässt aber die Frage, in welcher Weise derselbe erfolgen solle, noch gänzlich offen. Wir begreifen, dass der Antrag von Waadt, welcher die Entscheidung der so wichtigen und tiefgreifenden Kompetenzfragen einer blossen Kommission von 30 Mitgliedern, zur Hälfte aus jedem der beiden Räthe gewählt, übertragen wollte, an der konstituirenden Tagsatzung nicht hinreichende Unterstützung fand, und dass vollends Appenzell A. Rh. mit dem Vorschlage, jenen Entscheid dem Bundesgerichte zu überlassen, allein blieb.*) Mochte indessen auch dieser letztere Vorschlag allzusehr den schweizerischen Gewohnheiten widersprechen, so hatte er doch für sich die Autorität der grossen nordamerikanischen Bundesrepublik, deren Verfassung so wesentlich auf die unsrige eingewirkt hat. Bekanntlich kann dort jede Kompetenzfrage von den im einzelnen Falle Betheiligten an die Gerichtshöfe des Bundes gezogen werden, welche auf diese Weise oft in den Fall kommen, die wichtigsten staatsrechtlichen Grundsätze zu erörtern. Es ist wahr, dass damit den Gerichten eine politische Macht eingeräumt wird, dass sie gewissermassen der gesetzgebenden Gewalt übergeordnet werden; auf der andern Seite aber ist unläugbar, dass die nordamerikanische Einrichtung**) weit mehr Garantien als die unsrige darbietet für eine vollkommen unbefangene und gründliche Prüfung der Kompetenzfragen, welche doch vorzugsweise vom juridischen Gesichtspunkte aus betrachtet

*) Abschied, S. 126, 127.

**) Vergl. darüber Stuart Mill übers. v. Wille, S. 204—205. Tocqueville, de la démocratie en Amérique (Par. 1850) I. 118—121, 165—181.

werden sollten. Auf dem durch unsere Bundesverfassung vorgeschriebenen Wege ist es namentlich beinahe unmöglich, Gesetze und Beschlüsse, welche die beiden Räthe erlassen haben, wegen Inkompetenz mit Erfolg anzufechten. Und wenn aus gleichem Grunde gegen Entscheidungen des Bundesrathes reklamirt wird, so liesse schon bei getrennter Verhandlung in den beiden Räthen, wie sie bei so vielen minder wesentlichen Dingen stattfindet, sich eher eine reifliche Prüfung der Rechtsfrage erwarten als von dem grossen Staatskörper der vereinigten Bundesversammlung. Dass man gerade diesen mit der Entscheidung von Kompetenzkonflikten betraute, lässt sich nur daraus erklären, dass man zur Zeit der Entwerfung der Bundesverfassung voraussetzte, es werde zwischen dem Nationalrathe als Vertreter des nationalen und dem Ständerathe als Vertreter des kantonalen Princips ein beständiger Antagonismus walten, und es werden sehr häufig die beiden Räthe sich nicht zu einem gemeinschaftlichen Beschlusse einigen können. Die Erfahrung hat seither hinlänglich gezeigt, wie irrig diese Voraussetzung war!

Sehen wir nun zu, wie die vereinigte Bundesversammlung die ihr zugewiesenen Kompetenzkonflikte bis dahin erledigt hat, so haben wir die nachfolgenden Fälle zu erwähnen:

1) Gleich bei der Konstituirung der neuen Bundesbehörden im Novbr. 1848 entstand ein Konflikt zwischen der Regierung von Freiburg und dem Nationalrathe. Der Grosse Rath jenes Kantons hatte nämlich vorgeschrieben, dass an den Nationalrathswahlen nur diejenigen Schweizerbürger Theil nehmen können, welche die neue Bundes- und Kantonsverfassung beschworen haben, und der Nationalrath hatte aus diesem Grunde die dortigen Wahlen für ungültig erklärt, weil den Kantonen nicht zustehen könne, zu den durch Art. 63 der Bundesverfassung festgesetzten Erfordernissen der Stimmberechtigung noch weitere hinzuzufügen. Hierin erblickte die Regierung von Freiburg einen Eingriff in die Kantonalsouveränetät und erhob einen Kompetenzstreit bei der vereinigten Bundesversammlung. Nach langer Debatte, in welcher politische Sympathien allzusehr den Ausschlag gaben, entschied die Versammlung zu Gunsten Freiburg's und hob die Schlussnahme des Nationalrathes wieder auf.*)

2) Das Bundesgesetz über die Strafrechtspflege bei den eidgenös-

*) Bundesbl. 1849 I. 95—107.

sischen Truppen vom 27. August 1851 stellt den Grundsatz auf, dass sich dasselbe auch auf die im Kantonaldienste stehenden Truppen erstrecke. Die Regierung von Appenzell A. Rh. fand, dass die Bundesverfassung keine Bestimmung enthalte, welche diese Ausdehnung eines Bundesgesetzes auf kantonale Verhältnisse rechtfertige: sie erblickte also darin eine nach Art. 3 der Bundesverfassung unzulässige Beschränkung des Strafgesetzgebungsrechtes der Kantone, und stellte an die vereinigte Bundesversammlung das Gesuch, dass sie die Anwendung der eidgenössischen Militärstrafgesetze auf die kantonalen Truppen bloss fakultativ erkläre. Gestützt auf Art. 20 Ziff. 1 der Bundesverfassung und auf Art. 102 der eidgen. Militärorganisation, gegen welchen keine Einsprache erfolgt war, wurde diese Kompetenzbestreitung abgewiesen.*)

3) Durch Beschluss vom 16. Juni 1852 verfügte die Regierung von Bern, wegen Verbreitung kommunistischer Schriften, offener Feindseligkeit gegen die bestehende Staatsordnung und politischer Wühlerei, die Aufhebung des Grütlivereins und die Wegweisung der nicht förmlich niedergelassenen Kantonsfremden, welche demselben angehört hatten, aus dem Kanton. Der Grütliverein beschwerte sich gegen diese Verfügung beim Nationalrathe, und letzterer beauftragte den Bundesrath, die eingelangten Beschwerden der Regierung von Bern zur Beantwortung mitzutheilen mit der Einladung, die Akten einzusenden, auf welche gestützt sie ihren Beschluss gefasst habe. Die Regierung wendete hiegegen ein, dass die Bundesbehörden nicht kompetent seien, auf den Gegenstand einzutreten, weil sie das in Art. 46 garantirte Vereinsrecht dem Grundsatze nach nicht angetastet habe, spezielle Akte der Vereinspolizei aber lediglich den Kantonen zukommen. Der Bundesrath brachte nun die Kompetenzfrage an die Bundesversammlung und wies nach, dass die Kantonalsouveränetät in Bezug auf das Vereinswesen durch Art. 46 allerdings beschränkt sei und daher die Bundesbehörden, auf eingehende Beschwerde hin, befugt sein müssen zu untersuchen, ob im einzelnen Falle die Auflösung eines Vereines mit den in dieser Bundesvorschrift enthaltenen nähern Bestimmungen im Einklange stehe oder nicht. Die Bundesversammlung stimmte dieser Anschauungsweise des Bundesrathes vollständig bei und erklärte sich kompetent, die Beschwerde des Grütlivereins einlässlich zu behandeln, und zwar

*) Bundesbl. 1852 III. 159—182.

sowohl in Bezug auf die vereinsrechtliche Frage als auch in Betreff der Wegweisung von Aufenthaltern, sofern dieselbe lediglich durch die Theilnahme an Vereinen begründet werde.*)

4) Kaspar Käsli von Altorf, katholischer Konfession, erwarb sich ein zweites Bürgerrecht im Kanton Zürich und verehelichte sich hierauf daselbst mit einer geschiednen Protestantin. Die Regierung von Uri erklärte diese »nach dem kanonischen Rechte niemals zu rechtfertigende« Ehe für ungültig und verweigerte der Angetrauten Käsli's den Aufenthalt in seinem Heimathkanton. Gegen diese Verfügung beschwerte sich Käsli beim Bundesrathe und stellte das zweifache Gesuch: die Regierung von Uri sei anzuweisen, seiner Ehefrau den Aufenthalt zu gestatten, und ferner sei sie anzuhalten, die Ungültigkeitserklärung der Ehe zurückzuziehen. Die Regierung von Uri, welcher die Beschwerde zur Beantwortung mitgetheilt wurde, bestritt zunächst die Kompetenz des Bundes, über die Gültigkeit einer Ehe zu entscheiden, in zweiter Linie behauptete sie die materielle Ungültigkeit der von Käsli eingegangenen Ehe. Der Bundesrath trennte in seinem Entscheide die Frage der Aufenthalts- oder Niederlassungsbefugniss der Ehefrau Käsli im Kanton Uri von derjenigen der Gültigkeit der Ehe selbst nach urner'schen Gesetzen. Die letztere Frage, auf welche allein die Kompetenzeinrede sich bezogen hatte, blieb einstweilen unberührt; die erstere wurde dahin entschieden, dass, weil die beiden Gatten nach zürcher'schen Gesetzen gültig verheirathet, der Ehefrau die Niederlassung bei ihrem Ehemann in Altorf zu gestatten sei. Gegen diesen Beschluss des Bundesrathes erhob die Regierung von Uri einen Kompetenzstreit bei der Bundesversammlung; sie anerkannte zwar im Allgemeinen den Bundesrath für kompetent zur Entscheidung von Niederlassungsfragen, behauptete aber, dass im konkreten Falle der Entscheid, wie er vom Bundesrathe erlassen worden, die Gültigkeit der Ehe involvire, während doch Käsli, so lange er noch Bürger von Uri sei, bei der Eingehung seiner Ehe nach dortigen Gesetzen sich habe richten müssen. Die Bundesversammlung erkannte: nach Art. 41 und 90 Ziff. 2 der Bundesverfassung sei der Bundesrath kompetent gewesen, über den Käsli'schen Rekurs zu entscheiden, indem durch seinen Beschluss nicht die Frage der Gültigkeit oder Verbindlichkeit der Ehe nach den Gesetzen des Kantons Uri, sondern nur die Nieder-

*) Bundesbl. 1853 III. 138—167. 1854 I. 449.

lassungsbefugniss der nach zürcher'schen Gesetzen verheiratheten Ehegatten geregelt worden sei.*)

5) Der Kanton Waadt fühlte sich durch die Zwangskonzession, welche die beiden gesetzgebenden Räthe der Freiburg - Lausanner Eisenbahngesellschaft auf seinem Gebiete ertheilt hatten, sowie durch die Verweigerung der von ihm begehrten Murtnerlinie in seinen Rechten verletzt und erhob einen Kompetenzkonflikt bei der vereinigten Bundesversammlung. Gestützt auf Art. 17 des Bundesgesetzes über die Eisenbahnen, der selbst wieder nur als ein Ausfluss von Art. 21 der Bundesverfassung erscheint, erklärte die Bundesversammlung diese Kompetenzbestreitung für unbegründet.**)

Einige rein gerichtliche Kompetenzfragen, bei denen die Bundesversammlung bloss darüber zu entscheiden hatte, ob ein Gegenstand vor das Bundesgericht oder vor die kantonalen Gerichte gehöre, lassen wir hier billig bei Seite und versparen sie auf den Abschnitt, welcher von der Bundesrechtspflege handeln wird. Aus unsrer sonst erschöpfenden Aufzählung der bisherigen Kompetenzkonflikte wird man übrigens wahrgenommen haben, dass dieselben weder sehr zahlreich noch im Ganzen von besonderer Tragweite waren. Dass nicht häufigere und tiefer einschneidende Reibungen zwischen der neuen Bundesgewalt und den Kantonen vorgekommen sind, ist zunächst der Klarheit und Präcision, mit welcher die Bundesverfassung im Allgemeinen die dem Bunde übertragenen Befugnisse festsetzt, dann der Mässigung, mit welcher der Bundesrath in Anwendung derselben fortwährend zu Werke gegangen ist, endlich auch der Gefügigkeit, mit der sich die Kantone in der Regel den Gesetzen und Beschlüssen des Bundes unterzogen, zu verdanken. Wenn vielleicht die gesetzgebenden Räthe hin und wieder einzelnen Bundesartikeln eine Auslegung gegeben haben, welche über den Sinn und Willen derselben hinausging, so mag die voraussichtliche Fruchtlosigkeit von Beschwerden, welche gegen Beschlüsse der Bundesversammlung selbst gerichtet sind, die Kantone von Erhebung von Kompetenzkonflikten abgehalten haben. Es lässt sich nicht läugnen, dass das für die Austragung derartiger Anstände festgesetzte Verfahren dem allmähligen Fortschreiten zu grösserer Centralisation in hohem Masse günstig ist. Man muss sich also darüber klar werden, dass bei der

*) Bundesbl. 1855 II. 483—498. Amtl. Sammlg. V. 145.
**) Bundesbl. 1857 II. 487 ff., 555 ff.

bestehenden Einrichtung unser Bundesstaatsrecht niemals völlig fest werden kann, sondern beständig in fliessender Bewegung bleiben wird. Nimmt man diess als gegebene Thatsache an, so lässt sich dafür anführen, dass den im Laufe der Zeit fortwährend sich ändernden materiellen Verhältnissen eine solche allmählige Ausbildung und Entwicklung der Verfassungsform besser entspricht, als ein starres Festhalten an dem Gegebenen, welches unter Einflüssen, die seit langem in den Hintergrund getreten, entstanden ist. Von diesem, mehr politischen als juridischen Standpunkte aus kann man sich mit der bestehenden Einrichtung wieder aussöhnen, sofern nur der centralisirende Fortschritt nicht dem praktischen Bedürfnisse vorauseilt, sondern sich innerhalb derjenigen Schranken hält, welche den Schweizern die Beschaffenheit ihres vielgestaltigen Landes anweist. Dass diese Schranken, sofern nicht ganz unvorhergesehene Entwicklungen eintreten, in der Regel nicht überschritten werden, dafür bürgen uns die festen und tiefen Wurzeln, welche der Partikularismus, die kantonale Selbstständigkeit im schweizerischen Volke geschlagen hat. Je unmittelbarer eine Behörde aus dem Volke hervorgeht, desto weniger wird sie für weitgehende Centralisationsbestrebungen zu gewinnen sein: hieraus mag sich die Vielen oft räthselhaft vorkommende Erscheinung erklären, dass — entgegen den Voraussetzungen, von denen die Begründer der Bundesverfassung ausgingen — der Ständerath oft weit mehr als der Nationalrath zur Verstärkung der Centralgewalt und zur Beschränkung der Kantonalsouveränetät sich hinneigt.

§ 4. Verträge unter den Kantonen.

Da der Bundesstaat in umfassender Weise nicht bloss die Sorge für die politischen Angelegenheiten der Bundesglieder, innere wie auswärtige, sondern auch die Garantie der Einzelrechte und die Förderung der gemeinsamen Wohlfahrt auf sich genommen hat, so würde es seinem innersten Wesen widersprechen, wenn unter den Bundesgliedern noch andere, seien es weitere oder engere, Verbindungen beständen, welche ähnliche Zwecke verfolgen würden. Schon die Vermittlungsakte sagte daher in Art. 10 kurz und einfach: »*Toute alliance d'un canton avec un autre canton est interdite.*« Selbst der Bundesvertrag von 1815, obwohl er auch in dieser Hinsicht einen bedauerlichen Rückschritt machte, untersagte doch alle Verbindungen zwischen den Kantonen, welche »dem allgemeinen Bund oder den Rechten anderer Kantone nachtheilig« wären und diese Bestimmung genügte zur Auflösung des Sonderbundes der VII katholischen Stände, welcher die konfessionelle Zerrissenheit früherer Jahrhunderte wieder heraufzubeschwören suchte. Sie wurde indessen mit Recht schon beim ersten Revisionsversuche von 1833 dem Grundsatze nach unzureichend gefunden, und der damalige Entwurf enthielt bereits wörtlich diejenige Bestimmung, welche nun in Art. 7 der Bundesverfassung übergegangen ist. Letzterer stellt nämlich einfach folgenden Grundsatz auf:

»Besondere Bündnisse und Verträge politischen Inhaltes zwischen den Kantonen sind untersagt.«

Dagegen hat der Bundesstaat kein Interesse daran, die Gliederstaaten auch an Verträgen über Gegenstände, welche er nicht in seinen Bereich gezogen, sondern ihrem freien Verfügungsrechte überlassen hat, zu hindern; es können dieselben vielmehr nur dazu dienen, eine innigere Vereinigung, als die schon durch die Bundesverfassung begründete, eine wünschenswerthe Verständigung über häusliche Angelegenheiten der Kantone in's Leben zu rufen, wie die eidgenössischen Konkordate es beweisen. Der Art. 7 räumt daher, ebenfalls übereinstimmend mit dem Entwurfe von 1833, den Kantonen die Befugniss ein, »Verkommnisse über Gegenstände der Gesetzgebung, des Gerichtswesens und der Verwaltung unter sich abzuschliessen.« Dabei versteht es sich freilich, dass der Bund sich eine Controle darüber vorbehalten muss, dass solche Verkommnisse weder in die Kategorie der unerlaubten Verträge politischen Inhaltes gehören, noch sonst etwas enthalten, was den Bundesvorschriften oder den Rechten anderer Kantone zuwiderlaufen würde. Die Kantone sind daher nach Art. 7 und 90, Ziff. 7 der Bundesverfassung verpflichtet, Verträge, welche sie unter sich abschliessen, dem Bundesrathe zur Einsicht vorzulegen. Findet der Bundesrath nach vorgenommener Prüfung dieselben zulässig, so hat er sie einfach zu genehmigen; im entgegengesetzten Falle, oder wenn von einem andern Kanton Einsprache dagegen erhoben wird, soll er sie nach Art. 74, Ziff. 5 der Bundesversammlung vorlegen, welche darüber zu entscheiden hat. Bis jetzt ist seit 1848 noch niemals ein derartiger Entscheid der obersten Bundesbehörde nothwendig geworden.

Wenn ein zwischen zwei oder mehrern Kantonen abgeschlossener Vertrag durch die Bundesbehörde genehmigt ist, so sind nach Art. 7 die Kantone berechtigt, zur Vollziehung desselben die Mitwirkung des Bundesrathes anzusprechen. Das Nämliche ist natürlich auch der Fall bei ältern Verträgen, welche schon vor 1848 in Rechtskraft bestanden, sofern solche der Bundesverfassung nicht widersprechen. Im Jahr 1855 wurde die Mitwirkung des Bundesrathes verlangt zur Handhabung und Vollziehung eines zwischen den Kantonen Uri und Schwyz bestehenden Verkommnisses betreffend das Rechtsverhältniss der Urner, welche sich in der schwyzerischen Gemeinde Römerstalden aufhalten. Da die Ansichten der beiden Kantonsregierungen über die Tragweite eines Vertragsartikels auseinandergingen, so musste sich der Bundesrath in eine nähere Prüfung der streitigen Frage einlassen. Er entschied sich hierbei für die Anschauung der Regierung von Schwyz, nach welcher das regelmässige Domicil das Niederlassungsverhältniss begründet, und wies daher das Begehren Uri's ab, nach welchem der Vertrag in dem Sinne vollzogen werden sollte, dass die Angehörigen der Gemeinde Sissikon, welche auch nur einen Theil des Jahres in ihrer Heimath sich aufhalten oder lediglich erklären, dass sie nicht ihren bleibenden Wohnsitz in Römerstalden nehmen wollen, nicht als Niedergelassene daselbst zu betrachten seien. In einem andern Streitfalle zwischen den nämlichen zwei Kantonen, wo es sich um die Anwendung eines, von Schwyz gekündigten Verkommnisses über die Stellung von Fehlbaren in Polizeifällen handelte, stellte der Bundesrath den Grundsatz auf, dass die Befugniss, Staatsverträge, die sich nicht auf Einräumung von Privatrechten beziehen, sondern nur Gegenstände des öffentlichen Rechtes reguliren, aufzukünden und einseitig davon zurückzutreten, nicht bezweifelt werden könne. Endlich ist der Bundesrath auch schon wiederholt in den Fall gekommen, über die Auslegung und Anwendung derjenigen Verkommnisse zu entscheiden, welche zwischen einzelnen Kantonen (Zürich und Schaffhausen, Luzern und Freiburg) über die Behandlung von Vaterschaftsklagen bestanden oder noch bestehen, und zwar sowohl hinsichtlich der Kompetenz der Gerichte als auch in Bezug auf materielle Bestimmungen, z. B. über die Frage, unter welchen Voraussetzungen ein Kind als unter Eheversprechen erzeugt dem Vater zuzusprechen sei.*)

*) Bundesbl. 1856 I. 503. Ullmer S. 499—510.

Zweites Kapitel.

Verhältnisse der Schweiz zum Auslande.

§ 1. Krieg und Frieden; Bündnisse und Verträge.

Wenn mehrere selbstständige Staaten zu einem grössern Gesammtstaate sich vereinigen, so haben sie dabei immer vorzugsweise den Zweck im Auge, dem Auslande gegenüber mit um so mehr Kraft und Sicherheit auftreten zu können; gerade in den völkerrechtlichen Beziehungen lassen sie sich daher weit eher eine Beschränkung ihrer Souveränetät gefallen als in ihren innern Verhältnissen. War es ein schweres Gebrechen der alten Bünde vor 1798, dass sie die Schweiz dem Auslande gegenüber nicht vollständig zu einem einheitlichen Ganzen zu gestalten vermochten, so hat doch schon der Bundesvertrag von 1815 es in die ausschliessliche Kompetenz der Tagsatzung gelegt, Krieg zu erklären und Frieden zu schliessen, Bündnisse und Handelsverträge mit auswärtigen Staaten zu errichten. Aus dem Entwurfe von 1833 rührt sodann der nun in Kraft bestehende Art. 8 der Bundesverfassung her, welcher sagt:

»Dem Bunde allein steht das Recht zu, Krieg zu erklären und Frieden zu schliessen, Bündnisse und Staatsverträge, namentlich Zoll- und Handelsverträge mit dem Auslande einzugehen.«

Die ausserordentliche Mehrheit von $^3/_4$ der Kantonsstimmen, welche der Bundesvertrag von 1815 für Kriegserklärungen und Friedensschlüsse verlangte, ist mit Recht fallen gelassen worden. Es ist bei der Stellung, welche die Schweiz in Europa einnimmt, nicht zu befürchten, dass in den beiden gesetzgebenden Räthen auch nur einfache Mehrheiten sich zusammenfinden werden, um einen unbesonnenen und ungerechtfertigten Krieg zu beschliessen!

Während unter dem Bundesvertrage von 1815 die Staatsverträge mit dem Auslande sehr oft nicht im Namen aller XXII Kantone, sondern nur derjenigen, welche denselben beizutreten sich entschlossen, eingegangen wurden, ist es nun unter der Bundesverfassung immer die schweizerische Eidgenossenschaft als Gesammtheit, welche Staatsverträge abschliesst. Wir werden in der vierten Abtheilung dieses Werkes die Rechtsverhältnisse zum Auslande näher erörtern und dabei sehen, dass die seit 1848 abgeschlossenen Staatsverträge bald politische und Gebietsfragen, bald Handels-, Zoll- und Niederlassungsverhältnisse, bald das Eisenbahn-, Post- und Telegraphenwesen, bald die Auslieferung der Verbrecher, bald die Freizügigkeit zum Gegenstande hatten. Noch ist indessen die Frage nicht als völlig entschieden zu betrachten, wie weit sich die materielle Kompetenz des Bundes bei Eingehung von Staatsverträgen erstrecke. Bei den genannten Verhältnissen zwar, welche ohnehin in der Schweiz gegenwärtig centralisirt sind, kann es nicht zweifelhaft sein, dass der Bund befugt ist, dem Auslande gegenüber Verpflichtungen einzugehen. Die Einsprache, welche seiner Zeit die Regierung von Waadt gegen die, in dem Handelsvertrage mit Sardinien gewährte freie Niederlassung erhob, wurde einfach mit der Bemerkung beseitigt, dass Art. 8 dem Bunde unbedingt das Recht einräume, Staatsverträge mit dem Auslande abzuschliessen, und dieses Recht durch Hinzufügung der Worte »namentlich Zoll- und Handelsverträge« offenbar nicht habe beschränkt, sondern erläutert werden wollen. Schwieriger aber ist die Frage zu entscheiden, ob durch Staatsverträge mit dem Auslande den Kantonen weitere Beschränkungen ihrer Souveränetät auferlegt werden dürfen, als diejenigen, welche bereits in der Bundesverfassung enthalten sind. Bei den Verhandlungen über den gescheiterten Handelsvertrag mit Persien scheint man sich allseitig diese Frage verneint zu haben, indem der Bundesrath sich nicht dazu verstehen konnte, Namens der Eidgenossenschaft auch den Bekennern einer nichtchristlichen Religion die freie Niederlassung in der Schweiz zu gewähren, und die ständeräthliche Kommission, grundsätzlich damit einverstanden, dass der Bund nicht von sich aus diese Bedingung eingehen könne, sich nur darüber verwunderte, dass der Bundesrath nicht die Kantone angefragt habe, ob sie ihn dazu ermächtigen wollen.*) Nehmen wir dagegen den Staatsvertrag mit Grossbritannien vom 6. September 1855 zur Hand, so schreibt derselbe in Art. 3 vor: es dürfe keine Durchsuchung der Wohnungen und Magazine von Angehörigen des einen Theiles im Gebiete des andern, keine Untersuchung oder Einsichtnahme ihrer Bücher, Schriften und Rechnungen willkührlich vorgenommen werden, sondern solche Verfügungen seien nur kraft eines schriftlich abgefassten

*) Bundesbl. 1858 I. 239—240. II. 26—27.

Erlasses oder Befehles der kompetenten Behörde zu vollziehen.*) Es liegt auf der Hand, dass diese Bestimmung über Haussuchungen in eine Materie eingreift, welche durch die Bundesverfassung keineswegs in den Bereich der Bundesgewalt gezogen, sondern der Souveränetät der Kantone vollständig überlassen worden ist, nämlich in die Gesetzgebung über den Strafprozess. Von diesem Standpunkte aus wurden auch in der ständeräthlichen Kommission Bedenken gegen den Vertrag geäussert; der Bericht derselben spricht sich indessen folgendermassen darüber aus: »Die Mehrheit der Kommission kann nicht zugeben, dass in Staatsverträgen keinerlei Bestimmungen aufgenommen werden dürfen, die da oder dort in den Kantonen gewisse Beschränkungen auferlegen, sogar gegenüber gesetzlichen Vorschriften. Wenn man dieses Princip annehmen wollte, so würde der Abschluss solcher Staatsverträge wesentlich erschwert, fast unmöglich gemacht. Es ist gerade ein Hauptzweck, beim Abschluss solcher Verträge über gewisse Verhältnisse eine gleichmässige Behandlung zu erhalten, und diess ist nur möglich, wenn man sich gegenüber bisherigen Zuständen zu gewissen Beschränkungen verpflichtet.« **) Aehnlich wie mit Art. 3 verhält es sich auch mit Art. 5 des Staatsvertrages mit Grossbritannien, nach welchem die Angehörigen jedes der beiden kontrahirenden Theile auf dem Gebiete des andern nicht bloss vom Militärdienste jeder Art, sondern auch von allen Geld- oder Naturalleistungen, welche als Ersatz dafür auferlegt werden, befreit sind. Auch hier wurde von der Minderheit der ständeräthlichen Kommission bemerkt und von der Mehrheit zugegeben, dass diess eine Beschränkung der, den Kantonen kraft ihrer Souveränetät zustehenden Steuergesetzgebung sei, wie denn auch, wenn es sich bloss um eine Uebereinkunft mit einem auswärtigen Staate betreffend den Militärpflichtersatz handelt, der Bundesrath auch jetzt noch nicht im Namen der Eidgenossenschaft, sondern im Namen der Kantone, welche ihn dazu ermächtigen, die nöthige Erklärung auszustellen pflegt. Indessen fand die Bundesversammlung weder in der einen noch in der andern Bestimmung des Staatsvertrages mit Grossbritannien Veranlassung, demselben ihre Genehmigung zu verweigern.

*) Amtl. Sammlg. V. 277.
**) Bundesbl. 1856 I. 180.

Es kann ferner noch die Frage aufgeworfen werden, ob die Eidgenossenschaft auch kompetent sei zu Staatsverträgen und andern Verhandlungen mit dem Auslande, welche sich auf kirchliche Verhältnisse beziehen. So lange bloss das innere Staatskirchenrecht eines Kantons in Frage liegt, ist diese Kompetenz, auch wenn es sich um Unterhandlungen mit dem Papst handelt, im Allgemeinen nicht begründet, sondern es kann nur durch die eigenthümliche Beschaffenheit des Falles eine Einmischung der Bundesbehörden veranlasst werden, z. B. durch den Konkordatsvorbehalt in den Verfassungen von Freiburg und Wallis, von dem wir oben gesprochen haben, oder durch Verumständungen, welche eine Anwendung des Art. 44 der Bundesverf. rechtfertigen würden. Anders verhält es sich dagegen, wenn es sich um politisch-kirchliche Beziehungen handelt, bei denen die höchsten Interessen der gesammten Schweiz, wie namentlich die Unabhängigkeit eines Theiles ihres Gebietes von den Einflüssen einer fremden weltlichen Macht, betheiligt sind. Für solche Fälle hat die Bundesversammlung, ungeachtet des Widerspruches, der von Minderheiten der beiden Räthe dagegen erhoben wurde, ihre Kompetenz nach Art. 2, 8 und 74 Ziff. 6 der Bundesverf. ausdrücklich festgestellt, indem sie durch Beschluss vom 22. Juli 1859 jede auswärtige bischöfliche Jurisdiktion auf Schweizergebiet aufhob, den Bundesrath mit den, für den künftigen Bisthumsverband der betreffenden Gebietstheile und für Bereinigung der Temporalien erforderlichen Unterhandlungen beauftragte und die Ratifikation der hierauf bezüglichen Uebereinkünfte sich vorbehielt.*) Die Kommissionen beider Räthe begründeten die Kompetenz des Bundes damit, dass die Lostrennung des Kantons Tessin und einiger Theile des Kantons Graubünden von den Sprengeln der lombardischen Bischöfe, welche von einer auswärtigen Regierung gewählt werden und dieser zunächst verpflichtet seien, als eine Frage der nationalen Selbstständigkeit und Unabhängigkeit erscheine, daher auch alle Verträge, welche sich auf die künftige Regelung des Verhältnisses beziehen, als wirkliche Staatsverträge zu betrachten seien.

Im Gegensatze zu Art. 8, welcher die ausschliessliche Kompetenz des Bundes zu Eingehung von Staatsverträgen als Regel aufstellt, sagt Art. 9 der Bundesverfassung:

»*Ausnahmsweise bleibt den Kantonen die Befugniss, Verträge über*

*) Amtl. Samml. VI. 301. Bundesbl. 1859 II. 95, 285, 323—324.

Gegenstände der Staatswirthschaft, des nachbarlichen Verkehrs und der Polizei mit dem Auslande abzuschliessen; jedoch dürfen dieselben nichts dem Bunde oder den Rechten andrer Kantone Zuwiderlaufendes enthalten.«

Der leitende Gedanke, welcher den beiden, aus dem Entwurfe von 1833 herübergenommnen Artikeln zu Grunde liegt, ist folgender: In allen politischen und kommerziellen Verhältnissen soll die Eidgenossenschaft als ein ungetheiltes Ganzes erscheinen; wo es sich dagegen um untergeordnete, administrative oder polizeiliche Geschäfte handelt, mögen die Kantone auch von sich aus Verkommnisse mit auswärtigen Behörden eingehen. Es versteht sich indessen, obgleich es in Art. 9 nicht ausdrücklich gesagt ist, von selbst, dass solche Verträge den Bundesbehörden zur Einsicht vorgelegt werden müssen, damit sie untersuchen können, ob dieselben etwas dem »Bunde oder den Rechten andrer Kantone Zuwiderlaufendes enthalten.«*) Art. 90 Ziff. 7 sagt ausdrücklich: »Der Bundesrath prüft die Verträge der Kantone unter sich oder mit dem Auslande und genehmigt dieselben, sofern sie zulässig sind;« nach Art. 74 Ziff. 5 aber hat, wenn der Bundesrath oder ein anderer Kanton gegen solche Verträge Einsprache erhebt, die Bundesversammlung darüber zu entscheiden. Es ist freilich auch schon vorgekommen, dass der Bundesrath von sich aus einen Vertrag für nichtig erklärte, den die Regierung von Uri bald nach Einführung der Bundesverfassung mit Neapel abgeschlossen hatte; hier handelte es sich nämlich um Verlegung des Hauptwerbdepots für die vier kapitulirten Schweizerregimenter von Genua nach Altorf, also um eine Frage von höherm, politisch-militärischem Belange, und der Bundesrath fand daher mit Recht, es könne diess »im Sinne des Art. 9 der Bundesverf. unmöglich als ein blosser Gegenstand des polizeilichen Verkehrs betrachtet werden.«**) Dagegen übermittelte der Bundesrath den Kantonen, als in die Kategorie der in Art. 9 genannten Verträge fallend, den ihm von Frankreich zugesandten Entwurf eines Vertrages, betreffend den Nachdruck, und nachdem hierauf einzig der Kanton Genf darüber in Unterhandlungen eingetreten war, schloss der Bundesrath im Namen dieses

*) Vgl. Prot. der Revisionskommission S. 16, 17.

**) Bundesbl. 1849 I. 295.

Standes am 8. December 1858 die bezügliche Uebereinkunft mit der französischen Regierung ab.*)

Am Schlusse dieses Abschnittes, der nicht bloss von freundschaftlichen Vereinbarungen mit dem Auslande handelt, sondern auch von kriegerischen Zusammenstössen mit demselben, haben wir auch noch den Art. 15 der Bundesverf. zu erwähnen, der folgendermassen lautet:

»*Wenn einem Kanton vom Auslande plötzlich Gefahr droht, so ist die Regierung des bedrohten Kantons verpflichtet, andere Kantone zur Hülfe zu mahnen, unter gleichzeitiger Anzeige an die Bundesbehörde und unvorgreiflich den spätern Verfügungen dieser letztern. Die gemahnten Kantone sind zum Zuzuge verpflichtet. Die Kosten trägt die Eidgenossenschaft.*«

Diese Bestimmung, deren wesentlicher Inhalt dem Bundesvertrage von 1815 und mittelbar sogar den ältesten eidgenössischen Bünden entnommen ist, wird heutzutage kaum noch zu praktischer Anwendung kommen. Denn wenn Verwicklungen bestehen zwischen der Schweiz und einem auswärtigen Staate oder wenn ein, in unsrer Nähe geführter Krieg unsre Gränzen bedroht, so wird der Bundesrath, welcher den gesammten Stand der Angelegenheiten weit besser als eine Kantonsregierung zu übersehen im Falle ist, von sich aus die nöthigen Vorsichtsmassregeln treffen, um einen plötzlichen Angriff auf schweizerisches Gebiet abzuwehren. Man sieht es dem Art. 15 sofort an, dass sein Inhalt aus einer Zeit datirt, wo es dem Bunde noch an einer, mit den nöthigen Vollmachten ausgerüsteten Centralgewalt fehlte und die Kantonsregierungen allein die Leitung der Geschäfte in ihrer Hand hatten.

§ 2. Amtlicher Verkehr mit auswärtigen Staaten; Wahrung der völkerrechtlichen Beziehungen.

Soll der Bundesstaat dem Auslande gegenüber als ein ungetheiltes Ganzes, als eine völkerrechtliche Einheit sich darstellen, so genügt es nicht, dass alle wichtigern Staatsverträge lediglich von ihm abgeschlossen werden, sondern es dürfen überhaupt die Gliederstaaten in keinerlei unmittelbare Beziehungen zu auswärtigen Regierungen treten. Der Art. 10 der Bundesverf. schreibt in dieser Hinsicht nach Aussen hin eine Centralisation vor, welche die Entwürfe von

*) Amtl. Samml. VI. 86—103. Ullmer S. 41—43.

1832 und 1833 noch nicht kannten und die auch von der Tagsatzung nicht ohne Widerspruch angenommen wurde; er lautet folgendermassen:

»*Der amtliche Verkehr zwischen Kantonen und auswärtigen Staatsregierungen, sowie ihren Stellvertretern, findet durch Vermittlung des Bundesraths statt.*

»*Ueber die in Art. 9 bezeichneten Gegenstände können jedoch die Kantone mit den untergeordneten Behörden und Beamten eines auswärtigen Staates in unmittelbaren Verkehr treten.*«

Der Gegensatz, welcher in Art. 10 aufgestellt wird, fällt zum Theil zusammen mit dem in Art. 8 und 9 enthaltnen, zum Theil geht er aber weiter. Es wird auch hier unterschieden zwischen wichtigern Angelegenheiten von politischem, kommerziellem und staatsrechtlichem Belange einerseits und »Gegenständen der Staatswirthschaft, des nachbarlichen Verkehrs und der Polizei« anderseits. Bei den erstern versteht es sich von selbst, dass eine Kantonsregierung darüber nicht in unmittelbare Beziehungen zu einer auswärtigen Staatsregierung treten kann; der Kanton Uri musste daher seine Verfassung abändern, welche von »diplomatischen Verbindungen und Korrespondenzen mit auswärtigen Behörden« redete.*) Was hingegen die Verhältnisse betrifft, über welche nach Art. 9 die Kantone Verkommnisse mit dem Auslande abschliessen dürfen, so wäre man geneigt, aus dieser Bestimmung zu folgern, dass sie darüber auch mit auswärtigen Regierungen korrespondiren dürfen. Diess ist aber durch Art. 10 ausdrücklich untersagt: jeder Verkehr mit Staatsregierungen, betreffe er grössere oder kleinere Fragen, darf nur durch Vermittlung des Bundesrathes stattfinden. Wir haben daher gesehen, dass ein Vertrag zwischen Frankreich und dem Kanton Genf, betreffend den Schutz des litterarischen und künstlerischen Eigenthums, nicht ohne Mitwirkung dieser Centralstelle zu Stande kam. Auch Auslieferungsbegehren, bei welchen man sich nach den bestehenden Gesetzen an die fremden Staatsregierungen selbst zu wenden hat, können nur durch Vermittlung des Bundesrathes gestellt werden. Dagegen dürfen die Kantonsregierungen mit untergeordneten Behörden des Auslandes über Gegenstände der Staatswirthschaft, des nachbarlichen Verkehrs und der Polizei in unmittelbare Verbindung treten; sie können daher,

*) Bundesbl. 1850 II. 369.

auch wenn es sich um die Auslieferung von Verbrechern handelt. vorläufige Massregeln, wobei Gefahr im Verzuge ist, z. B. Verhaftungen, unmittelbar bei den Polizeibehörden auswärtiger Staaten beantragen.*)

Bei der weitgehenden Centralisation der auswärtigen Beziehungen, welche der Art. 10 vorschreibt, ist es nur eine natürliche Konsequenz, dass durch Art. 90 Ziff. 8 die Wahrung der Interessen der Eidgenossenschaft nach aussen, wie namentlich ihrer völkerrechtlichen Beziehungen, überhaupt die Besorgung der auswärtigen Angelegenheiten in die Hand des Bundesrathes gelegt ist. Gestützt auf diese Bestimmung, zusammengehalten mit Art. 10, wird hin und wieder, gegenüber einzelnen Entscheidungen kantonaler Behörden, die Intervention des Bundesrathes von fremden oder einheimischen Privaten oder auch von den diplomatischen Vertretern auswärtiger Staaten in Anspruch genommen. Wir werden in der vierten Abtheilung dieses Werkes sehen, wie der Bundesrath namentlich oft in den Fall gekommen ist, die Staatsverträge mit Frankreich und Sardinien zu interpretiren und über deren Anwendung auf einzelne Fälle zu entscheiden, wobei er bald den Beschwerdeführern, bald den kantonalen Behörden, gegen welche reklamirt wurde, Recht gab. Aber auch in Fällen, wo kein Staatsvertrag zu handhaben ist, wird die Intervention des Bundesrathes zuweilen angerufen: so reklamirte z. B. die Konkursmasse eines Frankfurter Handlungshauses gegen Arreste, die im Kanton Bern auf Guthaben desselben gelegt worden; der Bundesrath fand die Beschwerde unbegründet, weil die konkursrechtlichen Grundsätze, über welche sich die Kantone durch Konkordate vereinbart haben, (Universalität und Attractivkraft des Konkurses) keineswegs auch in Beziehungen zum Auslande verpflichtende Kraft besitzen.**) Gegenüber auswärtigen Staaten lässt der Bundesrath im Allgemeinen diplomatische Verwendung für jeden Schweizerbürger eintreten, dessen Rechte durch Schlussnahmen dortiger Behörden auf eine, den internationalen Grundsätzen oder bestehenden Verträgen zuwiderlaufende Art bedroht sind; er intervenirt hingegen dann nicht, wenn schweizerische Angehörige mit ausländischen Privaten Anstände haben,

*) Ullmer S. 612.

**) Bundesbl. 1857 I. 216—218.

die zuerst dem Entscheide der kompetenten Behörden unterstellt werden müssen. Auf gleiche Weise verfährt er im umgekehrten Fall, indem er voreilige diplomatische Verwendungen zurückweist, wenn die betreffenden fremden Privaten, zu deren Gunsten intervenirt wird, zuerst vor den kompetenten schweizerischen Behörden Recht zu suchen haben.*)

§ 3. Fremder Kriegsdienst.

Die fremden Kriegsdienste nahmen in unsern Beziehungen zum Auslande von jeher eine besonders wichtige Stelle ein, und es können die jetzt geltenden bundesrechtlichen Satzungen wider dieselben nicht anders als an der Hand der Geschichte richtig verstanden werden. Wir müssen daher hier etwas weiter ausholen, als es bei andern Materien als angemessen erscheinen würde.

Die Gewohnheit, in auswärtige Kriege zu laufen, wenn im Lande selbst kein Anlass zu Ausübung des Waffenhandwerkes sich darbietet, haben die Schweizer von ihren Urvätern in den germanischen Wäldern geerbt. **) Zu Ende des Mittelalters standen Deutsche aus allen Volksstämmen als »Lanzknechte« unter den Soldtruppen fremder Herren. In der Schweiz kam das Reislaufen in grösserm Massstabe bald nach der Entstehung der Eidgenossenschaft selbst auf: schon im Jahr 1373 sollen 3000 Fussknechte den Herzogen von Mailand, Barnabas und Galeaz Visconti, welche sich mit dem Papste und dem Markgrafen von Ferrara im Kriege befanden, zugezogen sein. Indessen gewann der auswärtige Kriegsdienst jene tiefgehende und nachhaltige Bedeutung, welche er in den letzten drei Jahrhunderten für unser Vaterland hatte, doch erst durch die Verbindung der Schweiz mit Frankreich, die in Folge der glorreichen Schlacht bei St. Jakob an der Birs sich anbahnte. Das Bündniss, welches in den Jahren 1474 und 1475 gegen Herzog Karl den Kühnen von Burgund geschlossen wurde, enthielt die Grundlage zu allen spätern Allianzen, indem es der Schweiz Leistungen an Mannschaft, Frankreich dagegen vorzugsweise Geldleistungen auferlegte. Die Schweizer erndteten in den Burgunderkriegen grossen Ruhm und Ehre durch ihre Tapferkeit, aber Frankreich allein zog dauernde Vortheile aus denselben. Nach diesen Kriegen begann ein zügel-

*) Ullmer S. 533.

**) Tacitus, Germania cap. 14.

loses Reislaufen in aller Herren Dienste: bald standen in der Freigrafschaft Eidgenossen im Solde Burgund's und Eidgenossen im Solde Frankreichs sich gegenüber. Mochten auch Einzelne, welche ohne Erlaubniss ihrer Obrigkeiten ausgezogen waren, bestraft werden, so erwiesen sich doch im Ganzen genommen die Verbote des Reislaufens als unwirksam, weil die Uebertreter des Gesetzes zu zahlreich und zu mächtig waren. Schon im Jahr 1484 sah sich die Tagsatzung veranlasst, gegen die aus Frankreich zurückgekehrten Söldner einzuschreiten, welche ein müssiges Leben führten und allerlei Uebermuth und Frevel trieben. 1486 standen wieder in Flandern Schweizer im Solde des Erzherzogs Maximilan den Schweizern im Dienste Frankreichs gegenüber; ja es liessen sogar viele der Erstern, als es dem Erzherzog an Geld zu fehlen anfing, durch französisches Geld sich bestechen, zum Feinde überzutreten. Als im Jahr 1494 König Karl VIII von Frankreich einen Eroberungszug nach Neapel unternahm, zu welchem sehr viele Schweizer sich anwerben liessen, schickte die Tagsatzung denselben eine Botschaft nach, um sie zur Heimkehr zu bewegen; aber die französischen Befehlshaber hielten die Gesandten von jedem Verkehre mit den Schweizertruppen ab und warnten sie, dass, wer einem Fürsten sein Heer zertrenne, die Todesstrafe verwirke. Die Tagsatzung nahm hierauf ein Verkommniss an, durch welches die Stände sich verpflichteten, einander alles Reislaufen in fremde Kriege unterdrücken zu helfen; die Aufwiegler sollten mit dem Tode, die Reisläufer aber mit einer Geldbusse von 5 rheinischen Gulden oder 5 Wochen Gefängniss bestraft werden.*) Gewiss waren solche Verordnungen nur zu wohl begründet in der politischen Lage der Schweiz, auf welche französisches Gold bereits mächtiger einwirkte als das Ansehen der Gesetze und der selbstgewählten Obrigkeiten; allein es fehlte zu ihrer Handhabung der rechte sittliche Ernst beim Volke wie bei den Regierungen. Schon im folgenden Jahre 1495 wieder zogen 20,000 eidgenössische Söldner in die Lombardei; in Freiburg rückten die Reisläufer mit offnen Fahnen aus, und die Regierung erklärte, sie habe »dem Waldwasser seinen Gang lassen müssen«. Nachdem viele Tausende von Schweizern durch das ungewohnte Klima Italien's, durch verheerende Seuchen und Ausschweifungen,

*) Amtl. Sammlg. der ältern eidgen. Abschiede (bearbeitet von Segesser) III. 1. 468, 470.

durch Gift und Dolch der Italiener hingerafft worden, viele andere als »Feldsiechen« mit einer scheusslichen Krankheit behaftet nach Hause zurückgekehrt waren, erkannte die Tagsatzung am 18. Juli 1495: »Damit wir Eidgenossen gemeinlich desto treuer und beharrlicher in brüderlicher Liebe und Freundschaft mit einander lebten, so gefiele den Boten, dass wir Eidgenossen aller ausländischer Herren, Kaiser, Könige und anderer Fürsten müssig gingen, von ihnen weder Pensionen noch Gaben mehr empfingen noch nähmen, auch unsere Knechte nie mehr zu ihnen in Sold gehen liessen und hiebei einander zu handhaben und zu schützen bei jeder Erneuerung unserer Bünde beschwören würden.« *) Allein dieser weise Beschluss wurde, wie der Chronist Valerius Anshelm sagt, von den Boten »heim- aber nicht wiedergebracht«; denn die Mehrheit in den Kantonen, »seit zwanzig Jahren her in Kriegen und Kriegspraktiken, Pensionen und Sold erzogen, unruhig, kriegerisch, nach Gewalt und Geld begierig, mehrete das Widerspiel: nämlich Niemanden seine Hände zu beschliessen und ein frei Loch zu lassen«. Die Schweiz bot nun in ihren Beziehungen zum Auslande das traurige Bild tiefster Zerrissenheit dar: während die Mehrzahl der Kantone den Bund mit dem französischen Könige erneuerte, schloss Bern eine Vereinigung mit seinem Gegner, dem Herzoge Ludwig Sforza von Mailand. In den mailändischen Feldzügen unter Ludwig XII. erscheinen zwar die Eidgenossen auf dem Gipfel der Macht und des glänzendsten Waffenruhmes; aber der äussere Glanz vermochte die innere Zerrüttung nicht zu verhüllen. »Viel Fürsten und Herren, sagt Bullinger, buhleten um die Eidgenossen heimlich und öffentlich, verhiessen viel Gold und Geld und verderbten viel redliche Leute, einfältige und redliche Gemüther, die bisher von solchem verderbten Wesen wenig gewusst. Es wurden auch die Eidgenossen unter sich selbst in Zwietracht gerichtet; denn der eint Päpstisch, der ander gut Französisch, der dritt Herzogisch, der viert endlich gut Kaiserisch war, damit war die alte Einfalt und Liebe verblichen und der eidgenössische Bund zertrennt.« Im Jahr 1500, als wieder Schweizer auf Seite des Herzogs von Mailand und Schweizer auf Seite Frankreichs standen, versuchte die Tagsatzung umsonst eine Vermittlung zwischen den streitenden Theilen; das französische Gold aber bewirkte den Verrath von Novarra, der die schweizerische

*) Ebenda S. 489.

Waffenehre befleckte. Im Frühjahr 1504 wurde nun doch in der ganzen Eidgenossenschaft das von der Tagsatzung aufgestellte Gesetz beschworen: Niemand solle Geschenke oder Jahrgelder annehmen; wer ohne Erlaubniss in fremde Kriegsdienste ziehe, solle ehrlos sein, die Werber und Anstifter aber mit dem Tode bestraft werden. Allein schon im November 1505 beschloss der Grosse Rath von Bern wieder, die französische Pension zu beziehen, und liess sich durch den Bischof von Lausanne knieend von dem geleisteten Eide lossprechen. Im Mai 1508 beharrten nur noch Zürich, Basel und Schaffhausen auf dem Tagsatzungsbeschlusse wider die Pensionen und das Reislaufen, und es lag nun die Unmöglichkeit, ihn zu vollziehen, Jedermann klar vor Augen. Die Geschenke und Versprechungen des Papstes und seines Abgeordneten, des Kardinals Matthäus Schinner, brachten die Eidgenossen für einige Jahre auf die Seite der heiligen Ligue und des Herzogs von Mailand, dessen Sache sie in der Schlacht bei Novarra heldenmüthig vertheidigten; allein gleichzeitig liefen Tausende von Schweizern wieder in die Dienste Frankreichs, gegen welches die Ligue gerichtet war. Unter dem Landvolke, welches seine Söhne auf fremden Schlachtfeldern verbluten sah, entstand grosse Erbitterung gegen die »Kronenfresser« in den Städten, welche sich in Volksaufständen namentlich in den Kantonen Bern, Luzern und Solothurn geltend machte. Der Unwille des Volkes stieg nach der fürchterlichen Niederlage bei Marignano, welche bei der, durch fremdes Gold gesäeten Zwietracht unter den Eidgenossen ungerächt blieb. Während die Kranken und Verwundeten, die Wittwen und Waisen der Gefallenen in Jammer und Trauer versanken und über die Verräther Wehe schrien, prangten in Bern Albrecht von Stein und Ludwig von Erlach ungestraft mit dem übel erworbenen Gelde. In Zürich dagegen wurde ein Mann von Wädenschwyl, der auf der Folter sich und Andere des offenen Verrathes an Frankreich während des letzten italienischen Feldzuges beschuldigte, hingerichtet; drei Stadtbürger wurden auf ernstes Andringen des Landvolkes ihrer Stellen entsetzt und zu Geldbussen verurtheilt. Das Jahr 1516 sah wieder Schweizer im Dienste des Kaisers Maximilian und Schweizer im Dienste der Franzosen auf den lombardischen Ebnen sich gegenüberstehen; ja es ging sogar ein Theil der Erstern wegen Ausbleibens des Soldes zum Feinde über. Nach langer, heftiger Partheiung unter den Eidgenossen kam endlich der ewige Frieden mit Frankreich zu Stande, zufolge welchem jedes Ort ein Jahrgeld von 2000 Frkn. bezog. Damit hörte indessen das Reislaufen in anderer Herren Dienste keineswegs auf: ungeachtet eines von der Tagsatzung bei hoher Strafe erlassenen Verbotes gelang es schon 1517 wieder dem Papste, eine Anzahl Schweizer gegen den Herzog von Urbino anzuwerben. 1521 kam zu dem ewigen Frieden noch ein Bündniss mit Frankreich, welches, gegen ein ferneres Jahrgeld von 1000 Frkn. für jedes Ort, die Werbungen für diese Macht um festgesetzten Monatssold in sehr ausgedehntem Masse gestattete. Nur Zürich, wo unter Zwingli's Einflusse eine kräftige Opposition gegen Pensionen und Reislaufen sich geltend machte, blieb diesem Bündnisse beinahe hundert Jahre lang fremd und verhängte schwere Strafen über diejenigen seiner Angehörigen, welche sich von Frankreich bestechen liessen. Wir finden nun seit 1521 die Schweizer vorzugsweise in französischen Diensten, wo sie in den ersten Jahren nach dem Bündnisse die schweren Niederlagen von Biccocca und Pavia erlitten; aber auch andern Fürsten, wie namentlich dem Papste und dem Herzoge von Würtemberg, zogen, aller obrigkeitlichen Verbote ungeachtet, schweizerische Reisläufer in Menge zu. Die unselige Spaltung, welche die Reformation unter den Eidgenossen hervorbrachte, äusserte ihre nachtheiligen Wirkungen auch mit Bezug auf die fremden Kriegsdienste. In der zweiten Hälfte des 16. Jahrhunderts standen in Frankreich katholische Schweizer im Dienste des Königs und der Ligue und protestantische Schweizer im Dienste der Huguenotten einander gegenüber, und es ist leicht begreiflich, dass durch die auswärtigen Händel, in welche die Eidgenossen auf diese Weise verwickelt waren, die innern Beziehungen zwischen den beiden Religionspartheien noch um so mehr verbittert wurden. Unter Heinrich IV., namentlich in der Schlacht bei Ivry, standen wieder Schweizer auf Seite des Königs und Schweizer auf Seite der Ligue; auch für Spanien und Savoyen fanden nun in den, mit diesen Staaten verbündeten katholischen Orten zahlreiche Werbungen statt. Umgekehrt schlossen die reformirten Orte 1615 ein Bündniss mit der Republik Venedig ab und gestatteten derselben Werbungen auf ihrem Gebiete; auch in Zürich übten nun wieder die Bestechungen der fremden Gesandten ihren Einfluss, und es begann wieder das alte unordentliche Reislaufen. In den französischen Heeren befanden sich selbst während des dreissigjährigen Krieges, bei welchem die Schweiz nur mit Mühe ihre Neutralität behaupten konnte, fortwährend viele Schweizertruppen; noch mehr war diess später in den Eroberungskriegen Ludwigs XIV. der Fall. Zwar verbot die Tagsatzung im Jahr 1650, wegen Ausbleibens der vertragsmässigen Zahlungen und schlechter Behandlung der Truppen, jede Werbung für Frankreich bei Verlust von Ehre und Gut; allein bald gelang es dem französischen Gesandten wieder, ein Ort nach dem andern für die Bundeserneuerung zu gewinnen. Wurde auch begründeten Beschwerden der Eidgenossenschaft keineswegs völlig entsprochen, so war doch die Aussicht auf gewinnreiche Offiziersstellen zu verlockend für die damaligen schweizerischen Staatsmänner! »In der Geldsucht von Hohen und Niedern und in dem alten Hange zu Kriegsdiensten fanden die französischen Gesandten immer Mittel, eine Parthei zu gewinnen und auch einstimmig gefasste Beschlüsse gegen die französischen Anmassungen und Eingriffe wieder zu vereiteln.«*) Kaum hatte Ludwig XIV. im Jahr 1663 den Bund mit den Eidgenossen erneuert, so verletzte er ihn durch die Errichtung der sogen. Freikompagnien. Statt nämlich, wie der Bund forderte, das Begehren einer bestimmten Werbung an die Tagsatzung zu stellen, wurden oft einzelne Offiziere gewonnen, denen man überliess, mit oder ohne Bewilligung der Regierungen Werbungen zu veranstalten. Durch diese Freikompagnien brachte man nicht nur die Truppenzahl weit über das im Bunde festgesetzte Maximum von 16,000 Mann, sondern da für sie keine Kapitulationen mit den Regierungen geschlossen waren, so konnten sie auch leichter zu Angriffskriegen verwendet und ihr Sold niedriger angesetzt werden, als für die dem Bunde gemäss angeworbenen Regimenter. Daher beschloss die Tagsatzung im Januar 1666: in Zukunft solle kein Ort mehr die Errichtung von Freikompagnien bewilligen, vielmehr sollen die Werbungen für solche überall bei hoher Strafe verboten werden, und es sollen alle Orte das Recht haben, die Uebertreter zu verrufen und den Geworbenen den Durchpass zu versperren. Allein trotz diesem Beschlusse, der von allen Orten bestätigt wurde, traten, als 1668 die französischen Regimenter abgedankt und aus denselben 10 Freikompagnien mit geringerm Solde angeworben wurden, die meisten Offiziere und Soldaten in diese neuen Kompagnien über. Schweizer-

*) Vögelin's Schweizergeschichte, neu bearbeitet von Escher, III. 7.

truppen liessen sich sogar zu dem Einfalle in die Freigrafschaft gebrauchen, obschon die Tagsatzung diess allen Obersten und Hauptleuten bei Lebensstrafe verboten hatte. Eine Zeit lang war nun alle Rekrutirung für Frankreich in der Schweiz verboten; allein schon beim Kriege gegen Holland im Jahr 1672 standen wieder wenigstens 25,000 Schweizer in französischen Diensten. Als das bernische Regiment sich weigerte, über den Rhein zu gehen und in Westphalen einzudringen, weil es sich eidlich verpflichtet hatte, keine Reichslande anzugreifen, liess der Prinz von Condé dasselbe durch französische Truppen umringen, worauf der grösste Theil gehorchte; einzelne Soldaten wurden niedergemacht, andere kehrten unter Hauptmann Daxelhofer's Führung nach der Schweiz zurück. Neben den zahlreichen Schaaren, die fortwährend theils in französische, theils in spanische Dienste zogen, erlangte nun auch Holland 1676 ein Regiment von 2400 Mann aus den Kantonen Zürich und Bern. In dem neuen Kriege, welcher 1688 ausbrach, wurden die Schweizertruppen abermals, zuwider dem Bunde, zum Angriffe gegen das deutsche Reich, besonders gegen das Erzstift Köln gebraucht; Zürich berief hierauf seine Offiziere zurück und bestrafte sie. Der Missbrauch der Truppen gegen das Reich hatte ein Ausfuhrverbot von Seite des Kaisers und des spanischen Statthalters in Mailand zur Folge; allein die dadurch bewirkte Theurung beförderte nur die französischen Werbungen, so dass nach und nach die Zahl der Schweizer in den Armeen des Königs auf 30,000 Mann anstieg. Während aber vorzüglich durch die Tapferkeit dieser Schweizertruppen mehrere Siege Frankreichs in den Niederlanden entschieden wurden, fanden fortwährend für Spanien und Savoyen in den katholischen, für Holland in den reformirten Orten Werbungen statt; auch Bern bewilligte nun dem Herzog von Savoyen, der zu den Feinden Frankreichs übergetreten war, ein Regiment. Im Solde des Kaisers standen 2000 Mann, und dem Kurfürsten von Brandenburg gaben die reformirten Orte eine Leibwache von 100 Mann. Im Ganzen berechnete man damals die Zahl aller in fremden Diensten stehenden Schweizer auf ungefähr 50,000. Nach dem Friedensschlusse von Ryswick entstand neuerdings grosser Unwille gegen Frankreich durch die Behandlung der eidgenössischen Truppen, welche nun noch in weit grösserm Masse die Verträge verletzte. Ohne die Kantone zu benachrichtigen, wurden mit den, dem Hofe ergebensten Offizieren Veränderungen in den Kapitulationen verabredet, wodurch der vertragsmässige Sold bedeutend vermindert wurde; der grösste Theil der Truppen aber wurde entlassen und die Abgedankten ohne Verpflegung nach Hause geschickt. Die Tagsatzung lud die angesehensten Offiziere, deren gänzliche Hingebung an Frankreich zum Schaden des Vaterlandes das willkürliche Verfahren des Königs beförderte, vor sich, um sich zu verantworten; allein zu einem gemeinsamen Beschlusse kam es nicht, sondern die Bestrafung der Offiziere wurde den Kantonsregierungen überlassen. Mit Ausnahme Zürich's, das schon seit 1671 seine Truppen aus Frankreich zurückgezogen hatte, nahmen allmählig alle Kantone den Entscheid des Königs an, wonach der monatliche Sold in Friedenszeiten auf 16 Franken herabgesetzt und die Kompagnien auf 100 Mann vermindert bleiben sollten. Während des spanischen Erbfolgekrieges standen wieder Schweizertruppen im Dienste Frankreichs und Spaniens und Schweizertruppen im Solde Oesterreichs und Hollands einander gegenüber. Der Bund mit Frankreich wurde im Jahr 1715 nur noch von den katholischen Orten erneuert; diess hinderte jedoch die reformirten Orte nicht, mit Frankreich wie mit Holland Militärkapitulationen zu schliessen und Werbungen zu gestatten. Die gesammte Zahl der in diesen beiden Ländern, sowie in Spanien, Sardinien, Neapel und Oesterreich stehenden Schweizertruppen soll im Jahr 1748 nahe an 60,000 Mann betragen haben. Die gleichzeitigen Kriegsdienste bei so vielen Mächten, welche im 18. Jahrhundert wiederholt in offenem Kriege mit einander begriffen waren, mussten manche schwere Verwicklungen mit dem Auslande verursachen. Beim Ausbruche eines Krieges wurden die schon bestehenden Regimenter gewöhnlich durch neue Werbungen verstärkt, denen dann die Gegner des werbenden Staates durch alle möglichen Umtriebe entgegenzuwirken suchten. Hieraus entstanden im Innern mancherlei Partheikämpfe; auch Streit um die Offiziersstellen trug dazu bei, und die Bevorzugung, welche die Söhne einflussreicher Geschlechter erhielten, verursachte oft Neid und Eifersucht. Während der Kriege beschwerten sich die fremden Gesandten beständig über die sogen. Transgressionen, d. h. über den Gebrauch der Truppen zum Angriffe gegen andere Länder; denn die verschiedenen Staatsverträge, welche die Schweiz mit den Nachbarmächten hatte, kamen eben nur zu häufig in Collision mit einander. Trotz wiederholten Verboten einzelner Kantonsregierungen, welche die Verträge zu handhaben suchten, liessen sich die Schweizerregimenter immer gebrauchen, wo man sie hinsandte, und zeichneten sich dabei allerdings stets durch Muth und Tapferkeit aus. Nach den Kriegen wurden immer zahlreiche Schaaren aus den fremden Diensten entlassen, deren Rückkehr oft grosse Verlegenheiten bereitete. 1763 beschloss das französische Kabinet, eine Reorganisation der Schweizerregimenter vorzunehmen und eine gleichförmige Kapitulation mit allen Orten abzuschliessen. Obgleich anfänglich die Tagsatzung die Sache als eine gemeineidgenössische behandelte und sich gegen die Veränderung aussprach, gelang es doch dem französischen Botschafter allmählig wieder, die meisten Kantone dafür zu gewinnen. Nur Schwyz, welches von Anfang an den entschiedensten Widerstand erhoben hatte, beharrte auf demselben, und es kam hier wegen der neuen Kapitulation zu heftigen innern Gährungen, wobei sich das souveräne Volk gegenüber den Anhängern Frankreichs arge Gewaltthätigkeiten erlaubte. 1777 wurde ein neues Bündniss zwischen Frankreich und den sämmtlichen eidgenössischen Orten abgeschlossen, wobei man die Militärkapitulationen als eine davon unabhängige Sache behandelte und die Erneuerung derselben jedem einzelnen Orte freistellte. Nach dem Ausbruche der französischen Revolution wurde von dem allenthalben auftretenden Geiste der Empörung auch das Regiment Chateauvieux in Nancy angesteckt; die übrigen Schweizertruppen blieben dem Könige treu und hielten an mehrern Orten die öffentliche Sicherheit aufrecht. Desto heftiger wurde der Hass der revolutionären Parthei in Frankreich gegen die fremden Söldner und ihre Vorrechte; bei dem schrecklichen Volksaufstande vom 10. August 1792, welcher den Thron Ludwigs XVI. stürzte, wurde das schweizerische Garderegiment, welches die Tuilerien mit Heldenmuth vertheidigte, grossentheils niedergemacht. Die Nationalversammlung beschloss sodann die Abdankung aller Schweizertruppen, welche bald nachher in ihr Vaterland zurückkehrten. Auch die Regimenter im holländischen Dienste wurden nach der Eroberung Hollands durch die Franzosen von der neuen Regierung im Sommer 1795 abgedankt. Mit der französischen Revolution hörte indessen der fremde Kriegsdienst der Schweizer keineswegs auf, sondern der neue Beherrscher Frankreichs, Napoleon Bonaparte, stellte schon 1803 denselben wieder her, indem er mit der Tagsatzung eine Militärkapitulation für 16,000 Mann abschloss. Diese sollten zwar zunächst durch freiwillige Werbung zusammengebracht werden, aber die französische Regierung war berechtigt, fortwährend den vollen Bestand der bedungenen Truppenzahl zu verlangen. Bei den unaufhörlichen Kriegen Napoleons war die Neigung für den französischen Dienst im Ganzen gering, und nur durch grosse Opfer, sowie durch Verwandlung von Strafen, welche von den Gerichten ausgesprochen wurden, in Ablieferung an die Regimenter gelang es, die beständig erneuerten Begehren Frankreichs einigermassen zu befriedigen. Die Unmöglichkeit aber, die in der Kapitulation bedungene Zahl aufzubringen, bewirkte endlich, dass dieselbe 1812 auf 12,000 Mann herabgesetzt wurde. In dem, im nämlichen Jahre von Napoleon unternommenen Feldzuge nach Russland sollen bei 6000 Schweizer, die bei Polozk und an der Beresina den alten Ruhm schweizerischer Tapferkeit erneuerten, umgekommen sein. Nach der Restauration schlossen im Jahr 1816 zwanzig Kantone, ohne Appenzell und Neuenburg, Kapitulationen mit Frankreich für vier Linienregimenter und zwei Garderegimenter; ebenfalls für vier Regimenter wurden schon 1814 mit dem König der Niederlande Kapitulationen geschlossen; gleichzeitig erhielt Neuenburg ein Bataillon der preussischen Garde. Diese Truppen wurden zusammengenommen zu 22,800 Mann berechnet. In den Zwanzigerjahren schlossen noch mehrere Kantone Militärkapitulationen mit Neapel auf die Dauer von 30 Jahren. Wie unsicher aber die Stellung der kapitulirten Truppen war, gegen welche in Frankreich und in den Niederlanden grosse Abneigung herrschte, erfuhr man zuerst im Jahr 1828, als der König der Niederlande sich genöthigt sah, seine Schweizertruppen abzudanken. Bald darauf folgte die Julirevolution in Paris, wo das erste schweizerische Garderegiment, seinem Eide gegen den König getreu, sich tapfer gegen das aufgeregte Volk schlug, jedoch mit den übrigen königlichen Truppen aus der Hauptstadt sich zurückziehen musste. Sämmtliche französische Schweizertruppen wurden in Folge dieser Revolution abermals abgedankt, und kehrten nach der Schweiz zurück. Von diesem Augenblicke an waren die Schweizerregimenter in Rom und Neapel die einzigen, kaum noch erheblichen Ueberreste des früher in politischer und nationalökonomischer Hinsicht für die Eidgenossenschaft so wichtigen fremden Kriegsdienstes.

Der geschichtliche Rückblick, den wir hier vorausschicken mussten, weil die angeführten Thatsachen in ihrem Zusammenhange nicht immer gehörig gewürdigt werden, wird unsre Leser davon überzeugt haben, dass die fremden Kriegsdienste, wenn sie auch allerdings dazu beitrugen, den militärischen Geist im Volke wach zu erhalten, und Einzelnen grosse Vortheile und Reichthümer brachten, im Ganzen doch weit grössere Nachtheile für unser Vaterland zur Folge hatten. Nicht bloss erschütterten sie gründlich die alte Sitteneinfalt und Biederkeit der Schweizer, sondern — was in politischer Beziehung von der grössten Bedeutung war — sie brachten die Schweiz in unablässige Verwicklungen mit dem Auslande, bei denen sie in der Regel den Kürzern zog, liessen ihre Unabhängigkeit und ihre Neutralität oft als leere Schattenbilder erscheinen und erzeugten im Innern der Eidgenossenschaft und der Kantone mannigfachen verderblichen Partheihader. Die traurigen Erfahrungen, welche man namentlich in frühern Jahrhunderten in Betreff der fremden Kriegsdienste machte, haben denn auch wesentlich dazu beigetragen, dass der Bund von sich aus Bestimmungen gegen dieselben zu treffen für angemessen fand. Die Vermittlungsakte hatte sich noch darauf beschränkt, die Tagsatzung allein zum Abschlusse von Verkommnissen über auswärtige Kriegsdienste für befugt zu erklären, und der Bundesvertrag von 1815 hatte sogar diese Befugniss den Kantonen zurückgegeben, mit dem Vorbehalte, dass die Militärkapitulationen der Tagsatzung zur Genehmigung vorgelegt werden mussten. Nachdem indessen seit dem Jahr 1830 in die meisten Kantonsverfassungen der Grundsatz aufgenommen worden war, dass keine Militärkapitulationen mehr mit auswärtigen Staaten abgeschlossen werden sollen, fand das nämliche Verbot auch Eingang in die Bundesverfassung von 1848 (Art. 11). Da in neuerer Zeit die Schweizertruppen im Auslande von den monarchischen Regierungen vorzüglich dazu verwendet worden waren, allfällige Freiheitsbestrebungen ihrer eignen Völker darniederzuhalten, so wurde das Verbot der Militärkapitulationen namentlich damit motivirt, dass es eines republikanischen Landes unwürdig sei, seine Söhne zu solchem Dienste herzugeben. In dem ersten Entwurfe der Revisionskommission war die Eingehung von Militärkapitulationen bloss den Kantonen untersagt; bei der zweiten Berathung aber fand man mit Recht, es dürfe dieselbe auch der Eidgenossenschaft nicht gestattet sein, und gab daher dem Verbote eine allgemeinere Fassung. An der Tagsatzung wollten zwar die Gesandtschaften von **Waadt** und **Genf** — offenbar unter dem Eindrucke einer kurz vorher stattgefundenen Verhandlung über ein vom Könige von Sardinien, welcher Oesterreich den Krieg erklärt hatte, angetragenes Bündniss — der Eidgenossenschaft das Recht, Militärkapitulationen abzuschliessen, vorbehalten; sie blieben indessen allein mit ihrem Antrage. Dabei wurde jedoch in der Diskussion bemerkt: das Verbot der Militärkapitulationen schliesse nicht aus, dass die Eidgenossenschaft auch Bündnisse mit auswärtigen Staaten eingehen könne, durch welche sie sich zu gewissen militärischen Leistungen verpflichte; es bestehe aber ein grosser Unterschied zwischen einer Allianz und einer Kapitulation, indem bei jener immer eine politische Idee verfolgt werde, während bei dieser die Lieferung von Soldaten der einzige und ausschliessliche Zweck sei.*)

Das Verbot des Art. 11 der Bundesverfassung bezog sich, wie in dem Berichte der Revisionskommission ausdrücklich gesagt war, nur auf zukünftige, nicht auf die noch in Kraft bestehenden Militärkapitulationen. Allein schon im März 1849 stellte der Kanton **Genf** den durch zahlreiche Petitionen aus der westlichen Schweiz unterstützten Antrag an die Bundesversammlung: sie solle, gestützt auf Art. 11 u. 74 Ziff. 6 u. 7 der Bundesverfassung, die in Neapel stehenden Schweizertruppen zurückberufen, vom Könige die ihnen gebührende Entschädigung fordern und fernere Anwerbungen für den neapolitanischen Kriegsdienst verbieten. Der Bundesrath und der Ständerath wollten zuerst auf diesen Antrag nicht eintreten, theils weil ihnen die Kompetenz des Bundes mit Rücksicht auf denselben nicht begründet schien, theils weil sie annahmen, es könnte die Zurückberufung nur dann von Erfolg begleitet sein, wenn die Eidgenossenschaft sich entschliessen würde, die zurückberufenen Militärs angemessen zu entschädigen, was mit grossen finanziellen Opfern verbunden wäre. Der Nationalrath dagegen stellte sich auf einen wesentlich verschiedenen Standpunkt, und nach längern Verhandlungen kam dann am 20. Juni folgender Bundesbeschluss zu Stande: »Die schweizerische Bundesversammlung, in Betracht, dass das Fortbestehen der Militärkapitulationen mit den politischen Grundlagen der Schweiz, als eines demokratischen Freistaates, unverträg-

*) Abschied S. 62.

lich ist, beschliesst: 1) Der Bundesrath wird eingeladen, beförderlich die geeigneten Unterhandlungen zu pflegen, um eine Auflösung der noch bestehenden Militärkapitulationen zu erzielen zu suchen, und über die daherigen Ergebnisse Bericht und Anträge der Bundesversammlung vorzulegen. 2) Alle Anwerbungen für auswärtige Militärdienste sind im Gebiete der ganzen Eidgenossenschaft für einstweilen untersagt.« *)

Dieser Beschluss that allerdings auf unzweideutige Weise kund, dass die öffentliche Meinung in der Schweiz, aufgeregt durch den Freiheitskampf in Italien, sich mit dem in der Bundesverfassung enthaltenen Verbote zukünftiger Militärkapitulationen nicht mehr begnüge, sondern eine wirksamere Ausrottung des fremden Kriegsdienstes verlange; aber die Unterhandlungen, mit denen der Bundesrath beauftragt war, führten zu keinem Resultate und die Einstellung der Werbungen — eine Massregel, welche mit dem rechtlichen Fortbestande der Kapitulationen kaum zu vereinigen war — stiess in ihrer Durchführung bei manchen Kantonen auf grosse Schwierigkeiten. Schon im November 1850 schlug daher der Bundesrath, übereinstimmend mit Anträgen der Regierungen von Schwyz, Solothurn und Appenzell A. Rh., der Bundesversammlung vor, den Beschluss vom 20. Juni 1849 zurückzunehmen, eventuell ein besonderes Strafgesetz gegen die Werbungen zu erlassen. Der Nationalrath beschloss indessen einfach am früheren Beschlusse festzuhalten, weil »ein Abweichen von dem Standpunkte, welchen die oberste Bundesbehörde in Sachen bisher eingenommen, grundsätzlich unzulässig erscheine.« Der Ständerath, welcher sich überzeugt hatte, dass »eine Auflösung der Militärkapitulationen auf dem Wege der Unterhandlung gegenwärtig nicht erreichbar sei und eine sofortige Aufhebung von Bundes wegen unter obwaltenden Umständen nicht angemessen erscheine«, wollte das einstweilige Werbverbot wieder aufheben und die Unterhandlungen nur im geeigneten Zeitpunkte wieder eröffnen lassen. Da jedoch ein übereinstimmender Beschluss der beiden Räthe nicht zu Stande kam, so verblieb der Bundesbeschluss vom 20. Juni 1849 in Kraft. **)

In seinen Geschäftsberichten über die Jahre 1850 und 1851 wie-

*) Amtl. Samml. I. 432. Bundesbl. 1849 I. No. 2 Beilage II. 17—35, 37—97, 101—102, 145.

**) Bundesbl. 1850 III. 499 ff. 1851 I. 151 ff., 195 ff., 251 ff.

derholte der Bundesrath die Bemerkung: das Werbverbot sei nicht zu handhaben, so lange zu demselben nicht ein Strafgesetz erlassen werde. Diesem Mangel wurde nun theilweise abgeholfen durch den Art. 98 des eidgen. Militärstrafgesetzbuches vom 27. August 1851, welcher das Anwerben in fremde Kriegsdienste von Leuten, die auf den eidgenössischen oder kantonalen Mannschaftsverzeichnissen stehen, als »Falschwerben« bezeichnete und somit definitiv verbot. In Kriegszeiten sollten Anwerbungen für den Dienst des Feindes mit dem Tode bestraft werden; andere Werbungen in Friedenszeiten wurden mit Gefängniss und Zuchthausstrafe bedroht. Der erste Theil dieser Strafbestimmungen besteht gegenwärtig noch in Rechtskraft; der zweite dagegen wurde aufgehoben durch Art. 65 und 77 des Bundesstrafrechtes vom 4. Februar 1853. Dieses Gesetzbuch that schon wieder einen wichtigen Schritt weiter in dieser Angelegenheit, indem es die Anwerbung von Einwohnern der Schweiz überhaupt für verbotnen fremden Militärdienst mit Gefängniss und Geldbusse bedrohte und zugleich bestimmte, dass diese Strafandrohung auch gelten solle für die Angestellten von Werbbureaux, die ausser der Schweiz errichtet werden, um das Verbot der Werbung auf schweizerischem Gebiete zu umgehen. Mit Bezug auf die Frage der Strafkompetenz bestimmte der Art. 74 des Bundesstrafrechtes, dass die Untersuchung und Beurtheilung von Uebertretungen des Werbverbotes in der Regel den kantonalen Behörden zustehen solle, doch solle es dem Bundesrathe freistehen, derartige Vergehen den Bundesassisen zu überweisen.*)

War, dieser Strafbestimmungen ungeachtet, das Werbverbot schon schwer zu handhaben gegenüber dem neapolitanischen und römischen Militärdienste, so wuchs die Schwierigkeit noch bedeutend, als im Kriege gegen Russland 1855 England und Frankreich Fremdenlegionen errichteten, für welche sie vorzüglich in der Schweiz Rekruten suchten. Zu den schon bestehenden Werbbureaux an unsrer östlichen kamen nun noch solche an der westlichen Gränze und man musste die einen wie die andern gewähren lassen, weil sie sich auf auswärtigem Boden befanden. Der Bundesrath rügte, neben der unverkennbaren Lauheit, ja selbst offenbaren Renitenz einzelner Kantone in der Vollziehung der Gesetze, namentlich folgende Uebelstände in dem Verfahren gegen Anwerbungen: 1) das eidgenössische

*) Amtl. Samml. II. 639, III. 424, 427, 428.

Strafgesetz werde ungleich angewendet, indem man übersehe, dass kantonale Strafbestimmungen neben demselben nicht mehr zu berücksichtigen seien; 2) Akten und Urtheile über die einzelnen Vergehen werden nicht aus allen Kantonen dem Bundesrathe mitgetheilt, so dass er oft von seinem Rekursrechte keinen Gebrauch machen könne; 3) die am meisten Schuldigen, d. h. diejenigen, welche sich an die Spitze der Werbungen stellen oder sich als Chefs der anzuwerbenden Corps proklamiren, werden nicht erreicht. Nichtsdestoweniger warnte nun der Bundesrath selbst davor, das Werbverbot aufzuheben und damit diese Angelegenheit in den Bereich der Kantonalsouveränetät zurückzuweisen. »Der Zustand (sagt der Bericht) würde wieder einkehren, welcher vor 1849 herrschte. In denjenigen Kantonen, welche in Militärkapitulationen stehen, wäre jede Werbung, ausser derjenigen für Rom und Neapel, auf das strengste untersagt. In welcher Stellung diese Kantone zu den neuen Werbungen für Frankreich und England stehen würden, ob sie das Verbot zu handhaben im Stande wären, ob diese beiden Mächte nicht den in frühern Jahrhunderten oft erlebten Vorgang wiederholen würden, nämlich gleiches Werbungsrecht, wie das andern Staaten eingeräumte, zu verlangen und sich dabei auf die neutrale Stellung der Schweiz zu stützen, — diess mag jeder denkende Mann für sich entscheiden. In den nicht kapitulirenden Kantonen wären theils Werbverbote vorhanden, theils nicht. Auch da müsste das bunteste Gewühl und Getriebe sich zeigen. Kantone, welche ihre Werbverbote zu handhaben entschlossen wären, würden von Werbern und Werbbureaux in benachbarten Kantonen umgarnt. Welches Bild wir da dem Auslande darbieten, welche Einbusse an unserm eignen National- und Ehrgefühl wir erleiden würden, liegt auf der Hand. Wir stehen nicht an, den Satz aufzustellen: Bei den engen Beziehungen, welche der fremde Kriegsdienst der Schweizer zu ihrer auswärtigen Politik und ihrer Stellung zu den auswärtigen Mächten von jeher hatte und in der neuern Zeit wiederum anzunehmen droht, ist es unmöglich, diese Angelegenheit wieder den Kantonen zu überlassen.«*) Die Bundesversammlung pflichtete dieser Anschauungsweise des Bundesrathes vollständig bei. Indessen liess auch in den folgenden Jahren die Vollziehung des Werbverbotes sehr viel zu wünschen übrig, so dass die Bundesversammlung in Betreff desselben

*) Bundesbl. 1855 II. 317 ff.

zu wiederholten Postulaten sich veranlasst sah und selbst eine Ergänzung der darauf bezüglichen Bundesgesetze in Anregung brachte.

Eine neue, sehr bedeutende Entwicklung in der Angelegenheit der fremden Kriegsdienste brachte der italienische Krieg vom Jahr 1859. Die Erbitterung der nach Freiheit ringenden Italiener gegen die Schweizertruppen, welche im Dienste des Papstes und des Königs von Neapel standen, wuchs immer mehr. Für die Haltung und die Thaten dieser Truppen wurde, obschon sämmtliche Kapitulationen inzwischen abgelaufen waren und die sogen. Schweizerregimenter grossentheils aus Fremden bestanden, die ganze Schweiz verantwortlich gemacht und es hatten ihre in Italien angesessnen Angehörigen unter dem Volkshasse vielfach zu leiden. Dazu kam, dass auch bei der französischen Armee in Italien Fremdenregimenter sich befanden, wovon eines vorherrschend aus Schweizern zusammengesetzt war; die Gefahr war also nicht ganz ausgeschlossen, dass wieder, wie in frühern Jahrhunderten so oft geschehen, Schweizer gegen Schweizer zu kämpfen in den Fall kommen könnten. Der Bundesrath schlug daher als nothwendige Ergänzung des bestehenden Werbverbotes die Bestimmung vor, dass nicht bloss die Werber und ihre Angestellten, sondern auch Alle, welche sich in auswärtige Militärdienste anwerben lassen, zu bestrafen seien. Ehe noch dieser Antrag an den Nationalrath gelangte, brach unter den Schweizertruppen in Neapel eine Meuterei aus, weil man ihnen die vaterländischen Feldzeichen nehmen wollte, und Schweizer selbst mussten unter ihren aufständischen Landsleuten mit blutiger Gewalt die militärische Ordnung wieder herstellen. Dieses traurige Ereigniss trug wesentlich dazu bei, in der Bundesversammlung die Ueberzeugung hervorzurufen, dass dem schweizerischen Söldnerdienste im Auslande einmal mit den durchgreifendsten Mitteln ein Ende gemacht werden müsse. Noch walteten zwar Bedenken ob gegen eine so weit gehende Beschränkung der individuellen Freiheit, wie das Verbot des Eintrittes in fremde Militärdienste sie mit sich bringt; allein es entschieden die staatlichen Interessen der Schweiz als einer neutralen Republik, welche durch jene Dienste namentlich in Italien vielfach gefährdet schienen.*) So entstand das Bundesgesetz vom 30. Juli 1859,**) an dessen Spitze der Grundsatz gestellt ist:

*) Bundesbl. 1859 II. 217 ff. 449—479.

**) Amtl. Samml. VI. 312.

»Der Eintritt in diejenigen Truppenkörper des Auslandes, welche nicht als Nationaltruppen des betreffenden Staates anzusehen sind, ist ohne Bewilligung des Bundesrathes jedem Schweizerburger untersagt.«

Die Nachtheile und Gefahren, welche der auswärtige Kriegsdienst unserm Vaterlande gebracht hat, rührten in neuerer Zeit vorzüglich daher, dass Truppenkorps, die den schweizerischen Namen führten, oder unter schweizerischem Kommando standen, oder sonst grossentheils aus Schweizern zusammengesetzt waren, für fremde Regierungen kämpften, wobei es ihnen nicht auf die Sache, der sie dienten, sondern lediglich auf den Sold, den sie bezogen, ankam. Mit den sogen. Schweizerregimentern und schweizerischen Fremdenlegionen musste daher das Gesetz gründlich aufzuräumen suchen. Dagegen kann die Eidgenossenschaft kein Interesse daran finden, einzelnen Schweizern den Eintritt in die Nationaltruppen eines fremden Staates zu verwehren; es kann vielmehr das Wehrwesen eines neutralen Landes nur dabei gewinnen, wenn einzelne Bürger, die eine vorwiegende Neigung zum Militärstande haben, für denselben in grössern Verhältnissen und namentlich auch in Kriegen sich auszubilden suchen. Nach dem Bundesgesetze vom 30. Juli 1859 ist also der Eintritt in die Nationaltruppen eines auswärtigen Staates unbedingt gestattet; aber auch den Eintritt in Fremdenlegionen u. s. w. kann der Bundesrath ausnahmsweise, »zum Behufe weiterer Ausbildung für die Zwecke des vaterländischen Wehrwesens« bewilligen. Wer dagegen ohne diese Bewilligung in auswärtige Truppenkörper eintritt, welche nicht zu den Nationaltruppen des betreffenden Staates gehören, soll mit Gefängniss von 1 bis 3 Monaten und mit Einstellung im Aktivbürgerrechte bis auf 5 Jahre bestraft werden. (Art. 1, 2.)

Das Bundesgesetz vom 30. Juli 1859 hat indessen nicht bloss neue Bestimmungen wider den Eintritt in fremde Kriegsdienste eingeführt, sondern auch die ältern Strafbestimmungen gegen die Werber erweitert und verschärft. Der Art. 3 des Gesetzes, welcher an die Stelle des Art. 65 des Bundesstrafrechtes getreten ist, schreibt Folgendes vor:

»Wer im Gebiete der Eidgenossenschaft für fremden Militärdienst anwirbt oder sich bei der Betreibung von Werbbureaux, welche ausserhalb der Schweiz errichtet werden, um das Verbot der Werbung auf schweizerischem Gebiete zu umgehen, irgendwie betheiligt oder wer zu solchen Werbungen in anderer Weise, z. B. durch Annahme von Dienstbegehren, Haltung von Anmeldungsbureaux, Bezahlung von Reisekosten, Verabreichung von Marschrouten oder Empfehlungen wissentlich mitwirkt, wird, je nach dem Grade seiner Mitwirkung, mit Gefängniss von 1 Monat bis auf 3 Jahre, sowie mit einer Geldbusse bis auf Fr. 1000 und, sofern der Betreffende Schweizerbürger ist, mit dem Verlust des Aktivbürgerrechts bis auf 10 Jahre bestraft.

»Hat der Betreffende sich durch Vertrag zur Errichtung eines ganz oder theilweise schweizerischen Truppenkorps für einen fremden Staat verpflichtet, so kann die Gefängnisstrafe bis auf 5 Jahre, die Geldbusse bis auf Fr. 10,000 und der Verlust des Aktivbürgerrechts bis auf 10 Jahre (?) gesteigert werden.«

Endlich wurde durch Art. 4 des Bundesgesetzes vom 30. Juli 1859 der Bundesrath angewiesen, falls die Behörden einzelner Kantone dem Gesetze nicht gehörige Nachachtung verschaffen sollten, die Bundesgerichtsbarkeit soweit in Wirksamkeit treten zu lassen als es erforderlich sei, um das Gesetz in allen Theilen der Schweiz zu gleicher Geltung zu bringen.

Bald nach dem Erlasse des Bundesgesetzes von 1859 wurden die Schweizerregimenter in Neapel, in Folge der oben erwähnten bedauerlichen Vorgänge, aufgelöst. Der grösste Theil der Mannschaft kehrte in die Heimath zurück; ein Theil liess sich wieder in neapolitanische, ein anderer in römische Dienste anwerben. Nachdem nun in den Jahren 1860 und 1861 Neapel, Sizilien und der grösste Theil des Kirchenstaates dem neuen Königreiche Italien einverleibt worden, wurden die Schweizer, welche in jenen Ländern gegen die siegreich vordringenden Piemontesen gekämpft hatten, ebenfalls nach Hause entlassen und es musste gegen Alle, die erst seit dem August 1859 in einen neuen Dienst eingetreten waren, strafrechtlich eingeschritten werden. Die ziemlich grosse Zahl der Schuldigen verursachte einige Schwierigkeiten in der Vollziehung und die Kantonsregierungen wurden um so lässiger, als ein geachtetes Mitglied des Nationalrathes durch die Zeitungen bekannt werden liess, dass es eine allgemeine Amnestie für die zurückgekehrten Militärs vorschlagen werde. Dem Antrage des Bundesrathes Folge gebend, hat indessen die Bundesversammlung mit grossen Mehrheiten diese Motion verworfen und dadurch auf unzweideutige Weise zu erkennen gegeben, dass sie an den Absichten, aus welchen das Gesetz von 1859 hervorgegangen, festhalten will, wenn auch bei eingehenden Begnadigungsgesuchen dem Umstande Rechnung getragen wird, dass ein so ganz neuer Grundsatz, wie das Bundesgesetz von 1859 ihn aufgestellt hat, nur allmählig ins Volksleben eindringt. Möchte es einer consequent durchgeführten Politik der Bundesbehörden endlich gelingen, den tief eingewurzelten Hang zum Söldnerdienste zu unterdrücken, dessen verderbliche Folgen für unser Vaterland uns die Geschichte gezeigt hat!

§ 4. Auswärtige Pensionen, Titel und Orden.

Wir haben in der Geschichte der fremden Kriegsdienste ferner gesehen, wie nachtheilig auf die Geschicke unsers Vaterlandes die grossen Pensionen einwirkten, welche in frühern Jahrhunderten einflussreiche schweizerische Staatsmänner vom Auslande zu beziehen pflegten. Flossen auch im laufenden Jahrhunderte solche Pensionen in der Regel nur noch als Ruhegehalte für Militärs, welche auswärtigen Staaten gedient hatten, nach der Schweiz, so schienen sie doch, wenn die Empfänger in den obersten Landesbehörden sassen, einen bedenklichen Einfluss auf deren Haltung in Fragen der auswärtigen Politik auszuüben. Auch verletzte es vielfach die republikanische Anschauungsweise, dass die Staatsmänner der Restaurationszeit an festlichen Anlässen und in Behörden mit besonderer Vorliebe Orden und Dekorationen zur Schau trugen, die ihnen aus dem einen oder andern Grunde von fremden Fürsten verliehen worden waren. Die Kantonsverfassungen der Dreissigerjahre untersagten daher in der Regel, neben den Militärkapitulationen, auch die Annahme von Pensionen und Titeln von einem auswärtigen Staate, sowie das Tragen fremder Orden in amtlicher Stellung. In der Revisionskommission von 1848 blieb der Antrag, eine ähnliche Bestimmung auch in die Bundesverfassung aufzunehmen, zuerst in Minderheit; in der zweiten Berathung aber wurde er angenommen.*) Der Art. 12 der Bundesverfassung lautet nun folgendermassen:

»*Die Mitglieder der Bundesbehörden, die eidgenössischen Civil- und Militärbeamten und die eidgenössischen Repräsentanten oder Kommissarien dürfen von auswärtigen Regierungen weder Pensionen oder Gehalte, noch Titel, Geschenke oder Orden annehmen.*

*) Protokoll S. 149, 163.

»*Sind sie bereits im Besitze von Pensionen, Titeln oder Orden, so haben sie für ihre Amtsdauer auf den Genuss der Pensionen und das Tragen der Titel und Orden zu verzichten.*

»*Untergeordneten Beamten und Angestellten kann jedoch vom Bundesrath der Fortbezug von Pensionen bewilligt werden.*«

Die Fälle, in denen bis dahin die Bundesbehörden den Art. 12 anzuwenden und auszulegen hatten, sind nicht zahlreich; um so mehr verdienen sie hervorgehoben zu werden. General Dufour, der schon in seiner Jugend, als der Kanton Genf zum französischen Kaiserreiche gehörte, den Orden der französischen Ehrenlegion erhalten hatte, wurde im Jahre 1852 von dem Präsidenten der französischen Republik zum Grossoffizier dieses Ordens befördert und suchte beim Bundesrathe die Ermächtigung nach, diesen Grad annehmen zu dürfen. Der Bundesrath entsprach diesem Gesuche, gestützt auf folgende Erwägungen: »1) dass eidgenössische Offiziere nicht in diejenige Klasse von Militärbeamten gehören, denen nach Art. 12 der Bundesverfassung die Annahme von Orden untersagt wird, weil die gedachten Bestimmungen sich nur auf eigentliche ständige und besoldete Militärstellen beziehen, eine Kategorie, zu welcher die Offiziere, die nach den in der Schweiz herrschenden Begriffen keinen Beamtenstand ausmachen, nicht zu rechnen sind; 2) dass auch die Eigenschaft des Hrn. General Dufour als Leiter der topographischen Arbeiten denselben nicht als Beamten qualifizirt, da er hiefür keinen Gehalt, sondern nur eine billige Entschädigung für Mühwalt und Auslagen bezieht; 3) dass Hr. Dufour bereits früher Offizier der französischen Ehrenlegion war, somit dessen Ernennung zum Grossoffizier lediglich als eine Rangserhöhung zu betrachten ist; 4) dass mit der Ernennung zu diesem Range keinerlei Pension verbunden ist, sondern die Verleihung jenes Ordens bloss als Ehrensache betrachtet werden muss, ohne dass ihm besondere Verpflichtungen dadurch auferlegt würden.«*) — Eine wesentlich verschiedene Frage hatte der Nationalrath zu entscheiden, als es sich im Januar 1860 um die Anerkennung der Wahl des eidgen. Obersten und Landammann Letter von Zug in diese Behörde handelte. Da derselbe eine Militärpension von Holland bezieht, so hätte er nach dem klaren Wortlaute des zweiten lemma des Art. 12 für die Amtsdauer auf den Genuss der Pension verzichten müssen; er erklärte

*) Bundesbl. 1853 II. 559.

aber ausdrücklich, diess nicht thun zu wollen. Unter diesen Umständen blieb dem Nationalrathe nichts anderes übrig, als der Wahl des Hrn. Letter die Anerkennung zu verweigern.*)

Drittes Kapitel.

Handhabung der Rechtsordnung im Innern.

§ 1. Verbot der Selbsthülfe; Rechtsverfahren zwischen den Kantonen.

Wenn »Behauptung der Unabhängigkeit des Vaterlandes gegen Aussen« der hauptsächlichste und wichtigste Zweck des Schweizerbundes ist, so folgt unmittelbar darauf an Bedeutung der zweite, in Art. 2 der Bundesverfassung genannte Zweck: »Handhabung der Ruhe und Ordnung im Innern.« Soll der Bundesstaat einig und stark dem Auslande gegenüberstehen, so ist es unerlässliches Erforderniss, dass innere Streitigkeiten, welche in demselben entstehen mögen, auf friedliche Weise gelöst werden und nicht in Bürgerkrieg ausarten. Schon im Staatenbunde pflegt daher für derartige Streitigkeiten zwischen den Bundesgliedern ein Rechtsverfahren angeordnet und ihnen jede gewaltsame Selbsthülfe für ihre Ansprüche untersagt zu werden: so in den alten eidgenössischen Bünden und im Bundesvertrage von 1815 (Art. 5) wie in der deutschen Bundesakte (Art. 11). Die Bundesverfassung von 1848 hat, auch hierin dem Bundesvertrage von 1815 theilweise folgend, ein doppeltes Rechtsverfahren zwischen den Kantonen festgesetzt: handelt es sich um Streitigkeiten, welche staatsrechtlicher Natur sind, so hat nach Art. 74, Ziff. 16 die Bundesversammlung, oder, wenn die Handhabung von Bundesvorschriften oder eidgenössischen Koncordaten in Frage liegt, nach Art. 90 Ziff. 2 in erster Linie der Bundesrath darüber zu entscheiden; handelt es sich dagegen um Streitigkeiten, welche nicht staatsrechtlicher Natur sind, so hat nach Art. 101 Ziff. 1 litt. a das Bundesgericht dieselben zu beurtheilen. Bei allen Streitfällen, die etwa zwischen den Bundesgliedern

*) Amtl. Samml. VI. 418.

entstehen mögen, ist also durch diese Verfassungsbestimmungen für eine rechtliche Austragung gesorgt. Hierauf gestützt, durfte und musste der Bund in Art. 14 vorschreiben:

»Die Kantone sind verpflichtet, wenn Streitigkeiten unter ihnen vorfallen, sich jeder Selbsthülfe, sowie jeder Bewaffnung zu enthalten und sich der bundesmässigen Entscheidung zu unterziehen.«

Zu der durch diesen Artikel verbotenen Selbsthülfe gehört keineswegs bloss bewaffnetes Einschreiten einer Kantonsregierung zum Schutze ihrer Rechtsansprüche gegenüber einem andern Kanton, sondern vorzüglich auch eigenmächtige Arrestlegung. Wenn ein Urtheil eines kantonalen Gerichtes wegen behaupteter Inkompetenz in einem andern Kanton nicht vollzogen werden will, so hat offenbar der Bundesrath darüber zu entscheiden, ob nach Art. 49 eine Pflicht zur Vollziehung vorliege. Schreitet dagegen jenes Gericht von sich aus ein, indem es auf allfälliges Guthaben des, einem andern Kanton angehörenden Verurtheilten Arrest legt, so liegt darin nach Art. 14 ein unerlaubter Akt von Selbsthülfe, welchen der Bundesrath in einem Streitfalle zwischen Solothurn und Baselland mit vollem Rechte kassirt hat. Ebenso sind Contumazurtheile von Seite eines kantonalen Gerichtes, wenn die Kompetenz desselben in Frage liegt und darüber mit einem andern Kanton ein staatsrechtlicher Streit waltet, bis nach erfolgtem Entscheide dieses Conflikes durch die Bundesbehörden unzulässig. Diesen Grundsatz hat in dem interessanten Rechtsstreite der solothurnischen Kirchgemeinden Aetigen-Mühledorf und Lüsslingen gegen den Fiskus des Standes Bern der Bundesrath aufgestellt und die Bundesversammlung, auf dagegen erhobene Beschwerde hin, bestätigt.*)

§ 2. Eidgenössische Interventionen.

Für die Aufrechthaltung der Ruhe und Ordnung im Innern der Schweiz genügt es nicht, dass die Kantone bei ihren Streitigkeiten unter sich nicht den Weg gewaltsamer Selbsthülfe beschreiten, sondern es müssen auch alle anarchischen Bewegungen, welche im Innern der Kantone entstehen können, unterdrückt werden. Der gegenwärtige Bund darf diess um so eher thun als er in umfassenderer Weise, als es jemals früher der Fall war, die verfassungsmässigen Rechte des Volkes in seinen Schutz genommen, gesetzliche

*) Bundesbl. 1856 I. 504. 1857 I. 219. 1858 I. 7.

Verfassungsänderungen ungemein erleichtert und jedem Schweizerbürger das Recht geöffnet hat, über Verletzung der garantirten Rechte durch die Kantonsbehörden sich bei den Bundesbehörden zu beschweren. Als eine köstliche Frucht dieser Bestimmungen darf es angesehen werden, dass seit 1848 — wenn man absieht von dem royalistischen Handstreiche im Kanton Neuenburg im September 1856, welcher durch eine ungelöst gebliebene Frage der auswärtigen Politik veranlasst wurde — niemals eine Kantonsregierung auf revolutionäre Weise gestürzt und daher auch niemals eine bewaffnete eidgenössische Intervention in einem Kanton nöthig geworden ist. In der vorangegangenen Periode von 1830 bis 1848 waren, wie wir in der geschichtlichen Einleitung gesehen haben, die kantonalen Revolutionen (damals »Putsche« genannt) an der Tagesordnung, und während der Bundesvertrag von 1815 offenbar die strenge Handhabung der von ihm garantirten verfassungsmässigen Ordnung bezweckte, hatte man sich in der bundesrechtlichen Praxis vollständig daran gewöhnt, jeden gelungenen Umsturz als vollendete Thatsache anzuerkennen.

Der Bundesvertrag von 1815 redete in Art. 4 nur von dem Falle gestörter Ordnung im Innern eines Kantons; der Art. 16 der Bundesverfassung dagegen hat, in Folge der bei den Freischaarenzügen gemachten bedauerlichen Erfahrungen, demselben gleichgestellt den Fall einer von einem andern Kanton drohenden Gefahr. Der Entwurf der Revisionskommission von 1848 stellte, hierin dem Bundesvertrage von 1815 und den Entwürfen von 1832 und 1833 folgend, voraus das Recht der betreffenden Kantonsregierung, andere Kantone zur Hülfe zu mahnen, und die Verpflichtung der gemahnten Kantone zur Hülfeleistung; erst in einem Nachsatze wurde der mahnenden Kantonsregierung zur Pflicht gemacht, den Bundesrath von dem Geschehenen in Kenntniss zu setzen. Gegenüber einer kräftigen Centralgewalt, welcher zunächst die Handhabung von Ruhe und Ordnung im Innern der Schweiz obliegt, würde nun aber dieses ältere Verfahren nicht mehr als passend erscheinen; auch bietet offenbar ein sofortiges Einschreiten des Bundesrathes mehr Garantie dafür, dass bei einer eidgenössischen Intervention auch die Volksrechte gewahrt werden, als diess der Fall ist, wenn die bedrohte Kantonsregierung sich bloss auf andere, gesinnungsverwandte Regierungen stützt. Auf den Antrag der Gesandtschaft von Zürich hat daher die Tagsatzung*) den Art. 16 des Entwurfes wesentlich abgeändert, indem sie für alle Fälle, von denen derselbe handelt, das Princip vorausstellte, dass die Regierung des bedrohten Kantons dem Bundesrathe sogleich Kenntniss zu geben habe, damit dieser innert den Schranken seiner Kompetenz die erforderlichen Massregeln treffen oder die Bundesversammlung einberufen könne. Nur für dringende Fälle noch wurde der Regierung die Befugniss vorbehalten, andere Kantone zu Hülfe zu mahnen, immerhin unter sofortiger Anzeige an den Bundesrath. Seit der Einführung der Bundesverfassung hat übrigens namentlich der elektrische Telegraph die Entfernungen fast ganz aufgehoben, so dass wohl in den meisten Fällen die bedrohte Kantonsregierung eben so leicht beim Bundesrathe wie bei einem Nachbarkanton wird Hülfe verlangen können.

In einem Nachsatze sagt der Art. 16 noch: *»In Fällen eidgenössischer Intervention sorgen die Bundesbehörden für Beachtung der Vorschriften von Art. 5.«* Das heisst: die Bundesbehörden haben bei jeder, in einem Kanton nothwendig werdenden Intervention dafür zu sorgen, dass nicht bloss die Rechte und Befugnisse der Behörden geschützt und gehandhabt werden, sondern auch die Freiheit und die Rechte des Volkes und die verfassungsmässigen Rechte der Bürger, welche der Art. 5 ebenfalls gewährleistet.

Bis jetzt haben wir den Fall besprochen, den der Bundesvertrag von 1815 allein berücksichtigte, dass eine Kantonsregierung durch innere Unruhen in ihrem Bestande zwar bedroht, jedoch noch nicht gestürzt ist. Nach den Erfahrungen, die man seit 1830 gemacht, war es sehr begreiflich, dass man bei Entwerfung der Bundesverfassung auch den andern Fall in's Auge fasste, dass eine Kantonsregierung sich nicht mehr im Stande befindet, Hülfe anzusprechen. Es frägt sich, ob in diesem Falle der Bundesrath von sich aus einschreiten solle, um die verfassungsmässige Ordnung wiederherzustellen, oder ob er die vollendete Thatsache einer kantonalen Umwälzung einfach hinnehmen solle. Der Art. 16 beantwortet diese Frage dahin, dass eine Pflicht zum Einschreiten nur vorliege, wenn die Sicherheit der Schweiz gefährdet sei, d. h. wenn ein in einem Kanton ausgebrochner Aufstand ent-

*) Abschied S. 66—68.

weder Beziehungen zum Auslande darbietet oder sich auch über andere Kantone zu verbreiten droht. Nach einer strengern Auslegung der Verfassungsgarantie würde die Bundesbehörde eigentlich immer verpflichtet sein einzuschreiten, wenn die verfassungsmässige Ordnung in einem Kanton aufgehoben ist; allein es ist klar, dass es Fälle geben kann, in denen die Eidgenossenschaft kein Interesse hat, der Bevölkerung eines Kantons eine von ihr gestürzte Regierung wieder aufzuzwingen, nur damit die Verfassung in ihren formellen Vorschriften eine Wahrheit bleibe. Wenn es sich darum handelt, mit Waffengewalt in einem Kanton zu interveniren, so können offenbar nicht bloss die Grundsätze des kantonalen und eidgenössischen Staatsrechtes, sondern es müssen vor Allem aus politische Erwägungen den Ausschlag geben, welche je nach der besondern Beschaffenheit des Falles sich sehr verschieden gestalten können. Daher erklärt Art. 16 die Bundesbehörde nur für berechtigt, nicht für verpflichtet, die gestürzte Ordnung in einem Kanton wieder herzustellen, soferne durch die vollzogne Revolution die innere oder äussere Sicherheit der Schweiz im Allgemeinen nicht gefährdet wird. Immerhin darf dabei nicht aus dem Auge gelassen werden, dass die hier besprochne Bestimmung der Bundesverfassung unter dem Eindrucke eines Zeitraums entstanden ist, in welchem eine feste staatsrechtliche Ordnung in der Schweiz völlig abhanden gekommen war. Seither hat man sich in Folge der vielfachen Rechtsgarantien, welche die Bundesverfassung enthält, eher wieder an den Gedanken gewöhnt, dass gewaltsame Erschütterungen der zu Recht bestehenden Staatsordnung nicht leichthin geduldet und anerkannt werden dürfen. Nachdem vierzehn Jahre ununterbrochner innerer Ruhe die Gewohnheit eines festgeordneten konstitutionellen Lebens wieder unter uns begründet haben, dürfte die Bundesbehörde bei kantonalen Revolutionen jedenfalls nur in seltnen Fällen sich mit der, ihrer allgemeinen Stellung nicht entsprechenden Rolle einer müssigen Zuschauerin begnügen.

Wenn bei Unruhen, die in einem Kanton ausbrechen, die Eidgenossenschaft mit bewaffneter Macht einschreiten muss, so frägt es sich ferner, wer die Kosten zu bezahlen habe. Im Wesentlichen übereinstimmend mit dem Bundesvertrage von 1815, setzt Art. 16 der Bundesverfassung fest, dass dieselben auf dem mahnenden oder die Intervention veranlassenden Kanton liegen, wenn nicht die Bundesversammlung wegen besonderer Umstände etwas Anderes beschliesst.

Wir haben in der geschichtlichen Einleitung gesehen, dass in dem Zeitalter der Bundesanarchie, welches der Entstehung der Bundesverfassung voranging, es so weit gekommen war, dass einzelne Kantone, welche mit der Intervention des Vorortes in einem andern Kanton nicht einverstanden waren, den von ihm aufgebotnen Truppen den Durchzug verweigerten. Auch waltete zu jener Zeit nicht selten Streit über die Frage, ob, wenn ein Kanton andre Kantone zu Hülfe mahne, die Truppen dieser letztern unter seinen Befehlen stehen sollen oder unter eidgenössisches Kommando zu stellen seien. Nur diese geschichtlichen Vorgänge erklären die Bestimmung des Art. 17 der Bundesverf., die sonst, wie man annehmen könnte, in einem Bundesstaate sich von selbst verstehen würden. Derselbe schreibt nämlich vor, es sei in Fällen äusserer oder innerer Gefahr jeder Kanton verpflichtet, den Truppen freien Durchzug zu gestatten, und es seien letztere sofort unter eidgenössische Leitung zu stellen.

Auf den Fall einer bewaffneten eidgenössischen Intervention in einem Kanton bezieht sich endlich auch noch Art. 104 litt. d der Bundesverf., nach welchem die Bundesassisen zu urtheilen haben über politische Verbrechen und Vergehen, die Ursache oder Folge derjenigen Unruhen sind, durch welche eine Intervention veranlasst worden ist. Zugleich wird am Schlusse des Artikels der Bundesversammlung das Recht eingeräumt, hinsichtlich solcher Verbrechen und Vergehen Amnestie oder Begnadigung auszusprechen.

§ 3. Sorge für die Beobachtung der Bundesvorschriften, der Konkordate und der Kantonalverfassungen; Entscheidung interkantonaler Kompetenzfragen.

Die Handhabung der Rechtsordnung im Innern der Schweiz, welche dem Bunde obliegt, begreift nicht bloss die Aufrechthaltung der Ruhe und Ordnung im Allgemeinen in sich, sondern der Bund hat auch im Einzelnen darüber zu wachen, dass seine Vorschriften, sowie diejenigen der eidgenössischen Konkordate und die Bestimmungen der garantirten Kantonsverfassungen genaue Beachtung finden. Nach Art. 74 Ziff. 8 der Bundesverf. liegen in der Kompetenz der Bundesversammlung »Massregeln, welche die Handhabung der Bundesverfassung, die Garantie der Kantonalverfassungen, die Erfüllung der bundesmässigen Verpflichtungen und den Schutz der durch den Bund gewährleisteten Rechte zum Zwecke haben.« Nach Art. 90 Ziff. 2 hat der Bundesrath für Beobachtung der Verfassung, der Gesetze und Beschlüsse des Bundes, sowie der Vorschriften eidgenösssischer Konkordate zu wachen und zu Handhabung derselben von sich aus oder auf eingegangne Beschwerde die erforderlichen Verfügungen zu treffen. Nach Ziff. 3 des nämlichen Artikels wacht der Bundesrath ferner für die Garantie der Kantonsverfassungen. Endlich nach Art. 105 urtheilt das Bundesgericht über Verletzung der durch die Bundesverfassung garantirten Rechte, wenn hierauf bezügliche Klagen von der Bundesversammlung an dasselbe gewiesen werden.

Von diesen drei Artikeln ist ohne Zweifel der zweite der fruchtbarste gewesen, indem durch denselben der Bundesrath zur regelmässigen Rekursinstanz geworden ist gegenüber allen Verfügungen kantonaler Behörden, bei welchen Vorschriften des Bundes oder der Konkordate oder Bestimmungen der Kantonsverfassungen in Frage liegen. Seine nähere Auslegung und Anwendung erhielt der Art. 90 bereits durch Art. 25 des Bundesgesetzes vom 16. Mai 1849 über die Organisation und den Geschäftsgang des Bundesrathes, durch welchen dem Justiz- und Polizeidepartement u. A. zur Vorberathung überwiesen wurden: »*Verfügungen bezüglich der Handhabung der bundesmässigen Rechte des Volkes und der Bürger, wie der Behörden; die Prüfung von Kompetenzstreitigkeiten der Kantone unter sich, von Streitigkeiten unter den Kantonen über die Erfüllung von strafpolizeilichen und civilrechtlichen Konkordaten.*« *) Früher wurden Streitfragen der letztern Art vor das eidgenössische Recht gebracht; denn Art. 5 des Bundesvertrages von 1815 nahm von diesem Rechtsverfahren bloss aus »Gegenstände, die durch den Bundesvertrag gewährleistet sind«, somit eigentliche und ursprüngliche, im Begriffe der Souveränetät liegende Hoheitsrechte, während dagegen Art. 101 der Bundesverfassung, wie wir gesehen haben, weiter geht, indem er alle Streitigkeiten zwischen Kantonen, welche staatsrechtlicher

*) Amtl. Samml. I. 59.

Natur sind, also auch diejenigen, welche sich bloss auf die Auslegung von Konkordaten beziehen, der Beurtheilung des Bundesgerichtes entzieht und demnach dem Bundesrathe und der Bundesversammlung zuweist. Der Unterschied zwischen dem ältern und dem neuern Verfahren zeigt sich recht deutlich an einem Falle, der im ersten Jahre nach Einführung der Bundesverfassung zu entscheiden war und bei welchem die neue Praxis grundsätzlich festgestellt wurde. Ueber die Rechtsgültigkeit eines von Anton Lieberherr, Bürger des Kantons Appenzell A. Rh., mit Maria Wenger, gebürtig aus dem Kanton Bern, abgeschlossnen Ehevertrages war Streit entstanden und es handelte sich zunächst um die Frage, ob nach dem Konkordate vom 15. Juli 1822 die Gerichte des Heimathkantons des Ehemannes oder ob die Gerichte des Kantons Bern, wo das Vermögen der Ehegatten sich befand, für die Beurtheilung dieser Rechtssache zuständig seien. Die Regierung von Appenzell A. Rh. hatte im Jahr 1848 das eidgenössische Recht vorgeschlagen; im Januar 1849 ersuchte sie nun den Bundesrath, die Regierung von Bern anzuhalten, dass sie ihr vor dem Bundesgerichte einantworte. Der Bundesrath entschied indessen von sich aus, gestützt auf das eidgenössische Konkordat, die Kompetenzfrage zu Gunsten Appenzells, wogegen der Erbe der Maria Wenger an die Bundesversammlung rekurrirte. Hier wurde nun zunächst die Frage erörtert, ob der Fall an's Bundesgericht zu weisen sei; die Mehrheit verneinte diese Frage, weil es sich um einen Gegenstand staatsrechtlicher Natur, nämlich um die streitige Ausübung der Jurisdiktion, und zugleich um die Handhabung eines eidgenössischen Konkordates handle, welche nach Art. 90 Ziff. 2 der Bundesverf. dem Bundesrathe zustehe.*) Ein ganz ähnlicher Fall, der sich in den ersten Jahren nach der Einführung der Bundesverfassung ereignete, wurde in gleicher Weise entschieden. In einem Civilprozesse, welcher wegen des im Kanton Genf liegenden Nachlasses der verstorbnen Ehefrau des Peter David Turian aus dem Kanton Waadt entstand, stritten sich die Gerichte beider Kantone (welche dem Konkordate vom 15. Juli 1822 nicht beigetreten sind) um die Kompetenz. Turian wandte sich an den Bundesrath mit dem Gesuche, den weitern Rechtsgang zu sistiren und eine Entscheidung zu fassen, welche den Conflikt der beiden Jurisdiktionen beendige. Der Bun-

*) Bundesbl. 1850 III. 35—50.

desrath wollte diesem Gesuche entsprechen; die Regierung von Genf aber behauptete, dass der Entscheid des Kompetenzstreites nicht ihm, sondern nach Art. 74 Ziff. 16 der Bundesverf. der Bundesversammlung zukomme. Letztere hatte daher zuerst die Vorfrage zu erörtern und beantwortete sie zu Gunsten des Bundesrathes, immerhin unter Vorbehalt des verfassungsmässigen Weiterzuges an die gesetzgebenden Räthe. Für diesen Entscheid wurden folgende Motive angeführt: 1) Es liegt gewiss in der Natur der Sache, dass die Anwendung von Verfassung, Gesetzen, Konkordaten und Beschlüssen auf täglich vorkommende einzelne Fälle nicht zunächst der obersten Landesbehörde zusteht, deren wesentlicher Wirkungskreis sich auf die Gesetzgebung und Oberaufsicht bezieht, sondern der Gerichts- oder Regierungsbehörde, je nachdem der Gegenstand privatrechtlich ist oder nicht. Die umgekehrte Ansicht müsste in der That zu einer sonderbaren und schwerfälligen Praxis führen. Es kommen nämlich sehr häufig solche Fälle vor, die bisweilen sehr dringlich sind, z. B. bei Fragen über die Zulässigkeit von Arrestanlegung. In allen solchen Fällen müsste man nach der Ansicht der Regierung von Genf entweder die Bundesversammlung einberufen, oder die Betheiligten müssten bis zu ihrem Zusammentritte, vielleicht fast ein Jahr warten. 2) Das ganze, in Art. 90 Ziff. 2 der Bundesverfassung dem Bundesrathe zugewiesne Geschäftsgebiet besteht vorzugsweise aus staatsrechtlichen Streitfragen und somit verlöre dieser Artikel grösstentheils seine Bedeutung, wenn die Bundesversammlung sich zunächst und unmittelbar mit diesen Geschäften befassen wollte. Bei einer solchen Interpretation des Art. 74 Ziff. 16 käme man zu der sonderbaren Consequenz, dass von zwei ganz analogen Kompetenzstreitigkeiten über den Gerichtsstand in Erbsachen der eine durch den Bundesrath, der andere durch die Bundesversammlung zu entscheiden wäre, je nachdem die dabei betheiligten Kantone im Konkordate stehen oder nicht.*)

Nachdem auf diese Weise die Befugniss des Bundesrathes, alle zwischen den Kantonen entstehenden Kompetenzstreitigkeiten zu entscheiden, grundsätzlich festgestellt war, beurtheilte derselbe auch Konflikte, betreffend die Strafgerichtsbarkeit, für welche weder in der Bundesverfassung noch in den Konkordaten bestimmte Normen enthalten sind; so 1851 einen Streit zwischen Baselland

*) Ebenda S. 59—67.

und Aargau, betreffend die Vollziehung eines polizeirichterlichen Urtheils; 1853 die Frage, ob ein Genfer im Kanton Waadt strafrechtlich verfolgt werden dürfe, weil er hier in einem Civilprozesse eine gefälschte Urkunde zu seinen Gunsten produziren liess.*)

Wenn zwischen den Gerichten zweier Kantone ein Kompetenzstreit waltet, so kann, nach einem vom Bundesrathe im Jahr 1857 gefassten Entscheide, eine Parthei nicht verhalten werden, sich vor demjenigen Gerichte zu stellen, dessen Kompetenz sie bestreitet, und hier ihre Einrede gegen den Gerichtsstand geltend zu machen, sondern sie kann vorerst die Erledigung des staatsrechtlichen Conflictes durch die Bundesbehörden verlangen, weil sonst die den Gerichtsstand betreffenden Stellen der Bundesverfassung (Art. 50 und 53) einen wesentlichen Theil ihrer Bedeutung verlören.**) Letzteres wäre auch dann der Fall, wenn die Parthei, deren Kompetenzeinrede verworfen worden ist, genöthigt wäre, zuerst den kantonalen Instanzenzug durchzumachen, ehe sie sich beschwerend an den Bundesrath wenden könnte; der Bundesrath ist daher auch stets in konstanter Praxis auf Beschwerden betreffend den Gerichtsstand eingetreten, sobald solche an ihn gerichtet wurden, ohne Rücksicht darauf, in welchem Stadium sich die gerichtliche Betreibung oder der Prozess befand.***)

Neben den Kompetenzstreitigkeiten sind es vorzüglich Beschwerden über Verletzung der vom Bunde garantirten Rechte der Schweizerbürger, welche den Bundesrath sehr häufig zu staatsrechtlichen Entscheidungen von grösster Wichtigkeit veranlassen. Wir werden die ganze sehr interessante Materie im nächsten Kapitel ausführlich behandeln. Hier mag zunächst daran erinnert werden, dass schon im Jahr 1853 der Bundesrath in einem Berichte an die Bundesversammlung sagen konnte: »Es ist wahr und folgt aus der Sache selbst, dass es bei dem durch die Bundesverfassung (Art. 90 Ziff. 2 und Art. 74 Ziff. 8 und 15) vorgeschriebnen Verfahren keine Polizei-, Verwaltungs- und gerichtliche Massregel in Bezug auf irgend ein verfassungsmässiges Recht giebt, das nicht auf dem Wege der Beschwerde oder der Intervention von sich aus vor das Forum der Bundesbehörde gebracht werden könnte.

*) Bundesbl. 1852 I. 419 ff. 1854 II. 55.
**) Bundesbl. 1858 I. 274.
***) Ebenda S. 275. Vgl. 1860 II. 11. 1862 II. 244.

Es ist auch wohl nothwendig, weil man ja die verfassungsmässigen Rechte eben so gut durch eine spezielle Polizei-, Verwaltungs- oder gerichtliche Massregel, als durch einen allgemeinen und förmlichen Angriff auf den Grundsatz verletzen kann und weil die Bundesbehörde diesen Rechten Achtung verschaffen muss.«*) Interessant ist es ferner, aus einer dem Bundesblatte von 1860 (II. 556) beigedruckten Tabelle die Zahl der staatsrechtlichen Entscheidungen kennen zu lernen, welche der Bundesrath während des ersten Jahrzehends (1849—1858) in Folge des Art. 90 der Bundesverf. zu fällen hatte. Folgendes ist das Ergebniss dieser Zusammenstellung:

I. Rekurse wegen Verletzung der Bundesverfassung.

Art. 41 (Niederlassung)	123	
» 48 (Gleichstellung der Nichtkantonsbürger) . .	35	
» 29 (Verkehrs- und Gewerbsfreiheit)	7	
» 5 (Konstitutionelle Rechte, Rechtsverweigerung)	22	
» 49 (Vollziehung von Civilurtheilen)	34	
» 50 und 53 (Gerichtsstand)	93	
» 42 (Wahlrechte)	2	
» 30 (Vorrechte des Transportes)	1	
» 41 (Confessionsverhältnisse)	5	
» 45 (Pressfreiheit)	4	
» 46 (Vereinsrecht)	2	
» 4 (Gleichheit vor dem Gesetz)	1	329

II. Rekurse wegen Verletzung von Bundesgesetzen.

Gemischte Ehen	44	
Dauer und Kosten der Niederlassung	5	
Gesetz über den Civilprozess	1	
» » die politischen und polizeil. Garantien .	1	
» » » Auslieferung	7	
Strafgesetz	1	
Militärgesetz (Pflichtersatz)	3	62

III. Rekurse wegen Verletzung von Konkordaten.

Niederlassung	8	
Erbrechtsverhältnisse	7	
Pfandrechte in Konkursen	3	
Transport .	18	391

*) Bundesbl. 1853 III. 153.

Transport .	18	391
Universalität des Konkurses	4	
Ertheilung von Pässen	1	
Ehesachen	2	25

IV. Rekurse wegen Verletzung von Kantonsverfassungen.

Einzug von Kirchengütern	1	
Gleichheit vor dem Gesetze	1	
Bestimmungen über die öffentlichen Stiftungen . .	1	
Wahlrechte und Abstimmungen	1	
Besteurung, verfassungswidrige	2	
Kompetenzüberschreitungen	6	
Freiheit der Gemeindeverwaltung	3	
Verletzung der Amtsdauer	1	
Confessionelle Garantien im Erziehungswesen . . .	1	17
		433

Von diesen 433 staatsrechtlichen Entscheidungen des Bundesrathes wurden nicht mehr als 22 an die Bundesversammlung rekurrirt und unter diesen Rekursen nicht mehr als 5 begründet gefunden.

Bald nach dem Inkrafttreten der Bundesverfassung machte sich, in folgerichtiger Durchführung derselben, der Grundsatz geltend, dass der Bundesrath auch gerichtliche Urtheile aufheben darf, welche mit Bundesvorschriften oder mit Bestimmungen der eidgenössischen Koncordate im Widerspruche stehen, selbst wenn sie auf kantonale Gesetze sich stützen sollten. Das Verfahren, welches der Bundesrath in dieser Hinsicht von sich aus eingeschlagen hatte, wurde durch die ständeräthliche Prüfungskommission vom Jahr 1854 vollkommen gebilligt.*) Und 1856 konnte der Bundesrath in den Motiven zu einer Entscheidung mit vollem Rechte sagen: »Wenn den Bundesbehörden die Kompetenz bestritten wird, ein rechtskräftiges kantonales gerichtliches Urtheil aufzuheben, so ist diese Einrede insoweit begründet als die Bundesbehörden allerdings nicht kompetent sein können, ein solches Urtheil vom Standpunkte der kantonalen Gesetzgebung aus einer Kritik zu unterwerfen und zu entscheiden, ob dieselbe richtig oder unrichtig angewendet sei. Aber nach der Natur der Sache, nach konstanter Praxis und mehr-

*) Bundesbl. 1854 II. 581.

fachen Entscheidungen der Bundesversammlung tritt jene Kompetenz ein, wenn über Verletzung von Bundesvorschriften oder Konkordaten Beschwerde geführt wird, weil die Handhabung derselben unter der Aufsicht und Garantie der Bundesbehörde steht (Art. 90 Ziff. 2 und Art. 74 Ziff. 8 und 15 der Bundesverfassung) und weil die Gerichte, in deren Geschäftskreis ein Theil der Bundesvorschriften fällt, dieselben ebenso gut zu respectiren haben als andere Behörden.«*) — Wie bei Kompetenzstreitigkeiten, so ging auch bei Beschwerden über Verletzung von Bundesvorschriften der Bundesrath von der Ansicht aus, dass gegen ein gerichtliches Urtheil sofort an ihn rekurrirt werden könne, ohne dass zuerst die ordentlichen Rechtsmittel innerhalb des Kantons ergriffen werden müssen. Doch kann, auch wenn der letztere Weg betreten wird, die Befugniss, an die Bundesbehörden zu rekurriren, dadurch nicht verloren gehen.**)

Die Entscheidungen des Bundesrathes über die ihm eingehenden Rekurse haben sich bisher fast durchgehends ungetheilten Beifalls erfreut; der Unpartheilichkeit, der Schärfe und Richtigkeit des Urtheils, wie dem praktischen, auf angemessene Weiterbildung des schweiz. Staatsrechtes bedachten Sinne, welche sich darin kundgaben, wurde die verdiente Anerkennung zu Theil. Wir dürfen freilich hier den Mann nicht unerwähnt lassen, dem das hauptsächlichste Verdienst an diesem Erfolge des Bundesrathes zukömmt: es ist diess der sel. Dr. Furrer, der bis zu seinem im Juli 1861 eingetretenen Tode meistens das eidgenössische Justizdepartement besorgte. Gerechtes Bedenken hat dagegen schon hin und wieder die Rechtsprechung der Bundesversammlung über die, auf dem Wege des verfassungsmässigen Weiterzuges an sie gelangenden Rekursfragen erweckt. Grössere politische Körper eignen sich offenbar schon ihrer Zusammensetzung und ihrem Geschäftsgange nach wenig zum Entscheide von oft sehr schwierigen und verwickelten Rechtsfragen. Die Juristen in den beiden Räthen, deren Ansichten in solchen Fällen gewöhnlich auseinandergehen, pflegen dann ihren Scharfsinn zu üben und geltend zu machen; unter ihnen lassen sich zuweilen sogar die Anwälte der Partheien vernehmen, denen das einfachste Schicklichkeitsgefühl zu schweigen gebieten sollte; bei den Nichtjuristen aber sind es oft sehr zufällige, nicht zur Sache gehörige Motive, die

*) Bundesbl. 1857 I. 224. Vgl. 1858 I. 264, 1859 I. 391, 1860 II. 18.
**) Entscheidungen bei Ullmer S. 206—207, 230—231.

sie für die eine oder andere Ansicht zu stimmen veranlassen. Unter dem Eindrucke solcher Erfahrungen hat daher der Nationalrath, in Folge eines individuellen Antrages, im December 1857 den Bundesrath beauftragt zu untersuchen, ob nicht »Rekurse von Kantonen und Privaten, welche nicht so fast staatsrechtliche Grundsätze und Kompetenzen im Allgemeinen, als vielmehr die Anwendung dieser Grundsätze und Kompetenzen auf besondere oder privatrechtliche Fälle betreffen«, kraft Art. 106 der Bundesverfassung in den Geschäftskreis des Bundesgerichtes verwiesen werden könnten. Der Bundesrath fand indessen, eine Aenderung in der gewünschten Richtung würde auf wesentliche konstitutionelle Bedenken und grosse Hindernisse in der Ausführung stossen. In ersterer Beziehung müsse der Art. 106, welcher eine Erweiterung der bundesgerichtlichen Kompetenz auf dem Wege der Gesetzgebung gestattet, so interpretirt werden, dass er mit dem Geist und Wortlaut der übrigen Artikel möglichst im Einklang stehe. Wollte man nun der Bundesversammlung einen Theil der staatsrechtlichen Fragen abnehmen und sie dem Bundesgerichte übertragen, so müsste man sie auch dem Bundesrathe abnehmen, der ja weitaus die meisten Beschwerden erstinstanzlich oder allein erledige; denn man werde doch nicht daran denken, den Bundesrath als erste und das Bundesgericht als zweite Instanz hinzustellen. In jedem Falle aber müsste man dem Bundesrathe und der Bundesversammlung Kompetenzen wegnehmen, die ihnen durch die Art. 74 und 90 ausdrücklich zugesichert sind. Wolle man daher nicht in Widersprüche gerathen und in die Kompetenzbestimmungen der Bundesverfassung eine bedenkliche Unsicherheit oder gar Verwirrung bringen, so müsse man zu dem Schlusse gelangen, dass die staatsrechtlichen Streitfragen in die Kompetenz der politischen Behörden des Bundes gehören, mit der durch die Verfassung selbst in Art. 105 gestatteten Ausnahmen, und dass die gesetzlich zulässige Erweiterung der Kompetenz des Bundesgerichts laut Art. 106 sich auf nicht staatsrechtliche Streitfragen beziehe. Was die Hindernisse in der Ausführung betreffe, so sei zwar zuzugeben, dass einzelne Arten von staatsrechtlichen Streitfragen ganz zweckmässig vom Bundesgerichte behandelt würden, aber bei der grossen Mehrheit könnte man im Zweifel sein und es dürfte auf grosse Schwierigkeiten stossen, eine durchgreifende, rationelle Ausscheidung vorzunehmen. Zudem sei nicht zu übersehen, dass sehr viele Beschwerden nicht auf einen Rechtspunkt gegründet seien, sondern kumulativ mehrere Artikel der Bundes- und Kantonalverfassung und der Konkordate als verletzt anführen, und dass die Gestaltung der einzelnen Fälle ganz verschiedene rechtliche Momente in Frage stelle. Es müssten daher durch die Anwendung einer Kompetenzvertheilung zwischen Bundesrath und Bundesgericht in staatsrechtlichen Fragen eine Menge Conflikte zwischen diesen beiden Behörden entstehen, die bis jetzt nicht möglich waren. Eine weitere Inconvenienz wäre es, dass bei einer solchen Vertheilung die einen Streitsachen den Vortheil einer doppelten Instanz hätten, die andern nicht, während doch alle vom Bunde garantirten Rechte auf gleich starken Schutz des Bundes Anspruch haben. Auch dürften die Kantone kaum einwilligen, in den sie berührenden staatsrechtlichen Fragen, gegenüber dem Art. 74 Ziff. 16, das Bundesgericht als einzige Instanz anzuerkennen; die Kantone seien aber bei Kompetenzstreitigkeiten fast immer betheiligt, weil es sich um ihre Jurisdiktion handle. Endlich würde es sich als unpraktisch darstellen, für eine Reihe von Geschäften, welche weder in grundsätzlich theoretischer noch in materieller Beziehung eine besondere Tragweite haben, einen Apparat von persönlichen und pecuniären Kräften in Scene zu setzen, wie er sich darstelle durch Einberufung des Bundesgerichtes, dessen Mitglieder in der ganzen Schweiz zerstreut wohnen. Der Bundesrath gelangte daher zu dem Schlusse, es lasse sich ohne eine Verfassungsänderung den nicht ganz zu leugnenden Uebelständen nicht anders als auf dem Wege abhelfen, dass die Bundesversammlung häufiger, als es bis dahin geschehen, von der ihr in Art. 105 der Bundesverfassung eingeräumten Befugniss Gebrauch mache, in einzelnen Fällen, die sich besonders dafür eignen, die ihr eingehenden Beschwerden über Verletzung garantirter Rechte dem Bundesgerichte zu überweisen.*) Der Nationalrath erklärte sich mit dieser Ausführung einverstanden und liess den Gegenstand auf sich beruhen.

So richtig nun allerdings die in dem bundesräthlichen Berichte enthaltenen Erwägungen sind, so sehr wäre doch auf der andern Seite zu wünschen, dass die am Schlusse desselben gemachte Anregung wirklich Beachtung fände. Der Ständerath suchte sofort nach der interessanten Berichterstattung des Bundesrathes den Art. 105

*) Bundesbl. 1860 II. 549—557.

der Bundesverfassung in Anwendung zu bringen, indem er eine Frage der Gerichtszuständigkeit, deren Entscheidung von specifisch juridischen Erörterungen abhing, dem Bundesgerichte zuweisen wollte. Allein der Nationalrath stimmte diesem Beschlusse nicht bei, vorzüglich wohl weil es sich um einen Rekurs gegen eine Verfügung des Bundesrathes handelte, welcher bereits über die Sache abgesprochen hatte.*) Will man strenge an dem Grundsatze festhalten, dass das Bundesgericht niemals als zweite Instanz gegenüber dem Bundesrathe erscheinen dürfe — einem Grundsatze, der übrigens bei der Entscheidung der Heimathlosenstreitigkeiten keineswegs Anerkennung gefunden hat, — so wird freilich nicht leicht von dem Art. 105 Gebrauch gemacht werden können, indem die Beschwerden, welche direkt und in erster Linie der Bundesversammlung eingehen, immer seltner werden. Nach dem bisherigen Verfahren wurden solche Beschwerden gewöhnlich, wenn nicht zum erstinstanzlichen Entscheide, doch jedenfalls zur Berichterstattung an den Bundesrath gewiesen, da es als billig und zweckmässig erschien, dass diejenige Behörde, welche weitaus die meisten staatsrechtlichen Streitfragen von sich aus zu beurtheilen hat, auch in den wenigen Fällen zuerst angehört werde, welche mit Umgehung derselben nach Art. 74 Ziff. 7, 8 und 16 der Bundesverfassung sofort bei der Bundesversammlung anhängig gemacht werden.

§ 4. Auslieferung der Verbrecher.

Zur Handhabung der Rechtsordnung in einem Bundesstaate gehört ohne Zweifel auch, dass der gemeine Verbrecher, welcher in einem der Gliederstaaten verfolgt wird, nicht in einem andern Schutz und Unterkommen finde. Pflegen doch selbst Staaten, welche in keinerlei politischer Verbindung mit einander stehen, über die gegenseitige Auslieferung von Verbrechern auf dem Vertragswege übereinzukommen!

Wir haben in der geschichtlichen Einleitung gesehen, dass schon die ältesten eidgenössischen Bünde den Grundsatz aufstellen: es sollen Verbrecher, welche in einem der verbündeten Orte vor Gericht den Leib verwirkt haben, auf dem Gebiete der übrigen Kantone ebenfalls verrufen werden, falls letztere von jenem Orte darum angegangen werden. Das Princip der Auslieferung von Regierung

*) Bundesbl. 1860 III. 111—123.

zu Regierung bildete sich allmählig auf dem Wege der Praxis aus; seine nähere Ausbildung erhielt es in der Schweiz erst durch das Konkordat vom 8. Juni 1809 (bestätigt den 8. Juli 1818) »betreffend die Ausschreibung, Verfolgung, Festsetzung und Auslieferung von Verbrechern oder Beschuldigten; die diessfälligen Kosten; die Verhöre und Evokation von Zeugen in Kriminalfällen; und die Restitution gestohlener Effekten.« Diesem Konkordate sind XX Kantone unbedingt, Waadt und Genf unter Vorbehalt beigetreten; es ist daher dasselbe als die Grundlage des gegenwärtig bestehenden Auslieferungsrechtes zu betrachten, welche bei Ausarbeitung eines Bundesgesetzes über diese Materie vielfach berücksichtigt werden musste. Schon die Entwürfe von 1832 und 1833 verlangten ein solches Bundesgesetz und es stimmt namentlich Art. 36 des Entwurfes von 1833 fast wörtlich überein mit Art. 55 unserer Bundesverfassung, welcher folgendermassen lautet:

»Ein Bundesgesetz wird über die Auslieferung der Angeklagten von einem Kanton an den andern Bestimmungen treffen; die Auslieferung kann jedoch für politische Vergehen und für Pressvergehen nicht verbindlich gemacht werden.«

Wenn im Allgemeinen die Verpflichtung der Kantone, angeschuldigte Verbrecher einander auszuliefern, als Regel feststand, so hatte sich daneben in der Praxis ebenso entschieden die Ausnahme geltend gemacht, dass bei politischen Vergehen eine solche Verbindlichkeit nicht bestehe. Bei den verschiedenen politischen Ansichten, welche in den einzelnen Kantonen walten, liesse es sich auch in der That nicht durchführen, dass ein Mann, der in seinem Kanton als Staatsverbrecher verfolgt, in einem andern Kanton dagegen vielleicht als mannhafter Verfechter seiner Ueberzeugung bewundert und hochgepriesen wird, von der Behörde des letztern an diejenige des erstern ausgeliefert werden müsste. Weniger gerechtfertigt mag es erscheinen, dass auch wegen Pressvergehen die Kantone nicht zur Auslieferung verpflichtet sein sollen; denn nur insofern dieselben ebenfalls politische Vergehen sind, verdienen sie besondere Berücksichtigung. Ein Antrag, der in diesem Sinne Streichung der Worte »und für Pressvergehen« verlangte, ist indessen an der konstituirenden Tagsatzung in Minderheit geblieben.*) In der Praxis hat die Sache keine grosse Bedeutung; denn einerseits kommen strafrecht-

*) Abschied S. 99.

liche Verfolgungen wegen gemeiner Pressvergehen überhaupt selten vor, anderseits würde in solchen Fällen gewiss kein Kanton die Auslieferung verweigern, obschon eine förmliche Verpflichtung dazu nicht besteht.

Das durch Art. 55 geforderte Bundesgesetz, durch welches das Konkordat von 1809 mit einziger Ausnahme derjenigen Bestimmungen, die sich auf Zeugenverhöre in Kriminalfällen beziehen, aufgehoben worden ist, datirt vom 24. Juli 1852.*) Wie schon der Titel desselben: »über die Auslieferung von Verbrechern oder Angeschuldigten« zeigt, hat der ungenügende Ausdruck »Angeklagte«, den die Bundesverfassung enthält, eine angemessene Erweiterung erfahren, welche mit Art. 1 des Konkordates übereinstimmt. Nach Art. 1 des Gesetzes ist nämlich jeder Kanton den andern gegenüber verpflichtet, die Verhaftung und Auslieferung derjenigen Personen zu gewähren, welche wegen eines der nachher bezeichneten Verbrechen oder Vergehen verurtheilt worden sind oder wegen eines solchen Verbrechens gerichtlich verfolgt werden. Art. 2 zählt die Verbrechen auf, wegen deren die Auslieferung gestattet werden muss, während das Konkordat dieselbe im Allgemeinen bei »Kriminalverbrechen« verlangte. Es sind folgende: »Mord, Kindesmord, Todtschlag und Tödtung durch Fahrlässigkeit; Abtreibung und Aussetzung; Brandstiftung, Raub, Erpressung; Diebstahl, Unterschlagung, Pfanddefraudation, Betrug, betrüglicher Bankerott, böswillige Eigenthumsbeschädigung mit Ausnahme unbedeutender Fälle; schwere Körperverletzung; Nothzucht, Blutschande; widernatürliche Wollust (Sodomie), Bigamie; Menschenraub, Entführung; Unterdrückung des Familienstandes; Anmassung eines fremden Familienstandes; Bestechung; Missbrauch der Amtsgewalt; Anmassung der Amtsgewalt; Fälschung; Meineid, falsches Zeugniss, falsche Verzeigung in Bezug auf die hier bezeichneten Vergehen; Münzfälschung oder andere dazu gehörende Vergehen.«

Eine wichtige Ausnahme von der Auslieferungspflicht, die das Konkordat nicht kannte, setzt Art. 1 des Gesetzes in einem zweiten Absatze fest. Nach demselben kann nämlich die Auslieferung von Personen, die in einem Kanton verbürgert oder niedergelassen sind, verweigert werden, wenn der Kanton sich verpflichtet, dieselben nach seinen Gesetzen beurtheilen und bestra-

*) Amtl. Samml. III. 161 ff.

fen, oder eine bereits über sie verhängte Strafe vollziehen zu lassen. Diese Bestimmung scheint auf den ersten Anblick dem innigen Verbande, welcher unter Gliedern eines Bundesstaates bestehen soll, nicht ganz zu entsprechen; sie erklärt sich aber aus dem sehr verschiedenartigen Stande der strafrechtlichen Gesetzgebung und Praxis in den einzelnen Kantonen. Die Kantone, welche einem humanern Strafsysteme huldigen, konnten sich nicht dazu verstehen, ihre eigenen Angehörigen, die ausserhalb ihres Gebietes ein Verbrechen begehen würden, andern Kantonen auszuliefern, welche härtere oder unzweckmässigere Strafen anzuwenden pflegen oder wo noch ein Strafverfahren besteht, welches keine Gewähr dafür bietet, dass bloss der Schuldige bestraft werde. Zwar wird in Art. 5 des Bundesgesetzes noch ausdrücklich vorgeschrieben, dass gegen die ausgelieferten Angeschuldigten keine Zwangsmittel zur Erwirkung eines Geständnisses angewendet werden dürfen; aber mit dieser Garantie gegen ungerechte Bestrafung eines Kantonsangehörigen wollte man sich noch nicht begnügen. Es ist übrigens wohl zu beachten, dass der Kanton, welcher von der Ausnahmsbestimmung des Art. 1 Gebrauch macht, eine Last auf sich nimmt, so dass sie wohl nicht allzuhäufig wird angewendet werden. Der materiellen Gerechtigkeit geschieht jedenfalls kein Eintrag, wenn der Kanton, dessen Angehöriger in einem andern Kanton ein Verbrechen begangen hat, die Bestrafung des Schuldigen selbst übernimmt, und der eigentliche Zweck der Bestimmungen über die Auslieferung ist erreicht, sobald nur dafür gesorgt ist, dass das Vergehen nicht ungesühnt bleibe.

In einem Specialfalle, welchen der Bundesrath zu entscheiden hatte, entstand die Frage, ob die Gerichte des Kantons Luzern, auf dessen Gebiete zwei aargauische Angehörige eine schwere Körperverletzung verübt hatten, berechtigt seien, das Contumacialverfahren gegen dieselben einzuleiten, nachdem die Regierung von Aargau, gestützt auf die erwähnte Ausnahmsbestimmung, die Auslieferung verweigert hatte. Der Bundesrath verneinte diese Frage, weil »der Art. 1 des Gesetzes einen elektiv concurrirenden Gerichtsstand zu Gunsten des Kantons, in welchem der Verbrecher verbürgert oder niedergelassen ist, in dem Sinne begründet, dass er die Wahl hat, die Thäter entweder auszuliefern oder selbst strafrechtlich zu beurtheilen, woraus folgt, dass im letztern Falle der Gerichtsstand des andern Kantons wegfällt, da der Thäter, abgesehen vom Instanzenzug, nicht von verschiedenen Gerichten für die nämliche Handlung beurtheilt werden kann.« *) — Bekannter ist der, schon früher entschiedene Konflikt zwischen den Regierungen von St. Gallen und Thurgau, betreffend den Fürsprech Grübler in Wyl. Dieser Fall unterscheidet sich von dem eben besprochenen nur darin, dass Thurgau hier die Auslieferung gar nicht verlangte, sondern sich auf den Standpunkt stellte: wenn der, des Betruges beschuldigte Angeklagte auf die angelegte Citation nicht vor dem Schwurgerichte erscheine, so könne einfach der Fall der Betretung abgewartet oder das Contumacialverfahren eingeleitet werden. Der Bundesrath stellte auch hier den Grundsatz auf: »Wenn ein Angeklagter bekanntermassen in dem Heimaths- oder Niederlassungskanton sich aufhält, so ist von Seite des strafverfolgenden Kantons zuerst ein Auslieferungsbegehren an die betreffende Regierung zu stellen, ehe weitere Requisitionsmittel in Anwendung kommen sollen.« Die Regierung von Thurgau wurde daher verhalten, vorerst bei derjenigen von St. Gallen die Auslieferung Grübler's nachzusuchen, und letztere wurde für berechtigt erklärt, die Auslieferung zu verweigern, sofern sie selbst den Straffall in gesetzliche Behandlung zu ziehen sich verpflichte, wonach jede weitere Verhandlung vor den thurgauischen Behörden zu unterbleiben habe. Dieser Entscheid des Bundesrathes wurde von Thurgau an die Bundesversammlung rekurrirt, allein letztere bestätigte denselben, obschon die Mehrheit der nationalräthlichen Kommission in einem gründlich und scharfsinnig abgefassten Berichte sich für den Rechtsstandpunkt der beschwerdeführenden Kantonsregierung ausgesprochen hatte.**)

Wenn eine Person mehrerer in verschiednen Kantonen verübter Verbrechen angeschuldigt ist, so soll nach Art. 4 unsres Bundesgesetzes die Auslieferung zuerst an denjenigen Kanton stattfinden, unter dessen Botmässigkeit das schwerste derselben verübt wurde. Ebenso soll bei einem in mehrern Kantonen begangnen Verbrechen derjenige Kanton, in welchem die Haupthandlung verübt wurde, berechtigt sein, die Auslieferung aller Mitschuldigen in andern Kantonen zu verlangen.

*) Bundesbl. 1857 I. 232.

**) Bundesbl. 1856 I. 522—524. 1857 II. 461—471. Amtl. Samml. V. 471.

Nach Art. 6 des Gesetzes (welcher an die Stelle des Art. 21 des Konkordates getreten ist) sind mit den Angeschuldigten auch alle bei ihnen vorgefundnen Wahrzeichen, sowie die noch vorhandnen Objekte des Verbrechens, z. B. gestohlne Sachen abzuliefern. Wenn die letztern im Besitze von dritten Personen sind, welche die Herausgabe verweigern, so ist gegen sie nach den Gesetzen ihres Landes zu verfahren: doch sollen gestohlne und geraubte Effekten in allen Fällen den Eigenthümern unbeschwert zugesprochen und verabfolgt werden, wobei den Besitzern derselben ihre Regressrechte (gegen diejenigen, von denen sie die Waaren erworben haben) vorbehalten bleiben. — In einem Spezialfalle, den der Bundesrath zu entscheiden hatte, handelte es sich um die Frage, ob der Dammifikat verlangen könne, dass gestohlne Sachen, welche sich im Besitze dritter Personen auf dem Gebiete eines andern Kantons befinden, von der Kantonsregierung auf dem Exekutionswege ihm verabfolgt werden, oder ob er den Weg des Civilprozesses zu betreten habe. Der Bundesrath entschied sich für die letztere Ansicht, indem er folgende Erwägungen aufstellte: »a) dass der Art. 6 des Bundesgesetzes vom 24. Juli 1852, welcher hier zur Anwendung kommt, unzweifelhaft den Sinn hat, es sollen gestohlne und geraubte Sachen zwar den Eigenthümern unbeschwert zurückerstattet werden, jedoch sei vorerst allfälligen dritten Besitzern nach den Gesetzen ihres Landes rechtliches Gehör zu gestatten; b) dass, da die Form dieses Rechtsverfahrens nicht durch Bundesgesetze vorgeschrieben ist, dieselbe von der Liquidität des einzelnen Falles und den hierauf bezüglichen kantonalen Gesetzen über das Eintreten des summarischen oder des gewöhnlichen Prozessverfahrens abhängt.«*) — Zu einer umfassenden Interpretation des zweiten Satzes von Art. 6 sah sich der Bundesrath durch eine Einfrage der Regierung von Neuenburg veranlasst. Nach seiner Auslegung bezieht sich diese Bestimmung nur auf den Fall, dass der Eigenthümer einer gestohlnen Sache letztere von dem dritten, im Kriminalprozess nicht betheiligten Besitzer herausfordert und dieser die Zurückgabe verweigert. Hier muss der Eigenthümer die Vindikationsklage anstellen und, wie bei jeder Klage dieser Art, folgende drei Punkte, insoweit sie streitig sind, beweisen: a) den Besitz der Sache von Seite des Beklagten, b) die Identität der Sache, c) sein Eigenthums-

*) Bundesbl. 1854 II. 69—70.

recht. Diese Beweise wird der Kläger in der Regel mit der Kriminalprozedur führen können, oder diese wird ihm wenigstens den Beweis sehr erleichtern. Hat er seinen Klagegrund hergestellt, so muss ihm der Richter die gestohlne Sache zusprechen, und zwar ohne Kosten, d. h. der Kläger muss dem Beklagten nicht etwa den Betrag ersetzen, den der letztere vielleicht in Folge Kaufes für die Sache bezahlt hat, und ebenso soll der Kläger die Prozesskosten nicht zu tragen haben. Hingegen bezieht sich Art. 6 Satz 2 nicht auf den Fall, dass der Besitzer der gestohlnen Sache nach der strafrechtlichen Prozedur als Gehülfe oder Begünstiger sich qualifizirt. Hier ist die Reklamation des Objektes nicht durch eine Civilklage zu bewerkstelligen, sondern es kann in Anwendung des Art. 4 Satz 2 und Art. 6 Satz 1 die Auslieferung der Person und der Sache verlangt werden. Ebenso wenig bezieht sich Art. 6 Satz 2 auf den Fall, dass der Untersuchungs- oder Strafrichter bloss im Interesse der strafrechtlichen Prozedur von der gestohlnen Sache Kenntniss zu nehmen wünscht. Hier ist auf dem Wege der amtlichen Requisition zu verfahren und die Behörde des Domicils des Besitzers zu ersuchen, entweder eine genaue Beschreibung des Objektes oder, wenn nöthig, das letztere selbst zum Zwecke vorübergehender Einsicht mitzutheilen, unter dem Versprechen der Rückgabe.*)

Der zweite Abschnitt des Bundesgesetzes vom 24. Juli 1852 betrifft das Verfahren bei der Auslieferung. Die gewöhnlichste Veranlassung zu derselben, welche auch im Konkordate vorangestellt wurde, bildet die Ausschreibung eines Verbrechers oder Angeschuldigten, welche durch die kompetente Gerichts- oder Polizeibehörde unter Mittheilung des Signalements geschieht. Nach Art. 7 sind in diesem Falle die Polizeibehörden und Beamten aller Kantone verpflichtet, die ausgeschriebne Person im Falle der Betretung vorläufig zu verhaften oder für deren Stellung Sicherheit zu verlangen und der requirirenden Behörde sofort Kenntniss davon zu geben. Ueber die Verhaftung ist ein Protokoll aufzunehmen und es sind in demselben zugleich diejenigen Effekten zu bezeichnen, welche dem Verhafteten abgenommen worden sind. Nach Art. 8 ist dem Verfolgten zu eröffnen, dass, von wem und warum er ausgeschrieben sei. Erhebt er keine Einsprache gegen die Auslieferung, so kann diese sofort stattfinden. Im Falle einer Einsprache des Verfolgten

*) Bundesbl. 1856 I. 525—526.

hat dagegen die zuständige Behörde, welcher dieselbe nebst der Auffindung der ausgeschriebnen Person angezeigt wird, nach Art. 9 an die Regierung des Kantons, unter deren Botmässigkeit sich letztere befindet, ein förmliches Auslieferungsgesuch zu richten. Zur Begründung desselben muss von der zuständigen Behörde bescheinigt werden, dass der Verfolgte entweder wegen eines der oben bezeichneten Verbrechen verurtheilt worden sei, oder dass hinreichende Verdachtsgründe mit Beziehung auf ein solches Verbrechen gegen ihn vorliegen. Die Regierung, von welcher die Auslieferung verlangt wird, hat das Recht, Mittheilung der Untersuchungsakten zu verlangen. Wenn die Auslieferung verweigert wird oder wenn Streit darüber entsteht, an welchen Kanton dieselbe zuerst stattzufinden habe, so kann nach Art. 10 die requirirende Regierung die Entscheidung des Bundesrathes anrufen. Bis diese erfolgt, soll die requirirte Kantonsregierung die angeordneten Sicherheitsmassregeln aufrecht erhalten. Eine allfällige Beschwerde (an die Bundesversammlung) gegen die Entscheidung des Bundesrathes hat keine Suspensivkraft. Die inzwischen erlaufnen Verhaftskosten hat nach Art. 11 diejenige Kantonsregierung zu tragen, welche bei der definitiven Entscheidung unterliegt. Die requirirende Regierung kann, wenn für die Verweigerung der Auslieferung entschieden wird, auch zu einer Entschädigung an den Angeschuldigten verhalten werden, soferne er nicht aus andern Gründen verhaftet bleiben musste. Ueber das Eintreten und den Umfang der Entschädigung urtheilt der Bundesrath unter Berücksichtigung der Gesetze oder Uebungen des Kantons, in welchem der Verhaft stattfand. Wenn dagegen Drittleuten Schaden erwächst aus der, durch die Untersuchungsbehörde eines andern Kantons erwirkten Beschlagnahme von Waaren, welche sich in ihren Händen befanden, so haben dieselben, wenn die Beschlagnahme sich nachher als ungerechtfertigt herausstellt, ihre Entschädigungsforderung auf dem gewöhnlichen Rechtswege einzuklagen.*)

Die Ausschreibung eines Individuums durch Steckbriefe oder Signalements ist indessen jedenfalls nicht der einzige Weg, welcher zur Auslieferung desselben führt. Wenn die verfolgende Behörde sichere Kunde hat, dass der Verfolgte sich auf dem Gebiete eines andern Kantons aufhält, so kann sie ohne Zweifel auch sofort, d. h.

*) Bundesbl. 1862 II. 254.

ohne eine öffentliche Ausschreibung vorausgehen zu lassen, von der Regierung dieses Kantons die Auslieferung verlangen. Eine fernere Veranlassung zur Auslieferung eines Angeschuldigten, deren auch schon das Konkordat erwähnte, kann darin liegen, dass die gerichtliche Untersuchung, welche in einem Kantone geführt wird, Verbrechen, die in einem andern Kanton begangen wurden, an den Tag bringt. In diesem Falle soll nach Art. 12 des Gesetzes der Schuldverdächtige, wenn es nicht schon geschehen ist, sofort verhaftet und der Kantonsregierung, in deren Gebiete das entdeckte Verbrechen verübt wurde, seine Auslieferung angetragen werden. Die angefragte Regierung hat dann mit möglichster Beförderung sich darüber zu erklären, ob sie dieselbe annehme. Geschieht dieses, so hat sie nach Art. 22 die Verhaftskosten von dem Tage an zu tragen, an welchem ihr die Auslieferung angeboten wurde.

Ist die Auslieferung einer Person einmal grundsätzlich festgestellt, so ist es Sache der Polizeibehörden, sich über deren Ausführung zu verständigen. Hierbei besteht für die dazwischen liegenden Kantone, deren Gebiet beim Transporte des Ausgelieferten berührt werden muss, nach Art. 14 die Verpflichtung, denselben zu gestatten und nöthigenfalls mit ihrer Polizei zu unterstützen, oder auch auf Ansuchen den Transport über ihr Gebiet selbst ausführen zu lassen. In beiden Fällen hat der Transportführer bei der Gränzbehörde sich zu stellen, um entweder seinen Transportbefehl visiren zu lassen oder den Transportaten zur weitern Beförderung abzugeben. — In einem Specialfalle, welcher an den Bundesrath gezogen wurde, handelte es sich um die Frage, ob die Regierung des Kantons, über dessen Gebiet ein ausgeschriebener Angeklagter mit der auf ihm gefundenen Baarschaft transportirt wird, berechtigt sei, letztere zurückzubehalten, um daraus Forderungen zu decken, welche der Fiskus des Kantons und einzelne Bewohner desselben gegen den Transportaten geltend machen. Der Bundesrath verneinte diese Frage, weil die Behörde, welche den Angeklagten auslieferte, zugleich die Ablieferung der auf ihm vorgefundenen und im Transportbefehle verzeichneten Effekten angeordnet hatte und weil eine Beschlagnahme solcher Effekten auf dem Durchtransporte um so weniger als zulässig erscheint, als nach der bundesgesetzlich vorgeschriebnen und vollzognen Abnahme der auf dem Transportaten gefundnen Gelder die requirirende Regierung

Rechte darauf erlangt hat, die ihr nicht durch einen Arrest entzogen werden können. Ein Rekurs, welchen Gläubiger des Transportaten gegen diesen Entscheid des Bundesrathes bei der Bundesversammlung erhoben, wurde von letzterer abgewiesen.*)

Die Art. 15 und 16 des Gesetzes enthalten nähere Bestimmungen darüber, wie die, von der requirirenden Regierung zu vergütenden Verhafts- und Transportkosten zu berechnen seien. Es sind dabei diejenigen bescheidnen Ansätze beibehalten, welche bereits das Konkordat festgesetzt hatte.

Wörtlich dem Konkordate entnommen sind endlich die Art. 17 bis 20 des Gesetzes, welche von den besondern Fällen handeln, in denen Polizeidiener eines Kantons flüchtige Verbrecher oder Angeschuldigte in andere Kantone verfolgen und daselbst anhalten mögen. Diese Fälle sind: a) wenn Polizeidiener in Verfolgung der Spur eines Flüchtigen an die Kantonsgränze kommen und durch jede, noch so kurze Zögerung die Spur verloren gehen könnte; b) wenn Polizeidiener eines Kantons, welche sich mit Transport- oder dergleichen Befehlen in einen andern Kanton begeben, in demselben zufällig Ausgeschriebne zu Gesicht bekommen; c) wenn Gefangne auf dem Transporte entweichen. Wenn ein Polizeidiener ausserhalb seines Kantons ausgeschriebne oder angeschuldigte Verbrecher erreicht, so soll er sie jedenfalls zu dem Regierungsbeamten des Bezirkes führen, demselben seinen Befehl vorweisen oder andere Gründe der Anhaltung mittheilen und die Bewilligung zur Abführung nachsuchen. Sollte der Beamte Bedenken tragen, diese Bewilligung von sich aus zu ertheilen, so hat er nichtsdestoweniger einstweilen für sichere Verwahrung des Aufgegriffnen zu sorgen und sodann ohne Verzug seiner Regierung Bericht zu erstatten. Letztere erkennt über die Gestattung der Auslieferung; verweigert sie dieselbe, so hat sie der Regierung, deren Polizeidiener die Gefangennehmung vollzogen hat, die Gründe ihrer Entschliessung anzugeben. Wenn bei diesem ausserordentlichen Verfahren irgend welche Differenzen zwischen zwei Kantonsregierungen entstehen, so wird selbstverständlich, weil es sich um die Handhabung eines Bundesgesetzes handelt, auch hier der Bundesrath zu entscheiden haben.

*) Bundesbl. 1856 I. 521–525. Ullmer, S. 453–454

Viertes Kapitel.

Garantirte Rechte der Schweizerbürger.

§ 1. Gleichheit vor dem Gesetze.

Der dritte Bundeszweck, den Art. 2 unsrer Bundesverfassung anführt, heisst: »Schutz der Freiheit und der Rechte der Eidgenossen.« Handelte es sich bei den ersten beiden Zwecken theils um die Verhältnisse der Schweiz zum Auslande, theils um die Handhabung der innern Rechtsordnung im Allgemeinen, so gehen wir nunmehr über zu den individuellen Rechten der Schweizerbürger, welche der Bundesstaat — hierin wesentlich vom Staatenbunde sich unterscheidend — unter seinen Schutz genommen hat.

Der Grundsatz der allgemeinen politischen Rechtsgleichheit, gegenüber den Herrscherrechten, welche früher Städte und Länder der Eidgenossenschaft über kleinere Städte und Landschaften ausübten, ist in der Schweiz eine Errungenschaft der Revolution von 1798. Die Vermittlungsakte bestätigte sie in Art. 3 mit den Worten: »*Il n'y a plus en Suisse, ni pays sujets, ni privilèges de lieux, de naissance, de personnes ou de familles.*« Die Restauration von 1814 konnte zwar die alten, durch die Revolution für immer beseitigten Verhältnisse keineswegs mehr vollständig in's Leben zurückrufen, aber sie versuchte doch sich denselben wieder anzunähern, indem sie in den Städtekantonen den Hauptstädten und zum Theil selbst den patrizischen Familien in denselben wieder mancherlei politische Vorrechte einräumte. Der Bundesvertrag erhielt daher in Art. 7 die nachfolgende Fassung, welche von der Präcision der Vermittlungsakte wesentlich abwich: »Die Eidgenossenschaft huldiget dem Grundsatz, dass, sowie es, nach Anerkennung der XXII Kantone, keine Unterthanenlande mehr in der Schweiz giebt, so könne auch der Genuss der politischen Rechte nie das ausschliessliche Privilegium einer Klasse der Kantonsbürger sein.« Die Reformbewegung von 1830 brachte in den meisten Kantonen den Grundsatz der politischen Gleichberechtigung aller Bürger zur anerkannten Geltung und die Bundesentwürfe von 1832 und 1833 (letzterer in sehr präciser Weise) forderten dieselbe, wie wir oben gesehen haben, als Bedingung für die Garantie der Kantonsverfassungen. Die

Bundesverfassung von 1848 näherte sich dagegen wieder mehr der Vermittlungsakte, indem sie in Art. 4 den allgemeinen Grundsatz aufstellte:

»*Alle Schweizer sind vor dem Gesetze gleich. Es giebt in der Schweiz keine Unterthanenverhältnisse, keine Vorrechte des Orts, der Geburt, der Familien oder Personen.*«

Bei der Berathung dieses Artikels in der Tagsatzung wollte die Gesandtschaft von Zürich den ersten Satz fallen lassen, weil derselbe keine volle Wahrheit enthalte, so lange nicht auch die schweizerischen Israeliten in jeder Hinsicht allen übrigen Schweizerbürgern gleichgestellt seien. Dieser Antrag blieb in Minderheit; ebenso aber auch (mit bloss $1\frac{1}{2}$ Stimmen) derjenige der Gesandtschaft von Solothurn, welche den letzten Theil des Artikels dahin modifiziren wollte, dass nur in Bezug auf die Ausübung politischer Rechte keine Vorrechte des Ortes, der Geburt u. s. w. stattfinden dürfen.*) Die Tagsatzung, in ihrer grossen Mehrheit, interpretirte also auf unzweideutige Weise den Art. 4 in dem Sinne, dass er sich nicht bloss auf politische Rechte bezieht, sondern, wie schon aus dem Wortlaute sich ergiebt, auch verlangt, dass in der ganzen Gesetzgebung der Eidgenossenschaft und der Kantone keine Vorrechte zu Gunsten einzelner Klassen von Staatsbürgern statuirt werden sollen.

Die politische Gleichberechtigung aller Bürger scheint ein sehr einfacher Begriff zu sein; dessenungeachtet ist sie nicht immer in konsequenter Weise ausgelegt und durchgeführt worden. Die Bundesverfassung selbst schon enthält eine, dem strengen Begriffe der Rechtsgleichheit widersprechende Bestimmung, indem sie in Art. 64 eine ganze, ansehnliche Klasse von Schweizerbürgern, nämlich die Geistlichen beider Confessionen von der Wählbarkeit in den Nationalrath ausschliesst. Weiter noch gehen die seit 1848 entstandnen und vom Bunde garantirten Verfassungen der Kantone Solothurn, Tessin und Freiburg, nach welchen die Geistlichen nicht einmal Stimmrecht bei den Wahlen haben.**) Dagegen fand die Bundesversammlung bei der Vorlage der Verfassung von Baselstadt es unvereinbar mit dem Art. 4, dass dieselbe den Stand der Dienstboten vom politischen Stimmrechte ausschloss, und ver-

*) Abschied S. 52—53.

**) Bundesbl. 1855 II. 473. Ullmer S. 35, 38.

weigerte daher dieser Bestimmung die eidgenössische Garantie.*) Von grösserer principieller Tragweite war die von 71 Grossrathsmitgliedern des Kantons St. Gallen bei der Bundesversammlung anhängig gemachte Rechtsfrage, ob das durch die 1831er Verfassung dort eingeführte Repräsentationsverhältniss, welches der Hauptstadt etwas mehr Abgeordnete zuweist als es ihr nach der Kopfzahl treffen würde, dem Art. 4 der Bundesverf. widerspreche. Die beiden gesetzgebenden Räthe verneinten diese Frage, und es ist für die Motivirung ihres Entscheides namentlich der Mehrheitsbericht der ständeräthlichen Kommission zu beachten, welcher in sehr treffender Weise nachwies, dass weder unter der Vermittlungsakte, die doch einen ganz ähnlichen Artikel enthielt, das reine Kopfzahlsystem in den Kantonen bestanden habe, noch in den gegenwärtig bestehenden Verfassungen eine etwas grössere Berücksichtigung einzelner Landestheile oder Ortschaften in der Repräsentation etwas Ungewöhnliches sei. Der Art. 4 sei geschaffen worden, um die Wiederkehr der frühern politischen Bevormundung der Landschaften durch die Städte, der einen Landestheile durch die andern, gegen welche noch in den Dreissigerjahren gestritten werden musste, zu verhüten; mit jenen ausschliessenden Herrschaftsgelüsten habe aber die Repräsentanz der Stadt St. Gallen, bei welcher vorzüglich auch die hier wohnende grosse Zahl intelligenter Ansässen vom Lande habe berücksichtigt werden wollen, nichts gemein.**) Mit Recht gestand übrigens der Bericht zu, dass bei den Fortschritten, welche die demokratische Richtung seit dreissig Jahren in der Schweiz gemacht habe, die angefochtne, im Jahr 1831 entstandne Bestimmung der St. Gallischen Verfassung jetzt kaum mehr aufgestellt werden würde. In der That ist auch bei der neuesten Verfassungsrevision, welche nach schweren politischen Kämpfen im Kanton St. Gallen zu Stande kam, die Stadt St. Gallen in Bezug auf die Repräsentation im Grossen Rathe allen andern Gemeinden gleichgestellt worden.

Wenn aus dem Angeführten sich ergiebt, dass in Bezug auf politische Rechtsgleichheit der Art. 4 *cum grano salis* zu verstehen ist, so ist dieses noch weit mehr der Fall bei der Anwendung auf bürgerliche Gesetze. Hier ist der Bundesrath immer von dem Standpunkte ausgegangen, dass Rechtsgleichheit nur unter der Vor-

*) Amtl. Samml. VI. 114.
**) Bundesbl. 1855 II. 515—528.

aussetzung völlig gleicher Verhältnisse und Bedingungen gefordert werden könne. Von besonderm Interesse ist ein Fall aus dem Kanton Basel-Landschaft, der zuletzt an die Bundesversammlung gezogen wurde. Ein Dekret des dortigen Landrathes, betreffend die Einbürgerung der Heimathlosen, verfügte, dass die Heimathlosen des alten Kantonstheils von den Gemeinden desselben gegen Entschädigung aus dem Landarmenfond und nach vorheriger Unterhandlung in's Bürgerrecht aufzunehmen, diejenigen des Bezirks Birseck hingegen ohne Entschädigung und ohne Unterhandlung auf die dortigen Gemeinden zu vertheilen seien. Der Bezirk Birseck rekurrirte gegen dieses Dekret, unter Berufung auf Art. 4 der Bundesverf., mit welchem Art. 5 der Kantonsverfassung übereinstimmt. Die Bundesbehörden sprachen indessen auch hier den Grundsatz aus, dass die Gleichheit vor dem Gesetze die Gleichheit der thatsächlichen Verhältnisse voraussetze. Letztere fanden sie nun insoferne verschieden, als einerseits im Bezirk Birseck nicht, wie im alten Kantonstheile, ein für die Entschädigungen disponibler Fond vorhanden, dagegen eine gleichmässige Vertheilung auf die Gemeinden dort leichter möglich, anderseits aber durch die Vereinigungsurkunde von 1815 und durch die Verfassung ein theilweise verschiedner Rechtszustand der beiden Kantonstheile vorgesehen sei und namentlich das Armenwesen ganz getrennt behandelt werde.*) In einem andern Specialfalle hat der Bundesrath den Grundsatz ausgesprochen, dass das Bestehen von Statutarrechten für einzelne Theile eines Kantons dem Art. 4 nicht widerspreche, insoferne alle Bewohner des Landestheiles dem Statute unterworfen seien.**)

Von grösserm praktischem Belange für die vielgestaltigen Verhältnisse des bürgerlichen Lebens ist der Art. 48 der Bundesverf., welcher, dem Wesen des Bundesstaates entsprechend, die Gleichstellung aller Schweizerbürger vor der kantonalen Gesetzgebung verlangt. Im Wesentlichen übereinstimmend mit Art. 35 des Entwurfes von 1833, lautet derselbe:

»*Sämmtliche Kantone sind verpflichtet, alle Schweizerbürger christlicher Confession in der Gesetzgebung sowohl als im gerichtlichen Verfahren den Bürgern des eignen Kantons gleich zu halten.*«

Vor der Bundesverfassung wurden in manchen Kantonen die An-

*) Ullmer S. 6—9.

**) Bundesbl. 1857 I. 225.

gehörigen andrer Kantone theils nach blosser Convenienz, theils nach einem übel verstandnen Reciprocitätssysteme behandelt. Letzteres wurde nämlich in dem Sinne angewendet, dass in Schuld- und Konkurssachen, bei Paternitätsfragen, zuweilen auch im Erbrechte und im gerichtlichen Verfahren die Bürger andrer Kantone, deren heimatliche Gesetzgebung abweichende Principien enthielt, den eignen Kantonsangehörigen gegenüber zurückgesetzt wurden.*) Die Aufnahme des neuen Grundsatzes der Gleichstellung aller Schweizerbürger in die Bundesverfassung stiess weder in der Revisionskommission noch an der Tagsatzung auf besondere Schwierigkeiten. Nur wurden in der Kommission einige Bedenken geäussert gegen die Ausdehnung desselben auf die Paternitätsfälle, und an der Tagsatzung wurden, auf den Antrag von Zürich, jedoch erst bei der zweiten Berathung des Bundesprojektes, die Israeliten ausgeschlossen, indem die Gleichstellung auf die »Schweizerbürger christlicher Confession« beschränkt wurde. Man betrachtete diess als eine nothwendige Konsequenz des Ausschlusses der Israeliten von der freien Niederlassung, wovon wir später reden werden. Ein Antrag Berns, die sogen. Einzugstaxen von einheirathenden Bürgerinnen andrer Kantone zu untersagen, blieb nur aus dem Grunde in Minderheit, weil man fand, dieselben seien durch den Wortlaut des Art. 48 bereits ausgeschlossen, soferne nämlich derartige Gebühren nicht auch von Bürgerinnen des eignen Kantons, welche aus einer Gemeinde in die andere sich verehelichen, erhoben werden.**)

Nach diesen Abstimmungen in der Tagsatzung konnten einzelne Fragen der Anwendung des Art. 48 bereits als entschieden betrachtet werden. Insbesondere sagte der Bundesrath bereits in seinem Geschäftsberichte vom Jahr 1850, er habe die zahlreich eingegangnen Beschwerden gegen geforderte Einheirathungsgebühren immer in dem Sinne entschieden, dass die Kantone nur dann befugt seien, derartige Gebühren oder Cautionen zu verlangen, wenn Kantonsbürgerinnen, welche in eine andere Gemeinde heirathen, durch das Gesetz den nämlichen Leistungen unterworfen werden. Dieser Grundsatz sei mit dem Tage der Einführung der neuen Bundesverfassung in's Leben getreten und es seien daher, da es zu dessen Handhabung keiner Ausführungsgesetze, sondern nur der Anwendung

*) Prot. der Revisionskomm. S. 145.

**) Abschied S. 95, 96, 270.

der für die Kantonsbürger geltenden Gesetze bedurfte, alle seither bezognen, im Widerspruche damit stehenden Gebühren oder Cautionen zu restituiren. Ebenso erklärte der Bundesrath die von ausserkantonalen Bräuten geforderten Vermögensausweise für unzulässig, soferne nicht auch inländische Frauenzimmer solche zu leisten haben.*) — Der Bundesrath stellte ferner bereits im Jahr 1851, gegenüber einem luzernischen Urtheile, welches gegen eine Aargauerin das System des Gegenrechtes angewendet hatte, die Rechtsregel auf, dass bei Paternitätsklagen gegen Kantonsangehörige Klägerinnen aus andern Kantonen den eignen Bürgerinnen völlig gleich zu halten seien ohne Rücksicht darauf, ob die Gesetzgebung ihres Heimathkantons mit derjenigen des Kantons, in welchem sie Klage führen müssen, übereinstimme oder nicht. Der Bundesrath begründete diesen Entscheid mit Hinsicht auf das Princip selbst folgendermassen: »Die neue Bundesverfassung konnte und wollte nicht eine einheitliche schweizerische Gesetzgebung einführen, sondern liess unter Aufstellung einiger weniger Grundsätze im Uebrigen die kantonalen Gesetzgebungen als selbstständig fortbestehen (Art. 3). Dagegen stellte sie mit unzweideutigen Worten im Art. 48 die schöne Idee auf, dass, wenn auch nicht ein und dasselbe Recht in der ganzen Schweiz gelte, doch wenigstens alle Schweizer in jedem Kanton nach dem gleichen Rechte wie die Bürger dieses Kantons behandelt werden sollen. Dieser Artikel soll nun den mächtigsten Hebel des nationalen Bewusstseins bilden, die Behörden sollen in den vor ihnen auftretenden Partheien nicht Bürger dieses oder jenes Kantons, sondern nur Schweizer erblicken. Mit dem Buchstaben sowohl als mit dem Sinn und Zweck dieses Artikels ist es daher unvereinbar, ganz verschiednes Recht auf Jemanden anzuwenden, je nachdem er diesem oder jenem Kantone angehört. Dieses sogen. Gegenrecht und die Convenienz waren früher eine Art gesetzlicher Selbsthülfe, womit die Kantone sich jahrelang plagten, um einander wo möglich zu zwingen, gewisse Grundsätze der eignen Gesetzgebung anzunehmen, und nicht selten wurde dadurch das gute Einvernehmen der Kantone in bedenklicher Weise gestört. Diesem Zustande sollte der Art. 48 ein Ende machen und es geschah in einer Weise, die keinen Zweifel übrig lässt. Allerdings hat dieser Grundsatz für ein-

*) Bundesbl. 1851 II. 328. 1854 II. 65. Ullmer S. 195—197. Kaiser schweiz. Staatsrecht I. 144—146.

zelne Kantone und in einzelnen Richtungen auch seine Nachtheile; so folgt z. B. daraus ganz richtig, dass diejenigen Kantone, welche den Paternitätsgrundsatz haben, im Nachtheil stehen gegenüber denjenigen, welche den Maternitätsgrundsatz adoptirten oder sich demselben näherten. Allein abgesehen davon, dass diese Nachtheile vor dem höhern Princip des Art. 48 zurücktreten müssen, sind mehrere Umstände geeignet, dieselben in einem mildern Lichte erscheinen zu lassen. So lässt sich z. B. wohl annehmen, dass dieselben Kantone, welche in einem gewissen Gebiete der Gesetzgebung durch Anwendung des Art. 48 gegenüber andern im Nachtheil stehen, darin eine Compensation finden, dass sie durch denselben Artikel in einem andern Gebiete gegenüber den nämlichen oder andern Kantonen vortheilhafter gestellt sind. Ferner kann man, so lange diese selbstständige Gesetze haben, billiger Weise nicht verlangen, dass sie Kantonsfremde besser als eigene Bürger darum behandeln, weil die letztern unter gewissen Voraussetzungen in einem andern Kanton besser behandelt werden. Endlich darf man nicht übersehen, dass es jedem Kanton frei steht, durch Abänderung seiner Gesetzgebung allfällige Nachtheile, die der Art. 48 der Bundesverf. mit sich bringt, auszugleichen oder zu vermindern.« Da die luzernischen Gerichte sich vorzüglich auf den Standpunkt gestellt hatten, dass ältere kantonale Gesetze so lange in Kraft verbleiben, bis die gesetzgebende Behörde, in Beachtung der durch die Bundesverfassung aufgestellten Grundsätze, sie abändere, so erwiederte der Bundesrath hierauf Folgendes: »Es kann keinem Zweifel unterliegen, dass Bundesverfassung, Bundesgesetze und Konkordate für den Richter so gut eine Rechtsquelle seines Landes sind als die kantonalen Gesetze, ja dass sie den letztern derogiren. Es frägt sich daher nur, wann die erstern in Kraft getreten seien. Der Ansicht nun, dass die Einführung der neuen Bundesverfassung nur die rechtliche Wirkung geäussert habe, die Kantone zu bestimmen, ihre Gesetzgebung im Sinne derselben zu modificiren, dass aber, so lange diess nicht geschehen, die alten Gesetze angewendet werden dürfen, gleichviel ob sie bundeswidrig seien oder nicht: dieser Ansicht widerspricht der Art. 4 der Uebergangsbestimmungen. Wenn man sich darauf beruft, dass dieser Artikel nur von den widersprechenden Bestimmungen der Kantonal*verfassungen*, nicht der Gesetze spreche, so muss hierauf erwidert werden: 1) Es ist bekannt, dass die nämlichen Grundsätze in den einen Kantonen in der Verfassung stehen, während sie bei andern in der Gesetzgebung erscheinen. Die Bundesverfassung konnte aber unmöglich wollen, dass es von diesem Zufall abhänge, wann sie eingeführt werden solle. 2) Wenn sogar die Verfassungen der Kantone mit dem 12. September 1848 theilweise aufgehoben wurden, so ist nicht einzusehen, warum die kantonalen Gesetze, soferne sie mit den allgemeinen Principien des Bundes collidiren, mehr geschont werden sollen. 3) Nach der oberwähnten Ansicht hätten viele Bestimmungen der Bundesverfassung erst die Revision von 25 kantonalen Gesetzgebungen abwarten müssen und der Zustand wäre der, dass die Grundsätze der Bundesverfassung in den einen Kantonen gelten würden, während sie in den andern erst nach Jahren Wirksamkeit erhielten. Auch ist es nicht gedenkbar, dass die konstituirende Behörde, wenn sie in diesem Sinne sich hätte aussprechen sollen, die sofortige allgemeine Einführung dekretirt haben würde; sie hätte vielmehr Veranlassung gehabt, einen bestimmten Termin für die Revision der kantonalen Verfassungen und Gesetze anzusetzen und die Einführung erst auf diesen Termin anzuordnen. 4) Auch die Praxis ist entschieden gegen die erwähnte Auffassung. So ist die freie Niederlassung eingeführt worden, während viele Kantone ihre alte Gesetzgebung noch lange nicht geändert hatten. Man wird ferner nicht bezweifeln, dass die Vollziehung eines Todesurtheils (wegen politischer Vergehen) nach dem 12. Sept. 1848 nicht mehr hätte stattfinden dürfen, wenn auch das kantonale Strafgesetz dieses gestattet hätte.«*) — Mit dieser Ausführung des Bundesrathes erklärte sich die Bundesversammlung bei Anlass eines Rekurses, welcher im Paternitätsfalle der von den Gerichten des Kts. Zürich abgewiesnen Brigitta von Arx in Olten an sie ergriffen wurde, im Juli 1854 vollkommen einverstanden.**)

Was die Cautionen im Civilprozesse betrifft, welche manchen Ortes von kantonsfremden Klägern gefordert werden, so fand der Bundesrath, dass derartige Gesetze der Bundesverfassung nicht widersprechen, insoferne unter kantonsfremden Klägern diejenigen verstanden werden, welche ausser dem Kanton wohnen, mithin auch die Kantonsbürger, die sich in diesem Falle befinden.***)

*) Bundesbl. 1852 I. 397—403. Vgl. 1862 II. 264—265.

**) Ullmer S. 205—206.

***) Bundesbl. 1853 II. 574. 1854 II. 65.

Mit Bezug auf das Erbrecht suchte der Kanton Uri noch in einem Gesetze von 1856 den Grundsatz des Gegenrechtes festzuhalten und gestützt auf dasselbe, wiesen die dortigen Gerichte Erbsansprecher aus dem Kanton Unterwalden aus dem Grunde ab, weil ihre heimathliche Gesetzgebung Seitenverwandte von demjenigen Grade, in welchem sie sich befanden, neben nähern Verwandten nicht zur Erbschaft zulasse. Diese gerichtlichen Urtheile wurden vom Bundesrathe als dem Art. 48 widersprechend aufgehoben. Aus der Motivirung seines Beschlusses heben wir folgende Sätze hervor: »Die gleiche Behandlung der Schweizerbürger in Rechtssachen kann unmöglich dahin verstanden werden, dass das gleiche kantonale Recht nur dann auf sie angewendet werden müsse, wenn in ihrem Heimathkanton im gegebenen Spezialfalle das gleiche materielle Recht (z. B. das Eintrittsrecht bei gewissen Verwandtschaftsgraden) gelte, weil bei einer solchen Auslegung eine gleiche Behandlung wegen der Verschiedenheit der kantonalen Civilgesetzgebungen, die der Bund nicht aufhob, gar nicht gedenkbar wäre. Die Bestimmung des Art. 48 geht vielmehr umgekehrt dahin, die Bürger anderer Kantone sollen in Rechtssachen nach dem nämlichen Gesetze behandelt werden wie die eignen Bürger, gleichviel ob der betreffende Fall in jenen andern Kantonen nach den dortigen Gesetzen so oder anders entschieden werden müsste. Diese Bestimmung kommt den Urnerbürgern in allen andern Kantonen auch zu gut und kann ihnen in vielen Fällen eben so vortheilhaft sein wie sie im vorliegenden Falle der betreffenden urner'schen Prozesspartbei zufällig nachtheilig ist.« Die Bundesversammlung, an welche dieser Entscheid rekurrirt wurde, hat die Anschauungsweise des Bundesrathes ausdrücklich gebilligt.*)

Gegenüber dem Kanton Graubünden hat der Bundesrath den Grundsatz aufgestellt, dass auch im Jagdrechte die niedergelassenen Schweizerbürger den eigenen Kantonsbürgern gleichzustellen seien. Es ergab sich aus den thatsächlichen Verhältnissen, dass dort das Jagdrecht weder als ein dem Staate vorbehaltenes Regal noch als ein ökonomisches Privatrecht der Gemeinden erscheine. Der Bundesrath fand daher, es falle dasselbe unter die Erwerbsarten des allgemeinen Civilrechtes, nach dessen Grundsätzen die Occupation herrenloser Sachen erlaubt sei, soweit nicht dieses Civilrecht besondere Beschränkungen aufstellt. »Solche Beschränkungen der

*) Bundesbl. 1858 I. 1—4, 263—265.

bürgerlichen Rechte können aber in der Schweiz nach Art. 48 der Bundesverfassung nicht zum Nachtheil der Niedergelassenen und zum Privilegium der Bürger aufgestellt werden. Angenommen z. B., das Gesetz eines Kantons würde bestimmen, ein aufgefundener Schatz gehöre zur Hälfte dem Grundeigenthümer und zur Hälfte dem Finder, so dürfte diesem Gesetze nicht die Beschränkung beigefügt werden, die Hälfte gehöre dem Finder nur dann, wenn er ein Bürger, nicht aber, wenn er ein Niedergelassener sei.«*)

Auch im Strafrechte muss der Art. 48 in dem Sinne seine Anwendung finden, dass Schweizerbürger anderer Kantone nicht wegen des nämlichen Vergehens anders bestraft werden dürfen als die Kantonsbürger. Der Bundesrath erklärte daher ein Gesetz des Kantons St. Gallen, nach welchem gegen Nichtkantonsbürger, die weniger als zwei Jahre Zuchthaus verwirkt haben, körperliche Züchtigung, verbunden mit Kantonsverweisung, angewendet werden sollte, für unzulässig.**) Ebenso erkannte er in einem Rekursfalle, dass der Art. 292 des freiburgischen Strafgesetzes, welcher den Richter ermächtigt, bei Kantonsfremden die verwirkte Strafe ganz oder theilweise in Verweisung umzuwandeln oder diese Strafart noch zu der ordentlichen Strafe hinzuzufügen, durch die Bundesverfassung seine Gültigkeit verloren habe. Die Regierung von Freiburg hatte sich auf die Bestimmung von Art. 41 Ziff. 6 der Bundesverfassung berufen, welche wir im folgenden Abschnitte besprechen werden; allein der Bundesrath fand diese Berufung unstichhaltig, weil die gerichtlichen Strafurtheile, durch welche ein Niedergelassener weggewiesen werden kann, nicht auf Gesetze sich stützen dürfen, die mit andern Bundesvorschriften im Widerspruche stehen.***)

Wie wir oben gesehen haben, sind durch den Wortlaut des Art. 48 die schweizerischen Israeliten von der Wohlthat desselben ausgeschlossen. Diess hat indessen, wie in einem, von der Bundesversammlung gutgeheissenen Berichte des Bundesrathes ausführlich erörtert worden ist, nicht den Sinn, dass auch die speziell bezeichneten Grundrechte, welche andere Artikel der Bundesverfassung allen Schweizerbürgern ohne Unterschied der Confession zusichern, den Israeliten entzogen werden könnten. Insbesondere dürfen sie im

*) Bundesbl. 1854 II. 85—87.

**) Ullmer S. 210.

***) Bundesbl. 1859 I. 368 - 370.

freien Verkehre, soweit derselbe nicht mittelst der Niederlassung oder eines dauernden Aufenthaltes betrieben werden will, nach Art. 29 nicht ausnahmsweise beschränkt werden; auch sind sie als Schweizerbürger befugt die politischen Rechte auszuüben. Dass im Uebrigen die Freiheit, welche nach Art. 48 den Kantonen zusteht, sich nur auf die Verhältnisse der nichtkantonsangehörigen Israeliten bezieht, versteht sich nach dem Wortlaute jener Verfassungsbestimmung von selbst. Die Kantone, welche israelitische Bürger haben, sind daher nach Art. 4 gehalten, dieselben in allen Beziehungen (die kirchlichen Verhältnisse natürlich ausgenommen) den übrigen Kantonsbürgern gleichzustellen.*)

§ 2. Freie Niederlassung; politische Rechte der Niedergelassenen und Aufenthalter.

Während in frühern Jahrhunderten der Bürger oder Angehörige eines Kantons, welcher in einen andern Kanton übersiedelte, hier in jeder Beziehung als ein Fremder behandelt wurde und mannigfache Zurücksetzungen gegenüber den Einheimischen sich gefallen lassen musste, führte dagegen die Helvetik ein allgemeines schweizerisches Staatsbürgerrecht ein. Die Vermittlungsakte, welche auch hierin einer wahrhaft freisinnigen Anschauungsweise huldigte, suchte, indem sie zum Föderalismus zurückkehrte, von dem Schweizerbürgerrechte noch so viel als möglich zu retten; sie anerkannte dem Grundsatze nach nicht bloss die volle Niederlassungsfreiheit, sondern auch das politische Stimmrecht im Niederlassungskanton. Art. 4 derselben drückt sich folgendermassen aus:

»*Chaque citoyen suisse a la faculté de transporter son domicile dans un autre canton, et d'y exercer librement son industrie: il acquiert les droits politiques conformément à la loi du canton où il s'établit; mais il ne peut jouir à la fois des droits politiques dans deux cantons.*«

An der Tagsatzung, welche diese Verfassungsbestimmung näher auszuführen hatte, gab sich indessen, wie wir bereits in der geschichtlichen Einleitung andeuteten, wieder ein engherzigerer Geist kund. Zwar genügte die Vorweisung eines gehörig gefertigten und legalisirten Heimathscheines, um das Niederlassungsrecht in einem andern Kanton auszuüben; Bürgschaften durften nur von schweiz. Einwohnern, die kein Gemeindsbürgerrecht hatten, gefordert wer-

*) Bundesbl. 1856 I. 258—272. II. 591—592. Amtl. Samml. V. 406.

den; die Kanzleigebühr für die Ausfertigung der Niederlassungsbewilligung durfte nicht 8 Fr. übersteigen. Aber von den gleichen Rechten, welche der Niedergelassene mit dem Kantonsbürger geniessen sollte, wurden, zuwider dem Wortlaute der Verfassung, die politischen Rechte ausgenommen; ebenso der Mitantheil an Gemeindegütern und jeder Art von ökonomischen Stiftungen.

Der Bundesvertrag von 1815 enthielt keinerlei Bestimmungen über das Niederlassungswesen und stellte es daher den Kantonen völlig frei, nach ihrem Gutfinden hierin zu verfügen. Indessen kam wenigstens unter zwölf Kantonen am 10. Juli 1819 ein Konkordat zu Stande, welches im Wesentlichen auf der Grundlage des Tagsatzungsbeschlusses von 1805 beruhte. Doch wurde nun von dem Schweizerbürger, der sich in einem andern Kanton niederlassen wollte, neben dem Heimathschein auch ein Zeugniss seines guten Leumundes, die Bescheinigung, dass er eignen Rechtes sei, und der Ausweis darüber, dass er sich und die Seinigen zu ernähren vermöge, gefordert. Ferner wurde der Regierung des Niederlassungskantons gestattet, den Niedergelassenen in seine Heimath zurückzuweisen, soferne er sich eines unsittlichen Lebenswandels schuldig mache oder durch Verarmung der Gemeinde oder dem Kanton zur Last falle. Diesem Konkordate fremd blieben die Stände Uri, Schwyz, Unterwalden, Basel, Schaffhausen, Appenzell, St. Gallen und Wallis, theilweise auch Zug und Graubünden.

Dass der Bundesvertrag von 1815 das Recht der freien Niederlassung nicht gewährte, wurde als eines seiner hauptsächlichsten Gebrechen empfunden; bei den Revisionsberathungen von 1832 und 1833 suchte man daher dasselbe wiederherzustellen und setzte dabei möglichst genau die nähern Bedingungen und die Wirkungen der Niederlassung fest. Die Redaktion des Entwurfes von 1833 (Art. 30) liegt dem Art. 41 der gegenwärtigen Bundesverfassung zu Grunde. Schon in der Revisionskommision wurden indessen die Beschränkungen beigefügt, dass einerseits die Israeliten, anderseits naturalisirte Schweizerbürger während der ersten fünf Jahre nach ihrer Aufnahme in's Bürgerrecht vom Niederlassungsrechte ausgeschlossen sein sollen. Dagegen wurden den Niedergelassenen nun auch die politischen Rechte im Wohnortskanton eingeräumt, welche der Entwurf von 1833 ihnen nicht gewährt hatte. Die Tagsatzung hat die Anträge der Revisionskommission völlig unverändert angenommen; alle Amendements, welche theils im Sinne grösserer Ausdehnung, theils im Sinne der Beschränkung der Niederlassungsfreiheit gestellt wurden, blieben in Minderheit.

Wie schon in der Berathung der Tagsatzung hervorgehoben wurde, beruht die Durchführung des Grundsatzes der freien Niederlassung wesentlich auf dem Rekursrechte an den Bundesrath gegenüber den Entscheidungen der Kantonsregierungen. Es hat daher auch nicht leicht ein anderer Artikel der Bundesverfassung so viele interpretirende Rekursbescheide veranlasst wie der Art. 41. Bei dieser Sachlage halten wir es für angemessen, die einzelnen Bestimmungen desselben näher zu durchgehen und bei jedem Abschnitte die Erläuterungen beizufügen, welche sich aus den bisherigen Beschlüssen der Bundesbehörden ergeben.

Der Eingang des Art. 41 sagt:

»Der Bund gewährleistet allen Schweizern, welche einer der christlichen Confessionen angehören, das Recht der freien Niederlassung im ganzen Umfange der Eidgenossenschaft, nach folgenden nähern Bestimmungen.«

Wir müssen uns hier vor Allem aus die Tragweite des gesammten Art. 41 klar machen. Die erste Frage ist, ob derselbe bloss das Niederlassungsrecht der Schweizerbürger in andern Kantonen oder auch dasjenige im eignen Kanton zu normiren beabsichtige. Es geht schon aus der Natur einer Bundesverfassung hervor, dass sie zunächst nur das interkantonale Niederlassungsrecht ordnen will: denn für dasjenige im eignen Kanton sind in der Regel die kantonale Verfassung und Gesetzgebung massgebend. In diesem Sinne ist daher auch der Bundesrath auf den Rekurs eines Graubündners aus Grono, welcher sich über den Entzug der Niederlassung in der Gemeinde Castanetta beschwerte, nicht eingetreten.*) Dabei muss indessen immerhin als selbstverständlich vorausgesetzt werden, dass die Verfassung und die Gesetzgebung eines Kantons nicht Bestimmungen enthalten dürfen, welche die Niederlassung der eignen Kantonsbürger grössern Beschränkungen unterwerfen würde als solche nach Art. 41 den Schweizerbürgern aus andern Kantonen gegenüber zulässig sind.

Von grösserer praktischer Wichtigkeit ist die zweite Frage: Will der Art. 41 bloss die Rechtsverhältnisse festsetzen zwischen dem

*) Bundesbl. 1857 I. 221—222. Ullmer S. 137.

Schweizerbürger, welcher in einen andern Kanton übersiedelt, und dem Wohnortskanton, oder gewährt er dem Ersten auch Rechte gegenüber dem Heimathkanton, in dem Sinne nämlich, dass Letzterer ihm nicht die Ausweisschriften vorenthalten und dadurch die Niederlassung erschweren darf? Der Bundesrath hat zuerst in mehrern Fällen Beschwerden, welche gegen die Regierung des Heimathkantons gerichtet waren, abgewiesen und dabei folgende Erwägungen aufgestellt: »1) dass der Bund durch Art. 41 das Rechtsverhältniss der Niederlassung zwischen dem Niederlassungskanton und dem Niedergelassenen festsetze und unter seine Garantie nehme, keineswegs aber vorschreibe, dass der Heimathkanton unter allen Umständen diejenigen Schriften an einen Bürger verabfolgen müsse, welche er zur Niederlassung in einem andern Kanton bedürfe; 2) dass die Frage, ob und in welchen Fällen ein Kanton seinen Angehörigen Heimathscheine vorenthalten könne, der kantonalen Gesetzgebung anheimfalle und eine Intervention des Bundes nur dann statthaft wäre, wenn diessfällige Verfügungen gegen das Prinzip der Bundesverfassung (soll wohl heissen: gegen das in Art. 41 der Bundesverfassung enthaltene Prinzip der freien Niederlassung) gerichtet und auf die Umgehung der letztern berechnet wären.« Sofort äusserte indessen die nationalräthliche Kommission, welche die Geschäftsführung des Bundesrathes zu prüfen hatte, gerechte Bedenken gegen diese Erwägungen. »Die freie Niederlassung«, sagte sie, »ist allen Schweizern einer der christlichen Confessionen im ganzen Umfange des schweizerischen Gebietes gewährleistet. Was würde dieses Recht bedeuten, wenn einer kantonalen Behörde oder einem kantonalen Gesetze gestattet würde, dem Wegzug eines Schweizerbürgers aus seinem Heimathkanton Hindernisse entgegenzustellen, nicht bloss durch Geltendmachung begründeter, verhältnissmässig untergeordneter Forderungs- oder Steueransprüche, sondern (wenn auch unter diesem Prätexte und ähnlichen Titeln) durch ein Verfahren, welches im Grunde gegen die Ausübung des freien Niederlassungsrechtes selbst gerichtet wäre? Das Recht der freien Niederlassung wäre eben so sehr geschmälert, als wenn man den Eintritt und den Aufenthalt auf dem Gebiete eines andern Kantons verweigern würde. Das allen Schweizerbürgern gewährleistete freie Niederlassungsrecht muss an sich die Befugniss, aus seinem Heimathkanton wegziehen zu können, und die Verpflichtung für die Behörden dieses Kantons nach sich ziehen, die nöthigen Legitimationsschriften auszuliefern, damit der Aufenthalt in einem andern Kanton gestattet werde. Mit einem Worte, die durch Art. 41 ausgesprochene Gewährleistung gilt sowohl gegenüber dem Heimathkanton, aus dem man wegziehen will, als gegenüber demjenigen Kanton, in dem man sich niederzulassen im Begriffe steht.«*) Der Bundesrath selbst beharrte auch nicht mit strenger Konsequenz auf seiner Rechtsansicht, indem er in einem spätern Rekursfalle die Erwägung aufstellte, dass »die Weigerung der Aushingabe eines Heimathscheins einer unzulässigen Beschränkung des Rechts des freien Aufenthaltes gleichkomme.«**) Es ist daher sehr begreiflich, dass, als im Falle des Joachim Heizmann aus dem Kanton Zürich, niedergelassen im Kanton St. Gallen, welchem seine Heimathgemeinde wegen nicht bezahlter Armensteuern die Legitimationsschriften verweigerte, der Bundesrath auf seinen frühern Standpunkt zurückkehrte, die Sache auf dem Wege des Rekurses an die Bundesversammlung gezogen wurde.***) Letztere, welche zum ersten Male zu einem Entscheide berufen war, stellte sich nun grundsätzlich ganz auf den gleichen Boden wie die nationalräthliche Kommission von 1857 und erkannte: »Die Regierung des Kantons Zürichs sei eingeladen dafür zu sorgen, dass dem Beschwerdeführer die erforderlichen Heimathschriften verabfolgt werden.« Die beiden Räthe stützten sich dabei wesentlich auf die im Eingange des Art. 41 enthaltene allgemeine Garantie des freien Niederlassungsrechtes, welches eben so sehr verletzt wird durch verweigerte Aushingabe der Legitimationsschriften von Seite des Heimathkantons wie durch die Weigerung eines andern Kantons, einem gehörig ausgewiesenen Schweizer die Niederlassung zu gestatten.†) In Folge dieser Entscheidung steht nun als rechtsgültige Interpretation des Art. 41 fest: »dass im Grundsatze dem Rechte der freien Niederlassung die Verpflichtung der Heimathbehörde, dieses Recht nicht zu verhindern, gegenübersteht«, wie der Bundesrath selbst sich ganz richtig ausgedrückt hat in einem Falle, wo nicht wegen rückständiger Steuern, sondern wegen

*) Bundesbl. 1857 I. S. 221, 772—773.

**) Bundesbl. 1859 I. 368.

***) Bundesbl. 1860 I. 240.

†) Amtl. Samml. VII. 49. Bundesbl. 1861 II. 633—635, 640—641.

behaupteten unsittlichen Lebenswandels einer Luzernerin die Verabfolgung eines Heimathscheines verweigert wurde.*)

Wir gehen nun über zu § 1 des Art. 41, welcher folgendermassen lautet:

»Keinem Schweizer, der einer der christlichen Confessionen angehört, kann die Niederlassung in irgend einem Kanton verweigert werden, wenn er folgende Ausweisschriften besitzt:

a. einen Heimathschein oder eine andere gleichbedeutende Ausweisschrift;

b. ein Zeugniss sittlicher Aufführung;

c. eine Bescheinigung, dass er in bürgerlichen Rechten und Ehren stehe; und wenn er auf Verlangen sich ausweisen kann, dass er durch Vermögen, Beruf oder Gewerbe sich und seine Familie zu ernähren im Stande sei.

Naturalisirte Schweizer müssen überdiess die Bescheinigung beibringen, dass sie wenigstens fünf Jahre lang im Besitze eines Kantonsbürgerrechtes sich befinden.«

Die beiden ersten Requisite einer Niederlassungsbewilligung, welcher in jeder Hinsicht die Erneuerung nach Ablauf der gesetzlichen Frist gleichsteht, nämlich der Besitz eines Heimathscheines und eines Leumundszeugnisses, können nur mit Bezug auf faktische Verhältnisse in einzelnen Fällen Veranlassung zu Anständen geben, auf welche wir hier nicht näher eintreten dürfen. Dagegen sind bei dem dritten Requisite, dass der Niederlassungsbewerber in bürgerlichen Rechten und Ehren stehen müsse, schon grundsätzliche Fragen entstanden, welche der Bundesrath zu entscheiden hatte. Vorerst handelte es sich darum, ob jene Eigenschaft nach den Gesetzen des Heimath- oder des Niederlassungskantons zu beurtheilen sei. Der Bundesrath hat hierauf folgendermassen geantwortet: »Da der Zweck der Bescheinigung, dass der Schweizer die bürgerlichen Rechte und Ehren geniesse, und dass er diese Ehrenfähigkeit gesetzlich nicht eingebüsst habe, darin besteht, demselben die Niederlassung in einem andern als seinem Heimathkanton auszuwirken, und zwar mit allen aus diesem Verhältnisse herfliessenden Rechtsvortheilen, so ist nach den Gesetzen desjenigen Kantons, wo er sich niederzulassen gedenkt, die Frage zu entscheiden, ob der Petent die Eigenschaft eines in bürgerlichen Ehren Stehenden be-

*) Bundesbl. 1861 I. 323—325. Vgl. die Anmerkung bei Ullmer S. 108.

sitze, oder ob derselbe diese Eigenschaft gesetzlich verloren habe. So kann z. B. ein Berner, der in Konkurs gerathen ist, sich in Basel nicht niederlassen, weil die baselschen Gesetze den Verlust der bürgerlichen Rechte an das Falliment knüpfen, wenn auch nach den Gesetzen des Kantons Bern der Konkurs diese Folge nicht nach sich zieht.*) Eine weitere Frage ist: Darf eine Kantonsregierung, aus Grund des Mangels der Ehrenfähigkeit, nicht bloss einem Falliten selbst die Niederlassung verweigern, sondern auch seiner Ehefrau, obschon letztere in vermögensrechtlicher Beziehung von ihm unabhängig und mit den in Art. 41 § 1 vorgeschriebenen Ausweisschriften versehen ist? Der Bundesrath hat hierüber entschieden, dass zwar dem Falliten selbst sogar der Aufenthalt im Kanton untersagt werden könne, dagegen die Folgen des Verlustes der bürgerlichen Ehrenfähigkeit nicht auf seine Familie übergehen können und daher seiner Ehefrau, bei oben bezeichneter Sachlage, die Niederlassungsbewilligung zu ertheilen sei.**)

Es ist schon hin und wieder der Fall vorgekommen, dass die kantonalen Behörden, welche die Niederlassung zu bewilligen haben, über das Vorhandensein der verfassungsmässigen Bedingungen derselben getäuscht worden sind, namentlich durch unrichtige Leumundszeugnisse, welche die heimathlichen Behörden den Petenten ausstellten. In solchen Fällen hat der Bundesrath immer den Grundsatz ausgesprochen, dass eine auf falschen Voraussetzungen beruhende Niederlassungsbewilligung auch vor Ablauf ihrer Dauer zurückgezogen werden könne, ohne dass nach Ertheilung derselben Thatsachen hinzukommen müssen, welche die Wegweisung des Niedergelassenen nach § 6 des Art. 41 rechtfertigen würden.***) Anders verhält es sich dagegen, wenn die Behörden sich mit einem Heimathschein begnügt haben, ohne weitere Aufschlüsse oder Zeugnisse über die frühern Lebensverhältnisse des Niedergelassenen zu verlangen. Wenn hierüber später ungünstige Berichte einlaufen, so kann aus diesem Grunde die ertheilte Niederlassungsbewilligung nicht zurückgezogen werden.†)

Wenn eine Kantonsregierung von dem Niederlassungsbewerber

*) Bundesbl. 1850 III. 133.
**) Bundesbl. 1859 I. 364.
***) Bundesbl. 1851 II. 323, 1860 II 3—4, 1861 I. 319—323.
†) Bundesbl. 1862 II. 231.

einen Ausweis darüber verlangt, dass er sich und seine Familie zu ernähren im Stande sei, so steht natürlich in erster Linie ihr selbst der Entscheid darüber zu, ob der Ausweis als geleistet betrachtet werden könne, wobei dem Petenten der Rekurs an den Bundesrath offen bleibt. Es scheint indessen, dass die Regierungen von der ihnen eingeräumten Befugniss nur selten Gebrauch machen; sonst würden wir, bei der elastischen Natur dieser Bestimmung, ohne Zweifel auch von häufigern Rekursbescheiden des Bundesrathes wissen. Wir haben hier bloss drei Entscheidungen von grundsätzlichem Belange anzuführen: 1) Die blosse, wenn auch näher liegende Möglichkeit künftiger Dürftigkeit kann nicht Grund zur Verweigerung der Niederlassung sein, weil derselbe auf die ganze, bloss auf die Arbeit angewiesene Bevölkerung angewendet werden könnte und weil für den Fall wirklicher Verarmung die Niederlassungsgemeinde durch § 6 geschützt ist.*) 2) Die Gesetze des Niederlassungskantons sind massgebend auch für die Bedingungen, unter denen der Petent den Beruf, der ihn ernähren soll, ausüben kann.**) 3) Wenn ein Kanton nach § 3 die Niederlassungsbewilligung auf eine bestimmte Zeitdauer beschränkt, so kann, wenn es sich um Erneuerung derselben handelt, die Regierung den Ausweis über hinlänglichen Erwerb oder Vermögen abermals verlangen.***) Endlich ist hier noch hervorzuheben, dass eine Kantonsregierung nicht befugt ist einem Schweizerbürger, der im Uebrigen die vorgeschriebenen Requisite erfüllt, die Niederlassung aus dem Grunde zu verweigern, weil er vielleicht nur kürzere Zeit von derselben Gebrauch machen und nicht mit seiner Familie an den Niederlassungsort übersiedeln will. †)

§ 2 des Art. 41 schreibt vor:

»Der Niedergelassene darf von Seite des die Niederlassung gestattenden Kantons mit keiner Bürgschaft und mit keinen andern besondern Lasten behufs der Niederlassung belegt werden.«

Diese Bestimmung bedarf keiner weitern Erläuterung. Nur ist hier zu bemerken, dass es nicht als eine besondere Belastung der Niederlassung im Sinne des § 2 aufgefasst werden kann, wenn ein

*) Ullmer S. 71.
**) Bundesbl. 1850 III. 134.
***) Bundesbl. 1859 II. 496—502.
†) Ullmer S. 75—76.

Kanton die Verpflichtung, die Niederlassung zu nehmen, etwas weit ausdehnt, z. B. auch Angestellten von Handelshäusern mit fixem Gehalte dieselbe auferlegt. Es steht den Kantonen frei, den Begriff der Niederlassung zu bestimmen und die Bedingungen aufzustellen, unter denen Nichtkantonsbürger einer Niederlassungsbewilligung bedürfen, vorausgesetzt, dass dadurch nicht entgegen dem Art. 41 das Recht zur Niederlassung erschwert wird.*)

§ 3. *»Ein Bundesgesetz wird die Dauer der Niederlassungsbewilligung, sowie das Maximum der zu Erlangung derselben an den Kanton zu entrichtenden Kanzleigebühren bestimmen.«*

Dieses Bundesgesetz wurde am 10. December 1849 erlassen und schreibt Folgendes vor:

1) Die Niederlassungsbewilligungen werden an Schweizerbürger für die Dauer von wenigstens vier Jahren ertheilt. Wenn jedoch die Ausweisschriften früher ihre Gültigkeit verlieren und nicht rechtzeitig erneuert oder durch andere ersetzt werden, so erlöscht auch die Niederlassungsbewilligung.

2) Die Kanzleigebühren, welche ein Schweizer für die Bewilligung zu entrichten hat, dürfen den Betrag von 4 Fr. alte Währung (6 Fr. neue Währung) nicht übersteigen. Sofern aber der Niedergelassene seinen Wohnsitz in eine andere Gemeinde desselben Kantons verlegt, so kann die Hälfte der Gebühr von Neuem bezogen werden.

3) In dieser Summe sind alle Gebühren enthalten, welche für die Bewilligung an den Staat, an Bezirksbeamte, oder an die Gemeinden zu entrichten sind.**)

In einzelnen Kantonen werden für Bewilligungen von kürzerer Dauer verhältnissmässig höhere Gebühren verlangt, z. B. 2 Fr. für ein Jahr; es steht aber dem Niedergelassenen frei, eine Bewilligung auf 4 Jahre für 4 Fr. zu beziehen. Hierüber beschwerten sich Personen, denen Bewilligungen von so langer Dauer nicht conveniren. Der Bundesrath fand indessen, es liege keine Verletzung des Bundesgesetzes darin, wenn ein Kanton unter andern, für die Niedergelassenen bequemern Bedingungen und Voraussetzungen einen grössern Betrag fordert, sofern ihnen die freie Wahl gelassen wird, Bewilligungen nach Massgabe des Gesetzes zu beziehen.***)

*) Ullmer S. 99.

**) Amtl. Samml. I. 273, III. 183.

***) Bundesbl. 1851 II. 322.

§ 4. *»Der Niedergelassene geniesst alle Rechte der Bürger des Kantons, in welchem er sich niedergelassen hat, mit Ausnahme des Stimmrechts in Gemeindeangelegenheiten und des Mitantheiles an Gemeinde- und Korporationsgütern. Insbesondere wird ihm freie Gewerbsausübung und das Recht der Erwerbung und Veräusserung von Liegenschaften zugesichert, nach Massgabe der Gesetze und Verordnungen des Kantons, die in allen diesen Beziehungen den Niedergelassenen dem eigenen Bürger gleich halten sollen.«*

Was zunächst die letztere Bestimmung betrifft, so versteht es sich in der That von selbst, dass die freie Niederlassung in einem andern Staate nur dann eine Wahrheit ist, wenn sie mit dem Rechte, Grundeigenthum zu erwerben, und mit freier Ausübung jedes bürgerlichen Berufes oder Gewerbes verbunden ist. Die Befugniss Liegenschaften anzukaufen folgt sogar bereits aus dem Princip der Freiheit des Handels und Verkehrs zwischen den Kantonen nach Art. 29, sowie aus der Gleichstellung der Schweizerbürger nach Art. 48 der Bundesverfassung; es darf daher aus Art. 41 § 4 nicht der Schluss gezogen werden, dass die Niederlassung als Pflicht und Bedingung aufzufassen sei, wodurch allein der Erwerb von Liegenschaften durch kantonsfremde Schweizerbürger möglich werde.*) Selbstverständlich aber ist es ebenfalls, dass der Niedergelassene in den beiden genannten Beziehungen den gesetzlichen Bestimmungen des Kantons, in welchem er seinen Wohnsitz aufgeschlagen, sich zu unterziehen hat, vorausgesetzt, dass dieselben den Niedergelassenen als solchen nicht ungünstiger behandeln als den Kantonsbürger. Es wird also durch Art. 41 § 4 nicht absolute Gewerbsfreiheit zugesichert, sondern die Vorschriften, welche in einem Kanton z. B. über die Ausübung des Lehrerberufes, über medicinische oder chirurgische Praxis, über Fleischverkauf, Wirthschaftsconcessionen u. s. w. bestehen, gelten auch für die Niedergelassenen.**) Freilich dürfen solche Bestimmungen nicht mit den Bundesvorschriften und namentlich nicht mit den Bedingungen der Niederlassung (Art. 41 § 1) im Widerspruche stehen; der Bundesrath hat es aber ausdrücklich als zulässig erklärt, dass ein Kanton die Befugniss zum selbstständigen Gewerbsbetriebe an die Bedingung der Volljährigkeit knüpfe, zumal von dieser der Genuss der vollen bürgerlichen Rechte

*) Ullmer S. 562—563.

**) Bundesbl. 1851 II. 321.

(§ 1 litt. c.) abhängt. Die Frage, ob der Niedergelassene als volljährig zu betrachten, ist dann nach den Gesetzen des Niederlassungskantons zu beurtheilen, indem keine positive Rechtsnorm besteht, welche denselben verpflichten würde, die Gesetze des Heimathkantons als massgebend anzuerkennen.*) Da endlich Art. 41 die freie Gewerbsausübung ausdrücklich nur den Niedergelassenen garantirt, so folgt daraus, dass ein Kanton befugt ist, Schweizern, die ausser seinem Gebiete wohnen, die Betreibung gewisser Berufsarten zu untersagen, vorausgesetzt, dass er dabei nicht seinen eignen Bürgern ein Vorrecht einräume.**)

Die Bundesverfassung begnügt sich indessen nicht damit, den Niedergelassenen den Erwerb von Liegenschaften und die freie Gewerbsübung zu gewährleisten, sondern sie sichert ihnen in allen Beziehungen gleiche Rechte mit den Kantonsbürgern zu, mit einziger Ausnahme des Antheils an Gemeinde- und Korporationsgütern und des Stimmrechtes in Gemeindesachen. Die letztere Ausnahme wäre wohl nicht gemacht worden, wenn in allen Kantonen der Unterschied zwischen Bürger- und Einwohnergemeinden bestände, indem in der That der Ausschluss der schweizerischen Niedergelassenen von diesen letztern in keiner Weise sich rechtfertigen liesse. Es giebt aber noch viele Kantone, welche die Einwohnergemeinde nicht kennen, wo die Bürgergemeinde allein nicht bloss über ihre Korporationsgüter, sondern über alle kommunalen Angelegenheiten entscheidet, und da hier auch die Kantonsbürger aus andern Gemeinden kein Stimmrecht an der Gemeindeversammlung haben, so ist es begreiflich, dass man es ebensowenig den niedergelassenen Schweizerbürgern einräumen konnte. Was den Antheil an öffentlichen Gütern betrifft, so versteht es sich wohl von selbst, dass den Niedergelassenen nicht bloss gegenüber den Gemeinden, sondern auch gegenüber dem Staatsvermögen eines andern Kantons keinerlei Ansprüche zustehen; insbesondere hat der Bundesrath in Bezug auf Armenunterstützung den Grundsatz ausgesprochen, dass nach § 1 litt. c. und § 6 litt. b. des Art. 41 kein Kanton pflichtig sei, den Niedergelassenen solche zu verabreichen.***) Dagegen geht schon aus dem Wortlaute des Art. 41 § 4 hervor, dass die Niedergelassenen

*) Bundesbl. 1859 I. 364—367.

**) Bundesbl. 1861 I. 325—327.

***) Bundesbl. 1852 I. 397.

das politische Stimmrecht auch in kantonalen Angelegenheiten haben sollen. Deutlicher noch ist es gesagt, zugleich aber auch an eine kleine Beschränkung geknüpft in Art. 42 der Bundesverfassung, welcher vorschreibt:

»Jeder Kantonsbürger ist Schweizerbürger. Als solcher kann er in eidgenössischen und kantonalen Angelegenheiten die politischen Rechte in jedem Kanton ausüben, in welchem er niedergelassen ist. Er kann aber diese Rechte nur unter den nämlichen Bedingungen ausüben wie die Bürger des Kantons und in Beziehung auf die kantonalen Angelegenheiten erst nach einem längern Aufenthalte, dessen Dauer durch die Kantonalgesetzgebung bestimmt wird, jedoch nicht über zwei Jahre ausgedehnt werden darf.

Niemand darf in mehr als einem Kanton politische Rechte ausüben.«

Nach diesem Artikel erscheint es vorerst als unzulässig, dass in einem Kanton die Ausübung des Stimmrechtes von dem Besitze eines Gemeindebürgerrechts abhängig gemacht werde, indem sonst die Niedergelassenen aus andern Kantonen gänzlich davon ausgeschlossen wären. *) Sodann kann es keinem Zweifel unterliegen, dass den schweizerischen Niedergelassenen nicht bloss das Stimmrecht bei allen kantonalen Volkswahlen und Volksabstimmungen zusteht, sondern dass sie auch zu allen kantonalen Stellen gewählt werden können. Unter letztern verstehen wir alle Stellen, die nicht eine bloss kommunale Bedeutung haben, also namentlich auch Bezirksstellen. Der Grosse Rath von Graubünden wollte in der ersten Zeit nach der Einführung der Bundesverfassung für die Gerichts- und Hochgerichtsstellen bloss die Bürger der Gerichte aktiv und passiv wahlfähig erklären; der Bundesrath aber kassirte diesen Beschluss und dehnte die Wahlfähigkeit auch auf die Niedergelassenen, sowohl aus dem eignen als aus andern Kantonen, aus. **) Auf gleiche Weise erklärte der Bundesrath für unvereinbar mit der Bundesverfassung ein Gesetz des Kantons Waadt, welches die Wahl der Geschwornen den Gemeinden, beziehungsweise den grössern Gemeindräthen übertrug, weil dadurch die niedergelassenen Schweizerbürger von Wahlen ausgeschlossen wurden, die offenbar keinen kommunalen, sondern lediglich einen kantonalen Charakter

*) Ullmer S. 529.

**) Bundesbl. 1851 II. 325.

haben.*) Dagegen wurde ein Rekurs aus dem nämlichen Kanton abgewiesen, welcher gegen ein Dekret gerichtet war, das bei Anordnung einer Volksabstimmung die Schweizerbürger anderer Kantone, welche sich ohne Niederlassungsbewilligung, bloss mit einem *permis de séjour* im Kanton aufhalten, vom Stimmrechte ausschloss. Die nationalräthliche Kommission, welche hierüber referirte, sprach in ihrem Berichte die Ansicht aus, dass auch Kantone, die ihren eignen Bürgern, welche sich in einer andern Gemeinde ohne Niederlassungsbewilligung aufhalten, das Stimmrecht in kantonalen Angelegenheiten gewähren, desshalb keineswegs verpflichtet seien, die blossen Aufenthalter aus andern Kantonen gleich zu halten, weil nach dem klaren Wortlaute des Art. 42 bloss Niedergelassene auf jenes Stimmrecht Anspruch machen können.**) Dagegen steht es natürlich jedem Kanton frei, über seine bundesmässige Verpflichtung hinauszugehen und den Niedergelassenen in Gemeindesachen oder den Aufenthaltern in kantonalen Angelegenheiten Stimmrecht einzuräumen. Es versteht sich auch, dass die kantonalen Gesetze die Zahl der Niedergelassenen, gegenüber den blossen Aufenthaltern, vermehren oder vermindern können, je nach den Bedingungen, die sie festsetzen für die Verpflichtung, die Niederlassung zu nehmen. Von dem Rechte, diess zu thun und in Folge davon politische Rechte im Wohnortskanton auszuüben, dürfen sie jedoch nicht eine ganze Klasse von Schweizerbürgern ausschliessen, wie die Bundesversammlung in Bezug auf die Dienstboten im Kanton Genf entschieden hat. Es wurde in diesem Falle der Grundsatz ausgesprochen, dass die Bundesverfassung, wenn sie auch dem Niedergelassenen das Recht gewähre, einen selbstständigen Beruf zu betreiben, doch keineswegs ihn hierzu verpflichte und noch weniger vorschreibe, dass er in keinerlei Abhängigkeit von andern Personen stehen dürfe.***)

*) Bundesbl. 1860 I. 603—608.

**) Bundesbl. 1861 II. 395—403. 1862 II. 232—235. Kaiser, Schweiz. Staatsrecht I. 252 führt für seine gegentheilige Ansicht den Art. 48 an; es ist aber klar, dass hier nicht diese allgemein gehaltene Bestimmung entscheidet, sondern der Art. 42, welcher speziell vom politischen Stimmrechte handelt.

***) Amtl. Samml. IV. 388. Ullmer S. 81—89, wo sich auch der Bericht des Bundesrathes über die ihm aufgetragene Untersuchung der Niederlassungs- und Wahlgesetze sämmtlicher Kantone findet. Bei demjenigen des Kantons Aargau bemerkte der Bundesrath: »Es lässt sich nichts dagegen ein-

Kehren wir zurück zu Art. 41, so folgt § 5, welcher festsetzt:

»*Den Niedergelassenen anderer Kantone können von Seite der Gemeinden keine grössern Leistungen an Gemeindelasten auferlegt werden, als den Niedergelassenen des eigenen Kantons.*«

In das System der Besteurung, welches ein Kanton anwenden will, mischt sich der Bund nicht ein; er frägt nicht, wie hoch sich die Ansässengebühren belaufen, die in einem Kanton von den Gemeinden gefordert werden; er findet eine hinreichende Garantie gegen ungerechte Behandlung der niedergelassenen Schweizerbürger darin, dass sie nicht schlimmer gestellt werden dürfen als die Kantonsbürger. *) Unzulässig sind zunächst nur Bestimmungen, durch welche, wie es früher in vielen Kantonen der Fall war, von schweizerischen Niedergelassenen höhere Ansässengebühren gefordert werden als von Kantonsangehörigen, die in einer Gemeinde, wo sie nicht Bürger sind, sich niederlassen. Immerhin müssen auch sonst die Niedergelassenen in der Besteurung gleichgehalten, und es dürfen nicht z. B. Hausväter höher besteuert werden als Individuen, die keine Haushaltung besitzen. **) Wenn dagegen in einem Kanton Gemeinden oder Bezirke ihr Korporationsgut theilweise für öffentliche Zwecke verwenden, anstatt den ganzen Ertrag zu vertheilen und die Genossen für diese Zwecke wieder zu besteuern; so kann diess die Niedergelassenen, fremde und einheimische, nicht von der Verpflichtung entbinden, auch ihren Antheil an die öffentlichen Lasten der Gemeinde oder des Bezirks beizutragen. ***)

Dass die Niedergelassenen auch Staatssteuern im Niederlassungskanton zu bezahlen haben, immerhin unter der Voraussetzung, dass sie nicht ungünstiger behandelt werden als die eignen Kantonsbürger, ist in Art. 41 wohl bloss darum nicht ausdrücklich gesagt, weil man es als selbstverständlich betrachtete. Ebenso kann es keinem Zweifel unterliegen, dass der Niederlassungskanton be-

wenden, wenn ein Gesetz als Regel aufstellt, dass nur diejenigen einer Niederlassungsbewilligung bedürfen, die einen selbstständigen Beruf betreiben oder Grundeigenthum erwerben wollen; allein es ist nicht statthaft, weiter zu gehen und andern Personen, die diese Absicht nicht haben, gleichwohl aber den Bedingungen des Art. 41 § 1 genügen können, die Niederlassung zu verweigern, sofern sie darum einkommen.«

*) Bundesbl. 1854 II. 62—63.

**) Ullmer S. 98—99.

***) Bundesbl. 1861 I. 317—319.

fugt ist, auch Armensteuern von den niedergelassenen Schweizerbürgern zu erheben, sofern die eignen Kantonsbürger, welche ausser ihrer Heimathgemeinde niedergelassen sind, solche ebenfalls an ihrem Wohnorte zu bezahlen haben. Dagegen hat die Frage, ob auch der Heimathkanton, resp. die Heimathgemeinde zu Steuerforderungen gegenüber dem Niedergelassenen berechtigt sei, schon zu langen Erörterungen Anlass gegeben und kann dermalen noch nicht als völlig gelöst betrachtet werden. Immerhin war der Entscheid, welchen die Bundesversammlung in dem bekannten Steuerconflikte zwischen den Kantonen Thurgau und St. Gallen gefasst hat, von grosser Bedeutung seiner Folgen wegen. Der Bundesrath hatte sich auf den Standpunkt gestellt, dass die Bundesverfassung zwar unzweifelhaft dem Niederlassungskanton das Besteurungsrecht einräume, dagegen nirgends die Hoheitsrechte beschränke, welche dem Heimathskanton kraft seiner Souveränetät gegenüber allen seinen Bürgern, auch den auswärts wohnenden, zustehen. Soferne daher bei einer heimathlichen Steuerforderung der in einem andern Kanton niedergelassene Bürger die Steuerpflicht an sich oder die ihm auferlegte Quote bestreiten wolle, habe er die kompetente Oberbehörde seines Heimathkantons, nicht die Gerichte des Niederlassungskantons, anzurufen. Denn da die Berechtigung jedes Kantons, ein Steuergesetz über seine Angehörigen nach seinem Gutfinden zu erlassen, feststehe, so folge aus dem Wesen des Bundesstaates und speziell des Art. 49 der Bundesverfassung, dass die andern Kantone der Vollziehung keine Schwierigkeit entgegensetzen und die Frage des Besteurungsrechtes nicht dem Ermessen ihrer Gerichte anheimstellen können.*) Demnach wurde die Regierung von St. Gallen angewiesen, den Steuerforderungen thurgauischer Gemeinden gegenüber ihren im Kanton St. Gallen niedergelassenen Bürgern die Vollziehung zu gestatten, insofern die Besteuerten sich nicht ausweisen, dass sie an die thurgauischen Oberbehörden rekurrirt haben, und insofern sie nicht andere, von dem Besteurungsrecht unabhängige, civilrechtliche Einreden geltend machen. Gegen diesen Bescheid des Bundesrathes erhob indessen die Regierung von St. Gallen Rekurs an die Bundesversammlung, welche die Beschwerde begründet fand und erkannte: »Es könne der Kanton St. Gallen nicht angehalten werden, Steuerforderungen

*) Bundesbl. 1853 II. 575—594.

anderer Kantone an Niedergelassene desselben auf dem Exekutionswege einzutreiben oder Entscheidungen ausserkantonaler Behörden darüber anzuerkennen und zu vollstrecken.« *) Dieser Entscheid stützte sich wesentlich auf folgende Erwägungen: Wenn es sich um die Frage handelt, ob zur Entscheidung von Anständen, welche sich über die Besteurung thurgauischer, im Kanton St. Gallen niedergelassener Bürger erheben, die thurgauischen oder die st. gallischen Behörden kompetent seien, so muss von dem allgemeinen staatsrechtlichen Grundsatze ausgegangen werden, dass die Jurisdiction über alle Bewohner eines Kantons, seien dieselben Angehörige oder Fremde, dem betreffenden Kanton zusteht, soweit nicht die Bundesverfassung oder Konkordate eine Ausnahme machen. Nun steht St. Gallen in keinem Konkordate, aus welchem eine Beschränkung seiner Jurisdiction gefolgert werden könnte; die Bundesverfassung aber verweist in Art. 50 persönliche Ansprachen, wozu die Steuerforderungen thurgauischer Gemeinden an einzelne ihrer Bürger unzweifelhaft gehören, vor den Richter des Wohnortes des belangten Schuldners. **) — Die Bedeutung des Bundesbeschlusses vom 20. Juli 1855 war nun allerdings nicht die, dass der Heimathkanton überhaupt nicht mehr berechtigt sei, von seinen auswärts wohnenden Bürgern Steuern, insbesondere Armensteuern zu fordern. Findet der Niederlassungskanton es in seiner Convenienz liegend und mit den von ihm angenommenen Grundsätzen vereinbar, zur Vollstreckung solcher Steuerforderungen Hand zu bieten, so hat die Sache keine Schwierigkeit; im entgegengesetzten Falle können die heimathlichen Behörden ihre Ansprachen wenigstens nach der Rückkehr ihrer Angehörigen in den Heimathkanton geltend machen. Dagegen hat der Beschluss schon seinem Wortlaute nach unzweifelhaft den Sinn, dass es in Folge desselben jedem Kanton freigestellt ist, die rechtliche Betreibung der auf seinem Gebiete niedergelassenen Bürger anderer Kantone für Steuerforderungen ihrer heimathlichen Behörden zu gestatten oder nicht zu gestatten. Von diesem Standpunkte ausgehend, fanden die Bundesbehörden sich nicht veranlasst, einer Beschwerde Folge zu geben, welche die Regierung von Zürich gegen ein Dekret des Grossen Rathes von

*) Amtl. Samml. V. 139.

**) Bundesbl. 1855 II. 405—413, 513—527.

Schaffhausen erhob, das geradezu erklärte: es sollen keine Steuerforderungen der Heimathbehörden an dortige Niedergelassene zur Vollziehung zugelassen werden. *)

Beschwerden über doppelte Besteurung des nämlichen Besitzes oder Einkommens in zwei verschiednen Kantonen wurden vom Bundesrathe immer abgewiesen, weil »die Steuergesetzgebungen der Kantone auf der Souveränetät der letztern beruhen und dem Bunde gemäss Art. 3 der Bundesverf. weder auf dem Wege der Gesetzgebung noch der Jurisdiktion eine Einmischung zusteht, insoferne jene Gesetzgebungen nicht mit Bundesvorschriften und Konkordaten im Widerspruche stehen.« **) Die Bundesversammlung hat nun aber — freilich ohne sich auf irgend eine solche positive Bestimmung berufen zu können — in dem an sie rekurrirten Falle des Hrn. August Dürr von Burgdorf erkannt: es seien von der im Kanton Bern, wo die Erblasserin wohnte, zu bezahlenden Erbschaftssteuer die im Kanton Freiburg liegenden Grundstücke befreit, weil letzterer Kanton bereits ebenfalls eine Erbschafts- oder Handänderungsgebühr von denselben erhebe. ***)

§ 6 des Art. 41 lautet folgendermassen:

»Der Niedergelassene kann aus dem Kanton, in welchem er niedergelassen ist, weggewiesen werden:

a. durch gerichtliches Strafurtheil;

b. durch Verfügung der Polizeibehörden, wenn er die bürgerlichen Rechte und Ehren verloren hat, oder sich eines unsittlichen Lebenswandels schuldig macht, oder durch Verarmung zur Last fällt, oder schon oft wegen Uebertretung polizeilicher Vorschriften bestraft worden ist.«

Wenn ein Schweizer diejenigen Bedingungen erfüllt, welche nach § 1 erfordert werden, so bildet das Recht der freien Niederlassung die Regel und der Verlust dieses Rechtes die Ausnahme. Die Wegweisung ist daher nur zulässig unter den in § 6 genau bezeichneten Voraussetzungen; dagegen ist sie, soferne der kantonale Instanzenzug ohne Erfolg durchgemacht worden ist, von Bundeswegen aufzuheben, wenn sie nur auf unbestimmten Nachweisungen, auf politischen oder religiösen Gründen oder auf der Ausübung der verfassungs-

*) Bundesbl. 1859 II. 391—405.

**) Bundesbl. 1858 I. 258. Vgl. Ullmer S. 213—214.

***) Bundesbl. 1862 III. 169—175.

mässigen Rechte in einem der Kantonsregierung feindlichen Sinne beruhte. Auch kann wegen eines einzelnen Verbrechens oder Vergehens, nach der klaren Vorschrift des § 6, die Entziehung der Niederlassung nicht durch polizeiliche Massregel, sondern nur durch gerichtliches Urtheil verfügt werden.*)

Zwischen litt. a und b des § 6 besteht offenbar ein wesentlicher Unterschied. Erstere bezieht sich auf die Anwendung kantonaler Strafgesetze, letztere ist eine direkte Vorschrift der Bundesverfassung über die Bedingungen der Ausweisung; erstere spricht von der Strafe der Verbannung, letztere behandelt die polizeiliche Ausweisung. Beide sind auch materiell in ihren Wirkungen sehr verschieden; bei der gerichtlichen Verbannung darf der Verurtheilte den Kanton nicht mehr betreten, ohne in neue Strafe zu verfallen, während die polizeiliche Ausweisung ihn nur an der Niederlassung und an längerm Aufenthalte verhindert. Die Verbannungsstrafe muss sich auf die Strafgesetzgebung des Kantons stützen; diese letztere aber steht, wie die übrige Gesetzgebung, unter dem allgemeinen und höhern Princip des Art. 48, oder mit andern Worten, Kantonsbürger und übrige Schweizer sollen im gleichen Falle mit der gleichen Strafart und dem gleichen Strafmass behandelt werden. Wenn daher in einem Kanton Strafgesetze bestehen, welche diesem Grundsatze widersprechen, so kann ein darauf gegründetes Urtheil nicht als gültiger Wegweisungsgrund im Sinne des § 6 litt. a angesehen werden; denn wenn auch bei kriminell Verurtheilten litt. b wohl immer zutreffen wird, so stünde es dagegen im Widerspruch mit dieser zweiten Bestimmung, wenn nach der ersten schon wegen einer einmaligen polizeilichen Uebertretung, in Folge eines bloss die Kantonsfremden treffenden Strafgesetzes, die Ausweisung erfolgen könnte. Von diesen Ansichten geleitet, hat der Bundesrath ein Strafurtheil des luzernischen Obergerichtes, welches er dem Art. 48 widersprechend fand, aufgehoben und die Bundesversammlung hat den Rekurs abgewiesen, welchen die Regierung des Kantons Luzern gegen diese Entscheidung ergriff.**)

Hinsichtlich der Anwendung der litt. b notiren wir folgende Grundsätze, welche der Bundesrath in einzelnen an ihn gelangten Fällen aufgestellt hat: 1) Bei Ausweisung wegen Uebertretung von

*) Bundesbl. 1850 III. 132—133. Ullmer S. 138—139.

**) Bundesbl. 1859 II. 222—231.

Polizeigesetzen kann es nicht darauf ankommen, ob die Strafe von einer richterlichen oder polizeilichen Behörde ausgesprochen wurde, soferne die Kompetenz dazu vorhanden war. 2) Es sind keine hinreichenden Gründe vorhanden, um anzunehmen, dass die öftere Bestrafung wegen Polizeiübertretungen nur von Strafurtheilen des Niederlassungskantons zu verstehen sei. 3) Wenn einem schon mehrmals polizeilich bestraften Schweizerbürger dieses Umstandes ungeachtet die Niederlassung bewilligt oder diese Bewilligung erneuert wurde, so kann er später aus diesem Grunde allein nicht weggewiesen werden, sondern es muss wenigstens eine neue Gesetzesübertretung Veranlassung zu Beschwerden geben. 4) Wenn ein Niedergelassner weder so viel Vermögen noch so viel Kredit hat, um die zur Erfüllung der Militärpflicht erforderlichen Effekten anzuschaffen, so gehört er in die Klasse derjenigen, die wegen Verarmung der öffentlichen Wohlthätigkeit anheimfallen, und es darf demnach gegen ihn gemäss § 6 verfahren werden. 5) Die Güterabtretung im Kanton Bern berechtigt zum Entzug der Niederlassung, indem der Güterabtreter nach den bernischen Gesetzen seine bürgerliche Ehrenfähigkeit zur Zeit ganz verliert und die Möglichkeit einer spätern Rehabilitation dem Gesetze und der Bundesverfassung ihre klar ausgesprochnen Wirkungen nicht benehmen kann, so lange dieser Zustand dauert.*)

Wir haben nun, nachdem wir den Wortlaut des Art. 41 durchgegangen, noch einige besondere Verhältnisse zu besprechen, welche zwischen dem Niedergelassenen und dem Niederlassungs-, beziehungsweise dem Heimathkanton bestehen. Was zunächst das Passwesen betrifft, so entstand die Frage, ob der Niederlassungskanton verpflichtet sei, dem Niedergelassenen einen regelmässigen Pass auszustellen. Der Bundesrath hat diese Frage verneint, weil »der Art. 41 § 4 das Passwesen nicht berühren kann, indem er seiner Natur nach sich auf die Rechte bezieht, welche einem Niedergelassenen für seinen Aufenthalt im Kanton zustehen, nicht aber auf Ausweisschriften, die er im Auslande bedarf und die ihm seine Heimathsbehörde zustellen muss.«**) In Bezug auf die Ausweisschriften, welche der Niedergelassene nach § 1 abgeben muss, ist es zulässig, die Wiederherausgabe derselben an die Bedingung zu knüpfen, dass der Auf-

*) Bundesbl. 1852 I. 391. Ullmer S. 138—142.

**) Bundesbl. 1854 II. 54.

enthaltschein, den die Behörde dafür ausliefert, zurückerstattet werde, vorausgesetzt, dass es in der Macht des Niedergelassenen stehe, sich diesen Schein zu verschaffen und somit selbst das Hinderniss zu heben.*) Dagegen ist es der Behörde des Niederlassungskantons eben so wenig gestattet, wegen Schulden, die der Niedergelassene bei seiner Abreise zurücklässt, die Herausgabe der Ausweisschriften zu verweigern, als die Heimathbehörde dieselbe, wie wir oben gesehen haben, wegen allfälliger Steuerforderungen vorenthalten darf. So hat der Bundesrath im Falle Hugentobler entschieden und die Bundesversammlung hat, gegenüber einem Rekurse der Regierung von Schaffhausen, diesen Entscheid bestätigt, welcher eine nothwendige Konsequenz des Bundesbeschlusses betreffend den Rekurs Heizmann war.**)

Was das Vormundschaftswesen betrifft, so hat der Bundesrath immer die Beschwerden abgewiesen, welche von Niedergelassenen darüber geführt wurden, dass sie von ihren Heimathbehörden, denen sie die Kompetenz dazu bestritten, unter Vormundschaft gestellt worden seien. Er stützte sich hierbei auf die Erwägung, »dass die Befugniss der Kantone, durch die verfassungsmässig aufgestellten Behörden ihre Angehörigen unter Vormundschaft zu stellen, mit der Bundesverfassung nicht im Widerspruche steht, zumal die letztere den Gerichtsstand nur in Bezug auf persönliche Schuldforderungen grundsätzlich feststellt, keineswegs aber die Kantone hinsichtlich solcher Fragen beschränkt, die sich auf den bürgerlichen Stand einer Person beziehen.«***) Eine andere Frage ist es freilich, ob auch der Niederlassungskanton — soferne er nämlich dem hierauf bezüglichen Konkordate nicht beigetreten ist — verpflichtet sei, Verfügungen der Heimathbehörden, welche sich auf die Vormundschaft über Niedergelassene beziehen, anzuerkennen. Da die Regierung von St. Gallen derjenigen von Graubünden gegenüber diese Verpflichtung förmlich bestritt, so brachte letztere die Frage, als eine staatsrechtliche Streitigkeit zwischen Kantonen, an die Bundesversammlung. Der Bundesrath, welchem das Begehren Graubündens zur Berichterstattung überwiesen wurde, fand: da die

*) Bundesbl. 1858 I. 258—260.

**) Bundesbl. 1862 I. 404. II. 237—238. Vgl. auch schon einen Entscheid des Bundesrathes v. J. 1853 bei Ullmer S. 142—144.

***) Bundesbl. 1854 II. 52—53.

Bundesverfassung durchaus nichts enthalte, was in dieser Materie die Souveränetät der Kantone beschränke, so stehe es jedem Kanton kraft Art. 3 frei, nach dem einen oder andern Systeme zu verfahren; insbesondere sei jeder Kanton, welcher sich ausserhalb des Konkordates befinde, befugt, Personen und Sachen innerhalb des eignen Gebietes ohne Ausnahme seiner Botmässigkeit zu unterwerfen; daher könne St. Gallen nicht angehalten werden, auf sein seit langem ausgeübtes Recht der Unterwerfung der Niedergelassenen unter seine Vormundschaftsgewalt zu verzichten. Auf gleiche Weise begutachtete der Bundesrath das von Graubünden gleichzeitig gestellte Begehren, dass St. Gallen verpflichtet werde, auch in Ehescheidungssachen der Niedergelassenen die Kompetenz der Heimathbehörden anzuerkennen. Die ständeräthliche Kommission, welche sich zuerst über die Frage auszusprechen hatte, stimmte in beiden Beziehungen dem bundesräthlichen Antrage auf Abweisung bei, worauf Graubünden seine Beschwerde zurückzog.*)

Am Schlusse dieses Abschnittes haben wir noch mit einigen Worten die Rechtsverhältnisse der Aufenthalter, d. h. der ohne Niederlassungsbewilligung in einem Kanton sich aufhaltenden Schweizerbürger aus andern Kantonen zu erwähnen. Der Art. 41 gewährt denselben keine besondern Rechte; daher hat auch der Bundesrath in mehrern Fällen entschieden, dass voraus die Gründe, welche einen Kanton berechtigen, die Niederlassung zu verweigern, auch den Entzug des Aufenthaltes hinlänglich rechtfertigen, zumal der Aufenthalter, der weit weniger Pflichten gegen den Kanton hat als der Niedergelassene, nicht grössere Rechte verlangen könne.**) Wenn über die Wegweisung von Aufenthaltern, z. B. Gesellen oder Arbeitern, wegen polizeilicher Vergehen beim Bundesrathe Beschwerde erhoben wurde, so wurde diese ebenfalls immer abgewiesen und zwar mit folgender Motivirung: „1) Ueber die Frage der Wegweisung von Schweizerbürgern aus einem Kanton bestehen Bundesvorschriften nur in Betreff der Niedergelassenen, indem der ganze Art. 41 der Bundesverf. nur von ihren Rechten und Pflichten und von den Bedingungen ihrer Aufnahme und Wegweisung handelt. Daraus ist in Verbindung mit Art. 3 der Bundesverf. zu schliessen, dass diessfällige Verfügungen über sogen. Aufenthalter der kantonalen

*) Bundesbl. 1859 II. 133—147, 303—309. Ullmer S. 110—119.

**) Bundesbl. 1854 II. 64. 1860 II. 4—5.

Gesetzgebung und Verwaltung anheimfallen, es wäre denn, dass durch eine Wegweisung zugleich konstitutionelle Rechte eines Schweizerbürgers verletzt würden, wie z. B. im Falle einer Wegweisung aus dem blossen Grunde der Theilnahme an einem vom Bunde als zulässig erachteten Vereine (vgl. Beschluss der Bundesversammlung vom 30. Juli 1853, betreffend den Grütliverein in Bern, und das diessfällige Gutachten der Kommission). 2) Es steht jedem Schweizerbürger frei, wenn er die Garantie des Art. 41 gegen Ausweisung sich erwerben will, durch Vorlegung der dort bezeichneten Ausweise und Uebernahme der Verpflichtungen eines Niedergelassenen in die rechtliche Stellung des letztern einzutreten. 3) Im vorliegenden Falle hat der Rekurrent diesen Bedingungen nicht entsprochen und kann sich somit nicht auf die Garantie berufen, welche der Art. 41 den Niedergelassenen gewährt.«*) Wenn indessen einem Schweizerbürger die Aufenthaltsbewilligung ertheilt worden ist, obgleich er, z. B. wegen mangelnder bürgerlicher Ehre, auf die Niederlassung keinen Anspruch hätte machen können, so kann er desswegen später nicht weggewiesen werden, wenn nicht neue Gründe, die eine Wegweisung rechtfertigen, hinzutreten oder nachgewiesen wird, dass die Behörde über das Vorhandensein der verfassungsmässigen Bedingungen getäuscht worden sei.**) Auch wird als Aufenthalter nicht betrachtet, wer in Folge ihm übertragner amtlicher Funktionen, wenn auch ohne förmliche Niederlassungsbewilligung, sich in einem Kanton aufhält; derselbe wird vielmehr als Niedergelassener angesehen und kann somit nur in den, in § 6 des Art. 41 bezeichneten Fällen ausgewiesen werden.

Die schweizerischen Israeliten endlich sind durch den Eingang des Art. 41 von dem Niederlassungsrechte allerdings ausgeschlossen und es dürfen die Kantone ihnen daher selbst die bleibende Duldung vorenthalten, welche mit dem landesüblichen Namen »Aufenthalt« bezeichnet wird. Darans folgt indessen nicht, dass die Kantone, wenn sie von dieser Befugniss keinen Gebrauch machen, gegen diese Schweizerbürger mit Rücksicht auf die Formen und Taxen willkürlich zu verfahren befugt sind, sondern es muss alsdann der Grundsatz der allgemeinen Rechtsgleichheit der Schweizer seine Anwendung finden.***)

*) Bundesbl. 1860 II. 2—3.

**) Ullmer S. 147.

***) Bundesbl. 1862 II. 232.

§ 3. Unverjährbarkeit des Bürgerrechtes.

Der Art. 43 der Bundesverf. enthält in Satz 1 die nachfolgende, kurz und absolut gefasste Bestimmung:

»*Kein Kanton darf einen Bürger des Bürgerrechtes verlustig erklären.*«

Das Motiv, welches dieser Verfassungsbestimmung zu Grunde liegt, ist offenbar die Absicht, die Entstehung von Heimathlosigkeit soweit als möglich zu verhüten. Früher gab es Kantone, welche den Uebertritt zu einer andern Confession oder die Eingehung einer paritätischen Ehe mit dem Verluste des Bürgerrechtes bestraften; die andern Kantone suchten sich gegen die daraus für sie entstehenden Gefahren zu schützen durch das Konkordat vom 11. Juni 1812, bestätigt den 7. Juli 1819, betreffend die Ehen zwischen Katholiken und Reformirten, und durch dasjenige vom 8. Juli 1819 wegen Folgen der Religionsänderung in Bezug auf Land- und Heimathrecht. Um den in den Konkordaten aufgestellten Grundsatz für die gesammte Eidgenossenschaft verbindlich zu machen, wurde in der Revisionskommission zuerst folgender Bundesartikel vorgeschlagen: »Kein Kanton darf einen Angehörigen gegen dessen Willen aus irgend einem Grunde des Bürgerrechts verlustig erklären.« Die Mehrheit der Kommission strich indessen die Worte »gegen dessen Willen«, damit nicht in Folge der Auswanderung möglicher Weise wieder eine neue Klasse von Heimathlosen entstehe, und beschloss den Zusatz beizufügen: die Kantone dürfen die Entlassung aus dem Bürgerrechte nur dann ertheilen, wenn der Betreffende sich über den Erwerb eines neuen Bürgerrechtes bestimmt auszuweisen vermag. In der zweiten Berathung setzte die Kommission das Wort »Bürger« an die Stelle von »Angehörigen«, weil dieser letztere Ausdruck an Unterthanschaft erinnere, und beschloss den Artikel in dem Sinne zu fassen, dass ein Bürger nur dann des Bürgerrechts verlustig gehen oder als aus dem Bürgerrechtsverbande entlassen angesehen werden könne, wenn er sich über den Besitz eines andern Bürgerrechtes urkundlich ausgewiesen habe. In der dritten Berathung aber wurde wieder beschlossen, den Zusatz betreffend den Ausweis über den Erwerb eines andern Bürgerrechtes zu streichen, und demnach der Artikel in seiner jetzigen Fassung angenommen.*) An der Tag-

*) Prot. der Revisionskomm. S. 145—147, 175, 193.

satzung beantragte die Gesandtschaft von Zürich den Zusatz: »es wäre denn, dass derselbe im Auslande ein unbestrittnes Heimathrecht besitzen würde«, und begründete denselben folgendermassen: »Das schweizerische Bürgerrecht könne nicht eine unbedingte Gültigkeit haben, sondern es müsse dessen Dauer an gewisse Bedingungen geknüpft sein und einer Verjährung unterliegen. Sollten die Auswanderer unter allen Umständen und auf alle Zeiten auf den Bürgerregistern compariren und stets als Bürger betrachtet werden müssen, so bekämen die Kantone und die Gemeinden dadurch eine auswärtige Bevölkerung, die zum Heimathlande in keinem nähern Zusammenhange stände und auf das Bürgerrecht nur dann gelegentlich Ansprüche machen würde, wenn gewisse Vortheile zu erlangen wären. Die Kantone könnten nur in dem Falle angehalten werden, einen Bürger wieder anzuerkennen, wenn derselbe kein anderes Bürgerrecht besitzen und somit der Heimathlosigkeit verfallen würde.« Gegen den Antrag Zürichs wurde jedoch eingewendet: Das schweizerische Bürgerrecht müsse so heilig geachtet werden, dass eine Verjährung in Beziehung auf dasselbe durchaus nicht zugelassen werden sollte. Dieser Begriff von dem Werthe und der Bedeutung des schweizerischen Bürgerrechtes hänge auf's Innigste mit den Ansichten des Volkes zusammen. Der Eidgenosse sollte seines Heimathrechtes nur dann verlustig gehen, wenn er auf dasselbe freiwillig verzichte und nachweise, dass er ein anderes Indigenat sich erworben habe. Nach dieser Diskussion blieb das Amendement der Gesandtschaft von Zürich mit bloss 2 Stimmen in Minderheit.*)

Frägt es sich nun, was für eine Tragweite der Art. 43 Satz 1 der Bundesverf. hat, so kann es zunächst keinem Zweifel unterliegen, dass nach dieser Bestimmung kein Kanton den Verlust des Bürger- oder Heimathrechtes als Strafe festsetzen darf für irgend eine Handlung, welche den Gesetzen des Landes oder den Verfügungen der Staatsgewalt widersprechen würde. Es können daher z. B. niemals Schweizer, welche ohne Erlaubniss der Obrigkeit in fremde Kriegsdienste eintreten, des Bürgerrechtes verlustig erklärt werden. Eben so wenig kann es, zumal wenn man die Diskussion in der Tagsatzung als Commentar zum Art. 43 berücksichtigt, als zulässig betrachtet werden, dass ein Kanton den allgemeinen Grundsatz auf-

*) Abschied S. 85–86.

stelle: wer ein anderes, sei es schweizerisches oder auswärtiges, Staatsbürgerrecht erwirbt, verliert dadurch sein angebornes Heimathrecht. Als die Regierung von Appenzell A. Rh. in einem Kreisschreiben erklärte, dass sie Personen, welche in einem andern Kanton ein Bürgerrecht erwerben, nicht mehr als ihre Angehörigen anerkennen könne, erhoben andere Kantonsregierungen unter Berufung auf Art. 43 mit vollem Rechte dagegen Einsprache und die ständeräthliche Kommission, welche nachher die appenzellische Verfassung zu prüfen hatte, sprach sich im gleichen Sinne aus. Doch enthielt diese Verfassung nicht den für unzulässig erklärten Grundsatz, sondern sie forderte nur von Landrechtsbewerbern den Nachweis, dass sie ihres bisherigen Bürgerrechtes entlassen seien, was als statthaft angenommen wurde.*) Zweifelhafter mag die Frage erscheinen, ob auch Bestimmungen unzulässig seien, die den Verlust des Bürgerrechtes für Diejenigen festsetzen, welche, nachdem sie ein auswärtiges Indigenat erworben, es versäumen, ihr schweizerisches Heimathrecht binnen einer gewissen Frist erneuern zu lassen. Allein nach dem nackten Wortlaute des Art. 43 und nach der Diskussion in der Tagsatzung muss man sich auch für diese Folgerung erklären, welche die ständeräthliche Kommission bei Anlass der Vorlage der Verfassung des Kantons Uri gezogen hat. Es wurde damals, um namentlich einer zukünftigen authentischen Auslegung des Art. 43 nicht vorzugreifen, dem einschlägigen Artikel der genannten Verfassung die eidgenössische Garantie verweigert,**) während später, gegenüber einer ähnlichen Bestimmung der Verfassung des Kantons St. Gallen, die Bundesversammlung sich damit begnügte, »die selbsteigne Auslegung des Art 43 sich vorzubehalten«.***) Die Rechte des Bundes sind freilich auch mit diesem letztern Beschlusse gewahrt und für die Bundesversammlung wird es wohl nicht an Veranlassungen fehlen, wo sie sich ganz bestimmt darüber wird aussprechen müssen, ob sie im Sinne der Tagsatzung die Unverjährbarkeit des schweizerischen Bürgerrechtes aufrecht halten oder die gesetzliche Präsumtion, dass die Versäumung einer Frist als stillschweigende Verzichtleistung auf das Bürgerrecht anzusehen sei, für vereinbar mit Art. 43 erklären wolle.

*) Bundesbl. 1859 I. 147 148.
**) Bundesbl. 1850 II. 360, 368.
***) Amtl. Samml. VII. 122.

Aus den Entscheidungen des Bundesrathes ist in Bezug auf Art. 43 Satz 1 bloss folgende anzuführen: Eine Verordnung Nidwaldens schrieb vor, dass dortige Wittwen, welche aus Obwalden gebürtig wären, wieder ihrer ursprünglichen Armenbehörde zufallen sollten. Der Bundesrath fand diese Verordnung dem Art. 43 widersprechend, weil die Erwerbung des Armenrechtes nur eine Folge des Bürgerrechtes ist, letzteres aber nach der erwähnten Bundesvorschrift nicht verloren gehen darf.*)

§ 4. Cultusfreiheit, Verhältnisse zwischen den Confessionen.

Seit den Zeiten der Glaubenstrennung fehlte es zwar in der Schweiz nicht an Bestimmungen, welche geeignet waren, den Religionsfrieden aufrecht zu erhalten und vor äussern Störungen zu sichern; aber die Gestattung der freien oder beschränkten Ausübung eines Glaubensbekenntnisses wurde bis zum Jahr 1848 lediglich als ein Attribut der Kantonalsouveränetät betrachtet, und es gab daher damals noch katholische Kantone, in welchem die Protestanten, und reformirte Kantone, in welchen die Katholiken ihren Cultus nicht öffentlich ausüben durften. War doch die neue Verfassung des Kantons Wallis, welche in Folge des Sieges der Priesterparthei 1844 ausgearbeitet wurde, sogar noch weiter gegangen und hatte jeden nichtkatholischen Gottesdienst unbedingt ausgeschlossen! Die Revisionskommission fand daher, als sie zuerst die confessionellen Verhältnisse in Berathung nahm, für nothwendig, folgende Grundsätze aufzustellen: 1) Die beiden Culte sollen in allen Kantonen garantirt sein; 2) die Confessionen sollen Frieden unter sich haben; 3) die Rechte des Staates hinsichtlich der öffentlichen Ordnung und des Friedens bleiben vorbehalten. Die Redaktoren fanden indessen mit Recht, dass der letzte Satz den zweiten überflüssig mache; die Kommission beschränkte sich daher in den folgenden Berathungen auf diejenigen zwei Sätze, welche der Art. 44 gegenwärtig enthält. Während aber der erste Entwurf bloss den Kantonen das Recht »geeignete Massnahmen zu treffen« vorbehalten wollte, wurde dasselbe in der letzten Berathung der Kommission auch dem Bunde gewahrt.**) Der Eidgenossenschaft wurde damit eine weitgehende, weil nicht genau umschriebene, Kompetenz

*) Ullmer S. 150.

**) Prot. der Revisionskomm. S. 27—29, 155, 175, 193.

auf dem delikaten Gebiete der confessionellen Verhältnisse eingeräumt, was sich nur durch die unmittelbar vorausgegangnen Kämpfe, die einen wesentlich confessionellen Charakter an sich trugen, erklären lässt.

An der Tagsatzung erlitt der von der Revisionskommission vorgeschlagne Artikel nur eine kleine Redaktionsänderung, welche von den Redaktoren selbst ausging. Dagegen blieben in der nicht uninteressanten Diskussion die nachfolgenden Anträge in Minderheit:

1) Der Antrag Appenzell-Ausserrhodens auf Streichung des ganzen Artikels mit $3\frac{1}{2}$ Stimmen;

2) der Antrag Solothurns auf Streichung des zweiten Satzes mit 2 Stimmen;

3) der Antrag Schaffhausens, allen statt bloss den anerkannten christlichen Confessionen die Cultusfreiheit zu sichern, mit $8\frac{1}{2}$ Stimmen;

4) der Antrag von Glarus, auch das Recht, gemischte Ehen einzugehen, zu gewährleisten und festzusetzen, dass weder die Eingehung derselben noch der Uebertritt zu einer andern Confession Nachtheile in Bezug auf politische Rechte zur Folge haben könne, mit $9\frac{1}{2}$ Stimmen;

5) der Antrag Aargaus, auch die Glaubens- und Gewissensfreiheit zu gewährleisten, mit 5 Stimmen;

6) der Antrag Berns, die Ausübung jedes Gottesdienstes innerhalb der Schranken der Sittlichkeit und der öffentlichen Ordnung für erlaubt zu erklären, mit $1\frac{1}{2}$ Stimmen;

7) der Antrag Genfs, festzusetzen, dass kein Schweizerbürger wegen seines Glaubensbekenntnisses seiner politischen oder bürgerlichen Rechte beraubt werden dürfe, mit 5 Stimmen;

8) der Antrag Zürichs, es solle kein Kanton befugt sein, Schweizer irgend einer christlichen Confession vom Erwerbe des Bürgerrechtes auszuschliessen, mit 9 Stimmen.*)

Der Art. 44 der Bundesverf. lautet nunmehr folgendermassen:

»*Die freie Ausübung des Gottesdienstes ist den anerkannten christlichen Confessionen im ganzen Umfange der Eidgenossenschaft gewährleistet.*

»*Den Kantonen, sowie dem Bunde bleibt vorbehalten, für Hand-*

*) Abschied S. 86—91, 268—269.

habung der öffentlichen Ordnung und des Friedens unter den Confessionen die geeigneten Massnahmen zu treffen.«

Was nun zunächst den ersten Theil dieses Artikels betrifft, so kann wohl darüber kaum ein ernster Zweifel walten, dass unter den »anerkannten christlichen Confessionen« nicht solche zu verstehen sind, welche in auswärtigen Staaten, sondern solche, welche in den schweizerischen Kantonen verfassungsmässige oder gesetzliche Anerkennung gefunden haben. Ist ja doch im Allgemeinen in der Bundesverfassung nicht von den Verhältnissen der Schweiz zum Auslande, sondern von denjenigen der Kantone unter sich und zum Bunde, sowie von den Rechten der Schweizerbürger die Rede! Immerhin ist jener Ausdruck wohl absichtlich, um spätern Entwicklungen nicht vorzugreifen, etwas unbestimmt gehalten. Bis jetzt zwar hat derselbe keine besondern Anstände verursacht, jedoch nur aus dem faktischen Grunde, weil zur Stunde noch die römisch-katholische und die evangelisch-reformirte Kirche die einzigen Confessionen sind, welche als förmlich recipirt in den Kantonen zu betrachten sind. Wenn ein Kanton einen dritten Kultus, z. B. den anglikanischen oder den griechischen, auf seinem Gebiete bloss duldet, so folgt daraus natürlich für die andern Kantone noch nicht die Verpflichtung, dieser christlichen Confession ebenfalls freie Ausübung ihres Gottesdienstes zu gestatten. Sollte dagegen eine neu entstandne oder eine ältere auswärtige Confession sich in der Weise in der Schweiz einbürgern, dass sie in einem oder gar in mehrern Kantonen sich zur Landeskirche erheben oder wenigstens in den Verfassungen Gewährleistung finden oder auch nur durch die Gesetzgebung unter den Schutz des Staates genommen würde, so glauben wir, dass allerdings auch andere Kantone einer solchen Confession die freie Ausübung ihres Gottesdienstes kraft Art. 44 gestatten müssten und kein Kanton sich darauf berufen könnte, dass er selbst dieselbe noch nicht »anerkannt« habe. Es steht zu erwarten, dass derartige, jedenfalls heikle Fragen in Zukunft nicht ausbleiben werden und die Bundesversammlung, welche als die oberste Auslegerin der Bundesverfassung erscheint, wird dieselben alsdann je nach den faktischen Verhältnissen des einzelnen Falles entscheiden. Für einmal steht fest, dass blosse Sekten nicht Anspruch haben auf volle Freiheit des Cultus, wie der Bundesrath gegenüber den Neutäufern im Kanton Appenzell A. Rh. entschieden hat, die sich darüber beschwerten, dass die Regierung sie anhalte, ihre Kinder taufen zu lassen.*)

Ebenso kann es nach der Verbindung, in welcher die beiden Sätze des Art. 44 mit einander stehen, keinem Zweifel unterliegen, dass auch die anerkannten christlichen Confessionen kein unbeschränktes Recht auf freie Religionsübung haben, sondern dasselbe dem allgemeinen Vorbehalte unterliegt, dass die Regierungen daneben stetsfort berechtigt sind, für die Handhabung der öffentlichen Ordnung und des Friedens unter den Confessionen das Geeignete zu verfügen. In diesem Sinne hat der Bundesrath die Beschwerde eines Tessiner Priesters gegen seine Kantonsregierung abschlägig beschieden, weil er fand, dieselbe habe nur innert den Schranken ihrer Befugnisse gehandelt, indem sie die Verrichtung gottesdienstlicher Funktionen an ungewohnten Orten untersagte, welche nur geeignet waren, Aufreizung und Unordnung unter die Bürger zu bringen.**) Freilich muss, weil die beiden Sätze des Art. 44 immer als sich auf einander beziehend gedacht werden müssen, den Bundesbehörden das Recht gewahrt bleiben, in jedem einzelnen Falle zu untersuchen, ob die kantonale Behörde bloss eine Verfügung getroffen, welche im Interesse der öffentlichen Ordnung und des confessionellen Friedens geboten gewesen sei, oder ob sie diese Gränze überschritten und in das Wesen der Cultusfreiheit selbst eingegriffen habe. Dass auf diesem Gebiete für den Bundesrath und die Bundesversammlung noch sehr schwierige Fragen erwachsen können, ist wohl einleuchtend.

Dass seit 1848 Katholiken und Protestanten ihren Cultus in allen Theilen der Schweiz frei und ungehindert ausüben dürfen, ist ohne Zweifel ein Fortschritt, der nicht gering anzuschlagen ist. Aber eine viel grössere praktische Tragweite hat der zweite Satz des Art. 44, insoweit er auch dem Bunde das Recht gewährt, im Interesse der öffentlichen Ordnung und des confessionellen Friedens in Verhältnisse, welche mit kirchlichen Fragen zusammenhängen, massgebend einzugreifen. Die erste Anwendung dieser Befugniss geschah in Bezug auf die gemischten Ehen. Schon seit 1812 bestand zwar ein Konkordat über diese Materie, dessen wesentlichster Zweck die Verhütung von Heimathlosigkeit war; jedoch waren nicht alle

*) Bundesbl. 1860 II. 5—6.

**) Bundesbl. 1856 I. 506—507.

Kantone demselben beigetreten. Bald nach der Einführung der Bundesverfassung gelangte nun an die Bundesversammlung eine Petition, welche die Erlassung eines, die ungehinderte Eingehung von Ehen zwischen Katholiken und Protestanten sichernden Bundesgesetzes verlangte, unter Berufung auf das im Kanton Schwyz bestehende Verbot solcher Ehen. Der Bundesrath beantragte die Abweisung dieses Gesuches, weil die Kompetenz des Bundes in dieser Materie mindestens als höchst zweifelhaft erscheine, zumal bei Berathung der Bundesverfassung ein Antrag, den Abschluss gemischter Ehen von Bundes wegen zu gewährleisten, in Minderheit geblieben sei und, wenn die Bundesverfassung über einen Gegenstand nichts verfüge, derselbe nach Art. 3 der Kantonalsouveränetät anheimfalle. Die nationalräthliche Kommission hingegen fand die Kompetenz des Bundes begründet in Art. 44 Satz 2. »Wenn diese Bestimmung«, sagt sie in ihrem Berichte, »ihrem einfachen Wortlaute nach in's Auge gefasst wird, so scheint sich daraus die Kompetenz des Bundes, Eheverboten im Gebiete der Eidgenossenschaft, welche sich auf die Verschiedenheit der Confession und auf nichts Weiteres stützen, entgegenzutreten, gewissermassen von selbst zu ergeben. Oder sollte etwa in Abrede gestellt werden wollen, dass, wenn in allen protestantischen Kantonen der Schweiz der Eingehung von Ehen protestantischer Angehöriger mit Katholiken keinerlei Hindernisse entgegengesetzt werden, wenn dagegen katholische Kantone die Protestanten für unwürdig erklären, Eheverbindungen mit Katholiken abzuschliessen, das Ehrgefühl der protestantischen Schweizer dadurch empfindlich verletzt, eine Beleidigung der protestantischen Confession und somit aller der Schweizer, welche sich zu derselben bekennen, darin gefunden werden muss? Beleidigungen aber, welche von den Bekennern der einen Confession denjenigen der andern angethan werden, sind doch wohl als Gefährdung des »»Friedens unter den Confessionen«« anzusehen. Sobald diess zugegeben ist, so muss der Bund, dem nach der Bundesverfassung »»Massnahmen für Handhabung des Friedens unter den Confessionen«« zustehen, kompetent sein, jenen Beleidigungen entgegenzutreten und somit die Verbote der Eingehung von Ehen um der Confession willen, mit einem Worte die Verbote der Eingehung von gemischten Ehen im ganzen Gebiete der Eidgenossenschaft zu untersagen.« Die Kompetenz, welche Art. 44 Satz 2 dem Bunde einräumt, könne aber — fährt die Kommission weiter fort — unmöglich erst dann eintreten, wenn der Frieden unter den Confessionen schon gebrochen sei, sondern der Bund müsse auch das Recht haben einzuschreiten, um die Trübung des confessionellen Friedens zu verhindern. Der Bund könne — populär ausgedrückt — unmöglich bloss berechtigt sein, das Feuer des confessionellen Hasses zu löschen, wenn dasselbe unser gemeinsames Wohnhaus, das Vaterland ergriffen habe, er müsse vielmehr auch schon die Befugniss haben zu verhindern, dass jenes Feuer an dieses Wohnhaus gelegt werde.*) Mit diesen Ansichten über die Kompetenzfrage erklärten die beiden gesetzgebenden Räthe sich einverstanden und es erhielt demnach der Bundesrath den Auftrag, einen Gesetzesentwurf auszuarbeiten. Unter'm 3. December 1850 kam sodann das Bundesgesetz, betreffend die gemischten Ehen zu Stande, welches folgende Bestimmungen enthält:

1) Die Eingehung einer Ehe darf in keinem Kanton aus dem Grunde gehindert werden, weil die Brautleute verschiedenen christlichen Confessionen angehören.

2) Wenn die Promulgation einer solchen Ehe gesetzlich vorgeschrieben ist, so kann sie entweder durch eine geistliche oder durch eine weltliche Behörde vollzogen werden.

3) Die Bewilligung zur Kopulation ist, wenn keine gesetzlichen Hindernisse bestehen, entweder durch eine geistliche oder durch eine weltliche Behörde auszustellen.

4) Soferne im Heimathkanton des Bräutigams die kirchliche Trauung vorgeschrieben ist, so steht es den Brautleuten frei, dieselbe durch einen Geistlichen einer der anerkannten christlichen Confessionen innerhalb oder ausserhalb des Kantons vornehmen zu lassen.

5) Die Bewilligung zur Promulgation oder Kopulation einer gemischten Ehe darf nicht an Bedingungen geknüpft werden, denen andere Ehen nicht unterliegen.

6) Ueber die Religion, in welcher die Kinder aus gemischter Ehe zu erziehen sind, entscheidet der Wille des Vaters. Hat der Vater vor seinem Tode keinen Gebrauch von diesem Rechte gemacht, oder ist er, aus irgend einem

*) Bundesbl. 1850 III. 1—25.

Grunde, zur Ausübung der väterlichen Gewalt nicht befugt, so ist der Wille derjenigen Person oder Behörde massgebend, die sich im Besitze der väterlichen Gewalt befindet.

7) Die Eingehung einer gemischten Ehe darf weder für die Ehegatten, noch für die Kinder, noch für wen immer, Rechtsnachtheile irgend welcher Art zur Folge haben.*)

Der Bundesrath, welchem die Vollziehung dieses Gesetzes zusteht, kömmt sehr häufig in den Fall, Beschwerden zu beurtheilen, welche sich darauf beziehen, dass die Behörden mancher Kantone die Bewilligung zu Eingehung gemischter Ehen aus Gründen verweigern, die zwar dem Princip nach auf zulässigen, weil in den Bereich der Kantonalsouveränetät fallenden, gesetzlichen Vorschriften beruhen, wie namentlich Vermögenslosigkeit, unsittlicher Lebenswandel u. s. w., in ihrer Anwendung auf den Specialfall aber als durchaus nicht zutreffend erscheinen, so dass man sich der Schlussfolgerung nicht entziehen kann, das w a h r e Motiv der Verweigerung sei kein anderes als die verschiedene Confession der Brautleute. Der Bundesrath hat sich, unter stillschweigender Zustimmung der Kantonsregierungen, in solchen Fällen immer auf den Standpunkt gestellt, dass, wenn das Bundesgesetz über die gemischten Ehen eine reelle Bedeutung haben solle, den Bundesbehörden eine B e u r t h e i l u n g d e r M o t i v e zustehen müsse, aus denen eine gemischte Ehe nicht bewilligt werde. Er ist daher in die materielle Prüfung dieser Motive eingetreten, hat untersucht, ob die Brautleute das durch kantonale Gesetze vorgeschriebne Vermögen oder hinreichende Erwerbsfähigkeit besitzen, ob sie eines guten Leumundes geniessen u. s. w., und wenn diese Fragen bejaht werden mussten, hat er die Heimathsbehörde des Bräutigams angewiesen, die Ehebewilligung zu ertheilen. Im Falle des Anton Bisang hat der Ständerath dieses Verfahren ausdrücklich gebilligt, obschon die Regierung von Luzern in ihrer Rekursschrift behauptete, der Bundesrath dürfe nur dann die Verfügungen der Heimathbehörden kassiren, wenn ein positiver Nachweis dafür geleistet werden könne, dass die Verweigerung einer gemischten Ehe aus dem Grunde der Confessionsverschiedenheit erfolgt sei. Die ständeräthliche Kommission bemerkte hierüber, ein solcher Beweis könne niemals geleistet werden; denn die Kantonsbehörde werde sich nicht selbst auf confessionelle Gründe berufen,

*) Amtl. Samml. II. 130—132.

die dem Bundesgesetze widerspechen würden, sondern sie werde andere gesetzliche Gründe anführen, hinsichtlich deren der Bundesrath sich nur darüber aussprechen könne, ob sie richtig oder unrichtig, nicht aber ob sie ernstlich gemeint oder bloss vorgeschoben seien. Uebrigens ist der Bundesrath auf derartige Beschwerden immer erst dann eingetreten, wenn der Rekurrent den von der kantonalen Gesetzgebung vorgeschriebnen Instanzenzug ohne Erfolg durchgemacht hatte.*)

Die katholische Kirche erklärt bekanntlich das Eheband für unauflöslich und zieht aus diesem Dogma die Folgerung, dass die Wiederverehelichung eines geschiednen protestantischen Ehegatten, so lange der andere Ehegenosse noch am Leben, mit einem Katholiken unzulässig sei. Gestützt auf diese kirchliche Anschauungsweise, verweigerte die Regierung von St. Gallen einem katholischen Bürger, der sich mit einer geschiednen Protestantin verheirathen wollte, die Ehebewilligung. Der Bundesrath aber, an welchen der Bräutigam rekurrirte, war andrer Ansicht. Die rechtliche Stellung der Brautleute, sagte er, muss vom Standpunkte derjenigen Confession aus beurtheilt werden, welcher sie angehören; im vorliegenden Falle also ist die Braut durch keine andere rechtsgültig bestehende Ehe gebunden, sondern zur Eingehung einer neuen Ehe als vollkommen befugt anzusehen. Die Ehe wird demnach nur aus dem Grunde verweigert, weil der Verlobte einer andern Confession angehört, deren kirchliche Grundsätze auf die rechtliche Stellung der Braut angewendet werden wollen, was nach Art. 1 des Bundesgesetzes über die gemischten Ehen unzulässig ist. Nach Art. 3 dieses Gesetzes soll ferner die Bewilligung zur Kopulation ausgestellt werden, wenn gegen eine gemischte Ehe keine gesetzlichen Hindernisse vorliegen. Dieser Fall ist nun wirklich vorhanden, indem die im St. Gallischen Gesetze vom 22. Juni 1820 enthaltenen Ehehindernisse hier nicht zutreffen und keine andern Gesetze bestehen, welche die Eingehung einer Ehe aus dem vorgeschützten Grunde verbieten.**)

Bekannter als dieser Rekursfall ist derjenige der Frau Kamen-

*) Bundesbl. 1851 II. 312, 500. 1860 II. 20—24. 1862 II. 255—257, III. 217—227.

**) Bundesbl. 1856 I. 520—522. Vgl. einen Entscheid v. J. 1854 gegen die Regierung von Nidwalden, Ullmer S. 419—420.

zind geb. Jnderbitzin aus dem Kanton Schwyz, bei welchem zwar auch das katholische Dogma von der Unauflöslichkeit des Ehebandes in Frage kam, jedoch die Intervention des Bundes nicht für die Gestattung, sondern für die Scheidung einer gemischten Ehe in Anspruch genommen wurde. Die Eheleute Kamenzind waren seit 1850 auf unbestimmte Zeit geschieden; als nun der Ehemann die Wiedervereinigung verlangte, trat die Frau 1858 zur reformirten Kirche über. Sie protestirte hierauf von Zürich aus gegen die Vorladung vor das bischöfliche Kommissariat in Schwyz; allein ungeachtet ihrer Einrede wegen Inkompetenz hob das geistliche Gericht in contumaciam die Scheidung auf. Gegen dieses Erkenntniss rekurrirte nun Frau K. an den Bundesrath, behauptend, dass es der durch Art. 44 festgesetzten Gleichberechtigung der christlichen Confessionen widerspreche, dass eine Protestantin einem katholischen Priestergerichte unterworfen und ihres confessionellen Rechtes auf gänzliche Ehescheidung beraubt sein solle. Der Bundesrath wies diese Beschwerde ab, gestützt darauf, dass in matrimoniellen Angelegenheiten der Gerichtsstand des Ehemannes kompetent und die blosse Thatsache der Confessionsänderung der Frau nicht geeignet sei den natürlichen Gerichtsstand zu ändern. Die Berufung auf den Art. 44 fand der Bundesrath nicht stichhaltig, indem weder freie Ausübung des Cultus noch Handhabung der öffentlichen Ordnung und des Friedens unter den Confessionen in Frage stehe. Auch die Bundesversammlung, an welche Frau K. ihre Sache weiter zog, konnte vom Standpunkte des bestehenden Rechtes aus den Specialfall nicht anders entscheiden; sie musste insbesondere auch noch die nachträgliche Berufung der Rekurrentin auf Art. 7 des Bundesgesetzes über die gemischten Ehen unbegründet finden, weil dieses Gesetz keineswegs die Absicht hatte, für die Behandlung der Scheidungsklagen von gemischten Ehen Vorschriften zu ertheilen, gemäss welchen, in Abweichung von dem Grundsatze des Gerichtsstandes des Ehemanns, die besondern »confessionellen Rechte« beider Ehegatten geschützt und geregelt werden sollten. Frau K. hatte indessen ihrem Rekurse für den Fall der Abweisung eine Petition beigefügt um Vervollständigung des Bundesgesetzes über die gemischten Ehen, und diesem Gesuche entsprach die Bundesversammlung in der Weise, dass sie den Bundesrath beauftragte, Bericht und Antrag darüber vorzulegen, ob nicht dieses Gesetz durch Aufnahme von Bestimmungen über die Scheidung gemischter Ehen, resp. über den Gerichtsstand in Scheidungsfällen zu ergänzen sei.*)

In seiner Botschaft an die Bundesversammlung, welche im Mai 1861 folgte, gab der Bundesrath zuerst eine Uebersicht der verschiedenen Systeme, welche in den kantonalen Gesetzgebungen mit Bezug auf die Scheidung gemischter Ehen vorkommen. Bei dieser Rundschau gelangte er zu dem Ergebnisse, dass durchaus nicht in allen Kantonen, sondern nur da, wo die Gesetzgebung einer einseitig confessionellen Richtung huldige, Uebelstände bei der Scheidung gemischter Ehen sich geltend machen und daher auch nur hier ergänzende bundesgesetzliche Bestimmungen Anwendung zu finden hätten. Die Kompetenz des Bundes, ein solches Nachtragsgesetz zu erlassen, rechtfertigte der Bundesrath folgendermassen: »Gleichwie der Bund, in der Absicht, den Frieden und das gute Einvernehmen der beiden Confessionen zu fördern und über die Gegensätze derselben vermittelnd einzuschreiten, das Gesetz über die Mischehen erlassen und dadurch diese Institution unter seine Garantie genommen hat, so erachten wir es als eine aus den nämlichen Intentionen hervorgehende und passende Konsequenz, wenn er in Betreff weiterer Rechtsverhältnisse solcher Ehen diejenigen Bestimmungen erlässt, welche geeignet sind, den Rechten beider Confessionsgenossen gebührende Rechnung zu tragen.« Der Bundesrath schlug daher vor, es seien in den Kantonen, wo für die Scheidung gemischter Ehen eine einseitig confessionelle Gerichtsbarkeit oder Gesetzgebung bestehe, Scheidungsklagen durch die Regierung an die Gerichte eines andern Kantons zu delegiren, welcher ein für beide Confessionen gemeinsames Matrimonialgesetz habe, und dieses Gesetz sei alsdann auf solche Fälle anzuwenden. Dieser Antrag wollte indessen Niemanden recht gefallen; es erschien die Zwangsdelegation zu Gunsten der Gerichte eines andern Kantons doch als ein allzustarker Eingriff in die Kantonalsouveränetät! Der Ständerath, welcher mit dem Bundesrathe über die Erlassung eines Nachtragsgesetzes grundsätzlich einverstanden war, setzte doch an die Stelle jener Delegation das Bundesgericht, welches, in Ermangelung bürgerlicher Gesetze des Heimathkantons »nach allgemeinen Grundsätzen« urtheilen sollte. Der Nationalrath verwarf in erster Berathung den ganzen Gesetzesentwurf, weil er sich von der Opportunität desselben, wie von der Kom-

*) Bundesbl. 1859 II. 355—384. Amtl. Samml. VI. 302.

petenz des Bundes in einer, so tief in's bürgerliche Recht der Kantone einschneidenden Materie nicht überzeugen konnte. In der zweiten Berathung indessen einigten sich die beiden Räthe auf folgendes Nachtragsgesetz vom 3. Februar 1862:

1) Die Klage auf Scheidung einer gemischten Ehe gehört vor den bürgerlichen Richter.

2) Wenn in dem Kanton, dessen Jurisdiction der Ehemann in Statusfragen unterworfen ist, kein zuständiges bürgerliches Gericht besteht, oder wenn die Gesetzgebung dieses Kantons die gänzliche Ehescheidung ausschliesst, so ist die Klage beim Bundesgerichte anzubringen.

3) Das Bundesgericht urtheilt nach bestem Ermessen. Es wird in allen Fällen die gänzliche Scheidung aussprechen, wo es sich aus den Verhältnissen ergiebt, dass ein ferneres Zusammenleben der Ehegatten mit dem Wesen der Ehe unverträglich ist.

4) In Beziehung auf die weitern Folgen der Ehescheidung (Erziehung und Unterhalt der Kinder, Vermögens- und Entschädigungsfragen u. s. w.) ist das Gesetz desjenigen Kantons anzuwenden, dessen Gerichtsbarkeit der Ehemann unterworfen ist. Das Bundesgericht kann auch die Erledigung dieser Fragen dem zuständigen kantonalen Richter überweisen.

5) Es bleibt der kantonalen Gesetzgebung vorbehalten, dem katholischen Ehegatten aus dem Grunde des Lebens des geschiedenen andern Ehegatten die Wiederverehelichung zu untersagen.

6) Die Bestimmungen dieses Gesetzes finden analoge Anwendung auf Ehen von Protestanten in vorherrschend katholischen Kantonen, welche kein zuständiges bürgerliches Gericht haben und deren Gesetzgebung die gänzliche Ehescheidung nicht zulässt.*)

Dass der Bund die sämmtlichen Rechtsverhältnisse der gemischten Ehen regelte, war bis jetzt weitaus die wichtigste Anwendung von Art. 44, Satz 2 der Bundesverfassung. Gestützt auf diese Verfassungsbestimmung hat indessen die Eidgenossenschaft in der letzten Zeit sich auch noch in eine andere, zunächst rein kantonale Angelegenheit, nämlich in die Gesetzgebung über die Feiertagspolizei eingemischt. Durch ein Gesetz des Kantons Freiburg

*) Bundesbl. 1861 II. 1—9. III. 33—48. 1862 I. 325—340. Amtl. Samml. VII. 126—127.

vom 24. November 1859 wurden die religiösen Festtage, welche im katholischen, und diejenigen, welche im reformirten Kantonstheile gefeiert werden sollten, genau bezeichnet. An diesen Tagen sollte es verboten sein, auf den Feldern, in den Werkstätten und Fabriken die gewöhnlichen Arbeiten zu verrichten, sowie ein Handwerk auf eine in die Augen fallende oder lärmende Weise auszuüben; doch wurden u. A. vorbehalten dringende landwirthschaftliche Arbeiten, sowie unaufschiebbare Bauten und Ausbesserungen, sofern die Erlaubniss dazu durch die »nach dem Cultus der Lokalität« kompetente Behörde ertheilt werde. Gegen dieses Gesetz erhoben einzelne in den katholischen Bezirken des Kantons Freiburg angesessene Protestanten Beschwerde beim Bundesrathe und verlangten, der Verpflichtung, die katholischen Festtage mitzufeiern, enthoben zu werden. Der Bundesrath wies diese Beschwerde ab, von der Erwägung geleitet, dass die Anwendung des Art. 44 nur dann in Frage kommen könnte, wenn die Gesetzgebung eines Kantons Beschränkungen enthielte, die über den Zweck, dem ungestörten Cultus beider Confessionen billige Rechnung zu tragen, hinausgehen würden und durch intolerante Verfügungen zu Zwietracht und Störung des confessionellen Friedens führen müssten, dass aber dieser Vorwurf dem freiburgischen Gesetze nicht gemacht werden könne, indem die Zahl der angeordneten Feiertage, abgesehen von denjenigen, welche beide Confessionen anerkennen, keine erhebliche und nur öffentliche oder geräuschvolle Arbeiten verboten, dabei aber für die sogen. Nothwerke Dispensation durch die Lokalbehörden vorbehalten sei. Die Beschwerdeführer rekurrirten gegen diesen Bescheid des Bundesrathes an die Bundesversammlung. Die Kommissionen beider Räthe trugen auf Abweisung des Rekurses an, weil »die Beschränkungen, welche die freiburgische Feiertagspolizei den in katholischen Landestheilen wohnenden Protestanten auferlegt, keineswegs einen so erheblichen Charakter an sich tragen, dass sie den confessionellen Frieden stören könnten und desshalb eine Intervention des Bundes kraft Art. 44 sich rechtfertigen würde.« Der Nationalrath stimmte zuerst diesem Antrage bei, indem er nur ein, freilich unpassendes Motiv beifügte, betreffend die Bewilligung zu Notharbeiten, die nicht von geistlichen, sondern von weltlichen Ortsbeamten ertheilt werden sollte. Der Ständerath hingegen fasste folgenden Beschluss, dem nach langen Hin- und Herschieben auch der Nationalrath beitrat:

»in Erwägung, dass es der öffentlichen Ordnung und dem Frieden unter den Confessionen angemessen ist, dass an den Feiertagen der einen Confession die Bekenner der andern sich jeder, den kirchlichen Cultus störenden Beschäftigung enthalten sollen, eine weiter gehende Beschränkung der bürgerlichen Gewerbsthätigkeit dagegen den letztern nicht auferlegt werden darf, welche sich lediglich aus den besondern Vorschriften der betreffenden Confession ergiebt,

»und in Anwendung des Art. 44 der Bundesverf. wird die Regierung von Freiburg eingeladen, dafür zu sorgen, dass das Gesetz vom 24. November 1859, soweit nöthig, im Sinne der Erwägung modifizirt werde.«*)

Durch diesen Beschluss, der jedenfalls auf einer sehr weitgehenden Interpretation von Art. 44 Satz 2 beruht, hat die Bundesversammlung für sich das Recht in Anspruch genommen, in jedem einzelnen Falle zu untersuchen, ob die Gesetze eines Kantons über die Feiertagspolizei den Bekennern einer anerkannten Confession zulässige oder unzulässige Beschränkungen der bürgerlichen Gewerbsthätigkeit auferlege.

§ 5. Pressfreiheit.

Unter dem Eindrucke des Tagsatzungsbeschlusses von 1823, welcher mit Rücksicht auf die Beziehungen zum Auslande die Pressfreiheit von Bundeswegen beschränkt hatte, war in den Bundesentwurf von 1833 folgende Bestimmung aufgenommen worden: »Die Presse steht ausschliesslich unter der Kantonalgesetzgebung; der Bund kann weder die Pressfreiheit aufheben oder beschränken, noch die Censur einführen.« In der Revisionskommission von 1848 erkannte man sofort, dass diese Bestimmung ungenügend sei; man fühlte das Bedürfniss, einerseits die Pressfreiheit von Bundeswegen zu gewährleisten, anderseits dem Bunde das Recht zu wahren, gegen Missbräuche, die gegen ihn selbst gerichtet wären, einzuschreiten. Aus der ersten Berathung gingen folgende Beschlüsse hervor: »1) Die Garantie der Pressfreiheit ist von Bundeswegen auszusprechen, in der Meinung, dass die Kantone die Censur nicht einführen dürfen. 2) Die Strafgesetze über den Missbrauch werden den Kantonen über-

*) Bundesbl. 1861 I. 348–351, II. 775–790. 1862 I. 377–387. Amtl Samml. VII. 124–125.

lassen.« In der definitiven Redaktion des Kommissionalentwurfes lautete der Artikel folgendermassen: »Die Pressfreiheit ist gewährleistet. Ueber den Missbrauch derselben trifft die Kantonalgesetzgebung die erforderlichen Strafbestimmungen.«*) An der Tagsatzung blieb ein Antrag von Basel-Landschaft, die Pressgesetzgebung vollständig zu centralisiren, mit $8^2/_2$ Stimmen in Minderheit und es erhielt in der ersten Berathung der Artikel, nach dem Antrage Berns, folgende Fassung: »Die Pressfreiheit ist gewährleistet. Es dürfen in Zukunft weder die Censur noch Präventivmassregeln gegen die Presse eingeführt werden.« In der zweiten Berathung wurde jedoch hiegegen eingewendet, dass der Ausdruck »Präventivmassregeln« theils zu unbestimmt sei, theils zu weit gehe, indem man weder Cautionen noch die Beschlagnahme aufrührerischer Schriften ausschliessen wolle, sondern nur solche Massnahmen, welche dem Wesen nach dem Institute der Censur gleich kämen. Man kehrte daher zu der frühern Redaktion zurück, jedoch wurden zwei wichtige Zusätze beigefügt, welche in der ersten Berathung noch keine Mehrheit auf sich vereinigt hatten. Auf den Antrag von Zürich wurde nämlich beschlossen, es seien die kantonalen Pressgesetze der Bundesbehörde zur Genehmigung vorzulegen, und auf denjenigen von Waadt, dass der Bund Strafbestimmungen erlassen möge, um den, gegen die Eidgenossenschaft gerichteten Missbrauch der Presse zu ahnden.**) Der Art. 45 der Bundesverf. lautet nunmehr folgendermassen:

»*Die Pressfreiheit ist gewährleistet.*

»*Ueber den Missbrauch derselben trifft die Kantonalgesetzgebung die erforderlichen Bestimmungen, welche jedoch der Genehmigung des Bundesrathes bedürfen.*

»*Dem Bunde steht das Recht zu, Strafbestimmungen gegen den Missbrauch der Presse zu erlassen, der gegen die Eidgenossenschaft und ihre Behörden gerichtet ist.*«

Was die beiden ersten Sätze dieses Artikels betrifft, so müssen dieselben natürlich im Zusammenhange mit einander aufgefasst werden. Sollte die eidgenössische Garantie der Pressfreiheit eine Wahrheit werden, sollten nicht die kantonalen Strafbestimmungen gegen den Missbrauch derselben die Pressfreiheit selbst

*) Prot. der Revisionskomm. S. 33–34, 155, 199.

**) Abschied S. 92—94, 269–270.

überwuchern, so musste die kantonale Pressgesetzgebung der Controle des Bundes unterstellt werden, gleichwie diess auch mit Bezug auf die Militär-, Verkehrspolizei- und Ohmgeldgesetze der Kantone durch andere Artikel der Bundesverfassung vorgeschrieben ist. Man wollte nicht zuwarten, bis allfällige Beschwerden gegen kantonale Pressgesetze an den Bundesrath gelangen würden, sondern sie sollen zum Voraus seiner Genehmigung bedürfen, ehe sie in Wirksamkeit treten können. Ueber die Frage, welche Gesetzesbestimmungen als zulässig und welche hinwieder als unzulässig erscheinen, enthält Art. 45 keinen festen Anhaltspunkt; er verlangt nur, dass das Wesen der Pressfreiheit nicht beeinträchtigt werde, überlässt es aber ganz der Interpretation der Bundesbehörden, zu entscheiden, in was für Bestimmungen eine solche Beeinträchtigung gefunden werden könne. Um so aufmerksamer müssen wir diejenigen Entscheidungen verfolgen, welche bis dahin in Anwendung des Art. 45 ergangen sind.

Der aus der Reformbewegung von 1848 hervorgegangne Bundesrath hat, wie er nach allen Richtungen hin die verfassungsmässigen Schranken der Bundeskompetenz sorgfältig zu respektiren bemüht war, so auch in seinen Entscheidungen über kantonale Pressgesetze eine grosse Mässigung und vielleicht nur allzuweitgehende Schonung für die Kantonalsouveränetät an den Tag gelegt. Das erste Pressgesetz, welches dem Bundesrathe zur Genehmigung vorgelegt wurde, war dasjenige des Kantons Luzern vom 25. Oktober 1848. Hier handelte es sich wesentlich um die Frage, ob die polizeiliche Beschlagnahme einer als strafbar erachteten Druckschrift, soferne nachher über deren Bestätigung oder Aufhebung in einem besondern Verfahren die Gerichte zu entscheiden haben, mit dem Wesen der Pressfreiheit vereinbar sei. Der Bundesrath bejahte diese Frage und genehmigte das Gesetz.*) Bald nachher ging dem Bundesrathe von Seite des Herausgebers des »*Observateur de Genève*« eine Beschwerde ein gegen die Gerichte des Kantons Freiburg, weil sie gegen ihn, als einen Kantonsfremden, eine Untersuchung eingeleitet und ihn bestraft hätten, was den Art. 45 und 53 der Bundesverf. zuwiderlaufe. Der Bundesrath wies diese Beschwerde ab, gestützt auf folgende Erwägungen: »Wenn der Art. 45 die Gesetze gegen den Missbrauch der Presse den Kantonen überlässt, so muss

*) Bundesbl. 1850 III. 135—137.

es den letztern freistehen, dieselben auch auf die fremde Presse auszudehnen, immerhin jedoch in der Meinung, dass diese Gesetze nicht allgemeine, präventive Massregeln gegen die Verbreitung der Produkte der Presse enthalten, sondern nur solche Massregeln, welche im Fall einer Gesetzesübertretung durch die Gerichte angewendet werden können. Von diesem Grundsatze ausgegangen, enthält das freiburgische Gesetz keine Verletzung der Pressfreiheit; ebensowenig ist der Art. 53 verletzt, indem von einem Ausnahmsgerichte nicht gesprochen werden kann, wenn die verfassungsmässigen Gerichte von Freiburg Vergehen untersuchen, welche durch die fremde Presse in diesem Kanton verübt werden.«*) Gegen diesen Entscheid des Bundesrathes, welcher sich im Geschäftsberichte mitgetheilt fand, erhob indessen die ständeräthliche Prüfungskommission sofort Bedenken, deren Richtigkeit nachher von der Mehrheit der Bundesversammlung anerkannt wurde. In einem andern Rekursfalle aus dem Kanton Freiburg hob dagegen der Bundesrath die Beschlagnahme einer Zeitschrift auf, welche in Folge des Aufstandes vom 22. April 1853 durch die Militärbehörde verfügt worden war. Zugleich bemerkte er der dortigen Regierung: »dass kein Belagerungszustand statthaft sei, der die verfassungsmässigen Kompetenzen und Gewalten ändere und aufhebe und die Wirksamkeit der bundesrechtlichen Grundsätze verhindere.« Auch die Regierung von Uri wurde vom Bundesrathe angehalten, das von ihr erlassene allgemeine Verbot der in Zürich erscheinenden »Freien Stimmen« aufzuheben, weil ein absolutes Verbot einer Zeitschrift eine Präventivmassregel sei, die noch weiter gehe als selbst die Censur. In Bezug auf die Beschlagnahme eines Buches von Franz Ammann aber, welche die nämliche Kantonsregierung verfügt hatte, erkannte der Bundesrath, es sei hierüber dem Verfasser der Rechtsweg offen zu lassen.**)

Von der grössten Wichtigkeit für die Auslegung des Art. 45 war die Frage der Genehmigung des Pressgesetzes des Kantons Bern vom 7. December 1852. Obschon eine einlässliche Vorstellung gegen dieses Gesetz von dem Führer der Opposition im Grossen Rathe, Herrn Stämpfli, vorlag, genehmigte der Bundesrath gleichwohl dasselbe mit Ausnahme eines einzigen Artikels, den er der Kantonsverfassung widersprechend fand, weil derselbe die Möglichkeit ge-

*) Bundesbl. 1851 II. 329—330.

**) Ullmer S. 163—167.

währte, jedes Pressvergehen der Kompetenz der Schwurgerichte zu entziehen. Gegen diesen Beschluss wurde sowohl von Herrn Stämpfli als auch von dem Redaktor und Verleger der in Basel erscheinenden »Schweizerischen Nationalzeitung« der Rekurs an die Bundesversammlung ergriffen. Die ständeräthliche Kommission, welche diesen Rekurs zuerst zu begutachten hatte, erörterte in ihrem Berichte die Bedeutung der beiden ersten Sätze des Art. 45, indem sie den Begriff der Pressfreiheit, wie er sich in der Schweiz seit 1830 historisch ausgebildet hatte, festzustellen suchte. Sie fand, es lasse sich das Wesen derselben, wie sie aus dem Kampfe mit der Censur hervorgegangen, folgendermassen charakterisiren: »1) Jedermann darf seine Gedanken mittelst der Presse mit gleicher Freiheit wie durch die Rede oder Schrift mittheilen. 2) Verbrechen und Vergehen, welche mittelst der Presse verübt werden, stehen unter dem gemeinen Strafrechte, welches bloss darin eine Modifikation erleidet, dass man zwar, wenn mehrere Personen bei einem Pressvergehen mitgewirkt haben, sich damit begnügt, eine Einzige verantwortlich zu machen, dann aber auch umgekehrt Garantien dafür verlangt, dass diese Verantwortlichkeit nicht eine bloss illusorische sei. Mit andern Worten: Für jede Druckschrift muss für die allfällig durch dieselbe verwirkte Strafe mit Inbegriff der Kosten eine Person einstehen, welche moralisch oder ökonomisch eine gewisse Garantie darbietet, die dann aber auch dadurch, dass sie die Verantwortlichkeit übernimmt, alle andern Mitschuldigen frei macht.« Die Kommission gab zwar zu, dass der zweite Satz des Art. 45 den ersten Satz einigermassen beschränke und einen gewissen Spielraum den örtlichen Auffassungen lasse, welche hin und wieder abweichen von der vorherrschenden Ansicht der Mehrheit des schweizerischen Volkes, als deren Ausdruck die obige Definition gelten könne. Dagegen bekämpfte sie die Behauptung der Regierung von Bern, dass die Bundesbehörden in die kantonalen Pressgesetzgebungen, wenn dieselben nur die Censur nicht einführen, sich im Uebrigen gar nicht einmischen dürfen. »Die Bundesverfassung«, sagt der Bericht weiter, »unterwirft alle kantonalen Vorschriften zur Verhinderung des Missbrauchs der Presse, nicht bloss diejenigen, in denen offen oder versteckt eine der Censur ähnliche Bestimmung liegen könnte, unbedingt der

Genehmigung des Bundesrathes.« Die Norm, welche der Bundesrath bei dieser ihm durch Art. 45 übertragnen Funktion anzuwenden habe, fand die Kommission darin, dass »in jedem Falle sorgfältig und gewissenhaft zu untersuchen sei, ob nicht durch die Bestimmungen über den Missbrauch der Presse auch der rechtmässige Gebrauch verhindert oder doch in hohem Grade gefährdet oder erschwert werde.« Uebergehend zum bernischen Pressgesetze, rügte die Kommission namentlich folgende Artikel, als einen pressfeindlichen Charakter an sich tragend: 1) Durch Art. 3, nach welchem, entgegen den allgemeinen Grundsätzen über Konkurrenz von Verbrechen und Vergehen, jedes Pressvergehen und jede Pressübertretung für sich abzuurtheilen und zu bestrafen sei, werde von dem gemeinen Straftrechte zum Nachtheile der Presse eine Ausnahme gemacht, so dass Diebe und Betrüger sich einer grössern Nachsicht zu erfreuen haben als die eines Pressvergehens angeklagten Personen. 2) Der Art. 42, nach welchem dem Kläger die Wahl zustehe zwischen den Gerichten, in deren Bezirk die Schrift herausgekommen oder verbreitet worden sei, widerspreche dem § 74 der bernischen Verfassung, nach welchem Niemand seinem ordentlichen Richter entzogen werden dürfe. Man sei allgemein darüber einverstanden, dass der ordentliche Strafrichter derjenige sei, in dessen Sprengel ein Vergehen verübt worden sei; diess werde auch in § 16 der bernischen Strafprozessordnung ausdrücklich anerkannt. Ein Pressvergehen werde nun aber offenbar da begangen, wo die Druckschrift gedruckt und ausgegeben oder versendet werde; denn mit der Ausgabe oder Versendung der Schrift sei das Vergehen vollendet. 3) Endlich verordnen die Art. 42 und 43, dass auch der Herausgeber, Verfasser, Verleger und Drucker einer auswärts herausgekommenen Schrift vor die Gerichte des Kantons Bern gezogen werden könne, wofern die Schrift im Kanton verbreitet worden sei oder einen straflichen Angriff gegen den Kanton, die Behörden oder einen Einwohner desselben enthalte, und dass eine auswärtige Zeitung oder Zeitschrift so lange verboten werden könne, bis der Herausgeber einem wider ihm ergangnen Urtheile genügt habe. Diese Bestimmungen, soweit sie sich auf Personen beziehen, die zwar ausserhalb des Kantons Bern, aber immerhin in der Schweiz wohnen, seien mit der Bundesverfassung durchaus unvereinbar, indem sie der für das ganze Gebiet der Eidgenossenschaft gewährleisteten Pressfreiheit widersprechen. Mit Hinsicht auf die Forderung des Schadenersatzes komme Art. 50 der Bundesverf. zur Anwendung und mit Hinsicht auf die Strafe sei Art. 53 massgebend. Im Sinne dieser Bestimmungen liege es, dass man wegen eines Pressvergehens die Schuldigen da belangen müsse, wo sich die Presse, deren sie sich bedient haben, befinde. Wenn die Gesetzgebung des betreffenden Kantons keine genügenden Strafandrohungen gegen den Missbrauch der Presse enthalte, so komme diess einer Verweigerung des Rechtsschutzes gleich, über den bei den Bundesbehörden Beschwerde geführt werden könne, da die Kantone nach Art. 45 verpflichtet seien, die Pressvergehen zu reprimiren. Unter keinen Umständen aber dürfe ein Kanton eigenmächtig mit Hinsicht auf Pressvergehen, die in andern Kantonen verübt werden, sich selbst Recht verschaffen. — Gestützt auf diesen Kommissionalbericht einigten sich die beiden gesetzgebenden Räthe unter'm 1. Februar 1854 auf folgenden Beschluss:

»In Erwägung, dass die Bestimmungen der Art. 3, 41, 42 und 43 theils in ihrer Bedeutung an sich, theils in ihrer Wechselwirkung auf einander mit dem Wesen der im Art. 45 der Bundesverf. gewährleisteten Pressfreiheit nicht vereinbar sind, wird die vom Bundesrathe den erwähnten Vorschriften des bernischen Pressgesetzes ertheilte Genehmigung zurückgezogen. Der Bundesrath wird eingeladen, dafür zu sorgen, dass die in andern Kantonen bestehenden, mit Art. 41, 42 und 43 des bernischen Pressgesetzes übereinstimmenden Vorschriften ebenfalls ausser Kraft treten.*)

Die Bundesversammlung selbst gab diesem Auftrage an den Bundesrath nachher die weitere Ausdehnung, dass alle Bestimmungen kantonaler Pressgesetze, welche mit dem Wesen der durch Art. 45 der Bundesverf. garantirten Pressfreiheit im Widerspruche stehen, aufgehoben werden sollen, und überwies dem Bundesrathe

*) Bundesbl. 1853 II. 606—617, III. 357—384. Amtl. Samml. III. 397—398, IV. 39—40. Ullmer S. 168 irrt, wenn er meint, der Beschluss des Bundesrathes vom 11. März 1853 habe sich auf ein späteres bernisches Pressgesetz bezogen. Es lag den Bundesbehörden nur ein Gesetz vor, dessen definitive Annahme durch den Grossen Rath am 7. December 1852 erfolgte.

zur Erledigung eine nachträglich eingegangene Beschwerde gegen das luzernische Pressgesetz. Bei nochmaliger Prüfung der oben erwähnten Bestimmung, die Beschlagnahme betreffend, fand der Bundesrath keinen hinreichenden Grund, von der Genehmigung desselben abzugehen, weil: »a) die Befugniss der Polizeibehörde zu vorläufiger Beschlagnahme einer als strafbar erachteten Druckschrift mit Nothwendigkeit aus dem Wesen der gerichtlichen Polizei und dem Rechte des Staates folgt, bei eintretenden Vergehen rechtzeitig einzuschreiten; b) diese vorläufige Beschlagnahme fast in allen schweizerischen Pressgesetzen enthalten ist, u. A. auch in demjenigen von Bern, welches in dieser Hinsicht von der Bundesversammlung genehmigt wurde; c) gegen den Missbrauch der erwähnten Befugniss der Staatsbehörde theils durch die allgemeinen konstitutionellen Garantien, theils durch die vorbehaltene gerichtliche Entscheidung im Streitfalle hinreichende Vorsorge getroffen ist und das vorgezeichnete Verfahren nichts enthält, was mit dem Wesen der Pressfreiheit im Widerspruche steht.« Dagegen wurde der Art. 6 des luzernischen Pressgesetzes, welcher den Gerichten gestattete, ausserkantonale Zeitungen während eines gewissen Zeitraumes ganz zu verbieten, vom Bundesrathe aufgehoben, weil »diese Vorschrift wegen ihrer präventiven Wirkung auf noch gar nicht existirende Schriften über die Gränzen der gerichtlichen Polizei hinausgeht und ihrem Wesen nach überdiess ein Strafverfahren enthält, wozu nach einer Entscheidung der Bundesversammlung die Behörden eines Kantons gegen die in andern Kantonen erscheinenden Druckschriften nicht befugt sind.«*)

Einen allgemeinen Bericht über die Vollziehung seines Auftrages erstattete der Bundesrath erst unterm 9. April 1860. Nach demselben hat er sich dabei, um zu ermitteln, welche Strafbestimmungen wider die Presse als bundesrechtlich zulässig und welche hinwieder als unzulässig erscheinen, wesentlich an die Motive des Bundesbeschlusses vom 1. Februar 1854 gehalten, welche in den Kommissionalberichten niedergelegt sind. Hinsichtlich der Gesetze von Zürich, Freiburg, Thurgau und Waadt wurde der Vorbehalt gemacht, dass die ausserhalb dem Kanton erschienenen Blätter nicht im Kanton strafrechtlich verfolgt werden können, sondern nur am Druckorte oder im Domicil der verantwortlichen Per-

*) Bundesbl. 1855 I. 89—111. Amtl. Samml. V. 47, 83.

sonen.*) Betreffend das Gesetz von Basel-Stadt wurde bemerkt, dass unter ausländischen Blättern oder Schriften, deren Verkauf wegen ihres verwerflichen oder strafbaren Inhaltes die Regierung verbieten kann, nur nicht-schweizerische Blätter verstanden werden können. Im tessinischen Pressgesetze wurden folgende vier Artikel als unzulässig erklärt: Art. 3, welcher in Sachen der Religion und der Philosophie die Gerichte an das Gutachten des Bischofs bindet und damit jede freie Forschung und Kritik fast unmöglich macht; Art. 14, welcher einem solventen Bürger anderer Kantone das Recht verweigert, in Tessin selbstständig ein Blatt herauszugeben; Art. 23, welcher die Unterdrückung eines Blattes gestattet, wenn der Herausgeber desselben auf die zweite Aufforderung eine Erwiderung nicht aufnimmt; Art. 31, welcher bei Privatinjurien den Gerichtsstand des Klägers und bei schwerern Pressvergehen denjenigen der Hauptstadt des Kantons vorschreibt. Im Pressgesetze von Wallis wurde ein Artikel nicht genehmigt, welcher vorschreibt, dass beim Rückfall, ausser andern Strafen, ein Zeitungsblatt unterdrückt werden soll.**)

Eine andere Bestimmung des tessinischen Pressgesetzes, welche der Bundesrath stehen liess, lautet folgendermassen: »Der Druck jeder Zeitung oder sonstigen Zeitschrift, bevor der Regierung ein Herausgeber, der sich für alle daherigen Folgen verantwortlich erklärt, bezeichnet und von ihr angenommen worden, ist bei einer Busse von 10—50 Fr. verboten.« Bei einem Rekurse, welcher später über die Anwendung dieses Artikels ergriffen wurde, interpretirte der Bundesrath denselben dahin, dass die Regierung dadurch nicht ermächtigt werde,

*) Hinsichtlich des Gerichtsstandes in Presssachen sprach sich der Bundesrath in einem Rekursfalle vom J. 1856 folgendermassen über den Sinn früherer Beschlüsse aus: »Die Bundesbehörden schrieben nicht vor, dass alle Pressklagen beim Richter des Druckortes angebracht werden müssen, vielmehr verlangten sie im Interesse der Pressfreiheit bloss, dass die Redaktoren, Verleger u. s. w. eines Blattes nur dort und nicht in allen Kantonen, in denen das Blatt verbreitet ist, belangt werden können. Demnach ist von Bundeswegen keineswegs ausgeschlossen, die von einer Redaktion genannten Verfasser injuriöser Artikel an ihrem Wohnorte zu belangen, falls die kantonalen Gesetze dieses zulassen.« Ullmer S. 248.

**) Bundesbl. 1860 II. 427—432.

willkürlich und bloss in der Absicht, missbeliebige Blätter zu verhindern, die Anerkennung eines Herausgebers zu verweigern, sondern dass hiefür hinreichende Gründe vorhanden sein müssen, welche die Tendenz der Beschränkung der Pressfreiheit ausschliessen und lediglich auf der Absicht beruhen, die Umgehung des Gesetzes durch eine bloss fiktive und wirkungslose Verantwortlichkeit zu verhindern. In dem Specialfalle, um welchen es sich handelte, fand der Bundesrath, dass die Verhältnisse des als Herausgeber eines Blattes präsentirten Individuums der Art seien, dass von einer wirklichen, nicht bloss fiktiven Verantwortlichkeit nicht die Rede sein könne, somit ein hinreichender Grund für die Verweigerung der Anerkennung vorliege und der Regierung der Vorwurf nicht gemacht werden könne, als ob sie den durch das Gesetz ihr überlassenen Spielraum zu missbräuchlicher Anwendung benutzt habe.*)

Eine Beschwerde, welche gegen die im Kanton Zürich von den Zeitungen erhobene Stempelabgabe, als dem Art. 45 widersprechend, an den Bundesrath gerichtet wurde, hat derselbe ebenfalls abgewiesen. »Es könnte« — sagen die Motive des Entscheides — »nur dann mit Grund gegen eine solche Besteuerung der Presse opponirt werden, wenn der Nachweis geleistet würde, dass diese Besteuerung eine so drückende wäre, dass sie das Wesen der Pressfreiheit selbst erheblich beeinträchtigen würde.**)

Die Frage der Zulässigkeit von Cautionen, welche die Herausgeber neu auftretender Zeitungen zu leisten haben, ehe ihnen die Publikation derselben gestattet ist, kam in der Bundesversammlung einlässlich zur Sprache bei Anlass einer Beschwerde von Eugen Jaccard, Redaktor und Herausgeber des »Progrès« in Lausanne, gegen das Pressgesetz des Kantons Waadt. Die Minderheit (spätere Mehrheit) der ständeräthlichen Kommission, welche auf Abweisung dieser Beschwerde antrug, stützte sich wesentlich auf folgende drei Motive:

1) In der Diskussion der Tagsatzung über Art. 45 ist darauf hingewiesen worden, dass unter den unzulässigen Massregeln gegen die Presse Cautionen jedenfalls nicht verstanden werden dürfen. Daraus folgt nun allerdings nicht, dass sie positiv als zulässig erklärt worden seien; wohl aber kann man, nachdem eine früher angenommene

*) Bundesbl. 1858 I. 260—261.
**) Bundesbl. 1862 II. 251—252.

Redaction von der Tagsatzung in zweiter Berathung verworfen worden (s. oben S. 265), gewiss nicht sagen, dass die Bundesverfassung sie unbedingt habe ausschliessen wollen. Dem Wesen der Pressfreiheit würden Cautionen nur dann widersprechen, wenn entweder der geforderte **Betrag** im Verhältnisse zum Betriebskapital des Unternehmens als allzuhoch erschiene oder die **Art** der Cautionsleistung eine Erschwerung enthielte, welche den weniger bemittelten Bürger von der Konkurrenz auf diesem Gebiete ausschliessen würde.

2) Dem Erfordernisse der Cautionsleistung steht eine Vergünstigung der Presse, welche dasselbe weit überwiegt, zur Seite. Es tritt nämlich die sehr erhebliche Modifikation von dem gemeinen Recht ein, dass, wenn mehrere Personen bei einem Pressvergehen mitgewirkt haben, man sich damit begnügt, eine Einzige dafür verantwortlich zu machen; dagegen wird verlangt, dass für jede Druckschrift eine Person einstehe, welche moralisch oder ökonomisch eine gewisse Garantie biete. Würde man nun die Kantone zwingen, das Correktiv mässiger Cautionen aufzugeben, so könnte diess möglicher Weise dazu führen, dass sie in den, ihrer Kompetenz anheim gegebenen Bestimmungen über den Missbrauch der Presse den Gebrauch derselben in viel höherm Grade beeinträchtigen, indem sie z. B. sämmtliche Theilnehmer an einem Pressvergehen nach den Grundsätzen des gemeinen Strafrechtes behandeln würden.

3) In den Kommissionalberichten der beiden gesetzgebenden Räthe über das bernische Pressgesetz wurden Cautionen, insofern sie vernünftige Gränzen nicht überschreiten, ausdrücklich als zulässig erklärt und in Folge davon hat der Bundesrath, bei der ihm aufgetragenen Durchsicht der ältern kantonalen Pressgesetze, darauf bezügliche Bestimmungen unangefochten gelassen. Allerdings ist nun die Bundesversammlung befugt, bei einem später sich darbietenden Anlasse die Merkmale der Pressfreiheit anders, beziehungsweise in noch liberalerem Sinne zu bestimmen als es im Jahr 1854 geschehen ist. Aber hiefür sollten doch überwiegende Gründe, sollten zu Tage getretene grelle Uebelstände, es sollte gewissermassen eine entschiedene politische Nothwendigkeit vorliegen, was bis jetzt nicht der Fall ist.

Im Sinne dieses ständeräthlichen Berichtes ging die Bundesversammlung über die Beschwerde des Eugen Jaccard zur Tagesordnung über.*)

Noch haben wir einen Fall zu erwähnen, in welchem der Bundesrath annahm, dass die durch die Bundesverfassung garantirte Pressfreiheit als beeinträchtigt erscheine, während die Bundesversammlung zur Bundesintervention keine Veranlassung fand. Es beschwerte sich nämlich der Redaktor des »Volksfreundes« in Willisau, Conrad Kneubühler, darüber, dass der Grosse Rath von Luzern sich geweigert habe ihm ein ausserordentliches, unbetheiligtes Obergericht anzuweisen für ein Pressvergehen, bei welchem das Obergericht selbst als der beleidigte Theil erschien. Der Bundesrath fand die Berufung auf Art. 45 begründet, »indem die Beurtheilung von Pressvergehen durch betheiligte Gerichte mit dem Wesen der Pressfreiheit nicht vereinbar ist«, und lud die Regierung von Luzern ein, »auf geeignete Weise dem Rekurrenten ein unbetheiligtes zweitinstanzliches Gericht anzuweisen«. Die Bundesversammlung hingegen, an welche die Regierung rekurrirte, kassirte diesen Beschluss, weil es sich nur um eine Frage der allgemeinen kantonalen Gerichtsverfassung handle, die ebenso gut bei jedem andern Prozessgegenstande sich ergeben könnte, somit die Pressfreiheit im Princip nicht verletzt sei, da die Pressvergehen nur unter das gemeine Recht gestellt sein sollen, dagegen nicht einen privilegirten Gerichtsstand beanspruchen können.**)

Was endlich den dritten Satz des Art. 45 betrifft, nach welchem der Bund berechtigt ist, Strafbestimmungen gegen den Missbrauch der Presse, der sich gegen die Eidgenossenschaft und ihre Behörden richtet, zu erlassen, so ist von dieser Befugniss bis jetzt einzig Gebrauch gemacht worden beim Erlasse eines allgemeinen Gesetzes über das Bundesstrafrecht. Hier sind zunächst zu beachten die drei erstern Abschnitte des besondern Theiles, handelnd von den Verbrechen gegen die äussere Sicherheit und Ruhe der Eidgenossenschaft, gegen fremde Staaten und gegen die verfassungsmässige Ordnung und die innere Sicherheit, indem manche der hier aufgezählten und mit Strafe bedrohten Verbrechen und Vergehen auch mittelst der Presse verübt werden können. Insbesondere ist hervorzuheben, dass nach Art. 48, wer zum gewaltsamen Umsturze

*) Bundesbl. 1860 III. 139—141. 1861 I. 22—25.

**) Bundesbl. 1862 I. 170—178. II. 252—254.

der Bundesverfassung, zu Aufruhr und Widersetzlichkeit gegen die Bundesbehörden aufreizt, nach den Bestimmungen über den Versuch (Art. 14—16) bestraft werden soll, auch wenn die Aufreizung erfolglos geblieben ist. Spezielle Bestimmungen über Pressvergehen enthält dann noch der siebente Titel, den wir hier vollständig mittheilen:

Art. 69. »Für Verbrechen, welche durch das Mittel der Druckerpresse verübt werden, haftet zunächst der Verfasser der Druckschrift. Hat aber die Herausgabe ohne dessen Wissen und Willen stattgefunden, oder kann derselbe nicht leicht ausgemittelt werden, oder befindet er sich ausser dem Bereiche der Bundesgewalt, so haftet der Herausgeber, in Ermangelung dessen der Verleger, und wenn auch dieser nicht vor die Gerichte gezogen werden kann, der Drucker.

Art. 70. »Der Herausgeber oder Verleger haftet subsidiär für diejenigen Prozesskosten und Entschädigungen, welche von dem Verfasser nicht erhältlich sind. Dagegen steht ihm der Regress auf den Verfasser zu.

Art. 71. »Bei den durch die Druckerpresse verübten Verbrechen kann von dem Richter die Veröffentlichung des Strafurtheils auf Kosten des Verurtheilten verfügt werden.

Art. 72. »Die Vorschriften der Art. 69 bis 71 gelten auch für Verbrechen, welche mittelst des Kupferstiches, Steindruckes oder ähnlicher Mittel verübt werden.« *)

§ 6. Vereinsrecht.

Der Bundesentwurf der Revisionskommission von 1848 enthielt keinerlei Bestimmungen über das Vereinsrecht; dagegen waren es die Gesandtschaften von Zürich und Luzern, welche an der Tagsatzung den Antrag stellten, dasselbe unter gewissen Beschränkungen zu gewährleisten. Es vereinigte sich hierauf eine Mehrheit von 12 Ständen zu dem Auftrage an die Redaktoren, hierüber einen präzisirten Artikel vorzulegen, und nachdem dieses geschehen war, wurde in der zweiten Berathung der gegenwärtige Art. 46 der Bundesverfassung mit 19 Stimmen angenommen.**) Derselbe lautet folgendermassen:

*) Amtl. Samml. III. 404—429.

**) Abschied S. 92—94, 270.

»*Die Bürger haben das Recht Vereine zu bilden, soferne solche weder in ihrem Zweck noch in den dafür bestimmten Mitteln rechtswidrig oder staatsgefährlich sind. Ueber den Missbrauch dieses Rechtes trifft die Kantonalgesetzgebung die erforderlichen Bestimmungen.*«

Es ist hier zunächst hervorzuheben, dass die Bundesverfassung so wenig ein absolutes Vereinsrecht wie absolute Pressfreiheit garantirt. Wir müssen aber weiter gehen und sagen, dass die Bundesverfassung offenbar die Absicht hat, den Vereinen gegenüber grössere Beschränkungen als gegenüber der Presse zu gestatten, indem sie von vornherein gewisse Vereine ausschliesst, deren Bestehen und Wirken als unvereinbar mit der Staatsordnung erscheint.*) Man hatte in der Schweiz hinlängliche Erfahrungen darüber gemacht, wie leicht das Vereinsrecht missbraucht werden kann zum gewaltsamen Sturze bestehender Verfassungen und Regierungen: daher wollte man keinen Kanton verpflichten, Vereine zu dulden, welche entweder in dem Zwecke, den sie verfolgen, oder in den Mitteln, die sie zu Erreichung desselben in Bewegung setzen, als rechtswidrig oder staatsgefährlich erscheinen würden. Auch ist das Vereinsrecht bloss den Schweizerbürgern, keineswegs aber auch den Fremden, die sich in der Schweiz aufhalten, garantirt. Der freien Bewegung der Kantone ist ferner ein weiterer Spielraum als bei der Presse auch darin geöffnet, dass ihre Strafbestimmungen wider den Missbrauch des Vereinsrechtes nicht wie diejenigen gegen Pressvergehen der Genehmigung des Bundesrathes unterstellt werden müssen, ehe sie in Rechtskraft treten; daraus folgt indessen natürlich durchaus nicht, dass dem Bunde keinerlei Controlle darüber zustehe, wie die Kantone den Art. 46 auslegen und anwenden. Wir haben vielmehr bereits oben (S. 158), bei dem Kompetenzconflikte betreffend die Aufhebung des Grütlivereins im Kt. Bern, wahrgenommen, wie die Bundesbehörden sich das Recht wahrten, auf eingehende Beschwerde hin im einzelnen Falle zu untersuchen, ob eine derartige Massnahme, welche eine Kantonsregierung gegen den Fortbestand eines Vereines anordnet, nach Art. 46 als gerechtfertigt erscheine oder nicht. Der

*) Tocqueville, *de la démocratie en Amérique I. 229*, sagt darüber: »*La liberte illimitée d'association en matière politique ne saurait être entièrement confondue avec la liberté d'écrire. L'une est tout à la fois moins necessaire et plus dangereuse que l'autre. Une nation peut y mettre des bornes sans cesser d'etre maîtresse d'elle-même; elle doit quelquefois la faire pour continuer de l'être.*«

Bundesrath stellte denn auch wirklich, indem er nach Erledigung des Kompetenzstreites auf die Materie selbst eintrat, an die Bundesversammlung den Antrag: es solle dem Dekrete des bernischen Regierungsrathes vom 16. Juni 1852 keine Folge gegeben werden, weil die Thatsachen, auf welche dasselbe sich stützte, für die Bundesbehörden nicht alle hergestellt seien, die ausgemittelten Thatsachen aber die Aufhebung des Grütlivereines nicht rechtfertigen können. Die Bundesversammlung hatte sich indessen, in Folge des im Kanton Bern eingetretenen Regierungswechsels, welcher unterm 11. Juli 1854 die Zurücknahme des genannten Dekretes herbeiführte, mit dem Gegenstande nicht mehr zu beschäftigen.*)

Der Beschluss der Regierung von Nidwalden, welcher die Abhaltung des eidgenössischen Schützenfestes auf ihrem Kantonsgebiete untersagte, führte zu der interessanten Frage, ob ein schweizerischer Verein, der weder in seinem Zweck noch in seinen Mitteln als rechtswidrig oder staatsgefährlich erscheine, kraft Art. 46 befugt sei, sich in jedem ihm beliebigen Kanton zu versammeln. Der Bundesrath, welchem eine Beschwerde des Organisationscomité in Stans, unterstützt durch das Centralcomité in Zürich, einging, bejahte diese Frage, gestützt auf folgende Erwägungen: Da der eidgenössische Schützenverein nach der ausdrücklichen Anerkennung der Regierung von Nidwalden in die Klasse der erlaubten und somit verfassungsmässig garantirten Vereine gehört, so ist er berechtigt, sich nicht nur gegen Massregeln zu vertheidigen, welche seine Existenz gefährden, sondern auch gegen solche, welche die seiner Natur und Bestimmung zukommende Thätigkeit verhindern. Als einem Schützenvereine kann ihm somit das periodische Abhalten von Schiessübungen ebensowenig verboten werden als z. B. einem Sängervereine das Singen. Schon vermöge seines Umfanges bedarf der eidgenössische Schützenverein für seine Existenz und Wirksamkeit nothwendig eines vielfachen Wechsels der Festorte; offenbar aber müsste dem Rechte eines einzigen Kantons, einen erlaubten schweizerischen Verein auszuschliessen, das gleiche Recht aller andern Kantone zur Seite stehen, womit die verfassungsmässige Garantie des Vereins vollständig eingebrochen wäre. Die kantonale Polizeigesetzgebung ist allerdings nach Art. 46 berechtigt, über den Missbrauch des Vereinsrechtes das Erforderliche

*) Bundesbl. 1854 I. 441—472, 485—522. Ullmer S. 175—187.

zu verfügen; daraus folgt aber keineswegs das Recht, im offenbaren Widerspruche mit dem Principe dieses Artikels einem an sich erlaubten Vereine den Kanton zu verschliessen oder Bestimmungen zu treffen, welche die naturgemässe Entwicklung seiner Thätigkeit verhindern.*)

Von selbst versteht es sich dagegen, dass der Art. 46 einem Kanton nicht die Verpflichtung auferlegt, einen Verein in der Eigenschaft und Rechtsform einer Korporation (moralischen Person) anzuerkennen, vielmehr die Festsetzung der Bedingungen dieser Anerkennung ganz der kantonalen Gesetzgebung anheimfällt. In der Verweigerung der Korporationsrechte durch die kompetente Kantonsbehörde kann eine verfassungswidrige Beschränkung des Vereinsrechtes nicht liegen, weil zum Wesen dieses öffentlichen Rechtes der privatrechtliche Begriff der Korporation nicht gehört. In diesem Sinne hat der Bundesrath eine andere Rekursbeschwerde beantwortet, die ihm ebenfalls aus dem Halbkanton Nidwalden einging.**)

§ 7. Petitionsrecht.

Der Bundesentwurf von 1833 enthielt folgende Bestimmung: »Die Schweizer haben das Recht der Petition an die Bundesbehörden über alle Gegenstände, welche dem Bund übertragen sind.« In der Revisionskommission von 1848 wurde schon bei der ersten Berathung beschlossen, die letztere, sachliche Beschränkung fallen zu lassen. Im Entwurfe der Kommission lautete daher der Artikel folgendermassen: »Die Schweizer haben das Recht, an die Bundesbehörden Petitionen zu richten«.***) An der Tagsatzung fühlte man, dass, wenn man das Petitionsrecht als ein Grundrecht der Schweizer, gleich der Pressfreiheit, in die Bundesverfassung aufnehmen wolle, man es nicht bloss gegenüber den Bundes-, sondern auch gegenüber den Kantonalbehörden gewährleisten müsse. In diesem Sinne stellte die Gesandtschaft von Zürich ein Amendement; auf den Antrag Bern's aber erhielt der Art. 47 der Bundesverfassung folgende allgemeine Fassung: †)

»Das Petitionsrecht ist gewährleistet.«

*) Bundesbl. 1861 I. 352—355.

**) Bundesbl. 1859 I. 373—374.

***) Prot. der Revisionskomm. S. 35, 155, 176, 199.

†) Abschied S. 95.

Wir haben also hier eine ganz unbedingte Garantie des Petitionsrechtes, während diejenige der Pressfreiheit und des Vereinsrechtes, wie wir gesehen haben, an mancherlei Beschränkungen geknüpft ist. In der That ist auch einleuchtend, dass, während von der Presse und vom Vereinswesen ein höchst bedenklicher, die öffentliche Ordnung gefährdender Missbrauch gemacht werden kann, das Petitionsrecht dagegen derartige Gefahren nicht mit sich bringt. Freilich können auch sehr unnütze, unbegründete, ja widersinnige Petitionen an die Behörden gerichtet werden, allein es gibt ein einfaches Mittel dieselben unschädlich zu machen; es heisst: Tagesordnung! Der Zeitverlust, den die Behörden dabei zu erleiden haben, kann nicht in Betracht kommen gegenüber der sehr liberalen Einrichtung, dass Jedermann befugt ist, seine Wünsche und Anliegen denselben vorzutragen. Natürlich wird jede Behörde, der eine Petition eingeht, zuerst zu untersuchen haben, ob deren Gegenstand überhaupt in ihren Geschäftskreis, in den Bereich ihrer Kompetenz gehöre; wenn diess nicht der Fall ist, so wird sie die Petition einfach beseitigen, ohne auf die Materie näher einzutreten. Insbesondere werden die Bundesbehörden immer zuerst prüfen müssen, ob der Gegenstand einer Petition wirklich den Bund oder ob derselbe nicht vielmehr ausschliesslich den betreffenden Kanton angehe. Im letztern Falle hat sich der Petent eben an die zuständigen Kantonsbehörden zu wenden; denn dass auch diese jede Bittschrift wenigstens annehmen und ihren Inhalt prüfen müssen, dafür sorgt der absolut gehaltene Wortlaut des Art. 47. Nach der Fassung desselben ist das Petitionsrecht auch nicht auf die Schweizerbürger beschränkt, sondern Jedermann kann als Bittsteller vor den Bundes- und Kantonsbehörden erscheinen; an den Behörden ist es dann zu untersuchen, ob das Begehren zulässig und ob denselben zu entsprechen sei.

Bei der Bundesversammlung hat das Petitionsrecht keine sehr wesentliche Bedeutung, weil es gewissermassen verdunkelt wird durch das viel wichtigere und weitergehende Beschwerderecht gegenüber den Verfügungen des Bundesrathes (Art. 74 Ziff. 15 der Bundesverfassung). Indessen sind auch schon Bundesgesetze, wie namentlich die beiden Gesetze über die gemischten Ehen, von denen wir oben gesprochen haben, durch blosse Petitionen veranlasst worden.

§ 8. Gerichtsstand des Wohnortes.

Wir haben in der geschichtlichen Einleitung gesehen, dass schon die ältesten eidgenössischen Bünde den Grundsatz enthielten: in bürgerlichen Rechtsstreitigkeiten solle der Kläger den Beklagten bloss vor den Gerichten seines Wohnortes belangen dürfen, es wäre denn dass ihm hier der Rechtsgang verweigert würde. Ebenso war die Arrestlegung auf Vermögen des Schuldners bei andern als ganz liquiden Forderungen untersagt.*) In neuerer Zeit fanden diese Grundsätze zuerst wieder ihren Ausdruck in einem Konkordate vom 15. Juni 1804, bestätigt den 8. Juli 1818, welches festsetzte: »dass der sesshafte, aufrechtstehende Schuldner, den alten Rechten gemäss, vor seinem natürlichen Richter gesucht werden müsse und in Fällen von Schuldbetreibungen von einem Eidgenossen gegen den andern darnach zu verfahren sei.« Durch ein Nachtragskonkordat vom 21. Juli 1826 verpflichteten sich die Kantonsregierungen, für die Anwendung des Konkordates unmittelbar von sich aus zu wachen, so dass dieselbe dem Entscheide gerichtlicher Behörden nicht unterworfen sein solle. In den Bundesentwurf von 1833 wurde der Grundsatz des Konkordates mit folgenden Worten aufgenommen: »Der sesshafte, aufrechtstehende schweizerische Schuldner muss für persönliche Ansprachen vor dem Richter seines Wohnortes gesucht werden.« Die Revisionskommission von 1848 adoptirte diese Fassung, fügte aber zugleich den Nachsatz bei: »und es darf daher für Forderungen auf das Vermögen eines solchen (angesessenen und solventen Schuldners) kein Arrest gelegt werden.« Als Motiv für diesen Beisatz wurde angeführt: »die Erfahrung beweise, dass der Sinn und Geist des Princips dadurch illudirt werde, dass auf Vermögen des wirklichen oder angeblichen Schuldners in einem andern

*) Es wird nicht ohne Interesse sein, wenn wir hier den Wortlaut der einschlägigen Stelle des Zürcher Bundes vom 1. Mai 1351 anführen: »Es sol ouch kein leye den andern so in dirre buntnisse sind vmb kein geltschuld vff geistlich gericht laden Wan iedermann soll von dem andern Recht nemen an den stetten vnd in dem gericht da der ansprechig dann seshaft ist vnd hingehöret. Vnd sol man ouch dem da vnuerzogenlich richten vff den eide an alle geuerde. Were aber das er da Rechtlos gelassen wurde vnd das kuntlich were so mag er sin Recht wol furbas suochen als er dann notdurfftig ist an alle generde. Es sol ouch nieman so in dirre buntnisse ist den andern verhefften noch verbieten Wan den rechten gelten oder burgen so im darumb gelobet hat an alle geuerde.«

Kantone Verhaft gelegt werde.« *) An der Tagsatzung wurde zwar der ganze Artikel und insbesondere der Nachsatz desselben von einzelnen Ständen als zu weit gehend angefochten; es fand indessen nur der Wunsch der Gesandtschaft von Solothurn, welche eine bessere Redaktion verlangte, Berücksichtigung. In Folge davon ging aus der zweiten Berathung der Art. 50 der Bundesverfassung in folgender Fassung hervor: **)

»*Der aufrechtstehende schweizerische Schuldner, welcher einen festen Wohnsitz hat, muss für persönliche Ansprachen vor dem Richter seines Wohnortes gesucht, und es darf daher für Forderungen auf das Vermögen eines solchen ausser dem Kanton, in welchem er wohnt, kein Arrest gelegt werden.*«

Es greift dieser Artikel so tief in die privatrechtlichen Verhältnisse des täglichen Verkehres ein, dass man sich nicht darüber wundern darf, wenn der Bundesrath sehr häufig in den Fall kömmt, auf dem Wege von Rekursbescheiden denselben zu erläutern. An der Hand dieser Entscheidungen, welche einen reichhaltigen Commentar liefern, werden wir nun die einzelnen Bestimmungen des Artikels durchgehen.

Vorerst ist die interessante Thatsache hervorzuheben, dass der althergebrachte, eigenthümliche Ausdruck: »der aufrechtstehende Schuldner« zu wenigen Anständen Veranlassung zu geben scheint, obschon das Wort »zahlungsfähig«, welches an der Tagsatzung die Redaktoren vorgeschlagen hatten, allgemein-verständlicher gewesen wäre. Es kann indessen keinem Zweifel unterliegen, dass als »aufrechtstehend« im Sinne des Art. 50 jeder Schuldner zu betrachten ist, der sich nicht im Zustande der Insolvenz befindet. Diess ist aber nicht so zu verstehen, dass gerade der förmliche Konkurs eröffnet sein muss, um die Berufung auf Art. 50 auszuschliessen; sondern wenn der Gläubiger nachweisen kann, dass er den Schuldner an seinem Wohnorte belangt und es sich dabei herausgestellt habe, dass derselbe hier kein Vermögen besitze, so kann ihm nicht verwehrt werden, die weitere Exekution des angehobenen Rechtstriebes da zu verlangen, wo allfällig Vermögensstücke des Schuldners sich vorfinden. Es liegt nicht im Zwecke des Art. 50, den Gläubiger in einen rechtlosen Zustand zu versetzen, sondern lediglich ihn anzuweisen,

*) Prot. der Revisionskomm. S. 146, 156, 176, 199.

**) Abschied S. 97, 271.

in persönlichen Forderungssachen den natürlichen Richter des Schuldners nicht zu umgehen.

Dass der Ausdruck: »welcher einen festen Wohnsitz hat«, der an die Stelle des alten Wortes »sesshaft« getreten ist, keiner Erläuterung bedarf, begreift sich leicht. Dagegen ist schon hin und wieder die Frage entstanden, ob der Gläubiger, welcher auf Vermögensstücke des Schuldners in einen andern Kanton Arrest legen will, für die von ihm behauptete Thatsache, dass der Schuldner keinen festen Wohnsitz habe, oder dass er insolvent sei, den Beweis zu leisten habe oder ob dem Schuldner der Beweis für das Gegentheil obliege. Der Bundesrath hat diese Frage in dem Sinne entschieden, dass die Zahlungsfähigkeit und der feste Wohnsitz eines Schuldners präsumirt wird, bis der Gläubiger das Gegentheil nachweist. Dabei kann zum Beweise der Insolvenz die Thatsache nicht genügen, dass der Schuldner schon öfter betrieben und selbst gepfändet worden sei, und ebensowenig die Erklärung eines Beamten, dass er kein Vermögen des Schuldners kenne.*)

Von besonderer Wichtigkeit ist die Bestimmung, dass der Gerichtsstand des Wohnortes (forum domicilii) nur für persönliche Ansprachen vorgeschrieben ist, was in dem Konkordate nicht mit gleicher Deutlichkeit gesagt war. Der Art. 50 findet also zunächst keine Anwendung auf dingliche Klagen, für welche nach gemeinem Rechte der Gerichtsstand der belegenen Sache (forum rei sitae) gilt. Dahin gehören zunächst Vindikationsklagen, auch wenn sie sich auf Urkunden beziehen;**) sodann bei grundversicherten Forderungen die Klage auf Realisirung des Pfandrechtes, welche nicht am Wohnorte des Schuldners, sondern in dem Kanton, wo das verpfändete Grundstück liegt, anzubringen ist. Führt alsdann nach den Gesetzen dieses Kantons das eingeleitete Rechtstriebverfahren zum Konkurse des Schuldners, so ist auch dieser in foro rei sitae auszutragen.***) Zu den dinglichen Klagen wird ferner auch die Klage gegen den Zehntherrn, betreffend Anerkennung seiner Kirchenbauverpflichtung, gerechnet, wie der Bundesrath und die Bundesversammlung übereinstimmend in dem interessanten Rechtsstreite

*) Bundesbl. 1858 I. 269—270, 276—277. 1862 II. 245. Ullmer S. 318—320.

**) Bundesbl. 1856 I. 510—512.

***) Bundesbl. 1854 II. 53—54. 1858 I. 277—278.

der Kirchgemeinde Antigen, Kantons Solothurn, gegen den Fiskus des Kantons Bern entschieden haben. Ebenso erkannte der Bundesrath in einem Specialfalle, dass auch Grundsteuerforderungen, weil sie nicht einen rein persönlichen Charakter haben, nicht vor dem Richter des Wohnortes, sondern beim Gerichtsstande der belegenen Sache geltend zu machen seien.*) Ferner stehen den »persönlichen Ansprachen« einerseits alle Fragen des Personen- und Familienrechtes, anderseits die Erbschaftsklagen gegenüber,**) für welche nach einem eidgenössischen Konkordate der Gerichtsstand der Heimath, sonst derjenige des Wohnortes des Erblassers kompetent ist.

Zu den persönlichen Forderungen im Sinne des Art. 50 gehören dagegen, nach ergangenen Entscheidungen, folgende, bei denen hierüber einige Zweifel walteten: 1) die Forderungen eines Baumeisters gegen den Bauherrn, welcher nicht an dem Orte, wo das erbaute Haus steht, sondern in einem andern Kanton wohnt;***) 2) Injurienklagen auf Schadenersatz und Satisfaktion wegen angeblicher Verläumdung und Beschimpfung, zumal wenn der Ort des begangenen Deliktes mit dem Wohnorte des Beklagten zusammenfällt;†) 3) alle Entschädigungsklagen, auch wenn es sich um Schaden handelt, der an unbeweglichem Gute verübt wurde, soferne daraus nicht ein Pfandrecht entstanden ist;††) 4) Vaterschaftsklagen, soferne es sich dabei nicht um den Status des Kindes handelt, sondern von dem Beklagten bloss Alimente gefordert werden (dieser Entscheid des Bundesrathes wurde von der Bundesversammlung bestätigt);†††) 5) Steuerforderungen, soferne die Steuer nicht bloss vom Grundeigenthum als solchem erhoben wird;††††) 6) Klagen auf Erfüllung von Kaufver-

*) Bundesbl. 1858 I. 7—8, 274—276. Ullmer S. 272, 273—276.

**) Bundesbl. 1860 II. 8—9.

***) Bundesbl. 1850 III. 126—130. Das waadtländische Gesetz, welches vorschreibt, dass Verwendungen auf ein Grundstück vor den Richter gehören, in dessen Amtskreise letzteres liegt, wurde nur für den Umfang des Kantons gültig erklärt. Ullmer S. 253.

†) Bundesbl. 1858 I. 272—274. Ullmer S. 288—289, vergl. dagegen ebenda S. 286.

††) Bundesbl. 1859 I. 375—376.

†††) Bundesbl. 1859 I. 378—380. 1860 II. 16—20, III. 111—123. Ullmer S. 239—240.

††††) Bundesbl. 1860 II. 7—8. Ullmer S. 266—267.

trägen, auch wenn dieselben die Fertigung von Liegenschaften zum Gegenstande haben und der Vertrag in einem andern Kanton als demjenigen des Wohnortes des Beklagten geschlossen wurde;*) 7) Klagen der heimathlichen Behörden gegen einen in einem andern Kanton niedergelassenen Ehemann, betreffend Sicherstellung, resp. Herausgabe des Frauengutes.**)

Was die Provokation zur Klage betrifft, so hat in einem Specialfalle der Bundesrath entschieden, dass dieselbe bei demjenigen Gerichte anzubringen ist, welches in der Hauptsache als kompetent erscheint, »weil die Provokation keine Klage behufs Verfolgung persönlicher Ansprachen im Sinne des Art. 50 ist, sondern vielmehr nur den Zweck hat, den Provokaten zum Anbringen seiner Forderung vor dem Richter zu veranlassen, vor welchem sie gerade nach diesem Art. 50 allein selbstständig verfolgt werden kann«.***)

Wenn sich Forderung und Gegenforderung, welche aus dem gleichen Rechtsverhältnisse entspringen, gegenüberstehen, so frägt es sich, ob der Beklagte in der Hauptsache gehalten sei, seine Gegenforderung durch eine selbstständige Klage beim Gerichtsstande des Hauptklägers und Wiederbeklagten geltend zu machen, oder ob er diess auch auf dem Wege einer Einrede, beziehungsweise Wiederklage thun könne, wenn er vor seinem eignen Richter belangt wird. Der Bundesrath hat sich in mehrern Fällen, wo connexe Wiederklagen vorlagen, im letztern Sinne entschieden, indem er fand, dass sonst der Beklagte beim Gerichtsstande seines Gläubigers die Frage entscheiden lassen müsste, ob er demselben die ganze Summe oder nur einen Theil schulde, somit seinem ordentlichen Richter entzogen würde.†) Wenn also hier der Kläger auf die Wiederklage antworten muss, so verhält es sich dagegen anders mit einem Streitbetheiligten aus einem andern Kanton, welchem von Seite des Klägers Streit verkündet worden ist: dieser ist nicht gehalten, auf ein eventuelles Rechtsbegehren des Klägers vor einem Gerichtsstande, welcher nicht derjenige seines Wohnortes ist, sich einzulassen.††)

Aus der Bestimmung, dass der Schuldner vor dem Richter

*) Bundesbl. 1861 I. 327—329. Ullmer S. 253—256.

**) Bundesbl. 1861 I. 342—346.

***) Ebenda S. 346—348.

†) Bundesbl. 1858 I. 270—272. Ullmer S. 289—292.

††) Ullmer S. 233—235.

seines Wohnortes *(in foro domicilii)* gesucht werden müsse, folgt zunächst die Unrichtigkeit der Ansicht, es müsse jeder Schweizerbürger in dem Kanton, wo er Schulden contrahirt hat, vor Gericht Rede stehen und belangt werden können.*) Frägt man dann weiter, was unter jenem Ausdrucke zu verstehen sei, so werden darüber wohl nur in wenigen Fällen Zweifel entstehen können. Das Domicil eines Schuldners ist da, wo er mit seiner Familie angesiedelt und niedergelassen ist, wo er seinen Beruf oder sein Gewerbe betreibt; bei Unverheiratheten, die keinen eigentlichen Beruf haben, ist es der Ort, wo sie einen dauernden Wohnsitz genommen haben. Dagegen hat der Bundesrath in einem Specialfalle entschieden, dass der miethweise Besitz eines Lagerungsplatzes für Waaren und die Bestellung eines Mandatars für einzelne Geschäfte noch kein Domicil begründen.**) Für Personen, die unter Vormundschaft stehen, ist der Wohnort des Vormundes nicht unter allen Umständen das gesetzliche Domicil; sondern wenn sie früher selbstständig waren und der Vormund in einem andern Kanton wohnt, so entscheidet darüber die Gesetzgebung des Kantons, in welchem der Vögtling niedergelassen ist.***) Dem Domicil einer Handelsgesellschaft ist für die Angelegenheiten derselben auch der in einem andern Kanton wohnende Associé unterworfen; doch muss die Existenz der Gesellschaft, falls sie bestritten wird, genau nachgewiesen werden können.†) Eisenbahngesellschaften haben ihr allgemeines gesetzliches Domicil da, wo die ihnen von den Kantonen ertheilten Concessionen, sowie die Statuten es anweisen; die zufällige Thatsache, dass die Direktoren in einem andern Kanton wohnen und hier ebenfalls Bureaux besitzen, genügt nicht, um auch hier ein Domicil zu begründen.††) — Wenn eine Person faktisch zwei Wohnsitze hat und eine Collision eintritt über die Rechte und Verbindlichkeiten, die von dem gesetzlichen Domicil abhängen, so muss von dem Grundsatze ausgegangen werden, dass das frühere Domicil als fortdauernd zu betrachten sei, wenn nicht in der Erwer-

*) Ullmer S. 323.

**) Bundesbl. 1853 II. 575. Vgl. die ausführlichere Darstellung des Rekursfalles bei Ullmer S. 262—263.

***) Bundesbl. 1861 I. 337—342.

†) Bundesbl. 1855 I. 412—416.

††) Bundesbl. 1860 II. 11—16.

bung des spätern unzweifelhaft ein Aufgeben desselben liegt. Daher wird auch der letzte Wohnort immer als entscheidend angenommen, so lange nicht nachgewiesen ist, dass Jemand seither einen andern festen Wohnsitz erworben habe.*)

Wenn der Art. 50 vorschreibt, dass der solvente Schuldner vor dem Richter seines Wohnortes gesucht werden müsse, so stellt er damit nicht bloss für das Exekutionsverfahren (Betreibung, Rechtstrieb), sondern auch für den daraus entstehenden ordentlichen Prozess den Gerichtsstand des Domicils auf. Es ist diess so einleuchtend, dass man sich nur darüber wundern muss, wie in dieser Hinsicht verschiedene Ansichten walten konnten.**) Es frägt sich nun aber, ob und in welcher Weise der Schuldner auf seinen natürlichen Gerichtsstand verzichten könne. Eine solche Verzichtleistung ist nicht anzunehmen, wenn bei Abschluss eines Vertrages für die Erfüllung desselben nicht das Domicil des Schuldners, sondern ein anderer Ort bezeichnet wird;***) denn der Art. 50 setzt den Gerichtsstand des Wohnortes für alle persönlichen Ansprachen fest, kennt also weder ein Forum des Eingehungs- noch des Erfüllungsortes bei Verträgen. Eben so wenig kann ein Verzicht auf den natürlichen Gerichtsstand darin gefunden werden, wenn der Beklagte einwilligt, dass das Streitobjekt an einem andern Ort hinter Recht gelegt werde.†) Dagegen hat der Bundesrath bei einem Specialfalle, in welchem die Zulässigkeit einer Domicilverzeigung für ein bestimmtes Rechtsgeschäft in einem Kanton, wo der Schuldner keinen Wohnsitz hatte, in Frage lag, ausdrücklich erklärt: der Art. 50 verbiete keineswegs, für einzelne civilrechtliche Verhältnisse und Fälle einen andern als den gewöhnlichen Gerichtsstand anzuerkennen, und es könne daher der Schuldner nicht seine eigne Handlung anfechten, nämlich seine freiwillige Unterwerfung unter die Gerichte eines andern Kantons in Betreff der fraglichen Betreibung.††) Auch wenn der Schuldner freiwillig die Kompetenzfrage den Gerichten des Kantons, in welchem ein von ihm für bundeswidrig angesehner Arrest gelegt wurde, zum Entscheide vorlegt, so ist er an diesen Entscheid

*) Bundesbl. 1855 I. 402. Ullmer S. 252. 284.

**) Bundesbl. 1854 II. 53—55.

***) Bundesbl. 1853 II. 575.

†) Bundesbl. 1851 II. 330—331. 1852 I. 411—412.

††) Bundesbl. 1861 I. 329—333.

gebunden und kann die Sache nicht weiter an die Bundesbehörden ziehen.*) Endlich wird auch ein Verzicht auf den Gerichtsstand des Wohnortes angenommen, wenn Jemand an dem Orte, wo er ein Verkaufslokal hat, den Rechtstrieb gegen sich einleiten und fortführen lässt, ohne an eine obere Behörde zu rekurriren. Aus der blossen Unterlassung von Rechtsmitteln gegen ein gerichtliches Urtheil aber kann die Anerkennung der Kompetenz nicht gefolgert werden, weil sonst jeder Schweizer vor ein inkompetentes Gericht eines andern Kantons gezogen und gezwungen werden könnte, dort durch alle Instanzen einen Prozess über die Kompetenz zu führen, während Art. 50 ihn gerade davor schützen will, dass er dem natürlichen Richter nicht entzogen werde.**)

Der zweite Theil des Art. 50 verbietet die Arrestlegung auf Vermögensstücke eines sesshaften und solventen Schuldners, die sich in andern Kantonen befinden. Unter der Arrestlegung wird die von einer Behörde angeordnete Beschlagnahme verstanden. Findet eine Retention beweglicher Sachen durch blosse Privatpersonen statt, so ist es Sache des Eigenthümers, auf dem gewöhnlichen Civilrechtswege sein Eigenthum da zu reklamiren, wo es liegt; zu einer Intervention des Bundes hingegen ist alsdann keine Veranlassung. Das Nämliche muss gesagt werden von dem Falle, wo die Arrestlegung in demjenigen Kanton stattfand, in welchem der Schuldner seinen ordentlichen Wohnsitz hatte: hier hat sich der Beschwerdeführer an diejenigen Rechtsmittel zu halten, welche in den kantonalen Prozessgesetzen vorgeschrieben sind. Der Art. 50 hat nicht zum Zwecke, solche Rechtsvorkehren zu untersagen, welche der natürliche und kompetente Richter eines Debitoren in Schuldsachen verfassungsmässig verfügt, sondern er spricht ausdrücklich nur von solchen Arresten, welche ausser dem Kanton, wo der Schuldner wohnt, auf dessen Vermögen gelegt werden.***)

Die Arrestlegung ist bloss untersagt für Forderungen, d. h. in rein persönlichen Schuldverhältnissen. Steht dagegen dem Gläubiger bereits in Folge eines Gesetzes oder Vertrages ein Pfand- oder Retentionsrecht zu an beweglichem Eigenthum des

*) Bundesbl. 1851 II. 330. 1859 I. 376—378. Ullmer S. 298.

**) Ullmer S. 298—301.

***) Bundesbl. 1855 I 417. 1857 I. 228—229. 1858 I. 268—269. Ullmer S. 328.

Schuldners, welches sich in einem andern Kanton befindet, so kann der amtliche Schutz eines solchen schon bestehenden Rechtes nicht als bundeswidrige Arrestlegung, durch welche erst weitere Rechte oder Vortheile erreicht werden sollen, ausgelegt werden. Solche Retentionsrechte bestehen in manchen Kantonen nach Gesetz und Uebung für die Forderung des Gastwirths an den Effekten der Reisenden, zu Gunsten des Verkäufers an dem verkauften Objekte, zu Gunsten des Beschädigten an der noch auf seinem Grund und Boden befindlichen Sache, womit der Schaden verübt wurde, für Erbschaftssteuern zu Gunsten des Fiskus, endlich für Verwendungen auf Waaren und Transport derselben an den Gegenständen, auf welche sich diese Leistungen beziehen. Immerhin aber kann die blosse Behauptung eines Pfandrechtes von Seite des Gläubigers nicht genügen, sondern es muss die Existenz desselben aus kantonalen Gesetzen oder aus bestehenden Verträgen nachgewiesen werden.*)

Der civilrechtlichen Ansprache steht ferner gegenüber die durch ein rechtskräftiges Strafurtheil dem Angehörigen eines andern Kantons auferlegte Geldbusse. Die Behörden des Kantons, in welchem das Strafurtheil in kompetenter Weise erlassen wurde, müssen auch befugt sein, dasselbe auf ihrem Gebiete zu vollziehen, selbst durch das Mittel der Arrestlegung. Denn wenn die Strafe statt in einer Geldbusse in Gefängniss bestehen würde, so könnte ihnen die Befugniss, den Verurtheilten selbst beim Betreten des Kantonsgebietes festzunehmen, auch nicht bestritten werden.**)

§ 11. Rechtskraft der Civilurtheile.

Mit dem Art. 50 hängt der Art. 49 der Bundesverf. nahe zusammen; doch glaubten wir jenen zuerst behandeln zu sollen, weil man vor Allem aus wissen muss, was für ein Gerichtsstand nach eidgenössischem Rechte als der kompetente erscheint, ehe man von der Vollziehbarkeit rechtskräftiger Urtheile reden kann.

In der Revisionskommission von 1848 schlug in der That die erste Sektion, welche vorzugsweise die juridischen Materien zu bearbeiten hatte, den jetzigen Art. 49 als blossen Nachsatz zu Art. 50 vor. Sie rechtfertigte denselben mit folgenden Worten: »Wenn auf

*) Bundesbl. 1854 II. 55—57. 1855 I. 418—422. 1862 II 244, 262. Ullmer S. 323—324, 325—327.

**) Bundesbl. 1855 I. 416—417. 1862 II. 236—237.

der einen Seite dem Schuldner die Wohlthat eingeräumt werde, dass er nur vor seinem natürlichen Richter belangt werden dürfe, so müsse man auf der andern Seite auch daran festhalten, dass das einmal gefällte Urtheil wirklich respektirt werde und dass es dem Schuldner nicht freistehen könne, in einen andern Kanton überzusiedeln und dann den Prozess von Neuem anzufangen. In letzterer Beziehung könnte höchstens die Restriktion gelten, dass die Behörden des neuen Domicils die Einrede der Kompetenz zu prüfen hätten, wenn nämlich ein Debitor behaupten würde, das Gericht, welches in Sachen geurtheilt, wäre dazu nicht kompetent gewesen. Inzwischen sei dieser Umstand von keiner Bedeutung, indem gewöhnlich aus den motivirten Urtheilen zu ersehen sei, ob die Einrede des Condemnaten, betreffend Mangel der Kompetenz, gegründet sei oder nicht.«

Die Redaktoren machten indessen aus dem angenommnen Grundsatze einen selbstständigen Artikel, den sie zwischen die jetzigen Artikel 48 und 50 einschoben und dem sie folgende Fassung gaben: »Den rechtskräftigen Civilurtheilen eines Kantons ist in jedem andern Kanton Vollziehung zu geben.« *) An der Tagsatzung blieb ein Amendement der Gesandtschaft von Thurgau, dass nach dem Worte »Civilurtheile« eingeschaltet werde: »welche von den kompetenten Gerichtsbehörden gefällt worden«, bloss aus dem Grunde in Minderheit, weil man fand, dasselbe enthalte einen Pleonasmus, indem ein Urtheil erst dann rechtskräftig werde, wenn es von der kompetenten Behörde erlassen sei. Auch wurde bemerkt, es dürfte in dem Zusatze Stoff zu neuen Plackereien liegen, indem die Kantone veranlasst werden könnten, den Nachweis dafür zu verlangen, dass das Urtheil von kompetenter Behörde erlassen worden sei. In der zweiten Berathung der Tagsatzung legten die Redaktoren eine etwas veränderte Fassung des Artikels vor, welche angenommen wurde, und es lautet nun Art. 49 der Bundesverf. folgendermassen:

»Die rechtskräftigen Civilurtheile, die in einem Kanton gefällt sind, sollen in der ganzen Schweiz vollzogen werden können.«

Vorerst ist zu bemerken, dass diese Bundesvorschrift sich nur auf Civilurtheile bezieht. Hinsichtlich der Vollstreckung von Strafurtheilen bestehen zwischen den Kantonen keine andern Rechtspflichten, als die in dem Bundesgesetze über Auslieferung der Ver-

*) Prot. der Revisionskomm. S. 145, 146, 156, 199.

brecher enthaltnen, welche wir oben erörtert haben. Eben so wenig findet der Art. 49 Anwendung auf Beschlüsse von Administrativbehörden.*) Frägt es sich dagegen, ob auch vorläufige Verfügungen des kompetenten Civilrichters in andern Kantonen anzuerkennen und zu vollziehen seien, so hat der Bundesrath in einem Specialfalle erklärt, dass ein in gesetzlicher Form ausgewirktes, die Erhaltung des Streitobjektes bezweckendes Dekret in seiner Wirkung einem rechtskräftigen Urtheile gleichstehen müsse, zumal sonst die Vollziehung des Endurtheils von vorneherein vereitelt werden könnte.**) Der Bundesrath hat ferner den Art. 49 auch auf Konkurserkenntnisse anwendbar gefunden, während hinwieder die Kommissionen der beiden Räthe diese Anwendbarkeit zweifelhaft fanden und es vorzogen, den Specialfall, um den es sich handelte, nach Anleitung der konkursrechtlichen Konkordate zu beurtheilen.***) Nicht anwendbar fand der Bundesrath selbst den Art. 49 auf ein sogen. Moderationsurtheil über Anwaltskosten; denn dasselbe entscheidet nur darüber, ob der Anwalt die in Rechnung gebrachten Leistungen wirklich gemacht habe und ob seine Ansätze für dieselben dem gesetzlichen Tarif entsprechen, hat aber keineswegs die Bedeutung eines rechtskräftigen Urtheils, weil dem Schuldner noch mancherlei Einreden zustehen können, welche die, wenn auch richtig berechnete Forderung aufzuheben geeignet sind.†)

Der Art. 49 redet ferner nur von rechtskräftigen Urtheilen. Die Rechtskraft eines Urtheils ist nach den Gesetzen des Kantons zu beurtheilen, in dem dasselbe erlassen wurde; sie setzt voraus, dass einerseits das erkennende Gericht zu Erlassung desselben kompetent war, anderseits keine gesetzliche Rechtsmittel mehr gegen dasselbe ergriffen werden können. Die Behörde, von welcher die Vollziehung eines Urtheils verlangt wird, ist daher immer befugt, vorerst zu untersuchen, ob die für die Rechtskraft erforderlichen Bedingungen vorhanden sind, wie namentlich die Kompetenz des Gerichtes, für welche zum Theil der Art. 50 der Bundesverf. massgebend ist. Wenn also über persönliche Ansprachen (wozu auch die Klage auf Anerkennung eines Liegenschaftskaufes gehört)

*) Bundesbl. 1856 I. 510.

**) Bundesbl. 1851 II. 340—342.

***) Bundesbl. 1862 II. 240—242.

†) Bundesbl. 1855 I. 422—426.

ein anderes Gericht als dasjenige des Wohnortes des Beklagten,*) oder wenn über den bürgerrechtlichen Status eines ausserehelichen Kindes (nicht zu verwechseln mit einer blossen Alimentenforderung) ein anderes Gericht als dasjenige der Heimath des beklagten Vaters,**) oder wenn endlich über eine Ehescheidungsklage in den Kantonen, die sich in dem bezüglichen Konkordate befinden, ein anderes Gericht als dasjenige der Heimath des Ehemannes urtheilt***); so ist in allen diesen Fällen, nach den darüber ergangnen bundesräthlichen Entscheidungen, die Behörde eines andern Kantons zur Vollziehung des Urtheils nicht verpflichtet, weil dasselbe nicht von kompetenter Stelle erlassen worden, also nicht rechtskräftig ist. Der Bundesrath ist sogar noch einen Schritt weiter gegangen und hat in einem Specialfalle, wo es sich um die Kompetenz eines Schiedsgerichtes gegenüber einer französischen Assekuranzgesellschaft handelte, das Urtheil schon aus dem Grunde für nicht vollziehbar erklärt, weil die Rechtskraft desselben nicht hinlänglich liquid sei.†) In einem andern Falle erklärte der Bundesrath ein schiedsgerichtliches Urtheil für nicht rechtskräftig, weil weder eine Vorladung an den Beklagten erfolgt, noch das in seiner Abwesenheit erlassene Urtheil ihm mitgetheilt worden war.††)

Fragen wir dann ferner, wie die in Art. 49 vorgeschriebne Vollziehung rechtskräftiger Urtheile zu interpretiren sei, so versteht es sich zuvörderst von selbst, dass ein Urtheil nur Recht schafft zwischen den Prozesspartheien, daher auch, sobald die Rechte dritter Personen in Frage kommen, nicht unbedingt vollziehbar sein kann.†††) Ebenso ist es selbstverständlich, dass die Vollziehung eines rechtskräftigen Urtheils nach den gesetzlichen Formen des Kantons, in welchem sie stattfinden soll, einzuleiten und durchzuführen und bei den hiefür aufgestellten Behörden und Beamten nachzusuchen ist. Wenn also in einem Kanton es Sache der Gerichte ist, über die Vollziehbarkeit resp. die Rechtskraft von Urtheilen zu erkennen, so ist ihr Entscheid abzuwarten, ehe die Intervention des Bundes an-

*) Bundesbl. 1850 III. 130—131.

**) Bundesbl. 1855 I. 429—434. 1860 II. 6—7. 1861 I. 333—337.

***) Bundesbl. 1862 II. 242—243.

†) Bundesbl. 1857 I. 225—227.

††) Ullmer S. 230—232.

†††) Bundesbl. 1857 I. S. 227—228.

gerufen werden kann; dabei darf aber natürlich das Gericht nicht mehr auf das Materielle des abgeurtheilten Prozesses eintreten, sondern nur auf die formelle Rechtskraft des Urtheils, welche der Schuldner bestreitet.*) Denn wenn in einem Kanton ein Urtheil ausgefällt wird, welches die in einem andern Kanton beurtheilte Streitfrage unter den nämlichen Partheien nochmals entscheidet und damit die Wirkung des ersten Urtheils gänzlich aufhebt, so läuft ein solches gerichtliches Urtheil dem Art. 49 zuwider und kann daher bundesrechtlich nicht anerkannt werden.**)

Da den Behörden des Kantons, in welchem die Vollziehung eines Urtheils stattfinden soll, das Recht zusteht, die Existenz und die Rechtskraft desselben zu prüfen, so folgt daraus für den Inhaber des Urtheils die Verpflichtung, eine ordentliche Urtheilsausfertigung oder einen gehörigen Protokollsauszug, sowie ferner das Zeugniss der kompetenten Gerichtsstelle beizubringen, dass das fragliche Urtheil (oder ein Theil desselben) nicht durch ein gesetzliches Rechtsmittel weiter gezogen oder der Weiterziehung nicht fähig oder endlich in der letzten Instanz erledigt sei, und dass daher der Vollziehung kein gesetzliches Hinderniss entgegenstehe.

Gegenstand der Vollziehung können nur die ganz liquiden Bestimmungen eines Urtheils sein. Wenn also z. B. ein Urtheil, welches den Beklagten zur Bezahlung einer Summe verurtheilt, dabei von Zinsen schweigt und aus den Gesetzen des betr. Kantons nicht klar hervorgeht, ob die Zinspflicht von selbst folge, so ist in Bezug auf Zinse dem klägerschen Exekutionsgesuche nicht zu entsprechen.***)

Am Schlusse dieses Abschnittes erwähnen wir noch einer bekannt gewordenen Streitsache, in welcher die Bundesbehörden zwei Male nach einander über die Anwendbarkeit des Art. 49 entscheiden mussten. In Sachen des Hrn. v. Grenus in Genf gegen seine geschiedene Ehefrau geb. v. Stürler, seinen Sohn und die Vermögensverwalter des letztern in Bern hatte das Civilgericht des Kantons Genf erkannt: 1) Es gebühre dem Kläger die Nutzniessung des Vermögens seines minderjährigen Sohnes und es seien daher die Verwalter desselben gehalten ihm die Zinse auszuliefern. 2) Letztere seien ferner verpflichtet, dem Kläger die nöthigen Aufschlüsse über ihre Ver-

*) Bundesbl. 1858 I. 265—268. Keiser, schweiz. Staatsrecht I. 191.
**) Bundesbl. 1857 I. 227—231.
***) Ullmer S. 217, 236.

mögensverwaltung zu geben. 3) Hr. v. Stürler (der Vater der Frau) sei gehalten, dem Kläger das hinter ihm liegende Silbergeschirr des Sohnes v. Grenus auszuliefern. 4) Die zwischen dem Kläger und seiner Ehefrau abgeschlossene Uebereinkunft (betreffend die der Letztern anzuweisenden Geldmittel, sowie die Erziehung des Sohnes) werde als null und nichtig erklärt. Der Bundesrath fand dieses genfersche Urtheil in Bern unbedingt vollziehbar und stellte dabei namentlich gegenüber dem dortigen Obergerichte den Grundsatz auf, dass die amtliche Verweigerung der Insinuation einer Vorladung vor die Gerichte eines andern Kantons keineswegs von vornherein der Rechtskraft eines Urtheils der letztern entgegenstehe, indem sonst die ganze Bedeutung des Art. 49 geradezu aufgehoben würde. Die Bundesversammlung hingegen, an welche die Sache weiter gezogen wurde, liess die Gültigkeit des Urtheils nur insoweit bestehen, als es das Verhältniss zwischen Vater und Sohn und zwischen der Frau v. Grenus und dem Kläger betraf, indem angenommen wurde, dass die Ehefrau und der minderjährige Sohn ihr gesetzliches Domizil beim Ehemann und Vater in Genf gehabt hätten; in Bezug auf die übrigen Beklagten hingegen, für welche der Bundesrath den Grundsatz der Streitgenossenschaft und Konnexität entscheidend gefunden hatte, wies die Bundesversammlung die Sache an ihren natürlichen Richter im Kanton Bern, immerhin mit dem Vorbehalte, dass dabei durch rechtskräftige Urtheile bereits festgesetzte Rechtsverhältnisse nicht mehr in Frage gestellt werden können.*) Ein fernerer Anstand erhob sich zwischen den Eheleuten v. Grenus über die Vollziehung des später erfolgten Ehescheidungsurtheils, durch welches die Frau verpflichtet wurde, dem Manne den Sohn zur Erziehung zurückzustellen und die Kosten zu bezahlen. Das bernische Obergericht verweigerte die Vollziehung, weil Frau v. Grenus nach der Erklärung ihres Vaters nicht im Kanton Bern wohne und mithin, da ihr Aufenthaltsort nicht bezeichnet worden sei, nicht einvernommen werden könne. Der Bundesrath hingegen, an welchen Herr v. Grenus rekurirte, ging von folgenden Erwägungen aus: Den Behörden, welche die Vollziehung eines Urtheils zu bewilligen haben, steht lediglich die Prüfung zu, ob dasselbe rechtskräftig sei, und im vorliegenden Falle ist die Rechtskraft hinlänglich constatirt. Wenn der bernische

*) Amtl. Samml. IV. 383—385. Ullmer S. 220 ff. Keiser, schweiz. Staatsrecht I. 192.

Civilprozess der betheiligten Parthei das Recht einräumt, vor der Vollziehung des Urtheils eines kantonsfremden Gerichts angehört zu werden, d. h. Einreden gegen die Rechtskraft des Urtheils anzubringen, so darf dieses Recht keineswegs dahin ausgedehnt werden, durch Entfernung oder auf andere Weise die Vollziehung zu verhindern; in vorliegender Sache kann, wenn noch eine weitere Erklärung der Beklagten erforderlich scheint, dieselbe auf dem Wege der Ediktalladung eingeholt werden. Endlich hat der Rekurrent ein völlig begründetes rechtliches Interesse nachgewiesen, im Besitze eines im Kanton Bern exekutorischen Titels zu sein, wenn auch gegenwärtig die Vollziehung des Urtheils nicht im ganzen Umfange möglich sein sollte. Gestützt auf diese Erwägungen, beschloss der Bundesrath: es sei das fragliche Civilurtheil entweder jetzt oder nach vorgängiger Ediktalladung der Beklagten als rechtskräftig zu vollziehen.*)

§ 10. Verbot von Ausnahmsgerichten und politischen Todesurtheilen.

Die Art. 53 und 54 der Bundesverfassung, zu denen wir nun übergehen, erklären sich wesentlich aus den vielfachen blutigen Erschütterungen, denen die Kantone in den Dreissiger- und Vierzigerjahren ausgesetzt waren. Das Ausnahmsgericht, welches 1844 in Wallis zur Bestrafung der besiegten liberalen Parthei eingesetzt, das Todesurtheil wegen eines Aufstandsversuches, welches 1841 in Tessin an dem Advokaten Nessi vollzogen, und dasjenige, welches 1845 in Luzern gegen den, in der ganzen Schweiz hochgeachteten Dr. Robert Steiger von den Gerichten ausgesprochen wurde, hatten in der ganzen Schweiz die peinlichsten Eindrücke hervorgerufen. Es ist daher leicht begreiflich, dass man den Anlass der Bundesrevision benutzen wollte, um der Wiederkehr ähnlicher Erscheinungen vorzubeugen.

In der ersten Berathung des Bundesentwurfes im Schoosse der Tagsatzung wurde, bei Anlass des in Minderheit gebliebenen Antrages der Gesandtschaft von Solothurn, welcher eine Centralisation der Strafgesetzgebung und Strafrechtspflege bezweckte, mit 12 Stimmen der Grundsatz angenommen, dass die Aufstellung von Specialgerichten zur Beurtheilung politischer Vergehen untersagt sei. Diese Bestimmung erhielt dann unter der Hand der Redaktoren eine

*) Bundesbl. 1855 I. 426—429.

etwas allgemeinere Fassung, welche in der zweiten Berathung ohne weitere Diskussion mit Einmuth von der Tagsatzung genehmigt wurde.*) Demnach lautet der Art. 53 nun folgendermassen:

»Niemand darf seinem verfassungsmässigen Gerichtsstand entzogen, und es dürfen daher keine Ausnahmsgerichte eingeführt werden.«

Dass bei dieser allgemeinen Fassung der Artikel sich keineswegs bloss auf politische Vergehen bezieht, liegt auf der Hand. Dagegen ist eben so klar, dass derselbe keineswegs, wie der Art. 50, die gerichtlichen Kompetenzen zwischen verschiedenen Kantonen regeln will, sondern vielmehr das innere Rechtsleben der einzelnen Kantone im Auge hat. In den kantonalen Verfassungen sind gewöhnlich die Kompetenzen der aufgestellten richterlichen Behörden genau umschrieben und damit ist für jeden Bewohner des Kantons der Gerichtsstand bezeichnet, welchem er in Civil- und Strafsachen unterworfen ist. Dieser Gerichtsstand ist nun freilich durch Art. 5 der Bundesverfassung, welcher die verfassungsmässigen Rechte der Bürger gewährleistet, für jeden einzelnen Fall eigentlich bereits garantirt; der vorwiegende Zweck des Art. 53 ist daher offenbar das bundesrechtliche, ausdrückliche Verbot der Einführung von Ausnahmsgerichten, welche nicht in allen Kantonsverfassungen so bestimmt ausgeschlossen sind. Man wollte keinen Zweifel darüber offen lassen, dass auch die Gesetzgebung eines Kantons keine Ausnahmsgerichte aufstellen dürfe, wozu in aufgeregten Zeiten und überhaupt in ausserordentlichen Fällen oft eine bedeutende Versuchung vorliegt. Der Sinn des Wortes »Ausnahmsgerichte« kann nicht zweifelhaft sein; man versteht darunter Tribunale, welche für besondere Verhältnisse mit Umgehung der Verfassung und der allgemeinen Gesetze des Landes bestellt werden.**) Der Bundesrath hat daher, als im Kanton Freiburg nach dem misslungenen Aufstande vom 22. April 1853 zur Bestrafung der Theilnehmer an demselben ein besonderes Kriegsgericht aufgestellt wurde, keinen Anstand genommen, die Urtheilssprüche desselben als von inkompetenter Stelle erlassen von Amtes wegen zu kassiren und die Angeklagten vor die verfassungsmässigen Gerichte zu verweisen, und die Bundesversammlung, an welche gegen diesen Beschluss rekurrirt wurde,

*) Abschied S. 145, 271.

**) Bundesbl. 1859 I. 149.

fand denselben vollkommen begründet.*) Der Art. 53 ist aber auch in ruhigen Zeiten anwendbar auf das Verhältniss zwischen bürgerlicher und militärischer Gerichtsbarkeit, von denen beim schweizerischen Milizsysteme die erstere als Regel, die letztere als Ausnahme erscheint, daher nur in den Fällen Anwendung finden kann, wo sie durch die Gesetzgebung ausdrücklich vorgeschrieben ist. Wenn daher in einem Kanton Vergehen, welche zwar von Militärpersonen, aber zu einer Zeit, wo sie sich nicht im aktiven Militärdienste befanden, begangen wurden, durch die Militärbehörde disciplinarisch bestraft werden, so hat der Bundesrath ein solches Verfahren immer als den verfassungsmässigen Gerichtsstand verletzend und daher dem Art. 53 zuwiderlaufend aufgehoben.**) Diesen Standpunkt hielt der Bundesrath auch inne bei dem berühmt gewordenen Rekursfalle des Hauptmann Robadey gegen die Regierung des Kantons Freiburg. »Nach unsern militärischen Institutionen«, sagt die bundesräthliche Botschaft, »ist der Bürger theils Soldat, theils Civilist wie andere Bürger. Lässt er in seiner ersten Stellung eine Beleidigung seiner Oberbehörde sich zu Schulden kommen, so sind die Militärgerichte zur Beurtheilung des Falles zuständig. Ist er aber nicht im Dienste, fügt er in seiner bloss bürgerlichen Stellung der Behörde eine Beleidigung zu, so wird diese letztere vor dem gewöhnlichen ordentlichen Richter klagend aufzutreten haben, wie diess ja auch der Fall sein würde, wenn ein anderer Bürger beleidigt worden wäre. Nur wenn dieser Weg eingeschlagen, wenn dieser Unterschied festgehalten wird, geschieht den Verfassungsbestimmungen eine Genüge, welche vorschreiben, dass Jedermann vor seinem natürlichen Richter belangt werden müsse und dass Niemand seinem ordentlichen Gerichtsstande entzogen werden dürfe.« In der Bundesversammlung führten langwierige Verhandlungen, welche über diesen Rekursfall stattfanden, zu keinem Beschlusse. Der Nationalrath stimmte mit geringer Mehrheit dem Antrage des Bundesrathes bei, während hingegen der Ständerath nach dem Antrage der Minderheit seiner Kommission von der Ansicht ausging, die Versetzung eines Offiziers in Disponibilität (à la suite) sei nicht als eine Strafe, sondern als eine administrative Massregel aufzufassen.

*) Ullmer S. 303—305.
**) Bundesbl. 1862 II. 246.

zu welcher nach dem freiburgischen Militärgesetze die Regierung im Interesse des Dienstes berechtigt sei.*)

Was das Verbot der Todesstrafe bei politischen Vergehen betrifft, so ist wohl auf die Bundesrevision von 1848 auch der Vorgang der benachbarten französischen Republik nach der Februarrevolution nicht ganz ohne Einfluss geblieben. An der Tagsatzung war es zuerst die Gesandtschaft von Zürich, welche die Aufstellung jenes Grundsatzes anregte; nachher wurde auf den Antrag der Stände Glarus und St. Gallen mit 15 Stimmen beschlossen, denselben in die Bundesverfassung aufzunehmen.**) Der Art. 54 lautet nun folgendermassen:

»Wegen politischer Vergehen darf kein Todesurtheil ausgefällt werden.«

Dieser Artikel hat, in Verbindung mit Art. 53, bei den Aufständen, welche zu Anfang der Fünfzigerjahre im Kanton Freiburg sich wiederholten, bereits seine wohlthätigen Früchte getragen. Seither ist in allen Kantonen das politische Leben immer mehr in das friedliche Geleise einer geordneten Demokratie eingetreten, wo der Wille der Mehrheit des Volkes ohne Schwierigkeit auf gesetzlichem Wege sich geltend machen kann. Wir haben daher in der Schweiz schon seit geraumer Zeit keine Aufstände und eben daher auch keine schwerere politische Vergehen mehr erlebt. Hoffen wir, dass es auch in Zukunft dem Bundesrathe an jedem Anlasse fehlen möge, die Beobachtung des Art. 54 der Bundesverf. zu überwachen!

§ 11. Freier Verkehr.

Der Grundsatz des freien Verkehres im Innern der Schweiz, wie er durch die Bundesverfassung aufgestellt ist, erscheint nicht bloss als eine polizeiliche Einrichtung im Interesse der allgemeinen Wohlfahrt, sondern auch nach der Auslegung, welche er durch die Bundesbehörden erfahren hat, als ein garantirtes Recht der Schweizerbürger, wesshalb wir ihn in dem gegenwärtigen Kapitel behandeln zu sollen glauben. Dabei werden wir uns indessen auf den Grundsatz selbst und die daraus gezogenen Folgerungen beschränken; was dagegen die Bundesverfassung zur Förderung des Verkehres noch weiterhin anordnet, wie namentlich die Aufhebung der Binnenzölle

*) Bundesbl. 1859 II. 178—186, 439—447.

**) Abschied S. 99, 145, 272.

und die Abschaffung der Transportvorrechte, wird im folgenden Kapitel seinen Platz finden.

Bereits in den alten eidgenössischen Bünden hatten, wie in der geschichtlichen Einleitung erwähnt wurde, die verbündeten Orte sich gegenseitig freien Kauf zugesichert. Die Vermittlungsakte sagte darüber in Art. 5: »*La libre circulation des denrées, bestiaux et marchandises est garantie.*« Nicht so allgemein gehalten, sondern mehr verklausulirt war Art. 11 des Bundesvertrages von 1815, welcher folgendermassen lautete: »Für Lebensmittel, Landeserzeugnisse und Kaufmannswaaren ist der freie Kauf und für diese Gegenstände, sowie auch für das Vieh die ungehinderte Aus- und Durchfuhr von einem Kanton zum andern gesichert, mit Vorbehalt der erforderlichen Polizeiverfügungen gegen Wucher und schädlichen Vorkauf. Die Polizeiverfügungen sollen für die eignen Kantonsbürger und die Einwohner anderer Kantone gleich bestimmt werden.« Wir haben indessen in der geschichtlichen Einleitung gesehen, dass ein Tagsatzungsbeschluss von 1831 dem Art. 11 die ausdehnende Interpretation gab: es solle freier Verkehr von Kanton zu Kanton mit Lebensmitteln, Landes- und Industrieerzeugnissen, wie auch Kaufmannswaaren im vollsten Sinne des Wortes stattfinden und demnach auch die Einfuhr solcher Gegenstände, sowie von Vieh auf keine Weise gehemmt werden Dem Art. 29 der gegenwärtigen Bundesverfassung liegen die Entwürfe von 1832 und 1833 zu Grunde; namentlich ist der Eingang beinahe wörtlich dem letztern entnommen. Was die einzelnen Vorbehalte betrifft, so wurde litt. a. erst in der zweiten Berathung der Tagsatzung beigefügt, um die Besorgniss zu beseitigen, dass auch der freie Kauf und Verkauf des Salzes zum Nachtheile des Fiskus gewährleistet sei. Litt. b. lautete im Entwurfe der, für die materiellen Fragen niedergesetzten Kommission: »Verfügungen der Kantone über die Ausübung von Handel und Gewerbe und über die Strassenpolizei«; auf den Antrag der Gesandtschaft von Bern wurde in der ersten Berathung der Tagsatzung eine passendere Redaktion angenommen, welche ausdrücklich bestimmte, dass diese Verfügungen immer nur von polizeilicher Natur sein dürfen. In litt. c. hatte schon die Kommission, einem von Basel-Stadt geäusserten Wunsche Folge gebend, den aus dem Bundesvertrage von 1815 herüber genommenen »Wucher« fallen lassen. Litt. d. endlich wurde auf den Antrag der Stände Zürich und Bern von der Tagsatzung angenommen.*) Der Art. 29 lautet nunmehr folgendermassen:

»*Für Lebensmittel, Vieh und Kaufmannswaaren, Landes- und Gewerbserzeugnisse jeder Art sind freier Kauf und Verkauf, freie Ein-, Aus- und Durchfuhr von einem Kanton in den andern gewährleistet.*

»*Vorbehalten sind:*

»*a. In Beziehung auf Kauf und Verkauf das Salz- und Pulverregal.*

»*b. Polizeiliche Verfügungen der Kantone über die Ausübung von Handel und Gewerbe und über die Benutzung der Strassen.*

»*c. Verfügungen gegen schädlichen Vorkauf.*

»*d. Vorübergehende sanitätspolizeiliche Massregeln bei Seuchen.*

»*Die in litt. b. und c. bezeichneten Verfügungen müssen die Kantonsbürger und die Schweizerbürger anderer Kantone gleich behandeln. Sie sind dem Bundesrathe zur Prüfung vorzulegen und dürfen nicht vollzogen werden, ehe sie die Genehmigung desselben erhalten haben.*

»*e. Die von der Tagsatzung bewilligten oder anerkannten Gebühren, welche der Bund nicht aufgehoben hat. (Art. 24 und 31.)*

»*f. Die Konsumogebühren auf Wein und andern geistigen Getränken, nach Vorschrift von Art. 32.*«

Schon bei der ersten Anwendung des Art. 29 durch die neuen Bundesbehörden zeigte es sich, dass dieselben den freien Kauf und Verkauf als ein dem Schweizerbürger als solchem gewährleistetes Grundrecht auffassten. Die Regierung von Luzern nahm für sich die Befugniss in Anspruch, den aargauischen Israeliten den Zutritt zu den Jahrmärkten ihres Kantons zu gestatten oder zu verweigern; die Regierung von Aargau beschwerte sich hierüber beim Bundesrathe, und nachdem dieser ihr entsprochen hatte, rekurrirte Luzern an die Bundesversammlung. Letztere bestätigte den Entscheid des Bundesrathes, indem sie von folgenden Betrachtungen ausging: Es kann keinem Zweifel unterliegen, dass die aargauischen Israeliten Schweizerbürger sind; nach Art. 29 aber darf Luzern keinen Schweizerbürger vom Handel in seinem Kanton ausschliessen, sondern nur über die Ausübung desselben polizeiliche Vorschriften erlassen, in welchen es die Schweizerbürger der andern Kantone den eignen Kantonsbürgern gleich halten muss. Der Art. 48 der Bundesverfassung kann unmöglich den Sinn haben, dass durch seine

*) Abschied S. 214—218, 255—256. Beilage E. S. 9.

Bestimmungen einem Theile der Schweizerbürger wieder genommen worden sei, was ihnen der Art. 29 gegeben; die Kantone mögen wohl in ihrer Gesetzgebung die Israeliten beschränken, jedoch nur insoweit als es Gegenstände betrifft, welche durch die Bundesverfassung nicht berührt worden sind oder für welche dieselbe den christlichen Confessionen in der That besondere Vorrechte eingeräumt hat.*) Im nämlichen Sinne wie bei der Abweisung des Rekurses der Luzerner Regierung sprach sich die Bundesversammlung, wie bereits (oben S. 227) angeführt wurde, später wieder aus, als es sich im September 1856 darum handelte, die Rechtsverhältnisse der schweizerischen Israeliten grundsätzlich zu normiren.

Ein anderer Fall, in welchem ebenfalls dem Kanton Luzern gegenüber der Grundsatz des freien Kaufes und Verkaufes aufrecht erhalten werden musste, ist folgender: Einem Solothurner, welcher in jenem Kanton wohnte, wurde der Handel mit Brod untersagt, welches er über die aargauische Gränze herüberbrachte, gestützt auf polizeiliche Verordnungen, denen die Bäcker unterworfen seien. Dabei wurde jedoch zugegeben, dass auch andere Personen als Bäcker Brod verkaufen dürfen, wenn dieses aus luzernischen Bäckereien komme. Der Bundesrath, bei welchem der Solothurner über das Verbot sich beschwerte, hob dasselbe auf, weil die polizeilichen Beschränkungen, welche der Art. 29 den Kantonen gestattet, wirklich einen polizeilichen Charakter tragen müssen und nicht auf blosse Verminderung der Konkurrenz hinzielen dürfen und weil eine Niederlage von fremdem Brod sich in Bezug auf Qualität, Preis und Gewicht eben so gut polizeilich kontrolliren lässt als eine inländische Bäckerei.**) Eine unzulässige Belästigung des freien Verkehres erblickte der Bundesrath auch in einer Bestimmung des solothurnischen Flössgesetzes, kraft welcher die Befugniss zum Flössen nur gegen eine Realkaution von Fr. 3000 gestattet wurde.***)

Die wichtigste Interpretation, welche das Princip des Art. 29 mit dem in litt. b. aufgestellten Vorbehalte polizeilicher Verfügungen bis dahin erhalten hat, bezog sich auf die Frage, ob es den Kantonen gestattet sei, Patenttaxen von schweizerischen Handelsreisenden zu erheben. Der Bundesrath, welchem die Bundes-

*) Bundesbl. 1850 II. 465—477.
**) Bundesbl. 1851 II. 336—337.
***) Bundesbl. 1854 II. 320.

versammlung die ihr eingegangenen Beschwerden zur Begutachtung überwiesen hatte, war der Ansicht, dass der Art. 29 keine andere Bedeutung habe, als dass den Kantonen nicht mehr gestattet sei, die Ein- und Ausfuhr von Waaren mit besondern Gebühren zu belegen oder Sperren gegeneinander anzuordnen. Die Patenttaxen seien allerdings in einzelnen Kantonen so hoch, dass sie mehr einen fiskalischen als polizeilichen Charakter haben; aber wenn man grundsätzlich anerkenne, dass die Kantone befugt seien, das Aufnehmen von Bestellungen an die Lösung eines Patents zu knüpfen, so gebe es keinen rechtlichen Anhaltspunkt dafür, dass der Betrag der Taxe einer besondern Sanktion zu unterwerfen wäre. Der Bundesrath fand daher, es dürfe in Bezug auf Patenttaxen nur Folgendes von den Kantonen verlangt werden: »1) Die Schweizer anderer Kantone sind den eignen Kantonsbürgern gleich zu halten. 2) Keinem Schweizerbürger, der in bürgerlichen Rechten und Ehren steht, darf die Ausstellung eines Patents verweigert werden. 3) Die Formalitäten für Erwerbung der Patente und die nachherige Aufnahme von Bestellungen sollen möglichst einfach und jedenfalls für Alle gleich sein.« Dieses Gutachten des Bundesrathes, welches im Juli 1857 zur Verhandlung kam, fand schon damals bei der Bundesversammlung keine volle Zustimmung, sondern dieselbe fasste folgende Beschlüsse: »1) Der Bundesrath ist eingeladen, dahin zu wirken, dass die Kantone, welche bisher noch Patenttaxen von schweizerischen Handelsreisenden bezogen haben, auf den Fortbezug derselben verzichten. 2) Der Bundesrath wird eingeladen, der Bundesversammlung über den Erfolg seiner diessfälligen Schritte Bericht zu erstatten und damit, in nochmaliger Erdauerung der Frage aus dem Standpunkte der bundesrechtlichen Zulässigkeit solcher Taxen, weitere sachbezügliche Anträge zu verbinden.«*) Der erste dieser Beschlüsse hatte, wie vorauszusehen war, bei den meisten Kantonen, welche noch Patenttaxen bezogen, keinen Erfolg; den bundesrechtlichen Standpunkt aber, welchen der Bundesrath zuerst eingenommen hatte, hielt derselbe auch in seinem zweiten Berichte vom 20. Juni 1859 fest. Zur Unterstützung dieser Ansicht wurde insbesondere noch Folgendes angeführt: »Handel und Gewerbe bedürfen vielfach einer nähern Regelung, wie dieses in allen Kantonen in liberalerem oder beschränkterm Sinne geschieht, und

*) Bundesbl. 1857 II. 105—112. Amtl. Samml. V. 582—583.

nach den nacktem Wortlaute der Bundesverfassung auch unter den angegebenen Vorbehalten geschehen darf. Wollte der Bund alle Hemmnisse beseitigen, die auf einer freien Bewegung in diesem Gebiete noch lasten, so könnten Gewerbssteuern, Zunftzwang, Ehehaften u. dgl. auch nicht mehr geduldet werden. So weit beabsichtigte man aber nicht zu gehen, sondern stellte es den Kantonen anheim, polizeiliche Verfügungen über Ausübung von Handel und Gewerbe zu erlassen. Dieses ist ein Recht, welches den Kantonen zugesichert ist, und darf sich nothwendig auf alle Gewerbsarten erstrecken. Eine Gewerbsart ist aber das Aufnehmen von Bestellungen auf Muster so gut als das Besuchen der Märkte und Messen und das Herumwandern vieler Arbeiter von Ort zu Ort zur Erwerbung des Verdienstes, und doch macht man keine Einwendung, wenn dieser Verkehr mit polizeilicher Aufsicht und Taxen belegt ist. In einigen Gesetzgebungen der in Frage liegenden Kantone ist dieser polizeiliche Charakter der vorherrschende, z. B. in Graubünden, während in andern der fiskalische Gesichtspunkt in den Vordergrund tritt, wie z. B. in Wallis, wo der Staat eine Erwerbssteuer von allem Handel, der im Kanton getrieben wird, bezieht, mag der Betreffende an einem bestimmten Orte sesshaft sein oder nicht, werde der Handel von einem Walliser Bürger oder von einem Ausländer betrieben. Diese Besteuerung unter einem fiskalischen Gesichtspunkt ist aber ebenso wenig unzulässig als ein Patentsystem mit vorherrschend polizeilichem Charakter.« Gegenüber dieser Auffassung des Bundesrathes sprach zuerst die ständeräthliche Kommission folgende Ansichten aus: Der Art. 29 sei nicht bloss ein Schutz für den Verkehr überhaupt in schweizerischen Landen, sondern auch ein Rahmen für die Behandlung des Kaufs und Verkaufs im Innern der Kantone; denn sonst könnten nicht in demselben Verfügungen vorbehalten sein gegen etwas, was nicht sowohl für den Verkehr von Kanton zu Kanton, sondern für denjenigen im Innern der Kantone, und zwar gewöhnlich zwischen Stadt und Land Bedeutung habe, Verfügungen nämlich gegen schädlichen Vorkauf. Wolle man aber auch die Tragweite des Art. 29 auf den interkantonalen Verkehr beschränken, so müsse gleichwohl das in ihm enthaltene Princip Anwendung finden auf die Handelsreisenden, als auf lebendige Vermittler des Kaufs und Verkaufs von Kanton zu Kanton. Verfügungen, welche gegen dieselben erlassen werden, dürfen daher keinen fiskalischen, sondern nur einen polizeilichen Charakter an sich tragen. Fiskalische Patentgebühren für Handelsreisende seien mit der Bundesverfassung nicht im Einklange und selbst polizeiliche Bestimmungen, wenn sie in Formalitäten oder Betrag der Taxen das vernünftige Mass überschreiten und dadurch die garantirte Gewerbs- und Handelsfreiheit gefährden, müssen als den Zwecken der Bundesverfassung widerstreitend aufgehoben werden. Gestützt auf diesen Kommissionalbericht, fasste der Ständerath folgenden Beschluss: »Der Bundesrath ist eingeladen, die Kantonalgesetze, welche die Handelsreisenden mit einer Taxe belegen, einer genauen Prüfung zu unterwerfen und diejenigen Bestimmungen derselben aufzuheben, die mit der Handels- oder Gewerbefreiheit im Widerspruch stehen und nicht in die durch litt. b. des Art. 29 vorbehaltenen polizeilichen Bestimmungen einschlagen.« Die Mehrheit der nationalräthlichen Kommission war zwar, entgegen obiger Ausführung, gewiss mit vollem Rechte der Meinung, dass der Art. 29 bloss den freien Kauf und Verkauf aus einem Kanton in den andern, nicht aber denjenigen im Innern der Kantone garantire;*) sie stellte sich aber dabei auf den Standpunkt, dass die Gewerbsthätigkeit der Handelsreisenden unter den Gesichtspunkt des interkantonalen Verkehres falle, weil die Waaren, die sie verkaufen, in dem einen, die Käufer aber in dem andern Kanton sich befinden. Ganz anders verhalte es sich mit den Hausirern, welche ihr Waarenlager mit sich führen und bei denen daher von einem interkantonalen Verkehre nicht die Rede sein könne. In Folge von litt. b. des Art. 29 seien die schweizerischen Handelsreisenden bloss polizeilichen Verfügungen der Kantone unterworfen; dagegen widerspreche jede fiskalische Beschränkung, jede Besteuerung derselben den Bestimmungen der Bundesverfassung über Handelsfreiheit. Die Kommission fand, dass durch den Beschluss des Ständerathes die schwebende Frage weder gelöst noch wesentlich gefördert werde, und brachte daher einen weiter gehenden Antrag, welcher die Zustimmung des Nationalrathes und nachher, mit einer geringen Abänderung, auch des Ständerathes erhielt. Der Bundesbeschluss vom 29. Juli 1859, durch welchen nun allerdings die Frage der Zulässigkeit der Patenttaxen für jetzt definitiv geregelt ist, lautet folgendermassen:

*) Diese Ansicht hat auch der Bundesrath bei Anlass einer, gegen die Müller- und Bäckerordnung des Kantons Schwyz gerichteten Beschwerde ausgesprochen. Bundesbl. 1860 II. 81.

*»Die Kantone werden angewiesen, von schweizerischen Handelsreisenden keine Patenttaxen oder anderweitige Gebühren mehr zu beziehen, insoferne diese Handelsreisenden nur Bestellungen, sei es mit oder ohne Vorweisung von Mustern, aufnehmen und keine Waaren mit sich führen.«**)

Dieser Entscheid erklärt also bloss die Handelsreisenden für abgabenfrei, lässt dagegen in Bezug auf die Hausirer der kantonalen Gesetzgebung völlig freie Hand; eine Unterscheidung, die vielleicht nicht ganz stichhaltig ist, weil die einen wie die andern Gewerbtreibenden, sei es nun, dass sie mit Waaren oder bloss mit Mustern versehen im Lande herumreisen, den Verkehr zwischen den Kantonen vermitteln und weil die Patenttaxen von Hausirern so gut wie diejenigen von Handelsreisenden einen vorherrschend fiskalischen Charakter annehmen können. Da nun aber einmal der Bundesbeschluss jene Unterscheidung macht, so muss sie auch nach seinem Wortlaute durchgeführt werden. Die Regierung von Thurgau stellte in einem Rekursfalle die Behauptung auf, das Aufnehmen von kleinern Bestellungen von Haus zu Haus mit oder ohne Vorweisung von Mustern, im Gegensatze zur Aufnahme von Waarenbestellungen bei Kauf- und Gewerbsleuten, falle unter den Begriff des Hausirhandels und dürfe daher von den Kantonen ganz verboten werden. Der Bundesrath aber und die Bundesversammlung entschieden übereinstimmend im entgegengesetzten Sinne, weil der Bundesbeschluss vom 29. Juli 1859 offenbar den Hausirhandel, dessen Regulirung der kantonalen Hoheit überlassen bleibt, auf das ganz bestimmte Merkmal des Mitsichführens von Waaren beschränken wollte. Wenn aber Personen, welche von Haus zu Haus, jedoch ohne Waaren mitzuführen, Bestellungen aufnehmen, zu den Handelsreisenden gehören, auf welche sich der genannte Bundesbeschluss bezieht, so folgt von selbst, dass ihnen nicht bloss keine Taxen auferlegt werden dürfen, sondern dass ihnen noch viel weniger ihr Gewerbe gänzlich untersagt werden darf.**)

Auch der in litt. c des Art. 29 aufgestellte Vorbehalt: »Verfügungen gegen schädlichen Vorkauf« ist vom Bundesrathe schon nach verschiedenen Richtungen hin interpretirt worden. Als im Jahr 1854 die Regierung von Waadt die Ausfuhr von Getreide,

*) Bundesbl. 1859 II. 105—113, 411—432. Amtl. Samml. VI. 304—305.
**) Bundesbl. 1861 I. 47—54. Amtl. Samml. VII. 7.

Mehl und Hülsenfrüchten nach andern Kantonen nur unter gewissen, äusserst lästigen Bedingungen gestatten wollte, verweigerte der Bundesrath dem Dekrete seine Genehmigung, deren es gemäss dem Nachsatze zu litt. b und c bedurfte, weil durch dasselbe der freie Verkehr von einem Kanton zum andern beeinträchtigt worden wäre. Und als die Regierung von Nidwalden einige ältere Gesetze dieses Kantons gegen den Vorkauf dem Bundesrathe zur Prüfung vorlegte, fand derselbe sie ebenfalls unzulässig, weil »Verordnungen gegen den Vorkauf sich nur auf Marktplätze und Markttage, nicht aber auf den Einzelvorkauf auf dem Lande ausser den Markttagen beziehen dürfen.«*)

Nidwalden stellte auch in einem Specialfalle die Behauptung auf, der Erwerb von Liegenschaften in einem Kanton müsse Schweizerbürgern aus andern Kantonen nur dann gestattet werden, wenn sie im Kantone ihren Wohnsitz nehmen und die Niederlassung erhalten. Der Bundesrath fand diese Ansicht unvereinbar mit dem schon erwähnten Nachsatze zu litt. b und c des Art. 29, wonach der freie Verkehr durch polizeiliche Verfügungen der Kantone nur unter der Voraussetzung gleicher Behandlung der Kantonsbürger und Schweizerbürger anderer Kantone beschränkt werden kann, wie auch mit Art. 48 der Bundesverfassung.**)

Haben wir bis dahin gesehen, wie die Bundesbehörden das grosse Princip des freien Kaufes und Verkaufes immer in sehr liberalem und weitgehendem Sinne auslegten, so müssen wir nun doch am Schlusse unserer Erörterung des Art. 29 auch noch der Schranke erwähnen, welche die Bundesversammlung bei Anlass von zwei Rekursen, die ihr im Sommer 1861 vorgelegt wurden, der Anwendung desselben gesetzt hat. Es bestehen nämlich in Obwalden und in Graubünden, wie noch in manchen andern Kantonen, Statuten von Korporationsgemeinden, welche den Genossen und Ansässen verbieten, das ihnen aus den Gemeindswaldungen zugetheilte Holz zu veräussern, oder wenigstens eine solche Veräusserung, namentlich ausser die Gemeinde, nur unter gewissen Beschränkungen gestatten. Der Bundesrath ging von der Ansicht aus, dass die Souveränetät der Kantone in Forstsachen bloss auf die Art und Weise der Bewirth-

*) Bundesbl. 1855 I. 486. 1858 I. 357.

**) Bundesbl. 1861 I. 358—359.

schaftung der Wälder und auf die Holzschläge sich beziehen könne, dagegen das einmal geschlagene und abgeführte Holz als ein Landeserzeugniss und Handelsobjekt zu betrachten sei, dessen freien Verkauf und Ausfuhr in andere Kantone der Art. 29 gewährleiste. Demnach hob der Bundesrath die fraglichen, den Verkehr beschränkenden Waldordnungen als mit der Bundesverfassung unvereinbar auf, wogegen von Seite der betheiligten Gemeinden und Kantonsregierungen der Rekurs an die Bundesversammlung ergriffen wurde. Letztere fasste nun die Frage von dem Gesichtspunkte aus auf, dass die Gemeinden, Korporationen und Privaten nicht verpflichtet seien, ihr Eigenthum gegen ihren Willen dem allgemeinen Verkehre zu übergeben, und dass die Ausübung von Handel und Gewerbe nur insoweit nicht gehindert werden dürfe, als der Eigenthümer der Waare dieselbe dem Verkehre unterstelle. Die Verordnungen der Waldgenossenschaften charakterisiren sich — wie der Bericht der ständeräthlichen Kommission sich ausdrückt — als Ausfluss der den Eigenthümern zustehenden Dispositionsbefugnisse, und ihr Grundgedanke besteht darin, den verfügbaren Nutzertrag, so weit immer möglich, den Antheilhabern und bis auf einen gewissen Grad den Niedergelassenen zuzuwenden. Die Bundesversammlung erklärte daher die vom Bundesrathe aufgehobenen Waldordnungen für zulässig, mit einziger Ausnahme einer Bestimmung derjenigen von Giswyl, nach welcher die Ausfuhr von verarbeitetem Holz ausser die Gemeinde einer besondern Besteuerung unterliegen sollte.*)

Am Schlusse dieses Abschnittes, welcher vom freien Verkehre handelt, haben wir neben dem Art. 29 noch eine andere Bestimmung der Bundesverfassung zu berücksichtigen, nämlich den Art. 51. Zu den vielen Beschränkungen, denen in frühern Jahrhunderten der Verkehr unterworfen war, gehörten insbesondere auch die Zugrechte (Näherrechte), in Folge deren, wenn ein Eigenthümer sein Grundstück veräussern wollte, Verwandte, Nachbarn, Genossen der Gemeinde oder der Landschaft dasselbe um den, mit einem Dritten verabredeten Kaufpreis an sich ziehen konnten. In den schweizerischen Gebirgsländern stand den Landleuten ein gesetzliches Zugrecht selbst in dem Falle zu, wenn eine Liegenschaft durch Heirath oder Erbschaft an einen Auswärtigen fiel; der zu

*) Bundesbl. 1861 II. 77—88, 339—361. Amtl. Samml. VII. 47—48. 75—76.

bezahlende Kaufpreis wurde alsdann durch amtliche Schatzung ermittelt. Noch drückender war das sogenannte **Abzugsrecht**, eine Abgabe bald von 5, bald von 10 Procent, welche, soweit nicht bestehende Verträge oder der Grundsatz des Gegenrechtes dieselbe ausschlossen, von allem, sei es in Folge von Erbschaften oder Heirathen, sei es in Folge von Auswanderung aus dem Lande gehenden Vermögen erhoben zu werden pflegte.*) Schon die Vermittlungsakte enthielt nun in Art. 5 die Bestimmung: »*Les anciens droits de traite intérieure et de traite foraine sont abolis*«; in der deutschen Uebersetzung: »Die ehemaligen Zugs- und Abzugsrechte sind abgeschafft.« Der Bundesvertrag von 1815 beschränkte sich darauf, in Art. 11 zu sagen: »Die Abzugsrechte von Kanton zu Kanton sind abgeschafft.« Weiter ging wieder der Entwurf von 1833, welcher vorschrieb: »Alle Abzugsrechte im Innern der Schweiz, sowie die Zugrechte von Angehörigen des einen Kantons, als solchen, gegen Angehörige anderer Kantone sind abgeschafft.« Im Wesentlichen damit übereinstimmend, lautet nun Art. 51 der Bundesverfassung:

»*Alle Abzugsrechte im Innern der Schweiz, sowie die Zugrechte von Bürgern des einen Kantons gegen Bürger anderer Kantone sind abgeschafft.*«

Es geht aus den Verhandlungen der Bundesrevisionskommission und der Tagsatzung nicht hervor, wesshalb die Redaktion des Entwurfes von 1833 abgeändert wurde. Die gegenwärtige Fassung mag insoferne den Vorzug verdienen als sie statt des unbestimmtern Wortes »Angehörige« den bestimmtern Ausdruck »Bürger« hat; dagegen hat sie durch Weglassung der Worte »als solchen« an Präcision nicht gewonnen. Es giebt nämlich, wie wir gesehen haben, verschiedene Arten von Zugrechten: bei den einen ist es der Einheimische (Kantons-, Bezirks- oder Gemeindsbürger) gegenüber dem Fremden, bei den andern ist es der Blutsverwandte oder Nachbar des Verkäufers gegenüber einen nicht in solchem Verhältnisse stehenden Käufer, welcher den Zug zu thun berechtigt ist. Wir halten nun dafür, dass, wenn die Bundesverfassung auch diese letztern Zugrechte abschaffen wollte, sie gleich der Vermittlungsakte einfach hätte sagen sollen: »Die Zugrechte sind abgeschafft«; dadurch, dass sie die Worte beifügt: »von Bürgern des einen Kantons gegen Bürger

*) Blumer Staats- und Rechtsgesch. der schweiz. Demokratien II. 1. 287; 2. 121—131.

anderer Kantone«, scheint sie immerhin anzudeuten, dass sie bloss die erstere Gattung von Zugrechten, bei welcher das Bürgerrecht den Ausschlag gibt, im Auge hatte. Die Zugrechte von Verwandten u. s. w. fallen ihrer Natur nach der privatrechtlichen Gesetzgebung der Kantone anheim, während diejenigen der Bürger in das Gebiet der interkantonalen Verhältnisse einschlagen. Allerdings kann auch das Zugrecht der Verwandten (die sogen. Erblosung) ausgeübt werden gegen einen Käufer, der zufällig Bürger eines andern Kantons ist; aber dann ist es nicht diese Eigenschaft, welche ihn zur Abtretung des Grundstückes nöthigt, sondern es könnte die nämliche Verpflichtung auch einen Bürger des eigenen Kantons, ja der eigenen Gemeinde, welcher der Verkäufer angehört, treffen. Uebrigens hat die Frage, welche wir hier besprochen haben, wenig praktische Bedeutung, weil die Kantone selbst die alten Zugrechte immer mehr beseitigen.

Weniger Zweifel können entstehen über die Bedeutung des ersten Theiles des Art. 51, welcher, übereinstimmend mit den frühern Bundesverfassungen, alle Abzugsrechte im Innern der Schweiz abschafft. Gegenüber einem Rekurse, welcher auch Erbschaftssteuern für unzulässig erklären wollte, so bald sie Vermögen treffen, welches an auswärtige Erbnehmer fällt, bemerkte der Bundesrath mit vollem Rechte: »Unter Abzugsgeldern werden solche Abgaben verstanden, welche ein Staat vom Vermögen, das ausser Landes geht, aus diesem Grunde bezieht, keineswegs aber Steuern, welche auch den Inländer treffen und bloss zufällig auch auf den Fremden aus dem gleichen Rechtsgrunde anzuwenden sind. Im vorliegenden Falle handelt es sich offenbar um ein Recht der letztern Art, nämlich um eine Handänderungs- oder Erbschaftssteuer, welche Bürger und Niedergelassene gleichmässig trifft; mithin ist die Berufung auf Art. 51 der Bundesverfassung ganz unbegründet.« *)

§ 12. Rechte, die in den Kantonalverfassungen enthalten sind.

Neben den in der Bundesverfassung selbst enthaltenen Grundrechten des Schweizerbürgers garantirt der Bund auch sämmtliche politische und individuelle Rechte, welche in den Kantonalverfassungen aufgestellt sind. Letztere und die aus ihnen hergeleiteten Rechte des Volkes und der einzelnen Bürger, sowie die Befugnisse der Be-

*) Bundesbl. 1862 II. 261—262.

hörden stehen nach Art. 5, den wir schon oben (S. 148) angeführt haben, unter dem kräftigen Schutze des Bundes. Nach Art. 74 Ziff. 7 fallen in die Kompetenz der Bundesversammlung u. A. auch Massregeln, welche die Garantie der Kantonalverfassungen zum Zwecke haben, und nach Art. 90 Ziff. 3 hat zunächst der Bundesrath für diese Garantie zu wachen. Sehen wir nun zu, wie in der Praxis der bundesgemässe Schutz der kantonalen Verfassungsrechte bis dahin ausgeübt worden ist! Da hierbei sehr verschiedenartige Rechte zur Sprache kommen, so können wir bei den einzelnen Fällen, die wir aufzuzählen haben, nicht wohl eine andere als die chronologische Reihenfolge beobachten.

Gleich bei dem ersten Anlasse, der sich nach der Einführung der Bundesverfassung darbot, als nämlich die durch Dekrete des Grossen Rathes und der Regierung des Kantons Freiburg mit einer Kontribution, beziehungsweise einem Zwangsanleihen belegten Urheber und Begünstiger des Sonderbundes an die Bundesbehörden rekurrirten, sprach sich der Bundesrath über die Pflicht, das Materielle der Beschwerde zu untersuchen, folgendermassen aus: »Wenn in einem Kanton über Verletzung der Verfassung Beschwerde geführt und diese vor die Bundesbehörden gebracht wird, so entsteht für die letztere die Verpflichtung, die Beschwerde zu untersuchen und über den Grund und Ungrund derselben und die allfälligen weitern Massregeln eine Entscheidung zu fassen. Denn der Bund gewährleistet die verfassungsmässigen Rechte der Bürger gleich den Rechten der Behörden. Auch der frühere Bundesvertrag garantirte die Verfassungen, allein diese Garantie wurde anders ausgelegt und mancher Nothschrei über verfassungswidrige Handlungen und Zustände verhallte unbeachtet. Man wollte dieses nicht mehr dulden und verlangte eine wirksame Garantie gegen Verfassungsverletzungen. So entstand der Art. 5 der Bundesverfassung, der mit einer fast pedantischen Aengstlichkeit die Rechte des Volkes und die verfassungsmässigen Rechte der Bürger gewährleistet. Es wäre nun in der That ein merkwürdiger Rückfall in die alte Anschauungsweise und Ordnung der Dinge, es wäre eine auffallende Verläugnung des in Art. 5 enthaltenen Princips, wenn man annehmen wollte, auch bei einer förmlich angebrachten Beschwerde stehe es den Bundesbehörden frei, darauf einzutreten oder nicht. Wir glauben vielmehr, in solchen Fällen seien die Bundesbehörden verpflichtet, die Beschwerde an Hand zu nehmen und zu entscheiden.« — Auf die Sache selbst eingehend, fand der Bundesrath die angefochtenen Dekrete verfassungswidrig, insbesondere dem Grundsatze der Gewaltentrennung widersprechend, weil sie einerseits wirkliche Strafen, wie Verbannung und temporären Entzug des Aktivbürgerrechtes, gegen die von der Regierung als schuldig bezeichneten Individuen verhängten, anderseits auch das Zwangsanleihen selbst keineswegs bloss als eine administrative Massregel erschien, da es nicht alle Einwohner von einem gewissen Besitzstande, sondern nur die als schuldig erkannten traf. Der Bundesrath stellte daher den Antrag: »es sei die Regierung von Freiburg einzuladen, die Beschlüsse vom 20. Mai, 7. und 23. December 1848 in dem Sinne zu modificiren, dass den betheiligten Personen während einer zu bestimmenden Frist der Rechtsweg eröffnet werde.« Da die Frage nicht bloss eine staatsrechtliche, sondern auch eine politische Seite hatte und im Nationalrathe eine grosse Zahl von Mitgliedern dem Antrage des Bundesrathes beizustimmen nicht geneigt war, so wurde eine Vermittlung zwischen der Regierung von Freiburg und den Rekurrenten angeordnet, welche zu einer gütlichen Uebereinkunft führte.*)

Die Familie eines im Sonderbundskriege ermordeten Freiburgers, Namens Dessingy, führte Beschwerde gegen die Regierung des Kantons Waadt, dass sie sich weigere, das von dortigen Truppen begangene Verbrechen strafrechtlich zu verfolgen. Bei der Behandlung dieses Rekurses sprach der Bundesrath den Grundsatz aus, dass eine förmliche Verweigerung der Untersuchung oder eine doloser Weise nur zum Schein ausgeführte Untersuchung sich als Verletzung verfassungsmässiger Rechte der Bürger qualifiziren würde und die Intervention der Bundesbehörden auf Grundlage des Art. 5 der Bundesverfassung nach sich ziehen müsste. Im Specialfalle jedoch fand der Bundesrath, dass eine solche Handlungsweise der Regierung von Waadt nicht zur Last falle, indem sich aus den Akten ergebe, dass die kompetente Behörde, nämlich der Disciplinarrath der Truppen eine umfassende Voruntersuchung geführt, diese aber keinerlei Indicien gegen bestimmte Personen an die Hand gegeben habe.**)

*) Bundesbl. 1850 I. 115—148. II. 243—266, 295—323 u. Beilage nach S. 327.

**) Bundesbl. 1851 II. 333—335.

Die Beschwerde der Frau Dupré von Bulle gegen einen Beschluss des Grossen Rathes des Kantons Freiburg, welche der Bundesversammlung im Sommer 1851 vorlag, übergehen wir hier, weil dieser Fall dem Bundesgerichte überwiesen wurde und daher passender bei Besprechung des Art. 105 der Bundesverf. zu erörtern ist.

Bei Anlass einer theilweisen Verfassungsrevision in Graubünden beschwerten sich mehrere Bürger von Fürstenau gegen die Regierung und den Grossen Rath theils darüber, dass ihre Klagen über verschiedene Gesetzwidrigkeiten bei der Abstimmung in Fürstenau seien beseitigt worden, theils darüber, dass der Grosse Rath bei der Zusammenrechnung sämmtlicher Gemeindestimmen auf eine verfassungswidrige Weise verfahren sei. Den ersten Beschwerdepunkt fand der Bundesrath nicht in seiner Kompetenz liegend, weil es sich hier nicht um eine Verletzung der Verfassung, sondern nur um Verletzung bestehender Gesetze, Uebungen oder Verordnungen handeln könne. Dagegen fand der Bundesrath seine Kompetenz begründet bei der Beschwerde, dass der Grosse Rath bei der Klassifikation der Gemeindsmehren die Zahl von 72 statt von 73 Gemeindsstimmen der Berechnung der Mehrheit zu Grunde gelegt habe, weil es sich hier wirklich um eine Verfassungsfrage handelte. Der Entscheid des Bundesrathes ging indessen dahin, dass bei der verschiedenen Auslegung, deren der betreffende Verfassungsartikel fähig sei, und bei dem grossen Spielraume, welchen die Verfassung sowohl als die Verordnung über die Gemeindsmehren dem Grossen Rathe lassen, gegenüber der Auslegung dieser obersten Kantonsbehörde nicht von einer Verfassungsverletzung die Rede sein könne, welche den Bundesrath zu einer Intervention berechtigen würde.*)

Die Regierung von Zug beschloss am 13. März 1854 die Erstellung eines Kanals längs der Reuss. Da sie für das, zu diesem Zwecke abzutretende Land keine Entschädigung bezahlen wollte, so wurde sie von den Abtretungspflichtigen vor den Gerichten belangt; diese aber erklärten sich inkompetent und wiesen die Sache an die Verwaltungsbehörden. Hierin fanden die Abtretungspflichtigen eine Verfassungsverletzung und verlangten vom Bundesrathe, dass er die Gerichte anweise, diese privatrechtliche Streitigkeit zu entscheiden. Der Bundesrath wies die Beschwerde ab, mit folgender Begründung: Allerdings schreibt die Verfassung des Kantons Zug vor, dass über

*) Bundesbl. 1852 II. 393—394.

alle Civilstreitigkeiten erstinstanzlich das Kantonsgericht zu entscheiden habe, aber sie anerkennt zugleich auch eine Verwaltungsgerichtsbarkeit, welche sie dem Regierungsrathe zuweist. Nun erklärt die Reussverordnung von 1847 alle Anstände, die auf die Sicherstellung der Reussufer Bezug haben, als Verwaltungsstreitigkeiten und der § 37 der Verfassung von 1848 hat dieselbe bestätigt, indem er alle Gesetze und in Gesetzeskraft übergegangenen Verordnungen bis zu ihrer gesetzlichen Aufhebung oder Umänderung vorbehält. Die Verordnung selbst aber behandelt die Anlage von Abflusskanälen für Seitengewässer der Reuss, wofür von den Rekurrenten Landabtretung verlangt wird, als mit zu dem Flussversicherungssysteme gehörend.*)

Gegen einen Beschluss des Landrathes von Uri, durch welchen untersagt wurde, im Bezirke Ursern die Jagd auf Hochgewild vor der gesetzlich bestimmten Zeit zu eröffnen, rekurrirte der Bezirksrath an den Bundesrath, weil das Jagdrecht durch die Verfassung dem Kantone nicht als Hoheitsrecht vorbehalten, vielmehr als Eigenthum des Bezirkes Ursern sanktionirt sei. Diese Beschwerde wurde ebenfalls abgewiesen, mit folgender Motivirung: »Unzweifelhaft ist die Befugniss, Gesetze und Verordnungen über die Jagdpolizei zu erlassen, ein Ausfluss der Landeshoheit und daher Gegenstand der allgemeinen Landesgesetzgebung, und zwar auch dann, wenn einzelne Gemeinden oder Personen ein auf privatrechtlichen Gründen beruhendes ausschliessliches Jagdrecht in einem gewissen Gebiete nachzuweisen vermöchten, indem solche Privatrechte jene hoheitliche Befugniss, durch polizeiliche Gesetze für die Erhaltung des Wildes zu sorgen, keineswegs ausschliessen würden. Es wurde daher das Jagdgesetz von Uri von der Landsgemeinde erlassen und unter die allgemeinen Landesgesetze aufgenommen. Ein abweichendes Rechtsverhältniss weiss der Bezirksrath von Ursern auch nicht aufzuweisen; denn der angerufene Art. 23 der Verfassung bezieht sich lediglich auf Korporationsgüter und der Art. 85 hat offenbar nur die Aufsicht über die Handhabung der Gesetze und keineswegs die Gesetzgebung selbst zum Gegenstande.«**)

Als es sich in der Gemeinde Croglio, im Kanton Tessin, um eine Ersatzwahl für ein Mitglied des Gemeinderathes handelte und

*) Ullmer S. 16—19.

**) Bundesbl. 1856 I. 526—527.

der Präsident wegen drohenden Tumultes die Versammlung aufhob, konstituirte sich eine Anzahl von Bürgern, setzte ohne weitere Formalitäten den ganzen Gemeinderath ab und wählte einen neuen. Die Regierung und der Grosse Rath von Tessin anerkannten diese Wahl als gültig; der abgesetzte Gemeinderath hingegen rekurrirte an den Bundesrath, weil die Verfassung in Art. 19 bestimme, dass die Mitglieder der Gemeinderäthe drei Jahre im Amte bleiben. Der Bundesrath fand in der That, dass durch die Absetzung und Erneuerung des ganzen Gemeinderathes unzweifelhaft der Art. 19 der tessinischen Verfassung verletzt worden sei, weil nach demselben die Mitglieder dieser Behörde drei Jahre im Amte zu bleiben haben und demnach vor Ablauf ihrer Amtsdauer nicht gegen ihren Willen vom Amte verdrängt werden dürfen, ausgenommen wenn in Folge von Vergehen eine gesetzliche Untersuchung eingeleitet und durch Entscheidung der kompetenten Behörde die Amtsentsetzung ausgesprochen wird. Die Regierung von Tessin hatte sich namentlich darauf berufen, dass die Gemeinden berechtigt seien, die Zahl der Mitglieder des Gemeindrathes herabzusetzen; allein der Bundesrath erwiederte in dieser Hinsicht, es dürfe dieses Recht nur innerhalb der Schranken der Verfassung, d. h. bei dem periodischen Wechsel der Behörde und den diessfälligen Erneuerungswahlen ausgeübt werden, was zum Ueberflusse im Gemeindsgesetze deutlich vorgeschrieben sei. Somit wurde der Staatsrath des Kantons Tessin, unter Aufhebung seines Beschlusses, eingeladen, den verfassungswidrig entlassenen Gemeinderath von Croglio wieder in sein Amt einzusetzen. Als es sich um Vollziehung dieses Beschlusses handelte, wurde der Anstand durch einen Vergleich der streitenden Parteien in Croglio unter Vermittlung eines Regierungskommissärs beseitigt.*)

Siebenzehn Mitglieder des Grossen Rathes des Kantons Luzern beschwerten sich über eine Weisung der dortigen Regierung, durch welche, wie sie behaupteten, das politische Stimmrecht auch Personen, die sich nur vorübergehend in einem Wahlkreise aufhalten, eingeräumt und somit die Verfassung unrichtig interpretirt werde. Nach dem Antrage des Bundesrathes wies die Bundesversammlung die Rekurrenten mit ihrer Beschwerde zunächst an den Grossen Rath, welchem nach Art. 48 der Verfassung die Beurtheilung der

*) Bundesbl. 1857 I. 233—237.

Frage zustehe, inwieferne der Beschluss der Regierung sich im Widerspruche mit dem Sinn und Wortlaute des Art. 26 befinde.*)

Der Gemeinderath von Schwyz beschwerte sich darüber, dass die dortige Regierung durch verschiedene Beschlüsse, worin sie die Anlage eines neuen Friedhofes befahl und sodann auf dem Executionswege durchsetzte, auf verfassungswidrige Weise ihre Kompetenz überschritten habe, indem Art. 20 der Verfassung den Gemeinden die Unverletzlichkeit und freie Verwaltung ihres Vermögens garantire. Der Bundesrath fand auch hier, dass bei solchen Gegenständen der innern Verwaltung eines Kantons, wobei nicht eine Bundesvorschrift, sondern die Verfassungsmässigkeit einer Verfügung kantonaler Behörden in Frage liegt, Beschwerden zuerst vor die oberste Kantonsbehörde gebracht werden müssen. Doch trat der Bundesrath sofort auch in das Materielle der Beschwerde ein und fand dieselbe unbegründet, weil die Regierung von Schwyz kraft ihrer verfassungsmässigen Stellung als oberste Vollziehungsbehörde, nach Massgabe der einschlägigen Polizeiverordnung und in Folge dreimaliger Aufforderung der obersten Landesbehörde, nicht nur unzweifelhaft kompetent und berechtiget, sondern auch verpflichtet war, auf dem Executionswege der neunjährigen Verschleppung dieser Angelegenheit ein Ende zu machen. Wenn eine Regierung genöthigt ist, mehrjähriger Renitenz einer Gemeinde entgegenzutreten und eine durch die Gesetze geforderte öffentliche Anstalt im Wege der Vollziehung herzustellen, so kann von einer Verletzung des Verfassungsartikels, betreffend die Freiheit der Gemeindeverwaltung, keine Rede sein.**)

Der Grosse Rath des Kantons St. Gallen erliess am 7. März 1856 ein neues Steuergesetz, welches folgenden Art. 18 enthält: »Wenn zur Bestreitung der Bedürfnisse des Kirchen-, Pfrund- und Primarschulwesens Steuern erhoben werden müssen, so sind dieselben nach Massgabe des Staatssteuerregisters auf die Genossen und Niedergelassenen, welche im Umfange der betreffenden Kirchen- oder Schulgenossenschaft wohnen, zu verlegen. Von den Niedergelassenen dürfen Steuern nur dann, und zwar nach gleichem Massstab, erhoben werden, wenn solche auch von den Genossen erhoben werden.« Gegen diese Gesetzesbestimmung rekurrirte der

*) Bundesbl. 1857 II. 475—483. 1858 I. 52—58.

**) Bundesbl. 1858 I. 278—284.

evangelische Schulrath der Stadt St. Gallen, weil durch dieselbe die Niedergelassenen zu Mitnutzniessern der bisher bloss bürgerlichen Schulfonds gemacht und die Bürgerschaft an ihrem Eigenthum, welches durch die Verfassung gewährleistet sei, beeinträchtigt werde, indem die Zinse dieser Fonds von nun an nicht bloss für die Beschulung der Bürger, sondern auch der Hintersässen verwendet werden müssten. Die Bundesversammlung aber fand, der Grosse Rath habe, indem er den angefochtenen Art. 18 aufstellte, nur von seinem verfassungsmässigen Rechte, das Steuerwesen der Gemeinden gesetzlich zu normiren, Gebrauch gemacht; der Art. 18 wolle nur, dass die Kinder der Bürger und Einsassen in Zukunft unentgeldlichen Primarunterricht geniessen und dass die Einwohner einer Gemeinde in gleicher Weise die daherigen Kosten tragen; er berühre also nur ein öffentliches und kein privatrechtliches Verhältniss. Die Frage des Eigenthums am Schulfonde der Stadt St. Gallen sei, wenn darüber zwischen der Bürgerschaft und der Einwohnergemeinde Streit entstehe, vor dem bürgerlichen Richter auszutragen, und nach ausdrücklicher Erklärung der Regierung von St. Gallen stehe in dieser Hinsicht der Genossengemeinde der Stadt St. Gallen der Rechtsweg offen. Demnach wurde über die Beschwerde zur Tagesordnung geschritten.*)

Die Regierung von Schwyz hatte einen Beschluss der Genossengemeinde Gersau aufgehoben, nach welchem das Kapital eines, aus dem Erlöse eines abgeholzten Waldes gebildeten Fondes zur Vertheilung unter die Genossen angegriffen werden sollte. Die Mehrheit der Genossen erhob gegen den Beschluss der Regierung Rekurs beim Bundesrathe; sie behauptete, es liege darin ein Eingriff in das den Korporationen seit unvordenklicher Zeit zugestandene und durch § 20 der Verfassung gewährleistete Recht der freien und unabhängigen Verwaltung und Benutzung ihres Vermögens. Die Regierung hingegen berief sich zur Begründung ihrer Kompetenz ebenfalls auf § 20, in welchem die Unverletzlichkeit des Eigenthums vorangestellt und demnach nur innert den Gränzen dieses Grundsatzes den Korporationen das Recht der Verwaltung eingeräumt sei, sowie auf § 134. aus dessen richtiger Auffassung sich ergebe, dass der Staat in Folge seines Oberaufsichtsrechtes gegen Korporationen so gut wie gegen Kirchgemeinden einzuschreiten berechtigt sei. Der Bundes-

*) Bundesbl. 1858 II. 419—425, 499—507. Amtl. Samml. VI. 42—43.

rath fand, dass, weil die Streitfrage wesentlich einen Gegenstand der innern Verwaltung des Kantons und die Verfassungsmässigkeit daheriger Schlussnahmen der Regierung betreffe, Beschwerden darüber vorerst an die oberste Kantonsbehörde gebracht werden müssen, zumal der § 11 der schwyzerischen Verfassung ein solches Verfahren gestatte, da er jeden Bürger, jede Gemeinde oder Korporation zur Beschwerdeführung beim Kantonsrathe ermächtige.*)

Die Regierung von Uri hatte, im Interesse guter Ordnung und »einer gleichmässigern Vertheilung des Verdienstes« ein Reglement erlassen für den Transport der Reisenden und ihrer Effekten über die Furka und Oberalp, welches u. A. vorschrieb, dass zu diesem Behufe Niemand mehr als 6 Pferde halten dürfe und dass die Reisenden nur aus erheblichem Grunde (worüber der Tourmeister zu entscheiden habe) ein an der Kehrordnung befindliches Pferd oder einen Träger abweisen dürfen, dann aber das in der Tour folgende Pferd oder Träger zu nehmen haben. Gegen dieses Reglement rekurrirte Sebastian Müller, Gasthofbesitzer in Hospenthal, und berief sich dabei sowohl auf Art. 4 und 29 der Bundesverfassung als auch auf § 9 der Kantonsverfassung, welcher »den freien Handel und Verkehr im ganzen Kanton, und von und nach jedem andern Schweizerkanton gewährleistet, mit Vorbehalt bestehender Polizeigesetze.« Der Bundesrath fand die Beschwerde unbegründet. Auch die Bundesversammlung, an welche dieselbe weitergezogen wurde, fand in dem Reglemente nichts der Bundesverfassung Zuwiderlaufendes; dagegen erblickte sie darin eine Verletzung des durch die Kantonsverfassung sanktionirten Princips der Gewerbsfreiheit, welches durch die vorbehaltenen Polizeigesetze nicht aufgehoben werden dürfe. »Die polizeilichen Beschränkungen der Gewerbsfreiheit«, sagt der Bericht der ständeräthlichen Kommission, »dürfen nur aus Gründen des öffentlichen Wohles, aus den Interessen der Gesammtheit und insbesondere der Consumenten hergeleitet sein und nicht in anderer Form einen dem frühern Zunftzwang analogen Schutz der Gewerbe zum Endzweck haben.« Von diesem Standpunkte ausgehend, fand die Kommission, dass nach den oben angeführten Bestimmungen des Reglements der Einzelne weder durch die Grösse des von ihm einzusetzenden Betriebsmaterials noch durch die Qualität und (da ein fixer Ansatz festgestellt sei) durch den Preis seiner Leistungen

**) Bundesbl. 1859 I. 385—388.

im wahren Sinne des Wortes konkuriren könne und dass für diese Beschränkungen sich schlechterdings keine Gründe des öffentlichen Wohles oder der polizeilichen Ordnung anführen lassen. Demnach wurde von der Bundesversammlung, welche den Erörterungen der ständeräthlichen Kommission beistimmte, die vom Bundesrathe dem Reglement ertheilte Genehmigung zurückgenommen.*) In Folge dieses Beschlusses mussten nachher ähnliche Reglemente, welche in den Kantonen Wallis, Obwalden, Luzern und Schwyz bestanden, von den dortigen Regierungen ebenfalls abgeändert werden.**)

Die Gebrüder Käslin in Beckenried wurden im Jahr 1859 durch wiederholte Urtheile des Geschwornengerichts von Nidwalden wegen Defraudation von Consumosteuern in Bussen verfällt. Diese Urtheile gründen sich auf eine Verordnung von 1849, deren Rechtsbeständigkeit die Gebr. Käslin darum anfechten, weil sie nicht von der ausschliesslich zuständigen gesetzgebenden Gewalt, der Nachgemeinde, sondern vom Landrathe erlassen worden sei. Der Bundesrath wies die Beschwerde ab, theils weil die Verordnung nicht ein neues Steuergesetz, sondern nur eine, durch Bundesvorschriften gebotene Modifikation und Erleichterung der schon bestehenden Steueransätze war, theils weil sie als durch die Nachgemeinde genehmigt zu betrachten ist, indem sie ohne irgend welche Einsprache seit 10 Jahren angewendet und in die amtliche Gesetzessammlung aufgenommen, auch die finanziellen Resultate derselben alljährlich mitgetheilt wurden. Die Bundesversammlung, an welche die Beschwerde weiter gezogen wurde, bestätigte den Entscheid des Bundesrathes.***)

Im Kt. Tessin fanden bei den Grossrathswahlen vom 13. Febr. 1859 in mehrern Wahlkreisen Unordnungen und selbst blutige Thätlichkeiten statt, infolge deren getrennte Parteiversammlungen gehalten und von denselben Doppelwahlen getroffen wurden. Der Grosse Rath, welchem der Entscheid über die streitigen Wahlen zukam, fällte denselben meistens zu Gunsten des herrschenden Systemes. Zwanzig Abgeordnete der Minderheit beschwerten sich darüber beim Bundesrathe, welcher sich nach reiflicher Prüfung der faktischen Verhältnisse veranlasst fand, sämmtliche Wahlen der Kreise Faido,

*) Bundesbl. 1859 II. 485—495. Amtl. Samml. VI. 287.

**) Bundesbl. 1860 II. 79—80. III. 78—81.

***) Ullmer S. 518. Amtl. Samml. VI. 575.

Castro, Malvaglia, Tesserete und Magliasina zu kassiren, mit Ausnahme derjenigen, welche in den beiden Versammlungen dieser Kreise auf die gleichen Personen gefallen waren. Gegen diesen Beschluss des Bundesrathes rekurrirte die Regierung von Tessin an die Bundesversammlung. Die Kommission des Ständerathes, an welche die Sache zuerst gelangte, verhehlte sich nicht die grosse Tragweite derselben; sie anerkannte, dass die Wahl der obersten, gesetzgebenden Behörde eines Kantons eines der wichtigsten Attribute der Kantonalsouveränetät sei, in dessen Ausübung die Bundesbehörden sich in der Regel nicht einzumischen haben und jedenfalls ohne dringende Veranlassung nicht einmischen sollen; aber sie fand, dass im vorliegenden Falle der Art. 5 der Bundesverfassung zur Intervention berechtige, ja sogar verpflichte. »Nicht umsonst« — sagt der Bericht der Kommission — »ist der Wortlaut dieser Verfassungsbestimmung so weit gehalten, nicht umsonst hat der Bund die Rechte des Volkes und die verfassungsmässigen Rechte der Bürger, welche in der Garantie der Verfassungen eigentlich bereits inbegriffen sind, auch noch ausdrücklich neben den Rechten der Behörden in seinen Schutz genommen. Es gab eine Zeit in unserm Vaterlande, zu welcher nur die Regierungen gegenüber ihrem Volke bei der Eidgenossenschaft thatkräftige Unterstützung fanden; der neue Bund wollte allen Kantonen geordnete staatsrechtliche Zustände sichern, welche nur dann bestehen können, wenn gegen Uebergriffe der Behörden nicht bloss das gesammte Volk, sondern selbst der einzelne Bürger bei der höhern Instanz des Bundes Recht suchen und finden kann. Dass nicht alle Entscheidungen kantonaler Behörden, durch welche der Einzelne seine Rechte beeinträchtigt glaubt, an die Bundesbehörden gezogen werden können, dafür ist gesorgt durch das Beiwort: »verfassungsmässige Rechte der Bürger«; nur wenn die Verletzung von Rechten, welche in den kantonalen Verfassungen garantirt sind, in Frage kömmt, ist der Bund nach Art. 5 befugt einzuschreiten, gleichwie er nach andern Artikeln der Bundesverfassung diess thun darf, wenn es sich um die Verletzung ausdrücklicher Bundesvorschriften handelt.« Uebergehend zu der Frage, ob die vorliegende Beschwerde auf eine Verletzung verfassungsmässiger Rechte sich beziehe, bemerkt der Bericht weiter: »Wenn von den ursprünglichen Rekurrenten behauptet wird, es habe der Grosse Rath des Kantons Tessin Wahlen anerkannt, welche nicht in gesetzmässigen Versammlungen von der Mehrheit derselben getroffen worden seien, so liegt darin sicherlich eine Beschwerde über Verkümmerung des Wahlrechtes der Bürger, welches gerade zu den wichtigsten derjenigen Volksrechte gehört, die der Bund in Art. 5 unter seinen Schutz genommen hat. Mag es nun dem betreffenden Kanton wohl oder wehe thun, so liegt es, wenn diese Garantie nicht gerade ihren erheblichsten Werth verlieren soll, in solchen Fällen in der ernsten Pflicht der Bundesbehörden, die Beschwerde nicht zum Voraus abzuweisen, sondern genau zu untersuchen, ob sie begründet sei oder nicht. Wir wissen zwar wohl, dass der Entscheid über bestrittene Wahlverhandlungen um so schwieriger ist, je ferner die erkennende Behörde den örtlichen Verhältnissen steht; aber die blosse Schwierigkeit einer Untersuchung kann die Bundesbehörden nicht ihrer Verpflichtung entheben, wenn der Grosse Rath eines Kantons der Beeinträchtigung von Volksrechten beschuldigt wird.« Die Kommission trat daher ein auf die Frage, ob die vom Bundesrathe kassirten Wahlen in solcher Weise vor sich gegangen seien, dass sie nicht als der gesetzliche Ausdruck des Volkswillens betrachtet werden können, und fand sich durch sorgfältige Prüfung der Thatsachen veranlasst, diese Frage zu bejahen. Gestützt auf Art. 32 der Tessiner Verfassung, dessen Bestimmungen bei den Wahlen vielfach missachtet worden waren, trug die Kommission darauf an den bundesräthlichen Entscheid zu bestätigen. Da indessen die Tessiner Abgeordneten in Aussicht stellten, es werde durch freiwillige Demissionen der aus den kassirten Wahlen hervorgegangenen Grossrathsmitglieder die Angelegenheit von selbst ihre Erledigung finden, so beschlossen die beiden Räthe im Winter 1860 Verschiebung des Gegenstandes auf die Sommersitzung. Jene Vertröstung ging wirklich in Erfüllung und die Bundesversammlung beschloss daher im Juli 1860, es sei den, gegen die Tessiner Wahlen vom 13. Februar 1859 bei den Bundesbehörden eingegangenen Beschwerden keine weitere Folge zu geben, weil dieselben »ihrem wesentlichen Inhalte nach als erledigt betrachtet werden können und zu einer Intervention der Bundesbehörden kein hinreichender Grund mehr vorliege.«*)

Zwischen der Regierung und dem Obergerichte des Kts. Luzern entstand ein Kompetenzkonflikt darüber, ob der Anspruch der

*) Bundesbl. 1860 I. 363—392. II. 623—630.

Gemeinde Meggen auf einen öffentlichen Weg und Landungsplatz im Gute Altstadt von der Administrativbehörde oder von den Gerichten zu beurtheilen sei. Der Grosse Rath, welcher über diesen Konflikt zu entscheiden hatte, that diess zu Gunsten der Regierung. Hiergegen ergriff der Besitzer des Gutes Altstadt, Herr Merian-Iselin von Basel, den Rekurs an den Bundesrath, indem er ausführte, dass der Beschluss des Grossen Rathes verschiedenen Bestimmungen der luzernischen Verfassung widerspreche. Der Bundesrath kassirte diesen Beschluss und lud die Regierung ein, dem Gemeinderath von Meggen, sowie allen andern Ansprechern von Rechten am Gute Altstadt einfach zu überlassen, ihre Ansprüche auf dem Civilrechtswege geldend zu machen, wobei es der Regierung ferner anheimgestellt bleibe, auch ihre Behauptung, dass dem Gute Altstadt die betreffenden Lasten im öffentlichen Interesse obliegen, in gleicher Art zur Geltung zu bringen. Dieser Entscheid wurde folgendermassen begründet: Die Frage, ob der Beschluss des Grossen Rathes sich im Einklange mit der dortigen Kantonsverfassung befinde, muss verneint werden im Hinblick auf § 10 der letztern, welcher die Unverletzlichkeit des Eigenthums sichert, und auf § 19, welcher die Vereinigung der richterlichen und vollziehenden Gewalt verbietet, indem anerkanntermassen dem Herrn Merian notarialisch freies Eigenthum zugefertigt wurde und demzufolge es nur dem Richter, nicht aber der vollziehenden Gewalt zustehen kann, dieses Eigenthum als mit Beschwerden irgend welcher Art belastet zu erklären. Wenn behauptet wird, es liege in der Kompetenz der Regierung, einen vorhandenen Weg als einen öffentlichen zu erklären, wobei dem Eigenthümer der Beweis des Gegentheils offen bleibe, so liegt hierin eine Umdrehung aller natürlichen Grundsätze über die Beweislast und zugleich wäre, wenn die Behauptung als richtig anerkannt würde, der Regierung die Möglichkeit gegeben, durch beliebigen Machtspruch jedem vorhandenen Wege den Charakter eines öffentlichen beizulegen und auf diese Weise sich der ihr für öffentliche Zwecke obliegenden Expropriationspflicht zu entziehen. Die Administration ist allerdings befugt darüber zu entscheiden, was ein öffentlicher Weg *sein soll*; dagegen kann die Frage, ob bisher ein bestimmter Weg die Natur eines öffentlichen oder eines Privatweges gehabt habe, dem richterlichen Entscheide nicht entzogen werden, weil es sich dabei in jedem einzelnen Falle um eine Thatfrage, um Beurtheilung ganz konkreter Verhältnisse handelt. Unter solchen Umständen kann kein begründeter Zweifel darüber walten, dass ein Uebergriff der Regierungsgewalt in die Sphäre der richterlichen Gewalt im vorliegenden Falle stattgefunden hat, und es frägt sich bloss noch, ob nicht im Hinblick auf § 19 der Luzerner Verfassung, welcher bei Kompetenzstreitigkeiten zwischen der vollziehenden und richterlichen Gewalt der gesetzgebenden Gewalt den Entscheid zutheilt, der Grosse Rath im Falle gewesen sei, über die Sache endgültig zu entscheiden. Auch diese Frage muss verneint werden, indem die verfassungsmässige Kompetenz, in welcher der Grosse Rath handelte, nicht geeignet ist, die Kompetenz der Bundesbehörden auszuschliessen, weil es im Wesen der Bundesgarantie liegt und eine nothwendige Folge derselben ist, dass die Entscheidungen der kompetenten Kantonsbehörden auch der Untersuchung der Bundesbehörden unterliegen können, wenn sie sich auf Grundsätze beziehen, die vom Bunde garantirt sind und über deren Verletzung Beschwerde geführt wird *)

Die Bürgergemeinde Heschikofen beschwerte sich gegen einen Beschluss der Regierung von Thurgau, durch welchen, wie sie behauptete, die durch die Verfassung garantirte Gewaltentrennung verletzt worden sei, und der Bundesrath gab der Beschwerde Recht, indem er den angefochtenen Beschluss kassirte. Gegen diesen Entscheid rekurrirte die Regierung von Thurgau an die Bundesversammlung, wobei sie besonders hervorhob, dass von der beschwerdeführenden Gemeinde zuerst der kantonale Grosse Rath hätte angerufen werden sollen, welcher nach den Bestimmungen der dortigen Verfassung als zuständig erscheine, gegenüber Kompetenzüberschreitungen der obersten Verwaltungs- und Gerichtsbehörden die erforderlichen Verfügungen zu treffen. Indem sich die Bundesversammlung von der Richtigkeit dieser Bemerkung überzeugte, stellte sie den Grundsatz auf: »dass es überhaupt angemessen und der Natur des in Art. 5 der Bundesverfassung gewährleisteten Bundesschutzes für die verfassungsmässigen Rechte der Bürger, gleichwie für die Befugnisse der Behörden entsprechend ist, dass Beschwerden über Verletzung von Rechten ersterer Art zunächst bei den zu deren Handhabung eingesetzten kantonalen Gewalten angebracht werden sollen.« Demnach beschloss die Bundesversammlung: es werde auf die Beschwerde der Bürgergemeinde Heschikofen von Bundes wegen

*) Bundesbl. 1862 II. 247—251.

gegenwärtig nicht eingetreten und es sei somit der Beschluss des Bundesrathes aufgehoben.*)

Sollen wir am Schlusse dieses Abschnittes noch die Grundsätze, welche sich in der bisherigen Praxis festgestellt haben, kurz zusammenfassen, so kann es im Allgemeinen keinem Zweifel unterliegen, dass nach heutigem schweizerischem Staatsrechte, in Folge der vom Bunde übernommenen Garantie, dem Bundesrathe, beziehungsweise der Bundesversammlung der letzte und endgültige Entscheid über die Auslegung kantonaler Verfassungen zusteht. Allerdings erscheint es als angemessen und der Natur solcher Fragen entsprechend, dass die angerufene Bundesbehörde dieselben erst dann an die Hand nehme, wenn alle kantonalen Instanzen erschöpft sind und insbesondere auch die oberste Kantonsbehörde, soferne sie dafür überhaupt kompetent ist, sich ausgesprochen hat. Ist aber eine Beschwerde gegen eine Verfügung derjenigen Behörde gerichtet, welche nach der Verfassung des betreffenden Kantons als die letzte Instanz erscheint, so bleibt der Bundesbehörde nichts anders übrig als das Materielle der Beschwerde zu prüfen und, soferne dieselbe als begründet erscheint, die angefochtene Verfügung als ungültig, weil der Verfassung zuwiderlaufend, aufzuheben.

Fünftes Kapitel.

Sorge für die gemeinsame Wohlfahrt.

§ 1. Aufhebung der Binnenzölle.

Die Eidgenossenschaft hat, wie wir gesehen haben, nicht bloss den Zweck, die Unabhängigkeit der Schweiz und ihrer einzelnen Theile dem Auslande gegenüber zu wahren und im Innern Ruhe und Ordnung zu handhaben; sie begnügt sich auch nicht damit, die den Schweizerbürgern gewährleisteten individuellen Rechte zu schützen, sondern sie hat sich auch noch die letzte und schönste Aufgabe gestellt: die gemeinsame Wohlfahrt der Eidgenossen zu befördern. Dieser vierte Bundeszweck führt uns wesentlich auf das Gebiet der materiellen Verhältnisse, während wir bei den garan-

*) Bundesbl. 1862 III. 79—80.

tirten Rechten der Schweizerbürger es mehr mit ideellen Interessen zu thun hatten. Indem wir es unternehmen, die vielen trefflichen, im Interesse der allgemeinen Wohlfahrt liegenden Einrichtungen darzustellen, welche der neue Bund hervorgerufen oder begünstigt hat, beginnen wir mit der Wegräumung derjenigen Schranken, welche zur Zeit, als die Bundesverfassung begründet wurde, dem freien Verkehre im Innern der Schweiz noch im Wege standen. Oben hatten wir es mit dem Grundsatze der Verkehrsfreiheit, als garantirtes Recht der Schweizerbürger aufgefasst, zu thun; hier beschäftigen wir uns mit den Anordnungen, welche der Bund im Interesse der Wohlfahrt des Vaterlandes getroffen hat, um diejenigen kantonalen Institute zu beseitigen, welche bis zum Jahr 1848 die Lebensströmungen des freien Verkehres hemmten.

Schon der Bundesentwurf von 1832 beabsichtigte die Aufhebung der Binnenzölle; er wollte jedoch an deren Stelle Strassen- und Brückengelder setzen, welche den Kantonen von Waaren, Wagen, Reisenden und Vieh nach dem Massstab von Gewicht und Entfernung, Zahl und Bespannung und mit Berücksichtigung der Bau- und Unterhaltungskosten von Strassen und Brücken bewilligt werden sollten. Der Entwurf der Tagsatzung von 1833 hingegen liess die bestehenden, von der Bundesbehörde genehmigten Zölle, Weg- und Brückengelder in Kraft bestehen und begnügte sich damit, eine allgemeine Untersuchung anzuordnen, um die Gewissheit zu erlangen, dass in den Kantonen keine andere als solche genehmigte Gebühren bezogen werden. Diese Revision fand nachher wirklich statt und führte zu den Tagsatzungsbeschlüssen von 1840, 1841 und 1844, durch welche die zu Recht bestehenden Zölle als solche anerkannt wurden. In den anderthalb Jahrzehnden, welche vom ersten Versuche einer Bundesreform bis zur wirklichen Durchführung derselben verstrichen, verbreitete sich immer allgemeiner die Ueberzeugung, dass die Fesseln, welche die Binnenzölle dem Handelsverkehre schlugen, zu beseitigen, die Schlagbäume, welche die Kantone von einander trennten, aufzuheben seien und dass die Schweiz, um mit dem Auslande Handelsverträge abschliessen zu können, als ein, auf dem Gebiete der Volkswirthschaft einheitlicher Staatskörper demselben gegenübertreten müsse. Vereine wurden gegründet, welche sich die endliche Erreichung dieses Zieles zur hauptsächlichsten Aufgabe setzten, und im September 1847 versammelte sich in Aarau eine, von 10½ Kantonen (Zürich, Bern, Glarus, Solothurn, Basel, Schaffhausen, Appenzell A. Rh., St. Gallen, Graubünden, Aargau und Thurgau) besuchte Konferenz, welche den Entwurf eines Zollkonkordates ausarbeitete, der dann bei den darauf folgenden Verhandlungen über die Bundesrevision als treffliche Vorarbeit benutzt werden konnte. In der Revisionskommission fühlte man auf's Lebhafteste die Schwierigkeiten, welche die bisherigen, auf sehr irrationalen Grundlagen beruhenden und in sehr ungleichem Verhältnisse von den Kantonen bezogenen Zölle, sowie die klar vorliegende Nothwendigkeit einer ausreichenden Entschädigung für dieselben der Centralisation des Zollwesens entgegensetzten; indessen liess man sich dadurch nicht abhalten, nach dem grossen Ziele zu streben, in welchem man geradezu eine Lebensfrage für den neuen Bund erblickte. Zuerst brachte die Abtheilung der Kommission, welche das Zollwesen zu begutachten hatte, folgende Anträge: »1) Dem Bunde steht das Recht zu, die von der Tagsatzung genehmigten Zölle und Gebühren aller Art, sowie die verbindlichen Kaufhausgebühren ganz oder theilweise gegen volle Entschädigung aufzuheben und dagegen Eingangs-, Ausgangs- und Durchgangsgebühren an die Gränzen der Eidgenossenschaft oder des befreiten Zollgebietes zu verlegen. 2) Die Entschädigung an die Berechtigten findet auf folgende Weise statt: a. zur Ausmittelung der Entschädigung dient die Durchschnittszahl des Reinertrages der im Laufe der letzten vier Jahre bezogenen Zolleinkünfte, mit Abzug des Jahres, das den geringsten Ertrag geliefert hat; b. Diese Summe wird auf die Betheiligten im Verhältniss des Ergebnisses des der Uebernahme folgenden Rechnungsjahres vertheilt und zwar auf die Weise, dass die Eingangs- und Ausgangsgebühren nach der Bevölkerung, die Durchgangsgebühren zu Drittheilen nach der Bevölkerung, der Länge der Transitstrassen und der Frequenz derselben in Anschlag gebracht werden; c. diejenigen, die nach der in litt. a. festgestellten Grundlage einen grössern Reinertrag bezogen haben als für sie nach der in litt. b. aufgestellten Berechnung herauskommt, erhalten bis auf die Summe jenes Reinertrages die volle Entschädigung. 3) Der obersten Bundesbehörde steht das Recht der Zollgesetzgebung unter nachstehenden Beschränkungen zu: a. Rohstoffe und Farbwaaren sollen in der Tarifirung gegenüber von halb und ganz veredelten Produkten möglichste Berücksichtigung finden, jedoch darf die Tarifirung nie bis zur Aufstellung eines Schutzzoll- oder Prohibitivsystems gebracht werden, es wäre denn, dass gegen auswärtige Staaten das Recht der Wiedervergeltung in Anwendung gebracht werden wollte; b. die Durchgangsgebühren dürfen nur mit den mässigsten Ansätzen belegt werden; c. in der Zollgesetzgebung sind zur Sicherung des Gränz- und Marktverkehrs schützende Bestimmungen aufzunehmen.« Diese Anträge der Sektion erlitten jedoch in der Revisionskommission vielfache Anfechtungen, welche sich namentlich auf die, für die Entschädigung der Kantone festgesetzten Grundsätze bezogen. In der ersten Berathung der Kommission wurden demnach in Betreff des Zollwesens folgende, von jenen Anträgen wesentlich abweichende Bestimmungen angenommen: »1) Das Zollwesen ist Sache des Bundes. Es dürfen daher in Zukunft von den Kantonen, Gemeinden, Korporationen und Privaten, die in den nachstehenden Artikeln gestatteten Ausnahmen vorbehalten, keine Land- und Wasserzölle, Geleit-, Weg- und Brückengelder, verbindliche Kaufhaus- und andere Gebühren dieser Art bezogen werden. Dagegen werden von dem Bunde nebst den bisherigen eidgenössischen Grenzgebühren an den Gränzen der Eidgenossenschaft Eingangs-, Ausgangs- und Durchgangszölle erhoben. 2) Bei Erhebung dieser Zölle sollen folgende Grundsätze beachtet werden: a. die für die inländische Industrie erforderlichen Stoffe sind im Zolltarif möglichst gering zu taxiren; b. ebenso in der Regel die zum nothwendigen Lebensbedarf erforderlichen Gegenstände; c. die Gegenstände des Luxus unterliegen der höchsten Taxe; d. Durchgangsgebühren dürfen nur mit den mässigsten Ansätzen belegt werden; e. in die Zollgesetzgebung sind zur Sicherung des Gränz- und Marktverkehrs schützende Bestimmungen aufzunehmen; f. auf diese Vorschriften gegründet ist der Zolltarif so festzustellen, dass durch die neuen Zölle wenigstens so viel bezogen werden kann als bisher die von der Tagsatzung bewilligten Gebühren rein eingetragen haben. 3) Die aus den Zöllen sich ergebende Einnahme wird folgendermassen vertheilt: a. Von den Eingangs- und Ausgangszöllen bezieht jeder Kanton nach dem Massstab der Gesammtbevölkerung eine jährliche Summe, die zu 6 Batzen auf jeden Kopf ein für allemal festzusetzen ist. Die Mehreinnahme fällt in die Bundeskasse. b. Die Durchgangszölle werden auf die betheiligten Kantone nach der Länge der Transitstrassen und der Frequenz derselben vertheilt, wobei die Länge der Bergstrassen über die Alpenpässe doppelt in Berechnung zu bringen ist. Als Massstab der Berechnung gilt der Ertrag des ersten Bezugsjahres. 4) Diejenigen Kantone, welche durch ihr Betreffniss der neuen Gränzzölle einen geringern Reinertrag erhalten, als sie bisher bezogen haben, mögen bis auf den Betrag ihrer Einbusse einen Theil der bisherigen Gebühren beibehalten. Die diessfalls abzuändernden Tarife sind der Bundesbehörde zur Genehmigung vorzulegen und es ist dabei darauf Rücksicht zu nehmen, dass der Transit und Verkehr mit schweizerischen Landes- und Industrieerzeugnissen so wenig als möglich belästigt werde. 5) Die Entschädigung der Berechtigungen von Korporationen oder Privaten ist Sache der betreffenden Kantone. Zur Erleichterung derselben ist es jedoch der Bundesgesetzgebung überlassen, ausnahmsweise auf Begehren der Kantone einzelne dieser Berechtigungen fortbestehen zu lassen, soferne diese dem allgemeinen Verkehr wenig schaden und ihr Loskauf den Kanton bedeutend belästigen würde. Es können aber diese Berechtigungen von Privaten oder Korporationen nur dann fortbestehen, wenn ein Kanton durch sein Betreffniss nicht hinlänglich entschädigt wird.« Dieses System, welches von Abgeordneten industrieller Kantone, die selbst keine hohen Zölle hatten, vorgeschlagen worden war, litt offenbar an dem Uebelstande, dass diejenigen Kantone, welche mit 6 Batzen per Kopf nicht hinlänglich entschädigt gewesen wären, ihre Bevölkerung, neben dem Antheile, den es derselben an die eidgenössischen Gränzzölle zu bezahlen traf, noch mit beträchtlichen kantonalen Zöllen hätten belästigen müssen. In der zweiten Berathung der Revisionskommission waren es daher namentlich Abgeordnete von Kantonen, welche hohe Zölle besassen, deren Gegenanträge gegen den aus der ersten Berathung hervorgegangenen Entwurf in der Weise durchdrangen, dass zuerst den Kantonen, welche nach dem Bevölkerungstreffnisse weniger erhalten würden als ihre Zölle in den letzten drei Jahren ihnen durchschnittlich eingetragen hatten, volle Entschädigung zugesichert, dann aber der Theiler auf 3 Batzen per Kopf herabgesetzt wurde. Im Uebrigen kam man nun wieder auf die Redaktion des Sektionsantrages zurück, welcher dem Bunde bloss das Recht der Zollauslösung hatte einräumen wollen, und stellte in Bezug auf mässige Ansätze die Ausgangs- den Durchgangszöllen gleich.*) Dem so modificirten Entwurfe der Revi-

*) Prot. d. Revisionskomm. S. 50 ff., 68 ff., 85 ff., 89 ff., 99 ff., 166 ff., 189 ff., 193.

sionskommission schloss sich die von der Tagsatzung für die materiellen Fragen niedergesetzte Kommission im Wesentlichen an: nur schlug sie vor das bestimmte Programm aufzustellen, dass die auf dem Transit lastenden Binnenzölle jedenfalls abzulösen und die an deren Stelle tretenden Gränzzölle mit den bisherigen eidgenössischen Gränzgebühren zu verschmelzen seien; ferner beantragte sie aus Rücksicht für die Kantone, welche geringe Zölle, aber einen bedeutenden Verkehr hatten, 4 statt 3 Batzen auf den Kopf aus den Zollerträgnissen zu verabfolgen; endlich wählte sie für die Ausmittlung des Reinertrages der bisherigen Zölle die 5 Jahre 1842 bis 1846, indem sie von dem letzten Jahre 1847 wegen seiner vielfachen Abnormitäten (Theurung der Lebensmittel und Sperre der süddeutschen Staaten im Frühling, Sonderbundskrieg im Spätherbst) abzusehen für angemessen erachtete. Von der Tagsatzung selbst wurden alle diese Vorschläge der Kommission angenommen, während die meisten der von einzelnen Gesandtschaften gestellten Amendements in Minderheit blieben. Mehrheiten ergaben sich nur für den Antrag von Waadt, welcher dem Bunde das Recht vorbehielt, bei ausserordentlichen Verhältnissen vorübergehend von den, für den Zolltarif aufgestellten Grundsätzen abzuweichen, sowie für denjenigen von Zürich, nach welchem bei den, zur Amortisation eines Baukapitals bewilligten Zöllen der Bezug oder die Entschädigung aufhören sollte, sobald das Kapital nebst Zinsen gedeckt sei. Endlich wurde, ebenfalls auf Zürich's Antrag, der Vorbehalt angenommen, dass für öffentliche Werke von nationaler Bedeutung und ausserordentlicher Kostspieligkeit der Bund auch in Zukunft noch Zölle, Weg- und Brückengelder bewilligen könne. Bei der zweiten Berathung des Bundesprojektes in der Tagsatzung fügten dann noch die Redaktoren den Zusatz bei, dass der Bund berechtigt sei, die bestehenden Zollgebäude an der Schweizergränze als Eigenthum oder miethweise zu übernehmen.*) Die Artikel der Bundesverfassung, welche sich auf die neue Organisation des Zollwesens beziehen, lauten nun folgendermassen:

»Art. 23. *Das Zollwesen ist Sache des Bundes.*

»Art. 24. *Dem Bunde steht das Recht zu, die von der Tagsatzung bewilligten oder anerkannten Land- und Wasserzölle, Weg- und Brückengelder, verbindliche Kaufhaus- und andere Gebühren dieser*

*) Abschied S. 170—175, 190—214, 218—221, 252—255, 259—261.

Art, mögen dieselben von Kantonen, Gemeinden, Korporationen oder Privaten bezogen werden, gegen Entschädigung ganz oder theilweise aufzuheben. Diejenigen Zölle und Weggelder, welche auf dem Transit lasten, sollen jedenfalls im ganzen Umfange der Eidgenossenschaft und zwar gleichzeitig eingelöst werden.

»*Die Eidgenossenschaft hat das Recht, an der schweizerischen Gränze Eingangs-, Ausgangs- und Durchgangszölle zu erheben.*

»*Sie ist berechtigt, gegenwärtig für das Zollwesen bestimmte Gebäuchlichkeiten an der schweizerischen Gränze gegen Entschädigung entweder als Eigenthum oder miethweise zur Benutzung zu übernehmen.*«

»Art. 25. *Bei Erhebung der Zölle sollen folgende Grundsätze beachtet werden:*

»*1) Eingangsgebühren:*

»*a. Die für die inländische Industrie erforderlichen Stoffe sind im Zolltarif möglichst gering zu taxiren.*

»*b. Ebenso die zum nothwendigen Lebensbedarf erforderlichen Gegenstände.*

»*c. Die Gegenstände des Luxus unterliegen der höchsten Taxe.*

»*2) Durchgangsgebühren, und in der Regel auch die Ausgangsgebühren sind möglichst mässig festzusetzen.*

»*3) Durch die Zollgesetzgebung sind zur Sicherung des Gränz- oder Marktverkehrs geeignete Bestimmungen zu treffen.*

»*Dem Bunde bleibt immerhin das Recht vorbehalten, unter ausserordentlichen Umständen, in Abweichung von vorstehenden Bestimmungen, vorübergehend besondere Massnahmen zu treffen.*«

»Art. 26. *Der Ertrag der Eingangs-, Ausgangs- und Durchgangszölle wird folgendermassen verwendet:*

»*a. Jeder Kanton erhält 4 Batzen auf den Kopf nach dem Massstab der Gesammtbevölkerung, welche nach der Volkszählung von 1838 berechnet wird.*

»*b. Wenn ein Kanton hierdurch für die nach Art. 24 aufgehobenen Gebühren nicht hinlänglich gedeckt wird, so hat er noch so viel zu beziehen, als erforderlich ist, um ihn für dieselben Gebühren nach dem Durchschnitt des Reinertrages der fünf Jahre, 1842 bis und mit 1846, zu entschädigen.*

»*c. Die Mehreinnahme fällt in die Bundeskasse.*«

»Art. 27. *Wenn Zölle, Weg- und Brückengelder für Tilgung eines*

Baukapitals oder eines Theiles desselben bewilligt worden sind, so hört der Bezug derselben oder die Entschädigung auf, sobald das Kapital oder der betreffende Theil nebst Zinsen gedeckt ist.«

»Art. 31. *Der Bezug der in Art. 29 litt. e bezeichneten Gebühren* (d. h. der von der Tagsatzung bewilligten oder anerkannten Gebühren, welche der Bund nicht aufgehoben hat, s. oben S. 300) *steht unter der Aufsicht des Bundesrathes. Sie dürfen nicht erhöht und der Bezug derselben darf ohne Genehmigung der Bundesversammlung, wenn er auf eine bestimmte Zeit beschränkt war, nicht verlängert werden.*

»Die Kantone dürfen weder Zölle, Weg- noch Brückengelder unter irgend welchem Namen neu einführen. Von der Bundesversammlung können jedoch auf bestimmte Zeit solche Gebühren bewilligt werden, um die Errichtung öffentlicher Werke zu unterstützen, welche im Sinne des Art. 21 von allgemeinem Interesse für den Verkehr sind und ohne solche Bewilligung nicht zu Stande kommen könnten.«

In die Hand der neuen Bundesbehörden, welche die Bundesverfassung in's Leben einzuführen hatten, war nach dem klaren Wortlaute des Art. 24 der Entscheid gelegt über die wichtige und folgenreiche Frage, ob die Centralisation des Zollwesens in der Schweiz eine vollständige oder nur eine theilweise sein sollte. Bei der Verschiedenartigkeit der Interessen, welche in den Kantonen sich gegenüberstanden, ist es begreiflich, dass in der nationalräthlichen Kommission, welche die Frage zuerst zu begutachten hatte, entgegengesetzte Ansichten sich geltend machten. In dem ungleichen Verhältnisse, nach welchem die Kantone zufolge Art. 26 entschädigt werden sollten, lag für diejenigen Kantone, welche bis dahin keine oder nur geringe Zolleinnahmen gehabt hatten, ein gewichtiges Motiv, um die Ansicht aufzustellen und festzuhalten, dass nicht alle Zölle, sondern nur die auf dem Transit lastenden aufgehoben und ausgelöst werden sollten; ferner suchten diejenigen Abgeordneten, welche überhaupt niedrige Zollansätze wünschten, auch die Entschädigungssumme so niedrig als möglich zu stellen. Die Mehrheit stellte sich indessen auf den Standpunkt, es habe bei der Bundesreform die leitende Idee gewaltet, durch Verlegung der Zölle an die Gränze die schon längst gewünschte Befreiung des innern Verkehrs zur That und Wahrheit zu machen. Nur die Hauptadern des Verkehrs von allen beschränkenden und hemmenden Zöllen befreien, die Nebenadern und Aederchen dagegen unterbunden lassen, wäre kein gerechtes System und leicht könnten sich an jene Zölle und Gebühren, welche man den Kantonen belassen möchte, mit der Zeit wieder andere anhängen und so den Boden, den man möglichst befreien wollte, wieder überwuchern. Zudem entstehe die Frage, was im Sinne des Art. 24 eigentlich unter »Transit« zu verstehen sei. Solle damit, wie auch die Minderheit der Kommission zugebe, nicht bloss der von einem auswärtigen Staate zum andern durch die Schweiz gehende Verkehr, sondern auch der Verkehr von einem Kanton in einen andern oder durch einen andern in einen dritten bezeichnet sein, so ergebe sich gerade bei dieser Auffassung die ganze Schwierigkeit der Frage: welche Zölle und Gebühren lasten, und welche lasten nicht auf diesem Verkehr, und wie können dieselben durch gesetzliche Bestimmungen ausgeschieden werden? Diese Schwierigkeit, ja Unmöglichkeit der Ausführung, neben der allgemeinen Idee der Centralisation, bestimmte die Mehrheit der Kommission, in dieser Frage nicht durch scharf abgegränzte Bestimmungen vorzugreifen, sondern der Transaktion und Unterhandlung offene Bahn zu erhalten. Dagegen war sie mit der Minderheit darüber einverstanden, dass es Weg- und Brückengelder gebe, welche sich auf ausnahmsweise lokale Verhältnisse beziehen und ohne irgend welchen Nachtheil für die freie Bewegung des Verkehrs fortbestehen können. Ebenso herrschte in der Kommission nur eine Ansicht darüber, dass es eine Ungerechtigkeit wäre, wenn da, wo Verbrauchssteuern mit den auszulösenden Zöllen vermischt seien, die ganze Summe der von solchen Kantonen eingegebenen Zollrechnungen als Entschädigung ausbezahlt würde; daher wurde vorgeschlagen, es sollen in den genannten Fällen für Gebühren, welche auf den eignen Verbrauch der betreffenden Kantone fallen, verhältnissmässige Abzüge gemacht oder, wenn eine Verständigung nicht möglich, den Kantonen der Fortbezug gewisser Gebühren bewilligt werden. Diesen Ansichten der nationalräthlichen Kommission, beziehungsweise ihrer Mehrheit schlossen sich nach längeren Debatten die beiden gesetzgebenden Räthe an und es wurden demnach in das Bundesgesetz über das Zollwesen vom 30. Juni 1859 folgende Bestimmungen aufgenommen:

»Art. 56. *Alle im Innern der Eidgenossenschaft mit Bewilligung der Tagsatzung bestehenden Land- und Wasserzölle, Weg- und*

Brückengelder, verbindliche Kaufhaus-, Wag-, Geleit- und andere Gebühren dieser Art, mögen sie von Kantonen, Korporationen oder Privaten bezogen werden, hören, mit Ausnahme der von dem Bundesrathe ausdrücklich zu bezeichnenden, für deren Fortbestand die nachträgliche Genehmigung der Bundesversammlung einzuholen ist, vom Bezuge der neuen Gränzzölle an gänzlich auf.

»*Der Bundesrath hat in Betreff der Entschädigungssumme mit den Kantonen in Unterhandlung zu treten und mit Berücksichtigung des Grundsatzes, dass bei denjenigen Kantonen, wo mit den Zöllen Verbrauchsteuern vermischt sind, für diese Gebühren, soweit sie au die Consumtion dieser Kantone fallen, verhältnissmässige Abzüge zu machen sind, die Entschädigungssumme auszumitteln.*

»*Die diessfälligen mit den Kantonen abgeschlossenen Verträge unterliegen der Genehmigung der Bundesversammlung.*

»*Den Kantonen liegt es hinwieder ob, alle Entschädigungen an ihre Gemeinden, Korporationen oder Privaten für solche Gebühren, die sie ihnen zugestanden hatten und die dann aufgehoben wurden, zu leisten.*

»Art. 57. *Ebenso sind sofort und ohne Entschädigung alle diejenigen Gebühren aufzuheben, deren Bezug nie von der Tagsatzung bewilligt worden, insoweit sie nicht unter den Art. 32 der Bundesverf.* (s. unten) *fallen.*«*)

Das neue eidgenössische Gränzzollsystem, welches durch das Bundesgesetz vom 30. Juni 1849 eingeführt wurde und bei welchem man darauf Bedacht nahm, nicht bloss die den Kantonen zu bezahlenden Entschädigungen, sondern auch eine erkleckliche Mehreinnahme zu gewinnen, aus welcher der Bund seine Bedürfnisse bestreiten könne, werden wir in demjenigen Kapitel behandeln, welches das Finanzwesen der Eidgenossenschaft darzustellen bestimmt ist. Hier haben wir bloss noch über das Resultat der Verhandlungen zu berichten, welche der Bundesrath mit denjenigen Kantonen zu pflegen hatte, die eine höhere Entschädigung als die in Art 26 der Bundesverfassung in erster Linie ausgeworfenen 4 Batzen per Kopf für sich in Anspruch nahmen. Es gelang den unverdrossenen Bemühungen des eidgen. Handels- und Zolldepartements, welches sich der gewandten und sachkundigen Unterstützung des Hrn. Nationalrath Achilles Bischoff von Basel zu erfreuen

*) Bundesbl. 1849 II. 177—195. 199—212. 219—252, 481—482.

hatte, mit allen diesen Kantonen Auslösungsverträge abzuschliessen, die zu dem befriedigenden Resultate führten, dass nur wenige innere Zollbezüge fortbestehen sollten, während die geforderten Entschädigungssummen (mit Inbegriff der Kantone, welche sich mit ihrem Bevölkerungstreffnisse begnügen mussten) von Fr. 2,132,920 auf Fr. 1,700,000 alte Währung herabgesetzt wurden. Mit diesem jährlich zu bezahlenden Betrage waren nicht nur die den Transit beschwerenden Zölle, sondern überhaupt die meisten von der Tagsatzung anerkannten Zölle und zollartigen Gebühren, Weg- und Brückengelder, verbindliche Kaufhaus- und ähnliche Gebühren ausgelöst. Es war daher gleich beim ersten Anlaufe offenbar mehr erreicht als man bei Entwerfung der Bundesverfassung für möglich und ausführbar gehalten hatte. »Die Befreiung von einer Unzahl innerer Zölle und Weggelder«, sagt der Bericht der nationalräthlichen Kommission, welche die Loskaufsverträge zu prüfen hatte, »erscheint als eine der erfreulichsten Errungenschaften der neuen Bundeseinrichtungen — eine Errungenschaft, die sowohl in materieller Beziehung als unter dem höhern Gesichtspunkte näherer, eidgenössischer Verbrüderung und vaterländischer Zusammengehörigkeit der Kantone segensreiche Früchte zu tragen nicht ermangeln wird. Mögen die dafür zu bringenden Opfer nicht schmerzen! Ohne solche und ausser einem grossartigen Moment nationaler Erhebung wäre die Erreichung dieses Zieles eine reine Unmöglichkeit geblieben.« Wie ungleich indessen die Loskaufsummen sind, welche die einzelnen Kantone für ihre der Eidgenossenschaft abgetretenen Zölle und zollartigen Gebühren beziehen, ergiebt sich aus folgender Zusammenstellung:

1) 40 Rappen (alte Währung) per Kopf beziehen die Kantone Zürich, Luzern, Schwyz, Ob- und Nidwalden, Glarus, Zug, Appenzell Inner- und Ausserrhoden, Neuenburg.

2) Zwischen 40 und 50 Rappen per Kopf beziehen Bern und Freiburg.

3) Zwischen 50 und 60 Rappen per Kopf beziehen Solothurn, Aargau, Thurgau und Genf.

4) Zwischen 60 Rappen und 1 Franken per Kopf beziehen St. Gallen, Waadt und Wallis.

5) Zwischen 1 und 2 Franken per Kopf beziehen Basel-Landschaft, Schaffhausen und Tessin.

6) Graubünden bezieht per Kopf 2 Fr. 48½ Rp.
7) Uri bezieht per Kopf 3 Fr. 99⅖ Rp.
8) Basel-Stadt bezieht per Kopf 4 Fr. 27⅗ Rp.,
also mehr als das Zehnfache der Normal-Entschädigung!

In dieser Uebersicht sind nicht inbegriffen die, mehrern Kantonen gemeinschaftlich zu bezahlenden Entschädigungen für Hauenstein- und Linthzölle, sowie die von der Eidgenossenschaft übernommenen Schneebruchkosten über den Gotthard, welche mit den kantonalen Loskaufsummen zusammen genommen den Betrag von Fr. 1,700,000 a. W. ausmachen.*)

Seit dem J. 1850 sind von der Eidgenossenschaft fernerhin noch losgekauft worden die Brückengelder für die Nydeckbrücke zu Bern, für die beiden Drahtbrücken zu Freiburg, für die grosse Brücke Melide-Bissone im Kanton Tessin und das Weggeld auf der Strasse von der Stadt Leuk zu den Bädern von Leuk im Kanton Wallis.**) Die Gesammtsumme, welche der Bund den Kantonen für losgekaufte Zölle jährlich zu entrichten hat, betrug (ohne die Schneebruchkosten) im Jahr 1861 Fr. 2,462,405. 87 Rp. neue Währung.

Da dem Kantone Graubünden im Auslösungsvertrage von 1850 eine Summe von Fr. 63,971. 43 Rp. a. W. nur auf beschränkte Zeit, nämlich bis 1. Januar 1860, zugesichert worden war, so ergaben sich nach Ablauf dieser Frist Anstände über den Fortbezug jener Entschädigungssumme, welchen der Bundesrath nicht mehr bewilligen wollte. Aus den Akten ging indessen hervor, dass die für jenen Betrag aufgehobenen Gebühren Weggelder auf den sogen. Kommerzialstrassen über den Julier, Splügen und Bernhardin gewesen waren, welche die Tagsatzung zwar nur auf bestimmte Zeit bewilligt hatte, deren Erneuerung sie indessen regelmässig auszusprechen pflegte. Da nun die fraglichen Strassen den Charakter grosser Verkehrstrassen noch keineswegs verloren haben und die jährlichen Unterhaltungskosten derselben die Auslösungssumme erheblich überstiegen, so schien es der Bundesversammlung billig, von dem ihr durch den Vertrag eingeräumten Rechte, die fernere Bezahlung zu verweigern, einstweilen keinen Gebrauch zu machen; sie gestattete daher den Fortbezug der genannten Summe für weitere

*) Bundesbl. 1850 I. 277—309. Amtl. Samml. IV. 363—367.
**) Amtliche Sammlung III. 341—346, 621—626. V. 179—186. VI. 534—538.

zehn Jahre.*) Dagegen ist nun mit Ende des Jahres 1861 die Amortisation des Baukapitals für die Anlage der Hauensteinstrassen eingetreten und damit die zu diesem Zwecke bis dahin bezahlte Zollentschädigung gemäss Art. 27 der Bundesverf. dahin gefallen.**)

Die Befreiung von allen innern Zöllen und zollartigen Gebühren, welche früher wie ein Alp auf dem Verkehre lasteten, wurde als eine so grosse Wohlthat in der Schweiz empfunden, dass die Bundesversammlung nicht daran denken durfte von derjenigen Bestimmung des Art. 31 Gebrauch zu machen, kraft dessen sie befugt ist, zu Unterstützung von öffentlichen Werken, welche im allgemeinen Interesse liegen, neue Zölle zu bewilligen. Sie zog es vielmehr, wie wir später sehen werden, vor, derartigen gemeinnützigen Unternehmungen direkte Geldunterstützungen aus der Bundeskasse zu gewähren. Um so sorgfältiger hat der Bundesrath darüber zu wachen, dass nicht die Kantone eigenmächtiger Weise, zuwider dem Verbote des nämlichen Art. 31, unter irgend welchem Namen neue Zölle einführen. Schon in den Jahren 1850 und 1851 fand sich der Bundesrath veranlasst, Holzausfuhrzölle, welche die Kantone Uri und Luzern theils offen, theils verdeckt eingeführt hatten, als im Widerspruche mit Art. 29 und 31 der Bundesverf. stehend aufzuheben.***) Einen versteckten Ausgangszoll fanden die Bundesbehörden auch in einer, im Kanton Wallis eingeführten Holzschlaggebühr, weil dieselbe nicht von allem, also auch von dem zum eigenen Gebrauche einer Haushaltung oder einer Gemeinde dienenden, sondern nur von dem in den Verkauf übergehenden Holze erhoben und weil überdiess der Bezug dieser auf den Verkehr gelegten Abgabe durch Gränzbureaux kontrollirt wurde. Die Regierung von Wallis wurde daher eingeladen, den Bezug der Holzschlagtaxe einzustellen, und als sie dann ihr Dekret abänderte, verweigerte der Bundesrath demselben abermals die Genehmigung, weil darin wieder ein Unterschied gemacht war zwischen dem für den innern Consum des Kantons bestimmten Holze, welches die Taxe an den Bezirkseinnehmer, und dem auszuführenden Holze, welches sie an der Gränze entrichten sollte. Der Bundesrath erblickte in dieser Bestimmung die Absicht, die Besteuerung des auszuführenden Holzes dem

*) Bundesbl. 1860 I. 323—331, 339—345. Amtl. Samml. VI. 425.

**) Bundesbl. 1862 II. 33.

***) Amtl. Samml. II. 28—29, 288—290.

Einwohner des Kantons abzunehmen und sie dem fremden Käufer zu überbinden.*) — Schwieriger war die Frage zu entscheiden, ob nicht auch die Flössordnung für den Kanton Graubünden einen verdeckten Zoll enthalte. Nach derselben sollten nämlich die Flössenden nicht bloss jeden Schaden, den das geflösste Holz an Wuhren, Brücken, Wasserbauten, Liegenschaften und Gebäuden erweislich verursacht, vollständig ersetzen, sondern überdiess noch für jede Flössung mit Hinsicht auf den Schaden, welcher möglicher Weise erst später zu Tage tritt und dann nicht mehr ausgemittelt werden kann, (den sogen. unsichtbaren Schaden) — den betreffenden Gemeinden, Korporationen oder Privaten eine besondere Vergütung leisten nach einem hierfür aufgestellten Tarife, welcher für je 100 Stücke Holz je nach ihrer Länge fixe Gebühren bestimmte. Der Bundesrath erblickte in dieser Vergütung einen internen Zollbezug, der als unstatthaft beseitigt werden müsse, wogegen die Regierung von Graubünden bei der Bundesversammluug beantragte, es möge die Flössordnung als mit der Bundesverfassung vereinbar erklärt werden. Die ständeräthliche Kommission, welche den Gegenstand zuerst zu prüfen hatte, sprach sich in ihrer Mehrheit für die Anschauungsweise des Bundesrathes aus, die sie in ihrem Berichte mit schlagenden Gründen unterstützte. Indessen erklärte die Bundesversammlung, dem Antrage der Minderheit Folge gebend, die graubündnerische Flössordnung mit der Bundesverfassung vereinbar, gestützt auf folgende Erwägungen: »Den Kantonen stehe es zu, Land- und Wasserstrassen zu erkennen und dem öffentlichen Verkehre zu übergeben; aus den Akten gehe hervor, dass seit unvordenklichen Zeiten bis zum Jahr 1838 die Gemeinden, d. h. die anstossenden Grundbesitzer an Bächen und Flüssen das Recht hatten und ausübten, auf ihrem Gebiete die Holzflössung zu gestatten oder zu verbieten; die revidirte Flössordnung vom 2. Juli 1847 enthalte polizeiliche Verfügungen, welche in den Bereich der Kantonalbehörden fallen; sie gewährleiste überdiess den freien Verkehr der Schiffe und Flösse; die Gebühren, welche auf das Flössen von ungebundenem Holz gelegt werden, entsprechen einerseits einer Gegenleistung für Anspruchnahme des Grundeigenthums der Anstösser an Flössen und Bächen, anderseits einem, wenn auch schwer zu ermittelnden, doch

*) Amtl. Samml. V. 589—590. Bundesbl. 1857 II. 273—277, 429—439. 1860 II. 80—81.

wirklichen Schaden, daher können sie nicht in die Kategorie der im Art. 31 der Bundesverf. untersagten Zollbezüge gestellt werden.*) — Endlich sah sich der Bundesrath noch veranlasst, den Art. 31 der Bundesverf. anzuwenden gegenüber einer Kontrolgebühr von 70 Rap. per Schiffsladung, welche die Regierung von Waadt von allen an den Ufern des Neuenburger See's landenden Schiffen erheben liess. Sie hatte sich nämlich, um den Schmuggel von geistigen Getränken gehörig überwachen zu können, bewogen gefunden, eine genaue Untersuchung aller ankommenden Schiffe anzuordnen, und suchte sich nun für die Kosten dieser Untersuchung durch jene Gebühr bezahlt zu machen. Der Bundesrath erhob zwar gegen die Kontrolmassregel selbst, als gegen eine nothwendig erscheinende polizeiliche Aufsicht des Schiffsverkehrs, keine Einwendungen; dagegen lud er die Regierung von Waadt ein, die Kontrolgebühr fallen zu lassen, und die Regierung entsprach sofort dieser Einladung.**)

§ 2. Regulirung der Verbrauchsteuern.

Ist es im Allgemeinen der Eidgenossenschaft gelungen, mit den Zöllen und zollartigen Gebühren in den Kantonen gründlich aufzuräumen, so findet doch eine Ausnahme statt in Bezug auf die Consumogebühren, hinsichtlich deren sich die Bundesverfassung, wegen der grossen Wichtigkeit, welche sie für die Finanzsysteme einzelner Kantone (Bern, Luzern, Solothurn) haben, dazu bequemen musste, den Fortbezug ausdrücklich zu gestatten und ihn lediglich an gewisse Bedingungen zu knüpfen. Immerhin ist es gegenüber den Entwürfen von 1832 und 1833 als ein grosser Fortschritt zu betrachten, dass die Bundesverfassung den Kantonen nicht mehr alle oder doch mehrere Arten von Verbrauchsteuern, sondern nur noch solche von geistigen Getränken erlaubt.

Der Bundesvertrag von 1815 hatte die Verbrauchsteuern oder Consumogebühren nicht ausdrücklich erwähnt, sondern sich damit begnügt vorzuschreiben, dass keine andern als die von der Tagsatzung bewilligten Zölle von den Kantonen erhoben werden dürfen. Es entspann sich daher, in Folge des von Waadt angefochtenen bernischen Weinohmgeldes, welches gleich einem Eingangszolle an den Kantonsgränzen erhoben wird, ein langwieriger Streit über die Zu-

*) Amtl. Samml. IV. 372. Ullmer S. 56—60.

**) Bundesbl. 1858 I. 358.

lässigkeit solcher Gebühren. Die Tagsatzung vom Jahr 1831 zeigte sich, wie wir oben S 86 gesehen haben, einer ausdehnenden Interpretation des Art. 11 des Bundesvertrages, insbesondere des darin, wenn auch in beschränkter Weise, ausgesprochenen Grundsatzes des freien Verkehres günstig. Ungeachtet der Verwahrungen mehrerer Stände, welche für ihre, auf verschiedenartigen Produkten erhobenen Consumogebühren*) in die Schranken traten, fasste eine Mehrheit von 12 Stimmen einen sehr eingreifenden Beschluss, welcher u. A. folgende Bestimmungen enthielt: »Es sollen in keinem Kanton die Landes- und Industrieerzeugnisse eines andern Standes mit höhern Abgaben belegt werden dürfen, als die des eigenen Landes. Alle gegen diesen Grundsatz streitenden Verfügungen, die in dem einen oder andern Kanton bestehen möchten, sind als unzulässig erklärt und sollen aufgehoben werden.«**) Allein dieser Beschluss kam niemals zu rechter Durchführung, zumal nachher von Jahr zu Jahr weniger Stimmen daran festhielten. Die Bundesrevisionskommission von 1832 verhehlte sich nicht, dass die Verbrauchsteuern, welche in den meisten Kantonen hauptsächlich von den Erzeugnissen anderer Kantone und des Auslandes, und zwar an den Gränzen erhoben werden, eine Ausnahme bilden von dem Grundsatze des freien Verkehres, den die Bundesglieder sich gegenseitig gewährleisten; allein sie konnte den Versuch nicht wagen, diese Gebühren aufzuheben, weil sich nicht denken liess, dass die Kantonsregierungen mit Einem Male auf eine Finanzquelle verzichten würden, welche da, wo keine direkten Abgaben bestanden, geradezu als die wichtigste erschien. Auch die Abschaffung der Gränzbureaux fand sie nicht ausführbar, weil an die Stelle derselben ein verwickeltes, mit gehässigen Nachforschungen im Innern des Kantons begleitetes Verfahren hätte gesetzt werden müssen.***) Das Bundesprojekt von 1832 gestattete daher Verbrauchsteuern von Getränken, Lebensmitteln und rohen Landesprodukten, jedoch unter folgenden Beschränkungen: »1) Ihr Bezug soll ohne alle Hemmung des Transits geschehen. 2) Von den eigenen Erzeugnissen des Kantons soll die gleiche Gebühr bezogen werden, wie von denjenigen anderer Kantone. 3) Die Abgabe von

*) Graubünden z. B. bezog solche nicht bloss von geistigen Getränken, sondern auch von Kaffee, Zucker, Tabak, feinen Gewürzen und Thee.

**) Abschied der ordentl. Tagsatzung v. J. 1831 S. 309—310.

***) Kommissionsbericht v. 15. Decbr. 1832, amtl. Uebersetzung, S. 46 ff.

schweizerischen Erzeugnissen darf drei Viertheile der auf die ausländischen Erzeugnisse gelegten nicht übersteigen. 4) Die Bezugsweise bleibt zwar den Kantonen überlassen, allein dem Bunde kommt die Einsicht der Gesetze und Verordnungen über den Bezug der Verbrauchsteuern zu, zur Verhinderung von Widerhandlungen gegen vorstehende Grundsätze.« Die Revisionskommission von 1848 liess sich, da die Verhältnisse in der Zwischenzeit sich nicht geändert hatten, im Wesentlichen von den nämlichen Erwägungen leiten wie ihre Vorgängerin; jedoch erklärte sie gleich in der ersten Berathung einzig die Consumogebühren auf geistigen Getränken, welche damals in nicht weniger als 14 Kantonen bezogen wurden, für zulässig. Im Uebrigen stellte sie bloss folgende Beschränkungen auf: »a. Beim Bezug derselben soll der Verkehr so wenig als möglich gehemmt und mit keinen andern Gebühren belegt werden. b. Werden die eingeführten Gegenstände wieder aus dem Kanton ausgeführt, so sind die bezahlten Consumogebühren ohne weitere Belästigung zurückzuerstatten. c. Die Gesetze und Verordnungen der Kantone über den Bezug der Consumogebühren sind der Bundesbehörde vor Vollziehung derselben zur Gutheissung vorzulegen, damit die Nichtbeachtung vorstehender Grundsätze verhindert werden kann.«*) An der Tagsatzung wurde das aufgestellte Princip der Zulässigkeit von Verbrauchsteuern auf geistigen Getränken, welche in der Regel nur von Kantonen, die selbst nicht Weinbau treiben, erhoben werden, namentlich von den Ständen Zürich, Thurgau, Schaffhausen und Waadt hart angegriffen, jedoch ohne Erfolg. Die für die materiellen Fragen bestellte Kommission hatte sich davon überzeugt, dass die Konsumogebühren ohne Beeinträchtigung der Kantone nicht sofort aufgehoben und ebenso wenig ohne allzudrückende Last vom Bunde losgekauft werden könnten. Auf ihren Antrag wurde daher bloss die Beschränkung angenommen, dass von Kantonen, welche bis dahin keine Consumogebühren bezogen, solche nicht neu eingeführt und in den andern Kantonen die bestehenden nicht erhöht werden dürfen. Fühlte man auch die Inkonsequenz, welche in dieser Bestimmung liegt, so erblickte man doch einen Fortschritt in einer Transaktion, welche das Verhältniss für alle Zukunft regulirt, indem sie einen eingewurzelten Uebelstand nur insoweit fortbestehen lässt als die finanziellen Interessen der Kantone es gebieterisch erfordern.

*) Prot. der Revisionskomm. S. 106—108, 171—172, 190—191, 198.

Mussten ja doch in ähnlicher Weise den Kantonen auch ihre bisherigen Zoll- und Posteinnahmen, obgleich sie auf sehr verschiedenartigen Grundlagen beruhten, für die Zukunft gesichert werden! Auf den Antrag Thurgau's beschloss die Tagsatzung ferner, dem Entwurfe von 1832 sich wieder mehr annähernd, dass Produkte schweizerischen Ursprunges mit niedrigern Gebühren als ausländische belegt werden sollen.*) Der Art. 32 der Bundesverf., wie er aus den Berathungen der Tagsatzung hervorgegangen ist, lautet nun folgendermassen:

»*Die Kantone sind befugt, ausser den nach Art. 29 litt. e. vorbehaltenen Berechtigungen* (den von der Tagsatzung bewilligten oder anerkannten Gebühren, welche der Bund nicht aufgehoben hat) *von Wein und andern geistigen Getränken Consumogebühren zu erheben, jedoch unter folgenden Beschränkungen:*

»*a. Bei dem Bezug derselben soll der Transit in keiner Weise belästigt und der Verkehr überhaupt so wenig als möglich gehemmt und mit keinen andern Gebühren belästigt werden.*

»*b. Werden die für den Verbrauch eingeführten Gegenstände wieder aus dem Kanton ausgeführt, so sind die bezahlten Consumogebühren ohne weitere Belästigung zurückzuerstatten.*

»*c. Die Erzeugnisse schweizerischen Ursprungs sind mit niedrigern Gebühren zu belegen als diejenigen des Auslandes.*

»*d. Consumogebühren auf Wein und andern geistigen Getränken schweizerischen Ursprungs dürfen da, wo solche schon bestehen, nicht erhöht, und in Kantonen, welche noch keine beziehen, nicht eingeführt werden.*

»*e. Die Gesetze und Verordnungen der Kantone über den Bezug der Consumogebühren sind der Bundesbehörde vor Vollziehung derselben zur Gutheissung vorzulegen, damit die Nichtbeachtung vorstehender Grundsätze verhindert werden kann.*«

Es ist dieser Bundesartikel so klar und bestimmt gehalten, dass die Vollziehung desselben in der Regel keine besondern Schwierigkeiten finden wird. Indessen ersieht man aus den Rechenschaftsberichten des Bundesrathes, dass diese Behörde sowohl bei der Prüfung der kantonalen Gesetze und Verordnungen, als auch bei den ihr eingehenden Rekursfällen sorgfältig darüber wacht, dass den einzelnen Bestimmungen des Artikels genau nachgelebt werde.

*) Abschied S. 171, 223—228, 261.

Insbesondere pflegt der Bundesrath strenge darauf zu halten, dass keine neuen Consumogebühren auf schweizerische Weine eingeführt, dass der Transit nicht erschwert und dass die besteuerten Getränke je nach ihrem Ursprunge verschieden behandelt werden. In letzterer Beziehung hat er die Kantone ermächtigt, Ursprungszeugnisse zu verlangen, welche von den Gemeinden, wo das Getränk gewachsen oder bereitet worden ist, auszustellen sind.*)

§ 3. Abschaffung der Transportvorrechte.

Der Bundesentwurf der Revisionskommission von 1848 enthielt noch keine auf diesen Gegenstand bezügliche Bestimmung. Erst bei der Berathung desselben in der Tagsatzung wurde von der Gesandtschaft von Luzern auf den Uebelstand hingewiesen, dass in manchen Kantonen der Transport von Waaren zu Wasser und zu Land gewissen Korporationen oder Gemeinden in Form eines Privilegiums ausschliesslich zugestanden sei. So z. B. könnten luzernische Schiffe im Ktn. Uri keine Rückladung weder an Personen noch an Waaren aufnehmen, weil dieser Kanton das Recht hiezu ausschliesslich einer Schiffergesellschaft eingeräumt habe. Durch solche engherzige Beschränkungen entständen Reibungen zwischen den Kantonen, und es liege im Interesse des freien Verkehrs, welcher als Norm aufgestellt sei, dass in die Bundesverfassung eine Bestimmung aufgenommen werde, die solche Abnormitäten für die Zukunft unmöglich mache. Obgleich nun die Gesandtschaften der Urkantone die wohlerworbenen Rechte der betreffenden Gesellschaften verwahrten, welche Gegenstand des privatrechtlichen Verkehres geworden seien und nur gegen volle Entschädigung aufgehoben werden könnten, so stellte die Tagsatzung doch mit 14 Stimmen den Grundsatz auf: Für den Transport von Personen und Waaren zu Wasser und zu Land solle, unter Vorbehalt des Postregals, den Angehörigen aller Kantone freie Konkurrenz gewährleistet sein. Bei der zweiten Berathung der Tagsatzung legten dann die Redaktoren einen neuen Artikel vor, durch welchen alle Transportvorrechte abgeschafft, allfällige Entschädigungen für erworbene Privatrechte aber den betreffenden Kantonen überbunden wurden. Die Bemerkungen, welche namentlich gegen die leztere Bestimmung von mehrern Gesandt-

*) Ullmer S. 61—63.

schaften gemacht wurden, veranlassten eine Rückweisung des Artikels an die Redaktoren, welche dann, gestützt darauf, dass das Detail der fraglichen Verhältnisse noch genauerer Untersuchung bedürfe, die Abschaffung der Transportvorrechte der Bundesgesetzgebung zu überlassen vorschlugen. Dieser Antrag wurde angenommen, jedoch die vorgelegte Redaktion nach den Anträgen von St. Gallen und Freiburg einigermassen modificirt.*) Demnach lautet nun der Art. 30 der Bundesverf. folgendermassen:

»*Der Bundesgesetzgebung bleibt vorbehalten, hinsichtlich der Abschaffung bestehender Vorrechte in Bezug auf Transport von Personen und Waaren jeder Art, zwischen den Kantonen und im Innern derselben, auf dem Wasser und auf dem Lande, die nöthigen Verfügungen zu treffen, so weit die Eidgenossenschaft hiebei ein Interesse hat.*«

Die erste Anwendung dieses Artikels geschah in derjenigen Angelegenheit, welche die Aufnahme desselben in die Bundesverfassung veranlasst hatte, indem die Wasserstrasse von Luzern nach Flüelen frei erklärt wurde. Die Regierung von Luzern hatte sich beim Bundesrathe beschwert, dass im Gebiete des Kantons Uri und unter dem Schutze der dortigen Regierung zwei Schiffergesellschaften Vorrechte ausüben, welche die Freiheit des Verkehrs in hohem Masse beschränken, so dass die luzernische Dampfschifffahrtgesellschaft nur gegen einen bedeutenden jährlichen Tribut an jene Schiffergesellschaften das Abfahrtsrecht von den urner'schen Seegestaden habe erwirken können. Besonders nachtheilig seien die Folgen dieses abnormen Verhältnisses in neuerer Zeit erschienen, als eine zweite Dampfschiffgesellschaft das ausschliessliche Abfahrtsrecht an sich gebracht und dadurch die ältern Dampfschiffe von der Konkurrenz an den Urnergestaden auszuschliessen gedroht habe. Als alle Mittel, die Regierung von Uri zur Anerkennung der freien Schifffahrt zu bewegen, fruchtlos geblieben, habe die Regierung von Luzern sich endlich genöthigt gesehen Repressalien zu ergreifen, indem sie den urner'schen Schiffergesellschaften und der mit ihrem Vorrechte versehenen Dampfschiffgesellschaft, letzterer jedoch mit Ausnahme von Postreisenden und Postgegenständen, das Abfahren von Personen und Waaren ab den luzernischen Gestaden untersagte. Gegen diese von Luzern ergriffenen Repressalien lag auch eine Beschwerde zweier Handelshäuser von Basel vor, welche dem

*) Abschied S. 215—217, 256—259.

Bundesrathe eingegangen war. Letzterer erachtete es nun für angemessen, den Art. 30 einstweilen, bis eine genauere Würdigung der Einzelnheiten möglich sei, bloss auf solche Vorrechte anzuwenden, welche den allgemeinen, kommerziellen Verkehr und namentlich den Transit belästigen; er abstrahirte daher für einmal von Aufhebung der Vorrechte auf demjenigen Theile des Vierwaldstättersee's, welcher sich nach Alpnach und Küssnach hineinzieht, und beschränkte sich darauf, der Bundesversammlung die Befreiung der Hauptwasserstrasse Luzern-Flüelen von allen Schifffahrtsprivilegien vorzuschlagen. Der Bundesrath ging dabei von der Ansicht aus, dass den dortigen Schiffergesellschaften keine Entschädigung für den Verlust ihrer Vorrechte zu bezahlen sei, weil letztere keinen privatrechtlichen Charakter haben. Aus den von Uri eingesandten Akten ergab sich nämlich, dass der Ursprung des Rechtes lediglich auf einer Verordnung oder Concession der Obrigkeit beruhte, dass dabei wesentlich auch die polizeiliche Rücksicht auf Sicherung der Schifffahrt mitwirkte, dass die Gesellschaft bei Aenderung ihrer Statuten die Genehmigung der Regierung einholen musste, dass letztere das Minimum der Gesellschaftsmitglieder bestimmte und dadurch das Recht selbst in seiner materiellen Wirkung gänzlich von sich abhängig machte, dass endlich durch administrative Verordnung zwei bisherige Schifffahrtsgesellschaften in Eine vereinigt wurden unter dem Namen der Theilfahrenden und diese mit Vorbehalt der Rechte des grossen Marktschiffes das ausschliessliche Transportrecht erhielt. Demnach erschienen die sogen. Schifffahrtsrechte nur als der Ausdruck und die Wirkung der auf obrigkeitlichen Verordnungen beruhenden Regulirung des Schiffergewerbs, gleichwie in vielen Staaten einzelne Gewerbe und Berufsarten auf ähnliche Weise beschränkt sind. Aehnlich wie mit der theilfahrenden Gesellschaft verhielt es sich mit derjenigen des sogen. Uri-Nauens, sowie mit den Schifffahrtsgesellschaften in Brunnen und Gersau, Kantons Schwyz. Auf den Antrag des Bundesrathes verordnete daher die Bundesversammlung den 22. Mai 1849 Folgendes: »1) Die in Flüelen, Brunnen, Gersau und Luzern bestehenden Beschränkungen der freien Schifffahrt sind aufgehoben. 2) Unter Vorbehalt der Verordnungen, welche die Sicherheitspolizei erfordert (Art. 29 der Bundesverf.), darf Jedermann in den an der Wasserstrasse von Luzern nach Flüelen gelegenen Ortschaften (Luzern, Weggis, Gersau, Beckenried, Brunnen und

Flüelen) Personen und Waaren aller Art frei und ungehindert aufnehmen und absetzen.«*)

Bei der Berathung dieses Bundesgesetzes stellte ein Abgeordneter von Tessin im Nationalrathe die Motion, dass auch die Vorrechte für den Landtransport, welcher unter dem Namen »Kutschertheil« noch im Kanton Uri bestehen, aufzuheben seien, und bald darauf gingen dem Bundesrathe Beschwerden aus dem Ursernthale ein, welche das Nämliche verlangten. Die Regierung von Uri erliess nun zwar unterm 22. August 1849 eine neue Verordnung über diesen Gegenstand; allein es wurde durch dieselbe wieder eine privilegirte Kutschergesellschaft aufgestellt, in welche Kantonsbürger und niedergelassene Schweizer allein aufgenommen wurden und der man angehören musste, um Reisende von Flüelen aufwärts führen zu dürfen. Sodann beschränkte die Verordnung die Führung von Reisenden auf den Weg bergaufwärts und verbot die Rücknahme von Retouren von Ursern abwärts, ausgenommen wenn Eidgenossen sich zur Retour meldeten oder die hinaufgeführten Reisenden selbst innerhalb 24 Stunden zurückkehren wollten. Fremde Lohnkutscher sollten für die Berechtigung, Reisende auf der Gotthardstrasse befördern zu dürfen, eine Abgabe von 2 Fr. für jedes Pferd der Gesellschaft bezahlen; Schweizerkutscher wurden von dieser Taxe unter der Bedingung befreit, dass in ihrem Heimathkanton Urnerkutscher ebenfalls mit keiner Abgabe belastet werden. In einer nachträglichen Verordnung vom 10. Juni 1850 gab zwar die Regierung zu, dass jeder Schweizerbürger in den »Kutschertheil« eintreten könne; allein der Bundesrath fand darin ein werthloses Zugeständniss, weil Niemand sich den Verpflichtungen einer derartigen Zunftgesellschaft unterwerfen würde, um vielleicht zwei oder drei Male durch den Kanton zu fahren. Indem somit der Bundesrath die Aufhebung des Kutschertheils beantragte, bemerkte er am Schlusse seiner Botschaft einfach: »Entschädigungen an Betheiligte sind hier nicht gedenkbar, denn erstens hindert Niemand die jetzigen Kutscher, nach wie vor die Fahrten zu machen und ihr Material wie ihre Pferde bestens zu benutzen, und zweitens beruht die ganze Berechtigung auf einer einfachen, wiederholt durch die Regierung abgeänderten Concession und keineswegs auf einem civilrechtlichen Verhältnisse.« Die Bun-

*) Amtl. Samml. I. 178–179. Bundesbl. 1849 I. 455—474.

desversammlung stimmte auch hier durch Dekret vom 18. December 1850 dem Antrage des Bundesrathes bei.*)

In Graubünden bestanden bis zum Jahr 1861 unter dem Namen »Portensrechte« Privilegien gewisser Korporationen an dem Transporte der sogen. Kaufmannswaaren auf den grossen Verkehrstrassen über den Splügen und Bernhardin, über den Julier, über den Bernina und über die Maloya. Für den Transport von Getreide und Salz bestand ein ähnliches Vorrecht auf der Strasse Chur-Maienfeld. Diese Strassenstrecken theilten sich in verschiedene »Porten« (Stationen), die sich gegenseitig beschränkten und von denen jede auf ihrem Gebiete, unabhängig von den andern, ihr Recht übte. In jeder Port bestanden Susten, in denen die zu befördernden Waaren bis zum Weitertransport eingelegt wurden. Zur Deckung der dadurch entstehenden Kosten wurden gewisse Prozente von den transitirenden Waaren erhoben. Später wurden indessen durch die Einführung der sogen. Streckfuhren die so umständlichen und hemmenden Zwischenporten unterdrückt und die Wagen, die z. B. in Chur beladen wurden, konnten nun ungehindert bis nach Cleven fahren. Auf diese Weise wurden die einzelnen Porten jeder Linie faktisch in eine grosse Innung verschmolzen, deren Fuhrleute gleichmässig für die ganze Linie konkurrirten, ohne dass indessen dadurch auch das Portensrecht selbst in seiner Substanz geändert worden wäre. Neben diesem Rechte nahmen überdiess die Gemeinden Puschlav und Pontresina noch das sogen. Ruttnerrecht in Anspruch, worunter die Befugniss verstanden wurde, den Schneebruch über den Berninapass zu besorgen und dafür zu verlangen, dass alle den Berg passirenden Kaufmannsgüter zur Hinüberschaffung an die aufgestellten Ruttner abgeliefert werden sollen, unter Vergütung eines entsprechenden Fuhrlohnes. Wenn auch in neuerer Zeit die meisten dieser Portens- und Ruttnerrechte den Verkehr nicht mehr wesentlich hinderten, weil sie auf den Hauptstrassen ihr früheres absolutes, den Verkehr in enge Schranken zwingendes Wesen verloren hatten, so fuhren doch die Portensgenossenschaften fort, das ausschliessliche Ladungsrecht für Transitwaaren zu beanspruchen und auszuüben, und sie knüpften erhebliche Entschädigungsforderungen an dessen Beseitigung. Abgesehen nun von der Eigenschaft eines Monopols, lag in Zeiten eines starken Güterandranges, wie er häufig vorkam,

*) Amtl. Samml. II. 165. Bundesbl. 1850 III. 520–531.

im ausschliesslichen Ladungsrechte der Porten ein entschiedenes Hemmniss für den Verkehr, weil die Transportmittel der nicht zu den Porten gehörenden Gemeinden alsdann nicht für Bewältigung der Waarenanhäufung herbeigezogen werden konnten. Der Bundesrath beantragte daher die Aufhebung dieser Rechte, und zwar ohne Entschädigung, weil es sich hier nicht um Privatrechte handle, sondern nur um eine dem Kanton Graubünden eigenthümliche Organisation des Strassenwesens, welches in früherer Zeit dort ausschliesslich den Gemeinden zur Last fiel. Wenn einzelne derselben auch jetzt noch zum Bau und Unterhalt der Strassen beitragen, so folge daraus für sie doch keineswegs das Recht, die Gegenleistung dafür in einer Belästigung des allgemeinen Verkehres zu suchen, vielmehr liege das Aequivalent der Strassenkosten bereits in der hohen Zollauslösungssumme, welche der Kanton von der Eidgenossenschaft beziehe. Zudem erwachse durch die formelle Aufhebung der Ladungsvorrechte den Gemeinden und Fuhrhaltern kein wirklicher Nachtheil, denn stets werden die an den grossen Transitstrassen gelegenen Gemeinden den Waarentransport vorzugsweise zu besorgen haben und die bisherigen Vortheile aus dem dortigen Verkehre ziehen. Die Bundesversammlung trat der Anschauungsweise des Bundesrathes vollständig bei und fasste daher, in Anwendung des Art. 30 der Bundesverf., unterm 23. Juli 1861 folgenden Beschluss: »1) Die sogen. Portens- und Ruttnerrechte im Kanton Graubünden, namentlich die von den Porten zu Boden, Thusis, Rhams, Rheinwald, Misox und Jakobsthal auf der untern Strasse, — ferner von den Porten Lenz, Tinzen, Stalla, Bergell auf der obern Strasse, dann von Maienfeld nach Zizers auf der Strasse nach Chur, sowie alle andern, allfällig noch angesprochenen Rechte gleicher Art, sodann die von den Gemeinden Pontresina und Puschlav angesprochenen Ruttnerrechte über den Bernina und andere gleicher Art, wo sie noch bestehen mögen, sind aufgehoben. 2) Unter Vorbehalt der Verordnungen über die Strassenpolizei darf Jedermann auf den graubündnerischen Landstrassen den Personen- und Waarentransport frei ausüben, soweit dieser nicht in das Postregal einschlägt.«*)

*) Bundesbl. 1861 II. 29—45. Amtl. Samml. VII. 65—67.

§ 4. Oberaufsicht über Strassen und Brücken.

Ist auch die Erstellung von Landstrassen und Brücken zunächst Sache der Kantone, so muss doch dem Bunde im Interesse des ungehinderten Verkehres und mit Rücksicht auf Zölle, Weg- und Brückengelder, welche gerade für den Bau und Unterhalt jener Kommunikationsmittel bewilligt wurden, ein gewisses Aufsichtsrecht darüber zustehen. Schon die Vermittlungsakte enthielt daher folgende Bestimmung: »*Le landammann de la Suisse envoie, au besoin, des inspecteurs chargés de l'examen des routes, chemins et rivières. Il ordonne, sur ces objets, des travaux urgens; et, en cas de nécessité, il fait exécuter directement, et aux frais de qui il peut appartenir, ceux qui ne sont pas commencés ou achevés au temps prescrit.*« Ebenso war in dem Bundesprojekte von 1832 festgesetzt: »Der Bund übt das Recht der Aufsicht über den Zustand aller Strassen aus, auf welchen Zollgebühren bezogen werden.« Die Revisionskommission von 1848 nahm zuerst einfach diese Bestimmung in ihren Entwurf auf;*) bei der definitiven Redaktion aber wurde sie wieder fallen gelassen. An der Tagsatzung dagegen schlug die für die materiellen Fragen niedergesetzte Kommission folgenden neuen Artikel vor: »Der Bund beaufsichtigt die Strassen erster und zweiter Klasse, sowie die an denselben bestehenden Brücken. Die nach Art. 26 a. und b. an die Kantone zu entrichtenden Summen (Zollentschädigungen) werden nur insofern abgereicht, als diese Strassen und Brücken von den betreffenden Kantonen und Korporationen oder Privaten in gehörigem Zustand unterhalten werden.« Auf den Antrag der Gesandtschaft von Zürich wurde dann dem ersten Satze dieses Artikels eine bessere Fassung gegeben, und in der zweiten Berathung erhielt nach dem Vorschlage der Redaktoren der zweite Satz eine veränderte Gestalt, in welcher, zufolge einem bei Art. 33 angenommenen Antrage der Gesandtschaft von Waadt, auch die Postentschädigungen Erwähnung fanden.**) Demnach lautet nun der Art. 35 der Bundesverfassung folgendermassen:

»*Der Bund übt die Oberaufsicht über die Strassen und Brücken, an deren Erhaltung die Eidgenossenschaft ein Interesse hat.*

»*Die nach Artikel 26 und 33 den Kantonen für Zölle und Posten*

*) Protokoll S. 54—56.

**) Abschied S. 221—223, 235, 265.

zukommenden Summen werden von der Bundesbehörde zurückbehalten, wenn diese Strassen und Brücken von den betreffenden Kantonen, Korporationen oder Privaten nicht in gehörigem Zustande unterhalten werden.«

Es ist diesem Artikel gewiss mit Recht nicht die Auslegung gegeben worden, dass der Bund eine permanente Aufsicht über Strassen und Brücken in den Kantonen durch ein ständiges Ingenieurkorps auszuüben habe. Nur wenn Beschwerden eingehen, sei es von Seite der Postverwaltung oder von benachbarten Kantonsregierungen, über den Zustand von Strassen und Brücken in einem Kanton, so ordnet der Bundesrath eine Untersuchung derselben an. Glücklicher Weise ist er indessen bis jetzt niemals in den Fall gekommen, von dem zweiten Satze des Artikels Gebrauch zu machen, indem die Kantone, die Wichtigkeit guter Verkehrsmittel selbst immer lebhafter fühlend, aus eigenem Antriebe mangelhafte Strassen und Brücken zu verbessern sich bestrebten. Immerhin mag die Androhung, welche in dem Art. 35 und namentlich in dem zweiten Satze desselben liegt, mit dazu beigetragen haben, dass die Kantone um so eher ihren daherigen Verpflichtungen nachgekommen sind.

§ 5. Postwesen.

Hatte auch in den letzten Jahrzehenden vor Einführung der Bundesverfassung das Postwesen unter den kantonalen Verwaltungen unläugbar grosse Fortschritte gemacht, so wurde doch auf keinem andern Gebiete das Bedürfniss der Centralisation so lebhaft empfunden wie auf diesem. Ein Tagsatzungsbeschluss von 1803 und nachher ein eidgenössisches Konkordat von 1818 hatten zwar, wie wir in der geschichtlichen Einleitung (S. 40, 55) gesehen haben, gewisse allgemeine Grundsätze für das Postwesen aufgestellt, allein sie genügten in keiner Weise dem praktischen Bedürfnisse. Gute Posteinrichtungen können sich nur auf einem grössern Raume entwickeln als die beschränkten und so vielfach sich durchkreuzenden Kantonsgebiete ihn darboten. Den kleinern Kantonen, welche sich in drückender Abhängigkeit von den grössern befanden, brachte die Selbstherrlichkeit im Postwesen nur geringe Vortheile, und wenn auch die grössern Kantone bedeutende Einkünfte daraus zogen, so litt doch das Publikum nicht bloss unter den fiskalischen Tendenzen, von denen einzelne derselben sich leiten liessen, sondern ganz besonders auch unter den fortwährenden Reibungen, welche zwischen den verschiedenen Postverwaltungen stattfanden. Dem Auslande gegenüber bot vollends die Schweiz im Postwesen, eben wegen ihrer innern Getrenntheit und Zersplitterung, nur das Bild kläglicher Ohnmacht dar. Schon der Bundesentwurf der Revisionskommission von 1832 enthielt daher folgende Bestimmungen:

»Das Postwesen im Umfang der ganzen Eidgenossenschaft wird vom Bund übernommen unter folgenden Vorschriften: a. Die Postverbindungen dürfen in keinem Kanton im Allgemeinen unter den jetzigen Bestand herabsinken. b. Es soll die Unverletzbarkeit des Postgeheimnisses zu jeder Zeit und unter allen Umständen gesichert sein. c. Die Tarife werden in allen Theilen der Eidgenossenschaft nach den gleichen Grundsätzen bestimmt. d. Für die Abtretung des Postregals leistet der Bund Entschädigung, und zwar: 1) Die Kantone erhalten drei Viertheile des reinen Ertrages der Postbedienung im Umfang ihres Gebiets. 2) Privaten, welche Posteigenthümer sind, erhalten aus der Bundeskasse gleichfalls drei Viertheile des reinen Ertrags. Für weitere Forderungen steht ihnen, wo es der Fall sein sollte, der Rekurs gegen die Betreffenden zu. 3) Bei allen nach Ziffer 1 und 2 zu leistenden Entschädigungen werden die Ergebnisse der Verwaltung des Jahres 1832 als Massstab angenommen. 4) Die Entschädigung geschieht durch jährliche Leistung der nach vorstehenden Bestimmungen schuldigen Summe, die jedoch mittelst des 25fachen Betrages in theilweisen Raten oder in einer Zahlung losgekauft werden kann. 5) Die in Ziffer 2 bezeichneten Privaten haben das Recht auf Tilgung in vier Jahresraten. 6) Die allfällige Uebernahme von vorhandenem Materiell und die Benutzung von Gebäulichkeiten ist Sache gütlichen Einverständnisses zwischen der eidgenössischen Postverwaltung und den Eigenthümern.«

Die Revisionskommission von 1848 berieth die Frage der Centralisation des Postwesens unter dem frischen Eindrucke der unerquicklichen Verhandlungen, welche zwischen Abgeordneten verschiedener Schweizerkantone und der österreichischen Regierung im Frühling 1847 in Wien stattgefunden hatten. Noch niemals war in so ärgerlicher Weise die tiefe Zerrissenheit der Schweiz dem Auslande gegenüber zur Schau gestellt worden, noch niemals hatten die Schweizer im Auslande eine klägliche Rolle gespielt als an diesen Postkonferenzen. Die Revisionskommission fasste daher die

Centralisation des Postwesens namentlich auch als ein Mittel auf, um das nationale Element zu heben und das Gefühl der Zusammengehörigkeit lebendiger zu machen, und sie legte ein wesentliches Gewicht auf den Umstand, dass in Folge der Centralisation es der Schweiz leichter werden dürfte, günstige Postverträge mit auswärtigen Staaten abzuschliessen. Zur Grundlage ihrer Berathungen wählte die Kommission den Entwurf von 1832, den sie hauptsächlich nur in Bezug auf die Entschädigungsfrage modificirte. Den Kantonen wurde die Durchschnittssumme des reinen Ertrages zugesichert, den sie in den drei Jahren 1845, 1846 und 1847 vom Postwesen bezogen hatten. Privaten, welche als Inhaber des Postregals erscheinen konnten, wurden nicht mehr erwähnt, weil man annahm, dass der Bund sich nur mit den Kantonen zu verständigen habe; dagegen wurde den Kantonen, welche in Folge ungünstiger Pachtverträge vom Postwesen zu wenig bezogen, sowie denjenigen, welche durch Verträge mit dem Auslande einen bedeutenden Mehrertrag für die Zukunft in sicherer Aussicht hatten, verhältnissmässige Berücksichtigung bei Ausmittelung der Entschädigungssumme verheissen. Endlich wurde der Bund verpflichtet, den Kantonen ihr Postmaterial abzunehmen, während hingegen in Betreff der Gebäude ihm nur das Recht eingeräumt wurde, dieselben entweder anzukaufen oder miethweise zu benutzen.*) An der Tagsatzung kam die für die materiellen Fragen niedergesetzte Kommission auf das Projekt von 1832 zurück, indem sie den Kantonen nur $^3/_4$ ihres bisherigen Posterträgnisses, für dessen Ermittelung die drei Jahre 1844, 1845 und 1846 als massgebend angenommen wurden, vergüten wollte. Sie beabsichtigte dabei nicht sowohl der Bundeskasse eine grössere Einnahme zu verschaffen, als vielmehr dem allseitigen Wunsche der Bevölkerung nach Gleichstellung und Ermässigung der Tarife Rechnung zu tragen. Auf die besondern Verhältnisse des Kantons Schaffhausen, dessen Postregal sich im Besitze von Privaten befand, nahm die Kommission in der Weise Rücksicht, dass die Entschädigung der Berechtigten gütlicher Verständigung, beziehungsweise schiedsgerichtlichem Entscheide anheimgestellt wurde. Die Berücksichtigung von Postverträgen einzelner Kantone mit dem Auslande hatte die Kommission fallen gelassen. Die Tagsatzung selbst beschloss in der ersten Berathung auf den Antrag der Gesandtschaft

*) Prot. der Revisionskomm. S. 61—66, 154, 172, 198.

von Zürich: aus dem Reinertrage der Posteinkünfte sollen die Kantone die Durchschnittssumme desjenigen Reinertrages erhalten, welchen sie auf dem eignen Postgebiete in den drei Normaljahren bezogen haben; in der zweiten Berathung wurde auf den Antrag der Redaktoren, modificirt durch die Gesandtschaft von St. Gallen, der Zusatz beigefügt: wenn der Reinertrag, den der Bund vom Postwesen beziehe, zur Bezahlung der festgesetzten Entschädigungen nicht hinreiche, so werde den Kantonen das Mangelnde nach Verhältniss in Abzug gebracht. Ferner beschloss die Tagsatzung auf den Antrag der nämlichen Gesandtschaft und mit Rücksicht auf die besondern Verhältnisse Appenzell's: es solle bei Ausmittlung der Entschädigungssummen billige Berücksichtigung auch gegenüber einem Kanton, der vom Postwesen unmittelbar noch gar nichts bezogen habe, eintreten.*) Der Art. 33 der Bundesverf., wie er aus den Berathungen der Tagsatzung hervorgegangen ist: lautet nun folgendermassen:

»*Das Postwesen im ganzen Umfange der Eidgenossenschaft wird vom Bunde übernommen unter folgenden Vorschriften:*

»*1) Die gegenwärtig bestehenden Postverbindungen dürfen im Ganzen ohne Zustimmung der betheiligten Kantone nicht vermindert werden.*

»*2) Die Tarife werden im ganzen Gebiete der Eidgenossenschaft nach den gleichen möglichst billigen Grundsätzen bestimmt.*

»*3) Die Unverletzbarkeit des Postgeheimnisses ist gewährleistet.*

»*4) Für Abtretung des Postregals leistet der Bund Entschädigung, und zwar nach folgenden nähern Bestimmungen:*

»*a. Die Kantone erhalten jährlich die Durchschnittssumme des reinen Ertrages, den sie in den drei Jahren 1844, 1845 und 1846 vom Postwesen auf ihrem Kantonalgebiete bezogen haben.*

Wenn jedoch der reine Ertrag, welchen der Bund vom Postwesen bezieht, für Bestreitung dieser Entschädigung nicht hinreicht, so wird den Kantonen das Mangelnde nach Verhaltniss der festgesetzten Durchschnittssummen in Abzug gebracht.

»*b. Wenn ein Kanton vom Postwesen unmittelbar noch gar nichts, oder in Folge eines mit einem andern Kanton abgeschlossenen Pachtvertrags bedeutend weniger bezogen hat, als die Ausübung des Postregals auf seinem Gebiete demjenigen Kanton, der das-*

*) Abschied S. 171, 228—236, 261—264.

selbe gepachtet hatte, erweislichermassen rein ertragen hat, so sollen solche Verhältnisse bei Ausmittlung der Entschädigungssumme billige Berücksichtigung finden.

»c. *Wo die Ausubung des Postregals an Privaten abgetreten worden ist, übernimmt der Bund die diessfällige Entschädigung.*

»d. *Der Bund ist berechtigt und verpflichtet, das zum Postwesen gehörige Material, soweit dasselbe zum Gebrauche tauglich und erforderlich ist, gegen eine den Eigenthümern abzureichende billige Entschädigung zu übernehmen.*

»e. *Die eidgenössische Verwaltung ist berechtigt, die gegenwärtig für das Postwesen bestimmten Gebäulichkeiten gegen Entschädigung entweder als Eigenthum oder aber nur miethweise zur Benutzung zu übernehmen.*«

Kaum waren die neuen Bundesbehörden in's Leben getreten, so wurde sofort zu Ausführung des Art. 33 der erste Schritt gethan. Schon den 28. November 1848 verfügte die Bundesversammlung die Uebernahme sämmtlicher schweizerischer Posten vom 1. Januar 1849 an für Rechnung der Eidgenossenschaft, wobei die in den Kantonen bis dahin bestandenen Einrichtungen provisorisch in Kraft verblieben, die Postverwaltungen der Kantone aber unter die Autorität des Bundesrathes gestellt wurden. Um indessen an die Stelle dieses Provisoriums so bald als möglich die definitive Neugestaltung des eidgenössischen Postwesens treten lassen zu können, legte der Bundesrath der im Frühling 1849 wieder zusammentretenden Bundesversammlung gleichzeitig drei verschiedene Gesetzesentwürfe vor: über das Postregal, über die Organisation der Postverwaltung und über die Posttaxen. Von den, auf Grundlage dieser Entwürfe zu Stande gekommenen Bundesgesetzen sind die beiden erstern noch in Kraft, das letztere dagegen ist schon zum zweiten Male einer durchgreifenden Revision unterstellt worden.

Nach dem Bundesgesetze über das Postregal vom 2. Juni 1849 ist der Bund ausschliesslich berechtigt zum Transporte von verschlossenen Briefen und andern verschlossenen Gegenständen aller Art (Pakete, Gelder u. s. w.), wenn sie nicht über 10 Pfund schwer sind, ferner zum regelmässigen periodischen Transporte von Personen und zur Beförderung von Personen durch Extraposten. Der Bundesrath kann jedoch für die regelmässige periodische Beförderung von Personen und deren Gepäck auf Eisenbahnen, Schiffen oder Fuhrwerken, für Beförderung von Personen durch Extraposten, sowie für den Transport von Briefen, Paketen, Geldern und Personen durch Boten, auf bestimmte Zeit und gegen Entrichtung einer Gebühr besondere Concessionen ertheilen. Wie dieser Artikel nunmehr in Bezug auf die Eisenbahnen angewendet wird, welche einen sehr bedeutenden Theil des Personentransportes in der Schweiz an sich gezogen haben, werden wir später sehen. Das Gesetz verbietet fernerhin, gewisse gefährliche oder Schaden bringende Gegenstände der Post zu übergeben; bei andern erklärt es wenigstens die Postanstalt nicht verpflichtet zur Uebernahme. Für den Verlust oder die Beschädigung der ihr mit Werthangabe anvertrauten Gegenstände ist die Postanstalt haftbar; auch hat sie Vergütungen zu leisten für den Verlust oder die Verspätung eingeschriebener Briefe und Schriftpakete. Gegenüber den Reisenden haftet die Postanstalt für die persönliche Beschädigung nur so weit es den Ersatz der Verpflegungs- und Heilungskosten betrifft; doch ist der Bundesrath ermächtigt, weiter gehende Entschädigung zu leisten, wenn durch den Unglücksfall für den Beschädigten oder seine Familie bedeutender Nachtheil entstanden ist. Die Schadenersatzklagen für Werthgegenstände, Briefe und Schriftpakete verjähren binnen 90 Tagen, wenn der Bestimmungsort in Europa oder in den Küstenländern des mittelländischen Meeres liegt, und binnen Jahresfrist, wenn derselbe in andern Welttheilen sich befindet. Wer wegen persönlicher Beschädigung ein Forderungsrecht geltend machen will, ist bei Verlust desselben verpflichtet, binnen 30 Tagen der Postdirektion davon Kenntniss zu geben und binnen 90 Tagen seine Klage vor Gericht anzubringen. Endlich wiederholt das Gesetz die bereits in Ziff. 3 des Art. 33 enthaltene Garantie des Postgeheimnisses und definirt dasselbe näher dahin, dass die Beamten und Angestellten der Postverwaltung verpflichtet sein sollen, nicht bloss keine der Post anvertraute Gegenstände zu öffnen, sondern auch ihrem Inhalte auf keine Weise nachzuforschen, über den Verkehr der einzelnen Personen unter sich keine Mittheilungen an Dritte zu machen und Niemanden Gelegenheit zu geben, das Postgeheimniss zu verletzen. *) Beamte und Angestellte der Postverwaltung, welche in irgend einer Weise diesen Gesetzesbestimmungen zuwiderhandeln, sollen, wie

*) Amtl. Samml. I. 97—104. III. 421.

der Art. 54 des Bundesstrafrechts vorschreibt, mit Amtsentsetzung bestraft werden, womit in schwerern Fällen eine Geldbusse oder Gefängniss verbunden werden kann. — Jene Vorschriften über das Postgeheimniss beziehen sich indessen, wie der Bundesrath auf wiederholte Einfragen entschieden hat, nur auf Mittheilungen an unberechtigte Personen; als unberechtigt sind aber die Gerichte nicht zu betrachten, welche im Interesse strafrechtlicher Untersuchungen Aufschlüsse von der Post bedürfen. Für Civilprozesse behielt sich der Bundesrath vor, im einzelnen Falle besondere Weisung zu ertheilen.*)

Nach dem Bundesgesetze über die Organisation der Postverwaltung vom 25. Mai 1849 ist das schweizerische Postgebiet in nachfolgende Postkreise eingetheilt: 1) Genf, bestehend aus dem Kanton Genf und dem waadtländischen Bezirk Nyon; 2) Lausanne, bestehend aus den Kantonen Freiburg, Waadt, mit Ausnahme des Bezirks Nyon, und Wallis; 3) Bern, bestehend aus diesem Kanton mit Ausschluss der, den Postkreisen Neuenburg und Basel zugeschiedenen Gebietstheile; 4) Neuenburg, bestehend aus diesem Kanton und dem bernischen Jura, mit Ausnahme des Amtsbezirks Laufen; 5) Basel, bestehend aus dem Kanton Solothurn, mit Ausnahme der auf dem rechten Ufer der Aare liegenden Gemeinden des Amtes Olten, den Kantonen Basel-Stadt und Basel-Land, dem bernischen Amtsbezirk Laufen und den auf dem linken Ufer der Aare liegenden Gemeinden der bernischen Amtsbezirke Wangen und Aarwangen; 6) Aarau, bestehend aus dem Kanton Aargau und den von Solothurn abgetrennten Gemeinden des Amtes Olten; 7) Luzern, bestehend aus den Kantonen Luzern, Uri, Unterwalden ob und nid dem Wald und den schwyzerischen Bezirken Schwyz, Gersau und Küsnach; 8) Zürich, bestehend aus den Kantonen Zürich, Zug, Schaffhausen und Thurgau; 9) St. Gallen, bestehend aus den Kantonen Glarus, Appenzell beider Rhoden, St. Gallen, mit Ausnahme des Bezirks Sargans, und den schwyzerischen Bezirken Einsiedeln, March und Höfe; 10) Chur, bestehend aus dem Kanton Graubünden, mit Ausschluss der Kreise Misox und Calanca, und dem st. gallischen Bezirke Sargans; 11) Bellinzona, bestehend aus dem Kanton Tessin und den graubündner'schen Kreisen Misox und Calanca. — Als die oberste vollziehende und leitende

*) Bundesbl. 1854 II. 78—79.

Behörde im Postwesen wird vom Gesetze der Bundesrath bezeichnet. Von ihm gehen alle Massregeln und Verfügungen aus, so weit er sie nicht untergeordneten Behörden übertragen hat. Ihm steht das Recht zu, die Postbeamteten und Bediensteten zu wählen; er kann aber dieses Recht, soweit es untergeordnete Bedienstete vom Kondukteur abwärts betrifft, an andere Behörden oder Beamte übertragen. Die unmittelbare Oberaufsicht des gesammten Postwesens steht dem bundesräthlichen Postdepartement zu. Dasselbe schlägt dem Bundesrathe zweckmässig erscheinende Verfügungen im Postwesen vor, begutachtet die vom Bundesrathe zu behandelnden Gegenstände, sorgt für die Vollziehung der Gesetze und Verfügungen der Oberbehörden und trifft selbst innerhalb der Schranken der ihm angewiesenen Kompetenz die erforderlichen Anordnungen. Das Organisationsgesetz unterstellt dem Postdepartement einen Generalpostdirektor; das spätere Bundesgesetz über die eidg. Beamtungen aber hat diesen Beamten fallen lassen. Nach diesem Gesetze besteht die Centralpostdirektion aus dem Oberpostsekretär, Bureauchef, dem Registrator und zwei Sekretären. Beigeordnet sind das Kontrolbureau, bestehend aus dem Oberpostkontroleur und drei Rechnungsrevisoren, das Kursbureau, bestehend aus dem Kursinspektor, seinem Adjunkten und vier Sekretären, und das Traininspektorat, bestehend aus drei Traininspektoren. Für die unmittelbare Leitung des Postwesens in jedem der eilf Kreise ist durch das Organisationsgesetz ein Kreispostdirektor aufgestellt; ihm steht ein Kreispostkontrolleur und ein oder mehrere Adjunkten zur Seite. Alle Postbeamten werden auf eine Amtsdauer von drei Jahren gewählt, die Postbediensteten dagegen auf unbestimmte Zeit. Der Bundesrath hat jederzeit das Recht, einen Beamten durch motivirten Beschluss zu entlassen, wenn der Gewählte sich als untüchtig erzeigt, oder wenn er sich grober Fehler schuldig macht. Der Chef des Postdepartements und die Kreispostdirektoren sind auch berechtigt, Beamte und Bedienstete der Postverwaltung, welche ihre Pflichten nicht gehörig erfüllen, mit Ordnungsbussen zu bestrafen oder sie provisorisch in ihren Verrichtungen einzustellen.*)

Das Bundesgesetz über die Posttaxen vom 4. Juni 1849 wurde zuerst unterm 25. August 1851, dann wieder am 6. Februar 1862 revidirt. Bei diesen Revisionen fand die Vorschrift von Ziff. 2 des

*) Amtl. Samml. I. 104—110. VI. 63.

Art. 33, dass die Tarife im Gebiete der Eidgenossenschaft nach den gleichen, möglichst billigen Grundsätzen bestimmt werden sollen, immer ausgedehntere Anwendung; zugleich wurde auch die ganze Einrichtung immer mehr vereinfacht. Während nach dem ersten Gesetze von 1849 im Innern der Schweiz vier Briefkreise aufgestellt waren, je nachdem die Entfernung weniger als 10, weniger als 25, weniger als 40 oder mehr als 40 Wegstunden betrug, verminderte bereits das zweite Gesetz von 1851 die Zahl der Briefkreise auf drei, nämlich bis auf 2, bis auf 10 und über 10 Stunden Entfernung. Das neueste Gesetz von 1862 hat nun in dieser Richtung noch einen bedeutenden Schritt weiter gethan, indem es alle Entfernungen innerhalb der Schweiz auf gleiche Linie stellt und nur den Ortsrayon bis auf 2 Stunden ausnahmsweise begünstigt. Der einfache Brief bis auf 10 Gramm = 0,64 Loth Gewicht kostet nun, wenn er frankirt wird, 10 Centimes, wenn er nicht frankirt wird, 15 Centimes; im Ortskreise kostet der einfache Brief in beiden Fällen bloss 5 Centimes. Von schwerern Briefen, Schriftpaketen oder Waarenmustern über 10 Gramme bis auf 250 Gramme = ½ Pfund wird der doppelte Betrag der einfachen Brieftaxe erhoben. Einzuschreibende Briefe oder Schriftpakete sind mit der doppelten Taxe zu belegen und müssen frankirt werden. Die Taxe für Drucksachen, Lithographien u. dgl., welche frankirt und behufs der Verifikation des Inhalts der Sendung unter Band aufgegeben werden müssen, beträgt (nach einer Gesetzesänderung v. 25. Juli 1862) ohne Unterschied der Entfernung bis auf 15 Gramme 2 Cent., von 15 bis auf 250 Gramme 5 Cent., von 250 bis 500 Gramme 10 Cent. Für Zeitungen und andere periodische Blätter der Schweiz, welche abonnementsweise von den Verlegern versandt werden, wird eine vorauszubezahlende Transporttaxe von ¾ Cent. für jedes Exemplar bis zu einem Gewichte von 30 Grammen, ohne Unterschied der Entfernung, für die ganze Schweiz festgesetzt. Für je 30 weitere Gramme oder Bruchtheile derselben sind ¾ Cent. ebenfalls zum Voraus zu entrichten. Auf Gewichtstücken bis auf 10 Pfund wird von je 5 Wegstunden, nach der kürzesten Poststrasse berechnet, und jedem Pfund des Gewichts eine Transporttaxe von 2 Cent. berechnet und diesem Betrage eine Grundtaxe von 10 Cent. für jedes Gewichtstück beigefügt. Bei Gewichtstücken über 10 Pfund ist die Taxe bis auf 10 Pfund zu berechnen und sodann für das Mehrgewicht von je 1 Pfund und je 5 Stunden 1 Cent. beizufügen. Auf Werthstücken wird bis auf den Betrag von 1000 Franken von je 5 Wegstunden und je 100 Fr. eine Taxe von 2 Cent. berechnet und derselben eine Grundtaxe von 10 Cent. für jedes Werthstück beigefügt. Für Werthstücke über 1000 Fr. ist die Taxe bis auf 1000 Fr. zu berechnen und für den Mehrwerth von je 100 Fr. und je 5 Stunden 1 Cent. beizufügen. Das Minimum der Taxe für ein Gewicht- oder Werthstück beträgt bis auf 5 Wegstunden 10 Cent., von 5 bis 10 Stunden 20 Cent., von 10 bis 25 Stunden 30 Cent., von 25 bis 40 Stunden 45 Cent., über 40 Stunden 60 Cent. Jeder Bruchtheil einer Entfernungsstufe von 5 Stunden wird für eine volle Entfernungsstufe, jeder Bruchtheil eines Pfundes für ein ganzes Pfund und jeder kleinere Betrag als 100 Fr. für volle 100 Fr. berechnet. Dessgleichen wird jeder Bruchtheil der Taxe unter 5 Cent. auf volle 5 Cent. ergänzt. Werthstücke werden in der Regel nach dem Werthe, wenn sich aber nach dem Gewichte eine höhere Taxe ergiebt, nach dem Gewichte taxirt. Für den Personentransport im Innern der Schweiz sind folgende Taxen für jede Wegstunde festgesetzt: für einen Platz im Coupé 80 Cent., für einen Platz im Innern oder auf den Aussensitzen 65 Cent. Beim durchgehenden Verkehr über die Alpenpässe hat der Reisende einen Zuschlag von 25 Cent. für die Stunde zu bezahlen. Für Lokalkurse, oder wo besondere Verhältnisse es erfordern, kann der Preis der Plätze ermässigt werden. Postnachnahmen auf Briefen, Schriftpaketen, Drucksachen unter Band sollen höchstens 50 Fr., auf Fahrpoststücken höchstens 300 Fr. betragen dürfen. Geldanweisungen durch die Post sind gestattet bis auf 300 Fr., wenn sie auf dem Bureau einer Kreispostdirektion zahlbar sind, und bis auf 150 Fr. bei allen übrigen Büreaux. Portofreiheit geniessen: a. Die Mitglieder der Bundesversammlung und des Bundesgerichts, oder deren Kommissionen, während der Dauer ihrer Sitzungen; b. die Behörden und Beamtungen der Eidgenossenschaft, der Kantone, der Bezirke und der Kreise für die ein- und ausgehende Korrespondenz, jedoch nur in Amtssachen; c. die Gemeindsbehörden, Pfarrämter und Kirchenvorstände für die unter sich in Amtssachen zu wechselnden Korrespondenzen; d. die Eidgenossenschaft und die Kantone für ihre amtlichen Blätter; e. das in eidgenössischen oder kantonalen Dienste stehende Militär. Diese Portofreiheit dehnt sich auf alle

Postgegenstände aus, die mit der Briefpost versendet werden, keine Werthangabe enthalten und nicht rekommandirt sind. Vom Porto befreit sind auch die Geldsendungen, die an eidgenössische Behörden gehen oder von denselben versendet werden, sowie auch die Gelder, die an Militärs im eidgenössischen oder kantonalen Dienste und von Behörden an Arme oder Armenanstalten geschickt werden. Ebenso ist befreit die Korrespondenz an Arme und für Arme, insofern diese von kompetenter Behörde als Armensache bezeichnet wird.*)

Die Feststellung der jährlichen Entschädigungssummen, welche die Eidgenossenschaft den Kantonen nach Anleitung der Ziff. 4 des Art. 33 für die Abtretung des Postregals zu bezahlen hat, erfolgte durch Bundesbeschluss vom 24. Juli 1852. Die vom Bundesrathe hiefür ausgemittelte Scala wurde angenommen, mit dem Vorbehalte jedoch, dass der Bundesrath für allfällig unterlaufene Rechnungsirrungen Berichtigung eintreten lasse. Dabei blieb sämmtlichen Kantonen, soferne sie mit den Entschädigungsbestimmungen der Bundesversammlung nicht einverstanden sein würden, der verfassungsmässige Rechtsweg vor das Bundesgericht geöffnet; nur behielt sich der Bund auch seinerseits das Recht vor, gegenüber den Kantonen, welche ihre Postentschädigungen vor Gericht bringen würden, auf zugestandene Ansätze zurückzukommen und, falls die Entschädigung eines Kantons wegen Vertragsverhältnissen mit einem andern Kanton erhöht werden sollte, die Entschädigung dieses letztern Kantons um das Mass dieser Erhöhung herabzusetzen.**) — Auf Grundlage dieser Bestimmungen wurde von den Kantonen Neuenburg, Basel-Landschaft und Uri die ihnen durch die Bundesversammlung, beziehungsweise den Bundesrath ausgesetzte Postentschädigung weiter gezogen an das Bundesgericht. Durch den Entscheid dieses Tribunals wurden die an Neuenburg und Basel-Landschaft zu bezahlenden Summen einigermassen erhöht, wobei indessen im letztern Falle die Postentschädigung von Basel-Stadt verhältnissmässig erniedrigt wurde; Uri wurde mit seiner Reklamation abgewiesen. Nach der Erledigung dieser Prozesse stellt sich die bereinigte Scala der Postentschädigungen für die Kantone folgendermassen heraus:

*) Amtl. Samml. VII. 139—148, 321—323. Vgl. I. 110—117. II. 373—381. III. 227. VI. 48.

**) Ebenda III. 237—242.

			Neue Währung.	
Zürich	soll beziehen	. Fr.	232,138.	46.
Bern	» »	. »	249,252.	48.
Luzern	» »	. »	57,958.	18.
Uri	» »	. »	29,771.	10.
Schwyz	» »	. »	2,857.	14.
Unterwalden ob dem Wald	» »	. »	342.	86.
Unterwalden nid dem Wald	» »	. »	228.	57.
Glarus	» »	. »	10,329.	83.
Zug	» »	. »	3,285.	71.
Freiburg	» »	. »	20,320.	52.
Solothurn	» »	. »	10,490.	93.
Basel-Stadt	» »	. »	119,065.	25.
Basel-Landschaft	» »	. »	16,758.	61.
Schaffhausen	» »	. »	3,181.	82.
Appenzell-Ausserrhoden	» »	. »	14,285.	71.
Appenzell-Innerrhoden	» »	. »	342.	86.
St. Gallen	» »	. »	89,084.	76.
Graubünden	» »	. »	33,549.	19.
Aargau	» »	. »	146,694.	43.
Thurgau	» »	. »	25,454.	55.
Tessin	» »	. »	14,908.	96.
Waadt	» »	. »	207,812.	91.
Wallis	» »	. »	26,488.	07.
Neuenburg	» »	. »	74,676.	33.
Genf	» »	. »	97,281.	71.
		Fr.	1,486,560.	92.*)

Eigenthümliche Verhältnisse bestanden, wie bereits angedeutet wurde, im Kanton Schaffhausen, indem hier das Postregal, in Folge eines Kaufvertrages vom Jahr 1833, als ein Erblehen dem Fürsten von Thurn und Taxis zustand, welcher dem Kanton bloss einen jährlichen Canon von 1500 Gulden dafür bezahlte. Der Bundesrath hatte nun wegen der Entschädigung für die Abtretung seines Rechtes mit dem Fürsten sich ins Vernehmen zu setzen und es kam nach mehrjährigen Unterhandlungen eine, von der Bundesversammlung ratifizirte Uebereinkunft zu Stande, nach welcher Thurn und Taxis mit der Summe von 150,000 Fr. sich auskaufen liess. In diesem

*) Bundesbl. 1859 I. 595.

Betrage war jedoch der auf 5300 fl. angeschlagene Werth des von der Eidgenossenschaft übernommenen Postmaterials inbegriffen.*)

Das Rechtsverhältniss zwischen dem Bunde und den Kantonen im Allgemeinen, wie es durch Art. 33 Ziff. 4 litt. a der Bundesverf. mit Hinsicht auf die für Abtretung des Postregals zu bezahlenden Entschädigungen festgesetzt ist, gab im Laufe der Zeit noch Veranlassung zu einer äusserst wichtigen Auseinandersetzung. Die bedeutende Ermässigung der Tarife, welche nur allmählig in Vermehrung der Briefe und Fahrpoststücke eine Ausgleichung fand, und die Erstellung der Eisenbahnen, welche der eidgenössischen Postverwaltung den Transport der Reisenden auf den meisten grössern Verkehrslinien entzogen, hatten die nothwendige Folge, dass der Reinertrag des Postwesens nicht immer hinreichte, um den Kantonen die scalamässige Enschädigung zu bezahlen, und daher der Bund zuweilen von der ihm im Nachsatze von Ziff. 4 litt. a eingeräumten Befugniss auf eine, für die Finanzen der Kantone sehr empfindliche Weise Gebrauch machte. Es ergaben sich nämlich in den ersten zehn Jahren nach vollzogener Centralisation des Postwesens folgende Resultate:

	Zahlung an die Kantone.	Weniger als die Scala.	Mehrertrag des Postwesens.
1849	Fr. 1,050,064. 55.	Fr. 414,665. 32.	
1850	» 758,212. 95.	» 707,159. 78.	
1851	» 1,180,328. 94.	» 285,043. 89.	
1852	» 1,481,957. 18.	» — —	Fr. 220,554. 65
1853	» 1,481,977. 08.	» — —	» 204,242. 91.
1854	» 1,486,560. 92.	» — —	» 62,436. 78.
1855	» 1,208,717. 83.	» 277,843. 09.	
1856	» 1,486,560. 92.	» — —	» 150,372. 06.
1857	» 1,486,560. 92.	» — —	» 37,302. 78.
1858	» 957,193. 29.	» 529,367. 63.	
		Fr. 2,214,079. 71.	Fr. 674,909. 18.

Die Rechnungen der eidgenössischen Postverwaltung wurden hierbei in der Weise geführt, dass jährlich nur die Baareinnahmen und die Baarausgaben in denselben zusammengestellt, die Bewegungen des Postmaterial-Inventars dagegen lediglich im Vermögenstatus verzeigt wurden. Der Ueberschuss der Baareinnahmen, so weit er nicht die Scalasumme überstieg, wurde den Kantonen als Reinertrag der Posten vergütet. Betrug der Kassasaldo weniger als die Scala-

*) Amtl. Samml. III. 650 — 656.

summe, so wurde der Minderbetrag den Kantonen nach Verhältniss ihrer Scalatreffnisse in Abzug gebracht. Ergab sich dagegen für die Eidgenossenschaft ein Gewinn, so wurde derselbe theils an die, dem Fürsten von Thurn und Taxis zu entrichtende Auskaufsumme, theils namentlich an die Abbezahlung des Kapitals verwendet, das die Postverwaltung für das von den Kantonen übernommene Postmaterial schuldig geworden war. Auf diese Weise erwarb der Bund allmählig freies Eigenthum an einem Inventar, dessen Benutzung der Postverwaltung ohne Verzinsung überlassen wurde. Schon im Juli 1856 äusserte die ständeräthliche Kommission, welche den bundesräthlichen Geschäftsbericht zu prüfen hatte, Bedenken gegen die Richtigkeit dieser Rechnungsführung und es wurde auf ihren Antrag der Bundesrath eingeladen zu untersuchen: »1) Ob für den Fall, dass der Postertrag unter der festgesetzten Scalasumme bleibe, nicht der Mehrertrag des Inventars des Postmaterials im betreffenden Jahre dem an die Kantone zu vertheilenden Reinertrage, wie er bisher berechnet wurde, beizufügen sei; 2) ob nicht der Ueberschuss der Posteinnahmen zur Deckung allfällig sich ergebender Deficite in einen Reservefond zu legen wäre.« Der Bundesrath rechtfertigte nun in seiner Botschaft vom 18. Juli 1859 das bisherige Verfahren folgendermassen: »Nach dem Sinn der bei Entwerfung der Bundesverfassung stattgefundenen Berathungen und nach dem Wortlaut der Bundesverfassung selbst ist es begreiflich, dass die Abrechnung mit den Kantonen jährlich stattfand, und dass denselben auch nur der Ueberschuss der Baareinnahmen über die Baarausgaben in Rechnung gebracht wurde. Schon die Kantone hatten ihre Postrechnungen, aus welchen die Durchschnittssummen der Scala berechnet wurden, auf gleiche Weise ausgestellt, d. h. nach jährlicher Ertragsberechnung, wobei nur die Kassarechnung und nicht zugleich auch die Bewegung des Inventars in Rechnung gezogen wurde. Nur zwei Kantone, Luzern und Glarus, hatten die Vermehrung und Verminderung des Inventars in ihre Ertragsberechnung aufgenommen. Um sie aber den andern Kantonen gleich zu stellen, ist ihnen der Abzug, der sich auf ihrer Inventarrechnung ergeben hat, wieder gutgeschrieben worden. Und da die Bundesverfassung ausdrücklich sagte, die Kantone erhalten jährlich die Durchschnittssumme, und gleich darauf: das Mangelnde werde den Kantonen nach Verhältniss der festgesetzten Durchschnittssummen in Abzug gebracht, so lag es auf der Hand, dass man den Kantonen das Mangelnde, wie es sich bei der Jahresrechnung herausstellte, nicht als Guthaben aufschrieb und in spätern Jahren nachvergütete. Die Inventarbewegung hätte man allerdings mit in die Abrechnung ziehen können; allein da im Jahre 1849 eine Inventarverminderung stattfand und die Kantone einen noch grössern Ausfall erlitten hätten, und später die Vermehrung des Materials nicht in natura, sondern nur durch Erhebung eines Anleihens unter die Kantone hätte vertheilt werden können, so ist es leicht erklärlich, dass man die Vermehrung des Inventars den Kantonen nicht in Rechnung brachte und nur als Vermehrung des Betriebsfonds betrachtete, dessen unentgeldliche Benutzung den Kantonen wieder zu gut kam. Wenn später in der Jahresrechnung ein Ueberschuss über die Scalabetreffnisse sich ergab, so erscheint es den Kantonen gegenüber nicht als unbillig, dass auch diese Summen zur Abbezahlung der auf dem Postmaterial haftenden Schuld verwendet wurden, indem diese Abzahlung wiederum nur im Interesse der Postverwaltung stattfand und die Bundeskasse selbst bis auf den heutigen Tag keinen Antheil an dem Reinertrage der Posten bezogen hat.« Gleichwohl brachte der Bundesrath nun selbst den Antrag: es solle in Zukunft bei der Ausmittlung des Reinertrages der eidgenössischen Postverwaltung die jeweilige Vermehrung oder Verminderung des Inventarbestandes mit in Berechnung gezogen werden; das zum Betriebe des Postwesens erforderliche Material habe der Bund anzuschaffen und die Postverwaltung habe den Anschlagswerth dieses Materials der Bundeskasse jährlich zu 4 % zu verzinsen. Dagegen fand der Bundesrath die Bildung eines Reservefonds zur Deckung künftiger Rückschläge unvereinbar mit Art. 33 Ziff. 4 litt. a und Art. 39 litt. c der Bundesverfassung und schlug daher vor, dass der darauf bezüglichen Anregung keine weitere Folge zu geben sei. Anders jedoch wurde die Sache von der Bundesversammlung aufgefasst. Die ständeräthliche Kommission, welche den Gegenstand zuerst behandelte, sprach sich in ihrem Berichte über das Rechtsverhältniss zwischen dem Bunde und den Kantonen in folgendem Sinne aus: Darüber könne kein Zweifel herrschen, dass nach der Bundesverfassung die Kantone nicht über eine bestimmte Summe hinaus entschädigt werden sollen und dass, wenn die Posteinnahmen nicht ausreichen, um die volle Entschädigung zu bezahlen, den Kantonen verhältnissmässige Abzüge zu machen seien. Dagegen verlange der Wortlaut des Art. 33 nicht, dass, wie der Bundesrath wolle, nicht nur alljährlich abgerechnet, sondern auch alljährlich abgeschlossen werden müsse, sondern wenn auch die fragliche Bundesvorschrift die Kantone nur auf die Einnahmen der Postverwaltung verweise, so habe sie doch dabei nicht bloss die Jahreseinnahmen im Auge. Noch viel weniger liege die vom Bundesrathe gezogene Folgerung im Sinn und Geiste der Bundesverfassung. Dieselbe anerkenne die Entschädigungspflicht des Bundes gegenüber den Kantonen und habe das Mass der Entschädigung festgestellt; daher sei nicht anzunehmen, dass sie mit fast mathematischer Gewissheit aussprechen wollte, es solle den Kantonen dieses Mass nicht zukommen. Bei der Centralisirung der Posten habe man kein anderes Ziel im Auge gehabt als: Einheit in der Verwaltung und durch dieselbe Verbreitung eines wohlorganisirten und gutgeführten Postwesens über alle Theile unsers Vaterlandes; dagegen habe der Bund nicht bezweckt, durch die Uebernahme der Posten eine Finanzoperation zu machen. Er habe den Kantonen ihre bisher aus den Posten bezogenen Einnahmen nicht schmälern wollen, sondern sich bloss vorbehalten, was nach Abtragung der Entschädigungen, in Folge der Entwickelung des Postwesens, noch überschiessen würde. — Auf Grundlage dieses Berichtes, welcher in Betreff der Inventarbewegung sich im Wesentlichen dem Antrage des Bundesrathes anschloss, fasste sodann die Bundesversammlung unter'm 20. Januar 1860 folgende Beschlüsse:*)

»*1) Wenn der Reinertrag der Postverwaltung zur vollständigen Entschädigung der Kantone nicht ausreicht, so ist der Ausfall beim Rechnungsabschlusse zu Gunsten derselben vorzumerken.*

»*Uebersteigt in einem nachfolgenden Jahre der Reinertrag die den Kantonen zukommende Entschädigungssumme, so wird der Ueberschuss zur Nachvergütung an die Kantone verwendet, bis dieselben für alle Ausfälle der frühern Jahre, jedoch ohne Hinzurechnung der Zinsen, gedeckt sind.*

»*Weitere Ueberschüsse fallen in die Bundeskasse, ohne dass bei spätern Ausfällen auf dieselben zurückgegriffen werden darf.*

»*2) Die Beschaffung des zum Betriebe der Postverwaltung erforderlichen Materials ist Sache des Bundes. Der Inventarwerth ist von der*

*) Amtl. Samml. VI. 420—421. Vergl. Bundesbl. 1859 I. 571—573. II. 257—268. 1860 I. 169—224.

Postverwaltung der Bundeskasse jährlich mit 4 % zu verzinsen, und ebenso hat sie den Bund für die allmählige Entwerthung des Materials in angemessener Weise zu entschädigen.

»3) *Die im Jahr 1853 an den Fürsten von Thurn und Taxis für Abtretung der schaffhausenschen Posten geleistete Entschädigung ist vom Bunde zu tragen; dagegen ist ihm die betreffende Summe alljährlich mit 4 % von der Postverwaltung zu verzinsen.*

»4) *Zur abschliesslichen Regulirung der bisherigen Differenzen hat die Bundeskasse an die Kantone, nach Massgabe der Scala der Postentschädigungen, den reellen Werth des Postinventars, nach Abzug der darauf haftenden Schuld und mit Zurechnung der an Thurn und Taxis verausgabten Summe, und zwar verzinslich vom 1. Januar 1860 an, aushin zu bezahlen, wogegen alle aus frühern Rechnungen abgeleiteten weitern Ansprüche der Kantone, sowie des Bundes beiderseitig als abschliesslich erledigt zu betrachten sind.«*

In Folge dieses Beschlusses bezahlte die Bundeskasse der Postverwaltung zu Handen der Kantone den Werth des Postmaterials, nach Abzug der darauf haftenden Schuld, sowie die Auslösungssumme an Thurn und Taxis zusammen mit Fr. 879,477. 91. Dagegen wurden der Bundeskasse im Jahr 1860 zum ersten Male die Zinsen des gesammten Postmaterials und der Minderwerth des Inventars aus der Postkasse vergütet.*) In den Jahren 1860 und 1861 konnte übrigens wieder nicht der volle Betrag der Entschädigungsscala den Kantonen bezahlt werden, und da das neue Posttaxengesetz von 1862 der Postverwaltung ohne Zweifel neue Ausfälle bringen wird, so dürfte es möglicher Weise etwas lange gehen, bis die den Kantonen gewährte »Vormerkung« ihrer Einbussen reelle Ergebnisse für sie zur Folge haben wird. Der Sinn und Geist, von welchem die ganze Gesetzgebung und Verwaltung im eidgenössischen Postwesen von Anfang an ausging, ist eben offenbar viel weniger auf Förderung fiskalischer Interessen, als auf Erleichterung des Verkehres, Hebung der Industrie und der Volkswohlfahrt gerichtet!

§ 6. Telegraphen.

Zur Zeit als die Bundesverfassung entworfen wurde, war der elektrische Telegraph, diese werthvolle Erfindung der jüngsten Vergangenheit, in Europa noch wenig verbreitet und in der Schweiz

*) Bundesbl. 1861 I. 505.

nicht viel mehr als dem Namen nach bekannt; es fehlte daher an der praktischen Veranlassung, eine darauf bezügliche Bestimmung in die Bundesverfassung aufzunehmen, wie es in Bezug auf das Postwesen und andere Verwaltungszweige, deren Centralisation für nöthig erachtet wurde, geschah. Kaum aber waren seit der Begründung des neuen Bundes drei Jahre verflossen, so fühlte man in Folge der grössern Verbreitung, welche das Telegrapheninstitut inzwischen in den Nachbarstaaten gefunden hatte, sowie der gewaltigen Wirkungen, die es im täglichen Handelsverkehre wie in den politischen und militärischen Beziehungen der Staaten und Völker zu einander äusserte, auch in der Schweiz aufs lebhafteste das Bedürfniss, dieses grossartige neue Verkehrsmittel sich anzueignen, um namentlich in der für unser Vaterland so wichtigen Industrie nicht hinter andern Nationen zurückzubleiben. Vor der Bundesverfassung von 1848 hätte die Erstellung von Telegraphenlinien kaum anders als durch Privatgesellschaften geschehen können, die ohne Zweifel nicht ohne grosse Schwierigkeiten die nöthigen Concessionen von Seite der Kantonsregierungen erlangt hätten; jetzt richtete man von allen Seiten vertrauensvoll die Blicke auf die Bundesbehörden, von denen man voraussetzte, dass sie in dieser Angelegenheit von der grössten nationalen Bedeutung die Initiative ergreifen würden. Sie fanden sich auch dazu um so eher bereit als es sich nicht, wie bei einem schweiz. Eisenbahnnetze, um ein ausserordentlich kostspieliges Unternehmen, sondern nur um eine bescheidene Ausgabe für die Eidgenossenschaft handelte, welcher zu diesem Behufe von Seite der zunächst betheiligten Industriellen bedeutende unverzinsliche Vorschüsse angeboten wurden. Man war in den Bundesbehörden ziemlich einig darüber, dass der Bund die Errichtung der Telegraphen in seine Hand nehmen solle; nur über die Motivirung des daherigen Beschlusses war man verschiedener Ansicht. Der Bundesrath wollte an das Postregale anknüpfen und geradezu den Satz aussprechen, dass dieses dem Bunde vorbehaltene Recht auch die Befugniss in sich schliesse, den Bau und Betrieb von Telegraphen unter eidgenössische Leitung zu nehmen. »Es lässt sich nämlich nicht bestreiten,« sagt die bundesräthliche Botschaft, »dass die Mittheilungen mittelst der Telegraphen in der Wesenheit nichts anderes sind als die Briefkorrespondenzen, deren Beförderung nach dem Postregalgesetz dem Bunde ausschliesslich vorbehalten ist. Unter gemeinschaftlicher Leitung kann ein Institut das andere unterstützen. Die telegraphischen Depeschen werden den Stoff zu weitern ausführlichen Korrespondenzen, zu öftern Mittheilungen durch die Post geben und die vermehrte Korrespondenz wird das Bedürfniss zu öfterer Benutzung der Telegraphen hervorrufen. Je nach Herabsetzung der Taxen könnte aber auch der grössere Theil der Korrespondenzen von der Post auf die Telegraphen abgeleitet und damit der Ertrag der Briefpost auf die Hälfte, auf einen Drittheil reducirt werden. Wir hielten es aber unserer Stellung nicht angemessen, der Bundesversammlung einen Vorschlag zu bringen, nach welchem die Ausbeutung des neuen Institutes der freien Konkurrenz von Privaten überlassen und dadurch die Kantone eines grossen Theiles der ihnen in der Bundesverfassung verheissenen Einnahme unvermeidlich beraubt worden wären.« Die nationalräthliche Kommission hingegen verwarf die Motivirung des Bundesrathes, gegen welche ohne Zweifel Manches sich einwenden liess, und wollte einfach an Art. 21 der Bundesverf. anknüpfen, kraft welchem dem Bunde das Recht zusteht, »im Interesse der Eidgenossenschaft auf Kosten derselben öffentliche Werke zu errichten«. In der Bundesversammlung wurde begreiflicher Weise die Frage nicht von einem theoretischen Standpunkte aus diskutirt, sondern man fand es der möglichen Schlussfolgerungen wegen bedenklich, den Art. 21 anzurufen, weil zur Zeit, als es sich um die Einführung der Telegraphen handelte, der Entscheid über Staats- oder Privatbau der Eisenbahnen vor der Thüre stand. Aus diesem Grunde wurde in den, dem Bundesgesetze vom 23. December 1851 vorausgeschickten Motiven, neben »der ausserordentlichen Entwickelung, welche die elektrischen Telegraphen in den Nachbarstaaten erhalten haben und der grossen Wichtigkeit, welche die Errichtung derselben für die Schweiz in politischer und volkswirthschaftlicher Beziehung hat,« ferner noch erwähnt: »dass der Bau und Betrieb von Telegraphen in enger Verbindung mit dem Postregale steht.«*) Wegen dieses Zusammenhanges, in welchem die massgebende Behörde selbst das Telegraphenwesen den schweizerischen Bundeseinrichtungen einfügte, und wegen der engen Verbindung mit dem Postwesen, in welche dasselbe durch die, dem eidgen. Postdepartement übertragene Oberleitung gebracht wurde, haben auch

*) Amtl. Samml. III. 1—5. Bundesbl. 1851 III. 283—296, 319—322, 331—344.

wir für angemessen erachtet, die Telegraphen unmittelbar nach dem Postwesen, gleichsam als eine weitere Ausführung des Art. 33 der Bundesverfassung zu behandeln, während es sich sonst wohl hätte rechtfertigen lassen, dieselben unter den »öffentlichen Werken« zu erwähnen.

Das Bundesgesetz vom 23. Dezember 1851, durch welches das Telegrapheninstitut in der Schweiz eingeführt wurde, beschränkte sich übrigens darauf, einige allgemeine Grundsätze aufzustellen und im Uebrigen dem Bundesrathe ausgedehnte Vollmachten zu ertheilen. Der Bund nahm darin, eben auf das Postregal gestützt, das ausschliessliche Recht für sich in Anspruch, elektrische Telegraphen in der Schweiz zu errichten oder die Erstellung derselben zu bewilligen; die Ertheilung solcher Concessionen sollte von der Bundesversammlung ausgehen. Telegraphenbureaux sollten an denjenigen Orten errichtet werden, die sich vermöge der Wichtigkeit ihrer Handelsverhältnisse oder ihres Verkehrs, oder durch ihre Bedeutung für staatliche Zwecke dafür eignen und zu angemessenen Beiträgen an die Kosten der Bureaux sich verpflichten würden. Jedermann wurde gleiches Recht auf die Benutzung der Telegraphen gesichert; doch sollten die Depeschen, welche sich auf den Eisenbahndienst beziehen, sowie diejenigen der Bundes- und Kantonsbehörden in der Zeitfolge der Beförderung vor allen andern den Vorzug haben. Diese Grundsätze wurden wieder aufgenommen in das Bundesgesetz betreffend die Organisation der Telegraphenverwaltung vom 20 Dezbr. 1854, durch welches das erste Gesetz von 1851 ausser Kraft erklärt und das neue Institut definitiv geordnet worden ist. Als oberste leitende Behörde wurde auch hier, wie im Postwesen, der Bundesrath aufgestellt; ihm wurde insbesondere die Befugniss übertragen, die Richtung der Linien und die Orte, wo Haupt- und Zwischenbureaux errichtet werden sollen, zu bestimmen. Ebenso steht dem Bundesrathe das Recht zu, die Telegraphenbeamten und Bediensteten zu wählen; mit Bezug auf die letztern aber kann er dieses Recht auch an andere Behörden oder Beamte delegiren. Dem bundesräthlichen Postdepartement sind sodann im Telegraphenwesen genau die nämlichen Befugnisse wie im Postwesen eingeräumt. Unter ihm steht ein Centraldirektor der Telegraphenverwaltung, welchem ein Expeditions- und ein Kontrolbureau beigegeben ist. Das gesammte schweizerische Telegraphennetz ist in vier Kreise abgetheilt, wovon der erste die Kantone Genf, Waadt, Wallis, Freiburg und Neuenburg, der zweite die Kantone Bern, Solothurn, Basel, Aargau, Luzern, Schwyz und Unterwalden, der dritte die Kantone Zürich, Zug, Schaffhausen, Thurgau, St. Gallen, Appenzell und Glarus, der vierte endlich die Kantone Uri, Graubünden und Tessin umfasst. An der Spitze jedes Kreises steht ein Inspektor, der dem Centraldirektor untergeordnet ist. Die Verhältnisse der Telegraphenbeamten in Bezug auf Amtsdauer, Verpflichtungen und die den Oberbehörden zustehenden Disziplinarbefugnisse sind durch das Gesetz in ähnlicher Weise geregelt wie diejenigen der Postbeamten. In Betreff der Disciplinarstrafen hat überdiess der Bundesrath, in weiterer Ausführung des Gesetzes, unter'm 22. Januar 1855 noch eine besondere Verordnung erlassen.*)

Das Bundesgesetz von 1851 hatte verfügt: es sollen zum Schutze der telegraphischen Einrichtungen und zur Sicherung des Geheimnisses der Mittheilungen die nöthigen Strafbestimmungen erlassen werden. Diese Bestimmungen finden sich nun in Art. 55 und 66 des Bundesstrafrechtes vom 4. Februar 1853. Ein Beamter oder Angestellter der Telegraphenverwaltung, welcher über den Inhalt einer telegraphischen Nachricht irgend Jemanden, für den dieselbe nicht bestimmt ist, eine Mittheilung macht, soll mit Amtsentsetzung bestraft werden, womit in schwerern Fällen eine Geldbusse oder Gefängniss verbunden werden kann. Handlungen aber, durch welche die Benutzung der Telegraphenanstalt zu ihren Zwecken gehindert oder gestört wird, wie z. B. die Wegnahme, Zerstörung oder Beschädigung der Drahtleitung, der Apparate und zugehörigen Gegenstände, sind mit Gefängniss bis auf ein Jahr, verbunden mit einer Geldbusse, und wenn in Folge der gestörten Benutzung der Anstalt ein Mensch bedeutend verletzt oder sonst ein erheblicher Schaden gestiftet worden ist, mit Zuchthaus bis auf 3 Jahre zu bestrafen.**)

Gleichzeitig mit der Organisation der Telegraphenverwaltung waren im Dezember 1854 auch die internen Telegraphentaxen durch einen Bundesbeschluss geregelt worden. Nachdem indessen auf europäischen Konferenzen eine Verständigung über ein zu befolgendes Einheitssystem mit den Nachbarstaaten erfolgt war,

*) Amtl. Samml. V. 1—7, 66—67.
**) Ebenda III. 421, 424—425.

wurde am 22. Januar 1859 jener Beschluss durch die Bundesversammlung einer Revision unterworfen. Die Taxe für eine telegraphische Depesche im Innern der Schweiz beträgt nun bis auf 20 Wörter 1 Fr.; für je 10 Wörter oder Bruchtheile einer solchen Gruppe wird ein Zuschlag von 25 Cent. beigefügt. Ort und Datum werden dabei nicht berechnet. In dieser Taxe ist die unverzügliche Beförderung der Depesche in die Wohnung des Adressaten inbegriffen, soferne diese nicht über eine Viertelstunde vom Telegraphenbureau der Ankunftstation entfernt ist; im entgegengesetzten Falle wird die Depesche entweder ohne weitern Zuschlag durch die Post oder, wenn es vom Aufgeber verlangt wird, durch Extraboten und bei Entfernung über 2 Stunden durch Staffette befördert. Die hiefür zu bezahlende Gebühr beträgt für jede halbe Stunde bei Extraboten 50 Cent., bei Staffetten 1 Fr. Der Bundesrath wurde noch beauftragt, die nöthigen Reglemente zu erlassen über die Benutzung der Telegraphen in der Schweiz, über die Ermässigung der Taxen für abonnirte Depeschen und über die Taxe für Vervielfältigung von Depeschen. Es ist diess geschehen durch Verordnung vom 17. Febr. 1859.*) Seither hat die Bundesversammlung durch Beschluss vom 25. Juli 1862 den Bundesrath eingeladen, diese Verordnung in der Weise abzuändern, dass einerseits der Tagdienst in den grössern Telegraphenbureaux im Sommer von 6 Uhr Morgens bis 10 Uhr Abends, im Winter von 7 Uhr Morgens bis 11 Uhr Abends andauern solle, anderseits die geeigneten Einrichtungen getroffen werden, um die Benutzung der Telegraphen auch zur Nachtzeit ohne unverhältnissmässige Kosten zu ermöglichen.**)

§ 7. Münzwesen.

Vor dem Jahr 1848 befand sich das schweizerische Münzwesen in einem Zustande heilloser Verwirrung, dem weder Tagsatzungsbeschlüsse noch Konkordate abzuhelfen vermocht hatten und welcher von den bedenklichsten nationalökonomischen Folgen begleitet war. Neben den regellos zu- und ablaufenden fremden Münzsorten, welche in den verschiedenen Kantonen sehr verschieden gewerthet waren, kursirte eine Menge schlechter Scheidemünzen, welche die helvetische Republik und sodann, namentlich zur Mediationszeit, die

*) Amtl. Samml. VI. 127—128, 214—226. Bundesbl. 1858 II. 683—687.
**) Amtl. Samml. VII. 320—321.

Kantone aus verkehrter Finanzpolitik in einem, das Bedürfniss weit überschreitenden Masse hatten ausprägen lassen. Die vielen sich widerstreitenden Münzfüsse aber beruhten meistens nur auf ideellen Münzeinheiten und waren grossentheils auf ein sehr kleines Münzgebiet beschränkt. Wahrlich, wer diese Zustände noch aus eigener Erfahrung kennt, der wird nicht anstehen, die Centralisation des Münzwesens als eine der grössten Wohlthaten zu preisen, welche die Bundesverfassung uns gebracht hat! Wie wir in der geschichtlichen Einleitung gesehen haben, wurde dieselbe auch schon in den Bundesentwürfen von 1832 und 1833 angestrebt, welche vielleicht nur zu weit eingehende Bestimmungen darüber enthielten, indem das erste Projekt den französischen Münzfuss einführen, das zweite dagegen den Schweizerfranken von 121 Gran Silber als Münzeinheit festsetzen wollte. Es fanden hierauf in den Jahren 1834 bis 1839 mehrere erfolglose Versuche statt, die brennende Münzfrage auf dem Konkordatswege zu regeln; beachtenswerth ist indessen, dass auf der letzten Konferenz von 1839 wieder 7 Stände (Bern, Luzern, Freiburg, Solothurn, Basel, Waadt und Wallis) sich für den französischen Münzfuss aussprachen, während Genf denselben bereits bei sich eingeführt hatte und die Gesinnung Neuenburgs und Tessins ebenfalls nicht zweifelhaft sein konnte. In der Revisionskommission von 1848 versuchte man zuerst, nach dem Vorgange von 1832 den künftigen Münzfuss bereits in der Bundesverfassung festzusetzen, allein man stiess dabei sofort, weil es sich um eine Auswahl zwischen drei verschiedenen Systemen (dem französischen, dem süddeutschen und dem des Schweizerfrankens) handelte, auf grosse praktische Schwierigkeiten und fand daher für angemessen, bloss den Grundsatz der Centralisation auszusprechen, die Bestimmung des Münzfusses aber der Gesetzgebung zu überlassen. Nur wurde beigefügt, dass die Münzprägung durch die Kantone sofort aufhören und das Recht dazu fortan ausschliesslich den Bundesbehörden zustehen solle.*) An der Tagsatzung fand sich die für die materiellen Fragen niedergesetzte Kommission veranlasst die nicht unwichtige Redaktionsveränderung vorzuschlagen, dass es heissen solle, die Bundesgesetzgebung habe »einen Münzfuss« statt »einen schweizerischen Münzfuss« festzusetzen. Man wollte damit der Gesetzgebung einen freiern Spielraum anweisen und ihr namentlich die Möglichkeit gewähren, für die west-

*) Prot. der Revisionskomm. S. 66–67, 152, 172.

liche Schweiz den französischen, für die östliche den deutschen Münzfuss einzuführen. Der Antrag der Kommission wurde in der ersten Berathung der Tagsatzung angenommen; in der zweiten Berathung aber wurde die Redaktion wieder dahin abgeändert, dass gesagt wurde: »den Münzfuss festzusetzen«. Andere Amendements, welche in der ersten Berathung gestellt wurden, blieben in Minderheit; doch verdient Beachtung, dass die von Tessin vorgeschlagene Einführung des französischen Münzfusses bereits 7 Stimmen, der Antrag Genf's aber, dass das Decimalsystem Grundlage des neuen Münzwesens sein solle, 10 Stimmen erhielt.*)

Der Art. 36 der Bundesverf., wie er aus den Berathungen der Tagsatzung hervorgegangen ist, lautet nun folgendermassen:

»*Dem Bunde steht die Ausübung aller im Münzregale begriffenen Rechte zu.*

»*Die Münzprägung durch die Kantone hört auf und geht einzig vom Bunde aus.*

»*Es ist Sache der Bundesgesetzgebung, den Münzfuss festzusetzen, die vorhandenen Münzsorten zu tarifiren und die nähern Bestimmungen zu treffen, nach welchen die Kantone verpflichtet sind, von den von ihnen geprägten Münzen einschmelzen oder umprägen zu lassen.*«

Sobald die, aus der Bundesverfassung hervorgegangenen Behörden zur Verwirklichung neuer Einrichtungen auf dem materiellen Gebiete schritten, musste der ungeregelte Zustand des Münzwesens als ein Stein des Anstosses im Wege sich zeigen. Bei der Ausarbeitung von Zoll- und Posttarifen bildete die Verschiedenartigkeit der Währungen kein geringes Hinderniss. Die Ungleichheit der in den verschiedenen Theilen der Schweiz kursirenden Münzsorten oder die abweichende Werthung derselben drohte für die eidgenössischen Kassen zu einem gefährlichen Element der Verwirrung sich zu gestalten, sowie dadurch auch der Grundsatz der Gleichförmigkeit der Besteuerung verletzt wurde. Schon am 30. Juni 1849 lud daher die Bundesversammlung den Bundesrath ein, ihr bis zu ihrem nächsten Zusammentritte geeignete Anträge über die Einführung eines allgemeinen schweizerischen Münzfusses zu hinterbringen. Der Bundesrath war so glücklich eine ausgezeichnete Wahl zu treffen, indem er als Experten, dem die Vorbegutachtung der ganzen Angelegenheit übertragen wurde, den Bankdirektor Speiser aus Basel berief.

*) Abschied S. 171, 237—238, 265.

Der auf gründlichen Studien beruhende, klar und überzeugend geschriebene Bericht dieses tüchtigen Fachmannes ging von dem Standpunkte aus, dass der Zweck der Münzreform kein anderer sein könne als Einheit des Münzsystemes für die ganze Schweiz und dass bei der Wahl des für die Schweiz passendsten und empfehlenswerthesten Münzsystemes nicht augenblickliche Conjunkturen, sondern eine Vergleichung der vorgeschlagenen Systeme nach ihrem innern Werthe den Ausschlag geben müsse. Nachdem schon in frühern Jahrzehnden die Unausführbarkeit eines Projektes, welches den französischen und den süddeutschen Münzfuss mit einander vermitteln sollte, dargethan worden, beschränkte sich der Streit eigentlich auf die Frage, welchen der beiden genannten Münzfusse die Schweiz zu dem ihrigen machen solle. Seit dem Jahre 1832, wo man die Einführung des französischen Münzsystems bereits in das damalige Bundesprojekt aufgenommen hatte, war nun allerdings die Sachlage insoferne eine andere geworden als in Folge der deutschen Münzreform von 1838 die Münzzustände der östlichen Schweiz sich wesentlich gebessert hatten und letztere daher nun entschiedner als früher am süddeutschen Guldenfusse festhielt. Nichtsdestoweniger sprach sich der Expertenbericht entschieden für das französische Münzsystem aus, namentlich wegen des sehr ausgebreiteten Gebietes, in welchem dasselbe Verbreitung gefunden habe, wegen des überwiegenden Verkehres, in dem die Schweiz mit Frankreich und Piemont stehe, und wegen der grössern Gewähr des Bestandes, welche der französische gegenüber dem deutschen Münzfusse biete. Uebergehend zu der Frage, ob es zweckmässig wäre, zur Verminderung der Schwierigkeiten des Ueberganges den hergebrachten Schweizerfranken als Münzeinheit beizubehalten und ihn dem französischen Münzfusse anzupassen, fand der Bericht die Besorgniss nahe liegend, es möchte mit der Beibehaltung des Batzens auch der damalige Abusivkurs des süddeutschen Guldens nicht zu entwurzeln sein, und wenn das Letztere nicht gelänge, so müssten alle übrigen Massnahmen und Opfer vergeblich heissen. Dieser Gefahr vorzubeugen, gebe es kein anderes Mittel als das vollständige Aufgeben der alten Formen, unter deren Schutz das Uebel eingedrungen sei und seinen Keim in die neuen Einrichtungen übertragen würde. Der Experte sprach sich daher für unbedingte Einführung des französischen Münzsystems aus, jedoch mit Weglassung der Goldmünzen aus dem Verzeichnisse der schweizerischen Münzsorten, weil es bedenklich schien, zwei verschiedene Münzeinheiten und gleichsam einen doppelten Werthmesser aufzustellen, wie das französische Münzgesetz vom Jahr 1803 es gethan hatte. Zugleich legte Hr. Speiser zwei Gesetzentwürfe vor, von denen der eine die Grundsätze, auf denen in Zukunft das schweizerische Münzwesen beruhen sollte, feststellte, der andere die Ausführung der Münzreform regelte. Letztere sollte für Rechnung und auf Kosten der Eidgenossenschaft geschehen, jedoch in der Weise, dass der sich ergebende Verlust auf den einzuschmelzenden Kantonalmünzen den Kantonen, und zwar jedem für die unter seinem Stempel geprägten Münzen, zur Last fallen sollte.*) Der Bundesrath und nach längern Debatten auch die Bundesversammlung genehmigten, ungeachtet lebhaften Widerspruches von Seite der östlichen Kantone, die Anträge des Experten und das seit Einführung des neuen Münzsystemes verflossene Jahrzehend, während dessen sich die ganze Schweiz immer vollständiger mit demselben befreundete, hat auf unwiderlegliche Weise gezeigt, dass die Bundesbehörden den richtigen Weg eingeschlagen haben, um aus den frühern Münzwirren herauszukommen. Das Bundesgesetz über das Münzwesen vom 7. Mai 1850 stellte im Wesentlichen folgende Grundsätze auf:

1) Die schweizerische Münzeinheit, Franken genannt, besteht aus 5 Grammen Silber, $^{9}/_{10}$ fein.

2) Der Franken theilt sich in 100 Rappen (Centimes).

3) Die schweizerischen Münzsorten sind: a. in Silber: das Fünf-, Zwei-, Ein- und Halbfrankenstück; b. in Billon: das Zwanzig-, Zehn- und Fünfrappenstück; c. in Kupfer: das Zwei- und Einrappenstück.

4) Das Zwanzigrappenstück enthält $^{15}/_{100}$, das Zehnrappenstück $^{10}/_{100}$, das Fünfrappenstück $^{5}/_{100}$ fein Silber. Der Zusatz der Billonsorten soll in Kupfer, Zink und Nickel bestehen.

5) Der Durchmesser der Silbersorten soll mit demjenigen der entsprechenden französischen Sorten übereinstimmen.

6) Niemand ist gehalten, andere Münzsorten anzunehmen, mit Ausnahme solcher Silbersorten, die in genauer Uebereinstimmung mit dem durch dieses Gesetz aufgestellten Münzsystem geprägt und vom Bundesrathe als diesen Bedingungen ent-

*) Bundesbl. 1849 III. No. 54—57.

sprechende Zahlungsmittel anerkannt sind. — Der Bundesrath hat in Folge dieser Bestimmung durch Beschluss vom 16. Januar 1852, modificirt am 17. Mai gl. J., die Fünf-, Zwei-, Ein- und Halbfrankenstücke, sowie die Zwanzig-Centimesstücke von Frankreich, Belgien, Sardinien, Parma, der ehemaligen cisalpinischen Republik und des Königreichs Italien als gesetzliche Münzsorten erklärt.

7) Mit Bezug auf die vor Inkrafttretung des Gesetzes abgeschlossenen Geldverträge sollen die Kantone unter Genehmigung des Bundesrathes den Reduktionsfuss feststellen für die Umwandlung, theils der in jenen Verträgen enthaltenen Währungen, theils der in denselben ausschliesslich einbedungenen, in Folge dieses Gesetzes eingeschmolzenen Münzsorten.

8) Verträge, die nach Inkrafttretung dieses Gesetzes in bestimmten fremden Münzsorten oder Währungen abgeschlossen werden, sind ihrem Wortlaute nach zu halten. Jedoch dürfen Lohnverträge nur auf den gesetzlichen Münzfuss abgeschlossen und Löhnungen nur in gesetzlichen Münzsorten bezahlt werden.

9) Den öffentlichen Kassen der Eidgenossenschaft ist es untersagt, andere als gesetzliche Münzsorten anzunehmen. Nur in ausserordentlichen Zeiten, wenn der dem französischen Münzfuss entsprechende Wechselkurs ½ % und mehr über dem Silberpari steht, soll der Bundesrath für die in anderer als der gesetzlichen Währung geprägten Münzsorten einen ihrem Gehalte entsprechenden Tarif aufstellen, wonach sie bei den öffentlichen Kassen der Eidgenossenschaft anzunehmen sind.

10) Niemand ist gehalten, mehr als 20 Franken an Werth in Silbersorten unter dem Einfrankenstück, mehr als 20 Fr. an Werth in Billon- und mehr als 2 Fr. an Werth in Kupfermünzen als Zahlung anzunehmen.

11) Der Bundesrath bezeichnet die Kassen, denen die Verpflichtung obliegt, die schweizerischen Billon- und Kupfermünzen einzulösen, jedoch nicht in Beträgen unter 50 Fr. — Kraft einer Verordnung vom 20. Februar 1852 ist diese Funktion den Hauptzoll- und Kreispostdirektionskassen übertragen.

12) Die Bundesversammlung setzt jeweilen die Summen und die Sorten der stattzufindenden Ausprägungen fest. — Bis jetzt ist diess durch das Ausführungsgesetz vom 7. Mai 1850 und durch spä-

tere Beschlüsse vom 7. August und 23. Decbr. 1851, 20. Januar 1853, 28. Januar 1854, 28. Januar und 26. Juli 1856 und 2. Februar 1860 in der Weise geschehen, dass im Ganzen für folgende Beträge von den verschiedenen schweizerischen Münzsorten Prägungen angeordnet worden sind:

500,000	Fünffrankenstücke	= Fr.	2,500,000.
4,500,000	Zweifrankenstücke	= »	9,000,000.
7,550,000	Einfrankenstücke	= »	7,550,000.
4,000,000	Halbfrankenstücke	= »	2,000,000.
12,500,000	Zwanzigrappenstücke	= »	2,500,000.
12,500,000	Zehnrappenstücke	= »	1,250,000.
20,000,000	Fünfrappenstücke	= »	1,000,000.
11,000,000	Zweirappenstücke	= »	220,000.
11,500,000	Einrappenstücke	= »	115,000.
		Fr.	26,135,000.*)

Nachdem die ersten Münzprägungen im Auslande (in Paris und Strassburg) erfolgt waren, beschloss die Bundesversammlung am 28. Januar 1854 die Errichtung einer eidgenössischen Münzstätte. Die Regierung des Kantons Bern überliess zu diesem Behufe, gemäss der im November 1848 übernommenen Verpflichtung, der Eidgenossenschaft ihr Münzgebäude zur freien und unentgeldlichen Benutzung. Der Bundesrath stellte die neue Münzstätte unter die Leitung eines Münzdirektors, welchem ein Münzverifikator und ein Gehülfe beigegeben wurden.**)

Die Frage, ob nicht, im vollständigen Anschlusse an das französische Münzsystem, auch den Goldmünzen in der Schweiz ein gesetzlicher Kurs zu geben sei, beschäftigte die Bundesversammlung wiederholt schon in den Jahren 1854 und 1856; doch wurde damals noch strenge an der Silberwährung festgehalten.***) Indessen machte sich der zunehmende Mangel an Silbermünzen auch in der Schweiz immer mehr fühlbar, während die französischen Goldmünzen in immer grösserer Anzahl zuströmten. Staats- und Privatbanken sahen sich genöthigt, öffentlich bekannt zu machen, dass sie das französische Gold zum Nennwerthe an Zahlungsstatt nehmen und

*) Amtl. Samml. I. 305—315. II. 386—388. III. 38—39, 66—68, 72—73, 127—128, 339—340. IV. 22—23. V. 231—232, 389. VI. 445—446.

**) Amtl. Samml. IV. 19—21. V. 29—32, 43—45. VI. 75—76.

***) Vgl. d. Beschlüsse in der Amtl. Samml. IV. 56—57. V. 13—14, 357—358.

geben werden, und auch die Bundes- und Kantonalkassen vermochten dem Drange der Umstände nicht länger zu widerstehen. So wurde die Goldwährung zur Thatsache und die Silberwährung stand nur noch auf dem Papier; doch trat zuweilen der Fall ein, dass Schuldner, von denen Zahlung in gesetzlichen Geldsorten verlangt wurde, letztere nur mit Aufgeld sich verschaffen konnten. Der Bundesrath überzeugte sich von der Unmöglichkeit, an dem Bundesgesetze von 1850 festzuhalten, weil die Ursachen, welche die veränderte Sachlage herbeigeführt hatten, von allgemeiner Natur waren: das Silber wurde massenhaft nach Asien, insbesondere nach Indien und China, ausgeführt, weil es dort verhältnissmässig höhern Werth hatte als in Europa; dagegen fand eine bedeutende Geldproduktion in Californien und Australien statt und veranlasste sehr umfangreiche Goldprägungen namentlich in Frankreich. Daher schlug der Bundesrath vor, das Gesetz den Umständen anzupassen, was ohne Aufgeben des Systemes geschehen konnte; er beantragte die einfache Zulassung der nach dem französischen Systeme geprägten Goldmünzen in ihrem Nennwerthe als gesetzliches Zahlungsmittel. Ferner wollte der Bundesrath, um die Lücke auszufüllen, welche durch das Wegströmen der kleinern Silbermünzen aus der Schweiz entstanden war, Halbfrankenstücke in Billon zum Feingehalte von $^{50}/_{100}$ prägen lassen. Die nationalräthliche Kommission, welche den Gegenstand zuerst zu begutachten hatte, erklärte sich mit dem ersten Antrage des Bundesrathes, die Gesetzlicherklärung der Goldmünzen betreffend, vollkommen einverstanden, fasste jedoch die Frage, um die es sich handelte, in dem Sinne auf, dass die Schweiz durch die Verhältnisse gezwungen sei, auf den Silberfranken als Standard Verzicht zu leisten und den Goldfranken, beziehungsweise den Napoleond'or als Basis ihres Münzsystemes hinzustellen. Von diesem Standpunkte ausgehend und zugleich dem Bedürfnisse einer bedeutenden Vermehrung der Silberscheidemünzen Rechnung tragend, schlug die Kommission unbedenklich vor, Zwei-, Ein- und Halbfrankenstücke von $^{8}/_{10}$ (statt der bisherigen $^{9}/_{10}$) Feingehalt auszuprägen, dagegen das vom Bundesrathe empfohlene Billon-Halbfrankstück fallen zu lassen.*) Gestützt auf diesen Bericht, beschloss die Bundesversammlung unterm 31. Januar 1860 folgende theilweise Abänderung des Bundesgesetzes über das Münzwesen:

*) Bundesbl. 1860 I. 33—110, 121—135.

1) Die französischen Goldmünzen, welche im Verhältniss von 1 Pfund fein Gold zu $15^1/_2$ Pfund fein Silber ausgeprägt sind, werden für so lange, als sie in Frankreich zu ihrem Nennwerthe gesetzlichen Kurs haben, ebenfalls zu ihrem Nennwerthe als gesetzliches Zahlungsmittel anerkannt. Diese Bestimmung gilt auch für die von andern Staaten in vollkommener Uebereinstimmung mit den entsprechenden französischen Münzsorten ausgeprägten Goldmünzen.

Der Bundesrath wird nach vorheriger Untersuchung bestimmen, welche ausländische Goldmünzen vorstehenden Bedingungen entsprechen und als gesetzliche Zahlungsmittel anzuerkennen sind. — Durch Beschlüsse des Bundesrathes vom 2. März und 11. Mai 1860 sind anerkannt: a. von Frankreich die Hundert-, Fünfzig- und Vierzigfrankenstücke, die Zwanzigfrankenstücke mit Ausnahme derjenigen von Ludwig XVIII. aus den Jahren 1814 und 1815, welche nicht das Zeichen des Graveurs tragen, die Zehn- und Fünffrankenstücke mit Ausnahme der Jahreszahl 1854; b. von Sardinien die Hundert-, Achtzig-, Fünfzig-, Vierzig-, Zwanzig- und Zehnfrankenstücke.

2) Die Zwei-, Ein- und Halbfrankenstücke werden fortan als blosse Silberscheidemünzen ausgeprägt; sie erhalten wie die bisherigen Stücke so viel Mal das Gewicht von 5 Grammen als ihr Nennwerth es ausspricht; dagegen sollen sie nur $^8/_{10}$ feines Silber enthalten.

3) Niemand ist gehalten, mehr als 20 Franken an Werth in Silberscheidemünze anzunehmen.

4) Der Bundesrath wird entscheiden, ob und welche fremde Silbertheilmünzen im Verkehre zugelassen seien.

5) Die nach dem Gesetze vom 7. Mai 1850 ausgeprägten schweizerischen Silbermünzen von Zwei-, Ein- und Halbfranken sind aus dem Verkehr zurückzuziehen.

6) Die gemäss dem gegenwärtigen Gesetze ausgeprägten schweizerischen Silberscheidemünzen können bei den hierfür bezeichneten Kassen gegen gesetzliche grobe Münzsorten ausgewechselt werden.

7) Aus den bei den neuen Münzprägungen sich ergebenden Einnahme-Ueberschüssen ist ein Rerservefond zu bilden, aus dem je nach Erforderniss die Kosten ganz oder theilweise gedeckt werden sollen, welche die Einlösung abgenutzter Scheidemünzen zur Folge haben wird.*)

*) Amtl. Samml. VI. 442—444, 461—462, 479—480.

§ 8. Mass und Gewicht.

Die Bedürfnisse des Verkehres erheischen, wie im Münzwesen, so auch beim Mass und Gewicht, dass sich ein einheitliches System über ein grösseres Gebiet erstrecke. Die buntscheckige Mannigfaltigkeit, welche auch in dieser Angelegenheit früher in der Schweiz herrschte, indem beinahe jeder, noch so kleine Kanton seine eigene Mass- und Gewichtsordnung hatte, konnte nicht anders als hemmend und störend auf den kleinern und grössern Handelsverkehr einwirken. Daher wurde schon in den Bundesentwurf von 1833 (Art. 22) folgende Bestimmung aufgenommen: »Dem Bunde steht das Recht zu, für den Umfang der Eidgenossenschaft gleiches Mass und Gewicht einzuführen. Die schweizerischen Masse und Gewichte sollen nach dem Decimalsystem angeordnet und ihre Grösse so bestimmt werden, dass sie mit den durch andere Staaten eingeführten Decimalsystemen in möglichst einfachem Verhältnisse stehen. Ein Bundesgesetz wird bestimmen, in welcher Zeit die neuen schweizerischen Masse und Gewichte jeder Art im Innern der Kantone eingeführt werden sollen.«

Trat auch jener Bundesentwurf im Allgemeinen niemals ins Leben, so war doch die angeführte Bestimmung desselben nicht ohne baldige praktische Wirkung, indem sie Veranlassung gab zu dem Konkordate vom 17. August 1835, welchem die zwölf Stände Zürich, Bern, Luzern, Glarus, Zug, Freiburg, Solothurn, Basel, Schaffhausen, St. Gallen, Aargau und Thurgau beitraten und dessen Bestimmungen von der Tagsatzung unterm 26. Juli 1836 auch für die eidgenössischen Verhältnisse als verbindlich angenommen wurden. Folgende allgemeine Grundsätze wurden dem Konkordate vorangestellt: »1) Die Masseinheiten der in der Schweiz einzuführenden Masse und Gewichte werden von den gleichartigen Einheiten des französischen metrischen Systemes dergestalt abgeleitet, dass sie einerseits dem Bedürfnisse des täglichen Verkehres Genüge leisten, andererseits zu den metrischen Massgrössen in möglichst einfachem Verhältnisse stehen. Durch diese Verbindung mit dem metrischen Systeme wird der wissenschaftliche Zusammenhang der verschiedenen Massarten mit einander gesichert und ihre genaue Anfertigung, Prüfung und Wiederauffindung möglich gemacht. 2) Die Decimaleintheilung in auf- und absteigender Ordnung wird für alle Masse als Regel aufgestellt, mit Vorbehalt der für den täglichen Verkehr erforderlichen Ausnahmen. 3) Die landesüblichen Benennungen sind so viel immer möglich beizubehalten. 4) Die Zahl der Masse soll auf das Unentbehrliche beschränkt und keine unnütze Vervielfältigung nahe gleicher Masse geduldet werden.« Nach diesen Grundsätzen wurden die schweizerischen Masse in der Weise geordnet, dass der Schweizerfuss, auf welchem alle Längen-, Flächen- und kubischen Masse beruhen, genau drei Zehntheilen des französischen Meters, das Viertel, die Einheit der Hohlmasse für trockene Gegenstände, 15 französischen Litern, die Mass, als Einheit der Hohlmasse für Flüssigkeiten, $1^1/_2$ Litern und das Pfund, welches die Einheit für alle Abwägungen bildet, der Hälfte des französischen Kilogrammes gleichkommen sollte. Die für diese vier Einheiten gefertigten Urmasse, welche im eidgenössischen Archive aufbewahrt werden, wurden von einer im Februar 1836 gehaltenen Konferenz anerkannt und jeder Kanton erhielt ein Exemplar einer genauen Nachbildung derselben als »Mustermass«.*)

Die Revisionskommission von 1848 stellte in ihrem Entwurfe einfach den Grundsatz auf: »Der Bund ist berechtigt, für die ganze Eidgenossenschaft gleiches Mass und Gewicht einzuführen.« In den Instruktionsbehörden der dem Konkordate beigetretenen Kantone machte sich indessen die Ansicht geltend, dass es nicht dem Gutdünken der neuen Bundesbehörden überlassen bleiben dürfe, ob sie das System des Konkordates, welches mit bedeutenden Kosten in einem überwiegenden Theile der Schweiz eingeführt worden war und sich im Allgemeinen als gut bewährt hatte, oder ein ganz anderes System als verbindlich für alle Kantone vorschreiben wollen. Es wurde daher auf den Antrag Freiburg's mit 14 Stimmen beschlossen, die einzuführende allgemein-schweizerische Mass- und Gewichtsordnung solle auf den Grundlagen des Konkordates vom 17. August 1835 beruhen; ebenso auf den Antrag Aargau's, dass der Bund zur Einführung gleichen Masses und Gewichtes nicht bloss berechtigt, sondern verpflichtet sein solle.**) Der Art. 37 der Bundesverfassung lautet nunmehr folgendermassen:

»Der Bund wird auf die Grundlagen des bestehenden eidgen. Konkordates für die ganze Eidgenossenschaft gleiches Mass und Gewicht einführen.«

*) Snell schweiz. Staatsrecht I. 316–335. **) Abschied S. 239, 265.

Diese Bundesvorschrift erhielt ihre Ausführung und Vollziehung durch das Bundesgesetz vom 23. December 1851, welches folgende Bestimmungen enthält:

1) Auf die Grundlage des Konkordates vom 17. August 1835 wird für die ganze Eidgenossenschaft gleiches Mass und Gewicht eingeführt.

2) Als Längenmasse werden festgesetzt:

a. Der Fuss = $^3/_{10}$ des französischen Meters. Er wird abgetheilt in 10 Zoll, der Zoll in 10 Linien, die Linie in 10 Striche.

b. Der Stab, bestehend aus 4 Fuss, und der halbe Stab, bestehend aus 2 Fuss.

c. Das Klafter, bestehend aus 6 Fuss.

d. Die Ruthe, bestehend aus 10 Fuss.

e. Die Wegstunde, bestehend aus 16,000 Fuss.

3) Die Flächenmasse sind:

a. Der Quadratfuss von 100 Quadratzoll.

b. Das Quadratklafter von 36 Quadratfuss.

c. Die Quadratruthe von 100 Quadratfuss, als Feldmass.

d. Die Juchart von 40,000 Quadratfuss oder 400 Quadratruthen, als grösseres Feldmass.

e. Die Quadratstunde von 6400 Jucharten, als geographisches Flächenmass.

4) Kubische Masse sind:

I. Wirklich kubische Massgrössen.

a. Der Kubikfuss von 1000 Kubikzoll.

b. Das Kubikklafter von 216 Kubikfuss.

c. Die Kubikruthe von 1000 Kubikfuss.

d. Das Holzklafter, welches auf der Vorder- und Hinterfläche 36 Quadratfuss halten soll. Die Festsetzung der Tiefe bleibt den Kantonen überlassen, jedoch ist die Scheiterlänge im eidgenössischen Masse auszudrücken.

II. Hohlmasse.

A. Für trockene Gegenstände:

a. Das Mass (Viertel, Sester) = 15 französische Liter. Es fasst genau 30 Pfund destillirten Wassers bei $3^1/_2$ Grad Réaumur, oder $^{10}/_{18}$ des Kubikfusses.

b. Das Immi, welches $^1/_{10}$ des Masses bildet. — Für den Verkehr kann das Mass in den vierten Theil (Vierling) und in den sechszehnten Theil (Mässlein) eingetheilt werden.

c. Das Malter, welches das Zehnfache des Masses enthält.

B. Für Flüssigkeiten.

a. Die Mass = $1^1/_2$ französischen Litern. Sie fasst genau 3 Pfund destillirten Wassers bei $3^1/_2$ Grad Réaumur oder $^1/_{18}$ des Kubikfusses.

b. Die Mass wird für den Verkehr nach fortgesetzten Halbirungen in Halbmass, Schoppen und Halbschoppen eingetheilt.

c. Der Saum enthält 100 Mass.

d. Der Eimer enthält 25 Mass.

5) Die Gewichte sind:

a. Das Pfund = $^1/_2$ französ. Kilogramm oder = $^1/_{54}$ Kubikfuss destillirten Wassers im Zustande grösster Dichtigkeit.

b. Für den täglichen Verkehr besteht das Pfund aus 32 Loth oder 16 Unzen. Es kann auch eingetheilt werden in 500 Gramme, welche den französischen gleichkommen.

c. Der Centner enthält 100 Pfund.

Das Apothekergewicht kann, wo es in Uebung ist, im Gebrauche bleiben, jedoch ausschliesslich zur Verschreibung ärztlicher Recepte. Das Apothekerpfund ist gleich 12 Unzen oder 375 Grammes. Die Unze ist abgetheilt in 8 Drachmen u. s. w.

6) Die Oberaufsicht über Ausführung und Handhabung der Mass- und Gewichtsordnung steht dem Bundesrathe zu.

7) Jede Kantonsregierung hat dafür zu sorgen, dass unter der Aufsicht von Kunstverständigen für die verschiedenen Gebietstheile des Kantons Probemasse und Probegewichte, welche mit den eidgenössischen Urmassen genau übereinstimmen, gefertigt und sorgfältig aufbewahrt werden. Diese mit dem eidgenössischen Kreuze bezeichneten Probemasse dienen zur Abgleichung (Eichung) der zum Verkehre bestimmten Masse und Gewichte und sollen zu diesem Behufe dem Publikum stets zugänglich sein.

8) Jede Kantonsregierung hat ferner dafür zu sorgen, dass im Verkehre keine andern als von Eichmeistern nach dieser Mass- und Gewichtsordnung geprüfte und mit derselben übereinstimmende Masse und Gewichte, die das amtliche Zeichen tragen, gebraucht werden.

9) Alle abzuschliessenden Verträge über Gegenstände, die nach Mass und Gewicht angegeben sind, dürfen nicht anders als nach der gegenwärtigen Mass- und Gewichtsordnung errichtet werden. Bei solchen Verträgen, in welchen das Mass und Gewicht gar nicht oder nicht deutlich bezeichnet wurde, ist anzunehmen, es sei das gesetzliche verstanden. Bei Verträgen aber, in denen aus besondern Gründen ein anderes Mass oder Gewicht festgesetzt worden ist, soll die Umwandlung in gesetzliches Mass und Gewicht ausdrücklich beigefügt werden.

10) Wer im Verkehre ungeeichtes oder unbezeichnetes Mass und Gewicht gebraucht, verfällt, wenn der Fall nicht durch wissentliche Täuschung als Betrug erscheint, in eine Busse von 2 bis 20 Franken.

11) Der Gebrauch geeichter oder bezeichneter, aber unrichtiger Masse und Gewichte ist, insoferne die Uebertretung nicht ein schwerer zu bestrafendes Verbrechen enthält, mit einer Busse von 2 bis 40 Franken zu belegen. Rückfall wird als wesentlicher Erschwerungsgrund behandelt. Kann bewiesen werden, dass die Unrichtigkeit einzig der Schuld des Eichmeisters beizumessen ist, so ist nur der letztere zu bestrafen.

Ueberdiess sollen die fehlerhaften Masse, Gewichte oder Waagen, wo solche angetroffen werden, auf Kosten des Eigenthümers berichtigt oder, wenn dieses nicht geschehen kann, vernichtet werden.

12) Von allen wirklich bezogenen Bussen kommt ein Dritttheil dem Anzeiger zu; die übrigen zwei Dritttheile fallen an denjenigen Kanton, in dessen Gebiete die Uebertretung stattgefunden hat.

13) Die durch gegenwärtiges Gesetz aufgestellte Mass- und Gewichtsordnung soll spätestens bis zum 31. December 1856 in sämmtlichen Kantonen eingeführt sein.*)

Mit dieser Lösung der Frage war die Mehrheit der Kantone, in welcher sich das System des Konkordates bereits eingelebt hatte, natürlich zufrieden und auch die übrigen deutschen Kantone nahmen gerne die Mass- und Gewichtsordnung der Konkordatsstände an, mit denen sie in den wichtigsten Verkehrsbeziehungen stehen. Dagegen stiess dieses System auf lebhaften Widerstand in der romanischen Schweiz, welche es lieber gesehen hätte, wenn das reine französische System eingeführt worden wäre, theils weil es unstreitig den innern Vorzug grösserer Konsequenz besitzt, theils weil

*) Amtl. Samml. III. 84—91, vergl. V. 345—346.

es über einen grössern Länderkreis Verbreitung gefunden hat. Die grundsätzliche Frage war indessen bereits durch die Bundesverfassung entschieden und daher musste sich die Opposition darauf beschränken, auf Hinausschiebung des Einführungstermines zu dringen. Im Jahr 1856 gelangten daher die Kantone Tessin, Waadt, Neuenburg und Genf an die Bundesversammlung mit dem Begehren, dass die Einführung des eidgen. Mass- und Gewichtssystems auf unbestimmte Zeit verschoben werden möchte. Die Bundesversammlung sah sich indessen nicht veranlasst diesem Gesuche zu entsprechen, weil sie darin nur das Bestreben der genannten Kantone erblicken konnte, sich der Durchführung einer einheitlichen Mass- und Gewichtsordnung auf Grundlage des Konkordates, wie die Bundesverfassung sie vorgeschrieben hatte, zu entziehen und weil sie fand, es habe das Bundesgesetz selbst, indem es fünf volle Jahre Frist gab, den Wünschen der romanischen Schweiz bereits hinlänglich Rechnung getragen.*)

In neuester Zeit hat sich das Bedürfniss herausgestellt, die Ur-, Muster- und Probemasse, auf welchen die ganze eidgen. Mass- und Gewichtsordnung beruht, einer durchgreifenden Revision zu unterstellen. Die schweizerischen Urmasse sind im Jahr 1835 nach zwei französischen Muttermassen, einem Meter und einem Kilogramm, angefertigt worden, welche Professor Tralles, der Abgeordnete der helvetischen Regierung, bereits im Jahr 1798 von Paris gebracht hatte. Gegenwärtig zeigen sich, in Folge mehrmaliger Transportirung und nicht hinlänglich geschützter Verwahrung, beträchtliche Differenzen zwischen den Ur- und den Muttermassen. Der Bundesrath hat daher beschlossen, es solle, nach vorgenommener offizieller Vergleichung mit den in Paris aufbewahrten Grundmassen Frankreichs, eine vollständige Erneuerung der schweizerischen Urmasse stattfinden. Sodann soll in dem, für die eidgen. Münzstätte benutzten Gebäude auch eine eidgen. Eichstätte errichtet werden, welche von den anerkannten Urmassen erste und, zu deren möglichster Schonung, auch noch zweite Kopien abnehmen, hierauf die in den Kantonen aufbewahrten Mustermasse, welche ebenfalls erhebliche Abweichungen zeigen sollen, verificiren und nöthigenfalls erneuern, endlich die den sämmtlichen Eichmeistern zukommenden Probemasse prüfen und beaufsichtigen soll.**)

*) Bundesbl. 1856 II. 301–308, 317–319. Amtl. Samml. V. 347–348.
**) Bundesbl. 1862 III. 397–412.

§ 9. Oeffentliche Werke. A. Eisenbahnen.

In der Revisionskommission von 1848 wurde, als die Aufsicht des Bundes über die Strassen in Berathung fiel, Folgendes bemerkt: Gewisse Strassenzüge können entweder für die gesammte Eidgenossenschaft oder doch für mehrere Kantone von der grössten Bedeutung sein; es unterbleibe aber ihre Erstellung, weil ein gehöriges Zusammenwirken der einzelnen Kantone fehle; daher erheische es die höhere Rücksicht auf das Ganze, dass von Seite des Bundes hier vermittelnd eingeschritten werde. Auch gebe es noch andere Werke dieser Art, welche, dem allgemeinen Besten dienend, nur dann zur Ausführung gelangen, wenn dieselben durch den Bund selbst dekretirt und unter dessen Aufsicht zu Stande gebracht werden. In dieser Beziehung könne auf das Linthunternehmen hingewiesen werden, dessen wohlthätige Resultate die Bevölkerung der betheiligten Kantone vielleicht noch jetzt entbehren müsste, wenn nicht zur Zeit der Vermittlungsakte die Bundesgewalt dieses Unternehmen angeordnet und unter ihre Leitung genommen hätte. Aus diesen Gründen wurde beantragt, als Grundsatz aufzunehmen, dass öffentliche Werke, welche für das Ganze der Eidgenossenschaft oder für wesentliche Theile derselben von Interesse sind, von Bundeswegen dekretirt werden dürfen, und als Gegensatz Verhinderung aller Werke, welche die Kantone zum militärischen Nachtheile der Eidgenossenschaft unternehmen würden. Die Kommission stimmte in ihrer Mehrheit diesen Anträgen bei und fasste schon in der ersten Berathung folgende Beschlüsse: 1) Die Kantone dürfen ohne Genehmigung von Seite des Bundes keine öffentlichen Werke, bei denen das Interesse der Eidgenossenschaft betheiligt erscheint, zur Ausführung bringen. 2) Die Eidgenossenschaft kann, wenn es in ihrem Gesammtinteresse oder im Interesse eines grössern Theiles liegt, öffentliche Werke ausführen. 3) In diesem Falle steht der Eidgenossenschaft das Expropriationsrecht zu. In der zweiten Berathung wurde noch beschlossen, der Bund solle auch seine Bereitwilligkeit ausdrücken, öffentliche Werke von allgemeinerm Interesse durch Beiträge aus seiner Kasse zu unterstützen. In der dritten Berathung endlich wurde festgesetzt, es sei die Untersagung öffentlicher Werke auf solche zu beschränken, welche die militärischen Interessen der Eidgenossenschaft verletzen.*)

*) Prot. der Revisionskomm. S. 55—56, 58—59, 152, 164—165, 196.

An der Tagsatzung erhoben sich gegen den ganzen Artikel des Kommissionalentwurfes lebhafte Bedenken, welche namentlich von den Gesandtschaften der Stände Zürich und Appenzell geäussert wurden, und wir müssen hier die ganze interessante Berathung um so eher etwas ausführlich wiedergeben als die guten und die bedenklichen Seiten, welche der Artikel darbietet, damals bereits sehr klar und richtig hervorgehoben worden sind. Die Opposition machte namentlich Folgendes geltend: »Ohne Zweifel seien unter dem Ausdruck öffentliche Werke nicht solche Anstalten gemeint, welche man, wie etwa höhere Schulen, beliebig versetzen könne, sondern solche Anstalten, welche einen mehr lokalen Charakter haben und gewisse Schwierigkeiten und Hindernisse der Natur beseitigen sollen, wie: Anlegung von Kanälen, Austrocknung von Sümpfen, Bau von Eisenbahnen. Wenn man aber die topographische Lage der Schweiz in Erwägung ziehe, so sei nicht einzusehen, welche Werke einen allgemeinen Nutzen haben, sondern man könne sich nur solche vorstellen, die einzelnen Lokalitäten von kleinerem oder grösserm Umfange, mithin nur einigen wenigen Kantonen zu gut kommen. Es sei um so bedenklicher auf den Vorschlag einzutreten, weil jedes leitende Princip fehle; weil nicht angegeben werde, ob die Grösse des Landes, welche das Werk in Anspruch nimmt, oder die Zahl der Kantone oder endlich die Stärke der Bevölkerung als Massstab dienen solle, um darnach zu ermessen, ob das betreffende Werk in die Kategorie derjenigen gehöre, welchen die Bundesversammlung müsse Unterstützung angedeihen lassen. Jedenfalls gehe man auch zu weit, wenn man der Bundesversammlung das Recht einräume, die Errichtung öffentlicher Werke zu untersagen, welche die militärischen Interessen der Eidgenossenschaft verletzen. Wir leben nicht mehr in den Zeiten, in welchen das Streben des Staates hauptsächlich darauf gerichtet war, sich überall gegen die Nachbarn so genau als immer möglich abzusperren. Wie man in den Städten die Thore beseitigt, Mauern und Wälle abgethan, die ehemals schützenden Laufgraben nivellirt habe, um die Verbindung mit dem Lande unmittelbar herzustellen, so trachte man auch den Verkehr mit den Nachbarstaaten durch Eisenbahnen oder kunstreiche Bergstrassen so viel als möglich zu erleichtern. Streng genommen wäre die Anlegung der Simplonstrasse oder die Erbauung von Brücken an den Gränzflüssen im Widerspruche mit den militärischen Interessen und es könnten daher solche öffentliche Werke nach dem Artikel von Bundeswegen verboten werden. Allein es werden dermalen nicht mehr jene ängstlichen Rücksichten, sondern im Gegentheil die Interessen des Friedens als Massstab angelegt, weil der Krieg nur noch als Ausnahme von der Regel zu betrachten sei und die Menschheit in der Förderung friedlicher Bestrebungen mehr und mehr ihre Aufgabe erblicke. Gegen die Ausnahme müsse man sich nach andern Mitteln umschauen; es müssten jene Anstalten entweder künstlich oder durch eine wahrhafte Vertheidigung gesichert oder auch theilweise für den Moment zerstört werden. Um eines so vereinzelten Zweckes willen dürften aber öffentliche Werke nicht Gefahr laufen untersagt zu werden, während sie für einzelne Kantone auf lange Zeit von dem grössten Segen sein könnten.«

Zur Unterstützung des Artikels wurde dagegen angeführt: »Unter den Zwecken des Bundes erscheine auch die Bestimmung, dass derselbe die gemeinsame Wohlfahrt der einzelnen Glieder befördern solle. Dieser Zweck sei zu erreichen durch den Vorschub, welchen man den materiellen und den intellektuellen Interessen leiste. Zu den materiellen Unternehmungen, bei denen der Bund sich betheiligen müsse, gehören solche öffentliche Werke, welche die Kräfte der Kantone übersteigen. Dabei sei keineswegs gemeint, dass die Eidgenossenschaft jedesmal die Unternehmung selbst zu leiten und nach ihrem ganzen Umfange auf ihre Kosten zu nehmen habe; vielmehr könne sie zu gemeinnützigen vaterländischen Schöpfungen Aufmunterung angedeihen lassen, sei es durch Gewährung von Unterstützungssummen, oder durch vorzugsweise Begünstigung einer Aktiengesellschaft, in welcher der Bund in erster Linie sich betheiligen müsste. Nach Einführung der Mediationsverfassung habe die Tagsatzung die Korrektion der Linthgewässer als eine ihrer ersten Aufgaben betrachtet und damit ein Nationalwerk geschaffen, welches zur Wohlfahrt eines grössern Landestheiles segensvoll wirke und auf welches jeder Eidgenosse mit Stolz hinblicke. Vom Jahre 1815 an habe die Schweiz kein solches Denkmal der Nationalkraft mehr aufzuweisen, aber die neu erstehende Eidgenossenschaft müsse der künftigen Bundesregierung die Mittel an die Hand geben, ihre Existenz durch grossartige Schöpfungen im Interesse der allgemeinen Wohlfahrt bethätigen zu können, wenn anders diese Regierung die Achtung des Volkes erlangen und nicht in einer vielleicht kleinlichen

Geschäftsroutine sich bewegen soll. Unternehmungen, welche der Unterstützung von Seite des Bundes als vollkommen würdig erscheinen, wären u. A. die Entsumpfung des bernischen Seelandes, eine Strasse über den Brünig und eine solche längs dem Wallensee. Auch in Beziehung auf die Eisenbahnen werde die Schweiz sich künftig nicht mehr passiv, wie bisher, verhalten können; sie werde durch die Verhältnisse getrieben, diesem wichtigen Verkehrsmittel grössere Aufmerksamkeit zu leihen, wenn sie nicht Gefahr laufen wolle, ihren Transithandel, sowie theilweise auch den Absatz ihrer Waaren zu verlieren. Grundsätzlich sei es zwar richtig, dass man solche Unternehmungen besser einzelnen Gesellschaften überlasse. Wo sich aber einzelne Spekulanten nicht hervorthun, da dürfe der Staat nicht zuschauen, wie gewisse Vortheile an die Nachbarn übergehen, die man rechtzeitig noch dem eigenen Lande erhalten könnte. Was die Gefährdung der militärischen Interessen betrifft, so seien im Falle eines Krieges, der noch keineswegs zu den unmöglichen Dingen gehöre, alle andern Rücksichten, die sich auf Handel, Gewerbe und Verkehr beziehen, einem obersten Grundsatze untergeordnet, nämlich der Rücksicht auf die Existenz und die Integrität des Landes. Uebrigens könne der Bund niemals die Absicht haben, den freundschaftlichen Beziehungen der Kantone zum Auslande und einem erleichterten Verkehre irgendwie in den Weg zu treten; vielmehr sei mit Sicherheit anzunehmen, dass die Eidgenossenschaft nur dann zu einem Verbote schreiten werde, wenn die dringendste Nothwendigkeit es als unabweislich erscheinen lasse.«*)

Das Resultat der Berathung bestand darin, dass die Tagsatzung den von der Revisionskommission vorgeschlagenen Artikel unverändert annahm und alle Anträge, welche demselben entgegengesetzt wurden, in Minderheit blieben. Der Art. 21 der Bundesverfassung lautet nunmehr folgendermassen:

»*Dem Bunde steht das Recht zu, im Interesse der Eidgenossenschaft oder eines grossen Theiles derselben, auf Kosten der Eidgenossenschaft öffentliche Werke zu errichten oder die Errichtung derselben zu unterstützen.*

»*Zu diesem Zwecke ist er auch befugt, gegen volle Entschädigung das Recht der Expropriation geltend zu machen. Die nähern Bestimmungen hierüber bleiben der Bundesgesetzgebung vorbehalten.*

*) **Abschied** S. 181—184.

»Die Bundesversammlung kann die Errichtung öffentlicher Werke untersagen, welche die militärischen Interessen der Eidgenossenschaft verletzen.«

Mag auch die Besorgniss vor allzuweitgehender Auslegung und Anwendung des Art. 21, welche im Schoosse der Tagsatzung ausgesprochen wurde, in Bezug auf die Unterstützung von Gebirgsstrassen, vielleicht auch von Flusskorrektionen (wovon wir nachher sprechen werden) sich nicht als ganz unbegründet erwiesen haben, so wird man doch sicherlich darüber einverstanden sein, dass jene Bundesvorschrift den heilsamsten Einfluss geübt hat auf das Zustandekommen der Eisenbahnen, dieses unentbehrlich gewordenen Verkehrsmittels der Neuzeit, welches zur Zeit der Entstehung der Bundesverfassung erst durch die kurze Strecke Zürich-Baden und durch die, bis nach der Stadt Basel geführte französische Bahn in der Schweiz vertreten war. Hätte der neue Bund in keiner Weise die öffentlichen Werke in seinen Bereich gezogen, so hätte es den Kantonen gänzlich überlassen bleiben müssen, sich über den Bau von Eisenbahnen unter sich und mit den allfällig um Concession sich bewerbenden Aktiengesellschaften zu verständigen, ohne dass die Bundesbehörden befugt gewesen wären, sich irgendwie in die Verhandlungen einzumischen. Man kann sich vorstellen, wie lange es auf diesem Wege gedauert hätte, bis die Schweiz zu ihrem jetzigen Eisenbahnnetze gelangt wäre!*)

Schon im December 1849 wurde die Angelegenheit der schweizerischen Eisenbahnen, deren hohe Wichtigkeit man allgemein fühlte, von der Bundesversammlung an die Hand genommen und der Bundesrath beauftragt, ihr mit möglichster Beförderung vorzulegen: a. Den Plan zu einem allgemeinen schweizerischen Eisenbahnnetze, unter Beiziehung unbetheiligter Experten für die technischen Vorarbeiten; b. den Entwurf zu einem Bundesgesetze, betreffend die Expropriation für schweizerische Eisenbahnbauten; c. Gutachten und Anträge betreffend die Betheiligung des Bundes bei der Aus-

*) Der Minderheitsbericht der nationalräthlichen Eisenbahnkommission von 1852 sagt darüber: »Was die frühern Bundeszustände betrifft, so weiss man, dass, wenn damals ein Kanton den Zug eines von dem Nachbarstande projektirten Schienenweges durch sein Gebiet verweigert, oder sich mit demselben über dessen Richtung, über die Anbringung eines Bahnhofes, einer Zweiglinie u. dgl. nicht hätte vereinbaren können, weder Macht noch Acht, weder Mittel noch Titel vorhanden gewesen wären, um die Renitenz des Widersachers zu brechen.«

führung des schweizerischen Eisenbahnnetzes, die Concessionsbedingungen für den Fall der Erstellung der Eisenbahnen durch Privatgesellschaften u. s. w. — Von diesen drei Aufgaben war offenbar die zweite am leichtesten auszuführen, weil man dabei selbst gemachte Erfahrungen zu Grunde legen konnte und nicht so weit aussehender Vorarbeiten bedurfte wie für die beiden andern Vorlagen. Der Bundesrath legte daher schon auf die Frühlingssitzung 1850 den Entwurf eines eidgenössischen Expropriationsgesetzes vor, welcher den definitiven Entscheid in den Enteignungsstreitigkeiten, auf die das Gesetz Anwendung finden sollte, dem Bundesgerichte übertrug, weil diese Behörde am meisten Gewähr dafür darbiete, dass alle Betheiligten nach gleichem und gerechtem Massstabe volle Entschädigung erhalten, zugleich aber die Bauunternehmer vor Sprüchen gesichert werden, die, durch Lokal- oder Personalrücksichten hervorgerufen, das Mass der Billigkeit auf ungebührliche Weise überschreiten und zum voraus manches gemeinnützige Unternehmen vereiteln könnten. Die nationalräthliche Kommission, welche den bundesräthlichen Entwurf zuerst zu begutachten hatte, war mit der dem Bundesgerichte eingeräumten Kompetenz im Wesentlichen einverstanden; im Uebrigen aber fand sie sich veranlasst, den Entwurf vollständig umzuarbeiten. Die Kommission stellte sich dabei auf den Standpunkt, dass das Gesetz nicht speciell und ausschliesslich auf Errichtung von Eisenbahnen berechnet sein solle, weil Art. 21 der Bundesverfassung dem Bunde im Allgemeinen das Recht einräume, zur Errichtung von öffentlichen Werken, welche im Interesse der Eidgenossenschaft oder eines grossen Theiles derselben liegen, die zum Zwecke der Expropriation erforderlichen Bestimmungen aufzustellen.*) Das Bundesgesetz über die Verbindlichkeit zur Abtretung von Privatrechten, wie es auf Grundlage des nationalräthlichen Entwurfes unterm 1. Mai 1850 von der Bundesversammlung angenommen und in Bezug auf das gerichtliche Verfahren am 18. Juli 1857 modificirt worden ist, enthält nunmehr folgende wesentliche Bestimmungen:

1) Wenn kraft Art. 21 der Bundesverfassung entweder öffentliche Werke von Bundeswegen errichtet werden oder die Anwendung dieses Bundesgesetzes auf andere öffentliche Werke von der Bundesver-

*) Bundesbl. 1850 I. 54—56, 164—170, 173—186.

sammlung beschlossen wird, so ist Jedermann, soweit solche Werke es erforderlich machen, verpflichtet, sein Eigenthum oder andere auf unbewegliche Sachen bezügliche Rechte gegen volle Entschädigung dauernd oder bloss zeitweise abzutreten.

2) Zur Ausführung aller Bauten, welche in Folge der Errichtung eines öffentlichen Werkes behufs Erhaltung ungestörter Kommunikationen nothwendig werden, ist der Unternehmer desselben verpflichtet. Ebenso liegt ihm die Erstellung von Vorrichtungeu ob, welche im Interesse der öffentlichen Sicherheit oder derjenigen des Einzelnen nothwendig werden. Wenn der Bauunternehmer zur Erfüllung dieser Verpflichtungen fremden Eigenthums bedarf, so besteht auch hierfür die Abtretungspflicht.

3) Der Bauunternehmer ist verpflichtet, dem Gemeinderath jeder Gemeinde, in deren Gebiet ein öffentliches Werk ausgeführt werden soll, nach vorgenommener Aussteckung einen Plan einzureichen, in welchen die einzelnen Grundstücke, soweit sie durch das öffentliche Werk betroffen werden, genau zu bezeichnen sind. Der Gemeinderath hat sofort nach Empfang dieses Planes bekannt zu machen, dass derselbe während 30 Tagen zu Jedermanns Einsicht bereit liege.

4) Innerhalb dieser gleichen Frist sind allfällige Einsprachen gegen die Abtretungspflicht dem Gemeinderathe schriftlich einzureichen; nachher sind solche Einsprachen nicht mehr zulässig.

5) Ferner haben Alle, welche gemäss dem Plane Rechte abzutreten oder Forderungen an den Bauunternehmer zu stellen haben (mit Ausnahme der Inhaber von Pfandrechten, Grundzinsen und Zehnten). während der genannten Frist von 30 Tagen ihre Rechte und Forderungen schriftlich beim Gemeinderathe anzumelden. Die Unterlassung dieser Anmeldung hat zur Folge, dass die abzutretenden Rechte zwar an den Unternehmer übergehen, dass aber noch binnen 6 Monaten eine Entschädigungsforderung geltend gemacht werden kann, wobei jedoch der Expropriat in Bezug auf das Mass der Entschädigung dem Entscheide der Schatzungskommission sich ohne Weiteres zu unterziehen hat.

6) *Streitigkeiten über die Frage, ob die Abtretungspflicht begründet sei oder nicht, entscheidet der Bundesrath.*

7) *Ueber die Entschädigung, welche der Bauunter-*

nehmer den Abtretungspflichtigen zu bezahlen hat, sowie über andere Leistungen, welche von demselben verlangt werden, hat, wenn keine gütliche Verständigung Platz greift, eine Schatzungskommission von 3 Mitgliedern zu erkennen, wovon das erste durch das Bundesgericht, das zweite durch den Bundesrath, das dritte durch die Regierung des betreffenden Kantons ernannt wird. Der Bundesrath wird das Gebiet, für welches eine Schatzungskommission bestimmt ist, und die Dauer, während welcher dieselbe bestehen soll, jeweilen festsetzen.

8) Der Entscheid der Schatzungskommission ist den sämmtlichen Betheiligten schriftlich mitzutheilen. Binnen 30 Tagen ist jeder Betheiligte befugt, über denselben beim Bundesgerichte Beschwerde zu führen, welchem über die streitigen Punkte das Entscheidungsrecht zusteht.

9) Nach Eingang einer Beschwerde gegen den Entscheid der Schatzungskommission kann der Präsident des Bundesgerichtes entweder einen Instruktionsrichter zur weitern Leitung des Prozesses bezeichnen, oder auch eine Instruktionskommission von 2 bis 3 Mitgliedern des Bundesgerichtes ernennen, letzteres in wichtigern oder schwierigern Fällen oder auf Begehren einer Partei. Im Uebrigen gelten für das Verfahren vor Bundesgericht die allgemeinen Bestimmungen des Civilprozessgesetzes.

10) Mit dem Tage, an welchem der Entscheid einer Schatzungskommission oder ein bundesgerichtliches Urtheil in Rechtskraft tritt, kann die Erfüllung der durch dieselben auferlegten Verpflichtungen gefordert werden.

11) Die Bezahlung der Entschädigungssummen an die Berechtigten geschieht durch Vermittlung der Regierung des Kantons, in welchem das betreffende Grundstück liegt. Dieselbe hat dafür zu sorgen, dass, wo es sich um Entschädigung für abgetretenes Eigenthum handelt, den Inhabern anderer darauf lastender dinglicher Rechte für ihre Ansprüche ihr Betreffniss zukomme.

12) Sollte ein abgetretenes Recht zu einem andern Zwecke als zu demjenigen, für welchen es abgetreten worden ist, verwendet werden wollen, oder wäre es binnen zwei Jahren zu dem Abtretungszwecke nicht benutzt worden, ohne dass sich hinreichende Gründe dafür anführen lassen, oder wird das öffentliche Werk, für welches die Abtretung geschehen ist, gar nicht ausgeführt, so kann der Ex-

propriat sein Recht gegen Rückerstattung der empfangenen Entschädigungssummen zurückfordern.

13) Die sämmtlichen Kosten des Schätzungsverfahrens sind in allen Fällen durch den Bauunternehmer zu tragen. In Bezug auf die Kosten des bundesgerichtlichen Verfahrens finden die allgemeinen Bestimmungen des Civilprozessgesetzes Anwendung.*)

Nachdem dieses Expropriationsgesetz erlassen und damit der erste wesentliche Schritt geschehen war, um die Ausführung eines schweizerischen Eisenbahnnetzes zu ermöglichen, schritt der Bundesrath an die Erfüllung seiner fernern, schwierigern Aufgabe, indem er einerseits den berühmten englischen Ingenieur Stephenson einlud, die Schweiz zu bereisen und sein Gutachten über das zweckmässigste Eisenbahnnetz für dieselbe abzugeben, anderseits zwei schweizerischen Experten die Begutachtung der finanziellen Fragen übertrug. Nach Prüfung der beiderseitigen Berichte arbeitete der Bundesrath bereits im März 1851 seine Anträge an die Bundesversammlung aus. An die Spitze seiner Botschaft stellte er den ganz richtigen, aber damals noch nicht von Jedermann anerkannten Satz, dass nicht die Erhaltung des Transites, sondern die Erleichterung des Verkehres im Innern als Hauptzweck eines schweizerischen Eisenbahnnetzes zu betrachten sei. Gleichwohl schlug der Bundesrath nach dem Rathe des englischen Experten vor, mit möglichster Benutzung der Wasserstrassen nur die unentbehrlichsten Schienenwege zu erstellen, wofür ein Baukapital von wenig über 100 Millionen Franken ausgesetzt wurde. Ebenso geschah es nach dem Rathe des Hrn. Stephenson, dass der Bundesrath zwischen den beiden sich gegenüberstehenden Systemen des Staats- und Privatbaues sich für das erstere entschied, jedoch in dem Sinne, dass neben dem Bunde auch die von den einzelnen Eisenbahnlinien durchschnittenen Kantone sich an den Anlagekosten und der Verwaltung derselben betheiligen sollten.**)

Die nationalräthliche Kommission, welche den vom Bundesrathe vorgelegten Gesetzesentwurf im Mai 1852 vorberieth, theilte sich in eine Mehrheit von 6 und eine Minderheit von 5 Mitgliedern. Die Mehrheit stellte sich im Wesentlichen auf den Standpunkt des Bundesrathes; sie schlug vor: es sollen die Errichtung des schweizeri-

*) Amtl. Samml. I. 319—334. V. 568—569.

**) Bundesbl. 1851 I. 314—319, 347—375.

schen Eisenbahnnetzes, sowie die Organisation des Baues und Betriebes desselben Gegenstand der Bundesgesetzgebung, jedoch sollen die einzelnen Bahnlinien gemeinschaftliches Unternehmen des Bundes und der an ihrer Ausführung betheiligten Kantone in dem Sinne sein, dass die Kantone verpflichtet seien, die Hälfte der hinsichtlich der Verzinsung des Aktienkapitals einzugehenden Verbindlichkeiten zu übernehmen. Die Minderheit der Kommission hingegen entschied sich für das System des Privatbaues, von dem Grundsatze ausgehend, dass in einer demokratischen Republik so Weniges als möglich in der Hand der Staatsgewalt concentrirt, dagegen möglichst Vieles der Thätigkeit freier Vereine überlassen werden solle. Sie gab zwar zu, dass der Art. 21 der Bundesverfassung dem Bunde das Recht einräume, auf seine eignen Kosten Eisenbahnen zu erbauen; allein sie fand es dem Wesen des Bundesstaates entsprechender, dass hoheitliche Verfügungen über den Bau und Betrieb der Schienenwege zunächst den Kantonen überlassen werden und der Bund sich darauf beschränke, solche Unternehmungen zu unterstützen durch Zollbegünstigungen für das einzuführende Material, durch niedrige Concessionsgebühren für den Personentransport, welcher den Posten verloren geht, durch Anwendung des eidgenössischen Expropriationsgesetzes auf die Eisenbahnen, endlich dadurch, dass er sich das Entscheidungsrecht vorbehalte für Confliktfälle zwischen den Kantonen, welche über die Fortführung einer Bahnlinie sich nicht mit einander verständigen können. Zugleich hielt die Minderheit der Kommission dafür, dass der Individualismus in der Schweiz einem Unitarismus im Eisenbahnwesen schon bei der Festsetzung des Netzes, besonders aber bei der Ausführung desselben unübersteigliche Hindernisse entgegensetzen würde. Leicht könnten sich in der Bundesversammlung Mehrheiten ergeben für ganz sterile und volkswirthschaftlich bedeutungslose Linien und über der Frage, welche Bahnen zuerst in Angriff zu nehmen seien, würde der heftigste Kampf entbrennen. Der Vorschlag der Mehrheit aber, nach welchem die bei einem Eisenbahngebiete betheiligten Kantone sich mit dem Bunde und unter sich über das Mass der von ihnen verlangten finanziellen Opfer zu verständigen hätten, würde unendliche Schwierigkeiten und Anstände herbeiführen. Endlich warnte die Minderheit vor einem Staatsschuldensysteme, welches der Schweiz bis dahin glücklicher Weise unbekannt geblieben sei.*)

*) Bundesbl. 1852 II. 1—46, 49—147, 157—239, 285—360.

Die Frage des Staats- oder Privatbaues der Eisenbahnen war wohl die wichtigste und folgenreichste, welche jemals seit 1848 zum Entscheide an die Bundesversammlung herangetreten ist. Hätte sie sich für den Staatsbau entschieden und damit einen überwiegenden Einfluss im Eisenbahnwesen in die Hand der Bundesgewalt gelegt, so hätte sie den bereits ins Werk gesetzten Centralisationen des Zoll-, Post- und Telegraphenwesens, der Münzen, Masse und Gewichte sofort eine neue, noch viel grossartigere und tiefergreifende Centralisation beigefügt, welche in der Bundesverfassung nicht positiv vorgeschrieben war und auch sonst nicht als unentbehrlich erschien. Das richtige Gefühl, dass die in ihrer innersten Natur föderalistische Schweiz so viele, unmittelbar auf einander folgende Centralisationen nicht zu ertragen vermöchte, veranlasste die gesetzgebenden Räthe, ohne eigentliche Diskussion für das Princip des Privatbaues sich auszusprechen. Die Erfahrung hat seither gezeigt, dass sie damit das Richtige getroffen haben; denn der Zweck, welchen im Jahre 1852 die beiden Theile der Kommission im Auge hatten, die Erstellung nämlich eines umfassenden schweizerischen Eisenbahnnetzes, ist in einer, die künsten Erwartungen übertreffenden Weise erreicht worden, und es sind dabei der Bund und die Mehrzahl der Kantone von schweren Staatsschulden bis jetzt verschont geblieben. — Das Bundesgesetz vom 28. Juli 1852 über den Bau und Betrieb von Eisenbahnen im Gebiete der Eidgenossenschaft, wie es auf Grundlage des von der Minderheit der nationalräthlichen Kommission ausgearbeiteten Entwurfes von der Bundesversammlung angenommen worden ist, enthält nun, mit einer spätern Abänderung, folgende wesentliche Bestimmungen:

Art. 1. »*Der Bau und Betrieb von Eisenbahnen im Gebiete der Eidgenossenschaft bleibt den Kantonen, beziehungsweise der Privatthätigkeit überlassen.*«

Art. 2. »*Die Concessionen für Eisenbahnunternehmungen von Gesellschaften oder Privaten gehen zunächst von den Kantonen aus. Sie unterliegen jedoch der Genehmigung des Bundes.*«

Art. 3. Für einen Zeitraum von 10 Jahren, vom 19. Juli 1854 an gerechnet, treten für die schweizerischen Eisenbahnen folgende Zollbegünstigungen ein: Schienen und deren Befestigungsmittel, Ausweichungsvorrichtungen, Kreuzungen, Drehscheiben, eiserne Brücken, Schiebbrücken, Räder, Achsen und Lokomotive, welche vom Auslande bezogen werden, sind gänzlich vom Eingangszolle befreit. Den inländischen Fabriken, welche solche Gegenstände liefern, wird der Eingangszoll auf den hierfür erforderlichen Rohstoffen erlassen. Auch die vom Auslande her eingehenden Coke sind zollfrei. Für Waggons aller Art, welche in die Schweiz eingeführt werden, ist $1\frac{1}{2}$ Prozent vom Werthe zu bezahlen.

Art. 5. Die Eisenbahnverwaltungen sind berechtigt, an den Telegraphenlinien, welche längs den Bahnen erstellt werden, ausschliesslich für ihren Dienst und auf ihre Kosten einen besondern Draht anzubringen.

Art. 6. »*Das Bundesgesetz vom 1. Mai 1850 über die Verbindlichkeit zur Abtretung von Privatrechten findet auf alle Eisenbahnen, welche im Gebiete der Eidgenossenschaft erstellt werden, seine Anwendung.*«

Art. 7. »*Wird für Eisenbahnconcessionen, welche von den Kantonen ertheilt wurden, die Genehmigung des Bundes nachgesucht, so ist vor Allem zu prüfen, ob durch die Erstellung der betreffenden Eisenbahn die militärischen Interessen der Eidgenossenschaft verletzt würden (Art. 21 der Bundesverf.). Wäre dieses der Fall, so ist die Genehmigung des Bundes zu versagen. Liegen dagegen in dieser Beziehung keine Hindernisse vor, so ist die Genehmigung des Bundes zu ertheilen, jedoch an die nachfolgenden Bedingungen zu knüpfen.*«

Art. 8. Die Eisenbahnverwaltungen sind dem Bunde gegenüber zur unentgeldlichen Beförderung der Brief- und Fahrpost, insoweit letztere Regal ist, mit Inbegriff des zu jedem Posttransporte gehörigen Kondukteurs verpflichtet. Die übrigen Beziehungen der Eisenbahnen zur eidgenössischen Postverwaltung sind jeweilen bei der Genehmigung der Concessionen zu ordnen.

Art. 9. Die Erstellung von Telegraphenlinien längs der Eisenbahn haben die Verwaltungen unentgeldlich zu gestatten und hierbei, sowie bei grössern Reparaturen die diessfälligen Arbeiten durch ihre Ingenieurs leiten zu lassen. Ebenso sollen sie die Ueberwachung der Telegraphenlinien, sowie kleine Reparaturen durch das Bahnpersonal besorgen lassen, wobei indessen das nöthige Material von der Telegraphenverwaltung zu liefern ist.

Art. 10. Jede Eisenbahnverwaltung ist verpflichtet, Militär, welches im eidgen. Dienste steht, sowie Kriegsmaterial der Eidgenossenschaft um die Hälfte der niedrigsten Taxe durch die ordentlichen Bahnzüge zu befördern. Für grössere

Truppenkorps, sowie für das Materielle derselben sind nöthigenfalls ausserordentliche Bahnzüge zu veranstalten.

Art. 11. »*Es ist jeweilen im einzelnen Falle eine Frist anzusetzen, binnen welcher der Anfang mit den Erdarbeiten für die betreffende Bahnunternehmung gemacht und zugleich genügender Ausweis über die gehörige Fortführung der letztern geleistet werden soll, und zwar in der Meinung, dass widrigenfalls mit Ablauf jener Frist die Genehmigung des Bundes für die Concession der betreffenden Eisenbahn erlischt.*«

Art. 12. »*Der Bund wird diejenigen Bestimmungen aufstellen, welche nothwendig sind, um in technischer Beziehung die Einheit im schweiz. Eisenbahnwesen zu sichern.*«

(Es geschah diess durch eine Verordnung des Bundesrathes vom 9. August 1854, einheitliche technische Vorschriften für den Bau und Betrieb der Eisenbahnen enthaltend.)

Art. 13. »*Jede Eisenbahnverwaltung ist verpflichtet, den Anschluss anderer Eisenbahnunternehmungen an die ihrige in schicklicher Weise zu gestatten, ohne dass die Tarifsätze zu Ungunsten der einmündenden Bahnlinien ungleich gehalten werden dürfen. Allfällige Anstände unterliegen der Entscheidung des Bundes.*«

Art. 14. »*Es sind jeweilen im einzelnen Falle theils die Zeitfristen festzusetzen, nach deren Ablauf dem Bunde das Recht zustehen soll, die betreffende Eisenbahn sammt dem Material, den Gebäulichkeiten und den Vorräthen, welche dazu gehören, gegen Entschädigung an sich zu ziehen, theils die Bedingungen festzustellen, unter welchen der Rückkauf stattfinden kann.*«

Art. 17. »*Wenn ein Kanton die Bewilligung zur Erstellung einer im Interesse der Eidgenossenschaft oder eines grossen Theils derselben liegenden Eisenbahn auf seinem Gebiete verweigert, ohne selbst die Erstellung derselben zu unternehmen, oder wenn er sonst den Bau oder den Betrieb einer solchen Bahn irgendwie in erheblichem Masse erschweren sollte, so steht der Bundesversammlung das Recht zu, nach Prüfung aller hiebei in Betracht kommenden Verhältnisse massgebend einzuschreiten und von sich aus das Erforderliche zu verfügen.*«

Art. 18. Die Genehmigung der von den Kantonen ertheilten Eisenbahnconcessionen steht der Bundesversammlung zu. Dagegen entscheidet der Bundesrath über den nach Art. 11 zu leistenden Ausweis, sowie in den Fällen der Art. 12 und 13.

Durch dieses organische Gesetz über die Eisenbahnen ist eine der wichtigsten Materien der Gegenwart für die Schweiz bundesrechtlich geregelt worden und es lässt sich nicht verkennen, dass einzelne Bestimmungen desselben an praktischer Tragweite eine ganze Reihe von Artikeln der Bundesverfassung selbst überragen. Eine nothwendige Ergänzung hat indessen das Gesetz in den Concessionsbeschlüssen der Bundesversammlung gefunden, welche in Ausführung desselben auf eine, für alle Eisenbahnen gleichförmige Weise die Verhältnisse zur Postverwaltung und die Rückkaufsbedingungen festgestellt haben. In ersterer Beziehung wurde verordnet: sobald eine Bahnunternehmung, nach erfolgtem Abzug der auf Abschreibungsrechnung getragenen oder einem Reservefond einverleibten Summen, mehr als 4 % abwerfe, habe sie für den regelmässigen periodischen Personentransport eine jährliche Concessionsgebühr zu bezahlen, welche der Bundesrath je nach dem Ertrage der Bahn und dem finanziellen Einflusse des Unternehmens auf den Postertrag festsetzen werde, die jedoch den Betrag von 500 Fr. für jede im Betriebe befindliche Wegstrecke von einer Stunde nicht übersteigen dürfe. — Das Recht des Rückkaufes soll der Bund den einzelnen Bahnen gegenüber geltend machen können mit Ablauf des 30., 45., 60., 75., 90. und 99. Jahres, vom Zeitpunkte der Eröffnung ihres Betriebes auf der ganzen Bahnstrecke an gerechnet, soferne er die Verwaltung jeweilen 5 Jahre zum voraus davon benachrichtigt. Kann eine Verständigung über die zu leistende Entschädigungssumme nicht erzielt werden, so wird die letztere durch ein Schiedsgericht bestimmt. Können sich die Schiedsrichter über die Person des Obmannes nicht vereinigen, so bildet das Bundesgericht einen Dreiervorschlag, aus welchem jede Parthei einen der Vorgeschlagenen streicht, so dass der Uebrigbleibende zum Obmann des Schiedsgerichtes bezeichnet ist. Für die Ausmittelung der zu leistenden Entschädigung gelten folgende Bestimmungen: a. Im Falle des Rückkaufes im 30., 45. und 60. Jahre ist der 25fache Werth des durchschnittlichen Reinertrages derjenigen 10 Jahre, die dem Zeitpunkte, in welchem der Bund den Rücktritt erklärt, unmittelbar vorangehen, im Falle des Rückkaufes im 75. Jahre der $22^1/_2$fache, und im Falle des Rückkaufes im 90. Jahre der 20fache Werth dieses Reinertrages zu bezahlen, immerhin jedoch in der Meinung, dass die Entschädigungssumme in keinem Falle weniger als das ursprüngliche

Anlagekapital betragen darf. Von dem Reinertrage, welcher bei dieser Berechnung zu Grunde zu legen ist, sind übrigens Summen, welche auf Abschreibungsrechnung getragen oder einem Reservefond einverleibt werden, in Abzug zu bringen. b. Im Falle des Rückkaufes im 99. Jahre ist die muthmassliche Summe, welche die Erstellung der Bahn und die Einrichtung derselben zum Betriebe in diesem Zeitpunkte kosten würde, als Entschädigung zu bezahlen. c. Die Bahn sammt Zubehörde ist jeweilen, zu welchem Zeitpunkte auch der Rückkauf erfolgen mag, in vollkommen befriedigendem Zustande dem Bunde abzutreten. Sollte dieser Verpflichtung kein Genüge geschehen, so ist ein verhältnissmässiger Betrag von der Rückkaufssumme in Abzug zu bringen.*)

Auf Grundlage des Bundesgesetzes von 1852, wie es durch die Concessionsbeschlüsse der Bundesversammlung ergänzt worden ist, sind nun bis jetzt folgende Eisenbahnen in der Schweiz erbaut und dem Betriebe übergeben worden:

1) Die Linien der Vereinigten Schweizerbahnen (Union Suisse): Winterthur-St. Gallen-Rorschach, Rorschach-Chur, Sargans-Weesen, Weesen-Glarus, Weesen-Rapperschwyl und Rapperschwyl-Wallisellen, in einer Ausdehnung von 269 Kilometern oder 56 Schweizerstunden, im Gebiete der Kantone St. Gallen, Graubünden, Glarus, Zürich und Thurgau (Baukosten Fr. 74,758,500; Aktienkapital der Gesellschaft Fr. 35,000,000).

2) Die Linien der Schweizerischen Nordostbahn: Romanshorn-Winterthur, Schaffhausen-Winterthur, Winterthur-Zürich, Zürich-Turgi, Turgi-Koblenz und Turgi-Aarau-Wöschnau im Gebiete der Kantone Zürich, Aargau, Thurgau und Schaffhausen, auf eine Länge von 178 Kilometern oder 37 Schweizerstunden sich ausdehnend (Baukosten Fr. 52,045,450; Aktienkapital der Gesellschaft Fr. 28,708,000).

3) Die Linien der Schweizerischen Centralbahn: Basel-Olten, Olten-Wöschnau, Olten-Luzern, Aarburg-Herzogenbuchsee, Herzogenbuchsee-Solothurn-Biel, Herzogenbuchsee-Bern, Bern-Thörishaus und Bern-Thun, im Gebiete der Kantone Bern, Luzern, Solothurn, Basel und Aargau und in einer Ausdehnung von 250 Kilometern oder 52 Schweizerstunden (Baukosten Fr. 80,117,500; Aktienkapital der Gesellschaft Fr. 37,617,500).

*) Amtl. Samml. III. 170—176 195—198. IV. 248—249, 327—330.

4) Die grossherzoglich Badische Eisenbahn im Kanton Basel-Stadt, 5 Kilometer oder 1 Schweizerstunde lang, und die Wiesenthalbahn ebendaselbst.

5) Die bernische Staatsbahn Biel-Neuenstadt, 15 Kilometer oder 3 Schweizerstunden lang (Baukosten Fr. 4,300,000).

6) Die französisch-schweizerische (Franco-Suisse) Eisenbahn, enthaltend die Linien Landeron-Vaumarcus und Verrières-Auvernier, 70 Kilometer oder 14 Schweizerstunden lang (Baukosten Fr. 26,000.000; Aktienkapital der Gesellschaft Fr. 12,000,000).

7) Die Linien der Schweizerischen Westbahn: Vaumarcus-Yverdon-Lausanne, Lausanne-Versoix, Lausanne-Villeneuve-St. Maurice, im Gebiete des Kantons Waadt, 149 Kilometer oder 31 Schweizerstunden lang (Baukosten Fr. 69,259,400; Aktienkapital der Gesellschaft Fr. 34,463,000).

8) Die Eisenbahn Lausanne-Freiburg-Thörishaus mit der, der nämlichen Gesellschaft gehörenden Strecke Versoix-Genf, im Gebiete der Kantone Freiburg, Waadt und Genf, 97 Kilometer oder 19 Schweizerstunden lang (Baukosten 43,100,000; Aktienkapital der Gesellschaft Fr. 12,000,000).

9) Die Lyon-Genfer Eisenbahn im Gebiete des Kantons Genf, 15 Kilometer oder 3 Schweizerstunden lang.

10) Die Ligne d'Italie von Bouveret nach Sitten, im Gebiete des Kts. Wallis, 63 Kilometer oder 13 Schweizerstunden lang (Baukosten Fr. 19,000,000; Aktienkapital der Gesellschaft Fr. 9,000,000).

11) Die Linie des Jura industriel: Neuenburg-Chauxdefonds-Locle, im Gebiete des Kantons Neuenburg, 37 Kilometer oder 7 Schweizerstunden lang (Baukosten Fr. 18,417,000; Aktienkapital Fr. 10,167,500).

Im Bau begriffen sind gegenwärtig:

1) Die der Nordostbahn zugehörige Linie Altstätten-Zug-Luzern auf dem Gebiete der Kantone Zürich, Zug und Luzern, 55 Kilometer oder 11 Schweizerstunden haltend.

2) Die bernischen Staatsbahnen: Biel-Zollikofen und Gümligen-Langnau, 63 Kilometer oder 13 Schweizerstunden lang.

3) Die grossherzoglich Badische Eisenbahn Trasadingen-Thäingen im Gebiete des Kantons Schaffhausen, 28 Kilometer oder 6 Schweizerstunden lang.

4) Die zur Ligne d'Italie gehörigen Strecken: Bouveret-St. Gingolphe und Sitten-Simplon, 98 Kilometer oder 20 Schweizerstunden lang.

Ferner bestehen noch rechtskräftige Concessionen für folgende Linien:

1) Brugg-Koblenz-Kaiseraugst im Gebiete des Kantons Aargau, den Vereinigten Schweizerbahnen zugehörig.

2) Langnau-Kröschenbrunnen, zur bernischen Staatsbahn gehörend.

3) Zürich-Richterschwyl und von da an die St. Galler oder Glarner-Grenze, auf den Gebieten der Kantone Zürich und Schwyz.

4) Muttenz-Augst im Kanton Basel-Landschaft, der Schweizerischen Centralbahn zugehörig.

5) Col-des-Roches-Locle im Kanton Neuenburg, zum Jura industriel gehörend.

6) Jougne-Eclépens im Kanton Waadt, der Schweizerischen Westbahn zugehörig.*)

Nach dem Bundesgesetze von 1852 steht es in der Regel bei den Kantonen, Eisenbahnen entweder selbst zu bauen oder an Aktiengesellschaften zu vergeben, die Richtung der Linien genauer zu bestimmen und die Placirung der Bahnhöfe festzustellen. Dem Bunde räumt jedoch der wichtige Art. 17 des Gesetzes ein Interventionsrecht ein für folgende Ausnahmsfälle: a. wenn ein Kanton eine im Interesse der Eidgenossenschaft oder eines grossen Theiles derselben liegende Eisenbahn weder selbst erbauen noch die Erstellung derselben durch eine Gesellschaft oder einen andern Kanton zugeben will; b. wenn ein Kanton, in Ausübung der ihm zustehenden hoheitlichen Rechte, den Bau oder den Betrieb einer im Interesse der Eidgenossenschaft oder eines grossen Theiles derselben liegenden Bahn irgendwie in erheblichem Maasse erschwert. In Folge dieser Vorschriften sind bis jetzt folgende Confliktfälle an die Bundesversammlung gelangt:

1) Schon in der ersten Sitzung, welche auf die Erlassung des Eisenbahngesetzes folgte, beschwerte sich die St. Gallisch-Appenzellische Eisenbahngesellschaft gegen den Kanton Thurgau, dass er ihr wegen des vorwiegenden Interesses, welches die dortigen Behörden am Zustandekommen der Romanshorner Linie nehmen, für

*) Uebersichtstabelle zum Rechenschaftsberichte des Bundesrathes v. J. 1861.

die Linie Wyl-Winterthur ein Tracé vorschreibe, welches als viel kostspieliger und unzweckmässiger als das von ihr verlangte erscheine, und daher den Bau jener Bahnlinie wesentlich erschwere. Die Bundesversammlung stellte am 2. Februar 1853 folgende Erwägungen auf: 1) Die von der St. Gallisch-Appenzellischen Eisenbahngesellschaft vorgeschlagene Richtung wird nicht nur durch die Bedürfnisse der in Frage stehenden Unternehmung gefordert, sondern entspricht auch am besten den Interessen der Eidgenossenschaft im Allgemeinen. 2) Die Erstellung der Zürich-Bodensee-Eisenbahn nach Romanshorn ist nunmehr als gesichert zu betrachten und damit den erheblichsten Interessen des Kantons Thurgau ein Genüge gethan. 3) Unter diesen Umständen müssen bei Erledigung der vorliegenden Streitfrage die Interessen der Eidgenossenschaft und der St. Gallisch-Appenzellischen Eisenbahngesellschaft als vorherrschend massgebend angesehen werden. 4) Die Thurgauischen Behörden haben auf Grundlage der nunmehrigen veränderten Sachlage über die vorwürfige Angelegenheit noch keinen Entscheid gefasst und es darf von ihrem eidgenössischen Sinn erwartet werden, sie werden unter den gegenwärtigen Verhältnissen den oben als massgebend bezeichneten Interessen gebührende Rechnung tragen. Gestützt auf diese Motive wurde der Grosse Rath des Kantons Thurgau eingeladen, sich neuerdings über die Ertheilung einer Concession für Herstellung einer Eisenbahnlinie in der von der St. Gallisch-Appenzellischen Gesellschaft gewünschten Richtung auszusprechen, mit dem Beifügen, dass wenn die Streitfrage nicht innerhalb vier Wochen ausgetragen sein sollte, die Bundesversammlung wieder zusammentreten werde, um nach Massgabe des Eisenbahngesetzes das Erforderliche zu verfügen. Hierauf wurde vom Grossen Rathe des Kantons Thurgau am 9. März die verlangte Concession ertheilt, welche die Bundesversammlung unterm 5. August genehmigte. Am gleichen Tage aber musste dieselbe eine abermalige Beschwerde der St. Gallisch-Appenzellischen Eisenbahngesellschaft gegen den thurgauischen Regierungsrath, betreffend die von ihr geforderte Anbringung einer Station in Rickenbach, behandeln. Der Bundesrath wurde hier beauftragt, im Sinn des Art. 17 des Eisenbahngesetzes seine Vermittlung behufs Erzielung einer gütlichen Verständigung eintreten zu lassen, welch' letztere dann auch wirklich erfolgte.*)

*) Bundesbl. 1853 I. 633—641. Amtl. Samml. III. 317—319, 608—612, 627—628.

2) Die Centralbahngesellschaft rekurrirte im Dezember 1855 gegen eine Entscheidung des Kantonsrathes von Solothurn, welche, in Aufhebung eines frühern regierungsräthlichen Beschlusses, die Gesellschaft verpflichtete, den Bahnhof zu Solothurn auf dem linken Ufer der Aare, in möglichster Nähe der Stadt zu erbauen. Die Rekurrentin behauptete, dass in den von ihr auf Fr. 414,000 berechneten, von den Bundesexperten aber auf Fr. 263,000 reducirten Mehrkosten, welche die Entscheidung des Kantonsrathes ihr auferlege, und in der Hinausschiebung der Eröffnung der Eisenbahn um ein volles Jahr, welche daraus folgen werde, eine erhebliche Erschwerung des Baues und Betriebes im Sinne des Art. 17 liege. Der Bundesrath, welcher den Rekurs zu begutachten hatte, begründete die Abweisung desselben folgendermassen: »1) Die Bahngesellschaft unterwarf sich in der Concessionsakte im Falle von streitigen Bahnhoflagen der Entscheidung des Kantonsrathes; diese Entscheidung soll geachtet werden, wenn dadurch der Zweck des Art. 17 des Eisenbahngesetzes, die Ermöglichung der Bahn gegenüber von Hindernissen in einem Kanton, nicht vereitelt oder gefährdet wird, was hier keineswegs der Fall ist. 2) Weder die Distanz- noch die Curvenverhältnisse sind von Einfluss auf den Bahnbetrieb in der Art, dass der allgemeine Verkehr dadurch in merkbarer Weise belästigt wird. 3) Nach dem Ausspruche der Experten bietet die Bahnhoflage auf dem linken Aarufer für die Verkehrsverhältnisse der Stadt Solothurn entschiedene Vortheile dar; demnach können wir auch aus dem Gesichtspunkte des Art. 17 des Eisenbahngesetzes ein Einschreiten des Bundes nicht für begründet erachten.« Die Bundesversammlung, indem sie dem Antrage des Bundesrathes beistimmte, nahm dabei noch fernerhin Rücksicht auf die Anerbietungen der Stadtgemeinde Solothurn, welche sich verpflichtet hatte, die streitige Bahnlinie um die von ihrem Experten ausgesetzten Preise zu erstellen und so rechtzeitig zu vollenden, dass die Eröffnung auf den 1. Juli 1857 stattfinden könne.*)

3) Viel wichtiger als die bis jetzt erwähnten Anstände war der grosse Eisenbahnkonflikt in der Westschweiz vom Jahr 1856. Die Kantone Genf, Waadt, Freiburg und Bern hatten sich auf einer Konferenz im Dezember 1852 geeinigt, dahin zu wir-

*) Bundesbl. 1856 I. 119—137. Amtl. Samml. V. 257—258.

ken, dass von Basel nach Genf eine Eisenbahn in folgender Richtung erbaut werde: über Liestal, Olten, Aarburg, Langenthal, Herzogenbuchsee, Burgdorf, Bern, Laupen, Murten, Avenches, Payerne, Estavayer, Yverdon, Morges, Rolle, Nyon, Coppet, Versoix. Die noch nicht concedirten Theile dieser Bahnlinie sollten nach der getroffenen Uebereinkunft von den vier Kantonen an eine und dieselbe Gesellschaft vergeben werden. Indessen erhielt die Westbahngesellschaft, welche sich bereits im Besitze der Linie Yverdon-Morges befand, vom Kanton Waadt im Juni 1853 auch noch die Concession für die Linien Morges-Genf und Yverdon-Bern, während der Kanton Bern die Bahnstrecke von Bern an die freiburgische Grenze der Centralbahngesellschaft concedirt hatte. Der Kanton Freiburg ertheilte, in Folge angelegentlicher Verwendung der Regierung von Waadt, im Januar 1854 ebenfalls der Westbahngesellschaft die Concession für die auf seinem Gebiete befindliche Strecke der oben bezeichneten Eisenbahnlinie, jedoch mit dem Beifügen, dass die Gesellschaft verpflichtet sei über Freiburg zu bauen, sofern sie dadurch nicht mehr belastet werde, im entgegengesetzten Falle aber wenigstens eine Zweigbahn nach der Hauptstadt des Kantons zu erstellen habe. Der zur Begutachtung der technischen Fragen von der freiburgischen Regierung berufene Oberingenieur der Centralbahn, Herr Etzel, empfahl in erster Linie eine Doppellinie, die sich bei Herzogenbuchsee spalten und auf der einen Seite über Solothurn, Biel, Neuenburg, Yverdon, auf der andern Seite über Burgdorf, Bern, Freiburg, Romont, Oron, Lausanne laufen würde, um sich bei Morges wieder zu vereinigen; in zweiter Linie fand er, dass es für die Westbahngesellschaft mindestens ebenso vortheilhaft sein würde, über Freiburg und Payerne nach Yverdon zu bauen wie über Murten mit einer Zweigbahn nach Freiburg. Die Gesellschaft hingegen, welche sich ebenfalls auf ein technisches Gutachten ihres Oberingenieurs stützte, war hierüber anderer Ansicht; sie verlangte vom Kanton Freiburg einfach den Durchpass über Murten, indem sie auch die Verpflichtung, eine Zweigbahn nach der Hauptstadt zu bauen, nicht übernehmen wollte. Da der Grosse Rath von Freiburg auf dieses Begehren nicht eintrat, so wandte sich die Westbahngesellschaft, unterstützt durch den Staatsrath des Kantons Waadt, am 24. Februar 1855 an die Bundesversammlung mit dem Gesuche, sie möchte ihr in Anwendung des Art. 17 des Eisenbahngesetzes eine Zwangsconcession für die Murtnerlinie auf dem Gebiete des Kantons Freiburg ertheilen. Die misslichen finanziellen Verhältnisse, in denen sich damals die Gesellschaft befand, bewirkten indessen, dass der Bundesrath mit der Begutachtung dieses Gesuches sich nicht sehr beeilte, zumal da am 30. Juni 1855 die Bundesgenehmigung für die waadtländische Concession Yverdon-Murten erlosch, weil die Erdarbeiten nicht rechtzeitig begonnen worden waren. In Folge eines, mit dem Crédit mobilier in Paris abgeschlossenen Vertrages besserten sich jene Verhältnisse wesentlich, und nachdem eine vom Bundesrathe auf den 1. Oktober ausgeschriebene Konferenz der betheiligten Kantone zu keiner Verständigung geführt, die Westbahngesellschaft aber in Verbindung mit der Centralbahngesellschaft ihr Zwangsconcessionsbegehren wiederholt hatte, musste die Sache an die Bundesversammlung gebracht werden. Um der Anwendung des Art. 17 zuvorzukommen, erliess der Grosse Rath von Freiburg am 27. November ein Dekret, durch welches der Kanton die Ausführung der Eisenbahnlinie Thörishaus-Freiburg-Payerne-Yverdon auf sich nahm. Nichtsdestoweniger beantragte der Bundesrath, auf die technischen Vorzüge der Murtner-Linie und das hierin begründete Interesse der Eidgenossenschaft gestützt, der West- und Centralbahngesellschaft die verlangte Zwangsconcession zu ertheilen. Die nationalräthliche Kommission hingegen, welche die Frage zuerst zu begutachten hatte, ging von wesentlich andern Gesichtspunkten aus. Sie hob in ihrem Berichte hervor, dass das Bundesgesetz vom 28. Juli 1852 den Bau und Betrieb von Eisenbahnen zunächst den Kantonen überlassen habe und der Bund nach Art. 17 nur dann einzuschreiten befugt sei, wenn ein Kanton die Bewilligung zum Bau einer Eisenbahn auf seinem Gebiete verweigere, ohne selbst deren Erstellung zu unternehmen, oder aber den Bau oder den Betrieb derselben in erheblichem Masse erschwere. Der Kanton Freiburg wolle nun keineswegs die Erstellung einer Eisenbahn auf seinem Gebiete, welche die West- und Mittelschweiz mit einander zu verbinden bestimmt sei, verhindern, er setze im Gegentheil Alles daran, um der Wohlthaten des neuen Verkehrsmittels auf möglichst fruchtbare, die wesentlichsten Interessen des Landes berücksichtigende Weise theilhaftig zu werden. Ebensowenig könne gesagt werden, dass die vom freiburgischen Grossen Rathe festgesetzte Richtung den Bau und Betrieb der Westbahnlinie erheblich erschwere; sie befriedige im Gegentheil alle über den Kanton hinausreichenden Verkehrsinteressen eben so sehr wie sie das kantonale Bedürfniss berücksichtige. Denn bereits spalte sich in Herzogenbuchsee die schweizerische Stammbahn in zwei Stränge, von denen der eine nach Bern, der andere nach Biel führe; es liege nun im höchsten Interesse der Eidgenossenschaft, dass jener über Freiburg nach Lausanne, dieser über Neuenburg nach Yverdon verlängert werde. Mit dieser Anschauungsweise der nationalräthlichen Kommission übereinstimmend, beschloss die Bundesversammlung am 6. Februar 1856 die Genehmigung des freiburgischen Grossrathsdekretes in dem Sinne, dass bis zum 1. Juli der Anfang mit den Erdarbeiten zu machen und zugleich genügender Ausweis zu leisten sei »einerseits über gehörige Fortführung der Bahnunternehmung auf freiburgischem Gebiet, anderseits über einen gesicherten Anschluss der Freiburger-Bahn an einen, die Verbindung mit Genf erzielenden Schienenweg.« Bei der Prüfung des Ausweises sollte darauf Bedacht genommen werden, dass die Zeit, bis zu welcher die Bahn vollständig dem Betriebe zu übergeben sei, längstens bis Ende 1859 ausgedehnt werde. Das Zwangsconcessionsbegehren der West- und Centralbahngesellschaft wurde abgewiesen und in die von Waadt verlangte Erneuerung der Concession für den auf seinem Gebiete liegenden Theil der Linie Yverdon-Laupen wurde zur Zeit nicht eingetreten.*)

Hätte die Bundesversammlung sich einfach auf den bundesrechtlich ganz gerechtfertigten Standpunkt gestellt, dass das freiburgische Grossrathsdekret, welches die Linie Thörishaus-Freiburg-Payerne-Yverdon festsetzte, zu genehmigen, dagegen das Zwangsconcessionsbegehren für die Murtner Linie einstweilen abzuweisen sei; so wäre ohne Zweifel damit der grosse Conflikt erledigt gewesen. Wahrscheinlich hätten die Central- und die Westbahngesellschaft selbst zuletzt den Bau der Freiburger Linie übernommen; wenn nicht, so hätte der Kanton Freiburg das nöthige Kapital jedenfalls leichter bekommen als nachher die viel grössern Summen, deren er für den Ausbau der sogen. Oron-Linie bedurfte. In dem Berichte der nationalräthlichen Kommission, in der Diskussion und selbst in den Beschlüssen der Bundesversammlung hatte sich indessen bereits eine

*) Bundesbl. 1856 I. 13—69, 139—160. Amtliche Sammlung V. 239—244, 255.

so entschiedene Vorliebe für diese letztere Linie geoffenbart, dass man sich nicht darüber wundern darf, wenn der Grosse Rath von Freiburg sein Dekret fallen liess und am 24. Mai 1856 einer Gesellschaft von Pariser und Genfer Bankiers eine Concession für eine direkte Bahn von Freiburg nach Lausanne ertheilte. Dieser Schienenweg liess sich indessen nicht durchführen ohne eine Zwangsconcession gegen den Kanton Waadt, welche die Regierung von Freiburg in ihrem Schreiben vom 20. Juni an den Bundesrath wirklich nachsuchte. Es versteht sich, dass die Regierung von Waadt nicht bloss gegen dieses Begehren entschieden protestirte, sondern auch für den Fall, dass Freiburg die am 6. Februar vorgeschriebenen Ausweise nicht geleistet haben sollte, das Zwangsconcessionsgesuch für die Westbahngesellschaft erneuerte, immerhin mit dem Vorbehalte späterer Festsetzung der Linie, sei es über Murten oder über Freiburg. Auch die Westbahngesellschaft selbst machte sich nun, uneingedenk des verhängnissvollen »zu spät!«, zum Bau der Payerne-Freiburger Linie anheischig, soferne der Kanton Freiburg an dieselbe die nämlichen Beiträge leisten wolle, welche er der Oronlinie zugesichert habe. Der Bundesrath, welcher die beiden Begehren zu begutachten hatte, führte nun zuvörderst in seiner Botschaft vom 20. Juli aus, dass Freiburg die geforderten Ausweise nicht geleistet habe, weder für die von der Bundesversammlung genehmigte Linie Thörishaus-Freiburg-Payerne, noch auch wenn man annehme, dass der Beschluss vom 6. Februar in Folge seiner elastischen Fassung sich mit auf die Oronlinie anwenden lasse, für diese letztere, indem eine Aktiengesellschaft sich noch nicht gebildet, sondern die Concessionäre bloss das Versprechen gegeben haben eine solche zu gründen. Zudem sei in der mit ihnen abgeschlossenen Uebereinkunft für die Vollendung des Baues auf der ganzen Linie eine Frist von 5 Jahren angesetzt, während nach dem Beschlusse vom 6. Febr. dieselbe schon bis Ende 1859 ausgebaut sein sollte. Der Bundesrath stellte sich daher auf den Standpunkt, dass die Bundesversammlung wieder völlig freie Hand habe sich für die eine oder andere der projektirten Linien zu entscheiden, und schlug mit Rücksicht auf die Unvollständigkeit der für die Oronlinie gemachten Vorlagen eine nähere Untersuchung vor, um, falls die beiden Kantone sich nicht verständigen sollten, später einen definitiven Entscheid fassen zu können. In der That ordnete die Bundesversammlung einen nähern technischen Untersuch an, welcher durch zwei auswärtige Experte (v. Pauli aus Bayern und Léveillé aus Frankreich) bewerkstelligt wurde. Diese erklärten die Oronlinie geradezu für unausführbar und entschieden sich für die Murtner Linie, soferne nicht der Kanton Freiburg die Mehrkosten des Tracé's über seine Hauptstadt auf sich nehme. Der Bundesrath sprach sich daher in seiner zweiten Botschaft vom 29. August ebenfalls gegen die Oronlinie und für einfache Bestätigung des Beschlusses vom 6. Februar mit Verlängerung der für die geforderten Ausweise anberaumten Frist bis Ende des Jahres aus. Dem Kanton Waadt unter den obwaltenden Verhältnissen einen Zwang aufzulegen, dass er gegen seinen Willen einen Bau auf seinem Gebiete ausführen lassen müsse, und zwar mit der gehässigen Bedingung, dass das gleiche Recht für eine Fortsetzung derjenigen Linie, die er seinen Interessen angemessen finde, gegenüber dem Kanton Freiburg ihm nicht zugestanden werde, fand der Bundesrath nicht bloss hart und unbillig, sondern geradezu ungerecht und im grellen Widerspruche mit dem Geiste der Bundesgesetze und der Natur unserer föderativen Institutionen. Auf den nämlichen Standpunkt stellte sich die Mehrheit der nationalräthlichen Kommission; sie gelangte auf Grundlage des bestehenden Bundesrechtes zu dem Schlusse, dass der Bund zwar seine Dazwischenkunft eintreten lassen solle, um neben der Hauptverkehrslinie, die sich längs den Juraseen hinziehen müsse, das Zustandekommen einer zweiten, von Bern aus in südwestlicher Richtung laufenden Eisenbahn zu sichern, jedoch in einer Weise, dass bei Bestimmung der Richtung dieser Bahn auf die besondern Interessen derjenigen Kantone, in deren Gebiet sie gebaut werden soll, die gebührende Rücksicht genommen werde. Diese Rücksicht, fand die Mehrheit der Kommission, habe die Bundesversammlung am 6. Febr. den Interessen des Kantons Freiburg geschenkt; nun handle es sich darum, das damals dem Kt. Waadt gewissermassen gegebene Wort zu halten, und es könne keine Rede davon sein, von der damals genehmigten Payerne-Freiburger Linie, zu welcher Waadt nunmehr Hand bieten wolle, wieder im Interesse Freiburgs abzugehen. In dem auffallenden Sachverhalte, dass Freiburg früher jene Linie eifrig anstrebte und Waadt sich jetzt derselben anbequemen wolle, fand die Mehrheit der Kommission den Beweis dafür, dass durch dieselbe den beiderseitigen Interessen gleich gerechte Berücksichtigung zu

Theil werde, und gründete darauf die Hoffnung, dass die beiden Kantone auf die genannte mittlere Linie sich verständigen werden. Die Bundesversammlung hingegen entschied sich nach langen Debatten für den Antrag der Minderheit der nationalräthlichen Kommission, welcher für die Oronlinie, als die bei weitem kürzeste und daher den Interessen der Eidgenossenschaft entsprechendste, die nachgesuchte Zwangsconcession ertheilen wollte. Der Bundesbeschluss vom 23. September 1856 genehmigte das Dekret des freiburgischen Grossen Rathes vom 24. Mai und die demselben zu Grunde liegende Uebereinkunft für die Erstellung einer Eisenbahn von Thörishaus über Freiburg nach Lausanne; zugleich bewilligte er dem Grundsatze nach die vom Kanton Freiburg beanspruchte Bahnrichtung auf waadtländischem Gebiete. Ueber die nähern Concessionsbedingungen für diese Strecke sollten jedoch noch unter Leitung des Bundesrathes Verständigungsversuche mit der Regierung von Waadt stattfinden; im Falle des Nichtgelingens behielt sich die Bundesversammlung vor dieselben festzusetzen. Ueber das Bahntracé und die Baupläne auf waadtländischem Gebiete sollte, falls die Regierung von Waadt und die Bahnconcessionäre sich darüber nicht einigen könnten, der Bundesrath die definitive Genehmigung aussprechen.*) — Durch diesen folgenschweren Entscheid hat nicht bloss die Bundesversammlung den Kanton Waadt offenbar ungünstiger behandelt als den Kanton Freiburg, sondern sie ist damit zugleich grundsätzlich auf das sogen. Zweiliniensystem eingetreten, welches in seinen Wirkungen darauf hinaus läuft, dass neben einer rentabeln Bahn, die sich im Besitze einer Aktiengesellschaft befindet, jeweilen eine unrentable erstellt wird, deren Bau und Betrieb nur auf Kosten des Staates möglich ist. Dieses System musste früher oder später das jetzt offen an den Tag tretende Bestreben hervorrufen, das gesammte schweizerische Eisenbahnwesen mit Rechten und Pflichten zur Bundessache zu machen und somit nachträglich das im Jahr 1852 verworfene Princip des eidgenössischen Staatsbaues, unter wesentlich ungünstiger gewordenen Verhältnissen, zur Geltung zu bringen. Wenn dieses Bestreben jemals eine Mehrheit in der Bundesversammlung für sich gewinnt, so war der Beschluss in der Oronbahnfrage der erste Schritt, der zu diesem Ziele führte!

*) Bundesbl. 1856 II. 253—279, 373—385, 413—417, 427—454. Amtl. Samml. V. 399—405. — Das Stimmenverhältniss für die Oronlinie war im Nationalrathe 59 gegen 47, im Ständerathe 24 gegen 16 Stimmen.

Wie vorauszusehen war, kam eine Verständigung zwischen der Regierung von Waadt und der Eisenbahngesellschaft über die nähern Bedingungen der Zwangsconcession nicht zu Stande und es musste daher der Bundesrath dieselben der Bundesversammlung vorlegen. Zugleich wiederholte die Regierung von Waadt unterm 13. März 1857 ihr Zwangsconcessionsbegehren für die Murtner Linie gegen den Kanton Freiburg, indem sie für ihren Kanton die gleiche Gunst wie für den Nachbarstand in Anspruch nahm. Begreiflicher Weise lehnte die Bundesversammlung neuerdings dieses Gesuch ab. Den eigentlichen Concessionsakt für die Oronbahn auf dem Gebiete des Kantons Waadt ertheilte sie unterm 4. August 1857 in ähnlicher Weise, wie sonst die obersten Behörden der Kantone Eisenbahnconcessionen festzustellen pflegen, und gleichsam die Stelle des waadtländischen Grossen Rathes vertretend. Es wurde dabei verordnet, dass alle Anstände, welche sich zwischen dem Kanton Waadt und der Oronbahngesellschaft ergeben würden, auf eingelangte Beschwerde hin durch den Bundesrath im Sinne des Concessionsaktes entschieden werden sollten.*) Da die Regierung von Waadt auffallender Weise während längerer Zeit sich weigerte, die ihr nach dem Concessionsakte zustehenden Rechte auszuüben, so musste der Bundesrath für sie handeln, z. B. als eine von der Gesellschaft beschlossene Abänderung ihrer Statuten zu genehmigen war.**) Erst nach eingetretenem Regierungswechsel im Kanton Waadt erklärte der neue Staatsrath unterm 11. April 1862, die Ausübung der ihm nach der Concession vom 4. August 1857 zustehenden Rechte und gesetzlichen Befugnisse von nun an selbst übernehmen zu wollen.***)

4) So lange die Murtener Linie noch Aussicht auf Erfolg hatte, war eine fortlaufende Linie von Herzogenbuchsee nach Yverdon noch nicht projektirt worden; die Centralbahn besass eine Concession bloss bis nach Biel und auf der andern Seite des Bielersees die Franco-Suisse bloss bis nach Landeron. Erst nachdem die langwierigen Verhandlungen über den Westbahnkonflikt die Sicherung der Berglinie Bern-Freiburg-Oron-Lausanne herbeigeführt hatten, fühlte man allgemein das Bedürfniss einer ununterbrochenen Schienen-

*) Bundesbl. 1857 I. 367—385, 681—686. II. 61—86. Amtl. Samml. V. 597—600, 618—642.

**) Amtl. Samml. VI. 412—414.

***) Ebenda VII. 278.

verbindung auf der Thallinie, welche sich auf dem linken Ufer der Aare und der beiden Seen hinzieht. Die Franco-Suisse verlangte daher schon am 4. August 1856 vom Kanton Bern eine Concession für die Bahnstrecke Landeron-Biel; allein Bern verweigerte dieselbe aus Rücksicht für die sogen. schwimmende Eisenbahn auf dem Bielersee und der Zihl, welche in Verbindung mit der Juragewässerkorrektion projektirt war. Den 26. September 1857 stellte dann auch die Centralbahngesellschaft ein Concessionsbegehren für Biel-Landeron und die Regierung von Bern liess sich hierauf mit den beiden Gesellschaften in Unterhandlungen ein. Mit der Franco-Suisse wurden jedoch dieselben bald abgebrochen und diese Eisenbahngesellschaft richtete daher unterm 17. Juni 1858 für den Fall, dass der Kanton Bern den Bau jener Linie weder selbst übernehmen noch einer andern, genügende Garantien darbietenden Gesellschaft übertragen wolle, ein Zwangsconcessionsbegehren an die Bundesversammlung. Bern entschuldigte seine Zögerung mit einem Rechtsstreite, in welchem es sich damals mit der Centralbahngesellschaft über die Frage befand, ob letzterer an der Linie Biel-Neuenstadt ein Ausschluss- oder nur ein Vorzugsrecht vor andern Bewerbern bei gleich günstigen Bedingungen zustehe. Mit Rücksicht auf diese Sachlage beschloss die Bundesversammlung, einstweilen nicht auf das Zwangsconcessionsbegehren einzutreten; dabei wurde indessen bereits in den Motiven des Beschlusses vom 30. Juli 1858 der Grundsatz ausgesprochen: »dass die Erstellung einer Eisenbahn von Biel an die Gränze des Kantons Bern bei Neuenstadt längs dem linken Ufer des Bielersee's unzweifelhaft im Interesse der Eidgenossenschaft, oder doch eines grossen Theiles derselben liegt, und insbesondere die beförderliche Vergebung dieser Linie unter Bestimmungen, welche für eine rasche Ausführung hinreichende Garantien bieten, durch wichtige Interessen geboten ist.« In der That concedirte dann der Kanton Bern bald nach der, zu seinen Gunsten ausgefallenen Erledigung des Rechtsstreites mit der Centralbahn die Linie Biel-Neuenstadt der (seither aufgelösten) schweiz. Ostwestbahngesellschaft. Die Bundesgenehmigung für diese Concession wurde indessen nur mit folgendem Zusatze ertheilt: »Der Bundesrath wird den Fortgang der Arbeiten überwachen und für den Fall, dass dieselben nicht so fortgesetzt würden, um die Eröffnung der Bahn bis 1. October 1860 zu ermöglichen, der Bundesversammlung

Bericht erstatten, damit diese nöthigenfalls auch vor Ablauf dieser Frist nach Art. 17 des Bundesgesetzes vom 28. Juli 1852 massgebend einschreite und das Erforderliche verfüge.« Wirklich wurde dann auch vom Bundesrathe, in Folge von Motionen, welche im Schoosse der Bundesversammlung gestellt wurden, mehrmals über den Fortgang der Arbeiten auf der Linie Biel-Neuenstadt Bericht erstattet und die Bundesversammlung fasste vorsorgliche Beschlüsse für deren rechtzeitige Vollendung, bis endlich bald nach dem festgesetzten Termine die Eisenbahn dem Verkehr übergeben werden konnte.*)

Neben dem Art. 17 des Eisenbahngesetzes war es vorzüglich noch der Art. 13, die Anschlussverhältnisse unter den verschiedenen schweizerischen Eisenbahnen betreffend, welcher zu interessanten Erörterungen im Schoosse der Bundesbehörden führte. Die Verwaltung der Vereinigten Schweizerbahnen hatte beim Bundesrathe darüber Beschwerde geführt, dass die Nordostbahngesellschaft die Umladung der Güter von den Wagen der einen Bahn auf diejenigen der andern verlange und dafür eine Gebühr von 5 Centimes vom Centner fordere, und dass sie sich weigere, direkte Personen- und Gepäckscheine nach allen Stationen der Vereinigten Bahnen auszustellen. Diese Beschwerde veranlasste den Bundesrath, die Frage zu prüfen, ob der Art. 13 des Eisenbahngesetzes so zu verstehen sei, dass die Eisenbahnunternehmungen nicht bloss zu einem baulichen, sondern auch zu einem Betriebsanschlusse »in schicklicher Weise« verpflichtet seien. Der Bundesrath fand eine so weit gehende Auslegung des Art. 13 unzulässig oder wenigstens zweifelhaft, beschloss jedoch mit Rücksicht auf die dabei betheiligten wichtigen Verkehrsinteressen, der Bundesversammlung die Erlassung eines entsprechenden Nachtragsgesetzes vorzuschlagen. Die beiden gesetzgebenden Räthe stellten sich jedoch auf den, zuerst von einer Minderheit der nationalräthlichen Kommission vertretenen Standpunkt, dass das Eisenbahngesetz »dem Bundesrathe die nothwendige Kompetenz einräume, um Anstände, wie solche sich erhoben haben, im Interesse des allgemeinen Verkehrs, des öffentlichen Dienstes, sowie des zweckmässigsten Bahnbetriebs zu erledigen.« Der Bericht jener Minderheit ging von der Ansicht aus,

*) Bundesbl. 1858 II. 451—464. 1860 I. 571—581. Amtl. Samml. VI. 53—54, 82—85, 556.

dass schon der Art. 12 des Gesetzes, welcher den Grundsatz der technischen Einheit im schweizerischen Eisenbahnwesen aufstellte, dabei einen einheitlichen, schnellen, wohlfeilen und regelmässigen durchgehenden Betrieb von einer Bahn auf die andere bezweckte und das öftere Ein- und Aussteigen der Reisenden, das Umladen der Waaren möglichst vermeiden wollte. In innigster Verbindung damit stehe der Art. 13, dessen Grundgedanke ebenfalls kein anderer sei, als die Coexistenz und den Zusammenhang der verschiedenen schweizerischen Bahnunternehmungen zu einem möglichst einheitlichen, zweckmässigen Betrieb zu sichern. Gewiss werde hier der Anschluss in »schicklicher Weise« nicht bloss für das Mittel verlangt, d. h. für das Aneinanderlegen der Geleise oder für die örtliche Berührung der Stationsanlagen, sondern auch für den Zweck, für das Ineinandergreifen des Betriebes, für den ungehinderten Uebergang der einen auf die andere Bahn. Der eine Schienenweg müsse dem andern den Anschluss so gestatten, dass der Zweck des Eisenbahntransports auf beiden schicklich, ungehemmt und unbelästigt erreicht werden könne. Gleichwie nun der Bundesrath zur Ausführung des Art. 12 eine specielle, sehr eingreifende Verordnung erlassen habe, durch welche der uniforme, zusammenhängende und ineinandergreifende Bau und Betrieb der Eisenbahnen in technischer Hinsicht gesichert erscheine, so könne und dürfe derselbe zu dem gleichen Zwecke, um einen einheitlichen Betrieb des schweizerischen Eisenbahnwesens durchzuführen und den Anforderungen eines ungehemmten Verkehrs gerecht zu werden, ein entsprechendes Einschreiten nach Massgabe des Art. 13 und zu Vollziehung desselben in keiner Weise ablehnen. Wo immer daher zwischen den Eisenbahngesellschaften in der Eidgenossenschaft über den baulichen Anschluss von Zweig- oder Fortsetzungsbahnen, über die Benutzungsverhältnisse der Anschlussstationen, über die Bedienung und Polizei in denselben, über die Festsetzung der Fahrtenpläne, über den Transport von Personen und Waaren, über Umladung und durchgehenden Verkehr, über direkte Fahrbillets und Gepäckscheine, und was sonst diessfalls mit einem geregelten Betriebe und Verkehre zusammenhänge, Conflikte entstehen, zumal wenn durch dieselben die öffentlichen Interessen und das Publikum leiden, sei der Bundesrath verpflichtet, von der ihm durch das Gesetz eingeräumten Entscheidungskompetenz Gebrauch zu machen. — Gestützt auf diese ausdehnende Intrepretation des Art. 13, welche die Bundesversammlung durch Beschluss vom 30. Juli 1858 adoptirte, erliess dann der Bundesrath unterm 11. August gl. J. folgende Verordnung:

»1) Die Eisenbahnunternehmungen sind verpflichtet, sich wechselseitig den Anschluss zu gestatten in der Weise, dass, soweit solches im Interesse eines zusammenhängenden Betriebes nothwendig erscheint, durchgehende Wagen für den Güterverkehr, wobei die Wagen der fahrenden Postbüreaux inbegriffen sind, und direkte Personen-, Gepäcks- und Waarenexpeditionsscheine zugelassen werden.

»2) Die Bahnunternehmungen haben bei der Feststellung der Fahrtenpläne darauf zu achten, dass in dem Verkehr von Bahngebiet zu Bahngebiet möglichste Uebereinstimmung herrsche.

»3) Jede Bahnunternehmung hat den festgestellten Fahrtenplan, sowie Abänderungen daran, in der Regel wenigstens 14 Tage vor seiner wirklichen Anwendung dem eidgen. Postdepartement mitzutheilen.

»4) Können sich die Bahnunternehmungen über die zur Durchführung der in den Art. 1 und 2 aufgestellten Grundsätze nothwendigen nähern Bestimmungen nicht verständigen, so entscheidet darüber der Bundesrath, sofern die Anstände nicht rein civilrechtlicher Natur sind.« *)

Das Transportwesen der schweizerischen Eisenbahnen fällt zunächst nicht in den Bereich der Bundesgewalt. Die Tarifansätze für Beförderung von Personen und Waaren sind durch die kantonalen Concessionen geregelt und die Haftpflicht der Bahngesellschaften gegenüber dem Publikum für Verspätungen, Beschädigungen und Verluste unterliegt den Regeln des gemeinen Civilrechtes, beziehungsweise der besondern Gesetzgebung der Kantone, welche sich auf dem Konkordatswege darüber mit einander vereinigen mögen. Die Bahngesellschaften selbst haben es anerkannt, dass durch das zwischen ihnen vereinbarte Transportreglement, welches mehr nur auf die Erledigung gewöhnlich vorkommender Reklamationsfälle berechnet ist, das Betreten des gerichtlichen Weges bei Entschädigungsfragen Niemanden abgeschnitten sein soll. Ein Anlass zur Bundesintervention gemäss Art. 13 des Eisenbahngesetzes wäre nur dann gegeben, wenn der direkte Verkehr auf den schweizerischen

*) Bundesbl. 1858 II. 124—140, 311—334. Amtl. Samml. VI. 51—52, 74—75.

Eisenbahnen von einem Orte der Eidgenossenschaft zum andern durch die Bahngesellschaften aufgegeben oder erschwert werden wollte.*)

Am Schlusse dieses Abschnittes haben wir noch zu erwähnen, dass das schweizerische Bundesstrafrecht in Art. 67 zum Schutze der Eisenbahnen folgende Strafbestimmungen enthält: a. Wer durch irgend eine Handlung absichtlich Personen oder Waaren, die sich auf einer Eisenbahn befinden, einer erheblichen Gefahr aussetzt, wird mit Gefängniss, und wenn ein Mensch bedeutend verletzt oder sonst ein beträchtlicher Schaden verursacht worden ist, mit Zuchthaus bestraft. b. Wer leichtsinniger oder fahrlässiger Weise durch irgend eine Handlung oder durch Nichterfüllung einer ihm obliegenden Dienstpflicht eine solche erhebliche Gefahr herbeiführt, ist mit Gefängniss bis auf 1 Jahr, verbunden mit Geldbusse, und wenn ein beträchtlicher Schaden entstanden ist, mit Gefängniss bis auf 3 Jahre und mit einer Geldbusse zu belegen.**)

§ 10. Oeffentliche Werke. B. Flusskorrektionen.

Wir haben bis dahin gesehen, wie die Eidgenossenschaft kraft des Art. 21 der Bundesverf. Eisenbahnen ins Leben rief, indem sie die Ausführung derselben durch Aktiengesellschaften auf gesetzgeberischem Wege regelte und begünstigte. Nun wenden wir uns zu den andern gemeinnützigen öffentlichen Werken, welche, da sie dem Unternehmer keinen unmittelbaren Gewinn versprechen, die Kräfte der betheiligten Kantone aber gewöhnlich übersteigen, einer direkten Geldunterstützung von Seite des Bundes bedürfen.

Unstreitig gehören Flusskorrektionen, namentlich wenn sie ein grösseres Gebiet umfassen, zu den wohlthätigsten Unternehmungen, die sich überhaupt ausführen lassen. Was in dieser Hinsicht durch das, von dem edeln Hans Conrad Escher geleitete Linthwerk für einen weiten, über die Kantone Glarus, Schwyz und St. Gallen sich erstreckenden Landstrich erreicht worden, ist bekannt. Die Eidgenossenschaft, welche dieses gemeinnützige Unternehmen veranlasst hat, betrachtet dasselbe noch heute als ein theures Erbe, welches ihrer Fürsorge zur Erhaltung und Fortentwickelung anvertraut

*) Bericht des Bundesrathes an die Bundesversammlung, betr. das Transportwesen auf den schweiz. Eisenbahnen. Bundesbl. 1862 III. 427—486.

**) Amtl. Samml. III. 425.

ist: in neuester Zeit ist durch Bundesbeschluss vom 27. Jan. 1862,*) auf Grundlage einer Verständigung mit den betheiligten Kantonen, die gesammte Linthverwaltung auf zweckmässige Weise reorganisirt worden. Der neue Bund von 1848 wollte jedoch hinter dem Zeitalter der Vermittlungsakte nicht zurückbleiben: sobald eine Flusskorrektion, die wirklich im Interesse eines bedeutenden Theiles der Schweiz lag, bei den Bundesbehörden anklopfte, erklärten Letztere sofort sich zur Unterstützung bereit. Die Rheinkorrektion, welche die Behörden des Kantons St. Gallen schon seit Jahrzehnden beschäftigt hatte, wurde von der dortigen Regierung unmittelbar nach der Konstituirung der neuen Bundesbehörden bei denselben anhängig gemacht. Die vom Bundesrathe ernannten Experten, welche die verschiedenen Projekte zu prüfen hatten, erklärten sich für das Durchstechen eines Kanals in der Richtung von Brugg nach Fussach und der Bundesrath bevollmächtigte hierauf die Regierung von St. Gallen, mit Oesterreich, dessen Gebiet für die Ausführung dieses Projektes in Anspruch genommen werden müsste, in Unterhandlung zu treten. Da diese Verhandlungen zu keinem Resultate führten, so wandten sich die rheinthalischen Gemeinden im Sommer 1853 mit einem Unterstützungsgesuche direkte an die Bundesversammlung. Auf einen vom Bundesrathe erhaltenen Wink wurde nun in St. Gallen ein Gesetz erlassen, nach welchem zuerst die bisher wuhrpflichtigen Gemeinden und die Grundeigenthümer, denen die Rheinkorrektion zum Vortheil gereichen würde, an die Kosten derselben beitragen sollten, dann auch der Kanton zu einem verhältnissmässigen Beitrage sich verpflichtete. Die ständeräthliche Kommission, welche das Unterstützungsgesuch zuerst zu begutachten hatte, sprach sich zuvörderst grundsätzlich für die Anwendung des Art. 21 auf Flusskorrektionen aus, mit Rücksicht auf den hohen Nutzen, welcher aus der Erschliessung neuer Quellen des Wohlstandes dem Vaterlande erwachse, und auf den günstigen Stand der eidgenössischen Finanzen, welcher die nachdrückliche Unterstützung grosser gemeinnütziger Unternehmungen gestatte. Die besondere Anwendung des Art. 21 auf die Rheinkorrektion empfahl die Kommission im Hinblicke auf die Grösse des Unternehmens, welches sich auf eine Länge von 15 Wegstunden erstrecke, und die dabei zu überwindenden Schwierigkeiten, auf das beträchtliche Areal, welches kulturfähiger

*) Amtl. Samml. VII. 119—121.

gemacht und vor Ueberschwemmungen gesichert werden solle, auf die grossen Kosten des Werkes, welche die Kräfte des Kts. St. Gallen übersteigen, auf das Interesse für andere Kantone, welches das Unternehmen wegen eines möglichen Rheinausbruches bei Sargans darbiete, und endlich auf das eidgenössische Interesse, welches sich an den Rhein als Militär- und Handelsgränze der Schweiz knüpfe. Dagegen fand die Kommission, die Bundesversammlung könne für den Augenblick nicht weiter gehen als ihre Bereitwilligkeit zu Unterstützung der Rheinkorrektion ausdrücken, weil man vorerst genügende Garantien haben müsse für die Ausführbarkeit einer vollständigen und gründlichen Korrektion, welche durch die Zustimmung der österreichischen Regierung bedingt werde. Die Bundesversammlung erklärte sich durch Beschluss vom 8. Februar 1854 mit dieser Anschauungsweise der Kommission einverstanden und beauftragte daher, indem sie sich dem Princip nach für Unterstützung der Rheinkorrektion aussprach, den Bundesrath mit weitern Unterhandlungen mit Oesterreich.*) Nachdem indessen abermals sieben Jahre mit fruchtlosen Konferenzen verstrichen waren, wandte sich die Regierung von St. Gallen neuerdings an die Bundesversammlung mit dem Gesuche, sie möchte ihre Schlussnahme vom 8. Febr. 1854 in dem Sinne abändern, dass mit dem Beginne der Arbeiten oberhalb Monstein nicht zugewartet werden müsse, bis man mit Oesterreich über den Durchstich des neuen Bettes in der untersten Stromsektion übereingekommen wäre. In der That fanden nun der Bundesrath und mit ihm übereinstimmend die Bundesversammlung, dass, so wünschenswerth eine Verständigung mit Oesterreich auch sein möge, die Inangriffnahme der Rheinkorrektion doch nicht vollständig von derselben abhängig gemacht werden könne. Es schien der Würde der Schweiz nicht angemessen, ewig auf die Gefälligkeit einer fremden Macht zu warten, und zugleich versicherten nun die Ingenieure, dass auch ohne den Durchstich unterhalb Monstein eine dauerhafte und befriedigende Korrektion erzielt werden könne, zumal nach der seit 1858 erfolgten Tieferlegung des Rheinbettes unter der Brücke bei Konstanz. Von den auf $8^1/_2$ Millionen Franken angeschlagenen Kosten der Korrektion oberhalb des Monsteins hatte der Kanton St. Gallen zwei Dritttheile auf sich und die betheiligten Gemeinden genommen; den letzten Dritttheil übernahm durch

*) Bundesbl. 1854 I. 325—405. Amtl. Samml. IV. 58—60.

Bundesbeschluss vom 24. Juli 1862 die Eidgenossenschaft in dem Sinne, dass ihr Beitrag die Summe von 2,800,000 Fr. jedenfalls nicht übersteigen soll. Zugleich wurden, auf Ansuchen der Regierung von Graubünden, auch die auf dem rechten Rheinufer liegenden Gemeinden Fläsch und Maienfeld in den Korrektionsplan aufgenommen und denselben eine Subvention von 350,000 Fr. aus der Bundeskasse zuerkannt. Den beiden Kantonen sollen die festgesetzten Bundesbeiträge nach Massgabe des Vorrückens der Arbeiten ausbezahlt werden; jedoch dürfen die jährlichen Abschlagszahlungen 300,000 Fr. für St. Gallen und 30,000 Fr. für Graubünden nicht überschreiten. Die Arbeiten der Rheinkorrektion müssen nach den angenommenen Plänen ausgeführt und nur mit Genehmigung des Bundesrathes dürfen Aenderungen an denselben getroffen werden. Dem Bundesrathe soll auch die oberste Leitung und Ueberwachung des Unternehmens zustehen und die beiden Kantone sollen den Weisungen desselben gebührende Rechnung tragen. Der zukünftige Unterhalt der auszuführenden Werke wurde den Kantonen St. Gallen und Graubünden, jedem für den Umfang seines Gebietes, auferlegt, wobei die ihnen zukommenden Post- und Zollentschädigungen im Sinne des Art. 35 der Bundesverf. als Caution für die Erfüllung dieser Verpflichtung dienen und übrigens der Bundesrath befugt sein soll, nöthigenfalls die erforderlichen Arbeiten auf Kosten des pflichtigen Kantons vornehmen zu lassen. Für die nöthigen Expropriationen wurde der Bundesrath ermächtigt, das Bundesgesetz vom 1. Mai 1850 in Anwendung zu bringen. Endlich ertheilte die Bundesversammlung erneuerten Auftrag zu Fortsetzung der Unterhandlungen mit Oesterreich, betreffend die Korrektion des Flusses vom Monstein abwärts.*)

Neben der Rheinkorrektion hat der Bund bis jetzt nur ein kleineres Werk ähnlicher Art im Hinblicke auf Art. 21 der Bundesverf. unterstützt; wir meinen die Verbesserung des Seeabflusses bei Luzern. Schon seit längerer Zeit beklagten sich die Kantone Uri, Schwyz und Unterwalden über erhöhten Wasserstand des Vierwaldstättersee's und daraus folgende Versumpfungen und Ueberschwemmungen an den Ufern desselben. Sie fanden die Ursache davon in der allmähligen Verengung, welche der Seeabfluss durch

*) Bundesbl. 1862 I. 193—277. III. 131—158. Amtl. Samml. VII. 317—320.

verschiedene Bauten erlitten habe, und forderten umsonst vom Kanton Luzern Abhülfe gegen diesen Uebelstand. Die Einsprache gegen die von der Centralbahngesellschaft beabsichtigten Dammbauten, welche die drei Urkantone im Jahr 1857 erhoben, veranlasste nun den Bundesrath, eine technische Untersuchung dieser Angelegenheit anzuordnen, aus welcher sich ergab, dass der eingetretenen Erhöhung des Wasserspiegels am wirksamsten dadurch begegnet werden könne, wenn das unterhalb der Reussbrücke in Luzern befindliche steinerne Stauwehr beseitigt und an dessen Stelle ein Schleussenwehr errichtet werde. Unter der Leitung und Vermittelung des Bundesrathes kam dann am 9. Oktober 1858 ein Vertrag zu Stande, nach welchem von den auf 97,000 Fr. angeschlagenen Kosten dieser Baute drei Viertheile unter die vier betheiligten Kantone und die Centralbahngesellschaft vertheilt wurden, der letzte Viertheil aber von der Eidgenossenschaft übernommen werden sollte. Bereitwillig genehmigte die Bundesversammlung diese Uebereinkunft, indem sie die Wichtigkeit des Unternehmens für die vier betheiligten Uferkantone, also für einen bedeutenden Theil der Eidgenossenschaft in Betracht zog.*) Bereits im April 1860 war die Reusswehrbaute zur Zufriedenheit der mit der Collaudation beauftragten Techniker vollendet und wurde nun gemäss dem Vertrage der Stadtgemeinde Luzern zum Unterhalt übergeben. Nach einem andern Artikel der Uebereinkunft haben die Bundesbehörden darüber zu wachen, dass in Luzern keine Bauten mehr vorgenommen werden, welche »einen Einfluss von bemerkenswerthem Nachtheil auf den Seeabfluss üben«; in Folge dieser Bestimmung untersagte der Bundesrath, nach eingeholtem Gutachten unbetheiligter Experten, die Erstellung einer von der Luzerner Regierung concedirten Badeanstalt, gegen welche die Urkantone Verwahrung eingelegt hatten.**)

Wir können nicht umhin, hier auch noch des Beitrages von 15,000 Fr. an die Reusskorrektion im Kanton Uri zu erwähnen, den die Bundesversammlung am 20. Juli 1854 dekretirte. Es geschah diess freilich mit dem Beisatze: »abgesehen von Art. 21 der Bundesverfassung,«***) wodurch man den Gedanken ausdrücken wollte, dass dieses öffentliche Werk, weil es bloss dem kleinen Kan-

*) Bundesbl. 1859 I. 1—8, 150—154. Amtl. Samml. VI. 142—148.
**) Bundesbl. 1861 I. 754—757.
***) Amtl. Samml. IV. 252—253.

ton Uri und also nicht einem »grossen Theile« der Eidgenossenschaft zum Nutzen gereiche, nach Art. 21 eigentlich keinen Anspruch auf Bundesunterstützung gehabt hätte und daher die verabreichte Subsidie für zukünftige ähnliche Fälle kein Präjudiz bilden solle. Allein trotz der Verwahrung, die in jenen Worten enthalten ist, besteht die Thatsache, dass eine Flusskorrektion, welche nach allgemeiner Zugabe die durch den Wortlaut des Art. 21 aufgestellten Bedingungen nicht erfüllt, aus der Bundeskasse unterstützt worden ist, und diese Thatsache dürfte in Zukunft für die weitgehendsten Anwendungen des Art. 21 geltend gemacht werden.

Zu den grossen, wohlthätigen Unternehmungen, welche auf eine kräftige Unterstützung von Seite des Bundes begründeten Anspruch haben, gehört unzweifelhaft die Korrektion der Juragewässer, welche namentlich das weite bernische Seeland entsumpfen, zugleich aber auch auf grössere oder kleinere Gebietstheile der Kantone Freiburg, Waadt, Neuenburg und Solothurn eine günstige Rückwirkung üben würde. Bereits unterm 3. August 1857 hat die Bundesversammlung den Grundsatz ausgesprochen, dass die Juragewässerkorrektion ihrem Zwecke, ihrer Natur und Ausdehnung nach eine thatkräftige Unterstützung der Eidgenossenschaft im Sinne des Art. 21 der Bundesverf. beanspruchen dürfe und dass es ganz angemessen sei, wenn der Bund bei diesem öffentlichen Werke eine leitende Iniative ergreife, ohne damit den Charakter des Unternehmens und die Stellung der Kantone zu demselben und zum Bunde zu verrücken. Da es indessen als nothwendig erschien, die Frage des Korrektionsplanes gleichzeitig mit den übrigen Fragen zu erledigen, hinsichtlich jener Frage aber ein definitiver Entscheid noch nicht gefasst werden konnte, so wurde der Bundesrath beauftragt, ohne Verzug diejenigen Vervollständigungen und Verifikationen der technischen und finanziellen Untersuchungen und Vorarbeiten anzuordnen, welche zur endlichen Feststellung des Korrektionsplanes nöthig seien. Diese neuen Studien sollten namentlich diejenigen Vorschläge in ernste Erwägung ziehen, welche dahin zielen, die Aare in den Bielersee abzuleiten. Ferner erhielt der Bundesrath den Auftrag, sich mit den betheiligten Kantonen ins Einverständniss zu setzen, um ihre Ansichten über den Korrektionsplan und die für die Ausführung aufzustellenden Grundsätze zu vernehmen und wo möglich eine hierauf bezügliche Verständigung herbeizuführen.*) In Vollziehung dieser Aufträge ordnete der Bundesrath sofort eine technische und eine landwirthschaftliche Expertise an, welche schon im September und October 1857 ihr Gutachten abgaben. Im November traten Abgeordnete des Bundesrathes und der betheiligten fünf Kantone zu einer Konferenz zusammen, welche einen umfassenden Entwurf zu einem Bundesbeschlusse über die Ausführung des Unternehmens vereinbarte. Ueber diese Vereinbarung wurden die Kantone einvernommen; es ging aber nur von Bern eine Antwort ein, und zwar schon im Januar 1858. Die übrigen Kantone schwiegen, und in Folge der durch den Westbahnkonflikt eingetretenen Verstimmung unter den Betheiligten gerieth die Angelegenheit für längere Zeit in gänzliches Stocken. Sie wurde im Februar 1862 wieder angeregt durch eine im Nationalrathe gestellte Motion, in Folge deren die Bundesversammlung an den Bundesrath die Einladung richtete, die Unterhandlungen mit den betheiligten Kantonen beförderlich zu Ende zu führen und sodann über den Stand der Angelegenheit und die allfällig weiter zu ergreifenden Massregeln Bericht und Antrag zu hinterbringen.**)

Auf den Traktanden der Bundesbehörden steht gegenwärtig, in Folge eines von der Regierung von Wallis eingereichten Gesuches, auch die Rhonekorrektion im dortigen Kanton. Bei der keineswegs engherzigen, sondern eher etwas ausdehnenden Interpretation, welche der Art. 21 der Bundesverfassung namentlich auch bei den Gebirgsstrassen bis jetzt erlangt hat, ist nicht zu bezweifeln, dass man auch die Rhonekorrektion unter die Bestimmungen desselben subsumiren wird. Aber darauf muss jedenfalls, hier wie bei der Juragewässerkorrektion, strenge gehalten werden, dass die betheiligten Kantone, bevor sie die Hülfe des Bundes in Anspruch nehmen, selbst nach besten Kräften für das gewünschte wohlthätige Unternehmen sich betheiligen, wie der Kanton St. Gallen es für die Rheinkorrektion in rühmlicher Weise gethan hat.

§ 11. Oeffentliche Werke. C. Gebirgsstrassen.

Niemand wird bestreiten, dass Gebirgsstrassen, welche den Verkehr grosser Länder mit einander vermitteln oder auch nur zwei benachbarte Thalschaften in nähere Berührung zu einander bringen,

*) Amtl. Samml. V. 586—588.

**) Bundesbl. 1862 I. 507—511. Amtl. Samml. VII. 168.

in der Regel von grossem volkswirthschaftlichem Nutzen sind. Die vielen trefflichen Pässe, welche die Gebirge der Schweiz darbieten, konnten in früheren Jahrhunderten nur von Fussgängern, Reit- und Saumpferden benutzt werden; erst der neuern Zeit war es vorbehalten, fahrbare Strassen über die Gräte der Alpen zu ziehen. Nachdem Napoleon I. aus militärischen Gründen die Simplonstrasse erbaut hatte, wurde unter der Herrschaft des Bundesvertrages von 1815 die Gotthardstrasse durch die Kantone Uri und Tessin hergestellt und Graubünden machte gleichzeitig die Pässe über den Splügen, Julier und Bernhardin fahrbar. Es ist indessen leicht zu begreifen, dass derartige Unternehmungen die Kräfte der Kantone, namentlich der kleinern, überstiegen; sie luden sich dabei eine schwere Schuldenlast auf, zu deren Verzinsung und Amortisation die Tagsatzung ihnen hohe Zölle und Weggelder bewilligen musste. Der neue Bund, welcher die Verkehrsschranken im Innern der Schweiz beseitigt hat, gewährt dagegen den Kantonen Aussicht auf eidgenössische Unterstützung für öffentliche Werke, denen ihre Kräfte nicht völlig gewachsen sind; er zieht es vor, direkte Geldbeiträge an Gebirgsstrassen zu leisten, anstatt neue Schlagbäume auf denselben zu errichten.

Die erste Gebirgsstrasse, für welche die Bundesversammlung, auf Ansuchen der Kantone Waadt und Wallis, einen Beitrag aus der Bundeskasse bewilligte, war die projektirte Strasse über den grossen St. Bernhard, beziehungsweise den Col de Menouve, nach Piemont. Die Kosten der ganzen Baute waren auf ungefähr 1 Million Franken berechnet; Waadt hatte davon 200,000 Fr. auf sich genommen; Wallis erstellte die Strasse von Martinach nach St. Pierre. Der Bundesrath rechtfertigte eine Unterstützung von Seite des Bundes mit der grossen Bedeutung, welche der St. Bernhardspass für die ganze Westschweiz habe, sowie mit den vermehrten Zolleinkünften, welche die Eidgenossenschaft vermöge der projektirten Strasse, die für den Transitverkehr dem Mont Cenis Konkurrenz zu machen bestimmt sei, beziehen werde. Die Bundesversammlung, mit dieser Motivirung einverstanden, bewilligte am 21. Juli 1854 einen Beitrag von 300,000 Fr., zahlbar in fünf Jahresraten nach Massgabe des Fortschreitens der gemäss dem vorgelegten Plane auszuführenden Arbeiten; dem Bundesrathe wurde dabei das nöthige Ueberwachungsrecht vorbehalten.*) Die projektirte St. Bern-

*) Bundesbl. 1854 III. 263—269. Amtl. Samml. IV. 265—266.

hardstrasse ist indessen nicht zur Ausführung gekommen und daher hat die Bundeskasse auch nur unbedeutende Summen für Vorarbeiten an dieses Unternehmen ausbezahlt. Anfänglich waren es Streitigkeiten mit Unternehmern, welche die Inangriffnahme verzögerten; nachher liess, wegen der veränderten politischen Verhältnisse in Italien, die sardinische Regierung das anfänglich von ihr begünstigte Projekt fallen. Das Aufgeben desselben, womit die betheiligten Kantone einverstanden zu sein scheinen, rechtfertigt sich auch durch den Umstand, dass die St. Bernhardstrasse ihre Bedeutung zum grössten Theil verloren hat durch die Erstellung der Walliser Eisenbahn nach Sitten und deren Fortführung nach Brieg.*)

Auf die St. Bernhardstrasse, welche die nähere Verbindung mit einem auswärtigen Staate bezweckte, folgte ein Gebirgspass, welcher im Innern der Schweiz liegt und den kleinen Halbkanton Obwalden mit dem grossen Kanton Bern verbindet. Ueber die Erstellung einer ununterbrochenen Fahrstrasse von Luzern nach Brienz über den Brünig wurden zwischen den betheiligten Kantonsregierungen längere Zeit Unterhandlungen verpflogen. Unter Vermittlung des Bundesrathes kam unterm 15. Mai 1855 eine Uebereinkunft zwischen ihnen zu Stande, nach welcher jeder Kanton die Erstellungskosten auf seinem Gebiete tragen, die Eidgenossenschaft aber um eine angemessene Unterstützung des Unternehmens angegangen werden sollte. Die Kosten der Neubauten von Brienz nach Lungern, am Kaiserstuhl, von Gstad bei Alpnach an die Luzernergränze und der Korrektion von da nach Luzern waren zusammen auf ungefähr 1 Million Franken angeschlagen. Der Bundesrath motivirte hier die Gewährung eines Bundesbeitrages zunächst mit den militärischen und postalischen Interessen der gesammten Eidgenossenschaft, dann mit den Vortheilen, welche den Kantonen Unterwalden, Luzern und dem Berner Oberlande für ihren lokalen Verkehr und den Absatz ihrer Landesprodukte, sowie durch die vermehrte Reisendenfrequenz aus der Brünigstrasse erwachsen, endlich mit der Unmöglichkeit, in der sich Obwalden befinde, die auf 344,000 Fr. berechneten Strassenkosten auf seinem Gebiete allein zu tragen. Die Bundesversammlung bewilligte am 25. Juli 1856 einen Beitrag von 400,000 Fr., zahlbar in fünf Jahresraten, wobei dem Bundesrathe wieder vorbehalten wurde, den Bauplan zu genehmigen und die

*) Bundesbl. 1861 I. 738.

planmässige Ausführung des Baues überwachen zu lassen. Der Kanton Bern verzichtete auf seinen Antheil an dem Bundesbeitrage; Nidwalden wurde von dem Bau der Strasse auf seinem Gebiete (bei Hergiswyl) befreit, musste sich aber verpflichten, den Boden zu derselben unentgeldlich abzutreten und den künftigen Unterhalt zu übernehmen. Obwalden übernahm den Bau der Strasse von der Bernergränze auf dem Brünig bis an die Luzernergränze bei Hergiswyl, wofür es den ganzen Bundesbeitrag erhielt mit einziger Ausnahme von 10,000 Fr., welche dem Kanton Luzern für den Bau der kleinen Strassenstrecke auf seinem Gebiete verabfolgt wurden.*) Als Vollendungstermin für die sämmtlichen Strassenstrecken war der 1. October 1862 angesetzt; allein schon im Juli 1861 konnte die Brünigstrasse bis Lungern befahren werden und im October wurde sie von den eidgenössischen Experten collaudirt.**) — Als eine Abzweigung der Brünigstrasse erscheint die Seebrücke Acheregg-Stansstad, für welche die Regierung von Nidwalden um einen Bundesbeitrag einkam. Der Bundesrath fand auch hier den Art. 21 der Bundesverf. anwendbar, weil unzweifelhaft die Erstellung einer so kurzen und leichten Landverbindung der äussern Schweiz mit dem, durch die Gebirge und den Vierwaldstättersee fast nach allen Seiten abgeschlossnen Nidwalden sowohl in militärischer als auch in postalischer Beziehung für die Eidgenossenschaft selbst von direktem Nutzen sein werde. Für den allgemeinen Verkehr sei sie nicht minder wichtig, indem sie die Circulation der Fremden und die Ein- und Ausfuhr der Güter wesentlich erleichtern werde. Ohne die beabsichtigte Verbindungsbrücke würde Nidwalden durch die, unter Mitwirkung des Bundes zu Stande gekommene Brünigstrasse in seinen Verkehrsinteressen empfindlich benachtheiligt, indem der bisherige nicht unbedeutende Verkehr über Stans und Beckenried sich künftig nach Luzern wenden würde. Die Kosten der Brücke, mit einer zweckmässigen Vorrichtung für den freien Durchpass der Dampfschiffe, waren auf 60,000 Fr. veranschlagt; der Bundesrath beantragte statt der Bewilligung eines Brückengeldes, welche Nidwalden in erster Linie verlangt hatte, einen Beitrag von 20,000 Fr. aus der Bundeskasse. Die Bundesversammlung stimmte diesem An-

*) Bundesbl. 1856 I. 239—244. Amtliche Sammlung V. 386—387, 541—543.

**) Bundesbl. 1862 I. 196.

trage bei und unterliess auch hier nicht, die Genehmigung der Baupläne durch den Bundesrath vorzuschreiben.*)

Wurden die bisher behandelten Beiträge an Gebirgsstrassen nur auf Ansuchen der betheiligten Kantone ausgesetzt, so ging dagegen die Initiative zum Bau der Furka-, Oberalp- und Axenstrasse vom Bundesrathe selbst aus, welcher dabei, offenbar unter dem Eindrucke der von Frankreich vollzogenen Annexion der neutralisirten savoyischen Gebietstheile handelnd, die militärischen Interessen der Schweiz, die leichtere Vertheidigung der Kantone Wallis und Graubünden in den Vordergrund stellte. Doch wurden auch die Verkehrsinteressen der zunächst betheiligten, zum Theil sehr abgelegenen Thalschaften in der Botschaft vom 29. November 1860 geltend gemacht, mittelst welcher der Bundesrath nur erst Vollmacht zu Unterhandlungen mit den Kantonen Uri, Schwyz, Graubünden und Wallis verlangte. Im Nationalrathe stiess die Vorlage des Bundesrathes auf lebhafte Opposition, welche dieselbe namentlich in Bezug auf die finanzielle Seite der Frage ungenügend fand, und die Bundesversammlung ging im December 1860 auseinander, ohne zu einem Beschlusse gekommen zu sein. Der Bundesrath brachte dann auf die Sommersitzung 1861 einen neuen, ausführlichern Bericht, der auch das graubündnerische Strassennetz ins Auge fasste, für welches die dortige Regierung die Unterstützung des Bundes nachgesucht hatte. Auf stattgefundene Unterhandlungen mit den betheiligten Kantonen sich stützend, beantragte nun der Bundesrath bestimmte Geldbeiträge aus der Bundeskasse für die sämmtlichen vier, durch die Kantone auszuführenden Unternehmungen. »Die Furkastrasse«, sagt der Bericht, »hat eine vorherrschend schweizerische Bedeutung; die militärischen Interessen der Schweiz bilden den Hauptanstoss zu ihrer Erstellung; dazu kommen die politischen: nähere Verbindung und Bekanntschaft der Gebirgsthäler und Gebirgskantone unter sich und mit dem Herzen der Schweiz, und die commerciellen, besonders mit Rücksicht auf den eine so hohe Bedeutung einnehmenden Touristenverkehr in der Schweiz. Für die zunächst betheiligten Kantone Uri und Wallis ist die Bedeutung der Strasse mehr nur lokaler Natur; die Thäler von Ursern und Goms einzig ziehen direkten Nutzen von der Strasse; die untern Theile beider Kantone einen nur indirekten. Beide Kantone

*) Bundesbl. 1859 I. 19—22. Amtl. Samml. VI. 120—121.

gehören in die Klasse der weniger wohlhabenden; sie haben verhältnissmässig wenig fruchtbaren Boden, sehr wenig Industrie und Handel, und überdiess, besonders das Wallis, mit verheerenden Elementen der Natur zu kämpfen.« Aus diesen Gründen fand es der Bundesrath gerechtfertigt, dass der Bund an die, auf 1,471,000 Fr. berechneten Erstellungskosten der Furkastrasse den grössten Theil hergebe. In gleichem Verhältnisse beantragte er Beiträge an die Oberalp- und Axenstrasse, von denen die erstere bis an die Gränze des Kantons Graubünden zu 180,000 Fr., die letztere zu 900.000 Fr. veranschlagt war. Was das graubündnerische Strassennetz betrifft, so fand der Bundesrath, die Eidgenossenschaft habe ein Interesse am Zustandekommen desselben hauptsächlich wegen der isolirten Lage des Kantons, welcher, im Südosten der Schweiz zwischen zwei bedeutenden Nachbarstaaten eingekeilt, mit der übrigen Schweiz nur zwei direkte Hauptverbindungen besitze, nämlich im Norden die Strasse über Sargans nach dem St. Gallischen Rheinthal und dem Wallensee und im Süden die Strasse über den Bernhardin nach dem Kanton Tessin. Eine Linie, welche den Kanton Graubünden mit dem Centrum und dem Westen der Schweiz in direkte Verbindung bringe und sich, die vom Norden nach Süden führenden Commercialstrassen mit eineinander verbindend, nach den östlichen Punkten des Kantons (Martinsbruck und Finstermünz) ausdehne, müsse für die gesammte Eidgenossenschaft wie für den Kanton selbst von ausgezeichnetem Vortheile in militärischer, postalischer, commercieller und nationalökonomischer Hinsicht sein. Das erste Glied dieser Linie bilde die Oberalpstrasse, welche sich in Dissentis an die bereits bestehenden Strassen anschliesse; dann folge die projektirte Strasse über den Schyn von Thusis nach Tiefenkasten, dann die Landwasserstrasse von der Filisurer-Brücke bis Davos-Platz, dann die Flüelastrasse von Davos nach Süs und endlich die Unterengadinstrasse von Süs nach Martinsbruck. Dieser Hauptlinie würde sich auch die projektirte Münsterthalstrasse vermittelst der Strassenstrecke Süs-Zernez anschliessen. Wenn die Hauptstrassenzüge des Kts. Graubünden bis jetzt hauptsächlich der Waarendurchfuhr aus der Schweiz und Deutschland nach Italien und umgekehrt gedient haben, so werde sich dieses Verhältniss mit der projektirten Vervollständigung des Strassennetzes wesentlich anders gestalten. Gegenwärtig seien ganze Gegenden des Kantons durch die Scheidemauer seiner Gebirge von einander getrennt; das Münsterthal z. B. sei, weil von seinem Markte, dem Engadin abgeschnitten, genöthigt, seine Handelsverbindungen im Tyrol zu suchen. Diese und andere, auf den jetzt noch abgeschlossenen Thalschaften schwer lastende Uebelstände werden mit der Erstellung des projektirten Strassennetzes verschwinden; die mit der innern Schweiz über die Oberalp entstehende Verkehrsverbindung, ferner die bei Finstermünz und Taufers in sicherer Aussicht stehenden internationalen Anschlüsse werden dem, durch ein rationelles Strassennetz den wichtigsten Richtungen nach verbundenen Innern des Kantons ebenso viele Quellen des Wohlstandes eröffnen und es werde sich in jenen Gegenden vielleicht in kurzer Zeit die gleiche gewerbliche und commercielle Rührigkeit entwickeln, deren sich die günstiger gelegenen Theile des Vaterlandes erfreuen. Da indessen die Kosten des projektirten Strassennetzes die finanziellen Kräfte des Kts. Graubünden bedeutend übersteigen, so beantragte der Bundesrath, dass die Eidgenossenschaft ungefähr einen Drittheil an dieselben beitragen solle. — In der Bundesversammlung waltete Einstimmigkeit hinsichtlich der Unterstützung des Graubündener Strassennetzes und der Axenstrasse, deren commercielle Wichtigkeit nicht zu bestreiten ist; nur gegen die Furka- und Oberalpstrasse, insbesondere gegen die erstere, erhob sich Opposition in den beiden Räthen. Dieselbe fand nämlich, es sei der Werth blosser Militärstrassen keineswegs über allen Zweifel erhaben und insbesondere wäre noch zu prüfen, ob nicht andere schweizerische Gebirgspässe für die Landesvertheidigung wichtiger wären und daher eher die Fahrbarmachung verdienen würden; eine volkswirthschaftliche Bedeutung aber komme der Furkastrasse nicht zu; überdiess stehe die vom Bunde dafür verlangte Subsidie nicht im richtigen Verhältnisse zu den ohnehin sehr in Anspruch genommenen Finanzen desselben.*) Die Bundesversammlung fasste indessen unterm 18. und 26. Juli 1861 folgende Beschlüsse: 1) Den Kantonen Uri und Wallis wird für die Erstellung der Furkastrasse von Oberwald bis Hospenthal ein Bundesbeitrag von $^2/_3$ der Erstellungskosten in dem Sinne bewilligt, dass dieser Beitrag die Summe von 800,000 Fr. nicht übersteigen darf. Der Ausführung der Strasse sollen im Allgemeinen die von den eidgen. Genieoffizieren aufgenommenen Pläne

*) Bundesbl. 1860 III. 343—353. 1861 I. 1—21. II. 189—243, 463—477, 487—524.

zu Grunde gelegt werden. Den Kantonen bleibt jedoch vorbehalten, vor oder während der Bauausführung Modifikationen vorzuschlagen, die der Genehmigung des Bundes unterliegen. Die Fahrbreite soll mindestens 12 Fuss betragen, und wo es thunlich erscheint, sollen Ausweichplätze angebracht werden. Die Maximalsteigung soll 12 % und die durchschnittliche Steigung 7 bis 8 % nicht überschreiten. Die Zusicherung des Bundesbeitrages für die Furkastrasse tritt erst in Kraft, nachdem durch Beschluss der betreffenden Kantone die Ausführung der Oberalpstrasse gesichert sein wird. Dagegen wird ohne weitern Vorbehalt dem Kanton Wallis von dem ihm zur Erbauung der Strasse von Niederwald nach Oberwald aus der Bundeskasse gemachten Darlehen, in Anwendung des Art. 21 der Bundesverf., der Zins erlassen. 2) Den Kantonen Uri und Graubünden wird für die Erstellung einer Strasse von Andermatt bis Dissentis über die Oberalp ein Bundesbeitrag von ²/₃ der Erstellungskosten in dem Sinne bewilligt, dass dieser Beitrag die Summe von 350,000 Fr. nicht übersteigen darf. Bezüglich der Fahrbreite und der Steigungen gelten die nämlichen Bestimmungen wie für die Furkastrasse. Die Zusicherung des Bundesbeitrages tritt erst in Kraft, nachdem durch Beschluss der betreffenden Kantone die Ausführung der Furkastrasse gesichert sein wird. 3) Den Kantonen Uri und Schwyz wird für die Erstellung der Axenstrasse ein Bundesbeitrag von ²/₃ der Erstellungskosten in dem Sinne bewilligt, dass dieser Beitrag die Summe von 600,000 Fr. nicht übersteigen darf. Die Fahrbahnbreite soll mindestens 18 Fuss, in allfälligen Gallerien 16²/₃ Fuss betragen und die Steigung 5 % nirgends überschreiten. 4) Dem Kanton Graubünden wird für die Ausführung folgender weitern Strassen, nämlich der Schynstrasse, der Landwasserstrasse von Vazerol oder Filisurerbrücke nach Davos-Platz, der Fluelastrasse, der Unterengadinstrasse von Ardez nach Martinsbruck, der Berninastrasse von Samaden und Celerina bis zum schwarzen See und von Puschlav bis nach Campo Cologno, der Münsterthalstrasse und der Albulastrasse ein Bundesbeitrag von 1,000,000 Fr. bewilligt, in der Meinung jedoch, dass, wenn der Kanton Graubünden auf den Bau der Albulastrasse und der Strassenstrecke von Samaden zum Anschluss an die Berninastrasse verzichten sollte, der Bundesbeitrag auf 900,000 Fr. reducirt werde. 5) Die Ausführungsplane für sämmtliche Bauten sind dem Bundesrathe jeweilen vor dem Beginne der Arbeiten zur Genehmigung mitzutheilen. Der Bundesrath wird die planmässige Ausführung der Arbeiten überwachen; die Ausbezahlung der Bundesbeiträge geschieht im Verhältnisse des Vorrückens der Arbeiten. 6) Für den spätern Unterhalt der Strassen haben die Kantone unter Aufsicht des Bundes (Art. 35 der Bundesverf.) zu sorgen. Bei der Furka- und Oberalpstrasse ist jedoch die Offenhaltung im Winter darunter nicht inbegriffen; hiefür übernimmt auch der Bund keinerlei Verpflichtung. Dem Kanton Graubünden liegt die Besorgung des Schneebruches auf seinen Strassen insoweit ob, als er selbst deren Offenhaltung im Winter für nöthig erachtet. 7) Die Furka-, Oberalp- und Axenstrasse sollen bis Ende 1864 vollendet sein. Dem Kanton Graubünden wird für die Vollendung seines Strassennetzes bis Ende 1873 Frist gegeben. 8) Die betheiligten Kantone haben bis Ende 1861 über ihren Beitritt zu den vorstehenden Bestimmungen sich zu erklären. Sollte zwischen ihnen eine Verständigung über die Beitragsquoten nicht erzielt werden können, so entscheidet darüber der Bundesrath.*)

Nachdem nun in Bezug auf die Furka- und Oberalpstrasse Unterhandlungen zwischen den betheiligten Kantonen unter der Leitung des Bundesrathes verpflogen worden, gingen von denselben bis zum festgesetzten Termine folgende Erklärungen ein: 1) Graubünden erklärte, dass es die Ausführung der Oberalpstrasse auf seinem Gebiete in der Weise übernehme, dass von dem zu Gunsten dieses Alpenpasses festgesetzten Bundesbeitrage dem Kanton Uri 150,000 Fr., dem Kanton Graubünden dagegen 200,000 Fr. überlassen werden und beide Kantone den Bau auf ihrem Gebiete selbstständig auszuführen haben. 2) Uri wollte auf die Uebernahme des Baues der Oberalp- und Furkastrasse unter der Bedingung des Beitrages eines Drittels an sämmtliche Kosten nicht eingehen, verpflichtete sich jedoch, im Verein mit Graubünden und Wallis diese beiden Strassen nach den Bestimmungen des Bundesbeschlusses vom 26. Juli zu erstellen, soferne der Bund seine Beiträge von 350,000 Fr. für die Oberalp- und von 800,000 Fr. für die Furkastrasse in voller Summe den betheiligten Kantonen ausrichten werde. In diesem Falle sollen beide Strassen in einer Fahrbahnbreite von 14 statt bloss 12 Fuss erstellt werden. 3) Wallis erklärte einfach die Annahme der Bestimmungen des Bundesbeschlusses. — In Betreff der

*) Amtl. Samml. VII. 55—56, 70—74.

Axenstrasse hatten sich die Kantone Uri und Schwyz dahin geeinigt, dass jeder Kanton die Strassenstrecke auf seinem Gebiete erstellen und dafür die Hälfte des Bundesbeitrages beziehen solle. In diesem Sinne erklärten sie sich zur Uebernahme bereit; doch drückte Uri den Wunsch aus, dass der Bundesbeitrag auf 700,000 Fr. erhöht werden möchte, wogegen es statt der angenommenen mittlern Baulinie die horizontale Linie längs dem See ausführen würde. — Der Kanton Graubünden endlich nahm den für sein Strassennetz ohne die Albula ausgesetzten Bundesbeitrag von 900,000 Fr. an, behielt sich aber vor, auch den für die Albulastrasse und die Strecke von Samaden zum Anschluss an die Berninastrasse bestimmten Beitrag von 100,000 Fr. in Anspruch zu nehmen, soferne dieselben innerhalb der angesetzten Frist zur Ausführung kommen. — Da nun durch die Erklärung des Kantons Uri die Furka- und die Oberalpstrasse wieder in Frage gestellt waren, so fand sich die Bundesversammlung, deren Mehrheit mit dem Bundesrathe über die Dringlichkeit dieser Strassen einverstanden war, unterm 8. Februar 1862 veranlasst, ihren frühern Beschluss in folgender Weise abzuändern: 1) Die den Kantonen Graubünden, Wallis, Uri und Schwyz bewilligten Beiträge an die Erstellung der Oberalp-, Furka- und Axenstrasse und die Vervollständigung des bündnerischen Strassennetzes, mit Ausnahme des für die Albulastrasse und die Strecke von Samaden bis zum Anschluss an die Berninastrasse bestimmten Beitrages, werden definitiv erklärt, so zwar dass für die erst genannten drei Strassen die festgesetzten Maximen von 800,000 Fr., 350,000 Fr. und 600,000 Fr. als fixe Beiträge angenommen werden. 2) Die Furka- und die Oberalpstrasse sollen eine Fahrbahnbreite von mindestens 14 Fuss erhalten.*)

Es sind diese Strassen, welche unter dem Titel der »militärischen Alpenstrassen« den Gegenstand harter Kämpfe in den eidgenössischen Räthen bildeten, nun in Angriff genommen und namentlich wird an der Axenstrasse, welche für die betheiligten Kantone offenbar das meiste Interesse hat, rüstig gearbeitet. Möge auch die Furkastrasse die Hoffnungen erfüllen, welche man in militärischer und commercieller Beziehung auf sie setzte, als man einen so bedeutenden Beitrag für sie dekretirte!

*) Bundesbl. 1862 I. 285—295. Amtl. Samml. VII. 165—166.

§ 12. Höhere Lehranstalten.

Soll die Wohlfahrt eines Landes sich nach allen Seiten hin wahrhaft entwickeln, so muss nicht bloss auf die äussere Förderung der materiellen Interessen, sondern es muss auch auf die geistige Ausbildung des Volkes, insbesondere der höher gestellten Berufsklassen Bedacht genommen werden. Muss auch in einem Bundesstaate die Organisation des Unterrichtswesens im Allgemeinen und insbesondere die Fürsorge für die untern und mittlern Stufen desselben den Gliederstaaten anheimfallen, so übersteigt doch die Errichtung höherer Lehranstalten sehr oft ihre Kräfte; in der Schweiz insbesondere sind die Hülfsmittel selbst der grössern Kantone so beschränkt, dass eine, den Anforderungen der Gegenwart entsprechende Ausstattung einer Universität oder polytechnischen Schule nicht von ihnen erwartet werden darf. Auf der andern Seite aber muss der republikanische Bundesstaat einen entschiedenen Werth darauf setzen, dass diejenigen seiner Söhne, welche eine hervorragende Stellung im politischen und socialen Leben einzunehmen berufen sind, nicht unter vorherrschend ausländischen oder bundesfeindlichen Einflüssen gebildet werden, sondern eine gemeinschaftliche nationale Erziehung empfangen. Schon an der Tagsatzung vom Jahr 1832 wurde daher ein Versuch gemacht, eine eidgenössische Hochschule auf dem Konkordatswege zu begründen, jedoch ohne Erfolg. Die Revisionskommission von 1848 nahm, jenes Vorganges sich erinnernd, schon in ihrer ersten Berathung folgende Bestimmung an: »Die Bundesbehörden werden dahin wirken, dass auf dem Wege eines eidgenössischen Konkordates eine schweizerische Hochschule errichtet wird, und die Gründung einer solchen Anstalt durch Beiträge aus der Bundeskasse erleichtern.« In der zweiten Berathung wurde beschlossen, auch die Errichtung einer polytechnischen Schule, sowie von Lehrerseminarien auf dem Konkordatswege anzustreben. In der Schlussberathung endlich erhielt der Antrag, dass solche Anstalten von Bundeswegen zu begründen seien, die Mehrheit und es wurde daher in den Bundesentwurf der Revisionskommission folgender Artikel aufgenommen: »Die Eidgenossenschaft wird für Errichtung einer schweizerischen Universität, einer polytechnischen Schule und für Lehrerseminarien sorgen. Die Organisation dieser Anstalten, sowie die Leistungen der Kantone, in welche sie verlegt werden, sind durch Bundesgesetze zu bestimmen.«*) Gegen die obligatorische Fassung des Artikels erhoben sich indessen bei den Instruktionsberathungen in den Kantonen mancherlei, hauptsächlich finanzielle Bedenken, in Folge deren die, für die materiellen Fragen niedergesetzte Tagsatzungskommission den Artikel folgendermassen redigirte: »Der Bund ist befugt, eine schweizerische Universität, eine polytechnische Schule und Lehrerseminarien zu errichten.« An der Tagsatzung selbst ergab sich nach einer längern und interessanten Diskussion eine Mehrheit bloss für die Befugniss des Bundes, eine Universität und eine polytechnische Schule zu gründen, während die Lehrerseminarien gestrichen wurden. Dabei ist zu beachten, dass die polytechnische Schule schon bei dieser Abstimmung 14, die Universität dagegen bloss 12 Stimmen erhielt.**) Der Art. 22 der Bundesverf. lautet nunmehr einfach folgendermassen:

»Der Bund ist befugt, eine Universität und eine polytechnische Schule zu errichten.«

Schon in der ersten Session der Bundesversammlung kam die Universitätsfrage zur Sprache. Es handelte sich damals um die Wahl der Bundesstadt und um dieselbe desto sicherer auf Bern zu lenken, wurde im Nationalrathe die Motion gestellt, es sei eine eidgenössische Hochschule zu errichten, deren Sitz nicht dem Bundessitze zufallen dürfe. Diese Motion wurde dem Bundesrathe zur Berichterstattung überwiesen, in dem erweiterten Sinne, dass derselbe auch über die Errichtung einer polytechnischen Schule sein Gutachten abgeben solle. Im Sommer 1851 wurde die Angelegenheit vom Bundesrathe ernstlich an die Hand genommen, indem er zu deren allseitiger Prüfung eine Kommission von zehn Experten aus den verschiedenen Theilen der Schweiz ernannte. Dieselbe machte in ihrem, dem Bundesrathe erstatteten Berichte zunächst folgende national-vaterländische Gründe für die Errichtung einer eidgenössischen Universität geltend, welche auch heute noch in mancher Hinsicht Beachtung verdienen: 1) Der neue Bund und seine Behörden müssen einen höchst nöthigen Halt und Befestigung in einer Bundeshochschule finden. So nothwendig es ist, die Kantone in ihrem selbstständigen Haushalt zu schützen, eben so nothwendig wird es, dass auch die genau begränzte Bundesmacht in ihrem Ge-

*) Prot. der Revisionskomm. S. 31—33, 153, 165—166, 188—189, 196.

**) Abschied S. 185—189, 252.

biete sich vollständig verwirkliche und der Nation diejenigen Güter darbiete, welche von den Kantonen nicht genügend hergestellt werden können. 2) Unser Vaterland, aus souveränen Kantonen bestehend, über welchen die Bundesmacht ausgleichend und zusammenfassend wirken soll, hat das grösste Interesse, die studirende Jugend aller Kantone während einiger Jahre ihrer Bildungszeit zu vereinigen, damit die einstigen Führer der Kantone und des Bundes sich kennen und befreunden. Bei der Verschiedenheit der Sprachen wird dieses Bedürfniss ein doppelt dringendes; wenigstens die wissenschaftlich Gebildeten sollten beider Hauptsprachen unsers Vaterlandes mächtig werden. 3) Die Eidgenossenschaft hat die unverkennbare Aufgabe, mit den übrigen Staaten im Gebiete der Wissenschaft zu wetteifern, zum Beweis, dass auch im Freistaate die Pflege der höchsten Güter gedeihe und ein sich selbst regierendes Volk hierin nicht weniger leisten könne als die fürstliche Macht. Die Schweiz, deutsche und romanische Stämme umfassend, ist das einzige Land, welches deutsche und romanische Wissenschaft in Einem Organismus zu verbinden und beide in unmittelbarer Ergänzung und Vermittlung darzustellen hat. 4) Die Bundes-Universität wird sehr bald das Lehrerpersonal grösstentheils aus einheimischen Gelehrten bilden und nur wirklich ausgezeichnete Fremde zur Ergänzung herbeiziehen. Alle bedeutenden wissenschaftlichen Lehrkräfte werden aus den verschiedenen Kantonen zusammengeleitet und in ausgedehntere Wirksamkeit versetzt. Von talentvollen Jünglingen wird, was bisher äusserst selten geschah, der akademische Lehrerberuf häufiger ergriffen werden. 5) Endlich muss auch der durch die Schweiz gehende confessionelle Gegensatz als ein Hauptgrund für Errichtung der Bundeshochschule erwähnt werden. Unsere protestantischen und unsere katholischen Geistlichen sind bisher grossentheils in gänzlicher Geschiedenheit von einander gebildet worden, während nicht wenige deutsche Universitäten die beiden theologischen Fakultäten neben einander umfassen und in den vorbildenden philosophischen Collegien Theologiestudirende beider Confessionen als Zuhörer versammeln. Die absolute Trennung, welche bisher in der Schweiz herrschte, ist ein offenbarer, höchst nachtheiliger Uebelstand; es müsste Vieles zum Heil des Vaterlandes sich günstiger gestalten, wenn die Geistlichen beider Confessionen theilweise dieselbe wissenschaftliche Bildung gemeinsam geniessen könnten. Dem katholischen Volke insbesondere für durchschnittlich bessere und volksthümlichere Bildung seiner Geistlichen zu sorgen, als sie für manche Kantone dermalen vorhanden ist, erscheint als eine höchst wichtige Pflicht des Bundes, welche aus seinen erweiterten Befugnissen ihm erwachsen ist. — Neben diesen vaterländischen wurden aber auch folgende wissenschaftliche und ökonomische Gründe von der Kommission angeführt: 1) Die höhern wissenschaftlichen Lehranstalten in allen Kantonen, welche dergleichen besitzen, sind in der Lage, weder vorwärts noch rückwärts schreiten zu können. Wir dürfen zwar freudig anerkennen, dass in einzelnen Zweigen die Kantonalhochschulen mit den bessern Universitäten Deutschlands rühmlich wetteifern; im Ganzen aber ist die Zahl der Lehrer doch zu klein, und die Zahl der an so viele Anstalten vertheilten Studirenden kann nicht eine Höhe erreichen, welche dem verhältnissmässig grossen Kraftaufwand der Kantone entsprechen und ein reges Universitätsleben erzeugen würde. Das höhere Unterrichtswesen in der Schweiz ist daher in einer gedrückten, unbefriedigenden Lage; die Kräfte sind zersplittert, die Resultate ungenügend. 2) Die kantonalen Hochschulen, Akademien und Lyceen strengen, wo noch am meisten geleistet wird, die ökonomischen Kräfte der Kantone allzusehr an; sie belasten, in der heutzutage unentbehrlichen Ausdehnung, die Finanzen der Kantone in bedenklichem Masse. Diese Hochschulen können daher bei so unsicherer ökonomischer Grundlage nicht als feststehend angesehen werden. Bei dieser Sachlage muss für den Bund als solchen die Aufgabe entstehen, dem ganzen Vaterlande die erforderliche Anstalt für höhere wissenschaftliche Bildung in alle Zukunft sicher zu begründen. — Die Errichtung einer eidgen. polytechnischen Schule motivirte die Kommission mit dem grossen Nutzen, den ähnliche, auch von Schweizern besuchte Anstalten in Frankreich und Deutschland durch Vermehrung der Kenntnisse und Fähigkeiten bei den technischen Berufsarten gestiftet haben, mit der besondern Beschaffenheit der Schweiz als eines Gebirgslandes, welche von dem Ingenieur und Mechaniker besondere Studien erfordere, endlich mit der Hinweisung darauf, wie wünschenswerth es sei, dass auch der junge Techniker so lange als möglich im Vaterlande studire, welches in Strassen- und Brückenbauten wie in gewerblicher Thätigkeit so viel Rühmliches aufzuweisen habe. Die Kommission arbeitete daher zwei Gesetzesentwürfe aus für Errichtung einer eidgen. Universität und einer polytechnischen Schule, und der Bundesrath adoptirte dieselben mit geringen Abänderungen. »Die vorliegenden Entwürfe,« sagte der Bundesrath am Schlusse seiner Botschaft vom 5. August 1851, »sind um so mehr einer vorurtheilsfreien, alle Rücksichten genau abwägenden Prüfung würdig, als es sich um Anstalten handelt, welche nicht bloss den Nutzen, sondern auch die Ehre der Eidgenossenschaft fördern sollen; um Anstalten, welche die erhabene Bestimmung haben, dem kommenden Geschlechte eine tüchtige, freie und wahrhaft schweizerische Bildung zu verleihen und dem Staate, wie der Kirche und der Schule würdige Vorsteher zu erziehen; um Anstalten endlich, welche berufen sind, die Trägerinnen der vaterländischen Zukunft zu sein.«*)

Der Nationalrath verschob einstweilen diese wichtige Vorlage namentlich mit Rücksicht auf die finanziellen Verhältnisse der Eidgenossenschaft, welche in jenem Augenblicke noch nicht ganz klar vorlagen,**) und trat erst im Januar 1854 einlässlich darauf ein. Die Mehrheit der Kommission sprach sich für die Errichtung einer Universität in der deutschen und einer polytechnischen Schule in der französischen Schweiz aus und suchte namentlich über die finanzielle Seite der Frage zu beruhigen, indem sie nachwies, dass die Kräfte der Eidgenossenschaft zur Ausführung des Projektes hinreichen. Eine Minderheit der Kommission hingegen wollte die Berathung der beiden Gesetzesentwürfe auf unbestimmte Zeit verschieben, theils aus ökonomischen Gründen, indem sie fand, es sei bei allfälligen Einnahme-Ueberschüssen der Eidgenossenschaft eher auf Herabsetzung der Zölle und auf Erleichterung der Kantone im Wehrwesen als auf »Luxusausgaben« Bedacht zu nehmen, theils weil sie dafür hielt, zur Förderung des wissenschaftlichen Lebens in der Schweiz sei eine grössere Zahl von Hochschulen und Akademien, welche über die verschiedenen Kantone zerstreut sei, besser als eine einzige Central-Universität, neben welcher die kantonalen Anstalten kaum ihr Leben fristen könnten.***) Der Nationalrath entschied sich indessen nach langer und interessanter Debatte für die Errichtung einer eidgen. Universität; im Ständerathe dagegen

*) Bundesbl. 1851 II. 557—603. — Berichte der Expertenkommission im Anhange.

**) Bundesbl. 1851 III. 203—209.

***) Bundesbl. 1854 I. 1—44, 63—137, 215—235.

ergab sich hierfür keine Mehrheit. Confessionelle Bedenken gegen eine unter eidgenössischer Leitung stehende katholisch-theologische Fakultät in einer protestantischen Stadt, die Furcht der französischen Kantone vor einer allmähligen, durch die Universität zu bewirkenden »Germanisirung«, Besorgnisse für den Fortbestand der bisherigen kantonalen Hochschulen und für das fernere Gedeihen wissenschaftlichen Lebens in den Kantonen, finanzielle Bedenklichkeiten gegen die grosse jährliche Ausgabe, welche der Eidgenossenschaft zugemuthet wurde, endlich die nicht sehr ideale, sondern vorwiegend materialistische Geistesrichtung unseres Zeitalters waren die Faktoren, welche jenes Resultat herbeiführten. Der Ständerath trat indessen, nachdem er die Universität verworfen hatte, mit um so grösserer Vorliebe auf das Projekt einer polytechnischen Schule ein, gegen welches die meisten der erwähnten Einwendungen sich nicht oder doch nur in geringerm Masse erheben liessen. Dieses Projekt hatte bis dahin ein wenig im Hintergrund gestanden, erhielt nun aber in Folge des Wegfallens der eidgen. Hochschule eine viel breitere, den Anforderungen der Zeit entsprechende Grundlage. Aus den Verhandlungen des Ständerathes, deren Ergebnisse sich zuletzt der Nationalrath anschloss, ging das Bundesgesetz vom 7. Februar 1854 betreffend die Errichtung einer eidgen. polytechnischen Schule hervor, welches im Wesentlichen folgende Bestimmungen enthält:

Es wird eine eidgen. polytechnische Schule in Zürich errichtet. Die Aufgabe derselben besteht darin, Architekten, Ingenieurs, Mechaniker, Chemiker und Forstmänner unter steter Berücksichtigung der besondern Bedürfnisse der Schweiz theoretisch und so weit thunlich praktisch auszubilden. Es sollen mit der polytechnischen Schule philosophische und staatswirthschaftliche Lehrfächer verbunden werden, so weit sie als Hülfswissenschaften für höhere technische Ausbildung Anwendung finden, wie namentlich die neuern Sprachen, Mathematik, Naturwissenschaften, politische und Kunstgeschichte, schweizerisches Staatsrecht und Nationalökonomie. Die polytechnische Schule kann auch zur Ausbildung von Lehrern für technische Lehranstalten benutzt werden. Der Unterricht an der Anstalt beginnt mit der Stufe, bis auf welche die meisten kantonalen Industrieschulen ihre Schüler fördern; er wird nach freier Wahl der angestellten

Lehrer in der deutschen, französischen und italienischen Sprache ertheilt. Den vorgerückten Studirenden der Anstalt soll, behufs ihrer praktischen Ausbildung, bestmöglich Gelegenheit gegeben werden, je nach ihrem Bildungszwecke wichtige Bauwerke oder industrielle Etablissemente gründlich kennen zu lernen. Zur Weckung und Beförderung des wissenschaftlichen Lebens der Studirenden werden periodisch Preise für die Lösung passender Aufgaben ausgesetzt. Es soll an der Anstalt Gelegenheit gegeben werden, die nöthigen Prüfungen in den verschiedenen Fächern bestehen zu können. — Die Professoren werden in der Regel auf eine Amtsdauer von 10 Jahren ernannt; ausnahmsweise kann eine Berufung auf Lebenszeit stattfinden. Sie beziehen in der Regel eine fixe Besoldung; es kann jedoch der Titel eines Professors auch ohne gleichzeitige Aussetzung eines Gehaltes verliehen werden. — Der Bundesrath steht der Anstalt als oberste leitende und vollziehende Behörde vor. Unter dem Bundesrathe steht zur unmittelbaren Leitung und Ueberwachung der Anstalt ein von ihm gewählter Schulrath, bestehend aus dem Präsidenten, welcher in Zürich seinen bleibenden Wohnsitz zu nehmen hat, 4 Mitgliedern und 3 Ersatzmännern. Der Bundesrath wird jeweilen, bevor er über wichtige, die Anstalt betreffende Gegenstände Beschlüsse fasst, ein Gutachten des Schulrathes, der Letztere aber, bevor er wichtigere, bleibende Anordnungen über den Gang des Unterrichtes und die Disciplin an der Anstalt trifft, ein Gutachten der Lehrerschaft, beziehungsweise einer Abtheilung derselben einholen. Die Erlassung der Reglemente wichtigern Inhaltes, die Ernennung der Professoren, die Bestimmung ihres Gehaltes und die Entscheidung über die der Lehrerschaft zu verabreichenden Gratifikationen stehen, auf den Vorschlag des Schulrathes, dem Bundesrathe zu. Falls ein auf Lebenszeit gewählter Professor ohne seine Schuld andauernd ausser Stand ist, seinen Verrichtungen gehörig obzuliegen, so kann er vom Bundesrathe, auf den Antrag des Schulrathes, in den Ruhestand versetzt werden; dabei ist ihm ein Theil seiner Besoldung als Ruhegehalt auszusetzen. Wenn ein Professor sich in Erfüllung seiner Amtspflichten oder in seinem Verhalten überhaupt in dem Grade fehlbar gemacht hat, dass sein weiteres Wirken an der Anstalt mit dem Wohle der letztern unvereinbar erscheint, so kann er von dem Bundesrathe, auf den motivirten Antrag des Schulrathes, von seiner Stelle entfernt werden.

Der Schulrath erstattet alljährlich einen Bericht über den Gang der Anstalt an den Bundesrath. Der Präsident des Schulrathes besorgt, während der Schulrath nicht versammelt ist, die laufenden Geschäfte. — Dem Kanton, beziehungsweise der Stadt Zürich liegt ob: 1) Die ihnen gehörenden wissenschaftlichen Sammlungen der eidgenössischen Anstalt zu freier Benutzung unentgeldlich zur Verfügung zu stellen; 2) so viel an ihnen liegt, darauf hinzuwirken, dass auch die im Eigenthume von Korporationen befindlichen wissenschaftlichen Sammlungen von der Anstalt ungehindert benutzt werden können; 3) einen genügenden botanischen Garten unentgeldlich anzuweisen; 4) die ihnen zugehörigen Waldungen behufs forstwirthschaftlich-praktischer Studien unentgeldlich benutzen zu lassen und darauf hinzuwirken, dass auch die im Eigenthum von Korporationen befindlichen Waldungen zu gleichem Zwecke geöffnet werden; 5) im Einverständnisse mit dem Bundesrathe die sämmtlichen, für die Anstalt und deren Leitung erforderlichen Gebäulichkeiten unentgeldlich zur Verfügung zu stellen, gehörig einzurichten und zu unterhalten; 6) dafür zu sorgen, dass die für körperliche Uebungen erforderlichen Lokalitäten der Anstalt ohne Entschädigung offen stehen; 7) dem Bunde einen jährlichen Beitrag von 16,000 Fr. an die Ausgaben der Anstalt zu leisten. Die Beamten, Lehrer und Angestellten der Anstalt sind in Bezug auf ihr Verhältniss zu den Gesetzen und Behörden des Kantons Zürich nach den gleichen Grundsätzen zu behandeln wie die übrigen eidgen. Behörden und Beamten. Die Studirenden haben keinen privilegirten Gerichtsstand. Die besondern, für die Studirenden zu erlassenden Disciplinarvorschriften gehen von den Behörden der Anstalt aus und ihre Uebertretung wird auch ausschliesslich durch diese Behörden bestraft.*)

Das Bundesgesetz vom 7. Februar 1854, welches nur die Grundzüge der Organisation der neuen Anstalt aufstellte, erhielt seine nähere Ausführung und Ergänzung durch das vom Bundesrathe, welcher durch das Gesetz selbst hierzu ermächtigt war, unterm 31. Juli 1854 erlassene Reglement für die eidgen. polytechnische Schule. Nach demselben zerfällt die Anstalt in folgende sechs Abtheilungen: I. die Bauschule, II. die Ingenieurschule, III. die mechanisch-technische Schule, IV. die chemisch-technische Schule, V. die Forstschule, VI. die philosophische und staatswirthschaftliche Ab-

*) Amtl. Samml. IV. 1—11.

theilung. Der Unterricht in den ersten fünf Abtheilungen zerfällt in Jahreskurse, derjenige in der sechsten Abtheilung in halbjährige Kurse. Der vollständige Unterricht in den drei ersten Abtheilungen wird in drei, derjenige in der chemisch-technischen und in der Forstschule in zwei Jahreskursen ertheilt. Die Gegenstände, welche an allen sechs Abtheilungen in den verschiedenen Jahreskursen gelehrt werden sollen, finden sich im Reglemente speciell aufgezählt. — Die Studirenden der polytechnischen Schule sind entweder Schüler oder Zuhörer. Diejenigen, welche sich an der Schule eine vollständige Bildung zu einer der von den Abtheilungen I bis V vertretenen Berufsarten verschaffen wollen, haben sich zur Aufnahme als Schüler dieser Abtheilungen, diejenigen dagegen, welche, ohne diesen Zweck zu verfolgen, Vorlesungen an der Schule zu hören wünschen, haben sich als Zuhörer anzumelden. Wer sich um die Aufnahme als Schüler bewirbt, muss in der Regel das 17. Altersjahr zurückgelegt haben, ein befriedigendes Sitten- und Studienzeugniss vorweisen und eine Aufnahmsprüfung bestehen, bei welcher für jedes einzelne Fach bestimmte, genau vorgeschriebene Vorkenntnisse verlangt werden. Die Schüler bezahlen ein fixes Schulgeld von 50 Fr. jährlich für den gesammten Unterricht, den sie bei den angestellten Lehrern geniessen, nebst einer Entschädigung für die Benutzung der Laboratorien und Werkstätten. Für jeden Schüler ist der gesammte Unterricht seiner Abtheilung und seines Jahreskurses obligatorisch; doch kann einem Schüler der Besuch einzelner Fächer erlassen werden, wenn sein künftiger Beruf, seine Vorbildung oder andere besondere Umstände diess wünschbar machen. Den Schülern steht der Besuch aller für sie nicht obligatorischen Unterrichtsfächer frei, soweit keine Collisionen mit ihrem obligatorischen Unterrichte entstehen. Die Zuhörer haben für den Besuch des Unterrichtes das von den Lehrern geforderte Honorar, welches für die Vorlesungen der besoldeten Professoren halbjährlich höchstens 4 Fr. per wöchentliche Stunde betragen soll, zu entrichten. Diejenigen, welche sich zu Lehrern ausbilden wollen und mindestens 15 Stunden wöchentlich besuchen, werden mit Bezug auf das Honorar den Schülern gleich gehalten. Unbemittelten tüchtigen Studirenden wird die Entrichtung der Honorare für die Vorlesungen der besoldeten Professoren, sowie die Bezahlung von Gebühren erlassen. — Die Studirenden der polytechnischen Schule sind, gleich jedem andern Einwohner des Kantons Zürich, den Gesetzen, Verordnungen und Behörden desselben unterworfen. Es können jedoch auch die Behörden und Beamten der Anstalt Strafen für Disciplinarfehler verhängen; als solche erscheinen insbesondere: Vernachlässigung der Studien, Verletzung des Anstandes und Ungehorsam gegen die Schulbehörden oder die Lehrerschaft, sowie Verletzung der Sittlichkeit. Zur Handhabung der Disciplin sind folgende Mittel anzuwenden: Verweis durch den Direktor der Schule oder die Gesammtkonferenz; Verweis durch den Präsidenten des Schulrathes oder den Schulrath selbst; Androhung der Wegweisung; endlich Wegweisung. — Die fünf Fachschulen ertheilen Diplome, welche die Bescheinigung enthalten, dass derjenige, auf dessen Namen sie ausgesellt sind, den ganzen, an der betreffenden Abtheilung ertheilten Unterricht mit Erfolg besucht habe und daher als befähigt zum Antritte seines Berufes erklärt werde. Um ein Diplom zu erhalten, muss der Bewerber eine mündliche, nicht öffentliche Prüfung über sämmtliche an seiner Abtheilung gelehrten Fächer befriedigend bestehen, sowie ausserdem ein Projekt aus seinem Berufsfache nach einem festgesetzten Programme, mit den ihm angewiesenen Hülfsmitteln und in der vorgeschriebenen Zeit befriedigend ausarbeiten und darüber, sofern es gewünscht wird, mündlich Rechenschaft ablegen. — Am Schlusse jedes Jahreskurses findet für die fünf Fachschulen eine öffentliche Prüfung statt, nach welcher über die Beförderung der Schüler in die nächstfolgenden Jahreskurse entschieden wird. Jeder Schüler, welcher nicht während des Schulkurses seine Entlassung erhalten hat, ist verpflichtet, an den öffentlichen Schlussprüfungen seiner Anstalt Theil zu nehmen und seine während des letzten Jahres in den Zeichnungssälen und Werkstätten ausgeführten Arbeiten auszustellen. — Die angestellten Lehrer (Professoren und Hülfslehrer), deren Zahl für jedes einzelne Unterrichtsfach genau vorgeschrieben ist, sind verpflichtet, während der ganzen Dauer der Kurse ihren Unterricht regelmässig und zu der in den Stundenplänen festgesetzten Zeit zu ertheilen. Die Professoren haben vor dem Beginne jedes Kurses einen Entwurf zu einem ausführlichen Programme für die verschiedenen, ihnen übertragenen Unterrichtsfächer den Vorständen derjenigen Abtheilungen, denen diese Fächer zugetheilt sind, einzugeben. In den sämmtlichen obligatorischen Lehrfächern sind Repetitorien und Conversatorien in kurzen, regelmässigen Zwischenräumen mit dem Unterrichte zu verbinden. Wo es die Natur des Unterrichtes gestattet, werden die Schüler in dem obligatorischen Unterrichte angehalten, auch ausser den Unterrichtsstunden Aufgaben zu lösen und besonders Pläne, Zeichnungen, Berechnungen und Entwürfe aus dem Gebiete ihres künftigen Berufslebens möglichst selbstständig auszuarbeiten. — Die Gesammtkonferenz besteht aus sämmtlichen Professoren der Schule; ob auch die Hülfslehrer Sitz und Stimme haben, wird in jedem einzelnen Falle entschieden. Auf den Vorschlag des Direktors der Schule stellt die Gesammtkonferenz Anträge an den Schulrath über den Anfang der Kurse, über die Zeit und Anordnung der Aufnahms-, Schluss- und Diplomsprüfungen, über die Anordnung der Preisvertheilung; auf den Vorschlag der betreffenden Specialkonferenzen stellt sie Anträge über die jährlichen und halbjährlichen Programme und über die Stundenpläne der Fachschulen. Die Gesammtkonferenz hat die ihr vom Direktor der Schule überwiesenen Disciplinärfälle entweder von sich aus zu erledigen oder dem Schulrathe zu überweisen oder endlich dem Direktor der Schule zur Erledigung zurückzuweisen. — Für jede der sechs Abtheilungen besteht eine Specialkonferenz aus den Professoren derselben. Die Specialkonferenzen der fünf Fachschulen entscheiden über Gesuche von Schülern um Entlassung aus einzelnen obligatorischen Fächern, über die Promotion der Schüler, über die auszuschreibenden Preisaufgaben und über die Preisvertheilung. Sie haben dem Schulrathe Anträge zu stellen über die Aufnahme von Schülern, über die Ertheilung von Diplomen und Abgangszeugnissen an die Schüler, sowie über die Gebühren für Benutzung von Laboratorien und Werkstätten. Die Specialkonferenzen aller sechs Abtheilungen haben der Gesammtkonferenz am Schlusse jedes Kurses Vorschläge zu den Programmen und Stundenplänen des folgenden Kurses einzugeben und kurz nach dem Schlusse jedes Schuljahres über den Gang des Unterrichts, das wissenschaftliche Leben und die disciplinarische Haltung der Schüler, sowie über die nöthigen Verbesserungen im Unterrichte einlässlichen Bericht zu erstatten. — Dem Direktor der Schule, welcher aus sämmtlichen Professoren auf eine Amtsdauer von zwei Jahren gewählt wird, liegt die Verpflichtung ob, die Beschlüsse der Gesammtkonferenz zu vollziehen, die Anmeldungszeit für die Studirenden bekannt zu machen, die Ausweise der Angemeldeten zu prüfen, die nähern Anordnungen für sämmtliche Prüfungen, Preis- und Diplomvertheilungen zu treffen, endlich untergeordnetere Disciplinarfälle von sich aus zu erledigen. Ausserdem hat er die gesammte Anstalt zu überwachen und der Gesammtkonferenz, deren Verhandlungen er leitet, die nöthigen Anträge zu stellen. — Der Schulrath wählt den Direktor der Schule und seinen Stellvertreter, die Vorstände der sechs Abtheilungen und ihre Stellvertreter, die Direktoren der Sammlungen und wissenschaftlichen Anstalten, den Bibliothekar und den Sekretär des Schulrathes; er bestimmt deren Besoldungen. Er entscheidet über Urlaubsgesuche des Direktors und der Lehrer, über die Theilnahme der Hülfslehrer an den Konferenzen, über die Zulassung von Privatdocenten, über die Erlassung der Gebühren von unbemittelten Studirenden. Auf den Antrag der Gesammtkonferenz setzt der Schulrath die Programme, Stundenpläne und die Anfangszeit der Kurse fest und ordnet er die verschiedenen Prüfungen, sowie die Vertheilung der Preise und Diplome an. Er behandelt überdiess die ihm überwiesenen Disciplinarfälle, sei es, dass er sie von sich aus erledigt oder dass er sie an die Gesammtkonferenz oder den Direktor der Schule zurückweist. Auf den Antrag der Specialkonferenzen entscheidet der Schulrath über die Aufnahme von Schülern, über die den Schülern auszustellenden Diplome und Zeugnisse und über die Gebühren für Benutzung von Laboratorien und Werkstätten. Der Schulrath erledigt überhaupt alle die Schule beschlagenden Geschäfte, welche nicht durch das Gesetz und das Reglement andern Behörden oder Beamteten vorbehalten sind. — Der Präsident des Schulrathes legt dem letztern mit Bezug auf alle Geschäfte, über welche eine förmliche Schlussnahme gefasst wird, schriftliche Anträge vor. Er überwacht fortwährend den Gang der Anstalt und leitet alle nöthigen Verbesserungen ein. Er hat für die Vollziehung der Beschlüsse des Schulrathes zu sorgen. Während der Schulrath nicht versammelt ist, besorgt der Präsident die laufenden Geschäfte und trifft überhaupt alle dringenden, zur Erhaltung des ungestörten Ganges der Anstalt nöthigen Verfügungen. Insbesondere steht ihm zu, Aufnahmsgesuche von Schülern nach bereits begonnenem Kurse zu erledigen, Disciplinarfälle, welche dem Schulrathe überwiesen werden und deren rasche Erledigung wünschenswerth ist, zu behandeln, über Urlaubsgesuche von Lehrern in dringlichen Fällen zu entscheiden und für dieselben Stellvertreter zu ernennen.*)

Im Herbst 1855 wurde die eidgen. polytechnische Schule eröffnet und bald erfreute sie sich einer, alle Erwartungen übersteigenden Frequenz von schweizerischen und namentlich auch von auswärtigen Studirenden. Dabei zeigte es sich indessen sofort, dass der durch das Gesetz vom 7. Februar ausgeworfene jährliche Bundesbeitrag von 150,000 Fr. nicht genüge, um 35 Professoren, 6 Hülfslehrer und 2 Assistenten anständig zu besolden und demzufolge diese Stellen durchgehends mit tüchtigen und in ihrem Fache hervorragenden Männern besetzen zu können. Als ein weiteres Bedürfniss erschien die Einführung eines mathematischen Vorkurses, wie solchen die verwandten Anstalten in Karlsruhe und Paris ihren Fachschulen vorausschicken. Man glaubte seiner Zeit, für das eidgen. Polytechnikum von einem bleibenden Vorkurse Umgang nehmen zu können, weil ein solcher durch die Leistungen kantonaler Anstalten werde entbehrlich gemacht werden und übrigens in den allgemeinen Fächern der VI. Abtheilung ein Ersatz dafür vorhanden sei. Allein die Erfahrung bewies hinlänglich, dass die in der VI. Abtheilung gelehrten Fächer keinen Vorkurs ersetzen können, sei es, dass sie auf einer zu hohen Stufe, mit den Fachschulen nicht im engsten Zusammenhange stehen oder die den letztern zugemessene Zeit zu kurz ist, um mit allgemeinen Fächern überladen zu werden. Was die kantonalen Lehranstalten betrifft, so hatten sich zwar die Leistungen mehrerer unter ihnen seit der Gründung des Polytechnikums bedeutend gehoben; gleichwohl konnte an den Aufnahmsbedingungen nicht strenge festgehalten werden, weil eigentlich nur die mit den besten Noten aus jenen Anstalten versehenen Schüler vollkommen befriedigende Vorkenntnisse nachweisen konnten. In zwei Dritttheilen der Kantone aber fehlen noch Unterrichtsanstalten, welche bis an das eidgenössische Polytechnikum hinaufreichen; aus solchen Kantonen gingen daher die Studirenden um so lieber an auswärtige Anstalten, welche geringere Vorkenntnisse voraussetzen. Das Bedürfniss eines Vorkurses zeigte sich ferner namentlich auch für französische und italienische Schweizer, welche, wenn sie nach Zürich kommen, gewöhnlich noch zu wenig Sprachkenntniss besitzen, um mit vollem Nutzen dem Unterrichte in den Fachschulen folgen zu können; ebenso

*) Amtl. Samml. IV. 275 — 323.

für junge Männer, die nicht direkt aus einer Schule, sondern aus dem praktischen Leben kommen und zu ihrer weitern Ausbildung noch das Polytechnikum besuchen möchten. Gestützt auf diese, in einer Botschaft des Bundesrathes entwickelten Gründe, erliess die Bundesversammlung unterm 29. Januar 1859 folgendes Nachtragsgesetz:

»1) An der polytechnischen Schule wird ein Vorbereitungskurs von höchstens einjähriger Dauer für Solche eingerichtet, welche wegen mangelhafter Vorkenntnisse oder wegen Sprachschwierigkeiten nicht sofort in eine der Abtheilungen der polytechnischen Schule aufgenommen werden können. Für den Eintritt in den Vorbereitungskurs gelten dieselben Alterserfordernisse wie für den Eintritt in eine der Abtheilungen der polytechnischen Schule. Ausserdem haben die Aspiranten, welche von kantonalen Vorbereitungsanstalten kommen, ein förmliches Entlassungszeugniss von diesen vorzuweisen.

»2) Der jährliche Beitrag der Eidgenossenschaft für die polytechnische Schule wird auf 192,000 Fr. festgesetzt.« *)

In neuester Zeit ist die noch nicht verwirklichte Idee einer eidgenössischen Universität abermals zur Sprache gekommen und sie wird ohne Zweifel, eben weil es eine wahre und grosse Idee ist, immer und immer wieder angeregt werden, bis sie einmal ins Leben treten kann. Vielleicht ist es kein Unglück, dass sie im Jahre 1854 noch nicht durchzudringen vermochte; es wäre damals doch nur eine Universität nach mittelalterlichem Zuschnitte, mit dem veralteten Schematismus der vier Fakultäten aus den Berathungen hervorgegangen und die beiden Anstalten, welche naturgemäss zusammengehören, wären nicht bloss in keinerlei Verbindung mit einander gebracht, sondern auch räumlich getrennt worden. Unsers Erachtens gehört die Zukunft einzig dem Gedanken: Universität und polytechnische Schule zu Einem grossen Baue zu vereinigen, welcher, als eine wahre *universitas litterarum*, den ganzen Bereich der Wissenschaften umfassen und zugleich die praktische Anleitung zu deren Anwendung gewähren soll. Das natürliche Bindeglied zwischen den beiden, jetzt noch getrennten Anstalten bildet die philosophisch-staatswirthschaftliche Abtheilung, deren Unterricht in Zürich von den Studirenden des eidgen. Polytechnikums und denjenigen der kantonalen Hochschule gemeinschaftlich benutzt wird; denn es ver-

*) Bundesbl. 1859 I. 67—84, 165—172. Amtl. Samml. VI. 152—153.

steht sich von selbst, dass das Studium der allgemeinen Wissenschaften, welche keine vorwiegende Beziehung auf ein bestimmtes Berufsfach haben, jedem gebildeten Manne gleichmässig zum Vortheil gereicht. Die neue schweizerische Hochschule würde daher etwa in folgende Abtheilungen zerfallen: 1) Philosophie im engern Sinne; 2) alte und neue Sprachen und Literaturen; 3) Geschichte, Länder- und Völkerkunde; 4) mathematische und Naturwissenschaften; 5) katholische Theologie; 6) protestantische Theologie; 7) Rechtswissenschaft; 8) Staatswissenschaften; 9) Medicin; 10) Baukunde; 11) Mechanik; 12) technische Chemie; 13) Forst- und Landwirthschaft. Bei dieser Gliederung wären alle Berufswissenschaften auf gleiche Linie gesetzt und die technischen Fächer, welche sich in neuerer Zeit so sehr vervollkommnet haben, würden den ihnen gebührenden Rang neben den drei alten Facultäten erhalten. Letztere könnten nur dadurch gewinnen, wenn die für das Polytechnikum vorgeschriebenen jährlichen Prüfungen und die hier angenommene mehr conversatorische Form des Unterrichtes auch auf sie ausgedehnt würden. Nur wenn die Schweiz jenen grossen und schönen Bau ausführt, welcher alle Wissenschaften ohne Ausnahme unter seinem Dache beherbergt und damit einer schon längst nicht mehr gerechtfertigten Sonderung ein Ende macht, zeigt sie sich würdig des hohen Berufes, welcher ihr, als der Mittlerin zwischen dem germanischen und romanischen Sprachstamme, auf dem geistigen Gebiete angewiesen ist.*) Aber auch nur wenn die Eidgenossenschaft selbst wieder die Förderung sämmtlicher humanistischer Studien neben derjenigen der mehr realistischen Fächer sich zur Aufgabe macht, werden jene nicht mehr in den Augen der Menge hinter diesen zurückstehen, sondern aufs neue den ihnen gebührenden Platz einnehmen!

Am Schlusse dieses Abschnittes, welcher von den höhern Lehranstalten handelt, haben wir noch eines zweiten, auf rein ideelle Interessen bezüglichen Artikels der Bundesverfassung zu erwähnen, jenes Verbotes nämlich, welches einen, wesentlich dem höhern Unterrichte sich widmenden Orden der katholischen Kirche von der Wirksamkeit und selbst vom Aufenthalte auf schweizerischem Gebiete ausschliesst. Wir haben in der geschichtlichen Einleitung gesehen, wie unter der Herrschaft des Bundesvertrages von 1815 die

*) Vergl. Behn-Eschenburg in der Neuen Zürcher Zeitung 1862 No. 150—152.

Jesuiten allmählig in den Kantonen Wallis, Freiburg, Schwyz und Luzern Aufnahme fanden und wie namentlich ihre Berufung nach dem Vororte Luzern eine gewaltige Aufregung unter der protestantischen und katholisch-liberalen Bevölkerung der Schweiz hervorrief, welche in ihren Folgen zuletzt zu der lange ersehnten Bundesreform führte. Nichtsdestoweniger nahm die Revisionskommission von 1848, mit der, bereits von der Tagsatzung beschlossenen und vollzogenen Ausweisung der Jesuiten sich begnügend, keine darauf bezügliche Bestimmung in ihren Bundesentwurf auf. An der konstituirenden Tagsatzung war es jedoch die Gesandtschaft von Zürich, welche instruktionsgemäss verlangte, dass das Verbot des Jesuitenordens in die Bundesakte aufgenommen werde. Dieser Antrag wurde u. A. folgendermassen begründet: »Es bestehe gegenwärtig freilich ein, den genannten Orden verbietender Tagsatzungsbeschluss; allein es könnte die Zeit kommen, da dieses Dekret aus übel angebrachter Grossmuth, aus sentimentaler Gefälligkeit wieder zurückgenommen würde, und gegen eine solche Möglichkeit müsse der Bund eine ausdrückliche Garantie erhalten. Es hänge alsdann nicht mehr bloss von den Behörden ab, ob sie verderblichen Congregationen zum Schaden der Eidgenossenschaft wieder Thür und Thor öffnen wollen oder nicht. Wenn das Verbot als eine Verfassungsbestimmung erscheine, so müsse die Aufhebung desselben an die Abstimmung des Volkes gelangen, und das Volk habe in der Regel einen richtigen Takt. Der Kampf um die Existenz des Jesuitenordens in der Schweiz sei eine der Ursachen der gegenwärtigen Bundesrevision, daher dieses Zeichen der Zeit in der Bundesurkunde verewigt werden sollte, gleichwie in den Kantonalverfassungen die Hauptmerkmale, welche deren Ursprung veranlasst, Aufnahme gefunden hätten.« Der Antrag Zürich's wurde mit 16 Stimmen angenommen und der Art. 58 der Bundesverf. lautet nun, in der von den Redaktoren vorgeschlagenen Fassung,*) folgendermassen:

»Der Orden der Jesuiten und die ihm affiliirten Gesellschaften dürfen in keinem Theile der Schweiz Aufnahme finden.«

Ueber die Vollziehung dieser Bundesvorschrift hat der Bundesrath bis dahin immer so strenge als möglich gewacht. Es wird natürlich nicht ganz verhindert werden können, dass einzelne Mitglieder der Gesellschaft Jesu sich in der Schweiz aufhalten und selbst viel-

*) Abschied S. 104, 272.

leicht religiöse Vorträge halten oder andere gottesdienstliche Funktionen verrichten; dagegen lässt sich bei wachsamem Einschreiten wenigstens verhüten, dass auch nur eine kleine Abtheilung des Ordens als solche in irgend einem Kanton ihren festen Wohnsitz nehme oder gar der Leitung einer Unterrichtsanstalt sich bemächtige.

§ 13. Beiträge für verschiedene gemeinnützige Werke.

Wir haben bis dahin gesehen, wie der Bund kraft der ihm durch Art. 21 und 22 der Verfassung eingeräumten Befugnisse, mit sehr bedeutenden Geldbeiträgen öffentliche Werke in den Kantonen unterstützt und auf seine Kosten eine höhere eidgenössische Lehranstalt errichtet hat. Daneben aber hat der Bund noch für manche andere gemeinnützige Zwecke Beiträge aus seiner Kasse geschöpft, obschon sich nicht gerade specielle Verfassungsartikel dafür anführen liessen. Man ging dabei von der Rechtsansicht aus, dass es eine allzu ängstliche Auslegung der Bundesverfassung wäre, wenn man annehmen wollte, dass nur für die in ihr speciell vorgesehenen Zwecke die Bundeskasse in Anspruch genommen werden dürfe; vielmehr müssen die Bundesbehörden, falls der Stand der Kasse es erlaube, immer befugt sein, die Geldmittel der Eidgenossenschaft so zu verwenden, wie es im Interresse der Ehre und Wohlfahrt des Vaterlandes liege. Die Verabreichung eines Bundesbeitrages an die Reusskorrektion im Kanton Uri, obschon man den Art. 21 darauf nicht anwendbar fand, haben wir bereits erwähnt. Andere Unterstützungen, welche hier in Betracht kommen, sind folgende:

1) An das Denkmal, welches in Stans zu Ehren des Helden Arnold von Winkelried errichtet werden soll, bewilligte die Bundesversammlung schon unterm 1. Februar 1854 2000 Fr. Dabei wurde jedoch der Bundesrath eingeladen, vor Abreichung dieser Gabe an das leitende Comité sich davon zu überzeugen, inwieferne das projektirte Werk sowohl dem Zwecke selbst als den Kunstanforderungen entspreche. Da inzwischen das Denkmal immer noch nicht ausgeführt worden ist, so wurde auf das Budget vom Jahr 1863 ein weiterer Bundesbeitrag von 5000 Fr. genommen.

2) Nachdem bereits für die Industrieausstellung in London vom Jahr 1851, in Folge eines Budgetansatzes, ungefähr 13,000 Fr. aus der Bundeskasse verwendet worden waren, bewilligte die Bundesversammlung den 21. December 1854 an die Kosten der-

jenigen in Paris, an welche sich eine Viehausstellung anschloss, einen Kredit von 23,000 Fr., wozu später noch Nachtragskredite im Betrage von 14,000 Fr. kamen. An die allgemeine schweizerische Industrieausstellung in Bern, womit eine Ausstellung für Landwirthschaft und Künste verbunden wurde, setzte die Bundesversammlung unterm 17. Juli 1856 einen Beitrag von 30,000 Fr. aus, welchem später ein Nachtragskredit von 32,000 Fr. folgte. Endlich ist für die im Jahr 1862 abgehaltene zweite Weltausstellung in London im Ganzen wieder ein Kredit von 25,000 Fr. bewilligt worden.

3) Für den Bau einer katholischen Kirche in Bern wurde am 24. Juli 1857, mit Rücksicht darauf, dass dieselbe namentlich auch von den dieser Confession angehörenden Mitgliedern der Bundesbehörden und Bundesbeamten benutzt wird, ein Bundesbeitrag von 50,000 Fr., zahlbar in zwei jährlichen Raten, bewilligt. Um beiden Confessionen gleiches Recht zu halten, sah sich die Bundesversammlung unterm 21. Juli 1859 veranlasst, auch der reformirten Gemeinde in Luzern für ihren beabsichtigten Kirchenbau einen Beitrag von 25,000 Fr. aus der Bundeskasse zu verabreichen.

4) An die landwirthschaftlichen Ausstellungen (von Geräthschaften und Maschinen) in Zürich und Peterlingen bewilligte die Bundesversammlung unterm 29. Januar 1859 einen Kredit von 4000 Fr., unter folgenden Voraussetzungen: »1) dass die Gesellschaften, welche die beabsichtigten Ausstellungen anregen, wirklich organisirt und nicht bloss von vorübergehendem Bestande seien; 2) dass die beiden Ausstellungen einen allgemeinen schweizerischen Charakter tragen und nicht nur zur Befriedigung lokaler Bedürfnisse dienen; 3) dass aus dieser Bewilligung kein Präjudiz für anderweitige ähnliche Gesuche entstehe.«

5) Für das Auswanderungswesen wurden, in Folge ertheilter Kredite, welche namentlich dazu bestimmt waren, den schweizerischen Konsulaten in Havre und in den amerikanischen Seestädten ihre schwierige Aufgabe zu erleichtern, folgende Summen verausgabt:

im Jahr 1850	2,780 Fr.	— Ct.	im Jahr 1856	18,500 Fr.	— Ct.
» » 1851	3,840 »	— »	» » 1857	21,411 »	50 »
» » 1852	6,000 »	— »	» » 1858	24,000 »	— »
» » 1853	6,000 »	— »	» » 1859	25,691 »	42 »
» » 1854	18,706 »	25 »	» » 1860	39,752 »	69 »
» » 1855	18,500 »	— »	» » 1861	70,230 »	— »

In die letzten zwei Jahre fällt die Sendung Dr. Tschudi's nach Brasilien, welche im Interesse der nach diesem Lande ausgewanderten und daselbst als Halbpächter angesiedelten Schweizer erfolgte und für welche die Bundesversammlung unterm 29. Juli 1859 einen Kredit von 24,000 Fr. bewilligt hatte.

6) Zur Unterstützung verschiedener schweizerischer Gesellschaften, deren Bestrebungen in der einen oder andern Richtung der Aufmunterung würdig erscheinen, wurden seit dem Jahr 1859 folgende Summen theils in die jährlichen Voranschläge aufgenommen, theils auf dem Wege von Nachtragskrediten bewilligt:

	1860. Fr.	1861. Fr.	1862. Fr.	1863. Fr.
Schweiz. Hülfsgesellschaften im Auslande	8,000.	8,000.	8,000.	10,000.
Landwirthschaftl. Gesellschaften	6,000.	20,000.	20,000.	20,000.
Historische Gesellschaften . .	3,000.	5,000.	5,000.	5,000.
Naturforschende Gesellschaft .	3,000.	8,000.*)	5,000.	13,000.
Kunstverein	2,000.	2,000.	2,000.	2,000.
	22,000.	43,000.	40,000.	50,000.

7) In Folge des grossen Brandunglückes in Glarus, welches diesen kleinen Kanton nöthigte eine schwere Assekuranzschuld auf seine Schultern zu nehmen und dadurch seine Finanzen zerrüttete, bewilligte die Bundesversammlung demselben ein Darlehen aus der eidgenössischen Kasse von 1,000,000 Fr., für die ersten zehn Jahre zinsfrei, für die Folgezeit verzinslich zu 2 %, unter der Bedingung, dass die Rückzahlung nach dem 15ten Jahre in jährlichen Raten von 200,000 Fr. zu beginnen habe und mit dem 20ten Jahre zu vollenden sei.**)

Werfen wir noch einen kurzen Rückblick auf die in diesem Abschitte verzeichneten Leistungen der Bundeskasse, so lässt es sich allerdings nicht leugnen, dass dieselbe manche Ausgaben übernommen hat, welche früher einzig den Kantonen, beziehungsweise der gemeinnützigen Privatthätigkeit oblagen und die man, weil die

*) Hierin ist inbegriffen ein Beitrag von 5000 Fr. für die wissenschaftliche Reise des Hrn. Werner Munzinger ins Innere Afrika's, welchen die naturforschende Gesellschaft nachgesucht hatte.

**) Amtl. Samml. IV. 34. V. 21—22. 233, 339—340, 570—571. VI. 8, 153—154, 299—300, 303—304. VII. 50—51. Bundesbl. 1857 I. 206 ff. 1859 II. 242 ff. 1861 I. 109 ff. II. 431 ff. Eidgenössische Staatsrechnungen und Budgets.

Bundesverfassung darüber keine Bestimmung enthielt, auch für die Zukunft noch denselben allein auffallend sich dachte. Indessen kann man sich nur darüber freuen, dass bis jetzt die blühenden Finanzen der Eidgenossenschaft es gestatteten, wohlthätige und zweckmässige Bestrebungen in und ausser dem Vaterlande zu fördern, für welche die knapp zugemessenen Budgets der Kantone in der Regel keine Mittel zur Verfügung gehabt hätten. Wenn die Eidgenossenschaft gewisse Ehrenausgaben den Kantonen abnimmt, so sind letztere in diesem Punkte gewiss am allerwenigsten auf ihre Souveränetät eifersüchtig! Aber immerhin muss dabei vorausgesetzt werden, dass die Eidgenossenschaft in dem Ertrage ihrer ordentlichen Einnahmen die dafür nöthigen Mittel finde, und leicht könnte sich dieses Verhältniss, bei den vielen grossen Ausgaben, welche in der letzten Zeit dekretirt worden sind, mit der Zeit ungünstiger gestalten.

§ 14. Einbürgerung der Heimathlosen.

Zu den grossen Fortschritten, welche der neue Bund, im Interesse der gemeinsamen Wohlfahrt des Vaterlandes, eingeleitet und durchgeführt hat, gehört unstreitig auch, neben seinen materiellen Schöpfungen, die Ausrottung des in der Schweiz seit Jahrhunderten eingewurzelten Uebels der Heimathlosigkeit. Die mangelhafte Polizei früherer Jahrhunderte, welche von fremden Ansiedlern und Aufenthaltern keine Heimathschriften verlangte, religiöse Intoleranz, welche an den Uebertritt von einer Confession zur andern, sowie an die Eingehung einer gemischten Ehe den Verlust des Bürgerrechtes knüpfte, unpassende Strafgesetze, welche gerichtliche Heimathloserklärungen zur Folge hatten, endlich die kapitulirten Kriegsdienste im Auslande, bei denen eine Menge Fremder in die Schweizerregimenter eintraten, hatten in der Eidgenossenschaft eine grosse Anzahl von Leuten erzeugt, welche von ihrer ursprünglichen Heimath nicht mehr als Angehörige anerkannt wurden, ohne dass sie ein neues Bürgerrecht sich erworben hatten. Indessen zerfielen diese Heimathlosen wieder in zwei wesentlich verschiedene Klassen. Die von den Gemeinden anerkannten G e d u l d e t e n (Tolerirten), sowie die vom Kanton Bern durch Gesetz vom Jahr 1780 angenommenen L a n d s a s s e n waren in dieser Eigenschaft wenigstens zum festen Wohnsitze berechtigt, ja die bernischen Landsassen hatten im Falle der Verarmung sogar Anspruch auf Unterstützung aus der Staatskasse. Die eigentlichen, vagirenden Heimathlosen dagegen wurden fortwährend von Kanton zu Kanton gejagt und waren eben desshalb zu einem herumschweifenden Leben verurtheilt, bei welchem sie bald in Wäldern und Höhlen, bald in den Scheunen abgelegener Höfe ihr Unterkommen suchen mussten. Ihrer Berufsart nach waren diese Vaganten gewöhnlich Kesselflicker, Geschirrhändler, Korbmacher, Vogelfänger u. dergl.; ihre Ehen wurden von den Regierungen als Concubinate behandelt, doch gelang es ihnen nicht selten, bei katholischen Geistlichen eine kirchliche Trauung zu erwirken, auf welche sie grossen Werth setzten.

Schon zur Zeit der Vermittlungsakte erkannte man die Nothwendigkeit, durchgreifende Massregeln zur Verminderung der Heimathlosigkeit zu ergreifen, insbesondere zunächst für die Convertiten zu sorgen, welche ihr ursprüngliches Heimathrecht eingebüsst hatten. Anträge in dieser Richtung, welche von den Ständen Solothurn und Luzern bereits in den Jahren 1803 und 1805 gestellt wurden, führten noch zu keinem Resultate. An der Tagsatzung vom Jahre 1812 aber legte die Gesandtschaft von Schwyz ein Verzeichniss von nicht weniger als 583 Individuen vor, welche in einem Umkreise von 5 bis 6 Kantonen ohne Heimath, ohne genügenden Beruf noch andere Mittel, ihr Leben ehrlich zu fristen, herumirrten, nirgends lange geduldet wurden, aber auch nicht weiter fortkamen als von einem Kanton, der sie wegwies, in einen benachbarten Kanton, dessen Gebiet sie auch bald wieder verlassen mussten. Der Antrag, eine Vertheilung dieser Heimathlosen vorzunehmen, blieb indessen noch in Minderheit; dagegen wurden von der Tagsatzung folgende Kommissionalvorschläge zum Beschlusse erhoben: 1) Diejenigen Heimathlosen, welche sich über ein früher besessenes Heimathrecht in einem Kanton ausweisen können, gegenwärtig aber in einem andern Kanton sich aufhalten, sollen hier einstweilen noch geduldet und zum Behufe der Verständigung über deren Anerkennung eine Korrespondenz zwischen den betreffenden Kantonsregierungen eingeleitet werden. 2) Solche, die sich nicht über ein Heimathrecht, wohl aber über einen längern Aufenthalt in der Schweiz ausweisen können, sollen demjenigen Kanton angehören, in welchem sie in der letzten Zeit (1819 wurde festgesetzt: seit 1803) am längsten angesessen oder geduldet waren. 3) Durch die Anerkennung von Heimathlosen wird den gesetzlichen Vorschriften nicht vorgegriffen, welche jeder Kanton über die bürgerlichen Rechte und Genüsse solcher Leute erlassen mag.*) — Diese Tagsatzungsbeschlüsse bildeten die Grundlage zu dem eidgenössischen Konkordate über die Ertheilung von Heimathrechten an die Heimathlosen, welches unter der Herrschaft des 1815er Bundesvertrages, nämlich am 3. August 1819 abgeschlossen wurde und dem sämmtliche Kantone mit Ausnahme von Schwyz und Graubünden beitraten. Indem das Konkordat die Beschlüsse von 1812 bestätigte, fügte es denselben noch folgende weitere Bestimmungen bei: 1) Soferne die Korrespondenz zwischen den betheiligten Kantonsregierungen über die Anerkennung eines Heimathlosen binnen Jahresfrist nicht zu einer Verständigung führt, so soll die Streitsache ungesäumt an das Eidgenössische Recht gewiesen werden. Die erbetenen Schiedsrichter sollen ihren Entscheid spätestens im Laufe der auf ihre Ernennung zuerst folgenden Tagsatzung aussprechen, soferne nicht beide streitende Theile über einen längern Zeitraum einverstanden sind. 2) Auch über die Frage des längern oder kürzern Aufenthaltes in einem Kanton und der dadurch begründeten Aufnahme eines Heimathlosen soll das Eidgenössische Recht entscheiden. Bis zu erfolgtem Spruche soll der Heimathlose in demjenigen Kanton geduldet werden, wo er zuletzt seinen Aufenthalt oder Wohnsitz hatte. — Durch ein nachträgliches Konkordat vom 17. Juli 1828 wurde dann noch die Vollziehung des Konkordates vom 3. August 1819 unter die unmittelbare Leitung des Vorortes gestellt. Die Kantone wurden verpflichtet, ihm zu diesem Behufe alle nöthige Unterstützung zu gewähren und seinen Einladungen zu beförderlicher gütlicher Ausgleichung oder zur Ueberweisung an's Eidgenössische Recht zu entsprechen. Den Heimathlosen wurde gestattet, die Dazwischenkunft des Vorortes von ihrem Aufenthaltsorte aus in Anspruch zu nehmen, und die kantonalen Behörden sollten ihnen zu Erörterung ihrer Ansprüche beförderlich und ohne Kosten die nöthige Unterstützung angedeihen lassen.

Es blieben diese Konkordate ohne Zweifel nicht ganz ohne wohlthätige Wirkung, indem sie in einer Anzahl von Fällen die schiedsgerichtliche Zuerkennung von Heimathlosen an einzelne Kantone veranlassten. Auch erwachte namentlich seit den Dreissiger Jahren

*) Tags.-Abschied v. J. 1812. Repertorium der Abschiede v. 1803—1813 (Bern 1842) S. 182—184.

im Innern mancher Kantone selbst das lobenswerthe Bestreben, den anerkannten oder zugetheilten Heimathlosen durch förmliche Einbürgerung eine bessere Existenz zu verschaffen. Indessen leuchtet doch von selbst ein, dass die Bestimmungen der Konkordate von 1819 und 1828 nicht durchgreifend genug waren, um das alte Erbübel der Heimathlosigkeit vollständig in der Schweiz auszurotten; auch war die Vollziehung jener Vorschriften nicht weniger ungenügend. Die Kantone scheuten sich davor, eine Heimathlosenfrage ernstlich an die Hand zu nehmen, weil jeder amtliche Schritt ein Präjudiz begründen konnte, und die Vororte waren nur befugt zu mahnen, nicht aber selbst als Kläger aufzutreten. Die Tagsatzung hatte sich daher fortwährend häufig mit dem Heimathlosenwesen zu beschäftigen und noch in dem letzten Jahre vor der Bundesreform, am 30. Juli 1847, gelang es ihr, ein neues, von 15 Kantonen angenommenes Nachtragskonkordat zu Stande zu bringen, welches, wenn es auch nicht mehr zur Ausführung gelangte, doch als Uebergang zu dem jetzt bestehenden Bundesgesetze von Interesse ist.

Durch dasselbe wurde folgendes Verfahren festgesetzt: 1) Der Vorort soll eine Kommission von 3 Mitgliedern ernennen, welche die Heimath- oder Duldungsrechte der von keinem Kanton anerkannten Heimathlosen zu ermitteln hat. Die Kommission wird von Amtswegen eine Untersuchung über die Verhältnisse derselben vornehmen und von den kantonalen Behörden alle erforderlichen Aufschlüsse einverlangen. 2) Die Kantone werden dafür besorgt sein, dass das Herumstreifen der nicht anerkannten Heimathlosen sofort ein Ende nehme; sie sollen auch, ohne die Aufforderung der Kommission abzuwarten, mit denselben ausführliche Verhöre vornehmen lassen. 3) In Betreff derjenigen Individuen, welche im Verfolge der Untersuchung nicht als wirklich heimathlos erkannt werden und deren Wiederaufnahme von den Kantonen nicht bewirkt werden kann, liegt der Kommission ob, zu diesem Zwecke einzuschreiten oder nöthigenfalls die Vermittlung des Vorortes anzurufen. Ferner wird sie dafür sorgen, dass die der Schweiz fremden Landstreicher in ihr Vaterland zurückgewiesen werden. 4) Mit Bezug auf diejenigen Individuen oder Familien, welche nach dem Ergebniss der Untersuchung von der Kommission als wirklich heimathlos bezeichnet werden, hat sie zu prüfen, welchem Kanton sie zugetheilt werden sollen. 5) Wenn es der Kommission nicht gelingt, die Anerkennung eines Heimathlosen durch den Kanton, dem er nach ihrer Ansicht angehört zu erwirken oder bei einem Streite zwischen zwei oder mehrern Kantonen einen Vergleich zu Stande zu bringen, so soll die Angelegenheit vor das Eidgenössische Recht gebracht werden, indem die Kommission dann als Klägerin gegen denjenigen Stand auftritt, welcher nach ihrem Dafürhalten die betreffenden heimathlosen Familien oder Individuen anzuerkennen hat. Die Kommission kann dabei auch mehrere Stände belangen, sei es, dass sie dem Gerichte alternative Schlüsse vorlege, oder dass sie eine Familie auf mehrere Kantone zu vertheilen vorschlage. Sollte sich ein Kanton weigern, zur Ernennung von Schiedsrichtern zu schreiten, so wird der Vorort und nöthigenfalls die Tagsatzung dieselbe vornehmen. 6) Die Heimathlosen, welche sich dermalen auf dem Gebiet eines Kantons befinden, sollen in Erwartung des von der Kommission, beziehungsweise vom Schiedsgerichte zu fassenden Entscheides, provisorisch dort geduldet werden. Jede gewaltthätige oder heimliche Zuschickung von Heimathlosen von einem Kantonsgebiete auf das andere ist untersagt. Die provisorische Duldung findet unbeschadet allen Reklamationen statt, welche der dieselbe gewährende Kanton etwa geltend zu machen hätte. 7) Ueber die Kosten der provisorischen Duldung soll durch die eidgen. Schiedsrichter zu gleicher Zeit, da sie über die angesprochenen Heimath- oder Duldungsrechte urtheilen, entschieden und es sollen dieselben in der Regel dem in der Hauptfrage verurtheilten Kanton auferlegt werden. Die Eidgenossenschaft wird diese Kosten jedesmal zu tragen haben, wenn die Kommission verurtheilt wird. 8) Wenn die Verrichtungen der Kommission ihr Ende erreicht haben, sollen sich die konkordirenden Stände über den zu fassenden Entschluss in Betreff jener Heimathlosen berathen, welche weder einem Kanton zugetheilt noch in's Ausland zurückgeschickt werden konnten. Die Kommission wird in ihrem Schlussberichte hierüber bestimmte Anträge vorlegen.

Die Revisionskommission von 1848, welche bald nach dem Abschlusse dieses Konkordates zusammentrat, entschied sich in erster Berathung sofort für den Grundsatz, dass die Heimathlosigkeit zur Bundessache zu erheben sei im Sinne des Art. 37 des Entwurfes von 1833, welcher folgendermassen lautete: »Es wird ein Bundesgesetz erlassen zur Ausmittlung von Angehörigkeitsrechten für Heimathlose, die gegenwärtig nicht eingetheilt sind, und zur Verhinderung der

Entstehung neuer Heimathlosen.« In der zweiten Berathung wurde die Redaktion des Artikels in der Weise abgeändert, wie sie sich nunmehr in die Bundesverfassung aufgenommen findet.*) An der Tagsatzung stellte die Gesandtschaft von Schwyz den Antrag, statt »Bürgerrechte« zu sagen »Heimathrechte«, weil ein grosser Unterschied bestehe zwischen den eigentlichen Bürgern und den Tolerirten oder denjenigen ehemaligen Heimathlosen, welchen ein Duldungsrecht zugestanden worden sei. Von anderer Seite wurde dagegen bemerkt: »Gerade was zu Gunsten des Amendements vorgebracht worden, müsse zu der Ansicht führen, dass der Ausdruck im Artikel vollkommen gut gewählt sei. Wenn die Heimathlosen zwar eingetheilt, aber in ihrem bisherigen Zustande darniedergehalten würden, so läge für sie darin ein Haupthinderniss, sich einem ehrlichen Gewerbe hinzugeben. Unter dem Ausdruck »Bürgerrecht« werde nicht das Genossenrecht verstanden; es könne ein Individuum alle Rechte des Bürgers geniessen, ohne dass es auf die eigentlichen Korporationsgüter Anspruch zu machen hätte. Aber darauf müsse gedrungen werden, dass die Klasse der sogen. Geduldeten in Beziehung auf das Armen- und Vormundschaftswesen, sowie auf die politischen Rechte eine förmliche Gleichstellung mit den Bürgern im engeren Sinne erlange.« Der Antrag von Schwyz blieb in Minderheit**) und der Art. 56 der Bundesverf. schreibt nun Folgendes vor:

»*Die Ausmittlung von Bürgerrechten für Heimathlose und die Massregeln zur Verhinderung der Entstehung neuer Heimathlosen sind Gegenstand der Bundesgesetzgebung.*«

Die Vollziehung dieser Bundesvorschrift wurde allgemein als dringend und unaufschiebbar erkannt und daher der Bundesrath bereits durch Beschluss der Bundesversammlung vom 21. Dec. 1849 beauftragt, beförderlichst einen daherigen Gesetzesentwurf vorzulegen, wobei zugleich den Bestimmungen des Konkordates von 1847, welche sich auf die provisorische Duldung der Heimathlosen bezogen, sofortige Gesetzeskraft für die ganze Schweiz beigelegt wurde.***) Indem der Bundesrath unterm 30. September 1850 jenem Auftrage entsprach, beantwortete er in seiner begleitenden Botschaft die Frage, ob man nach dem Vorgange der Tagsatzungsbeschlüsse von

*) Protokoll der Revisionskommission S. 43, 156, 177.

**) Abschied S. 100.

***) Amtl. Samml. I. 185.

1812, bestätigt durch das Konkordat von 1819, sich darauf beschränken dürfe, die Heimathlosen gewissen Kantonen zuzuweisen, ohne sich um ihr weiteres Schicksal zu bekümmern, mit folgenden Worten: »Die Bundesverfassung will ihre Einbürgerung, und das mit vollem Rechte, vom Standpunkte der Gesetzgebungspolitik. Denn die möglichste Gleichstellung mit den Rechten der übrigen Bürger, die Annäherung der Heimathlosen an die übrigen Interessen der Gesellschaft, die Theilnahme an den vorhandenen Anstalten für Kultur ist der einzig mögliche Weg, die Heimathlosen oder wenigstens ihre Kinder der Civilisation allmählig wieder zuzuführen.« Im Uebrigen stützte sich der Gesetzesentwurf wesentlich auf die Konkordate, als deren organische Fortbildung er gewissermassen zu betrachten ist; nur enthielt er, nach Anleitung der Bundesverfassung, noch eine Anzahl völlig neuer Bestimmungen, welche die Entstehung künftiger Fälle von Heimathlosigkeit zu verhüten beabsichtigten. Das aus dem bundesräthlichen Entwurfe hervorgegangene Bundesgesetz betreffend die Heimathlosigkeit, wie es unterm 3. December 1850 von der Bundesversammlung angenommen worden ist, enthält nun folgende wesentliche Bestimmungen:

1) Als heimathlos sind alle in der Schweiz befindlichen Personen zu betrachten, welche weder einem Kanton als Bürger noch einem auswärtigen Staate als heimathberechtigt angehören.

2) Die gegenwärtigen Heimathlosen werden unterschieden: a. in Geduldete oder Angehörige, d. h. solche, welche bis anhin in dieser Eigenschaft von einem Kanton anerkannt wurden, seien dieselben in Gemeinden eingetheilt oder nicht; b. in Vaganten.

3) Für die Heimathlosen beider Klassen soll durch die Bundesbehörden ein Kantons- und durch die betreffenden Kantone ein Gemeindsbürgerrecht ausgemittelt werden. Letzteres können die Kantone unterlassen: a. bei Männern über 60 und bei Weibern über 50 Jahren; b. bei solchen, welche eine kriminelle oder entehrende Strafe erlitten haben, bis zur eingetretenen Rehabilitation. In diesen Fällen hat jedoch der betreffende Kanton die Pflicht der Duldung, sowie der Armenunterstützung.

4) Die Einbürgerung in eine Gemeinde hat die Wirkung, dass der Eingebürgerte mit Bezug auf die politischen und bürgerlichen Rechte, die Gemeinds-, Kirchen- und Schulgenössigkeit und den Genuss der Unterstützung bei Verarmung, sowie hinsichtlich

der Pflichten den übrigen Bürgern gleichgestellt ist. Dagegen erwirbt er nicht zugleich ein Antheilsrecht an dem allfällig vom Gemeindegute herfliessenden Bürgernutzen. Es ist ihm jedoch der Einkauf in denselben um die Hälfte der gewöhnlichen oder, wo solche nicht festgesetzt ist, um eine durch die Kantonsbehörden festzustellende Einkaufsumme zu gestatten, welche jedoch die Hälfte des Kapitalwerthes des zu erwerbenden Bürgernutzens nicht übersteigen darf.

Die ehelichen Kinder, welche ein Heimathloser nach der Einbürgerung erhält, werden vollberechtigte Bürger derjenigen Gemeinde, in welcher er eingebürgert worden ist. Ebenso erhalten uneheliche Kinder von eingebürgerten Heimathlosen das volle Bürgerrecht in derjenigen Gemeinde, welcher sie nach der betreffenden Kantonalgesetzgebung zufallen.

5) Der Bundesrath hat die Zahl und die Verhältnisse der in der Schweiz vorfindlichen Heimathlosen zu ermitteln. Die Kantone sind pflichtig demselben Beihülfe zu leisten.

6) Der Bundesrath entscheidet zuerst, welche Kantone zur vorläufigen Duldung der Heimathlosen, ohne Präjudiz, verpflichtet seien. Er hat sich hierbei an diejenigen Grundsätze zu halten, welche unten für die Einbürgerung als massgebend bezeichnet sind.

Sodann hat sich der Bundesrath darüber auszusprechen, welchem Kantone, entweder allein oder in Verbindung mit andern, die Pflicht der Einbürgerung einzelner Heimathlosen und Familien obliege. Sind die betreffenden Kantone mit der Ansicht des Bundesrathes nicht einverstanden, so soll letzterer beim Bundesgerichte den Prozess gegen sie einleiten.

7) Beim Entscheide über die Einbürgerung sind für das Bundesgericht namentlich folgende Verhältnisse massgebend: a. eheliche oder aussereheliche Abstammung von Eltern, die schon in einem Kanton eingebürgert oder als Geduldete anerkannt sind; b. die in einem Kanton, mit Umgehung der konkordatsmässigen oder gesetzlichen Vorschriften, erfolgte Kopulation; c. der längste Aufenthalt seit dem Jahr 1803, soferne derselbe nicht auf einer Bewilligung zur Duldung von Seite eidgenössischer Behörden oder auf Verhaft beruht; d. mangelhafte Handhabung der Fremdenpolizei; e. Anwerbung von Ausländern unter kapitulirte Truppen;

f. Uebertragung von öffentlichen Stellen an Ausländer; g. Ertheilung von Ausweisschriften oder von Gewerbspatenten an Fremde; h. unterlassene Anzeige an den Bundesrath von dem Vorhandensein eines Heimathlosen auf dem Gebiete eines Kantons.

8) Insoweit die Abstammung in Betracht kommt, gelten folgende Regeln: a. Kinder aus gültigen Ehen gehören dem Kanton an, in welchem der Vater ein Kantons- oder Gemeindsbürgerrecht hatte. b. Aussereheliche Kinder folgen dem Bürgerrechte der Mutter. c. Hatten die Eltern in keinem Kanton ein Bürgerrecht, war aber der eine oder andere Theil in einem Kanton als Geduldeter anerkannt, so können die Kinder, ohne Rücksicht auf die vorstehenden Grundsätze, dem betreffenden Kantone zur Einbürgerung zugewiesen werden.

9) Die bisherigen Heimathlosen, welche in einem Concubinatsverhältnisse stehen, haben sich entweder zu trennen oder gesetzlich zu ehelichen, soferne letzteres nach den allgemeinen Gesetzen des Kantons, in welchem sie eingebürgert wurden, zulässig ist.

10) Die Kinder der in Folge dieses Gesetzes eingebürgerten Heimathlosen sind zu regelmässigem Schul- und Religionsunterricht anzuhalten.

11) Den sogen. Landsassen, ewigen Einwohnern oder andern Personen, welche gegenwärtig ein Kantons-, nicht aber ein Gemeindsbürgerrecht haben, soll der betreffende Kanton ein solches mit derjenigen Wirkung verschaffen, welche für die Heimathlosen vorgeschrieben ist.

12) Beruflos herumziehende Vaganten und Bettler sollen bestraft und in ihre Heimathgemeinde oder an ihren Wohnort zurückgeführt werden. Ausländische Vaganten sind ihrem Heimathstaate zuzuweisen.

13) Personen, welche in verschiedenen Kantonen auf einem Berufe oder Gewerbe herumziehen, bedürfen die erforderlichen Ausweisschriften und es ist ihnen das Mitführen von schulpflichtigen Kindern verboten. Fehlbare sind ebenfalls in ihre Heimathgemeinde oder an ihren Wohnort zurückzuführen.

14) Die Kantone haben dafür zu sorgen, dass keine Fremden ohne Ausweisschriften, die hinsichtlich des Heimathrechtes Sicherheit gewähren, oder ohne hinreichende Caution Niederlassung oder längern Aufenthalt erlangen.

15) Pässe oder andere Reiseschriften sollen nur an Schweizerbürger verabfolgt werden.

16) Wenn aus der Nichtbeachtung obiger Bestimmungen Fälle von Heimathlosigkeit entstehen, oder wenn überhaupt Beamte oder Angestellte Amtshandlungen vornehmen, welche ausschliesslich oder mitwirkend Heimathlosigkeit zur Folge haben, so haftet der betreffende Kanton, mit Regress auf die Schuldigen.

17) Die Einbürgerung von Findelkindern liegt, soferne denselben nicht ein anderes Heimathrecht ausgemittelt werden kann, dem Kanton ob, in welchem sie ausgesetzt wurden. Solchen Kindern ist das volle Gemeindsbürgerrecht zu ertheilen.*)

Nach Anleitung dieses Bundesgesetzes wurde nun das sehr verwickelte und schwierige Geschäft der Ausmittlung von Bürgerrechten für sämmtliche Heimathlose vom Bundesrathe rüstig an die Hand genommen und binnen einem Jahrzehend beinahe vollständig durchgeführt. Das Ergebniss der ganzen Operation drückt sich in folgenden Ziffern aus, die wir dem bundesräthlichen Geschäftsberichte vom Jahr 1861 entnehmen:

Die Gesammtzahl der Untersuchungen betrug	273 mit	968 Personen
Durch die Untersuchung wurden entweder als Bürger gewisser Kantone oder als Angehörige auswärtiger Staaten ermittelt und in ihre Heimath abgeschoben	347 Pers.	
Als Heimathlose festgestellt und durch Entscheid des Bundesrathes oder des Bundesgerichtes bestimmten Kantonen zur Einbürgerung überwiesen wurden	477 »	824 »
Es blieben somit noch in Untersuchung		144 Personen,

von denen jedoch ungefähr die Hälfte nicht zu den eigentlichen Heimathlosen gehörte, sondern aus Familien bestand, die einen festen Wohnsitz haben und jedenfalls entweder dem Kanton Graubünden oder dem Kanton Tessin, zwischen denen sie streitig sind, zufallen müssen.

Es wäre ohne Zweifel nicht möglich gewesen, die bedeutende Zahl von 477 Heimathlosen den Kantonen zuzutheilen, wenn sich die neuen Bundesbehörden nicht entschieden auf den Standpunkt

*) Amtl. Samml. II. 138—146. Bundesbl. 1850 III. 123—146.

gestellt hätten, dass alle Heimathlose, welche nicht ins Ausland abgeschoben werden können, den Kantonen zur Einbürgerung zu überweisen seien. Der Bundesrath stellte in jedem einzelnen Falle seine, gewöhnlich alternativen Klaganträge gegen einen oder mehrere Kantone und das Bundesgericht erkannte es als seine Aufgabe, dieselben entweder in dieser oder jener Weise zu genehmigen oder doch nur angebrachter Massen abzuweisen, in der Meinung, dass die Untersuchung sich auch noch auf andere Kantone auszudehnen habe. Es stellte dabei den Grundsatz auf, dass nach der besondern Eigenthümlichkeit der Heimathlosenstreitigkeiten das Verfahren in Hinsicht auf Beweisführung und Beweisprüfung sich nicht strenge an die Regeln des Civilprozesses binden und das Urtheil nicht in allen Fällen strengrechtliche Gewissheit, sondern nur das aussprechen könne, was in den Augen des Richters als bis zur höchsten Wahrscheinlichkeit erstellt zu betrachten sei. Aufgabe eines jeden in's Recht gefassten Kantons sei es, nachzuweisen, dass die Pflicht der Einbürgerung eines Heimathlosen »nicht auf ihm, sondern auf einem andern Kanton, auf welchem andere und aus welchen Gründen beruhn«.

Was die Anwendung der einzelnen, im Gesetze vom 3. Dec. 1850 aufgestellten Zutheilungsgründe betrifft, so heben wir aus der bundesgerichtlichen Praxis bloss die nachfolgenden Grundsätze hervor:

1) Die Unverjährbarkeit von Heimathberechtigungen steht im eidgenössischen Rechte fest. Wenn also die Bürgerin eines Kantons einen Heimathlosen ehlicht, so bringt diese Ehe in ihren bürgerrechtlichen Verhältnissen keine Aenderung hervor und somit vererbt sich auch ihre Heimathberechtigung auf ihre Kinder und ferneren Nachkommen

2) Der »konkordatswidrigen Kopulation« kann nicht die Bedeutung gegeben werden, als ob lediglich die Kantone, die den Konkordaten betreffend die Eheeinsegnungen beitraten, pflichtig gewesen seien die Vorschriften derselben zu beobachten. Vielmehr betrachtete die Bundesversammlung für diejenigen Fälle, wo keine besondern kantonalen Gesetzesbestimmungen zur Anwendung kommen, die Einhaltung der Vorschriften der Konkordate als das Minimum der Vorsicht, welche die Kantonsbehörden in Fragen des bürgerlichen Status zu beobachten haben. Sie war auch befugt von dieser Voraussetzung

auszugehen, weil die konkordirenden Stände diejenigen, welche dem Konkordate nicht beitraten, vor den Folgen unregelmässiger Kopulationen ausdrücklich warnten und fortwährend die letztern als Grund der Einbürgerung von Heimathlosen erklärten. (Vergl. Konkordat vom 4. Juli 1820 über Eheeinsegnungen und Kopulationsscheine, Art. 7.)

3) Da durch die eidgen. Konkordate über Eheeinsegnungen nur die Verhältnisse der auf schweiz. Gebiete geschehenen Trauungen regulirt werden, so sind dieselben jedenfalls nicht als massgebend zu betrachten, wenn die staatsrechtliche Gültigkeit einer im Ausland abgeschlossenen Ehe (speciell einer sogen. Römerehe) in Frage liegt. Vielmehr ist eine solche Ehe für so lange als rechtskräftig zu präsumiren, bis aus der Gesetzgebung des betreffenden Kantons nachgewiesen wird, dass dieselbe ohne Zustimmung der Landesregierung in gültiger Weise nicht habe eingegangen werden können.

4) Der geschehene Trauungsakt von Heimathlosen hat, vom Standpunkte der Handhabung der Fremdenpolizei aus betrachtet, höhere Bedeutung als die zeitweilige Duldung derselben in einem andern Kanton, zumal jene Thatsache mit der Erzeugung einer grossen Zahl von Heimathlosen im engsten Zusammenhange steht.

5) Da das Gesetz den »längsten Aufenthalt« als massgebenden Grund der Einbürgerung von Heimathlosen anführt, so erscheint hiernach die Vertheilung einer heimathlosen Familie unter verschiedenen Kantonen nach Verhältniss der in denselben stattgehabten Geburten mindestens insoweit als ausgeschlossen, als nicht die Verschuldung der Heimathlosigkeit auf den betreffenden Kantonen in ganz gleichmässiger Weise beruht.

6) Das Konkordat von 1813 betreffend die Ertheilung und die Formulare der Reisepässe knüpft die Ertheilung von Wanderbüchern an Fremde an die Bedingung, dass sie Bewilligungsscheine zum Auswandern in's Ausland von ihrer Landesobrigkeit vorweisen können. Ein Kanton, der diesem Konkordate beigetreten ist, dann aber einem Heimathlosen ohne irgend welchen Vorbehalt ein Wanderbuch ausstellt, kann zu dessen Einbürgerung angehalten werden.*)

Nach diesen Grundsätzen fanden die Gesetzesbestimmungen betreffend die Zutheilung der Heimathlosen an die Kantone unter der Leitung des Bundesrathes und des Bundesgerichtes ihre ungehinderte

*) Ullmer S. 434—444.

Vollziehung. Ein Uebelstand ergab sich nur daraus, dass das Gesetz keine Frist vorschreibt, binnen deren sich die Kantone darüber zu erklären haben, ob sie den Entscheid des Bundesrathes anerkennen oder denselben weiterziehen wollen an das Bundesgericht. Da nun manche Kantone gegenüber den Entscheidungen des Bundesrathes ein hartnäckiges Stillschweigen beobachteten und hierdurch die Erledigung der betreffenden Heimathlosenfragen auf ungebührliche Weise verzögerten, so glaubte die Bundesversammlung das Gesetz dadurch ergänzen zu sollen, dass sie den Bundesrath aufforderte, in jedem Beschlusse über Zutheilung von Heimathlosen eine Frist anzusetzen, innert welcher die Kantone, welche denselben nicht anerkennen wollen, ihre daherigen Erklärungen abzugeben haben. Wenn ein Kanton es unterlässt, sich binnen dieser Frist zu erklären, so soll gegen ihn der bundesräthl. Beschluss in Rechtskraft erwachsen.*)

Was die Kosten der provisorischen Duldung eines Heimathlosen betrifft, so hat sich das Bundesgericht — entgegen dem Konkordate von 1847 — dafür ausgesprochen, dass der vom Bundesrathe als duldungspflichtig erklärte Kanton dieselben zu tragen habe, auch wenn nachher einem andern Kanton die Einbürgerungspflicht auferlegt wird. Dieser Entscheid stützt sich darauf, dass nach dem Gesetze der Bundesrath bei seinem vorläufigen Bescheide bereits die aufgestellten Zutheilungsgründe in's Auge fassen soll und dass derselbe in der Praxis in jedem einzelnen Falle die aus den Ergebnissen der Untersuchung folgenden Veränderungen in der provisorischen Duldung sofort vorzunehmen pflegt, während er beim Vorhandensein einer Entschädigungspflicht die zuerst getroffene provisorische Massnahme bis zur definitiven Erledigung des Rechtsstreites einfach fortdauern lassen könnte.**)

Neben der Zutheilung der Heimathlosen beschäftigte den Bundesrath vorzüglich die Aufsicht über die Vollziehung des Bundesgesetzes in Bezug auf die förmliche Einbürgerung der zugetheilten Heimathlosen wie der anerkannten Geduldeten und Landsassen in den Kantonen. Es rückte damit in manchen Kantonen etwas langsam vorwärts, so dass sich die Bundesversammlung zu wiederholten Mahnungen veranlasst fand.***) Nach dem Geschäftsberichte des Bundes-

*) Amtl. Samml. V. 575.
**) Ullmer S. 433.
***) Amtl. Samml. V. 575. VI. 68, 571.

rathes vom J. 1861 ist namentlich anzuerkennen, was auf diesem Gebiete in der letzten Zeit die Kantone Bern und Neuenburg gethan haben, wo es sich um die Einbürgerung mehrerer Tausende von Individuen handelte; dagegen befinden sich noch sehr im Rückstande die Kantone Tessin, Waadt und Wallis, zum Theil auch Freiburg.

Es versteht sich übrigens von selbst, dass der Bundesrath nicht bloss darüber zu wachen hat, dass die Kantone Einbürgerungsgesetze erlassen, sondern auch dass letztere mit dem Bundesgesetze im Einklange stehen. In dieser Richtung hat er natürlich vorzüglich auch die Beschwerden zu untersuchen, welche ihm gegen die Verfügungen kantonaler Behörden zugehen. So reklamirten die Landsassen und Tolerirten Obwalden's gegen eine Verordnung, welche der dortige Landrath unterm 12. September 1852 zu Vollziehung des Heimathlosengesetzes erlassen hatte, indem dieselbe einerseits die Verleihung des beschränkten Bürgerrechtes mit einer ungesetzlichen Einkaufstaxe verbinde und anderseits die Einzubürgernden vom Mitgenuss und vom Einkauf in die Gemeindegüter völlig ausschliesse. In der ersten Beziehung fand der Bundesrath in der That die in der landräthlichen Verordnung enthaltene Taxation der Einzubürgernden nicht übereinstimmend mit dem Bundesgesetze, welches den Erwerb der Gemeinde-, Kirchen- und Schulgenössigkeit von keiner Einkaufsumme abhängig macht, sondern vielmehr die Einbürgerung in diesem Sinne unbedingt vorschreibt. Was dagegen die zweite Beschwerde betrifft, so waltete zwischen den Rekurrenten und der Regierung von Obwalden Streit über die Thatfrage, ob die Güter, auf welche Erstere Anspruch machten, den Charakter von wahren öffentlichen Gemeindegütern tragen oder ob sie blosse privatrechtliche Korporationsgüter seien. Der Bundesrath fand nun, dass diese Frage durchaus civilrechtlicher Natur und daher vom kompetenten Civilrichter zu entscheiden sei, zumal das Bundesgesetz vom 3. December 1850 nur anerkannte und nicht streitige Gemeindegüter voraussetze und keineswegs beabsichtige, auf dem Wege der Vollziehung durch die Bundesbehörden in allfälliges Privateigenthum einzugreifen.*)

In Bezug auf neu in der Schweiz erscheinende Vaganten verfügte ein Beschluss der Bundesversammlung vom 23. Juli 1855.

*) Bundesbl. 1854 II. 70—71.

dass die Untersuchung ihrer Verhältnisse in erster Linie den Polizeibehörden der Kantone zu überlassen sei.*) Der Bundesrath zog daraus die Folgerung, dass diese Behörden zur Vornahme der Untersuchung nicht bloss berechtigt, sondern auch verpflichtet und daher die einfache Rückweisung solcher Individuen an die Kantonsgränze oder an den Ort, woher sie gekommen, unzulässig sei. Zuerst sei auszumitteln, ob solche Vaganten nicht ein Heimath- oder Duldungsrecht besitzen, in welchem Falle sie nach Anleitung des Gesetzes ihrer Heimathgemeinde oder ihrem Wohnorte zuzuführen sind. Sollte dagegen durch die kantonale Untersuchung wirkliche Heimathlosigkeit als wahrscheinlich sich herausstellen, so könne dann, da die Heimathlosigkeit Bundessache sei, eidgenössische Untersuchung eintreten. — Zufolge Beschlusses des Bundesrathes vom 4. Novbr. 1857 sind die behufs Ermittlung der Heimath von Vaganten erwachsenden Untersuchungskosten von dem betreffenden Heimathkanton zu reklamiren, »da diese in der Regel durch mangelhafte Aufsicht über die habituellen Vagabunden und durch Mangel an Energie in der durch das Heimathlosengesetz befohlenen Repression veranlasst werden«.**)

§ 15. Fremdenpolizei.

Die Schweiz, ein republikanisches Land in der Mitte der europäischen Monarchien, war von jeher eine Zufluchtstätte für politische Flüchtlinge, welche irgend eine revolutionäre oder reaktionäre Bewegung aus ihrem Heimathlande vertrieben hatte. Galt diess in den Augen der Völker als ein schönes Vorrecht der Schweiz, so führte es doch nicht selten zu Conflikten mit den auswärtigen Regierungen und immer entschiedener machte sich daher das Bedürfniss geltend, in dieser Hinsicht die Kantonalsouveränetät zu beschränken und der Eidgenossenschaft grössere Befugnisse einzuräumen.

Unter der Herrschaft des Bundesvertrages von 1815 fiel dem Grundsatze nach die Fremdenpolizei zunächst ganz in den Bereich der Kantonalsouveränetät; wir haben jedoch bereits in der geschichtlichen Einleitung gesehen, wie die Tagsatzung, durch ihre Verhältnisse zum Auslande gedrängt, nichts desto weniger in verschiedenen Zeitpunkten auf diese Angelegenheit bezügliche Beschlüsse fasste.

*) Amtl. Samml. V. 163.

**) Ullmer S. 445—446.

1823 verordnete sie, dass das Eindringen und der Aufenthalt von Flüchtlingen, welche wegen Störungen der öffentlichen Ruhe aus einem andern Staate entwichen wären, sowie anderer Fremder, welche den ihnen in der Schweiz gewährten Wohnsitz zu gefährlichen Umtrieben gegen auswärtige Regierungen oder zu Ruhestörungen im Innern missbrauchen würden, verhindert werden solle. 1836 stellte die Tagsatzung abermals den Grundsatz auf, dass Flüchtlinge und andere Fremde, welche die ihnen von den Kantonen gewährte Zuflucht missbraucht und die innere Sicherheit und Ruhe oder die Neutralität und die völkerrechtlichen Verhältnisse der Schweiz gefährdet haben, aus dem schweizerischen Gebiete weggewiesen werden sollen. Die Untersuchung der einzelnen Fälle wurde zwar den Kantonen überlassen; jedoch wurde die Vollziehung des Beschlusses unter die Aufsicht des Vorortes gestellt. Wenn ein Kanton den Weisungen des Vorortes nicht Folge geben würde, sollte letzterer die Sache an die Tagsatzung bringen.

Nach diesen Vorgängen und nach den sehr bedauerlichen Erfahrungen, welche die Schweiz, wie wir ebenfalls in der geschichtlichen Einleitung gesehen, namentlich in den Dreissigerjahren in Flüchtlingsangelegenheiten hatte machen müssen, ist es sehr begreiflich, dass die Revisionskommission von 1848 für angemessen fand, in die Bundesverfassung selbst den Grundsatz aufzunehmen, dass der Bund berechtigt sei, die Polizei über Fremde auszuüben, welche das ihnen von den Kantonen gewährte Asyl dazu missbrauchen, die Ruhe der Nachbarstaaten zu stören. Die Redaktoren gaben dem von der Kommission angenommenen Grundsatze die theils präcisere, theils weiter gehende Fassung, welche dermalen in Kraft besteht. Bei der zweiten Berathung der Kommission wurde von einem Mitgliede bemerkt, es dürfte kaum angemessen sein dem Bunde noch speciell das Recht zuzuschreiben, Fremde, welche die innere oder äussere Sicherheit gefährden, aus der Eidgenossenschaft wegzuweisen, indem dieses Recht jeder freien Nation von selbst zustehe. Hierauf wurde jedoch entgegnet: »Es sei bis jetzt zweifelhaft gewesen, ob die Eidgenossenschaft dieses Recht wirklich gehabt, oder ob dasselbe bloss den Kantonen zugestanden sei. Im Jahr 1836 sei Wochen lang darüber debattirt worden, ob ruhestörerische Flüchtlinge von Bundeswegen aus der Schweiz gewiesen werden können, und nur nach den heftigsten Diskussionen sei der Tagsatzung dieses

Recht eingeräumt worden. Eine Ueberwachung der Fremden und ihres Treibens von Seite der Bundesbehörde sei um so mehr am Platze als manche Regierung geneigt sein möchte, in dieser Hinsicht allzugrosse Nachsicht walten zu lassen. Um für die Zukunft sachbezügliche Kompetenzstreitigkeiten zwischen den Kantonen und der Eidgenossenschaft unmöglich zu machen, dürfte es angemessen sein, sich über das einschlagende Recht des Bundes bestimmt auszusprechen.«*) Die nämlichen Gründe wurden auch wieder an der Tagsatzung geltend gemacht, als von den Gesandtschaften der Stände Zürich und Schwyz die Streichung des von der Kommission vorgeschlagenen Artikels verlangt wurde, und es sprach sich hierauf eine Mehrheit von 16½ Ständen für denselben aus.**) Der Art. 57 der Bundesverf. lautet nunmehr folgendermassen:

»*Dem Bunde steht das Recht zu, Fremde, welche die innere oder äussere Sicherheit der Eidgenossenschaft gefährden, aus dem schweizerischen Gebiete wegzuweisen.*«

Schon im ersten Jahre nach der Einführung der Bundesverfassung zeigte es sich, wie zweckmässig es gewesen war, eine derartige Bestimmung in dieselbe aufzunehmen. Als im Sommer 1849 die geschlagene badische Revolutionsarmee an den Gränzen der Schweiz erschien, fand sich letztere durch Rücksichten der Humanität veranlasst, der grossen Masse der Flüchtlinge ein vorübergehendes Asyl zu gewähren; aber diese Gewährung hätte von den bedenklichsten Folgen begleitet sein können, wenn man der Armee ihre Führer gelassen hätte. Der Bundesrath verordnete daher unterm 16. Juli 1849 die sofortige Ausweisung der politischen und militärischen Führer des niedergeschlagenen Aufstandes im Grossherzogthum Baden und in der Rheinpfalz, und nachher führte er mit strenger Konsequenz diese Massregel durch. Die nämliche Verfügung traf im Frühling 1850 die Mitglieder der deutschen Arbeitervereine in 16 Schweizerstädten, welche, wie sich aus einer vom Bundesrathe angeordneten Untersuchung ergab, in organisirter Verbindung mit ausländischen Vereinen auf eine rechtswidrige und gefährliche Weise mit politischen Umtrieben sich befasst hatten.***)

Es versteht sich, dass, wenn der Bundesrath zu der harten Mass-

*) Prot. der Revisionskomm. S. 44—45, 156, 177.

**) Abschied S. 101—102.

***) Bundesbl. 1850 I. 20—23, 189—244.

regel der Ausweisung vom schweizerischen Gebiete berechtiget ist, er auch zu dem gelindern Mittel der Internirung von Flüchtlingen, d. h. ihrer Entfernung von der Gränze und Versetzung in's Innere der Schweiz, befugt sein muss. Diese zuerst gegenüber den italienischen Flüchtlingen im Kanton Tessin angewandte Massregel wurde bereits durch Beschluss der gesetzgebenden Räthe vom 27. November 1848 genehmigt. Seither gilt die Internirung aller politischen Flüchtlinge in's Innere der Schweiz oder in Kantone, die von der Gränze ihrer Heimath entfernt liegen, als feststehende Regel, von welcher nur dann eine Ausnahme gestattet wird, wenn Gründe der Humanität oder besondere Verhältnisse obwalten und der Bundesrath gleichzeitig in der Persönlichkeit und dem ruhigen Betragen der Flüchtlinge die nöthigen Garantien findet.*) Als im März 1851 französische Flüchtlinge, welche der Bundesrath internirt hatte, in öffentlichen Blättern gegen diese Verfügung protestirten und dieselbe als eine Verletzung des ihnen zustehenden Asylrechtes bezeichneten, so erblickte der Bundesrath mit Recht hierin eine »bisher unbekannte Anmassung« und verordnete daher sofort die Wegweisung sämmtlicher Unterzeichner der Protestation, weil »ein solches Betragen der Flüchtlinge und eine solche Auffassung ihrer Stellung keinerlei Garantie für die Zukunft gewähren«.**)

Nach dem Staatsstreiche vom December 1851 erliessen sieben französische Flüchtlinge (darunter mehrere bereits weggewiesene) von Lausanne aus einen Aufruf an das französische Volk, durch welchen sie dasselbe zu bewaffneter Erhebung aufforderten. Da diese Handlung offenbar die Schweiz compromittirte, so verfügte der Bundesrath auch hier wieder sofort die Wegweisung sämmtlicher Unterzeichner des Aufrufes.***)

Durch einen fernern Beschluss des Bundesrathes vom 29. März 1852 wurden zehn in Genf geduldete deutsche Flüchtlinge ausgewiesen, weil die damalige Ansammlung von meistentheils in ihrer Heimath bedeutend compromittirten Flüchtlingen eine wirkliche Gefahr für die Schweiz enthielt. Es geschah diese Ausweisung, obschon mehrere dieser Fremden mit regelmässigen, von ihren Regierungen ausgestellten Papieren versehen waren. Der Bundesrath fand damals

*) Ullmer S. 337.

**) Bundesbl. 1851 I. 327—329.

***) Bundesbl. 1852 I. 23—24.

bereits für nothwendig, die Handhabung der Fremdenpolizei in Genf durch zwei eidgen. Kommissäre (die HH. Kern und Trog) überwachen zu lassen. Auch später noch hatte sich der Bundesrath vielfach über die Genfer Polizei zu beklagen. Der bundesräthlichen Anweisung an die Kantone, eine besondere Kontrole über die politischen Flüchtlinge zu führen und von Zeit zu Zeit einzuliefern, kam Genf unter dem Titel nicht nach, dass sich keine Flüchtlinge mehr daselbst befinden. Ungeachtet dieser Versicherungen liefen namentlich gegen das Ende des Jahres 1857 Klagen der französischen Gesandtschaft beim Bundesrathe ein, dass sich eine grössere Zahl italienischer und französischer Flüchtlinge in Genf angesammelt habe und dass insbesondere sich daselbst eine Gesellschaft italienischer Flüchtlinge befinde, welche sich mit revolutionärer Propaganda befasse. Während hierüber Verhandlungen zwischen dem Bundesrathe und der Genfer Regierung stattfanden, erfolgte am 14. Januar 1858 in Paris das bekannte Attentat auf Napoleon III., bei welchem insbesondere italienische Flüchtlinge sich betheiligten. Diese Verhältnisse machten begreiflicher Weise den Bundesbehörden doppelte Vorsicht zur Pflicht; der Bundesrath verlangte von der Regierung von Genf nähere Aufschlüsse über die Zahl der dort befindlichen Flüchtlinge, sowie über die italienische Gesellschaft. Die darauf erfolgte Antwort befriedigte den Bundesrath so wenig, dass er unterm 15. Februar folgenden Beschluss fasste: »1) Alle italienischen und französischen Flüchtlinge, welche mit Grund bezichtet werden, dass sie an politischen Verbindungen Theil nehmen, die mit den bisanhin festgehaltenen Grundsätzen über das Asylrecht nicht vereinbar sind, sollen — im Sinne der frühern Internirungsbeschlüsse — aus dem Kanton Genf entfernt werden. 2) Diese Massregel ist, ganz abgesehen von obigem Requisit, auf alle diejenigen italienischen und französischen Flüchtlinge anzuwenden, welche ohne festen Beruf oder eine ordentliche Anstellung im Kanton Genf sich aufhalten. 3) Es sind zwei eidgenössische Kommissäre (die HH. Dubs und Bischoff) nach Genf abzuordnen, welche die unter diese Schlussnahme fallenden Flüchtlinge auszumitteln und unter Mitwirkung der Genferschen Behörden die Internirung zu vollziehen haben. 4) Im Falle von Nichtübereinstimmung zwischen den Kommissären und den Genfer'schen Behörden über die Anwendung dieses Beschlusses entscheidet der Bundesrath.« Das eidgen. Kommissariat fand nach genauer Untersuchung der Verhältnisse, die sogenannte italienische Hülfsgesellschaft habe jedenfalls einen zweideutigen Charakter, wenn sich auch nicht gerade nachweisen lasse, dass sie sich mit activer Propaganda befasst habe; daher sei eine derartige Genossenschaft, bei den bekannten damaligen Tendenzen der italienischen Flüchtlinge, an der Gränze nicht zu dulden. Indessen erhoben sich in Betreff der Entfernung dieser Italiener vielfache Schwierigkeiten mit den Genfer Behörden, indem letztere eine mit den Kommissären getroffene Uebereinkunft nach deren Abreise nicht ihrem ganzen Umfange nach zu vollziehen für gut fanden und namentlich einige mit Legitimationsschriften versehene Individuen nicht als auszuweisende Flüchtlinge anerkennen wollten. Der Kanton Genf sah sich durch die eingetretenen Differenzen veranlasst, gegen die Entscheidungen des Bundesrathes den Rekurs an die Bundesversammlung zu ergreifen, wobei er die Behauptung aufstellte, dass der Bundesrath, beim Abgang eines Bundesgesetzes über die Fremdenpolizei, eine Ausweisung, falls die kantonalen Behörden dagegen Einsprache erheben, nur dann anordnen könne, wenn er sich mit diesen darüber einige, im Falle einer Meinungsverschiedenheit aber die Sache entweder dem Bundesgerichte oder der Bundesversammlung zur Entscheidung vorlegen müsse. In seiner Berichterstattung über diesen Rekurs interpretirte der Bundesrath den Art. 57 folgendermassen: »Wie man aus dem Wortlaute sieht, findet dieser Artikel auf alle Fremden ohne Unterschied Anwendung, auf die mit vollkommen regelmässigen Papieren versehenen*) sowohl als auf die, welche keine solche besitzen, sei es weil sie politische Flüchtlinge, Deserteurs oder einfache Refraktärs sind. Indem der Gesetzgeber der Bundesgewalt diese Befugniss in Betreff der administrativen oder politischen Polizei zutheilte, hat er offenbar den Willen ausgesprochen, der mit den internationalen Angelegenheiten beauftragten

*) Die ständeräthliche Kommission sagt hierüber in ihrem Berichte: »Würde es sich ergeben, dass ein angesehener Fremder, anerkannter Angehöriger eines auswärtigen Staates, selbst durch Grundbesitz und langjährige Niederlassung begünstigt, zu diesem Behuf auch mit den besten Papieren versehen, durch Anzettelung oder Begünstigung von Komplotten die innere oder äussere Sicherheit der Eidgenossenschaft gefährdete, so mag derselbe durch die Bundesbehörden aus dem schweizerischen Gebiete weggewiesen werden, ohne dass die Einrede eines oder mehrerer Kantone gegen solche Verfügung bundesrechtlich statthaft wäre.«

Behörde das bestimmte und förmliche Recht zu ertheilen, auf polizeilichem Wege jeden Fremden aus dem Lande zu entfernen, der durch sein Verhalten, seine Handlungen oder aus irgend einer Ursache die Sicherheit und die Beziehungen der Schweiz zum Auslande gefährden sollte. Nun gilt als Regel, dass, wer das Mehr kann, auch das Weniger darf und dass, wenn der Bund, beziehungsweise der Bundesrath das Recht hat, einen Fremden aus der Schweiz wegzuweisen, er um so mehr das Recht haben muss, ihn in gewissen Fällen zu interniren und ihm den Aufenthalt an der Gränze zu untersagen. — Das Asyl ist eines der Attribute der Kantonalsouveränetät, jedoch kein unbedingtes und unbeschränktes; denn damit es diess sein könnte, müsste man nicht bloss den Art. 57 der Bundesverf., sondern auch die Bestimmungen der Art. 74 Ziff. 13 und Art. 90 Ziff. 2, 8, 9, 10 beseitigen, welche in dieser Beziehung auch die Kantonalsouveränetät beschränken, indem sie der Bundesbehörde nicht bloss ein Aufsichtsrecht zusichern, sondern auch das Recht, handelnd in Allem einzuschreiten, was mit der politischen Emigration in näherer oder weiterer Beziehung steht. Es kann somit nicht von dem guten Willen eines Kantons abhangen, ob ein Fremder aus der Schweiz entfernt werde oder nicht, welchen die Bundesbehörde für den Bestand der internationalen Beziehungen als gefährlich betrachtet und demzufolge ausgewiesen hatte. Bisher hat kein Kanton diese Theorie aufgestellt; denn man erkennt, wie weit sie führen könnte, besonders wenn, was immer geschehen kann und hier wirklich der Fall ist, eine Meinungsverschiedenheit zwischen der Kantons- und der Bundesbehörde hinsichtlich der Auffassung der die Massregel begründeten Thatsachen obwalten sollte. Es genügt, auf diese Konsequenz hinzuweisen, um zu der Einsicht zu führen, dass bei einem System, wie Genf es jetzt geltend machen möchte, die Bestimmungen des angeführten Art. 57 und die denselben ergänzenden im Grunde nur eine lächerliche und bedeutungslose Vorschrift, eine unversiegliche Quelle unaufhörlicher Conflikte zwischen der Bundesbehörde und den Kantonsregierungen sein würden. Wenn der Art. 57, in Verbindung mit dem Art. 90, Ziff. 8 und 9, nur insoweit eine wirkliche Bedeutung haben sollte, als der darin aufgestellte Grundsatz in einem besondern Bundesgesetz über die Fremdenpolizei sich entwickelt und erläutert fände, und wenn die von Genf ausgesprochene Auffassung im Geiste unserer neuen Bundesverfassung liegen sollte, so wäre sofort die Nothwendigkeit vorhanden gewesen, ein solches Bundesgesetz zu erlassen. Wir sehen indessen eine solche Nothwendigkeit auch jetzt noch keineswegs ein, weil die Verfassung klar und deutlich sich ausspricht.« In gleicher Weise äusserte sich die ständeräthliche Kommission: »Es hat seine volle Richtigkeit, dass nach der von Genf angeführten Ziff. 13 des Art. 74 von Seite des Bundesrathes kein Fremdenpolizeigesetz erlassen werden darf, weil die Kompetenz zu solcher Erlassung ausdrücklich der Bundesversammlung zugeschieden ist. Daraus folgt aber mit nichten, dass ein Bundesgesetz über Fremdenpolizei erlassen werden m ü s s e, wenn die Bundesversammlung selbst die Erlassung eines solchen Gesetzes nicht für nothwendig oder nützlich erachtet; ebensowenig dass die Eidgenossenschaft desshalb diejenigen Verfügungen unterlassen müsse, welche sie zu ihrer äussern oder innern Sicherheit nothwendig oder geeignet erachtet, denn das ihr in Art. 57 zugeschiedene Recht ist ihr u n b e d i n g t verliehen, gleichviel ob sie es *in casu* nach Ermessen oder nach allgemeinen gesetzlichen Normen ausüben wolle. Aus dem erwähnten Umstande, dass ein Bundesgesetz über Fremdenpolizei nicht erlassen wurde, kann im Fernern keineswegs gefolgert werden, dass der Bundesrath nun die Hände in den Schooss zu legen pflichtig sei und höchstens die Befugniss habe, vorkommende Fälle, falls Widerspruch von Seite eines Kantons besteht, vor das Bundesgericht oder vor die beiden Räthe zu bringen. Denn jede oberste Vollziehungsbehörde ist, nach Massgabe allgemeiner Praxis, der natürliche und allseits anerkannte Repräsentant des betreffenden Staates nach Aussen; der Bundesrath ist also Repräsentant der Eidgenossenschaft als Bundesstaat. Zudem legt ihm Art. 90 Ziff. 8 der Bundesverf. eine wichtige Verpflichtung auf, indem es hier heisst: »Er wahrt die Interessen der Eidgenossenschaft nach Aussen, wie namentlich ihre völkerrechtlichen Beziehungen, und besorgt die auswärtigen Angelegenheiten überhaupt«; zu den Obliegenheiten, welche diese Bestimmung dem Bundesrathe auferlegt, gehören offenbar auch Massnahmen zur allfälligen Entfernung oder Internirung von Fremden, welche die äussere Sicherheit der Eidgenossenschaft gefährden. Endlich lassen Massnahmen der höhern Polizei (wie der Polizei überhaupt) die Weiterungen nicht zu, welche aus einer Ueberweisung derselben an die beiden Räthe in dem Sinne, dass erst ihre Verfügung abgewartet werden müsste, unausweislich hervorgehen würden, und es würde vielmehr durch solche Ueberweisung der Zweck, der durch Art. 57 erreicht werden sollte und wollte, vereitelt. Was die Ueberweisung an das Bundesgericht betrifft, so kann diese bloss zur Anwendung kommen, wenn über Verbrechen und Vergehen gegen das Völkerrecht abgeurtheilt werden soll; es kann aber der Fall der Anwendung des Art. 57 vielfach eintreten, auch wenn der Bundesrath keine Veranlassung gefunden hat, nach Art. 104 litt. c der Bundesverf. einzuschreiten. Es hiesse die Natur der äussern Beziehungen der Schweiz im europäischen Staatsverbande gänzlich misskennen, wenn man behaupten wollte, dass bundespolizeiliche Massnahmen gegen Fremde, deren Verhalten unser Wohlvernehmen zu den Nachbaren stört, von bundesgerichtlicher Untersuchung und von Sentenzen abhängig wären, welche Art. 104 litt. c voraussetzt.« *) — Da man allgemein darüber einverstanden war, dass der Rekurs des Kantons Genf gegen die Internirungsbeschlüsse des Bundesrathes keine Suspensivkraft haben könne, so wurde die Sache von der Sommersitzung 1858 auf die Wintersitzung 1859 verschoben und inzwischen der Conflikt auf thatsächlichem Wege gelöst, indem der Bundesrath seinen Beschlüssen Vollziehung verschaffte. Die Bundesversammlung anerkannte indessen unterm 15. Januar ausdrücklich, dass »im vorliegenden Falle der Bundesrath die ihm durch die Bundesverfassung eingeräumte Kompetenz nicht überschritten hat« und beschloss daher dem Rekurse keine Folge zu geben.**)

Wenn es nach allen diesen Vorgängen feststeht, dass der Bundesrath unbedingt befugt ist, Fremde, welche die äussere oder innere Sicherheit der Eidgenossenschaft gefährden, vom schweizerischen Gebiete wegzuweisen oder doch aus einem Gränzkanton in andere Kantone zu interniren, so ist dagegen auf der andern Seite zu bemerken, dass dieser letztern Befugniss, wie der Bundesrath selbst anerkannt hat, keineswegs eine Verpflichtung der Kantone, die internirten Fremden aufzunehmen, entspricht. Das Recht, Aufenthalt und Asyl zu geben, ist Sache der Kantone und die Bundesbehörde kann dieses Recht nach Art. 57 nur in negativer, nicht in positiver Weise beschränken, d. h. sie kann keinem Kanton Fremde gegen seinen Willen aufdringen. Ausnahmen sind möglich

*) Bundesbl. 1858 II. 241—301, 349—363, 365—371. 1859 I. 35—42.
**) Amtl. Samml. V. 115.

bei gebieterischer Nothwendigkeit, wie eine solche z. B. im Jahre 1849 eingetreten ist bei Anwesenheit einer ganzen Armee von Flüchtlingen. Wenn es sich dagegen um Internirung einzelner oder mehrerer Flüchtlinge handelte, so geschah dieses nie in der Form, dass man sie von Bundeswegen gewissen Kantonen zuwies, sondern man befahl ihnen einfach, die Gränzkantone zu verlassen und im Innern der Schweiz ein Asyl nachzusuchen.*)

In naher Beziehung zum Art. 57, dessen Auslegung und Anwendung wir bis dahin untersucht haben, steht auch der zweite Satz des Art. 43 der Bundesverf., welcher folgendermassen lautet:

»*Ausländern darf kein Kanton das Bürgerrecht ertheilen, wenn sie nicht aus dem frühern Staatsverband entlassen werden.*«

Wir haben in der geschichtlichen Einleitung gesehen, wie die Schweiz im Jahr 1838 wegen des Ehrenbürgerrechtes, welches der Kanton Thurgau dem Prinzen Louis Napoleon ertheilt hatte, in sehr ernste Verwickelungen mit Frankreich gerieth. Die damals gemachten Erfahrungen mögen nicht ohne Einfluss geblieben sein auf den, von der Gesandtschaft des Standes Zürich an der konstituirenden Tagsatzung gestellten Antrag, die obige Bestimmung in die Bundesverfassung aufzunehmen. Derselbe wurde damit begründet, dass es unangemessen wäre, wenn ein Schweizerbürger gleichzeitig in einem Unterthanenverhältnisse zu einem auswärtigen Staate stände; abgesehen davon, dass diess für das Nationalgefühl etwas Verletzendes hätte, könnte eine solche Doppelstellung nicht selten zu Collisionen führen. Fremde Staaten oder Regierungen könnten für oder gegen ihre angeblichen Staatsbürger, die inzwischen Schweizerbürger wurden, interveniren und solche Personen könnten heute z. B. als Bürger von Deutschland oder Frankreich dort eine politische Rolle spielen und morgen sich wieder unter den Schutz des schweizerischen Bürgerrechtes stellen. Der Antrag wurde sofort mit 13 Stimmen angenommen, wobei jedoch zu beachten ist, dass die vorgeschlagene Redaktion nur verlangte, dass der ins Bürgerrecht aufzunehmende Fremde aus seinem bisherigen Staatsverbande ausgetreten sein müsse, was von dem Antragsteller dahin interpretirt wurde, dass der Betreffende einfach aber förmlich auf sein früheres Bürgerrecht Verzicht zu leisten habe. Die Redaktoren waren es, welche aus Gründen, über die der Tagsatzungsabschied keine Auskunft giebt,

*) Ullmer S. 341.

die jetzige Fassung des Artikels aufstellten, welche in der zweiten Berathung des Bundesentwurfes mit 19 Stimmen angenommen wurde.*)

Dass der Bundesrath die Vollziehung des Art. 43 Satz 2 in den Kantonen wie diejenige jeder andern Bestimmung der Bundesverf. zu überwachen hat, kann keinem Zweifel unterliegen. Als verschiedene politische Flüchtlinge in einzelnen Kantonen sich um das Bürgerrecht bewarben, obgleich sie weder Entlassungsscheine noch irgend einen andern Beweis dafür beibrachten, dass sie ihr ursprüngliches Bürgerrecht verloren hätten, ersuchte der Bundesrath durch Kreisschreiben die Kantonsregierungen, ihm in solchen Fällen die Akten mitzutheilen, und fand sich nachher veranlasst, mehrere derartige Bürgerrechtsbegehren als dem Art. 43 widersprechend und daher unstatthaft abzuweisen. Diesen Verfügungen gegenüber stellte Dr. Berchtold in Freiburg an die Bundesversammlung das Gesuch, sie möchte durch einen speciellen Beschluss die Kantone ermächtigen, alle Fremden, die, aus politischen Gründen expatriirt, das schweizerische Bürgerrecht nachsuchen, als Personen zu betrachten, welche der Bedingung von Art. 43 Satz 2 der Bundesverf. ein Genüge geleistet haben. Indem die Bundesversammlung unterm 3. Februar 1853 diese Petition als mit dem Wortlaute des Art. 43 im Widerspruche stehend abwies, billigte sie gleichwohl auch nicht völlig die vom Bundesrathe in seiner Botschaft entwickelten Ansichten, sondern stellte in einer Erwägung zu ihrem Beschlusse folgende massgebende Interpretation auf:

»dass die durch den Art. 43 der Bundesverf. für Ertheilung des Bürgerrechts an Ausländer aufgestellte Bedingung der Entlassung aus dem frühern Staatsverbande nicht bloss durch Vorlegung einer je auf die betreffende Person lautenden Entlassungsurkunde, sondern auch durch Beibringung anderer Beweismittel, deren Zulänglichkeit der Bundesrath jeweilen im einzelnen Falle anerkennt, als erfüllt zu betrachten ist.« **)

Nach diesem Entscheide der Bundesversammlung konnte der Bundesrath keinen Anstand nehmen, die Einbürgerung volljähriger Franzosen, auch wenn sie keine förmliche Entlassungsurkunde

*) Abschied S. 80—84, 268. Vergl. Botschaft des Bundesrathes vom 22. Januar 1853 bei Ullmer S. 151.

**) Ullmer S. 151—155. Amtl. Samml. III. 513.

beibringen, für gültig und dem Art. 43 entsprechend zu erklären, weil Art. 17 des Code civil ausdrücklich vorschreibt, dass das französische Bürgerrecht durch die in einem fremden Lande erworbene Naturalisation verloren geht. Anders sprach sich dagegen der Bundesrath mit Bezug auf die minderjährigen Kinder von naturalisirten Franzosen aus, weil nach einer offiziellen Erklärung der französischen Gesandtschaft vom Jahre 1827 jedes in fremden Landen aus der Ehe eines Franzosen geborne Kind, wenn jener seine Eigenschaft als solcher verliert, nicht dem Stande seines Vaters folgt, sondern französischer Staatsbürger bleibt.*)

§ 16. Gesundheitspolizei.

Schon zur Zeit der Vermittlungsakte wurden von der Tagsatzung Verordnungen erlassen, welche die Abhaltung pestartiger Krankheiten von der Schweiz zum Zwecke hatten, und diese Regulative wurden am 9. Juli 1818 konkordatsweise bestätigt. Den 7. August 1829 erliess die Tagsatzung abermals eine »Verordnung in Betreff gemeineidsgenössischer Gesundheitspolizeianstalten zur Sicherung von ansteckenden Seuchen von Aussen und vorzunehmenden Massregeln im Innern der Schweiz«, welche die konkordatsmässige Zustimmung aller Kantone, mit Ausnahme Schaffhausens, erhielt.**) In den Dreissigerjahren, als die Cholera der südlichen Schweizergränze sich näherte, wurden in der That von Seite der eidgenössischen Behörden polizeiliche Vorkehren gegen dieselbe getroffen. Es liegt auch in der Natur der Sache, dass derartige Anstalten nur dann einige Aussicht auf Erfolg haben, wenn sie sich über ein grösseres Ländergebiet erstrecken, während sie jedenfalls als unzureichend sich erweisen müssten, wenn sie von einem einzelnen Kanton ausgehen würden. In der Revisionskommission von 1848 wurde daher der Grundsatz beantragt: es sollen von Bundeswegen Polizeimassregeln angeordnet werden, wenn Krankheiten bei Menschen oder Vieh die Eidgenossenschaft im Ganzen oder grössere Theile derselben bedrohen oder bereits heimgesucht haben. Die Redaktoren schlugen dann folgende Fassung vor, welche von der Kommission in ihrer zweiten Berathung genehmigt wurde: »Die Bundesbehörden sind befugt, bei allgemeinen Seuchen gesundheitspolizeiliche Verfügungen zu

*) Bundesbl. 1855 II. 442.
**) Snell I. 266, 267.

erlassen.«*) An der Tagsatzung wurde von der Gesandtschaft des Kantons Bern das Wort »allgemein« vor »Seuchen« aus dem Grunde angefochten, weil die gesundheitspolizeilichen Verfügungen dann ihren Zweck nicht mehr erreichen, wenn die Seuchen bereits allgemein geworden seien. Die Redaktoren gaben hierauf die Erläuterung, es habe der Artikel keineswegs den Sinn, dass erst dann Massregeln getroffen werden müssten, wenn eine Seuche schon allgemeine Verbreitung gefunden habe, sondern man habe nur andeuten wollen, dass von Bundeswegen erst dann einzuschreiten sei, wenn eine Seuche entweder die Schweiz in ihrer Gesammtheit oder doch grössere Gebietstheile bedrohe, während die sichernden Massnahmen den Kantonen füglich überlassen bleiben könnten, soferne die Seuche auf eine bestimmte Lokalität sich beschränke. Die Tagsatzung überliess es hierauf den Redaktoren, statt »allgemeine« einen passendern Ausdruck zu wählen, und Letztere schlugen in der zweiten Berathung das Wort »gemeingefährliche« vor, welches genehmigt wurde.**) Demnach lautet nunmehr der Art. 59 der Bundesverf. folgendermassen:

»Die Bundesbehörden sind befugt, bei gemeingefährlichen Seuchen gesundheitspolizeiliche Verfügungen zu erlassen.«

Es versteht sich, dass auch hier wie bei der Fremdenpolizei der Bundesrath es ist, welcher gegebenen Falles einschreiten muss; denn derartige polizeiliche Verfügungen leiden ihrer Natur nach keinen Aufschub und können daher immer nur von der permanenten Regierungsbehörde getroffen werden. Bis jetzt hat sich indessen der Bundesrath niemals bewogen gefunden, von der ihm durch Art. 59 übertragenen Vollmacht Gebrauch zu machen; es geschah diess selbst nicht in den Jahren 1854 und 1855, als die Cholera in die Schweiz eingedrungen war, weil sich der Bundesrath aus den Mittheilungen der zunächst betheiligten Kantonsregierungen (Tessin, Graubünden, Aargau, Basel-Stadt, Neuenburg) von deren Sorgfalt und Wachsamkeit überzeugte, sowie davon dass trotz der Aufrechthaltung des freien Verkehrs keine weitere Gefahr zu besorgen sei. Unsere Zeit ist überhaupt lästigen Sperranstalten, die nicht selten ihren Zweck verfehlen, abgeneigt und es ist daher anzunehmen, dass der Bundesrath nur in Fällen von grosser Dringlichkeit den Art. 59 in Anwendung bringen werde.

*) Prot. d. Revisionskomm. S. 43, 156, 177. **) Abschied S. 102—103, 273.

Sechstes Kapitel.

Das Militärwesen.

§ 1. Verbot stehender Truppen.

Nachdem wir nun die verschiedenen Bundeszwecke, welche der Art. 2 der Bundesverf. aufstellt, durchgangen und die Art und Weise ihrer Realisirung näher betrachtet haben, bleibt uns noch übrig, der Mittel zu gedenken, deren der Bund zur Erreichung seiner Zwecke bedarf. Die Behauptung der Unabhängigkeit nach Aussen, wie die Handhabung von Ruhe und Ordnung im Innern setzt ein wohl organisirtes Heerwesen voraus; die Bundesverfassung enthält daher auch die nöthigen Grundlagen, auf welche dasselbe gebaut werden konnte. Ehe wir indessen auf die Organisation des Bundesheeres selbst eintreten können, müssen wir zwei Eigenthümlichkeiten unseres schweizerischen Militärwesens erwähnen, welche mit unserer republikanischen Staatsverfassung aufs innigste zusammenhängen: das Verbot stehender Truppen und die allgemeine Wehrpflicht.

Ein berühmter englischer Geschichtschreiber hat hervorgehoben, dass sein Vaterland die freie Verfassung, deren es sich erfreut, wesentlich dem Umstande verdankt, dass es niemals eine beträchtliche stehende Armee hielt. Die nordamerikanische Bundesrepublik befolgte seit ihrer Entstehung bis zu dem Ausbruche des gegenwärtigen Bürgerkrieges den nämlichen Grundsatz. Es ist auch in der That einleuchtend, dass ein grösseres stehendes Heer, welches unbedingt unter den Befehlen einer Regierung steht, ein zu grosses Gewicht in die Hände derselben legt als dass nicht die Volksrechte darunter leiden sollten. In der Schweiz waren es in älterer Zeit wohl vorherrschend ökonomische Gründe, welche das Aufkommen stehender Truppen verhinderten: den kleineren Kantonen wäre es geradezu unmöglich gewesen eine solche Last auf sich zu nehmen, und die grössern hätten es nur mittelst drückender Steuern thun können, welche das Volk gegen die aristokratischen Regierungen erbittert haben würden; eine Bundesgewalt aber war bis zum Jahr 1798 überhaupt nicht vorhanden. Die helvetische Republik musste, namentlich wegen ihres Allianzvertrages mit Frankreich, stehende

Truppen halten, die jedoch keineswegs dazu beitrugen, jene ephemere Staatsform beim Schweizervolke beliebt zu machen. Die Vermittlungsakte, welche dem Bunde keine finanziellen Mittel gab um stehende Truppen zu besolden, sorgte dafür, dass auch die Kantone nicht der Bundesgewalt gegenüber eine allzustarke Stellung gewinnen könnten: sie beschränkte die Zahl der besoldeten Truppen, die ein Kanton halten durfte, auf 200 Mann. Der Bundesvertrag von 1815 liess begreiflicher Weise diese Bestimmung fallen, weil es nicht in seiner Absicht lag, die starke Bundesgewalt zu stärken, sondern vielmehr die Souveränetät der Kantone sich möglichst ungehindert entwickeln zu lassen. Dagegen finden wir in dem Bundesentwurfe von 1832 wieder die Bestimmung, es dürfe kein Kanton ohne Bewilligung des Bundes mehr als 300 Mann stehende Truppen halten, die Landjägerkorps (Gensdarmerie) nicht inbegriffen. Der Bericht der Revisionskommission motivirte diese Bestimmung folgendermassen: »Einerseits sind die Kantone durch den Bund gegen jeden Angriff, woher er kommen möge, geschützt; sie haben also nicht nöthig, durch Ausgaben, die ausser allem Verhältnisse mit ihren Hülfsmitteln stehen, ihre Bürger zu belästigen und ihre Finanzen zu Grunde zu richten. Anderseits wären stehende und besoldete Truppen, welche die einen in grösserer oder geringerer Anzahl halten könnten, die andern nicht, eine verderbliche Versuchung für die Regierungen; die Freiheit der Kantone und der Friede in der Eidgenossenschaft könnten dadurch gefährdet werden. Den erstern Grund kann man allerdings durch die Einwendung beseitigen, dass er die Eidgenossenschaft nicht berühre, da sie sich mit den Finanzen der Kantone nicht zu befassen habe. Der letztere Grund hingegen hat der Kommission bedeutend genug geschienen, um das angetragene Verbot zu rechtfertigen.« Die Tagsatzung von 1833 fügte dann dem Entwurfe die weitere Bestimmung bei, dass auch der Bund nicht berechtigt sein solle stehende Truppen zu halten, wodurch jedoch den für die Instruktion des Bundesheeres erforderlichen Einrichtungen nicht vorgegriffen sein sollte. Ferner interpretirte die Tagsatzung die jedem Kanton gestatteten 300 Mann dahin, dass in getheilten Kantonen kein Landestheil mehr als 150 Mann halten dürfe. Wahrscheinlich war die sog. Standestruppe von Basel-Stadt, welche sich in den dortigen Wirren sehr verhasst gemacht hatte, eine wesentliche Veranlassung zu dieser Erläuterung.

Der Revisionskommission von 1848 legten die Redaktoren zuerst den im Jahre 1833 angenommenen Artikel vor. In der hierüber verpflogenen Berathung wurde beantragt, die Zahl der stehenden Truppen für die Halbkantone nicht auf 150 Mann zu reduciren, indem es Basel kaum möglich wäre, mit einer so geringen Mannschaft den beschwerlichen Dienst zu versehen, welcher in dieser Gränzstadt wesentlich auch gegen Aussen gerichtet sei. Diesem Antrage entsprechend, beschloss die Kommission, es solle ohne weitere Unterscheidung kein Stand mehr als 300 Mann stehende Truppen ohne Bewilligung der Bundesbehörde halten dürfen.*) An der Tagsatzung beantragte die Gesandtschaft von Bern Streichung des Beisatzes, dass den für die Instruktion des Bundesheeres erforderlichen Einrichtungen nicht vorgegriffen sein solle, aus dem Grunde, weil die Instruktoren doch nicht wohl zu den stehenden Truppen gerechnet werden können. Dieser Antrag wurde mit 12 Stimmen angenommen**) und es lautet nunmehr der Art. 13 der Bundesverf. folgendermassen:

»*Der Bund ist nicht berechtigt, stehende Truppen zu halten.*

»*Ohne Bewilligung der Bundesbehörde darf kein Kanton oder in getheilten Kantonen kein Landestheil mehr als 300 Mann stehende Truppen halten, die Landjägerkorps nicht inbegriffen.*«

Gegenwärtig gibt es, nachdem auch Basel-Stadt seine Standestruppe abgeschafft hat, keinen Kanton mehr, welcher stehende Truppen hält. Es würden auch solche Truppen den ganz demokratischen Sitten und Einrichtungen der jetzigen Schweiz zu sehr widersprechen, als dass sie so leicht wieder aufkommen könnten. Auf der andern Seite ist indessen nicht zu verkennen, dass bei der grossen Zahl von Militärschulen, namentlich für die Specialwaffen, welche die Eidgenossenschaft beinahe das ganze Jahr hindurch hält, ein beträchtliches Instruktionspersonal Erwerb und Beschäftigung findet, so dass gegenwärtig manche Schweizer im Vaterlande selbst aus dem Militärleben sich einen Beruf machen können, während diess früher nur im Auslande möglich war. Da aber, wie an der Tagsatzung von 1848 richtig bemerkt wurde, die Instruktoren niemals eine Truppe bilden, so lässt sich allerdings nicht behaupten, dass schon das blosse Vorhandensein einer solchen Berufsklasse dem Art. 13 der Bundesverf. widerspreche.

*) Prot. d. Revisionskomm. S. 151–152, 163. **) Abschied S. 65, vgl. 250.

§ 2. Allgemeine Wehrpflicht.

Die schweizerischen Republiken zu Stadt und Land huldigten von jeher dem Grundsatze, dass jeder vollberechtigte Bürger zum Waffendienste verpflichtet sei und sich selbst auszurüsten habe, obschon in der Regel nicht das ganze Volk, sondern nur die sogen. Auszüge, welche zum voraus organisirt waren, zu länger dauernden Feldzügen oder Gränzbesetzungen aufgeboten wurden. Auch auf die Unterthanen der Städte und Länder wurde im Laufe der Zeit die allgemeine Wehrpflicht ausgedehnt.*) Zur Zeit der Vermittlungsakte und des Bundesvertrages von 1815, vorzüglich aber seit der Regeneration von 1830 galt ebenfalls in den Kantonen meistens der Grundsatz, dass jeder Bürger während einer bestimmten Anzahl Jahre zum Militärdienste verpflichtet sei, soweit nicht gewisse Ausnahmen durch die Gesetzgebung zugelassen wurden. Es war daher der hergebrachten schweizerischen Rechtssitte entsprechend und nur eine Ausdehnung des in der Mehrzahl der Kantone geltenden Princips auf die gesammte Eidgenossenschaft, wenn die Bundesentwürfe von 1832 und 1833 an die Spitze ihrer, das Militärwesen betreffenden Bestimmungen den, freilich etwas zu volltönenden Artikel stellten: »Jeder Schweizer ist Soldat«. Die Revisionskommission von 1848 setzte an die Stelle dieser Redaktion die passendere: »Jeder Schweizer ist militärpflichtig«.**) An der Tagsatzung schlug die Gesandtschaft von Aargau vor, den Artikel folgendermassen zu fassen: »Jeder Schweizer ist wehrpflichtig. Das Gesetz stellt die Bestimmungen über persönliche Dienstleistung und Dienstbefreiung auf.« Die Gesandtschaft von Zürich wollte in erster Linie den Artikel ganz weglassen, in zweiter Linie denselben nach dem Vorschlage Aargau's redigiren. Zur Unterstützung dieser Anträge wurde angeführt: »Der Artikel, wie er vorliege, sei im Grunde nur eine Phrase, welche nicht durchgängig wahr sei. Nicht jeder Schweizerbürger übe die Wehrpflicht aus, sondern viele seien in Folge ihrer Stellung im öffentlichen Leben, oder aus Rücksicht auf ihre Constitution vom Waffendienste befreit. Wolle man aber einen Artikel

*) v. Rodt Gesch. des bernischen Kriegswesens I. 3. Segesser Rechtsgesch. v. Luzern II. 406—414. Blumer Rechtsgesch. der schweiz. Demokratien I. 373, II: 1. 273—283.

**) Prot. der Revisionskomm. S. 45, 196.

aufnehmen, welcher die Bestimmung enthalte, wie in der Regel verfahren werden müsse, so sollten auch um der Rechtsgleichheit willen die Ausnahmen durch den Bund für alle Kantone festgestellt werden, indem nämlich die Exemption von der Wehrpflicht zulässig sei. Wenn irgend ein Zweig des öffentlichen Haushaltes, so eigne sich das Militärwesen zur Centralisation. Allein es müssten alle Schweizerbürger in jeder Beziehung vollkommen gleichgehalten werden. und es dürfe nicht den Kantonen überlassen bleiben, beliebige Vorschriften über Befreiung zu erlassen.« In der Abstimmung erhielt jedoch nur der erste Theil des aargauischen Abänderungsantrages eine Mehrheit von 12 Stimmen*) und es lautet nunmehr der Art. 18 der Bundesverf. einfach folgendermassen:

»*Jeder Schweizer ist wehrpflichtig.*«

Diese sehr allgemein gehaltene Bestimmung bedurfte offenbar, wie an der Tagsatzung ganz richtig war hervorgehoben worden, einer näheren Begränzung, mit Hinsicht auf die Dienstpflicht sowohl als auch auf die Dienstbefreiung; denn man konnte die Interpretation des von der Bundesverfassung aufgestellten Grundsatzes, wenn nicht in der Anwendung desselben die grösste Rechtsungleichheit entstehen sollte, nicht den Kantonen überlassen. Es wurden daher bereits in das eidgenössische Militärorganisationsgesetz vom 8. Mai 1850 folgende Bestimmungen, die Dienstpflicht betreffend, aufgenommen:

»Art. 2. *Die Wehrpflicht beginnt mit dem angetretenen 20. Altersjahr und endet mit dem vollendeten 44. Altersjahr.*

»Art. 3. *Einem Bundesgesetze bleibt die Bestimmung der Ausnahmen sowie der Ausschliessungen von der Militärpflicht vorbehalten.*

»Art. 4. *Ein besonderes Reglement wird die Eigenschaften bestimmen, welche zum Eintrittt in den Militärdienst erforderlich sind.*

»Art. 5. *Die Stellvertretung für den Militärdienst ist untersagt.*«**)

In Ausführung des Art. 3 der Militärorganisation erliess dann die Bundesversammlung unterm 19. Juli 1850 ein Bundesgesetz betreffend die Enthebung von der Wehrpflicht, welches in Bezug auf die Beamteten und Bediensteten der Telegraphen- und Eisenbahnverwaltungen durch Nachtragsgesetze vom 20. Juli 1853 und vom 23. Juli 1855 ergänzt worden ist. Nach diesen massgebenden

*) Abschied S. 175—176.

**) Amtl. Samml. I. 366.

Bestimmungen gelten nun in Betreff der Befreiung und beziehungsweise der Ausschliessung vom Militärdienste folgende Grundsätze:

1) Von der Wehrpflicht sind befreit: a. Jene, die wegen gehörig nachgewiesener geistiger oder körperlicher Gebrechen als untauglich für den Militärdienst erklärt werden; b. Jene, die nicht das erforderliche Höhemass besitzen.

2) Folgende Beamte und Bedienstete der eidgenössischen Verwaltung sind während der Dauer ihres Amtes oder ihrer Bedienstung vom Militärdienste befreit: die Mitglieder des Bundesrathes, der eidgen. Kanzler, der Staatskassier, der Buchhalter, der Pulververwalter, die Zoll- und Postdirektoren, der Centraldirektor der Telegraphenverwaltung, die besondern Telegraphisten, die Postkondukteurs, die Gränzwächter, die Pulvermüller. — Will einer dieser Beamten und Bediensteten gleichwohl Militärdienste thun, so hat er hiefür die Bewilligung seiner Oberbehörde nachzusuchen. Die Mitglieder des Bundesrathes haben sich hiefür an die Bundesversammlung zu wenden, welche in geheimer und getrennter Abstimmung darüber entscheidet. Wird dem daherigen Wunsche eines Mitgliedes des Bundesrathes entsprochen, so kann dasselbe, so lange es sich im Militärdienste befindet, seinen Sitz im Bundesrathe nicht einnehmen.

3) Durch die Kantonalgesetzgebung können folgende Beamte und Bedienstete der Kantone während der Dauer ihres Amtes oder ihrer Bedienstung von der Wehrpflicht befreit werden: die Mitglieder der Kantonsregierungen, der Staatsschreiber, der Staatskassier, der Zeughausverwalter, der Staatsanwalt, der erste Kantonalverhörrichter, die obersten Vollziehungsbeamten der Bezirke, die Geistlichen, soweit sie nicht zum Dienste als Feldgeistliche berufen werden, die Lehrer von öffentlichen Anstalten, die Aerzte und Krankenwärter in öffentlichen Spitälern und Irrenanstalten, der Centralpolizeidirektor, der Direktor und der erste Gefangenwärter der Centralstrafanstalten und des Kantonaluntersuchungsgefängnisses. — Will einer dieser Beamten und Bediensteten gleichwohl Militärdienste thun, so hat er hiefür die Ermächtigung seiner Oberbehörde nachzusuchen.

Vom Dienste in der Miliz sind auch die Offiziere und Soldaten des Landjägerkorps befreit.

4) Die Angestellten der Eisenbahnunternehmungen, denen die Fürsorge für die Sicherheit des Bahnbetriebes in polizeilicher und

technischer Beziehung obliegt, sowie die Kapitäne, Steuermänner, Untersteuermänner, die ersten und zweiten Maschinisten der Dampfschiffe sind während der Dauer ihrer Anstellung vom Militärdienste befreit. Der Bundesrath bestimmt für jede einzelne Eisenbahnunternehmung, je nach der Einrichtung des Dienstes bei derselben, welche ihrer Angestellten vom Militärdienste befreit sein sollen.*)

5) Zum Militärdienste können nicht in einem niedrigern Grade als demjenigen, den sie bekleidet haben, angehalten werden: a. die aus dem eidgenössischen Stabe entlassenen Offiziere; b. die Offiziere, welche Angehörige eines andern Kantons und in dem letztern brevetirt worden sind; c. die Offiziere, welche aus fremdem Dienste zurückkehren.

6) Die Mitglieder der Bundesversammlung sind während der Dauer ihrer Sitzungen von den militärischen Uebungen und den Militärschulen befreit.

Der Bundesrath ist befugt, eidgenössische Beamte, welche im Allgemeinen nicht von der Wehrpflicht enthoben sind, zeitweise vom Militärdienste zu befreien, soferne nämlich eine Collision der Pflichten eintritt, bei welcher das öffentliche Interesse für den nicht militärischen Staatsdienst überwiegt. Unter der gleichen Voraussetzung können auch die Kantonsregierungen für Kantonalbeamte beim Bundesrathe zeitweise Befreiung vom Militärdienste nachsuchen. In Dringlichkeitsfällen sind die Kantonsregierungen befugt, provisorische Verfügungen dieser Art zu treffen; jedoch müssen dieselben sofort der Genehmigung des Bundesrathes unterstellt werden.

Der Bundesrath ist endlich befugt, in Nothfällen, auf Ansuchen der betreffenden Eisenbahn- und Dampfschiffunternehmungen auch solche Angestellte dieser letztern, welche nicht im Allgemeinen vom Militärdienste befreit sind, zeitweise von der Dienstpflicht zu entheben.

7) Die Studirenden der Theologie können durch die Gesetzgebung der Kantone vom Militärdienste befreit werden. Die Studirenden anderer wissenschaftlicher Fächer bleiben dienstpflichtig; jedoch soll bei ihrem militärischen Unterrichte Rücksicht darauf genommen werden, dass daraus ihren Studien möglichst wenig Nachtheil

*) Die daherigen Beschlüsse des Bundesrathes finden sich zusammengestellt in dem, dem VI. Bande der Amtl. Samml. beigefügten Uebersichtsregister S. XXVII, XXVIII.

erwachse, und es darf zu diesem Ende von den allgemeinen Bestimmungen über die Unterrichtsdauer abgewichen werden.

8) Des Dienstes im Auszuge sind enthoben: a. der einzige Sohn einer Wittwe oder eines wenigstens 60jährigen Wittwers, oder, wenn mehrere Söhne sind, welche in ungetrennter Haushaltung leben, einer derselben; b. ein Wittwer, welcher Vater von unmündigen Kindern ist und keine andern Hülfsquellen als seine Handarbeit besitzt; c. einer von zwei oder mehr Brüdern, die mit ihren armen Eltern in gemeinsamer Haushaltung leben, soferne der Haushalt nicht durch andere nichtdienstpflichtige Brüder besorgt werden kann.

9) Unwürdig für das Vaterland die Waffen zu tragen sind: die mit einer peinlichen oder entehrenden Strafe Belegten, bis zu ihrer Rehabilitation.

10) Von der Bekleidung eines Grades sind ausgeschlossen: diejenigen, die in der bürgerlichen Ehrenhaftigkeit oder im Aktivbürgerrecht eingestellt sind.*)

Eine Ausführung des Art. 4 der eidgenössischen Militärorganisation erfolgte bis jetzt nur in Bezug auf die Specialwaffen, indem der Bundesrath in dem »Allgemeinen Reglement« vom 25. Novbr. 1857 die Bedingungen aufstellte, welche Rekruten, die unter die Genietruppen, die Artillerie, Kavallerie oder die Scharfschützen aufgenommen zu werden wünschen, in körperlicher und intellektueller Hinsicht erfüllen müssen.**)

§ 3. Organisation des Bundesheeres.

Hatte noch die Vermittlungsakte sich damit begnügt eine Mannschaftsscala für die Kantone aufzustellen, deren Totalsumme sich auf nicht höher als 15,203 Mann belief, so hatte dagegen der Bundesvertrag von 1815 nicht bloss die Bundesarmee mehr als verdoppelt, sondern auch der Tagsatzung ausdrücklich die Befugniss eingeräumt, die Organisation der Kontingentstruppen zu bestimmen, über deren Aufstellung und Gebrauch zu verfügen und im Einverständnisse mit den Kantonsregierungen die Aufsicht über die Bildung und Ausrüstung des Auszuges anzuordnen. Wir haben in der geschichtlichen Einleitung gesehen, wie in der That bereits unter der Herrschaft

*) Amtl. Samml. II. 39—44. III. 547—548. V. 161—162.
**) Amtl. Samml. V. 671 ff.

des Fünfzehner-Vertrages das schweizerische Militärwesen eine einheitliche Leitung zu gewinnen anfing und höchst erfreuliche Fortschritte machte.

Nach dem Bundesentwurfe von 1833 sollte das Bundesheer bestehen: a. aus dem Bundesauszuge von 67,516 Mann, welcher nach einer beigefügten Scala auf die Kantone vertheilt war; b. aus der Landwehr, deren Bestand der Hälfte des Bundesauszuges gleichkommen sollte. In Zeiten von Gefahr sollte die Tagsatzung auch über die übrigen Streitkräfte der Kantone zur Vertheidigung des Vaterlandes verfügen können. Um in dem Bundesheere die erforderliche Gleichförmigkeit und Dienstfähigkeit zu erzielen, wurden in Art. 27 folgende Grundsätze aufgestellt: »a. Ein Bundesgesetz bestimmt die allgemeine Organisation des Bundesheeres. b. Der Bund übernimmt für alle Waffengattungen: 1) den höhern Militärunterricht, wozu er namentlich Militärschulen errichtet und Zusammenzüge von Truppencorps anordnet; 2) die Instruktion der Offiziere und Unteroffiziere (Cadres) des Bundesauszuges. c. Der Bund beaufsichtigt: 1) den Militärunterricht der Kontingente in den Kantonen; 2) die Anschaffung, den Bau und den Unterhalt des Kriegszeuges, welches die Kantone zum Bundesheer zu liefern haben. Durch diese Beaufsichtigung soll der Bund die Gewissheit erlangen, dass das Kriegszeug nach Vorschrift der eidgenössischen Reglemente ausgerüstet ist. Zu Erleichterung der reglementarischen Anschaffungen soll von Bundes wegen ein Vorrath von ordonnanzmässigen Waffen, Munition und anderm Kriegszeug angelegt und unterhalten werden, aus welchem sodann die Kantone ihren Bedarf an solchen Gegenständen zu den Ankaufspreisen beziehen können. d. Die Militärverordnungen der Kantone dürfen hinsichtlich der Kontingentstruppen nichts der allgemeinen Organisation des Bundesheeres Widersprechendes enthalten und müssen zu diessfälliger Prüfung dem Bundesrathe vorgelegt werden. e) Alle Truppenabtheilungen im eidgenössischen Dienst führen ausschliesslich die eidgenössische Fahne.«

Trat auch der Bundesentwurf von 1833 niemals ins Leben, so blieben doch die militärischen Bestimmungen desselben nicht ohne Einfluss auf die Beschlüsse, welche die Tagsatzung nachher über die Reorganisation des Bundesheeres fasste. Insbesondere wurde nun die frühere Reserve mit dem Auszuge vereinigt zu einem Bundesheere von 64,019 Mann und die eidgenössische Fahne wurde, anstatt der frühern Kantonalfahnen, für die ganze Armee eingeführt. Die neue Militärorganisation, durch welche namentlich auch die Artillerie bedeutend vermehrt wurde, bewährte sich im Ganzen im Sonderbundskriege, wenn auch anderseits die Mängel und Gebrechen, welche dieselbe im Einzelnen noch darbot, gerade in diesem Feldzuge klar an den Tag traten.

Die Revisionskommission von 1848 legte ihren Berathungen den Entwurf von 1833 zu Grunde, änderte jedoch sofort denselben dahin ab, dass der Bund den gesammten Unterricht des Genie, der Artillerie und Kavallerie, sowie der Instruktoren für die übrigen Waffengattungen zu übernehmen habe, dagegen der Unterricht der Offiziere und Unteroffiziere der Infanterie den Kantonen zu überlassen sei. Ferner wurde beschlossen, keine Mannschaftsscala in die Bundesverfassung aufzunehmen, dagegen den Grundsatz auszusprechen, dass die Kantone die Mannschaft nach dem Massstabe ihrer Bevölkerung zu stellen haben, und zwar zum Auszuge 3 Mann auf 100 Seelen, zur Landwehr 3 Mann auf 200 Seelen. Die zweite Berathung der Revisionskommission führte dann freilich zu dem auffallenden Ergebnisse, dass der centralisirte Unterricht der Specialwaffen und der Instruktoren fallen gelassen wurde, weil man sich nicht darüber einigen konnte, in welchem Umfange der Bund die Kosten desselben zu tragen habe.*) An der Tagsatzung hingegen nahm die für die materiellen Fragen niedergesetzte Kommission den Antrag wieder auf, dass der Bund den Unterricht des Genie, der Artillerie und Kavallerie, sowie der Instruktoren zu übernehmen habe; sie wollte überdiess der Bundesgesetzgebung freie Hand lassen, die Centralisation des Militärunterrichtes später noch weiter auszudehnen. Diese Vorschläge der Kommission wurden von der Tagsatzung angenommen, während alle andern, von einzelnen Gesandtschaften gestellten Anträge in Minderheit blieben.**) Demnach lauten die beiden einschlägigen Artikel der Bundesverfassung nunmehr folgendermassen:

Art. 19. »*Das Bundesheer, welches aus den Kontingenten der Kantone gebildet wird, besteht:*

*) Prot. der Revisionskomm. S. 45—49, 152, 163—164, 196.
**) Abschied S. 169—170, 176—181, 251—252.

a. aus dem Bundesauszug, wozu jeder Kanton auf 100 Seelen schweizerischer Bevölkerung 3 Mann zu stellen hat;

b. aus der Reserve, deren Bestand die Hälfte des Bundesauszuges beträgt.

»*In Zeiten der Gefahr kann der Bund auch über die übrigen Streitkräfte (die Landwehr) eines jeden Kantons verfügen.*

»*Die Mannschaftsscala, welche nach dem bezeichneten Massstabe das Kontingent für jeden Kanton festsetzt, ist alle zwanzig Jahre einer Revision zu unterwerfen.*«

Art. 20. »*Um in dem Bundesheere die erforderliche Gleichmässigkeit und Dienstfähigkeit zu erzielen, werden folgende Grundsätze festgesetzt:*

1) Ein Bundesgesetz bestimmt die allgemeine Organisation des Bundesheeres.

2) Der Bund übernimmt:

a. den Unterricht der Genietruppen, der Artillerie und der Kavallerie, wobei jedoch den Kantonen, welche diese Waffengattungen zu stellen haben, die Lieferung der Pferde obliegt;

b. die Bildung der Instruktoren für die übrigen Waffengattungen;

c. für alle Waffengattungen den höhern Militärunterricht, wozu er namentlich Militärschulen errichtet und Zusammenzüge von Truppen anordnet;

d. die Lieferung eines Theiles des Kriegsmaterials.

»*Die Centralisation des Militärunterrichts kann nöthigenfalls durch die Bundesgesetzgebung weiter entwickelt werden.*

3) Der Bund überwacht den Militärunterricht der Infanterie und der Scharfschützen, sowie die Anschaffung, den Bau und Unterhalt des Kriegszeugs, welches die Kantone zum Bundesheere zu liefern haben.

4) Die Militärverordnungen der Kantone dürfen nichts enthalten, was der eidgenössischen Militärorganisation und den den Kantonen obliegenden bundesmässigen Verpflichtungen entgegen ist, und müssen zu diessfälliger Prüfung dem Bundesrathe vorgelegt werden.

5) Alle Truppenabtheilungen im eidgenössischen Dienste führen ausschliesslich die eidgenössische Fahne.«

In Ausführung des Art. 20 der Bundesverfassung wurde unterm

8. Mai 1850 das Gesetz über die Militärorganisation der schweizerischen Eidgenossenschaft erlassen. Wenn wir die auf den Unterricht und auf die Ausrüstung des Bundesheeres, sowie die auf die Landwehr bezüglichen Bestimmungen, welche wir in spätern Abschnitten behandeln werden, einstweilen bei Seite lassen, so finden wir in dem Gesetze und seinen spätern Nachträgen vom 28. Juli 1853 und 15. Juli 1862 hauptsächlich folgende Grundsätze aufgestellt:

I. Bestand und Eintheilung des Bundesheeres. Der Bundesauszug wird aus sämmtlicher jüngerer Mannschaft zusammengesetzt, welche die erforderlichen Eigenschaften besitzt und dienstpflichtig ist. Der Eintritt soll nicht vor dem 20sten, der Austritt spätestens mit dem 34sten Altersjahre stattfinden. Die Bundesreserve besteht aus der, aus dem Bundesauszuge ausgetretenen Mannschaft; der Austritt aus der Reserve selbst soll spätestens mit dem 40sten Altersjahre erfolgen. Den Kantonen ist indessen gestattet, die Bundesreserve aus den gleichen Altersklassen wie den Bundesauszug zu bilden, soferne a. die einzelnen Corps der verschiedenen Waffen abwechselnd in voraus bestimmter Reihenfolge für den Dienst im Auszug und in der Reserve verwendet werden, b. die Dienstzeit für die Infanterie mindestens 8 Jahre und für die Specialwaffen mindestens 12 Jahre beträgt, c. die gesammte Mannschaft gleichmässig nach den eidgenössischen Vorschriften für den Bundesauszug verwendet wird. Den Kantonen bleibt überlassen, für die Offiziere aller Klassen eine längere Dienstdauer als für die übrigen Wehrpflichtigen festzusetzen.

Das Bundesheer besteht aus folgenden Waffenarten: a. Genietruppen: Sappeurs, Pontonniers; b. Artillerie: Kanoniere, Trainsoldaten, Parksoldaten; c. Kavallerie: Dragoner, Guiden; d. Scharfschützen; e. Infanterie: Jäger, Füsiliere. Ueberdiess soll ein Krankenwärterkorps für die Ambulancen und die Spitäler bestehen. Die taktische Einheit bildet bei den Specialwaffen die Compagnie, bei der Infanterie das Bataillon; grossere Truppenabtheilungen, die unter einem Kommando vereinigt werden, heissen Brigaden und Divisionen.

In jedem Kanton sollen die Kontingente stets vollständig in Bereitschaft gehalten werden und es soll dafür gesorgt sein, dass der Abgang beim Bundesheere aus der gleichen Kontingentsmannschaft ersetzt werden könne. Den Kantonen bleibt überlassen, die Bereitschaftskehr der je in einem Kanton aufgestellten taktischen Einheiten jeder Waffengattung auf den Fall hin anzuordnen, wo das Bundesheer nur theilweise oder successive in den eidgenössischen Dienst berufen wird.

II. Eidgenössischer Stab. Der Generalstab besteht aus 40 Obersten, 30 Oberstlieutenanten, 30 Majoren und aus einer unbestimmten Anzahl von Hauptleuten und Oberlieutenanten. Unter den Offizieren des Generalstabs soll sich ein Oberst für die Kavallerie und ein Oberst für die Scharfschützen nebst der entsprechenden Zahl von Oberstlieutenanten, Majoren und Subalternoffizieren dieser beiden Waffen befinden. Der Geniestab besteht aus 2 Obersten, 3 Oberstlieutenanten, 4 Majoren und einer unbestimmten Anzahl von Subalternoffizieren. Der Artilleriestab besteht aus 4 Obersten, 10 Oberstlieutenanten, 15 Majoren und einer unbestimmten Zahl von Hauptleuten und Oberlieutenanten. Bei vorhandenem Bedürfniss können in den General- und Artilleriestab auch Subalternoffiziere mit erstem Unterlieutenantsgrad aufgenommen werden. Ferner kann die gesetzlich vorgesehene Zahl von höhern Offizieren des General-, Genie- und Artilleriestabes überschritten werden, wenn bei einer allgemeinen Armeeaufstellung für die Besetzung der verschiedenen Kommando's und Stäbe eine solche Ueberschreitung als nothwendig erscheint.

Der Justizstab besteht aus einem Oberauditor, als Chef des Stabes, und 3 andern Beamten mit Oberstengrad, 5 Beamten mit Oberstlieutenantsgrad, 5 Beamten mit Majorsgrad und 30 Beamten mit Hauptmannsgrad. Wegen eintretender besonderer Bedürfnisse kann der Justizstab durch eine Verfügung des Bundesrathes temporär vermehrt werden.*)

Der Kommissariatsstab besteht aus einem Oberkriegskommissär mit Oberstengrad und der erforderlichen Zahl von Kriegskommissariatsbeamten. Der Gesundheitsstab umfasst: a. das Medicinalpersonal, bestehend aus dem Oberfeldarzt mit Oberstengrad, 9 Divisionsärzten, wovon drei den Oberstlieutenantsgrad bekleiden können, einem Stabsarzt, einem Stabsapotheker und der erforderlichen Anzahl von Spital- und Ambulanceärzten; b. das Veterinärpersonal, bestehend aus dem Oberpferdarzt mit Oberst-

*) Vergl. hierüber das Bundesgesetz über die Strafrechtspflege für die eidgenössischen Truppen: Amtl. Samml. II. 698—699.

lieutenantsgrad und einer unbestimmten Zahl von Stabspferdärzten.

Die Ernennung und Beförderung der Offiziere des eidgenössischen Stabes geschieht durch den Bundesrath. Zu Einreichung von Vorschlägen sind befugt: a. die Kantone, b. der Oberbefehlshaber des Bundesheeres, c. die Inspektoren für ihren Inspektionskreis, d. die Chefs der speciellen Zweige in ihren Stabsabtheilungen. Wenn Stabsoffizierstellen in Erledigung gekommen sind, so hat der Bundesrath, Fälle von Dringlichkeit vorbehalten, den Kantonen von der Anzahl der vorzunehmenden Ernennungen Kenntniss zu geben. Für die Ernennung in den Generalstab, den Genie- und Artilleriestab sind folgende Bedingungen aufgestellt: a. für die Erlangung des Grades eines Subalternoffiziers, dass der Betreffende wenigstens 2 Jahre in dem Grade gedient habe, welcher demjenigen, den er erlangen soll, unmittelbar vorangeht; b. für den Grad eines Majors, dass er wenigstens 8 Jahre als Offizier gedient habe, wovon 2 als Hauptmann; c. für den Grad eines Oberstlieutenants, dass er 10 Jahre als Offizier gedient habe, und davon wenigstens 4 Jahre als Major in einer Specialwaffe, oder 2 Jahre als Kommandant, oder dann 2 Jahre in diesem und einem höhern Grade zusammengenommen; d. für den Grad eines Obersten, dass er 12 Jahre als Offizier gedient habe, und davon vier Jahre als Kommandant, oder dann eben so lange in diesem und einem höhern Grade zusammengenommen. Als einmaligen Beitrag an die Equipirung eines Offiziers, welcher bereits bei den Kontingentstruppen eingetheilt war und in den General-, Genie- oder Artilleriestab übertritt, bezahlt der Bund 400 Fr. Diejenigen, die diesen Beitrag empfangen haben, dürfen vor Ablauf von 5 Jahren ohne dringende Gründe die Entlassung aus dem Stabe nicht verlangen. Die Beförderungen im eidgenössischen Stabe bis und mit dem Grade eines Hauptmanns finden nach dem Dienstalter statt. Diejenigen zu den höheren Graden geschehen nach freier Wahl, je aus den Offizieren des unmittelbar darunter stehenden Grades, sofern die letztern wenigstens 2 Jahre in demselben gedient haben. Es können indessen auch in Abweichung von diesen Bestimmungen ausserordentliche Ernennungen und Beförderungen in Berücksichtigung ausgezeichneter Dienste und ganz besonderer Fähigkeiten stattfinden. Die Offiziere des eidgen. Stabes können von den Militärbehörden des Kantons, in welchem sie niedergelassen sind, in ihrem Grade auch für Verrichtungen im Kantonaldienste in Anspruch genommen werden; jedoch soll die Aufforderung zum eidgenössischen Dienste immer den Vorzug haben vor jeder Verrichtung des Kantonaldienstes. Den eidgenössischen Offizieren ist der Austritt aus dem Stabe zu gestatten, sofern ihr diessfälliges Begehren im Laufe des Monats Januar eingereicht wird und nicht ein Truppenaufgebot nahe bevorsteht. Vom eidgenössischen Stabe ausgeschlossen werden Offiziere, welche zu entehrenden Strafen verurtheilt oder im Aktivbürgerrechte eingestellt oder fallit geworden sind. Als entlassen wird jeder Offizier betrachtet und daher aus den Kontrolen des eidgenössischen Stabes gestrichen, welcher sich in einem der folgenden Fälle befindet: 1) wenn er in fremden Dienst getreten ist; 2) wenn er ohne Urlaub für mehr als ein Jahr aus der Schweiz sich entfernt oder seine Abwesenheit mehr als ein Jahr über den bewilligten Urlaub hinaus ohne genügende Entschuldigung verlängert; 3) wenn er im Auslande sich befindet und im Fall einer Bewaffnung ohne genügende Entschuldigung nicht in das Vaterland zurückkehrt; 4) wenn derselbe nach Verkündung einer Marschbereitschaft ohne Urlaub die Schweiz verlässt. Endlich kann der Bundesrath, nach vorausgegangener Untersuchung, mittelst motivirten Beschlusses einen Offizier des eidgenössischen Stabes wegen offenkundig schlechter Aufführung oder wegen Unfähigkeit in Disponibilität setzen oder in schwerern Fällen gänzlich entlassen.

III. Ueberwachung und Inspektion. Der Bundesauszug und die Bundesreserve, sowie das Kriegsmaterial der Kantone sind der Ueberwachung und Inspektion von Seite des Bundes unterworfen. Die Ueberwachung des Unterrichts und die Inspektion der Infanterie in den Kantonen wird durch eidgenössische Obersten ausgeübt. Die Inspektion der Specialwaffen findet in den eidgenössischen Militärschulen oder bei den periodischen Zusammenzügen durch den Inspektor oder einen Stabsoffizier der betreffenden Waffe statt. Die Inspektionen des Materiellen und der Munition in den Kantonen, welche in einer vom Bundesrathe zu bestimmenden Reihenfolge stattfinden sollen, werden durch den Inspektor der Artillerie oder einen Stabsoffizier dieser Waffe vorgenommen. Die Inspektionen über das Personelle und Materielle des Gesundheitsdienstes werden durch Offiziere des Gesundheitsstabes vollzogen

IV. Militärbehörden des Bundes. Der Bundesversammlung steht die Gesetzgebung in Militärsachen, soweit die Kompetenz des Bundes reicht, die Aufstellung und Entlassung von Truppen, die Wahl des Oberbefehlshabers und des Chefs des Generalstabes zu. In letzterer Hinsicht kann sie vom Bundesrathe die Einreichung von Vorschlägen verlangen.

Der Bundesrath leitet und beaufsichtigt die Vollziehung der eidgenössischen Militärorganisation; er untersucht die Militärverordnungen der Kantone und genehmigt sie, wenn sie mit jener nicht im Widerspruche stehen. Es liegt dem Bundesrathe ob, genaue Kenntniss von dem Stande und der Beschaffenheit der personellen und materiellen Streitmittel der Eidgenossenschaft und der Kantone zu nehmen; letztere sind daher verpflichtet, ihm jährlich auf Ende Januar's ihre Etats einzureichen. Der Bundesrath trifft die militärischen Wahlen, welche nicht der Bundesversammlung oder den Kantonen vorbehalten sind. Er besorgt die erforderlichen Anordnungen für den Militärunterricht. Er entwirft die Reglemente, welche zur Durchführung der Militärorganisation erforderlich sind, und legt diejenigen von wichtigerm Belange der Bundesversammlung zur Genehmigung vor. Bei einer Truppenaufstellung vertheilt der Bundesrath das Personelle und Materielle auf die Kantone und zwar, soweit die Verhältnisse es zulassen, nach Massgabe der Mannschaftsscala oder nach einer billigen Kehrordnung. Der Bundesrath übt, wenn kein Oberbefehlshaber bestellt ist, die Rechte und Pflichten desselben aus. Endlich entscheidet der Bundesrath bei Streitigkeiten über Besoldung, Vergütung, Einquartirung, Verpflegung, Requisition von Transportmitteln und andern Leistungen.

Dem Militärdepartement ist die Vorberathung und Besorgung folgender Geschäfte übertragen: 1) die Organisation des Wehrwesens überhaupt; 2) die Anordnung und Beaufsichtigung des dem Bunde obliegenden militärischen Unterrichtes; 3) die Ueberwachung der den Kantonen obliegenden militärischen Pflichten und Leistungen gegen den Bund, sowie der Kantonalgesetzgebung über das Wehrwesen; 4) Fürsorge für die Vervollkommnung des Wehrwesens und der Vertheidigungsmittel; 5) Anschaffung, Aufbewahrung und Unterhaltung des vom Bunde anzuschaffenden Kriegsmaterials; 6) Herstellung und Unterhaltung der eidgenössischen Befestigungswerke; 7) die topographischen Arbeiten; 8) Wahlvorschläge in den eidgenössischen Stab; 9) die Ausfertigung der Marschrouten für die aufgebotenen Truppen bis zu ihrem Einrücken in die Linie. Der jeweilige Entscheid geht vom Bundesrath als Behörde aus. — Dem Militärdepartement beigeordnet ist ein Adjunkt für das Personelle, zugleich Oberinstruktor der Infanterie, sowie ein Verwalter des Materiellen.

Unmittelbar unter dem Militärdepartemente stehen folgende Militärbeamte: a. die Inspektoren der Infanterie, b. ein Inspektor des Genie, c. ein Inspektor der Artillerie, d. ein Oberst der Kavallerie, e. ein Oberst der Scharfschützen, f. ein Oberauditor, g. ein Oberkriegskommissär, h. ein Oberfeldarzt. Die Amtsdauer dieser eidgenössischen Militärbeamten ist auf drei Jahre festgesetzt; sie sind jedoch nach Ablauf derselben wieder wählbar.

V. Oberbefehl des Bundesheeres. Der Oberbefehlshaber und der Chef des Generalstabes werden in der Regel aus dem eidgenössischen Stabe gezogen. Ausnahmsweise können sie auch aus andern Offizieren gewählt werden. In Ermanglung eines bestellten Kommandanten führt, von den Chefs der vereinigten Theile, der erste im Grade und Dienstalter das Kommando. Der Oberbefehlshaber verordnet alle militärischen Massregeln, welche er zur Erreichung des ihm bezeichneten Endzweckes für nothwendig und dienlich erachtet. Er ernennt die Oberkommandanten des Genie, der Artillerie und Kavallerie, die Kommandanten der Armeekorps, der Divisionen und Brigaden und den Generaladjutanten. Dem Oberbefehlshaber steht das Recht der Entlassung bezüglich solcher Offiziere zu, die sich als unfähig erweisen, die mit ihrer Stelle verbundenen Pflichten zu erfüllen. Der Chef des Generalstabes ist in Verhinderungsfällen des Oberbefehlshabers vorübergehend dessen Stellvertreter. Alle Abtheilungen des Generalstabes stehen unter seinen unmittelbaren Befehlen.

V. Verhältniss der eidgenössischen Militärverwaltung zu derjenigen der Kantone. Die Eidgenossenschaft ist berechtigt, bei einer Truppenaufstellung über alles in den Kantonen vorhandene Kriegsmaterial seiner Bestimmung gemäss zu verfügen. Wenn ein Kanton die Instruktion oder die Ausrüstung seiner Truppen oder das Materielle vernachlässigt und der diessfalls an ihn ergangenen Aufforderung keine Folge leistet, so ist der Bund berechtigt, das Mangelnde auf

Kosten des betreffenden Kantons zu ergänzen. Im Fall einer eidgenössischen Bewaffnung darf im Bereiche der eidgenössischen Cantonnements ohne Bewilligung des eidgenössischen Truppenkommando keine Besammlung oder Bewegung von anderen Truppen stattfinden. Es dürfen keine öffentlichen Werke errichtet werden, welche die militärischen Interessen der Eidgenossenschaft verletzen. (Vergl. Art. 21 der Bundesverf.) Wo durch Zerstörung schon bestehender Befestigungswerke die Vertheidigung des schweizerischen Gebietes gefährdet würde, steht der Bundesversammlung das Recht zu dieselbe zu untersagen. Die Kantone, Gemeinden, Korporationen und Privaten sind verpflichtet, das erforderliche Eigenthum gegen volle Entschädigung zu Kriegszwecken abzutreten oder zur Benutzung zu überlassen.

In der Regel soll der Wehrpflichtige in dem Kanton Dienste leisten, in welchem er niedergelassen ist. Ausnahmen sind gestattet, wenn die Behörde des Niederlassungskantons einverstanden ist. Wenn der Pflichtige bereits einer Waffe angehört, die der Niederlassungskanton nicht besitzt, so kann die Bewilligung, in einem andern Kanton Dienste zu thun, nicht verweigert werden. Jeder Wehrpflichtige, der aus Grund einer theilweisen oder gänzlichen Entlassung aus dem Militärdienste besteuert wird, hat die Steuer in seinem Niederlassungskanton zu bezahlen.*)

Die eidgenössische Militärorganisation fand ihre nothwendige Ergänzung in dem in Ausführung des Art. 19 der Bundesverfassung erlassenen Bundesgesetze vom 27. August 1851 über die Beiträge der Kantone und der Eidgenossenschaft an Mannschaft, Pferden und Kriegsmaterial, welches, auf die im März 1850 vorgenommene Volkszählung basirt, an die Stelle der früher bestandenen eidgenössischen Mannschaftsscala trat. Nach diesem Gesesze besteht das Bundesheer aus folgender Mannschaft:

	Bundesauszug.	Bundesreserve.
a. Genietruppen	900	630
b. Artillerie	5,985	4,381
c. Kavallerie	1,937	932
d. Scharfschützen	4,500	2,390
Transport .	13,322	8,333

*) Amtl. Samml. I. 366—375, 388—402. III. 553. VI. 61. VII. 297—299.

	Bundesauszug.	Bundesreserve.
Transport .	13,322	8,333
e. Infanterie	56,082	26,334
f. Büchsenschmiede für Reparaturwerkstätten	—	30
g. Personal für besondere Theile des Gesundheitsdienstes	165	88
	69,569	34,785

Dazu gehören 3932 Trainpferde für den Bundesauszug und 2174 für die Bundesreserve.

Das Geschütz für die bespannten Batterien wird von denjenigen Kantonen geliefert, welche die Mannschaft zur Bedienung desselben zu stellen haben, mit Ausnahme der Batterie des Kantons Appenzell A.-Rh., für welche die Eidgenossenschaft 2 Haubitzen hergiebt. Das bespannte Feldgeschütz des Bundesauszuges besteht aus 24 Stück Zwölfpfünder- und 64 Stück Sechspfünder-Kanonen, aus 12 Stück Vierundzwanzigpfünder- und 32 Stück Zwölfpfünder-Haubitzen; dasjenige der Bundesreserve aus 8 Stück Achtpfünder- und 44 Stück Sechspfünder-Kanonen, aus 4 Stück Vierundzwanzigpfünder- und 22 Stück Zwölfpfünder-Haubitzen. An Gebirgsgeschütz stellt die Eidgenossenschaft 8 Haubitzen für den Auszug und 8 für die Reserve. An Positionsgeschütz liefern die Kantone 30 Stück Zwölfpfünder-, 56 Stück Sechs- und Achtpfünder-Kanonen und 16 Stück Vierundzwanzigpfünder-Haubitzen; die Eidgenossenschaft giebt 60 Stück Zwölfpfünder-Kanonen, 30 Stück Vierundzwanzigpfünder-Haubitzen und 10 Stück Mörser. Endlich liefert die Eidgenossenschaft an Ergänzungsgeschütz: 4 Stück Zwölfpfünder-, 24 Stück Sechspfünder-Kanonen, 2 Stück Vierundzwanzigpfünder-Haubitzen, 12 Stück Zwölfpfünder-Haubitzen, 4 Stück Gebirgshaubitzen.

Die Mannschaft und die Trainpferde des Bundesheeres finden sich auf die einzelnen Kantone folgendermassen vertheilt:

	Bundesauszug.		Bundesreserve.	
	Mann.	Trainpferde.	Mann.	Trainpferde.
Zürich	7,353	357	3,677	243
Bern	13,540	813	6,770	555
Luzern.	3,967	162	1,984	129
Transport .	24,860	1332	12,431	927

	Bundesauszug.		Bundesreserve.	
	Mann.	Trainpferde.	Mann.	Trainpferde.
Transport .	24,860	1332	12,431	927
Uri	429	4	214	4
Schwyz	1,315	41	658	21
Unterwalden ob dem Wald .	410	4	205	2
» nid dem Wald .	337	4	169	2
Glarus	898	38	449	19
Zug	516	24	258	14
Freiburg	2,955	270	1,477	86
Solothurn	2,061	106	1,030	100
Basel - Stadttheil	682	94	341	2
Basel - Landschaft	1,382	127	691	15
Schaffhausen	1,018	40	509	18
Appenzell - Ausserrhoden .	1,294	106	647	4
Appenzell - Innerrhoden . .	329	2	164	2
St. Gallen	4,990	216	2,495	110
Graubünden	2,631	89	1,316	69
Aargau	5,905	353	2,953	143
Thurgau	2,609	112	1,304	8
Tessin	3,298	132	1,649	22
Waadt	5,827	484	2,917	302
Wallis	2,392	91	1,196	67
Neuenburg	1,964	114	982	106
Genf	1,467	149	733	131
	69,569	3932	34,788	2174

Was die Vertheilung der einzelnen Waffengattungen und ihrer taktischen Einheiten auf die Kantone betrifft, so müssen wir auf das Gesetz selbst verweisen, da eine Reproduktion desselben uns hier zu weit führen würde. Die gesammte Mannschaftsscala bleibt, obschon seit deren Aufstellung abermals eine Volkszählung stattgefunden hat, in Kraft bis zur Revision des Gesetzes, welche jedenfalls nach zwanzig Jahren, also im Jahr 1871 stattfinden muss. Hier bemerken wir bloss noch, dass die Infanterie zu Bataillonen von 6 Kompagnien, worunter 2 Jägerkompagnien, und zu Halbbataillonen von 3 Kompagnien, worunter 1 Jägerkompagnie, organisirt wird. Wo die Zahl der Infanteriekompagnien eines Kantons im Auszug oder in der Reserve zu Bildung von ganzen oder halben Bataillonen nicht hinreicht oder zu gross ist, bestimmt der Bundesrath, auf das Gutachten der betreffenden Kantonsregierung, die Art der Dienstleistung dieser einzelnen Kompagnien.*)

Eine fernere Ergänzung erhielt die eidgenössische Militärorganisation durch das in Ausführung des Art. 102 derselben erlassene Bundesgesetz über die Strafrechtspflege für die eidgenössischen Truppen, welches ebenfalls vom 27. August 1851 datirt. Den Vorschriften dieses Gesetzes sind unterworfen: a. alle Personen, welche im eidgenössischen oder kantonalen Militärdienste oder auf dem Mannschaftsrapporte einer im eidgenössischen oder kantonalen Dienste befindlichen Truppe stehen;**) b. militärpflichtige Personen, welche ausserhalb des Dienstes bei irgend einer Gelegenheit in ihrem Militärkleide auftreten; c. alle bei der Armee anerkannten Freiwilligen; d. alle andern Personen, welche freiwillig den Truppen nachfolgen, wie Bediente u. dergl.; e. diejenigen Personen, welche auf eine Zeit lang bei der Armee zu besondern Verrichtungen angestellt sind, wie zu militärischen Transporten, Bäckereien, Schlächtereien, Magazinen, Militärspitälern u. dergl., für Handlungen, die sich auf solche Dienstverrichtungen beziehen; f. alle diejenigen, welche Militärpersonen zu Pflichtverletzungen zu verleiten suchen, oder die sich des Falschwerbens, des Auskundschaftens für den Feind schuldig machen; g. wenn die Armee in Feindesland steht, alle Personen, die sich eines Verbrechens oder Vergehens an Personen oder Sachen, die zur Armee gehören, schuldig machen; h. militärpflichtige Personen, welche der Aufforderung sich in den Dienst zu stellen nicht gehorchen, sowie diejenigen Personen, welche auf der Marschbereitschaft stehen und sich durch Entfernung dem Dienste entzogen haben; i. Personen, welche durch Simulation von Gebrechen oder Selbstverstümmlung sich der Wehrpflicht zu entziehen suchen, und Aerzte, welche wissentlich mit Bezug auf den Gesundheitszustand eines Wehrpflichtigen ein falsches Zeugniss ausstellen; k. Kriegsgefangene.

Das Strafgesetzbuch für die eidgenössischen Truppen zerfällt in drei Haupttheile, von welchen der erste das materielle Strafrecht, der zweite die Organisation der Strafrechtspflege und der dritte das

*) Amtl. Samml. II. 449—532.

**) Ueber den Kompetenzkonflikt, welchen die Ausdehnung des Gesetzes auf den kantonalen Militärdienst veranlasste, s. o. S 157—158.

Prozessverfahren enthält. Wir lassen den ersten und dritten Theil, die uns zu sehr vom Militärwesen, welches wir hier behandeln, ablenken würden, ganz bei Seite und wollen auch den zweiten Theil, welcher sich von dem früher bestandenen Gesetze von 1837 wesentlich unterscheidet, mit möglichster Kürze berühren. Der Befehl, dass wegen eines Verbrechens oder Vergehens ein gerichtliches Verfahren eingeleitet werde, geht von dem Truppenkommandanten aus, welchem der Angeschuldigte untergeordnet ist oder, wenn letzterer sich nicht mehr im Dienste befindet, vom Bundesrathe. Die Voruntersuchung wird durch einen von dem Kommandanten damit zu beauftragenden Offizier geführt; der Auditor ist verflichtet ihr beizuwohnen. Durch den obersten Kommandanten werden so viele ordentliche Kriegsgerichte aufgestellt als Infanteriebrigaden im eidgenössischen Dienste stehen. Für die im eidgenössischen Instruktionsdienste befindlichen Truppen bestimmt der Bundesrath die Zahl der aufzustellenden Gerichte. Ein ordentliches Kriegsgericht besteht aus einem Grossrichter, 2 Richtern, 2 Ersatzmännern und 8 oder, wenn die Todesfrage in Frage kommen kann, 12 Geschwornen. Die Grossrichter, welche mindestens Majorsgrad haben sollen, werden von dem obersten Kommandirenden auf den Vorschlag des Oberauditors aus den Offizieren des Justizstabes ernannt. Für die sämmtlichen Kriegsgerichte einer Division wird in der Regel nur Ein Grossrichter aufgestellt. Der Grossrichter empfängt alle Befehle, welche ihn persönlich oder das ganze Gericht betreffen, durch den Chef des Justizstabes. Er versammelt das Gericht, wie es die Geschäfte erfordern, ergänzt dasselbe nöthigenfalls durch Ersatzmänner und nimmt den Geschwornen den Eid ab. Er leitet den Geschäftsgang und alle Verhandlungen vor und in dem Gerichte. Die Richter und Ersatzmänner werden von dem obersten Kommandirenden aus den Offizieren der Truppen, welche unter der Jurisdiktion des betreffenden Gerichtes stehen, bezeichnet. Die Richter haben in allen Fällen sowohl berathende als entscheidende Stimme. Sie können vor Auflösung des Gerichtes wider ihren Willen nicht abberufen werden. Für jedes ordentliche Kriegsgericht wird aus den, der Jurisdiktion desselben unterworfenen Truppen eine Geschwornenliste gebildet, welche enthält: 1) die Namen sämmtlicher Offiziere, mit Ausnahme der Kommandanten der Brigaden und grösserer Heeresabtheilungen und der Chefs ihrer Stäbe, sowie der Richter und Ersatzmänner und der Offiziere des Justizstabes; 2) die Namen sämmtlicher Unteroffiziere; 3) die Namen sämmtlicher Korporale. Ueberdiess bezeichnet aus der übrigen Mannschaft der Hauptmann einer jeden Kompagnie von wenigstens 75 Mann durch das Loos 4 und der Hauptmann jeder kleinern Kompagnie 2 Geschworne, deren Namen der Liste der Korporale beigefügt werden. Zum Behufe der Bildung der Jury im einzelnen Falle lässt der Grossrichter durch den Gerichtsschreiber in öffentlicher Sitzung mittelst des Looses aus der Liste der Offiziere 14 Namen und aus jeder der beiden andern Listen 7 Namen herausziehen. Jeder Parthei steht es frei, 4 Offiziere, 2 Unteroffiziere und 2 Korporale oder Soldaten abzulehnen. Aus den nicht rekusirten Geschwornen bezeichnet der Grossrichter in Gegenwart des Anklägers und des Angeklagten oder seines Vertheidigers durch das Loos 4 Offiziere, 2 Unteroffiziere und 2 Korporale oder Soldaten und, wenn die Todesstrafe in Frage kommen kann, 6 Offiziere, 3 Unteroffiziere und 3 Korporale oder Soldaten, welche zur Beurtheilung des Angeklagten mitzuwirken haben. Vorstand der Jury ist derjenige Offizier, welcher im Grade am höchsten steht; bei gleichem Grade entscheidet das Dienstalter und nöthigenfalls das Lebensalter. Die Geschwornen sollen ihre Stimme nach Eid und Gewissen frei abgeben; sie sind hierfür Niemanden verantwortlich. Die Jury wird übrigens, zufolge einem Nachtragsgesetze vom 10. Juli 1854, nur dann in Wirksamkeit berufen, wenn der Angeklagte nicht selbst seine Schuld anerkannt hat; ist hingegen diese Anerkennung erfolgt, so urtheilt das Gericht ohne Mitwirkung der Geschwornen. Zu jedem Kriegsgerichte gehört auch ein Auditor, welchen der oberste Kommandirende auf den Vorschlag des Oberauditors aus den Offizieren des Justizstabes ernennt. Dem Auditor sind die Verrichtungen des Anklägers übertragen. Er stellt Anträge über allfällige Entschädigungen, welche durch den Grossrichter festzusetzen sind. Er hat die besondere Aufsicht über die Untersuchungsgefangenen und über die Gerichtsdiener und Gefangenwärter. Das Kassationsgericht besteht, mit Inbegriff des Präsidenten, aus 5 Offizieren, von denen 3 dem Justizstabe angehören sollen, und 3 Ersatzmännern, welche vom Bundesrathe für eine Amtsdauer von 3 Jahren gewählt werden. Das Kassationsgericht entscheidet auf das Begehren des Anklägers (der hiezu einer besondern Vollmacht des Oberauditors bedarf) oder des Angeklagten, ob das Urtheil, oder das Verfahren des Kriegsgerichtes, oder beides, ganz oder theilweise aufzuheben, und ob die Sache vor demselben oder vor einem andern Gerichte aufs Neue zu behandeln sei. — Die kantonalen Kriegsgerichte sollen im Wesentlichen nach den gleichen Grundsätzen wie die eidgenössischen gebildet werden; doch steht die nähere Anwendung dieser Grundsätze den Kantonen zu.*)

Endlich wurde noch, in Ausführung eines in Art. 101 der eidgenössischen Militärorganisation aufgestellten Princips, unterm 7. August 1852 ein Bundesgesetz erlassen über die Pensionen und Entschädigungen der im eidgenössischen Militärdienste Verunglückten oder ihrer Angehörigen. Wer im Kampfe mit dem Feinde verwundet oder verstümmelt worden ist, soll nach diesem Gesetze eine jährliche Pension erhalten, welche einerseits nach den Vermögens- und Erwerbsverhältnissen des Betreffenden, anderseits nach den schwerern oder leichtern Folgen der Verletzung sich abstuft und deren Maximum auf 500 Fr. festgesetzt ist. Ebenso erhält eine Pension von höchstens 300 Fr., wer zwar nicht im Gefechte, aber immerhin im Militärdienste eine Verletzung erlitten oder ein Gebrechen oder eine Krankheit davon getragen hat. Die Wittwe eines im Kampfe mit dem Feinde gebliebenen oder in Folge der Verwundung umgekommenen Militärs erhält eine jährliche Pension bis auf 300 Fr. und jedes Kind bis 200 Fr. Ist ein Militär in Folge einer nicht im Gefechte, aber sonst im Dienste erlittenen Verletzung oder davon getragenen Krankheit gestorben, so bezieht seine Familie, soferne sie für ihren Lebensunterhalt ganz oder theilweise auf den Erwerb des Verstorbenen angewiesen war, ebenfalls eine Pension, welche für die Wittwe bis auf 240 Fr., für jedes Kind bis auf 150 Fr. jährlich angesetzt werden kann. Wittwen verlieren durch ihre Wiederverheirathung, Waisen mit dem zurückgelegten 18. Lebensjahre ihren Anspruch auf eine Pension. Unter den nämlichen Voraussetzungen, wie die Wittwe und die Waisen eines umgekommenen Militärs, erhalten auch die Eltern oder Grosseltern und die elternlosen Geschwister desselben, welche das 18. Altersjahr noch nicht zurückgelegt haben, eine Pension, soferne sie von dem Verstorbenen ganz oder theilweise unterhalten worden sind. Der Vater oder Grossvater,

*) Amtl. Samml. II. 606—742. IV. 225—226.

die Mutter oder Grossmutter erhält höchstens so viel als die Wittwe, und ein Bruder oder eine Schwester höchstens so viel als ein Kind; der Gesammtbetrag dieser Pensionen darf aber das Maximum der für die Verwundeten festgesetzten entsprechenden Summen nie übersteigen. Sämmtliche in dem Gesetze vorgesehenen Pensionen können auf den doppelten Betrag erhöht werden, wenn der Verstorbene oder Verwundete sich im Interesse des Vaterlandes freiwillig, und ohne dass es in der einfachen Erfüllung seiner Pflicht lag, einer grossen Gefahr ausgesetzt hat. Dagegen erlischt der Anspruch auf eine Pension, wenn derselbe nicht innerhalb eines Jahres, vom Austritte aus dem aktiven Dienste oder aus der Gefangenschaft an gerechnet, beim Bundesrathe geltend gemacht wird. Ebenso verliert die Pension, wer in einen fremden besoldeten Militärdienst tritt. Eine Pension zu pfänden oder sonst gegen den Willen des Berechtigten zur Befriedigung seiner Gläubiger zu verwenden, ist nicht gestattet.*)

§ 4. Unterricht.

Wir müssen hier unterscheiden zwischen demjenigen militärischen Unterrichte, welchen der Bund, theils zufolge Artikel 20 der Bundesverf., theils nach den, in Ergänzung desselben erlassenen Bundesgesetzen, selbst ertheilt, und demjenigen, den die Kantone zu ertheilen haben, für welchen jedoch der Bund, kraft der ihm zustehenden Befugniss, die allgemeine Organisation des Bundesheeres zu bestimmen, gewisse allgemeine Grundsätze aufgestellt hat.

I. Schon nach Art. 20 Ziff. 2 litt. a. der Bundesverf. ist der Unterricht der Genietruppen, der Artillerie und Kavallerie Sache des Bundes; doch liegt dabei den Kantonen, welche diese Waffengattungen zu stellen haben, die Lieferung der Pferde ob. Nach der eidgenössischen Militärorganisation soll der Unterricht der Rekruten und der Aspiranten auf Offiziersstellen dieser Waffengattungen alljährlich auf einer angemessenen Zahl von Plätzen und mit Zuzug der erforderlichen Cadres stattfinden. Sämmtliche Rekruten sollen den nöthigen Unterricht in der Soldatenschule in ihren Kantonen erhalten haben, ehe sie in die eidgenössischen Unterrichtskurse eintreten. Die Dauer dieses letztern ist folgendermassen festgesetzt: für die Rekruten der Genietruppen, der Artillerie

*) Amtl. Samml. III. 211—217.

(Kanoniere und Trainmannschaft), der Parkkompagnien und der Kavallerie 42 Tage, für die Rekruten des Parktrains 35 Tage. Die Genietruppen, die Artillerie und die Kavallerie des Bundesauszuges sollen, die beiden erstern alle zwei Jahre, die letztere jedes Jahr einen Wiederholungsunterricht erhalten. Die Dauer dieser Uebungen soll bei den Genietruppen und der Artillerie für die Cadres 4 Tage und unmittelbar nachher für die Cadres und die Mannschaft vereint 10 Tage betragen, oder dann für die Cadres und die Mannschaft vereint 12 Tage. Für die Kavallerie soll nach der Militärorganisation die Uebung bei den Dragonern 7 Tage, bei den Guiden 4 Tage dauern; doch ist durch Bundesbeschluss vom 16. Januar 1854 der Bundesrath ermächtigt worden, provisorisch den Wiederholungsunterricht der Dragoner je das zweite Jahr auf 14 Tage in der Weise abzuhalten, dass alljährlich die Hälfte der Kompagnien zu demselben einzuberufen ist. Die Genietruppen und die Artillerie der Bundesreserve sollen alle zwei Jahre einen Wiederholungsunterricht erhalten, dessen Dauer für die Cadres 4 Tage und unmittelbar nachher für die Cadres und die Mannschaft vereint mindestens 5 Tage, oder dann für die Cadres und die Mannschaft vereint 6 Tage betragen soll. Die Kavallerie der Bundesreserve wird alljährlich auf einen Tag zur Uebung und Inspektion zusammengezogen; bei Voraussicht eines aktiven Dienstes soll sie zu einem Wiederholungsunterrichte einberufen werden.*)

Von der Bestimmung des Nachsatzes in Art. 20 Ziff. 2 der Bundesverf., welcher der Bundesgesetzgebung gestattet, die Centralisation des Militärunterrichtes nöthigenfalls weiter zu entwickeln, wurde zuerst bei Aufstellung der eidgenössischen Militärorganisation in der Weise Gebrauch gemacht, dass der Bund auch den Rekrutenunterricht der Scharfschützen auf sich nahm. Weiter ging dann das Bundesgesetz vom 30. Januar 1854, kraft dessen der Bund auch den Wiederholungsunterricht der Scharfschützen übernahm, zu welchem alljährlich abwechselnd die Hälfte der Scharfschützenkompagnien des Bundesheeres zusammengezogen werden soll. Die Dauer des Unterrichtes beträgt nun: 1) für die Rekruten und Offiziersaspiranten (zufolge dem Nachtragsgesetze vom 15. Juli 1862) 35 Tage; 2) für die Kompagnien des Auszuges je das zweite Jahr für die Cadres allein 3 Tage und unmittelbar

*) Amtl. Samml. I. 381—386. IV. 16—17.

darauf für die Cadres und die übrige Mannschaft vereint 9 Tage, oder, wenn der Unterricht denselben ausserhalb ihres Kantons ertheilt wird, für die Cadres und die übrige Mannschaft vereint 10 Tage; 3) für die Kompagnien der Reserve je das zweite Jahr für die Cadres allein 1 Tag und unmittelbar darauf für die Cadres und die übrige Mannschaft vereint 5 Tage oder, wenn der Unterricht ausserhalb des Kantons ertheilt wird, für die gesammte Mannschaft 5 Tage. Diejenigen Scharfschützenkompagnien des Bundesheeres, welche im Laufe eines Jahres keinen Wiederholungskurs zu bestehen haben, sind von den Kantonen auf Kosten der Eidgenossenschaft, hauptsächlich zu Schiessübungen, auf 2 Tage einzuberufen.*)

Eine weitere Fortentwicklung erhielt die Centralisation des Militärunterrichtes durch das Bundesgesetz vom 30. Januar 1860, betreffend die Uebernahme des Unterrichtes angehender Infanterie-Offiziere durch den Bund. Diese Centralisation ist für die Kantone nicht verbindlich, sondern es steht ihnen frei, ihre Offiziere in die eidgenössischen Schulen zu schicken oder denselben von sich aus den erforderlichen Unterricht ertheilen zu lassen, in welch' letzterm Falle jedoch die eidgenössischen Militärbehörden befugt sind, sich bei der Schlussprüfung durch die Kreisinspektoren vertreten zu lassen. Die eidgenössischen Schulen sollen nach den Sprachen eingerichtet werden und 35 Tage dauern. Die aufzunehmenden Militärs müssen von den Militärbehörden der Kantone zur Aufnahme in den Kurs empfohlen werden; sie müssen die körperlichen und geistigen Eigenschaften, welche zur Bekleidung einer Offiziersstelle erforderlich sind, und mindestens die militärische Ausbildung eines Jägerrekruten besitzen. Am Schlusse einer Schule haben alle Theilnehmer an derselben eine Prüfung zu bestehen. Diejenigen, welche das Fähigkeitszeugniss erworben haben, werden den Kantonen zur Beförderung zu Offizieren empfohlen; die andern dürfen nicht zu Offizieren ernannt, sondern es muss ihnen gestattet werden, die Schule nochmals zu besuchen. Der Bundesrath kann

*) Amtl. Samml. I. 384. IV. 24—26. VII. 301. Vergl. noch für sämmtliche Specialwaffen das Allgemeine Reglement über die Auswahl der Rekruten und die Abhaltung der Militärschulen vom 25. Novbr. 1857, Amtl. Samml. V. 671—694. Ferner: Verordnung über den Eintritt überzähliger Korps in die eidgen. Militärschulen vom 13. Juni 1857, ebenda S. 565—566.

auch die Offiziersaspiranten II. Klasse der Scharfschützen in die für die Infanterie-Offiziere angeordneten Schulen einberufen.*) — Obschon das Gesetz es den Kantonen freistellt, diese Schulen durch ihre angehenden Offiziere besuchen zu lassen oder nicht, so werden dieselben gegenwärtig doch, wie aus den Geschäftsberichten des Bundesrathes hervorgeht, beinahe von sämmtlichen Kantonen benutzt.

Bei den Specialwaffen, deren Unterricht centralisirt ist, versteht es sich von selbst, dass der Bundesrath die erforderlichen Instruktoren bestellt. Gemäss Art. 20 Ziff. 2 litt. b der Bundesverf. aber hat der Bund auch die Bildung von Infanterie-Instruktoren für jeden Kanton, nach Verhältniss der zum Kontingente zu stellenden Mannschaft, zu besorgen. Nähere Bestimmungen hierüber enthält eine Verordnung des Bundesrathes vom 14. December 1859, zufolge welcher abgehalten werden: 1) Aspirantenkurse für angehende Instruktoren, 2) Wiederholungs- und Ausbildungskurse für ernannte Instruktoren, 3) Fortbildungskurse für die Oberinstruktoren der einzelnen Kantone.**)

Ferner soll gemäss litt. c des Art. 20 Ziff. 2 und nach den Vorschriften der eidgenössischen Militärorganisation für den höhern Militärunterricht und eine weitere militärische Ausbildung der Offiziere des eidgenössischen Stabes, des Kommissariats- und Gesundheitspersonals, sowie der Offiziere bei den Genietruppen und der Artillerie mit Zuzug der erforderlichen Cadres vom Bunde besonders gesorgt und es sollen zu diesem Unterrichte auch die Kommandanten, Majore und Aidemajore der Infanterie, die Hauptleute der Kavallerie und Scharfschützen des Bundesauszuges einberufen werden. Die nähern Bestimmungen über die eidgenössische Centralmilitärschule finden sich enthalten in der Verordnung des Bundesrathes vom 21. Januar 1854. Endlich soll jedes zweite Jahr ein grösserer Zusammenzug von Truppen verschiedener Waffengattungen stattfinden.***)

In Folge der, durch die Bundesversammlung bewilligten Kredite können auch ausländische Militäranstalten von Offizieren des eidgenössischen Stabes auf Kosten des Bundes besucht werden, worüber der Bundesrath unterm 18. Januar 1860 ein besonderes

*) Amtl. Samml. VI. 436—438.

**) Ebenda S. 359—365.

***) Amtl. Samml. I. 386—387. IV. 43—55.

Reglement erlassen hat. Nach demselben bezeichnet der Bundesrath alljährlich eine Anzahl von Offizieren, welche Truppenübungen oder militärische Anstalten im Auslande zu besuchen haben; das Militärdepartement giebt ihnen die hiefür nöthigen Instruktionen. Die Dauer solcher Besuche ist in der Regel auf 20 Tage festgesetzt; sie kann jedoch bei besondern Verhältnissen vom Militärdepartement verlängert werden. Wenn ein Offizier des eidgenössischen Stabes ausländische Militärschulen zum Behufe seiner militärischen Ausbildung auf längere Zeit zu besuchen wünscht, so entscheidet über ein derartiges Gesuch der Bundesrath. Im Falle der Bewilligung übernimmt er die erforderlichen Unterhandlungen mit dem betreffenden Staate und setzt dem Petenten eine angemessene Entschädigung aus. Endlich können Offiziere des eidgenössischen Stabes an Feldzügen im Auslande durch die Vermittlung des Bundesrathes Theil nehmen. Diese Behörde entscheidet, ob die Bewilligung zu ertheilen und welche Unterstützung den betreffenden Offizieren zu leisten sei.*) — Es werden solche militärische Reisen ins Ausland in der Regel allerdings sehr lehrreich und geeignet sein diejenige militärische Bildung, welche die schweizerischen Offiziere früher im kapitulirten auswärtigen Kriegsdienste empfingen, theilweise zu ersetzen.

II. Der Unterricht der Infanterie ist Sache der Kantone und es finden sich in der eidgenössischen Militärorganisation und dem Nachtragsgesetze von 1862 bloss folgende Vorschriften für denselben aufgestellt:

Der Unterricht der Rekruten soll alle Dienstzweige umfassen: zur Vollendung desselben ist erforderlich, dass die Rekruten in Schulbataillonen mit den erforderlichen Cadres geübt werden. Für den Rekrutenunterricht der Fusiliere sind wenigstens 28 und für denjenigen der Jäger mindestens 35 Tage zu verwenden. Als Minimum der Zielschiessübungen ist vorgeschrieben für den Jäger 50, für den Fusilier 30 Schüsse. — Die Rekruten können erst nach bestandenem Unterrichtskurse dem Bundesauszuge zugetheilt werden. Die Mannschaft, welche wegen Abwesenheit während des betreffenden Dienstalters nicht bei demselben eingetheilt werden konnte, soll vor ihrem Eintritte bei der Bundesreserve oder beziehungsweise bei der Landwehr zu dem nämlichen Unterrichtskurse angehalten werden wie die Rekruten des Auszuges.

*) Amtl. Samml. VI. 414—416.

Die Infanterie des **Bundesauszuges** soll zum Wiederholungsunterrichte in der Regel alljährlich, soweit die Lokalverhältnisse es immer gestatten, mindestens zu halben Bataillonen auf wenigstens drei Tage zusammen gezogen werden, mit einer Vorübung für die Cadres von gleicher Dauer. Wo dieser Wiederholungsunterricht nur je das zweite Jahr stattfindet, soll derselbe doppelt so lange dauern. Als Minimum für die Zielschiessübungen ist vorgeschrieben: alljährlich für den Jäger 15, für den Fusilier 10 Schüsse, oder je im zweiten Jahre für den Jäger 20, für den Fusilier 15 Schüsse. Diese Zielschiessübungen können mit Zustimmung des Bundesrathes ausser die Wiederholungskurse verlegt werden; werden sie mit letztern verbunden, so sind die Unterrichtstage um einen Tag, wenn der Kurs alljährlich, und um zwei Tage, wenn derselbe je das zweite Jahr stattfindet, zu vermehren.

Der Wiederholungsunterricht für die Infanterie der **Reserve** soll in der Regel alljährlich wenigstens 2 Tage dauern, mit Vorübung für die Cadres von wenigstens 1 Tage. Wo derselbe nur je das zweite Jahr stattfindet, soll er von doppelter Dauer sein. Als Minimum für die Zielschiessübungen ist vorgeschrieben: je in zwei Jahren auf den Mann 10 Schüsse. Werden diese Uebungen mit dem Wiederholungskurse verbunden, so ist letzterer um 1 Tag zu verlängern.

Der Bund setzt alljährlich eine Summe aus, um als **Prämien** für die Schiessübungen des eidgenössischen Heeres verwendet zu werden. Ebenso setzt der Bund jährlich eine Summe aus, welche nach ähnlichen Grundsätzen als Unterstützung an freiwillige Schiessvereine, die sich mit ordonnanzmässigen Schiesswaffen üben, vertheilt werden soll.*)

§ 5. Bewaffnung und Ausrüstung.

Die Bekleidung, Bewaffnung und Ausrüstung des Bundesheeres wurde geregelt durch ein Bundesgesetz vom 27. August 1851,**) in dessen Einzelnheiten wir uns hier nicht einlassen können. In Bezug auf die Bekleidung sind seither durch ein Nachtragsgesetz vom 21. Decbr. 1860 wieder einige wesentliche Aenderungen eingeführt worden; ebenso in Betreff der Pferde-Ausrüstung durch eine Novelle vom 23. Januar 1863.***)

*) Amtl. Samml. I. 382—384. VI. 299—301.
**) Amtl. Samml. II. 421—449.
***) Amtl. Samml. VII. 1—3, 408—411.

Was die Bewaffnung betrifft, so war diejenige der Scharfschützen schon vor Erlassung des allgemeinen Gesetzes durch ein specielles Bundesgesetz vom 21. Decbr. 1850 *) festgestellt worden. Seither haben namentlich die Feuerwaffen der Infanterie zu wichtigen Verhandlungen Anlass gegeben. Schon das Gesetz von 1851 hatte bestimmt, dass die Jäger allmählig und zwar spätestens bis zum Jahr 1857 mit gezogenen Flinten bewaffnet werden sollen. Nachdem dann durch Bundesbeschluss vom 20. Decbr. 1854 das vom Bundesrathe vorgeschlagene Jägergewehr zu nochmaliger Untersuchung zurückgewiesen worden war, wurde unterm 25. Sept. 1856 auf Grundlage eines neuen Expertenberichtes ein solches Gewehr angenommen, welches bis Ende 1860 je bei einer Jägerkompagnie eines Bataillons, bei den Jägerkompagnien der Halbbataillone und bei den einzelnen Jägerkompagnien des Bundesauszuges eingeführt werden musste. Für die erste Anschaffung vergütete der Bund den Kantonen zwei Drittheile der Kosten.**) Weiter ging der Bundesbeschluss vom 26. Januar 1859 betreffend die Einführung gezogener Waffen bei der übrigen Infanterie. Nach demselben sollten die sämmtlichen vorhandenen Rollgewehre für den Bundesauszug und die Bundesreserve nach dem System Prélaz-Burnand umgeändert werden; die Kosten dieser Umänderung nahm der Bund ganz auf sich. Für das Kaliber der umgewandelten Gewehre wurden 58,8 Striche als Minimum angenommen.***) Diese Umwandlung wurde indessen nur als eine provisorische Massregel angesehen, indem man allgemein fühlte, dass so verschiedenartige Handfeuerwaffen wie die eidgenössische Armee sie nun hatte (Stutzer bei den Scharfschützen, Jägergewehr und Prélaz-Burnand-Gewehr bei der Infanterie des Bundesheeres, Rollgewehr bei der Landwehr), auf die Dauer nicht neben einander bestehen können. Die Bundesversammlung lud daher schon unterm 31. Januar 1860 den Bundesrath ein, die Untersuchungen über die beste Form der Handfeuerwaffen ernstlich an die Hand zu nehmen und beförderlich die neuen Muster aufzustellen. Nach längern Untersuchungen und Vorberathungen, bei welchen die Ansichten der Sachverständigen sehr auseinandergingen, brachte der Bundesrath den Vorschlag, das beim Stutzer und beim Jägergewehr bereits

*) Amtl. Samml. II. 207—209.
**) Amtl. Samml. V. 17—18, 416—417.
***) Amtl. Samml. VI. 110—111, 307—308.

bestehende Kaliber von 35 Strichen ($3^1/_2$ Linien) als einheitliches Normalkaliber für alle Handfeuerwaffen der eidgenössischen Armee (Auszug und Reserve) anzunehmen und sowohl die Infanterie, soweit sie noch nicht mit dem Jägergewehr versehen, als auch die gewehrtragende Mannschaft des Genie's und der Artillerie mit einem neuen gezogenen Gewehre, die Kavallerie aber mit neuen gezogenen Pistolen jenes Kalibers zu bewaffnen. Dieser Antrag wurde von der Bundesversammlung am 28. Januar 1863 zum Beschluss erhoben.*) Die Frage, in welchem Verhältnisse die sehr bedeutenden Kosten der Einführung der neuen Waffe auf die Eidgenossenschaft und die Kantone zu vertheilen seien, bleibt noch zu lösen übrig. Auch bei der Artillerie sollen gezogene Geschütze eingeführt werden. Vorläufig ist durch Bundesbeschluss vom 24. Juli 1861 der Bundesrath beauftragt worden, 12 Vierpfünder-Batterien von je 6 gezogenen Geschützen auf Kosten des Bundes anzuschaffen.**)

Ueber die Kriegsfuhrwerke, welche die Kantone für die verschiedenen Waffengattungen zu stellen haben, sowie über die Munition, die sie sowohl für die Handfeuerwaffen, als auch für die Artillerie liefern müssen, finden sich die nöthigen Bestimmungen theils in der eidgenössischen Militärorganisation, theils namentlich in den Tabellen, welche dem Gesetze über die Beiträge der Kantone und des Bundes an Mannschaft, Pferden und Kriegsmaterial angehängt sind.***)

Am Schlusse dieses Abschnittes müssen wir noch hervorheben, dass Art. 74 Ziff. 11 der Bundesverfassung etwas weiter geht als Art. 20 Ziff. 3. Während nämlich nach letzterer Bestimmung der Bund bloss die Anschaffung, den Bau und Unterhalt des Kriegszeuges, welches die Kantone zum Bundesheer zu liefern haben, überwacht, ist nach Art 74 die Bundesversammlung befugt, Gesetze und Beschlüsse zu erlassen über »Fabrikation und Verkauf von Waffen und Munition«. Darnach läge es ohne Zweifel in der Kompetenz des Bundes, eine eidgenössische Waffenfabrik auf eigene Rechnung zu errichten. Schon seit längerer Zeit besteht wirklich eine eidgenössische Zündkapselfabrik, in welcher neben Kapseln für die Handfeuerwaffen auch Schlagröhrchen für das grobe Geschütz gefertigt werden.

*) Bundesbl. 1863 I. 66–115, 193–208, 229–263.

**) Amtl. Samml. VII. 67–69.

***) Amtl. Samml. I. 377–381. II. 511–530.

§ 6. Landwehr.

Der Art. 19 der Bundesverf. sagt, das Bundesheer bestehe aus dem Bundesauszuge und der Reserve, und fügt dann bei: »In Zeiten der Gefahr kann der Bund auch über die übrigen Streitkräfte (die Landwehr) eines jeden Kantons verfügen.« Nach dem Wortlaute der Bundesverfassung gehörte also die Landwehr noch nicht zum Bundesheere, dessen allgemeine Organisation nach Art. 20 durch ein Bundesgesetz zu bestimmen war, sondern es blieb den Kantonen überlassen dieselbe zu organisiren, wobei der Bund sich nur vorbehielt in Kriegsfällen darüber zu verfügen. Gleichwohl wurden bereits bei der Aufstellung der eidgenössischen Militärorganisation mehrere wichtige Bestimmungen auch für die Landwehr getroffen. Es wurde festgesetzt, dass die Wehrpflichtigen, welche aus der Bundesreserve austreten, bis zum vollendeten 44sten Altersjahre in der Landwehr zu dienen haben, dass die Landwehr mit Gewehren von eidgenössischem Kaliber versehen sein und alljährlich wenigstens einen Tag zur Uebung und Inspektion zusammengezogen werden solle. Viel weiter noch geht die, zu näherer Ausführung dieser Gesetzesbestimmungen erlassene Verordnung des Bundesrathes über die Organisation der Landwehr vom 5. Juli 1860, indem sie sich auf die Erwägung stützt, dass, wenn in Zeiten der Gefahr die Landwehr nach Art. 19 der Bundesverf. wirklich verwendbar sein solle, rechtzeitig für eine vollständige Organisation derselben gesorgt werden müsse. Nach dieser Verordnung besteht die Landwehr nicht bloss aus der, von der Reserve übertretenden, sondern auch aus der, beim Bundesheer überzähligen Mannschaft bis zum 44sten Altersjahre. Die Eintheilung der Landwehr in Waffengattungen und taktische Einheiten soll sich an diejenige der Bundesreserve anschliessen und alle Vorschriften über die Organisation dieser letztern sollen für die Organisation der Landwehr analoge Anwendung finden. Für jede Waffengattung, welche die Kantone zum Bundesheere stellen, haben sie auch die Landwehr zu organisiren. Doch werden bespannte Batterien nur ausnahmsweise, wenn die betreffenden Kantone einverstanden sind, errichtet und die Eidgenossenschaft leistet für die Pferde, welche die Kantone zu liefern haben, Vergütung. Die nicht zu den bespannten Batterien eingetheilte Mannschaft der Artillerie wird organisirt: in Kompagnien zur Bedienung von Positionsgeschütz,

Detaschemente zur Verwendung in Park- und Munitionsdepots und Train-Detaschemente zur Verwendung bei Armeetransporten. Die Kantone haben Zeit und Ort der Landwehrübungen dem eidgenössischen Militärdepartement mitzutheilen, wie diess mit den Instruktionsplanen für den Auszug und die Reverve geschieht. Das Militärdepartement kann die Landwehr bei diesem Anlasse einer eidgenössischen Inspektion unterstellen, in gleicher Weise wie diess für den Auszug und die Reserve stattfindet. Die Kantone haben dem eidgenössischen Militärdepartement auf Verlangen das Verzeichniss desjenigen Kriegsmaterials mitzutheilen, welches sie über das vorgeschriebene Kontingent zum Bundesheere hinaus besitzen; bei stattfindenden Inspektionen kantonaler Zeughäuser kann auch dieses Material der eidgenössischen Besichtigung unterworfen werden. Für den Fall, dass der Bund nach Art. 19 der Bundesverfassung über die Landwehr zu verfügen hätte, kann der Bundesrath dieselbe zum voraus in Divisionen u. s. w. abtheilen und die diessfälligen Stäbe bezeichnen.*)

Durch diese bundesräthliche Verordnung, welche von der Bundesversammlung stillschweigend gebilligt worden ist, hat die Centralisation des schweizerischen Wehrwesens jedenfalls noch einen bedeutenden Schritt vorwärts gemacht. In Folge desselben kann nun auch die Landwehr zum Bundesheere gezählt werden, dessen wirklicher Bestand nach den amtlichen Tabellen auf 1. Januar 1863 sich folgendermassen herausstellt:

Bundesauszug . . .	83,898	Mann
Bundesreserve . . .	43,720	»
Landwehr	68,275	»
	195,893	Mann.

Wir sehen, dass das Bundesheer, gegenüber dem Bestande, den es in frühern Perioden hatte, der Zahl nach sich ausserordentlich vermehrt hat. Möge sich in Tagen der Gefahr zeigen, dass auch seine qualitative Tüchtigkeit in gleicher Weise gewachsen ist!

*) Amtl. Samml. VI. 511—519.

Siebentes Kapitel.

Das Finanzwesen.

§ 1. Das Vermögen der Eidgenossenschaft.

Neben dem Militär sind es vorzüglich die Finanzen, welche die erforderlichen Mittel darbieten zur Erreichung der in den vorhergehenden Kapiteln erörterten Bundeszwecke. Sie bilden gleichsam die materielle Unterlage, auf welcher sämmtliche Bundeseinrichtungen, insbesondere auch alle militärischen Institutionen beruhen.

Das Finanzwesen des Bundes im Allgemeinen findet sich geregelt durch Art. 39 der Bundesverf., welcher folgendermassen lautet:

»*Die Ausgaben des Bundes werden bestritten:*

a. aus den Zinsen des eidgenössischen Kriegsfonds;

b. aus dem Ertrag der schweizerischen Gränzzölle;

c. aus dem Ertrag der Postverwaltung;

d. aus dem Ertrag der Pulververwaltung;

e. aus Beiträgen der Kantone, welche jedoch nur in Folge von Beschlüssen der Bundesversammlung erhoben werden können.

Solche Beiträge sind von den Kantonen nach Verhältniss der Geldscala zu leisten, welche alle zwanzig Jahre einer Revision zu unterwerfen ist. Bei einer solchen Revision sollen theils die Bevölkerung, theils die Vermögens- und Erwerbsverhältnisse der Kantone zur Grundlage dienen.«

Von den fünf verschiedenen Einnahmsquellen, welche der Art. 39 aufzählt, muss zum Voraus das Postwesen ausser Betracht fallen; denn wie wir oben in dem einschlägigen Abschnitte gesehen haben, hat dasselbe bis jetzt der Eidgenossenschaft keinen finanziellen Gewinn gebracht und wird solchen auch nach der ganzen Entwicklung, die diesem Verwaltungszweige gegeben worden ist, nicht leicht bringen können. Auch die scalamässigen Beiträge der Kantone erscheinen schon nach der Bundesverfassung selbst, noch mehr aber nach der bisherigen Praxis der Bundesbehörden nur als ein letztes Hülfsmittel, welches im äussersten Falle in Anspruch zu nehmen ist. Als ordentliche, verfassungsmässige Einnahmsquellen bleiben daher bloss die Zinsen der eidgenössischen Kapitalien, die Zölle und das Pulverregal übrig.

Was nun zunächst den eidgenössischen Kriegsfond betrifft, welcher in Art. 39 zuerst genannt wird, so war derselbe während der Herrschaft des Bundesvertrages von 1815 theils aus der Kriegsentschädigung von 3 Millionen franz. Franken, welche Frankreich in Folge des zweiten Pariser Friedens der Schweiz bezahlen musste, und aus dem Ueberschusse der Zinsen über die Militärausgaben, theils aus dem Ertrage der sehr mässig gehaltenen eidgenössischen Gränzgebühren entstanden und zu Ende des Jahres 1846 bis auf die Summe von Fr. 4,318,436. 54 a. W. angestiegen.*) Durch den Sonderbundskrieg geschwächt, betrug der eidgenössische Kriegsfond bei seinem Uebergange an die neue Eidgenossenschaft Ende 1848

an Schuldtiteln . . .	Fr. 2,727,505. 98	alte Währung
an einer Liegenschaft .	» 59,675. —	» »
	Fr. 2,787,180. 98	alte Währung.**)

Die besondere Bestimmung, welche der 1815er Bundesvertrag dem Kriegsfonde gab, fiel durch die Bundesverfassung dahin und es verblieb nur die verbindliche Vorschrift des Art. 40 über einen stets vorhanden sein sollenden, zu militärischen Zwecken bestimmten Baarbestand der Bundeskasse, eine Vorschrift, welche aus den ältern, den eidgenössischen Kriegsfond betreffenden Tagsatzungsbeschlüssen herübergenommen ist. Zu einer Zeit nämlich, wo das Bankwesen noch nicht seine nunmehrige Entwicklung erlangt hatte, war es für einen Fond, welcher wesentlich für Kriegszwecke bestimmt war, durchaus nothwendig, dass stets eine bedeutende Baarschaft in der Kasse zurückblieb, um im Falle eines wirklichen Kriegsausbruches sofort verfügbar zu sein. Desshalb sollte nach der Allgemeinen Verordnung über die eidgenössischen Kriegsfonds vom 13. August 1835 die Summe von Fr. 2,200,000 a. W. stets in baar in der Kasse liegen. Durch einen nachträglichen Beschluss der Tagsatzung vom 8. August 1837 wurde diese Summe auf die Hälfte reducirt, welche ungefähr dem, durch den Bundesvertrag selbst für die Kriegskasse geforderten Betrage eines doppelten Geldkontingentes gleichkam.***) Aus dieser

*) Bundesbl. 1854 I. 64. Die Gränzgebühren erzeigten in den ersten Jahren einen Ertrag von Fr. 115,000 a. W., der allmählig bis auf Fr. 273,000 anwuchs.

**) Budget für 1849.

***) Snell I. 382, 728.

Bestimmung ist nun der Art. 40 der Bundesverf. hervorgegangen, welcher folgendermassen lautet:

»*Es soll jederzeit wenigstens der Betrag des doppelten Geldkontingents für Bestreitung von Militärkosten bei eidgenössischen Aufgeboten baar in der Bundeskasse liegen.*«

Da, wie wir unten sehen werden, der Gesammtbetrag eines Geldkontingentes, welches von allen Kantonen eingefordert wird, gegenwärtig auf Fr. 1,041,081 sich beläuft, so muss demnach immer mindestens die Summe von Fr. 2,082.162 baar in der Bundeskasse sich befinden. Doch wird dem Art. 40 gegenwärtig die Auslegung gegeben, dass auch die, jeden Augenblick disponibeln Depositen bei schweizerischen Banken mit zum Kassabestande gerechnet werden.*)

Mit Bezug auf Darleihen aus den eidgenössischen Fonds (wie der frühere Kriegsfond nunmehr genannt wird) ist an die Stelle der Allgemeinen Verordnung von 1835 das Bundesgesetz vom 23. December 1851 getreten. Nach demselben soll derjenige Theil der eidgenössischen Fonds, welcher die durch Art. 40 der Bundesverfassung vorgeschriebene Baarschaft übersteigt, in den Kantonen, deren Hypothekargesetzgebung vollständige Sicherheit gewährt, an Privaten, Korporationen oder Gemeinden unter nachfolgenden Bedingungen ausgeliehen werden. Alle Darleihen müssen auf Grundeigenthum im schweizerischen Gebiete hinreichend versichert sein, sei es, dass die Liegenschaften zu Gunsten der Eidgenossenschaft direkt als Unterpfand eingesetzt oder dass Schuldtitel mit Grundversicherung als Faustpfand gegeben werden. Fehlt es an Gelegenheit zu solchen Darleihen, so kann der Bundesrath die Gelder auch gegen andere sichere Hinterlagen oder bei schweizerischen Banken, insofern deren Statuten und Einrichtungen vollständige Garantien darbieten, auf kurze Abkündungsfristen gegen übliche Zinse anlegen. Der Bundesrath hat auf den Antrag des Finanzdepartements über die Zulässigkeit der Darleihen zu entscheiden. Die Unterpfänder müssen nach dem Urtheil amtlicher Schätzer oder anderer Sachverständiger annähernd den doppelten Werth des Darleihens haben. Sie dürfen in der Regel nicht in blossen Gebäulichkeiten ohne einen angemessenen Complex landwirthschaftlicher Grundstücke bestehen; ausgenommen sind solche Wohngebäude, deren Werth nach den vorhandenen Umständen als bleibend zu betrachten

*) Bericht der ständeräthlichen Kommission im Bundesbl. 1862 II. 693.

ist. Alle Gebäude müssen jedoch in einer schweizerischen Assekuranz versichert sein, deren Statuten für die Pfandgläubiger hinreichende Garantie darbieten. Waldungen dürfen nicht den Hauptbestandtheil der Unterpfänder bilden und jedenfalls ist bei denselben nur der Werth des Bodens in Anschlag zu bringen. Es sollen aus den eidgenössischen Fonds keine Darleihen unter 2000 Fr. und keine über 50,000 Fr. an die nämliche Person gemacht werden. Die nähere Ausführung der in diesem Gesetze aufgestellten Grundsätze erfolgte durch ein Reglement, welches der Bundesrath bereits unterm 26. December 1851 erliess.*)

Als mit Ende 1848 das Vermögen der Eidgenossenschaft an die neuen Bundesbehörden überging, bestand dasselbe, neben dem sogenannten Kriegsfond, dessen Betrag wir oben angegeben haben, vorzugsweise in der Kriegskostenforderung an die ehemaligen Sonderbundskantone, welche sich damals noch — abgesehen von einer Nachtragsforderung, die niemals auf die sieben Stände vertheilt wurde — auf Fr. 4,431,038. 23 alte Währung beliefen, während derselben, in Folge eines im Spätherbste 1847 aufgenommenen Anleihens, eine eidgenössische Kriegsschuld von Fr. 3,300,000 gegenüberstand. Im Sommer 1852 betrug jene Forderung an die sieben Kantone noch Fr. 1,564,453. 67 a. W. oder mit ausstehenden Zinsen Fr. 2,296,468. 10 neue Währung. Diese Summe wurde nun durch Bundesbeschluss vom 13. August 1852, welcher sich wesentlich auf politische Motive stützte, den Schuldnern vollständig nachgelassen, in der Meinung, dass der Nachlass den sieben Kantonen im Verhältniss der ihnen nach der Geldscala von 1838 auferlegten Quoten an der sogen. Hauptforderung von Fr. 5,500,000 a. W. gleichmässig zu Statten kommen solle und daher den Kantonen, welche bereits mehr als ihr Treffniss bezahlt hatten, ebenso viel zurückzuvergüten sei als andere Kantone noch nachbezahlen mussten. Dagegen wurde der Ertrag der zu Gunsten der ehemaligen Sonderbundsstände aufgenommenen Nationalsubscription, welcher sich auf Fr. 266,500 belief, der eidgenössischen Staatskasse einverleibt.**)

Ehe noch das Kriegsanleihen von 1847 vollständig zurückbezahlt war, sah sich die Eidgenossenschaft im December 1856, als wegen

*) Amtl. Samml. III. 6—15.

**) Bundesbl. 1852. II. 646—733. Amtl. Samml. III. 229—231.

der noch ungelösten Verhältnisse des Kantons Neuenburg ein Krieg mit Preussen drohte, veranlasst, ein neues Anleihen von 11 Millionen Franken aufzunehmen, wovon 6 Millionen zu 5 %, 5 Millionen dagegen zu 4½ % verzinst werden mussten. Nach den Vertragsbestimmungen waren von dem 5 % Anleihen jährlich Fr. 300,000 und von dem 4½ % Anleihen jährlich Fr. 250,000 zurückzubezahlen, so dass die ganze Schuld in 20 Jahren getilgt sein sollte; doch hatte sich die Eidgenossenschaft das Recht vorbehalten, auch eine frühere, ausserordentliche Heimzahlung zu begehren. Da nun, nach baldiger Beseitigung der Kriegsgefahr, sehr viel disponibles Geld in der Bundeskasse lag, gleichwohl aber aus Rücksicht auf die Obligationeninhaber von dem Rechte der ausserordentlichen Heimzahlung kein Gebrauch gemacht werden wollte, so glaubte der Bundesrath bei dieser eigenthümlichen Sachlage sich nicht strenge an die Bestimmungen des Bundesgesetzes vom 23. December 1851 halten zu sollen und lehnte daher an schweizerische Eisenbahngesellschaften Fr. 7,500,000 an, während der Rest des Anleihens bei schweizerischen Banken deponirt wurde. Die Bundesversammlung, welche das Verfahren des Bundesrathes nicht billigte, beschloss am 30. Juli 1858, der Bundesrath solle ihr Vorschläge über Rückzahlung des Anleihens von 1856 bringen, inzwischen aber keine weitern Anleihen an Eisenbahngesellschaften machen. Nach vernommenem Berichte des Bundesrathes, welcher die ausserordentliche Heimzahlung bis zum Jahr 1867 bewerkstelligen wollte, beschloss die Bundesversammlung, es seien die beiden, aus Anlass des Neuenburger Conflictes aufgenommenen Anleihen zurückzuzahlen, nach Massgabe wie die aus den betreffenden Geldern gemachten Darleihen fällig werden, und zwar seien die verfügbaren Gelder vorab zur Tilgung des 5 % Anleihens zu verwenden.*) Bereits Ende 1860 war dieses letztere Anleihen vollständig abbezahlt; dasjenige zu 4½ % wird gegenwärtig noch Fr. 3,500,000 betragen. Die Eisenbahngesellschaften haben die ihnen gemachten Vorschüsse zurückbezahlt, mit Ausnahme jedoch des in Konkurs gerathenen Jura industriel, bei welchem ein Verlust für die Eidgenossenschaft kaum zu vermeiden sein wird. Es ergiebt sich aus diesem lehrreichen Beispiele, dass die Bundesversammlung vollkommen Recht hatte, wenn sie gegen die Verwendung eidgenössischer Gelder für Eisenbahnanleihen Einsprache erhob.

*) Amtl. Samml. VI. 55, 129. Bundesbl. 1859 I. 9—14, 135—139.

Werfen wir nun noch zum Schlusse einen Blick auf das gesammte Reinvermögen der Eidgenossenschaft und dessen Bewegung! Dasselbe besteht, wie ein Kommissionsbericht vom Jahr 1861 *) treffend hervorhebt, aus zwei Haupttheilen: 1) aus gebundenem Vermögen, das in Liegenschaften, Gebäuden, Material und solchen Kapitalien besteht, die den verschiedenen eidgenössischen Verwaltungen zu ihrem Betriebe erforderlich sind, und 2) aus verfügbarem Vermögen, das aus den zinsbar angelegten Kapitalien und der Baarschaft in der Kasse besteht, wovon die Passiven in Abzug zu bringen sind. Nach diesen Grundsätzen ergiebt sich aus den eidgenössischen Staatsrechnungen folgende Bewegung:

	Totalreinvermögen.	Verfügbares Vermögen.
	Fr.	Fr.
Ende 1851	7,777,928	1,760,907
» 1852	5,921,939	2,829,328
» 1853	7,110,022	3,652,874
» 1854	7,697,203	3,811,727
» 1855	9,050,232	4,484,603
» 1856	9,896,712	4,901,037
» 1857	8,264,743	2,833,758
» 1858	9,062,106	3,687,678
» 1859	8,363,468	2,165,094
» 1860	8,315,694	1,599,491
» 1861	9,236,740	2,305,571

Folgendes waren die Aktiven der Eidgenossenschaft auf 31. December 1861:

A. Liegenschaften:

	Fr.	Ct.	Fr.	Ct.
1. Allmend in Thun nebst Kalberweide (für militärische Uebungen bestimmt)	456,268	96		
2. Festungswerke	64,500	—		
3. Pulvermühlen	441,239	74		
4. Zündkapselnfabrik	18,000	—		
5. Zollhäuser und Dependenzen .	615,392	49		
Transport .			1,595,401	19

*) Bundesbl. 1861 II. 492.

	Fr.	Ct.	Fr.	Ct.
Transport			1,595,401	19
B. Angelegte Kapitalien:				
1. Auf grundpfändliche Sicherheit (meistens zu $4\frac{1}{2}$ %)	1,506,445	46		
2. Vorübergehende Darleihen . .	1,940,000	—		
3. Bankdepositen	800,000	—		
			4,246,445	46
C. Zinsrückstände:				
1. Kapitalzinse von Schuldtiteln .	1,661	95		
2. Marchzinse	41,277	23		
			42,939	18
D. Betriebskapitalien u. Vorschüsse:				
1. Bei der Postverwaltung . . .	995,036	85		
2. » » Pulververwaltung . .	958,626	11		
3. » » Zündkapselverwaltung .	75,999	88		
4. » » Münzverwaltung . . .	219,774	66		
5. » » Telegraphenwerkstätte .	94,730	92		
6. » » Postremise in Flüelen .	7,999	25		
			2,352,167	67
E. Inventarrechnung:				
1. Militärverwaltung	2,656,617	17		
2. Zollverwaltung	78,489	30		
3. Telegraphenverwaltung . . .	158,967	43		
4. Kanzleien	127,453	17		
5. Münzen und Medaillen . . .	9,134	50		
			3,030,661	57
F. Kasse			2,865,673	34
Total der Aktiven			14,133,288	41

Dagegen hatte die Eidgenossenschaft im benannten Zeitpunkte folgende **Passiven**:

	Fr.	Ct.	Fr.	Ct.
A. Staatsanleihen, verzinslich zu $4\frac{1}{2}$ %	4,000,000	—		
B. Hypothekarschuld auf d. Thuner Allmend	90,000	—		
C. Marchzinse auf d. Staatsanleihen	83,342	46		
D. Münzreservefond (s. oben S. 377)	718,205	19		
E. Depot des Konsuls Emery . .	5,000	—		
			4,896,547	55
Es verblieb demnach reines Vermögen, wie oben .			9,236,740	76

Neben dem eigentlichen Staatsvermögen besitzt die Eidgenossenschaft noch folgende Specialfonds:

1) Der Invalidenfond, aus welchem Beiträge geschöpft werden an die vom 1847er Feldzuge her schuldigen Pensionen; er wurde gebildet aus den damals den Kantonen Neuenburg und Appenzell-Innerrhoden auferlegten Sühnegeldern und betrug Ende 1861 490,150 Fr.

2) Der Grenus-Invalidenfond, beruhend auf der letztwilligen Verfügung des sel. Baron v. Grenus in Genf, welcher die Eidgenossenschaft zur Erbin seines Vermögens einsetzte, um daraus eine Reserve-Invalidenkasse zu gründen, betrug Ende 1861 1,592.727 Fr. 63 Cent.

3) Der eidgenössische Schulfond, gebildet aus den Ueberschüssen des Jahresbeitrages der Eidgenossenschaft an das Polytechnikum, aus Vermächtnissen und Geschenken, welche dieser Anstalt zufliessen, sowie aus deren Inventarbestande, betrug Ende 1861 340,573 Fr. 59 Cent.

4) Der Châtelain-Fond, beruhend auf dem Legate eines in Aarau verstorbenen Hrn. Châtelain zur Verabreichung von Stipendien an Polytechniker, betrug Ende 1861 59,135 Fr. 59 Cent.

§ 2. Die Zölle.

Der Schwerpunkt des eidgenössischen Finanzsystems liegt offenbar in der zweiten, in Art. 39 erwähnten Einnahmsquelle, nämlich den Gränzzöllen. Wir haben oben (S. 328 bis 332) gesehen, wie in Ausführung der Artikel 24, 25 und 26 der Bundesverfassung das Bundesgesetz vom 30. Juni 1849 die Binnenzölle in der Schweiz aufhob und an deren Stelle ein rationelles Gränzzollsystem setzte. Gemäss den in der Bundesverfassung selbst enthaltenen Vorschriften wurden dabei unter den eingehenden Waaren unentbehrliche Lebensmittel und Rohstoffe am niedrigsten, Halbfabrikate schon etwas höher, fertige Industrie- und Handwerksprodukte noch höher und endlich Luxusartikel am höchsten besteuert, die Aus- und Durchgangsgebühren aber überhaupt sehr mässig gehalten. Auf richtigen nationalökonomischen Grundlagen beruhend, hielt sich dieses Zollsystem gleichwohl frei von schutzzöllnerischen Tendenzen und bewahrte einen rein fiskalischen Charakter, wodurch es zur hauptsächlichsten Finanzquelle für die neue Eidgenossenschaft geworden ist. In Folge der Einführung eines neuen Münzsystemes wurde das Gesetz von 1849, unter Benutzung der inzwischen gemachten Erfahrungen, am 27. August 1851 einer Revision unterworfen und durch Nachtragsgesetze vom 19. Juli 1856 und 28. Januar 1860 wurden abermals kleinere Abänderungen an dem bestehenden Zollsysteme getroffen. Letzteres stellt sich nunmehr in seinen Grundzügen folgendermassen dar:

I. Einfuhrzölle. Vom Stück bezahlen Thiere und zwar giebt es hier 4 Ansätze: 10 Cent., 50 Cent., 3 Fr. und 6 Fr. Vom Werthe bezahlen: 1) Mühlsteine 2 %; 2) Ackergeräthe, Kähne, Oekonomie- und Lastwagen, Schlitten und Schiffe, Reparaturen an diesen Gegenständen, sowie an Maschinen 5 %; 3) andere Fuhrwerke und Gefährte jeder Art, sowie Reparaturen daran 10 %. Von der Zugthierlast (zu 15 Centner berechnet) bezahlen: 1) Abfälle aus dem Thier- und Pflanzenreich, Bausteine, Brenn- und Bauholz, Erze, Gerberrinde, Heu und grünes Futter, Holzkohlen, Kartoffeln, Lehm, Töpferthon, Porzellanerde, Milch, Koke, Braun- und Steinkohle, Torf, Stroh, Häkerling und Spreu 15 Centimes; 2) Bäume, Gesträuche, Reben, Bretter, Latten, Schindeln, Rebstecken, Dachziegel, Backsteine, Schieferplatten, Kalk, Gyps, einfache Effekten und Geräthe von Einwanderern in ganzen Fuhren, soferne die Sachen gebraucht sind, Eier, frisches Obst, frische Feld- und Gartengewächse, Salz- und Gypsfässer, gebrauchte Kübel, Fassholz, Besen von Reisig 60 Centimes; 3) lebendes Geflügel, frische Fische u. dgl., Statuen und Monumente, welche für öffentliche Zwecke bestimmt sind, Gegenstände zu Schaustellungen 3 Franken.

Alle andern Waaren bezahlen vom Centner und sind in 10 Klassen eingetheilt. In die erste Klasse, welche bloss 15 Cent. zahlt, gehören Asphalt, hydraulischer Kalk, Cement, Kreide, rohe Farbenerden, Pfeifenerde, Schleif- und Wetzsteine, Feuersteine, lithographische Steine, Koch- und Viehsalz, Getreide, Hülsenfrüchte, Reis, Sämereien, endlich Lumpen und Makulatur. Zur zweiten Klasse, welche 30 Cent. zahlt, werden gerechnet: roher Alabaster und Marmor, Alaun, Blei in Blöcken, Braunstein, Chlorkalk, rohes Eisen in Masseln, Eisen und Eisenblech zum Maschinen- und Schiffsbau von solchen Formen und Grössen wie es in der Schweiz nicht erzeugt wird, Graphit, gemeines Hafnererz, Potasche, Schmirgel, roher Schwefel, Schwefel- und Salzsäure, Schwerspath und Kreidenweiss, Soda, Sumach, Trippel, Vitriol, Weinstein; Amlung, Asbest, Bast- und Reiswurzel, rohe Baumwolle, Cichorienwurzeln, rohes Ebenisten-, geschnittenes Cedern- und vorgearbeitetes gemeines Schachtelnholz, Farbhölzer, Farbwurzeln, Farbrinde, Färbkräuter und Farbbeeren, in ganzem, unverkleinertem Zustande, Flachs, Hanf und Werg, Gerstenmalz, rohes Harz, Kastanien, Krapp, gemeines Oel, Packtuchgarn, roher Schwamm; Borsten, Därme, Felle und Pelzhäute, Seidencocons und Seidenabfälle, Talg, Thran, Thierhörner, rohe oder gekämmte Wolle. In die dritte Klasse, zu 50 Cent. taxirt, gehören bloss Brod, gerollte Gerste, Hafergrütze, Gries, Mehl von Getreide und Reismehl.

Gehen wir über zur vierten Klasse, welche 75 Cent. bezahlt, so finden wir hier folgende Gegenstände: Bims- und Blutstein, Bleizucker, unverarbeiteter Eisenguss wie Platten, Oefen, Räder, Kochgeschirr u. dgl., altes Erz, Kienruss, rohes oder altes Kupfer, roher Marmor, rohes oder altes Messing, Salpeter, Säuren in flüssiger Form, Schmalte, Terpentin, Kolophonium, gereinigter Weinstein, Zink in Blöcken und altes Zinn, Zinnasche, Zinnsalz; Farbhölzer, Farbwurzeln u. s. w. in verkleinertem Zustande, Galläpfel mit Knoppern, Gummi, gedörrtes und getrocknetes Obst, Obstwein, gemeine Oelseife, Seegras und Waldhaare; Butter; grobe Korbwaaren, gemeine und rohe Packleinen; alte Effekten, getragene Kleider und gebrauchtes Weisszeug.

Während nach dem Zolltarife von 1851 auf den Ansatz von 75 Cent. sofort derjenige von 1 Fr. 50 Cent. folgte, ist nun durch Bundesbeschluss vom 19. Juli 1856 hier eine fünfte Klasse von 1 Fr. eingeschoben worden, die jedoch ausschliesslich für geschmiedetes, gezogenes oder gewalztes Eisen bestimmt ist, welches früher je nach seinem Werthe, theils mehr, theils weniger bezahlen musste.

In die sechste Klasse, welche 1 Fr. 50 Cent. vom Centner bezahlt, gehören: Beinschwarz, blausaures und chromsaures Kali, Blei in Röhren und gewalzt, Bleikugeln und Schrot, Bleiweiss, Eisenblech, Eisendraht, Kupferblech, Messingblech, Messingdrath, polirter Marmor, Mineralwasser, Monumente aus gemeinen Steinarten, gereinigter Schwefel, roher Stahl, Zinkbleche, Zinnbleche und Staniol; ungemahlner Cacao, Cichorienkaffee, Honig, Kaffee, Bier und Wein in Fässern; Haare aller Art, rohes Wachs,

Wallrath und Stearin, Zündschwamm und Zunder aller Art; Garancine (Krapp-Extrakt); Glasflaschen, Glasstangen, lithographische Steine mit Zeichnungen, gemeine Steingutschüsseln und Krüge, gemeine Töpferwaaren, Schmelztiegel, ordinäre Kölnerpfeifen; Pack- und Löschpapier, soferne dasselbe nicht Druckpapier ist, gemeines Wachs- und Theerpapier, grauer Pappendeckel, gemeine Stricke und Schnüre.

Die siebente Klasse, welche 2 Fr. bezahlt, besteht aus folgenden Waaren: Anis, Fenchel und Kümmel, Cochenille, Elfenbein, Email, Fischbein, geschnittenes Fournierholz, Hopfen, Indigo, rohes Korkholz, unverarbeitetes Leder, Naturalien, rohe Perlmutter, Sauerkraut, Schildplatt, roher Senf, Spargelwurzeln; rohes Baumwollgarn und Baumwollzwirn, rohe Baumwolltücher und Tüll, Baumwollwatte, Flachs-, Hanf- und Reistengarn, rohes Wollengarn, Zwillich und Leinenzeug, roh oder halbgebleicht; unbemalte Drechslerwaaren aus gemeinem Holz und Stein, gemeines Holzgeflecht, hölzerne Wannen, Siebe, Schachteln u. dgl., gemeine Holzwaaren wie Rechen, Heugabeln u. dgl., Maschinen und Maschinenbestandtheile zum industriellen Gebrauche, Krahne, Waagen, Winden, Treibriemen, Regenschirmgestelle, Waffen für das Bundesheer und deren Bestandtheile; weisser Pappendeckel; gewöhnliche Talglichter und gemeine Unschlittseife.

In der achten Klasse, welche 3 Fr. 50 Cent. bezahlt, erscheinen folgende Gegenstände: Apothekerwaaren, chemische Produkte und Droguerien, welche nicht besonders genannt sind, frische Austern, Bettfedern und Flaum, Branntwein, Weingeist und andere geistige Getränke in Fässern, gemahlener Cacao, Druckerschwärze, gemahlene oder zubereitete Farben, Firnisse, gedörrte, gesalzene oder marinirte Fische, Fleisch, Speck, Würste, todtes Geflügel und Wildpret, Gewürze aller Art, Käse, roher Kautschuk und Guttapercha, Nudeln aller Art, Oele zum Tischgebrauch, Pomeranzenblüthwasser, gereinigtes oder gesponnenes Pferdehaar, Schuhwichse, rohe Seide und Floretseide, Südfrüchte, Tabak in Blättern, Tafelessig in Fässern, gereinigtes Wachs, Wallrath und Stearin, Zierbäume und Ziersträucher, Glashauspflanzen und Topfgewächse, Zucker aller Art und roher Syrup, Zündhölzchen, Zwieback und feine Bäckerwaaren. Ferner gehören in diese Klasse unbemalte oder einfach bronzirte Abgüsse von Gyps oder Steinpappe, Buchdruckerlettern, Bürstenbinder- und Siebmacherwaaren, rohe Eisen- und Stahlwaaren ohne Politur oder Firniss, rohe Eisenblechwaaren, Fensterglas und Glasröhren, verarbeitetes Gusseisen, Handwerkzeuge aus Eisen und Stahl, Korkwaaren, gebeiztes und gefärbtes Leder, Juchten und Pergament, Meerrohre und Spanischrohre, alte Möbeln, gebrauchte Klaviere und Orgeln, Neusilber-Blech, Draht und Platten, Stahlblech, Stahlplatten und Stahldraht, Steinschusser, unpolirte und unbemalte Zink- und Zinnwaaren; gebleichtes oder gefärbtes Baumwollgarn, Faden und Zwirn, gefärbtes oder gebleichtes Wollengarn, rohe weisse Wollentücher, gemeine wollene Bettdecken und Pferdedecken, rohe Schipper und rohe Mousseline-Laine, gemeine Strohwaaren; Bücher und Musikalien.

Der neunten Klasse, welche mit 8 Fr. besteuert wird, sind folgende Waaren zugetheilt: bemalte oder gefirnisste Abgüsse von Gyps oder Steinpappe, Blechwaaren, Bronze- und feine Gusswaaren, Buchbinder- und Cartonage-Arbeit, feine oder lakirte Bürstenbinderarbeit, gemalte, polirte, lakirte oder geschnitzte Drechsler- und Holzwaaren, Druck- und Schreibpapier, farbiges Papier, Gold- und Silberpapier, Notenpapier, linirtes und lithographirtes Papier, Glas-, Stahl- und Metallperlen, feine Glaswaaren, Gold- und Silberfaden, geschlagenes Gold und Silber, Kammmacherwaaren, Kautschuk- und Guttapercha-Fabrikate, Knöpfe aller Art, Kupferschmidwaaren, grobe Lederwaaren, Malerbedürfnisse, Messerschmidwaaren, Messing- und Rothgiesser-Waaren, Metallsiebe und Metallgewebe, Nadeln und Haften, Neusilber-Waaren, zugerichtetes Pelzwerk und gegerbte Pelzhäute, Quincaillerie und feine Stahlwaaren, baumwollene Regenschirme, Rosshaarstoffe, Saiten, Schlosserwaaren, Schreibmaterialien, Seilerarbeiten, Spazierstöcke, Angelruthen, Peitschen, Pfeifenrohre u. dgl., Spiegel unter 2 Quadratfuss, Spielzeug, Stäbe zu Goldrahmen, feine Strohgeflechte, Rauch- und Schnupftabak; feine Töpferwaaren von Fayance, Steingut oder Porzellan, Zink-, Zinn- und Bleiwaaren; gebleichte, gefärbte, bedruckte oder appretirte Baumwolltücher und Tüll, halbseidene Stoffe, Leinwand und Leinenband, gebleichte oder gefärbte Seide, Floretseide, Nähseide,

Strumpfwirkerwaaren; Wachsleinewand und Wachstaffet, Wollenschuhe, Wollentücher, Schnüre, Fransen u. dgl. aus Wolle, gedruckte Wollenzeuge; Bildhauerarbeit, Lithographien, Landkarten und Kupferstiche, mathematische, optische, physikalische und chirurgische Instrumente und Apparate; hölzerne Uhren und Uhrenbestandtheile.

Endlich in die zehnte und höchste Klasse, welche 15 Fr. vom Centner bezahlt, sind folgende Artikel gesetzt: Feine Arbeiten aus Achat, Alabaster, Elfenbein oder Bernstein, alle Arten fertiger Kleidungsstücke, Weisszeug, Handschuhe, Pelze und Reisesäcke, fertige Bette und Matrazen, Bijouteriewaaren, künstliche Blumen, Blumenzwiebeln, Chokolate, Cigarren, cosmetische Mittel aller Art, feine Essenzen, feine Esswaaren, Goldrahmen, Hüte und Kappen aller Art, feine Korbflechtwaaren, feine Lederwaaren, Lustfeuerwerke, Möbeln, Parfumeriewaaren, Perlen und Korallen, Perückenmacher-, Posamenter-, Putzmacherarbeiten, seidene Regen- und Sonnenschirme, fertige Shawls, seidene und floretseidene Stoffe und Fabrikate, zubereiteter Senf, Spiegel von über 2 Quadratfuss Grösse, Spielkarten, Spitzen und Broderien, Thee, Uhren, die nicht in die vorhergehende Klasse fallen, Wachs- und Stearinkerzen, Waffen zum Privatgebrauch, Wein und geistige Getränke aller Art in Flaschen und Krügen; Gemälde, musikalische Instrumente.

II. Ausfuhrzölle. Vom Stück bezahlen auch hier wieder Thiere und zwar in drei Klassen: 5 Cent., 50 Cent., 1½ Fr. Vom Werthe bezahlt gesägtes oder geschnittenes Holz, sowie Holzkohle 3 %, rohes Holz 5 %. Von der Zugthierlast bezahlen: 1) Asphalt, Erde, Thon, Gyps, gemeine Holzwaaren, Kalk, Ziegel, Backsteine, Schiefer, behauene Steine, Mühl- und Schleifsteine, gemeine Korbwaaren, frisches Obst, Kartoffeln, Feld- und Gartengewächse, gemeine Töpferwaaren 15 Cent.; 2) Eisenerz, alter Hausrath bei Uebersiedlungen, Heu und Stroh, Kochsalz, Stein- und Braunkohlen 30 Cent.; 3) Asche und Dünger 75 Cent.

Vom Centner bezahlen: 1) alle nicht genannten Gegenstände 10 Cent.; 2) rohe Häute und Felle, sowie Gerberlohe 80 Cent.; 3) Baumrinde 1 Fr.; 4) Lumpen und Makulatur 2 Fr.

III. Die Durchfuhrzölle sind mit Rücksicht auf die grossen Veränderungen, welche seit 1851 in den Verkehrsmitteln vor sich gegangen sind, durch Bundesgesetz vom 28. Januar 1861 wesentlich ermässigt und vereinfacht worden. Thiere bezahlen vom Stück nunmehr bloss 2 Cent. Von der Zugthierlast bezahlen 10 Cent. alle diejenigen Gegenstände, welche auch bei der Einfuhr nach dem gleichen Gewichtmesser verzollt werden, sowie ferner Holz, sowohl rohes als auch gesägtes und geschnittenes. Alle übrigen Durchgangsgüter bezahlen vom Centner 5 Centimes.

Die nach dem Gewichte zu entrichtenden Gebühren werden vom Bruttogewichte der Waaren bezogen. Güter- oder Waarenstücke, deren Art nicht angegeben ist, werden mit dem höchsten Zollansatze belegt. Güter, welche auf eine zweideutige Weise angegeben werden, unterliegen der höchsten Gebühr, die ihnen nach Massgabe ihrer Art auferlegt werden kann. Wenn Waaren verschiedener Art mit einander zusammen verpackt sind und es erfolgt nicht eine genügende Angabe über die Menge jeder einzelnen Waare, so ist das ganze Frachtstück mit dem Zollansatze für die höchst besteuerte Waare, die es enthält, zu belegen.

Die schweizerische Gränze ist behufs des Zollbezuges in sechs Zollgebiete eingetheilt, deren Hauptbureaux in Basel, Schaffhausen, Chur, Lugano, Lausanne und Genf sich befinden. Der Bundesrath bezeichnet die nöthigen Haupt- und Nebenzollstätten; er setzt die Gränzen der für die Verzollung zugestandenen Landungsplätze fest. Er kann ausnahmsweise, wo die Verhältnisse es im Interesse des Handels erforderlich erscheinen lassen, Niederlagshäuser oder Depots bewilligen, für deren Benutzung Gebühren zu entrichten sind.

Alle das Zollwesen betreffenden Massregeln und Verfügungen gehen vom Bundesrathe aus, soweit er nicht untergeordnete Beamte damit beauftragt. Insbesondere ist der Bundesrath befugt, unter ausserordentlichen Umständen, namentlich im Falle von Theurung der Lebensmittel, bei grössern Beschränkungen des Verkehrs der Schweizer von Seite des Auslandes u. s. w., besondere Massregeln zu treffen und vorübergehend die zweckmässig erscheinenden Abänderungen im Tarife vorzunehmen. Anstände über die Anwendung des Zolltarifs werden, wenn sich der Betreffende bei dem Entscheide der untergeordneten Stellen nicht beruhigen kann, vom Bundesrathe entschieden. Demselben steht auch das Recht zu, die Zollbeamteten und Bediensteten zu wählen; doch kann er die Wahl der Letztern untergeordneten Beamten übertragen.

Die unmittelbare Oberaufsicht des gesammten Zollwesens steht dem Handels- und Zolldepartement zu, welchem einstweilen nur ein Oberzollsekretär als Bureauchef beigegeben ist. Jedem der sechs Zollgebiete steht ein Zolldirektor vor. Auf jeder Zollstätte befindet sich ein Zolleinnehmer. Der Bundesrath ist ermächtigt, auf Hauptzollstätten je nach Bedürfniss den Zolleinnehmern Controlleurs zur Seite zu setzen. Die Nebenzollstätten stehen jeweilen unter der nächstgelegenen Hauptzollstätte. Alle Zollbeamten werden auf eine Amtsdauer von drei Jahren gewählt, die Bediensteten auf unbestimmte Zeit. Beamte und Bedienstete der Zollverwaltung, welche, absichtlich oder aus Fahrlässigkeit, die ihnen obliegenden Pflichten nicht gehörig erfüllen, können ohne richterliche Dazwischenkunft mit einer Ordnungsbusse von 1 bis 70 Fr. von dem Vorsteher des Handels- und Zolldepartements und von den Zolldirektoren bestraft werden. Den Bestraften steht der der Rekurs an die Oberbehörde offen. Der Bundesrath hat überdiess jederzeit das Recht, einen Zollbeamten durch motivirten Beschluss zu entlassen, wenn der Gewählte sich als untüchtig erzeigt oder wenn er sich grober Fehler schuldig macht. Das Handels- und Zolldepartement, sowie die Zolldirektoren können auch einen untergeordneten Beamten provisorisch in seinen Verrichtungen einstellen.

Die Kantone sind zum polizeilichen Schutze der Zollbeamten und ihrer Amtsgeschäfte verpflichtet. Ueber besondere hieraus entstehende Auslagen hat sich der Bundesrath mit den Kantonen zu verständigen. Ueberdiess ist der Bundesrath ermächtigt, erforderlichen Falls zu besserer Sicherung der gehörigen Entrichtung des Zolls, sowie zur polizeilichen Unterstützung der Zollbeamten die nöthigen Einrichtungen zu treffen. — In Folge dieser Bestimmung werden gegenwärtig nicht bloss 258 kantonale Landjäger zum Gränzschutze gegen den Schmuggel verwendet, sondern es besteht auch ein eigenes Korps von 153 eidgenössischen Gränzwächtern, welche in den Kantonen Tessin, Wallis, Waadt, Neuenburg und Genf stationirt sind.

Zollübertretungen werden mit einer Busse belegt, die dem 5- bis 30fachen Betrage des umgangenen Zolles gleichkommt. In Wiederholungsfällen soll die Strafe angemessen verschärft werden. Wenn es sich ergiebt, dass der Uebertreter nicht die Absicht hatte, eine Zollverschlagniss zu begehen, so kann der Bundesrath die Busse ermässigen oder selbst gänzlich nachlassen. Wer ohne genügende Entschuldigung mit Waaren, welche zur Durchfuhr oder in ein Niederlagshaus abgefertigt worden sind, den vorgeschriebenen Weg nicht einhält, oder sie nicht rechtzeitig ausführt oder am Bestimmungsorte nicht abliefert, ist zur Bezahlung der doppelten Eingangsgebühr der betreffenden Waaren zu verfällen. Hehler oder Gehülfen bei Zollübertretungen werden wie Thäter bestraft. Von allen wirklich bezogenen Bussen kömmt $^1/_3$ dem Anzeiger zu, $^1/_3$ dem Kanton, auf dessen Gebiete die Uebertretung stattfand, und $^1/_3$ der Bundeskasse.*)

Auf der Grundlage des Bundesgesetzes über das Zollwesen entwickelten sich die finanziellen Ergebnisse der schweizerischen Zollverwaltung in höchst erfreulicher Weise. Die Roheinnahmen, namentlich von den Einfuhrzöllen, waren bei zunehmendem Wohlstande der Bevölkerung in fortwährendem Steigen begriffen, während die den Kantonen zu bezahlende Loskaufsumme für die aufgehobenen Zölle, Weg- und Brückengelder im Wesentlichen sich gleich blieb. Auch die Ausgaben für den Zollbezug stiegen nicht in gleichem Verhältnisse wie die Einnahmen: während sie anfänglich 13 % dieser letztern betragen hatten, sind sie nun bis auf 10 bis 11 % hinuntergegangen. Um so grösser war der Reinertrag des Zollwesens, welcher alljährlich in die eidgenössische Staatskasse abgeliefert werden konnte, wie die nachfolgende Zusammenstellung zeigt:

Jahr.	Roheinnahme.	Reinertrag.
	Fr.	Fr.
1851	4,892,644	1,848,686
1852	5,716,014	2,576,514
1853	5,884,372	2,745,000
1854	5,550,574	2,336,105
1855	5,726,135	2,432,876
1856	6,160,270	2,883,785
1857	6,494,635	3,201,393
1858	6,874,807	3,516,814
1859	7,404,106	4,007,188
1860	7,765,925	4,283,170
1861	8,137,834	4,635,073
1862	8,156,457	4,736,352

*) Amtl. Samml. II. 535—576. V. 355—356. VI. 62, 433—435. Vergl. die Vollziehungsverordnung des Bundesrathes vom 30. Novbr. 1857 ebenda V. 695 ff.

Diese Uebersicht führt zu dem überraschenden Resultate, dass sich der Reinertrag der Zollverwaltung für die Bundeskasse in den benannten 12 Jahren um das $2\frac{1}{2}$fache vermehrt hat! Von besonderm Interesse ist auch eine Vergleichung der obigen Ergebnisse mit demjenigen Budget, welches bei Entwerfung der Bundesverfassung die für die materiellen Fragen niedergesetzte Tagsatzungskommission aufgestellt hat. Dieselbe schätzte nämlich den Ertrag sämmtlicher Ein-, Aus- und Durchfuhrzölle auf Fr. 2,250,000 a. W. = Fr. 3,214,284 n. W., die den Kantonen zu bezahlende Entschädigung auf Fr. 1,500,000 a. W. = Fr. 2,142,856 n. W.; Reinertrag der Zölle Fr. 750,000 a. W. = Fr. 1,071,428 n. W.*) Gegenüber diesem Voranschlage hat somit die Roheinnahme der Zollverwaltung um das $2\frac{1}{2}$fache, der Reinertrag für die Eidgenossenschaft aber um mehr als das Vierfache die gehegten Erwartungen übertroffen. Ein nicht viel weniger günstiges Ergebniss zeigt sich, wenn wir die Voranschläge ins Auge fassen, welche bei Entwerfung der beiden Bundesgesetze über das Zollwesen gemacht wurden. Bei der Berathung des Zolltarifes von 1849 ward nämlich der für die eidgenössische Verwaltung erforderliche Mehrertrag berechnet auf Fr. 1,000,000 a. W. = Fr. 1,428 571 n. W. Bei der Tarifrevision von 1851 aber wurde ein Reinertrag vorausgesetzt von Fr. 1,682,000.**) Der Reinertrag von 1861 beträgt ungefähr $2\frac{3}{4}$ mal die letztere Summe!

§ 3. Das Pulverregal.

Der Art. 38 der Bundesverfassung ist dem Bundesentwurfe von 1832 entnommen, wo er sich beinahe mit den gleichen Worten findet. Zur Zeit des Bundesvertrages von 1815 wurde die Pulverfabrikation von mehreren Kantonen als Regal mit ansehnlichem Gewinne betrieben; in anderen Kantonen hingegen war dieselbe ganz der Privatthätigkeit überlassen. Man fand nun, dass, wenn man der Eidgenossenschaft für die Fabrikation und den Verkauf des Schiesspulvers ein Monopol einräume, ihr dadurch eine Einnahme zugewendet werde, deren Verlust keinen Kanton in empfindlicher Weise treffen könne, während diese Centralisation zugleich auch durch die Wichtigkeit, welche die Pulverfabrikation für das Militärwesen hat, sich rechtfertige. Die Revisionskommission von 1847

*) Abschied S. 172—173.

**) Bundesbl. 1854 I. 71.

nahm daher ohne Widerrede die fragliche Bestimmung an.*) An der Tagsatzung blieben alle gestellten Gegenanträge, welche den Verkauf des Schiesspulvers den Kantonen überlassen oder diesen letztern eine Entschädigung für das abzutretende Regal zusichern oder wenigstens festsetzen wollten, dass ihnen die zur Pulverfabrikation bestimmten Gebäude gegen Entschädigung abzunehmen seien, in Minderheit und der Entwurf wurde ohne Abänderung angenommen.**) Der Art. 38 der Bundesverfassung lautet demnach folgendermassen:

»*Fabrikation und Verkauf des Schiesspulvers im Umfange der Eidgenossenschaft stehen ausschliesslich dem Bunde zu.*«

Nach dieser Verfassungsbestimmung konnte natürlich von einer Entschädigung der Kantone für das abgetretene Regal nicht die Rede sein; hingegen wurden den Kantonen ihre Pulvermühlen sammt allem dazu gehörigen Material abgekauft. Die Frage, ob in den Kantonen, welche das Pulverregal nicht kannten, die Privaten, welche bis dahin die Fabrikation von Schiesspulver betrieben hatten, durch die Eidgenossenschaft zu entschädigen seien, wurde vom Bundesgerichte im bejahendem Sinne entschieden.***) Im Uebrigen erfolgte die nähere Ausführung des Art. 38 durch das Bundesgesetz über das Pulverregal vom 30. April 1849, welches nachfolgende Grundsätze aufstellte: Vom 1. Juli 1849 an darf Niemand ohne Patent weder Schiesspulver verfertigen noch verkaufen. Verkaufspatente werden im Verhältniss zum Bedürfnisse ertheilt; die Bewerber müssen von den Regierungen ihres Wohnortes empfohlen sein und Bürgschaft leisten. Die Patente können jederzeit zurückgezogen werden, wenn der Inhaber die eingegangenen Verpflichtungen nicht erfüllt. Der Eidgenossenschaft steht ausschliesslich das Recht zu, Schiesspulver einzuführen. Zuwiderhandlungen werden mit der Konfiskation bestraft und zudem mit einer Geldbusse belegt, die bis auf den 10fachen, in Wiederholungsfällen bis auf den 30fachen Werth der Waare steigen darf. Der Betrag dieser Busse wird auf gleiche Weise vertheilt wie es für Bussen bei Zollübertretungen vorgeschrieben ist. Polizeiliche Vorschriften über den Transport und die Aufbewahrung von Schiesspulver stehen den Kantonen zu; doch

*) Prot. der Revisionskomm. S. 67, 68, 154, 172.

**) Abschied S. 240.

***) Bundesbl. 1851 II. 212.

dürfen keine andere Beschränkungen aufgestellt werden als die im Interesse der öffentlichen Sicherheit liegen. Die Fabrikation des Schiesspulvers und der Handel mit demselben stehen unter der Leitung des Pulververwalters.

Durch ein zweites Bundesgesetz vom 30. Juli 1858 und die zu Vollziehung desselben erlassene Verordnung des Bundesrathes vom 17. Decbr. gl. J. wurde die eidgenössische Pulververwaltung, deren Leistungen zu mancherlei Beschwerden Anlass gegeben hatten, einer Reorganisation unterworfen. Die Centralverwaltung besteht nun aus: 1) dem Pulververwalter, welchem unter der Oberaufsicht des Finanzdepartements die Direktion des ganzen Geschäftes obliegt; 2) einem Adjunkten desselben; 3) einem Pulverkontroleur, welcher dem Militärdepartement untergeordnet ist und das Schiesspulver, ehe es an die Zeughäuser abgeliefert oder dem Handel übergeben wird, zu untersuchen hat. Den sechs Bezirksverwaltern liegt die Leitung der in ihrem Bezirke liegenden Pulvermühlen ob;*) sie sind für die vorschriftgemässe Fabrikation des Pulvers verantwortlich. Sie besorgen die Ablieferung des Schiesspulvers an die Kantonsregierungen und an die eidgenössischen Militärschulen, sowie den Verkauf an die in ihrem Bezirk wohnenden patentirten Pulververkäufer; über letztere haben sie zugleich genaue Aufsicht zu führen. Die Pulvermüller stehen unter der Leitung des Bezirksverwalters; sie sind ebenfalls verantwortlich für die vorschriftgemässe Fabrikation des Schiesspulvers, sowie für jeden durch ihre Vernachlässigung verursachten Schaden an Gebäuden, Maschinen und Geräthschaften. Im Falle der Rückweisung des Pulvers von Seite des Bezirksverwalters wird auf Verlangen des Pulvermüllers eine neue Untersuchung durch den Pulverkontroleur vorgenommen; stellt sich dabei kein probehaltiges Resultat heraus, so ist dem Pulvermüller die Lieferung zur unentgeldlichen Umarbeitung zurückzugeben. Pulvermüller, deren Pulver im Laufe eines Jahres mehrere Male zurückgewiesen werden musste, können entlassen werden. Die Pulvermüller erhalten eine Bezahlung von 10 Fr. per Centner von dem abgelieferten und gut erfundenen Pulver; dazu wird ihnen, soferne ihr Fabrikat das ganze Jahr hindurch vorschriftsgemäss erfunden

*) Die Eidgenossenschaft besitzt gegenwärtig folgende 8 Pulvermühlen: Luvaux im Kanton Waadt, Langnau, Thun und Worblaufen im Kanton Bern, Kriens bei Luzern, Altstätten bei Zürich, Marsthal bei St. Gallen, Chur.

wurde und sie sich auch sonst keiner Nachlässigkeit schuldig gemacht haben, eine Jahresprämie von 200 Fr. für den Meister und von je 50 Fr. für jedem das volle Jahr in der Mühle beschäftigten Arbeiter verabreicht.*)

Wir stellen auch hier wieder die finanziellen Ergebnisse zusammen, welche die Pulververwaltung bis dahin der Eidgenossenschaft geliefert hat:

Jahr.	Einnahmen.		Ausgaben.		Reinertrag.	
	Fr.	Ct.	Fr.	Ct.	Fr.	Ct.
1850	387,788	83	371,965	44	15,823	39
1851	391,964	03	301,770	23	90,193	80
1852	399,134	68	313,360	71	85,773	97
1853	549,878	03	451,231	39	98,646	64
1854	589,991	93	503,653	42	86,338	51
1855	787,228	88	651,313	03	135,915	85
1856	919,564	71	780,924	24	138,640	47
1857	1,339,086	36	1,284,628	14	54,458	22
1858	1,477,658	32	1,239,446	66	238,211	66
1859	1,552,017	62	1,382,438	11	169,579	51
1860	1,175,412	69	1,174,042	54	1,370	15
1861	1,174,586	18	1,074,698	42	99,887	76**)

Der ausnahmsweise geringe Reinertrag des Jahres 1860 erklärt sich aus bedeutenden Neubauten, welche damals für den Betrag von Fr. 95,538. 18 ausgeführt werden mussten. Im Allgemeinen sehen wir, dass diese Finanzquelle keinen stetigen, sondern einen sehr wechselnden Charakter hat, indem die Einnahme namentlich durch den grössern oder geringern Verbrauch von Pulver bedingt wird. Immerhin aber hat sich auch der regelmässige Ertrag der Pulververwaltung auf eine Höhe gehoben, welche die von der Tagsatzungskommission im Mai 1848 vorausberechnete Summe von Fr. 30,000 a.W. weit übersteigt.

§ 4. Geldbeiträge der Kantone.

Schon die Revisionskommission von 1832 bemerkte in ihrem Berichte: »Wir nehmen an, die Geldkontingente, d. h. die direkte

*) Amtl. Samml. I. 165—166. VI. 56—57, 103—110.

**) Vergl. die dem Geschäftsberichte des Bundesrathes vom Jahr 1860 angehängte Tabelle und die Staatsrechnung von 1861.

Auflage, welche der Bund von den Kantonen erhebt, sollen nicht unter den ordentlichen Einnahmen der Bundeskasse begriffen sein. Die Bezahlung dieser Summen, für mehrere Kantone ein Leichtes, lästiger für andere, wäre unter den neuen Verhältnissen, wo die vermehrten Militärausgaben des Bundes häufig die Einziehung von mehr oder weniger bedeutenden Quoten eines Geldkontingentes erfordern würden, eine drückende Leistung. Es ist wünschbar, dass ein Verhältniss, das zu Reibungen zwischen den Kantonalinteressen und denen des Bundes und zu gegenseitiger Kälte Anlass geben könnte, vermieden und diese Quelle des Einkommens für ausserordentliche Fälle aufgespart werde. Alsdann nimmt das Nationalgefühl seinen vollen Aufschwung und gebietet den örtlichen Interessen Stillschweigen.«

Auch die Revisionskommission von 1848 stellte zuerst den Grundsatz auf, dass nur in ausserordentlichen Fällen die Kantone Geldbeiträge zu leisten haben sollen, und es fand sich daher in dem ersten Entwurfe die Redaktion: »Unmittelbare Beiträge der Kantone können nur für ausserordentliche Ausgaben erhoben werden.« Gegen diese Redaktion wurden jedoch in der zweiten Berathung der Kommission Bedenken erhoben. Man fand, der Ausdruck sei zu bindend und es könnte die Bundesversammlung jeden Antrag auf Einforderung eines Geldkontingentes aus dem Grunde ablehnen, weil der Zweck, zu dem das Geld verwendet werden solle, nicht zu den ausserordentlichen gehöre, z. B. wenn beantragt werde, an eine Gesammthochschule einen gewissen jährlichen Beitrag zu leisten. Nachdem die Anregung und Unterstützung gemeinnütziger vaterländischer Anstalten als Bundeszweck ausgesprochen worden, müsse die Eidgenossenschaft auch mit den nöthigen Mitteln ausgerüstet werden, um diese Zwecke realisiren zu können. Diess sei aber nur dann der Fall, wenn der Bund das Recht habe, von den Ständen Geldbeiträge zu reklamiren; werde er in dieser Hinsicht allzusehr beschränkt, so wäre er genöthigt, die erforderlichen Geldmittel aus den Gränzzöllen sich zu verschaffen, und hierin liege die Gefahr, dass das Zollwesen nach und nach in ein eigentliches Mauthsystem ausarten müsste. Unter dem Einflusse dieser Ansichten gab die Kommission der angeführten Stelle des ersten Entwurfes folgende veränderte Fassung: »Unmittelbare Beiträge der Kantone können nur in Folge von Beschlüssen der Bundesversammlung erhoben werden.«*) An der

*) Prot. der Revisionskomm. S. 60, 155, 173, 198.

Tagsatzung erlitt der Entwurf der Revisionskommission nur eine unbedeutende Redaktionsänderung, indem nun die Geldbeiträge der Kantone den andern Einnahmsquellen des Bundes als litt. e. sich angereiht finden, jedoch mit dem beschränkenden Beisatze, dass es zu Erhebung derselben besonderer Beschlüsse der Bundesversammlung bedarf.*)

Nach diesem Gange der Berathungen bei Entwerfung der Bundesverfassung lässt sich die rechtliche Möglichkeit nicht bestreiten, direkte Geldbeiträge der Kantone auch für Ausgaben zu erheben, welche man zu den in der Verfassung selbst vorgesehenen und also gewissermassen zu den ordentlichen Lasten des Bundes rechnen muss, z. B. für öffentliche Werke oder für höhere Lehranstalten nach Artikel 21 und 22 der Bundesverf. Wir glauben aber, dass dieses bei den vorhandenen faktischen Verhältnissen beinahe unmöglich wäre. Die finanzielle Lage der Kantone ist gegenwärtig durchgehends weit gedrückter als sie es noch im Jahr 1848 war; die Ursache davon findet sich zunächst in der Abtretung der Zölle und Posten an die Eidgenossenschaft, sowie in den vom Bunde geforderten grössern Anstrengungen fürs Militärwesen, sodann in den grossen Opfern, welche die Kantone für gemeinnützige Werke und Anstalten aller Art bringen mussten, und endlich in den materiellen Erleichterungen des Volkes oder einzelner Klassen desselben, welche im Gefolge kantonaler Verfassungsrevisionen einzutreten pflegen. Sobald daher der Bund von den Kantonen ordentliche jährliche Beiträge von irgend welchem Belange für seine Zwecke fordern würde, so könnte dieser Forderung in den meisten Kantonen nicht anders als mittelst erhöhter Steuern entsprochen werden. Diese Bescheerung würde ohne Zweifel von unserm Volke keineswegs ruhig hingenommen werden, wenn es sich um Ausgaben des Bundes handeln sollte, die sich nicht allgemeiner Zustimmung erfreuen, z. B. um eine eidgenössische Hochschule, welche in einzelnen Theilen der Schweiz schwerlich jemals populär werden wird, oder um gewisse militärische Alpenstrassen, deren Nutzen vielen einsichtigen und unbefangenen Männern immer noch als höchst problematisch erscheint. Die neue Eidgenossenschaft hat daher jedenfalls sehr wohl daran gethan, ihr Finanzwesen so einzurichten, dass es für ordentliche Zeiten von demjenigen der Kantone unabhängig ist; es war diess gerade eine unerlässliche Bedingung

*) Abschied S. 240 – 241.

für eine freie und ungehemmte, dem direkten Einflusse der Kantone entzogene Entwicklung des Bundesstaates, wie auch in Nordamerika das Finanzwesen des Bundes von demjenigen der Einzelstaaten durchaus getrennt ist. Glücklicher Weise hat bis dahin der glänzende Erfolg des Zollgesetzes es möglich gemacht, alle Vorschriften des Bundes auf einer sehr breiten Grundlage auszuführen, ohne dass man zu dem bedenklichen Mittel direkter Geldbeiträge seine Zuflucht nehmen musste. Das letzte Geldkontingent wurde bei der, durch den badischen Revolutionskrieg veranlassten Truppenaufstellung im Sommer 1849 eingefordert. Alle spätern Truppenaufgebote, zu denen sich die Schweiz durch ihre Beziehungen zum Auslande genöthigt sah, wurden aus den ordentlichen Einnahmen des Bundes bestritten; selbst als wegen des Kantons Neuenburg ein Krieg mit Preussen drohte, wurden die Kantone nicht in Anspruch genommen, sondern man zog es, wie wir gesehen haben, vor, ein grösseres Anleihen aufzunehmen.

Bei dieser Sachlage hat das Bundesgesetz betreffend die eidgenössische Geldscala, welches unterm 9. Juli 1851 erlassen wurde, bis jetzt keine praktische Bedeutung gehabt. Durch dasselbe wurden in Ausführung des Art. 39 der Bundesverfassung, nach welchem theils die Bevölkerung, theils die Vermögens- und Erwerbsverhältnisse zu berücksichtigen sind, die einzelnen Kantone folgendermassen angelegt:

1) Uri zu 10 Cent. per Kopf der Gesammtbevölkerung.

2) Unterwalden (beide Landestheile) und Appenzell-Innerrhoden zu 14 Cent.

3) Schwyz, Graubünden und Wallis zu 20 Cent.

4) Glarus zu 25 Cent.

5) Zug und Tessin zu 30 Cent.

6) Luzern, Freiburg, Solothurn, Basel-Landschaft, Schaffhausen, Appenzell-Ausserrhoden, St. Gallen und Thurgau zu 40 Cent.

7) Zürich, Bern, Aargau und Waadt zu 50 Cent.

8) Neuenburg zu 55 Cent.

9) Genf zu 70 Cent.

10) Basel-Stadt zu 1 Fr.

Demgemäss haben auf Grundlage der Volkszählung vom März 1850 die Kantone zu einem einfachen Geldkontingente zu bezahlen:

	Fr.
Uri	1,450
Obwalden	1,932
Nidwalden	1,588
Appenzell-Innerrhoden	1,578
Schwyz	8,834
Graubünden	17,979
Wallis	16,812
Glarus	7,553
Zug	5,238
Tessin	35,327
Luzern	53,137
Freiburg	39,956
Solothurn	27,869
Basel-Landschaft	19,154
Schaffhausen	14,120
Appenzell-Ausserrhoden	17,448
St. Gallen	67,850
Thurgau	35,563
Zürich	125,349
Bern	229,112
Aargau	99,926
Waadt	99,792
Neuenburg	38,914
Genf	44,902
Basel-Stadt	29,698
	Fr. 1,041,081 *)

Obgleich seither wieder eine Volkszählung im December 1860 stattgefunden hat, bleibt doch auch nach derselben die Geldscala von 1851 für allfällig einzufordernde Geldbeiträge unbedingt in Kraft, bis sie durch die Bundesversammlung einer Revision unterstellt wird, was nach Art. 39 der Bundesverfassung nach zwanzig Jahren, also im Jahr 1871 geschehen muss.

*) Amtl. Samml. II. 369—372.

Druckfehler.

Seite 3 Zeile 4 von unten (Anmerkung) lies *1798* statt 1788.
,, 6 ,, 14 von oben lies *seinem* statt dem.
,, 8 ,, 11 von oben lies *Rinkenberger* statt Riekenberger.
,, 43 ,, 3 von unten (Anmerkung) lies *Genz* statt Ganz.
,, 91 ,, 1 von oben lies *Juni* statt Juli.
,, 124 ,, 16 von oben lies *eidgenössische Behörde* statt Behörden.
,, 135 ,, 14 von oben lies *den Kantonen* statt denselben.
,, 205 ,, 8 von unten lies *Ausnahme* statt Ausnahmen.
,, 241 ,, 14 von unten lies *dem* statt des Art. 49.
,, 264 ,, 19 von oben lies *auferlegen* statt auferlege.
,, 269 ,, 16 von oben lies *41* statt 42.
,, 277 ,, 1 von unten (Anmerkung) lies *le* statt la.
,, 280 ,, 8 von unten lies *demselben* statt denselben.
,, 283 ,, 7 von oben lies *einem* statt einen.
,, 284 ,, 1 von oben lies *Aetigen* statt Antigen.
,, 308 ,, 6 von unten lies *einem* statt einen.
,, 310 ,, 18 von unten lies *letztern* statt letztere.
,, 331 ,, 4 von unten lies *1849* statt 1859.
,, 344 ,, 5 von oben lies *welche* statt welcher.
,, 377 ,, 4 von unten lies *Reservefond* statt Rerservefond.
,, 390 ,, 16 von oben lies *welchem* statt welchen.
,, 446 Titel des § 13 lies *Zwecke* statt Werke.
,, 459 Zeile 18 von oben lies *andern* statt andere.
,, 459 ,, 19 von oben lies *beruhe* statt beruhn.
,, 477 ,, 9 von oben ist das Wort „*starke*“ wegzulassen.

Blumer,

Handbuch des schweizerischen Bundesstaatsrechtes.

II.

Handbuch

des

Schweizerischen

Bundesstaatsrechtes.

Von

Dr. J. J. Blumer

Zweiter Band.

Schaffhausen.

1864.

Vorrede.

Dem ersten Bande dieses Werkes, welcher sich der wohlwollendsten Aufnahme von allen Seiten zu erfreuen hatte, folgt nun nach etwas mehr als Jahresfrist der zweite Band. Da derselbe nur die Ausführung des, in der Vorrede zum ersten Bande aufgestellten Programmes enthält, so bleibt mir hier wenig mehr zu sagen übrig. Ein Anhang zur zweiten Abtheilung des Werkes, welcher das, letztes Jahr in Aussicht gestandene Bundesgesetz über die Rechtsverhältnisse der Niedergelassenen behandeln sollte, ist nicht nöthig geworden, weil das Gesetz selbst nach langen Verhandlungen in den beiden Räthen schliesslich vom Ständerathe verworfen worden ist. Da indessen gleichwohl die gesetzgeberische Regulirung jener Verhältnisse nur als aufgeschoben betrachtet werden kann, so habe ich diesen Gegenstand, den ich als fortwährend auf den Traktanden der Bundesbehörden stehend ansehe, um so ausführlicher in der dritten Abtheilung, welche den eidgenössischen Konkordaten gewidmet ist, behandelt. In dieser Abtheilung habe ich die noch in Kraft bestehenden Konkordate von den ungültig gewordenen nach inneren Gründen auszuscheiden gesucht, wobei ich jedoch keineswegs verkenne, dass eine derartige Privatarbeit nicht auf die gleiche Autorität Anspruch machen kann wie eine offizielle Ausscheidung und Herausgabe der noch rechtskräftigen Konkordate, welche schon lange sehr wünschenswerth gewesen wäre. Selbstverständlich habe ich die Konkordate, welche dermalen noch nicht als abgeschlossen betrachtet werden können und daher auch noch nicht in der Amtlichen Sammlung erschienen sind, einstweilen unberührt gelassen, kann aber hier den herzlichen Wunsch nicht unterdrücken, dass es auf dem Konkordatswege immer mehr gelingen möge, jene grössere Einheit zu erreichen, welche noch auf so vielen, der Souveränetät der Kantone überlassenen Gebieten ernstlich anzustreben ist! Die Staatsverträge mit dem Auslande, denen die vierte Abtheilung dieses Werkes eingeräumt ist, habe ich nach den verschiedenen Materien, welche sie behandeln, gesondert und hoffe auf diese Weise dem Leser von den verschiedenartigen Vertragsverhältnissen, in denen wir zu auswärtigen Staaten stehen, eine klare und übersichtliche Zusammenstellung gegeben zu haben, die vielleicht auch bei den Verhandlungen über neue Staatsverträge, insbesondere bei den bevorstehenden Debatten der Bundesbehörden über den Handels- und Niederlassungsvertrag mit Frankreich benutzt werden kann. Gerne anerkenne ich bei diesem Anlasse noch öffentlich, dass ich für die beiden letzten Abtheilungen dieses Werkes den vierten Band von Kaiser's »Sammlung der eidgenössischen Gesetze, Beschlüsse und Verordnungen«, welcher den vielfach zerstreuten Stoff zuerst in praktisch höchst brauchbarer Weise geordnet hat, als eine treffliche Vorarbeit habe benutzen können.

Da in der Vorrede zum ersten Bande einige Nachträge enthalten sind, welche sich aus den unmittelbar vorausgegangenen Verhandlungen der Bundesversammlung ergaben, so glaube ich auch in der gegenwärtigen Vorrede wieder erwähnen zu sollen, was seit dem Erscheinen des ersten Bandes in Bezug auf die dort behandelten Materien sich geändert hat. Was vorerst den Gerichtsstand bei Injurienklagen betrifft, von welchem in der Vorrede zum ersten Bande die Rede war, so hat sich, entgegen der dort mitgetheilten Anschauungsweise einer nationalräthlichen Kommission, die Bundesversammlung nachträglich im Rekursfalle Bize für das forum delicti commissi ausgesprochen, soferne überhaupt nach der Gesetzgebung des betreffenden Kantons Injurien vorherrschend als Straffälle behandelt werden. Nach den Gesetzen des Kantons Solothurn, welche im Rekursfalle Häusser in Frage kamen, war diess nicht der Fall, indem hier die Satisfaktionsklage einen rein civilrechtlichen Charakter an sich trägt; anders aber verhält es sich mit der, für den Fall Bize massgebenden Gesetzgebung des Kantons Waadt, welche alle Ehrverletzungen als Vergehen auffasst, die auf dem Wege des Strafprozesses zu verfolgen sind. (Bundesbl. 1863 III. 265, 626—627. Vergl. die gedruckte Rekursschrift der Regierung von Waadt vom 12. Mai 1863.) Seit diesem Entscheide der Bundesversammlung hat der Bundesrath auch in zwei andern Fällen die Gerichte von Glarus und St. Gallen für kompetent erklärt, über Injurien zu erkennen, welche auf dem Gebiete dieser Kantone, jedoch von Bewohnern anderer Kantone begangen wurden (Bundesbl. 1864 I. 181, 374).

Von grosser staatsrechtlicher Bedeutung ist ferner der Beschluss, den die Bundesversammlung mit Hinsicht auf die ihr zur eidgenössischen Gewährleistung vorgelegte Verfassung des Kantons Luzern gefasst hat, dass nämlich die Aufstellung eines Census für die politische Stimmfähigkeit, sowie für die Bekleidung gewisser Aemter unvereinbar sei mit Art. 4 der Bundesverfassung (Bundesbl. 1863 III. 355—364). Da sich ähnliche Bestimmungen auch in den Verfassungen der Kantone Tessin und Aargau finden, so hat der Bundesrath, in Vollziehung des Bundesbeschlusses betreffend die Luzerner Verfassung, die Regierungen dieser Kantone eingeladen, jene Bestimmungen vor der Hand ausser Wirksamkeit zu setzen und gelegentlich zu beseitigen (Bundesbl. 1864 I. 327).

Im Uebrigen haben wir hier zu dem ersten Bande noch folgende Zusätze anzubringen:

Zu S. 334. In der letzten Zeit sind wieder losgekauft worden die Brückengelder auf der Drahtbrücke zu Aarburg, auf den Rhonebrücken bei Collombey und Chessel zwischen den Kantonen Waadt und Wallis, auf der Brücke zu Outre-Rhone im Wallis und auf der Arvebrücke bei Carouge (Bundesbeschluss vom 22. December 1863, Amtl. Samml. VIII. 32—33).

Zu S. 420. Die Angelegenheiten der Rhone- und der Juragewässerkorrektion sind nun geregelt durch Bundesbeschlüsse vom 28. Juli und 22. December 1863. Die Eidgenossenschaft leistet an die Erstere einen Maximalbeitrag von 2,640,000 Fr., an die Letztern einen solchen von 4,670,000 Fr. Die bei den Juragewässern betheiligten Kantone Bern, Freiburg, Solothurn, Waadt und Neuenburg haben sich bis Ende des laufenden Jahres darüber zu erklären, ob sie auf Grundlage des Bundesbeschlusses das Unternehmen ausführen wollen (Amtl. Samml. VII. 578—581. VIII. 13—15).

Zu S. 443. Der jährliche Bundesbeitrag an das eidgen. Polytechnikum ist durch ein Nachtragsgesetz vom 22. December 1863 auf 250,000 Fr. erhöht worden (Amtl. Samml. VIII. 23).

Zu S. 506. In Bezug auf die Bewaffnung und Ausrüstung der Scharfschützen ist unterm 1. August 1863 ein neues Bundesgesetz erlassen worden (Amtl. Samml. VII. 600—601).

Zu S. 507. Der Bundesbeschluss vom 31. Juli 1863 betreffend die Durchführung der neuen Infanteriebewaffnung setzt fest, dass die Kosten der ersten Anschaffung des neuen Gewehres und der neuen

Munition zu $^2/_3$ vom Bunde und zu $^1/_3$ von den Kantonen getragen werden sollen. — Das System der Einführung gezogener Geschütze bei der Artillerie hat eine weitere Ausdehnung erhalten durch den Bundesbeschluss vom 23. December 1863, nach welchem noch 4 weitere gezogene Vierpfünder-Batterien angeschafft, und 90 glatte Geschütze in gezogene Vierpfünder-Kanonen umgewandelt werden sollen (Amtl. Samml. VII. 597—599. VIII. 27—29). Eine fernere Ausdehnung auf die schwere Feldartillerie und die Positionsgeschütze scheint nahe bevorzustehen.

Zu S. 522. Gemälde sind durch ein Nachtragsgesetz vom 1. August 1863 aus der zehnten in die siebente Zollklasse heruntergesetzt worden (Amtl. Samml. VII. 601).

Zu S. 528. In der Pulververwaltung sind bereits wieder einige Aenderungen eingetreten durch eine Verordnung des Bundesrathes vom 23. Oktober 1863 (Amtl. Samml. VII. 638—650).

Es mag ferner noch in dieser Vorrede erwähnt werden, dass von Ullmer's »Staatsrechtlicher Praxis der schweizerischen Bundesbehörden« nun auf Anordnung des Bundesrathes eine gelungene französische Uebersetzung erschienen ist, wodurch die vielen interessanten Entscheidungen, welche jenes verdienstliche Werk enthält, zum Gemeingute auch unserer werthen Miteidgenossen romanischer Zunge geworden sind.

Eine Fortsetzung der Ullmer'schen Sammlung wird sich ohne Zweifel bald als ein Bedürfniss herausstellen und auch das gegenwärtige Werk wird, da unser Bundesstaatsrecht sich immer noch in fliessender Bewegung befindet, nicht lange auf unbedingte praktische Brauchbarkeit Anspruch machen können. Wenn es indessen für einmal dazu beiträgt, dass die gegenwärtigen Rechtszustände unseres Vaterlandes, wie sie auf der Vergangenheit basiren, immer besser erkannt und gewürdigt werden und dass zugleich in der Beurtheilung staatsrechtlicher Fragen eine immer festere Praxis sich ausbilde, so werde ich den Zweck, der mir bei der Ausführung dieser Arbeit vor Augen schwebte, als erreicht betrachten!

Glarus, im Juni 1864

Der Verfasser.

Inhaltsverzeichniss

des zweiten Bandes.

Der zweiten Abtheilung zweiter Abschnitt.

Die Bundesbehörden.

Erstes Kapitel.

Die Bundesversammlung.

Seite

§ 1. Einleitung 1
§ 2. Der Nationalrath 7
§ 3. Der Ständerath 15
§ 4. Befugnisse und Geschäftsgang der beiden gesetzgebenden Räthe . 19
§ 5. Die vereinigte Bundesversammlung 28

Zweites Kapitel.

Der Bundesrath und seine Untergebenen.

§ 1. Organisation und Befugnisse des Bundesrathes 35
§ 2. Die Bundeskanzlei 41
§ 3. Die Bundesbeamten 44
§ 4. Die Gesandten und Konsuln im Auslande 47

Drittes Kapitel.

Das Bundesgericht.

§ 1. Einleitung 51
§ 2. Bürgerliche Rechtspflege 55
§ 3. Strafrechtspflege 64
§ 4. Entscheid über die Verletzung garantirter Rechte 85

Viertes Kapitel.

Gemeinschaftliche Bestimmungen für die Bundesbehörden.

Seite
§ 1. Der Bundessitz 91
§ 2. Die Verantwortlichkeit 97
§ 3. Die Nationalsprachen 103

Dritter Abschnitt.

Revision der Bundesverfassung 106

Dritte Abtheilung.

Die eidgenössischen Konkordate.

Erstes Kapitel.

Einleitung 115

Zweites Kapitel.

Rechtsverhältnisse der Niedergelassenen.

§ 1. Vormundschaftswesen 121
§ 2. Erbrecht 132
§ 3. Ehescheidungen 149

Drittes Kapitel.

Bürgerlicher Stand der schweizerischen Angehörigen.

§ 1. Heimathrecht der Ehefrau 153
§ 2. Eheeinsegnungen 154
§ 3. Amtliche Mittheilung der Civilstandsakten und Form der Heimathscheine 164

Viertes Kapitel.

Autorrecht 166

Fünftes Kapitel.

Konkursrecht 170

Sechstes Kapitel.

Viehwährschaft und Viehseuchen.

§ 1. Bestimmung und Gewähr der Viehhauptmängel 176
§ 2. Gemeinschaftliche polizeiliche Massregeln gegen Viehseuchen . . 180

Siebentes Kapitel.

Strafrechtliche Verhältnisse.

Seite
§ 1. Zeugenverhöre in Kriminalfällen 182
§ 2. Stellung der Fehlbaren in Polizeifällen 185
§ 3. Verbannungsstrafen 186

Achtes Kapitel.

Polizeiliche Bestimmungen.

§ 1. Passwesen 189
§ 2. Steuerbriefe 192
§ 3. Gesundheitspolizei 193

Neuntes Kapitel.

Kirchliche Verhältnisse.

§ 1. Verfahren bei Conversionen 195
§ 2. Zulassung der evangelischen Geistlichen zum Kirchendienste . . 197

Vierte Abtheilung.

Die Staatsverträge mit dem Auslande.

Erstes Kapitel.

Die völkerrechtliche Stellung der Schweiz im Allgemeinen.

§ 1. Der Gebietsumfang der Eidgenossenschaft 201
§ 2. Die Unabhängigkeit und die Neutralität der Schweiz 211
§ 3. Rechte der Schweiz ausserhalb ihres Gebietes 215
§ 4. Europäisches Seerecht in Kriegszeiten 226

Zweites Kapitel.

Handels- und Zollverhältnisse.

§ 1. Handel und Zölle im Allgemeinen 228
§ 2. Handelskonsuln 233
§ 3. Befreiung von Patentgebühren 237
§ 4. Gränzverkehr 238

Drittes Kapitel.

Niederlassungsverhältnisse.

§ 1. Freie Niederlassung und Aufenthalt 240
§ 2. Befreiung von der Militärpflicht und von Ersatzleistungen . . . 253

Viertes Kapitel.

Freizügigkeit 255

Fünftes Kapitel.

Verhältnisse des bürgerlichen Rechtes und Prozesses.

Seite
§ 1. Eheeinsegnungen 260
§ 2. Eigenthumserwerb und Dispositionsbefugniss 261
§ 3. Autorrecht 265
§ 4. Konkursrecht 266
§ 5. Freier Zutritt zu den Gerichten 269
§ 6. Gerichtsstand 270
§ 7. Rechtskraft der Civilurtheile 275

Sechstes Kapitel.

Verhältnisse des Strafprozesses.

§ 1. Schutz des Hausrechtes 277
§ 2. Auslieferung der Verbrecher 278
§ 3. Einvernahme und Stellung von Zeugen 289

Siebentes Kapitel.

Eisenbahnwesen 292

Achtes Kapitel.

Post- und Telegraphenwesen.

§ 1. Postwesen 299
§ 2. Telegraphenwesen 305

Neuntes Kapitel.

Unterstützungen in Krankheits- und Todesfällen 307

Alphabetisches Register zum ganzen Werke 311

Der zweiten Abtheilung

Zweiter Abschnitt.

Die Bundesbehörden.

Erstes Kapitel.

Die Bundesversammlung.

§ 1. Einleitung.

Während über die »allgemeinen Bestimmungen« der Bundesverfassung, welche wir im ersten Bande beleuchtet haben, die Revisionskommission von 1848 sich im Ganzen leicht verständigen konnte, bestand dagegen die schwierigste Aufgabe, welche sie zu lösen hatte, in der Organisation der obersten Bundesbehörde. Hier standen die Interessen und die Rechtsansprüche der grössern und der kleinern Kantone sich diametral gegenüber und bald war man sich klar bewusst, dass man sich nicht an etwas geschichtlich Hergebrachtes, oder auch nur an ältere Entwürfe anlehnen könne, sondern etwas ganz Neues schaffen müsse. Wir haben in der geschichtlichen Einleitung gesehen, dass in den Bundesprojekten von 1832 und 1833 die alte Tagsatzung mit gleichem Stimmrechte der Kantone beibehalten war, nur dass die Abgeordneten nicht mehr in allen, sondern nur noch in den wichtigsten Angelegenheiten von den Kantonen instruirt werden sollten; wir haben aber auch gesehen, dass gerade der Mangel einer durchgreifenden Reorganisation der Bundesbehörden, welcher neben einer bedeutenden Vermehrung der Bundeskompetenz herging, nicht wenig dazu beitrug, dass jene Projekte in manchen Kantonen keinen vollen Anklang fanden und zuletzt gänzlich scheiterten. Bei der Reform von 1848 waren es wieder, wie früher, namentlich die kleinen Kantone, welche mit aller Energie darauf drangen, dass an dem hergebrachten Bestande der Tagsatzung, insbesondere an dem Repräsentationsverhältnisse nichts geändert werde; sie beriefen sich dafür auf ihr historisches Recht, welches ihnen nur auf dem Wege der Eroberung entrissen werden könnte, während die Tagsatzung in ihrer Proklamation vom Oktober 1847 den Sonderbundsständen versprochen habe, dass ihre Rechte und Freiheiten ungeschmälert bleiben sollen. Dagegen machten die grössern Kantone geltend, dass, wenn das gleiche Stimmrecht neben den wesentlich erweiterten Befugnissen der Bundesgewalt fortbestehen sollte, darin nicht bloss die Wahrung eines hergebrachten Rechtsverhältnisses, sondern eine unzulässige Ausdehnung der Rechte der kleinern Kantone auf Unkosten der grossen liegen würde; sie wiesen nach, dass letztere dem Bunde viel grössere Abtretungen machen als die erstern und daher auch verlangen dürfen, dass ihre Bevölkerung, deren wichtigste Interessen dabei in Frage liegen, in der Bundesbehörde eine angemessene Vertretung finde. Ein Mittelweg zwischen dem Systeme des gleichen Stimmrechts und demjenigen einer Repräsentation nach der Kopfzahl hätte sich dargeboten, wenn man nach dem Vorgange der Vermittlungsakte zwar die Tagsatzung als einzige oberste Bundesbehörde beibehalten, jedoch den grössern Kantonen in derselben etwas mehr Stimmen als den kleinern eingeräumt hätte; allein dieses Auskunftsmittel fand bei der grossen Mehrheit der Revisionskommission keinen Anklang, weil man darin ein festes Princip vermisste. Die Kommission ging von der Ansicht aus, dass, wenn die Kantone nur in ihrer Eigenschaft als souveräne Staaten betrachtet werden, sie im Grunde sich völlig gleich stehen, so verschieden auch ihre Bevölkerung, sowie ihre Mannschafts- und Geldkontingente sein mögen; eine stärkere Repräsentation der grossen Kantone lasse sich nur dann rechtfertigen, wenn man der schweizerischen Nation als solcher, im Gegensatze zu den Kantonen gedacht, eine Vertretung in der obersten Bundesbehörde sichern wolle.*) In der That fand der Gedanke, eine Behörde zu schaffen, welche, ganz unabhängig von den Kantonen, lediglich den Gesammtwillen des Schweizervolkes zu offenbaren habe, mit Rücksicht auf die wichtigen neuen Rechte, welche dem Bunde eingeräumt wurden, immer mehr Anklang. In der Revisionskommission dachte indessen Niemand daran, lediglich einen Nationalrath hinzustellen, welcher, statt der Tagsatzung, die oberste Bundesgewalt ausüben sollte; man fühlte, dass eine solche Einrichtung die Bedeutung der Kantone gänzlich untergraben und zum Einheitsstaate führen müsste. Gleichwohl stiess auch das reine Zweikammersystem, als eine in der

*) Bericht der Revisionskomm. S. 48, 49.

Schweiz durchaus ungewohnte Verfassungsform, anfänglich in der Kommission auf grosse Bedenken, indem man sich der ganz irrigen, damals schon durch die Erfahrungen anderer Länder sattsam widerlegten Befürchtung hingab, es werde zwischen den beiden Kammern ein fortwährender Antagonismus walten und es werden daher nicht leicht übereinstimmende Beschlüsse zwischen denselben zu Stande kommen. Aus diesem Grunde verfiel man zuerst auf den Gedanken, das Zweikammersystem, wie es in den konstitutionellen Monarchien und in Nordamerika besteht, wesentlich zu modificiren, indem man für alle Geschäfte gemeinschaftliche Berathung, dann aber nur für die wichtigsten Angelegenheiten getrennte Abstimmung vorschlug, so dass hier zu einem Beschlusse einerseits eine Mehrheit im Nationalrathe, anderseits zwölf Standesstimmen an der Tagsatzung erforderlich sein sollten, während in minder wichtigen Sachen die Stimmen der Abgeordneten zur Tagsatzung nicht mehr zählen sollten als diejenigen der Mitglieder des Nationalrathes. Andere Projekte, welche im Schoosse der Kommission auftauchten, wollten vollends gewisse Geschäfte einzig dem Nationalrathe, andere ausschliesslich der Tagsatzung zuweisen, um auf diese Weise die Gefahr der sogenannten Conflikte zwischen den zwei Kammern zu vermeiden. Bei fortgesetzter Berathung überzeugte sich indessen die Kommission davon, dass nichts anders übrig bleibe, als das Zweikammersystem in seiner Reinheit und Konsequenz anzunehmen, so nämlich, dass der Nationalrath und der Ständerath (wie nun die Kammer der Kantonsabgeordneten genannt wurde) über alle Geschäfte (mit einigen später zu erwähnenden Ausnahmen) getrennte Berathung pflegen und jeder Beschluss der Bundesversammlung auf der Zustimmung beider Räthe beruhen solle. Damit diese Uebereinstimmung um so eher zu Stande kommen könne, wurde den Kantonen untersagt, ihre Abgeordneten mit Instruktionen zu versehen.*)

Die Gegenanträge, welche an der Tagsatzung dem vorgeschlagenen Zweikammersysteme gegenübergestellt wurden, haben wir bereits in der geschichtlichen Einleitung erwähnt. Hier wollen wir bloss noch der Gründe gedenken, welche namentlich Zürich für das von ihm beantragte Einkammersystem anführte. Zunächst berief sich die Gesandtschaft auf den beschleunigten Geschäftsgang und die grössere Wohlfeilheit, welche dieses System gewähre, dann aber

*) Prot. der Revisionskomm. S. 71—82, 110—132, 156—158, 177—181.

auch auf innere Gründe. »Zürich wolle, dass in den neuen Bundesorganismus das Princip des Lebens und des Fortschritts gelegt werde. Diess sei aber nur möglich, wenn bloss eine Behörde, der Nationalrath, aufgestellt werde; der Ständerath müsste den Fortschritt hemmen und lähmen. Dieser Ständerath werde es als seine Aufgabe betrachten, die Interessen der Kantone beständig zu wahren, und zwar in möglichst grossem Umfange. Eine Folge dieser Stellung sei aber, dass der Ständerath einer umfassenden nationalen Entwicklung gleichsam *ex officio* entgegentreten und die Centralität schwächen werde.« Dagegen wurde für das von der Kommission vorgeschlagene Zweikammersystem Folgendes angeführt: »Wenn auch das Schweizervolk in seiner grossen Mehrheit gar wohl einsehe, dass die Eidgenossenschaft, um sich in ihrem Innern zu kräftigen und nach Aussen die ihr gebührende Stellung einzunehmen, einer Revision des Bundesvertrages bedürfe, — wenn es in Folge dieser Ueberzeugung geneigt sei, von den beengenden Schranken des Kantonalismus sich bis zu einem gewissen Punkte zu befreien, so sei es auf der andern Seite gleichwohl weit entfernt, diesen Kantonalismus sogleich aufzugeben und zum Unitarismus überzugehen. Die Revisionskommission, indem sie das Zweikammersystem vorgeschlagen, habe beiden Richtungen, die sich gegenwärtig geltend machen, gebührend Rechnung getragen. In dem Nationalrathe sei das Organ gegeben, in welchem der allgemeine Willen sich kund thun könne, welches mithin mehr das einheitliche Princip repräsentire, während in dem Ständerathe das föderative Princip oder das vorzugsweise kantonale Element seine Vertretung finde. Für Beibehaltung des Ständerathes müsse man sich so lange aussprechen, als man überhaupt gesonnen sei, den Kantonen als besondern Souveränetäten noch eine reale Bedeutung zu verleihen. Abstrahire man von einer solchen zweiten Kammer, lege man die ganze legislative Gewalt in die Hand eines Nationalrathes, so sei nirgends eine Garantie vorhanden gegen Uebergriffe, welche die Bundesbehörde gegen die Kantone selbst in guter Absicht sich erlauben dürfte und wodurch die Kantonalität lediglich nur zur Täuschung würde. Die zwei Kammern wären jedenfalls dem Systeme vorzuziehen, welches entweder ein Veto der Kantone statuire oder verlange, dass gewisse Beschlüsse der Bundesbehörde der Sanktion der Kantone unterstellt werden müssen. Wenn einzelne und zwar sehr wichtige Schlussnahmen an das Veto oder die Sanktion der Kantone gelangen müssten, so würde der Geschäftsgang offenbar weit schleppender werden, als wenn in einer zweiten Kammer eine unmittelbare Berathung statt hätte, und eine Verständigung wäre bei der Isolirung der Kantone weit weniger zu erwarten, als wenn in einer Behörde ein wechselseitiger Austausch der Ideen möglich gemacht werde. Der Vorwurf, dass das Zweikammersystem auf den Geschäftsgang hemmend zurückwirke, sei daher nicht nur ungegründet, sondern es dürfe vielmehr behauptet werden, dass durch dasselbe eine gründliche und für das Ganze wohlthätige Opposition veranlasst werde. Eine doppelte Berathung der Gesetze liege sicherlich im Interesse der Sache selbst, und bereits hätten mehrere Kantone der Schweiz eine zweifache Deliberation der Gesetzesentwürfe in ihre Verfassungen aufgenommen. Beide Kammern werden nach den dermaligen Verhältnissen der Schweiz zwar das demokratische Princip repräsentiren, allein es dürfte sich immerhin der Unterschied geltend machen, dass im Nationalrathe vorzugsweise der Fortschritt, im Ständerathe hingegen die Erfahrung, die gouvernementale Routine vertreten würden.«*)

Das Zweikammersystem wurde, wie wir in der geschichtlichen Einleitung gesehen haben, von der Tagsatzung mit grosser Mehrheit angenommen. Indessen hatte es, selbst nachdem es im Principe genehmigt war, noch einen wichtigen Angriff zu bestehen, welcher gegen die fundamentale Bestimmung sich richtete, dass für Gesetze und Beschlüsse die Zustimmung beider Räthe erforderlich sei. Die Besorgniss, dass auf diesem Wege sehr oft keine Einigung zu Stande kommen werde, rief eine Menge sonderbarer und weitgehender Anträge hervor, deren Annahme das Wesen des Zweikammersystems zerstört und davon nur den leeren Schein übrig gelassen hätte. So wurde vorgeschlagen: im Falle divergirender Beschlüsse der beiden Räthe den Entscheid dem Präsidenten des Nationalrathes, oder einer Kommission von drei Mitgliedern, ernannt vom Ständerathe und 44 Mitgliedern des Nationalrathes, zu übertragen; ferner dem Ständerathe bloss ein suspensives Veto gegen die Beschlüsse des Nationalrathes einzuräumen; endlich zu bestimmen, dass die vereinigte Bundesversammlung die Dringlichkeit eines Gegenstandes aussprechen könne und alsdann gemeinsame Berathung und Abstimmung darüber stattzufinden habe. Glücklicher Weise

*) Abschied S. 40 ff.

blieben alle diese Anträge mit wenigen Stimmen in Minderheit; sie lassen sich in der That nur daraus erklären, dass man damals geneigt war, die Ungunst, welche seit langem gegen die alte Tagsatzung waltete, ganz ohne Grund auf den neuen Ständerath überzutragen.

Seit der Einführung der Bundesverfassung hat sich das Zweikammersystem jedenfalls ganz anders bewährt als Freunde und Gegner im Jahr 1848 von ihm voraussetzten; es sind weder die Hoffnungen der Erstern, noch die Befürchtungen der Letztern in Erfüllung gegangen. Freunde und Gegner des Zweikammersystems gingen im Grunde zur Zeit der Bundesreform von der nämlichen irrigen Voraussetzung aus; sie nahmen an, es werde zwischen dem National- und Ständerathe ein beharrlicher Widerstreit walten, indem jener fortwährend das Princip des Fortschrittes und der Centralität, dieser hingegen immer das kantonale und konservative Element vertreten werde. In der Wirklichkeit ist hievon beinahe das Gegentheil eingetreten. Die beiden Räthe waren im Grossen und Ganzen durchgehends von übereinstimmenden Ansichten und Strebungen beseelt und verständigten sich meistens leicht, wenn sie in Einzelheiten zuerst divergirende Beschlüsse fassten; das fortschreitende Princip aber wurde eben so oft vom Ständerathe wie vom Nationalrathe, und das konservative Element eben so oft vom Nationalrathe wie vom Ständerathe dargestellt. Die im Berichte der Revisionskommission von 1848 ausgesprochene Ansicht, dass die Stimmgebung der Abgeordneten wesentlich durch die Quelle ihres Mandates werde bedingt werden, oder mit andern Worten, dass der nämliche Abgeordnete ganz anders stimmen werde, je nachdem er im Ständerathe einen Kanton oder im Nationalrathe einen Theil des Schweizervolkes zu vertreten habe, hat sich als durchaus irrig erwiesen. Da die Mitglieder des Ständerathes keine Instruktionen empfangen und in der Regel ihren Committenten nicht einmal Rechenschaft abzugeben haben über ihr Verhalten in der Bundesversammlung, so stimmen sie in weitaus den meisten Fällen einzig nach ihrer persönlichen Anschauung, welche eben sowohl eine centralistische, als eine kantonalistische sein kann. In manchen Fällen, wie namentlich bei materiellen Fragen, wird allerdings beinahe jeder Abgeordnete, auch ohne Instruktionen zu haben, sich durch die klar vorliegenden Interessen seines Kantons leiten lassen; allein diess muss eben so sehr von den Mitgliedern des Nationalrathes, wie von denen des Ständerathes gesagt werden. Es lässt sich somit allerdings nicht leugnen, dass das Institut des Ständerathes, wie es gegenwärtig besteht, keine genügende Schutzwehr bildet gegen eine allfällig in den Bundesbehörden vorhandene Tendenz, die Centralisation weiter auszudehnen auf Unkosten der Kantonalsouveränetät. Eine derartige Schutzwehr von hinlänglicher Stärke würde sich nur dann vorfinden, wenn die Kantone entweder über alle Gesetze und Beschlüsse der Bundesversammlung (auch über die Rekursentscheide, welche oft sehr tief in kantonale Rechtsverhältnisse eingreifen) nachträglich abstimmen oder ihre Abgeordneten in den Ständerath zum Voraus über alle Geschäfte instruiren könnten. Das eine wie das andere Verfahren erscheint indessen bei der grossen Ausdehnung, welche die Traktanden der Bundesversammlung gewonnen haben, gegenwärtig als unausführbar; auch würde jedenfalls auf dem einen wie auf dem andern Wege das Zustandekommen von Bundesgesetzen und Bundesbeschlüssen sehr erschwert werden. Man wird daher immerhin am besten thun, beim Zweikammersysteme zu verbleiben, welches durch fünfzehnjährige Uebung in der Schweiz immer mehr heimisch geworden ist und eine rasche und gedeihliche Erledigung der Geschäfte keineswegs gehindert, dagegen durch die doppelte Berathung in zwei getrennten Behörden manche Uebereilung verhütet und zu einem ruhigen, überlegten, alle Verhältnisse reiflich würdigenden Gange der Gesetzgebung wesentlich beigetragen hat. Innerhalb des Zweikammersystemes aber liesse sich allerdings an den bestehenden Einrichtungen noch Manches verbessern, da die Vorschriften der Verfassung über die Composition des Ständerathes der Aufgabe, die er im Organismus der Bundesbehörden zu erfüllen hat, nicht entsprechen. Wir werden hierauf weiter unten ausführlicher zu sprechen kommen.

§ 2. Der Nationalrath.

Die Revisionskommission von 1848 hatte zuerst die sonderbare Idee, die sämmtlichen zahlreichen Mitglieder des Nationalrathes durch ein einziges, allgemeines Skrutinium wählen zu lassen, welches in der ganzen Schweiz in der Weise vorgenommen werden sollte, dass jeder Wähler so viele Namen auf die Liste schreiben würde als Abgeordnete zu wählen wären. Das Motiv, welches diesem eigenthümlichen Vorschlage zu Grunde lag, bestand darin, dass man mittelst eines solchen Generalskrutiniums wirklich nationale, d. h. von kantonalen und lokalen Einflüssen möglichst wenig beeinflusste Wahlen zu erzielen hoffte. Allein die praktischen Schwierigkeiten, welche sich dem Antrage entgegenstellten, waren zu einleuchtend: den meisten Wählern wäre es nicht möglich gewesen, aus eigener Personenkenntniss 120 Abgeordnete aus den verschiedenen Theilen des Vaterlandes als die Männer ihres Vertrauens zu bezeichnen; sie hätten daher entweder auf jede Theilnahme an der Nationalrathswahl verzichten oder sich darauf beschränken müssen, die von leitenden Ausschüssen für die ganze Schweiz entworfenen Wahllisten blindlings sich anzueignen. Die Kommission fand daher bald selbst, dass das von ihr in einer ersten Berathung angenommene Wahlsystem mit den gegebenen Verhältnissen in allzu schroffem Widerspruche stehen würde, und liess dasselbe nachher fallen. Noch ein anderer Antrag, der in Bezug auf die Wahl des Nationalrathes sowohl in der Revisionskommission als auch nachher an der Tagsatzung gestellt wurde, verdient erwähnt zu werden. Damit nämlich das nationale Element in dieser Kammer nicht allzusehr verdunkelt werde durch kantonale Rücksichten, wurde beantragt, die Mitglieder der Kantonsregierungen, welche eher im Ständerathe den rechten Platz finden, vom Nationalrathe auszuschliessen. Da die Regierungsglieder in der That gewissermassen ex officio Vertreter der kantonalen Interessen sind, so hatte dieser Vorschlag gewiss Vieles für sich. Gleichwohl huldigte die Mehrheit dem echt republikanischen Grundsatze, die freie Wahl des Volkes so wenig als möglich zu beschränken, und sprach sich daher gegen den vorgeschlagenen Ausschluss aus. Durch die Bundesverfassung, Artikel 61 bis 66, ist nun die Wahl des Nationalrathes folgendermassen geregelt:

Die Abgeordneten werden direkt vom Volke gewählt; die Wahlen finden statt in eidgenössischen Wahlkreisen, welche jedoch nicht aus Theilen verschiedener Kantone gebildet werden dürfen. Auf je 20,000 Seelen der Gesammtbevölkerung, so wie auf eine Bruchzahl von mehr als 10,000 Seelen wird ein Abgeordneter gewählt; doch hat jeder Kanton, und bei getheilten Kantonen jeder Landestheil wenigstens ein Mitglied zu wählen. Stimmberechtigt bei den Wahlen ist jeder Schweizerbürger, welcher das 20. Altersjahr zurückgelegt hat und im Uebrigen nach der Gesetzgebung des Kantons, in welchem er seinen Wohnsitz hat, nicht vom Aktivbürgerrecht ausgeschlossen ist. Es folgt aus dieser

Bestimmung, dass, in Abweichung von der allgemeinen Vorschrift des Art. 42, bei Nationalrathswahlen auch diejenigen Bürger anderer Kantone mitstimmen können, welche in dem Kanton, wo sie sich aufhalten, nicht förmlich niedergelassen sind. Wahlfähig als Mitglied des Nationalrathes ist jeder stimmberechtigte Schweizerbürger weltlichen Standes; die Geistlichen beider Confessionen sind also von der Wählbarkeit ausgeschlossen, — eine Bestimmung, die, wenn sie auch dem Princip nach kaum zu rechtfertigen ist, doch aus den in der Schweiz hergebrachten Volksansichten sich erklärt und jedenfalls keine praktische Nachtheile hat. Eine fernere Ausnahme findet statt bei naturalisirten Schweizerbürgern; diese werden erst nach fünf Jahren, vom Erwerbe des Bürgerrechtes an gerechnet, wählbar. Endlich können die Mitglieder des Ständerathes und des Bundesrathes, sowie die von letzterm gewählten Beamten nicht zugleich Mitglieder des Nationalrathes sein. Der Nationalrath wird auf die Dauer von drei Jahren gewählt und es findet jeweilen Gesammterneuerung statt.

Die vorstehenden Bestimmungen der Bundesverfassung erhielten ihre nähere Ausführung durch das Bundesgesetz vom 21. December 1850 betreffend die Wahl der Mitglieder des Nationalrathes, welches sich auf die eidgenössische Volkszählung vom März 1850 stützte. In Folge der neuern Volkszählung vom December 1860 mussten daran einige Abänderungen getroffen werden, was durch Bundesgesetz vom 23. Juli 1863 geschehen ist. Nach diesen beiden Gesetzen*) bestehen nun in den Kantonen folgende, genau umschriebne, eidgenössische Wahlkreise für die Nationalrathswahlen:

Kanton.	Zahl der Wahlkreise.	Zahl der zu wählenden Mitglieder.
Zürich	4	13
Bern	6	23
Luzern	3	7
Uri	1	1
Schwyz	1	2
Unterwalden . .	2	2
Glarus	1	2
Uebertrag . .	18	50

*) Amtl. Samml. II. 210—231. VII. 548—566.

Kanton.	Zahl der Wahlkreise.	Zahl der zu wählenden Mitglieder.
Uebertrag . .	18	50
Zug	1	1
Freiburg . . .	2	5
Solothurn . . .	1	3
Basel-Stadt . .	1	2
Basel-Landschaft .	1	3
Schaffhausen . .	1	2
Appenzell . . .	2	3
St. Gallen . . .	3	9
Graubünden . .	3	5
Aargau	3	10
Thurgau . . .	1	5
Tessin	2	6
Waadt	3	11
Wallis	3	5
Neuenburg . . .	1	4
Genf	1	4
	47	128

Bei einer allfälligen Bundesrevision dürfte es sich fragen, ob nicht die Zahl der Mitglieder des Nationalrathes etwa in der Weise zu vermindern wäre, dass die Grundzahl von 20,000 Seelen, welche zur Wahl eines Mitgliedes berechtigt, auf 30,000 erhöht würde. Je mehr mit der wachsenden Bevölkerung die Zahl der Abgeordneten sich vermehrt, desto schwerer hält es bei der gegenwärtigen Einrichtung, eine hinlängliche Anzahl von Männern zu finden, denen ihre Geschäfte es erlauben, den langen Sitzungen der Bundesversammlung fleissig nnd gewissenhaft beizuwohnen und zugleich den sehr mannigfaltigen Geschäften derselben diejenige Aufmerksamkeit und Theilnahme zu schenken, zu welcher jedes Mitglied vermöge der von ihm übernommenen Stellung verpflichtet ist.

Im Uebrigen enthält das Gesetz von 1850 folgende Vorschriften:

1) Stimmrecht bei den Nationalrathswahlen. Die Wähler üben ihr Stimmrecht jeweilen da aus, wo sie wohnen. Als ihr Wohnsitz gilt der Ort, wo sie ihren ordentlichen Aufenthalt haben. Wählern, welche sich während der Nationalrathswahlen, die

an ihrem Wohnorte stattfinden, anderswo im Dienste der Eidgenossenschaft oder ihres Kantons unter den Waffen befinden, soll, falls nicht besondere Schwierigkeiten oder Umständlichkeiten damit verbunden sind, Gelegenheit gegeben werden, sich bei jenen Wahlen zu betheiligen.

2) Unvereinbarkeit einer Nationalrathsstelle mit andern Stellen. Die Mitglieder des Ständeraths, des Bundesraths und die von letzterm gewählten Beamten, welche nicht zugleich Mitglieder des Nationalraths sein können, sind gleichwohl in den Nationalrath wählbar. Nach erfolgter Wahl haben sie aber für die eine oder andere der mit einander unvereinbaren Stellen sich zu entscheiden. Bei einer Gesammterneuerung des Nationalrathes können die in Folge dieser Erneuerung abtretenden Beamten (wie namentlich die Mitglieder des Bundesrathes), welche in dem neuerwählten Nationalrath ernannt worden sind, an den Verhandlungen dieses letztern Theil nehmen, bis die ihre Beamtungen betreffenden Erneuerungswahlen stattgefunden haben.

3) Verfahren bei den Nationalrathswahlen. Die Gesammtwahlen behufs der Integralerneuerung des Nationalrathes beginnen jeweilen am letzten Sonntag im Oktober und werden, falls sie nicht in der ersten Wahlverhandlung zu Ende kommen, an den durch die betreffenden Kantonsregierungen zu bestimmenden Tagen fortgesetzt. Wenn eine Stelle im Nationalrathe im Laufe der Amtsdauer erledigt wird, so hat ebenfalls die Kantonsregierung den Zeitpunkt für die Wahlverhandlung zu bestimmen. Ferner bleibt den Kantonen überlassen festzusetzen, ob die Stimmgebung für die Nationalrathswahlen in den Gemeinden oder in Wahlkreisen, die für kantonale Wahlen bestehen, oder in andern Versammlungen, und ob sie offen oder geheim erfolgen soll. In Folge dieser Bestimmung findet ein sehr verschiedenartiges Verfahren bei den Nationalrathswahlen statt. In den rein demokratischen Kantonen wird an den Landsgemeinden abgestimmt; in den grössern Kantonen bald in den politischen Gemeinden, bald in den für die Grossrathswahlen bestehenden, bald in eigens hiefür gebildeten Wahlkreisen. Mit Ausnahme der Landsgemeinden, wo die Wahlverhandlung sehr kurz und einfach ist, findet meistens schriftliche Abstimmung statt.

Die Wähler sollen zu den Wahlen in den Nationalrath so viel

als möglich in derselben Weise, wie zu den Wahlen für Kantonalstellen, welche direkt vom Volke zu treffen sind, einberufen werden. Ebenso werden Streitigkeiten über die Stimmberechtigung Einzelner bei den Nationalrathswahlen auf gleiche Weise, wie bei direkten Volkswahlen für Kantonalstellen, ausgetragen. Für die Wahlkreise, in welchen die Wahlen in mehreren Versammlungen getroffen werden, werden die Wahlergebnisse durch die betreffenden Kantonsregierungen zusammengestellt. Gewählt ist, wer die absolute Mehrheit der Wähler auf sich vereinigt hat. Hat sich im ersten Wahlgange die absolute Mehrheit nicht auf so viele Personen vereinigt als zu wählen sind, so findet ein zweiter, noch ganz freier Wahlgang statt. Ist auch bei diesem eine absolute Mehrheit nicht vorhanden, so wird zu einem dritten Wahlgange geschritten, wobei dreimal so viele Kanditaten als noch Wahlen zu treffen sind, und zwar diejenigen, welche die meisten Stimmen erhalten haben, in der Wahl bleiben. In diesem dritten Wahlgange gilt als gewählt, wer die meisten Stimmen, wenn auch nicht die absolute Mehrheit, erhält. Sollten in einem Wahlgange mehr Kandidaten die absolute Mehrheit erhalten als Mitglieder zu wählen übrig bleiben, so gelten diejenigen als gewählt, welche die meisten Stimmen auf sich vereinigt haben. Wollen in einem Wahlkreise Einsprachen gegen Wahlverhandlungen des ersten oder zweiten Wahlganges gemacht werden, so sind dieselben binnen 3 Tagen, von der bestrittenen Verhandlung an gerechnet, bei der Kantonsregierung schriftlich zu erheben. Haben die Wahlverhandlungen noch zu keinem abschliesslichen Ergebnisse geführt, so entscheidet die Kantonsregierung, im entgegengesetzten Falle der Nationalrath über diese Einsprachen.

4) Verfahren nach Vollendung der Wahlen. Am Schlusse der Wahlverhandlungen eines Wahlkreises hat die betreffende Kantonsregierung sofort das Wahlergebniss auf angemessene Weise öffentlich bekannt zu machen, den Gewählten die auf sie gefallene Wahl anzuzeigen und dem Bundesrathe ihre Namen zur Kenntniss zu bringen. Ist die Wahl in mehrern Wahlkreisen auf die gleiche Person gefallen, so hat der Bundesrath den mehrfach Gewählten ungesäumt zu einer beförderlichen Erklärung zu veranlassen, in welchem Wahlkreise er die Wahl annehme. Nach Eingang dieser Erklärung wird der Bundesrath sofort da, wo die Wahl nicht angenommen worden, die Vornahme einer neuen Wahl anordnen.

Einsprachen gegen die Gültigkeit des Wahlergebnisses sind binnen einer Frist von 6 Tagen, vom Tage der Bekanntmachung an gerechnet, der betreffenden Kantonsregierung zu Handen des Nationalrathes einzureichen. Zum Gegenstand solcher Einsprachen kann Alles, was während des ganzen Verlaufes der Wahlverhandlungen geschehen ist, gemacht werden; Entscheidungen über das Stimmrecht Einzelner, sowie die Verfügungen der Kantonsregierungen über die ihnen eingegebenen Wahlbeschwerden sind dabei nicht ausgeschlossen. Nach Ablauf der sechstägigen Frist haben die Kantonsregierungen die sämmtlichen Wahlakten sammt allfälligen eingegangenen Einsprachen und ihrem Gutachten über diese letztern dem Bundesrathe zu übermitteln, welcher sie dem Nationalrathe vorlegt. Nach jeder Gesammterneuerung des Nationalrathes haben sich die Gewählten am ersten Montag im December zur konstituirenden Sitzung in der Bundesstadt einzufinden; in dieser Sitzung ist jeweilen vorerst über die Anerkennung der Wahlen einzutreten. Bei diesen Verhandlungen haben Alle, welche mit einem, von ihrer Kantonsregierung ausgestellten Wahlakte versehen sind, gleichviel ob ihre Wahl beanstandet ist oder nicht, Sitz und Stimme. Während der Behandlung von Wahleinsprachen, bei denen sie selbst betheiligt sind, haben sie sich indessen in Ausstand zu begeben, und ist ihre Wahl für ungültig erklärt worden,*) so haben sie sich jeder weitern Theilnahme an den Verhandlungen zu enthalten. Wenn ein neugewähltes Mitglied nach erfolgter Konstituirung des Nationalrathes eintritt, so kann es an den Verhandlungen erst dann Theil nehmen, wenn seine Wahl als gültig anerkannt worden ist.

5) Erledigung von Nationalrathsstellen während der Amtsdauer. Den Kantonen, welche den Amtszwang für kantonale Aemter eingeführt haben, ist es gestattet, denselben auch auf die Nationalrathsstellen auszudehnen. In diesem Falle haben die Abgeordneten solcher Kantone, welche zugleich Bürger derselben sind, ein allfälliges Entlassungsgesuch ihrer Wählerschaft oder der Kantonsregierung, je nachdem der einen oder andern der Entscheid zusteht, einzureichen. In allen andern Fällen sind Austrittserklärungen von einzelnen Mitgliedern dem Nationalrathe selbst, oder wenn er nicht versammelt ist, dem Bundesrathe abzugeben. Ein

*) Ein Beispiel eines derartigen Beschlusses des Nationalrathes ist die Kassation der Wahlen im Kanton Tessin vom Jahre 1854. Amtl. Samml. V. 24 25.

demissionirendes Mitglied ist indessen verpflichtet den Sitzungen des Nationalrathes beizuwohnen, bis sein Nachfolger gewählt ist. In allen Fällen, wo die Erledigung einer Nationalrathsstelle vor dem Ablaufe der Amtsdauer eintritt, soll diese Stelle sofort wieder besetzt werden, es wäre denn, dass vor der Gesammterneuerung des Nationalrathes kein Zusammentritt desselben mehr in Aussicht stände.

Nach Art. 67 der Bundesverfassung wählt der Nationalrath aus seiner Mitte für jede ordentliche oder ausserordentliche Sitzung einen Präsidenten und einen Vicepräsidenten. Dasjenige Mitglied, welches während einer ordentlichen Sitzung die Stelle eines Präsidenten bekleidete, ist für die nächstfolgende ordentliche Sitzung weder als Präsident noch als Vicepräsident wählbar. Auch kann das gleiche Mitglied nicht während zwei unmittelbar auf einander folgenden ordentlichen Sitzungen Vicepräsident sein. Durch diese Bestimmungen, welche in ihrer Ausführlichkeit beinahe ängstlich klingen, wollte man verhüten, dass nicht immer die gleichen Personen den Vorsitz im Nationalrathe einnehmen, wie es wohl etwa in kantonalen Behörden schon vorgekommen ist; man wollte, dem föderativen Charakter der Schweiz entsprechend, dafür sorgen, dass die Präsidentenstelle zwischen möglichst vielen Abgeordneten verschiedener Kantone umwechsle! Dem Präsidenten des Nationalrathes steht bei gleich getheilten Stimmen der Stichentscheid zu; bei Wahlen übt er das Stimmrecht aus wie jedes andere Mitglied. — Ferner setzt Art. 68 der Bundesverfassung fest, dass die Mitglieder des Nationalrathes aus der Bundeskasse entschädigt werden. Zufolge einem Bundesbeschlusse vom 19. Juli 1858 beträgt das Taggeld für dieselben 12 Franken, die Reiseentschädigung 1 Fr. 50 Cent. für jede Wegstunde hin und zurück.*)

Dem Geschäftsreglemente des Nationalrathes vom 9. Juli 1850 entheben wir folgende wesentliche Bestimmungen: Wenn eine Integralerneuerung des Nationalrathes stattgefunden hat, so führt das älteste anwesende Mitglied so lange den Vorsitz, bis die Versammlung ihren Präsidenten erwählt hat. Sonst aber führt der abtretende Präsident den einstweiligen Vorsitz. Nach den Präsidentenwahlen werden vier Stimmenzähler ernannt; diese bilden mit dem Präsidenten das Bureau des Nationalrathes, welchem die Versammlung die Wahl der meisten Kommissionen zu übertragen

*) Amtl. Samml. VI. 41.

pflegt. Das Protokoll des Nationalrathes führt der eidgenössische Kanzler. Wenn der Bundesrath eine geheime Sitzung verlangt, so muss dieser Antrag in Berathung genommen werden; geht dagegen das Begehren von einem einzelnen Mitgliede aus, so fällt es nur dann in Berathung, wenn zehn andere Mitglieder dasselbe unterstützen. Während der Debatten hat der Präsident die parlamentarische Ordnung aufrecht zu erhalten; wünscht er selbst über den Gegenstand der Berathung das Wort zu ergreifen, so soll er dasselbe vom Vicepräsidenten verlangen. Die Versammlung kann, auch wenn noch Redner eingeschrieben sind, den Schluss der Verhandlung beschliessen, jedoch ist hiezu die Zustimmung von zwei Drittheilen der anwesenden Mitglieder erforderlich. Kein Mitglied kann zum Stimmen angehalten werden; in der Regel entscheidet die Mehrheit der Stimmenden, wenn nicht alle anwesenden Mitglieder an einer Abstimmung Theil nehmen. Wenn eine Abstimmungsfrage theilbar ist, so kann jedes Mitglied die Trennung verlangen. Wenn zwanzig Mitglieder Abstimmung mit Namensaufruf verlangen, so muss dieselbe stattfinden. Individuelle Motionen, welche ein Mitglied stellen will, sind dem Präsidenten schriftlich einzureichen und dürfen nur dann in der nämlichen Sitzung behandelt werden, wenn zwei Drittheile der Anwesenden es beschliessen. Bei der ersten Berathung wird nur über die Erheblichkeit abgestimmt. Ist dieselbe beschlossen, so entscheidet die Versammlung, ob sie über die Motion vorerst das Gutachten des Bundesrathes oder einer Kommission einholen, oder ob sie ohne eine solche Vorberathung sogleich selbst definitiv entscheiden wolle. Jedes Mitglied des Nationalrathes hat das Recht, im Schoosse desselben über jeden, die eidgenössische Verwaltung betreffenden Gegenstand Auskunft zu verlangen; doch wird einem solchen Begehren nur dann Folge gegeben, wenn es durch zehn andere Mitglieder unterstützt wird.*)

§ 3. Der Ständerath.

In Bezug auf die zweite Abtheilung der Bundesversammlung, den Ständerath, enthält die Bundesverfassung in Artikel 69 bis 72 lediglich folgende Bestimmungen:

Der Ständerath besteht aus 44 Abgeordneten der Kantone. Jeder Kanton wählt zwei Abgeordnete; in den getheilten Kantonen wählt

*) Amtl. Samml. II. 14 – 27.

jeder Landestheil einen Abgeordneten. Die Mitglieder des Nationalrathes und des Bundesrathes können nicht zugleich Mitglieder des Ständerathes sein. Der Ständerath wählt für jede ordentliche oder ausserordentliche Sitzung aus seiner Mitte einen Präsidenten und Vicepräsidenten. Diese Stellen können nicht während zwei auf einander folgenden ordentlichen Sitzungen mit Abgeordneten des gleichen Kantons besetzt werden. Der Präsident hat bei gleichgetheilten Stimmen zu entscheiden; bei Wahlen übt er das Stimmrecht aus wie jedes Mitglied. Die Mitglieder des Ständerathes werden von den Kantonen entschädigt.

Während die Wahl des Nationalrathes, sowie die Amtsdauer dieser Behörde durch die Bundesverfassung und das zu Ausführung derselben erlassene Bundesgesetz genau geregelt sind, bleibt es dagegen ganz den Kantonen überlassen, über die Wahlart und die Amtsdauer der Mitglieder des Ständerathes die nöthigen Verfügungen zu treffen. Während also in beiden Beziehungen die Mitglieder des Nationalrathes sich völlig gleichstehen, gibt es dagegen im Ständerathe Mitglieder, welche vom Volke an den Landsgemeinden gewählt sind, neben andern, welche die Grossen Räthe der Kantone ernannt haben, und neben Abgeordneten, welche gleiche Amtsdauer mit dem Nationalrathe haben, gibt es sehr viele, die bloss für ein Jahr gewählt sind, und noch andere, welche jeden Augenblick abberufen werden können. Auch Bundesbeamte, Geistliche und Neubürger, welche noch nicht volle fünf Jahre im Besitze eines schweizerischen Bürgerrechtes sich befinden, sind in den Ständerath wählbar, während sie vom Nationalrathe ausgeschlossen sind und gewiss ganz die nämlichen Gründe für den Ausschluss vom einen wie vom andern Rathe angeführt werden könnten. Wir erblicken in dieser Nichtorganisation des Ständerathes ein wesentliches Gebrechen unserer Bundesverfassung, welches sich nur daraus erklärt, dass ihre Begründer dem Ständerathe überhaupt weniger Gunst und Aufmerksamkeit zuwendeten als der ganz neuen Schöpfung des Nationalrathes. Sie erblickten in ihm allzusehr nur den Nachfolger der alten Tagsatzung (wie schon der Ausdruck »Gesandte« zeigt, welcher im Art. 71 noch vorkömmt), während es ihre Aufgabe gewesen wäre, die beiden Räthe nicht bloss äusserlich neben einander hinzustellen, sondern auch in innere Verbindung zu einander zu setzen und dadurch die Bundesversammlung zu einem organischen Ganzen zu gestalten. Nach dem

Sinn und Geist des Zweikammersystems sollte der Ständerath das konservative Element repräsentiren, wobei wir nicht an eine bestimmte Parteimeinung oder an die Tendenzen, welche gewöhnlich unter jenem Ausdrucke verstanden werden, sondern an einen nothwendigen Faktor im Verfassungsleben eines Volkes denken; aber wie kann jener Zweck erreicht werden, wenn unter den Mitgliedern des Ständerathes ein unaufhörlicher Wechsel stattfindet? Ferner liegt es in der Natur der Sache, dass, wenn eine weniger zahlreiche Behörde der zahlreichern gegenüber sich gleich stark fühlen soll, die äussere Stellung der Mitglieder gewisse Vorzüge darbieten muss, um in qualitativer Beziehung zu ersetzen, was in quantitativer Hinsicht fehlt. Davon findet aber gerade das Gegentheil statt, wenn in den meisten Kantonen die Ständeräthe von den Grossrathsversammlungen, die Nationalräthe hingegen vom Volke gewählt werden; denn dass die Volkswahlen im Allgemeinen, und zwar mit Recht, höher gewerthet werden, ersieht man am besten daraus, dass sehr oft Mitglieder des Ständerathes, um der Ehre einer solchen Wahl theilhaft zu werden, als Kandidaten für Nationalrathsstellen auftreten. Wir glauben daher, die Bundesverfassung hätte auch dem Ständerathe eine angemessene Organisation verleihen und durch dieselbe dafür sorgen sollen, dass diese Kammer wirklich dem Nationalrathe gegenüber ein angemessenes Gegengewicht bilden könne. So könnten wir es nur als zweckmässig betrachten, wenn für den Ständerath mindestens eine eben so lange, wenn nicht eine längere Amtsdauer als für den Nationalrath vorgeschrieben wäre, wenn überdiess die Wahl in den Ständerath von gewissen persönlichen Requisiten (z. B. einem Alter von 30 Jahren oder einer gewissen Stellung in den kantonalen Behörden) abhängig gemacht und wenn insbesondere dieselbe ebenfalls dem Volke anheim gegeben würde, wofür in den grössern Kantonen Kantonalskrutinien angeordnet werden könnten. Wir schweigen von der nordamerikanischen Einrichtung, nach welcher der Senat als selbstständige Behörde, d. h. ohne das Haus der Repräsentanten, theils für sich, theils in Verbindung mit dem Präsidenten wichtige Befugnisse ausübt, da eine so weit gehende Höherstellung des Ständerathes in der Schweiz wohl keinen Anklang fände. Gewiss ist, dass durch die von uns angedeuteten Aenderungen das konservative Element (im oben bezeichneten Sinne) im Ständerathe wesentlich an Kraft gewinnen würde, und mit ihm zugleich auch das Element der kantonalen Selbstständigkeit gegenüber der fortschreitenden Centralität. Sollten in letzterer Beziehung die von uns gewünschten Bundessatzungen auch nicht volle Beruhigung gewähren, so stände es nur bei den Kantonen, ihre Abgeordneten, welche sie nicht mehr mit Instruktionen versehen dürfen, wenigstens zur regelmässigen Berichterstattung über die Verhandlungen des Ständerathes und ihre dabei abgegebene Voten anzuhalten. Schon jetzt sind die Lücken der Bundesverfassung zum Theil auf zweckmässige Weise von den Kantonen ergänzt worden; so z. B. ist durch manche Kantonsverfassungen dafür gesorgt, dass Mitglieder der Regierungen nicht in den Nationalrath, sondern bloss in den Ständerath gewählt werden dürfen, oder dass nur eine beschränkte Zahl von Regierungsgliedern dem Nationalrathe, andere hingegen dem Ständerathe angehören sollen. Es ist nämlich in der That einleuchtend, dass es gerade der Bestimmung des Ständerathes vorzugsweise entspricht, wenn sich in ihm diejenigen Kenntnisse und Erfahrungen vorfinden, welche nur durch die Theilnahme an einer kantonalen Verwaltung erworben werden können. Wir können uns auch nur darüber freuen, wenn es in einzelnen Kantonen Sitte wird, von Mitgliedern des Ständerathes, welche eine allzufreie Stellung einzunehmen scheinen, auf dem Wege der Interpellation im Grossen Rathe über ihre Stimmgebung Auskunft zu verlangen;*) denn nur auf diesem Wege ist es möglich fürzusorgen, dass die kantonalen Interessen von Denjenigen, welche sie zu wahren berufen sind, wenigstens nicht auf die Dauer verletzt werden. Ueberhaupt ist in den Kantonen die Einsicht, wie wichtig die Stellung des Ständerathes in unserm bundesstaatlichen Leben sei, bedeutend gewachsen; man ersieht diess auch daraus, dass man bei den Wahlen gegenwärtig sorgfältiger verfährt und in den meisten Kantonen die Mitglieder nicht mehr so häufig wechselt als es früher der Fall war. So geschieht es eben nicht selten, dass das richtige Verständniss des Geistes einer Verfassung über die Mängel und Gebrechen ihres Buchstabens hinweg helfen muss!

*) Nach dem Verantwortlichkeitsgesetze (siehe unten Kap. 4 § 2) sind allerdings die Abgeordneten zur Bundesversammlung für ihre Voten rechtlich nicht verantwortlich, d. h. sie können desshalb weder strafrechtlich verfolgt noch für allfällig entstandenen Schaden civilrechtlich belangt werden. Allein es ist klar, dass dadurch eine moralisch-politische Verantwortlichkeit gegenüber ihren Wählern keineswegs ausgeschlossen ist.

Das **Geschäftsreglement** des Ständerathes, welches unterm 7. December 1849 erlassen wurde, unterscheidet sich nicht wesentlich von demjenigen des Nationalrathes. Statt 4 Stimmenzähler hat der Ständerath deren nur zwei, welche mit dem Präsidenten das Bureau bilden. Das Protokoll führt hier der Stellvertreter des eidgenössischen Kanzlers. Der Antrag auf eine geheime Sitzung muss von 5 Mitgliedern unterstützt werden, um in Berathung zu fallen, und der Namensaufruf bei der Abstimmung findet auf das Begehren von 10 Mitgliedern statt. Endlich kann im Ständerathe der Schluss der Debatte nicht erkannt werden, sondern es hat dieselbe so lange fortzudauern als noch ein Mitglied das Wort verlangt.*)

Zum Schlusse wollen wir hier noch bemerken, dass nach einem Beschlusse des Ständerathes vom November 1848 es nicht zulässig ist, dass die Kantone für ihre Abgeordneten auch noch Ersatzmänner wählen. Das Nämliche wurde auch in Bezug auf den Nationalrath verfügt,**) wo es sich indessen weit mehr von selbst versteht.

§ 4. Befugnisse und Geschäftsgang der beiden gesetzgebenden Räthe.

Die Bundesverfassung stellt in Art. 73 den Grundsatz auf, dass die beiden Räthe alle Gegenstände zu behandeln haben, welche in die Kompetenz des Bundes gehören und nicht einer andern Behörde zugeschieden sind. Es erscheint also die Bundesversammlung für alle eidgenössischen Geschäfte so lange als zuständig, als nicht die Kompetenz des Bundesrathes oder des Bundesgerichtes besonders nachgewiesen werden kann. Die Ursache dieser weitgehenden Bestimmung suchen wir wohl mit Recht in der frühern Bundesverfassung, welche neben der Tagsatzung eigentlich keine andere Behörde mit erheblichen selbstständigen Kompetenzen kannte. Neben der allgemeinen Bestimmung des Art. 73 versucht dann Art. 74 eine Aufzählung der Gegenstände, welche in den Geschäftskreis beider Räthe fallen; doch soll dieselbe keine erschöpfende sein, wie man aus dem wohl zu beachtenden Ausdrucke »insbesondere« ersieht. Demnach sind die Geschäfte, welche die beiden Räthe **getrennt** zu behandeln haben:

*) Amtl. Samml. II. 1—13.
**) Bundesbl. 1849 I. 109, 110.

a. gesetzgeberische, wie namentlich alle organischen Gesetze und Beschlüsse zu Ausführung der Bundesverfassung, insbesondere über Wahlart, Organisation, Geschäftsgang und Besoldung der Bundesbehörden, über Errichtung bleibender Beamtungen, über die Organisation des eidgenössischen Militärwesens, über die Mannschafts- und Geldskala, über die eidgenössischen Fonds, über Zölle, Postwesen, Münzen, Mass und Gewicht, Fabrikation und Verkauf von Schiesspulver, Waffen und Munition, über öffentliche Anstalten und Werke und hierauf bezügliche Expropriationen, über Niederlassungsverhältnisse,*) Heimathlose, Fremdenpolizei und Sanitätswesen;

b. hoheitliche Verfügungen nach Aussen hin: Anerkennung auswärtiger Staaten und Regierungen, Bündnisse und Verträge mit dem Auslande, Genehmigung von Verträgen der Kantone mit auswärtigen Staaten, gegen welche Einsprache erhoben wird, Massregeln für die äussere Sicherheit, für Behauptung der Unabhängigkeit und Neutralität der Schweiz, Kriegserklärungen und Friedensschlüsse;

c. hoheitliche Verfügungen im Innern: Genehmigung der Verträge zwischen den Kantonen, soferne dagegen Einsprache erhoben wird, Garantie der Verfassungen und des Gebietes der Kantone, Intervention in Folge der Garantie, Massregeln für die innere Sicherheit, für Handhabung von Ruhe und Ordnung, sowie Massregeln, welche die Handhabung der Bundesverfassung, die Garantie der Kantonalverfassungen, die Erfüllung der bundesmässigen Verpflichtungen und den Schutz der durch den Bund gewährleisteten Rechte zum Zwecke haben;

*) Die Bedeutung dieses Ausdruckes wurde lebhaft diskutirt bei Anlass des, vom Bundesrathe im Januar 1863 den gesetzgebenden Räthen vorgelegten Gesetzesentwurfes, betreffend die Ausscheidung der Kompetenzen der Kantone in den interkantonalen Niederlassungsverhältnissen. Es blieb indessen die Ansicht, dass der Bund zu Erlassung eines solchen Gesetzes nicht befugt sei, weil Art. 74 Ziff. 13 sich nur auf die in Art. 41 der Bundesverfassung ausdrücklich erwähnten Verhältnisse beziehe, in Minderheit, indem beide Räthe das Eintreten in den Gesetzesentwurf beschlossen. Wenn letzterer am Schlusse der langen Berathungen dennoch verworfen wurde, so geschah diess nur darum, weil man sich über das Materielle der zu treffenden Kompetenzausscheidung, namentlich beim Erbrechte, nicht einigen konnte.

d. Verfügungen der Militär- und Finanzhoheit: über das Bundesheer, über Geldbeiträge der Kantone, über Anleihen, über Budgets und Staatsrechnungen;

e. die Oberaufsicht über die eidgenössische Verwaltung und Rechtspflege;

f. Beschwerden von Kantonen oder Bürgern über Verfügungen des Bundesrathes;

g. Streitigkeiten unter den Kantonen, welche staatsrechtlicher Natur sind;

h. Revision der Bundesverfassung.

Die Oberaufsicht über die Verwaltung und Rechtspflege wird in in der Weise gehandhabt, dass sowohl der Bundesrath als auch das Bundesgericht alljährlich einlässliche Berichte über ihre Geschäftsführung der Bundesversammlung vorlegen, welche dieselben durch Kommissionen aus ihrer Mitte sorgfältig prüfen lässt und mit ihrer Genehmigung diejenigen Postulate zu verbinden pflegt, zu welchen vorkommende Uebelstände ihr Veranlassung zu geben scheinen. Der Bundesrath hat auch besondere Berichte zu erstatten, wenn die Bundesversammlung oder eine Abtheilung derselben es verlangt. (Art. 90 Ziff. 16 der Bundesverfassung.) — Was die Beschwerden (Rekurse) gegen Verfügungen des Bundesrathes betrifft, so haben wir darüber bereits im ersten Bande (S. 204 ff.) gesprochen. Da die einschlägige Bestimmung des Art. 74 ganz allgemein gehalten ist, so ist dieselbe in der Praxis immer dahin ausgelegt worden, dass namentlich alle staatsrechtlichen Entscheidungen des Bundesrathes, alle Beschlüsse über Handhabung der Bundesvorschriften, der Konkordate und der Kantonalverfassungen, sowie über Kompetenzstreitigkeiten zwischen den Kantonen dem Weiterzuge an die Bundesversammlung unterliegen. Die Frage, ob diess auch bei andern Beschlüssen des Bundesrathes der Fall sei, deren Gegenstand mehr der eigentlichen Administration angehört, und namentlich bei solchen, welche sich auf Kompetenzen beziehen, die erst durch Bundesgesetze dem Bundesrathe übertragen worden sind, ist in der Bundesversammlung schon zweimal erörtert worden bei Anlass von Rekursen, welche gegen Entscheidungen über die Abtretungspflicht gerichtet waren. Im Juli 1856 beschwerte sich eine Anzahl von Grundbesitzern im Kanton Neuenburg über einen Beschluss des Bundesrathes, welcher sie zur Landabtretung an die Jura-Eisenbahn verpflichtete. Die

Bundesversammlung wies diese Beschwerde ab, weil der Entscheid über solche Fragen »nach Massgabe des Bundesgesetzes vom 1. Mai 1850 Art. 25 ohne Vorbehalt eines Rekursrechtes der Kompetenz des Bundesrathes unterstellt sei.« Die vorberathende Kommission hatte in ihrem Berichte folgenden Satz aufgestellt: »Die Vorschrift des Art. 74 Ziff. 15 der Bundesverfassung ist offenbar nicht in unbeschränktem Sinne aufzufassen, sondern es wird gemäss wiederholten Entscheidungen der Bundesversammlung für die Zulässigkeit der materiellen Würdigung solcher Beschwerden jeweilen vorausgesetzt, dass ein von dem Bunde gewährleistetes Recht in Frage stehe.«*) In gleichem Sinne wurde über den Rekurs des Weinschenk Kindlimann in Zürich im Januar 1862 entschieden. Die ständeräthliche Kommission, welche denselben zuerst begutachtete, sprach sich folgendermassen aus: »Wir wissen zwar wohl, dass Art. 74 Ziff. 15 der Bundesverfassung, welcher Kantonen und Bürgern die Befugniss gibt, sich über Verfügungen des Bundesrathes bei der Bundesversammlung zu beschweren, in seinen Worten keinerlei Beschränkungen enthält; aber eben so gewiss scheint uns zu sein, dass die Natur der Sache jenes allgemeine Beschwerderecht einigermassen beschränken muss, wenn es nicht eine Ausdehnung gewinnen soll, die zu Ungereimtheiten führen müsste. Setze man z. B. den Fall, dass ein vom Bundesrathe entlassener Zoll- oder Postbeamter sich bei der Bundesversammlung über seine Entlassung beschweren wollte, so würde gewiss Niemand behaupten, die gesetzgebenden Räthe hätten zu untersuchen, ob dieselbe begründet gewesen sei oder nicht; und doch hätte man nach dem Wortlaute des Art. 74 auf der einen Seite eine Verfügung des Bundesrathes, auf der andern Seite die Beschwerde eines Bürgers über dieselbe. Der Art. 74 Ziff. 15 muss nach unserer Ansicht in seinem innern Zusammenhange mit andern Bestimmungen der Bundesverfassung aufgefasst werden. Eine Menge der wichtigsten Entscheidungen theils über staatsrechtliche, theils über materielle Angelegenheiten, wobei entweder die Kantone als solche betheiligt sind oder allgemeine Grundsätze von grosser Tragweite in Frage liegen, hat die Bundesverfassung in die Hand des Bundesrathes gelegt und eben wegen der grossen Wichtigkeit derartiger Beschlüsse behielt sie zugleich den Betheiligten das Recht des Weiterzuges an die oberste Bundesbehörde vor. Anders

*) Ullmer S. 354, 398.

verhält es sich mit Entscheidungen, die nicht schon zufolge der Bundesverfassung dem Bundesrathe zustehen, sondern ihm erst durch ein Bundesgesetz übertragen worden sind und ebenso gut einer andern Behörde hätten übertragen werden können; hier ist nicht anzunehmen, dass die Bundesversammlung sich das Recht habe vorbehalten wollen, über alle noch so unerheblichen Fragen in zweiter Instanz abzusprechen. Was insbesondere die Frage der Abtretungspflicht für öffentliche Werke betrifft, über welche der Bundesrath in streitigen Fällen nach Art. 25 des Bundesgesetzes vom 1. Mai 1850 zu entscheiden hat, so muss es auf den ersten Blick einleuchten, dass dieselbe zum letztinstanzlichen Entscheide durch die Bundesversammlung sich sehr wenig eignen würde.« Damit übereinstimmend, bemerkte auch die nationalräthliche Kommission: »Der Art. 74 Ziff. 15 der Bundesverfassung kann augenscheinlich nicht in absolutem Sinne genommen werden und es hat nicht in der Absicht der Begründer der eidgenössischen Constitution liegen können, dass es einem Privaten zustehen könne, gegen alle möglichen Beschlüsse des Bundesraths den Rekurs an die eidgenössischen Räthe zu ergreifen. Den beiden Räthen eine solche Mission übertragen, hiesse sie für permanent erklären und der Bundesrath könnte keinen Schritt mehr thun, ohne durch einen Rekurs an die Bundesversammlung gehemmt zu werden. In absolutem Sinne aufgefasst, würde diese Bestimmung eine Art Veto begründen, das alle Beschlüsse der Exekutivbehörde, mögen sie die Civil- oder Militärverwaltung betreffen, auf einige Zeit ausser Kraft setzen würde. Es ist augenscheinlich, dass eine solche Auffassung des Art. 74 Ziff. 15 der Verfassung ganz einfach zu einer materiellen Unmöglichkeit und mithin zum Absurden führen würde. Der angeführte Artikel scheint uns vielmehr in dem Sinne verstanden werden zu müssen, dass in solchen Fällen, in denen gegen die Massnahmen und Beschlüsse des Bundesraths Rekurs ergriffen werden kann, diese Rekurse bei der Bundesversammlung vorzubringen sind, dass aber, sobald besondere Gesetze gewisse Massnahmen in die ausschliessliche Kompetenz des Bundesraths verweisen (wie z. B. die Wahlen und Massregeln von rein administrativem Charakter), gegen derartige Beschlüsse keine Appellation zulässig ist, sondern dass sie endgültig sind, vorbehältlich der Verantwortlichkeit des Bundesraths und der Bemerkungen, die ihm desshalb bei der Prüfung seiner Geschäftsführung gemacht werden können.« Gestützt auf diese Kommissionalberichte, beschloss die Bundesversammlung auf den Rekurs Kindlimann nicht einzutreten, erwägend »dass der Art. 25 des Bundesgesetzes vom 1. Mai 1850 über die Verbindlichkeit zur Abtretung von Privatrechten die Entscheidung von Streitigkeiten, welche über die Abtretungspflicht für öffentliche Werke entstehen, dem Bundesrathe übertragen hat, ohne dabei einen Weiterzug an die Bundesversammlung vorzubehalten.« *) In den beiden Rekursfällen einigte man sich daher auf ein übereinstimmendes und gewiss vollkommen begründetes Motiv der Abweisung; jedoch ist nicht zu verkennen, dass die Kommissionalberichte in ihren Ausführungen nicht völlig vom gleichen Standpunkte ausgehen und daher später Fälle eintreten können, wo über die Zulässigkeit einer Beschwerde die Ansichten vielleicht auseinandergehen. — Eine zweite grundsätzliche Frage, welche sich in Bezug auf die nach Art. 74 Ziff. 15 zulässigen Beschwerden aufwerfen lässt, besteht darin, ob der ergriffene Rekurs an die Bundesversammlung die Wirkung habe, dass bis zu dessen Erledigung der bundesräthliche Beschluss nicht zu vollziehen sei. Es hat sich in dieser Hinsicht, wie wir bereits bei Anlass einer Beschwerde des Kantons Genf in Sachen der Fremdenpolizei (Bd. I. S. 471) wahrgenommen haben, in der Praxis die Regel gebildet, dass die Rekurse keinen derartigen Suspensiveffekt haben. Ausnahmen von dieser Regel können nur da begründet sein, wo die Vollziehung des bundesräthlichen Beschlusses Wirkungen hätte, die sich nachher durchaus nicht mehr rückgängig machen liessen.**) In einem Specialfalle hat der Bundesrath, gegenüber einer Entscheidung des Kantonsgerichts von Freiburg erklärt: »Die Anschauungsweise, es habe ein bundesräthlicher Entscheid den Charakter eines erstinstanzlichen, gegen welchen an die Bundesversammlung als an die Oberinstanz mit Suspensiveffekt appellirt werden könne, steht mit den elementärsten staatsrechtlichen Begriffen und mit der ganzen Praxis der Bundesbehörden im vollständigsten Widerspruche.« ***)

Gehen wir nun über zu dem Geschäftsgange der beiden gesetzgebenden Räthe, so glauben wir hier die massgebenden Bestimmungen der Bundesverfassung ihrer besondern Wichtigkeit wegen textuell voranstellen zu sollen.

*) Bundesbl. 1862 I. 419—427. **) Vergl. Bundesbl. 1860 III. 80.
***) Bundesbl. 1863 I. 89.

Art. 75. »*Die beiden Räthe versammeln sich jährlich ein Mal zur ordentlichen Sitzung an einem durch das Reglement festzusetzenden Tage.*

»*Sie werden ausserordentlich einberufen durch Beschluss des Bundesrathes, oder wenn ein Viertheil der Mitglieder des Nationalrathes oder fünf Kantone es verlangen.*«

Art. 76. »*Um gültig verhandeln zu können, ist die Anwesenheit der absoluten Mehrheit der Mitglieder des betreffenden Rathes erforderlich.*«

Art. 77. »*Im Nationalrath und im Ständerath entscheidet die Mehrheit der Stimmenden.*«

Art. 78. »*Für Bundesgesetze und Bundesbeschlüsse ist die Zustimmung beider Räthe erforderlich.*«

Art. 79. »*Die Mitglieder beider Räthe stimmen ohne Instruktionen.*«

Art. 80. »*Jeder Rath verhandelt abgesondert.*« — (Der zweite Satz dieses Artikels folgt unter § 5.)

Art. 81. »*Jedem der beiden Räthe und jedem Mitgliede derselben steht das Vorschlagsrecht (die Initiative) zu.*

»*Das gleiche Recht können die Kantone durch Korrespondenz ausüben.*«

Art. 82. »*Die Sitzungen der beiden Räthe sind in der Regel öffentlich.*«

Art. 89. »*Die Mitglieder des Bundesrathes haben bei den Verhandlungen der beiden Abtheilungen der Bundesversammlung berathende Stimme und auch das Recht, über einen in Berathung liegenden Gegenstand Anträge zu stellen.*«

Art. 90 Ziff. 4. »*Der Bundesrath schlägt der Bundesversammlung Gesetze und Beschlüsse vor und begutachtet die Anträge, welche von den Räthen des Bundes oder von den Kantonen an ihn gelangen.*«

Diese Bundesvorschriften erhielten ihre nähere Ausführung durch das Bundesgesetz vom 21. December 1849 über den Geschäftsverkehr zwischen dem National- und Ständerathe, so wie über die Form der Erlassung und Bekanntmachung von Gesetzen und Beschlüssen, welches im Wesentlichen folgende Bestimmungen enthält:

1) Geschäftsverkehr zwischen dem National- und Ständerath. Die beiden Räthe versammeln sich jährlich einmal zur ordentlichen Sitzung am ersten Montag des Monats

Juli.*) Bei ihrer Versammlung treten die beiden Präsidenten zusammen, um sich über die Frage zu besprechen, von welchem Rathe jedes Geschäft zuerst zu behandeln sei. In der ersten oder zweiten Sitzung legt jeder Präsident dem Rathe, welchem er vorsteht, das Resultat der Besprechung zum Entscheide vor. Gesetze und Beschlüsse, welche von einem der beiden Räthe durchberathen sind, werden, wie sie aus der Berathung hervorgegangen, durch den Präsidenten und Sekretär unterzeichnet und innerhalb zweier Tage dem andern Rathe mitgetheilt. Wenn der letztere dem Vorschlage in allen Theilen beipflichtet, so sendet er ihn mit der Erklärung seiner Zustimmung an den andern Rath zurück. Wird dagegen der Vorschlag verworfen oder abgeändert, so sind die Gegenanträge dem ersten Rathe zu übersenden, welcher nochmals darüber in Berathung tritt und seine Beschlüsse auf dieselbe Weise dem andern Rathe mittheilt. Bei dieser zweiten Berathung wird auf diejenigen Bestimmungen eines Gesetzes oder Beschlusses, hinsichtlich welcher sich eine Uebereinstimmung der beiden Räthe bereits ergeben hat, nicht mehr eingetreten, soweit nicht ein neues Eintreten durch beschlossene Abänderungen erforderlich wird. Die Berathung derjenigen Bestimmungen, hinsichtlich deren die beiden Räthe noch nicht einig sind, wird fortgesetzt bis dieselben erklären, auf ihren abweichenden Ansichten definitiv zu beharren. In diesem Falle bleibt der Gegenstand liegen, bis er auf die für die Gesetzgebung vorgeschriebene Weise wieder angeregt wird.**) Beschlüsse,

*) Es ist dieser Zeitpunkt offenbar kein zweckmässiger, weil die heisse Sommerszeit sich weit mehr für Erholungsreisen, Badekuren u. s. w., als für die Erledigung wichtiger Geschäfte eignet. Auch ist es nicht möglich, bereits im Juli ein Budget für's folgende Jahr vorzulegen, an welches man sich nachher halten kann. Die Bestimmung des Gesetzes erklärt sich indessen theils aus der hergebrachten Sitte, dass die Tagsatzungen von Alters her im Sommer zusammenzutreten pflegten, theils aus der Schwierigkeit, sich über einen andern Zeitpunkt zu verständigen. Die herrschenden Uebelstände werden dadurch etwas gemildert, dass man sich daran gewöhnt hat, neben den gesetzlichen Sommersitzungen ebenso regelmässige Wintersitzungen zu halten. In Zukunft soll nun jeweilen im December zum Behufe der Budgetberathung eine Session stattfinden.

**) Es folgt daraus von selbst, dass, wenn z. B. über einen, mit Umgehung des Bundesrathes bei der Bundesversammlung angebrachten Rekurs die beiden Räthe sich nicht einigen konnten, der Bundesrath keineswegs befugt ist den Fall von sich aus zu entscheiden. Bundesbl. 1863 II. 89.

wodurch eine der beiden Abtheilungen der Bundesversammlung den Bundesrath einladet, Bericht und Antrag vorzulegen, bedürfen der Zustimmung der andern Abtheilung nicht. Keiner der beiden Räthe kann sich auflösen oder vertagen ohne die Zustimmung des andern.

2) Geschäftsverkehr mit dem Bundesrathe. Im Anfang jeder ordentlichen Sitzung legt der Bundesrath ein Verzeichniss sämmtlicher bei ihm anhängiger Geschäfte vor, welche in die Kompetenz der Bundesversammlung fallen, es mögen diese Geschäfte von den Räthen ihm überwiesen oder auch unmittelbar von Kantonen oder von Privaten an ihn gelangt sein. Bei jedem einzelnen Gegenstande soll das Stadium der Behandlung, in welchem sich derselbe befindet, angegeben werden. Der Bundesrath übersendet alle Mittheilungen, welche für die Bundesversammlung bestimmt sind, gleichzeitig an die Präsidenten beider Räthe. Jeder Berathungsgegenstand kann dem Bundesrathe vorerst zur Berichterstattung überwiesen werden. Auch sind die Kommissionen der beiden Räthe befugt, Mitglieder des Bundesrathes behufs Ertheilung von Aufschlüssen in ihre Sitzungen einzuladen. Beschwerden, welche nach Art. 74 Ziff. 15 der Bundesverfassung gegen den Bundesrath erhoben werden, sollen demselben mitgetheilt werden, ehe sie zur Behandlung kommen. Interpellationen, welche an den Bundesrath gerichtet werden, soll dieser sofort oder in einer der nächsten Sitzungen beantworten. In der ordentlichen Sitzung werden von dem Bundesrathe der Geschäftsbericht, die Rechnungen des vorhergehenden Jahres und das Budget für das künftige Jahr vorgelegt. Die beiden ersten Gegenstände werden jeweilen bis zum 1. Mai den von den Räthen zur Prüfung niedergesetzten Kommissionen eingegeben. Die Mittheilung eines Beschlusses der Bundesversammlung an den Bundesrath geschieht durch denjenigen Rath, welcher das Geschäft zuerst in Behandlung genommen hat.

3) Form der Erlassung und Bekanntmachung von Gesetzen und Beschlüssen. Nachdem ein Gesetz oder ein Beschluss von beiden Abtheilungen der Bundesversammlung berathen und angenommen worden ist, wird durch die eidgenössische Kanzlei eine Originalausfertigung besorgt und dieselbe von den Präsidenten und Sekretären der beiden Räthe mit Angabe des Datums der Zustimmung der letztern unterzeichnet, mit dem Siegel der Eid-

genossenschaft versehen und dem Bundesrathe zur Bekanntmachung und Vollziehung mitgetheilt. Alle Gesetze, Verordnungen und Beschlüsse sind in die amtliche Sammlung aufzunehmen. Die Gesetze und, soweit sie von allgemeiner Bedeutung sind, auch die Verordnungen und Beschlüsse werden überdiess auf Kosten der Eidgenossenschaft in den drei Nationalsprachen gedruckt und den Kantonsregierungen zu beförderlicher Bekanntmachung zugestellt. Die Kantonsregierungen haben dem Bundesrathe die geschehene Bekanntmachung sofort anzuzeigen und der eidgenössische Kanzler hat eine Kontrolle über diese Mittheilungen zu führen.*)

Schliesslich haben wir noch in Bezug auf die Initiative für Bundesgesetze und Bundesbeschlüsse die oben angeführten Bestimmungen der Bundesverfassung zusammenzufassen. Nach denselben steht das Vorschlagsrecht zu: 1) dem Bundesrathe, 2) den Kantonen, 3) dem Nationalrathe, 4) dem Ständerathe. In den beiden gesetzgebenden Räthen kann jedes Mitglied auf dem Wege der Motion ein Gesetz oder einen Beschluss in Anregung bringen; die Mitglieder des Bundesrathes hingegen, wenn sie auch sonst den Verhandlungen der beiden Räthe mit berathender Stimme beiwohnen können, sind doch nicht berechtigt hier Motionen zu stellen, sondern haben ihre Anregungen im Bundesrathe selbst zu machen. Sie sind zu individuellen Anträgen in beiden Räthen nur insoweit befugt, als sich dieselben auf Gegenstände beziehen, welche bereits in Berathung liegen.

§ 5. Die vereinigte Bundesversammlung.

Während die Bundesverfassung im Allgemeinen die Regel aufstellt, dass die beiden Abtheilungen der Bundesversammlung abgesondert verhandeln und dass für alle Bundesbeschlüsse die Zustimmung beider Räthe erforderlich ist, statuirt sie daneben, auf eine konsequente Durchführung des Zweikammersystemes verzichtend und von der Uebung anderer Länder abweichend, Ausnahmen, bei welchen die beiden Räthe sich zu einer einzigen Behörde verschmelzen und einfach die Mehrheit der anwesenden und ihr Stimmrecht ausübenden Mitglieder entscheidet, wobei alle Unterschiede zwischen dem National- und Ständerathe wegfallen. Es fährt nämlich Art. 80 nach den oben mitgetheilten Worten folgendermassen fort:

*) Amtl. Samml. I. 279—284, vergl. II. 344—345.

»*Bei Wahlen, bei Ausübung des Begnadigungsrechtes und für Entscheidung von Kompetenzstreitigkeiten vereinigen sich jedoch beide Räthe unter der Leitung des Präsidenten des Nationalrathes zu einer gemeinschaftlichen Verhandlung, so dass die absolute Mehrheit der stimmenden Mitglieder beider Räthe entscheidet.*«

Die Wahlen, welche der Bundesversammlung zustehen, sind nach Art. 74 Ziff. 3 der Bundesverfassung diejenigen der Präsidenten und der Mitglieder des Bundesrathes und des Bundesgerichtes, sowie des eidgenössischen Kanzlers, ferner des Generals, Oberbefehlshabers des Bundesheeres, und des Chefs seines Stabes, endlich eidgenössischer Repräsentanten oder Kommissarien. Letztere können indessen nach Art. 90 Ziff. 6 auch vom Bundesrathe ernannt werden und da es in der That weit mehr Sache der vollziehenden Gewalt ist, besondere Sendungen zu bestimmten Zwecken anzuordnen, so hat die Bundesversammlung bis jetzt noch niemals von der Befugniss, eidgenössische Repräsentanten zu wählen, Gebrauch gemacht. Für die Wahlen der vereinigten Bundesversammlung galt früher das Reglement des Nationalrathes; nachdem indessen bei einer wichtigen Wahl, welche wegen Unrichtigkeiten kassirt werden musste, arge Uebelstände an den Tag getreten waren, wurde von der Bundesversammlung unterm 27. Januar 1859 ein eigenes Wahlreglement aufgestellt. Nach demselben besteht das Wahlbureau aus dem Präsidenten, den vier Stimmenzählern des Nationalrathes und den zwei Stimmenzählern des Ständerathes. Die Wahlen gehen mittelst geheimer Abstimmung vor sich, und es wird dafür die absolute Mehrheit der Stimmenden erfordert. Die Wahl des Bundesrathes und des Bundesgerichtes soll den Mitgliedern jeweilen drei Tage vor der Wahlverhandlung schriftlich angezeigt werden. Bei der geheimen Wahl werden von den Stimmenzählern besondere, für jeden Wahlgang anders bezeichnete Stimmzettel an die Mitglieder der Versammlung ausgetheilt. Jeder Stimmenzähler gibt der Kanzlei die Zahl der Stimmzettel an, welche er ausgetheilt hat. Die Gesammtzahl der ausgetheilten Stimmzettel wird vor der Stimmensammlung durch das Präsidium angezeigt. Die Weibel sammeln die Stimmzettel ein und überliefern dieselben dem Bureau. Das Bureau zählt die eingelangten Stimmzettel ab und der Präsident eröffnet die Zahl der ausgetheilten und eingegangenen Stimmzettel. Nach dieser Eröffnung dürfen keine weitern Stimmzettel dem Bureau eingereicht werden.

Uebersteigt die Zahl der eingelangten diejenige der ausgetheilten Stimmzettel, so ist das Skrutinium ungültig und muss von neuem vorgenommen werden. Sind hingegen so viele Stimmzettel eingelangt als ausgetheilt wurden oder weniger, so hat die Wahl ihren Fortgang. Das Bureau sondert sich hierauf in zwei Abtheilungen, von welchen die eine den Kanzler, die andere dessen Stellvertreter zum Sekretär hat. Unter diese zwei Abtheilungen werden die eingegangenen Stimmzettel vertheilt. Ein Stimmzähler eröffnet dieselben, liest die darauf stehenden Namen laut ab und übergibt sie zur Erwahrung dem zweiten Stimmenzähler. Der dritte Stimmenzähler und der Sekretär verzeichnen die abgelesenen Namen zu Protokoll und sprechen bei jedem Namen die Stimmenzahl laut aus. Nach Eröffnung aller Stimmzettel wird das Resultat von der Kanzlei zusammengetragen und vom Präsidium eröffnet. Hat sich keine absolute Mehrheit ergeben, so wird zu einem weitern Skrutinium geschritten. Die beiden ersten Wahlgänge sind frei; in den folgenden fallen der oder die Kandidaten aus der Wahl, welche die wenigsten Stimmen auf sich vereinigt haben. Vertheilen sich in zwei auf einander folgenden Wahlgängen die Stimmen gleichmässig auf mehr als zwei Kandidaten, so wird das Loos denjenigen bezeichnen, welcher nicht mehr in die Wahl kommen soll. Bleiben nur zwei Kandidaten in der Wahl und erhalten sie in zwei auf einander folgenden Wahlgängen die gleiche Stimmenzahl, so entscheidet nach dem zweiten Skrutinium das Loos, welcher von beiden gewählt sein soll. Bei Ausmittlung der absoluten Mehrheit werden die unbeschriebenen und die ungültigen Stimmzettel nicht in Anschlag gebracht, sondern abgezogen. Sinkt die Zahl der gültigen Stimmzettel unter die absolute Mehrheit der Mitglieder der Versammlung, so wird das Skrutinium ungültig. Nach der Sitzung sollen die eingegangenen Stimmzettel, unter Aufsicht der Stimmenzähler, durch die Weibel vernichtet werden.*)

Das Begnadigungsrecht kann von der Bundesversammlung gemäss Art. 104 der Bundesverfassung gegenüber allen Strafurtheilen, welche von den eidgenössischen Assisen gefällt worden sind, ausgeübt werden. Nach dem Gesetze über die Bundesstrafrechtspflege wird das Begnadigungsgesuch in Form einer Bittschrift beim Bundesrathe angebracht. Nachdem dieser den Untersuchungsrichter und den Bundesanwalt, welche in dem Geschäfte

*) Amtl. Samml. VI. 148 – 151.

funktionirten, angehört hat, bringt er das Gesuch mit seinem Antrage an die Bundesversammlung. Der Bundesrath kann aber auch von sich aus auf Begnadigung antragen. Ferner kann nach der Bundesgesetzgebung das Begnadigungsrecht auch Anwendung finden gegenüber Urtheilen, welche zwar von kantonalen Gerichten, aber zufolge den Bestimmungen des Bundesstrafrechtes ausgesprochen wurden, sowie gegenüber den Urtheilen der eidgenössischen Kriegsgerichte, die bereits in Vollziehung gesetzt sind.*) Eine Begnadigung setzt immer voraus, dass ein Gericht auf eine Strafe erkannt habe, deren Nachlass oder Umwandlung verlangt wird; sie unterscheidet sich dadurch von der Amnestie, welche gegenüber politischen Vergehen von der souveränen Behörde eines Staates, in der Eidgenossenschaft von der Bundesversammlung aus allgemeinen Gründen des Staatswohles ertheilt werden kann, ehe ein Urtheilspruch vorliegt und selbst ohne dass die Schuld des Einzelnen näher untersucht wird. Beschlüsse, durch welche Amnestie ertheilt wird, gehen daher nicht von der vereinigten Bundesversammlung, sondern von den beiden Räthen in getrennter Verhandlung aus.**) So wurde 1861, als die Motion des Herrn Oberst Ziegler, betreffend die Anwerbungen in fremde Kriegsdienste zur Sprache kam, zuerst die Amnestiefrage in den beiden Räthen, dann die Begnadigungsfrage in der vereinigten Bundesversammlung berathen.

Die Kompetenzstreitigkeiten, über welche die Bundesversammlung zu entscheiden hat, beziehen sich nach Art. 74 Ziff. 17 entweder darauf, ob ein Gegenstand in den Bereich des Bundes oder der Kantonalsouveränetät gehöre, oder darauf, ob eine Frage in die Kompetenz des Bundesrathes oder des Bundesgerichtes falle. Streitigkeiten der letztern Art werden nicht leicht vorkommen, weil das Bundesgericht überhaupt nur einen beschränkten Geschäftskreis hat, der von demjenigen des Bundesrathes scharf geschieden ist. Dagegen sind die Gränzen der Bundes- und Kantonalsouveränetät oft schwer auszumitteln; wir haben die wichtigern Kompetenzstreitigkeiten dieser Art, welche die Bundesversammlung bis dahin zu entscheiden hatte, bereits im ersten

*) Amtl. Samml. II. 732 – 733, 784. IV. 427.

**) Vergl. den Bundesbeschluss vom 25. Juli 1855 betreffend Niederschlagung des wegen Wahlunordnungen im Kanton Tessin eingeleiteten Prozesses. Amtl. Samml. V. 170 – 171.

Bande aufgezählt und werden auf die Conflikte zwischen kantonaler und eidgenössischer Gerichtsbarkeit noch unten zu sprechen kommen. Hier haben wir bloss zu untersuchen, welche Streitfragen unter den »Kompetenzstreitigkeiten« zu verstehen seien, deren Entscheid der vereinigten Bundesversammlung zusteht, und zwar können wir uns hier auf einen Entscheid der Bundesversammlung selbst berufen, welcher im Jahr 1851 bei Anlass einer Petition der Bürgergemeinde Biel gefasst worden ist. Da die Regierung von Bern, gegen welche das Begehren gerichtet war, die Kompetenz des Bundes bestritten hatte, so beschloss der Nationalrath, es sei vorerst die Kompetenzfrage durch die vereinigte Bundesversammlung zu entscheiden. Mit dieser Wegleitung erklärte sich der Ständerath nicht einverstanden, sondern beschloss, es sei die Angelegenheit von den beiden Räthen abgesondert zu behandeln. Die Kommission, auf deren Antrag hin dieser Beschluss gefasst wurde, unterschied in ihrem Berichte zwischen blossen Kompetenz*fragen*, wie sie bei jedem Geschäfte vorkommen können, aber immer als blosse Vorfragen in Verbindung mit den Hauptfragen von jedem der beiden Räthe für sich behandelt worden sind, und wirklichen Kompetenz*streitigkeiten*, welche erst dann vorhanden sind, wenn ein Kanton der Bundesgewalt gegenüber einen förmlichen Conflikt erhebt. Dieser Anschauungsweise des Ständerathes schloss sich in zweiter Berathung der Nationalrath an, obgleich seine Kommission mit grosser Zähigkeit und Einlässlichkeit für den früher gefassten Beschluss in die Schranken trat.*) Wir betrachten diesen Entscheid der Bundesversammlung als einen nicht unwichtigen; denn wenn sich überhaupt Vieles dagegen anführen lässt, dass einer einzigen grossen Versammlung, in welcher die Abgeordneten der Kantone sich in entschiedener Minderheit befinden, die Ausscheidung der Bundes- und Kantonalsouveränetät übertragen worden ist, so ist um so mehr darauf zu halten, dass diese Verfassungsbestimmung wenigstens nicht über ihren klaren Wortlaut hinaus angewendet werde. Die Auslegung, welche der Nationalrath zuerst den Artt. 74 und 80 der Bundesverfassung geben wollte, hätte ohne Zweifel dem Zweikammersysteme einen schweren Stoss versetzt; denn es ist klar, dass fast bei jedem wichtigern Gegenstande, welcher in der Bundesversammlung zur Sprache kommt, die Kompetenzfrage sich aufwerfen lässt, und nichts wäre somit nach jener Interpretation

*) Bundesbl. 1851 III. 89—99, 103—122.

leichter als die Erörterung solcher Gegenstände an die vereinigte Bundesversammlung zu ziehen, deren Beschlüsse dann natürlich für die Sache selbst, die oft auf's Innigste mit der Kompetenzfrage zusammenhängt, massgebend wären. Wir können es demnach als feststehenden Grundsatz unsers Bundesstaatsrechtes bezeichnen, dass eine Kompetenzstreitigkeit, welche vor das Forum der vereinigten Bundesversammlung gehört, erst dann vorliegt, wenn die Bundesversammlung oder der Bundesrath einen Beschluss gefasst hat, welcher von einer Kantonsregierung als den Bereich der Bundesgewalt überschreitend angefochten wird.

Wir haben bereits im ersten Bande (S. 157) angedeutet, dass eigentlich nur die unbegründete Besorgniss, es werden die beiden Räthe sich sehr oft nicht zu einem gemeinschaftlichen Beschlusse einigen können, die Urheber der Bundesverfassung veranlasst hat, den Entscheid von Kompetenzstreitigkeiten der vereinigten Bundesversammlung zu übertragen, während die getrennte Verhandlung in den beiden Räthen einer reiflichen und allseitigen Prüfung dieser meistens sehr wichtigen und schwierigen Fragen ohne Zweifel nur förderlich sein könnte. Auch bei den Begnadigungen, mit denen man es oft etwas leicht nimmt, wäre eine etwas sorgfältigere Behandlung, wie sie sich aus einer doppelten Berathung von selbst ergibt, nur empfehlenswerth, während man nicht einmal von einem besondern Uebelstande reden kann, der darin liegen würde, wenn bei einem Begnadigungsgesuche ein übereinstimmender Beschluss der beiden Räthe nicht zu Stande käme, also demselben nicht entsprochen würde. Endlich könnte selbst bei den Wahlen, obschon hier die Abweichung vom Zweikammersysteme weniger Bedenken gegen sich hat als bei andern Verhandlungen, die Konsequenz des Systemes in der Weise festgehalten werden, dass, wie es zur Zeit der helvetischen Republik geübt wurde, der eine Rath eine Liste von Kandidaten aufstellen würde, aus welcher der andere Rath die definitive Wahl zu treffen hätte. Jedenfalls sind wir entschieden der Ansicht, dass man bei Entwerfung der Bundesverfassung das Zweikammersystem durch zu viele Ausnahmen, von denen man z. B. in Nordamerika nichts weiss, geschwächt hat, was sich freilich daraus leicht erklärt, dass man den vielen Einwendungen, welche gegen das in der Schweiz ungewohnte System erhoben wurde, etwelche Rechnung tragen musste. Und wenn die Gleichberechtigung der beiden Räthe unzweifelhaft zu den Grundlagen des Zweikammersystemes gehört, so ist die Bundesverfassung unsers Erachtens unnöthiger Weise von dieser Grundlage abgewichen, indem sie den Vorsitz in der vereinigten Bundesversammlung unbedingt den Präsidenten des Nationalrathes übertrug, anstatt die Präsidenten der beiden Räthe in dieser Funktion mit einander abwechseln zu lassen.

Noch haben wir am Schlusse dieses Abschnittes zu erwähnen, dass der verfassungsmässige Geschäftskreis der vereinigten Bundesversammlung durch das Bundesgesetz über die politischen und polizeilichen Garantien noch um etwas erweitert worden ist. Nach Art. 1 dieses Gesetzes (siehe unten) soll nämlich, wenn die polizeiliche oder gerichtliche Verfolgung eines Mitgliedes des National-, Stände- oder Bundesrathes, des eidgenössischen Kanzlers oder eines eidgenössischen Repräsentanten wegen nicht amtlicher Vergehen von der Behörde, welche zunächst darüber zu entscheiden hat, verweigert wird, hiegegen an die vereinigte Bundesversammlung rekurrirt werden können.

Zweites Kapitel.

Der Bundesrath und seine Untergebenen.

§ 1. Organisation und Befugnisse des Bundesrathes.

Schon die Bundesentwürfe von 1832 und 1833 hatten statt der drei Vororte, welche sich als eine in jeder Hinsicht höchst ungenügende und unzweckmässige Einrichtung erwiesen hatten, als vollziehende Behörde der Eidgenossenschaft einen Bundesrath aufgestellt, bestehend aus einem Landammann der Schweiz, welcher zugleich Präsident der Tagsatzung war und durch eine direkte Abstimmung der Kantone gewählt wurde, und vier von der Tagsatzung ernannten Mitgliedern, unter welche die Departemente des Aeussern, des Innern, des Militärs und der Finanzen vertheilt wurden. Die Revisionskommission von 1848 erklärte sich ebenfalls einstimmig für einen Bundesrath von fünf Mitgliedern, beschloss aber sofort mit grosser Mehrheit, dass letztere und aus ihrer Zahl der Präsident, welcher den Titel »Bundespräsident« erhielt, durch die vereinigten Kammern zu wählen seien. Die Amtsdauer des Bundesrathes wurde mit derjenigen des Nationalrathes in

Einklang gebracht, damit in beiden Behörden eine übereinstimmende Politik vertreten sei. Die Mitglieder sollten bei jeder Erneuerungswahl wieder wählbar, der Bundespräsident dagegen als solcher für die nächstfolgende Amtsdauer von der Wählbarkeit ausgeschlossen sein. Die Befugnisse und Obliegenheiten des Bundesrathes wurden gemäss dem Entwurfe von 1833 angenommen; ebenso erklärte sich die Kommission mit dem Departementalsysteme einverstanden, überliess jedoch die Vertheilung der Geschäfte der Bundesgesetzgebung.

In der zweiten Berathung der Revisionskommission*) wurde der schon früher gestellte Antrag, die Wahl des Bundesrathes dem Volke zu übertragen, wiederholt einlässlich diskutirt und nur mit Einer Stimme Mehrheit verworfen. Derselbe verdient in der That auch gegenwärtig noch die ernstlichste Berücksichtigung. Wenn man eine selbstständig auftretende, mit der nöthigen Autorität und Thatkraft ausgerüstete Regierung will, so darf dieselbe nicht völlig abhängig sein von den gesetzgebenden Räthen, sondern sie muss ihre Machtbefugniss aus einer höhern Quelle ableiten. Auch treffen offenbar die Gründe, welche beim Nationalrathe gegen ein Generalskrutinium angeführt wurden, beim Bundesrathe nicht zu: die wenigen Männer, deren es für die eidgenössische Regierung bedarf, weiss das Volk schon aus den schweizerischen Staatsmännern herauszufinden. Nicht Fachmänner für die Besorgung der verschiedenen Departemente sind es, auf welche man bei der Wahl des Bundesrathes vorzüglich sein Augenmerk zu richten hat, sondern Staatsmänner, die durch ihre gesammte öffentliche Wirksamkeit sich das Zutrauen des Volkes auch in weitern Kreisen erworben haben. Die eigentlichen Fachmänner für die verschiedenen Geschäftszweige des Bundesrathes werden ihre passendere Verwendung als Bureauchefs oder sonst als höhere Beamte der einzelnen Departements finden.

Die Tagsatzung begann ihre Berathungen über die Organisation des Bundesrathes damit, dass sie auf den Antrag der Gesandtschaft von A a r g a u die Zahl der Mitglieder auf s i e b e n erhöhte. Es liess sich hiefür mit allem Grunde anführen, dass die Bundesverfassung bedeutend mehr Centralisationen theils sofort einführte, theils für die Zukunft in Aussicht stellte, als diess bei den Entwürfen von 1832 und 1833 der Fall war; wir glauben auch in der That, dass bei dem seit 1848 immer grösser gewordenen Geschäftsumfange fünf Mitglieder,

*) Protokoll S. 132—136, 181—183.

die zugleich Departementsvorsteher sein sollen, nicht genügt hätten. Doch lag das hauptsächlichste, wenn auch nicht offen ausgesprochene Motiv der Aenderung darin, dass manche Kantone bei sieben eher als bei fünf Mitgliedern einen Sitz im Bundesrathe für sich zu erlangen hofften.*) Aus dem gleichen Grunde wurde auf den Antrag der Gesandtschaften von Schwyz, Appenzell A. Rh. und Graubünden die Bestimmung angenommen, dass aus einem Kanton nie mehr als Ein Mitglied des Bundesrathes gewählt werden dürfe. Im Uebrigen blieb der Abschnitt des Kommissionalentwurfes, welcher vom Bundesrathe handelte, im Wesentlichen unverändert; nur ist hervorzuheben, dass in Folge von Bemerkungen, die zum jetzigen Art. 90 der Bundesverfassung gemacht wurden, der nicht unwichtige Nachsatz in Ziff. 2 **) von den Redaktoren eingeschaltet und bei der zweiten Berathung angenommen worden ist.***)

Die Artt. 83 bis 92 der Bundesverfassung und das in Ausführung derselben unterm 16. Mai 1849 erlassene Bundesgesetz über die Organisation und den Geschäftsgang des Bundesrathes, ergänzt und theilweise abgeändert durch einige spätere Gesetze und Beschlüsse, bestimmen nun im Wesentlichen Folgendes:

I. Organisation des Bundesrathes. Der Bundesrath ist die oberste vollziehende und leitende Behörde der Eidgenossenschaft. Er besteht aus sieben Mitgliedern, welche von der Bundesversammlung aus allen in den Nationalrath wählbaren Schweizerbürgern auf eine Amtsdauer von drei Jahren gewählt werden und von denen nicht mehr als Ein Mitglied dem nämlichen Kantone angehören darf. Nach jeder Gesammterneuerung des Nationalrathes findet auch eine solche des Bundesrathes statt. Die in der Zwischenzeit ledig gewordenen Stellen werden bei der nächsten Sitzung der Bundesversammlung für den Rest der Amtsdauer wieder besetzt. (Diese Bestimmung ist im Juli 1857 dahin interpretirt worden, dass, wenn ein Mitglied des Bundesrathes während einer Versammlung der beiden Räthe mit

*) Der Verfasser schreibt diess nach dem Eindrucke, welcher ihm von der Verhandlung zurückgeblieben ist, der er als Gesandter seines Standes persönlich beiwohnte.

**) »Der Bundesrath hat für Beobachtung der Verfassung, der Gesetze und Beschlüsse des Bundes, sowie der Vorschriften eidgenössischer Konkordate zu wachen; er trifft zu Handhabung derselben von sich aus oder auf eingegangene Beschwerde die erforderlichen Verfügungen.«

***) Abschied S. 128–137, 140–141, 275–278.

Tod abgeht, die Wiederbesetzung der Stelle noch in der nämlichen Session stattfinden soll.) — Die Mitglieder des Bundesrathes behalten ihr politisches und bürgerliches Domicil in demjenigen Kanton bei, in welchem sie verbürgert sind. Besitzen sie Heimathsrechte in mehrern Kantonen, so sind sie als demjenigen Kanton angehörig zu betrachten, in welchem sie zur Zeit ihrer Wahl in den Bundesrath ihren Wohnsitz hatten. Haben sie in keinem jener Kantone gewohnt, so gelten sie als Angehörige desjenigen Kantons, in welchem sie das älteste Bürgerrecht besitzen. Die Mitglieder des Bundesrathes bleiben unter der Hoheit und der Gesetzgebung des betreffenden Kantons, so weit ihre Eigenschaft als Privatpersonen in Frage kommt. Dieser Grundsatz findet jedoch keine Anwendung auf Liegenschaften, welche sie in andern Kantonen besitzen und auf die indirekten Steuern an ihrem Wohnorte. — Blutsverwandte oder Verschwägerte in auf- und absteigender Linie unbedingt, und in der Seitenlinie bis und mit dem Grade von Geschwisterkindern, sowie Ehemänner von Schwestern können nicht gleichzeitig Mitglieder des Bundesrathes sein. Ein Mitglied, welches durch Eingehung einer Ehe in ein unzulässiges Verwandtschaftsverhältniss tritt, hat auf seine Stelle im Bundesrathe zu verzichten. — Kein Mitglied des Bundesrathes darf eine andere Beamtung, sei es im Dienste der Eidgenossenschaft oder eines Kantons, bekleiden noch irgend einen andern Beruf oder Gewerbe betreiben oder durch andere Personen betreiben lassen. Von der Bekleidung eines militärischen Grades sind die Mitglieder des Bundesrathes nicht ausgeschlossen; doch dürfen sie, wie wir (Bd. I. S. 481) gesehen haben, nur mit Bewilligung der Bundesversammlung Militärdienste thun und müssen alsdann während der Dauer ihres Dienstes auf Sitz und Stimme im Bundesrathe verzichten. — Den Vorsitz im Bundesrathe führt der Bundespräsident, welcher, sowie auch der Vicepräsident, von den vereinigten Räthen aus den Mitgliedern desselben für die Dauer eines Jahres gewählt wird. Der abtretende Präsident ist für das nächstfolgende Jahr weder als Präsident noch als Vicepräsident wählbar. Ebenso wenig kann das gleiche Mitglied während zwei auf einander folgenden Jahren die Stelle eines Vicepräsidenten bekleiden. — Der jährliche Gehalt, welchen die Mitglieder des Bundesrathes aus der Bundeskasse zu beziehen haben, ist gegenwärtig auf 8,500 Fr. und derjenige des Bundespräsidenten auf 10,000 Fr. festgesetzt. — Um gültig verhandeln zu können, müssen wenigstens vier Mitglieder des Bundesrathes anwesend sein. Bei allen Schlussnahmen entscheidet die absolute Mehrheit der Anwesenden; zur Zurücknahme eines gefassten Beschlusses aber wird eine Mehrheit von wenigstens vier Stimmen erfordert. Der Präsident hat das Recht, bei gleichgetheilten Stimmen zu entscheiden und bei Wahlen wie ein anderes Mitglied seine Stimme abzugeben. Die Wahlen geschehen in der Regel durch geheime Stimmgebung; über alle andern Verhandlungsgegenstände findet hingegen offene Abstimmung statt. — Kein Mitglied soll ohne Entschuldigung eine Sitzung des Bundesrathes versäumen. Urlaub für die Dauer einer Woche kann das Präsidium ertheilen; für einen längern Urlaub ist die Zustimmung des Bundesrathes selbst erforderlich. — Bei Verhandlungen, an welchen ein Mitglied selbst oder ein naher Verwandter desselben ein persönliches Interesse hat, ist das betreffende Mitglied zum Austritte verpflichtet. — In dem Sitzungsprotokolle sollen die anwesenden wie die abwesenden Mitglieder des Bundesrathes verzeichnet werden. Jedes Mitglied ist berechtigt zu Protokoll zu erklären, dass es einem gefassten Beschlusse nicht beigestimmt habe. Alle Erlasse des Bundesrathes werden, im Namen der Behörde, von dem Bundespräsidenten und dem Kanzler oder ihren Stellvertretern unterzeichnet. — Die Geschäfte des Bundesrathes werden nach Departementen unter die einzelnen Mitglieder vertheilt. Diese Eintheilung hat aber einzig zum Zweck, die Prüfung und Besorgung der Geschäfte zu fördern; der jeweilige Entscheid geht vom Bundesrathe als Behörde aus. Der Bundesrath nimmt alljährlich die Vertheilung der Departemente vor und jedes Mitglied ist gehalten, eines derselben zu übernehmen. Für die Fälle von Abwesenheit und Verhinderung wird jedem Departementsvorsteher ein Stellvertreter bezeichnet. Die Departemente sind befugt, mit den Kantonsregierungen und deren Beamtungen, sowie mit den eidgenössischen Beamten unmittelbar zu verkehren, soweit dieses zur Behandlung ihrer Geschäfte erforderlich ist. Streitige Kompetenzfragen zwischen den Departementen entscheidet der Bundesrath. Kommen Geschäfte vor, welche in den Bereich mehrerer Departemente einschlagen, so werden alle zum Berichte aufgefordert.

II. Befugnisse des Bundesrathes und Eintheilung der Geschäfte. Die Angelegenheiten, welche nach Art. 90 der Bundesverfassung der Bundesrath zu besorgen hat, sind nach der durch das Gesetz aufgestellten Vertheilung auf die sieben Departemente folgende:

1) Politisches Departement. Der Bundesrath wahrt die Interessen der Eidgenossenschaft nach Aussen, wie namentlich ihre völkerrechtlichen Beziehungen, und besorgt die auswärtigen Angelegenheiten überhaupt. Er wacht für die äussere Sicherheit, für die Behauptung der Unabhängigkeit und Neutralität der Schweiz. Er prüft die Verträge der Kantone mit dem Auslande und genehmigt dieselben, sofern sie zulässig sind. Er sorgt für die innere Sicherheit der Eidgenossenschaft, für Handhabung von Ruhe und Ordnung. In Fällen von Dringlichkeit ist der Bundesrath befugt, sofern die Räthe nicht versammelt sind, die erforderliche Truppenzahl aufzubieten und über solche zu verfügen, unter Vorbehalt unverzüglicher Einberufung der Bundesversammlung, sofern die aufgebotenen Truppen 2000 Mann übersteigen oder das Aufgebot länger als drei Wochen dauert. Der Bundesrath wählt die diplomatischen Vertreter, sowie die Konsuln der Schweiz im Auslande; er ernennt Kommissarien für Sendungen im Innern und nach Aussen. — Dem Departement liegt noch insbesondere ob: der Verkehr mit auswärtigen Staaten und deren Stellvertretern, sowie mit den schweizerischen Geschäftsträgern und Konsuln; die Abschliessung von Staatsverträgen aller Art, wobei inzwischen die Mitwirkung der andern Departemente, in deren Geschäftskreis sie der Sache selbst nach gehören, vorbehalten ist; die Vermittlung des amtlichen Verkehres der Kantone mit auswärtigen Staatsregierungen oder deren Stellvertretern; die Ueberwachung und Regulirung der Gränzverhältnisse zum Auslande.

2) Dem Departement des Innern liegt die Vorberathung und Besorgung folgender Geschäfte ob: Gesetze, Verordnungen und Beschlüsse über die Organisation und den Geschäftsgang der Bundesbehörden; Ueberwachung der Bundeskanzlei und der Archive; Gränz- und Gebietsverhältnisse der Kantone unter sich; die eidgenössische Universitat und polytechnische Schule; Cultusfreiheit und Verhältnisse zwischen den Confessionen; Mass- und Gewichtswesen; Gesundheitspolizei bei gemeingefährlichen Seuchen; Auswanderungswesen; schweizerische Statistik, wofür durch Bundesgesetz vom 20. Januar 1860 ein eigenes Bureau errichtet und ein jährlicher Kredit von 20,000 Fr. ausgesetzt worden ist; Oberaufsicht über die Strassen und Brücken, soweit sie dem Bunde zusteht; öffentliche

Werke, welche nach Art. 21 der Bundesverfassung vom Bunde unterstützt oder ausgeführt werden: Vollziehung und Handhabung des Eisenbahngesetzes; Entscheid über die Abtretungspflicht nach Anleitung des Expropriationsgesetzes (vergl. Bd. I. S. 390).

3) Justiz- und Polizeidepartement. Der Bundesrath hat für Beobachtung der Verfassung, der Gesetze und Beschlüsse des Bundes, sowie der Vorschriften eidgenössischer Konkordate zu wachen; er trifft zur Handhabung derselben von sich aus oder auf eingegangene Beschwerde die erforderlichen Verfügungen. Er wacht für die Garantie der Kantonalverfassungen. Er vollzieht die Urtheile des Bundesgerichtes, sowie die Vergleiche oder schiedsrichterlichen Sprüche über Streitigkeiten zwischen Kantonen. Er prüft die Verträge der Kantone unter sich und genehmigt dieselben, soferne sie zulässig sind. — Dem Departemente sind noch insbesondere zugetheilt: die Prüfung von Kompetenzstreitigkeiten der Kantone mit den Bundesbehörden oder unter sich, sowie von Conflikten unter den Bundesbehörden selbst, von Streitigkeiten unter den Kantonen über Erfüllung von strafpolizeilichen und civilrechtlichen Konkordaten, von Anständen bei der verlangten Vollziehung rechtskräftiger Urtheile, sowie bei Arrestanlegungen; die Besorgung der auf das Niederlassungswesen, das Vereinsrecht, die Presse, die Heimathlosen und die Fremdenpolizei bezüglichen Geschäfte.

4) Militärdepartement. Wir können hier einfach auf Bd. I. S. 489, 491 — 492 verweisen.

5) Finanzdepartement. Der Bundesrath sorgt für die Verwaltung der Finanzen des Bundes, für die Entwerfung des Voranschlags und die Stellung der Rechnungen über die Einnahmen und Ausgaben des Bundes. Dringliche Ausgaben vorbehalten, soll das Budget nie überschritten, sondern in den erforderlichen Fällen bei der Bundesversammlung in ihrer nächsten Sitzung der nöthige weitere Kredit beantragt werden. — Dem Departement ist noch insbesondere die Vorberathung und Besorgung folgender Geschäfte übertragen: die organischen Bestimmungen über die Form der Finanz- und Kassaverwaltungen; die Verwaltung der eidgenössischen Fonds, sowie die Vorkehren für Darleihen; die Aufsicht über die Staatskasse und das gesammte Rechnungswesen der Eidgenossenschaft; das Münzwesen; die Pulververwaltung und die Zündkapselfabrikation; Massnahmen betr. die Geldskala und allfällige Geldbeiträge der Kantone.

6) Dem Handels- und Zolldepartement liegen folgende Geschäfte ob: Beförderung des Handels- und Gewerbswesens im Allgemeinen, wozu der Verkehr mit den schweizerischen Konsuln, so weit sich derselbe auf den Handel bezieht, gehört; Handels- und Zollverträge mit dem Auslande; Handhabung des freien Verkehrs im Innern der Schweiz; das gesammte eidgenössische Zollwesen (vergl. Bd. I. S. 523—524); Ueberwachung der den Kantonen zum Fortbezug überlassenen Gebühren; Beaufsichtigung der von den Kantonen erhobenen Verbrauchsteuern; übersichtliche Ausmittlung des Handels der Schweiz.

7) Dem Postdepartement endlich steht die Leitung und Ueberwachung des gesammten Post- und Telegraphenwesens in allen seinen Zweigen (vergl. Bd. I. S. 355, 367) und insbesondere auch die Vorbereitung darauf bezüglicher Verträge mit dem Auslande zu.

In Bezug auf die Wahlen bemerken wir zum Schlusse noch im Allgemeinen, dass der Bundesrath alle diejenigen Wahlen zu treffen hat, welche nicht durch die Verfassung der Bundesversammlung und dem Bundesgerichte oder durch die Gesetzgebung einer untergeordneten Behörde übertragen sind. Auch sind der Bundesrath und seine Departemente befugt, für besondere Geschäfte Sachkundige beizuziehen. Die Besoldungen und Entschädigungen für die gewählten Beamten, Kommissarien und Sachverständigen bestimmt der Bundesrath, insoferne sie nicht gesetzlich geregelt sind.*)

§ 2. Die Bundeskanzlei.

Der Art. 93 der Bundesverfassung lautet folgendermassen:

»*Eine Bundeskanzlei, welcher ein Kanzler vorsteht, besorgt die Kanzleigeschäfte bei der Bundesversammlung und beim Bundesrath.*

»*Der Kanzler wird von der Bundesversammlung auf die Dauer von drei Jahren gleichzeitig mit dem Bundesrath gewählt.*

»*Die Bundeskanzlei steht unter der besondern Aufsicht des Bundesrathes.*

»*Die nähere Organisation der Bundeskanzlei bleibt der Bundesgesetzgebung vorbehalten.*«

Die hier vorbehaltenen gesetzlichen Bestimmungen finden sich ebenfalls in dem schon erwähnten Bundesgesetze vom 16. Mai 1849 über die Organisation und den Geschäftsgang des Bundesrathes.

*) Amtl. Samml. I. 49—63. III. 35. VI. 59, 422—423, 426—427.

Nach demselben ist der Kanzler auch in Bezug auf die Exterritorialität *) den Mitgliedern des Bundesrathes gleichgestellt, sowie darin, dass es ihm nicht gestattet ist, einen andern Beruf oder Gewerbe zu treiben oder auf seine Rechnung betreiben zu lassen. Der Bundesrath wählt für eine Amtsdauer von drei Jahren einen Vicekanzler, welcher der zweite Kanzleibeamte der Eidgenossenschaft ist und in Verhinderungsfällen des Kanzlers Stelle vertritt. Unter dem Kanzler und seinem Stellvertreter stehen der Archivar und der Registrator der Eidgenossenschaft, welche ebenfalls vom Bundesrathe auf die Dauer von drei Jahren gewählt werden. Alle diese Kanzleibeamten dürfen nicht mit einem Mitgliede des Bundesrathes in ausschliessendem Grade (s. oben S. 37) verwandt oder verschwägert sein.

Ein ferneres Bundesgesetz vom 19. Juli 1850 über den Bezug von Kanzleisporteln schreibt Folgendes vor: Für die ordentliche Ausfertigung der Beschlüsse und Entscheidungen der Bundesbehörden, mit Ausnahme der gerichtlichen Behörden, sind keine Gebühren zu beziehen. Wenn hingegen Gemeinden, Korporationen oder Privaten noch besondere Ausfertigungen verlangen, so bezieht die Bundeskanzlei für jede derselben, die nicht über eine Seite beträgt, 50 Cent., und für solche, die über eine Seite stark sind, für die erste Seite 50 Cent. und für jede folgende 30 Cent. Für jede Legalisation, welche von Gemeinden, Korporationen oder Privaten verlangt wird, bezieht die Bundeskanzlei eine Gebühr von 50 Cent. In Fällen von Armuth sind die Kanzleigebühren zu erlassen. Die eingehenden Sporteln fallen in die Bundeskasse.

Da das Bundesgesetz vom 16. Mai 1849 keine vollständige Organisation der Bundeskanzlei enthält, so sah sich der Bundesrath unterm 7. August 1850 veranlasst, unter Berufung auf die ihm nach Art. 93 der Bundesverfassung zustehende besondere Aufsicht ein ausführliches Reglement für dieselbe zu erlassen. Wir entnehmen demselben Folgendes: Die Bundeskanzlei begreift in sich den Kanzler, dessen Stellvertreter, den Archivar, den Registrator, zwei Kanzleisekretäre, drei Uebersetzer und fünf Kopisten. Für ausserordentliche Fälle kann der Bundesrath auf motivirten Vorschlag des Kanzlers vorübergehend weitere Aushülfe bewilligen. Wenn die gesetzgebenden

*) Vergl. oben S. 37 und Bundesgesetz über die politischen Garantien Art. 1 und 4. (Amtl. Samml. III. 33, 34.)

Räthe nicht versammelt sind, so wohnt der Kanzler in der Regel den Sitzungen des Bundesrathes bei, verfasst die von dieser Behörde beschlossenen Schreiben und Ausfertigungen und besorgt die Veröffentlichung der Gesetze, Verordnungen und Beschlüsse der Bundesbehörden. Der Vicekanzler hat ordentlicher Weise, wenn die gesetzgebenden Räthe nicht versammelt sind, in den Sitzungen des Bundesrathes das Protokoll zu führen. Der Registrator besorgt die Registratur aller Protokolle und Akten des Bundesrathes und der Bundesversammlung, verwahrt dieselben und liefert sie periodisch an das Archiv ab. Von den beiden Kanzleisekretären hat der eine hauptsächlich die Arbeiten unter das ihm untergeordnete Kanzleipersonal zu vertheilen, das letztere unmittelbar zu beaufsichtigen, das Rechnungswesen der Kanzlei zu besorgen, die Vollständigkeit und Richtigkeit der Ausfertigungen zu überwachen und diese, sowie die Protokolle und Korrespondenzbücher genau zu kontrolliren. Dem andern Kanzleisekretär hingegen liegt vorzugsweise die Besorgung sämmtlicher Drucksachen, beiden aber die Anfertigung von Uebersetzungen ins Deutsche ob. Nöthigenfalls führen die Sekretäre das Protoll der einen oder andern Bundesbehörde, soferne nämlich der Kanzler oder dessen Stellvertreter daran verhindert sein sollten. Jährlich im Monat Januar erstattet der Kanzler dem Bundesrathe einen Bericht über die Kanzlei, welcher namentlich den Zustand der Protokolle und das Verhalten der sämmtlichen Kanzleiangestellten besprechen soll.

Die Jahresgehalte der eidgenössischen Kanzleibeamten sind durch das Besoldungsgesetz vom 30. Juli 1858 und durch einen nachträglichen Bundesbeschluss vom 11. Juli 1861, betreffend die Reorganisation des eidgenössischen Archivs, folgendermassen festgestellt:

Der Kanzler bezieht, nebst freier Wohnung,	Fr. 6000.
Der Vicekanzler » » » »	» 4000.
Der Archivar »	» 3800.
Der Unterarchivar »	» 2400.
Der Registrator »	» 3200.
Der Kanzleisekretär für Drucksachen bezieht	» 3200.
Der andere Kanzleisekretär »	» 3000.*)

*) Amtl. Samml. I. 50, 62—63. II. 37—38, 55—67. III. 56—57. VI. 60 VII. 43—44.

§ 3. Die Bundesbeamten.

Der Art. 74 Ziff. 2 der Bundesverfassung legt in die Befugniss der Bundesversammlung die »Errichtung bleibender Beamtungen und Bestimmung ihrer Gehalte.« In Anwendung dieser Verfassungsvorschrift wurde bereits unterm 2. August 1853 ein Bundesgesetz erlassen »über die Errichtung und Besoldung der bleibenden eidgenössischen Beamtungen«, in welchem die Beamten der verschiedenen Dikasterien mit ihren Jahresgehalten speciell aufgezählt sind. Dieses Gesetz wurde mit Rücksicht auf die inzwischen gestiegenen Preise aller Lebensbedürfnisse, welche eine Erhöhung der Gehalte nothwendig machten, unterm 30. Juni 1858 einer durchgreifenden Revision unterworfen und unterm 29. Januar und 1. August 1863 wurden abermals Nachtragsgesetze erlassen, durch welche die Besoldungen einzelner Beamtenklassen erhöht worden sind.

Gegenwärtig sind folgende Bestimmungen in Rechtskraft:

Die Sekretäre des politischen Departements, des Departements des Innern und des Justiz- und Polizeidepartements beziehen je 3000 Fr.

Auf dem Militärdepartement erhält der erste Sekretär, Bureauchef, 3800 Fr., der zweite Sekretär, zugleich Registrator, 2700 Fr., der dritte Sekretär 2200 Fr.;*) der Adjunkt für das Personelle, zugleich Oberinstruktor der Infanterie,**) 4000 Fr. Der Militärverwaltung gehören ferner an: der Oberkriegskommissär,***) Chef des Rechnungswesens für die Unterrichtskurse, mit 5000—6000 Fr.; der Buchführer desselben mit 2400—3000 Fr.; ein Chef des Expeditionsbureau mit 2500—3000 Fr.; ein Registrator dieses Bureau mit 2000—2500 Fr.; ein Chef des Revisionsbureau mit 2500—3000 Fr.; der Kriegskommissär in Thun (für die dortigen Militärschulen) mit 2500 Fr. Endlich stehen unter diesem Departement der Verwalter des Materiellen mit 4000 Fr., sowie der Pulverkontroleur mit 3000 Fr.

*) Vergl. den Bundesrathsbeschluss vom 22. Juni 1863 betr. die Organisation und Geschäftsführung der Kanzlei des eidgenössischen Militärdepartements. Amtl. Samml. VII. 540—544.

**) Vergl. über seinen Wirkungskreis die Instruktion vom 22. Juni 1863. Amtl. Samml. VII. 536—539.

***) Vergl. den Bundesrathsbeschluss, betreffend die Organisation und Geschäftsführung des Oberkriegskommissariates. Amtl. Samml. VII. 475—481.

Dem Finanzdepartement*) sind folgende Beamte untergeordnet: der Departementssekretär, zugleich Chef des Rechnungswesens, mit 4200 Fr.; dessen Adjunkt, zugleich Registrator, mit 2800 Fr.; zwei Rechnungsrevisoren mit je 2500 Fr.; der Staatskassier mit 5000 Fr.; dessen Adjunkt mit 2800 Fr.; der Pulververwalter mit 4000 Fr.; dessen Adjunkt mit 2800 Fr.; die Bezirksverwalter mit 2500—3500 Fr.; der Direktor der Münzstätte mit 3000 Fr. und freier Wohnung; der Münzverifikator mit 2500 Fr.

Beamte des Handels- und Zolldepartements sind: der Handelssekretär mit 4000 — 4500 Fr.; der Oberzollsekretär, zugleich Bureauchef, mit 4600 Fr.; der Oberzollrevisor mit 4000 Fr.; zwei Sekretäre der Centralverwaltung mit 2500—3600 Fr.; zwei Revisionsadjunkte mit 2500 Fr.; die Zolldirektoren**) mit 3000 — 4500 Fr.; die Zolldirektionssekretäre mit 2000 — 3600 Fr.; die Revisoren mit 1800—3000 Fr.; die Einnehmer an den Zollstätten mit 100—3600 Fr., womit gewisse Procente der Roheinnahmen, auch Zulagen für grössere Kassaverwaltungen verbunden werden können; die Kontroleurs auf Hauptzollstätten mit 1000—3200 Fr.; deren Gehülfen mit 800 — 2400 Fr.; die Chefs der Gränzwächterkorps mit 1800 — 3000 Fr.

Unter dem Postdepartement stehen: a. Postverwaltung: Der Oberpostsekretär, Bureauchef, mit 4600 Fr.; der Registrator mit 3000 Fr.; ein Sekretär und Uebersetzer mit 2700 Fr.; ein zweiter und ein dritter Sekretär mit 2200—2500 Fr.; der Oberpostkontroleur mit 4000 Fr.; drei Rechnungsrevisoren mit 2500 Fr.; der Kursinspektor mit 4000 Fr.; dessen Adjunkt mit 3200 Fr.; vier Sekretäre des Kursbureau mit 1800—2500 Fr.; drei Traininspektoren mit je 2700 Fr.; die Kreispostdirektoren mit 2600—4000 Fr.; die Kreispostkontroleure mit 2300—3000 Fr.; Kreispostadjunkte mit 1400—2800 Fr.; Beamte auf den Postbureaux mit 2000—3200 Fr. — b. Telegraphenverwaltung: der Centraldirektor mit 4500 Fr.; zwei Sekretäre mit 3000 und 2500 Fr.; ein Kontroleur mit 3000 Fr.; zwei Gehülfen mit 1800—2400 Fr.; die Kreisinspektoren mit 2700—3600 Fr.; die

*) Vergl. Reglement über die Organisation der Finanzverwaltung und die Einrichtung und Führung des eidgenössischen Rechnungswesens vom 31. December 1861. Amtl. Samml. VII. 91—109.

**) Vergl. Bd. I. S. 524.

Bureauchefs der Hauptbureaux mit 1800 — 3000 Fr.; die Telegraphisten bis auf 2400 Fr.

Nach der speciellen Aufzählung der Bundesbeamten und ihrer Gehalte ermächtigt das Gesetz vom 30. Juli 1858 noch den Bundesrath, innert den Schranken des jährlichen Voranschlages andere nothwendige Angestellte der eidgenössischen Verwaltung, darunter namentlich Kopisten und Weibel, zu ernennen und zu besolden. Von dieser Vollmacht wird in der That in weitem Masse Gebrauch gemacht, so dass der eidgenössische Staatskalender eine viel grössere Zahl von Beamten und Angestellten enthält als die einschlägigen Gesetze.

Das statistische Bureau, für welches ein Bundesgesetz, wie wir gesehen haben, einen allgemeinen Kredit ausgeworfen hat, besteht nach einem bundesräthlichen Reglement vom 13. Januar 1862*) aus folgenden Beamten und Angestellten: 1) einem Direktor mit 4000 — 6000 Fr., 2) einem Sekretär mit 2400 — 2800 Fr., 3) zwei Calculatoren mit 1400 — 2000 Fr., 4) einem Kopisten mit 1200 bis 1500 Fr.

Die Amtsdauer sämmtlicher eidgenössischer Beamten und Angestellten, mit Inbegriff derjenigen der Bundeskanzlei, ist durch Beschluss des Bundesrathes vom 11. Mai 1855 auf drei Jahre festgesetzt. Es versteht sich, dass die Wiederwählbarkeit nirgends ausgeschlossen ist. Dagegen darf, nach dem Gesetze vom 16. Mai 1849, ein näheres Verwandtschaftsverhältniss (s. oben S. 37) zwischen einem Mitgliede des Bundesrathes und seinem Departementssekretär oder den seinem Departement unterstellten obersten Bundesbeamten nicht bestehen; auch darf der Bundesrath überhaupt nicht Personen, welche mit irgend einem seiner Mitglieder in einem solchen Verhältnisse stehen, zu Departementssekretären oder obersten Bundesbeamten ernennen.

Sämmtliche Bundesbeamte — mit einziger Ausnahme des Kanzlers, von dem wir oben gesprochen haben — sind gleich jedem andern, ausser seinem Kanton wohnenden Schweizerbürger in allen Beziehungen den Gesetzen des Wohnortkantons unterworfen und haben demselben, sowie der Gemeinde, in welcher sie angesiedelt sind, Steuern zu bezahlen. Selbst wenn sie in ihrer amtlichen Stellung ein gemeines Verbrechen begehen, so sind sie nach den Gesetzen

*) Amtl. Samml. VII. 110 — 113.

und von den Behörden des Kantons, in welchem dasselbe stattgefunden hat, zu beurtheilen. Dagegen bedürfen nach dem Bundesgesetze über die politischen Garantien (Art. 6) die eidgenössischen Centralbeamten als solche an dem Orte ihrer Amtsverrichtung keiner Niederlassungsbewilligung; der Bund haftet jedoch den Kantonen dafür, dass dieselben ihnen aus dem Grunde dieses Domicils niemals zur Last fallen können.*) Der Bundesrath hat den Ausdruck »Centralbeamte« in einem sehr weiten Sinne ausgelegt, und nicht bloss Kopisten und Weibel, welche am Bundessitze angestellt sind, sondern auch die Beamten und Angestellten der Eidgenossenschaft, welche z. B. im Kanton Genf wohnen, darunter subsumirt. Er hat ferner entschieden, dass diese Beamte, welche keine Niederlassungs-, resp. Aufenthaltsbewilligung bedürfen, auch keine Gebühren hiefür zu bezahlen haben; dagegen darf ihnen jede nach Art. 41 Ziff. 5 der Bundesverfassung erlaubte Leistung von Gemeindelasten auferlegt werden, vorausgesetzt, dass sie den Bürgern des Kantons, wo sie wohnen, gleichgehalten werden.**)

§ 4. Die Gesandten und Konsuln im Auslande.

Ständige diplomatische Agentschaften eines Föderativstaates setzen voraus, dass wenigstens die Leitung der auswärtigen Angelegenheiten in demselben eine einheitliche sei. Es ist daher sehr begreiflich, dass die alte Eidgenossenschaft vor 1798, welche nicht einmal nach Aussen hin als ein festes Ganzes erschien, keine bleibende Gesandte im Auslande hielt. Die helvetische Republik hingegen, als Einheitsstaat, hielt es für unerlässlich, sich bei den grössern benachbarten Staaten durch Geschäftsträger vertreten zu lassen, und errichtete daher ständige diplomatische Agentschaften in Paris bei der französischen, in Mailand bei der cisalpinischen Republik, sowie beim deutschen Kaiserhofe in Wien. Unter der Vermittlungsakte beschloss die Tagsatzung sofort die Beibehaltung der Geschäftsträgerstellen in Paris und Wien; diejenige in Mailand wurde zuerst aufgehoben, dann aber wieder hergestellt, weil die Kantone Graubünden und Tessin an die Kosten derselben einen besondern Beitrag leisteten.***) Da nach den Ereignissen von 1814

*) Amtl. Samml. I. 50. III. 35, 36, 427, 556. V. 118. VI. 60—65. VII. 118—119, 603—605.

**) Bundesbl. 1853 II. 556—558. Ullmer S. 447—448.

***) Repertorium der Abschiede von 1803—1813 S. 231—233.

die Lombardei wieder mit Oesterreich vereinigt wurde, so konnte nachher begreiflicher Weise von einem Geschäftsträger in Mailand keine Rede mehr sein; dagegen liess man unter der Herrschaft des Bundesvertrages von 1815 die diplomatischen Agentschaften in Paris und Wien unverändert fortbestehen. Die Bundesverfassung von 1848 brachte zunächst nur die Aenderung, dass nun die Wahl der Geschäftsträger, welche bis dahin der Tagsatzung zugestanden hatte, auf den Bundesrath überging. Erst unterm 26. Juli 1856 regelte ein Bundesbeschluss die Entschädigung der diplomatischen Vertreter der Schweiz im Auslande folgendermassen: »Die Besoldung des schweizerischen Geschäftsträgers in Paris wird von 24,000 Fr. auf 36,000 Fr. per Jahr erhöht. Dagegen hat derselbe von Schweizern keine Taxen und Sporteln mehr zu beziehen. Die Besoldung des schweizerischen Geschäftsträgers in Wien wird auf 18,000 Fr. jährlich festgesetzt. Der schweizerische Generalkonsul in Washington erhält für Kanzleiauslagen eine jährliche Entschädigung von 5000 Fr.« In Folge der Ereignisse von 1859 und 1860, welche den grössten Theil der italienischen Staaten mit dem Königreiche Sardinien vereinigten, wurde dann unterm 17. Juli 1860 von der Bundesversammlung noch die Aufstellung eines Geschäftsträgers in Turin beschlossen, dessen Gehalt, wie derjenige unseres Vertreters in Wien, auf 18,000 Fr. angesetzt wurde.*) Gegenwärtig führen die Geschäftsträger in Paris und Turin den Titel: »Ausserordentlicher Gesandter und bevollmächtigter Minister.«

In Betreff der Handelskonsulate fasste die Tagsatzung unterm 8. August 1816 folgenden Beschluss, welcher auch jetzt noch als die Grundlage dieser so zweckmässigen Einrichtung betrachtet werden kann: »1) Die eidgenössische Tagsatzung erkennt den Grundsatz, dass schweizerische Handels-Konsuln im Auslande, und zwar in den Staaten und Handelsstädten ernannt werden, in denen Schweizer als Kaufleute etablirt sind. Da, wo es die Ausdehnung des angewiesenen Wirkungskreises oder ganz besondere Verhältnisse erfordern, mag der Titel General-Konsul bewilligt werden. 2) Es liegt den Handelskonsuln ob, den im Kreis des Konsulats sich aufhaltenden Schweizern in allen Vorfällen Rath, Beistand und Schutz zu leisten; Alles anzuwenden, dass sie als Angehörige eines befreundeten Staates anerkannt und behandelt werden und in dieser Eigen-

*) Amtl. Samml. V. 395—396. VI. 519.

schaft die durch die Gesetze des Staats gestatteten Rechte und Vortheile geniessen. Es steht den Konsuln zu: die Ertheilung der Pässe an Schweizer, die Ausstellung von Certifikaten, sowie die Legalisation von Akten, welche die persönlichen Verhältnisse der Schweizer oder Objekte ihres Handels betreffen; Alles in dem Ziele und Masse, als es die Gesetze des Staates den Konsulaten gestatten. Es liegt den Konsuln ob, bei Todesfällen von Schweizern das Interesse abwesender Erben wahrzunehmen, oder auch für anwesende Wittwen und Kinder pflichtgemäss zu sorgen, bis die kompetente Behörde das Weitere verfügt hat. Die Konsuln werden dem Vororte von Ereignissen und Verfügungen, die den schweizerischen Handel betreffen, sorgfältig Bericht geben; sie werden ebenso, wenn ansteckende Krankheiten in dem Staat, wo sie residiren, oder in benachbarten Ländern ausbrechen, und von den Massregeln, die von den Regierungen getroffen werden, schleunige und sorgfältige Anzeige ertheilen. Sie werden endlich die Aufträge erfüllen, die ihnen vom Vorort ertheilt werden. 3) Die Konsuln beziehen weder Gehalt noch irgend eine Entschädigung aus der Bundeskasse. Hingegen mögen sie für die von ihnen ertheilten Akten mässige Gebühren beziehen, deren bescheidene Bestimmung erwartet wird. Die Pässe an Unvermögende werden unentgeldlich ertheilt.« *)

Die Bundesverfassung von 1848 brachte auch im Konsulatswesen nur die Aenderung hervor, dass die Wahl der Konsuln, welche früher der Tagsatzung zugestanden hatte, nun auf den Bundesrath überging, welchem das Handels- und Zolldepartement Vorschläge zu machen hat. Der Bundesrath erliess unterm 1. Mai 1851 ein Reglement für die schweizerischen Konsuln, welches ihre Befugnisse und Obliegenheiten näher präcisirte, ihnen insbesondere auch eine jährliche Berichterstattung über den Handelsverkehr zwischen der Schweiz und dem Lande ihres Wohnsitzes zur Pflicht machte und für die von ihnen zu beziehenden Gebühren einen Tarif aufstellte.**) Die Konsuln, sowie deren Stellvertreter (Vicekonsuln) sollen in der Regel Schweizerbürger sein; doch sind hiervon auch schon Ausnahmen gemacht

*) Offiz. Samml. I. 243 ff. Snell I. 183—185.

**) Amtl. Samml. II. 293—313. Der Tarif wurde bereits unterm 18. August 1852 abgeändert; ebenda III. 235. Die Passvisa für Fremde, welche nach der Schweiz reisen, sind für unnöthig erklärt worden durch Bundesrathsbeschluss vom 16. April 1862; ebenda VII. 276.

worden, wenn es sich um Männer handelte, welche schon seit längerer Zeit ein freundliches Interesse für die Schweiz an den Tag gelegt hatten. Der Regel nach sollen auch die Konsuln in keinerlei Abhängigkeitsverhältniss zu einer auswärtigen Regierung stehen; indessen hat der Bundesrath unterm 30. Oktober 1854 beschlossen: wenn keine Collision der Pflichten zu besorgen sei, so könne einem schweizerischen Konsul die Annahme eines fremden Konsulates gestattet werden.*)

Gegenwärtig befinden sich nach dem eidgenössischen Staatskalender schweizerische Konsuln auf folgenden Handelsplätzen:

A. **Europa.**

1) Deutschland: Leipzig, Bremen, Hamburg.

2) Frankreich: Lyon, Bordeaux, Marseille, Havre, Algier, Oran, Bastia in Korsika.

3) Italien: Rom, Turin, Mailand, Genua, Livorno, Neapel, Palermo, Messina.

4) Oesterreich: Triest, Venedig.

5) Belgien: Antwerpen, Brüssel.

6) Niederlande: Amsterdam, Rotterdam.

7) Grossbrittannien: London, Liverpool.

8) Portugal: Lissabon.

9) Spanien: Madrid, Barcelona.

10) Norwegen: Christiania.

11) Russland: St. Petersburg, Moskau, Odessa.

B. **Asien.**

Manilla auf den Philippinen.

C. **Afrika.**

Port Louis auf der Insel Mauritius.

D. **Amerika.**

1) Nordamerika: Washington, New-York, Philadelphia, Charleston, New-Orleans, Louisville, St. Louis, Detroit, Galveston, San Francisco.

2) Mittelamerika: Mexiko, Vera-Cruz.

3) Südamerika: Rio de Janeiro, Para, Pernambuco, Bahia, Desterro, Rio grande do Sul in Brasilien; Buenos-Ayres; Montevideo; Valparaiso.

E. **Australien.**

Sidney, Melbourne.

*) Amtl. Samml. IV. 339.

Einem so kleinen Lande wie die Schweiz gereicht es sicherlich zur Ehre, dass es auch in den entferntesten Theilen der Erde geachtete Bürger besitzt, denen die Obsorge für die Interessen ihres Vaterlandes vertrauensvoll in die Hand gelegt werden kann und welche genug Patriotismus besitzen, um die gewöhnlich keineswegs lucrative, sondern mit vielen Mühen und Opfern verbundene Stellung anzunehmen. Möge nur der Bundesrath in der Auswahl der schweizeschen Konsuln immer recht vorsichtig sein; es hängen daran nicht bloss Geldinteressen, weil ihnen oft bedeutende Summen von schweizerischen Behörden und Privaten anvertraut werden müssen, sondern auch die Ehre unseres Landes, dessen amtliche Vertreter im Auslande die Konsuln sind, ist dabei betheiligt!

Drittes Kapitel.

Das Bundesgericht.

§ 1. Einleitung.

Wir haben in der ersten Abtheilung dieses Werkes gesehen, wie bereits die Entwürfe von 1832 und 1833 ein Bundesgericht aufstellten. Unter der Herrschaft des Bundesvertrages von 1815 hatte sich in der That das Bedürfniss nach einer fest organisirten richterlichen Gewalt des Bundes in hohem Masse fühlbar gemacht. »In Civilsachen war für Streitigkeiten unter den Kantonen, welche nicht Gegenstände beschlagen, die durch den Bund garantirt sind, ein Schiedsgericht vorgeschrieben. Nicht nur war man nicht darüber einig, welche Streitigkeiten vor dieses Schiedsgericht gehören, sondern es erhoben sich auch Anstände darüber, welches Verfahren einzuschlagen sei, wenn ein Kanton, ungeachtet der Aufforderungen der Tagsatzung, sich weigerte, Schiedsrichter zu ernennen. In Strafsachen bestanden nur Strafgesetze und Strafgerichte für Militärvergehen.«*)

Die Revisionskommission von 1848 sprach sich daher ohne Diskussion einstimmig für die Aufstellung eines Bundesgerichtes aus. Da indessen die Jury bereits in mehreren Kantonen der westlichen Schweiz Eingang gefunden hatte, in Deutschland aber dieses Institut

*) Bericht der Revisionskomm. von 1848 S. 69.

gerade im März 1848 vom Volke stürmisch gefordert und von den Fürsten mit Widerstreben bewilligt wurde; so stellte ein Mitglied der Kommission den Antrag: es sollen beim Bundesgerichte zur Beurtheilung von Straffällen ebenfalls Geschworne zugezogen werden. Dieser Antrag wurde nicht sowohl dem Grundsatze nach als vielmehr von dem Standpunkte aus angefochten, dass es sich nicht der Mühe lohne, für die wenigen Fälle, welche abzuwandeln sein dürften, die Bürger in ihrer Gesammtmasse zur Bildung einer Geschwornenliste anzuhalten; gleichwohl wurde der Antrag mit der grossen Mehrheit von 18 Stimmen genehmigt. Die Zahl der Mitglieder des Bundesgerichtes, welche in den Entwürfen von 1832 und 1833 bloss 9 betrug, wurde nun wesentlich mit Rüchsicht auf die verschiedenen Sektionen, in die sich das Tribunal in Strafsachen zu theilen hat, auf 11 erhöht; dazu sollten noch 5 Suppleanten gewählt werden. In Bezug auf die Kompetenz des Bundesgerichtes wurden zwar dem Entscheide desselben alle Civilstreitigkeiten zwischen Kantonen, sowie zwischen dem Bunde und einem oder mehrern Kantonen, »welche nicht politischer Natur sind«, unterstellt; jedoch äusserte sich grosse Besorgniss, dass das Bundesgericht seinen Geschäftskreis zu weit ausdehnen möchte, und daher wurde beschlossen, es müsse die Ueberweisung immer durch den Bundesrath und in zweifelhaften Fällen durch die Bundesversammlung geschehen. Die Kompetenz in Strafsachen wurde ungefähr wie im Entwurfe von 1832 geregelt. Endlich wurde der Gesetzgebung vorbehalten, noch weitere Gegenstände in die Kompetenz des Bundesgerichtes zu legen.*)

An der Tagsatzung erlitt die Aufstellung eines Bundesgerichtes keine und diejenige von Schwurgerichten nur geringe Anfechtung. Dagegen blieben die weitgehenden Anträge der Gesandtschaften von Bern und Solothurn, welche auf Centralisation der Gesetzgebung und Rechtspflege in Kriminal- und Handelssachen gerichtet waren, in Minderheit. Die Zahl der Ersatzmänner des Bundesgerichtes wurde nicht festgesetzt, sondern der Gesetzgebung zu bestimmen überlassen. Gemäss dem Entwurfe der Kommission wurden bloss die Mitglieder des Bundesrathes und die von ihm gewählten Beamten von der Wählbarkeit ins Bundesgericht ausgeschlossen, während ein Antrag der Gesandtschaft von Solothurn auch die Mitglieder der

*) Prot. der Revisionskomm. S. 137—142, 160, 183 - 184.

Bundesversammlung ausschliessen wollte. Hinsichtlich der Frage, ob ein Civilfall in die Kompetenz des Bundesgerichtes gehöre, wurde festgesetzt, dass dieselbe bloss dann, wenn sie vom Bundesrathe verneinend entschieden werde, an die Bundesversammlung gezogen werden könne. Auf den Antrag der Gesandtschaft von Genf wurde dem Bundesgerichte noch die früher nirgends erwähnte Kompetenz eingeräumt, dass es über Verletzung der durch die Bundesverfassung garantirten Rechte urtheilen solle, soferne daherige Beschwerden durch die Bundesversammlung ihm überwiesen werden. In der zweiten Berathung der Tagsatzung wurde auf den Vorschlag der Redaktoren ohne alle Diskussion die wichtige Abänderung beschlossen, dass es bei den Civilstreitigkeiten heissen solle »welche nicht staatsrechtlicher Natur« statt »welche nicht politischer Natur sind,« gleichwie bei den Kompetenzen der Bundesversammlung die nämliche Aenderung ebenfalls bloss als Redaktionsverbesserung angenommen worden war. Und doch ist die Tragweite der beiden Ausdrücke eine ausserordentlich verschiedene und wäre offenbar die Kompetenz des Bundesgerichtes gegenwärtig eine viel ausgedehntere, wenn bloss politische Streitigkeiten zwischen zwei oder mehrern Kantonen von derselben ausgeschlossen wären! Endlich wurde auf den Antrag der Gesandtschaft von Solothurn beschlossen: Streitigkeiten zwischen dem Bunde einerseits und Korporationen oder Privaten anderseits sollen nur dann vom Bundesgerichte beurtheilt werden, wenn der Bund in der Stellung des Beklagten sich befinde.*)

Werfen wir nun noch, ehe wir in die Einzelnheiten eintreten, einen allgemeinen Blick auf die Organisation und die Befugnisse des Bundesgerichtes, wie sie gegenwärtig durch die Verfassung und die Gesetzgebung geregelt sind, so müssen wir bemerken, dass, während in den Kantonen die richterliche Gewalt in der Regel eben so viel zu bedeuten hat wie die vollziehende und selbst neben der gesetzgebenden Gewalt eine unabhängige und einflussreiche Stellung in ihrer eigenthümlichen Sphäre behauptet, in dem Organismus der Bundesbehörden dagegen das Bundesgericht nicht bloss hinter der Bundesversammlung, sondern auch hinter dem Bundesrathe an Bedeutung weit zurücksteht. Die privatrechtlichen Streitigkeiten zwischen Kantonen unter sich, sowie zwischen dem Bunde und einem

*) Abschied S. 143—156, 278—280.

Kanton, deren Beurtheilung die nächste Aufgabe des Bundesgerichtes bildet, sind weder zahlreich noch immer von grosser Wichtigkeit; die sehr interessanten und zahlreich gewordenen staatsrechtlichen Streitigkeiten aber entscheidet, wie wir gesehen haben, in der Regel der Bundesrath in erster und auf erhobene Beschwerde hin die Bundesversammlung in zweiter Instanz. Wie ganz anders hätte sich die Kompetenz des Bundesgerichtes nach dem Entwurfe von 1832 gestaltet, welcher vorschrieb, dass eine Kantonsregierung auch im Interesse von Privaten und Korporationen gegen die Regierung eines andern Kantons wegen Verweigerung oder Verletzung bundesmässiger Rechte das Bundesgericht anrufen könne! Allerdings können nach Art. 105 der Bundesverfassung Fälle, bei denen es sich um die Verletzung garantirter Rechte handelt, auch jetzt durch die Bundesversammlung dem Bundesgerichte zur Entscheidung überwiesen werden; allein es ist diess im Laufe von sechszehn Jahren nur ein einziges Mal vorgekommen! Auch die Civilklagen von Privaten und Korporationen gegen den Bund, welche vor das Bundesgericht gehören, sind weder zahlreich noch in der Regel von besonderm Interesse. Die interessantesten Rechtsfälle, welche das Bundesgericht zu entscheiden hat, sind im Ganzen diejenigen, welche auf dem Wege des Compromisses an dasselbe gelangen; doch bringt es die Natur der Sache mit sich, dass diess nur in seltenen wichtigen Fällen und aus besondern Gründen geschieht. Zahlreich sind dagegen bis jetzt die Heimathlosenstreitigkeiten gewesen; aber nach dem Inhalte des einschlägigen Bundesgesetzes, den wir im ersten Bande (S. 455 ff.) mitgetheilt haben, begreift es sich leicht, dass dieselben kein vorwiegend juristisches Interesse darbieten, sondern weit mehr als Administrativstreitigkeiten zu betrachten sind. Auch die der Bundesgesetzgebung eingeräumte Befugniss, die Kompetenzen des Bundesgerichtes zu erweitern, hat zwar bedeutenden Geschäftszuwachs gebracht, jedoch kaum solchen, welcher der Stellung eines obersten Gerichtshofes der Eidgenossenschaft entspricht. Bei den Expropriationsstreitigkeiten, welche in Folge der Eisenbahnbauten während längerer Zeit das Bundesgericht vorzugsweise in Anspruch nahmen, handelt es sich in der Regel nicht um Rechtsfragen, sondern nur um Ausmittlung der zu vergütenden Summen, wobei das Bundesgericht sich wesentlich an das Gutachten der Sachverständigen zu halten hat. Die Scheidung gemischter Ehen aber mag hin und wieder von bedeutendem psychologischem, dagegen wird sie selten von juridischem Interesse sein. Was endlich die Straffälle betrifft, welche vor die eidgenössischen Assisen gehören, so beschränken sich dieselben, seitdem die gemeinen Verbrechen der Bundesbeamten den kantonalen Gerichten zugewiesen sind, wesentlich auf Verbrechen und Vergehen von politischer Natur, welche glücklicher Weise in der Schweiz, bei ihren gegenwärtigen, demokratisch-geordneten Zuständen, selten vorkommen und, wenn sie vorkommen, oft durch Amnestie erlediget werden. Im Allgemeinen kann man somit sagen, dass der Geschäftskreis des Bundesgerichtes nicht sehr umfangreich ist und dass gerade diejenigen Geschäfte, welche als die zahlreichsten erscheinen, im Verhältnisse zu der hohen äussern Stellung des Tribunals von untergeordnetem Belange sind. Bei diesem bescheidenen Wirkungskreise des Bundesgerichtes kömmt freilich auch auf dessen Organisation nicht so sehr viel an; doch dürfte es selbst für privatrechtliche Streitigkeiten, bei denen die Eidgenossenschaft betheiligt ist, zuweilen besser sein, wenn die Mitglieder des Bundesgerichtes ausserhalb der Bundesversammlung gewählt würden, und noch mehr wäre diess bei den staatsrechtlichen Fragen der Fall, wenn letztere nicht bloss, wie bis dahin, ausnahmsweise, sondern der Regel nach ans Bundesgericht gewiesen werden sollten.

§ 2. Bürgerliche Rechtspflege.

Die Artt. 95 bis 102 der Bundesverfassung und das in Ausführung derselben erlassene Bundesgesetz vom 5. Juni 1849 über die Organisation der Bundesrechtspflege schreiben Folgendes vor:

I. Organisation. Das Bundesgericht besteht aus 11 Mitgliedern und ebenso vielen Ersatzmännern. Die Mitglieder des Bundesgerichtes und die Ersatzmänner werden von der (vereinigten) Bundesversammlung gewählt. Ihre Amtsdauer ist drei Jahre. Nach der Gesammterneuerung des Nationalrathes findet auch eine Gesammterneuerung des Bundesgerichtes statt. Die in der Zwischenzeit ledig gewordenen Stellen werden bei der nächstfolgenden Sitzung der Bundesversammlung für den Rest der Amtsdauer wieder besetzt. In das Bundesgericht kann jeder Schweizerbürger ernannt werden, der in den Nationalrath wählbar ist; ausgenommen sind jedoch die Mitglieder des Bundesrathes und die von ihm gewählten Beamten. Blutsverwandte und Verschwägerte in auf- und absteigender Linie unbedingt, und in der Seitenlinie bis zum Grade von Geschwisterkindern, sowie Ehemänner von Schwestern können nicht gleichzeitig Mitglieder oder Ersatzmänner des Bundesgerichtes sein. Der Präsident und der Vicepräsident des Bundesgerichtes werden aus den Mitgliedern desselben von der Bundesversammlung jeweilen auf ein Jahr gewählt. Das Bundesgericht wählt einen Gerichtschreiber, dessen Amtsdauer mit derjenigen des Gerichtes selbst zu Ende geht. Der Gerichtschreiber darf nicht in einem ausschliessenden Verwandtschaftsverhältnisse zu einem Mitgliede des Bundesgerichts stehen. — Ordentlicher Weise versammelt sich das Bundesgericht theils jeweilen nach seiner Gesammterneuerung, theils alljährlich zu Ende des Monats Juni, um die anhängigen Geschäfte zu behandeln. Ausserordentlicher Weise versammelt der Präsident das Bundesgericht, wenn er findet, dass ein dringendes Bedürfniss dafür vorhanden sei. Zur Vornahme einer Wahl, sowie zur Behandlung aller andern Geschäfte, welche durch das Gesetz dem Bundesgerichte in seiner Gesammtheit zugewiesen sind, — vorbehalten die unten in § 4 zu besprechenden Fälle — ist die Anwesenheit von wenigstens sieben Mitgliedern (den Präsidenten inbegriffen) erforderlich.

II. Gerichtsbarkeit. Das Bundesgericht beurtheilt:

1) Streitigkeiten, welche nicht staatsrechtlicher Natur sind, a. zwischen Kantonen unter sich, b. zwischen dem Bunde und einem Kanton, c. zwischen ausländischen Klägern und dem Bunde, auf Weisung des Bundesrathes oder der Bundesversammlung;

2) Streitigkeiten zwischen dem Bunde einerseits und Korporationen oder Privaten anderseits, wenn diese Korporationen oder Privaten Kläger sind und der Streitgegenstand einen Hauptwerth von wenigstens 4500 Fr. (3000 Fr. a. W.) hat;*)

*) Alle andern bürgerlichen Rechtsstreitigkeiten, bei welchen der Bund als Parthei erscheint, werden von den Kantonalgerichten beurtheilt, und zwar richtet sich bei Klagen, welche von dem Bunde angehoben werden, der Gerichtsstand nach den Vorschriften der betreffenden Kantonalgesetzgebung. Dagegen enthält für Klagen gegen den Bund das Bundesgesetz vom 20. November 1850 folgende Kompetenzbestimmungen: Für dingliche und Besitzklagen, die sich auf Immobilien beziehen, ist der Richter des Ortes zuständig, wo der Streitgegenstand oder der grössere Theil desselben liegt. Alle andern Klagen gegen den Bund werden vom Richter desjenigen Ortes beurtheilt, wo das Domicil der eidgenössischen Central- und Kreisverwaltung ist, die das betreffende

3) Streitigkeiten in Bezug auf Heimathlosigkeit;

4) Bürgerliche Rechtsstreitigkeiten, welche sich auf einen Hauptwerth von wenigstens 4500 Fr. beziehen und durch Uebereinkunft beider Partheien dem Entscheide des Bundesgerichtes unterworfen werden;

5) Schadenersatzklagen, die aus Verbrechen entspringen und welche nicht von dem Assisengerichte erledigt worden sind;

6) diejenigen bürgerlichen Rechtsstreitigkeiten, welche die Bundesversammlung durch besondere Gesetze in die Kompetenz des Bundesgerichtes gelegt hat oder in Zukunft noch legen wird.

7) Durch die Gesetzgebung eines Kantons können im Einverständnisse mit der Bundesversammlung noch andere bürgerliche Streitfälle dem Bundesgerichte übertragen werden.

III. Austritt der Richter. Ein Mitglied oder Ersatzmann des Bundesgerichts darf das Richteramt nicht ausüben: 1) in seinen eigenen Angelegenheiten und denen seiner Frau, seiner Verlobten, seiner Verwandten und Verschwägerten, in der geraden Linie unbeschränkt und in der Seitenlinie bis zum Grade von Geschwisterkindern, oder in denen des Ehemannes der Schwester seiner Frau; ebenso in Angelegenheiten, mit Bezug auf welche ihm oder einer der genannten Personen eine Rückgriffsklage kundgethan ist; 2) in Sachen einer Person, deren Vormund er ist; 3) in einer Angelegenheit, mit Beziehung auf welche er bereits gerichtlich oder als Sachverständiger oder Rechtskonsulent gehandelt oder zu gerichtlichen Handlungen Auftrag oder Vollmacht ertheilt hat; 4) in Angelegenheit einer juristischen Person, deren Mitglied er ist (die Praxis wendet diese Bestimmung auch auf alle Aktionäre z. B. von Eisenbahngesellschaften an), sowie in Sachen seines Heimathkantons. — Ein Bundesrichter oder Ersatzmann kann, ohne unbedingt vom Richteramte ausgeschlossen zu sein, von den Partheien abgelehnt werden oder seinerseits den Ausstand verlangen: 1) in einer Sache, in welcher er oder eine der oben bezeichneten, ihm verwandten Personen bei dem Ausgange des Streites ein unmittelbares Interesse von einiger Wichtigkeit hat; 2) wenn er in irgend einem Verhältnisse zu einer Parthei steht, das

Rechtsgeschäft abschloss oder sich im Besitze der streitigen beweglichen Sache befindet, oder deren Beamte und Angestellte die Handlung begingen, aus welcher geklagt wird. Amtl. Samml. II. 73—76.

eine Feindschaft oder Abhängigkeit erzeugt; 3) wenn er über den zu beurtheilenden Fall seine Meinung während der Dauer des Prozesses ausgesprochen hat. Der vorläufige Entscheid über ein gestelltes Ablehnungsgesuch steht, wenn das Gericht nicht versammelt ist, dem Präsidenten zu. — Das Bundesgericht in seiner Gesammtheit kann nicht abgelehnt werden. Sollten in einem einzelnen Falle so viele Mitglieder und Ersatzmänner rekusirt werden, dass keine gültige Verhandlung stattfinden könnte, so ernennt die Bundesversammlung so viele ausserordentliche Ersatzmänner als erforderlich sind, um die Rekusationsfrage und nöthigenfalls auch die Hauptsache selbst beurtheilen zu können.*)

Soweit das Organisationsgesetz von 1849. Was die Bestimmungen desselben über die Gerichtsbarkeit betrifft, so wollen wir zuerst noch einige Kompetenzentscheidungen der Bundesversammlung anführen, durch welche der Geschäftskreis des Bundesgerichtes etwas genauer festgesetzt worden ist. Zwischen den Regierungen von Aargau und Uri waltete Streit darüber, welchem der beiden Kantone Johanna Walker, aussereheliche Tochter einer Urner Bürgerin gleichen Namens, bürgerrechtlich angehöre. Aargau hatte Uri vor dem Bundesgerichte belangt; Uri aber behauptete, der Streit gehöre vor die Gerichte seines Kantons, weil einerseits es sich jedenfalls nicht um eine Heimathlose handle, anderseits nur ein Streit zwischen zwei Gemeinden und nicht zwischen zwei Kantonen vorliege. Die Kommission der vereinigten Bundesversammlung glaubte sich bei der Frage, ob das Kind als heimathlos zu betrachten sei, nicht aufhalten zu sollen, weil, sobald nur eine privatrechtliche Streitigkeit zwischen zwei Kantonen besteht, die Kompetenz des Bundesgerichtes jedenfalls begründet ist. Die Kommission fand nun, dass offenbar zwei Kantone gegen einander auftreten, indem Aargau in seiner Klageschrift verlange, dass Uri das Kind als seine Angehörige anzuerkennen habe, während Uri auf Abweisung antrage; aber auch materiell genommen, handle es sich keineswegs bloss um einen Streit zwischen zwei Gemeinden, denn es liege vor Allem die Kantonsangehörigkeit in Frage und die Regierungen handeln daher in eignem Namen und Interesse.**) Im Sinne dieses Kommissionalberichtes entschied sich die Bundesversammlung für die

*) Amtl. Samml. I. 65—66, 75, 77, 78—79, 81. III. 183—184.
**) Bundesbl. 1851 III. 183—191.

Kompetenz des Bundesgerichtes, welches nachher den Rechtsstreit im Sinne Aargau's beurtheilte. — Bei einer spätern Entschädigungsklage, welche die Gemeinde Thunstetten, Kantons Bern, gegen den Bund erhob, handelte es sich um die Frage, ob bei Ausmittlung des »Hauptwerthes« von 4500 Fr., den ein Rechtsstreit haben muss, um vor das Bundesgericht zu gehören, die Kosten älterer Prozesse, welche in der Forderung inbegriffen sind, mit in Anrechnung gebracht werden können. Der Ansicht des Bundesrathes folgend, bejahte die Bundesversammlung diese Frage, indem unter den »Prozesskosten«, welche nach Art. 94 des eidgenössischen Civilprozesses bei Ausmittlung der Kompetenzsummen nicht zu berücksichtigen sind, nur die Kosten desjenigen Prozesses, welcher gerade anhängig ist, verstanden werden können.*)

Fernerhin ist in Bezug auf die Fälle, in welchen das Bundesgericht nur in Folge freiwilliger Uebereinkunft der Partheien zur Wirksamkeit berufen wird, zu bemerken, dass das Bundesgericht zwar nach Art. 102 der Bundesverfassung verpflichtet ist, die Beurtheilung solcher Rechtsfälle zu übernehmen, jedoch immerhin nur unter der Voraussetzung, dass ein genügender Compromissvertrag vorliegt, in welchem das Entscheidungsrecht des Bundesgerichtes ohne irgend einen Vorbehalt anerkannt ist.**)

Was sodann die in Art. 106 der Bundesverfassung der Bundesgesetzgebung eingeräumte Befugniss betrifft, ausser den in Art. 101 bezeichneten noch andere Civilstreitigkeiten in die Kompetenz des Bundesgerichtes zu legen, so wurde hievon zuerst Gebrauch gemacht bei den Expropriationen für öffentliche Werke, welche die Eidgenossenschaft unter ihren Schutz nimmt. Wir haben im ersten Bande (S. 391) gesehen, dass über die Entschädigung, welche der Bauunternehmer den Abtretungspflichtigen zu bezahlen hat, erstinstanzlich eine eidgenössische Schatzungskommission zu entscheiden hat, von welcher die Partheien an das Bundesgericht rekurriren können. Letzteres hatte früher immer in pleno die Frage zu entscheiden, ob der Gegenstand zu neuer Untersuchung an eine Kommission gewiesen werden solle; gegenwärtig aber wird jede Beschwerde gleich bei ihrem Eingange durch den Präsidenten gewöhnlich an eine Instruktionskommission von zwei Mitgliedern gewiesen,

*) Bundesbl. 1861 I. 114—117.
**) Bundesbl. 1860 II. 404.

welche sich mit Beiziehung von Experten auf Ort und Stelle begibt. Meistens wird dann der Befund der Kommission von den Partheien angenommen; ist dieses nicht der Fall, so hat zuletzt das gesammte Bundesgericht den Endentscheid abzugeben. Seit dem Nachtragsgesetze vom 18. Juli 1857, durch welches dieses neue Verfahren eingeführt worden ist, haben sich die Expropriationsstreitigkeiten, welche das gesammte Bundesgericht zu behandeln hat, wesentlich vermindert; noch mehr nimmt ihre Zahl ab, seitdem die in Angriff genommenen schweizerischen Eisenbahnen theils vollendet sind, theils ihrer Vollendung sich nähern. Bis jetzt hatte sich das Bundesgericht bloss mit den Expropriationen der Eisenbahngesellschaften zu beschäftigen; bereits ist aber festgesetzt, dass auch diejenigen des Rhein- und des Rhonekorrektionsunternehmens nach dem einschlägigen Bundesgesetze behandelt werden können. — Wie bei den Expropriationsstreitigkeiten ein gewisses, auf früher*) gemachte Erfahrungen gegründetes Misstrauen in die Unbefangenheit der kantonalen Gerichte die Bundesversammlung veranlasste, den letzten Entscheid in die Hand des Bundesgerichtes zu legen, so waren ähnliche Gründe auch bei der Scheidung gemischter Ehen massgebend. Es handelte sich hier, wie wir ebenfalls bereits im ersten Bande (S. 262) gesehen haben, darum fürzusorgen, dass auch in Kantonen, wo für alle Ehestreitigkeiten die geistlichen Gerichte allein zuständig sind oder wo sonst die Gesetzgebung die gänzliche Ehescheidung ausschliesst, die Scheidung gemischter Ehen gleichwohl ermöglicht werde. Da nun die Absicht des Gesetzgebers kaum erreicht worden wäre, wenn man die Vollziehung des Bundesgesetzes vom 3. Februar 1862 einfach den bürgerlichen Gerichten der betreffenden Kantone überlassen hätte, indem diese Gerichte sich wohl nicht immer von dem Einflusse hergebrachter kirchlicher Dogmen freihalten würden; so fand man für angemessen die Beurtheilung solcher Scheidungsfälle dem Bundesgerichte zu übertragen. In der That liegt es nur in der Natur der Sache, dass Bundesgesetze durch Bundesbehörden ihre Vollstreckung finden. Ist es auch in der Eidgenossenschaft allgemein anerkannter Grundsatz, dass die Bundesgesetze auch für die kantonalen Behörden verbindlich sind, so erscheinen doch diese letztern, auf deren Organisation und Wahl der

*) Beim Bau der kleinen Linie Zürich-Baden, der ersten, welche im Innern der Schweiz ausgeführt wurde.

Bund keinerlei Einfluss hat, nicht als völlig geeignete Organe, wenn sie allein dazu bestellt sind, seine Satzungen aufrecht zu halten, und nur aus überwiegend praktischen Gründen lässt es sich rechtfertigen, wenn man z. B. die Beurtheilung geringerer Vergehen, für welche eidgenössische Strafgesetze bestehen, in der Regel den kantonalen Gerichten überlässt. Uebrigens hat der Bund, trotz der ganz unbeschränkten Befugniss, welche ihm der Art. 106 gewährt, den Kantonen bis jetzt sehr wenig Kompetenz entzogen; denn die Expropriationen für Eisenbahnen und andere vom Bunde unterstützte öffentliche Werke erscheinen als etwas Ausserordentliches von vorübergehender Bedeutung, und bei den Ehescheidungen ist es eigentlich eine ausser den Kantonen stehende Macht, diejenige der katholischen Kirche, welche beschränkt worden ist.

Endlich liegt offenbar auch noch in der oben angeführten Bestimmung des Organisationsgesetzes, nach welcher »durch die Gesetzgebung eines Kantons im Einverständnisse mit der Bundesversammlung andere bürgerliche Streitfälle dem Bundesgerichte übertragen werden können,« eine Anwendung des Art. 106 und nicht des Art. 102 der Bundesverfassung. Wir begreifen daher nicht, wie Kaiser*) Bedenken dagegen erhebt, dass in solchen Fällen eine Parthei gegen ihren Willen vor das Bundesgericht gezogen werden könne. Als Beispiel eines solchen kantonalen Gesetzes dient nämlich der § 61 der Verfassung von Schaffhausen, welcher vorschreibt: »Civilstreitigkeiten von Korporationen und Privaten gegenüber dem Fiskus können auf Begehren einer Parthei mit gänzlicher Umgehung der kantonalen Gerichtsbehörden dem Entscheide des Bundesgerichtes als einziger Instanz unterstellt werden, insofern die betreffenden Fälle hinsichtlich des Streitgegenstandes vor diese Behörde gezogen werden können.« Der Nachsatz dieser Bestimmung könnte allerdings besser redigirt sein; es scheint damit gesagt werden zu wollen, dass der Streitgegenstand einen Werth von mindestens 4500 Fr. haben müsse, wie das Bundesgesetz es für andere Fälle vorschreibt. Das Einverständniss der Bundesversammlung aber, welches durch das Bundesgesetz verlangt wird, liegt, wie auch Kaiser zugibt, in der, der Schaffhauser Verfassung ertheilten eidgenössischen Garantie.

In Ausführung des Art. 107, litt. c der Bundesverfassung, sowie

*) Schweiz. Staatsrecht II. 317.

des Gesetzes über die Organisation der Bundesrechtspflege (Art. 87) wurde unterm 22. November 1850 ein »provisorisches Bundesgesetz über das Verfahren beim Bundesgerichte in bürgerlichen Rechtsstreitigkeiten« (entworfen von Regierungsrath Dr. Rüttimann in Zürich) erlassen, welches seither durch Bundesbeschluss vom 13. Juli 1855 definitiv angenommen worden ist. Die einzelnen Bestimmungen dieses Gesetzes, welches sich als ganz geeignet für seinen Zweck erwiesen hat, können hier nicht näher erörtert werden; es würde diess passender in einem Werke geschehen, welches ausschliesslich oder doch vorzugsweise dem Civilprozesse in seinen verschiedenen Formen gewidmet wäre. Wir beschränken uns somit darauf, die Hauptzüge des vorgeschriebenen Verfahrens herauszuheben. Die Einleitung desselben geschieht durch einen Schriftenwechsel zwischen den Partheien unter der Leitung eines vom Präsidenten bezeichneten Instruktionsrichters. Letzterer hat sodann durch Feststellung des thatsächlichen Streitverhältnisses und durch Abnahme des Beweises das Verfahren vor dem ganzen Gerichte soweit vorzubereiten, dass dasselbe in Einer ununterbrochenen Verhandlung zu Ende geführt werden kann. In dem Schlussverfahren vor dem Bundesgerichte, welches öffentlich und mündlich ist, werden zuerst allfällige Beschwerden der Partheien gegen die Verfügungen des Instruktionsrichters, nachher die Hauptsache behandelt. Die Berathung und Abstimmung des Gerichtes ist ebenfalls öffentlich; der Instruktionsrichter erhält dabei immer zuerst das Wort, um Bericht zu erstatten und seine Anträge zu begründen.*) Zu bemerken ist noch, dass das Civilprozessgesetz nur auf die eigentlichen Civilrechtsfälle, welche im Organisationsgesetze (oben S. 56) unter Ziff. 1, 2, 4 und 7 benannt sind, unbedingte Anwendung findet, während in allen den Fällen, wo die Thätigkeit des Bundesgerichtes durch besondere Gesetze normirt ist, Abweichungen von dem gewöhn-

*) Amtl. Samml II. 77—127. III. 181. VI. 124. Vergl. Bericht der ständeräthlichen Kommission, durch welchen die definitive Annahme des Gesetzes empfohlen wurde, im Bundesbl. 1855 II. 381 ff. Hier heisst es u. A.: »In der vorgeschriebenen öffentlichen Urtheilsberathung, welche für kantonale Gerichte, namentlich von untergeordnetem Range, entschiedene Bedenken haben mag, können wir für das Bundesgericht nur überwiegende Vortheile finden, da sie den Richter zum gründlichen Aktenstudium und zur reiflichen Ueberlegung seines Votums zwingt, damit er dasselbe den Partheien und dem Publikum gegenüber wohl motiviren könne.«

lichen Verfahren vorkommen. Schon bei den Heimathlosenstreitigkeiten urtheilt das Bundesgericht, soferne es nicht selbst eine Rückweisung beschliesst, auf Grundlage derjenigen Akten, welche der Bundesrath durch seine Angestellten auf dem Wege einer administrativen Untersuchung hat aufnehmen lassen. Von dem besondern Verfahren bei Expropriationsstreitigkeiten haben wir oben gesprochen. Endlich hat auch für die Scheidung gemischter Ehen das einschlägige Gesetz selbst dem Bundesgerichte gestattet, die nöthigen Modifikationen an dem ordentlichen Verfahren vorzunehmen. Es ist diess geschehen durch eine Verordnung vom 5. Juli 1862: die Vorschriften des Civilprozesses sollen hier bloss für die Partheien gelten; soweit dagegen von Gesetzes wegen zu berücksichtigende Verhältnisse in Betracht kommen, soll der Instruktionsrichter das Prozessmaterial von Amtes wegen sammeln, resp. vervollständigen, wozu er auch die Partheien persönlich einvernehmen mag; endlich kann das Gericht, soferne es diess für angemessen erachtet, im einzelnen Falle ein geheimes Schlussverfahren anordnen.*)

Noch haben wir am Schlusse dieses Abschnittes zu erwähnen, dass, gestützt auf Artt. 99, 102, Schlusssatz und 107, litt. d der Bundesverfassung, ein Bundesgesetz vom 24. September 1856 die Kosten der Bundesrechtspflege, die Gerichts- und Anwaltsgebühren und Entschädigungen folgendermassen geregelt hat: Der Präsident des Bundesgerichtes, sowie der Gerichtsschreiber beziehen ein Taggeld von 20 Fr., die Mitglieder und Suppleanten 15 Fr., dazu ein Reisegeld von 70 Cent. für die Stunde bei der Hin- und Herreise. Für besondere Arbeiten ausserhalb der Gerichtssitzungen bestimmt das Gericht nach Taggeldern im Verhältniss des Zeitaufwandes die Entschädigung des Präsidenten, der Berichterstatter und des Gerichtsschreibers. Experte erhalten, neben dem oben bezeichneten Reisegelde, ein Taggeld bis auf 25 Fr., womit das Gericht bei umfassendern und schwierigern Expertisen eine weitere Entschädigung verbinden kann. Zeugen erhalten ein Taggeld von 4 Fr. und das benannte Reisegeld; das Gericht kann jedoch unter Umständen für gehabte Mehrauslagen eine weitere Entschädigung zuerkennen. Wohnen dagegen die Zeugen am Orte ihrer Abhörung selbst, so werden sie nach Massgabe ihres Zeitverlustes in dem erwähnten Verhältnisse entschädigt. Die Kosten der Bundes-

*) Amtl. Samml. VII. 293—294.

rechtspflege werden von der Bundeskasse bezahlt; dagegen haben die Partheien, welchen die Kosten auferlegt werden, derselben folgende Beiträge zu entrichten: a. die Auslagen des Instruktionsrichters; b. die Auslagen für Zeugen und Experten, sowie sonstige Baarauslagen der Kanzlei für Porti u. s. w.; c. als Gerichtsgebühr 25 bis 500 Fr.; d. als Kanzleigebühr für das Einprotokolliren und Ausfertigen eines Urtheils oder Beschlusses 1 Fr. für die Folioseite. Bei der Bestimmung der Gerichtsgebühren ist die Bedeutsamkeit und Weitläufigkeit des Prozesses zu berücksichtigen und es sind überdiess folgende Grundsätze massgebend: Wenn das Bundesgericht als prorogirter (von den Partheien durch freiwillige Uebereinkunft erwählter) Gerichtsstand handelt, so sind die Gebühren so festzusetzen, dass daraus sämmtliche, der Bundeskasse durch diesen Prozess erwachsende Kosten gedeckt werden. Bei Expropriationsprozessen dagegen soll die Gerichtsgebühr immer unter der Hälfte des gesetzlichen Maximums bleiben. In Prozessen, welche der Bundesrath in Vollziehung des Gesetzes über die Heimathlosigkeit dem Bundesgerichte überweist, haben die betheiligten Kantone die Kosten nicht zu vergüten. Bei verspäteten Abstandserklärungen hat die betreffende Parthei nach Ermessen des Gerichts bis auf die Hälfte der Gerichtsgebühr zu entrichten. — Die Entschädigung der Rechtsanwälte durch ihre Committenten bleibt der gegenseitigen Uebereinkunft überlassen. Für den Fall jedoch, dass diese Entschädigung der Gegenparthei auferlegt wird, ist ein Tarif aufgestellt, nach welchem das Gericht die Rechnung des Anwaltes festzusetzen hat. Beigefügt ist ein Tarif für die Entschädigung der obsiegenden Parthei, welche das Gericht der unterliegenden Parthei auferlegen soll.*)

§ 3. Strafrechtspflege.

In Ausführung des Art. 103 der Bundesverfassung hat das Bundesgesetz vom 5. Juni 1849 (modificirt durch ein Nachtragsgesetz vom 16. Juli 1862) die Mitwirkung des Bundesgerichtes bei Beurtheilung von Straffällen folgendermassen bestimmt:

Für die Verwaltung der Strafrechtspflege theilt sich das Bundesgericht in eine Anklagekammer, in Kriminalkammern und in ein Kassationsgericht. Kein Richter kann in einer und

*) Amtl. Samml. V. 408—413.

derselben Sache in mehrern Abtheilungen des Bundesgerichtes sitzen. — Das Bundesgericht wählt drei seiner Mitglieder und für den Fall der Verhinderung derselben eben so viele Ersatzmänner in die Anklagekammer. Jährlich wird ein Mitglied und ein Ersatzmann erneuert. Die Anklagekammer überwacht die Untersuchung und entscheidet nach Beendigung derselben, ob der Angeschuldigte vor die eidgenössischen Assisen oder an das zuständige Kantonsgericht zu überweisen sei, oder ob ein weiteres Verfahren gegen denselben als unstatthaft erscheine. — Für jeden Assisenbezirk bezeichnet das Bundesgericht eine Kriminalkammer von drei Mitgliedern und eben so vielen Ersatzmännern, welche den Schwurgerichtssitzungen beizuwohnen hat. Die nämlichen Mitglieder können für mehrere Bezirke ernannt werden. — Das Bundesgericht bestellt endlich ein Kassationsgericht, bestehend aus seinem Präsidenten und vier Mitgliedern. Es bezeichnet zugleich für den Fall der Verhinderung derselben eben so viele Ersatzmänner. Das Kassationsgericht beurtheilt alle Nichtigsbeschwerden über das Verfahren oder über ein Urtheil des Assisengerichtes. Es entscheidet auch über die Kompetenzanstände der eidgenössischen Civil- und Militärstrafgerichte. — Zur Fassung eines gültigen Entscheides durch irgend eine Abtheilung des Bundesgerichtes ist die Anwesenheit der vollen Mitgliederzahl erforderlich. Sollte ein zur Assisensitzung berufenes Mitglied der Kriminalkammer durch unvorhergesehene Umstände verhindert werden an den Verhandlungen Theil zu nehmen, so kann der Präsident ein Mitglied einer kantonalen Gerichtsstelle als ausserordentlichen Ersatzmann einberufen.

Das Bundesgericht wählt zwei Untersuchungsrichter, deren Amtsdauer mit derjenigen des Bundesgerichtes selbst zu Ende geht. Sie stehen unter der Aufsicht und Leitung der Anklagekammer, und dürfen nicht in einem ausschliessenden Grade (s. oben S. 55—56) mit einem Mitgliede des Bundesgerichtes verwandt sein. — Das Taggeld eines Untersuchungsrichters ist auf 15 Fr., und wenn er ausser seinem Wohnorte funktionirt, auf 20 Fr., dasjenige seines Sekretärs auf 10 Fr., resp. 15 Fr. festgesetzt.

Die Eidgenossenschaft wird in folgende fünf Assisenbezirke eingetheilt: I. die Kantone Genf, Waadt, Neuenburg und die französisch redenden Gemeinden von Freiburg, Bern und Wallis; II. die Kantone Basel, Solothurn, Luzern und die deutsch redenden Theile von Bern, Freiburg und Wallis; III. die Kantone Aargau, Zürich, Schaffhausen, Thurgau, Zug, Schwyz und Unterwalden; IV. die Kantone Uri, Glarus, Appenzell, St. Gallen und Graubünden mit Ausnahme des Bezirks Moësa; V. der Kanton Tessin und der graubündner'sche Bezirk Moësa. — In diesen Bezirken wird die Strafrechtspflege des Bundes durch die eidgenössischen Assisen verwaltet, welche aus der Kriminalkammer des Bundesgerichtes und zwölf aus der Liste des Bezirks herauszuloosenden Geschwornen bestehen. Die Geschwornenlisten werden in den Kantonen durch direkte Volkswahlen gebildet und alle sechs Jahre erneuert. In den vier ersten Bezirken wird auf je 1000 Einwohner, im fünften Bezirke auf je 500 Einwohner ein Geschworner gewählt. Jeder Schweizer, welcher bei den Nationalrathswahlen stimmberechtigt ist, kann zum Geschwornen ernannt werden; ausgenommen sind jedoch die Mitglieder der obersten kantonalen Gerichtsbehörden, sämmtliche Gerichtspräsidenten, Verhörrichter und Staatsanwälte, alle eidgenössischen und kantonalen Vollziehungsbeamten, die Geistlichen, die Angestellten in den Verhafts- und Strafanstalten, sowie alle Polizeiangestellten. Wer zum Geschwornen ernannt wird, ist verpflichtet, sich der Wahl für eine Amtsdauer zu unterziehen, ausgenommen Männer, welche das 60. Jahr überschritten haben, sowie diejenigen, welche wegen Krankheit oder Gebrechen unfähig sind die Pflichten eines Geschwornen zu erfüllen. Der Entscheid der Frage, ob Jemand fähig oder verpflichtet sei sich auf die Geschwornenliste setzen zu lassen, steht den Kantonalbehörden zu. Die kantonalen Geschwornenlisten werden durch die Kantonsregierungen dem Bundesrathe eingesendet, welcher daraus die Bezirkslisten zusammensetzt. — Die Assisen versammeln sich, so oft von der Anklagekammer ein Fall an sie gewiesen wird. Jedes Verbrechen oder Vergehen wird in der Regel in demjenigen Assisenbezirke beurtheilt, in welchem dasselbe verübt worden ist. Muss im Interesse einer unbefangenen Rechtspflege oder der öffentlichen Sicherheit eine Ausnahme von dieser Regel gemacht werden, so bestimmt die Anklagekammer den Gerichtsstand nach freiem Ermessen. Vor jedem Zusammentritte des Assisenhofes lässt das Obergericht des Kantons, in welchem derselbe sich versammeln soll, in öffentlicher Sitzung die Namen der Geschwornen des Bezirkes in eine Urne einwerfen und sodann 54 derselben herausziehen und protokolliren. Abschriften der so gebildeten engern Liste werden dem Präsidenten der Kriminalkammer und von diesem dem Staatsanwalte und dem Angeklagten zugestellt. In jedem einzelnen Falle kann der Staatsanwalt 20 Geschworne verwerfen und eben so viele der Angeklagte. Wer jedoch innerhalb 14 Tagen, vom Empfange der Liste an gerechnet, von diesem Rechte keinen Gebrauch gemacht, wird desselben verlustig. Sind in einem Prozesse mehrere Angeklagte, so können sie das Rekusationsrecht entweder gemeinschaftlich oder jeder kann dasselbe für sich besonders ausüben; in beiden Fällen aber dürfen sie die Zahl der Rekusationen, die einem einzelnen Angeklagten erlaubt sind, nicht überschreiten. — Sind 40 Geschworne rekusirt worden, so werden die übrig gebliebenen 14 zu den Assisen einberufen. Haben nicht so viele Rekusationen stattgefunden, so bezeichnet der Präsident der Kriminalkammer unter den Nichtverworfenen die einzuberufenden 14 durch das Loos. In beiden Fällen wird ebenfalls durch das Loos ausgemittelt, welche 2 von den 14 Geschwornen als Ersatzmänner der Jury beizugeben seien. — Die Einladungen zu den Assisen sollen den Geschwornen wenigstens 6 Tage vor der Sitzung zugestellt werden. Die Geschwornen beziehen ein Taggeld von 6 Fr. nebst einer Reiseentschädigung von 70 Cent. für die Wegstunde.

Die Funktionen der Bundesanwaltschaft werden — in etwelcher Abweichung vom Gesetze, veranlasst durch die sehr geringe Zahl von Straffällen, welche an die eidgenössischen Assisen gelangen — gegenwärtig nicht durch ständige eidgenössische Beamte ausgeübt, sondern durch Anwälte in den Kantonen, welche der Bundesrath für jeden einzelnen Fall bezeichnet. Die Anwälte des Bundes stellen ihre Anträge vor Gericht nach eigener freier Ueberzeugung.

Für den Austritt der Richter gelten die nämlichen Regeln wie im Civilprozesse. Ueber die Ablehnung eines Verhörrichters oder eines Mitgliedes der Anklage- oder Kriminalkammer entscheidet der Präsident des Bundesgerichtes. Vorbehalten bleibt jedoch die Befugniss der Kriminalkammer, über Ablehnungsgründe, welche ihr vor dem Beginn der Verhandlungen eröffnet werden, selbst zu entscheiden, wenn es unmöglich gewesen wäre, dieselben frühzeitig genug bei dem Präsidenten des Bundesgerichts geltend zu machen. Ueber die Ablehnung eines Mitgliedes des Kassationsgerichtes entscheidet diese Behörde selbst, und wenn sie nicht versammelt ist, ihr Präsident.

Für die Entschädigung der Richter, des Gerichtschreibers, der Zeugen, Sachverständigen und Anwälte gelten ebenfalls diejenigen Bestimmungen, welche wir im vorigen Abschnitte angeführt haben. Eine Parthei, welcher im Strafprozesse die Kosten auferlegt werden, hat der Bundeskasse zu vergüten: a. sämmtliche Auslagen, welche der Prozess verursachte, mit Ausnahme der Besoldung der Beamten und Angestellten des Bundes; b. eine Gerichtsgebühr von 100 bis 1000 Fr. beim Assisenhof und von 40 bis 100 Fr. beim Kassationsgericht.

Die Verhafteten werden in den Kantonalgefängnissen untergebracht. Ihre Verpflegung wird nach dem gesetzlichen Tarif des Kantons aus der Bundeskasse vergütet. Wachen, Bedeckungen und Gefangenwärter werden auf Ansuchen des Gerichtspräsidenten oder des Untersuchungsrichters durch die Behörden des Kantons, in welchem das Verfahren vor sich geht, einberufen; die Kosten trägt die Bundeskasse. Die im Untersuchungsverhafte befindlichen Personen stehen unter den Gesetzen des Ortes, an welchem sie gefangen gehalten werden. In Bezug auf ihre Ueberwachung und Behandlung hat jedoch der Gefangenwärter die Befehle des eidgenössischen Verhörrichters, beziehungsweise des Assisenpräsidenten zu befolgen. Die Gefängnisse stehen auch unter der Aufsicht der Staatsanwaltschaft, welcher der freie Eintritt in dieselben zusteht und welche ermächtigt ist, die erforderlichen Sicherheitsmassregeln anzuordnen.*)

Wie auf das Organisationsgesetz von 1849 sehr bald eine Civilprozessordnung für das Bundesgericht gefolgt war, so wurde auch, in Ausführung der bereits dort angeführten Verfassungs- und Gesetzesbestimmungen, schon unter'm 27. August 1851 das Verfahren in Strafrechtssachen durch das »Bundesgesetz über die Bundesstrafrechtspflege« geordnet. Ohne hier in die Einzelnheiten des Gesetzes näher eintreten zu können, wollen wir nur einige Hauptzüge desselben hervorheben: Ausdrücklich vorgeschrieben ist, dass die strafrechtliche Verfolgung politischer Vergehen nur in Folge eines Beschlusses des Bundesrathes geschehen darf; gegenwärtig muss, in Ermangelung eines ständigen Bundesanwaltes, dieser Grundsatz als für alle, in die Kompetenz der eidgenössischen Assisen fallenden Vergehen geltend angenommen werden. Die Vor-

*) Amtl. Samml. I. 66—74, 75—80, 83—85. V. 408—413 VII. 302—303.

untersuchung ist nicht öffentlich. Der Untersuchungsrichter beginnt seine Funktion erst auf Requisition der Bundesanwaltschaft. Letztere richtet an den Untersuchungsrichter und nöthigenfalls an die Anklagekammer alle ihr nöthig scheinenden Gesuche. Sie nimmt von allen Untersuchungsakten Kenntniss und wohnt den Verrichtungen des Untersuchungsrichters bei, so oft sie es für nothwendig findet. Die Anklagekammer kann alle Massregeln des Untersuchungsrichters aufheben, modificiren oder selbst solche anordnen. Sie soll indessen, wo möglich, nur nach Anhörung der Bundesanwaltschaft und des Angeschuldigten ihre Entscheidungen treffen. Wenn, nach geschlossener Voruntersuchung, der Untersuchungsrichter und der Bundesanwalt übereinstimmend der Ansicht sind, dass die Sache auf sich beruhen bleiben solle, so kann bei gemeinen Vergehen die Verfolgung sofort aufgegeben werden; bei politischen Vergehen ist die Weisung des Bundesrathes einzuholen. Sind die beiden Beamten nicht einverstanden, so übermittelt der Bundesanwalt die Akten mit einem schriftlichen, motivirten Antrage der Anklagekammer, welche in geheimer Berathung und Abstimmung entscheidet, ob eine Anklage stattfinden solle. Wo die Anzeigen gegenüber dem Angeschuldigten so ungenügend sind, dass voraussichtlich das öffentliche Verfahren nutzlos wäre, wird sie die Anklage nicht gestatten. Der Beschluss der Versetzung in Anklagezustand wird nicht motivirt, wohl aber ein Beschluss, welcher die Versetzung in den Anklagezustand verweigert. Fällt das Vergehen nicht in die Bundeskompetenz, so überweist die Anklagekammer den Angeschuldigten der Regierung des Kantons, wohin die Sache gehört. — Die Sitzungen der Assisen sind öffentlich, die Verhandlungen mündlich. Die Richter der Kriminalkammer berathen und stimmen öffentlich. Sobald der Präsident des Assisenhofes die Mittheilung des Beschlusses der Versetzung in den Anklagezustand mit den Untersuchungsakten erhalten hat, so leitet er den Prozess ein und besorgt alle Vorbereitungen für die Verhandlungen vor den Assisen. Die Verhandlung beginnt mit dem Namensaufrufe und der Beeidigung der Geschwornen; hierauf ernennen dieselben ihren Vorsteher in geheimer Abstimmung. Nach der Verlesung der Anklageakte werden die Zeugen vorberufen: der Bundesanwalt verhört diejenigen, deren Vorladung er beim Präsidenten verlangt hat, ebenso der Vertheidiger des Angeschuldigten die seinigen; nach jedem solchen Verhöre ist der Gegenanwalt zu Ergänzung desselben berechtigt. Der Präsident kann übrigens auch solche Zeugen berufen, die nicht durch die Partheien bezeichnet worden sind, sofern er glaubt, dass sie zu Ermittlung der Wahrheit beitragen können. Die Zeugen werden nur dann beeidigt, wenn ein Richter, ein Geschworner oder ein Zeuge es verlangt. Der Angeklagte wird durch den Bundesanwalt verhört. Wenn er die Antwort verweigert, so findet desshalb kein Zwang statt; jedoch soll ihn der Präsident darauf aufmerksam machen, dass die Verweigerung der Antwort einen Verdachtsgrund gegen ihn bilden könne. In Folge des Verhörs des Angeklagten können noch nachträgliche Fragen an die Zeugen gestellt werden. Auf diese Verhöre folgen die Vorträge des Bundesanwaltes und des Vertheidigers. Dann setzt der Präsident den Geschwornen ihre Aufgabe aus einander und legt ihnen die Fragen vor, welche sie zu beantworten haben. Der Bundesanwalt und der Vertheidiger können Bemerkungen über diese Fragen machen und es entscheidet in diesem Falle die Kriminalkammer. Die Geschwornen ziehen sich hierauf in ihr Berathungszimmer zurück, welches sie nicht verlassen dürfen, ehe sie ihren Wahrspruch beschlossen haben, wozu es einer Stimmenmehrheit von 10 unter 12 Geschwornen bedarf. Nach beendigter Berathung eröffnet der Vorsteher der Jury die Antworten derselben. Wenn der Angeklagte für nicht schuldig erklärt worden ist, so spricht der Assisenpräsident denselben frei. Ist er hingegen schuldig erklärt, so finden abermalige Vorträge über Strafe und Schadenersatz statt; über die letztere Frage ist auch dem Geschädigten das Wort gestattet. Die Kriminalkammer verhängt die Strafe, ohne an die Anträge des Bundesanwaltes gebunden zu sein, und trifft die nöthigen Verfügungen über Schadenersatz, Kosten und andere Nebenpunkte. Wenn hinsichtlich des Schadenersatzes die Sache nicht spruchreif erscheint, oder die Bundesanwaltschaft oder die beschädigte Parthei sich ihre Schritte vor dem Civilrichter vorbehalten hat, so wird dieser Punkt an letztern gewiesen. — Ein Kassationsgesuch gegen einen Beschluss der Anklagekammer ist nur zulässig wegen Verletzung wesentlicher Formen, und wenn der Beschluss auf Versetzung in Anklagezustand geht, erst nach ergangenem Urtheile der Assisen. Letzteres kann, nach stattgefundener mündlicher Verhandlung der Partheien und öffentlicher Berathung des Kassationsgerichtes, aufgehoben werden:

a. wegen Inkompetenz des Gerichtes; b. wegen wesentlicher Beeinträchtigung der Rechte der Vertheidigung; c. wegen Verletzung gesetzlicher Prozessformen, wenn sich mit Wahrscheinlichkeit ergibt, dass sie in Bezug auf Schuld oder Strafe einen für den Gesuchsteller nachtheiligen Einfluss auf das Urtheil gehabt haben; d. wenn die Kriminalkammer eine Antwort der Geschwornen unrichtig würdigte und die Frage einen Punkt betraf, der auf das Endurtheil einwirken musste; e. wenn die Kriminalkammer das Gesetz gar nicht oder unrichtig anwandte. Nach erfolgter Kassation wird in dem nämlichen Urtheile das Gericht bezeichnet, welchem die neue Behandlung des Falles aufgetragen wird; doch unterbleibt eine solche Ueberweisung und das Kassationsgericht fällt selbst das entsprechende Urtheil aus, wenn die Kassation auf unrichtige Würdigung der Antworten der Geschwornen oder auf falsche Anwendung des Gesetzes sich stützt. Das Kassationsgericht entscheidet auch über allfällige Revisionsgesuche der Partheien gegen Urtheile der Assisen. — Freiheitsstrafen, welche die Assisen ausgesprochen haben, werden in den, durch das Gesetz bezeichneten kantonalen Strafanstalten ausgestanden. Der Unterhalt der Gefangenen wird dem betreffenden Kanton aus der Bundeskasse vergütet. Kann darüber eine Verständigung nicht erzielt werden, so entscheidet das Bundesgericht, in Folge einfachen Schriftenwechsels, über das Mass des Betrages.*)

Wichtiger als dieses Prozessgesetz, dessen Ausführlichkeit kaum in einem richtigen Verhältnisse steht zu der geringen Zahl von Fällen, in denen es Anwendung findet, ist das, in Ausführung des Art. 107, litt. b. der Bundesverfassung erlassene Bundesgesetz vom 4. Februar 1853 über das Bundesstrafrecht, weil in demselben die Kompetenz der eidgenössischen Assisen, für welche im Allgemeinen der Art. 104 der Bundesverfassung massgebend ist, näher geregelt wird. Nach diesem Gesetze sind nämlich die Bundesassisen ausschliesslich zuständig bloss für die in den litt. b, c und d des Art. 104 bezeichneten Fälle, nämlich:

1) Hochverrath gegen die Eidgenossenschaft. (Artt. 36 bis 38 des Bundesstrafrechts: »Jeder Schweizer, welcher in einem Kriege gegen die Eidgenossenschaft die Waffen gegen dieselbe trägt, wird mit Zuchthaus von wenigstens 10 Jahren bis auf

*) Amtl. Samml. II. 743—792.

Lebenszeit bestraft. Die gleiche Strafe verwirkt ein Bürger oder Einwohner der Schweiz, welcher die Eidgenossenschaft oder einen Theil derselben in die Gewalt oder Abhängigkeit einer fremden Macht zu bringen, oder einen Kanton, oder einen Theil eines Kantons von ihr loszureissen versucht, oder eine fremde Macht zu Feindseligkeiten gegen die Schweiz oder einen Theil derselben, oder zu einer die Schweiz gefährdenden Einmischung in ihre innern Angelegenheiten anreizt, oder bei ausgebrochenem Kriege durch eine Handlung oder Unterlassung vorsätzlicher Weise die Absichten des Feindes begünstigt. Wer die Gränzen der Schweiz absichtlich verändert oder ungewiss macht, oder durch Entwendung, Vernichtung oder Verfälschung von Urkunden oder durch andere rechtswidrige Handlungen die Interessen eines fremden Staates zum Nachtheil der Eidgenossenschaft unterstützt oder bei einer solchen Handlung behülflich ist, wird mit Zuchthausstrafe belegt.« — Art. 45: »Die Theilnahme an einem Unternehmen, welches den gewaltsamen Umsturz der Bundesverfassung, oder die gewaltsame Vertreibung oder Auflösung der Bundesbehörden oder eines Theiles derselben zum Zwecke hat, wird mit Zuchthaus bestraft.«)

2) Aufruhr und Gewaltthat gegen die Bundesbehörden. (Art. 46 des Bundesstrafrechts: »Wer sich mit andern Personen zusammenrottet und durch gewaltsame Handlungen die Absicht an den Tag legt, einer Bundesbehörde Widerstand zu leisten, dieselbe zu einer Verfügung zu zwingen, oder an der Erlassung einer Verfügung zu hindern, oder an einem Bundesbeamten, oder an einem Mitgliede einer Bundesbehörde als solchem Rache zu nehmen, wird mit Gefängniss und Geldbusse, und in schweren Fällen mit Zuchthaus bestraft. Die gleiche Strafe steht auch auf der Theilnahme an Zusammenrottungen, welche zum Zwecke haben, die Vollziehung der Bundesgesetze, oder die Vornahme von Wahlen, Abstimmungen u. dgl., welche nach Vorschrift der Bundesgesetze stattzufinden haben, zu hindern.« — Art. 47: »Wer Gewalt anwendet, ohne sich mit Andern zusammenzurotten, um einen der in Art. 46 bezeichneten Zwecke zu erreichen, soll mit Gefängniss und Geldbusse bestraft werden.« — Art. 48: »Wer durch mündliche oder schriftliche Aeusserungen, oder durch bildliche Darstellungen öffentlich zu einer der in den Artt. 45 und 46 vorgesehenen Handlungen aufreizt, wird, wenn auch die Aufreizung erfolglos geblieben ist, nach den Bestim-

mungen über den Versuch bestraft.« *) — Art. 49: »Eine Geldbusse, mit welcher in schwerern Fällen Gefängniss bis auf 2 Jahre verbunden werden kann, verwirkt: a. Wer auf das Ergebniss einer gemäss der Bundesgesetzgebung stattfindenden Wahl oder andern Verhandlung durch Wegnahme oder Verfälschung echter oder durch Beifügung falscher Stimmzettel, oder auf andere**) rechtswidrige Weise einwirkt. b. Wer auf die an der Verhandlung theilnehmenden Bürger durch Geschenke oder Verheissungen von solchen, oder durch Drohungen einen Einfluss auszuüben sucht. c. Wer bei einer solchen Gelegenheit ein Geschenk annimmt, oder irgend einen Vortheil sich einräumen lässt. d. Wer unbefugter Weise an einer solchen Wahl oder andern Verhandlung Theil nimmt.« — Art. 50: »Wer einer auf Befehl eines Bundesbeamten oder einer Bundesbehörde verhafteten Person durch List oder Gewalt zum Entweichen behülflich ist, oder auf eben diese Weise die Vollziehung eines durch eine Bundesbehörde erlassenen Verhaftsbefehls vereitelt, ist mit einer Geldbusse und in schwerern Fällen überdiess mit Gefängniss von höchstens 2 Jahren zu bestrafen.«)

3) Verbrechen und Vergehen gegen das Völkerrecht. (Art. 39 des Bundesstrafrechts: »Wer das schweizerische Gebiet verletzt oder eine andere völkerrechtswidrige Handlung gegen die Schweiz oder einen Theil derselben sich zu Schulden kommen lässt, oder einer solchen Handlung irgendwie Vorschub leistet, ist mit Gefängniss und Geldbusse, und in schwerern Fällen mit Zuchthaus zu bestrafen.« — Art. 41: »Wer ein fremdes Gebiet verletzt oder eine andere völkerrechtswidrige Handlung (gegen fremde Staaten) begeht, ist mit Gefängniss oder Geldbusse zu belegen.« — Art. 42: »Oeffentliche Beschimpfung eines fremden Volkes oder seines Souveräns, oder einer fremden Regierung wird mit einer Geldbusse bis auf 2000 Fr., womit in schwerern Fällen Gefängniss bis auf 6 Monate verbunden werden kann, bestraft. Die Verfolgung findet jedoch nur auf Verlangen der betreffenden fremden Regierung

*) Von der Strafe des Versuches im Allgemeinen handeln die Artt. 15 und 16 des Gesetzes.

**) Aus diesem Worte darf indessen, wie der Bundesrath in einem Specialfalle entschieden hat, keineswegs gefolgert werden, dass z. B. blosse Verläumdungen, die über einen Kandidaten für den Nationalrath verbreitet werden, unter das Bundesstrafrecht fallen; denn litt. a des Art. 49 bezieht sich offenbar nur auf die Fälschung der Wahloperationen selbst.

statt, wofern der Eidgenossenschaft Gegenrecht gehalten wird.« *) — Art. 43: »Die Beschimpfung oder Misshandlung eines bei der Eidgenossenschaft beglaubigten Repräsentanten einer fremden Regierung zieht Gefängniss bis höchstens 2 Jahre und Geldbusse bis höchstens 2000 Fr. nach sich.«)

4) Politische Verbrechen, welche Ursache oder Folge derjenigen Unruhen sind, durch die eine bewaffnete eidgenössische Intervention veranlasst worden ist. (Art. 52 des Bundesstrafrechtes: Die Artt. 45 bis 50 finden im Falle einer solchen Intervention analoge Anwendung, wenn eine der dort bezeichneten Handlungen gegen eine durch den Bund garantirte Kantonalverfassung oder gegen eine Behörde oder einen Beamten eines Kantons gerichtet wird, oder auf Wahlen, Abstimmungen u. dgl. sich bezieht, welche durch die Gesetzgebung eines Kantons vorgeschrieben sind.)

Nach Art. 104 litt. a der Bundesverfassung soll das Assisengericht fernerhin urtheilen »in Fällen, wo von einer Bundesbehörde die von ihr ernannten Beamten zur strafrechtlichen Beurtheilung überwiesen werden.« Damit übereinstimmend heisst es in Art. 49 des Organisationsgesetzes: »Das Assisengericht beurtheilt auf Weisungen der Anklagekammer: 1) die von einer Bundesbehörde ernannten Beamten in den Fällen des Art. 104 litt. a der Bundesverfassung.« Demzufolge wurden in der That in den ersten Jahren nach Einführung der Bundesverfassung alle Verbrechen von Bundesbeamten, insbesondere die nicht selten vorkommenden Fälle von Unterschlagungen von Seite der Beamten und Angestellten der eidgenössischen Post- und Zollverwaltung durch den Bundesrath und die Anklagekammer den eidgenössischen Assisen überwiesen. Allein es musste sehr bald in die Augen springen, wie durchaus unpassend und unpraktisch es sei, den ganzen weitläufigen und kostspieligen Apparat eines eidgenössischen Schwurgerichtes, zu welchem Richter und Geschworne aus einer Anzahl von Kantonen zusammen kommen müssen, in Bewegung zu setzen, um eine, dem Betrage nach vielleicht ganz unerhebliche Veruntreuung zu beurtheilen. Bei der Organisation der Bundesassisen dachte man fast

*) Dieser Artikel stiess in den beiden Räthen auf lebhafte Opposition und wurde nur nach harten Kämpfen angenommen. Glücklicher Weise ist bis jetzt noch niemals die Anwendung desselben auch nur in Frage gekommen.

einzig an politische Vergehen, für welche die grossen Bezirke allerdings als zweckmässig erscheinen, weil Geschworne aus andern Kantonen in der Regel eine unbefangenere und objektivere Haltung zur Beurtheilung solcher Vergehen mitbringen werden; dagegen ist jene Einrichtung jeder Ausdehnung der Bundesstrafrechtspflege auf Vergehen von geringerm Belange durchaus ungünstig. Da nun der Art. 104 litt. a der Bundesverfassung seinem Wortlaute nach nicht bindend ist und keineswegs vorschreibt, dass die eidgenössischen Assisen für alle Verbrechen der Bundesbeamten allein zuständig seien, sondern es ins Ermessen der Bundesbehörden stellt, die von ihnen ernannten Beamten dem eidgenössischen Schwurgerichte zu überweisen oder nicht, so glaubte man bei Berathung des Bundesstrafrechtes — abgesehen von den oben benannten, in die ausschliessliche Kompetenz der eidgenössischen Assisen fallenden Verbrechen, die ja ebenfalls von Bundesbeamten begangen werden können — folgende Arten von Straffällen unterscheiden zu sollen:

1) Gemeine Verbrechen von Beamten und Angestellten des Bundes, welche in keiner Beziehung stehen zu ihren amtlichen Funktionen. Es versteht sich von selbst und geht zugleich klar hervor aus Artt. 14 und 41 des Bundesgesetzes über die Verantwortlichkeit, dass solche Fälle gänzlich unter die Jurisdiktion des Kantons, in welchem die Begehung stattgefunden hat, gehören. Von dieser Regel sind nur die höhern Beamten des Bundes, deren politische Stellung eine gänzliche Unterordnung unter die kantonale Gerichtsbarkeit nicht gestattet, theilweise ausgenommen. Es können nämlich — nach Art. 1 des Bundesgesetzes über die politischen und polizeilichen Garantien zu Gunsten der Eidgenossenschaft, welcher in Art. 77 litt. a des Bundesstrafrechtes ausdrücklich vorbehalten ist — die Mitglieder des Bundesrathes und der eidgenössische Kanzler, sowie eidgenössische Repräsentanten und Kommissarien auch wegen Verbrechen, welche sich nicht auf ihre amtliche Stellung beziehen, nur mit Zustimmung des Bundesrathes, resp. der Bundesversammlung strafrechtlich verfolgt werden. Wenn diese Zustimmung ertheilt wird, so wird der Straffall bei grösserer Wichtigkeit der Anklagekammer des Bundesgerichtes, bei geringerer Bedeutung den kantonalen Gerichten überwiesen. Unter beiden Voraussetzungen aber sind die Gesetze (d. h. das materielle Strafrecht, nicht das Prozessrecht) des Kantons, in welchem

die eingeklagte Handlung begangen wurde, für die Beurtheilung massgebend.

2) Gemeine, d. h. in dem Bundesstrafrechte nicht erwähnte Verbrechen, welche von Beamten oder Angestellten des Bundes in ihrer amtlichen Stellung begangen werden, wie namentlich Unterschlagung anvertrauter Gelder und anderer Werthgegenstände, Erpressung u. s. w. Hinsichtlich dieser Verbrechen, bei welchen nach Art. 58 des Bundesstrafrechtes die amtliche Stellung als Erschwerungsgrund zu berücksichtigen ist, schreibt der Art. 75 des nämlichen Gesetzes ausdrücklich vor, dass sie nach den Gesetzen und von den Behörden des Kantons, in welchem sie stattgefunden haben, beurtheilt werden sollen. Hier stossen wir nun freilich auf eine bedauerliche Unebenheit in der eidgenössischen Gesetzgebung, die schon Kaiser*) mit Recht hervorgehoben hat. Es werden nämlich in Art. 77 litt. c des Bundesstrafrechtes ganz unbedingt vorbehalten »die Vorschriften des Bundesgesetzes über die Verantwortlichkeit der eidgenössischen Behörden und Beamten vom 9. December 1850«; nun aber setzen die Artt. 40 und 41 dieses Gesetzes offenbar voraus, dass alle Kriminalklagen gegen die vom Bundesrathe oder Bundesgerichte ernannten Beamten, welche sich auf deren amtliche Stellung beziehen, dem Bundesgerichte zu überweisen seien. Da indessen, wenn man annähme, dass diese letztern Gesetzesbestimmungen noch volle und unbeschränkte Geltung hätten, der ganz klare und mit vollem Bewusstsein von den Kammern aufgestellte Art. 75 des Bundesstrafrechtes dadurch alle Bedeutung verlöre, so kann der Widerspruch, wie auch Kaiser annimmt, nicht anders als in dem Sinne gelöst werden, dass das neuere Gesetz dem ältern derogirt hat und der allgemeine Vorbehalt des Art. 77 litt. c nur in Folge eines Versehens stehen geblieben ist, erklärlich daraus, dass der Art. 75 nicht im bundesräthlichen Entwurfe stand, sondern auf den individuellen Antrag eines Mitgliedes des Ständerathes angenommen wurde. Etwas anders verhält es sich mit Verbrechen und Vergehen der von der Bundesversammlung gewählten Beamten, namentlich

*) Schweiz. Staatsrecht III. 27—28. Seine Darstellung lässt nur insoferne zu wünschen übrig als er nicht bloss die in Art. 73, sondern auch die in Artt. 74 und 75 des Bundesstrafrechtes enthaltenen Verbrechen den in amtlicher Stellung begangenen gegenübersetzt.

also der Mitglieder des Bundesrathes, für deren Untersuchung und Beurtheilung durch das Bundesgericht die Artt. 18 bis 31 des Verantwortlichkeitsgesetzes sehr ausführliche Bestimmungen enthalten. Hier sind wir, da man beim Wortlaute des Art. 75 nicht nothwendig auch an Mitglieder von Behörden denken muss, eher geneigt anzunehmen, dass das Verantwortlichkeitsgesetz unbedingt noch in Kraft besteht; denn es würde sich sonderbar ausnehmen, wenn, wie wir gesehen haben, selbst in nicht amtlicher Stellung begangene Verbrechen der Mitglieder des Bundesrathes den eidgenössischen Assisen überwiesen würden, die in amtlicher Stellung begangenen hingegen nicht, oder wenn lange Verhandlungen in den gesetzgebenden Räthen über die Anhebung einer Kriminalklage gegen einen eidgenössischen Magistraten wegen eines Vergehens der letztern Art zuletzt mit der Verweisung an ein kantonales Gericht endigen würden. Es ist geradezu nicht denkbar, dass, wenn ein Mitglied des Bundesrathes als solches sich verfehlt hätte, die Bundesversammlung es etwa dem Schwurgerichte des Kantons Bern, als des Bundessitzes, überlassen wollte, den Angeklagten schuldig oder nicht schuldig zu sprechen! Doch diese Frage hat wenig praktische Bedeutung, weil es nicht leicht vorkommen wird, dass auf einen von der Bundesversammlung gewählten Beamten der Art. 75 des Bundesstrafrechtes anwendbar werden könnte.

3) Verbrechen von Beamten und Angestellten des Bundes, welche durch das Bundesstrafrecht vorgesehen sind, ausser den bereits oben (S. 71 bis 74) aufgezählten Fällen. Es gehören dahin namentlich die eigentlichen Amtsvergehen: absichtliche Verletzung der Amtspflicht, Ueberschreitung oder Missbrauch der Amtsgewalt, Bestechlichkeit, Vernachlässigung der Geschäfte, welche einen erheblichen Schaden zur Folge hat; bei Postangestellten insbesondere noch die Unterschlagung von Briefen und Schriftpaketen, sowie die Verletzung des Postgeheimnisses; bei Telegraphisten die Mittheilung telegraphischer Nachrichten an Unberechtigte (Artt. 53 bis 57 des Bundesstrafrechtes). Ferner gehören dahin folgende Delikte, welche die Beamten gleich andern Bürgern begehen können: Fälschung von Bundesakten, falsches Zeugniss vor einer Bundesbehörde, Hehlerschaft bei ausgewiesenen Fremden, die sich den Nachforschungen des Bundesrathes entziehen, endlich die im ersten Bande (S. 368, 414) berührten Beschädigungen und

Gefährdungen von Telegraphen und Eisenbahnen. (Artt. 61 bis 68 des Gesetzes.) Alle diese Fälle sollen vom Bundesrathe nach Art. 74 des Bundesstrafrechtes in der Regel an die Kantonalbehörden zur Untersuchung und Beurtheilung gewiesen werden, wobei indessen das urtheilende Gericht die Bestimmungen jenes Gesetzes anzuwenden und im Falle der Freisprechung oder der Zahlungsunfähigkeit des Angeklagten die Bundeskasse die Kosten zu vergüten hat. Dem Bundesrathe steht es indessen frei, die erwähnten Vergehen aus besondern Gründen nach dem eidgenössischen Strafprozesse untersuchen und durch die Bundesassisen beurtheilen zu lassen. Bis jetzt ist von letzterm Vorbehalte noch niemals Gebrauch gemacht, sondern es sind, wesentlich aus Rücksichten der Oekonomie, sämmtliche hier besprochene Straffälle an die kantonalen Gerichte gewiesen worden, ohne dass sich besondere Uebelstände daraus ergeben hätten. — Der Art. 74 scheint sich auf die von der Bundesversammlung gewählten Beamten jedenfalls nicht zu beziehen, da er bloss vom Bundesrathe als der überweisenden Behörde redet; für die Mitglieder des Bundesrathes und Bundesgerichtes, sowie für den Kanzler verbleiben also die Bestimmungen des Verantwortlichkeitsgesetzes in Kraft, während sie für alle niedriger stehenden Beamten als durch das Bundesstrafrecht modificirt angesehen werden müssen.

4) Disciplinarfehler der Beamten und Angestellten des Bundes. Art. 77 litt. d des Bundesstrafrechtes behält für solche kleinere Uebertretungen ausdrücklich die in andern Bundesgesetzen aufgestellten Strafbefugnisse der Administrativbehörden vor. Wir haben im ersten Bande (S. 355, 368, 524) die nicht unbedeutenden Kompetenzen kennen gelernt, welche dem Bundesrathe, seinen Departementen und den Kreisdirektoren gegenüber der grossen Anzahl von Beamten und Angestellten der Zoll-, Post- und Telegraphenverwaltung zustehen. Dazu kommt nun noch die allgemeine Bestimmung des Verantwortlichkeitsgesetzes Artt. 37 und 38: »Wenn die vom Bundesrathe gewählten Beamten sich fortgesetzter Nachlässigkeit oder offenbarer Pflichtversäumniss, oder wiederholter leichterer Uebertretungen der Gesetze oder Reglemente schuldig machen, so kann der Bundesrath Verweis, Ordnungsbusse bis auf 50 Fr., Suspension und Entlassung verfügen. Die Anwendung aller dieser Disciplinarstrafen kann nur stattfinden nach vorgängiger Untersuchung und Anhörung der Betheiligten. Die Entlassung

erfordert einen schriftlich motivirten Beschluss und die absolute Mehrheit aller Mitglieder der Behörde.« Da diese Satzungen einlässlicher, bestimmter und zugleich neuer sind als der Art. 34 des Bundesgesetzes vom 16. Mai 1849, welcher bloss von der Entlassung der Kanzleibeamten handelt, so tragen wir kein Bedenken anzunehmen, dass letzterer durch dieselben aufgehoben ist und daher die vom Bundesrathe gewählten Beamten und Angestellten der Bundeskanzlei einzig unter der Herrschaft der Artt. 37 und 38 des Verantwortlichkeitsgesetzes stehen. Das Nämliche gilt auch für die Beamten der verschiedenen Departemente des Bundesrathes, sowie der Militär- und Pulververwaltung, für welche niemals besondere Vorschriften bezüglich der Ahndung von Disciplinarfehlern erlassen worden sind. Dagegen glauben wir, dass die Artt. 13 bis 15 des Gesetzes über die Organisation der Postverwaltung, weil sie speciellere und ausführlichere Vorschriften über die gegen Beamte und Bedienstete dieser Verwaltung auszuübenden Disciplinarbefugnisse enthalten, neben dem Verantwortlichkeitsgesetze noch in Kraft bestehen, was sich auch daraus ergibt, dass das Telegraphengesetz vom 19. December 1854 jene beiden Gesetze neben einander stellt, indem es den Bundesrath beauftragt, nach Massgabe derselben die nöthigen Bestimmungen zu erlassen bezüglich der Disciplinarstrafen, welchen die Beamten und Bediensteten der Telegraphenverwaltung unterliegen. Noch entschiedener müssen wir fortdauernde Rechtskraft behaupten für die Bestimmungen der Artt. 46 bis 48 des Zollgesetzes, sowie den Art. 17 des Telegraphengesetzes, welche zugleich neuer sind als die Artt. 37 und 38 des Bundesgesetzes vom 9. December 1850. Was endlich die vom Bundesgerichte gewählten Beamten betrifft, so steht nach Art. 39 dieses Gesetzes hinsichtlich derselben dem Bundesgerichte die nämliche Disciplinargewalt wie nach Artt. 37 und 38 dem Bundesrathe zu.*)

Nach dem Wortlaute des Art. 106 der Bundesverfassung kann es keinem Zweifel unterliegen, dass eine Erweiterung der bundesgerichtlichen Kompetenzen auf dem Wege der Bundesgesetzgebung in Strafsachen eben so wohl wie auf dem Gebiete der bürgerlichen Rechtspflege zulässig ist. Schon das Organisationsgesetz vom 5. Juni 1849 sieht daher in Art. 49 voraus, dass durch besondere Bundes-

*) Vergl. über die Kompetenzen im Allgemeinen Amtl. Samml. I. 62–63, 76. 108–109. II. 153–158, 547–548. III. 33–34, 415–428. V. 4–5, 413.

gesetze noch weitere Verbrechen und Vergehen als die in Art. 104 der Bundesverfassung benannten in die Kompetenz des Bundesgerichtes gelegt werden können, und gestattet der Gesetzgebung der Kantone ebenfalls, im Einverständnisse mit der Bundesversammlung andere Straffälle den eidgenössischen Assisen zu übertragen. Von letzterer Befugniss ist bis jetzt kein Gebrauch gemacht worden und es wird diess auch nicht so leicht geschehen, weil die Kantone durchgehends noch grossen Werth setzen auf eigene Verwaltung der Strafjustiz, als eines der wichtigsten Souveränetätsrechte, und zudem, wie schon bemerkt wurde, die eidgenössischen Assisen zu schwerfällig und kostspielig eingerichtet sind, als dass man leicht davon Gebrauch machen könnte. Dagegen hat die Bundesgesetzgebung bei den nachfolgenden, in Art. 104 nicht vorgesehenen Arten von Straffällen die Mitwirkung des Bundesgerichtes oder einer seiner Abtheilungen in Anspruch genommen:

a. Zum Schutze der eidgenössischen Regalien: Zölle, Posten und Pulver*) hielt man ein besonderes gerichtliches Verfahren namentlich aus dem Grunde für nothwendig, weil bei der Abneigung einiger Gränzkantone gegen das neue eidgenössische Zollwesen eine unbefangene Handhabung der Strafjustiz bei Zollverschlagnissen von Seite ihrer Gerichte sich nicht erwarten liess, der eidgenössische Strafprozess aber, welcher für Verbrechen aufgestellt wurde, für derartige geringere Uebertretungen ganz ungeeignet wäre. Es wurde daher durch das Bundesgesetz vom 30. Juni 1849 »betreffend das Verfahren bei Uebertretungen fiskalischer und polizeilicher Bundesgesetze« Folgendes vorgeschrieben: Eine Ueberweisung solcher Uebertretungsfälle vor Gericht findet nur dann statt, wenn der Fehlbare dem ihm angekündigten Strafentscheide des Bundesrathes sich nicht unterzogen hat; für den Fall der freiwilligen Anerkennung ist ihm überdiess der Nachlass eines Theiles der verhängten Strafe

*) Das Bundesgesetz vom 30. Juni 1849 Art. 1 erwähnt zwar auch noch »Münzen, Mass und Gewicht«. Allein der Art. 10 des Bundesgesetzes über Mass und Gewicht, welcher jenes Gesetz für Uebertretungsfälle als massgebend erklärte, ist durch Bundesbeschluss vom 18. Juli 1856 ausdrücklich aufgehoben und die Festsetzung des Verfahrens den Kantonen überlassen worden. (Amtl. Samml. III. 90. V. 345.) Und für Uebertretungen des Münzregals gibt es keine eidgenössische Strafbestimmungen wie für diejenigen des Zoll-, Post- und Pulverregals (Amtl. Samml. I. 100, 166. II. 548—551), sondern es steht das Verbrechen der Münzfälschung unter dem gemeinen Strafrechte der Kantone

in Aussicht gestellt. Ist die Anerkennung nicht erfolgt, so wird die Sache an das Gericht desjenigen Kantons, in welchem die Uebertretung verübt wurde, gezogen. Hier soll das Prozessverfahren summarisch und öffentlich sein. Nach den mündlichen Vorträgen des Bundesanwaltes und des Verklagten, sowie der Abhörung allfälliger Zeugen, deren Aussagen protokollirt werden müssen, und nach Prüfung der vor gelegten Akten fällt das Gericht das Urtheil. Gegenüber dem von dem Beamten oder Angestellten, welcher die Uebertretung entdeckt hat, abgefassten Protokolle ist ein Gegenbeweis nur zulässig: 1) wenn demselben eine der vorgeschriebenen Bedingungen fehlt oder der Verklagte eine förmliche Klage auf Fälschung anbringt, 2) wenn er das Protokoll bei seiner Abfassung nicht als richtig anerkannt hat, 3) wenn er mildernde Umstände nachweisen will. Soferne die Partheien oder eine derselben, ohne durch höhere Gewalt verhindert gewesen zu sein, nicht erscheinen, fällt das Gericht gleichwohl das Urtheil aus, welches die nämliche Rechtskraft haben soll wie ein Urtheil nach contradiktorischem Verfahren. In den Kantonen, wo das Rechtsmittel der Appellation gegen derartige Strafurtheile zulässig ist, können die Parteien sich dieses Rechtsmittels bedienen, soferne es sich um eine Busse von mehr als 50 Fr. oder um Gefängnissstrafe handelt. Gegen die ausgefällten Urtheile kann binnen 30 Tagen von der Mittheilung des Urtheils an beim eidgenössischen Kassationsgerichte das Rechtsmittel der Kassation mittelst Eingabe schriftlicher Beschwerde geltend gemacht werden. Die Kassation ist aber nur zulässig wegen Inkompetenz des urtheilenden Gerichtes, oder wenn das Urtheil gegen bestimmte gesetzliche Vorschriften sich verstösst oder wesentliche Formfehler unterlaufen sind. Im Falle der Aufhebung des Urtheils bestimmt das Kassationsgericht ein beliebiges Gericht von gleichem Range behufs neuer abschliesslicher Aburtheilung. Das strafrechtliche Verfahren verjährt, wenn die Uebertretung entdeckt worden ist, in 4 Monaten nach Abfassung des Protokolls, im entgegengesetzten Falle nach Ablauf von einem Jahr seit der Begehung.*) — An diesem Gesetze, dem misslungenen Produkte einer Zeit, wo die neuen staatsrechtlichen Begriffe sich noch nicht abgeklärt hatten, ist mit Recht getadelt worden, dass es eidgenössische und kantonale Gerichtsbarkeit, welche ihrer Natur nach getrennt sein müssen, mit

*) Amtl. Samml. I. 87—93.

einander vermengt, dass es in die Prozessordnungen der Kantone eingreift, ohne dieselben auch nur für die fraglichen Fälle gleichförmig machen zu können, und dass es endlich einer Abtheilung des Bundesgerichtes die weitgehende Befugniss einräumt, nicht bloss in kompetenter Stellung erlassene Urtheile kantonaler Gerichte aufzuheben, sondern auch den letzten Entscheid Gerichten anderer Kantone oder Bezirke zu übertragen, welchen hiefür keinerlei verfassungsmässige Kompetenz zusteht. Glücklicher Weise sind indessen die Kassationsfälle bei Zollübertretungen, welche in den ersten Jahren nach Einführung der Bundesverfassung ziemlich zahlreich waren, in der letzten Zeit selten geworden, weil einerseits die Bevölkerung der Gränzkantone sich in die bestehende Zollordnung hineingelebt hat, anderseits auch der Bundesrath bei seinen Entscheidungen über Zollumgehungen gegenwärtig schonender verfährt, so dass sich die dadurch Betroffenen in der Regel denselben unterziehen.

b. Nach Artt. 17 und 20 bis 25 des Verantwortlichkeitsgesetzes und nach Art. 1 des Gesetzes über die politischen Garantien können sowohl die in amtlicher Stellung begangenen als auch die nicht auf diese Stellung bezüglichen, aber während einer Session der Bundesversammlung eingeklagten Verbrechen und Vergehen von Mitgliedern des National- und Ständerathes dem Bundesgerichte zur Beurtheilung überwiesen werden. Da die Abgeordneten zur Bundesversammlung jedenfalls nicht zu den in Art. 104 litt. a der Bundesverfassung genannten Beamten gehören, so liegt darin eine Ausdehnung der in diesem Bundesartikel vorgesehenen Kompetenz der eidgenössischen Assisen.

c. Ebenso verhält es sich mit der Bestimmung des Art. 4 des Bundesgesetzes über die politischen Garantien (ausdrücklich vorbehalten in Art. 77, litt. a des Bundesstrafrechtes), nach welcher in die Kompetenz des Bundesgerichtes gehören: »Verbrechen gegen die Personen der Mitglieder des Bundesrathes und des eidgenössischen Kanzlers«, sowie »Verbrechen, welche gegen die Mitglieder der Bundesversammlung, des Bundesgerichts und der Jury, sowie gegen die Bundesanwälte und Verhörrichter oder gegen eidgenössische Repräsentanten oder Kommissarien verübt werden, während diese Beamte im wirklichen Dienste des Bundes sich befinden.« Theilweise gehören diese Verbrechen allerdings in die Kategorie von

»Aufruhr und Gewaltthat gegen die Bundesbehörden«, welche schon nach Art. 104 litt. b. in die Kompetenz der eidgenössischen Assisen fällt (s. oben S. 72), und ein anderer Theil derselben, nämlich öffentliche Beschimpfungen und Verläumdungen von Bundesbehörden und einzelnen Mitgliedern derselben, sollen nach Artt. 59 und 74 des neuern Gesetzes über das Bundesstrafrecht in der Regel von den kantonalen Gerichten und nur ausnahmsweise von den eidgenössischen Assisen beurtheilt werden. Allein es lassen sich doch immer noch manche andere Verbrechen und Vergehen namentlich gegen die Personen der Bundesräthe im Allgemeinen, dann aber auch gegen andere eidgenössische Magistrate, Abgeordnete und Geschworne zur Zeit ihres Dienstes denken, welche nach dem Wortlaute des Art. 4 von den eidgenössischen Assisen beurtheilt werden müssen, während der Schuldige keineswegs eine Auflehnung gegen die Bundesgewalt verübte, ja bei seinem Angriffe auf eine eximirte Person gar nicht an deren amtliche Stellung dachte, vielleicht nicht einmal dieselbe kannte. Man denke sich z. B. den Fall, es werde auf ein Mitglied des Bundesrathes in der Nähe der Stadt Bern ein Raubanfall gemacht, so haben wir hier gewiss ein Verbrechen gegen dessen Person, welches nach Art. 4 der kantonalen Gerichtsbarkeit entzogen ist. Man könnte sogar mit Rücksicht darauf, dass im zweiten Satze des Art. 4 nicht mehr ausdrücklich von Verbrechen gegen die Personen die Rede ist, versucht sein noch weiter zu gehen und zu sagen: auch wenn ein Abgeordneter zum National- oder Ständerathe in seiner Wohnung in der Bundesstadt bestohlen würde, so sei diess ein Fall, der vor die eidgenössischen Assisen gehöre. Allein es wäre diess eine Auslegung des Gesetzes, welche sich mehr nur auf die etwas nachlässige Redaktion als auf den Geist desselben und auf die Absicht des Gesetzgebers, wie sie sich aus den stattgefundenen Verhandlungen*) ergibt, stützen würde. Die Eidgenossenschaft hat ein

*) In dem bundesräthlichen Entwurfe lautete der Art. 9: »Verbrechen gegen die im Art. 2 bezeichneten eidgenössischen Beamten (die Mitglieder des Bundesrathes und den eidgenössischen Kanzler), wodurch diese für längere oder kürzere Zeit ihrer Wirksamkeit entzogen werden, gehören in die Kompetenz des Bundesgerichtes. Dasselbe gilt hinsichtlich derartiger Verbrechen, welche gegen die Mitglieder der Bundesversammlung, des Bundesgerichtes und der Jury, sowie gegen eidgenössische Repräsentanten oder Kommissarien während der Dauer ihrer amtlichen Sendung verübt werden.« Die ständeräthliche Kommission bemerkt hiezu in ihrem Berichte: »Wir finden das Kriterium, welches

politisches Interesse daran, dass die Mitglieder ihrer obersten Behörden allenthalben vollkommen frei und sicher sich bewegen können; sie darf es daher nicht den Gerichten eines Kantons, in welchem vielleicht ein solches Mitglied seiner politischen Haltung wegen verhasst ist, überlassen, ob Angriffe gegen dessen Person ihre verdiente Strafe finden sollen oder nicht. Anders verhält es sich mit Verbrechen, welche bloss gegen das Eigenthum der eidgenössischen Beamten und Abgeordneten gerichtet sind: hier hat die Eidgenossenschaft kein besonderes Interesse an der strafrechtlichen Verfolgung und es darf diese daher unbedenklich der ordentlichen Strafjustiz der Kantone überlassen werden.

d. Die bedeutendste Erweiterung der Kompetenz der eidgenössischen Assisen wäre erfolgt, wenn das Bundesstrafrecht sämmtliche von ihm behandelte Verbrechen und Vergehen, nicht bloss die in den Artt. 36 bis 52, sondern auch die in den Artt. 53 bis 68 enthaltenen, diesem Gerichtshofe zugewiesen hätte. Allein bei der kostspieligen Einrichtung desselben musste man gerechte Bedenken tragen, für Straffälle, welche sich so oft ereignen wie z. B. Uebertretungen des Werbverbotes oder Gefährdung von Eisenbahnzügen, die eidgenössischen Assisen für ausschliesslich zuständig zu erklären. Die allgemeine Richtung bei der Berathung des Bundesstrafrechtes ging dahin, die Strafjustiz der Kantone in möglichst unbeschränktem Masse fortbestehen zu lassen; daher gab man der Bundesjustiz nicht mehr Spielraum als man ihr nach dem Wortlaute der Verfassung geben musste. In der Regel sollen, wie wir oben (S. 77—78) gesehen haben, die in den Artt. 53 bis 68 vorgesehenen Verbrechen von den kantonalen Gerichten beurtheilt werden und nur ausnahmsweise, also aus besondern Gründen kann der Bundesrath dieselben den eidgenössischen Assisen überweisen. Neben dieser bloss bedingten Ausdehnung der bundesgerichtlichen Kompetenz findet sich noch eine andere, ebenfalls nicht sehr erhebliche in Art. 76 des Bundesstrafrechtes ausgesprochen: »Wenn Jemand verschiedener connexer Verbrechen angeklagt wird, von denen die einen in die Bundes-, die andern in die Kantonalkompetenz einschlagen, so steht es den

der erste Satz des Art. 9 aufstellt, für ungenügend und schlagen daher vor, dass jede Gewaltthat, durch welche die Person eines Bundesbeamten verletzt wird, ohne Rücksicht auf deren Folgen, durch das Bundesgericht zu beurtheilen sei.« Bundesbl. 1851 III. 238. 1852 I. 36.

Bundesassisen frei, die letztern ebenfalls zu beurtheilen, oder dieselben dem betreffenden Kantonalgerichte zu überweisen.« *)

§ 4. Entscheid über die Verletzung garantirter Rechte.

Neben den bis dahin erörterten Kompetenzen des Bundesgerichtes im Civil- und Strafprozesse ist ihm, wie bereits angedeutet wurde, von der konstituirenden Tagsatzung noch eine andere Funktion übertragen worden, welche wir in einem besondern Abschnitte behandeln müssen, weil sie direkt ins Gebiet des Staatsrechtes eingreift, welches sonst ausser dem Bereiche des Bundesgerichtes liegt, und weil sie, wenn auch selten zur Anwendung kommend, doch ihrem Wesen nach von grosser Wichtigkeit ist. Es lautet nämlich Art. 105 der Bundesverfassung folgendermassen:

»Das Bundesgericht urtheilt im Fernern über Verletzung der durch die Bundesverfassung garantirten Rechte, wenn hierauf bezügliche Klagen von der Bundesversammlung an dasselbe gewiesen werden.«

Mit dieser Bestimmung, welche für sich ganz allein und in keinem Zusammenhange mit andern Bundesvorschriften steht, hat sich die Bundesgesetzgebung nicht weiter beschäftigt als dass das Organisationsgesetz vom 5. Juni 1849 in Art. 7 für die Behandlung derartiger Fälle die Anwesenheit von 9 Mitgliedern verlangt, während für alle andern Geschäfte, die dem Bundesgerichte in seiner Gesammtheit zugewiesen sind, die Anwesenheit von bloss 7 Mitgliedern erfordert wird.

Bis jetzt ist auch nur ein einziger Fall nach Massgabe des Art. 105 von der Bundesversammlung dem Bundesgerichte überwiesen worden. Um so mehr wird es gerechtfertigt sein, dass wir diesen Fall ganz genau ins Auge fassen.

Joseph Dupré von Bulle, Kantons Freiburg, gerieth im Jahre 1845 mit einem Deficite von 120,000 Fr. a. W. in Konkurs. Wegen des bedeutenden Betrages des Deficites wurde er unterm 19. Juli 1847 zur Kantonsverweisung verurtheilt, sofern er innert Jahresfrist seine Gläubiger nicht befriedige. In der Zwischenzeit wurde Dupré aber auch in die politische Untersuchung verwickelt, welche sich auf den misslungenen Aufstand der radikalen Parthei vom Januar 1847 bezog. Nach dem, in Folge des Sonderbundskrieges eingetretenen Wechsel des politischen Systemes im Kanton Freiburg beschloss der Grosse

*) Vergl. Amtl. Samml. II. 153—155. III. 33—35, 427.

Rath unterm 6. Juni 1849: es sollen Alle, welche in politischer Untersuchung gestanden und vom 6. Januar bis 15. Oktober 1847 in Konkurs gerathen seien, rehabilitirt sein. Dieses Dekret hätte auf Dupré keinen Bezug gehabt; es wurde demselben aber ein Artikel angefügt des Inhaltes, dass die Bestimmung des Dekretes auch auf diejenigen wegen politischer Vergehen in Untersuchung gestandenen Individuen, gegen welche während des erwähnten Zeitraumes aus dem Grunde der Insolvenz Strafen verhängt worden seien, Anwendung finden solle. Da das Straferkenntniss gegen Dupré sich vom 19. Juli 1847 datirte, so wurden ihm also, obschon sein Konkurs bereits im Jahr 1845 ausgebrochen war, die Wohlthaten der Rehabilitation mit gewährt. Nach freiburgischen Gesetzen verliert ein Fallit die Nutzniessung und Verwaltung des Vermögens seiner Ehefrau; dagegen tritt er durch die Rehabilitation wieder in diese Rechte ein. Nachdem daher Dupré durch Publikation im Amtsblatte vom 19. Juli 1849 in seine bürgerlichen und politischen Rechte wieder eingesetzt war, belangte er seine Gattin vor den Gerichten, dass sie ihm die Nutzniessung und Verwaltung ihres Vermögens wieder einräume, und es wurde diese Klage durch Urtheile der beiden Instanzen vom 14. Mai und 28. Juni 1850 gutgeheissen. Hierauf beschwerte sich nun die Ehefrau Dupré geb. Michaud unter Berufung auf Art. 105 der Bundesverfassung bei der Bundesversammlung gegen das, nach ihrer Ansicht verfassungswidrige Dekret vom 9. Juni 1849 und verlangte dessen Aufhebung. Sie stützte sich dabei auf folgende Gründe: 1) Die gesetzgebende Behörde des Kantons Freiburg habe durch das Dekret in die Befugnisse der richterlichen Gewalt übergegriffen, indem das Konkursgesetz ausdrücklich bestimme, dass nur das Obergericht die Rehabilitation bewilligen könne. 2) Durch die Ausdehnung des Dekretes auf Personen, die schon vor Einleitung der politischen Untersuchung in Konkurs gerathen seien, sei zu Gunsten Dupré's ein Vorrecht constituirt worden, welches dem Art. 4 der Bundesverfassung zuwiderlaufe. 3) Ihre Legitimation zur Beschwerde begründete Frau Dupré damit, dass die Gesetze ihr auf den Fall des Konkurses des Ehemannes bestimmte Rechte zusprechen, welche nur auf dem durch das Gesetz vorgezeichneten Wege wieder aufgehoben werden dürfen, d. h. auf dem Wege der Rehabilitation in Folge vorheriger Befriedigung der Gläubiger, und dass ein entgegengesetztes Verfahren ihre Vermögensrechte sehr gefährde, indem sie befürchten müsse, dass die Gläubiger ihres Mannes nun auf die Einkünfte ihres, unter seiner Verwaltung stehenden Vermögens greifen werden. 4) Gegenüber der Regierung von Freiburg, welche behauptete, die Rekurrentin habe ihre allfälligen Rechte dadurch verwirkt, dass sie auf die Klage ihres Ehemannes vor den kantonalen Gerichten sich eingelassen habe, erwiederte Frau Dupré, dass sie durch diese Einlassung das Dekret des Grossen Rathes niemals als rechtsverbindlich anerkannt, vielmehr dasselbe stets angefochten habe und dass sie erst dadurch, dass die Gerichte ihren Spruch auf das angefochtene Dekret stützten, Veranlassung erhalten habe, sich mit ihrer Beschwerde an die Bundesversammlung zu wenden.

Die Kommission des Nationalrathes, welche diese Beschwerde zuerst zu begutachten hatte, erörterte zuerst die staatsrechtliche Frage: »Was versteht der Art. 105 unter den durch die Bundesverfassung garantirten Rechten, welche das Bundesgericht schützen soll?« Da sich aus dem Abschiede der konstituirenden Tagsatzung (S. 155, 280) ergibt, dass der gegenwärtige Art. 105 von der Gesandtschaft von Genf ursprünglich als litt. e des Art. 104 vorgeschlagen, dann aber bei der Schlussredaktion dieses Lemma in einen eigenen Artikel umgewandelt wurde, so folgerte die Kommission hieraus, dass derselbe als ein Complement sowohl des Art. 101 als auch des Art. 104 der Bundesverfassung aufzufassen sei, somit die in Art. 101 Ziff. 1 enthaltene Beschränkung, welche Streitigkeiten staatsrechtlicher Natur von der Kompetenz des Bundesgerichtes auszuschliessen scheine, keine Schwierigkeiten machen könne. Und da die Gesandtschaft von Genf ihren Antrag ausdrücklich damit motivirt hatte, dass der Bund auch gegen Richterwillkür und Justizverweigerung den Bürgern Schutz gewähren müsse, so fand die Kommission fernerhin, dass unter den »durch die Bundesverfassung garantirten Rechten« nicht bloss die in derselben ausdrücklich aufgezählten politischen und bürgerlichen Rechte, sondern auch die verfassungsmässigen kantonalen Rechte der Bürger, von denen der Art. 5 der Bundesverfassung nur im Allgemeinen spricht, zu verstehen seien.

Uebergehend zu der weitern Frage, welche Bedeutung dem bedingenden Zusatze im Art. 105 beizulegen sei, bemerkte die Kommission, es seien mit Bezug auf derartige Streitigkeiten die Kompetenzen der Bundesversammlung (nach Art. 74 Ziff. 8) und des Bundesgerichtes allerdings nicht klar ausgeschieden, dagegen habe darüber jeweilen die Erstere die nöthige Verfügung zu treffen. Da es sich nun zuerst bloss um eine Kompetenzfrage handle, so habe man vorläufig bloss die Fundemente der Klage zu untersuchen, während auf den Fond der Streitfrage noch gar nicht eingetreten werde. Die Bundesversammlung habe sich somit bloss zu fragen, ob, die faktischen Anbringen der Beschwerde als wahr vorausgesetzt, eine Verletzung verfassungsmässiger Rechte eines Bürgers ernstlich in Frage komme. Diese Frage glaubte die Kommission im vorliegenden Falle unbedingt bejahen zu sollen. Die Rekurrentin beklage sich nämlich, dass die gesetzgebende Gewalt des Kantons Freiburg in die Funktionen der richterlichen Gewalt eingegriffen habe; wenn diese Klage wahr sei, so liege nach Art. 32 der freiburgischen Verfassung, welcher die Trennung der Gewalten vorschreibt, eine Verfassungsverletzung vor, gegen welche die Bundesgewalt im Interesse des geschädigten Bürgers einschreiten müsse. Die Kommission schloss daher mit dem Antrage: es sei, ohne weitere Einlassung auf das Materielle der Beschwerde der Frau Dupré, diese Angelegenheit gemäss dem Art. 105 der Bundesverfassung dem Bundesgerichte zur Erledigung zuzuweisen. — Nach langen Debatten in den beiden gesetzgebenden Räthen wurde dieser Antrag unterm 11. August 1851 zum Beschluss erhoben.*)

Das Bundesgericht, welches nun das Materielle der Beschwerde zu untersuchen hatte, ging in seinem Urtheile vom 3. Juli 1852 von folgenden Erwägungen aus: Wenn das Motiv ins Auge gefasst wird, welchem das Dekret vom 6. Juni 1849 seine Entstehung verdankt, so liegt es ausser allem Zweifel, dass eine Begünstigung des Joseph Dupré mit Rücksicht auf seinen Fallimentszustand aus dem Grunde politischer Verfolgung nicht stattfinden konnte, da die Insolvenzerklärung des Dupré den Unruhen im Kanton Freiburg lange voranging und es reine Zufälligkeit ist, dass die Beendigung der Konkursliquidation bis ins Jahr 1847 sich verzögerte. Demnach hat der Art. 3 des Dekrets vom 6. Juni 1849 die rechtliche Wirkung, dass der im Jahr 1845 mit einem bedeutenden Deficit fallit gewordene Dupré um der im Jahr 1847 erlittenen politischen Verfolgung willen in den Zustand der bürgerlichen und politischen Ehrenfähigkeit zurückversetzt wurde. Das Dekret nimmt auch dadurch den Charakter eines Ausnahmedekretes an, dass gegenüber der Behauptung der

*) Bundesbl. 1851 III. 127—136.

Beschwerdeführerin, dasselbe beziehe sich lediglich auf die Person ihres Ehegatten, Jemand anders, der dadurch betroffen wurde, nicht genannt werden konnte. Nun war der Grosse Rath des Kantons Freiburg kraft des ihm nach Art. 45 litt. h der Verfassung eingeräumten Begnadigungsrechtes allerdings befugt, die Strafen, welche über Dupré als muthwilligen Bankerutirer verhängt waren, aufzuheben. Dagegen kann es nicht als Ausfluss des Begnadigungsrechtes angesehen werden, dass civilrechtliche Folgen, die von Gesetzes wegen an den Fallimentszustand sich knüpfen, mit Verletzung der Rechte dritter Personen als beseitigt erklärt und auch in dieser Hinsicht ein Fallit bei stets fortdauernder vermögensrechtlicher Insolvenz so behandelt werde, wie wenn er im Zustande der Zahlungsfähigkeit sich befinden würde. Nach den Artt. 72, 74, 210 und 211 des freiburgischen Civilgesetzbuches bildet der Entzug der Verwaltung und Nutzniessung des Frauenvermögens eine im Kanton Freiburg gemeinrechtliche Folge, die gegen jeden Falliten eintritt. Wenn nun also in Folge des Art. 3 des Dekretes vom 6. Juni 1849 die Ehefrau Dupré auf eine singuläre Weise gezwungen werden soll, der Gewalt ihres zahlungsunfähigen Ehemannes gerade so sich zu unterwerfen, wie wenn er nicht mehr insolvent und nach Gesetzesvorschrift rehabilitirt worden wäre, so wird dadurch allerdings auf eine ihre vermögensrechtlichen Interessen benachtheiligende Art die der Frau Dupré verfassungsgemäss zugesicherte Gleichheit mit andern Staatsangehörigen vor dem Gesetze durch das Mittel eines Ausnahmedekrets aufgehoben. — Das Bundesgericht erkannte daher: der Art. 3 des Dekretes vom 6. Juni 1849, soweit er die Verwaltung und Benutzung des Vermögens der Ehefrau Dupré beschlage, und die darauf begründeten gerichtlichen Urtheile vom 14. Mai und 28. Juni 1850 seien als folgenlos erklärt.*)

Wenn nun der Fall Dupré das erste und zugleich das letzte Beispiel der Verweisung einer Beschwerde an das Bundesgericht gemäss Art. 105 der Bundesverfassung bildet, so liegt der Grund davon wesentlich darin, dass man im Laufe der Zeit sich immer mehr daran gewöhnte, Rekurse, welche sich auf die Verletzung verfassungsmässiger Rechte, insbesondere auch auf Nichtbeachtung von Bestimmungen der Kantonsverfassungen beziehen, nach Art. 90 Ziff. 2 und 3 der Bundesverfassung in erster Linie an den Bundesrath zu bringen,

*) Ullmer S. 367—371.

welcher als permanente Behörde derartige Anstände schneller als die Bundesversammlung und das Bundesgericht erledigen kann und dessen zahlreiche Entscheidungen über staatsrechtliche Angelegenheiten eine im Ganzen wohl verdiente Autorität sich erworben haben. Beschwerden über Verfassungsverletzungen, welche direkte an die Bundesversammlung gelangen, sind in neuester Zeit äusserst selten geworden und die letztere kann daher nicht leicht von Art. 105 Gebrauch machen, wenn sie nicht — was bis jetzt nicht geübt worden ist — Fälle, welche erst in zweiter Linie, auf dem Wege des Rekurses gegen die Entscheidungen des Bundesrathes an sie gelangen, dem Bundesgerichte zur Erledigung überweisen will.

Die Ueberweisung ans Bundesgericht gemäss Art. 105 ist, so viel wir uns erinnern, seit dem Jahr 1851 nur bei zwei Rekursfällen noch zur Sprache gekommen. Bei der Beschwerde des Schulrathes der Stadtgemeinde St. Gallen, von welcher wir im ersten Bande (S. 315) gesprochen haben, hatte die Rekurrentin jene Ueberweisung verlangt und der Bundesrath, welchem die Bundesversammlung den Gegenstand zur Begutachtung überwiesen hatte, war zuerst geneigt dem Begehren zu entsprechen, stellte dann aber, nachdem die Regierung von St. Gallen beruhigende Aufschlüsse gegeben hatte, den Antrag auf Tagesordnung. Der Berichterstatter der ständeräthlichen Kommission, Herr Häberlin, äusserte sich darüber, nach wörtlicher Anführung des Art. 105, folgendermassen: »Die Bundesversammlung ist also einzig und ausschliesslich befugt, wegen Läsion verfassungsmässiger Rechte einzuschreiten. Innert der verfassungsmässigen Schranken dagegen unterliegt die kantonale Gesetzgebung, Verwaltung und Rechtspflege keiner Bundesaufsicht. Um dieses Princip möglichst sicher zu stellen, sollen derartige Klagen nicht etwa unmittelbar an das Bundesgericht gelangen dürfen, sondern die beiden Räthe passiren müssen, damit diese, als politische Körper, vor Allem aus prüfen, ob eine Läsion verfassungsmässiger Rechte ernstlich in Frage komme. Dadurch soll eben verhütet werden, dass nicht das Bundesgericht seine Kompetenzen als wahrhafte Appellationsinstanz über alle Akte der Kantonalgewalten ausdehne, während dagegen die Bundesversammlung, wenn sie die Klage auf Läsion verfassungsmässiger Rechte erheblich findet, sich dennoch nicht wie ein Richtercollegium mit der Untersuchung aller thatsächlichen Verhältnisse und mit der Beurtheilung der Streitfrage im

Detail in denjenigen Fällen befasst, welche sich im Uebrigen passender zur richterlichen Erledigung eignen.« Nach dieser einleitenden Bemerkung führte der Berichterstatter aus, dass im vorliegenden Falle eine Verletzung oder Beeinträchtigung von Rechten, welche durch die Bundesverfassung garantirt sind, nicht einmal als wahrscheinlich sich darstelle; wir haben gesehen, dass die beiden Räthe mit dieser Ansicht sich einverstanden erklärten.*) — Der zweite Rekursfall, bei welchem die Anwendung des Art. 105 noch in Frage kam, war derjenige der Anna Walther von Uetlingen. Es handelte sich hier um die grundsätzliche Frage, ob eine Alimentationsklage für ein aussereheliches Kind beim Gerichtsstande des Heimathortes des behaupteten Vaters oder bei demjenigen des Wohnortes des Beklagten nach Art. 50 der Bundesverfassung anzubringen sei. Der Bundesrath hatte im letztern Sinne entschieden, wogegen der Rekurs an die Bundesversammlung ergriffen wurde. Der Ständerath wollte nun den Gegenstand dem Bundesgerichte überweisen, von der Ansicht ausgehend, dass es zweckmässiger wäre, die Erörterung solcher rein juridischer Fragen einem Richterkollegium zu überlassen, statt dieselben in grossen politischen Versammlungen zu diskutiren, während anderseits die Zulässigkeit der Ueberweisung keinem Zweifel unterliegen könne, weil es sich um das durch Art. 50 der Bundesverfassung gewährleistete Rechtsprincip handle. Der Nationalrath aber konnte sich, wie wir gesehen haben (Bd. I. S. 207), mit dieser Ansicht nicht befreunden, sondern zog es vor, selbst in die Materie einzutreten und den Rekurs als unbegründet abzuweisen.

Viertes Kapitel.

Gemeinschaftliche Bestimmungen für die Bundesbehörden.

§ 1. Der Bundessitz.

Gegenüber der, durch den Bundesvertrag von 1815 begründeten Einrichtung, nach welcher der Sitz der Tagsatzung zwischen den drei Vororten Zürich, Bern und Luzern umwechselte, wollten die Entwürfe von 1832 und 1833 eine wirkliche Bundesstadt schaffen

*) Bundesbl. 1858 II. 419—424, 499—507. Vgl. Bd. I. S. 316.

und zu dieser Würde Luzern erheben. Allein gerade der Kanton Luzern war es, dessen Volk die von der Tagsatzung entworfene Bundesurkunde verwarf und damit gegen die Einführung derselben den Ausschlag gab. Die Revisionskommission von 1848 theilte die Ansicht derjenigen von 1832, dass eine wahrhafte Bundesregierung, wie sie durch die neue Verfassung begründet werden sollte, nicht länger von einer Hauptstadt zur andern herumziehen könne, sondern dass wenigstens für die gesetzgebende und die vollziehende Behörde der Eidgenossenschaft ein bleibender Bundessitz aufgestellt werden müsse. Dagegen fand sie für rathsam, die Bezeichnung dieses Bundessitzes nicht bereits in die Verfassung aufzunehmen, sondern dieselbe der Gesetzgebung zu überlassen. In der Berathung wurde dafür namentlich der Grund angeführt, dass im Laufe der Zeit Umstände eintreten könnten, welche eine Aenderung als wünschenswerth erscheinen lassen dürften; es wirkte aber im Stillen noch ein anderes Motiv mit, indem man befürchtete, dass einzelne Kantone, welche sich durch die Wahl des Bundessitzes hintangesetzt fühlen würden, dadurch sich verleiten lassen könnten, die Verfassung selbst zu verwerfen, wenn die Bezeichnung bereits in ihr enthalten wäre. Auch die Festsetzung derjenigen Leistungen, welche der zu wählenden Bundesstadt auferlegt werden sollten, wollte die Revisionskommission von 1848, in Abweichung von dem Entwurfe von 1833, der Gesetzgebung vorbehalten.*) Die Tagsatzung pflichtete den Ansichten der Kommission vollständig bei; nur an der Fassung ihres Entwurfes wurde durch die Redaktoren selbst eine kleine Aenderung vorgenommen,**) in Folge deren Art. 108 der Bundesverfassung nun folgendermassen lautet:

»*Alles, was sich auf den Sitz der Bundesbehörden bezieht, ist Gegenstand der Bundesgesetzgebung.*«

Da es bei der Konstituirung der neuen Bundesbehörden als dringendstes Bedürfniss erschien, dass so bald als möglich ein ständiger Sitz für ihre Amtsthätigkeit bestimmt werde, so wurde dieser Gegenstand schon in der ersten Session der Bundesversammlung an die Hand genommen. Den 27. November 1848 einigten sich die gesetzgebenden Räthe hinsichtlich der Leistungen des Bundesortes und der Art der Bezeichnung desselben auf folgenden

*) Prot. der Revisionskomm. S. 142, 160, 184.

**) Abschied S. 156, 280.

Beschluss: 1) Der Ort, an welchem die Bundesversammlung und der Bundesrath ihre Sitzungen halten, hat dem Bunde die erforderlichen Räumlichkeiten für die Bundesversammlung, für den Bundesrath und seine Departemente, für Kommissionen, für die Bundeskanzlei, für die Bureaux der am Bundessitz centralisirten Verwaltungszweige, für das eidgenössische Archiv, für die Münzstätte, sowie eine Wohnung für den Kanzler und seinen Stellvertreter unentgeldlich zur Verfügung zu stellen und zu unterhalten. Derselbe hat auch die innere Einrichtung und Ausstattung (Möblirung) der für die Versammlung der Räthe bestimmten Räume zu übernehmen. 2) Die nach den vorstehenden Bestimmungen erforderlichen Anordnungen unterliegen der Genehmigung des Bundesrathes. Ein besonderes Gesetz wird die politischen und polizeilichen Garantien bezeichnen, welche der Kanton, in welchem die Bundesstadt sich befinden wird, zu leisten hat. 3) Die Bezeichnung des Bundessitzes wird von beiden Räthen abgesondert und in offener Abstimmung vorgenommen, wobei die absolute Mehrheit entscheidet. 4) Die zuständigen Behörden des Kantons oder der Stadt, in welche der Bundessitz verlegt wird, haben binnen Monatsfrist an den Bundesrath die Erklärung abzugeben, ob sie die ihnen durch das Gesetz auferlegten Verbindlichkeiten übernehmen wollen. — Nach Massgabe dieses Beschlusses wurde dann unterm 28. November 1848 von den beiden gesetzgebenden Räthen übereinstimmend die Stadt Bern als Bundessitz bezeichnet. Zu dieser Wahl hat unstreitig der Umstand Vieles beigetragen, dass Bern als Vorort in den entscheidenden Jahren 1847 und 1848 an der Spitze der Eidgenossenschaft gestanden hatte und daher auch noch, in Folge der von der letzten Tagsatzung getroffenen Anordnung, die erste Bundesversammlung daselbst zusammentrat. Vom politischen Standpunkte aus liess sich schon damals und lässt sich noch jetzt gegen die Wahl der Bundesstadt Vieles einwenden, indem es einerseits dem Wesen eines Bundesstaates, welches volle Freiheit der Bewegung für die Bundesbehörden verlangt, kaum entspricht, wenn die Hauptstadt des grössten und mächtigsten Kantons zugleich Bundessitz ist, anderseits Bern zu wenig im Mittelpunkte der Schweiz, namentlich dem Osten derselben zu ferne liegt. In beiden Beziehungen hat der »Bundesort« (wie der Beschluss von 1848 sich ausdrückt) auf die politischen Vorgänge in der Schweiz, wie auf die Besorgung einzelner centralisirter Verwaltungszweige schon grössern Einfluss geübt als man bei oberflächlicher Betrachtung anzunehmen geneigt sein möchte. Die höchste Anerkennung verdient indessen die grossartige und wahrhaft liberale Weise, in welcher die Stadt Bern, nachdem sie am 18. December 1848 sich zur Uebernahme der dem Bundessitze auferlegten Leistungen bereit erklärt hatte, ihre Verpflichtungen erfüllt hat. Entsprechend dem würdigen und vornehmen Gepräge, welches die ganze Stadt Bern, als der einstige Sitz einer reichen und weithingebietenden Aristokratie, an sich trägt, stellt sich der Bundespallast, der nun die nöthigen Räumlichkeiten für die Bundesbehörden, ihre Kanzleien und Archive enthält, als ein wahrhaft monumentales Gebäude dar, welches eben so sehr der Eidgenossenschaft, in deren Interesse und zu deren freier Verfügung es erbaut wurde, wie der Erbauerin, die sich das Eigenthumsrecht vorbehalten hat, zur Ehre gereicht. Mit Recht hat daher die Bundesversammlung, nach der Vollendung des Bundespallastes, unterm 15. Januar 1859 den Bundesrath beauftragt, der Stadtgemeinde Bern die verdiente Anerkennung für ihre vorzüglichen Leistungen auszusprechen.*)

Das Bundesgesetz über die politischen und polizeilichen Garantien zu Gunsten der Eidgenossenschaft, welches der Beschluss vom 27. November 1848 verlangt hatte, wurde unterm 23. December 1851 erlassen. Die Nothwendigkeit dieses Gesetzes ergab sich daraus, dass der Bund nicht, wie in Nordamerika, ein besonderes, keinem Kanton angehörendes, gleichsam neutrales Gebiet besitzt, sondern die Bundesbehörden ihren Wohnsitz in einem bestimmten Kanton haben und daher ihre rechtliche Stellung zu der Gesetzgebung und Landeshoheit dieses Kantons geordnet werden musste. Es sollte dafür gesorgt werden, dass die Bundesbehörden in keiner Weise, sei es durch Gewaltthat Einzelner oder von Massen, sei es durch Einschreiten kantonaler Behörden gegen sie, in ihrer amtlichen Wirksamkeit gehemmt würden. Dabei fasste man indessen nicht bloss den eigentlichen Bundessitz ins Auge, sondern auch andere Kantone, in denen entweder eidgenössische Behörden sich vorübergehend versammeln oder der Bund Eigenthum besitzt.**) Das Gesetz enthält daher, ausser den bereits oben am geeigneten Orte (S. 37, 75 ff.) angeführten Bestimmungen, welche sich auf die

*) Amtl. Samml. I. 47—48. VI. 116.
**) Bundesbl. 1851 III. 248.

Exterritorialität der obersten Bundesbeamten und auf die Strafkompetenzen bei Verbrechen und Vergehen, die von Mitgliedern der Bundesbehörden und gegen dieselben begangen werden, beziehen, im Weitern noch folgende Vorschriften:

1) Gegen die Mitglieder des National- und Ständerathes kann während der Dauer der Versammlung eine polizeiliche oder gerichtliche Verfolgung wegen Verbrechen oder Vergehen, die sich nicht auf ihre amtliche Stellung beziehen,*) nur mit Zustimmung der Behörde, welcher sie angehören, stattfinden. Gegen die Mitglieder des Bundesrathes, sowie gegen den Kanzler der Eidgenossenschaft und gegen eidgenössische Repräsentanten oder Kommissarien ist eine solche Verfolgung nur mit Zustimmung des Bundesrathes zulässig. Ueber die Verweigerung der Zustimmung kann in allen diesen Fällen bei der vereinigten Bundesversammlung Beschwerde geführt werden.

2) Die oben benannten Personen dürfen auch nicht verhaftet werden ohne Bewilligung derjenigen Behörde, welche über Anhebung der Untersuchung entscheidet. Sollte eine jener Personen bei der Verübung eines Verbrechens auf frischer That betroffen werden, so kann die Polizeigewalt sich ihrer zu Handen der Bundesbehörde versichern, die alsdann über die Fortdauer der Haft zu entscheiden hat. Wer ausser diesem Falle wissentlich eine der benannten Amtspersonen ohne Bewilligung der zuständigen Bundesbehörde verhaftet, macht sich, auch wenn er dazu von seinen Oberbehörden Befehl erhalten hat, eines Vergehens schuldig; ebenso der Beamte, welcher den Verhaftsbefehl ertheilt hat.

3) Die Bundeskasse und alle unter der Verwaltung des Bundes stehenden Fonds, sowie diejenigen Liegenschaften, Anstalten und Materialien, welche unmittelbar für Bundeszwecke bestimmt sind, dürfen von den Kantonen nicht mit einer direkten Steuer belegt werden.

4) Die Kantone sind für das Eigenthum der Eidgenossenschaft verantwortlich, soferne dasselbe durch Störung der öffentlichen Ordnung in ihrem Innern beschädigt oder entfremdet wird.

5) Wenn der Bundesrath wegen öffentlicher Unruhen

*) Was die in amtlicher Stellung begangenen Vergehen betrifft, so finden sich darüber die nöthigen Bestimmungen in dem Bundesgesetze über die Verantwortlichkeit, welches wir im folgenden Paragraphe behandeln werden.

die Sicherheit der Bundesbehörden am Bundessitze für gefährdet erachtet, so ist er berechtigt, seine eigenen Sitzungen an einen andern Ort zu verlegen und die Bundesversammlung an den gleichen Ort einzuberufen. Sollte, in Folge von Aufruhr oder anderer Gewaltthat, der Bundesrath ausser Stande sein zu handeln, so ist der Präsident des Nationalrathes oder bei dessen Behinderung der Präsident des Ständerathes verpflichtet, sofort die beiden gesetzgebenden Räthe in einem beliebigen Kanton zu versammeln.

6) Die zum Gebrauche der Bundesbehörden bestimmten Gebäude stehen unter der unmittelbaren Polizei derselben. Während der Sitzungen der Bundesversammlung übt jeder Rath die Polizei in seinem Sitzungslokale aus.

7) Alle Conflikte, welche über die Anwendung dieses Gesetzes entstehen, gehören (nach Art. 74 Ziff. 17 litt. a der Bundesverfassung) in die Kompetenz der vereinigten Bundesversammlung. Allfällig erforderliche provisorische Verfügungen hat der Bundesrath zu erlassen.*)

Durch die Beschlüsse vom 27. und 28. November 1848 ist die Stadt Bern bloss zur ständigen Residenz des Bundesrathes und der Bundesversammlung bezeichnet worden, welche Behörden nicht wohl anders als am gleichen Orte sich versammeln können. Dagegen versteht es sich, dass das Bundesgericht, welches einen völlig selbstständigen, von demjenigen der andern Bundesbehörden getrennten Wirkungskreis hat, nicht nothwendig auch in der Bundesstadt sich versammeln muss. Im Beschlusse vom 27. November 1848 ist die Absicht angedeutet, eine andere Stadt zum permanenten Sitze des Bundesgerichtes zu erheben; man hatte dabei namentlich Luzern im Auge, welches darin etwelchen Ersatz für die verlorene vorörtliche Stellung finden sollte, gleichwie für Zürich die eidgenössische Universität, beziehungsweise die polytechnische Schule in Aussicht gestellt war. Jene Absicht wurde indessen nicht zur Ausführung gebracht, vielmehr stellte das Organisationsgesetz für die Bundesrechtspflege vom 5. Juni 1849 den Grundsatz auf, dass die ordentliche Jahressitzung des Bundesgerichtes jeweilen in der Bundesstadt, die ausserordentlichen Sitzungen desselben dagegen an dem, von dem Präsidenten zu bestimmenden Orte abzuhalten seien. Was die

*) Amtl. Samml. III. 33—37.

Sektionen des Bundesgerichtes für die Strafrechtspflege betrifft, so wird der jeweilige Versammlungsort der Assisen im einzelnen Falle durch die Anklagekammer bezeichnet; letztere kann von ihrem Präsidenten an einen beliebigen Ort einberufen werden; das Kassationsgericht hat sich, soferne seine Sitzung nicht mit derjenigen des Bundesgerichtes zusammenfällt, immer in der Bundesstadt zu versammeln. Die für die eidgenössische Rechtspflege aufgestellten Behörden und Beamten können alle Amtshandlungen, für welche sie zuständig sind, in jedem Kanton der Eidgenossenschaft vornehmen; ohne vorher die Einwilligung der Kantonsbehörden einzuholen. Dagegen soll, so oft eidgenössische Justizbehörden in einem Kanton in Thätigkeit treten, die Regierung desselben hiervon beförderlich in Kenntniss gesetzt werden.*)

§ 2. Die Verantwortlichkeit.

Wie die meisten Kantonalverfassungen seit 1830, so stellte auch der Bundesentwurf von 1833 den Grundsatz der Verantwortlichkeit auf in folgendem Artikel: »Die Mitglieder des Bundesrathes sind für ihre Verrichtungen verantwortlich. Ein Bundesgesetz wird Alles, was auf diese Verantwortlichkeit Bezug hat, näher bestimmen.« Dieser Artikel wurde von der Revisionskommission von 1848 in ihren Entwurf herübergenommen.**) An der Tagsatzung stellte dazu die Gesandtschaft von Bern das Amendement: die Verantwortlichkeit für ihre Verrichtungen sei auf sämmtliche Bundesbeamte auszudehnen. Dieser Antrag wurde von anderer Seite unterstützt und darauf hingewiesen, dass nicht bloss die oberste Vollziehungsbehörde, sondern alle Beamten der Eidgenossenschaft, namentlich auch das Bundesgericht für ihre amtlichen Verrichtungen verantwortlich erklärt werden müssten. Es wurde dann nach dem Vorschlage der Gesandtschaft von Zürich beschlossen, den Artikel des Entwurfes in dem Abschnitte, welcher vom Bundesrathe handelt, wegzulassen und an geeigneter Stelle einen, die allgemeine Verantwortlichkeit betreffenden Artikel in die Bundesverfassung aufzunehmen.***) So entstand der jetzige Art. 110, welcher folgendermassen lautet:

*) Amtl. Samml. I. 68, 83—84.

**) Prot. der Revisionskomm. S. 136, 203.

***) Abschied S. 140—141, 281.

»Die Beamten der Eidgenossenschaft sind für ihre Geschäftsführung verantwortlich. Ein Bundesgesetz wird diese Verantwortlichkeit näher bestimmen.«

Während in vielen Kantonen die durch die Verfassungen geforderten Gesetze über die Verantwortlichkeit der Behörden und Beamten im Rückstande geblieben sind, wurde dagegen das Bundesgesetz, welchem der Art. 110 rief, bereits unterm 9. December 1850 erlassen;*) es enthält im Wesentlichen folgende Grundsätze:

1) Im Allgemeinen. Die Mitglieder der eidgenössischen vollziehenden und richterlichen Behörden sind für ihre amtliche Geschäftsführung verantwortlich. Bis zum Beweise des Gegentheils wird die Theilnahme der einzelnen Mitglieder an den Amtshandlungen einer Behörde präsumirt. Der gleichen Verantwortlichkeit unterliegen die übrigen eidgenössischen Beamten sowie Personen, welche eine vorübergehende amtliche Funktion übernehmen. Die Verantwortlichkeit wird begründet durch Verübung von Verbrechen und Vergehen in der Amtsführung, sowie durch Uebertretung der Bundesverfassung, Bundesgesetze oder Reglemente. Gegen die von der Bundesversammlung gewählten Behörden und Beamten kann nur von ihr selbst eine gerichtliche Verfolgung wegen Amtshandlungen oder Unterlassungen, die sich auf die amtliche Stellung beziehen, beschlossen werden und es sind daher alle derartigen Klagen gegen jene Behörden oder Beamten an die Bundesversammlung zu richten. Ebenso kann nur in Folge eines Beschlusses der Bundesversammlung eine gerichtliche Verfolgung gegen ein Mitglied des National- oder Ständerathes wegen eines auf seine amtliche Stellung bezüglichen Vergehens stattfinden. Für ihre Voten in den beiden Räthen sind die Abgeordneten nicht verantwortlich und es kann niemals eine hierauf bezügliche Klage gegen sie erhoben werden.**)

*) Amtl. Samml. II. 149—159.

**) Der Bundesrath drückte sich in seiner begleitenden Botschaft zum Gesetzesentwurfe folgendermassen aus: »Die Mitglieder der Bundesversammlung sind nicht in der Stellung von Mandataren, da sie keine Instruktionen und specielle Aufträge haben; sie sind daher die eigentlichen Stellvertreter des Volkes, sie repräsentiren die Landessouveränetät und es gibt keine Behörde über oder neben der Bundesversammlung. Bei einer solchen Stellung derselben dürfte es kaum möglich und mit der Bundesverfassung vereinbar sein, eine Behörde aufzustellen, welcher das Recht zustände, förmliche Beschlüsse der Bundes-

2) Kriminalklage. Wenn einzelne Mitglieder des Bundesrathes in ihrer amtlichen Stellung ein Verbrechen oder Vergehen verüben sollten und eine Sitzung der Bundesversammlung nicht innerhalb eines Monats bevorsteht, so ist der Bundesrath verpflichtet, dieselbe ausserordentlich einzuberufen. Auch das Bundesgericht ist verpflichtet, von Verbrechen oder Vergehen seiner Mitglieder oder Ersatzmänner sofort dem Bundesrathe Kenntniss zu geben, welcher der Bundesversammlung bei ihrer nächsten Sitzung den Fall vorzulegen hat. In diesen Fällen oder wenn in den gesetzgebenden Räthen ein Antrag auf Kriminalklage gestellt oder eine Beschwerde eingereicht wird, die eine solche zur Folge haben kann, ist vor Allem den betheiligten Personen davon Kenntniss zu geben und zur Behandlung der Vorfrage über die Erheblichkeit Tagfahrt anzusetzen. Die Entscheidung darüber erfolgt erst nach Anhörung der allfälligen Erklärungen der Betheiligten. Wenn der National- oder Ständerath sich für die Nichterheblichkeit des Antrages oder der Beschwerde ausspricht und bei diesem Beschlusse beharrt, so ist der Gegenstand erledigt. Haben sich dagegen beide Behörden für die Erheblichkeit erklärt, so bestellt jede durch das Loos eine Kommission zur nähern Untersuchung der Sache. Diese Kommission ist verpflichtet, den Betheiligten Gelegenheit zur Vertheidigung zu geben und von Amtswegen diejenigen Akten herbeizuschaffen, welche zur Aufklärung des Gegenstandes erforderlich sind. Die Anträge der Kommission können in dem betreffenden Rathe erst nach Ablauf von mindestens 6 Tagen nach der Berathung über die Erheblichkeit behandelt werden. Den Betheiligten ist gestattet, sich dabei zu vertheidigen und zu diesem Behufe mindestens 24 Stunden vor der Verhandlung von dem Berichte der Kommission Einsicht zu nehmen. Wird von beiden Räthen die Anhebung einer Kriminalklage beschlossen, so ist der Gegenstand an das Bundesgericht zu überweisen. Durch diesen Entscheid werden die angeklagten Beamten suspendirt und die Bundesversammlung hat sofort Ersatzmänner zu wählen. Das nämliche Verfahren wie gegenüber den von der Bundesversammlung gewählten

versammlung vor ihr Forum zu ziehen, und noch schwieriger dürfte es unter Umständen sein, die Urtheile einer solchen Behörde zu vollziehen. Innerhalb der Schranken der Verfassung hat die Bundesversammlung die oberste Gewalt und die Frage, ob sie selbst durch einen Beschluss die Verfassung verletzt habe, wird immer eine politische oder staatsrechtliche Frage bleiben, welche verfassungsgemäss nicht vor das Bundesgericht gehören kann.«

Beamten findet statt, wenn ein Mitglied des National- oder Ständerathes selbst eines in amtlicher Stellung begangenen Verbrechens angeschuldigt wird; nur steht alsdann jedenfalls dem Rathe, welchem das betreffende Mitglied angehört, die Priorität der Behandlung zu. In allen den genannten Fällen haben diejenigen Mitglieder und Ersatzmänner des Bundesgerichts, welche zugleich Mitglieder des National- oder Ständerathes sind, in den bundesgerichtlichen Kammern, welche zur Beurtheilung der Kriminalklage berufen sind, den Austritt zu nehmen. Die Bundesversammlung wählt in vereinigter Sitzung einen besondern Staatsanwalt, sowie die allfällig erforderlichen ausserordentlichen Ersatzmänner. Das Verfahren beim Bundesgerichte ist durch das Gesetz über die Bundesstrafrechtspflege geregelt und die materiellen Bestimmungen über den Thatbestand der Verbrechen, über die anzuwendenden Strafen und über die Verjährung der Kriminalklage finden sich im Bundesstrafrechte.*) — Wenn eidgenössische Beamte oder Angestellte, welche vom Bundesrathe, vom Bundesgerichte oder von einer untergeordneten Stelle gewählt sind, eines Verbrechens oder Vergehens angeschuldigt werden, so kann die Ueberweisung an das Bundesgericht oder an ein kantonales Gericht nur durch Beschluss des Bundesrathes stattfinden. Mit der Ueberweisung ist die Suspension zu verbinden, welche bis zum gerichtlichen Urtheile fortdauert. Verweigert der Bundesrath die Ueberweisung, so ist dem Kläger, der dieselbe verlangt hat, nach Art. 74 Ziff. 15 der Bundesverfassung der Rekurs an die Bundesversammlung gestattet.

3) Civilklage. Jede, gegen die von der Bundesversammlung gewählten Beamten gerichtete und auf deren rechtswidrige Amtsführung gestützte Civilklage ist zuerst bei der Bundesversammlung anzubringen, welche nach den oben enthaltenen Bestimmungen zuvörderst über die Erheblichkeit, dann über die Anhängigmachung der Klage entscheidet. Beschliessen die beiden Räthe, es sei der Klage Folge zu geben, so wird dieselbe dem Bundesgerichte überwiesen, wobei die Mitglieder der Bundesversammlung in Ausstand kommen und diese letztere daher nöthigenfalls ausserordentliche

*) Art. 34 desselben schreibt vor: »Die Strafklage verjährt: a. wenn das Verbrechen mit lebenslänglicher Zuchthausstrafe bedroht ist, in 15 Jahren; b. wenn Zuchthaus auf das Verbrechen gesetzt ist, in 10 Jahren; c. in allen andern Fällen in 3 Jahren.«

Ersatzmänner zu wählen hat. Wenn dagegen die Bundesversammlung die Klage abweist, so steht die Eidgenossenschaft für den Beamten ein und es ist der klagenden Parthei unbenommen, ihre Entschädigungsforderung gegen sie zu richten. Auch in diesem Falle haben die Mitglieder und Ersatzmänner des Bundesgerichtes, welche zugleich der Bundesversammlung angehören, den Austritt zu nehmen. — Gegen die untergeordneten Beamten ist der Bundesrath verpflichtet, im Interesse der Bundeskasse auch Civilklagen zu erheben, wenn einerseits eine rechtswidrige Handlung oder Unterlassung, anderseits ein dadurch bewirkter positiver Schaden vorliegt. Civilklagen, welche von anderer Seite wegen gesetzwidriger Amtsführung gegen Beamte erhoben werden, sind zunächst beim Bundesrathe anzubringen. Verweigert dieser seine Zustimmung, so kann der Kläger den beklagten Beamten auf dem Civilwege belangen, sofern er vorerst für die entspringenden Kosten eine vom Bundesgerichte zu bestimmende Caution geleistet hat.*) — Die Civilklage verjährt für die Eidgenossenschaft: 1) innert einem Jahre nachdem die Behörde, welche über Erhebung der Klage zu entscheiden hat, von der Schädigung Kenntniss erhalten; 2) innert sechs Monaten von der Schlussnahme auf Erhebung der Klage an gerechnet, jedoch 3) in dem Falle, wo gleichzeitig eine Kriminalklage beschlossen wurde, drei Monate nach dem Endurtheil im Strafprozess. Eine von Privaten oder Korporationen gegen Beamte gerichtete Civilklage verjährt: 1) wenn der Beschädigte von dem Zeitpunkte an, wo er von der Schädigung Kenntniss erhalten, seine Klage innert Jahresfrist nicht beim Bundesrathe anhängig macht; 2) innert drei Monaten von der Zeit an, wo der Bundesrath die Zustimmung zur Klagerhebung ertheilte oder verweigerte. Sollte jedoch innert den bezeichneten Fristen ein, den Thatbestand der Civilklage beschlagender Kriminalprozess gegen den betreffenden Beamten anhängig sein, so wird die Zeit seiner Dauer bei den Verjährungsfristen nicht berechnet. Sämmtliche Civilklagen verjähren jedenfalls nach fünf Jahren, vom Eintritt des Schadens an gerechnet. — Die einzelnen Mitglieder einer Behörde haften für den verursachten Schaden nicht

*) Das Gesetz scheint hier als selbstverständlich vorauszusetzen, dass für die Beurtheilung einer solchen Klage das Bundesgericht kompetent wäre. Indessen vermögen wir in der That nicht einzusehen, auf welche Bestimmung der Bundesverfassung oder des Organisationsgesetzes sich diese Zuständigkeit gründen sollte.

solidarisch, sondern für ihr Betreffniss. Soferne die einzelnen Mitglieder den Schaden nicht ersetzen können, so hat der Bund zu entschädigen.

Diese letztere Bestimmung hat zu einer interessanten Entscheidung des Bundesgerichtes Veranlassung gegeben, welche wir am Schlusse dieses Abschnittes noch um so lieber mittheilen, weil dieselbe zu einer richtigen Würdigung des ganzen Gesetzes wesentlich beizutragen geeignet ist. In einem Specialfalle handelte es sich nämlich um die Rechtsfrage, ob die Eidgenossenschaft für die Folgen einer strafbaren Handlung, welche von einem Schweizerkonsul in Amerika begangen worden, einzustehen habe. Das Bundesgericht verneinte diese Frage, indem es in den Erwägungen Folgendes ausführte: »Die Verpflichtung des Staates, für die den Privaten durch solche Handlungen zugefügten Schädigungen auch nur subsidiär einzustehen, kann nicht aus einem allgemein anerkannten Rechtsgrundsatze abgeleitet werden, sondern zu ihrer Begründung bedarf es einer bestimmten Vorschrift des Gesetzgebers; eine solche Vorschrift findet sich aber in der Bundesgesetzgebung nicht. Im Gegentheil lässt das Gesetz über die Verantwortlichkeit der eidgenössischen Beamten mehrfach auf den entschiedenen Willen der Bundesgesetzgebung schliessen, eine allgemeine Haftbarkeit des Bundes für den durch seine Beamten gestifteten Schaden nicht aufzustellen. Schon die Entstehungsgeschichte des Gesetzes ist diessfalls beachtenswerth, indem nach der dasselbe begleitenden Botschaft des Bundesrathes bei dessen Bearbeitung die damaligen kantonalen Gesetze über die Verantwortlichkeit der Beamten zu Rathe gezogen wurden; denn neben der in den meisten Kantonen angenommenen Nichthaftbarkeit des Staates für strafbare Handlungen seiner Beamten war schon damals von einzelnen Kantonen der entgegengesetzte Grundsatz aufgestellt worden und hätte mithin die Bundesgesetzgebung genügende Veranlassung gehabt, ihrerseits den Grundsatz der Haftbarkeit bestimmt anzuerkennen, wenn diess in ihrer Absicht gelegen haben würde. Hiezu kommen die Bestimmungen von Art. 3 des Gesetzes: während nämlich nach gemeinem Recht die Mitglieder einer Behörde für den durch ihre Handlungen gestifteten und von ihnen zu tragenden Schaden solidarisch haften, stellt im Gegentheil Art. 3 den Satz auf, dass die Mitglieder in solchen Fällen jeweilen nur für ihr Betreffniss haften, mit dem Beifügen, dass für einzelne zahlungsunfähige Mitglieder der Bund die Entschädigung zu leisten habe; nach der Regel *»exceptio firmat regulam«* spricht die letzterwähnte Bestimmung entschieden dafür, dass der Gesetzgeber die allgemeine Haftpflicht des Bundes für seine Beamten nicht aufstellen wollte, weil sonst die besondere Anerkennung dieser Haftpflicht für einen einzelnen Ausnahmsfall nicht nothwendig gewesen wäre. Der gleiche Schluss lässt sich ziehen aus Art. 33 des Gesetzes, wonach in Fällen, bei denen die Bundesversammlung entscheidet, dass der, gegen einen von ihr gewählten Beamten gerichteten und auf rechtswidrige Amtsführung gestützten Civilklage keine Folge zu geben sei, die Eidgenossenschaft ausnahmsweise zum Einstehen für diesen Beamten verpflichtet wird.« *)

Wir schliessen mit der Bemerkung, dass dieser Fall der einzige war, in welchem bis dahin das Verantwortlichkeitsgesetz zur Anwendung gekommen ist und dass insbesondere Fälle, bei denen gegen Mitglieder der Bundesbehörden eingeschritten werden musste, bis jetzt nicht vorgekommen sind und auch nicht leicht vorkommen werden.

§ 3. Die Nationalsprachen.

Die Städte und Länder, welche die alte Eidgenossenschaft der dreizehn Orte ausmachten, gehörten alle **) der deutschen Zunge an und es verstand sich daher von selbst, dass bis zum Jahr 1798 an der Tagsatzung und in der amtlichen Korrespondenz zwischen den Kantonen durchgehends nur die deutsche Sprache gebraucht wurde. Die Revolution erhob das Waadtland und die italienischen Vogteien, welche bis dahin bloss Unterthanenlande der alten Orte gewesen, zu gleichberechtigten Gliedern der Schweiz und da namentlich die Waadtländer zur Zeit der Helvetik eine sehr einflussreiche Stellung einnahmen, so wurden die französische und die italienische Sprache neben der deutschen in den Räthen der Nation und in den amtlichen Erlassen eingebürgert. Noch zur Zeit der Vermittlungsakte hatten jene zwei Sprachen einen offiziellen Charakter, welcher ihnen im Zeitraume der Restauration, obgleich nun auch die französisch redenden Kantone Neuenburg und Genf dem Bunde beigetreten

*) Zeitschr. für vaterländ. Recht (Bern 1862) II. 108—115.

**) In Freiburg, welches sich auf der Gränzscheide der beiden Sprachgebiete befindet, ist gegenwärtig freilich das französische Element vorherrschend; in frühern Jahrhunderten aber bestand noch das umgekehrte Verhältniss.

waren, wieder entzogen wurde, indem man auch in dieser Hinsicht soviel als möglich zu den früher bestandenen Verhältnissen zurückzukehren suchte. In der Periode von 1815 bis 1848 wurde zwar an der Tagsatzung nicht bloss deutsch, sondern auch (längere Zeit sogar von dem Gesandten des Vorortes Bern) französisch und zuweilen italienisch gesprochen; aber die Protokolle, sowie die Abschiede wurden von der eidgenössischen Kanzlei bloss in deutscher Sprache verfasst, letztere erst seit 1835 *) auf ausseramtliche Weise ins Französische übertragen. Von der »Offiziellen Sammlung der Eidgenössischen Beschlüsse, Verordnungen und Konkordate« wurde zwar auch eine französische Ausgabe veranstaltet, dabei aber von der Tagsatzung 1821 die bestimmte Ansicht ausgesprochen, dass, wenn irgend ein Zweifel über den Sinn der französischen Uebersetzung walten sollte, der Entscheid über diese Differenz beim deutschen Texte zu suchen sei.**) Der Eid, den die Gesandten zu schwören hatten, wurde von dem Präsidenten immer in deutscher Sprache vorgesprochen. Es bestand demnach keine volle Gleichberechtigung zwischen den drei Sprachen und diess veranlasste die Gesandtschaft von Waadt, an der konstituirenden Tagsatzung von 1848 zu dem Artikel des Entwurfes, welcher von der Bundeskanzlei handelte, folgenden Zusatz zu beantragen: »*Les trois langues parlées en Suisse, l'allemand, le français et l'italien, sont langues nationales.*« Dieser Antrag wurde von allen Seiten unterstützt, immerhin in dem Sinne, dass, wenn in Beziehung auf Verfassung oder Gesetze oder Beschlüsse abweichende Ansichten entstehen sollten, alsdann der deutsche Text zur Entscheidung der Differenz massgebend sein müsste. Nachdem der Antrag von Waadt einstimmig angenommen worden, ging aus der Hand der Redaktoren ***) der gegenwärtige Art. 109 der Bundesverfassung hervor, welcher folgendermassen lautet:

»*Die drei Hauptsprachen der Schweiz, die deutsche, französische und italienische, sind Nationalsprachen des Bundes.*«

Zur Erläuterung des Ausdruckes »Hauptsprachen« muss daran erinnert werden, dass in der Schweiz noch ein viertes Idiom besteht, nämlich das romanische, welches in zwei verschiedenen Abzweigungen in einem bedeutenden Theile Graubünden's geredet wird. Da

*) Tagsatzungsbeschluss bei Snell I. 164. Offiz. Samml. II. 384.

**) Offiz. Samml. II. 1.

***) Abschied S. 142, 280.

indessen in diesem Kantone selbst die deutsche Sprache als Hauptsprache gilt, deren sich die Regierung in ihrer Korrespondenz, wie die Abgeordneten im National- und Ständerathe immer bedienen, so fand man für angemessen, als eidgenössische Nationalsprachen nur diejenigen drei Idiome zu erklären, welche von ganzen Kantonen gesprochen werden und die zugleich, als die Sprachen grosser benachbarter Völker, auch in weitern Kreisen verstanden werden.

Die praktischen Folgen, welche aus Art. 109 hervorgehen, sind nun folgende: 1) Alle Gesetze, Verordnungen und Beschlüsse der Bundesbehörden müssen in allen drei Sprachen, Gesetzesentwürfe, Kommissionalberichte u. s. w. aber immer wenigstens deutsch und französisch gedruckt werden. 2) Die Abgeordneten in den gesetzgebenden Räthen können sich nach ihrem Belieben der einen wie der andern Sprache bedienen. 3) Die Eidesformel wird ihnen in allen drei Sprachen vorgelesen. 4) Für die Verhandlungen der beiden Räthe werden Uebersetzer gehalten, welche aus dem Deutschen ins Französische und umgekehrt übertragen. Das Reglement des Ständerathes enthält darüber folgende Bestimmungen:

Art. 25. »Dem Protokollführer wird ein Uebersetzer beigegeben.«

Art. 27. »Alle in einer der drei Nationalsprachen gemachten Vorschläge werden der Versammlung in deutscher und französischer Sprache mitgetheilt.«

Weiter geht das Reglement des Nationalrathes, welches in Art. 29 vorschreibt:

»So oft ein Mitglied es ausdrücklich verlangt, soll der wesentliche Inhalt einer Rede übersetzt werden.« *)

*) Amtl. Samml. II. 5, 10.

Dritter Abschnitt.

Revision der Bundesverfassung.

Während der Bundesvertrag von 1815 keinerlei Revisionsbestimmungen enthielt, fand sich dagegen in den Entwürfen von 1832 und 1833 bereits ein besonderer Abschnitt, betitelt: »Revision der Bundesurkunde«; doch war hier noch ein sehr umständliches Verfahren vorgeschrieben, welches die Revision zu erschweren geeignet war. Nach dem Entwurfe von 1833 konnte die Bundesurkunde sowohl einer theilweisen als auch einer gänzlichen Revision unterworfen werden; es sollte aber vor Ablauf von sechs Jahren kein Revisionsantrag zulässig sein. Nachher konnte ein solcher Antrag von einem oder mehrern Kantonen gestellt werden; um aber in Berathung kommen zu dürfen, mussten sich zum voraus für eine theilweise Revision wenigstens fünf, für eine allgemeine Revision wenigstens acht Kantone erklären. Der Antrag musste auf einer ordentlichen Tagsatzung gestellt, dann an einer folgenden Tagsatzung nach Instruktionen behandelt werden. Um die Vornahme einer Revision zu beschliessen, waren bei einer theilweisen Revision die absolute Mehrheit, bei einer allgemeinen Revision zwei Drittheile der Kantonsstimmen erforderlich. Die Vorarbeiten sollten einer Kommission überwiesen werden, welche die Tagsatzung in oder ausser ihrer Mitte erwählte. Der Entwurf der Kommission wurde von der Tagsatzung ohne Instruktionen berathen, das Ergebniss dieser Verhandlung den Kantonen mitgetheilt und über dasselbe auf einer folgenden Tagsatzung nach Instruktionen abgestimmt. Die auf solche Weise revidirte Bundesurkunde sollte »für die beitretenden Kantone« erst dann in Kraft erwachsen, wenn sie die Sanktion von zwei Drittheilen der Kantone erhalten haben würde.

In dem Zeitraume von 1833 bis 1848 hatte man sich sattsam überzeugt von der Unzweckmässigkeit der in den Dreissigerjahren aufgestellten Bestimmungen, welche die Verfassungsrevisionen an gewisse Termine banden; daher beschloss die Revisionskommission von 1848 sofort mit grosser Mehrheit, es solle die Bundesverfassung jederzeit auf dem Wege der Gesetzgebung revidirt werden können. Fernerhin wurde der Grundsatz aufgestellt, dass die Frage der Revision an das Volk gebracht werden müsse, wenn 50,000 Bürger dieselbe verlangen und die Kammern sie nicht von sich aus beschliessen, oder wenn die beiden Kammern in dieser Hinsicht nicht mit einander übereinstimmen. Endlich wurde beschlossen, es sei die Revision vorzunehmen, wenn die Mehrheit der Kantone und der Bürger sie begehren, und es sollen, wenn sich in der Volksabstimmung eine Mehrheit für die Revision ergeben habe, beide Kammern abtreten und neue Wahlen stattfinden. — In der zweiten Berathung wurden diese Beschlüsse auf den Vorschlag der Redaktoren dahin abgeändert, dass die Vornahme der Revision entweder von der Bundesversammlung oder von der Mehrheit des Volkes beschlossen werden könne, die revidirte Bundesverfassung aber in Kraft trete, wenn sie von der Mehrheit der stimmenden Schweizerbürger und von der Mehrheit der Kantone angenommen worden sei.*)

An der Tagsatzung blieben alle Anträge, welche die Vornahme einer Bundesrevision grössern Beschränkungen unterwerfen wollten, in Minderheit. Der Antrag der Gesandtschaft von Basel-Stadt hingegen, welche ausdrücklich sagen wollte, die Bundesverfassung könne jederzeit »ganz oder theilweise« revidirt werden, wurde, nach einer zu Protokoll gegebenen Erklärung bloss darum nicht angenommen, weil die Mehrheit der Ansicht war, es verstehe sich von selbst, dass eine bloss theilweise Revision eben so wohl und unter den nämlichen Bedingungen vorgenommen werden könne wie eine Totalrevision. Die Gesandtschaft von Bern wollte die Revision bloss »in der Regel« auf dem Wege der Bundesgesetzgebung vornehmen lassen, in der Meinung, dass die Aufstellung eines Verfassungsrathes nicht ausgeschlossen sein sollte; andere Gesandtschaften aber sprachen sich mit aller Bestimmtheit hiegegen aus und es blieb dieser Antrag mit bloss 4 Stimmen in Minderheit. Ebenso wurden beim folgenden Artikel, welcher von der Volksabstimmung über Vornahme einer Revision handelt, alle Anträge, welche darauf hinzielten, im Falle eines bejahenden Entscheides einen Verfassungsrath aufzustellen, verworfen; dagegen wurde auf den Antrag der Gesandtschaft von Waadt beschlossen: es solle, wenn 50,000 Bürger die Revision

*) Prot. der Revisionskomm. S. 142—144, 162, 184—185.

verlangen, jedenfalls eine Volksabstimmung stattfinden, ohne Rücksicht darauf ob die beiden Räthe zustimmen oder nicht.*)

Die Artt. 111 bis 114 der Bundesverfassung lauten nunmehr folgendermassen:

Art. 111. »*Die Bundesverfassung kann jederzeit revidirt werden.*«

Art. 112. »*Die Revision geschieht auf dem Wege der Bundesgesetzgebung.*«

Art. 113. »*Wenn eine Abtheilung der Bundesversammlung die Revision beschliesst und die andere nicht zustimmt, oder wenn fünfzigtausend stimmberechtigte Schweizerbürger die Revision der Bundesverfassung verlangen, so muss im einen wie im andern Falle die Frage, ob eine Revision stattfinden soll oder nicht, dem schweizerischen Volke vorgelegt werden.*«

»*Sofern in einem dieser Fälle die Mehrheit der stimmenden Schweizerbürger über die Frage sich bejahend ausspricht, so sind beide Räthe neu zu wählen, um die Revision zur Hand zu nehmen.*«

Art. 114. »*Die revidirte Bundesverfassung tritt in Kraft, wenn sie von der Mehrheit der stimmenden Schweizerbürger und von der Mehrheit der Kantone angenommen ist.*«

Offenbar sind diese Bestimmungen von der Art, dass sie der Vornahme einer Revision, wenn dafür ein in weitern Kreisen gefühltes Bedürfniss besteht, keinerlei erhebliche Schwierigkeiten bereiten, und wenn dessenungeachtet bis jetzt noch niemals auch nur ein ernster Versuch gemacht worden ist, eine Bundesrevision in Anregung zu bringen, so liegt darin gerade der beste Beweis dafür, dass das Schweizervolk mit den durch die Bundesverfassung von 1848 geschaffenen Zuständen zufrieden ist. In den Dreissiger und Vierziger Jahren hatte man in der Schweiz die Erfahrung gemacht, dass, wie der Bericht der Revisionskommission sich ausdrückt, »die meisten Revolutionen ihre Ursache gerade darin fanden, dass Verfassungsänderungen zu viele Hindernisse in den Weg gelegt waren, oder dass verblendete Partheien ihre Stellung behaupten oder die Entwicklung der Zeit hindern zu können glaubten;« man wollte daher einen gesetzlichen Weg öffnen, auf dem jedes Missbehagen gegenüber den bestehenden Einrichtungen sich mit Leichtigkeit geltend machen könne, um desto sicherer ungesetzliche und gewaltsame Kundgebungen des Volkswillens zu verhüten. Die Begründer der Bundesverfas-

*) Abschied S. 158—163, 281.

sung wollten einen Freistaat auf breitester demokratischer Grundlage, aber zugleich einen Rechtsstaat, in welchem sich Alles, selbst der Sturz der Bundesregierung, in verfassungsmässigen Formen bewege! Wenn übrigens es auf den ersten Anblick ausserordentlich leicht scheint, die Zahl von 50,000 Schweizerbürgern zusammenzubringen, um eine Bundesrevision anzuregen, indem dazu etwelche Missstimmung gegen die Bundesbehörden in einem einzigen grossen oder in mehrern kleinern Kantonen genügen würde, so darf man eben nicht vergessen, dass die 50,000 Stimmen, welche kaum $^1/_8$ der schweizerischen Aktivbürger ausmachen, noch lange nicht die Bundesrevision beschliessen, sondern nur eine allgemeine Volksabstimmung über die Frage derselben veranlassen können und dass daher eine revisionslustige Parthei, auch wenn sie zum voraus 50,000 Unterschriften zu ihrer Verfügung hat, gleichwohl dieselben erst dann sammeln wird, wenn sie bei der allgemeinen Abstimmung nicht mit Sicherheit eine Niederlage voraussieht, sondern etwelche Aussicht auf Erfolg hat. Letzteres ist nun bei der föderativen Natur der Schweiz eine nicht gering anzuschlagende Schwierigkeit, indem sehr leicht in einzelnen Kantonen eine bedeutende Unzufriedenheit walten kann, ohne dass dieselbe von der Mehrheit der schweizerischen Bevölkerung, die aus so verschiedenartigen Bestandtheilen zusammengesetzt ist, getheilt wird.

Es müssen nach den oben mitgetheilten Bestimmungen der Bundesverfassung folgende drei verschiedene Wege, auf denen eine Bundesrevision zu Stande kommen kann, auseinander gehalten werden:

1) Es wird eine Revision in der Bundesversammlung selbst angeregt und von den beiden Räthen beschlossen. Die Anregung kann nach Artt. 47, 81 und 90 Ziff. 4 der Bundesverfassung, wie für alle andern Gesetze und Beschlüsse, auf folgende vier verschiedene Arten geschehen: a. durch eine Petition eines oder mehrerer Bürger, b. durch den individuellen Antrag (Motion) eines Mitgliedes des National- oder Ständerathes, c. durch den Vorschlag einer Kantonsregierung, d. durch einen Antrag des Bundesrathes. Der Gegenstand wird dann auf dem gewohnten reglementarischen Wege zuerst von dem einen, dann von dem andern Rathe behandelt und wenn beide Kammern sich über die Art und Weise, in welcher die Bundesverfassung revidirt werden soll, geeinigt

haben, demnach ein Bundesgesetz betreffend eine theilweise oder gänzliche Bundesrevision zu Stande gekommen ist, so wird dieser Beschluss dem Schweizervolke zur Sanktion vorgelegt. Wohl zu beachten ist, dass, wenn die Anregung in den Räthen geschieht und diese über die Nothwendigkeit einer Revision einverstanden sind, die Vorfrage, ob eine Revision stattfinden soll, nicht an das Volk gebracht, sondern letzterm erst das fertige Revisionsprojekt zur Annahme oder Verwerfung unterbreitet wird. Dem Dualismus von schweizerischer Nation und souveränen Kantonen, welcher sich im Zweikammersystem ausgedrückt findet, wird dann in der Weise Rechnung getragen, dass die revidirte Bundesverfassung erst dann als angenommen betrachtet wird, wenn einerseits die Mehrheit der stimmenden Schweizerbürger, anderseits die Mehrheit der Kantone sich für die Annahme ausgesprochen hat. Durch diese Bestimmung ist auch die Frage, ob — wie es hin und wieder in den Kantonen geübt worden ist — die der Abstimmung sich enthaltenden Bürger zu den Annehmenden gezählt werden, in verneinendem Sinne beantwortet.

2) Die Revision wird in der Bundesversammlung angeregt, aber bloss von dem einen Rathe beschlossen, von dem andern hingegen abgelehnt. In diesem Falle soll die Frage, ob eine Revision stattfinden solle oder nicht, dem Volke zur Abstimmung vorgelegt werden. Wir finden, dass hier von dem, durch das Wesen des Zweikammersystems vorgezeichneten, gewohnten Wege der Bundesgesetzgebung auf eine ganz unnöthige Weise abgewichen wird; denn wenn ein Revisionsbeschluss in der Bundesversammlung nicht zu Stande kömmt, gleichviel ob beide Räthe oder nur einer derselben sich gegen die Vornahme der Revision erkläre, so steht ja den Revisionslustigen immer noch die Berufung an das Volk offen, soferne sie 50,000 Unterschriften zusammenbringen. Nur die ganz unbegründete Besorgniss, dass der Ständerath immer einen Hemmschuh gegen den Fortschritt bilden werde, kann es erklären, dass die Urheber der Bundesverfassung diese ungerechtfertigte Ausnahme machten von der Regel, dass der Beschluss der einen Abtheilung der Bundesversammlung, welcher die andere Abtheilung nicht beistimmt, keine rechtliche Bedeutung hat.

3) Die Vornahme einer Revision wird durch 50,000 stimmberechtigte Schweizerbürger verlangt. Es ver-

steht sich, dass dieses Begehren ausgewiesen sein muss durch glaubwürdige Unterschriften, sowie durch Bescheinigung der Kantonalbehörden, dass die Unterzeichner nach den kantonalen Gesetzen stimmfähige Aktivbürger sind. Die Niedergelassenen aus andern Kantonen haben hier nach Art. 42 der Bundesverfassung gleiche Rechte mit den Kantonsbürgern, ohne Rücksicht auf längere oder kürzere Dauer ihres Aufenthaltes. — Soferne 50,000 vollgültige Unterschriften vorliegen, hat, gleichviel ob die Bundesversammlung mit dem Begehren einverstanden sei oder nicht, eine allgemeine Volksabstimmung stattzufinden über die Frage, ob demselben entsprochen werden solle.

In den unter 2 und 3 genannten Fällen tritt, wenn die Mehrheit der stimmberechtigten Schweizerbürger sich für die Vornahme der Revision erklärt, eine ausserordentliche Gesammterneuerung sowohl des Nationalrathes als auch des Ständerathes ein. Die neugewählten Räthe haben dann das Revisionswerk in demjenigen Umfange, wie es vom Volke beschlossen worden ist, an die Hand zu nehmen und die von ihnen ausgearbeitete neue Verfassung, beziehungsweise die von ihnen revidirten Abschnitte der Bundesverfassung sind dann in ähnlicher Weise dem Volke zur Genehmigung vorzulegen, wie es bei einer, auf dem Wege der Gesetzgebung eingeleiteten Revision geschehen muss.

Dritte Abtheilung.

Die eidgenössischen Konkordate.

Erstes Kapitel.

Einleitung.

Wie die frühern Bundesverfassungen von 1803 und 1815, so hat auch die gegenwärtige von 1848 der Souveränetät der Kantone noch eine Menge von Gegenständen überlassen, hinsichtlich deren die Aufstellung allgemeiner Normen, welche in der ganzen Schweiz als rechtsgültig anerkannt werden, wünschenswerth ist. Die Lücken der verschiedenen Bundesverfassungen sind daher jeweilen durch Konkordate ergänzt worden, über welche die Kantone auf dem Wege freier Uebereinkunft sich geeinigt haben. Die Konkordate machen somit einen wesentlichen Bestandtheil unsers Bundesstaatsrechtes aus, welcher um so eher neben der Bundesverfassung erörtert werden muss, als letztere dieselben ausdrücklich unter ihren Schutz genommen hat. Denn nicht bloss erklärt Art. 6 der Uebergangsbestimmungen (wie schon der Bundesvertrag von 1815 in Art. 14 es gethan hatte), dass die Konkordate, soweit sie nicht der Bundesverfassung widersprechen, bis zu ihrer Aufhebung oder Abänderung in Kraft verbleiben sollen, sondern Art. 90 Ziff. 2 der Bundesverfassung überträgt die Handhabung derselben dem Bundesrathe, gegen dessen Verfügungen nach Art. 74 Ziff. 15 an die Bundesversammlung rekurrirt werden kann. Wir besitzen daher eine beträchtliche Anzahl von Entscheidungen namentlich des Bundesrathes, welche für die Auslegung der, meistens einer frühern Zeit angehörenden Konkordate von grosser Bedeutung sind.

Die eidgenössischen Konkordate sind zwar nicht wie die Bundesverfassung und die Bundesgesetze für alle Kantone verbindlich, sondern nur für diejenigen, die ihnen beigetreten sind; aber indem sie gleich den Bundesvorschriften allgemeine Verhältnisse beschlagen, sind sie ihrer Anlage nach darauf berechnet, dass ihnen alle Kantone beitreten können und sollen, und unterscheiden sich dadurch wesentlich von den, hin und wieder ebenfalls »Konkordate« genannten Staatsverträgen zwischen einzelnen Kantonen, welche bloss Gegenstände, die letztere ausschliesslich berühren, betreffen und daher auch nur unter denselben verhandelt wurden.*) Im Gegensatze zu dieser Entstehungsweise der Partikularkonkordate bildeten die Entwerfung der eidgenössischen Konkordate, sowie der Beitritt der einzelnen Kantone zu und ihr Rücktritt von denselben bis 1848 ein regelmässiges Traktandum der Tagsatzung; seither werden neue eidgenössische Konkordate an Konferenzen von Kantonsabgeordneten berathen, welche gewöhnlich unter der Leitung eines Mitgliedes des Bundesrathes stattfinden. Die Frage, ob und unter welchen Bedingungen ein Kanton von einem einmal angenommenen eidgenössischen Konkordate zurücktreten dürfe, findet sich geregelt durch einen noch in Kraft bestehenden Tagsatzungsbeschluss vom 22. Juli 1836, welcher in einem etwas engern Sinne als dem oben aufgestellten, unter »eidgenössischen« Konkordaten bloss diejenigen versteht, welche eine Mehrheit von Ständen unter sich abgeschlossen habe oder in Zukunft noch abschliessen werde. Derselbe schreibt nämlich in Art. 1 für den Rücktritt von einem Konkordate nachfolgendes Verfahren vor: »Derjenige Stand, welcher austreten will, soll seinen motivirten Entschluss den im Konkordate befindlichen Mitständen anzeigen. Diese werden in Folge einer solchen Anzeige sich berathen, ob sie den Austritt ohne Weiteres gestatten wollen oder nicht, und im bejahenden Falle, ob das Konkordat unter den übrig bleibenden ferner fortdauern soll oder nicht. Die Mehrheit der Stimmen der konkordirenden Stände gibt den Ausschlag. Wird von der Mehrheit dem den Austritt verlangenden Stande derselbe verweigert, so kann er an die Tagsatzung gelangen, welche sodann entscheidet, ob ihm unter den obwaltenden Umständen der Austritt von den Mitkonkordirenden gestattet werden müsse oder nicht. Wenn die Mehrheit der konkordirenden Stände den Austritt bewilligt, eine Minderheit aber sich hierdurch in ihren materiellen Interessen benachtheiligt glaubt, so kann sie den austretenden Stand um Schadloshaltung vor dem eidgenössischen Recht belangen. Hat die Tagsatzung, bei der eingetretenen Weigerung einer Mehrheit von konkordirenden Ständen, den Rücktritt von einem Konkordat einem oder mehrern Kantonen gestattet, so haben die übrigen konkor-

*) Beispielsweise nennen wir hier die Konkordate betreffend den Transit auf der Gotthardstrasse von 1826 und 1837. Snell I. 515—525.

direnden Stände, welche sich durch einen solchen Rücktritt in ihren materiellen Interessen benachtheiligt glauben, das Recht, den austretenden Stand oder die austretenden Stände vor dem eidgenössischen Recht um Schadloshaltung zu belangen.«*) Dieser Beschluss, bei welchem die Kompetenz der Tagsatzung von einzelnen Ständen bestritten wurde, bildete gleichsam eine Transaktion zwischen zwei sich diametral entgegenstehenden Ansichten, von denen die eine dafür hielt, dass jeder Kanton nach seinem freien Belieben zu jeder Zeit von einem Konkordate zurücktreten könne, während die andere behauptete, dass der Rücktritt die Zustimmung aller, im Konkordate begriffenen Kantone erfordere.**) Sollte der Tagsatzungsbeschluss von 1836 gegenwärtig in Anwendung kommen, so würde, wie sich wohl von selbst versteht, anstatt der Tagsatzung die Bundesversammlung und anstatt des »eidgenössischen Rechtes« das Bundesgericht zu handeln haben. Ein zweiter Artikel des genannten Beschlusses will das »eidgenössische Recht« im Allgemeinen über Anstände entscheiden lassen, welche mit Bezug auf Partikularkonkordate entstehen, die nicht von der Mehrheit der Stände im Schosse der Tagsatzung, sondern nur zwischen einzelnen Kantonen abgeschlossen wurden; allein dieser Artikel muss als durch die Bundesverfassung aufgehoben betrachtet werden, weil über Handhabung der Verträge zwischen den Kantonen gegenwärtig der Bundesrath und über Streitigkeiten staatsrechtlicher Natur die Bundesversammlung zu entscheiden hat.

Wir haben in der geschichtlichen Einleitung (Bd. I. S. 41, 42, 55, 56, 87, 127) die Konkordate aufgezählt, welche in der Periode von 1803 bis 1848 unter den eidgenössischen Ständen abgeschlossen

*) Offiz. Samml. II. 381—382. Snell I. 173—174, 714—717.

**) Die letztere Ansicht scheint die ursprünglich herrschende gewesen zu sein; wenigstens sagt ein Bericht einer Tagsatzungskommission vom Jahre 1817: »Alle Verkommnisse dieser Art sind und bleiben — in Kraft und Bestand, folglich für alle beigetretenen Kantone verbindlich, bis nicht durch gemeinschaftliche Uebereinkunft unter ihnen alle oder einzelne von deren Beachtung losgezählt werden, wie es die Natur eines wechselseitigen Vertrages mit sich bringt.« Kaiser, Sammlung der eidgenössischen Gesetze u. s. w. IV. 2. Stellt man sich dagegen auf den Standpunkt, dass die Konkordate, weil sie Materien betreffen, in denen die Souveränetät der Kantone durchaus unbeschränkt ist, in die Kategorie der völkerrechtlichen Verträge gehören, so muss man mit Snell (Vorrede S. XLII) grundsätzlich eher der erstern Ansicht beipflichten.

worden sind. Nach Art. 6 der Uebergangsbestimmungen haben nun diejenigen Konkordate ihre Gültigkeit verloren, welche der Bundesverfassung widersprechen oder an deren Stelle Bundesgesetze getreten sind; das Nämliche muss natürlich auch gelten von Konkordatsbestimmungen, welche Grundsätze enthielten, die nun in anderer Form in die Bundesverfassung aufgenommen worden sind. Demnach glauben wir folgende der vor 1848 abgeschlossenen Konkordate als ganz oder theilweise erloschen, beziehungsweise als obsolet bezeichnen zu können:

1) in Folge des Art. 50 der Bundesverfassung, sowie des in der Praxis anerkannten Grundsatzes, dass der Bundesrath die Vorschriften des Bundes auch gegenüber gerichtlichen Urtheilen zu wahren hat, die Konkordate vom 15. Juni 1804 und 21. Juli 1826, betreffend das Forum des zu belangenden Schuldners;

2) in Folge des Art. 48 der Bundesverfassung das Konkordat vom 15. Juni 1804 betreffend gerichtliche Betreibungen,*) dasjenige vom 24. Juli 1826 betreffend Gleichberechtigung der Schweizer in Erbschaftsfällen und dasjenige vom 26. Juli 1839 betreffend die Einheirathungsgebühren;

3) in Folge des Bundesgesetzes vom 3. December 1850 über die gemischten Ehen die Konkordate vom 11. Juni 1812 und 14. August 1821, welche den nämlichen Gegenstand beschlugen;

4) in Folge des Bundesgesetzes vom 24. Juli 1852 über die Auslieferung von Verbrechern oder Angeschuldigten das Konkordat vom 8. Juni 1809 über die gleiche Materie, mit Ausnahme der Artt. 19 und 20 desselben;**)

5) in Folge des Art. 41 der Bundesverfassung das Konkordat vom 10. Juli 1819 betreffend die Niederlassung von einem Kanton zum andern;***)

*) In diesem Konkordate werden die Kantone allerdings auch noch eingeladen, ihre Triebrechte möglichst zu beschleunigen, sowie gegen betrügerische Bankerotte Strafgesetze zu erlassen oder schon bestehende Gesetze zu handhaben. Allein da es sich hier eben um blosse Einladungen handelt, welche wohl niemals von besonderer praktischer Bedeutung waren, so glaubten wir dieselben nicht mehr unter den noch in Kraft bestehenden Konkordaten erwähnen zu sollen.

**) Vergl. Amtl. Samml. III. 168.

***) Kaiser Staatsrecht III. 173 ist der Ansicht, der Art. 6 dieses Konkordates sei noch in Kraft; allein der Grundsatz, dass jeder Kanton seine Bürger, die in andern Kantonen niedergelassen waren, wieder aufnehmen müsse, folgt

6) in Folge des Art. 36 der Bundesverfassung und des Bundesgesetzes über das Münzwesen vom 7. Mai 1850 die Konkordate vom 14. Juli 1819 und 9. Juli 1824 betreffend den nämlichen Gegenstand;

7) in Folge des Art. 33 der Bundesverfassung die Konkordate vom 9. und 10. Juli 1818 betreffend das Postwesen;

8) in Folge des Bundesgesetzes vom 3. December 1850 betreffend die Heimathlosigkeit die Konkordate vom 3. August 1819, 17. Juli 1828, 6. Juli 1830 und 30. Juli 1847, welche den nämlichen Gegenstand betrafen;

9) in Folge des Art. 43, Satz 1 der Bundesverfassung das Konkordat vom 8. Juli 1819 wegen Folgen der Religionsänderung in Bezug auf Land- und Heimathsrecht,*) ferner die Konkordate vom 14. Juli 1828, 11. und 13. Juli 1829 betreffend den Schutz des Heimathrechtes für Schweizer, welche in fremde, nicht kapitulirte Kriegsdienste treten oder sich im Auslande auf unregelmässige Weise verehelichen;

10) in Folge der Artt. 23 bis 25 der Bundesverfassung das Konkordat vom 12. Juli 1830 betreffend die Tarife für Zölle, Weg- und Brückengelder;

11) in Folge des Bundesgesetzes vom 23. December 1851 über Mass und Gewicht das Konkordat vom 17. August 1835 über die gleiche Materie;

12) in Folge des Art. 11 der Bundesverfassung und des Bundesgesetzes vom 30. Juli 1859 betreffend die fremden Kriegsdienste das Konkordat vom 25. Juli 1831, welches die Anwerbung von Landesfremden unter kapitulirte Schweizertruppen verbot; endlich

13) in Folge des Rücktrittes der Mehrheit der früher beigetretenen Kantone,**) sowie des Umstandes, dass gegenwärtig kein Kanton mehr eine stehende Truppe hält, das Konkordat vom 6. Juni 1806 wegen gegenseitiger Auslieferung der Ausreisser von besoldeten Kantonstruppen.

unzweifelhaft aus Artt. 41 und 43 der Bundesverfassung und ist daher jedenfalls nicht bloss für diejenigen Kantone verbindlich, welche dem Konkordate von 1819 beigetreten waren. Seither scheint Kaiser selbst seine Ansicht modificirt zu haben, vergl. das Inhaltsverzeichniss zu dessen Sammlung der eidgenössischen Gesetze u. s. w. Bd. IV.

*) Vergl. auch Kaiser Sammlung IV. 18.

**) Snell I. 256, 718. Nachtr. 2 S. 3.

Seit dem Jahr 1848 sind nun wieder mehrere Konkordate von einer grössern oder geringern Zahl von Kantonen abgeschlossen, vom Bundesrathe genehmigt und in die eidgenössische Gesetzessammlung aufgenommen worden, so dass sie dadurch einen allgemein-schweizerischen Charakter erlangt haben, auch wenn nicht gerade die Mehrheit der Kantone einer solchen Uebereinkunft beigetreten sein sollte. Es sind diess die nachfolgenden Konkordate:

1) über Bestimmung und Gewähr der Viehhauptmängel vom 5. August 1852;

2) über Massregeln gegen Viehseuchen vom gleichen Tage;

3) über Mittheilung von Geburts-, Copulations- und Todscheinen vom 5. Oktober 1853;

4) über die Form der Heimathscheine vom 28. Januar 1854;

5) über den Schutz des schriftstellerischen und künstlerischen Eigenthums vom 3. December 1856;

6) über die Zulassung evangelischer Geistlicher zum Kirchendienste vom 19. Februar 1862.*)

Wir werden nun die verschiedenen Materien durchgehen, welche theils durch die in Kraft verbliebenen ältern, theils durch die seit 1848 entstandenen neuern Konkordate geregelt werden. Was die Anordnung der Gegenstände betrifft, so besprechen wir zuerst, weil sie die wichtigsten sind, die drei Konkordate, welche die Rechtsverhältnisse der Niedergelassenen, beziehungsweise die Kompetenzen des Heimath- und Wohnortskantons in Betreff ihrer Vormundschaften, ihres Erbrechtes und ihrer Ehescheidungen beschlagen. Offenbar wäre es wünschenswerth, dass alle diese, wie insbesondere auch die auf das Steuerwesen bezüglichen Verhältnisse auf eine, für alle Kantone verpflichtende Weise durch ein oder mehrere Bundesgesetze geregelt würden, und wenn auch ein erster Versuch zu Erreichung dieses Zweckes missglückt ist, so dürften solche Gesetze doch in naher Zukunft zu erwarten sein. Nach den Rechtsverhältnissen der Niedergelassenen folgen sodann die Konkordate über andere privatrecht-

*) Dieses Konkordat berührt freilich nur die evangelischen und paritätischen, nicht die ganz katholischen Kantone; allein da in Folge der, durch die Bundesverfassung gewährleisteten Niederlassungs- und Cultusfreiheit die evangelische Kirche sich immer mehr auch über diese letztern verbreiten wird, so kann man immerhin dasselbe zu den Konkordaten zählen, welche ihrer Anlage nach darauf berechnet sind, dass ihnen alle Kantone beitreten können.

liche Materien (Heimathrecht, Eheeinsegnungen, Autorrecht, Konkursrecht, Nachwährschaft beim Viehhandel), sowie über strafrechtliche, polizeiliche und kirchliche Verhältnisse.

Zweites Kapitel.

Rechtsverhältnisse der Niedergelassenen.

§ 1. Vormundschaftswesen.

Wenn es sich um die Frage handelt, nach welchen Rechtsregeln und von welchem Gerichtsstande die privatrechtlichen Verhältnisse einer bestimmten Person zu beurtheilen seien, so können zwei verschiedene Principien zur Anwendung kommen: dasjenige der Nationalität (der Abstammung, des Heimath- oder Bürgerrechtes) und dasjenige der Territorialität (des Landgebietes). Letzteres wird heutzutage allgemein, und so auch in der Schweiz, als massgebend betrachtet für die Verhältnisse des Sachen- und Obligationenrechtes. Für dingliche Klagen gilt nach gemeinem Rechte nicht bloss der Gerichtsstand, sondern auch das Gesetz desjenigen Ortes, wo die streitige Sache liegt; für »persönliche Ansprachen« aber hat die Bundesverfassung selbst den Gerichtsstand des Wohnortes des Beklagten aufgestellt und es versteht sich, dass auch die Gesetze dieses Ortes insoweit massgebend sind als nicht im einzelnen Falle durch eine Vorschrift jener Gesetze selbst oder durch eine allgemein anerkannte Rechtsregel eine Ausnahme begründet wird. Anders verhält es sich dagegen mit den Verhältnissen, welche die ganze Rechtspersönlichkeit eines Menschen umfassen: der Rechts- und Handlungsfähigkeit, der Ehe, dem Güterrecht der Ehegatten, der väterlichen Gewalt, der Vormundschaft, der Intestaterbfolge und dem Rechte der Testamente. Hier hat sich in der Schweiz oder doch in dem grössern Theile derselben, im Gegensatze zum heutigen gemeinen Rechte,*) im Laufe der Jahrhunderte der Grundsatz ausgebildet, dass das angestammte Recht der Person nachfolge, wenn

*) Savigny System des Röm. Rechts VIII. 94 bezeichnet es als eine »Merkwürdigkeit«, dass in der Schweiz die »origo« ein entschiedenes Uebergewicht über das »domicilium« habe.

sie ihre Heimath verlasse und an einem andern Orte sich ansiedle. Die Ursache dieser eigenthümlichen Wirksamkeit des Nationalitätsprincips mag wesentlich darin liegen, dass seit dem 16. Jahrhundert das Gemeindebürgerrecht im Allgemeinen in der Schweiz eine höhere Bedeutung als sonst irgendwo erlangte, dass insbesondere die Heimathgemeinde zur Armenunterstützung verpflichtet war und daher auch die Niederlassung ausser derselben, wo sie überhaupt gestattet war, immer nur auf Heimathschein hin gewährt wurde. Thatsache ist es jedenfalls, dass bereits im 18. Jahrhundert in den eidgenössischen Orten ein Gewohnheitsrecht bestand, nach welchem der heimathliche Gerichtsstand und die heimathliche Gesetzgebung der Niedergelassenen anerkannt wurden für die Verhältnisse ihres Personen-, Familien- und Erbrechtes.*)

Zur Zeit der Vermittlungsakte machte sich indessen auch in dieser Materie, wie in so vielen andern Beziehungen, ein Antagonismus geltend zwischen den alten und den neuen Kantonen. Während jene an dem hergebrachten Nationalitätsprincip festhielten, waren es namentlich St. Gallen und Waadt, welche dasselbe nicht anerkennen wollten; ersteres namentlich führte mit grosser Konsequenz das Territorialprincip in allen Verhältnissen durch. Wie heutzutage noch, so erscheinen bereits an der Tagsatzung von 1813 die Stände Zürich und St. Gallen, aus Veranlassung eines, in einem Specialfalle entstandenen Conflikte, gleichsam als die Vorkämpfer der beiden Systeme. Es wurde damals eine Kommission niedergesetzt, welche in Bezug auf die Erbrechts- und Vormundschaftsverhältnisse eine Uebereinkunft entwerfen sollte.**) Diese Kommission versuchte es, die beiden sich widerstreitenden Principien mit einander auszugleichen; es sollte auch in dieser Hinsicht das System der Vermittlung zwischen der alten und der neuen Schweiz, auf welchem die ganze damalige Verfassung beruhte, zur Anwendung kommen. Ueber das Vormundschaftswesen finden wir in dem Berichte der Kommission folgende, auch heute noch beachtenswerthe Bemerkungen: »Der Zweck aller vormundschaftlichen Gesetze ist, die Person

*) Vergl. F. v. Wyss in der Zeitschr. für schweiz. Recht II. 55—59.

**) Die Frage des Erbrechtes war, in Folge einer, vom Stande Glarus gemachten Anregung, schon im Jahr 1808 durch eine Kommission geprüft worden, welche jedoch die Angelegenheit noch zu verwickelt fand, um eine Regulirung derselben auf dem Konkordatswege zu versuchen. Tags.-Abschied.

und das Vermögen der Minorennen zu schützen und letzteres vor Verschwendung zu sichern; mag daher die eine oder andere Obrigkeit bevogten, so kann der Zweck, wenn auch unter verschiedenen Formen, immer erreicht werden, weil die Gesetze das Gleiche beabsichtigen. Desswegen dürfte aber auch ein allzustrenges Anschliessen an den Begriff, dass der Ursprungskanton allein zu verfügen habe, gerade desswegen den Zweck verfehlen, weil Vormundschaften theils im Augenblicke des Bedürfnisses eintreten, theils unter steter und gewissermassen lokaler Aufsicht sein müssen. Wie sollte wohl z. B. der Vormund auf 20 und mehr Stunden Entfernung von seinen Vogtskindern wohnen und seine Pflicht erfüllen können? Oder wie sollte bei schwierigen Vormundschaften eine Behörde ihre Aufsicht auf einen Curator ausüben können, der fern von ihr unter andern Gesetzen lebt? Die Kommission enthebt sich hier darzustellen, wie der eine Theil das Recht des Ursprungs in Anspruch nimmt und vorzüglich seine Ansicht auf die Verpflichtung stützt, den Bevogteten auch im Stande der Armuth wieder zurücknehmen zu müssen; darzustellen, wie der andere Theil sich auf den Grundsatz beruft, dass jeder Einwohner unter den Gesetzen des Landes stehe, das er bewohnt, und jede Abweichung die Souveränetät beeinträchtige. Konkordate können nur durch gegenseitiges Nachgeben erzielt werden, und in einer Sache, wo der Zweck immerhin der gleiche bleibt, soll eine Behörde der andern die Achtung und das Zutrauen schenken, die sie sich selbst wohl ungerne versagt sehen würde.« Gestützt auf diese Betrachtungen, schlug die Kommission vor, es solle, wenn ein schweizerischer Niedergelassener in einem andern Kanton stirbt, die Wahl des Vormundes für seine hinterlassene Familie und die Aufsicht über deren Verwaltung den Behörden des Heimathkantons zustehen, welche jedoch diese Befugnisse den Behörden des Niederlassungskantons delegiren mögen; nach einer zehnjährigen Dauer der Vormundschaft aber solle, wenn die Familie inzwischen ihren Wohnsitz nicht geändert habe, die waisenamtliche Aufsicht von selbst auf die Behörde des Niederlassungsortes übergehen. Zugleich sollen für das ganze Vormundschaftswesen der Niedergelassenen jeweilen die Gesetze desjenigen Kantons in Anwendung kommen, dessen Behörden die Aufsicht auszuüben haben. Endlich wurde das Recht der Interdiktion gegenüber einer niedergelassenen Person sowohl den Behörden des Heimath- als auch denjenigen des Niederlassungskantons zugetheilt. Man sieht, dass die Kommission eigentlich das Nationalitätsprincip als Regel festhalten und nur einige Ausnahmen davon gestatten wollte. Dass sie sich dessen ungeachtet veranlasst sah, die vorgeschlagene Annäherung an das Territorialprincip mit allen den Gründen, welche für dieses selbst angeführt werden können, zu unterstützen, zeigt am besten, welch' mächtige Wurzeln der Grundsatz des Heimathrechtes in der Schweiz geschlagen hatte.*)

Sehr begreiflich ist es, dass der Umsturz der Mediationsverfassung, welcher den Verhandlungen von 1813 beinahe auf dem Fusse folgte, und die denselben begleitenden Ereignisse die Frage der vormundschaftlichen und erbrechtlichen Verhältnisse der Niedergelassenen wieder für längere Zeit in den Hintergrund drängten. Erst an der Tagsatzung von 1820 kam der Gegenstand, in Folge einer vom Stande Zürich gemachten Anregung, wieder zur Sprache und wurde nach einer vorläufigen allgemeinen Berathung abermals an eine Kommission gewiesen. Ueber die Schwierigkeit ihrer Aufgabe bemerkte der Berichterstatter dieser Kommission (Dr. J. B. Mayer, Staatsschreiber von St. Gallen) Folgendes: »Bei näherer Einsicht der ihr mitgetheilten Instruktionen der l. Stände (unter welchen sich jedoch manches blosses Anhören und manches dilatorische Referendum vorfand) überzeugte die Kommission sich bald, dass gerade über die Hauptgrundlage, über das Princip selbst in Bezug auf beide ihr zugewiesenen Gegenstände, die Anerkennung des Forums betreffend, der bedeutendste, eingreifendste Widerspruch vorlag. Wohl zeigte sich in einigen Standesäusserungen die Geneigtheit, nach anerkanntem Grundsatze, sei es in Beziehung auf Delegation besitzender jurisdiktioneller Gewalt, sei es in Hinsicht auf von selbst zufallende Jurisdiktion über Niedergelassene nach mehrjährigem Aufenthalt der letztern, zu dieser oder jener Ausnahme von der Regel Hand zu bieten, um desto leichter zu einer Vereinigung zu gelangen; — der Grundsatz selbst wird aber nichts desto weniger von jedem als ausschliessliche und einzige Basis behauptet, und es ist diess bei dem Einen sowohl im Erbrechts- als in Bevogtungssachen das forum originis, d. h. die Kompetenz der Behörde der Heimath des Niedergelassenen, — bei dem Andern aber das forum domicilii, oder die einschreitende und handelnde Befugniss des Niederlassungsortes.« Die Kommission entschied sich für das erstere Princip und

*) Abschied der ordentlichen Tagsatzung von 1813 § 10.

es mag zu diesem Entscheide die allgemeine Zeitströmung der Restaurationsperiode, welche sich mehr zum alten Herkommen der eidgenössischen Orte als zu neuern staatsrechtlichen Theorien hinneigte, wesentlich mitgewirkt haben. Mit Bezug auf das Vormundschaftswesen führte die Kommission für ihre »einmüthige*) Ueberzeugung, dass es wünschbar wäre, das Princip des Heimathortes aufgenommen und anerkannt zu sehen«, folgende Gründe an: »Der Niedergelassene, obschon durch seine Niederlassung ausser der unmittelbaren Sphäre seiner heimathlichen Obrigkeit sich befindend, gehört dennoch fortwährend bürgerlich seiner Heimath an. Die Kraft seines Heimathscheines dauert fort und in Folge desselben hat er täglich und stündlich die freie Rückkehr in die Heimath offen. In Gemässheit dieses fortbestehenden heimathlichen Verhältnisses und in Folge der Kraft und Wirkung seines Heimathscheines hat die Heimathgemeinde die Pflicht, den, sei es durch Unglück oder eigenes Verschulden, dürftig gewordenen und der Unterstützung benöthigten Angehörigen zu allen Zeiten und unter allen Umständen mit den Seinen wieder aufzunehmen und aus ihren Mitteln zu unterstützen, wohl gar zu erhalten.« Den Einwenduugen, welche gegen das heimathrechtliche Princip gemacht worden waren, begegnete die Kommission folgendermassen: »Der vorzüglichste Einwand beruht wohl darauf, dass Ausübung vormundschaftlicher Rechte und Anwendung solcher Gesetze in einem andern Kanton die Souveränetät des letztern gefährde und verletze, und dass Anwendung und Ausübung verschiedenartiger Gesetze in einem und demselben Staat Verwicklungen und Weiterungen, die nicht zulässig sein können, zur Folge haben müsste. Gegen diese allerdings gewichtigen Einwürfe antwortet die Kommission vorerst: dass es sich in dem gegenwärtigen Fall nicht darum handelt, diesem oder jenem Stand die Einmischung einer fremden Gesetzgebung in seinem Gebiet aufdringen zu wollen, was auch bei den bestehenden staatsrechtlichen Verhältnissen und bei der wirklichen Souveränetät der Eidgenössischen Stände nicht der Fall sein könnte; sondern dass es nur um Aufstellung eines Konkordates zu thun ist. Und wenn auch wirklich ein Stand durch Anwendung fremder vormundschaftlicher Gesetze und Verordnungen in seinem Gebiet sich in dem Genuss seiner

*) Neben dem St. Gallischen Berichterstatter sass auch ein Gesandter von Genf in der Kommission.

Souveränetät getrübt sehen sollte, so ist dieselbe dagegen auf seine in andern Staaten des Bundes niedergelassenen Angehörigen hinüber getragen; andere befinden sich in dem gleichen Zustand der Entsagung; und dadurch, dass sich bei den Mitständen das in vollem Masse wieder findet, was auf dem Wege freiwilliger Uebereinkunft von dem eigenen Rechte abgegeben wird, ist auch das nur anscheinend gestörte Gleichgewicht vollkommen wiederhergestellt. Gegen den Einwurf, dass die Zulassung fremder Gesetzgebung und deren Anwendung in einem andern Kanton unzulässige Verwicklungen und Wirren zur Folge haben könnte, die dem wesentlichen Erforderniss einer guten Staatsverwaltung, alle Landesbewohner gleichförmig zu regieren, bedeutenden Eintrag thun müssten, antwortet die Kommission mit der Frage: ob denn wirklich in jedem Stand die Gesetzgebung in allen ihren Zweigen und Ausflüssen sich so gleichmässig ausdehne, dass in allen Fächern und in allen Beziehungen alle Bewohner, seien es wirkliche Angehörige oder nur Ansässen, den nämlichen Bestimmungen unterworfen seien, oder ob nicht in der einen oder andern Rücksicht Ausnahmen oder ungleiche Behandlung stattfinden und der Natur der Dinge nach stattfinden müssen? Zudem tritt in dem Vormundschaftswesen Collision der Interessen des Heimath- und des Niederlassungskantons ein und hier frägt es sich, auf wessen Seite das grössere Interesse sich vorfinde: ob auf der des Niederlassungskantons, dem stets die Befugniss unverwehrt zusteht, den Niedergelassenen im Verarmungs- oder anderweitigen Belästigungsfall von sich weg und in seine Heimath zu weisen, — oder auf der Seite des Heimathkantons, dem die Pflicht der jederzeitigen Wiederaufnahme, Unterstützung und zuweilen auch sogar gänzlicher Erhaltung seiner bürgerlichen Angehörigen obliegt? Welcher der beiden Kantone dessnahen bei Aufstellung eines diessfälligen Grundsatzes vorzüglicher zu berücksichtigen sei, muss sich aus der Beantwortung obiger Frage von selbst ergeben.«

Auf Grundlage des Kommissionalentwurfes,*) welcher an der Tagsatzung nur wenige Aenderungen**) erlitt, kam dann unterm 15. Juli 1822 nachfolgendes Konkordat zu Stande:

*) Abschied der ordentlichen Tagsatzung von 1820 S. 51 und Beilage litt. I.

**) Dieselben bestehen wesentlich in der Aufnahme des § 3 und der zwei letzten Sätze von § 4.

»*1) Wenn ein Niedergelassener, d. h. ein solcher Schweizerbürger, welcher sich mit legalem Heimathschein seines Kantons in einem andern Kanton mit Bewilligung der Regierung dieses letztern haushäblich ansässig gemacht hat, stirbt, so wird die Besieglung und Inventur sogleich von der dafür durch die Kantonsgesetze bestimmten Behörde des Wohnorts vorgenommen und davon die erforderliche Mittheilung an die Behörde der Heimath des Niedergelassenen veranstaltet und besorgt.*

»*2) Falls der Verstorbene eine Wittwe oder Kinder hinterlässt, die im Fall sind unter Vormundschaftspflege gestellt zu werden, so steht die Wahl des Vormunds und die Aufsicht über dessen Verwaltung, sowie die Genehmigung seiner Rechnungen der Regel nach dem Kanton zu, dem der Niedergelassene bürgerlich angehört hat.*

»*3) Wenn jedoch in dringenden Fällen die Behörde des Wohnorts die schnelle Aufsicht eines Vormunds nothwendig, und einen Aufschub als den unter Vormundschaft zu stellenden Personen schädlich erachtet, so soll dieselbe sogleich für einstweilen einen Vormund bestellen; sie macht aber davon unverzügliche Mittheilung an die Behörde des Heimathortes und überlässt derselben die fernern Verfügungen.*

»*4) In allen Fällen, wo es die Behörde des Heimathkantons wünschbar und zuträglich erachtet, kann sie diejenige des Wohnorts um Bestellung des Vogts und waisenamtliche Aufsicht ansuchen, wo dann die Letztere der Erstern die von ihr geprüften Rechnungen über die Verwaltung des Vermögens und den Zustand des Vogtguts zur Genehmigung mittheilen soll. Jedoch richtet sich die Dauer der Vormundschaft und die Bestimmung der Volljährigkeit, sowie die endliche Bestätigung von Käufen und Verkäufen des Vogtguts immer nach den Gesetzen des Heimathkantons. Diese Käufe und Verkäufe sollen aber nach den gesetzlichen Vorschriften des Wohnortes vor sich gehen. So unterliegt ebenfalls die Verwaltung des Vormundes den Gesetzen des Heimathkantons, und nur wenn die Behörde der Heimath ihm dieselben bekannt zu machen unterliesse, hat sich die Verwaltung nach den Gesetzen des Wohnortes zu richten.*

»*5) Das Recht, eine niedergelassene Person wegen Blödsinn, schlechtem Lebenswandel oder Verschwendung mit Beobachtung der diessfalls üblichen Formen unter vormundschaftliche Aufsicht zu stellen (Interdiktionsvormundschaft), steht der Behörde des Heimathkantons zu. Diese wird in einem solchen Fall entweder von sich aus oder nach*

Anleitung des § 4 die Vormundschaft anordnen und davon die Behörde des Wohnorts in Kenntniss setzen. In Fällen, wo diese Letztere, durch das Benehmen oder die Verhältnisse der Niedergelassenen veranlasst, eine solche Verfügung erforderlich erachtet, wird sie die Heimathsbehörden, unter Anführung der Beweggründe, davon benachrichtigen und die daherigen Anordnungen erwarten.«

Diesem Konkordate über »vormundschaftliche und Bevogtungsverhältnisse« sind beigetreten die fünfzehn Kantone Zürich, Bern, Luzern, Uri, Schwyz, Unterwalden, Glarus, Zug, Freiburg, Solothurn, Schaffhausen, Appenzell, Aargau, Thurgau und Tessin. Der Kanton Basel hat erklärt, dass er bloss den § 4 nicht annehmen könne, dagegen nach den Bestimmungen der §§ 1, 2, 3 und 5, welche offenbar die wichtigsten Grundsätze enthalten, verfahren werde.*) Es haben somit sämmtliche dreizehn Orte der alten Eidgenossenschaft und dazu drei neue Kantone die Grundlagen des Konkordates anerkannt, während im Osten der Schweiz St. Gallen und Graubünden (letzteres eigentlich auch nur wegen des § 4), im Westen Waadt, Wallis, Neuenburg und Genf sich ferne gehalten haben.

Was indessen das Verhältniss des Kantons Basel zum Konkordate betrifft, so kann die Erklärung, welche dieser Stand ins Protokoll der Tagsatzung niedergelegt hat, immerhin nicht als eine von ihm übernommene rechtliche Verpflichtung interpretirt werden, welche von andern Kantonen gegen ihn oder von ihm gegen andere Kantone geltend gemacht werden könnte. So hat der Bundesrath in wiederholten Rekursfällen entschieden, indem er ein Gesetz von Basel-Landschaft, nach welchem dortige Angehörige, die unter Vormundschaft stehen, nur mit Bewilligung ihrer Vormundschaftsbehörde ein anderes Bürgerrecht erwerben können, als für andere Kantone nicht verbindlich bezeichnete.**)

Die Rekursentscheidungen des Bundesrathes haben sonst nur selten das Konkordat über das Vormundschaftswesen berührt und wir können zur Interpretation desselben nur zwei solche Entscheidungen anführen. Ein Bürger des Kantons Aargau, niedergelassen in Freiburg, hatte in seinem letzten Willen verfügt, dass sein

*) Offiz. Samml. II. 34—35, 78. Snell I. 231—232, 236. Kaiser Sammlung IV. 28—31.

**) Bundesbl. 1860 II. 30—32. 1862 II. 261.

einziger, drei Jahre alter Knabe bis zu seiner Volljährigkeit unter freiburgischer Vormundschaft stehen solle. Ueber die Rechtsgültigkeit dieser Verfügung entstanden nun zwischen den beiden Kantonsregierungen Anstände, welche der Bundesrath folgendermassen entschied: Nach § 2 des Konkordates steht die Wahl des Vormundes u. s. w. der Regel nach dem Kanton zu, dem der Niedergelassene bürgerlich angehört; die Ausnahmen von der Regel sind in den §§ 3 und 4 enthalten. Demgemäss fällt im vorliegenden Falle, da keine solche Ausnahme vorliegt, die Vormundschaftsberechtigung dem Kanton Aargau zu; denn die Disposition eines Privaten kann in Materien, die dem Staatsrechte angehören und durch Staatsverträge regulirt sind, nichts ändern. Indessen bleibt den freiburgischen Behörden, wenn sie aus dem privatrechtlichen Titel des Testamentes vormundschaftliche Rechte ableiten zu können glauben, unbenommen, nach erfolgter Uebergabe der Vormundschaft ihre Rechtsansprüche vor den kompetenten aargauischen Behörden anzubringen, welche dann endgültig darüber zu entscheiden haben. — Ein anderer Angehöriger des Kantons Aargau, welcher wegen Verschwendung dort unter Vormundschaft stand, wurde im Kanton Luzern, den er bewohnte, aus verschiedenen Rechtsgeschäften, die er ohne Wissen und Mitwirkung seines Vormundes einging, zum Konkurs gebracht. Der Gemeindrath seiner Heimathgemeinde Geltwyl protestirte hiegegen; allein die luzernische Justizkommission verwies ihn auf den Konkurstag, an welchem er Aufhebung verlangen möge, was er jedoch unterliess. Die Konkursmasse liess nun zu ihren Gunsten das väterliche Erbe des Falliten, welches ebenfalls im Kanton Luzern, aber unter Verwaltung des aargauischen Vormundes sich befand, mit Arrest belegen. Der Vormund protestirte auch hiegegen; allein sowohl der Arrest als auch der Betrag der Forderungen wurden gerichtlich durch alle Instanzen bestätigt, da durch das Nichterscheinen am Konkurstage sowohl die luzernische Gerichtsbarkeit als die Grösse der Forderungen anerkannt worden, zudem der Fallit nach Luzerner Gesetzen volljährig und seine Bevogtung nicht bekannt gewesen sei. Der Gemeindrath von Geltwyl erhob nun, gestützt auf das Konkordat, gegen diese Urtheile Beschwerde beim Bundesrath; allein letzterer wies dieselbe ab, indem er von folgenden Erwägungen ausging: Der Fallit war zur Zeit der Konkurseröffnung anerkanntermassen im Kanton Luzern niedergelassen und somit in allen Beziehungen der dortigen

Gesetzgebung und Gerichtsbarkeit unterworfen, soweit nicht durch Bestimmungen des Konkordates die luzernische Gesetzgebung in ihrer Anwendbarkeit auf Bevormundete beschränkt wurde. Allerdings will das Konkordat die Frage, ob Jemand als bevormundet zu betrachten sei, nach den Gesetzen der Heimath des Bevormundeten beurtheilt wissen; dagegen enthält es keine Bestimmung darüber, dass bei Beurtheilung von Rechtsgeschäften Bevormundeter ein anderer Gerichtsstand zur Anwendung komme; somit ist in dieser Beziehung das luzernische Recht massgebend. Demzufolge waren allfällige Einreden der Vormundschaftsbehörden gegen die Verhängung des Konkurses vor den luzernischen Gerichten im gewöhnlichen Rechtswege geltend zu machen und soferne diess versäumt wurde, steht den Bundesbehörden kein Recht zu, die bezüglichen Urtheile der luzernischen Gerichte aufzuheben.*)

In Bezug auf das Verhältniss der Konkordatskantone zu denjenigen, welche sich ausser dem Konkordate befinden, mag hier noch erinnert werden an den bekannten Rekursfall Guex-Perey, aus welchem sich ergab, dass die Kinder des in Cossonay, Kantons Waadt, niedergelassen gewesenen zürcherischen Angehörigen Schellenberg sich unter einer doppelten Vormundschaft befanden, einer solchen im Heimath- und einer andern im Niederlassungskanton. Während sie im Kanton Waadt zu Bezahlung einer Schuld gerichtlich verurtheilt wurden, verweigerten die zürcherischen Vormundschaftsbehörden, welche sich im Besitze ihres Vermögens befanden, die Herausgabe desselben und wurden dabei von den Gerichten geschützt; als aber gegen das Urtheil des zürcherischen Obergerichtes an die Bundesversammlung rekurrirt wurde, konnten die beiden Räthe zu einem übereinstimmenden Entscheide sich nicht einigen.**) Es trug dieser Fall wesentlich dazu bei, dass auch für das Vormundschaftswesen der Niedergelassenen die Aufstellung allgemein gültiger Normen durch ein Bundesgesetz postulirt wurde,***) und wir müssen

*) Bundesbl. 1862 II. 259—260. 1864 I. 381—382.

**) Vergl. Bundesbl. 1863 II. 87—88.

***) Bundesbeschluss vom 24. Juli 1862, Amtl. Samml. VII. 315. Schon am 6. Februar hatte der Nationalrath für sich allein den Bundesrath eingeladen, »Bericht und Antrag zu hinterbringen, ob und auf welche Weise die Collision zwischen dem Vormundschaftsrechte des Heimathortes und demjenigen des Wohnortes beseitigt werden könne.«

am Schlusse dieses Abschnittes noch als besonders bemerkenswerth hervorheben, dass bei der Berathung des nicht zu Stande gekommenen Gesetzes über die Niederlassungsverhältnisse sowohl der Bundesrath in seinem Entwurfe als auch die beiden Räthe, welche demselben beipflichteten, übereinstimmend von der Ansicht ausgingen, dass in der Materie, die uns hier beschäftigt, das Princip des Heimathrechtes nicht länger festzuhalten, sondern mit demjenigen der Territorialität zu vertauschen sei. Wir entnehmen in dieser Hinsicht dem Berichte der nationalräthlichen Kommission folgende Bemerkungen: »Es besteht zwar bekanntlich ein Konkordat unter nicht weniger als 14 (soll heissen: 15) Kantonen, welches das Vormundschaftswesen ausschliesslich den Behörden des Heimathortes überweist, und es könnte daraus der Schluss gezogen werden, dass bei der nunmehrigen bundesgesetzlichen Regelung des Verhältnisses dasjenige zur allgemeinen Norm sollte erhoben werden, was in der Mehrzahl der Kantone bereits zu Recht besteht. Allein die Kommission hat gefunden, dass diese Schlussfolgerung doch schwerlich ganz begründet wäre. Vor allen Dingen ist zu berücksichtigen, dass seit dem Jahr 1822, wo jenes Konkordat abgeschlossen wurde, die Verhältnisse wesentlich andere geworden sind, indem durch das bundesrechtlich gewährleistete Recht der freien Niederlassung einerseits, und noch mehr durch die verbesserten Verkehrsmittel anderseits die Bevölkerung in der Schweiz weit mehr als früher von Kanton zu Kanton in Fluss gebracht worden ist und in der That gegenwärtig schon — und inskünftig ohne allen Zweifel noch in höherm Masse — die Menge der in andern Kantonen niedergelassenen Schweizerbürger ohne allen Vergleich viel grösser ist, als sie vor 40 Jahren gewesen ist. Es ist aber einleuchtend, dass diese Aenderung in den thatsächlichen Verhältnissen für die ganze Sache von entscheidender Bedeutung ist. So lange die fortwährend in ihrer Gemeinde ansässige Bürgerbevölkerung die überwiegende Regel, der auswärts wohnende Bürger die seltene Ausnahme bildet, spricht für das Princip der Vormundschaft am Heimathsorte namentlich der Umstand, dass unzweifelhaft zwischen dem Vormundschaftswesen und der Armenunterstützung eine Verbindung besteht, welche es für die eventuell unterstützungspflichtige Heimath wünschbar erscheinen lässt, die Vormundschaft selber zu führen. Sobald nun aber die Aus- und Einwanderung von Gemeinde zu Gemeinde, von Kanton zu Kanton in grossem Massstabe stattfindet, sobald also das Verhältniss eintritt, wie wir es bereits gegenwärtig nicht selten in manchen Gemeinden antreffen, dass die am Bürgerorte ansässig gebliebene Bevölkerung geringer ist als die Zahl der auswärts gezogenen, so ist es fast nicht mehr gedenkbar, dass die Behörde des Heimathortes im Stande sein sollte, die vormundschaftliche Pflege über eine grosse Zahl, nach allen Seiten hin zerstreuter auswärtiger Bürger mit Sorgfalt zu führen; es wird jedenfalls die Vormundschaft in eine blosse Vermögensverwaltung zusammenschrumpfen und auch so noch den Waisenbehörden sowohl als den Bevormundeten selbst eine sehr beschwerliche Art des gegenseitigen Verkehrs übrig bleiben. Diese Uebelstände liegen so sehr auf der Hand, beziehungsweise es ist eigentlich der Natur der Sache nach so offenbar, dass die Vormundschaft an demjenigen Orte, wo der Mündel sich befindet, verwaltet werden sollte, dass in neuerer Zeit auch aus solchen Kantonen, welche dem Grundsatze des Heimathrechtes bisher gehuldigt haben, viele Stimmen laut geworden sind, welche offen die Unhaltbarkeit des Systems und die Nothwendigkeit eines Ueberganges zum Territorialprincip bekundeten.« *)

§ 2. Erbrecht.

Wie wir oben gesehen haben, war bereits im Jahr 1813 mit dem Vormundschaftswesen der Niedergelassenen auch die Frage, nach welchen Gesetzen dieselben zu beerben seien, Gegenstand einer Kommissionalberathung. Es standen auch hier wieder die beiden Principien der Nationalität und der Territorialität im Schoosse der Tagsatzung einander gegenüber und die Kommission äusserte darüber folgende vermittelnde Ansichten: »Die Schwierigkeit beruht in der Abweichung der Gesetze selbst, die nicht allein von Kanton zu Kanton wesentlich verschieden sind. Die stärkste Abweichung möchte indessen doch wohl in den Bestimmungen über das Recht zu testiren vorwalten; hier finden sich unendliche Abweichungen von dem unbedingten Recht bis zum gänzlichen Verbot. Auch angenommen, dass nach allgemeinen Rechtsbegriffen und den Gesetzen anderer Staaten das Gesetz des Domiciliums die Erbfolge bestimme, so scheint unsere Lage das Entgegengesetzte anzurathen; die Gesetzgebungen mögen immerhin verschieden sein, dem Nationalcharakter scheint es

*) Bundesbl. 1863 III. 7—8.

zuträglicher, jeden Schweizer so weit möglich unter seinen ursprünglichen Gesetzen zu belassen. In der Anwendung obiger Ansichten selbst werden sich die h. Gesandtschaften, welche das Gesetz des Domiciliums als Richtschnur festsetzen wollen, keineswegs verhehlen, dass solches gemissbraucht werden kann, und dass es in jeder Rücksicht höchst wesentlich ist zu wachen, dass das schöne Recht der freien Niederlassung nicht dazu missbraucht werde, seine vaterländischen Gesetze zu eludiren. Aber anderseits soll man sich ebenso wenig verhehlen, dass der Grundsatz, die Erbfolge nach dem Gesetze des Ursprungskantons reguliren zu lassen, nicht in allen Zeiten und auf künftige Generationen anwendbar sein kann und dass ein Punkt angenommen werden muss, wo das eine aufhört und das andere beginnt. Vergessen sollen wir ebensowenig, dass manches Verhältniss, mancher bestimmte oder stillschweigende Vertrag auf den Gesetzen der Erbfolge beruht und dass, wenn es so leicht wäre, unter andere Gesetze hinüberzutreten, wohl manches auf die Dauer jener Gesetze berechnete Verhältniss im bürgerlichen Leben zerstört werden würde. Im Ganzen bedünkt es der Kommission, dass eine Uebereinkunft nur dadurch erhältlich sei, wenn man von Extremen zurückkommt und sich einem Mittelweg nähert, der gegenseitig Rechte und Begriffe so weit möglich schont.« Von diesen Gesichtspunkten ausgehend, schlug die Kommission vor, die Befugniss zu testiren und die Erbfolge in das nachgelassene Vermögen eines Niedergelassenen solle sich in der Regel nach den Gesetzen seines Heimathkantons richten; jedoch sollen ausnahmsweise die Gesetze des Niederlassungskantons massgebend sein: 1) nach 15jährigem Aufenthalte in demselben, wenn sich dort der grössere Theil des Vermögens des Erblassers befindet und seine Kinder oder sonstige nächste Erben ebendaselbst wohnen; 2) bei Niedergelassenen, welche nach dem Tode ihres Vaters in dem von letzterm gewählten Niederlassungskanton verbleiben, bis sie denselben verlassen.*)

Bei der zweiten Berathung der Sache an der Tagsatzung von 1820 siegte auch im Erbrechte das Princip der Nationalität beinahe unbedingt. Die Kommission spricht sich darüber in ihrem Berichte folgendermassen aus: »Da bei Auflösung der vorliegenden Frage von einem der beiden Standpunkte: des Personalzustandes eines

*) Tagsatzung Abschied von 1813 a. a. O.

Niedergelassenen, oder demjenigen des Realrechtes*) ausgegangen werden musste, so unterlag es bei der Kommission keinem Zweifel, dass in dem vorliegenden Fall wohl hauptsächlich, in Erwägung der besondern vaterländischen Verhältnisse, das Erstere, nämlich der Personalzustand des Niedergelassenen, berücksichtigt werden müsse. Von dieser, als erstes Beding aufgestellten Basis ausgehend, musste dann die Kommission auch hier sich einmüthig für den Grundsatz des Heimathortes erklären. Die Gründe dafür sind die nämlichen, welche sie in Hinsicht auf die Bevogtungsverhältnisse ausführlich vorzulegen gesucht hat.**) — Der Einwand gefährdeter oder verletzter Souveränetätsrechte findet die nämliche Widerlegung wie bei dem Bevogtungswesen und eine diessfällige Verzichtleistung, wenn je eine statt hätte, sollte unter Eidgenossen um so unbedenklicher zugegeben werden dürfen, als man kein Bedenken trägt, gegen das Ausland auf dem Wege von Traktaten***) sich eine solche Entsagung gefallen zu lassen. Ueberhaupt gilt Alles, was in Beziehung auf die Fortdauer des bürgerlichen Verhältnisses eines bevogteten Niedergelassenen zu seinem Heimathorte gesagt worden, in dem nämlichen vollen Masse in Hinsicht auf Erbrechte; wozu dann noch kommt, dass nach rechtlicher Fiktion der Niedergelassene angesehen wird, als habe er sein Vermögen aus seiner Heimath erhalten; †) dass das

*) Unter diesem Ausdrucke wird hier dasjenige System verstanden, nach welchem eine Erbschaft nicht als Gesammtheit behandelt wird, sondern für die einzelnen beweglichen und unbeweglichen Vermögensstücke die Gesetze des Ortes, wo sie liegen, massgebend sind.

**) S. oben S. 125.

***) Bereits in Art. 13 des Allianzvertrages mit Frankreich von 1803 hiess es: »Les contestations qui pourraient s'élever entre les héritiers d'un Français mort en Suisse, à raison de sa succession, seront portées devant le Juge du domicile que le Français avait en France. Il en sera usé de même à l'égard des contestations qui pourraient s'élever entre les héritiers d'un Suisse mort en France.«

†) Gegenüber diesem, von dem zweiten Gesandten St. Gallen's als Berichterstatter aufgestellten Satze gab der erste Gesandte St. Gallen's (Müller-Friedberg) die Gegenmeinung zu Protokoll: »dass die meistens unwahre Fiktion: das Vermögen stamme von der Heimath her, kein Entscheidungsgrund von Eidgenössischem Korn sei.« Ferner bemerkte er: »Zwei Fälle müssen wenigstens beachtet werden: der, wo sich das meiste Vermögen, liegendes oder fahrendes, im Niederlassungskanton befindet, und der, wo die Erben in demselben domicilirt sind. Für diese selbst würde das kostspielige und verzögernde Einmischen einer fremden, unbekannten, oft fernen und unvertrauten Behörde das grösste Ungemach werden, ohne der Collisionen zwischen den Obrigkeiten zu gedenken.«

Erbrecht in so viele Verhältnisse eingreift, welche doch zuletzt ihre Folgen immer in der Heimath äussern; vorzüglich aber, dass dem sich leicht einschleichenden, schon öfters eingetretenen Missbrauch, durch auswärtige, zuweilen nur momentane Niederlassung die heimathliche Gesetzgebung auszuweichen, dieselbe zu eludiren und zum Nachtheile rechtmässiger Erben Verfügungen zu treffen, die nach den Gesetzen des Heimathkantons niemals statthaft wären, — ein fester Damm entgegengesetzt werden muss.«

Der Entwurf der Kommission*) wurde mit wenigen Redaktionsänderungen von der Tagsatzung angenommen und es lautet nunmehr das Konkordat vom 15. Juli 1822 über »Testirungsfähigkeit und Erbrechtsverhältnisse« folgendermassen:

»*1) Als Niedergelassener wird betrachtet derjenige Schweizer, welcher sich mit legalem Heimathschein seines Kantons in einem andern Kanton mit Bewilligung der Regierung dieses letztern haushäblich ansässig macht.*

»*2) Wenn ein solcher Niedergelassener stirbt, so hat die Behörde des Niederlassungsortes lediglich dessen Verlassenschaft unter Siegel zu nehmen und erforderlichen Falls zu inventarisiren, den Sterb- und Erbfall aber der heimathlichen Behörde des Niedergelassenen anzuzeigen.*

»*3) Die Erbverlassenschaft ab intestato eines Niedergelassenen ist nach den Gesetzen seines Heimathortes zu behandeln. Bei testamentarischen Anordnungen sind, in Hinsicht auf die Fähigkeit zu testiren, sowie in Hinsicht auf den Inhalt (materia) des Testaments, ebenfalls die Gesetze des Heimathkantons als Richtschnur aufgestellt, was auch in Bezug auf Erbtheilungen gelten soll; betreffend aber die zu Errichtung eines Testaments nothwendigen äusserlichen Förmlichkeiten, so unterliegen solche den gesetzlichen Bestimmungen des Orts, wo dasselbe errichtet wird.*

»*Eheverkommnisse und Eheverträge, insoferne der niedergelassene Ehemann nach den Gesetzen seines Heimathkantons dazu berechtigt ist, unterliegen, in Hinsicht auf ihren Inhalt, ebenmässig den gesetzlichen Vorschriften und Bestimmungen des Heimathortes des Ehemannes.*

»*In Folge obiger Grundsätze hat, bei sich ergebenden Erbstreitigkeiten, der Richter des Heimathorts zu entscheiden.*

*) Abschied der ordentl. Tagsatzung von 1820 S. 52 u. Beilage litt. I.

»Es sollen aber weder durch Testamente noch durch Eheverkommnisse oder Eheverträge auf Immobilien in einem Kanton Beschwerden gelegt werden dürfen, die nicht nach den Gesetzen des Kantons, in welchem diese Immobilien liegen, als zulässig anerkannt sind.

»4) In Fällen, wo ein Schweizerbürger das Bürgerrecht in mehrern Kantonen besitzt und in einem derselben ansässig ist, wird er als unter den Gesetzen dieses seines Wohnorts stehend angesehen. In den Fällen aber, wo er in keinem derjenigen Kantone niedergelassen wäre, deren Bürgerrecht er besitzt, wird er als unter den Gesetzen desjenigen Kantons stehend angesehen, aus welchem er oder seine Vorfahren sich an ihren Wohnort begeben haben, und unter dessen Tutelaraufsicht er oder die Seinigen oder seine Vorfahren zuletzt gestanden sind.

»5) Die unter Siegel gelegte Verlassenschaft eines Niedergelassenen, wenn solche nicht in einen Konkurs verfällt, ist von der Regierung, welche dieselbe hat unter Siegel legen lassen, bloss an diejenigen herauszugeben, welche ihr von der Regierung desjenigen Kantons, in dem der Erblasser verbürgert gewesen ist, als die Erben des Niedergelassenen verzeigt werden.

»6) Wenn ein Niedergelassener in mehreren Kantonen das Bürgerrecht besass, so ist es an der Regierung desjenigen dieser Kantone, seine Erben zu verzeigen, aus dessen Gebiet er in seinen Niederlassungsort gezogen ist, oder unter dessen vormundschaftlicher Pflege er zuletzt gestanden hatte.«

Diesem Konkordate sind beigetreten die dreizehn Kantone Zürich, Bern, Luzern, Uri, Schwyz, Unterwalden, Glarus, Solothurn, Schaffhausen, Appenzell, Aargau, Thurgau und Tessin. Der Kanton Zug, welcher sich nur wegen der Ausscheidung von Materie und Form der Testamente zum Beitritte nicht entschliessen konnte, erklärte, dass er unbedingt dem Grundsatze huldige, dass die Niedergelassenen in allen erbrechtlichen Verhältnissen nach den Gesetzen der Heimath zu behandeln seien. Den nämlichen Grundsatz erklärte auch Basel anzuerkennen, jedoch nur für das Intestaterbrecht, nicht aber für testamentarische Verfügungen und Eheverträge, hinsichtlich deren das Forum des Wohnortes unbedingt behauptet werden müsse.*)

So klar und einfach die Bestimmungen des Konkordates sind, so

*) Offiz. Sammlung II. 36—39. Snell I. 233—235. Kaiser, Sammlung IV. 31—33.

sind doch die erbrechtlichen Verhältnisse selbst, und was damit zusammenhängt, so verwickelt, dass wir uns nicht wundern dürfen, wenn der Bundesrath hin und wieder Veranlassung findet, daraus entstehende Conflikte zu entscheiden. Wir werden hier zuerst diejenigen Entscheidungen mittheilen, welche den Inhalt des Konkordates im Allgemeinen betreffen; nachher werden wir noch insbesondere die »Eheverkommnisse« berühren.

Zwischen den Kantonen Luzern und Aargau waltete in wiederholten Fällen Streit darüber, ob die Theilung der Erbschaft eines Niedergelassenen nach den heimathlichen Gesetzen den Behörden des Wohnortes oder denjenigen der Heimath zustehn. Die Regierung von Luzern behauptete das Erstere und begründete ihre Behauptung mit Art. 5 des Konkordates, nach welchem die Erbschaft nicht irgend welchen Behörden, sondern den von der Regierung des Heimathkantons bezeichneten Erben herausgegeben werden müsse, wobei offenbar eine Erbtheilung durch die Niederlassungsbehörden vorausgesetzt sei. Der Bundesrath erklärte sich gegen diese Ansicht und für die Theilung durch die Heimathbehörden, gestützt auf folgende Erwägungen: Das Konkordat über Erbrechtsverhältnisse vom 15. Juli 1822 stellt seinem ganzen Inhalte nach und in vollständiger Analogie mit dem vom gleichen Tage datirten Konkordate über vormundschaftliche Verhältnisse den Grundsatz auf, es stehen den Behörden des Domicils nur die ersten unausweichlich nothwendigen Massregeln zur Sicherung einer Vermögensmasse, jede weitere Disposition dagegen den Behörden der Heimathkantone zu. Die Bestimmung des Art. 3 dieses Konkordates, wonach Erbstreitigkeiten von dem Richter des Heimathortes zu entscheiden sind, spricht auch für die Kompetenz der Heimathbehörden behufs der Erbtheilung. Mit diesem Grundsatze stimmt der Art. 5 überein, indem die Regierung des Heimathkantons allein verfugen darf, an wen die Erbschaft herauszugeben sei, was vollständig in Widerspruch steht mit der Behauptung, dass diese Regierung verpflichtet sei, die Herausgabe der Erbschaft einer Gemeindsbehörde eines andern Kantons zu überlassen. Der Art. 5 sollte offenbar nicht, im Widerspruche mit den Kompetenzen der heimathlichen Behörden, ein Recht der Niederlassungsbehörden zur Disposition über den Nachlass begründen, sondern vielmehr ein ausdrückliches Verbot enthalten, den Nachlass nicht an andere Personen als an die von der heimathlichen Behörde bezeichneten herauszugeben.*)

Sehr verschieden von der Behauptung eines Erbrechtes gegenüber einem Verstorbenen ist die Frage, ob Jemand eine Erbschaft angetreten und somit allfällige Verpflichtungen derselben zu erfüllen habe. So unzweifelhaft im erstern Falle nach den Bestimmungen des Konkordates der heimathliche Gerichtsstand des Erblassers kompetent wäre, so sehr muss man es billigen, dass der Bundesrath die letztere Frage — bei einem Conflikte zwischen den Regierungen von Bern und Aargau — an das forum domicilii des Angesprochenen gewiesen hat. Diesem Entscheide wurden folgende Erwägungen beigefügt, welche eine interessante Erörterung der gesammten Tragweite des erbrechtlichen Konkordates enthalten: »Der Zweck und Sinn des Konkordates vom 15. Juli 1822 konnte kein anderer sein als der, die Gesetzgebung und das Forum zu bezeichnen, welche anzuwenden sind, wenn die Ansprecher einer Erbschaft in verschiedenen Kantonen wohnen. Die Erfahrung zeigte nämlich, dass in solchen Fällen nicht selten die einzelnen Erben den Richter und die Gesetze ihres Wohnortes zur Entscheidung ihrer Erbsansprüche anriefen, dass verschiedene Gerichte einschritten und verschiedene Gesetze über dieselbe Erbschaft anwandten, was eine unauflösliche Verwickelung des Rechtsgeschäftes und bisweilen bedeutende interkantonale Streitigkeiten und Repressalien zur Folge hatte. Der Gedanke des Konkordates ist daher kein anderer als der: Alle streitigen Ansprüche auf eine Erbschaft, welche in verschiedenen Kantonen aus erbrechtlichen Titeln gemacht werden, sind vom Richter des Heimathsorts des Erblassers und nach dessen Gesetzen (vorbehältlich der Form der Testamente) zu beurtheilen. Das Konkordat setzt daher immer Erbschaftsklagen voraus, d. h. solche Klagen, welche darauf gerichtet sind, die Erbsansprüche der Kläger zur Anerkennung zu bringen und denselben den Besitz der Erbschaft ganz oder theilweise zu verschaffen. Man kann sogar weiter gehen und kann bei dieser Auffassung des Konkordates mit Grund behaupten, dass nicht einmal alle Erbschaftsklagen vor dieses Forum gehören, sondern nur in den Fällen, wo der Beklagte entweder sonst unter demselben steht, oder wo er die Erbsansprüche des Klägers ebenfalls aus erbrechtlichem Titel bestreitet. Setzen wir z. B.

*) Bundesbl. 1852 I. 409—411. 1862 II. 258—260.

folgenden Fall: Sämmtliche Erben eines Nachlasses sind unter sich einig; allein dieser befindet sich im Besitz eines in einem andern Kanton wohnenden Dritten, welcher keine Erbsansprüche macht, sondern aus andern Gründen die Herausgabe verweigert. Hier müssen die Erben den Nachlass mit der eigentlichen dinglichen Erbschaftsklage herausfordern, allein offenbar da, wo die Erbschaft liegt, und nicht beim Gerichtsstande des Erblassers. Anders würde es sich verhalten, wenn in diesem Falle der Beklagte, in einem konkordirenden Kantone wohnhaft, die Ansprüche der Kläger auf den Grund eigener Erbsansprüche bestreiten würde; dann läge allerdings eine Erbsstreitigkeit im Sinne des Konkordates vor. Diese Auffassung desselben beruht auf seinem Zweck und seiner Bedeutung, sowie darauf, dass Konkordate als Beschränkungen der Kantonalsouveränetät im Zweifel in beschränkendem Sinne zu interpretiren sind. Da nun im vorliegenden Falle der Beklagte keinerlei Erbsansprüche erhob, vielmehr diejenigen der Kläger im ganzen Umfang anerkannte, so konnte von einer Erbstreitigkeit im Sinne des Konkordates keine Rede sein, oder es lag eine solche überhaupt nicht vor.«*)

Von grosser Wichtigkeit für die Auslegung und Anwendung des gesammten Konkordates ist endlich noch die Frage: Gilt das forum originis des Erblassers bloss für diejenigen Rechtsstreitigkeiten, welche nach dem Eintritte eines Erbfalles entstehen, oder auch schon für alle, den Schutz des Erbrechtes bezweckenden Klagen und Rechtsmittel, um welche es sich vor dem Eintritte eines Erbfalles zwischen dem Erblasser und den Erben oder zwischen letztern unter sich handeln kann? Leider haben die beiden gesetzgebenden Räthe in dem Rekurse Guggenheim, welcher zu langen Debatten Veranlassung gab, diese Frage nicht in übereinstimmender Weise beantwortet, so dass dieselbe noch nicht als entschieden betrachtet werden kann. Gegenüber dem Beschlusse des Bundesrathes, welcher im Specialfalle, wo es sich um geforderte Edition von Urkunden im Interesse der Sicherung einer Erbschaft handelte, nicht den Gerichtsstand des Wohnortes der Angesprochenen nach Art. 50 der Bundesverfassung, sondern denjenigen der Heimath des Erblassers nach dem Konkordate für kompetent erklärt hatte, äusserte sich die ständeräthliche Kommission folgendermassen: »Das Kon-

*) Bundesbl. 1854 II. 57—59.

kordat vom 15. Juli 1822 bestimmt allerdings, dass für die Erbsverlassenschaft ab intestato, sowie hinsichtlich der Testirungsfähigkeit und des Inhaltes des Testamentes und für die Erbtheilungen das Gesetz und der Gerichtsstand des Heimathkantons gelten sollen. Allein aus diesem Satze folgt keineswegs, dass das letztere für alle Klagen und Rechtsmittel der Fall sein müsse, welche überhaupt möglicher Weise vor dem Eintritt eines solchen Erbfalls für und gegen einen Erbbetheiligten irgendwie in Frage kommen können. Zum Mindesten ist Solches in dem Konkordat nicht gesagt. Konkordate von Kantonen unter sich müssen, weil sie eine vertragsmässige Beschränkung der Einzeln-Souveränetät involviren, jeweilen strikte oder dürfen wenigstens nicht extensiv interpretirt werden, und am allerwenigsten könnte diess in concreto zum Nachtheil der individuellen Rechte geschehen, zumal das Konkordat vom 15. Juli 1822 mehr das öffentliche Recht der Kantone unter sich in Betreff einer Verlassenschaft, den interkantonalen Gerichtsstand ordnen als dem bundesmässigen Gerichtsstand der Person bei deren Lebzeiten derogiren soll. In Art. 2 und 3 des Konkordates ist ausdrücklich von dem Verfahren die Rede, welches die Behörden des Niederlassungs- und Heimathkantons zu beobachten haben, wenn ein Niedergelassener stirbt und es sich um die Theilung seiner Erbverlassenschaft handelt. Die Behörde des Niederlassungsortes soll lediglich die Verlassenschaft unter Siegel nehmen und erforderlichen Falls inventarisiren, den Sterb- und Erbfall aber der heimathlichen Behörde des Niedergelassenen anzeigen. Die weitern Verfügungen und Verhandlungen gehen im Heimathskanton vor sich, wo die Verlassenschaft sich im Rechtssinne, d. h. konkordatgemäss befindet. In Folge dieses Grundsatzes bestimmt das zweitletzte Lemma von Art. 3, dass bei sich ergebenden Erbstreitigkeiten der Richter des Heimathortes (des betreffenden Gerichtssprengels) zu entscheiden habe. Von dem eben bezeichneten Grundsatze und daher auch von der Konsequenz desselben machen aber die Artt. 4—6 sofort die bezeichnende Ausnahme, dass das Gesetz und der Gerichtsstand des Wohnortes Platz greifen sollen, wenn ein Schweizerbürger das Bürgerrecht in mehrern Kantonen hat und in einem oder keinem derselben ansässig ist. Abgesehen nun davon, dass ungewiss ist, ob der Rekurrent (der Erblasser Guggenheim) am Todestage das aargauische Bürgerrecht (und in welchem Gerichtsbezirke) noch besitzen, ob er inzwischen ein anderes, ob er ein zweites Bürgerrecht sich erworben haben werde, so dass also gegenwärtig der im Konkordat vorgesehene Gerichtsstand der Verlassenschaft gar nicht bezeichnet werden kann; so geht aus der Exegese des Konkordates jedenfalls und mit voller Evidenz so viel hervor, dass durch dasselbe die Jurisdiktion des Niederlassungskantons über seine Angehörigen und der Gerichtsstand des Wohnortes nur dannzumal dem Gesetze der Heimath weichen soll, wenn die Verlassenschaft eines Verstorbenen in Theilung fällt, wobei dann allerdings der Gerichtsstand der Verlassenschaft auch die Beurtheilung accessorischer Fragen (über Pflichttheilsverletzung durch Verträge bei Lebzeiten u. dgl.) nach sich zieht. Keineswegs aber wird durch die Ausnahmsbestimmungen des Konkordates über die Behandlung solcher Erbverlassenschaften die ganze Rechtsstellung des Erblassers bei Lebzeiten beherrscht und ausser das Princip des Art. 50 der Bundesverfassung verwiesen. Die Frage, ob zum Zwecke der Geltendmachung allfälliger Klagen oder Einreden gegen Geschäfte unter Lebenden gewisse provisorische und Sicherheitsmassregeln (Inventarisation, Abschätzung u. s. w.) zu ergreifen seien, ist überdem ganz unabhängig von den Theilungsgrundsätzen, die bei der Theilung der Verlassenschaft selbst zur Anwendung gebracht werden mögen. Es genügt die Bescheinigung eines rechtlichen Interesse's überhaupt, um je nach der Prozessgesetzgebung am Wohnorte des Beklagten die hier zulässigen Schutzmittel anzurufen.« — Die nationalräthliche Kommission hingegen trat für den bundesräthlichen Beschluss mit folgenden Gründen in die Schranken: »Das gestellte Editionsgesuch bildet keinen selbstständigen, für sich abgeschlossenen Prozess, wie die Rekurrenten behaupten wollen, sondern beschlägt lediglich einen präparatorischen Akt, einen prozessualischen Rechtsbehelf zur Constatirung der Unterlage einer erst noch anzuhebenden Hauptklage. Das angestrebte Editionsverfahren ist allerdings eine Sicherungsmassregel, aber lediglich nur zum Zwecke der Erhaltung des Beweises in einem Prozesse, welcher erst einzuleiten ist, daher auch nur ein Nebenpunkt mit Bezug auf diesen letztern. Und dieser letztere als die Hauptsache kann im Sinne des aargauischen bürgerlichen Gesetzbuches nur eine auf Ergänzung des Pflichttheils der klagenden Erben gerichtete Erbschaftsklage sein. Das Editionsgesuch ist somit als Nebenpunkt dem nämlichen Richter vorzulegen, welcher in der dadurch vorzubereitenden Hauptsache die Kompetenz besitzt. Für die Beurtheilung der Frage aber, wer dieser zuständige Richter in der Hauptsache sei, können nur die gegenwärtigen gesetzlichen Vorschriften und faktischen Verhältnisse massgebend sein; die Kompetenz ist daher zu bemessen, als wenn gegenwärtig der Erbfall eingetreten wäre.« *)

Was insbesondere die »Eheverkommnisse« betrifft, von denen der Art. 3 des Konkordates redet, so kam diese Bestimmung zur Anwendung in dem interessanten Lieberherr'schen Falle, von welchem wir schon im ersten Bande (S. 199) gesprochen haben. Der Bundesrath entschied hier unterm 3. November 1849 für die Zuständigkeit der appenzellischen Gerichte aus folgenden Gründen: Die Kompetenz wird bestimmt durch den rechtlichen Charakter der Klage und die Gesetze, die deren Anbringen reguliren. Von Anfang an bestand die Klage der Erben Lieberherr's oder der appenzellischen Behörden in der Anfechtung des Eheverkommnisses der Eheleute Lieberherr vom 24. Februar 1838 und des Testamentes der Frau Lieberherr vom gleichen Tage. Diese Personen waren unbestrittenermassen Bürger von Appenzell A. Rh. und Niedergelassene in Bern und der Streit bezieht sich wesentlich auf den Inhalt jener beiden Rechtsgeschäfte, indem die appenzellischen Behörden behaupten, dass nach dortseitigen Gesetzen dieser Inhalt ungültig sei und dass nach dem Konkordate eben diese Gesetze entscheiden. Nun liegt es nach dem Konkordate ausser allem Zweifel, dass über Streitigkeiten, die den Inhalt letztwilliger Verfügungen Niedergelassener betreffen, die Gerichte des Heimathortes kompetent sind. Es kann sich daher nur noch fragen, ob später thatsächliche oder rechtliche Momente hinzukamen, die geeignet sind, diese Konkordatsbestimmung, an der die Stände Bern und Appenzell A. Rh. Theil nahmen, im Specialfall ausser Kraft zu setzen. Die Regierung von Bern macht nun zuvörderst geltend, dass das streitige Eheverkommniss von Lieberherr selbst und seinen Erben durch concludente Handlungen anerkannt und in Vollziehung gesetzt worden seien. Allein angenommen auch, diese Behauptungen seien ganz richtig wie sie es in Bezug auf die Erben nicht sind, so beziehen sie sich doch auf das Materielle des Prozesses, auf die Frage, ob die Klage begründet sei oder nicht. Es kann nur Sache des Richters sein zu

*) Bundesbl. 1860 I. 249—256, 582—587. Ullmer S. 497.

prüfen, welchen Einfluss die erwähnten Thatsachen auf das Rechtsverhältniss haben und ob sie geeignet seien, die geltend gemachte Klage von vorneherein zu zerstören. Hier handelt es sich aber nicht um den Entscheid des Prozesses, sondern nur um das urtheilende Forum und in dieser Hinsicht sind die erwähnten Verhältnisse ohne alle Bedeutung. Ferner bemerkt die Regierung von Bern, dem Lieberherr und den appenzellischen Behörden sei durch mehrfache Vorladungen Gelegenheit verschafft worden, das von Friedrich Wenger, dem Erben der Frau Lieberherr, in Anspruch genommene bernische Forum abzulehnen. Diese Einwendung ist darum nicht stichhaltig, weil sie ganz mit dem gleichen Recht auch von der Gegenparthei angeführt werden kann. Allerdings hätte L. vor den bernischen Gerichten erscheinen und da die Einrede der Inkompetenz aufstellen und durchführen können; allein dasselbe hätte W. vor den appenzellischen Gerichten, wohin er ebenfalls vorgeladen war, thun können. Die Frage ist aber, welcher von ihnen die Verpflichtung gehabt habe, sich vor den Gerichten des andern Kantons zu stellen, und diese Frage entscheidet sich in Fällen wie der vorliegende durch das Konkordat. Wenn ein solches Konkordat seinen Zweck erreichen und eine Bedeutung haben soll, so kann man unmöglich die Zumuthung anerkennen, dass Jemand schuldig sei vor einem nicht kompetenten Richter zu erscheinen und da wenigstens die Vorfrage über die Kompetenz entscheiden zu lassen. Endlich behauptet die Regierung von Bern, den Partheien müsse es freistehen, einen andern als den konkordatsmässigen Gerichtsstand zu wählen; L. aber habe den bernischen Gerichtsstand anerkannt, indem er vor dem Friedensrichteramte Bern am 29. August 1843 mit W. einen Vergleich abschloss, durch welchen er seine Verpflichtung zur Sicherheitsleistung für das gemeinsame Vermögen des Ehegatten anerkannte. Hierauf ist zu erwiedern: a. Die klagende Parthei, die Erben L.'s oder für sie die appenzellischen Behörden, waren jener Verhandlung ganz fremd, ja sie kannten damals das streitige Eheverkommniss noch nicht. Auf die Handlungen L.'s aber kann es in dieser Angelegenheit durchaus nicht ankommen, weil er keinerlei auf den Nachlass bezügliche Rechte der Erben durch seine weitern Handlungen schmälern konnte. Die Erben L.'s haben also nie einen andern Gerichtsstand anerkannt und sie konnten ja bei Lebzeiten des Erblassers ihr Erbrecht überhaupt nicht geltend machen. b. Die

Verhandlung vor Friedensrichteramt betraf nicht das Eheverkommniss, sondern nur die Frage der Sicherheitsleistung. Es ist vielmehr die Frage über die Gültigkeit des Ehevertrags und des Testamentes noch gar nie vor irgend eine Gerichtsbehörde gekommen, indem L. selbst diese Rechtsgeschäfte stets anerkannte, seine Erben aber noch nicht dazu gelangen konnten, den Kompetenzstreit zu erledigen.*)

Gegen diesen Entscheid des Bundesrathes erhob Friedrich Wenger Beschwerde bei der Bundesversammlung, welche jedoch denselben bestätigte.**) Durch Urtheil des Kleinen Rathes in Trogen vom 9. Januar 1851 wurden dann der Ehevertrag und das Testament als ungültig erklärt und die Partheien einigten sich über die Summe, welche Wenger an die Erbsmasse, resp. an das Waisenamt Urnäschen herauszugeben hatte. Zwei Drittheile dieser Summe wurden auch wirklich ausbezahlt, ein Drittheil aber mit Beschlag belegt auf Ansuchen der zweiten Ehefrau des verstorbenen Lieberherr, welche als Wittwe nach appenzellischem Erbrechte darauf Anspruch zu haben behauptete. Die Regierung von Appenzell A. Rh. verlangte, dass auch dieser Drittheil ihr verabfolgt werde, weil zuerst eine Ausrechnung stattfinden müsse, indem die Wittwe bloss auf einen Drittheil des reinen Nachlasses Anspruch habe. Der Bundesrath wies dieses Begehren ab, weil weder der Art. 50 der Bundesverfassung noch das erbrechtliche Konkordat zu einem Einschreiten der Bundesbehörden Veranlassung geben könne; letzteres darum nicht, weil das Konkordat nicht vorschreibe, dass eine, zwischen Bewohnern verschiedener Kantone streitige Verlassenschaft der einen oder andern Parthei oder auch dem kompetenten Gerichte zum voraus müsse eingehändigt werden, soferne wenigstens der Erbstreit auch ohne den Besitz des streitigen Betrages untersucht und beurtheilt werden könne. Dabei wurde indessen die Kompetenz der appenzellischen Gerichte für die Entscheidung eines allfälligen Erbstreites zwischen der Wittwe und ihren Miterben vorbehalten.***)

Ueber die Tragweite der, auf »Eheverkommnisse« bezüglichen Konkordatsbestimmung entspann sich im Jahr 1855 ein interessanter Conflikt zwischen den Regierungen von Zürich und Aargau. Es

*) Ullmer S. 480—488.

**) Beschluss vom 17. Juli 1850, Bundesbl. 1850 II. 373.

***) Ullmer S. 324—325.

handelte sich um die Frage, ob die Ehefrau eines im Kanton Aargau niedergelassenen Bürgers des Kantons Zürich im Konkurse des Ehemannes ihr zugebrachtes und noch in natura vorhandenes Vermögen nach den heimathlichen Gesetzen vindiciren könne oder ob dasselbe nach den Gesetzen des Niederlassungskantons in die Konkursmasse fallen müsse. Die Regierung von Zürich behauptete nun u. A.: »Das Konkordat vom 15. Juli 1822 begründe die Anwendung der heimathlichen Gesetze auch für die Eheverkommnisse, mithin für das gesammte Güterrecht der Ehegatten.« Diese Folgerung wurde vom Bundesrathe aus folgenden Gründen für unzulässig erklärt: 1) Der ganze Wortinhalt des Konkordates vom 15. Juli 1822 bezieht sich ausdrücklich nur auf erbrechtliche Verhältnisse. Nach Ausführung der Hauptgrundsätze und unmittelbar nach Erwährung der Eheverträge heisst es: »In Folge obigen Grundsatzes (der mithin auch die Eheverträge umfasst) hat bei sich ergebenden Erbstreitigkeiten der Richter des Heimathkantons zu entscheiden.« Es können daher unter den hier erwähnten Eheverkommnissen nur die Erbverträge der Ehegatten oder Brautleute gemeint sein, eine beschränkende Auslegung, die um so eher anzunehmen ist als man weiss, dass die Regulirung der Successionsverhältnisse in der Regel den wesentlichen und sehr oft den ganzen Inhalt der sogenannten Eheverkommnisse bildet. 2) Auch abgesehen von dem klaren Wortinhalte, wäre der Schluss zu gewagt, dass man den Ausdruck »Eheverkommnisse« auf das gesammte Güterrecht der Ehegatten beziehen und die Grundsätze des Konkordates darauf anwenden könne. Der vorherrschende Gedanke, ein Konkordat über die Anwendung des Erbrechts des Heimathkantons eines Niedergelassenen abzuschliessen, lässt jene Annahme nicht aufkommen; denn es ist einleuchtend, dass hier ganz andere Rücksichten massgebend sein mussten als beim Konkursrechte oder als bei verschiedenen andern Fragen des ehelichen Güterrechtes. 3) Es lässt sich eben so wenig annehmen, dass ein so wichtiges und umfassendes Konkordat, wie das über die Fallimente vom 15. Juni 1804,*) in einer seiner wesentlichsten Beziehungen ganz stillschweigend von den konkordirenden Ständen sei aufgehoben oder modificirt worden; und doch wäre dieses der Fall, wenn das spätere Konkordat vom 15. Juli 1822 auf die sämmtlichen Güter-

*) Siehe unten Kapitel V.

rechte der Ehegatten bezogen werden müsste, indem sonst ein durchgreifender Widerspruch hervorträte.*)

Endlich hatte sich der Bundesrath im Jahr 1857 mit einem Ehevertrage zu beschäftigen, welcher von Angehörigen des Kantons Thurgau vor ihrer Verehelichung in Basel abgeschlossen worden war und die Sicherstellung des grössten Theiles des Frauengutes bezweckte. Dieser Vertrag wurde später von den Ehegatten nach thurgauischen Gesetzen wieder aufgehoben; als aber, hierauf gestützt, der Ehemann in Basel die Herausgabe des Vermögens seiner Frau verlangte, wurde er von den Gerichten abgewiesen, weil der Ehevertrag nach den Gesetzen des Erfüllungsortes (Basel) beurtheilt werden müsse und nach diesen ein ursprünglich gültiger Ehevertrag während der Dauer der Ehe nicht verändert werden dürfe. Der Ehemann verlangte nun beim Bundesrathe die Aufhebung dieses Urtheils, gestützt darauf, dass der Kanton Basel beim Abschlusse des Konkordates vom 15. Juli 1822 erklärt habe, für testamentliche Verfügungen und Eheverträge müssen die Gesetze und das Forum des Wohnortes unbedingt behauptet werden. Es können somit, behauptete der Rekurrent, für den vorliegenden Fall nur die Gesetze des Kantons Thurgau, wo die Eheleute gegenwärtig wohnen, massgebend sein; das Urtheil, welches vom Rechte des Erfüllungsortes ausgehe, stehe mit dem Votum des Kantons Basel vom Jahr 1822 im Widerspruch. Der Bundesrath wies die Beschwerde ab, weil dieses Votum schon in formeller Hinsicht nicht die Bedeutung eines Konkordates haben könne, welchem ein Stand förmlich beigetreten ist, und überdiess keineswegs daraus hervorgehe, dass Basel sich habe verpflichten wollen, mit Rücksicht auf einen daselbst, als dem Wohnorte des einen Contrahenten, abgeschlossenen Ehevertrag die Gesetzgebung und den Gerichtsstand jedes künftigen Domicils der Ehegatten anzuerkennen.**)

Das Verhältniss der dem Konkordate beigetretenen zu den ausserhalb demselben stehenden Kantonen ist im Erbrechte wo möglich noch unerquicklicher als im Vormundschaftswesen. Der Bundesrath hat es in wiederholten Fällen zugelassen, dass eine Erbschaft nach verschiedenen Gesetzen behandelt wurde, je nachdem sich die einzelnen Stücke derselben in einem konkordirenden oder in einem

*) Bundesbl. 1856 I. 516—520.
**) Bundesbl. 1858 I. 281—286.

nicht konkordirenden Kanton befanden, indem er von der Ansicht ausging, dass »der Grundsatz der Einheit und einheitlichen Behandlung der Erbschaften dem positiven Recht und der Gesetzgebung angehöre und daher keine weitere Gültigkeit beanspruchen könne als die Gesetzgebung reiche, so wünschenswerth auch die allseitige Anerkennung jenes Grundsatzes in einem Bundesstaate sein möge.«*) Die Bundesversammlung hat nun zwar in dem Rekursfalle Cottier, wo es sich um die anbegehrte Rescission eines Testamentes handelte, wenn auch nur auf die Natur der Sache sich stützend, den Grundsatz der Universalität der Erbschaftsmasse anerkannt und sich für den Gerichtsstand des Wohnortes des Erblassers entschieden. Dagegen ist in dem, principiell äusserst wichtigen Rekursfalle Schoch das bedauerliche Ergebniss eingetreten, dass die beiden gesetzgebenden Räthe sich nicht über den zu fassenden Beschluss einigen konnten. Der Nationalrath nahm auch hier, übereinstimmend mit dem Bundesrathe, ein »natürliches Specialforum für dingliche Erbschaftsklagen« in demjenigen Kanton an, wo die Erbschaft verfallen war und die, zwar keineswegs in Liegenschaften bestehenden Objekte des Nachlasses sich vorfanden«; der Ständerath hingegen fand keinen hinlänglichen Grund, um das Urtheil des zürcherischen Obergerichtes zu kassiren, welches nach den Gesetzen des Kantons Zürich zwischen dortigen Angehörigen in kompetenter Stellung erlassen worden war und weder einer Bundesvorschrift noch einem Konkordate zuwiderlief.**) Es erscheint also jedenfalls ein Bundesgesetz, welches auf eine für alle Kantone verpflichtende Weise die Gesetzgebung und den Gerichtsstand in Erbschaftssachen normiren würde, als mindestens eben so wünschenswerth wie bundesgesetzliche Bestimmungen über die Kompetenzen im Steuer- und Vormundschaftswesen; nur hält es gerade im Erbrechte am schwersten, sich über das aufzustellende Princip zu verständigen, indem die Mehrheit der Kantone sich nicht dazu bequemen will, nach dem Vorschlage des Bundesrathes auch hier den Territorialitätsgrundsatz anzunehmen, während eine ansehnliche Minderheit einen eben so zähen und hartnäckigen Wider-

*) Ullmer S. 280—283.

**) Vgl. die Vorrede zum ersten Bande S. X. Da der Bericht der ständeräthlichen Kommission nicht gedruckt ist, so ist für den Standpunkt, von welchem dieselbe ausging, die gedruckte Rekursschrift des Hrn. Fürsprech Ottiker in Wetzikon für Barbara Rüegg geb. Schoch zu vergleichen.

stand dem Nationalitätsgrundsatze entgegensetzt. Die nationalräthliche Kommission, deren Bericht wir schon einmal citirt haben, äusserte sich darüber folgendermassen: »Wenn man auch ziemlich einverstanden darüber ist, dass der Grundsatz der Einheit der Erbschaft statuirt werden soll, in dem Sinne, dass, gleichviel wo die einzelnen Stücke derselben liegen mögen, die Vertheilung unter die Erben nur nach Einem Gesetze geschehen darf; so entsteht dagegen eben die Frage, welches dieses Eine, massgebende Gesetz sein soll: das des Niederlassungs- oder das des Heimathortes? Innere Gründe lassen sich für das Eine wie für das Andere anführen. Das Gewicht, das man denselben beilegt, wird sich wohl so ziemlich nach den Anschauungen richten, in denen der Einzelne aufgewachsen und eingelebt ist. Jedenfalls ist es nicht zu verkennen, dass die erbrechtlichen Beziehungen vorzugsweise zu denen gehören, von welchen man sagen kann, dass sie in gewissem Sinne der Person inhäriren, die daher auch — ähnlich wie die verwandten güterrechtlichen Verhältnisse unter Ehegatten — eine möglichste Stätigkeit verlangen und nicht durch jeden Domicilwechsel verändert werden sollten. Man kann in dieser Beziehung wohl sagen, dass im Interesse der freien Niederlassung, d. h. der Erleichterung der Bewegung von Kanton zu Kanton die Anerkennung der heimathlichen Gesetzgebung im Erbrechte den Vorzug verdient, insofern Jeder sich zu einem Domicilwechsel, der ihm aus andern Gründen vortheilhaft erscheint, leichter entschliessen wird, wenn dadurch seine wichtigsten privatrechtlichen Verhältnisse unverändert bleiben, als wenn er zuerst prüfen und abwägen muss, welche Veränderungen in der Art seiner Beerbung, in der Freiheit der Verfügung auf den Todesfall u. s. f. mit dem Wegzuge in einen andern Kanton verbunden sind. Was indessen die Mehrheit der Kommission insbesondere veranlasst hat, das Princip des Heimathrechts in dieser Materie festzuhalten, ist der Umstand, dass dieses Princip von Alters her und bis auf den heutigen Tag in der weitaus grössern Hälfte der Schweiz geltendes Recht gewesen und geblieben ist. Durch Konkordat vom 15. Juli 1822 haben sich dreizehn Kantone mit einer Bevölkerung von mehr als 1½ Millionen Seelen im Sinne dieses Princips vereinbart; von den dissentirenden Kantonen steht Zug materiell ganz auf der Basis des Konkordats und hat nur aus formellen Gründen den Beitritt abgelehnt; Basel anerkennt das Heimathrecht wenigstens für das

Intestaterbrecht. Nicht ohne Bedeutung ist auch wohl der Umstand, dass im Jahr 1828 mit Frankreich Namens der gesammten Eidgenossenschaft ein Staatsvertrag abgeschlossen worden ist, demzufolge in erbrechtlichen Beziehungen der Angehörige eines jeden dieser beiden Staaten nach den Normen seines heimathlichen Rechts behandelt werden soll. Mag also der Streit darüber, welches von den beiden in Frage liegenden Principien aus innern Gründen den Vorzug verdiene, von jedem Einzelnen so oder anders entschieden werden: die Thatsache behält jedenfalls ihre Bedeutung, dass in internationalen Verträgen die ganze Schweiz, in interkantonalen Verhandlungen die Mehrzahl der Kantone, welche zudem eine grosse Mehrzahl der Bevölkerung repräsentirt, auf dem Boden des Heimathrechtes steht und es ist also — wenn einmal das Verhältniss bundesgesetzlich nach Einer Regel geordnet werden soll — billiger, es unterwerfe sich die Minderheit der Mehrheit als umgekehrt. Es darf dieses Argument um so eher geltend gemacht werden als beim Erbrecht nicht wie beim Vormundschaftswesen, in Folge veränderter thatsächlicher Verhältnisse, die Unhaltbarkeit des bisher von der Mehrheit der Kantone festgehaltenen Systems behauptet werden kann. Im Gegentheil haben hier die verbesserten Verkehrsmittel und die dadurch bewirkte Verringerung aller Entfernungen die Schwierigkeiten namhaft geebnet, welche früher für den in einem andern Kanton Niedergelassenen bei Führung eines Erbschaftsprozesses in seinem Heimathkanton bestehen mochten.« — Gestützt auf diesen Bericht seiner Kommission entschied sich der Nationalrath, bei der Berathung des Gesetzentwurfes über die Niederlassungsverhältnisse, für das heimathrechtliche Princip in Erbschaftssachen. Der Ständerath, welcher in der ersten Berathung das Kapitel »Erbrecht« (gleichsam als ein »noli me tangere!«) aus dem Entwurfe gestrichen hatte, stimmte nachher dem Nationalrathe bei; in der Schlussabstimmung aber wurde von einer, aus sehr verschiedenen Elementen zusammengesetzten Mehrheit das ganze Gesetz verworfen.

§ 3. Ehescheidungen.

Der Konkordatsentwurf von 1813 hatte sich, nachdem frühere Verhandlungen der Tagsatzung über die ehegerichtlichen Verhältnisse im Allgemeinen fruchtlos geblieben waren,*) auf die Verhält-

*) Repertorium der Abschiede von 1803—1813 S. 179.

nisse der Niedergelassenen im Vormundschaftswesen und im Erbrechte beschränkt. Dagegen war es der Kanton Glarus, welcher an der Tagsatzung von 1819 die Anregung machte, es möchte »ein Konkordat über Ehescheidungen der Ansässen errichtet werden, sowohl in Ansehung der Folgen, welche daraus für Kinder und Vermögen entstehen, als besonders rücksichtlich der Frage, wo die Scheidungsklagen angebracht und von welchem Richter dieselben entschieden werden sollen, ob von jenem der Heimath oder der Niederlassung.« Ohne eine vorgängige Kommissionalprüfung wurde dann von der Tagsatzung, welche sich auch hier auf den Standpunkt des Heimathrechtes stellte, das Konkordat über »Behandlung der Ehescheidungsfälle« berathen,*) welches unterm 6. Juli 1821 zu Stande gekommen ist und folgendermassen lautet:

»In Fällen von gänzlicher Ehescheidung oder zeitlicher Trennung (sogen. temporärer Scheidung) zwischen schweizerischen Niedergelassenen, und auch über die daraus hervorgehenden Fragen wegen Sönderung der Güter oder andern ökonomischen Verhältnissen oder Pflichten hat die kompetente richterliche Behörde des Heimathkantons des betreffenden Ehemannes zu entscheiden. Jedoch bleibt diesem kompetenten Richter, gutfindenden Falls und unter besondern Umständen, die Delegation oder Ueberweisung an den Richter des Wohnorts unbenommen.«

Diesem Konkordate sind beigetreten die 13½ Kantone Zürich, Bern, Luzern, Glarus, Zug, Freiburg, Solothurn, Basel, Schaffhausen, Appenzell-Ausserrhoden, Graubünden, Aargau, Thurgau und Waadt (letzteres erst am 12. August 1844); jedoch fanden die katholischen Kantone Luzern, Zug, Freiburg und Solothurn für angemessen, die Kompetenz der geistlichen Gerichte für die Auflösung oder zeitliche Trennung der Ehe vorzubehalten. Uri, Schwyz, Unterwalden, Appenzell-Innerrhoden, Tessin und Wallis lehnten die Theilnahme am Konkordate bloss aus dem Grunde ab, weil die Ehe ein Sakrament der katholischen Kirche sei und daher ihre Auflösung nicht Gegenstand eines blossen bürgerlichen Vertrages sein könne. St. Gallen hingegen sprach sich auch rücksichtlich der Ehescheidungen entschieden für das Territorialprincip aus.**)

*) Abschied von 1820 S. 53.

**) Offiz. Samml. II. 39—40. III. 248. Snell I. 235—236. Kaiser

Bei dem klaren und einfachen Inhalte des Konkordates ist es begreiflich, dass der Bundesrath nur selten in den Fall kömmt, über dessen Anwendung Entscheidungen zu treffen. Wir haben daher hier einen einzigen Rekursentscheid, und zwar aus dem Jahre 1861, anzuführen, bei welchem die Kantone Freiburg und Waadt betheiligt waren. Ein Waadtländer, welcher zur katholischen Confession übergetreten war, hatte sich in Freiburg, seinem Wohnorte, mit einer dortigen Angehörigen verehelicht. Später erhob die Ehefrau bei dem bischöflichen Gerichte eine Scheidungsklage; der Mann liess sich darauf ein, ohne die Kompetenz zu bestreiten. Nachdem das bischöfliche Gericht eine Scheidung auf unbestimmte Zeit bewilligt hatte, begab sich der Ehemann in seine Heimath zurück. Die Ehefrau forderte nun von ihm ihr Vermögen heraus; die waadtländischen Gerichte aber wiesen diese Klage ab, weil sie, obschon sie zunächst nur ökonomische Interessen beschlage, doch wesentlich auf den Personalstatus sich gründe, das Scheidungsurtheil aber von einem inkompetenten Richter erlassen sei, weil die Eheleute Bürger des Kantons Waadt, ihre Ehe daher durch die dortigen Gesetze beherrscht werde und selbst die Einwilligung der Partheien, in Ermangelung einer richterlichen Delegation, den Gerichtsstand nicht habe ändern können. Gegen dieses Urtheil rekurrirte die Ehefrau an den Bundesrath; letzterer aber wies die Beschwerde ab, gestützt auf folgende Erwägungen: 1) Es frägt sich zuerst, ob der Entscheid des bischöflichen Gerichtes von Freiburg im Kanton Waadt Recht mache, indem die Frage, ob und wie die Ausscheidung der Güter zwischen den geschiedenen Ehegatten stattzufinden habe, von der primären Frage, ob eine gültige Ehescheidung überhaupt vorhanden sei, abhängig ist. 2) Der Entscheid über die Rechtsgültigkeit des bischöflichen Urtheils, soweit dasselbe in seinen Folgen sich auf den Kanton Waadt beziehen soll, muss nach der Gesetzgebung dieses letztern Kantons sich richten, indem die Berufung auf Art. 49 der Bundesverfassung nicht statthaft ist, weil es sich im vorliegenden Falle um eine Statusfrage handelt und derartige Urtheile, bei denen

Samml. IV. 26 – 27. Unbegreiflich ist uns, wie nach obiger Sachlage der Bundesrath in einem letztjährigen Rekursentscheide hat sagen können, es sei »der Kanton Freiburg dem eidgenössischen Konkordate vom 6. Juli 1821 nicht beigetreten, sondern habe sich dazumal sein Hoheitsrecht gegen alle auf seinem Gebiete niedergelassenen Schweizerbürger vorbehalten.« Bundesbl. 1864 I. 371.

öffentliche Interessen mitbetheiligt sind, nicht unter die Kategorie der im Art. 49 bezeichneten Civilurtheile fallen.*) 3) Der Kanton Waadt hat sich in seinem Code civil, Art. 2 § 3, die Regulirung der Statusfragen der Waadtländer, auch wenn sie ausserhalb des Kantons wohnen, vorbehalten und ist unterm 12. August 1844 auch dem eidgenössischen Konkordate vom 6. Juli 1821 beigetreten, nach welchem in Fällen gänzlicher Ehescheidung oder zeitlicher Trennung zwischen schweizerischen Niedergelassenen und auch über die daraus hervorgehenden Fragen wegen Sönderung der Güter oder anderer ökonomischer Verhältnisse die kompetente richterliche Behörde des Heimathortes des betreffenden Ehemannes zu entscheiden hat. Nachdem die Gerichte des Kantons Waadt diesen Gesetzesbestimmungen entsprechend geurtheilt haben, ist kein Grund zur Bundesintervention vorhanden.**)

Bei dem Entwurfe eines Bundesgesetzes über die Niederlassungsverhältnisse brachte der Bundesrath den Vorschlag, dass für Ehescheidungsklagen, soferne nicht eine Delegation stattfinde, gleich wie für sämmtliche, auf die Eingehung einer Ehe bezügliche Fragen der Richter des Heimathortes des Mannes kompetent sein solle. In Bezug auf die Ehescheidungen traten die beiden gesetzgebenden Räthe diesem Vorschlage bei. Da man allgemein darüber einverstanden war, dass über alle Fragen, welche sich auf die Eingehung einer Ehe beziehen, der Richter des Heimathortes (sei es des Mannes, sei es desjenigen Theiles, in dessen Person der Grund zur Einsprache liegt) zu entscheiden habe, so fand man, dass die Konsequenz es nicht gestatte, über die Scheidung der Ehe den Richter des Niederlassungsortes erkennen zu lassen.

*) Wir möchten die Richtigkeit dieser letztern Bemerkung bezweifeln. Dagegen hätte man sagen können: die Berufung auf Art. 49 ist unstatthaft, weil kein »rechtskräftiges« Urtheil vorliegt, indem der freiburgische Richter nach dem Konkordate inkompetent war.

**) Bundesbl. 1862 II. 212—213.

Drittes Kapitel.

Bürgerlicher Stand der schweizerischen Angehörigen.

§ 1. Heimathrecht der Ehefrau.

Der Grundsatz, dass eine Frauensperson, welche sich in einen andern Kanton verheirathet, dadurch ihr bisheriges Bürgerrecht verliert und dasjenige ihres Ehemannes erwirbt, erscheint uns heutzutage als so selbstverständlich, dass wir kaum begreifen können, wie es nöthig war, denselben erst noch durch ein besonderes Konkordat festzustellen. Als Regel galt wohl auch von jeher dieser Grundsatz allenthalben in der Schweiz; allein es fanden Ausnahmen statt, indem namentlich in den kleinen Kantonen den geborenen Landmänninnen, welche sich ausser das Land verehlichten, zuweilen die Begünstigung eingeräumt wurde, dass sie nach dem Tode des Ehemannes das Landrecht wieder erwerben sollten.*) So entstand zur Zeit der Vermittlungsakte in einem Specialfalle, welcher die Kantone Obwalden und Waadt betraf, ein Conflikt, der die Regierung von Waadt veranlasste, von der Tagsatzung einen Entscheid zu verlangen über die allgemeine Frage, »ob eine Angehörige eines schweizerischen Kantons, welche einen Bürger aus einem andern Kanton heirathet, nicht durch eben diese Ehe die Eigenschaft als Angehörige ihres ursprünglichen Kantons verliert und hiemit eine Angehörige des Kantons wird, wo ihr Mann das Bürger- oder Landrecht besitzt.« Die Tagsatzung fasste hierauf am 5. Juli 1808**) folgenden Beschluss:

»Eine nach den Landesgesetzen geschlossene und eingesegnete Ehe macht die Frau zur Angehörigen desjenigen Kantons, in welchem der Mann das Heimathsrecht besitzt.«

Wie nun nach dem Bundesvertrage von 1815 die sämmtlichen Tagsatzungsbeschlüsse der Mediationszeit einer Revision unterstellt wurden, so wurde der obige Beschluss unterm 9. Juli 1818 in ein Konkordat verwandelt, dem jedoch alle Kantone beigetreten sind.***) Die Anwendung dieses Konkordates, welches einen höchst

*) Blumer, Staats- u. Rechtsgesch. II. 1. 319—320.

**) Abschied dieses Jahres.

***) Off. Samml. I. 287. Snell I. 216. Kaiser, Samml. IV. 14.

einfachen Grundsatz enthält, hat wohl noch keine Streitigkeiten verursacht; jedenfalls sind aus dem Zeitraum seit 1848 keine darauf bezügliche bundesräthliche Entscheidungen anzuführen. Das Konkordat von 1818 ist im Zusammenhange mit dem sofort zu erwähnenden andern Konkordate, betreffend die Eheeinsegnungen, aufzufassen. Nur eine nach den Gesetzen des Kantons, welchem der Ehemann bürgerrechtlich angehört, sowie nach den Bestimmungen dieses letztern Konkordates abgeschlossene Ehe*) hat die Wirkung, dass durch dieselbe die Frau ihr angebornes Bürgerrecht verliert und dagegen in das Heimathrecht ihres Mannes eintritt.

§ 2. Eheeinsegnungen.

Auf eine Anregung des Standes Appenzell A. Rh., welcher sich darüber beschwerte, dass in manchen Kantonen von den Geistlichen Brautleute kopulirt würden, für welche eine Ehebewilligung von Seite ihrer heimathlichen Behörde nicht vorliege, entwarf die Tagsatzung im Jahr 1804 ein Konkordat, welches mit einigen, im folgenden Jahre beschlossenen Abänderungen bis zum Jahr 1807 allmählig von 17 Kantonen angenommen wurde. Lange Verhandlungen veranlasste ein Antrag des Standes Luzern, welcher die Kantone selbst für unregelmässige Kopulationen, die auf ihrem Gebiete vorfallen, verantwortlich machen wollte, und es kam hierüber während des Zeitraumes der Vermittlungsakte kein Beschluss mehr zu Stande.**) Unter der Herrschaft des Bundesvertrages von 1815 wurde dann das Konkordat von 1807 einer Revision unterworfen und es sind dem revidirten Konkordate über »Eheeinsegnungen und Kopulationsscheine« vom 4. Juli 1820 allmählig sämmtliche Kantone — Schwyz jedoch erst am 3. Januar 1843 und Graubünden am 27. Juli gl. J. — beigetreten. Dasselbe enthält nun folgende Bestimmungen:

»1) Es ist Sache der Kantonsgesetzgebung, zu bestimmen, unter welchen Bedingnissen die Ehe zwischen ihren Kantonsangehörigen eingesegnet werden möge.

»2) Die Ehe zwischen dem oder der Angehörigen des einen Kantons

*) Vergl. unten § 2 den Bericht der ständeräthlichen Kommission in der Angelegenheit Schmidlin-Ziegler, sowie den Bericht der nationalräthlichen Kommission, Bundesbl. 1858 II. 398, 400.

**) Repertorium der Abschiede von 1803—1813 S. 180—181.

und der oder dem Angehörigen eines andern Kantons, oder zweier Versprochenen (Verlobten) *des nämlichen Kantons, welche sich in einem andern Kanton wollen kopuliren lassen, soll nur nach geschehener Vorweisung der Verkündungsscheine sowohl von dem Wohnort als von der Heimath, sowie einer Erklärung der Regierung der Versprochenen, dass kein gesetzliches Hinderniss gegen die Ehe obwalte, eingesegnet werden. Sollte für eine Heirath zwischen Römischkatholischen eine Dispensation nach kanonischem Recht von der kompetenten geistlichen Behörde ertheilt worden sein, so wird die Vorweisung des diessfälligen Akts erfordert.*

»3) *Zur Einsegnung der Ehe eines Schweizers mit einer Ausländerin, oder eines Ausländers mit einer Schweizerin ist (wenn die Kopulation in einem andern Kanton geschieht) nebst den Verkündungsscheinen annoch ein Zeugniss, dass die Obrigkeit des schweizerischen Theils von dieser Heirath Kenntniss erhalten habe und dass kein gesetzliches Hinderniss gegen dieselbe obwalte, erforderlich.*

»4) *Bei solchen Ehen zwischen einem Ausländer und einer Schweizerin, und ebenso zwischen zwei Landesfremden muss ein Akt der Einwilligung der betreffenden ausländischen Behörden beigebracht werden.*

»5) *Die oben benannten Verkündungs- oder Proklamationsscheine werden von den Herren Geistlichen oder den Ehegerichten des Geburts-*) und Wohnorts ausgefertigt, und von den Kantonsregierungen oder den von ihnen hiezu bezeichneten Behörden legalisirt, und sollen Tauf- und Geschlechtsnamen, Geburts- und Wohnort ausdrücklich enthalten.*

»6) *Die Kopulationsscheine werden ebenfalls Tauf- und Geschlechtsnamen, Wohnort und Heimath ausdrücklich enthalten und müssen gleichfalls von den Kantonsregierungen oder den hiezu bezeichneten Behörden legalisirt sein.*

»7) *Die konkordirenden Stände anerkennen den Grundsatz, dass alle Folgen unregelmässiger Kopulationen, und namentlich die Verpflichtung, bei daraus entstehender Heimathlosigkeit den betreffenden*

*) In dem ersten Entwurfe des Konkordates waren auch in Art. 2 Verkündungsscheine vom Geburts- und Wohnorte gefordert. Die Tagsatzung von 1805 änderte, gewiss mit vollem Rechte, den Ausdruck »Geburtsort« in den richtigern und besser zutreffenden »Heimath« ab; in Art. 5 ist indessen jener Ausdruck, offenbar bloss in Folge eines Versehens, stehen geblieben.

Individuen und Familien eine bürgerliche Existenz zu sichern, auf denjenigen Kanton zurückfallen sollen, wo die Ehe eingesegnet worden ist.«

Gegenüber den früher dissentirenden Kantonen Schwyz und Graubünden haben die konkordirenden Stände bereits unterm 13. Juli 1821 und 3. Juli 1822 erklärt, dass sie von nun an den Grundsatz des Art. 7 des Konkordats unbedingt behaupten und mithin in allen Fällen, wo aus unregelmässigen Kopulationen Heimathlosigkeit entsteht, das eidgenössische Recht gegen denjenigen Kanton, auf dessen Gebiet die unbefugte Kopulation vorgegangen ist, anrufen werden*) Auf diese Erklärung der konkordirenden Stände gründet sich wesentlich die bundesgerichtliche Praxis, nach welcher auch die Kantone, die dem Konkordate fremd geblieben waren, Heimathlose einzubürgern haben, welche selbst oder deren Eltern auf ihrem Gebiete, zuwider dem Konkordate, kirchlich getraut worden sind.**)

Wie sich das Konkordat von 1820 überhaupt nicht durch gute Redaktion auszeichnet, so hat namentlich die etwas unklare Bestimmung des Art. 2, nach welcher eine »Erklärung der Regierung der Versprochenen, dass kein gesetzliches Hinderniss gegen die Ehe obwalte«, erfordert wird, zu einem spätern Nachtragskonkordate Anlass gegeben. Ohne Zweifel wollte man in Art. 2 sagen, es müsse eine Ehebewilligung von Seite ihrer heimathlichen Regierung für die beiden Verlobten, für den Bräutigam sowohl als für die Braut, vorliegen; man hielt also in Fällen, wo die Brautleute verschiedenen Kantonen angehören, zwei solche Erklärungen für erforderlich. Mit Recht machte indessen der Stand Luzern durch Kreisschreiben vom 10. December 1841 und durch seine Gesandtschaft an der ordentlichen Tagsatzung von 1842 darauf aufmerksam, dass eine Ehebewilligung von Seite der heimathlichen Regierung der Braut, oder mit andern Worten eine Entlassung derselben aus ihrem bisherigen Staatsverbande als eine leere Formsache erscheine, deren Beibringung den Verlobten unnütze Mühe und Kosten verursache; denn nach dem, von allen Kantonen angenommenen Konkordate vom 9. Juli 1818 verstehe es sich ja von selbst, dass die Frau Bürgerin

*) Offiz. Samml. II. 24—26, 254. III. 204, 247. Snell I. 221—223. Nachtr. 2, S. 5. Kaiser Samml. IV. 21—25.

**) Vergl. Bd. I. S. 459—460.

des Heimathkantons des Ehemannes werde, soferne die Ehe gemäss den gesetzlichen Vorschriften dieses letztern abgeschlossen und eingesegnet worden sei. Der Antrag, sich mit einer Ehebewilligung von Seite der Regierung des Bräutigams zu begnügen, fand daher an der Tagsatzung sofort Anklang*) und es wurde unterm 15. Juli 1842 von den 18½ Ständen Bern, Zürich, Luzern, Uri, Schwyz, Unterwalden, Glarus, Zug, Freiburg, Solothurn, Schaffhausen, Appenzell A. Rh., St. Gallen, Graubünden, Thurgau, Tessin, Waadt, Neuenburg und Genf folgendes nachträgliche Konkordat abgeschlossen:

»*1) Die Bewilligung zur Einsegnung einer Ehe zwischen Angehörigen von zwei verschiedenen Kantonen, oder zwischen zwei Versprochenen des nämlichen Kantons, welche sich in einem andern Kanton wollen trauen lassen, soll auf die Vorweisung der erforderlichen Verkündungsscheine und einer Erklärung der Regierung des heimathlichen Kantons des Versprochenen (Bräutigams) ertheilt werden, durch welche bezeugt wird, dass dortseits die Bewilligung zu Einsegnung der betreffenden Ehe ausser dem Kanton erfolgt sei.*

»*2) Das Konkordat vom 4. Heumonat 1820 bleibt in allen übrigen Theilen in Kraft, insoweit dasselbe nicht durch den vorstehenden Art. 1 für die an diesem — somit theilweise — revidirten Konkordate theilnehmenden Stände modifizirt worden ist.*« **)

Wie hier ausdrücklich gesagt ist, hat die im Jahr 1842 beschlossene Abänderung des Konkordates von 1820 nur Kraft für diejenigen Stände, welche dem Nachtragskonkordate beigetreten sind, während für die Kantone Basel, Appenzell I. Rh., Aargau und Wallis, welche letzteres nicht angenommen haben, die ursprüngliche Fassung von Art. 2 des Konkordates von 1820 fortdauernde Gültigkeit besitzt.

Von den beiden Konkordaten, betreffend Eheeinsegnungen, zurückgetreten ist unterm 18. August 1853 der Kanton St. Gallen, in Folge einer von ihm erlassenen Verordnung über den nämlichen Gegenstand.***) Im Uebrigen bestehen die beiden Konkordate in voller Kraft, ausgenommen dass die in Art. 1 des Konkordates von 1820 gewährleistete Gesetzgebungshoheit der Kantone durch

*) Abschied der ordentl. Tagsatzung von 1842.
**) Offiz. Samml. III. 204, 247. Kaiser a. a. O.
***) Bundesbl. 1853 III. 311, Amtl. Samml. VII. 90.

das Bundesgesetz über die gemischten Ehen*) insoweit beschränkt worden ist, dass nunmehr in keinem Kanton mehr die Eingehung einer Ehe aus dem Grunde der Verschiedenheit der Confession gehindert werden darf.

Was die Praxis der Bundesbehörden seit 1848 in der Auslegung und Anwendung obiger zwei Konkordate betrifft, so haben wir nicht mehr als zwei Rechtsfälle namhaft zu machen, die aber von grosser Bedeutung sind, weil die endliche Entscheidung erst nach langwierigen Verhandlungen der gesetzgebenden Räthe erfolgt ist. Joseph Schmidlin von Triengen, Kantons Luzern, niedergelassen in Schaffhausen, hatte daselbst mit der dortigen Bürgerswittwe Maria Elisabeth von Ziegler geb. von Waldkirch ein schriftliches Eheversprechen abgeschlossen, in welchem die Contrahenten den Gerichtsstand in Schaffhausen anerkannten. Die Eheverkündung fand jedoch nur in Triengen, nicht in Schaffhausen statt, und die Kopulation wurde ebenfalls durch den Ortsgeistlichen von Triengen vollzogen. Der Gemeindrath von Triengen verlangte nun vom Stadtrathe von Schaffhausen die Inventarisirung und nachherige Auslieferung des Vermögens der jetzigen Frau Schmidlin, welche unter Vormundschaft gestanden hatte; der Stadtrath aber lehnte das Gesuch ab, weil in Schaffhausen die konkordatswidrig abgeschlossene Ehe nicht als rechtsgültig angesehen werden könne. Nachdem eine, zwischen den beiden Kantonsregierungen geführte Korrespondenz zu keinem Resultate geführt hatte, wandte sich diejenige von Luzern beschwerdeführend an den Bundesrath, indem sie behauptete, es könne das Nachtragskonkordat vom 15. Juli 1842, welches allein massgebend sei, nicht in dem Sinne ausgelegt werden, dass die Ehe (wie Schaffhausen behaupte) ungültig sei, weil nicht auch ein Verkündschein aus der Heimath der Braut vorgelegen habe; vielmehr liege, wenn der Kanton des Bräutigams kein Bedenken trage, die fremde Braut als Bürgerin aufzunehmen, in dem Mangel einer Bescheinigung von Seite ihres Kantons kein Hinderniss für die Ehe. Die Regierung von Schaffhausen hinwieder, in ihrer Antwort auf die Beschwerde Luzerns, folgerte aus der unterlassenen Verkündung der Ehe am Heimathorte der Braut zwar nicht die Ungültigkeit der Ehe an sich, wohl aber dass die wegen Unterlassung des Aufgebotes nicht zur Geltung gekommenen Einsprachen gegen die

*) Vergl. Bd. I. S. 257.

Vollziehung der Ehe auch jetzt noch in demselben Umfange und mit derselben Wirkung, als hätte die Trauung noch nicht stattgefunden, geltend gemacht werden können. Der Bundesrath fällte unterm 1. Juni 1857 über diesen Rekursfall folgenden Entscheid: »Sofern die Regierung von Schaffhausen die von Wittwe Ziegler geb. Waldkirch mit J. Schmidlin eingegangene Ehe mit ihren bürgerlichen Folgen nicht anerkennen will, so habe sie ihre daherigen Einreden vor den kompetenten Behörden des Kantons L u z e r n anzubringen.« Dieser Beschluss stützte sich wesentlich auf folgende Erwägungen: »Zur genauern Erfüllung aller Formalitäten hätte bei der zu Triengen stattgehabten Kopulation ein Verkündschein von dem kompetenten Geistlichen aus Schaffhausen, dass die Ehe auch dortseits gehörig verkündet worden, vorliegen sollen, was eben nicht der Fall war. Dieser Mangel ist aber nicht von massgebender Bedeutung, weil die Verkündung einer Ehe am Wohnorte der Braut nach bürgerlichen und kirchlichen Gesetzen zwar wohl vorgeschrieben, aber nicht als so relevant erscheint, dass eine solche Unterlassung die Ungültigkeit einer sonst gehörig abgeschlossenen Ehe nach sich zieht. Auch das Konkordat vom 4. Juli 1820 spricht in Betreff des Unterlassens vorgeschriebener Formalitäten nicht von Ungültigkeit der Ehe, sondern erkennt nur den Grundsatz an, dass alle Folgen unregelmässiger Kopulationen auf denjenigen Kanton zurückfallen sollen, in welchem eine solche Ehe eingesegnet worden. Wenn übrigens auch die Ungültigkeit der Ehe nicht aus dem Konkordat fliesst und Angesichts der Erklärung der heimathlichen Regierung des Mannes, dass sie nach dortseitigen Gesetzen in gehöriger Form geschlossen worden, die Ehe so lange als gültig anzuerkennen ist, als nicht deren Nullität durch die kompetente Behörde erklärt worden, so soll es doch den contrahirenden Kantonen und allen bei der Eingehung der Ehe betheiligten Personen ermöglicht sein, ihre Rechte in Bezug auf allfällige Hindernisse der Ehe geltend zu machen, ansonsten die Nichtbeobachtung des Konkordats begründete Rechte verkürzen könnte. Frägt es sich aber, w o solche Einreden, welche den Bestand oder Nichtbestand einer sonst nach den Landesgesetzen gültig abgeschlossenen Ehe zum Gegenstand haben, angebracht werden sollen, so ist der kompetente Gerichtsstand hiefür in demjenigen Kanton, auf dessen Gebiet und unter dessen Gesetzen die Ehe geschlossen worden und wo die Eheleute ihren Heimaths- und Wohnort haben. Schaffhausen darf mit seiner Einrede, Wittwe Ziegler sei wegen Mangels ihrer persönlichen Rechtsfähigkeit zur Eingehung der Ehe nicht befugt gewesen, um so mehr an die luzernischen Behörden verwiesen werden, weil das dortige bürgerliche Gesetzbuch vorschreibt, dass Fremde, die im Kanton Luzern ein Geschäft oder eine Handlung vornehmen, mit Hinsicht auf ihre persönliche Fähigkeit zu derselben von den luzernischen Gerichten nach den Gesetzen des Landes ihrer Herkunft beurtheilt werden sollen.« — Der Entscheid des Bundesrathes wurde jedoch von der Regierung von Schaffhausen weiter gezogen an die Bundesversammlung und die Mehrheit der ständeräthlichen Kommission, welche die Aufhebung desselben beantragte, sprach sich über die Interpretation der Konkordate in ihrer Anwendung auf den vorliegenden Fall folgendermassen aus:

»Das eidgenössische Konkordat, welches von Luzern vorzugsweise als Fundament seiner Klage gegen Schaffhausen angerufen wird, ist dasjenige vom 15. Juli 1842, betreffend Eheeinsegnungen und Kopulationsscheine. Dieses Konkordat beabsichtigte indessen, wie es selbst sagt, nur eine theilweise Revision des ältern Konkordates über den nämlichen Gegenstand vom 4. Juli 1820 und es sind daher die Bestimmungen des letztern, soweit sie nicht durch das erstere aufgehoben wurden, mit ins Auge zu fassen. Das Konkordat von 1820 wollte keineswegs bloss Bestimmungen zu Verhütung der Heimathlosigkeit aufstellen, sondern es wurde, wie im Ingress ausdrücklich gesagt ist, »zur Handhabung sittlicher und bürgerlicher Ordnung« im Allgemeinen abgeschlossen. Diesem Zwecke entsprechend wurde im Art. 2 festgesetzt, dass die Ehe zwischen zwei Angehörigen verschiedener Kantone oder zwischen zwei Verlobten aus dem nämlichen Kanton, welche sich in einem andern Kanton wollen kopuliren lassen, nur nach geschehener Vorweisung der Verkündungsscheine, sowohl von dem Wohnorte als auch von der Heimath, sowie einer Erklärung der Regierung der Verlobten, dass kein gesetzliches Hinderniss gegen die Ehe obwalte, eingesegnet werden solle. Das letztere Erforderniss wurde durch das Konkordat von 1842 dahin abgeändert, dass bloss noch eine Erklärung der heimathlichen Regierung des Bräutigams vorgewiesen werden muss, durch welche bezeugt wird, dass dortseits die Bewilligung zur Einsegnung der Ehe ausser dem Kanton erfolgt sei. Dagegen ist das erste Erforderniss, die Vorweisung der erforderlichen Verkündungsscheine, stehen geblieben, namentlich auch für den Fall der Kopulation von Angehörigen zweier verschiedener Kantone; denn es ist entschieden unrichtig, wenn die Regierung von Luzern in ihrer Rekursbeantwortung behauptet, dass die beiden Konkordate von 1820 und 1842 nur von dem Falle handeln, wenn Verlobte sich in einem andern als ihrem Heimathkanton wollen trauen lassen, während doch in beiden Konkordaten der Fall der Kopulation von zwei Angehörigen verschiedener Kantone ganz allgemein und ohne Rücksicht darauf, wo dieselbe erfolge, vorangestellt ist. Was sodann den Ausdruck »erforderliche Verkündungsscheine« im Konkordat von 1842 betrifft, so weist derselbe offenbar zu seiner Erklärung auf das Konkordat von 1820 zurück und wir glauben, dass nach dem Wortlaute des letztern darunter Verkündungsscheine von Heimath und Wohnort der beiden Verlobten zu verstehen seien. »Wohnort« und »Heimath« sind im Konkordate von 1820 ausdrücklich genannt und es findet sich bei den Verkündungsscheinen nirgends eine Beschränkung auf den Kanton, dem der Bräutigam angehört; jedenfalls aber ist der Pluralis »Verkündungsscheine« im Konkordat von 1842 entweder auf die beiden Brautleute oder auf Heimath und Wohnort zu beziehen. Legen wir nun den so gefundenen Massstab des Konkordates an die zu Triengen erfolgte Trauung des Schmidlin mit der Wittwe Ziegler an, so finden wir, dass bei dieser nur Ein Verkündungsschein, nämlich vom Heimathorte des Bräutigams vorlag; ein Verkündungsschein von Schaffhausen, dem Heimath- und Wohnorte der Braut und zugleich dem letzten Wohnorte des Bräutigams, wo derselbe mit Niederlassungsbewilligung sich aufgehalten hatte, wurde nicht vorgewiesen. Es ist also nach dem Gesagten jedenfalls klar, dass der Ortsgeistliche von Triengen, indem er ungeachtet dieses Mangels die Ehe einsegnete, den Bestimmungen des Konkordates zuwidergehandelt hat, mit andern Worten, dass auf dem Gebiete und durch einen kirchlichen Beamten des Kantons Luzern das Konkordat verletzt worden ist. Steht diese Thatsache fest, so frägt es sich bloss noch, was für eine rechtliche Folgerung für den vorliegenden Fall daraus zu ziehen sei. Der Bundesrath sagt in den Erwägungen zu seinem Beschlusse, es sei die Nichtbeachtung des Konkordates, welche er zugeben muss, »nicht von massgebender Bedeutung«, weil das Konkordat an die Unterlassung der vorgeschriebenen Formalitäten nicht die Rechtsfolge der Ungültigkeit der Ehe knüpfe, sondern nur den Grundsatz ausspreche, dass alle Folgen einer unregelmässigen Kopulation auf denjenigen Kanton, in welchem sie stattgefunden, zurückfallen sollen. Es wäre diese Argumentation richtig, wenn Schaffhausen es wäre, welches auf den Grund der Konkordatsverletzung vom Bundesrathe verlangen würde, dass er die zu Triengen eingesegnete Ehe für ungültig erklären solle; sie passt aber durchaus nicht, wenn umgekehrt Luzern es ist, welches, gestützt auf das Konkordat, von Schaffhausen die Anerkennung der Schmidlin'schen Ehe fordert. Wenn die Konkordate für die Kantone eine rechtliche Bedeutung haben, wenn insbesondere die »Handhabung« derselben, welche nach Art. 90 Ziff. 2 der Bundesverfassung dem Bundesrathe obliegt, ernstlich vollzogen werden soll, so können nicht aus einer Konkordatsverletzung rechtliche Folgerungen gerade zu Gunsten desjenigen Kantons, dem sie zur Last fällt, gezogen werden. Schaffhausen kann daher, nach Ansicht der Mehrheit der Kommission, mit Recht behaupten, es dürfe die konkordatswidrige Trauung die Rechte seiner Angehörigen und seiner Behörden, wie sie vor derselben bestanden, in keiner Weise verändern. Die vorgeschriebene Beibringung von Verkündungsscheinen hat gerade den Zweck, dass bei der Promulgation einer Ehe an allen Orten, wo dieselbe erforderlich ist, Einsprachen gegen die Ehe geltend gemacht werden können und von den dortigen Behörden zu erörtern sind. Wird nun jener Vorschrift nicht nachgelebt, sondern ohne Vorweisung der nöthigen Verkündungsscheine eine Ehe eingesegnet, so kann daraus für den durch diese Handlungsweise verletzten Kanton, wenn anders das Konkordat nicht bedeutungslos ist, nicht folgen, dass alle auch noch so begründeten Einsprachen durch das blosse Faktum einer regelwidrigen Trauung dahin fallen. Der Bundesrath hat indessen selbst eingesehen, dass dem Begehren Luzern's, es sei Schaffhausen ohne Weiteres zur Anerkennung der Schmidlin'schen Ehe anzuhalten, um so weniger entsprochen werden kann, als der Entscheid über die Gültigkeit einer Ehe überhaupt den ordentlichen Gerichten überlassen bleiben muss; er hat sich daher begnügt, für die Erörterung dieser Rechtsfrage den Gerichtsstand im Kanton Luzern anzuweisen. Für diesen Entscheid stützt er sich nicht bloss darauf, dass »auf dessen Gebiet und unter dessen Gesetzen die Ehe abgeschlossen worden«, sondern auch darauf, dass daselbst »die Eheleute ihren Heimaths- und Wohnort haben.« Allein abgesehen davon, dass das letztere Motiv die Ehe bereits als zu Recht bestehend annimmt, während die Gültigkeit derselben erst noch zu erörtern ist, kann auch mit Bezug auf den Gerichtsstand durch die Verletzung des Konkordates der verletzte Kanton nicht in eine schlimmere Stellung versetzt worden sein, als welche er früher hatte. Wenn also vor der konkordatswidrigen Trauung die in Schaffhausen erhobenen Eheeinsprachen unstreitig dort zu erörtern waren, so kann diess durch dieselbe nicht anders geworden sein. Luzern beruft sich nun zwar in seiner Rekursbeantwortung noch auf ein anderes als die bisher erörterten Konkordate, nämlich auf dasjenige vom 9. Juli 1818, nach welchem eine nach den Landesgesetzen geschlossene und eingesegnete Ehe die Frau zur Angehörigen des Heimathkantons des Mannes macht. Allein wir können diese Berufung nicht stichhaltig finden, indem unter den »Landesgesetzen«, deren Beobachtung verlangt wird, gewiss auch das für die Kantone rechtsverbindliche Konkordat über Eheeinsegnungen zu verstehen ist, jedenfalls bei dem Zusammenhange, in welchem die eidgenössischen Konkordate unter sich gedacht werden müssen, nicht dem einen derselben ein Sinn untergelegt werden kann, durch welchen das andere alle praktische Bedeutung verlieren würde.«

Der Ständerath stimmte zwar in der ersten Berathung dem Antrage der Kommissionsmehrheit nicht bei, sondern bestätigte nach dem Minderheitsantrage den Beschluss des Bundesrathes. Nachdem indessen der Nationalrath den Standpunkt der ständeräthlichen Kommissionsmehrheit adoptirt hatte, trat in der zweiten Berathung auch der Ständerath demselben bei und es kam unterm 28. Juli 1858 folgender Bundesbeschluss zu Stande: »Es liegt kein Grund zur Bundesintervention gegen den Kanton Schaffhausen vor, und es ist der bezügliche Beschluss des Bundesrathes vom 1. Brachmonat 1857 somit aufgehoben.« Ganz der nämliche Entscheid wurde dann auch in dem zwischen den Kantonen Freiburg und Waadt waltenden Anstande, betreffend die konkordatswidrige Trauung des Peter Reganelli mit der Wittwe Rebeaud geb. Marcel, ausgefällt. Die faktischen Verhältnisse der beiden Rechtsfälle waren beinahe ganz übereinstimmend, nur dass im Kanton Waadt, dem die Wittwe Rebeaud bürgerrechtlich angehörte, eine Vorladung der neuen Eheleute vor das Bezirksgericht Yverdon stattgefunden hatte, worauf sich Reganelli beim Bundesrathe wegen Entziehung des rechtmässigen Forums beschwerte und sich auf Art. 53 der Bundesverfassung berief, während der Vormund der Wittwe Rebeaud, welcher die Vorladung ausgewirkt hatte, neben dem Konkordate vorzüglich auch die Gesetzgebung der beiden Kantone geltend machte, nach welcher eine Waadtländerin auch im Kanton Freiburg dem Personenrechte ihrer Heimath unterworfen bleibt. Der Bundesrath hatte den Fall Reganelli mit den gleichen Erwägungen wie den Fall Schmidlin entschieden.*)

Aus den vorstehenden Mittheilungen über die beiden Konkordate von 1820 und 1842 und deren bisherige Auslegung geht wohl zur Genüge hervor, dass eine Revision derselben in hohem Masse wünschenswerth wäre. Der Bundesrath hat daher auch bei den Kantonen diese Revisionen in Anregung gebracht, und die meisten Kantone haben sich bereit erklärt, an einer darauf bezüglichen Konferenzberathung Theil zu nehmen.**)

§ 3. Amtliche Mittheilung der Civilstandsakten und Form der Heimathscheine.

Auf Grundlage eines bundesräthlichen Kreisschreibens vom 5. Oktober 1853 ist nachfolgendes Konkordat von achtzehn Kantonen — allen ohne Tessin, Waadt, Wallis und Neuenburg — angenommen worden und mit dem 1. Februar 1855 in Kraft getreten:

*»Die konkordirenden h. Stände verpflichten sich, die geistlichen oder weltlichen Beamten ihres Kantons, welche die Führung der Civilstandsregister besorgen, anzuhalten, die Geburts-, Heiraths- oder Todesfälle der Niedergelassenen aus den konkordirenden Kantonen dem Beamten der Heimathgemeinde, welcher diese Register führt, ungesäumt und kostenfrei nach der im Kanton üblichen Form solcher Zeugnisse anzuzeigen.«****)

Bei der grossen Zahl von Schweizerbürgern, welche gegenwärtig ausser ihrem Heimathkanton niedergelassen sind, erscheint es für

*) Bundesbl. 1858 I. 15—40. II. 382—406. Wir notiren hier noch, dass Dr. Furrer mit seinen, dem Mehrheitsgutachten der ständeräthlichen Kommission entsprechenden Anträgen im Bundesrathe in Minderheit geblieben war.

**) Bundesbl. 1864 I. 326.

***) Amtl. Samml. IV. 355—356. V. 520. Kaiser Samml. IV. 14—15.

die Führung der Civilstandsregister in der Heimathgemeinde als durchaus unerlässlich, dass die Behörden des Wohnortes jeweilen von Geburten, Heirathen und Todesfällen der Niedergelassenen den heimathlichen Behörden ungesäumt amtliche Mittheilung machen. Da nach der Bundesverfassung eine förmliche Verpflichtung hiefür nicht besteht, so musste diese Lücke derselben durch obiges Konkordat ergänzt werden.

Ein Formular für die Heimathscheine, deren ein Schweizer bedarf, um ausser seinem Heimathkanton seinen Wohnsitz aufzuschlagen, findet sich bereits dem Niederlassungskonkordate vom 10. Juli 1819 angehängt.*) Um nun das hergebrachte Formular mit der Bundesverfassung in Einklang zu bringen, wurde unterm 28. Januar 1854, auf eine von Seite der Stände Zürich und Aargau ergangene Anregung, ein neues Konkordat verabredet, welchem 19½ Kantone — alle ausser Appenzell I. Rh., Wallis und Neuenburg — beigetreten sind. Es wurden dabei zwei, von allen Ständen zu befolgende Formulare aufgestellt: das eine für verheirathete Mannspersonen, das andere für unverheirathete Personen beiderlei Geschlechts. In den beiden Formularen verpflichtet sich die Heimathgemeinde, den Inhaber des Scheines unter allen Umständen wieder aufzunehmen; bei verheiratheten Personen gilt diese Verpflichtung auch gegenüber ihren ehelichen Nachkommen, bei unverheiratheten hingegen ist ausdrücklich gesagt, der Heimathschein genüge nicht für die Verehelichung, indem zur gültigen Eingehung einer Ehe die gesetzlichen Vorschriften des Kantons zu beachten seien. Es bleibt den Kantonen überlassen, für verwittwete oder abgeschiedene Personen ein drittes, dem zweiten analoges Formular anzuwenden.**)

*) Offiz. Samml. I. 293—295. Snell I. 228—230.

**) Amtl. Samml. IV. 357—361. V. 68. Kaiser Samml. IV. 10—13.

Viertes Kapitel.

Autorrecht.

Das sogenannte litterarische und künstlerische Eigenthum ist in den Gesetzgebungen der schweizerischen Kantone erst in der neuesten Zeit zur Geltung gekommen und es stösst die Anerkennung desselben jetzt noch in manchem Kanton auf entschiedene Abneigung, wobei sich die Gegner auf das grosse Princip der Gewerbefreiheit zu berufen pflegen. Soll indessen der Schutz jenes Eigenthums ein wirksamer sein, so darf er nicht auf ganz kleine Staaten, wie die schweizerischen Kantone es sind, beschränkt bleiben, sondern er muss sich über einen grössern Gebietscomplex erstrecken. In richtiger Würdigung dieses Verhältnisses wurde daher schon in der Revisionskommission von 1848 ein Antrag gestellt, welcher die Sicherung des litterarischen Eigenthums bezweckte, jedoch auf die Bemerkung zurückgezogen, dass solche Specialitäten nicht in die Bundesverfassung gehören und dass es Sache der Gesetzgebung sei, diessfalls den nöthigen Schutz zu gewähren.*) An der konstituirenden Tagsatzung war es die Gesandtschaft des Standes Genf, welche unter die Kompetenzen der Bundesversammlung die Befugniss aufnehmen wollte, gesetzgeberische Bestimmungen zu treffen über Erfindungspatente, über künstlerisches und litterarisches Eigenthum für den ganzen Umfang der Eidgenossenschaft. Dieser Antrag veranlasste eine längere Diskussion, in welcher zu Gunsten desselben Folgendes angeführt wurde:

»Das litterarische Eigenthum müsse seinem Begriffe nach ebenso gut in seiner Integrität erhalten werden und unter den öffentlichen Schutz gestellt sein, wie jedes andere materielle Eigenthum. Nur wenn diese Grundsätze festgehalten werden, könne der Gelehrte sich ermuntert fühlen, litterarischen Arbeiten sich zu unterziehen, während er bei der dermaligen Rechtslosigkeit sich genöthigt sähe, seine Produkte in solchen Staaten drucken zu lassen, in denen dieselben nicht gleich nach ihrem Erscheinen ganz unberechtigten Personen zur Beute werden dürfen. Wenn die Schweiz Massregeln gegen den Nachdruck treffe, so könne sie mit den benachbarten Staaten sachbezüglich Verträge abschliessen, wodurch sich den schöpferischen

*) Prot. der Revisionskomm. S. 149.

geistigen Talenten ein weiter Markt eröffnen würde, was zu vermehrter Bethätigung im Gebiete der Litteratur und somit zur Hebung der Wissenschaft wie der Kunst gereichen müsste. Es komme aber nicht bloss die geistige Thätigkeit in Betracht, sondern es bleibe auch zu berücksichtigen, dass der Schriftsteller auf die Ausarbeitung seines Werkes einen manchmal sehr bedeutenden materiellen Aufwand verwenden müsse. Wenn z. B. der Physiker seine Entdeckungen mittheilen solle, so müsse er Aussicht darauf haben, dass seine Auslagen für die von ihm angestellten Experimente wenigstens zum Theil ihm wieder eingebracht werden. Das gleiche Verhältniss gelte in jedem Zweige der Wissenschaft. Niemand werde Lust haben, Bibliotheken sich anzuschaffen oder Reisen zu unternehmen, wenn die Freibeuterei ungehindert sich der mühevollen und mit grossen Kosten erworbenen Entdeckungen oder Forschungen bemächtigen dürfe. Wenn man auch die Schwierigkeit in der Ausführung der fraglichen Gesetze nicht verkenne, so solle doch wenigstens die Möglichkeit eingeräumt werden, dass die Bundesbehörden schützende Massregeln treffen können, sofern sie diess in engerm oder weiterm Umfange angemessen erachten.«

Bei der Abstimmung wurde der Antrag des Standes Genf in seine verschiedenen Bestandtheile zerlegt. Für die Befugniss, Erfindungspatente einzuführen, stimmten nicht mehr als $3\frac{1}{2}$ Stände; dagegen brachte es der Antrag, dem Bunde das Recht einzuräumen, zu Gunsten des litterarischen Eigenthums schützende Massnahmen zu treffen, zu der ansehnlichen Minderheit von $9\frac{1}{2}$ Stimmen.*) Dieses Ergebniss ermuthigte nachher, da sich das Bedürfniss einer Verständigung immer dringender herausstellte, den Bundesrath, bei welchem die französische Gesandtschaft den Gegenstand angeregt hatte, den Kantonen die Entwerfung eines Konkordates »über den Schutz des schriftstellerischen und künstlerischen Eigenthums« vorzuschlagen, welches in einer unterm 15. Juli 1854 abgehaltenen Konferenz definitiv berathen wurde.

Dieses Konkordat, welchem bis jetzt die vierzehn Kantone Zürich, Bern, Uri, Unterwalden, Glarus, Basel, Schaffhausen, Appenzell, Graubünden, Aargau, Thurgau, Tessin, Waadt und Genf beigetreten sind, lautet nunmehr folgendermassen:

*) Abschied S. 117—119.

Art. 1. »*Die Schriftsteller und Künstler haben das ausschliessliche Recht, ihre Erzeugnisse zu veröffentlichen oder veröffentlichen zu lassen. Dieses Recht bezieht sich auf alle Erzeugnisse der Litteratur und Kunst, welche in einem der konkordirenden Stände verlegt oder herausgegeben werden.*

»*Diejenigen Bürger dieser Kantone, welche ihre Werke ausserhalb des Gebietes derselben publiciren, können jenes Recht ebenfalls erwerben, wenn sie jeweilen ein Exemplar bei ihrer Kantonsregierung deponiren und für amtliche Bekanntmachung ihrer Autorschaft sorgen.*

Art. 2. »*Dieses Recht des Autors dauert während seiner ganzen Lebenszeit, und insofern er vor dem Ablaufe des dreissigsten Jahres, vom Zeitpunkte der ersten Veröffentlichung an, stirbt, so wirkt es für den Rest dieser Zeit noch fort zu Gunsten seiner Rechtsnachfolger (Erben oder Cessionare).*

»*Wenn die Veröffentlichung nicht zur Lebenszeit des Autors stattfand, so haben seine Erben oder Rechtsnachfolger während 10 Jahren, vom Tode an, das ausschliessliche Recht dazu. Machen sie davon Gebrauch, so dauert die Schutzfrist dreissig Jahre, vom Tode des Autors an gerechnet.*

Art. 3. »*Eine Verletzung des Autorrechtes wird nicht begangen durch solche Nachbildungen, welche wesentlich auf eigener Geistesthätigkeit beruhen: vielmehr geniessen diese hinwiederum das Autorrecht.*

Art. 4. »*Im Fernern wird eine Verletzung des Autorrechtes nicht begangen:*

1) Durch den Druck der Erlasse und Verhandlungen öffentlicher Behörden, insofern nicht die Bundes- oder eine Kantonsregierung die Herausgabe ihrer Erlasse auf einen Verleger überträgt:

2) durch den Druck öffentlich gehaltener Reden;

3) durch den Druck der in Zeitungen erschienenen Aufsätze;

4) durch die Aufnahme einzelner Stellen, Aufsätze oder Abschnitte aus einem Werke in ein Sammelwerk.

Art. 5. *Unbefugte Veröffentlichung eines schriftstellerischen oder künstlerischen Werkes durch eigenen Nachdruck oder wissentlichen Verkauf fremden Nachdrucks ist auf Anzeige des Autors oder seines Rechtsnachfolgers mit einer Busse bis auf 1000 Franken zu belegen, und es sind überdiess die noch unverkauften Exemplare zu Handen des Autors zu confisciren.*

Art. 6. »*Der verletzte Autor oder sein Rechtsnachfolger ist ausserdem berechtigt, eine Entschädigung anzusprechen, welche das Gericht nach Anhörung der Partheien nach freiem Ermessen bestimmt.*

Art. 7. »*Die Uebertretungen des Konkordats sind von den kompetenten Gerichten des Kantons, in welchem der unbefugte Nachdruck oder Verkauf stattfand, zu beurtheilen.*

Art. 8. »*Der Schutz des litterarischen und künstlerischen Eigenthumsrechts kann durch Staatsvertrag auf die Erzeugnisse derjenigen Staaten ausgedehnt werden, welche Gegenrecht halten und zugleich durch mässige Eingangszölle auf die Erzeugnisse der schweizerischen Litteratur und Kunst den Debit derselben ermöglichen.*

»*Ein solcher Staatsvertrag ist für die einzelnen Kantone nur durch ihre Zustimmung verbindlich.*« *)

Der Art. 8 erklärt sich sehr leicht aus dem Umstande, dass die erste Veranlassung zu dem Konkordate in dem von Frankreich geäusserten Wunsche lag, einen Staatsvertrag zum Schutze des litterarischen und künstlerischen Eigenthums mit der Schweiz abzuschliessen, sowie daraus, dass überhaupt nur durch solche Staatsverträge mit dem Auslande ein wirksamer Schutz gegen den Nachdruck erzielt werden kann. Da im Augenblicke der Entwerfung des Konkordates einzelne Kantone dem Staatsvertrage mit Frankreich abgeneigt waren, so wurde zu ihrer Beruhigung der zweite Satz des Art. 8 aufgenommen. Es versteht sich indessen, dass aus diesem Satze nur gefolgert werden darf, es könne nicht eine Mehrheit der Konkordatsstände einen auch für die Minderheit verbindlichen Vertrag mit einem auswärtigen Staate abschliessen. Dagegen hat das allgemeine Recht, Staatsverträge, namentlich Handelsverträge mit dem Auslande einzugehen, welches nach Art. 8 der Bundesverfassung dem Bunde zusteht, durch eine blosse Konkordatsbestimmung natürlich nicht geschmälert werden können, sondern es muss der Bundesversammlung vorbehalten bleiben, dasselbe vorkommenden Falls so zu interpretiren, wie sie es dem Sinn und Geiste der Bundesverfassung entsprechend erachten wird.

Was die Anwendung des Konkordates über den Schutz des litterarischen und künstlerischen Eigenthums betrifft, so ist der Bundesrath unsers Wissens bis jetzt nicht in den Fall gekommen, sachbezügliche Rekursentscheidungen zu fällen.

*) Amtl. Samml. V. 494—497, 564. VII. 32. Kaiser Samml. IV. 33—35.

Fünftes Kapitel.

Konkursrecht.

Bereits an der ersten Tagsatzung, welche unter der Herrschaft der Vermittlungsakte stattfand, wurden einige allgemeine Grundsätze aufgestellt über das Betreibungs- und Konkursrecht, welche im darauf folgenden Jahre, am 15. Juni 1804 die Sanktion der Stände erhielten. Neben dem, nun auch in Art. 48 der Bundesverfassung ausgesprochenen Grundsatze der Rechtsgleichheit aller Schweizer mit den Bürgern und Einwohnern des Kantons, in welchem der Geldstag vorgeht, sowie dem erläuternden Zusatze, dass die Gleichheit in Kollokationen und Konkursen nach den besondern Gesetzen desjenigen Kantons, wo das Falliment ausbreche, zu verstehen sei, wurde in das konkursrechtliche Konkordat vom benannten Datum, welchem gegenwärtig alle Kantone mit Ausnahme von Schwyz und Appenzell I. Rh. beigetreten sind, insbesondere noch folgende Vorschrift als Art. 3 aufgenommen:

»Zwischen denjenigen Kantonen, welche dieser Verkommniss beitreten, dürfen, nach ausgebrochenem Falliment, keine Arreste auf bewegliches Eigenthum des Falliten anders als zu Gunsten der ganzen Schulden-Masse gelegt werden.«

Wenige Jahre nachher, an der Tagsatzung von 1809 wurde vom Stande Zürich ein neues Konkordat angeregt, welches den Grundsatz aufstellen sollte, dass, wenn bewegliches Eigenthum eines Falliten sich in Händen eines Gläubigers in einem andern Kanton befinde, welcher Pfandrecht daran behaupte, während die Konkursmasse dasselbe nicht anerkennen wolle, der Entscheid über das streitige Pfandrecht vor den Auffallsrichter, also vor den Richter des Wohnortes des Falliten zu ziehen sei. Die Mehrheit der Stände fand zwar ebenfalls eine Vereinbarung über diese Frage wünschenswerth, wollte aber dieselbe im entgegengesetzten Sinne gelöst wissen, d. h. den Entscheid über das Pfandrecht dem Richter des Kantons zuweisen, auf dessen Gebiet sich die als Pfand angesprochene Sache befinde. Der Gegenstand wurde an eine Kommission gewiesen, welche das Konkordat über »Effekten eines Falliten, die als Pfand in Creditors Händen in einem andern Kanton liegen«, entwarf.*) Dieses Kon-

*) Abschied der ordentl. Tagsatzung von 1809.

kordat, welches unterm 7. Juni 1810 zu Stande kam und dem nun ebenfalls alle Kantone mit Ausnahme von Schwyz und Appenzell I. Rh. beigetreten sind, lautet folgendermassen:

»*1) Es sollen in Fallimentsfällen alle einem Falliten zugehörigen Effekten in die Hauptmasse fallen, solche mögen liegen wo sie wollen, unbeschadet jedoch dèr darauf haftenden Rechte und Ansprüche des Inhabers.*

»*2) So oft indessen der Fall eintritt, dass bei solchen Effekten, die in einem andern Kanton als in jenem, dem der Fallit angehört, liegen, entweder das Eigenthum derselben oder die Hypothek oder das Pfandrecht darauf von der Fallimentsmasse in Streit gezogen wird: so ist selbige gehalten, ihre behaupteten Rechte vor dem kompetenten Richter desjenigen Kantons geltend zu machen, in welchem die Effekten sich befinden.*«

Die beiden Konkordate von 1804 und 1810 wurden nach der Aufhebung der Vermittlungsakte bestätigt unterm 8. Juli 1818 und bestehen gegenwärtig noch in Kraft.*)

An der Hand zahlreicher bundesräthlicher Entscheidungen können wir nun eine Interpretation der beiden Konkordate versuchen, welche im Zusammenhange mit einander aufzufassen sind. Sie verhalten sich gewissermassen wie Regel und Ausnahme zu einander, indem das Konkordat von 1804 den allgemeinen Zweck hat, die Konkursmasse und deren Vertheilung Einem Gesetz, Einem Gerichte und Einem Verfahren, nämlich demjenigen des Wohnortes des Falliten, zu unterwerfen,**) während hingegen das Konkordat von 1810 für Fälle, wo das Eigenthum oder das Pfandrecht an einer Sache, welche in die Masse gezogen werden will, streitig ist, den Gerichtsstand des Ortes, wo die Sache sich befindet, vorschreibt. Dabei ist indessen zu bemerken, dass die beiden Konkordate sich nur auf bewegliche Sachen beziehen; Liegenschaften sind in der vorgeschriebenen Einheit des Konkurses nicht begriffen, sondern es steht den Behörden des Kantons, in welchem sich dieselben befinden, frei, nach ihren Gesetzen einen Separatkonkurs darüber auszuführen, in der Meinung jedoch, dass ein allfälliger Ueberschuss an die Hauptmasse abgeliefert werde.***) Die beiden Konkordate stimmen

*) Offiz. Samml. I. 284—286. Snell I. 243—244. Amtl. Samml. VI. 367—368. Kaiser, Samml. IV. 69—71.

**) Bundesbl. 1854 II. 61.

***) Ullmer S. 297. 465. 473.

auch darin mit einander überein, dass sie in gegebenen Fällen ihre Wirksamkeit vom Tage des ausgebrochenen Konkurses an äussern, so dass alles dannzumal vorhandene Vermögen des Falliten in die gemeinsame Hauptmasse abzugeben ist, insoferne nicht dingliche Rechte darauf schon bestehen oder geltend gemacht werden wollen, und daher von jenem Tage an keine Arreste mehr auf Eigenthum des Gemeinschuldners gelegt werden dürfen.*)

Was nun insbesondere das Konkordat von 1804 betrifft, so ist in einem Specialfalle behauptet worden, dasselbe bestehe nicht mehr in Kraft; der Bundesrath hat sich aber ausdrücklich in gegentheiligem Sinne ausgesprochen, indem er fand, dass dieses Konkordat weder mit Bundesvorschriften im Widerspruche stehe noch sein Inhalt Gegenstand der Bundesgesetzgebung geworden sei. Zugleich erklärte der Bundesrath, dass sich das Konkordat offenbar nicht bloss auf die äussern Formen, wie die Ansprüche geltend zu machen seien, sondern auch auf das materielle Konkursrecht beziehe,**) indem insbesondere alle Fragen der Kollokation nach den Gesetzen des Kantons, in welchem der Konkurs ausgetragen wird, und nicht etwa nach den heimathlichen Gesetzen der Ansprecher zu entscheiden sind. Das Konkordat will die gemeinrechtlichen Grundsätze über die Universalität und Attraktivkraft des Konkurses, welche sich in den Beziehungen selbstständiger Staaten zu einander nicht von selbst verstehen, unter den schweizerischen Kantonen zur Geltung bringen.***) Nach den Ausführungen eines ständeräthlichen Kommissionsberichtes sind in dem Konkordate namentlich folgende zwei Principien niedergelegt: einmal dass die konkordirenden Kantone den Gerichtsstand und die Gesetzgebung des Wohnortes als die für den Konkurs zuständigen anerkennen, und sodann dass der von den kompetenten Wohnortsbehörden verhängte Konkurs in der Weise universelle Bedeutung habe, dass sämmtliches bewegliches Vermögen des Konkursiten, es mag im Konkordatsgebiet gelegen sein, wo es will, in die eine und ungetheilte Konkursmasse zu ziehen sei.†) Wenn indessen eine Forderung, welche die Konkursmasse an den Bewohner eines andern Kantons stellt, von letzterm

*) Bundesbl. 1852 I. 416.
**) Bundesbl. 1856 I. 518.
***) Bundesbl. 1857 I. 218.
†) Bundesbl. 1861 II. 755.

bestritten wird, so ist der Rechtsstreit nach Art. 50 der Bundesverfassung von dem Richter des Wohnortes des Beklagten und nicht von dem Konkursrichter zu entscheiden; aus dem Konkordate folgt in diesem Falle nur, dass nach gerichtlich gutgeheissener Forderung der Betrag derselben der Konkursbehörde auszuliefern ist.*) Auch wenn die Konkursmasse eine Ersatzklage stellt wegen rechtswidriger Veräusserung von Gegenständen, die nach dem Konkordat ihr hätten zugehändigt werden sollen, so ist diese Klage vor dem Gerichtsstande des Wohnortes des Beklagten anzubringen.**)

Schon in wiederholten Fällen hat man versucht, Arrestlegungen, welche zu Gunsten eines einzelnen Gläubigers, jedoch erst längere Zeit nach dem Geldstage stattfanden, damit zu rechtfertigen, dass man den Art. 3 des Konkordates von 1804 dahin interpretirte, es habe derselbe bloss die Wirkung, dass beim Ausbruch eines Konkurses das sämmtliche Vermögen durch die Liquidationsbehörde zur Masse gezogen und gehörig unter die sämmtlichen Gläubiger vertheilt werden müsse. Der Bundesrath hat diese Auslegung des Konkordates für unrichtig erklärt und den Grundsatz aufgestellt, dass, so lange die Gläubiger aus der Konkursmasse nicht befriedigt seien, die Rechte derselben unter sich und gegen den Schuldner die gleichen bleiben und somit nicht der eine Gläubiger zum Nachtheil des andern sich durch eigenmächtige Handlungen in ein günstigeres Verhältniss setzen könne.***)

Der Art. 3 des Konkordates von 1804, erläutert und ergänzt durch Art. 1 des Konkordates von 1810, bildet, wie schon angedeutet wurde, die Regel. Ausnahmen, wo der Konkurs seine Attraktivkraft nicht ohne Weiteres ausübt, finden nach Art. 2 des letztern Konkordates in folgenden zwei Fällen statt: a. wenn das von der Konkursmasse in Anspruch genommene Eigenthum an beweglichen Sachen, welche sich in einem andern Kanton befinden, von dem Inhaber derselben oder von einer dritten Person streitig gemacht wird; b. wenn zwar nicht bestritten wird, dass die bewegliche Sache, um die es sich handelt, dem Falliten zugehörte, jedoch der Besitzer derselben oder eine dritte Person ein Pfandrecht an derselben zu haben behauptet. In diesen beiden Fällen hat die Liquidationsbehörde,

*) Bundesbl. 1854 II. 59—62.
**) Ullmer S. 472—473.
***) Bundesbl. 1856 I. 512—513.

welche die fraglichen Gegenstände in die Masse ziehen will, ihre Rechtsansprüche vor dem kompetenten Richter des Kantons, in welchem sich dieselben befinden, geltend zu machen.*) Für den zweiten Fall unterscheidet das Konkordat keinerlei Art von Pfandrecht, obgleich hinreichender Grund dazu vorhanden gewesen wäre, weil in vielen Kantonen Generalpfandrechte existiren und ebenso Specialpfandrechte, die nicht an den Besitz der Sache von Seite des Gläubigers gebunden sind. Die Idee des Konkordates war also offenbar die, dass die in einem Kanton gültig entstandenen Pfandrechte geschützt werden, und damit dieses um so sicherer geschehe, der Richter des Kantons, wo die Pfänder liegen, darüber entscheiden solle. Es scheint zwar der Titel des Konkordates »Effekten eines Falliten, welche als Pfand in Creditors Händen in einem andern Kanton liegen«, auf eine beschränkendere Interpretation hinzuweisen; allein die Worte »in Creditors Händen« sind im Konkordat selbst weggelassen und im Widerspruch zwischen dem Context und Titel eines Gesetzes muss gewiss der erstere entscheiden, zumal kein hinreichender innerer Grund dafür vorhanden ist, um die verschiedenen Arten von Pfandrechten verschieden zu behandeln.**)

In einem Specialfalle, welcher bis an die Bundesversammlung gezogen wurde, handelte es sich zunächst um die Frage, ob, wenn das Faustpfandrecht eines Gläubigers erst nach geschehener gerichtlicher Versteigerung der Faustpfänder angefochten wird, die Konkursmasse gleichwohl den Gerichtsstand des Wohnortes jenes Gläubigers anzuerkennen habe. Die ständeräthliche Kommission, welche den Fall zu begutachten hatte, antwortete hierauf folgendermassen: »Es ist eine allgemeine Regel, dass die Rechte der Gläubiger durch die Sachlage, welche beim Ausbruche des Konkurses bestand, bestimmt werden und dass Aenderungen, die im Laufe des Konkursverfahrens stattfinden, auf die rechtliche Stellung der Betheiligten keinen Einfluss ausüben sollen. Es ist geradezu Aufgabe des Konkursgerichtes, solche Veränderungen zu verhindern oder unwirksam zu machen. Ein Gläubiger, der beim Ausbruche des Konkurses sein Faustpfand dem Gerichte abliefert und auf Versilberung desselben anträgt, verwirkt dadurch keineswegs den Besitz des Pfandes, sondern es wird derselbe in seinem Namen durch das

*) Bundesbl. 1856 I. 515.

**) Bundesbl. 1852 I. 418.

Gericht ausgeübt und die gleichen Rechte, die ihm an der verpfändeten Sache zustanden, kommen ihm auch mit Beziehung auf den, das Surrogat und den Gegenwerth der Pfänder bildenden Erlös zu.« — Ueber die fernere Frage, ob die als Faustpfand hinterlegten Gültbriefe als »Effekten« im Sinne des Konkordates aufzufassen seien, spricht sich der Bericht der Kommission folgendermassen aus: »Gegenstand des streitigen Pfandrechtes sind allerdings drei grundversicherte Forderungen. Strenge genommen kann man von einer Forderung nicht sagen, dass sie irgend wo liege, weil sie unkörperlich ist und keinen Ort im Raum einnimmt. Strenge genommen kann auch vom Besitze einer Forderung nicht die Rede sein, und wenn man von dieser Auffassung ausgehen würde, wäre ein Faustpfandrecht, das ja immer auf dem Besitze beruht, an einer Forderung unmöglich. Aber fast in allen Rechtssystemen muss die strenge, begriffsmässige, rein theoretische Auffassung den praktischen Verkehrsbedürfnissen weichen. Es werden Forderungen aller Art den Sachen gleichgestellt, um ein Pfandrecht an denselben constituiren zu können. Man schreibt dem Gläubiger Besitz an der Forderung zu und macht es ihm möglich, durch Uebertragung des Besitzes ein Faustpfandrecht zu Gunsten irgend eines Dritten zu errichten. . . . . . In Folge dieser Operation wechselt die Forderung gewissermassen ihren Ort im Raum, indem sie nunmehr in der Hand des Faustpfandgläubigers sich befindet, während sie vorher von dem Faustpfandschuldner besessen worden ist. Gesetzt, es werde zum Behufe der Realisirung des Pfandrechts die verpfändete Forderung versteigert und von dem Faustpfandgläubiger oder irgend einem Dritten gekauft, so muss nun der neue Erwerber den Schuldner ganz gewiss an dem Wohnorte desselben belangen, und wenn die Forderung durch Pfande gedeckt ist, das Pfandrecht da geltend machen, wo dieselben liegen. Hievon ist aber im vorliegenden Falle überall nicht die Rede, sondern es ist bloss das Verhältniss zwischen dem Faustpfandgläubiger und dem Faustpfandschuldner oder jetzt der Konkursmasse des letztern in Frage. Für dieses Verhältniss kommt gar nichts darauf an, wo der Schuldner der verpfändeten Forderung wohne, und wo die zur Sicherheit derselben dienenden Grundstücke liegen. . . . . Gesetzt auch, dass wirklich ein Gültbrief die betreffende Forderung nicht repräsentire, so ist desshalb die Bestellung eines Faustpfandrechts an dem Gültbriefe oder vielmehr an der durch den Gültbrief beurkundeten Forderung keineswegs ausgeschlossen, sondern es ist auch unter dieser Voraussetzung möglich, den Besitz von dem Gläubiger auf einen Dritten zu übertragen und diesem die Forderung als Faustpfand zu hinterlegen; nur sind zu diesem Behufe neben der Uebergabe des Titels noch weitere vorsorgliche Massregeln erforderlich, um den Faustpfandgläubiger gegenüber dem Faustpfandschuldner sicher zu stellen. So ist z. B. im vorliegenden Falle den Schuldnern der verpfändeten Gültbriefe Anzeige gemacht und es ist ihnen untersagt worden, an den Gläubiger, resp. den Faustpfandschuldner Zahlung zu leisten, was bei Schuldbriefen, welche die Forderung repräsentiren, und ganz besonders bei Papieren auf den Inhaber gar nicht nöthig gewesen wäre.« Die Kommission fand daher, übereinstimmend mit dem Bundesrathe, es stehe die Beurtheilung der Frage, ob an den hinterlegten Gültbriefen ein Faustpfandrecht bestehe, nicht dem Konkursrichter im Kanton Aargau, sondern den Gerichten des Kantons Basel-Stadt zu, wo die Gläubiger wohnten, denen das Faustpfandrecht bestellt worden war. Die Bundesversammlung, indem sie den Rekurs abwies, erklärte sich mit den Ansichten der Kommission einverstanden.*)

Sechstes Kapitel.

Viehwährschaft und Viehseuchen.

§ 1. Bestimmung und Gewähr der Viehhauptmängel.

Schon im Jahr 1840 wurde von den Medicinalbehörden der Stände Zürich, Bern, Luzern, Solothurn, Basel-Stadt und Aargau die Anbahnung eines gemeinsamen Gesetzes in Betreff der Währschaft von Viehhauptmängeln, welches im Interesse der Viehbesitzer als höchst wünschenswerth erschien, in Anregung gebracht; die politischen Verhältnisse der Vierziger Jahre liessen indessen die angestrebte Vereinigung nicht zu Stande kommen. Unterm 15. April 1850 erliess sodann die Regierung von Aargau ein Kreisschreiben, in welchem sie den Gegenstand neuerdings zur Sprache brachte und

*) Bundesbl. 1863 III. 161—171, 639—643.

den Wunsch ausdrückte, dass mit der Entwerfung eines darauf bezüglichen Konkordates eine Konferenz von Kantonsabgeordneten beauftragt werden möchte. Diese Konferenz trat dann wirklich zuerst im November 1850, hierauf im Juli 1851, endlich nochmals unterm 5. August 1852 in Bern zusammen.*) Das Ergebniss ihrer wiederholten Berathungen ist nun das vom letztern Tage datirte, vom Bundesrathe unterm 21. Juni 1854 genehmigte Konkordat über »Bestimmung und Gewähr der Viehhauptmängel«, welchem anfänglich bloss sieben, im Laufe der Zeit aber folgende dreizehn Kantone beigetreten sind: Zürich, Bern, Schwyz, Zug, Freiburg, Solothurn, Basel, Appenzell, St. Gallen, Aargau, Thurgau, Waadt und Neuenburg.**)

Die wesentlichsten Bestimmungen dieses Konkordates sind folgende:

Beim Handel mit Thieren aus dem Pferdegeschlecht und mit Rindvieh, wenn das Thier über 6 Monate alt ist, hat der Uebergeber (Verkäufer oder Vertauscher) dem Uebernehmer während der festgesetzten Zeit dafür Währschaft zu leisten, dass dieselben mit keinem der gesetzlichen Gewährsmängel behaftet seien. Solche Mängel sind:

a. bei Thieren des Pferdegeschlechts: 1) Abzehrung als Folge von Entartung der Organe der Brust- und Hinterleibshöhle; 2) alle Arten von Dampf; 3) verdächtige Druse, Roz- und Hauptwurm; 4) Still- oder Dummkoller.

b. beim Rindvieh: 1) Abzehrung als Folge von Entartung der Organe der Brust- und Hinterleibshöhle; 2) ansteckende Lungenseuche.

Die Währschaftszeit beginnt mit dem Tage der Uebergabe und dauert bei der Lungenseuche 30, bei allen andern Mängeln 20 Tage. Für Thiere, welche vor Ablauf der Währschaftszeit ausser das Konkordatsgebiet geführt werden, dauert die Währschaftspflicht nur bis zur Ueberschreitung dieses Gebietes.***)

Das Vorhandensein eines Gewährsmangels innerhalb der Währschaftszeit hat zur Folge, dass der Uebergeber gehalten ist, das

*) Akten in den Kantonsarchiven.

**) Amtl. Samml. IV. 196—197. 210—213. 362. V. 68. 122. VI. 455. VII. 113. 283. 652. Kaiser, Samml. IV. 36—40.

***) Dieser Bestimmung sind die Kantone Thurgau und Appenzell A. Rh. nicht beigetreten.

Thier zurückzunehmen und den empfangenen Kaufpreis dem Uebernehmer zu ersetzen. Abweichungen von den gesetzlichen Bestimmungen über Gewährsmängel und Gewährszeit können durch Vertrag bedungen werden.

Folgendes Verfahren soll bei den Gewährsmängeln beobachtet werden:

Wenn der Uebernehmer eines Thieres einen solchen Mangel an demselben wahrnimmt, so hat er dem Uebergeber durch einen Gemeindsbeamten davon Anzeige zu machen und ihm das Thier zurück zu bieten. Der Uebergeber hat sich binnen zwei Tagen zu erklären, ob er das Thier zurücknehmen wolle. Erfolgt diese Erklärung nicht, oder kann der Uebernehmer wegen nahe bevorstehenden Auslaufes der Gewährszeit oder aus einem andern Grunde den Uebergeber nicht befragen, so soll der Uebernehmer durch den Gerichtspräsidenten seines Aufenthaltsortes zwei patentirte Thierärzte bezeichnen lassen, welche das Thier zu untersuchen haben. Von dieser Untersuchung ist jedoch derjenige Thierarzt, welcher das Thier zuvor behandelt hat, auszuschliessen. Die berufenen Thierärzte haben die Untersuchung sogleich, jedenfalls innert 24 Stunden nach Empfang der Aufforderung, vorzunehmen. Sind sie in ihren Ansichten einig, so ist der Befund und das Gutachten gemeinschaftlich, bei getheilter Ansicht aber von jedem besonders abzufassen. Im letzteren Falle wird der Gerichtspräsident unverzüglich eine nochmalige Untersuchung durch einen dritten Thierarzt anordnen und dann die sämmtlichen Berichte der Medicinalbehörde des Kantons zur Abgabe eines Obergutachtens übermitteln. Erklären die untersuchenden Thierärzte, dass zur Abgabe eines bestimmten Befindens die Tödtung des Thieres nothwendig sei, so kann diese auf Bewerben des Uebernehmers vom Gerichtspräsidenten bewilligt werden; jedoch ist der Uebernehmer vorher davon in Kenntniss zu setzen, wenn solches möglich und keine Gefahr im Verzuge ist. Sollte ein im lebenden Zustande untersuchtes Thier während der Gewährszeit umstehen, oder aus polizeilichen Rücksichten getödtet werden, so ist dasselbe nochmals zu untersuchen, ein Sektionsbefund mit Gutachten abzufassen und nöthigenfalls das frühere Gutachten zu berichtigen. Die erste Untersuchung eines Thieres muss innerhalb der Währschaftszeit vorgenommen werden, ansonst dieselbe keine rechtliche Wirksamkeit hat. Der Gerichtspräsident wird nach Empfang des Gutachtens der Thierärzte, oder des Obergutachtens der Medicinalbehörde sofort dem Uebernehmer das Original, dem Uebergeber aber eine Abschrift davon zustellen und den letztern auffordern lassen, sich zu erklären, ob er das Vorhandensein eines Gewährsmangels bei dem untersuchten Thiere anerkenne. Giebt der Uebergeber keine bejahende Erklärung, so kann er von dem Uebernehmer rechtlich belangt werden. Das übereinstimmende Gutachten der untersuchenden Thierärzte oder das Obergutachten der Medicinalbehörde ist für das richterliche Urtheil massgebend. Die sämmtlichen Kosten des vorgeschriebenen Verfahrens, sowie diejenigen der ärztlichen Behandlung und Fütterung des Thieres nach erfolgter Rückbietung sind von demjenigen Theile zu tragen, welchem das Thier anheimfällt. Nach angehobenem Rechtsstreite soll der Richter auf Begehren der einen oder andern Parthei die öffentliche Versteigerung des Thieres anordnen und den Erlös in Verwahrung nehmen.

Endlich enthält das Konkordat noch folgende wesentliche Bestimmung: Wenn R i n d v i e h zum Schlachten veräussert und dann mit einer solchen Krankheit behaftet erfunden wird, dass der Verkauf des Fleisches ganz oder theilweise untersagt wird, so hat der Uebergeber für den erweislichen M i n d e r w e r t h Vergütung zu leisten.

Was die Anwendung dieses Konkordates betrifft, so liegen uns bis jetzt bloss zwei Entscheidungen des Bundesrathes vor, welche sich auf dasselbe beziehen. In dem einen Rekursfalle wurde der allgemeine Grundsatz ausgesprochen, dass die Aufgabe der bundesgemässen Ueberwachung des Konkordates nur darin bestehen könne, das gänzliche Ignoriren desselben oder doch die Missachtung einer klaren Bestimmung zu verhindern, während die Auslegung des Konkordates mit Rücksicht auf einzelne streitige Fälle zunächst Sache der kompetenten Gerichte sein müsse. Im Specialfalle fand der Bundesrath überdiess die Ansicht der aargauischen Gerichte »plausibel«, dass unter dem Richter, welcher n a c h a n g e h o b e n e m P r o z e s s e die Versteigerung des Thieres anzuordnen befugt ist, nicht der Gerichtspräsident des Wohnortes des Klägers, welchem das Konkordat die d e m P r o z e s s e v o r a u s g e h e n d e n vorsorglichen Massregeln anheimstellt, sondern das Gericht, bei welchem der Prozess eingeleitet worden, also dasjenige des Wohnortes des Beklagten zu verstehen sei.*) — In dem andern Rekursfalle sprach sich der Bundes-

*) U l l m e r S. 497—499.

rath dahin aus, dass das Gesetz des Kantons Waadt, welches eine Frist von 42 Tagen für Anhebung der Währschaftsklagen statuirt, dem Konkordate nicht zuwiderlaufe, weil letzteres zwar nach der prozessualischen Seite hin allerdings Vorschriften über die Feststellung des Thatbestandes und Sicherung der Beweise, dagegen über die davon verschiedene Materie der Klagverjährung keinerlei Vorschriften enthalte, somit jedem Kanton freistehe, diese Frage nach eigenem Ermessen zu ordnen.*)

§ 2. Gemeinschaftliche polizeiliche Massregeln gegen Viehseuchen.

Das Konkordat, welches diesen Gegenstand behandelt, wurde gleichzeitig mit demjenigen über die Viehhauptmängel von Aargau angeregt und an wiederholten Konferenzen von Kantonsabgeordneten berathen. Es erschien dasselbe gewissermassen noch als das dringendere Bedürfniss, indem man sich seit langem davon hatte überzeugen können, dass die von einzelnen Kantonen getroffenen polizeilichen Massregeln gegen Viehseuchen bedeutende Hemmungen des innern Verkehrs verursachen, ohne weder deren Einschleppung von Aussen, noch ihre weitere Verbreitung im Innern der Kantone vollständig zu verhindern, oder eine möglichst schnelle Vertilgung zu bewirken. Dessenungeachtet sind bis jetzt dem Konkordate betreffend die Viehseuchen bloss neun Kantone, die aber ein bedeutendes, zusammenhängendes Gebiet umfassen, nämlich Zürich, Bern, Luzern, Schwyz, Zug, Freiburg, Solothurn, Aargau und Neuenburg beigetreten. Der Bundesrath, indem er unterm 21. Juni 1854 das Konkordat genehmigte, hat doch dabei ausdrücklich die Befugnisse vorbehalten, welche mit Rücksicht auf gemeingefährliche Seuchen nach Art. 59 der Bundesverfassung den Bundesbehörden zustehen.

Folgendes ist der wesentliche Inhalt des Konkordates:

Der Verkehr mit Hausthieren, die an einer ansteckenden Krankheit leiden, ist verboten. Behufs genauer Handhabung dieses Verbotes werden die konkordirenden Kantone für den Verkehr mit Rindvieh und Thieren des Pferdegeschlechtes amtliche Gesundheitsscheine in der Art einführen, dass bei jeder Veräusserung eines solchen Thieres, wenn dasselbe über 6 Monate alt ist, dem Uebernehmer

*) Bundesbl. 1864 I. 382—383.

ein Gesundheitsschein übergeben werden muss. Gleiche Gesundheitsscheine werden für aus dem Auslande einzuführendes Rindvieh und Thiere des Pferdegeschlechtes erfordert. Wenn besondere Verhältnisse die Beibringung solcher Scheine unmöglich machen, so müssen die betreffenden Thiere an der Eingangsstation durch einen schweizerischen Thierarzt untersucht werden, und beim Rindvieh ist überdiess der Wiederverkauf erst nach 3 Wochen zu gestatten, mit Ausnahme solcher Thiere, welche an die Schlachtbank abgegeben werden.

Die Thierkrankheiten, bei welchen vorsorgliche Massregeln von den Kantonsregierungen ergriffen werden sollen, sind: 1) die Rinderpest, 2) die Lungenseuche des Rindviehs, 3) die Maul- und Klauenseuche des Rindviehes, der Schafe, Ziegen und Schweine, 4) die Schafpocken, 5) die Raude der Schafe und Pferde, 6) der Roz und Hauptwurm und die verdächtige Druse des Pferdes. Für jede dieser Krankheiten sind genau detaillirte Bestimmungen aufgestellt, welche die zum Schutze gegen dieselben zu ergreifenden Massregeln enthalten. Beim Ausbruche einer solchen Seuche in dem benachbarten Gebiete eines auswärtigen Staates hat diejenige Kantonsregierung, welche davon auf irgend eine Weise Kenntniss erhält, dem Bundesrathe und den Regierungen der konkordirenden Kantone Mittheilung zu machen und es haben die von der Ansteckung bedrohten Kantone sofort die vorgeschriebenen Massregeln zu treffen. Die gegen das Ausland angeordneten Bestimmungen kommen auch gegenüber denjenigen Kantonen, welche dem Konkordate nicht beitreten, in Anwendung. Wenn dagegen eine der genannten Seuchen im Innern eines konkordirenden Kantons ausbricht, so sind von der betreffenden Regierung die festgesetzten Vorkehrungen gegen deren weitere Verbreitung sogleich zu treffen und die Regierungen der angränzenden Kantone davon in Kenntniss zu setzen. Die konkordirenden Kantone verpflichten sich gegenseitig, beim Ausbruch einer der genannten Seuchen in ihrem Gebiete oder in einem benachbarten Staate den Viehverkehr von einem Kanton in den andern nicht in höherm Masse zu erschweren, als das Konkordat bestimmt. Wenn beim Vorkommen einer Seuche die Bösartigkeit oder Contagiosität strenge Polizeimassregeln nothwendig machen, um deren Einschleppung oder Verbreitung zu verhüten oder dieselbe zu vertilgen, so werden die betreffenden Behörden das

Volk über die Gefahr und die nothwendige Vorsicht durch Kundmachungen zu belehren suchen. Damit die erforderlichen Massregeln schnell getroffen werden können, sind die Eigenthümer von Hausthieren verpflichtet, von dem Vorkommen einer der genannten Krankheiten bei der Ortspolizeibehörde sogleich Anzeige zu machen. Die nämliche Verpflichtung haben auch die Thierärzte, Fleischbeschauer und Viehinspektoren, sowie alle Polizeibediensteten, wenn sie von dem Vorhandensein einer solchen Krankheit Kenntniss erhalten. Wird zur Verhütung der weitern Verbreitung einer Seuche das Tödten der erkrankten oder möglicher Weise angesteckten Thiere polizeilich angeordnet, so sind die Eigenthümer von dem betreffenden Kanton angemessen zu entschädigen.*)

Siebentes Kapitel.

Strafrechtliche Verhältnisse.

§ 1. Zeugenverhöre in Kriminalfällen.

Wir haben im ersten Bande (S. 208 ff.) gesehen, wie das Konkordat über Auslieferung der Verbrecher vom 9. Juni 1809, bestätigt den 8. Juli 1818, in seinen wichtigsten Bestimmungen durch das, in Folge des Art. 55 der Bundesverfassung erlassene Bundesgesetz vom 24. Juli 1852 ersetzt worden ist. Durch den Schlussartikel dieses Gesetzes ist das Konkordat ausdrücklich aufgehoben worden, jedoch mit Ausnahme der Artt. 19 und 20 desselben,**) welche somit in Kraft verblieben sind. Diese Artikel lauten folgendermassen:

Art. 19. »*Wäre es nothwendig, dass zu Erhebung eines Verbrechens oder seiner Umstände Angehörige des einen oder des andern Kantons zur Ablegung eines Zeugnisses einvernommen werden müssten, so werden dieselben, auf vorläufige Ersuchungsschreiben, die Zeugnisse der Regel nach vor ihrem natürlichen Richter ablegen. Die persönliche Stellung der Zeugen kann aber auch in ausserordentlichen Fällen, wenn nämlich solche zu Confrontationen oder zu Anerkennung der Identität eines Verbrechers, oder von Sachen u. s. w. nothwendig*

*) Amtl. Samml. IV. 196—209. VIII. 41. Kaiser, Samml. IV. 41—51.
**) Amtl. Samml. III. 168.

ist, von der betreffenden Regierungsbehörde begehrt und soll, ohne erhebliche, der anzusuchenden Regierungsstelle anzuzeigende Gründe, niemals verweigert werden.«

Art. 20. *»In diesem Fall machen sich die Kantone wechselseitig anheischig, dem Zeugen an Entschädigung und allfälligem Vorschuss zukommen zu lassen, was, nach Massgabe der Entfernung und Dauer des Aufenthaltes, auch in Berücksichtigung des Standes, des Gewerbes und anderer Verhältnisse des requirirten Zeugen billig ist; so dass von Seite der Behörde, welche die persönliche Zeugenerscheinung verlangt hat, eine vollständige Entschädigung geleistet werde.«*

Nach diesen Bestimmungen gilt also die Regel, dass, wenn in einem Kriminalfalle, der in einem Kanton verhandelt wird, die Einvernahme von Zeugen, die in einem andern Kanton wohnen, als nothwendig erscheint, dieselben auf Ansuchen des kompetenten Strafrichters vor dem Richter ihres Wohnortes zu verhören sind. Ausnahmsweise aber, namentlich wenn es sich um Confrontationen mit dem Angeschuldigten, um Anerkennung der Identität von Personen und Sachen handelt, kann die persönliche Stellung der Zeugen vor den Strafrichter verlangt und es soll alsdann diesem Gesuche von der Regierung ihres Wohnortes unweigerlich entsprochen werden. Dabei ist zu bemerken, dass bei dem, gegenwärtig in vielen Kantonen eingeführten öffentlich-mündlichen Verfahren, wie es namentlich vor Schwurgerichten stattfindet, die persönliche Stellung von Zeugen wohl ohne Zweifel häufiger verlangt wird als es früher bei dem schriftlich-geheimen Verfahren der Fall war.

Den vorstehenden Konkordatsbestimmungen sind alle Kantone ausser Genf beigetreten, welches seinerseits nur den Vorbehalt machte, welcher in den Staatsverträgen mit dem Auslande vorzukommen pflegt: dass ein Zeuge, welcher als Mitschuldiger an dem in Frage liegenden Verbrechen befunden werden sollte, dem Richter seines Wohnortes zur Beurtheilung zu überweisen und auf Kosten der Regierung, welche die Stellung verlangte, zurückzutransportiren sei.*)

Was die Anwendung dieses Konkordates betrifft, so haben wir einen einzigen Rekursentscheid des Bundesrathes hier anzuführen. In einer Kriminaluntersuchung, welche im Kanton Thurgau ge-

*) Offiz. Samml. I. 303—305. Snell I. 253—255. Kaiser, Sammlung IV. 19—20.

führt wurde, verlangte das dortige Verhöramt von demjenigen des Kantons Uri, dass die Lotteriedirektion in Altorf angehalten werde, einen Buchauszug über ihren Verkehr mit einem thurgauischen Kollekteur bezüglich einer bestimmten Ziehung einzusenden. Die Lotteriedirektion weigerte sich diess zu thun, und wurde in ihrer Weigerung durch die Regierung von Uri unterstützt. Hierüber beschwerte sich die Regierung von Thurgau beim Bundesrathe; sie führte aus, dass die Weigerung der Herren Muheim und Söhne, einen Buchauszug abzugeben, gleichbedeutend sei mit der Weigerung, persönlich Zeugniss abzulegen, wozu sie nach dem Konkordate angehalten werden könnten, und dass es allein dem Verhöramte, welchem die Hauptleitung der Untersuchung übertragen sei, zustehe, über die Nothwendigkeit eines Zeugnisses zu entscheiden. Der Bundesrath wies die Beschwerde für einstweilen ab, gestützt auf folgende Erwägungen: Der Art. 19 des Konkordates vom 8. Juni 1809 ordnet nur das prozessualische Verfahren bei der Ablegung des Zeugnisses, ohne über die Frage der materiellen Zeugnisspflicht Bestimmungen zu enthalten, woraus von vornherein folgt, dass die Regulirung dieses Verhältnisses jedem Kanton überlassen bleibt. Dabei entscheidet selbstverständlich die Gesetzgebung des Kantons, welchem der Zeuge angehört, wie denn gewiss kein Kanton, welcher z. B. die Geistlichen für das Beichtgeheimniss, Advokaten und Aerzte für den Inhalt von Consultationen, Verwandte im Verhältniss zu andern Verwandten von der Zeugnisspflicht im eigenen Kanton befreit, angehalten werden kann, diese Personen zur Zeugnissablegung in Strafprozessen zu nöthigen, die in einem andern Kanton geführt werden, dessen Gesetzgebung solche Exemtionen nicht zulässt. Ebensowenig als die Gesetzgebung des requirirenden Kantons haben dessen Untersuchungsbehörden über die Zeugnisspflicht eines auswärtigen Zeugen zu entscheiden, sondern es ist auch dieser Entscheid Sache der Behörden des requirirten Kantons, welche ja einzig und allein im Falle sind, der Weigerung des Zeugen gegenüber den nöthigen Zwang anwenden zu können. Jedoch sind nach Art. 48 der Bundesverfassung die Kantone gehalten, bei Entscheidung der Frage der Zeugnisspflicht ganz die gleichen Grundsätze in Anwendung zu bringen wie bei Strafuntersuchungen, die im eigenen Kanton geführt werden. Für die Beurtheilung der Frage, ob die Regierung von Uri den Art. 48 der

Bundesverfassung verletzt habe, ist nun zur Zeit das nöthige Aktenmaterial noch nicht vorhanden, indem sie sich nur weigert die Lotteriedirektion zu nöthigen, einen allgemeinen Buchauszug vorzulegen, während noch nicht ermittelt ist, ob sie sich auch weigern würde, weiteres Zeugniss erheben zu lassen, wenn eine specielle Verifikation der vom Inkulpaten gemachten Angaben begehrt würde.*)

§ 2. Stellung der Fehlbaren in Polizeifällen.

Das Konkordat vom 7. Juni 1810, bestätigt den 9. Juli 1818, welchem achtzehn Kantone (alle ausser Aargau, Waadt, Wallis und Genf) beigetreten sind, lautet folgendermassen:

»*Die konkordirenden Stände wollen, bei allgemein anerkannten Polizeivergehen, die aus alt-eidgenössischer Uebung herrorgegangene Stellung der Schuldigen, auf förmliche Requisition hin, gestatten.*«

Dieses Konkordat ist im Jahr 1840 durch eine Mehrheit der demselben beigetretenen Stände folgendermassen erläutert worden:

»*Unter dem Ausdruck »Stellung eines Fehlbaren in Polizeifällen« ist nichts Weiteres zu verstehen, als dass die, einen solchen Fehlbaren betreffenden Requisitorialien der Behörden anderer Kantone dem Fehlbaren amtlich insinuirt und dass der Letztere aufgefordert werde, einer solchen Insinuation Folge zu leisten, ohne dass derselbe auf irgend eine Weise durch Anwendung von Zwangsmitteln angehalten werden muss, sich wirklich vor der Behörde, welche die Requisition verlangt hat, zu stellen.*«**)

Im Gegensatze zu dem Auslieferungsverfahren in Kriminalfällen, welches früher ebenfalls durch ein Konkordat näher bestimmt war und jetzt durch ein Bundesgesetz geregelt ist, besteht bei Polizeiübertretungen die alte Uebung, dass, wenn in einem Kanton ein Bewohner eines andern Kantons, der sich nur vorübergehend dort aufhielt, oder Jemand, der seinen Wohnsitz nachher in einen andern Kanton verlegt hat, einer solchen Uebertretung beschuldigt wird, die kompetente Behörde des Wohnortkantons auf Ersuchen derjenigen Behörde, in deren Amtskreise das Polizeivergehen begangen worden ist, die Vorladung vor das kompetente Gericht des andern Kantons den Beschuldigten zu insinuiren hat. Diese Uebung ist

*) Bundesbl. 1864 I. 383—385.

**) Offiz. Samml. I. 306—307. II. 40. III. 75—76. Snell I. 255. Nachtr. 2 S. 3—4. Kaiser, Samml. IV. 20—21.

durch das Konkordat vom 7. Juni 1810 für die beigetretenen Kantone zum Gesetz erhoben worden und es gilt also bei Polizeiübertretungen unbedingt das forum delicti commissi, indem namentlich aus der »Stellung« des Beschuldigten, welche der Wohnortskanton zu gestatten hat, von selbst auch die Verpflichtung folgt, ein Strafurtheil, welches gegen denselben erlassen wird, anzuerkennen und vollziehen zu helfen. Dass das Konkordat die Verpflichtung, welche es den Kantonen auferlegt, auf »allgemein anerkannte Polizeivergehen« beschränkt, ist begreiflich, indem bei der, in dieser Materie unbeschränkten Souveränetät der Kantone und der grossen Verschiedenheit der Begriffe, welche in der Schweiz bestehen, es einem Kanton einfallen könnte, Handlungen und Unterlassungen zu bestrafen, die sonst überall für erlaubt gelten. Der Ausdruck »allgemein anerkannt« ist freilich etwas elastisch und lässt der Interpretation der Kantonsregierungen weiten Spielraum; indessen scheint sich in der Praxis die Sache leicht und einfach zu gestalten, indem der Bundesrath niemals in den Fall gekommen ist, über die Anwendung dieses Konkordates zu entscheiden.

§ 3. Verbannungsstrafen.

Das Konkordat »betreffend die Polizeiverfügungen gegen Gauner, Landstreicher und gefährliches Gesindel« vom 17. Juni 1812, bestätigt den 9. Juli 1818, enthält in § 3 folgende, ins Kriminalrecht einschlagende Bestimmung:

»*Von allen Ständen wird der Grundsatz als verpflichtend angenommen, keine der gemeinen Sicherheit gefährliche Schweizer zu verbannen, sondern sie in einheimischen oder ausländischen Anstalten in Erhaltung**) *zu setzen: in Hinsicht der Fremden aber solche Massnahmen zu treffen, dass ihre Wegschaffung aus der Schweiz den Mitständen nicht gefährlich werde.*«

Dieser Konkordatsbestimmung sind a c h t z e h n Kantone beigetreten; fremd geblieben sind derselben einzig die Stände S c h w y z, G l a r u s, W a a d t und N e u e n b u r g. Dabei hat jedoch G l a r u s ausdrücklich erklärt, dass es niemals, zum Nachtheil anderer Kantone, Verbannungsstrafen bloss ausser sein Kantonsgebiet, son-

*) Offenbar sollte es hier heissen »Enthaltung«, welches Wort auch in dem einschlägigen Kommissionsbericht (Tagsatzungs-Abschied von 1811) gebraucht wird.

dern nur solche ausser die gesammte Eidgenossenschaft verhängen werde.*)

Den kleinen Kantonen fehlten früher gänzlich und fehlen zum Theil noch wohl eingerichtete Strafanstalten, in denen die Verbrecher untergebracht werden können. Diesem Mangel ist es hauptsächlich zuzuschreiben, dass dort Verbannungs- und Ausweisungsstrafen in weiterm Masse angewendet wurden als mit einer guten Polizei verträglich ist. Wurde ein Schweizer wegen eines gemeinen Verbrechens ins Ausland verbannt, so wurde er natürlich hier nicht aufgenommen, sondern über die Gränze zurückgeschickt und irrte dann, ohne irgendwo Duldung und festen Wohnsitz zu finden, von Kanton zu Kanton umher. Das Nämliche war der Fall, wenn ein Kantonsangehöriger wegen eines gemeinen Verbrechens bloss aus dem Kanton gewiesen, also den eidgenössischen Mitständen zugeschoben wurde. Um diesen Uebelständen zu begegnen, wurde in das Konkordat von 1812 die obige Bestimmung aufgenommen und derselben zugleich folgender Zusatz beigefügt: »Weil in mehrern Kantonen sich keine oder wenigstens keine hinreichenden Anstalten finden, so wird die eidgenössische Behörde eingeladen, mit fremden Staaten Negociationen einzuleiten, zu dem Endzweck, dass die einheimischen Verbrecher in äussere Zuchthäuser oder in entfernte Kolonien aufgenommen werden; nach deren fruchtlosem Erfolge es sich dann fragen wird, inwiefern es den Kantonen, die keine Zuchthäuser besitzen, anstehen mag, zu Errichtung gemeinsamer Zuchthäuser sich zu vereinbaren.« In den fünfzig Jahren, welche seit dem Abschlusse des Konkordates verflossen sind, ist weder in der einen noch in der andern Richtung ein Uebereinkommen erfolgt, und was die Unterhandlungen mit dem Auslande betrifft, so kann man sich nur freuen darüber, dass sie zu keinem Resultate geführt haben. Dagegen haben die meisten kleinern Kantone nunmehr entweder eigene Zuchthäuser errichtet oder sich den wohl eingerichteten Strafanstalten der grössern Kantone angeschlossen.

Das Konkordat vom 17. Juni 1812 enthält endlich noch in Art. 5 folgende Ausführungsbestimmung, welche sich auf die polizeiliche Behandlung der zur Verbannung aus der Schweiz verurtheilten Individuen bezieht:

*) Off. Samml. I. 309—310. II 40. Snell I. 257—258 hat die Erklärungen der dissentirenden Stände nicht ganz richtig wiedergegeben. Kaiser Samml. IV. 53—55.

»Die signalisirten Verwiesenen, vorzüglich wenn es Landesfremde sind, sollen von der Polizeibehörde des Kantons, wo sie aufgegriffen werden, wo möglich über die Gränze der Eidgenossenschaft gebracht; falls aber deren Wegschaffung über die Gränze nicht möglich wäre, diese Verwiesenen wiederum dem Kanton zugeführt werden, welcher die Verbannungsstrafe gegen sie ausgesprochen hat; die Signalisirten hingegen, deren Arrestation verlangt wird, sollen derjenigen Behörde ausgeliefert werden, von der sie ausgeschrieben worden sind.«

Das Bestreben, durch eine bessere Handhabung der polizeilichen Vorschriften dem um sich greifenden Uebel der Heimathlosigkeit entgegenzuwirken, veranlasste nachher die Tagsatzung, unterm 14. Juli 1828 eine »Uebereinkunft und Erläuterung« aufzustellen, welche folgendermassen lautet:

»Besonders nachdrücklich wird allen Ständen die genaue Beachtung des § 3 im Konkordat über das Polizeiwesen vom 17. Juni 1812 empfohlen, welcher den Grundsatz verpflichtend aufstellt, keine der gemeinen Sicherheit gefährliche Schweizer zu verbannen; und in Bezug auf fremde Verbrecher, über welche Verbannungsurtheile ausgefällt werden, ist als Regel angenommen:

»a. dass solche Urtheile entweder den Kantonen durch Korrespondenz angezeigt, oder durch das allgemeine Signalementsbuch, mit Beirückung der Personalbeschreibung des Verwiesenen, zur Zeit seiner Abführung aus der Schweiz bekannt gemacht, und dass

»b. die verwiesenen Verbrecher selbst, nach Inhalt des Urtheils, entweder sogleich oder nach vollendeter Strafzeit auf dem nächsten Weg transportweise über die Schweizergränze, und wenn möglich, in ihre Heimath gebracht werden sollen; wobei sich die Kantone — jeder auf seine Kosten — sowie beim Transport fremder Vaganten die erforderliche Hülfe zu leisten haben.«

Dieser nachträglichen Uebereinkunft sind alle Kantone beigetreten mit Ausnahme von Schwyz und Freiburg, dagegen mit Inbegriff von Glarus, Waadt und Neuenburg, welche damit zu erkennen gegeben haben, dass sie die im Konkordate von 1812 aufgestellten Grundsätze ihrerseits auch befolgen wollen.

Graubünden hat bei Annahme der Uebereinkunft von 1828 zu Protokoll erklärt, es verstehe das Konkordat dahin,

»dass kein Stand eigene Angehörige weder aus seinem Gebiet noch aus der ganzen Eidgenossenschaft verbannen dürfe; dass aber jedem

Kanton zustehe, straffällige Angehörige anderer Stände aus seinem eigenen Gebiete durch richterliche Urtheile zu verweisen.« *)

Diese Erklärung hat, wie sich aus den Abschieden von 1827 und 1828 ergibt, an der Tagsatzung keinerlei Entgegnung gefunden und ist also von den übrigen Ständen stillschweigend gebilligt worden. In der That stimmt die Auffassung Graubündens, wenn sie auch dem sehr wenig präcisen Wortlaute des Konkordates von 1812 nicht entspricht, doch jedenfalls überein mit dem Niederlassungskonkordate von 1819, sowie mit dem an dessen Stelle getretenen Art. 41 der Bundesverfassung. Nach letzterm kann der in einem andern Kanton niedergelassene Schweizerbürger, und um so mehr auch der blosse Aufenthalter, wenn er sich dort eines Verbrechens oder Vergehens schuldig macht, durch gerichtliches Strafurtheil weggewiesen werden. Diese Verweisung kann natürlich für kürzere oder längere Zeit erkannt werden; nur darf sie nicht auf Strafgesetzen beruhen, welche den Schweizerbürger anders behandeln als den Angehörigen des eigenen Kantons, weil solche Gesetze dem Art. 48 der Bundesverfassung zuwiderlaufen.**)

Achtes Kapitel.

Polizeiliche Bestimmungen.

§ 1. Passwesen.

Das Konkordat vom 17. Juni 1812, von welchem wir bereits im vorigen Abschnitte geredet haben, beabsichtigte im Allgemeinen eine Verbesserung des Polizeiwesens in der Schweiz, welche, bei der Zerstückelung ihres Gebietes in viele kleine Staaten, hinter den Nachbarstaaten, welche diesem Verwaltungszweige von jeher grosse Aufmerksamkeit geschenkt hatten, auffallend zurückgeblieben war. Was insbesondere das Passwesen betrifft, so stellte das Konkordat im Art. 1***), welchem alle Kantone mit Ausnahme Neuenburgs beigetreten sind, folgende Vorschriften auf:

*) Offiz. Samml. II. 150—151. 260. Snell I. 263—264. Kaiser, Sammlung IV. 57—58.

**) Vergl. Bd. I S. 241.

***) Der Art. 2, welcher unter dem Einflusse besonderer Zeitverhältnisse entstanden ist und eigentlich nur im Allgemeinen den Kantonen die Handhabung guter Polizei einschärft, darf wohl als antiquirt betrachtet werden.

»a. Pässe für das Ausland, sowie, wenn es Landesfremde betrifft, auch die Pässe für das Innere sollen entweder einzig und allein von den Regierungskanzleien ausgestellt, oder wo es die Lokalitäten nicht gestatten, zwar auch von dem Obervollziehungsbeamten ausgestellt, allemal aber von den Regierungskanzleien visirt und in eine Generalkontrolle eingetragen werden.

»b. Für das Innere der Schweiz sollen die Pässe nur von den Regierungskanzleien oder den obern Vollziehungsbeamten, und zwar allein auf solche Belege hin ertheilt werden, die über die Individualität des Passträgers sichere und beruhigende Auskunft zu geben vermögen.

»c. Es soll ein gemeinsames, in der Schweiz ausschliesslich geltendes Passformular eingeführt werden.

»d. Die Kundschaften für Handwerksgesellen sollen gänzlich abgeschafft und dagegen Wanderbücher, wie solche in Deutschland gebräuchlich sind, eingeführt und einzig von den obern Vollziehungsbeamten ausgestellt werden.«

In Ausführung von litt. c wurden dann an der Tagsatzung des Jahres 1813 zwei Formulare aufgestellt: eines für die Reisepässe sowohl nach dem Auslande als im Innern der Schweiz, das andere für die sogenannten Laufpässe, welche den Inhaber verpflichten, sich binnen einer vorgeschriebenen kurzen Zeitfrist nach seinem Bestimmungsorte zu begeben. Da in Hinsicht der Wanderbücher für Handwerksgesellen die gewünschte Uebereinstimmung schon bestand, so fand die Tagsatzung nicht für nothwendig, sich mit Festsetzung eines diessfälligen Formulars zu beschäftigen. Dagegen wurden über die Frage, an wen und unter welchen Bedingungen die Reiseschriften ertheilt werden sollen, folgende Bestimmungen aufgestellt:

»Pässe können gegeben werden:

»a. Allen Kantonsbürgern, nach den in jedem Kanton bestehenden Verordnungen.

»b. Auch Jenen, die nicht Kantonsangehörige sind, seien sie Schweizerbürger oder Fremde, im Fall sie sich mit gesetzlicher Niederlassungsbewilligung ausweisen können. Jene Fremden aber von auswärtigen Staaten, deren Minister in der Schweiz residiren, sollen bei denselben sich um einen Pass bewerben, oder einen Bewilligungsschein für einen schweizerischen auswirken.

»c. In ausserordentlichen oder dringenden Fällen, wo der Pass vergessen, verloren oder die Dauer desselben ausgelaufen sein würde, können auch Schweizerbürgern aus andern Kantonen, oder fremden Durchreisenden Pässe ertheilt werden, wenn sich dieselben durch einen angesehenen Mann des Orts oder auf andere hinreichende, unzweideutige Art als rechtliche Leute legitimiren können.

»d. Fremden Arbeitern und Dienstboten, die wenigstens ein Vierteljahr mit Vorwissen der Ortsbehörde in Diensten gestanden, und gute Zeugnisse ihrer Meister aufzuweisen haben.

»e. Endlich Jenen, die kein eigentliches Heimathrecht besitzen, sich aber seit mehrern Jahren im Kanton aufgehalten haben und Zeugnisse eines untadelhaften Wandels vorlegen können.

»Wanderbücher sind zu ertheilen:

»a. Jedem Schweizerbürger, der, nach vollendeten Lehrjahren, seine Wanderschaft antritt und sich über sein unklaghaftes Benehmen ausgewiesen hat.

»b. Jedem Schweizerbürger, der wenigstens vier Wochen im Kanton in Arbeit gestanden und darthun kann, dass das bis jetzt gehabte Wanderbuch zu Ende geschrieben sei.

»c. An Fremde in obigen zwei Fällen, wenn sie Bewilligungscheine zum Auswandern ins Ausland von ihrer Landesobrigkeit vorweisen können. Wenn die Auswanderungsbewilligung auf eine bestimmte Zeit beschränkt ist, so soll diess im Wanderbuch mit der Dauer seiner Gültigkeit angemerkt werden.

»d. Im Fall ein Wanderbuch verloren geht, so kann bei hinlänglicher Ausweisung, der Regel nach, nur von der Behörde ein anderes gegeben werden, welche das verloren gegangene zuletzt visirt hat.«

»Laufpässe sollen gegeben werden:

»a. Leuten, die ohne Pässe und ohne Beruf bettelnd herumziehen.

»b. Solchen, die zwar Pässe oder Wanderbücher tragen, lange aber nicht mehr in Arbeit standen, ihre Pässe oder Wanderbücher nicht gehörig visiren liessen; diese werden nach Abnahme der Pässe oder Wanderbücher in ihre Heimath zurückgewiesen.

»c. Leuten endlich, die nach ausgestandenen Strafen, oder wegen kleinerer Polizeivergehen, in ihre Heimath geschickt werden.«

Diesem Konkordate, welches am 22. Juni und 2. Juli 1813 abgeschlossen und am 9. Juli 1818 bestätigt wurde, sind alle Kantone beigetreten. Der von Neuenburg gemachte Vorbehalt: »soweit dessen Verfügungen mit seinen innern Verhältnissen verträglich seien«, hat wohl gegenwärtig keine Bedeutung mehr.*)

Eine nachträgliche Uebereinkunft vom 14. Juli 1828, welcher ebenfalls alle Kantone beigetreten sind, hat dann noch folgende Ausführungsbestimmungen, betreffend das Passwesen, getroffen:

»a. Die Stände, welche für Handwerksgesellen noch keine Wanderbücher eingeführt haben, werden zu deren ungesäumter Anwendung eingeladen; auch ist in sämmtlichen Kantonen der Grundsatz anzunehmen, dass die etwa erforderliche Ertheilung eines neuen Wanderbuches nur von der Heimathsbehörde ausgehen könne.

»b. Die Stände werden aufmerksam gemacht, fremden Arbeitern und Dienstboten nur die von ihnen hinterlegten Originalschriften, mit dem erforderlichen Visum versehen, zurückzustellen, und insoferne besondere Umstände die Ausfertigung eines Reisepasses erheischen, nur sogenannte Ausweise oder Bestimmungspässe auszufertigen.

»c. Die Stände werden angegangen, statt der Laufpässe sich gegen die Schweizer immer, und gegen die Ausländer soweit es thunlich sein kann, der Transportbefehle und des Schubs zu bedienen.

»d. Die Gränzkantone werden zu genauer Aufsicht und Wachsamkeit gemahnt, auf dass keinem verdächtigen oder nicht mit anerkannten Titeln versehenen Fremden der Eintritt in die Schweiz gestattet werde.« **)

§ 2. Steuerbriefe.

Den 20. Juli 1803 und 2. August 1804 wurde in der Absicht, dem belästigenden Unfuge abzuhelfen, welcher mit Collektiren von Haus zu Haus für Zwecke der Mildthätigkeit nicht selten in der Schweiz getrieben wurde, ein Konkordat »wegen Steuersammeln im Innern der Schweiz« angenommen und unterm 9. Juli 1818 von allen Ständen einmüthig bestätigt. Dasselbe lautet folgendermassen:

»1) Es können keine allgemeinen Steuerbriefe von einer Kantonsregierung auf andere Kantone ertheilt werden.

»2) Das Steuersammeln in einem Kanton geschieht nur mit Bewilligung der Kantonalregierung, und auf die von ihr festgesetzte Weise.

*) Vergl. Kaiser, Staatsrecht III. 188.

**) Offiz. Samml. I. 307—315. II. 40. 149—150. 260. Snell I. 256—264. Kaiser, Samml. IV. 52—53. 55—56. 58—63.

»3) Die Kantonalregierungen werden ersucht, ihre Empfehlungen in Rücksicht auf Steuersammlungen nur auf die allernöthigsten Fälle zu beschränken.

»4) Wenn ein Kanton jemand der Seinigen andern Kantonen zur Steuerbewilligung empfehlen will, so soll die diessfällige Erklärung von Niemand anders als der ersten Kantons-Regierungsbehörde ausgestellt werden.«

An dieses Konkordat schliesst sich folgender Tagsatzungsbeschluss »betreffend die Bewilligungen zu Steuersammlungen im Ausland« vom 16. August 1817 an:

»1) Die Steuersammlungen im Auslande für schweizerische Berghospizien sollen ausschliesslich von den Standesregierungen selbst bewilligt, und mit der Unterschrift und dem Siegel ihrer Kanzlei ausgestellt werden.

»2) Solche Patente, welchen immer eine genaue Personalbeschreibung des Steuersammlers selbst einverleibt werden soll, werden noch überdiess von den Kantonsregierungen der vorörtlichen Behörde (jetzt dem Bundesrathe) unmittelbar zugesandt, um derselben Legalisation zu erhalten.

»3) Gegenwärtiges Conclusum hat die eidgenössische Kanzlei zur Kenntniss der eidgenössischen Geschäftsträger und Handelskonsuln im Ausland zu bringen, und überdiess dafür zu sorgen, dass bei jedem vorkommenden Fall die betreffenden Konsuln von dem ertheilten Bewilligungspatent abschriftliche Mittheilung erhalten.«*)

§ 3. Gesundheitspolizei.

Den 13. Juni 1806 wurde der Tagsatzung ein »Entwurf eines allgemeinen Systems von Gesundheits-Polizei-Anstalten in der schweizerischen Eidgenossenschaft, zu Abhaltung der Gefahr pestartiger Krankheiten« vorgelegt und von ihr im Allgemeinen genehmigt. Ferner berieth sie am 26. Jan. 1809 einen »Bericht der eidgenössischen Sanitäts-Kommissarien an Seine Excellenz den Landammann der Schweiz«, enthaltend verschiedene, auf das System der Gesundheitspolizeianstalten bezügliche Verbesserungen und Zusätze, welche ebenfalls angenommen wurden. Diese beiden Verordnungen der Tagsatzung, welche im Drucke verbreitet waren, wurden am 9. Juli

*) Offiz. Samml. I. 315—316. Snell I. 264—265. Kaiser, Samml. IV. 51—52.

1818 konkordatweise bestätigt, mit Vorbehalt der Anpassung auf den, nach Napoleons Sturze bedeutend erweiterten Gränzumfang der Schweiz. Dem Konkordate von 1818 sind alle Kantone beigetreten mit Ausnahme von Waadt, welches eine derartige Schlussnahme zu einer Zeit, wo der öffentlichen Gesundheit von keiner Seite her Gefahr drohe, überflüssig fand.*) Den 20. Juli 1826 wurde dann von der Tagsatzung als vervollständigender Zusatz des Konkordates einmüthig verordnet: »Der Gebietsumfang der h. Stände Wallis, Neuenburg und Genf und die Gebietserweiterung, welche die h. Stände Bern und Basel durch vormals Bisthum-Baselsche Landschaften erhalten haben, sind in das System gemeineidgenössischer Sanitätspolizeianstalten aufgenommen, und es soll dasselbe nöthigenfalls auf den Gränzumfang dieser Kantone ausgedehnt und angewandt werden.« In näherer Ausführung dieser Bestimmung wurden die Ein- und Ausgangspässe für die genannten Kantone neu festgesetzt. Zugleich wurde der Vorort ersucht, »einige sachkundige Männer zu ernennen, welche eine, den gesammten sanitätspolizeilichen Inhalt des im Jahr 1818 bestätigten Konkordats von 1806 und 1809 umfassende Revision desselben mit sorgfältiger Benutzung der Fortschritte der Wissenschaft vornehmen und mit dem Ergebniss dieser sächlichen Umarbeitung dann auch die bereits im Entwurfe vorhandenen mehr förmlichen Abänderungen, welche in Folge veränderter Bundesverhältnisse durchaus nothwendig geworden sind, in schickliche Verbindung setzen sollen.« **) In Folge dieses Auftrages entstand dann die von einer Expertenkommission ausgearbeitete und am 7. August 1829 von der Tagsatzung angenommene »Verordnung in Betreff gemeindeidsgenössischer Gesundheitspolizeianstalten zur Sicherung vor ansteckenden Seuchen von Aussen und vorzunehmenden Massregeln im Innern der Schweiz«, welche an die Stelle der ältern Konkordate über diesen Gegenstand getreten ist. Im Abschiede von 1829 wird die »Verordnung« keineswegs als ein Konkordat bezeichnet, sondern sie erscheint einfach als ein mit grosser Mehrheit der Stände gefasster Tagsatzungsbeschluss. Dagegen heisst es in der Offiziellen Sammlung (II. 262), die »Verordnung« beruhe auf der konkordatsmässigen Uebereinstimmung

*) Offiz. Samml. I. 317–318. Snell I. 265–266. Kaiser, Samml. IV. 41–42.

**) Abschied vom Jahr 1826 S. 86–87.

aller eidgenössischen Stände, mit Ausnahme Schaffhausens, und es muss allerdings zugegeben werden, dass diese Auffassung dem, zu jener Zeit bestandenen Bundesstaatsrechte besser entspricht als die Annahme, die Tagsatzung sei kompetent gewesen, gesundheitspolizeiliche Bestimmungen in einer für alle Kantone, auch diejenigen, welche nicht dazu stimmten, verpflichtenden Weise zu treffen. Sei dem übrigens wie ihm wolle, so unterliegt es doch keinem Zweifel, dass die »Verordnung« von 1829, formell genommen, gegenwärtig noch in Kraft besteht; immerhin aber frägt es sich sehr, ob, wenn der Bund sich jemals veranlasst sehen sollte, kraft der ihm nach Art. 59 der Bundesverfassung zustehenden Befugniss, gesundheitspolizeiliche Verfügungen gegen eine gemeingefährliche Seuche zu treffen, man sich dabei gerade an jenes, nun doch auch wieder veraltete Regulativ halten würde. Wahrscheinlich wäre dasselbe auch jetzt wieder einer Umarbeitung, vom Standpunkte der fortgeschrittenen Wissenschaft aus, bedürftig.*)

Zu bemerken ist noch, dass die »Verordnung« von 1829 hauptsächlich vorsorgliche Massregeln gegen ansteckende Menschenkrankheiten bezweckt, während zum Schutze gegen Viehseuchen ein neueres Konkordat von 1852 besteht, welches wir oben (S. 180 ff.) besprochen haben.

Neuntes Kapitel.

Kirchliche Verhältnisse.

§ 1. Verfahren bei Conversionen.

Haben wir auch oben (S. 119) die Ansicht ausgesprochen, dass das Konkordat vom 8. Juli 1819 wegen Folgen der Religionsänderung in Bezug auf Land- und Heimathrecht durch Art. 43 der Bundesverfassung ersetzt worden ist und daher nicht mehr in Kraft besteht,

*) Auch Kaiser a. a. O. bemerkt: »Obschon Art. 59 der Bundesverfassung noch kein Ausführungsgesetz gefunden hat, das diesem Konkordate derogiren würde, so ist nicht zu zweifeln, dass der Bundesrath nach Art. 90 der Bundesverfassung so handeln müsste, wie er es nach der veränderten Stellung der Kantone und nach den Fortschritten der Wissenschaft verantworten könnte, — es wäre wohl schwer, ihn streng an obiges Konkordat binden zu wollen.«

so kann dagegen nicht das Nämliche gesagt werden von einem Zusatzartikel zu diesem Konkordate, welchem unterm 5. Juli 1820 die vierzehn Kantone Luzern, Glarus, Zug, Freiburg, Solothurn, Basel, Schaffhausen, St. Gallen, Graubünden, Thurgau, Tessin, Waadt, Wallis und Neuenburg beigetreten sind. Dieses Nachtragskonkordat lautet folgendermassen:

»*Wenn ein Schweizerbürger, worunter auch Personen weiblichen Geschlechtes verstanden werden, in einem andern Kanton convertiren will, als in demjenigen, wo er das Heimathrecht besitzt, so soll die Glaubensänderung nicht ohne Vorwissen der Regierung, in deren Gebiet sie vorgenommen werden will, geschehen dürfen; und diese zugleich verpflichtet sein, die heimathliche Regierung des zu einer andern Kirche übertretenden Schweizerbürgers von dieser Voranzeige alsogleich in Kenntniss zu setzen.*« *)

Es kam in früherer Zeit häufig vor, dass übereifrige Geistliche der katholischen oder der evangelischen Confession Leute aus andern Kantonen, welche dem entgegengesetzten Glaubensbekenntnisse angehörten, in den Schooss ihrer Kirche aufnahmen, ohne den Behörden, sei es ihrer eigenen, sei es des Heimathkantons des Convertiten, irgend welche Anzeige von dem vollzogenen Akte zu machen. Da nun aber in vielen Kantonen der Schweiz ein Religionswechsel auch in bürgerlicher Hinsicht wichtige Folgen hat, indem er den Convertiten in Bezug auf Ehesachen einer andern Jurisdiktion unterwirft und häufig auch im Schul- und Armenwesen ihn einer andern Genossenschaft zuweist, und da fernerhin solche heimliche Conversionen nicht selten durch sehr unlöbliche Motive veranlasst waren, so wollte durch obiges Konkordat wenigstens vorgesorgt werden, dass die Behörden der beiden betheiligten Kantone von dem beabsichtigten Schritte zum Voraus Kenntniss erlangen sollten. Eine positive Verhinderung der Conversion wird freilich nach den jetzt geltenden Grundsätzen über Glaubens- und Gewissensfreiheit nicht leicht möglich sein; immerhin aber besteht die Verpflichtung der Kantonsregierung, auf deren Gebiete dieselbe vorgenommen werden will, fort, fürzusorgen, dass sie selbst davon Anzeige erhalte, und alsdann der heimathlichen Regierung des Proselyten die erforderliche Mittheilung zu machen.

*) Offiz. Samml. II. 28—30. Snell I. 219—220. Kaiser, Samml. IV. 16—18.

§ 2. Zulassung der evangelischen Geistlichen zum Kirchendienste.

Es wurde in der Schweiz lange Zeit als ein Uebelstand empfunden, dass in den kirchlichen Angelegenheiten der evangelisch-reformirten Confession zwischen den einzelnen Kantonen sehr wenig Uebereinstimmung und Zusammenhang bestand, sondern jeder Kanton darüber ganz nach seinem Gutfinden verfügte. Insbesondere fühlten sich die Geistlichen dadurch sehr beengt in ihrem Wirkungskreise, dass sie, wenn sie auch Jahrzehnte nach erlangter Ordination in ihrem Heimathkanton eine Pfarrstelle bekleidet hatten, gleichwohl nicht um eine ähnliche Stelle in einem andern Kanton sich bewerben konnten, ohne vorher daselbst einer nochmaligen Prüfung sich unterworfen zu haben. Von einer Konferenz der Kirchenbehörden sämmtlicher evangelischer und gemischter Kantone, welche in verschiedenen kirchlichen Fragen eine grössere Einheit zu erzielen versuchte, wurde daher das nachfolgende Konkordat (in Kraft getreten den 24. Februar 1862) entworfen, welchem bis jetzt die sieben Kantone Zürich, Glarus, Schaffhausen, Appenzell A. Rh., St. Gallen, Aargau und Thurgau beigetreten sind:

In den Kirchendienst der sämmtlichen konkordirenden Stände muss jeder Geistliche zugelassen werden, welcher von einer gemeinschaftlichen Prüfungsbehörde wahlfähig erklärt worden ist. Diese Prüfungsbehörde besteht aus einem Mitgliede für jeden Kanton, ernannt von der Kirchenbehörde desselben, und einem Präsidenten, welcher von Abgeordneten der konkordirenden Stände gewählt wird; sie bezeichnet selbst ihren Aktuar in oder ausser ihrer Mitte. Die Mitglieder der Prüfungsbehörde werden von ihren Kantonen entschädigt; die Entschädigung der allfällig zugezogenen Experten, des Aktuars und der Mitglieder von Specialkommissionen, sowie die Bureauauslagen werden auf die Kantone repartirt nach der Zahl ihrer reformirten Bevölkerung. Um zu der theologischen Prüfung zugelassen zu werden, muss ein Kandidat von der Kirchenbehörde desjenigen Kantons, in welchem er seinen bleibenden Wohnsitz hat, empfohlen sein, ein Zeugniss untadelhafter Sitten, ein Maturitätszeugniss und den Ausweis über mindestens dreijährige Hochschulstudien beibringen. Wo das Maturitätszeugniss fehlt oder der Prüfungsbehörde nicht genügt, kann diese auch ein Examen in der Philologie abnehmen lassen. Sonst umfassen die Prüfungen theils die philosophischen, theils die theologischen Disciplinen, und zerfallen in schriftliche und mündliche. Umfang und Gang derselben werden durch ein von der Prüfungsbehörde selbst zu erlassendes Reglement näher bestimmt. Dem Kandidaten, welcher diese Prüfungen in genügender Weise bestanden hat, soll nach erhaltenem Wahlfähigkeitszeugnisse in dem Kanton, welcher ihn zum Examen empfohlen hat, mit möglichster Beförderung die Ordination ertheilt werden, wodurch er für den ganzen Umfang des Konkordatsgebietes wahlfähig wird. Der Kanton, in welchem ein so Examinirter sich aufhält oder angestellt ist, soll ihn mit Bezug auf Rechte und Pflichten den Mitgliedern dortiger Geistlichkeit völlig gleich halten; doch sind die Kantone, in welchen die Besoldung nach Dienstjahren sich richtet, befugt, nur die im Kanton geleisteten Dienste anzurechnen. Beim Uebertritte in den Kirchendienst eines andern Kantons soll der Betreffende ein Zeugniss seiner bisherigen kirchlichen Oberbehörde über seine Wirksamkeit und seinen Wandel beibringen. Die Kirchenbehörden der konkordirenden Stände verpflichten sich ferner, wichtigere Censurfälle, wie namentlich Ausschluss vom Kirchendienste oder andauernde Suspension, sich gegenseitig mitzutheilen, und es ist jeder Kanton berechtigt, die in einem andern Kanton verhängte Ausschliessung vom Kirchendienste auch für sein Gebiet in gleicher Weise in Anwendung zu bringen.

Man sah voraus, dass dieses Konkordat nicht von einer Mehrheit der Kantone werde angenommen werden, daher auch der Tagsatzungsbeschluss von 1836 auf dasselbe keine Anwendung finden könne. Desshalb, sowie auch um die Annahme des Konkordates zu erleichtern, wurde in den Schlussartikel die Bestimmung aufgenommen, dass nach dreijährigem Bestande desselben jedem konkordirenden Kanton der Rücktritt auf einjährige Kündigung hin freigegeben sei.*)

*) Amtl. Samml. VII. 174—177, 408, 531.

Vierte Abtheilung.

Die Staatsverträge mit dem Auslande.

Erstes Kapitel.

Die völkerrechtliche Stellung der Schweiz im Allgemeinen.

§ 1. Der Gebietsumfang der Eidgenossenschaft.

Wir haben in der geschichtlichen Einleitung zu diesem Werke gesehen, wie die schweizerische Eidgenossenschaft aus einer Anzahl von Städten und Landschaften, welche unter sehr verschiedenen Bedingungen sich vereinigten, allmählig zû einem Staatsganzen zusammenwuchs. Ihr Gebietsumfang im Jahr 1790 entsprach so ziemlich dem gegenwärtigen, nur dass damals noch im Osten das Veltlin zu Graubünden gehörte, während im Westen die Stadt Genf beinahe kein Landgebiet hatte. Dabei ist jedoch zu bemerken, dass die meisten der sogenannten zugewandten Orte, wie namentlich Graubünden, Wallis, Genf, Neuenburg und das Bisthum Basel, nur in einer sehr lockern Verbindung mit der Eidgenossenschaft standen; sie hatten ihre eigene Geschichte für sich, in welche die Schweiz nur selten eingriff. Die helvetische Republik, welche nach Innen den ersten Versuch machte, an die Stelle eines blossen Agglomerates souveräner Gebiete einen Gesammtstaat zu setzen, verlor dabei nach Aussen hin mehrere werthvolle Glieder des frühern Staatskörpers und gewann nur das vormals österreichisch gewesene Frickthal. Nach dem Sturze Napoleons I. musste die Schweiz darauf Bedacht nehmen, die ihr während des Zeitraumes französischer Uebermacht entrissenen Gebietstheile wieder zu gewinnen, und die am Wiener Kongress vertretenen Mächte, um ihr die Bewahrung ihrer Unabhängigkeit und Neutralität desto eher zu ermöglichen, entsprachen den meisten ihrer Begehren. Nur das Veltlin (mit Cleven und Worms) verblieb bei der Lombardei; dagegen wurden durch die Erklärung des Kongresses vom 20. März 1815 Wallis, Genf, Neuenburg, das Dappenthal, das Bisthum Basel und Biel der Schweiz zurückgegeben und die Mächte versprachen überdiess darauf hinzuwirken, dass der Kanton Genf eine Gebietserweiterung nach Savoyen hin erhalte. Die Kantone Neuenburg und Genf wurden dann unterm 6. April und Wallis unterm 16. Juni durch förmliche Vereinigungsurkunden der Eidgenossenschaft einverleibt. In ähnlicher Weise wurde am 7. November ein kleiner Theil des ehemaligen Bisthums Basel mit dem Kanton Basel und am 14. der grössere Theil desselben nebst der Stadt Biel mit dem Kanton Bern vereinigt, wobei von Seite der neuen Gebietstheile Abgeordnete, die der eidgenössische Vorort aus den angesehensten Bürgern des Landes bezeichnet hatte, mitwirkten. Die Eidgenossenschaft, durch die Erklärung des Wiener Kongresses dazu ausdrücklich ermächtigt und aufgefordert, ratifizirte und gewährleistete diese Vereinigungsurkunden unterm 18. Mai 1816.*) Man hat in Folge hievon schon hin und wieder ihren Schutz in Anspruch nehmen wollen für einzelne Bestimmungen, welche in diesen Urkunden enthalten sind; allein da die Kantone, deren verschiedene Bestandtheile damals auf dem Vertragswege zusammentraten, seither zu untheilbaren Staaten zusammen gewachsen sind, so unterliegt es keinem Zweifel, dass sie berechtigt sind, nunmehr ihre Verfassung und Gesetzgebung ohne Rücksicht auf jene Bestimmungen zu ordnen.**) Ein andauerndes Vertragsverhältniss über Gegenstände des öffentlichen Rechtes ist nur zwischen selbstständigen Staaten denkbar, nicht aber zwischen verschiedenen Gebietstheilen eines republikanischen Gemeinwesens, dessen oberstes Princip ist, dass über die wichtigsten Fragen die Mehrheit der Aktivbürger entscheidet.

In Folge der Verwendung, welche die Mächte zu Gunsten der Schweiz eintreten liessen, trat dann der König von Sardinien bereits am 29. März 1815 dem Kanton Genf diejenigen savoyischen Gebietstheile ab, welche einerseits zwischen der Rhone, der Arve, dem Berg Salève und dem damals noch französischen Antheile Savoyens, anderseits zwischen dem See und der grossen Simplonstrasse bis zum Flüsschen Hermance lagen. Eine fernere Gebietserweiterung erhielt der Kanton Genf durch die Präliminarien des zweiten Pariser Friedens vom 3. November 1815, beziehungsweise den Art. 3 des defini-

*) Offiz. Samml. I. 20—36, 50—68, 117—138. Snell I. 16—23, 30—38, 61—76. Kaiser, Samml. IV. 75—85, 100—116.

**) Die Stadt Biel, welche wegen der Aufhebung ihres Zolles die Eidgenossenschaft als Garantin der Vereinigungsurkunde anrief, musste dabei selbst anerkennen, dass letztere durch die erfolgten Veränderungen der Kantonal- und Bundesverfassung in Bezug auf die das öffentliche Recht betreffenden Punkte wesentlich modificirt worden sei. Bundesbl. 1851 III. 98.

tiven Friedensvertrages vom 20. November, wodurch Frankreich auf dem rechten Rhoneufer Versoy mit einem Theile des Ländchens Gex, welcher bis dahin Genf vom Waadtlande trennte,*) auf dem linken die Gemeinde St-Julien abtrat. Der übrige Theil Savoyens, welcher zufolge dem ersten Pariser Frieden vom 30. Mai 1814 noch französisch geblieben war, wurde damals den sardinischen Staaten einverleibt. Zugleich versprachen die Mächte sich beim Könige von Sardinien dafür zu verwenden, dass er dem Kanton Genf auch noch Chêne-Thonex und einige andere Gemeinden abtrete, welche die Verbindung mit dem bereits zu Genf gehörigen Jussy herstellen sollten. Diesem Wunsche wurde entsprochen durch den zwischen Sardinien und der Schweiz abgeschlossenen Turiner Vertrag vom 16. März 1816, welcher die südlichen und östlichen Gränzen des Kantons Genf näher festsetzte; doch musste Genf dafür einen Theil der Gemeinde St-Julien an Sardinien abtreten, weil dieser Ort zum Hauptorte der ehemaligen Provinz Carouge bestimmt war. Durch den Turiner Vertrag, wie auch bereits durch das Wiener Kongressprotokoll vom 29. März 1815, welchem die Tagsatzung unterm 12. August gl. J. beigetreten ist, hat zugleich die Schweiz, beziehungsweise der Kanton Genf gewisse Garantien übernommen, welche der König von Sardinien im Interesse der ungehinderten Ausübung der katholischen Religion für seine ehemaligen Unterthanen in den abgetretenen Gebietstheilen verlangt hatte.**) In Art. 12 des Turiner Vertrages ist noch ausdrücklich gesagt, dass auf alle, in dem Protokolle vom 29. März berührten Gegenstände die Bestimmungen der Genfer Verfassung nicht anwendbar sein sollen; es stehen daher in kirchlichen Angelegenheiten die neuen Gebietstheile gewissermassen ausserhalb des gemeinen Rechtes des Kantons Genf, wie diess auch im Art. 134 der noch in Kraft bestehenden Verfassung von 1847 anerkannt ist, welcher die beiden Staatsverträge von 1815 und 1816 förmlich als noch rechtsgültig erklärt hat.***) Bis jetzt haben

*) Die förmliche Uebergabe dieses Gebietstheiles von Frankreich an die Eidgenossenschaft erfolgte am 4. Juli 1816, von der Eidgenossenschaft an den Kanton Genf unterm 20. August gl. J.

**) Offiz. Samml. I. 75—99, 103—110, 153—206. Snell I. 39—47. 54—55. 84—101. Kaiser, Samml. IV. 85—97, 116—120, 439—454.

***) »Il n'est aucunement dérogé par les articles précédents aux dispositions du protocole du congrès de Vienne du 29 mars 1815 et du traité de Turin du 16 mars 1816, lesquelles restent en vigueur dans toute leur intégrité.«

diese Verhältnisse glücklicher Weise keinen Anlass zu auswärtiger Einmischung in die Angelegenheiten des Kantons Genf gegeben, obschon der König von Sardinien im Protokolle vom 29. März ein Beschwerderecht bei der Tagsatzung sich ausdrücklich vorbehalten hat. Nach erfolgter Abtretung Savoyens an Frankreich hat wohl der jetzige König von Italien kein Interesse mehr an der kirchlichen Stellung der Katholiken im Kanton Genf; jedenfalls aber ist das Recht, welches sein Vorgänger im Jahr 1815 sich vorbehielt, keineswegs mit Savoyen auf Frankreich übergegangen, weil der König von Sardinien damals nur als bisheriger legitimer Beherrscher der abgetretenen Gebietstheile gehandelt hat. Die beste Garantie für die kirchlichen Rechte der Katholiken im Kanton Genf liegt übrigens in der fortwährenden Zunahme, in welcher die dortige katholische Bevölkerung seit mehrern Jahrzehenden begriffen ist! *)

Die Festsetzungen des Wiener Kongresses, welche sich auf schweizerische Verhältnisse beziehen, haben eine wesentliche Modifikation bis jetzt nur mit Bezug auf den Kanton Neuenburg erlitten. Der Art. 75 der Schlussakte vom 9. Juni 1815 hatte diesen Kanton noch als ein »Fürstenthum« der Schweiz einverleibt und der Art. 23 hatte die Rechte des preussischen Königshauses an demselben ausdrücklich anerkannt. In der Vereinigungsurkunde, welche die Tagsatzung mit dem Staatsrathe von Neuenburg abschloss, ist zwar nur von dem »souveränen Staate Neuenburg« die Rede und die Aufnahme desselben in die Eidgenossenschaft fand unter der ausdrücklichen Bedingung statt, dass die Erfüllung aller bundesgemässen Verpflichtungen, die Theilnahme an der Berathung der schweizerischen Angelegenheiten, die Ratifikation und Vollziehung der Beschlüsse der Tagsatzung ausschliesslich die in Neuenburg residirende Regierung betreffen sollen, ohne dass dafür eine weitere Sanktion oder Genehmigung erforderlich sei.**) Wir haben indessen in der geschichtlichen Einleitung gesehen, wie viele Anstände und Verwickelungen die Doppelstellung zur Folge hatte, welche Neuenburg

*) Nach der Volkszählung von 1860 gab es im Kanton Genf bereits 42,099 Katholiken und bloss 40,069 Protestanten. Dabei ist freilich zu berücksichtigen, dass im Kanton nicht weniger als 28,700 Ausländer, worunter 24,272 Franzosen und Savoyarden, sich aufhielten; allein wenn auch unter den Aktivbürgern die Protestanten dermalen noch die Mehrheit haben mögen, so kann sich diess doch bei dem sehr erleichterten Erwerbe des Bürgerrechtes in kurzer Zeit ändern.

**) Snell I. 17, 48.

als preussisches Fürstenthum einerseits und als Schweizerkanton anderseits einnahm. Die dortige Bevölkerung, welche in ihrer Mehrheit das Unbehagliche dieser Doppelstellung immer lebhafter empfand, benutzte den günstigen Augenblick, welcher sich 1848 nach der Pariser Revolution darbot, um die preussische Herrschaft abzuschütteln und die Republik auszurufen. Die Eidgenossenschaft aber, welche diese Revolution gerne sehen musste, nahm dieselbe namentlich dadurch in ihren Schutz, dass sie in Art. 6 der Bundesverfassung den Grundsatz aufstellte, es müsse jeder Kanton eine republikanische Verfassung haben. Von Seite Preussens, welches zuerst im eigenen Lande die Revolution zu unterdrücken hatte, dann um einer verhältnissmässig untergeordneten Sache willen den europäischen Frieden zu gefährden sich scheute, geschah nun zu Geltendmachung seiner verlorenen Rechte kein ernstlicher Schritt gegen die Schweiz, bis am 3. September 1856 die royalistische Parthei in Neuenburg selbst zu den Waffen griff, in der Stille der Nacht sich des Schlosses, als des Regierungssitzes, bemächtigte und die anwesenden Mitglieder des Staatsrathes in Haft setzte. Dieser Aufstand nahm freilich ein klägliches Ende; es gelang den von allen Seiten herbeieilenden Republikanern unter Anführung des Obersten Denzler mit Leichtigkeit, das Schloss wieder zu erobern und den grössten Theil der Insurgenten gefangen zu nehmen. Allein die Einleitung einer gerichtlichen Untersuchung gegen die Urheber des Aufruhrs veranlasste Preussen und die übrigen Grossmächte, auf Amnestirung derselben zu dringen, wobei namentlich Frankreich in Aussicht stellte, dass, falls diesem Wunsche entsprochen würde, die Unabhängigkeit Neuenburgs von fremder Herrschaft allgemein anerkannt werden dürfte. Lange führten indessen die diplomatischen Verhandlungen zu keinem Resultate, indem Preussen erst nach der Freilassung der Gefangenen auf die Bedingungen einer Verzichtleistung eintreten wollte, während der Bundesrath bestimmte Zusicherungen für vollständiges Aufgeben aller Ansprüche auf Neuenburg verlangte, ehe er bei der Bundesversammlung auf Amnestie antragen würde. Es erfolgte hierauf im December 1856 der Abbruch der diplomatischen Beziehungen von Seite Preussens, und die Aufstellung einer Armee an der deutschen Gränze von Seite der Schweiz. Ohne Zweifel wären kriegerische Ereignisse nicht ausgeblieben, hätte nicht Kaiser Napoleon III., der sich in dieser Angelegenheit wirklich grosse

Verdienste um die Schweiz erwarb, den Streit dadurch beizulegen gewusst, dass er die wiederholte Zusicherung gab, er werde nach der Freilassung der Gefangenen Allem aufbieten, um den König von Preussen zur Anerkennung der gänzlichen Unabhängigkeit Neuenburgs zu veranlassen. Hierauf beschloss die schweizerische Bundesversammlung am 16. Januar 1857 die Niederschlagung des gegen die Häupter des Aufstandes eingeleiteten Strafprozesses, wobei sie die in Anklagezustand versetzten Personen bloss verpflichtete, bis zu gänzlicher Erledigung der Neuenburger Angelegenheit die Schweiz zu verlassen. Nach etwelcher Zögerung trat hierauf am 5. März eine Konferenz der fünf Grossmächte in Paris zusammen, welcher im Namen der Schweiz der ausserordentliche Gesandte Dr. Kern beiwohnte. Lange und zähe Verhandlungen fanden hier statt, indem der König von Preussen anfänglich Forderungen stellte, auf welche die Schweiz durchaus nicht eingehen konnte. Endlich kam am 26. Mai, unter Vermittlung der vier unbetheiligten Mächte, nachfolgender Vertrag zu Stande, welchen die schweizerische Bundesversammlung unterm 12. Juni genehmigt hat:

»1) Der König von Preussen willigt ein, auf ewige Zeiten für sich, seine Erben und Nachfolger auf die Souveränetätsrechte zu verzichten, welche ihm der Art. 23 des am 9. Juni 1815 in Wien abgeschlossenen Vertrages auf das Fürstenthum Neuenburg und die Grafschaft Valangin einräumt.

»2) Der Staat Neuenburg, fortan sich selbst angehörend, fährt fort, ein Glied der schweizerischen Eidgenossenschaft zu bilden, mit den gleichen Rechten wie die übrigen Kantone, und gemäss dem Art. 75 des obgedachten Vertrages.

»3) Der schweizerischen Eidgenossenschaft bleiben alle Kosten zur Last, welche ihr durch die Ereignisse im September 1856 verursacht worden sind. Der Kanton Neuenburg kann nur wie jeder andere Kanton, und nach Verhältniss seines Geldkontingentes angehalten werden, zur Deckung derselben beizutragen.

»4) Die Ausgaben, mit welchen der Kanton Neuenburg belastet bleibt, werden auf alle Einwohner nach dem Grundsatze genauer Verhältnissmässigkeit vertheilt, ohne dass auf dem Wege einer Ausnahmssteuer, oder auf irgend eine andere Weise eine Klasse oder Kategorie von Familien oder Personen ausschliesslich oder vorzüglich damit belastet werden dürfen.

»5) Für alle politischen und militärischen Verbrechen und Vergehen, welche zu den letzten Ereignissen in Beziehung stehen, wird volle und gänzliche Amnestie ertheilt, und zwar zu Gunsten aller Neuenburger, Schweizer oder Fremden, und namentlich auch zu Gunsten der Milizen, welche sich durch Entfernung ins Ausland der Wehrpflicht entzogen haben.

»Eine kriminelle oder korrektionelle Klage, eine Klage auf Schadenersatz kann weder durch den Kanton Neuenburg noch durch irgend eine Korporation oder Person gegen Diejenigen angehoben werden, welche unmittelbar oder mittelbar an den September-Ereignissen Theil genommen haben.*)

»Die Amnestie soll sich gleichfalls auf alle politischen und Pressvergehen erstrecken, welche vor den September-Ereignissen stattgefunden haben.

»6) Die Einkünfte der Kirchengüter, die im Jahre 1848 dem Staatsvermögen einverleibt worden sind, können ihrer ursprünglichen Bestimmung nicht entfremdet werden.

»7) Die Kapitalien und Einkünfte der frommen Stiftungen, der gemeinnützigen Privatanstalten, sowie das vom Baron v. Pury der Bürgerschaft von Neuenburg vermachte Vermögen werden gewissenhaft respektirt; sie werden den Absichten der Stifter und den Stiftungsurkunden gemäss aufrecht erhalten, und können niemals ihrem Zwecke entfremdet werden.« **)

Ueber die Tragweite der letzten beiden Artikel dieses Vertrages äusserte sich der Bundesrath in seiner begleitenden Botschaft an die Bundesversammlung dahin, dass nicht der König von Preussen eine Kontrole auszuüben habe über die Verwaltung der Kirchengüter und des Vermögens der frommen Stiftungen, mithin auch des Pury'schen Legates, sondern nur die Mächte, als Mitunterzeichner und Garanten des Vertrages, im Falle der Verletzung irgend einer Bestimmung desselben die Vollziehung verlangen könnten. Doch sei

*) Durch diese Bestimmung wurden nicht bloss die royalistischen Urheber und Theilnehmer des Aufstandes vor Schadenersatzklagen geschützt, sondern auch die Republikaner, welche die Presse des Buchdruckers Wolfrath zerstört hatten, aus der die aufrührerischen Proklamationen hervorgegangen waren. Wolfrath belangte dafür die Eidgenossenschaft, weil sie ihm durch den Vertrag das Klagerecht abgeschnitten habe; allein das Bundesgericht wies ihn ab. Ullmer S. 375—377.

**) Amtl. Samml. V. 545—563. Kaiser, Samml. IV. 120—125.

die Möglichkeit einer Berufung an die Mächte nicht so aufzufassen, als ob die Befugniss der kantonalen Gerichte in Bezug auf die Auslegung der Stiftungsurkunden beschränkt wäre; vielmehr könnte erst nach erfolgtem Entscheide der Gerichte zunächst die Bundesversammlung, welche über die Vollziehung des Vertrages zu wachen hat, und sodann die Mächte angerufen werden, deren Vorgehen immerhin nur ein kollektives sein könnte. Was die Gemeindeverwaltung betreffe, so enthalte der Art. 7 keine Beschränkung, sondern der Staat bleibe nach wie vor dem Vertrage im vollen Besitze seiner Befugnisse.*) — In gleichem Sinne entschied auch das Bundesgericht, welches von beiden Partheien dafür angerufen wurde, den interessanten Rechtsstreit über die Verwaltung und Verwendung des Pury'schen Legates, der zwischen der alten Bourgeoisie und der neu gegründeten Einwohnergemeinde der Stadt Neuenburg entstanden war. Das Eigenthum und die Verwaltung des sehr beträchtlichen Stiftungsfondes verblieb der Bürgerschaft; dagegen wurde sie verpflichtet, der Einwohnergemeinde vom reinen Zinsertrage die Hälfte für Bauzwecke und von der andern, für Cultus-, Erziehungs- und Armenwesen bestimmten Hälfte so viel abzugeben als zur Bestreitung der, der Municipalität in diesen Richtungen obliegenden Verpflichtungen erforderlich ist.**) Es versteht sich, dass gegenüber diesem Urtheile von Seite der Bürgerschaft keinerlei weitere Beschwerden erhoben wurden.

Von der Erledigung der Neuenburger Frage, welche in einer für die Schweiz so günstigen Weise erfolgte, wenden wir uns nun zu der, wenn auch weniger wichtigen, doch noch viel langwierigern Angelegenheit des Dappenthals. Diese wenig bewohnte, kleine Thalschaft im Juragebirge, früher zum Waadtlande gehörig, war im August 1802 von der helvetischen Regierung an Frankreich abgetreten worden, für welches sie wegen der beabsichtigten Anlegung einer neuen Strasse nach Gex Wichtigkeit hatte; der Wiener Kongress setzte nun, wie wir gesehen haben, fest, dass sie der Schweiz zurückzugeben sei. Beim Abschlusse des zweiten Pariser Friedens kam indessen Frankreich auf diese Angelegenheit zurück und erwirkte, dass, wenn auch in den Vertrag selbst nichts aufgenommen wurde, die vier alliirten Grossmächte doch in einer Note vom

*) Bundesbl. 1857 I. 668—669.

**) Urtheil vom 1. Decbr. 1860 in der Zeitschrift f. schweiz. Recht IX. 83—100.

19. November 1815 sich verbindlich machten, in wirksamster Weise sich bei der Eidgenossenschaft dafür zu verwenden, dass sie in Betracht der von Frankreich zugestandenen, weit bedeutendern Gebietsabtretungen auf der Rückforderung des Dappenthales nicht bestehe. So kam es, dass Frankreich das Thal niemals zurückgab, obschon die Tagsatzung alljährlich den Gegenstand behandelte und der Vorort in ihrem Auftrage häufige Reklamationen nach Paris abgehen liess. Bei der Gränzbereinigung gegen Frankreich in den Zwanziger Jahren wurde das Dappenthal übergangen und der Streit blieb somit unausgetragen. Im Jahr 1828 wurde vom Kanton Waadt selbst ein Theilungsprojekt auf die Bahn gebracht, welches jedoch ohne Erfolg blieb. Man muss sich beinahe darüber wundern, dass hinsichtlich der Ausübung der Souveränetätsrechte keine Conflikte entstanden bis zum Jahr 1851, wo die waadtländischen Behörden Pfändungen gegen zwei im Dappenthal ansässige Schuldner verfügten. Frankreich erklärte, dass es sich derartigen Akten mit Gewalt widersetzen werde, worauf der Bundesrath die Regierung von Waadt einlud, den Status quo nicht zu verletzen. Unterhandlungen, welche in den Fünfziger Jahren über eine Theilung des Thalgebietes stattfanden, führten zu keinem Resultate, da der Bundesrath auf die von Frankreich angebotene Geldentschädigung nicht eintreten wollte.*) Nachdem dann im Jahr 1862 neue Gebietsverletzungen von Seite Frankreichs stattgefunden hatten, wurde endlich der langjährige Streit durch einen zu Bern unterm 8. December abgeschlossenen und nachher von den beiden Staatshoheiten ratifizirten Vergleich beendigt, welcher folgende Bestimmungen enthält:

1) Die Schweiz überlässt an Frankreich den Mont des Tuffes und seine Abhänge bis zu und mit der Strasse von les Rousses nach der Faucille; ferner einen Landstreifen östlich von dieser Strasse in der durchschnittlichen Breite von beiläufig 500 Schweizerfuss.

2) Frankreich tritt an den Kanton Waadt ab einen Landstrich von gleichem Flächeninhalt, der sich vom Vereinigungspunkt der Strassen von St. Cergues und der Faucille längs dem Abhange des Noirmont bis zur Gränze des Jouxthales hinzieht.

3) Auf den beiderseits abgetretenen Gebietstheilen dürfen keine militärischen Werke errichtet werden.

*) Bericht des Bundesrathes über die Dappenthalfrage vom 9. Decbr. 1859, besonders gedruckt.

4) Die in dem, an Frankreich übergehenden Theile des Dappenthales heimathberechtigten Bewohner werden Franzosen, sofern sie nicht binnen Jahresfrist erklären, Schweizer bleiben zu wollen. Ebenso werden die in dem, der Schweiz abgetretenen Gebiete heimathberechtigten Bewohner Schweizer, sofern sie nicht in der nämlichen Frist erklären Franzosen bleiben zu wollen. Wer sich für das angeborene Bürgerrecht erklärt, ist berechtigt, Wohnort und Niederlassung auf dem fremden Gebiete beizubehalten.*)

Dieser Vertrag wurde von der Schweiz, im Einverständnisse mit Frankreich, den Mächten, welche die Wiener Kongressakte unterzeichnet haben, zur Kenntniss gebracht.**)

Blosse Gränzbereinigungen finden sich in nachfolgenden Staatsverträgen:

a. mit Frankreich vom 20. Juli 1825 (längs dem Gebiete des Kantons Genf), 4. November 1824 (längs dem Gebiete des Kantons Neuenburg), 20. December 1818 (längs dem Gebiete des Kantons Solothurn), 12. Juli 1826 (längs dem Gebiete des Kantons Bern) und 24. December 1818 (längs dem Gebiete des Kantons Basel), welche Verträge von der Tagsatzung erst unterm 3. September 1834 genehmigt worden sind;***)

b. mit dem Grossherzogthum Baden über die Gränzverhältnisse bei Konstanz, vom 28. März 1831, und über die Gränzen längs dem Gebiete des Kantons Schaffhausen, vom 1. März 1839;†)

c. mit dem nämlichen Staate über die Gränzverhältnisse unterhalb Konstanz längs dem Gebiete des Kantons Thurgau, vom 20./31. Oktober 1854;

d. mit Oesterreich betreffend die Gränze im graubündnerschen Münsterthal, vom 13. September 1859;

e. mit dem Königreiche Italien über die Gränze zwischen der Lombardei und dem Kanton Tessin auf einigen streitig gewesenen Punkten, vom 5. Oktober 1861.††)

*) Amtl. Samml. VII. 449—459.

**) Die daherige Korrespondenz, höchst unerheblichen Inhaltes, findet sich im Bundesbl. 1864 I. 308—312.

***) Offiz. Samml. II. 435—550.

†) Offiz. Samml. II. 223—228. III. 83—91. Snell I. 510—514. Nachtr. 2. S. 135—142. Kaiser, Samml. IV. 138—148.

††) Amtl. Samml. V. 69—76. VI. 508—514. VII. 210—248. Kaiser, Samml. IV. 149—154, 383—387.

§ 2. Die Unabhängigkeit und die Neutralität der Schweiz.

Die Unabhängigkeit des schweizerischen Staatskörpers war bereits im westphälischen Frieden von 1648 von allen europäischen Mächten anerkannt und durch neuere Friedensschlüsse, wie namentlich denjenigen von Luneville, bestätigt worden. Unter den Aktenstücken, welche das gegenwärtige Staatsrecht begründen, ist zunächst hervorzuheben der erste Pariser Frieden vom 30. Mai 1814, welcher in Art. 6 folgende Bestimmung enthält:

»*La Suisse, indépendante, continuera de se gouverner par elle-même.*«

Nachdem sodann die Schweiz ihren Beitritt zu der Erklärung des Wiener Kongresses vom 20. März 1815 in förmlicher Weise ausgesprochen und durch den zweiten Pariser Frieden noch einige Gebietsvergrösserungen erlangt hatte, anerkannten und gewährleisteten ihr die Mächte, welche jene Erklärung ausgestellt hatten (Oesterreich, Spanien, Frankreich, Grossbrittannien, Portugal, Preussen, Russland und Schweden), ihre immerwährende Neutralität, sowie die Unverletzlichkeit ihres Gebietes. Es geschah diess durch eine Urkunde vom 20. November 1815, welche folgende Hauptstellen enthält:

»*Les Puissances signataires de la déclaration de Vienne du 20 mars font, par le présent acte, une reconnaissance formelle et authentique de la neutralité perpétuelle de la Suisse, et Elles lui garantissent l'intégrité et l'inviolabilité de son territoire dans ses nouvelles limites.*

»*Les Puissances signataires de la déclaration du 20 mars reconnaissent authentiquement, par le présent acte, que la neutralité et l'inviolabilité de la Suisse et son indépendance de toute influence étrangère sont dans les vrais intérêts de la politique de l'Europe entière.*«*)

Nach diesen beiden massgebenden Aktenstücken, sowie nach unserer ganzen Geschichte kann die völkerrechtliche Stellung der Schweiz nicht zweifelhaft sein. Sie ist ein durchaus selbstständiges, souveränes Glied des europäischen Staatensystemes; sie verdankt ihre Unabhängigkeit lediglich ihren eigenen Freiheitskämpfen im 14. und 15. Jahrhundert, nicht der nachträglichen Anerkennung, welche das thatsächlich längst bestehende Verhältniss in spätern,

*) Offiz. Samml. I. 101, 111—112. Snell I. 47, 59—60. Kaiser, Samml. IV. 94, 98—100.

zwischen den auswärtigen Mächten abgeschlossenen Friedensverträgen gefunden hat. Am Wiener Kongresse wurde die Unabhängigkeit der Schweiz und somit auch ihre Befugniss, sich selbst eine Bundesverfassung zu geben, als selbstverständlich vorausgesetzt; in der Erklärung vom 20. März 1815 wurde nur die Anerkennung und Gewährleistung einer immerwährenden Neutralität an die Bedingung der Annahme des von den Mächten vorgeschlagenen Vergleiches zwischen den alten und neuen Kantonen geknüpft. Von der Unabhängigkeit der Schweiz ist darin überhaupt nicht mehr und von der Bundesverfassung nur insoweit die Rede, als die Erwartung ausgesprochen wird, es werden alle Kantone ohne Ausnahme dem »durch die freien Beschlüsse der grossen Mehrheit ihrer Mitstände zu Stande gekommenen Bundesvertrage beipflichten.«*) In den Dreissiger und Vierziger Jahren haben zwar die Mächte hin und wieder Einsprache erhoben gegen beabsichtigte Aenderungen an der Bundesverfassung; allein sie wagten es nicht, das Selbstkonstituirungsrecht der Schweiz direkte zu bestreiten, sondern sie drohten nur mit Zurücknahme der Anerkennung ihrer Neutralität, falls die Eidgenossenschaft auf ganz andere staatsrechtliche Grundlagen als die im Jahr 1815 vorausgesetzten gestellt werde. Die Bundesverfassung von 1848 ist indessen glücklicher Weise ohne jegliche Einmischung des Auslandes zu Stande gekommen; sie wurde bald von allen europäischen Staatsregierungen thatsächlich anerkannt und Niemand dachte mehr daran zu behaupten, dass durch dieselbe irgend eine der Verpflichtungen erloschen sei, welche die Mächte im Jahr 1815 der Schweiz gegenüber auf sich genommen haben. In der That würde auch jede Intervention fremder Regierungen in unsere inneren Verfassungsangelegenheiten in schnurgeradem Widerspruche stehen zu der, in der Urkunde vom 20. November 1815 enthaltenen Erklärung, dass die Unabhängigkeit der Schweiz von jedem auswärtigen Einflusse dem wahren Interesse aller europäischen Staaten entspreche!

*) In den ersten Entwurf der Erklärung war auch die Gewährleistung der Unabhängigkeit der Schweiz aufgenommen. Der französische Gesandte bemerkte hierüber: »On ne peut pas attacher le principe de l'indépendance de la Suisse à l'acceptation de l'acte. On ne peut donc parler que de neutralité. L'indépendance en elle-même est la conséquence nécessaire de l'existence de tout état politique.« Kaiser, Staatsrecht III. 234.

Die Neutralität bei Kriegen auswärtiger Mächte ist zunächst eine politische Maxime, welche die Schweiz im Laufe der Jahrhunderte zur Richtschnur ihres Verhaltens angenommen hat. Bittere Erfahrungen, welche die Schweiz namentlich in den italienischen Feldzügen des 16. Jahrhunderts gemacht hatte, veranlassten sie nachher, als Staatskörper sich der Theilnahme an den europäischen Kriegen zu enthalten, und wenn letztere ihrem Gebiete sich näherten, gegen mögliche Verletzung desselben ihre Gränzen zu schützen. Der strengen Beobachtung dieser Maxime verdankte es die Schweiz, dass sie von den Verheerungen des dreissigjährigen Krieges, welche Deutschlands innere Entwickelung auf lange Zeit hinaus hemmten, verschont blieb; dagegen hatte das Aufgeben des Neutralitätsprincipes, wozu die Schweiz durch die französische Republik im Jahr 1798 gezwungen wurde, die Folge, dass sie sofort zum Kriegsschauplatze wurde, auf welchem die Armeen der feindlichen Grossmächte sich herumtummelten und namentlich in den Gebirgsgegenden die äusserste Entblössung von allen Existenzmitteln zurückliessen. Zur Zeit der Vermittlungsakte suchte zwar die Schweiz wieder ihre Neutralität zu wahren, allein der übermächtige Vermittler kehrte sich nicht an dieselbe, indem er den Kanton Tessin mehrere Jahre lang militärisch besetzt hielt. Umgekehrt wurde dann nach Napoleons Sturze auch von den verbündeten Mächten die schweizerische Neutralität nicht geachtet, indem im December 1813 eine Abtheilung ihrer Armee in der Nähe von Basel den Rhein überschritt, um über schweizerisches Gebiet nach Frankreich vorzudringen. Die damals gemachte Erfahrung war es zunächst, was die Schweiz veranlasste, beim Wiener Kongresse eine urkundliche Anerkennung und Gewährleistung ihrer Neutralität für alle Zeiten nachzusuchen, welche, wie wir gesehen haben, unterm 20. November 1815 erfolgt ist. Diese förmliche Anerkennung ist ohne Zweifel nicht ohne Werth für die Schweiz; doch wird sie immerhin wohl daran thun, eintretenden Falls dem Princip ihrer Neutralität durch eigene Truppenaufstellungen Geltung zu verschaffen, wie es 1859 im italienischen Kriege geschah. Bei diesem Anlasse hat der Bundesrath ganz richtig unsere Stellung folgendermassen gezeichnet: »Das Recht, neutral zu sein, steht uns von Natur zu, weil ohne vorausgegangenes Bündniss kein Staat verpflichtet ist, sich an den Kämpfen anderer zu betheiligen. Die Anerkennung der schweizerischen Neutralität durch die europäischen Mächte hat also nicht die Bedeutung, dass sie uns ein im Wesen nicht da gewesenes Recht brachte, sondern nur die, dass sie die Mächte verpflichtet, die schweizerische Neutralität zu respektiren, und jede derselben berechtigen würde, die Verletzung derselben durch eine der übrigen anerkennenden Mächte zum Kriegsfall zu machen.«*) Indem die Mächte die Unverletzlichkeit des schweizerischen Gebietes garantirten, haben sie ohne Zweifel die Verpflichtung übernommen, in Kriegen, die sie unter sich oder mit andern Staaten führen, dasselbe durch ihre Armeen nicht betreten zu lassen und sich jedes feindseligen Aktes gegen die Schweiz oder einen Theil derselben zu enthalten. Zum Begriffe der Neutralität gehört es auch, dass die kriegführenden Mächte Waffen, Munition, Lebensmittel und andere unmittelbare Kriegsbedürfnisse aus dem neutralen Gebiete nicht beziehen und dass sie darin weder Werbungen noch Truppensammlungen vornehmen dürfen. Die Schweiz als neutraler Staat hat hinwieder die Verpflichtung, nicht nur sich und ihren Angehörigen keine Handlung zu erlauben, durch welche eine der kriegführenden Mächte in ihren Kriegsunternehmungen begünstigt oder unterstützt würde, sondern auch keine Verletzung der Neutralität durch eine der kriegführenden Mächte zuzugeben. Im Fall einer solchen Verletzung wäre der andere kriegführende Theil berechtigt sowohl zur Selbsthülfe gegen den neutralen Staat als auch zur Verfolgung des daselbst Schutz und Unterstützung findenden Feindes.**) In dem italienischen Kriege von 1859 sah sich der Bundesrath im Interesse wirksamer Handhabung der Neutralität veranlasst, nicht bloss die Ausfuhr von Waffen, Pulver und Munition nach Italien, sowie jede Ansammlung solcher Gegenstände an der Gränze zu untersagen, sondern auch die Internirung der über die Gränze anlangenden Flüchtlinge und Deserteurs auf angemessene Entfernung anzuordnen.***) Als dann im Verlaufe des Krieges die abgeschnittene österreichische Besatzung von Laveno (736 Mann stark) auf schweizerisches Gebiet übertrat, stellte der Bundesrath folgende Grundsätze auf, welche von den kriegführenden Mächten gebilligt worden sind: Eine Verletzung der Neutralität liegt nicht darin, wenn verirrte, verdrängte oder abgeschnittene Truppentheile den Boden der Schweiz

*) Bundesbl. 1860 II. 158.

**) Kaiser, Staatsrecht III. 238.

***) Amtl. Samml. VI. 242—243.

betreten, um hier ein Asyl zu suchen; es mag ihnen dieses vielmehr aus Rücksichten der Humanität gewährt werden unter der Bedingung, dass die Mannschaft entwaffnet und internirt werde. Die Rückkehr solcher Uebergetretener in ihre Heimath ist auch noch während der Kriegsdauer zulässig, soferne einerseits die abgenommenen Waffen bis nach beendigtem Kriege zurückbehaltem werden, anderseits aber die betreffende Regierung sich verpflichtet, die zurückgekehrten Mannschaften während des Krieges nicht mehr gegen den Feind zu verwenden.*)

Da die Neutralität immer einen Kriegszustand zwischen zwei andern Staaten voraussetzt, so versteht es sich, dass durch dieselbe die Schweiz nicht gehindert ist, aus Veranlassung eines sie selbst berührenden Streites einem Nachbarstaate den Krieg zu erklären. Als unabhängiger Staat wäre die Schweiz ohne Zweifel auch, wenn sie es jemals für angemessen erachten sollte, berechtigt, das Princip der Neutralität ganz aufzugeben; nur würde dann natürlich die Anerkennung der Unverletzlichkeit ihres Gebietes durch die Mächte dahin fallen und hätte die Schweiz alle Folgen, welche zukünftig für sie daraus entstehen könnten, sich selbst zuzuschreiben.

§ 3. Rechte der Schweiz ausserhalb ihres Gebietes.

I. Das neutralisirte Savoyen. Wir haben gesehen, dass in ihrer Erklärung vom 20. März 1815 die zu Wien versammelten Mächte sich verpflichtet hatten, für den Kanton Genf eine Gebietserweiterung nach Savoyen hin auszuwirken und dass in dem Protokolle vom 29. März der König von Sardinien, damals bloss Inhaber des nordöstlichen Theiles von Savoyen, wirklich eine Parzelle dieses Gebietes an die Schweiz abtrat. Es geschah diess jedoch nur unter Bedingungen, deren erste folgendermassen lautete:

»*Que les provinces du Chablais et du Faucigny et tout le territoire au nord d'Ugine, appartenans à S. M., fassent partie de la neutralité de la Suisse garantie par toutes les puissances; c'est-à-dire, que toutes les fois que les puissances voisines de la Suisse se trouveront en état d'hostilités ouvertes ou imminentes, les troupes de S. M. le Roi de Sardaigne, qui pourraient se trouver dans ces provinces, se retireront, et pourront à cet effet passer par le Valais, si cela devient nécessaire, qu'aucunes autres troupes armées d'aucunes puissances ne pourront y*

*) Bundesbl. 1860 II. 165.

stationer, ni les traverser, sauf celles que la Confédération Suisse jugerait à propos d'y placer. Bien entendu que cet état de chose ne gêne en rien l'administration de ces provinces, où les agens civils de S. M. le Roi pourront aussi employer la garde municipale pour le maintien du bon ordre.«

Fragen wir nun nach dem Ursprunge dieser eigenthümlichen Bestimmung, so kann es kaum einem Zweifel unterliegen, dass die erste Anregung dazu von der genferschen Abordnung am Wiener Kongresse ausging; ein gewichtiger Beweis dafür liegt in zwei Verbalnoten, welche sie im Februar 1815 an die schweizerische Gesandtschaft daselbst richtete.*) Zwei Motive mögen damals bei jener Abordnung zusammengewirkt haben: einerseits der Wunsch, die Schweiz und insbesondere Genf in Kriegsfällen vor Ueberrumpelung durch eine französische Armee zu sichern, welche über den Simplon oder den grossen St. Bernhard ihren Weg nach Italien suchen könnte; anderseits aber die Ansicht, dass Sardinien die verlangte Gebietsabtretung um so eher gewähren werde, wenn in die schweizerische Neutratität der nördliche Theil Savoyens mit aufgenommen werde, welcher damals in keiner militärischen Verbindung mit Piemont stand und unter allen Umständen von diesem Lande aus sehr schwer gegen eine französische Invasion zu vertheidigen wäre. Dem sardinischen Hofe scheint nun dieser Vortheil, welcher ihm aus der Neutralisirung Nordsavoyens erwuchs, wirklich eingeleuchtet zu haben; Sardinien, nicht die Schweiz war es, welches in den massgebenden Aktenstücken dieselbe verlangte und als Bedingung aufstellte für die Gebietsabtretung zu Gunsten des Kantons Genf, die ihm von den Mächten zugemuthet wurde. Die schweizerische Tagsatzung begriff zwar vollständig die militärische Bedeutung der vorgeschlagenen Uebereinkunft für bessere Vertheidigung der Simplonstrasse, aber indem sie zugleich mit richtigem Takte vorausfühlte, dass eine so ungewohnte Stipulation die Eidgenossenschaft auch leicht in gefährliche Händel mit den Nachbarstaaten verwickeln könnte, ging sie offenbar nicht ohne Widerstreben und mannigfache Bedenken auf

*) Dieselben finden sich im französischen Original abgedruckt in den Beilagen zum Tags.-Abschiede von 1814/15 litt. C, No. III. und IV. Vergl. auch Näheres über die Entstehungsgeschichte der Stipulation vom 29. März 1815 in der bundesräthl. Note vom 25. Mai 1860 und den beigefügten Auszügen aus der diplomatischen Correspondenz des Herrn Pictet de Rochemont, Beilage zum Bundesbl. 1860 II. 1—17, 26—35.

dieselbe ein. Es ergibt sich diess klar aus ihrer Beitrittsurkunde vom 12. August 1815, in welcher es heisst:

»*En égard à la stipulation de neutralité perpétuelle consentie par toutes les puissances en faveur des provinces de Chablais et de Faucigny, la Suisse accordera, si cela est nécessaire, sous la réserve qu'il n'en résulte aucun préjudice pour sa neutralité, le passage pour la retraite des troupes de S. M. de ces provinces; et si la Confédération (ainsi que l'acte du Congrès lui en laisse la faculté) jugeait alors convenable d'y placer des troupes, de la manière et aux conditions qui pourraient être déterminées par des conventions particulières; la Suisse promet en outre qu'une telle occupation militaire momentanée ne portera aucun préjudice à l'administration établie par S. M. Sarde dans les dites provinces.*«

Mit dieser schweizerischen Erklärung war die sardinische Regierung keineswegs zufrieden; sie rügte die Abweichungen von dem Wiener Protokolle, welche in derselben enthalten seien. Der Vorort erklärte jedoch in einer Note vom 1. November, dass die Eidgenossenschaft die Akten des Wiener Kongresses vom 29. März (Art. 92 der Schlussakte vom 9. Juni) ihrem ganzen Inhalte nach und ohne Vorbehalt angenommen habe, so dass der Unterschied in den Worten, welcher sich in der Beitrittsurkunde finden möge, keineswegs als eine Abweichung vom Sinne des Kongressprotokolles anzusehen sei. Dagegen sprach sich der Vorort entschieden gegen die Auffassung des Turiner Hofes aus, es sei die Neutralität der savoyischen Provinzen ganz identisch mit derjenigen der Schweiz, so dass die Eidgenossenschaft in Betreff der erstern die gleichen Pflichten habe wie in Betreff der letztern. Bei wiederholten Anlässen betonte er, die militärische Besetzung der neutralisirten Gebiete müsse für die Schweiz zu allen Zeiten eine fakultative, in ihr freies Ermessen gestellte sein; eine Obliegenheit, diese Provinzen zu besetzen und zu vertheidigen, könne sie nicht anerkennen. Auch könnte sie den Fall einer Verletzung des neutralisirten savoyischen Gebietes durchaus nicht als gleichbedeutend ansehen mit demjenigen, wo ihre eigene Neutralität missachtet würde.

Beim Abschlusse des zweiten Pariser Friedens hatte zwar allerdings der schweizerische Abgeordnete, Pictet de Rochemont aus Genf, den Auftrag erhalten, eine etwelche Ausdehnung des neutralisirten Gebietes nachzusuchen, jedoch nur bis zu der leicht zu vertheidigenden Linie der Flüsse Chéran und Fier, keineswegs aber bis zu der nun festgesetzten, viel weiter gehenden Linie, welche weit mehr Gefahren als Beruhigung darbietet. Der Friedensvertrag vom 20. November 1815, welcher den König von Sardinien wieder in den Besitz von ganz Savoyen setzte, sagt nämlich in Art. 3:

»*La neutralité de la Suisse sera étendue au territoire qui se trouve au Nord d'une ligne à tirer depuis Ugine, y compris cette ville, au Midi du lac d'Annecy, par Faverge jusqu'à Lecheraine, et de là au lac de Bourget jusqu'au Rhône, de la même manière qu'elle a été etendue aux provinces de Chablais et de Faucigny, par l'article 92 de l'acte final du Congrès de Vienne.*«

Ferner ist in der Urkunde vom gleichen Tage, durch welche die Mächte die immerwährende Neutralität der Schweiz gewährleisteten, Folgendes beigefügt:

»*Les Puissances reconnaissent et garantissent également la neutralité des parties de la Savoie, désignées par l'acte du Congrès de Vienne du 29 mars 1815, et par le traité de Paris de ce jour, comme devant jouir de la neutralité de la Suisse de la même manière, que si elles appartenaient à celle-ci.*«

Endlich wurden in Art. 7 des Turiner Vertrages vom 16. März 1816 alle vorerwähnten Bestimmungen von Sardinien und der Schweiz als für beide Staaten rechtsverbindlich bestätigt und insbesondere noch Vormerkung genommen von der schweizerischen Erklärung, dass der Text des Protokolles vom 29. März 1815 als ohne irgend welche Einschränkung angenommen zu betrachten sei.*)

Fassen wir nun den wesentlichen Inhalt aller angeführten Verhandlungen und Aktenstücke kurz zusammen, so ergibt sich folgendes Rechtsverhältniss: Die savoyischen Provinzen Chablais, Faucigny, Genevois und einige Theile von Savoie propre und Haute Savoie sind der schweizerischen Neutralität einverleibt; die Mächte gewährleisten ihre Neutralität gleich derjenigen der Schweiz. Die Eidgenossenschaft ist berechtigt, diese Provinzen militärisch zu besetzen, so oft zwischen den benachbarten Mächten ein Krieg ausgebrochen ist oder auszubrechen droht; in einem solchen Falle

*) Offiz. Samml. I. 81, 90, 94—98, 108, 110, 112, 115, 160—161, 180—181. Snell I. 43, 45—46, 53, 56, 89—90. Kaiser, Samml. IV. 89—93, 95, 99, 445—446. Denkschrift des Bundesrathes über die Beziehungen zwischen der Schweiz und dem neutralisirten Savoyen (1859) S. 10—28.

dürfen keine andern als schweizerische Truppen auf dem neutralisirten Gebiete verweilen oder dasselbe betreten. Die Civilverwaltung verbleibt indessen auch während der Occupation bei den sardinischen Behörden. Eine Verpflichtung, die neutralisirten Provinzen in Kriegsfällen zu besetzen, hat die Schweiz nicht übernommen; es ist ihr selbst überlassen zu entscheiden, ob es angemessen (à propos), d. h. durch das Interesse der Vertheidigung ihrer eigenen Neutralität geboten sei, eine derartige Truppenaufstellung auf savoyischem Gebiete zu bewerkstelligen. Dagegen hat die Schweiz im Protokolle vom 29. März 1815 allerdings auch ihrerseits sich verpflichtet, den sardinischen Truppen, welche beim Ausbruche eines Krieges die neutralisirten Provinzen verlassen, den Rückzug durch das Wallis zu gestatten.

Die praktische Anwendung der erwähnten Vertragsbestimmungen kam nicht früher in Frage als bei dem Kriege, welcher im Frühling 1859 zwischen Frankreich und Sardinien einerseits und Oesterreich anderseits ausbrach. Der Bundesrath brachte damals den Mächten in seiner Note vom 14. März jene Bestimmungen in Erinnerung und bemerkte darüber Folgendes: »Soweit es zur Sicherung und Vertheidigung der schweizerischen Neutralität und der Integrität des schweizerischen Gebietes erforderlich ist, wird die Eidgenossenschaft eintretenden Falles von dem ihr nach den europäischen Traktaten zustehenden Besetzungsrechte der neutralisirten Gebietstheile von Savoyen Gebrauch machen, wobei es sich von selbst versteht, dass von ihrer Seite die citirten Stipulationen in jeder Richtung gewissenhafte Beachtung finden werden, also auch darin, dass eine schweizerische Occupation die Civilverwaltung jener Provinzen auf keine Weise beschränken soll. Es wird der schweizerische Bundesrath bemüht sein, über die nähern Modalitäten einer solchen Occupation mit der Regierung S. M. des Königs von Sardinien sich ins Einverständniss zu setzen.« Diese Erklärung, welche nachher von der Bundesversammlung genehmigt wurde, beantworteten alle Mächte in zustimmendem Sinne, — selbst Oesterreich nicht ausgenommen, welches zuerst Miene gemacht hatte zu verlangen, dass die Schweiz den Durchmarsch französischer Truppen auf der von Lyon über Culoz nach Chambéry führenden Eisenbahn zu verhindern habe. Hätte man angenommen, die Schweiz sei nicht bloss berechtigt, sondern auch verpflichtet, in Kriegsfällen das neutralisirte Savoyen zu besetzen, so wäre diese Forderung begründet gewesen, weil die genannte Bahn allerdings das äusserste Ende des im Jahr 1815 abgegränzten Gebietes durchschneidet. Man anerkannte indessen allgemein die Richtigkeit des von der Schweiz aufgestellten Programmes, und da die schweizerische Neutralität in den Kantonen Genf und Wallis nicht bedroht war, so unterblieb jede Truppenaufstellung in Savoyen und daher auch die in Aussicht gestellte Verständigung mit Sardinien über das dabei zu beobachtende Verfahren.*)

Weniger glücklich als beim Kriege von 1859 war die Schweiz bei der Abtretung des gesammten Herzogthums Savoyen an Frankreich, welche im März 1860 zum Danke für die, dem neuen Königreiche Italien geleistete Kriegshülfe vollzogen wurde. Der Bundesrath machte zwar fortwährend mit grossem Nachdrucke die Rechte geltend, welche der Schweiz nach den Verträgen an einem bedeutenden Theile Savoyens zustehen; ja er ging wohl nur etwas zu weit, indem er, statt bloss diese Rechte zu wahren, namentlich in der Note vom 19. März, welche an die Mächte des Wiener Kongresses gerichtet war, geradezu eine Abtretung der nördlichen savoyischen Provinzen an die Schweiz verlangte. Ohne die Schweiz, wie sie es gewünscht hatte, an den Verhandlungen Theil nehmen zu lassen, wurde der Cessionsvertrag zwischen Frankreich und Sardinien unterm 24. März in Turin abgeschlossen; doch enthält derselbe hinsichtlich des neutralisirten Gebietes folgende Bestimmung:

»*Il est entendu que S. M. le Roi de Sardaigne ne peut transférer les parties neutralisées de la Savoie qu'aux conditions auxquelles il les possède lui-même, et qu'il appartiendra à S. M. l'Empereur des Français de s'entendre à ce sujet, tant avec les Puissances représentées au Congrès de Vienne qu'avec la Confédération helvétique, et de leur donner les garanties qui résultent des stipulations rappelées dans le présent article.*«

Der Bundesrath fand nun für angemessen, die Bundesversammlung einzuberufen; am Schlusse seiner Botschaft an dieselbe fasste er seine Anschauungsweise in folgende Sätze zusammen: »Die Interessen der äussern Sicherheit, der Unabhängigkeit und Neutralität der Schweiz gebieten, dass die Rechte der Schweiz auf die neutrali-

*) Bundesbl. 1859 I. 243, 422, 427, 520-521, 592. 1860. II. 159—162

sirten Provinzen Nordsavoyens nicht beeinträchtigt werden. Eine Abtretung Nordsavoyens an Frankreich, auch wenn diese Provinzen im schweizerischen Neutralitätsverbande belassen würden, wäre den bestehenden Verträgen zuwider *) und würde die Rechte und Interessen der Schweiz im höchsten Grade gefährden. Die in Aussicht gestellte Verständigung mit den Mächten und der Schweiz ist zwar geeignet, Beruhigung zu gewähren, jedoch nur, wenn vor dieser Verständigung eine Besitznahme der Provinzen durch Frankreich, sei es civile oder militärische, nicht stattfindet, sondern der Status quo strenge aufrecht erhalten wird.« — Die Bundesversammlung billigte zwar im Allgemeinen die vom Bundesrathe innegehaltene Politik und beauftragte ihn, »die Rechte und Interessen der Schweiz in Beziehung auf die neutralisirten Provinzen kräftig zu wahren und insbesondere dahin zu wirken, dass bis zu erfolgter Verständigung der Status quo nicht verändert werde.« Jedoch wurde ihm die verlangte Vollmacht zu »Anwendung aller dazu erforderlichen Mittel« erst ertheilt, nachdem man sich in den Kommissionalberathungen davon überzeugt hatte, dass die Mehrheit des Bundesrathes eine militärische Besetzung Nordsavoyens zum Zwecke der Verhinderung einer französischen Besitzergreifung nicht beabsichtige. Und in der That wäre eine solche Besetzung bei damaliger Sachlage nach den bestehenden Traktaten keineswegs gerechtfertigt gewesen!

Unterm 5. und 11. April erliess sodann der Bundesrath neue Noten an die Mächte, in denen er nach Anleitung des Protokolles des Aachener Kongresses von 1818 die Einberufung eines europäischen Kongresses und bis zum Entscheide desselben die unveränderte Beibehaltung des Status quo verlangte, auch gegen die angeordnete Volksabstimmung in Savoyen, bei welcher der Anschluss an die Schweiz nicht in Frage kommen sollte, protestirte. Die diplomatische Korrespondenz wurde noch längere Zeit fortgesetzt und die Ansprüche der Schweiz wurden sogar durch besondere Abord-

*) Diese Behauptung des Bundesrathes stützte sich wesentlich auf den Friedensvertrag zwischen Bern und dem Herzog von Savoyen vom Jahr 1564, welcher die Bestimmung enthält, dass keiner der beiden Theile das ihm zugesprochene Land einem andern Fürsten oder Gemeinwesen abtreten dürfe. Es muss indessen höchlich bezweifelt werden, dass jener Vertrag, nachdem seit seiner Entstehung so mannigfache staatliche Veränderungen vor sich gegangen sind, gegenwärtig noch für die beiden Contrahenten, sowie für die Garanten (Frankreich und Spanien) verpflichtende Rechtskraft habe.

nungen unterstützt, welche der Bundesrath an die Kabinete von London und St. Petersburg sandte. Es war indessen von den Garanten der Verträge von 1815 nichts Weiteres erhältlich als — gute Worte und Hofbescheide. Die Besitznahme Savoyens durch Frankreich fand im Juni 1860 statt und die im Turiner Cessionsvertrage in Aussicht gestellte Verständigung mit der Schweiz ist bis zur Stunde nicht zu Stande gekommen.*)

Die gegenwärtige Sachlage ist nun folgende: Das Recht der Schweiz, das neutralisirte savoyische Gebiet im Kriegsfalle zu besetzen, ist eine völkerrechtliche Servitut, welche auf dem Lande haftet und somit durch den Eigenthumswechsel keineswegs erloschen ist. Frankreich selbst hat in dem Turiner Vertrage vom 24. März 1860 anerkannt, dass es das Herzogthum Savoyen nur mit den auf ihm ruhenden Verpflichtungen habe übernehmen können. Erloschen ist bloss die von der Schweiz im Jahr 1815 den sardinischen Truppen eingeräumte Befugniss, sich durch das Wallis zurückzuziehen; auf französische Truppen kann dieselbe nicht übergegangen sein, weil letztere ihren Rückweg gerade nach der entgegengesetzten Seite zu nehmen hätten. Unbestreitbar ist indessen, dass das noch in Kraft bestehende Rechtsverhältniss zu den veränderten faktischen Verhältnissen nicht mehr passt; denn es war darauf berechnet, dass das neutralisirte Gebiet sich im Besitze eines kleinen Staates befand, welcher durch hohe Gebirge von demselben getrennt war, während jetzt die bedeutendste Militärmacht Europa's, die zugleich die leichteste Verbindung mit den fraglichen Provinzen hat, sich in deren Besitz gesetzt hat. Es bleibt also die Aufgabe zu lösen übrig, das überkommene Rechtsverhältniss in der Weise umzugestalten, dass die Schweiz für ihre Unabhängigkeit und Neutralität neue, den jetzigen faktischen Verhältnissen entsprechende Garantien finde, oder mit andern Worten, die Schweiz hat dafür zu sorgen, dass, wie die nationalräthliche Kommission schon am 2. April 1860 gesagt hat, »der politische Gedanke, welcher im Jahr 1815 der Neutralisation eines Theiles von Savoyen zu Grunde lag, einen den veränderten Verhältnissen entsprechenden Ausdruck erhalte.« Da hierbei keineswegs bloss die

*) Sämmtliche Aktenstücke finden sich gedruckt im Bundesbl. 1860 I. 475—542, 547—560, 563—565, 567—568, 593—602, 615—617. II. 95—96, 99—100, 275—277, 415—416, 515—525, 571—574, 611—614.

Schweiz betheiligt ist, sondern in gleichem Masse auch die sämmtlichen Mächte, welche die Wiener Verträge unterzeichneten und die Neutralität der Schweiz, sowie die Unverletzlichkeit ihres Gebietes als im europäischen Interesse liegend erklärten, so wäre es allerdings am schicklichsten, wenn die neue Regulirung der Angelegenheit auf einem europäischen Kongresse erfolgen würde. Sollte jedoch ein solcher noch lange auf sich warten lassen, so wäre vielleicht jetzt, nachdem frühere Animositäten verschwunden sind, eine direkte Verständigung mit Frankreich ebenso wohl zu erzielen wie in Betreff des langjährigen Streites über das Dappenthal, nur dass bei der Savoyerfrage nicht bloss Kenntnissgabe an die Mächte, sondern die förmliche Zustimmung derselben jedenfalls vorbehalten werden müsste.

II. Handels- und Militärstrasse durch das Chablais. In der Erklärung des Wiener Kongresses vom 20. März 1815 hatte Frankreich, welches sich damals noch im Besitze des Gebietes von Versoy befand, einer Bestimmung des ersten Pariser Friedens Folge gebend, der Schweiz eine zollfreie Strasse von Genf nach dem Waadtlande eingeräumt, auf welcher weder Posten noch Reisende noch Waarensendungen mit Durchsuchungen belästigt oder irgend einer Gebühr unterworfen werden sollten, und fernerhin die Verpflichtung übernommen, den Durchmarsch schweizerischer Truppen auf dieser Strasse nicht zu verwehren. Diese Bestimmung besteht nicht mehr in Kraft, weil Versoy durch den zweiten Pariser Frieden mit dem Kanton Genf vereinigt worden ist; aber sie musste hier in Erinnerung gebracht werden, weil das Protokoll vom 29. März 1815 sich auf dieselbe beruft, indem es sagt: »Der König von Sardinien willigt ein, dass die Verbindung zwischen dem Kanton Genf und dem Wallis durch die sogenannte Simplonstrasse auf gleiche Weise stattfinde, wie Frankreich solche zwischen Genf und dem Waadtlande auf der durch Versoy führenden Strasse bewilligt hat.« Dieser Zugabe wird dann aber folgende von Sardinien gestellte Bedingung angehängt: »dass eine Befreiung von allen Durchgangsgebühren für alle Waaren, Lebensmittel u. s. w. bewilligt werde, welche aus den Staaten Sr. Majestät und aus dem Freihafen von Genua kommend, ihren Weg über die sogenannte Simplonstrasse nehmen, in der ganzen Ausdehnung dieser letztern durch das Wallis und das Gebiet von Genf. Es wird diess dahin verstanden, dass jene Befreiung einzig die Durchgangsgebühren betreffen und sich weder auf die Weg- oder Brückengelder noch auf jene Waaren und Lebensmittel ausdehnen soll, welche für den Verkauf oder Verbrauch im Innern bestimmt sind. Die gleiche Beschränkung findet hinwieder statt bei der den Schweizern eingeräumten Verbindung des Wallis mit dem Kanton Genf, und die Regierungen werden desshalb durch gemeinsames Einverständniss die nöthig erachteten Massnahmen treffen für Festsetzung der Taxen sowohl als zu Verhinderung des Schleichhandels, jede auf ihrem Gebiet.« In der Beitrittsurkunde der Tagsatzung vom 12. August 1815 wird über diesen Gegenstand Folgendes bemerkt: »Die Schweiz bewilligt die Befreiung von Transitgebühren für diejenigen Waaren, welche, aus den Staaten S. M. des Königs von Sardinien kommend, auf der Simplonstrasse durch das Wallis und den Kanton Genf gehen, mit dem ausdrücklichen Vorbehalte jedoch, dass unter dieser Benennung die Strassen-, Brücken- und die Barrièren-Gelder nicht verstanden werden, und dass für die weitern, auf diesen Gegenstand Bezug habenden Anordnungen besondere Conventionen zwischen Sr. kön. Majestät und den betreffenden Kantonen stattfinden sollen.« Endlich finden sich einige Ausführungsbestimmungen in den Artt. 5 und 6 des Turiner Vertrages vom 16. März 1816, sowie in Art. 6 des Handelsvertrages von 1851.*)

Wir haben es auch hier mit einer völkerrechtlichen Servitut zu thun, welche der Schweiz gegenüber dem Lande Savoyen, auch unter seinem neuen Beherrscher, zusteht. Der Schweiz ist eine militärische Verbindung zwischen den Kantonen Wallis und Genf auf der durch die Provinz Chablais führenden Simplonstrasse eingeräumt. Ferner hat sie für Reisende und Waaren das Recht des zoll- und mauthfreien Transites auf dieser Strasse, wogegen sie für die durch die Kantone Wallis und Genf führende Strasse den Reisenden und Waaren, welche aus Piemont über den Simplon kommen, die nämliche Vergünstigung gewähren muss. In Folge des Ueberganges Savoyens an Frankreich stehen nun freilich die beiden Servituten nicht mehr in unmittelbarer Beziehung zu einander; indessen möchten wir doch nicht zu behaupten wagen, dass diejenige, welche die Schweiz auf sich genommen, als erloschen zu betrachten sei.

*) Offiz. Samml. I. 53—54, 76, 82, 85, 91, 96, 99, 159—160. Snell I. 33, 39—40, 43—44, 46, 50—51, 88—89. Amtl. Samml. II. 413. Kaiser, Samml. IV. 78, 86, 90, 93, 444—445, 461.

III. Verbot der Festungswerke in Hüningen. Die Festung Hüningen, von welcher aus die nahe Stadt Basel noch im Kriege von 1815 beschossen wurde, ward nach der Entscheidungsschlacht von Waterloo durch die Armee der Verbündeten eingenommen und geschleift, wobei auch schweizerische Truppen mitwirkten. Nach diesen Vorgängen wurde in den Friedensvertrag vom 20. November 1815 folgende, für die Schweiz wichtige Bestimmung aufgenommen:

»*Les fortifications d'Huningue ayant été constamment un objet d'inquiétude pour la ville de Bâle, les hautes Parties contractantes, pour donner à la Confédération helvétique une nouvelle preuve de leur bienveillance et de leur sollicitude, sont convenues entre Elles de faire démolir les fortifications d'Huningue; et le Gouvernement français s'engage, par le premier motif, à ne les rétablir dans aucun temps, et à ne point les remplacer par d'autres fortifications à une distance moindre que trois lieues de la ville de Bâle.*« *)

Wir haben es also auch hier wieder mit einer völkerrechtlichen Servitut zu thun, in welcher die Schweiz als der berechtigte Theil erscheint, Frankreich aber die Verpflichtung übernommen hat, nicht bloss die zerstörte Festung Hüningen niemals wieder aufzubauen, sondern auch bis auf eine Entfernung von drei Meilen von der Stadt Basel keine andern Festungswerke zu errichten. Es ist dieses Recht, welches wir dem mächtigen Nachbarstaate gegenüber haben, allerdings von grosser Bedeutung für uns, weil solche Festungswerke keinen andern als einen offensiven Charakter gegen die Schweiz und namentlich gegen Basel haben könnten.

IV. Zollfreie Zonen längs dem Kanton Genf. In dem eben angeführten zweiten Pariser Frieden, welcher die Abtretung desjenigen Theiles der Landschaft Gex, der zwischen dem Genfersee, den Kantonen Waadt und Genf und dem Flüsschen Versoix lag, an die schweizerische Eidgenossenschaft festsetzte, findet sich fernerhin die nachfolgende Bestimmung:

»*La ligne des douanes françaises sera placée à l'Ouest du Jura, de manière que tout le pays de Gex se trouve hors de cette ligne.*«

Es ist also hier zum Vortheile der angränzenden Kantone Genf und Waadt auf französischem Gebiete eine zollfreie Zone abgesteckt, deren Verkehr mit der Schweiz von Frankreich auf keine Weise

*) Offiz. Samml. I. 107, 109—110. Snell I. 56. Kaiser, Samml. IV. 97.

gehemmt oder belästigt werden darf. In den Präliminarien vom 3. November 1815, welche bereits dieser, von der französischen Regierung übernommenen Servitut erwähnen, versprachen zugleich die Mächte, ihre guten Dienste beim Könige von Sardinien zu verwenden, damit auch er auf savoyischem Gebiete die Mauthlinie auf mindestens eine Stunde von der Schweizergränze zurücksetze. Im Sinne dieser Zusage wurde dann wirklich in Art. 3 des Turiner Vertrages vom 16. März 1816 die savoyische freie Zone abgesteckt, welche den Verkehr der zunächst an den Kanton Genf angränzenden Dörfer mit der Schweiz völlig frei lässt, immerhin in dem Sinne, dass die sardinische Regierung sich vorbehielt, über die Zahl und die Lage der Zollstätten beliebige Verfügungen zu treffen. Zugleich verpflichtete sich Sardinien in Art. 4, die freie Ausfuhr aller Lebensmittel zu gestatten, welche für den Consum des Kantons Genf bestimmt sind, jedoch mit dem Vorbehalte allgemeiner Verwaltungsmassregeln, durch welche in Zeiten des Mangels die Ausfuhr aus Savoyen und Piemont ganz verboten werden könnte. Die Schweiz dagegen übernahm ihrerseits die Servitut, dass der, über das Gebiet des Kantons Genf führende Handelsverkehr zwischen den verschiedenen Provinzen Savoyens zu allen Zeiten unbelästigt bleiben solle.*)

Es kann keinem Zweifel unterliegen, dass diese völkerrechtlichen Stipulationen auch nach dem Uebergange Savoyens an Frankreich unverändert in Kraft bestehen. Ebenso scheint uns der vom König von Sardinien im Handelsvertrage von 1851 zugestandene Verzicht auf das in Art. 4 des Vertrages von 1816 vorbehaltene Recht der Ausfuhrverbote**) auch für die französische Regierung, als Rechtsnachfolgerin in Savoyen für so lange verbindlich zu sein, als die Schweiz ihrerseits die in jenem Handelsvertrage den savoyischen Provinzen eingeräumten Zollbegünstigungen gewährt.

§ 4. Europäisches Seerecht in Kriegszeiten.

Neben den europäischen Staatsverträgen von 1815, in denen wir bis dahin die Grundlagen der völkerrechtlichen Stellung der Schweiz erkannt haben, und ihren auf Neuenburg und das Dappenthal bezüg-

*) Offiz. Samml. I. 103, 104, 107, 158, 159, 161. Snell I. 55, 56, 87, 88, 90. Kaiser, Samml. IV. 96, 443—444.

**) Amtl. Samml. II. 412. Kaiser, Samml. IV. 460.

lichen Nachträgen von 1857 und 1861 kann für uns, — da die sogen. heilige Allianz, welcher die Schweiz im Jahre 1817 beigetreten ist, schon längst keine praktische Bedeutung mehr hat, — für das gegenwärtige Kapitel bloss noch das europäische Seerecht in Kriegszeiten in Betracht kommen. Der Kongress, welcher nach der Beendigung des Krimkrieges in Paris versammelt war, bestehend aus den Bevollmächtigten Oesterreichs, Frankreichs, Grossbrittanniens, Preussens, Russlands, Sardiniens und der Türkei, hat darüber am 16. April 1856 die nachfolgenden Grundsätze aufgestellt, zu denen die schweizerische Bundesversammlung am 16. Juli gl. J. ihren Beitritt erklärt hat:

»1) Die Kaperei ist und bleibt abgeschafft.

»2) Die neutrale Flagge schützt die feindliche Ladung, mit Ausnahme der Kriegskontrebande.

»3) Die neutrale Ladung, mit Ausnahme der Kriegskontrebande, kann unter feindlicher Flagge nicht als Prise erklärt werden.

»4) Blokaden müssen, um verbindlich zu sein, wirklich bestehen, d. h. durch genügende Kräfte ausgeführt werden, um das Betreten der feindlichen Küsten wirksam zu verhindern.«

Die Schweiz ist bei dieser Uebereinkunft keineswegs so wenig betheiligt wie es auf den ersten Blick erscheinen möchte. Sie ist allerdings keine Seemacht und besitzt keine eigene Schifffahrt auf dem Meere; aber sie treibt einen starken überseeischen Handel und ihre Waaren durchkreuzen die Meere auf den Schiffen der verschiedensten Nationen. Von diesem Standpunkte aus hat sie an dem internationalen Seerechte ein wesentliches Interesse; denn je sicherer und ungestörter Schifffahrt und Handel in Kriegszeiten betrieben werden können, desto weniger nachtheilig wirkt die Kriegführung dritter Staaten auf sie zurück.*) In jüngster Zeit haben wir bereits an einem praktischen Beispiele die Vortheile, welche die Uebereinkunft von 1856 der Schweiz gewährt, wahrnehmen können, indem auf Verwendung des Bundesrathes die Regierung von Dänemark schweizerische Waaren, welche sich auf einem weggenommenen deutschen Schiffe befanden, herausgegeben hat.

*) Bundesbl. 1856 II. 357—361. Amtl. Samml. V. 337. VI. 348—350. Kaiser, Samml. IV. 126—127.

Zweites Kapitel.

Handels- und Zollverhältnisse.

§ 1. Handel und Zölle im Allgemeinen.

Einer der grössten Vortheile, den die Schweiz der gegenwärtigen Bundesverfassung verdankt, besteht darin, dass es ihr erst durch sie möglich geworden ist, günstige Handelsverträge mit dem Auslande abzuschliessen. Früher war daran schon aus dem Grunde nicht zu denken, weil die Schweiz in ihrem Innern kein einheitliches Ganzes im Zollwesen bildete, sondern jeder Kanton sein eigenes Zollsystem für sich hatte. Wir besitzen daher aus dem ganzen Zeitraume von 1803 bis 1848 keine andern, auf Handel und Zölle bezügliche und dermalen noch in Kraft bestehende Stipulationen mit dem Auslande als die bereits im vorigen Kapitel erwähnten, welche sich auf die Verhältnisse Sardiniens und Frankreichs zu den Kantonen Genf und Wallis beziehen, sowie eine Bestimmung des Staatsvertrages mit Frankreich vom 18. Juli 1828, betreffend die Gränzverhältnisse, die wir unten (§ 4) erwähnen werden. Doch darf billiger Weise hier nicht verschwiegen werden, dass in den Jahren 1812 und 1825 mit den deutschen Nachbarstaaten Baden und Würtemberg, 1840 aber mit dem Königreich der Niederlande Zoll- und Handelsverträge abgeschlossen wurden, welche seither ausser Kraft getreten sind.

Kaum war nun die Bundesverfassung von 1848 eingeführt und in Folge davon das schweizerische Zollwesen centralisirt, so begann der Bundesrath auch mit den auswärtigen Staaten zu unterhandeln. Gerade die Einwirkung, welche das neue Zollsystem auf den Gränzverkehr zwischen dem Kanton Genf und Savoyen hatte, erleichterte den Abschluss eines Handelsvertrages*) mit dem befreundeten Nachbarstaate Sardinien, welcher unterm 8. Juni 1851 zu Stande kam. Derselbe wurde namentlich von den industriellen Kantonen freudig begrüsst und enthält folgende hierher gehörige Bestimmungen:

1) In Berücksichtigung der bei den savoyischen Zollstätten stattfindenden zollfreien Ausfuhr von Lebensmitteln, welche für die Versorgung des Kantons Genf bestimmt sind,**) verpflichtet sich die

*) Amtl. Samml. II. 405 ff. Kaiser, Samml. IV. 455 ff.

**) S. oben S. 226.

Schweiz ihrerseits, die Einfuhr folgender Erzeugnisse der sardinischen Staaten ebenfalls zollfrei zu gestatten: Milchwaaren, frische Gemüse, Eier, Früchte, lebendes Geflügel, Gartengewächse und überhaupt alle Lebensmittel, welche für den Marktverkehr bestimmt sind. Diese Produkte müssen aber von den Verkäufern selbst getragen oder auf Karren oder in Schiffen geführt werden und dürfen das Gewicht von 5 metrischen Centnern nicht übersteigen.

2) Die Schweiz gestattet die zollfreie Einfuhr über die Gränze des Kantons Genf von 10,000 Centner Wein aus den Provinzen Chablais, Genevois und Faucigny, und zwar in einem Verhältnisse, welches durch die sardinische Regierung zwischen den drei Provinzen festgesetzt wird.

3) Die Schweiz verpflichtet sich, folgende Artikel zollfrei einzulassen:

a. Strassenmaterial, Kies, Sand, Schlake, rohe Bausteine, Gyps und rohen ungebrannten Kalk; Buchen- und anderes Laub, Rinde zu Streue und alle Rohstoffe, welche zur Düngung benutzt werden;

b. die tarifirten Artikel jeder Art, welche das Gewicht eines Kilogrammes nicht übersteigen und von der Person selbst eingebracht werden, sowie alle andern Gegenstände, für welche in ihrer Gesammtheit kein höherer Zoll als 5 Centimes zu entrichten wäre.

4) Die Schweiz verpflichtet sich ferner, den Eingangszoll auf nachbenannten Artikeln in näher bezeichneter Weise zu ermässigen: Abfälle von Thieren und Pflanzen; Kälber, Ziegen, Schafe und Schweine; Eier, Kastanien, Mineralwasser; geräuchertes, getrocknetes und gesalzenes Fleisch; Sardellen, Sardinen, Thunfisch, Aale; Südfrüchte, essbares Olivenöl; gezwirnte Nähseide. (Die ermässigten Zollansätze sind im Wesentlichen diejenigen des Bundesgesetzes von 1851, welches beim Vertragsabschlusse bereits im Entwurfe vorlag).

5) Die Schweiz verpflichtet sich endlich, den Zoll von 30 Cent. für den metrischen Centner auf dem, aus den sardinischen Staaten kommenden Reis während der Dauer des Vertrages nicht zu erhöhen.

6) »Die sardinische Regierung, in der Absicht, den Verbrauch schweizerischer Industrieartikel in den königlichen Staaten zu begünstigen, gewährleistet den Natur- und Gewerbserzeugnissen der Eidgenossenschaft die gleichen Vortheile, welche die Natur- und Gewerbs-

erzeugnisse der am meisten begünstigten Nation in den sardinischen Staaten geniessen, und namentlich diejenigen, welche Frankreich, Belgien, England und dem Zollvereine durch die Verträge und Uebereinkünfte vom 5. November 1850, 24. Januar, 27. Februar und 20. Mai 1851 gewährt worden sind.

»*Sie willigt überdiess in eine Zollermässigung für die Schweizerkäse von Fr. 20 auf Fr. 15 die 100 Kilogr.*«

7) Beide Theile verpflichten sich, die vollkommen freie Durchfuhr von Waaren, welche von den Gränzen ihres Gebietes durch dasselbe in das Gebiet des andern Theiles geführt werden, festzuhalten, ohne dass diese Waaren in irgend einem Falle mit Transitzöllen oder irgend welcher Gebühr belegt werden dürfen, die nicht auch von den eigenen Staatsbürgern bezahlt wird. Die Schweiz willigt in die Ermässigung des jetzigen Durchfuhrzolles von 60 auf 40 Cent. und verpflichtet sich, in Berücksichtigung der Verträge von 1815 und 1816,*) für Waaren, welche aus einer sardinischen Provinz durch den Kanton Wallis oder durch das Gebiet des Kantons Genf auf einen andern Punkt der sardinischen Staaten geführt werden, nur einen Transitzoll von 10 Cent. für 100 Kilogr. zu beziehen.

8) »Die beiden Regierungen verpflichten sich gegenseitig, ihre Gewerbserzeugnisse mit keinen weitern oder höhern Gebühren zu belegen als denjenigen, welche die am meisten begünstigte Nation für ihre Waaren und gleichartigen Produkte bei deren Einfuhr zu bezahlen hat.«

Ueber die Auslegung dieses letzten Artikels waltet schon seit längerer Zeit eine Differenz zwischen der italienischen Regierung und dem Bundesrathe. Italien legt denselben so aus, dass nur die zur Zeit des Vertragsabschlusses den meist begünstigten Nationen gewährten Vortheile auch der Schweiz zu gut kommen, nicht aber diejenigen, welche Italien später gewähre.**)

In Folge einer mit der Regierung des Königreiches Italien im Jahr 1862 ausgewechselten Erklärung ist der Handelsvertrag von 1851 auf das ganze Gebiet dieses vergrösserten Königreichs ausgedehnt worden.***) Damit ist eine Uebereinkunft betreffend Zollerleichterungen, welche die Schweiz am 24. Februar 1860 mit dem

*) S. oben S. 224.

**) Bundesbl. 1864 I. 490.

***) Amtl. Samml. VII. 374—375.

Königreiche beider Sizilien abgeschlossen hatte, ausser Kraft getreten. In Folge jener Ausdehnung wäre eine Revision des gesammten Handelsvertrages, wofür auch bei der italienischen Regierung eine günstige Stimmung zu walten scheint, nun jedenfalls um so eher am Platze als einerseits seit dem Abschlusse desselben die Schweiz ihre Durchfuhrzölle im Allgemeinen sehr herabgesetzt hat, anderseits aber alle die Zollbegünstigungen, welche die Schweiz 1851 den savoyischen Provinzen gewährt hat und die wir als fortbestehend auch nach ihrem Uebergange an das französische Kaiserreich betrachten, nunmehr das Königreich Italien nicht mehr berühren, sondern nur noch bei der Unterhandlung eines ähnlichen Vertrages mit Frankreich in Betracht fallen können.

Auf den Handelsvertrag mit Sardinien folgten im Jahr 1855 die beiden, im Wesentlichen übereinstimmenden Handelsverträge mit Grossbrittannien und Nordamerika,*) welche ebenfalls als sehr günstig für die Schweiz betrachtet werden können. In denselben finden sich folgende wichtige Grundsätze aufgestellt:

1) In Allem, was die Einfuhr (bei Grossbrittannien auch: »die Niederlage«), die Aus- und Durchfuhr ihrer respektiven Erzeugnisse (bei Grossbrittannien allgemeiner: »von gesetzlich erlaubten Handelsartikeln«) betrifft, werden sich die beiden contrahirenden Theile behandeln wie die am meisten begünstigten Nationen.

2) Keiner der contrahirenden Theile wird für die Ein-, Aus- und Durchfuhr der natürlichen oder industriellen Erzeugnisse des andern höhere Zölle noch andere Gebühren erheben als diejenigen, welche auf die gleichen Artikel, die aus irgend einem andern fremden Lande kommen, gelegt sind oder gelegt werden.

3) Die beiden contrahirenden Theile verpflichten sich ferner, jede Begünstigung in Handelssachen, welche einer von ihnen in Zukunft einem dritten Staate gewähren wird, gleichzeitig auch auf den andern contrahirenden Theil auszudehnen.

Bei diesen drei Bestimmungen bleibt der Staatsvertrag mit Grossbrittannien stehen, welcher namentlich durch den im Jahr 1860 zu Stande gekommenen französisch-brittischen Handelsvertrag eine grosse Bedeutung für die schweizerische Industrie erlangt hat. In

*) Amtl. Samml. V. 201 ff., 271 ff. Kaiser, Sammlung IV. 275 ff., 351 ff.

dem nordamerikanischen Vertrage dagegen sind noch folgende zwei Bestimmungen beigefügt:

a. Sollte einer der contrahirenden Theile auf die Produkte irgend einer Nation Differentialzölle legen, so mag der andere Theil festsetzen, in welcher Weise der Ursprung seiner eigenen Produkte, die zur Einfuhr in das Land mit Differentialzöllen bestimmt sind, bescheinigt werden soll.

b. Das schweizerische Gebiet soll für alle, aus den Vereinigten Staaten Nordamerika's kommenden Handelsartikel offen bleiben. Ebenso soll kein Hafen dieser Staaten den, aus der Schweiz anlangenden Waaren verschlossen sein, sobald sie auf Schiffen der Vereinigten Staaten oder auf Fahrzeugen eines andern Landes, welche freien Zutritt zu den Häfen der Union haben, ankommen. Die schweizerischen Waaren, welche unter der Flagge der Vereinigten Staaten oder unter derjenigen einer der am meisten begünstigten Nationen anlangen, sollen die gleichen Zölle bezahlen wie die Waaren einer solchen Nation; unter jeder andern Flagge sollen sie behandelt werden wie die Waaren des Landes, dem das Schiff angehört. Im Fall eines Schiffbruchs und der Strandung der Güter an den Küsten der Vereinigten Staaten sollen die schweizerischen Waaren wie diejenigen behandelt werden, welche Bürgern der Vereinigten Staaten angehören.

Eine Folge des oben erwähnten Handelsvertrages zwischen Frankreich und England war derjenige zwischen Frankreich und Belgien, welcher diesen letztern Staat zu einer weitgehenden Umgestaltung seines Zollwesens veranlasste. Dadurch wurde es auch der Schweiz möglich, unterm 11. December 1862 einen Handelsvertrag mit dem Königreiche Belgien abzuschliessen, welcher im Wesentlichen auf der gleichen Grundlage beruht wie derjenige mit Grossbrittannien, nämlich auf dem Princip der Gleichberechtigung mit den am meisten begünstigten Nationen. Belgien behielt sich indessen vor, während der Dauer von zwei Jahren einen etwas höhern Uebergangszoll zu beziehen von leinenen, mit Baumwolle gemischten Stoffen, bedruckten Baumwollgeweben und Baumwollgarn. Zugleich musste die Schweiz sich verpflichten, ihren Eingangszoll auf den nachbenannten belgischen Artikeln zu ermässigen: Glasflaschen, Töpferwaaren, Waffen aller Art, Druck-, Schreib- und Postpapier, gemeine baumwollene Decken, Stearinkerzen. Ferner übernahm die

Schweiz die Verbindlichkeit, dass die von den Kantonen bezogenen Consumgebühren auf dem aus Belgien kommenden Branntwein und Liqueur während der Dauer des Vertrages nicht höher gestellt werden sollen als sie gegenwärtig stehen. Beide Theile verpflichteten sich sodann, die bestehenden Zölle gegen einander während der Vertragsdauer nicht zu erhöhen, wodurch jedoch blosse Rectifikationen nicht ausgeschlossen sein sollen. Endlich wurde festgesetzt, dass die dem Eingangszolle unterworfenen Artikel, welche als Muster dienen und von Handelsreisenden eingebracht werden, beiderseits zeitweilige Zollfreiheit geniessen sollen.*)

Beinahe gleichzeitig mit dem belgischen Vertrage wurde auch mit dem Königreiche der Niederlande ein Staatsvertrag unterhandelt, welcher ebenfalls auf dem Princip der Gleichberechtigung mit den am meisten begünstigten Nationen beruhte, jedoch von den dortigen Kammern, mit Rücksicht auf die Stellung der Israeliten in einigen Kantonen der Schweiz, nicht genehmigt worden ist.**) Gegenwärtig wird bekanntlich schon seit längerer Zeit mit Frankreich über einen umfassenden Staatsvertrag verhandelt, welcher, wenn er zu Stande kömmt, vom entscheidendsten Einflusse auf sämmtliche Handels- und Zollverhältnisse der Schweiz sein dürfte. Gewissermassen als ein Vorläufer desselben kann die Uebereinkunft mit dem Kanton Genf, betreffend den Schutz des litterarischen und künstlerischen Eigenthums, betrachtet werden, welche wir aus dem Grunde hier erwähnen müssen, weil sie zu Gunsten der genferschen Litteratur und Kunstprodukte eine Ermässigung der französischen Eingangszölle festsetzt.***) Von geringerer Bedeutung ist jedenfalls der Handelsvertrag mit Japan, welcher bereits abgeschlossen, aber noch von der Bundesversammlung zu genehmigen ist.

§ 2. Handelskonsuln.

Während es sich früher bloss auf faktischem Wege und nach dem Grundsatze der Reciprocität so gemacht hatte, dass die Schweiz Konsuln im Auslande anstellte und die Anstellung auswärtiger Konsuln im eigenen Lande bewilligte, †) wurde dagegen diese Angelegen-

*) Amtl. Samml. VII. 483—529. **) Ebenda S. 482.

***) Siehe unten Kap. V. § 3.

†) Ueber diese Zulassung und die zu verschiedenen Zeiten dagegen erhobenen Bedenken vergl. die interessante Ausführung im Geschäftsberichte des Bundesrathes vom Jahre 1858, veranlasst durch die vielbesprochenen französischen Konsulate in Genf, Basel und Chaux-de-fonds. Bundesbl. 1859 I. 259—270.

heit in neuerer Zeit theils in den schon erwähnten Handelsverträgen, theils in besondern Verträgen, welche die Schweiz mit einzelnen Staaten abschloss, geregelt. Die erste derartige Bestimmung findet sich in dem Handelsvertrage mit Sardinien vom Jahr 1851, Art. 10:

»Zum Schutze des Handels können Konsuln und Vice-Konsuln von jedem der beiden Länder im andern aufgestellt werden. Diese Agenten treten jedoch ihre Funktionen erst dann an und geniessen die Rechte, Privilegien und Freiheiten, welche an ihre Stelle geknüpft sind, erst von dann an, wenn sie das Exequatur der Landesregierung erhalten haben werden. Dieser wird übrigens das Recht vorbehalten, die Orte zu bestimmen, an welchen sie keine Konsulate anzunehmen für gut findet; wohlverstanden jedoch, dass beide Regierungen sich hierin gegenseitig keine Beschränkungen entgegensetzen würden, welche in ihrem Lande nicht auch für alle andern Nationen Geltung hätten. Die schweizerischen Konsularagenten in den sardinischen Staaten sollen aller Privilegien, Vergünstigungen und Freiheiten genössig sein, welche die in gleicher Eigenschaft accreditirten Agenten der am meisten begünstigten Nationen geniessen; in der Schweiz gilt das Gleiche für die sardinischen Konsularagenten.«

Ungefähr im gleichem Sinne drücken sich auch die Handelsverträge mit Grossbrittannien (Art. 7) und mit Belgien (Art. 7) aus. Etwas umständlicher lautet dagegen der Staatsvertrag mit Nordamerika, dessen Art. 7 gerade desshalb, weil er am einlässlichsten diese Materie bespricht, hier noch Platz finden mag:

»Die contrahirenden Theile räumen sich gegenseitig das Recht ein, in den grossen Städten und wichtigen Handelsplätzen ihrer respektiven Staaten von ihnen ernannte Konsuln und Vicekonsuln zu haben, welche sich in der Ausübung ihrer Pflichten der gleichen Vorrechte und Befugnisse erfreuen sollen, wie diejenigen der am meisten begünstigten Nationen. Aber bevor ein Konsul oder Vicekonsul in dieser Eigenschaft handeln kann, muss er von der Regierung, bei welcher er beglaubigt ist, in der üblichen Form anerkannt worden sein.

»Für ihre Privat- und Handelsangelegenheiten sollen die Konsuln und Vicekonsuln den gleichen Gesetzen und Gebräuchen unterworfen sein wie Privatpersonen, die Bürger des Orts sind, wo sie residiren. Es ist dabei verstanden, dass im Falle von Gesetzesverletzungen durch einen Konsul oder Vicekonsul die Regierung, bei welcher er beglaubigt ist, demselben je nach Umständen das Exequatur entziehen, ihn aus dem Lande verweisen oder nach den Gesetzen bestrafen lassen kann; jedoch soll sie der andern Regierung die Gründe ihres Verfahrens anzeigen.

»Die Archive und Papiere, welche dem Konsulate angehören, sollen als unverletzbar geachtet werden, und weder eine Magistratsperson noch irgend ein anderer Beamter kann sie unter keinerlei Vorwand durchsuchen, mit Beschlag belegen, oder sich auf irgend eine Art bei denselben einmischen.«

Ein besonderer, ausführlicher Konsularvertrag wurde am 26. Januar 1861 mit Brasilien abgeschlossen. Neben den allgemeinen Bestimmungen über die Befugnisse der beiderseitigen Regierungen, über die Archive u. s. f., welche sich auch in andern Verträgen finden, werden hier den Konsuln sowohl in ihrer Privatstellung als auch in ihrem Verhältnisse zu ihren Landsleuten sehr wichtige, exceptionelle Rechte eingeräumt, welche die Annahme des Vertrages für die Schweiz nur von dem Standpunkte aus als rathsam erscheinen liessen, dass sie verpflichtet ist, zum Schutze zahlreicher, in Brasilien niedergelassener Angehöriger Konsulate daselbst aufzustellen, während nur sehr wenige Brasilianer sich in der Schweiz aufhalten und daher die Reciprocität in der That keine grosse Bedeutung hat. Es sind insbesondere folgende Bestimmungen des Vertrages, die ohne Zweifel eine grosse Tragweite haben, hervorzuheben:

1) Die Generalkonsuln, Konsuln, Vicekonsuln und Kanzler sind von militärischen Einquartirungen und allen direkten Steuern, ausser insoweit sie Inhaber von Liegenschaften sind, befreit. Sie geniessen überdiess Personalimmunität, ausgenommen wenn sie verbrecherische Handlungen begehen; der Schuldverhaft kann nur für Schulden, die aus Handelsgeschäften entstehen, gegen sie Anwendung finden (Art. 3).

2) Sie dürfen nicht vor die Gerichte geladen werden, sondern haben nur schriftliche Aufschlüsse zu ertheilen und können mündlich nur in ihren Wohnungen vernommen werden (Art. 4).

3) Die Konsularagenten sind berechtigt, auf ihren Kanzleien Erklärungen und Urkunden aufzunehmen, welche Kaufleute und Angehörige ihres Volkes daselbst verschreiben wollen, ebenso Testa-

mente und letztwillige Verfügungen, und alle übrigen Notariatsakte, selbst Verschreibungen von Hypotheken. Bei Fertigungen auf Grundstücke im Lande ist indessen ein Beamter des Ortes beizuziehen (Art. 8).

4) Sie können nach vorausgegangener Anzeige an die Ortsbehörde die Hinterlassenschaft eines verstorbenen Angehörigen ihrer Nation unter Siegel legen, ein Inventar darüber aufnehmen, Verkäufe anordnen, die Erbschaft verwalten und bereinigen,*) so lange kein Angehöriger eines andern Staates darauf Rechte geltend macht. Sie sind zur Verwaltung und Bereinigung solcher Hinterlassenschaften auch in dem Falle befugt, wenn die Erben minderjährig sind (Art. 9).**)

Endlich wurde noch unterm 19. Januar 1863 ein Staatsvertrag mit den Niederlanden abgeschlossen über die Zulassung schweizerischer Konsularagenten in allen, den Schiffen sämmtlicher Nationen offenen Häfen der überseeischen Besitzungen dieses Königreiches. Die Konsularagenten sollen unter den Civil- und Kriminalgesetzen des Landes stehen, wo sie ihren Wohnsitz nehmen, und von Einquartirungen und persönlichen Steuern nur in dem Falle befreit sein, wenn sie weder niederländische Unterthanen sind, noch zur Zeit ihrer Ernennung in den dortigen Kolonien niedergelassen waren, noch einen andern Beruf neben ihren Konsularfunktionen ausüben. Die schweizerischen Konsularagenten sind mit keinem diplomatischen Charakter bekleidet, doch können sie sich in dringenden Fällen von sich aus an den Gouverneur der betreffenden Kolonie wenden. Im Falle des Ablebens eines Schweizers ohne bekannte Erben oder Testamentsvollstrecker haben die niederländischen Behörden den schweizerischen Konsularbeamten entsprechende Anzeige zu Handen der Betheiligten zu machen. Alle andern Vorrechte und Vergünstigungen, welche in der Folge den Agenten gleichen Ranges der begünstigsten Nation gewährt werden könnten, sollen auch den schweizerischen Konsuln zu gut kommen.***)

*) Hierauf gestützt, hat der Bundesrath an die schweizerischen Konsuln in Brasilien folgende Weisung erlassen: »Alle Verlassenschaften von in Brasilien verstorbenen Schweizern sind von den betreffenden schweizerischen Konsulaten und nach schweizerischen Gesetzen zu bereinigen. Entgegenstehende Ansprüche der brasilian. Behörden sind unbedingt zurückzuweisen.« Bundesbl. 1864 I. 305.

**) Amtl. Samml. VII. 249–267. Vergl. Bundesbl. 1862 I. 473–486.

***) Amtl. Samml. VII. 270, 461–470, 606–607.

§ 3. Befreiung von Patentgebühren.

Wir haben im ersten Bande (S. 301 ff.) gesehen, wie den Kantonen vom Bunde untersagt worden ist, von schweizerischen Handelsreisenden Patenttaxen oder andere Gebühren zu beziehen. Der hierauf bezügliche Bundesbeschluss vom Jahr 1859 entsprach dem schon lange vorher in der Handelswelt hervorgetretenen Bestreben, den Verkehr von einer so lästigen Schranke zu befreien, und aus diesem Bestreben musste auch der Wunsch hervorgehen, mit auswärtigen Staaten Uebereinkünfte abzuschliessen, welche die gegenseitige Zusicherung enthielten, dass Handelsreisende, welche für die Bedürfnisse ihres Geschäftszweiges Ankäufe machen und mit oder ohne Waarenmuster Bestellungen suchen, ohne jedoch die Waaren selbst mit sich zu führen, von jeder Patent- oder sonstigen Gewerbesteuer befreit sein sollen. Derartige Erklärungen hat der Bundesrath — jedoch nicht für die gesammte Eidgenossenschaft, sondern nur Namens der Kantone, die ihn dazu ermächtigten — mit folgenden Staaten ausgewechselt:

mit dem Grossherzogthum Baden unterm 16. September 1853;
mit dem Königreich Baiern unterm 8. September 1854;
mit der freien Stadt Bremen unterm 25. April 1860;
mit der freien Stadt Frankfurt unterm 26. September 1855;
mit den freien Städten Hamburg und Lübeck unterm 10. August 1860;
mit dem Königreiche Preussen, den sächsischen Herzogthümern, den hessischen, anhaltischen und schwarzburgischen Staaten, den Grossherzogthümern Oldenburg und Luxemburg, den Herzogthümern Braunschweig und Nassau, den Fürstenthümern Waldeck und Lippe unterm 24. September 1860, beziehungsweise 24. December 1861;
mit dem Königreich Sachsen im Jahr 1858;
mit dem Königr. Sardinien, nunmehr Italien unterm 13. Dec. 1852;
mit dem Königreich Würtemberg unterm 27. September 1859.

Diesen Verkommnissen mit den verschiedenen Staaten sind gegenwärtig alle Kantone beigetreten, mit Ausnahme von Uri, Schwyz, Obwalden, Graubünden und Wallis.*)

*) Bundesbl. 1852 III. 199, 289. 1853 I. 446. III. 301, 452. 1854 III. 295, 301. 1855 II. 63, 550. 1858 II. 551. 1859 II. 639. 1860 III 21. Amtl. Samml. VI. 490–492, 600–610, 631. VII. 20–23, 181–182. Kaiser, Samml. IV. 179, 198–200, 212–214, 221, 291–293, 318–320, 411–412, 438, 475–476, 514–515, 520, 521.

§ 4. Gränzverkehr.

Von den allgemeinen Verkehrsverhältnissen, welche zwischen verschiedenen Staaten bestehen, sind die Beziehungen des Gränzverkehres zwischen den Nachbarländern zu unterscheiden, weil hierüber oft besondere Vertragsbestimmungen aufgestellt werden. Eine derartige Bestimmung findet sich, wie oben angedeutet wurde, in dem Staatsvertrage mit Frankreich betreffend nachbarliche, gerichtliche und polizeiliche Verhältnisse vom 18. Juli 1828, welcher in Art. 7 Folgendes vorschreibt:

»Den schweizerischen Bewohnern der an Frankreich gränzenden Kantone ist gestattet, die Produkte der liegenden Gründe, welche sie in dem Gebiete des Königreichs in einer Stunde Entfernung von der beiderseitigen Gränze besitzen mögen, auszuführen; und die nämliche Bewilligung ist hinwiederum den Franzosen zugestanden, welche in der Schweiz liegende Gründe in der nämlichen Entfernung von der Gränze besitzen. Die Ausfuhr und Einfuhr dieser Landesprodukte sollen frei sein und mit keiner Abgabe belegt werden können. Jedoch werden sich die Eigenthümer, welche von der ihnen durch diesen Artikel zugestandenen Befugniss Gebrauch machen wollen, nach den Mauth- und Polizeigesetzen eines jeden Landes richten; um aber zu verhindern, dass die zu erfüllenden Förmlichkeiten dem Einsammeln der Früchte nachtheilige Versäumnisse herbeiführen, so soll deren Transport von einem Lande ins andere nicht verspätet werden dürfen, wenn diejenigen, welche vorläufig die Erlaubniss dazu verlangt haben, bis sie dieselbe erhalten können, einen zahlungsfähigen Bürgen stellen.

»Es ist wohl verstanden, dass diese Befugniss unbeschränkt sein soll und das ganze Jahr hindurch dauern wird; aber es ist ebenfalls festgesetzt, dass dieselbe nur auf die eingesammelten rohen Früchte und zwar in dem Zustande wie sie der Boden, auf dem sie gewachsen sind, erzeugt haben wird, ihre Anwendung findet.« *)

Mit dem Grossherzogthum Baden wurde am 27. Juli 1852 (gleichzeitig mit dem Eisenbahnvertrage, siehe unten Kap. VII.) ein besonderer Vertrag abgeschlossen über gegenseitige Zollfreiheit auf einigen kurzen Verbindungsstrecken zu Lande zwischen verschiedenen Gränzorten, sowie über Ermässigung der beider-

*) Offiz. Samml. II. 212. Snell I. 503. Kaiser, Samml. IV. 246—249.

seitigen Schiffahrtsabgaben auf der Rheinstrecke von Konstanz bis Basel. Letztere sind nun, seitdem die badische Eisenbahn sich im Betriebe befindet, gänzlich aufgehoben.*) Vier fernere Specialverträge mit Baden (abgeschlossen am 12. November 1853, 12. Juli 1859, 24. September 1862 und 27. März 1863) betreffen die Benutzung der grossherzoglichen Bahnhöfe in Basel, Waldshut, Schaffhausen, Thäyngen und Erzingen durch die beiderseitigen Zollverwaltungen, sowie die Zollverhältnisse auf der Wiesenthalbahn im Allgemeinen.**)

Mit dem Königreiche Baiern besteht ein Vertrag über Regulirung der Schiffahrtsverhältnisse auf dem Bodensee und Rhein, vom 2. Mai 1853, welcher auf folgenden Grundsätzen beruht: 1) Den Angehörigen Baierns wird bei der Benutzung der schweizerischen Häfen am Bodensee, bei der Befahrung des Rheins mit Schiffen oder Flössen und bei Benutzung der Landungsplätze am schweizerischen Rhein bis einschliesslich Schaffhausen völlig gleiche Behandlung mit den Angehörigen der Schweiz zugestanden. 2) Ebenso wird den Angehörigen der Schweiz bei der Benutzung der baierischen Landungsplätze am Bodensee völlig gleiche Behandlung mit den Angehörigen Baierns zugesichert. 3) Insbesondere sollen von keiner Seite Abfuhrgebühren erhoben werden. 4) Den Schiffern und Schiffahrtsgesellschaften des einen Theils soll auf den Landungsplätzen des andern Theils die freie, unbelästigte Verladung von Transportgegenständen jeder Art, welche denselben von berechtigten Disponenten zugewiesen sind, jeder Zeit zustehen. 5) Die von Seite ihrer Landesobrigkeit zur Ausübung der Schiffahrt berechtigten Schiffer oder Gesellschaften sind gegenseitig ohne Anforderung von Gebühren für die Ausübung des Schiffergewerbes in den Häfen oder Landungsplätzen des andern Theiles zuzulassen. 6) Wage-, Krahnen- und Niederlaggebühren und Leistungen für Anstalten oder deren Personal, die zur Erleichterung des Verkehrs bestimmt sind, sollen gegenseitig nur bei Benutzung wirklich bestehender Einrichtungen erhoben werden.***) — Hinsichtlich der Schiffahrtsverhältnisse auf dem Bodensee bestehen gegenwärtig noch Anstände mit dem Gross-

*) Amtl. Samml. III. 387, 457 ff. Kaiser, Samml. IV. 154–159.

**) Amtl. Samml. V. 77. VI. 315 ff. VII. 382 ff., 532 ff. Kaiser, Samml. III. 212–214. IV. 160–166.

***) Amtl. Samml. III. 613 ff. Kaiser, Samml. IV. 191–196.

herzogthum Baden und es ist namentlich von Oesterreich die Aufstellung einer gemeinschaftlichen Hafen- und Schiffahrtsordnung für sämmtliche Uferstaaten angeregt worden.*)

Ein ähnlicher Vertrag, betreffend die Schiffahrt auf dem Langensee, welcher vom 25. April 1860 datirt, besteht mit dem Königreiche Italien. Indem wir die Bestimmungen, welche sich auf die Verpachtung des schweizerischen Dampfschiffes »Ticino« und auf das Postwesen beziehen, bei Seite lassen, mag dagegen hier der Art. 1 des Vertrages seine Stelle finden, welcher folgendermassen lautet: »Die Schifffahrt auf dem Langensee und das Landen an jedem Punkte desselben stehen allen Dampfschiffen, Barken und Flössen, überhaupt jeglichen Fahrzeugen der sardinischen Staaten und der schweizerischen Eidgenossenschaft frei. In Folge davon haben die Dampfschiffe des einen wie des andern Landes das Recht, an allen Häfen des Sees zu landen, Reisende und Waaren daselbst ein- und auszuschiffen, ohne zur Entrichtung von Concessionsgebühren oder irgend welchen andern Leistungen angehalten zu werden. Vorbehalten bleiben die besondern Bestimmungen, die das Anlaufen an den Landungsplatz zu Arona regeln, welcher der Verwaltung der Staatseisenbahnen gehört, sowie die Vorschriften, welche in Betreff des regelmässigen Betriebes der Schifffahrt bereits bestehen oder noch erlassen werden könnten.« **)

Drittes Kapitel.

Niederlassungsverhältnisse.

§ 1. Freie Niederlassung und Aufenthalt.

1) Der älteste, noch in Kraft bestehende Niederlassungsvertrag ist derjenige mit Frankreich vom 30. Mai 1827; derselbe trägt indessen ganz das illiberale Gepräge des Restaurationszeitraumes an sich. Zur Zeit der Vermittlungsakte, welche den Schweizern in allen Kantonen das Recht der freien Niederlassung gewährte, waren nach Art. 12 des Allianzvertrages vom 27. Septbr. 1803 die französischen

*) Bundesbl. 1864 I. 489.

**) Amtl. Samml. VI. 482 ff. Kaiser, Samml. IV. 477.

Bürger, welche sich in der Schweiz niederlassen wollten, den Schweizerbürgern vollkommen gleich gehalten worden. Nachdem aber der Bundesvertrag von 1815 es in das Ermessen der Kantone gelegt hatte, die freie Niederlassung zu gestatten oder nicht, so konnte auch der Niederlassungsvertrag mit Frankreich nur Namens derjenigen Kantone abgeschlossen werden, welche demselben beitreten wollten,*) und es konnten den Franzosen, welche sich in einem Kanton niederlassen wollten, nicht mehr Rechte eingeräumt werden als den Bürgern anderer Kantone in dem betreffenden Kanton zukamen. Obschon der Vertrag selbst sich darüber klar genug ausdrückte, so fand man doch für nöthig, in einer Note des französischen Botschafters denselben noch dahin erläutern zu lassen, dass die französischen Israeliten keinen Anspruch auf Niederlassung in der Schweiz haben sollten.**) Immerhin ist zu beachten, dass die Gleichstellung der Franzosen mit den Bürgern anderer Kantone, welche der Vertrag festsetzt, sich nicht bloss auf die Niederlassung, sondern auch auf den Aufenthalt, die Gewerbtreibung und die ganze persönliche Rechtsstellung bezieht.***) Frankreich seinerseits stellte sich auf den Fuss der Reciprocität: es versprach die Bürger der Kantone, welche die Franzosen ihren eigenen Angehörigen gleichhalten, auf seinem Gebiete ebenfalls wie die Einheimischen zu behandeln; den andern Kantonen aber sicherte es die nämlichen Rechte und Vortheile zu, deren Genuss dieselben den Franzosen zugestehen. Beide Theile versprachen sich, diejenigen ihrer Angehö-

*) Gegenwärtig sind alle Kantone beigetreten mit Ausnahme von Schwyz, Unterwalden, Zug und Appenzell.

**) Vergl. die diplomatische Correspondenz, die darüber im Jahr 1852 mit Frankreich stattfand, bei Ullmer S. 558—561.

***) Art. I des Vertrages lautet folgendermassen: »*Les Français seront reçus et traités dans chaque Canton de la Confédération, relativement à leurs personnes et à leurs propriétés, sur le même pied et de la même manière que le sont ou pourront l'être à l'avenir, les ressortissans des autres Cantons.* Ils pourront en conséquence aller, venir et séjourner temporairement en Suisse, munis de passe-ports reguliers, en se conformant aux lois et règlemens de police. Tout genre d'industrie et de commerce permis aux ressortissans de divers Cantons, le sera également aux Français, et sans qu'on puisse exiger d'eux aucune condition pécuniaire ou autre plus onéreuse. Lorsqu'ils prendront domicile ou formeront un établissement dans les Cantons qui admettent celui des ressortissans de leurs Co-États, ils ne seront également astreints à aucune autre condition que ces derniers.«

rigen jeweilen wieder aufzunehmen, welche im andern Lande niedergelassen waren und durch gerichtliches Urtheil oder nach den Gesetzen und Verordnungen über die Sitten- und Armenpolizei aus demselben weggewiesen werden, soferne sie den Gesetzen gemäss ihr Heimathrecht beibehalten haben. Auch in letzterer Beziehung wurde von dem französischen Botschafter, auf Verlangen der schweizerischen Abgeordneten, eine beruhigende Erklärung in dem Sinne gegeben, dass nach der französischen Gesetzgebung jedes in fremdem Lande geborene Kind eines Franzosen, welcher seine Eigenschaft als solcher verliert, nicht dem Stande seines Vaters folgt, sondern französischer Angehöriger bleibt.*)

Unstreitig hat die Bundesverfassung von 1848, welche die Rechte der Schweizerbürger ausserhalb ihres Heimathkantons erweiterte und gleichmässig regulirte, dadurch mittelbar auch auf die vertragsmässigen Rechte, welche die Franzosen für sich in Anspruch nehmen können, eingewirkt; zu bedauern ist aber, dass hinsichtlich der Tragweite dieser Einwirkung die Entscheidungen des Bundesrathes, welche unter sich in offenbarem Widerspruche stehen, keinen festen Anhaltspunkt gewähren. So hat der Bundesrath 1853 in einem Rekursfalle, welcher den Kanton Uri betraf, den Staatsvertrag vom 30. Mai 1827 als nunmehr für alle Kantone verbindlich erklärt, während er 1855 und 1856 in zwei andern Fällen Beschwerden, welche gegen die Regierungen von Schwyz und Glarus gerichtet waren, aus dem Grunde abwies, weil diese beiden Kantone damals noch nicht dem Vertrage beigetreten waren.**) Wir halten die letztere Anschauung für die richtigere, denn da der Staatsvertrag von 1827 nicht Namens der ganzen Eidgenossenschaft, sondern bloss Namens einer Mehrheit von Kantonen abgeschlossen worden ist, so kann er für die Kantone, welche sich damals in der Minderheit befanden, nur durch ihren nachträglichen Beitritt verbindlich werden, welcher nach jenen Entscheidungen von Seite der Kantone Uri und Glarus erfolgt ist. In diesem Sinne hat auch der Bundesrath noch im Jahr 1861 eine Reklamation der französischen Gesandtschaft mit folgenden Bemerkungen beantwortet: »Die Bundesverfassung habe

*) Offiz. Samml. II. 166—184, 572—575. Snell I. 456—466, 764—767. Amtl. Samml. VI. 272, 369. (Beitritt der Kantone Uri und Glarus.) Kaiser, Samml. IV. 224—241.

**) Vergl. Ullmer No. 617, 618, 620, 621.

zwar der Schweiz die Möglichkeit gegeben, gewisse Arten von Staatsverträgen von Bundeswegen mit auswärtigen Staaten für die ganze Schweiz abzuschliessen, ohne dass es hiefür der Ratifikation der Kantone bedürfte; an den schon bestehenden Staatsverträgen aber habe sie durchaus nichts verändert. Es gelten somit bezüglich derselben die Bestimmungen des frühern Rechtes, bis und so lange nicht eine Novation jener Verträge stattgefunden habe und eine Ratifikation derselben von Seite der Bundesversammlung erfolgt sei.«*) Dagegen ist es nun allerdings klar, dass in den Kantonen, welche der Vertrag überhaupt berührt, den Franzosen die freie Niederlassung gemäss den Vorschriften des Art. 41 der Bundesverfassung gewährt werden muss, so dass die in Art. I des Vertrages gemachte Unterscheidung zwischen Kantonen, welche die Niederlassung von Schweizern gestatten, und solchen, die sie nicht gestatten, gegenwärtig als obsolet zu betrachten ist. Der Bundesrath hat in zwei Specialfällen gewiss mit Recht dahin entschieden, dass französische Angehörige mit Bezug auf die Niederlassungsgebühren den Schweizerbürgern gleich zu halten seien und dass die Gründe des Art. 41 Ziff. 6 für Wegweisung eines niedergelassenen Schweizers auch auf Franzosen Anwendung finden.**) Schwieriger ist die Frage zu entscheiden, ob die Rechte, welche die Artt. 29 und 48 der Bundesverfassung den Schweizerbürgern ausser ihrem Heimathkanton einräumen, nunmehr kraft des Vertrages auch den Franzosen zustehen. Der Bundesrath ist auch hier in seinen Entscheidungen nicht konsequent gewesen: während er im Jahr 1853 eine Caution, welche von einer einheirathenden Französin gefordert wurde, für unzulässig erklärte, hat er dagegen im Jahr 1857 eine Beschwerde der französischen Gesandtschaft abgewiesen, welche gegen eine bernische Gemeinde gerichtet war, die von einer einheirathenden Französin ein höheres Einzugsgeld als von Schweizerinnen forderte.***) Wir glauben indessen, dass nicht diese letztere, sondern die erstere Anschauungsweise die richtige ist; denn der oben angeführte Art. I des Staatsvertrages sagt im Eingange ganz allgemein: »Die Franzosen werden in jedem Kanton der Eidgenossenschaft in Hinsicht

*) Bundesbl. 1862 II. 327.

**) Ullmer No. 611, 612.

***) Ebenda Nr. 618, 621.

ihrer Personen und ihres Eigenthums auf die nämliche Weise behandelt, wie die Angehörigen der andern Kantone«, und erst nachher folgen speciellere Vorschriften über die Niederlassungen. Der Bundesrath ist daher auch bei einer dritten im Jahr 1860 abgegebenen Entscheidung zu seiner ursprünglichen Ansicht zurückgekehrt: die Regierung von Wallis wurde, gestützt auf Artt. 29 und 48 der Bundesverfassung und auf den Staatsvertrag, welcher die Franzosen den Schweizerbürgern gleichstellt, angehalten, auch einem nicht förmlich niedergelassenen Franzosen den Erwerb von Liegenschaften im dortigen Kanton zu gestatten.*) Den nämlichen Standpunkt hat der Bundesrath auch noch im Jahr 1862 bei einer Beschwerde gegen die Markt- und Hausirverordnung des Kantons Schwyz eingenommen, indem er nachwies, dass den französischen Israeliten nach dem Vertrage von 1827 die gleichen Rechte wie den schweizerischen zustehen, Beschränkungen der letztern im Handel und Verkehr aber dem Art. 29 der Bundesverfassung zuwiderlaufen. Der Beschwerde wurde nur darum keine Folge gegeben, weil Schwyz dem Vertrage mit Frankreich auch heute noch nicht beigetreten ist.**)

Noch haben wir hervorzuheben, dass nach Art. II des Vertrages der Franzose, welcher sich in der Schweiz niederlassen will, bloss mit einem von seiner Gesandtschaft ausgestellten Immatrikulationsscheine versehen sein muss, welcher seine Eigenschaft als französischer Staatsbürger darthut. Der Bundesrath hat jedoch in einem Specialfalle entschieden, dass ein Kanton, welcher von schweizerischen Niederlassungsbewerbern Nachweise über Rechtsfähigkeit und guten Leumund fordert, diess auch gegenüber den französischen thun dürfe.***)

2) Beinahe gleichzeitig mit dem französischen Niederlassungsvertrage, am 12. Mai 1827, wurde auch ein solcher mit dem Königreiche Sardinien abgeschlossen †), der jedoch für unsere gegenwärtige Darstellung nicht mehr in Betracht kommt, weil er von der dortigen Regierung unterm 14. November 1856 gekündigt worden und mit dem 1. Juli 1857 ausser Kraft getreten ist.††) Dagegen

*) Ullmer No. 615.
**) Bundesbl. 1863 II. 29—30.
***) Ullmer No. 613.
†) Offiz. Samml. II. 185 ff. Snell I. 467—472.
††) Amtl. Samml. VII. 460.

enthält der Handelsvertrag mit Sardinien vom 8. Juni 1851, welcher, wie wir oben (S. 230) gesehen haben, nunmehr auf das ganze Königreich Italien Anwendung findet, folgende sehr liberale Bestimmungen, welche sich auf Niederlassung und Aufenthalt beziehen:

Art. 1. »Die sardinischen Bürger werden, vorbehalten die Bestimmung des Art. 41 der Bundesverfassung, für ihren Aufenthalt in der Schweiz den Schweizerbürgern gleichgestellt, unter der Bedingung jedoch, dass sie sich den in Kraft bestehenden Gesetzen und Verordnungen unterziehen.

»Ihrerseits werden auch die Schweizerbürger für ihren Aufenthalt in den sardinischen Staaten den sardinischen Bürgern gleichgestellt, unter der Bedingung, dass sie sich den in Kraft bestehenden Gesetzen und Verordnungen unterziehen.

»Die beiderseitigen Staatsbürger können demnach das Gebiet jeder der beiden kontrahirenden Partheien frei betreten, sich überall im Gebiete der erwähnten Länder aufhalten oder niederlassen, um ihren Handelsgeschäften darin obzuliegen; sie werden für ihren Aufenthalt und für die Ausübung ihrer Handelsgeschäfte mit keinerlei Abgaben oder Gebühren belegt, welche von den Landesangehörigen nicht erhoben werden, unter Vorbehalt der polizeilichen Vorschriften, welche gegenüber den bevorzugtesten Nationen gehandhabt werden.

»Unter den vorgenannten Vortheilen sind jedoch nicht inbegriffen die Ausübung der politischen Rechte und der Mitgenuss an Gemeinde-, Korporations- oder Stiftungsgütern, in welche die Bürger des einen Staates, welche im andern niedergelassen sind, nicht als Mitglieder oder Miteigenthümer aufgenommen worden wären.«

Art. 2. »In Betreff des beweglichen und unbeweglichen Eigenthums der resp. Staatsbürger soll dasselbe weder in Friedens- noch in Kriegszeiten mit andern oder grössern Abgaben, Lasten oder Contributionen belegt werden als dasjenige der eigenen Staatsbürger.«

Art. 3. »Die Bürger des einen der contrahirenden Staaten, welche in dem andern wohnhaft oder niedergelassen sind und in ihre Heimath zurückkehren wollen, oder durch gerichtliches Urtheil oder von Polizeiwegen oder in Folge Uebertretung der Gesetze und Verordnungen über Bettel und Sittlichkeit in dieselbe zurückgewiesen werden, sollen jederzeit und unter allen Umständen, sie, ihre Frauen und ihre Familien, in ihrem Heimathlande, wo sie ihre gesetzlichen Rechte beibehalten haben, aufgenommen werden.«

Auch bei dem sardinischen Vertrage, wie bei dem französischen, lässt es sich fragen, ob die Gleichstellung mit Schweizerbürgern aus andern Kantonen, welche im Sinne des Vorbehaltes des Art. 41 der Bundesverfassung liegt, sich bloss auf die Niederlassung und den Aufenthalt oder auf die ganze persönliche Rechtsstellung der italienischen Angehörigen in der Schweiz beziehe. Zur Beantwortung dieser Frage mögen folgende zwei Entscheidungen des Bundesrathes dienen. Die Behörden des Kantons Wallis glaubten einem sardinischen Angehörigen, welcher nicht förmlich daselbst niedergelassen war, den Erwerb von Grundeigenthum untersagen zu können. Der Bundesrath aber hat im Jahr 1860 die Einsprache der dortigen Regierung gegen den abgeschlossenen Liegenschaftskauf für unzulässig erklärt, gestützt auf folgende Erwägungen: »Wenn Art. 1 des Vertrages von 1851 in seinem ganzen Wortlaut ins Auge gefasst und nicht bloss ein einzelner Satz herausgerissen wird, so kann namentlich im Zusammenhange mit Art. 2 darüber kein Zweifel sein, dass die Absicht der beiden contrahirenden Regierungen dahin ging, ihren Angehörigen nicht bloss das Recht des Aufenthaltes oder der Niederlassung zu sichern, sondern auch die Möglichkeit, gleich den Nationalen allen Geschäften obzuliegen, welche sie je nach ihrer Privatstellung zu betreiben im Falle sind. Wenn in Art. 1 bloss von Handelsgeschäften geredet wird, so darf diesem Ausdrucke nicht ein beschränkter Sinn beigelegt und das Recht, Grundeigenthum zu erwerben, ausgeschlossen werden, denn man könnte in Wahrheit nicht bestreiten, dass der Kauf und Verkauf von Grundstücken im Allgemeinen auch unter Handelsoperationen begriffen ist, und jedenfalls würde es nicht im Interesse der Schweiz liegen, eine derartige Beschränkung aufzustellen. Uebrigens hat der Art. 1 des Vertrages alle Sorge getragen, diejenigen Rechte, von denen die beidseitigen Angehörigen auf dem Gebiete des andern Staates ausgeschlossen sein sollen, genau anzugeben, ein Umstand, der genügend zeigt, bis zu welcher Gränze die Contrahenten in der Beschränkung der gegenseitigen Rechte gehen wollten.« Der Specialfall, um den es sich handelte, wurde nachher an die Bundesversammlung gezogen und diese war mit dem Bundesrathe darüber einverstanden, dass nach dem Vertrage von 1851 ein sardinischer Bürger, auch wenn er nicht förmlich in der Schweiz niedergelassen sei, vom Erwerbe von Grundeigenthum nicht ausgeschlossen werden könne.*) — In einem spätern Falle hat der Bundesrath gegenüber der Regierung von St. Gallen die Ansicht ausgesprochen, dass nach Art. 1 des Vertrages auch in Konkursfällen italienische Gläubiger nicht ungünstiger als die einheimischen behandelt werden dürfen.**)

3) In dem Staatsvertrage mit Nordamerika (»Freundschafts-, Niederlassungs-, Handels- und Auslieferungsvertrag« genannt) war zuerst festgesetzt worden, dass die Schweizerbürger in jedem Staate Nordamerika's gleich den Bürgern anderer Unionsstaaten, die Nordamerikaner hingegen in jedem Kanton der Schweiz gleich den Bürgern anderer Kantone zu behandeln seien; auch hatte die Schweiz die Bestimmungen ihrer Bundesverfassung vorbehalten, nach welchen der Vollgenuss der bürgerlichen Rechte durch das christliche Glaubensbekenntniss bedingt ist. Diese Stipulationen wurden von dem Senate der Vereinigten Staaten nicht angenommen; man einigte sich daher in zweiter Linie dahin, die gleiche Behandlung nur mit der Beschränkung aufzustellen, dass sie mit verfassungsmässigen oder gesetzlichen Bestimmungen sowohl der beiden Conföderationen als auch der einzelnen Gliederstaaten nicht im Widerspruche stehe.***) Der Art. I des Vertrages lautet nun (mit Weglassung einer später zu besprechenden Stelle) folgendermassen:

»Die Bürger der Vereinigten Staaten Amerika's und die Bürger der Schweiz werden in beiden Ländern auf dem Fusse gegenseitiger Gleichheit zugelassen und behandelt, sobald diese Zulassung und diese Behandlung nicht mit verfassungsmässigen oder gesetzlichen Bestimmungen sowohl der beiden Conföderationen, als der einzelnen Staaten der contrahirenden Theile im Widerspruche steht.

»Die Bürger der Vereinigten Staaten und die Schweizerbürger, sowie die Glieder ihrer Familien können, vorausgesetzt, dass sie sich den vorgenannten verfassungsmässigen und gesetzlichen Bestimmungen unterziehen, und dass sie den Gesetzen, Reglementen und Uebungen des Landes, wo sie wohnen, gehorchen, jene in den Kantonen der Eidgenossenschaft, diese in den Staaten der amerikanischen

*) Ullmer No. 615.

**) Bundesbl. 1864 I. 333.

***) Ueber die Entstehungsgeschichte des Staatsvertrages vergl. die Botschaft des Bundesrathes, Bundesbl. 1855 II. 39 ff.

Union gehen, kommen, sich vorübergehend aufhalten, einen festen Wohnsitz nehmen oder sich bleibend niederlassen; daselbst Eigenthum, wie es im Art. V erklärt ist.*) erwerben, besitzen und veräussern, ihre Geschäfte führen, ihren Beruf, ihre Industrie und ihren Handel ausüben; Etablissemente haben, Waarenmagazine halten, ihre Erzeugnisse und Handelswaaren zusenden, dieselben im Grossen oder Einzelnen sowohl selbst als durch beliebige Unterhändler oder andere Agenten verkaufen. — Man kann ihnen für ihren Wohnsitz oder ihre Niederlassung, oder für die Ausübung ihrer obbenannten Rechte weder eine Geld- noch irgend eine andere Gebühr auferlegen, die beschwerlicher ist als für die Bürger des Landes, in welchem sie wohnen, noch irgend eine Bedingung, welcher diese nicht auch unterworfen wären.«

Der Schlussatz des Art. I lautet wie im sardinischen Vertrage; ebenso im Wesentlichen die Artt. II und III. Dagegen haben wir hier noch den Art. IV einzuschalten, welcher Folgendes vorschreibt:

»Um ihre Eigenschaft als Bürger der Vereinigten Staaten Amerika's oder als Schweizerbürger darzuthun, müssen die Angehörigen der beiden contrahirenden Theile Inhaber von Pässen oder andern Papieren in gehöriger Form sein, welche ihre eigene, sowie die Landesangehörigkeit ihrer Familienglieder bezeugen, und die von einem diplomatischen oder Konsulatsagenten ihrer Nation, der in demjenigen Lande residirt, wo sie wohnen wollen, ausgestellt oder visirt sind.«

4) In dem »Freundschafts-, Handels- und Niederlassungsvertrage« mit G r o s s b r i t t a n n i e n vom Jahr 1855 lautet der Art. I., offenbar sehr günstig für die Schweiz, folgendermassen:

»Schweizerbürger werden in allen Gebieten des Vereinigten Königreichs von Grossbrittannien und Irland unter denselben Bedingungen und a u f d e m g l e i c h e n F u s s e w i e b r i t t i s c h e U n t e r t h a n e n zum Aufenthalte zugelassen. Gleicherweise werden die Unterthanen Ihrer brittischen Majestät zum Aufenthalte in allen Kantonen der Schweiz unter den gleichen Bedingungen und auf demselben Fusse w i e S c h w e i z e r b ü r g e r a n d e r e r K a n t o n e zugelassen.

»Die Bürger und Unterthanen der beiden contrahirenden Theile können demnach, vorausgesetzt, dass sie den Landesgesetzen Genüge

*) Siehe unten Kap. V § 2.

leisten, mit ihren Familien jeden Gebietstheil des andern Staates frei betreten, sich daselbst niederlassen, wohnen und bleibend aufhalten. Sie mögen, zum Zwecke des Aufenthaltes und des Handelsbetriebes Wohnsitze und Waarenmagazine miethen und innehaben, und gemäss den Gesetzen des Landes jeden Beruf oder jedes Gewerbe ausüben, oder mit gesetzlich erlaubten Artikeln sowohl im Grossen als im Kleinen Handel treiben, und zwar entweder in eigener Person oder durch beliebige Unterhändler oder Agenten, welche anzustellen sie für geeignet halten, vorausgesetzt, dass diese Unterhändler oder Agenten auch ihrerseits die erforderlichen Bedingungen erfüllen, um zum Aufenthalte im Lande zugelassen zu werden. Sie werden bezüglich des Aufenthaltes, der Niederlassung, des Passwesens, der Aufenthalts-, Niederlassungs- oder Handelsbewilligung, oder für die Erlaubniss, ihre Geschäfte, ihren Beruf oder Handel zu betreiben, keinen grössern oder lästigern Gebühren, Auflagen oder Bedingungen unterworfen sein, als solchen, welche den Bürgern oder Unterthanen des Landes, in dem sie sich aufhalten, auferlegt sind oder auferlegt werden mögen; und sie werden in allen diesen Beziehungen alle Rechte, Begünstigungen und Befreiungen geniessen, welche den Bürgern oder Unterthanen des Landes, oder den Bürgern oder Unterthanen der am meisten begünstigten Nation gewährt sind oder gewährt werden.«

Die Artt. II und VI entsprechen, jener dem Art. III, dieser dem Art. II des sardinischen und nordamerikanischen Vertrages.

5) Beim Abschlusse des »Freundschafts-, Niederlassungs- und Handelsvertrages« mit Belgien wurde zwar der grossbrittannische Vertrag offenbar als Muster benutzt; doch stimmt der Art. 1 nicht ganz mit demselben überein, wesshalb wir ihn, ungeachtet seiner Weitläufigkeit, noch vollständig mittheilen wollen:

»Zwischen der Schweiz und Belgien soll beständiger Friede und gegenseitige Niederlassungs- und Handelsfreiheit bestehen.

»Die Belgier werden in jedem Kanton der schweizerischen Eidgenossenschaft, in Beziehung auf ihre Personen und ihr Eigenthum, auf dem nämlichen Fusse und zu den gleichen Bedingungen aufgenommen, wie die Angehörigen der andern Kantone gegenwärtig zugelassen werden, oder es in Zukunft werden könnten. Die Schweizer sollen in Belgien die gleichen Rechte und Vortheile geniessen, wie die Belgier in der Schweiz.

Diesem Grundsatze zufolge und innert diesen Gränzen können die Bürger der beiden contrahirenden Theile auf den respektiven Territorien, wenn sie sich nach den Landesgesetzen richten, frei herumreisen oder sich bleibend aufhalten; Handel treiben, sowohl im Grossen als im Kleinen; jede Art von Handwerk oder Gewerb ausüben; die ihnen nöthigen Häuser, Magazine, Kaufläden oder Etablissemente miethen und innehaben; Waaren- und Geldversendungen ausführen, und sowohl aus dem Innern des Landes als aus fremden Ländern Consignationen annehmen, ohne dass die gedachten Bürger für alle oder einzelne dieser Verrichtungen andern Verbindlichkeiten unterworfen werden dürfen als solchen, welche den Landesangehörigen auferlegt sind, ausser den polizeilichen Vorsichtsmassregeln, die gegenüber den meistbegünstigten Nationen angewendet werden. Beide sollen auf dem Fusse vollkommener Gleichheit gehalten werden; sie sollen frei sein bei allen ihren Ankäufen, wie bei allen ihren Verkäufen; frei in Festsetzung des Werthes von Werthpapieren, Waaren und Gegenständen jeder Art, seien dieselben eingeführt oder kommen sie aus dem Innern des Landes, und mögen sie ans Inland verkauft werden oder zur Ausfuhr bestimmt sein, wobei jedoch die Beobachtung der Landesgesetze und Verordnungen ausdrücklich vorbehalten bleibt.

»Sie geniessen ebenfalls die Freiheit, ihre Geschäfte entweder selbst besorgen und beim Zollamte ihre eigenen Declarationen eingeben zu können, oder sich beim Ankauf oder Verkauf ihrer Güter, Werthschriften oder Waaren durch beliebig gewählte Bevollmächtigte, Kommissionäre, Agenten, Consignatäre oder Dollmetscher vertreten zu lassen; ebenso haben sie das Recht, alle Geschäfte, die ihnen entweder von ihren eigenen Landsleuten, von Fremden oder von Landesangehörigen anvertraut werden mögen, als Bevollmächtigte u. s. w. zu besorgen.

»Endlich haben sie von ihrem Handel oder ihrer Industrie in allen Städten und Ortschaften der beiden Staaten, mögen sie daselbst Niedergelassene oder zeitweilige Aufenthalter sein, keine andere oder höhere Gebühren, Taxen oder Abgaben, unter welcher Benennung diess sein möchte, zu entrichten als diejenigen, welche von den Landesangehörigen oder den Bürgern der meistbegünstigten Nation erhoben werden; es sollen auch die Vorrechte, Immunitäten oder Begünstigungen irgend welcher Art, welche die Bürger des einen der beiden Staaten in Handels- und Industriesachen geniessen, den Bürgern des andern Staates zukommen.«

Die Artt. II und VI des belgischen sind wörtlich übereinstimmend mit dem grossbrittannischen Vertrage.

6) Endlich ist noch als neuester, hierher gehöriger Staatsvertrag der mit dem Grossherzogthum Baden unterm 31. Oktober 1863 abgeschlossene und von der Bundesversammlung unterm 21. Decbr. ratifizirte Niederlassungsvertrag zu erwähnen. Derselbe enthält folgende Bestimmungen:

Art. I. »Die Angehörigen der Schweiz sollen bei ihrer Niederlassung oder während ihres kürzern oder längern Aufenthaltes im Grossherzogthum Baden in Bezug auf Alles, was die Aufenthaltserlaubniss, die Ausübung der erlaubten Berufe, die Steuern und Abgaben, mit einem Worte alle, den Aufenthalt und die Niederlassung beschlagenden Bedingungen anbelangt, mit Vorbehalt der Bestimmungen des § 7, Absatz 3—6 und des § 8 des badischen Gesetzes über Niederlassung und Aufenthalt vom 4. Weinmonat 1862 *), den Inländern gleichgehalten werden.

»Auch sollen Schweizerbürger hinsichtlich des Erwerbes und der Veräusserung von Liegenschaften und von Fahrnissen im Grossherzogthum Baden nicht anders als die Angehörigen des Grossherzogthums selbst behandelt werden.«

Art. II. »Die Angehörigen des Grossherzogthums Baden sollen in sämmtlichen, im vorstehenden Artikel erwähnten Beziehungen im Gebiete der schweizerischen Eidgenossenschaft, mit Vorbehalt der Bestimmungen der Artt. 41 und 57 der schweizerischen Bundesverfassung vom 12. September 1848, den Schweizerbürgern gleichgehalten werden.«

Art. III. »Es soll auch jeder Vortheil, den der eine der beiden vertragschliessenden Theile einem dritten Staate in Betreff der Niederlassung seiner Angehörigen oder ihres Gewerbebetriebes bereits gewährt hat, oder in Zukunft auf irgend einem Wege noch gewähren möchte, in gleicher Weise dem andern Theile zugestanden

*) Diese §§ beziehen sich auf folgende Fälle, in denen einem Nichtbadener der Aufenthalt im Lande versagt werden kann: 1) wenn er im Laufe der letzten fünf Jahre eine Freiheitsstrafe erstanden hat oder zu einer solchen verurtheilt ist; 2) wenn er kein sicheres Heimathrecht hat; 3) wenn er die innere oder äussere Sicherheit des Staates gefährdet. Im Uebrigen enthält das badische Niederlassungs-, wie auch das Gewerbegesetz durchaus freisinnige Bestimmungen.

sein, beziehungsweise ihm zu gleicher Zeit zugestanden werden, ohne dass hiefür im einzelnen Falle noch eine besondere Vereinbarung erforderlich wäre.«*)

Werfen wir nun am Schlusse dieses Abschnittes noch einen vergleichenden Rückblick auf sämmtliche, seit dem Bestande der Bundesverfassung vereinbarten Niederlassungsverträge, so finden wir, dass die Schweiz bis dahin immer den Grundsatz gewahrt hat: es dürfen Ausländer, welche sich in einem Kanton niederlassen wollen, nicht günstiger gestellt werden als Schweizerbürger aus andern Kantonen; sei es nun, dass die Bürger des betreffenden Staates in dem Vertrage geradezu den letztern gleichgestellt, oder dass bei Einräumung gleicher Rechte für die Bürger beider Staaten entweder speciell die Bestimmungen des Art. 41 der Bundesverfassung oder im Allgemeinen die Verfassung und die Gesetze der Eidgenossenschaft vorbehalten wurden. Immerhin lässt sich nicht läugnen, dass bei allem Bestreben, jenen Grundsatz im Allgemeinen festzuhalten, gleichwohl im Einzelnen bereits kleine Abweichungen von demselben eingetreten sind: wenn z. B. Art. 41 der Bundesverfassung naturalisirten Schweizerbürgern das Recht der Niederlassung in andern Kantonen erst nach fünfjährigem Besitze eines Kantonsbürgerrechtes gewährt, so kann diese engherzige Bestimmung natürlich gegenüber Ausländern, welche kraft eines Staatsvertrages die Niederlassung verlangen, keine Anwendung finden und es sind also dieselben in dieser Hinsicht günstiger gestellt als die Schweizer.**) Was die Stellung der im Auslande sich niederlassenden Schweizer betrifft, so ist dieselbe am günstigsten normirt in den Staatsverträgen mit Sardinien, resp. Italien und mit Grossbrittannien, indem hier die Schweizerbürger ohne alle Beschränkung, ausser der selbstverständlichen, dass sie sich den Landesgesetzen zu unterziehen haben, den eigenen Angehörigen des Landes gleichgestellt sind. Nordamerika hat diese Rechtsgleichheit nur insoweit gewährt als sie mit den Gesetzen der Union und der einzelnen Staaten, welch' letztere den Erwerb von Grundeigenthum durch Fremde theilweise ausschliessen, verträglich ist; Baden behält ebenfalls sein Niederlassungsgesetz vor, welches, wenn auch im Ganzen liberal, doch einige Restriktionen zu Ungunsten der Ausländer enthält; Belgien endlich stellt sich auf den Standpunkt der

*) Amtl. Samml. VIII. 1—6.

**) Bundesbl. 1861 I. 42.

Reciprocität, indem es den Schweizern diejenigen Rechte einräumt, welche die Belgier in der Schweiz geniessen.

§ 2. Befreiung von der Militärpflicht und von Ersatzleistungen.

Wir widmen diesem Gegenstande einen besondern Abschnitt, weil derselbe nicht bloss in den Niederlassungsverträgen mit berührt wird, sondern auch Veranlassung gegeben hat zu besondern Uebereinkünften, welche die Schweiz mit auswärtigen Staaten abgeschlossen hat.

Der Staatsvertrag mit Frankreich vom 30. Mai 1827 enthält in Art. IV folgende klare und unzweideutige Bestimmung:

»*Les sujets ou ressortissans de l'un des deux Etats, établis dans l'autre, ne seront pas atteints par les lois militaires du pays qu'ils habiteront, mais resteront soumis à celles de leur patrie.*«

Nach dieser Bestimmung haben also die Franzosen, welche in der Schweiz wohnen, in Frankreich, die in Frankreich wohnenden Schweizer dagegen in der Schweiz Militärdienste zu thun oder zum Ersatze dafür Abgaben zu bezahlen. Der gleiche Grundsatz galt auch nach dem Niederlassungsvertrage mit Sardinien vom Jahr 1827, und es ist anzunehmen, dass die etwas unklare Redaktion des Handelsvertrages von 1851 mit diesem Staate den nämlichen Sinn hat. Es heisst hier nämlich in Art. 2:

»Die Bürger beider Länder sind von jedem persönlichen Militärdienst in der Armee, sowie in der Nationalgarde oder Miliz befreit.«

Durch diese Bestimmung hat offenbar nur über die Militärpflichtigkeit des Ausländers gegenüber dem Staate, in welchem er wohnt, nicht gegenüber seinem Heimathlande entschieden werden wollen. Was aber die Ersatzsteuern betrifft, so ersehen wir aus einer Botschaft des Bundesrathes,*) dass das Stillschweigen des Vertrages hierüber dahin interpretirt wird, dass solche Abgaben von den Sardiniern, resp. Italienern in der Schweiz und umgekehrt nicht gefordert werden dürfen.

Andere Staatsverträge sprechen sich über die letztere Frage bestimmter, jedoch in verschiedenem Sinn aus. So sagt insbesondere der Freundschafts-, Niederlassungs- und Handelsvertrag mit Nordamerika in Art. II:

»Die Bürger eines der beiden Staaten, welche in dem andern

*) Bundesbl. 1855 II. 677.

wohnen oder niedergelassen sind, sollen von dem persönlichen Militärdienste befreit, aber zur Compensation zu Geld- oder materiellen Leistungen verpflichtet sein wie die von diesem Dienste befreiten Bürger des Landes, wo sie wohnen.«

Dagegen enthalten die Staatsverträge mit Grossbrittannien und Belgien in Art. V die nachfolgende Vorschrift:

»Die Bürger oder Unterthanen jedes der beiden contrahirenden Theile sind auf dem Gebiete des andern von obligatorischem Militärdienste jeder Art, sei es in der Armee oder in der Marine, sei es in der Nationalgarde oder Miliz, befreit. Sie sind gleichfalls von allen Geld- oder Naturalleistungen, welche als Ersatz für den persönlichen Militärdienst auferlegt werden, sowie von militärischen Requisitionen befreit, mit Ausnahme der Einquartirung und Lieferungen, welche nach Landesgebrauch von Bürgern und Ausländern für Truppen auf dem Marsch gleichmässig gefordert werden.«

In gleicher Weise sagt der Staatsvertrag mit dem Grossherzogthum Baden vom 6. December 1856 (der Vorläufer des Niederlassungsvertrages) in Art. 8:

»Die Angehörigen des einen der contrahirenden Staaten, welche in dem andern angesiedelt sind, werden durch die Militärgesetze desjenigen Landes, das sie bewohnen, nicht betroffen, sondern sie bleiben in dieser Beziehung den Gesetzen ihres Heimathlandes unterworfen.

»Sie sind insbesondere von allen Geld- oder Naturalleistungen, welche als Ersatz für den persönlichen Militärdienst auferlegt werden, sowie von militärischen Requisitionen befreit, mit Ausnahme der Einquartirung und solcher Lieferungen, welche nach Landesgebrauch von Bürgern und Ausländern für Truppen auf dem Marsche gleichmässig gefordert werden.*)«

Mit dem Inhalte der drei zuletzt angeführten Staatsverträge

*) Amtl. Samml. V. 664—665. Kaiser, Samml. IV. 133—134. In seiner begleitenden Botschaft zu diesem Vertrage sagte der Bundesrath: »Es ist nicht richtig zu behaupten, der Badenser wäre in der Schweiz besser gestellt als der Badenser selbst; denn jener muss bei Hause seine Militärpflicht erfüllen oder erfüllt haben, auch wenn er in der Schweiz ist; er ist nur hier frei von der Militärlast. Gerade so hat es der Schweizer; er ist ganz frei davon in Baden; dagegen hat er bei Hause die Militärtaxe zu bezahlen, wenn er nicht persönlich den Dienst leistet. Es sind also die Bürger beider Staaten ganz gleich gestellt.« Bundesbl. 1857 I. 115.

stimmen die Erklärungen überein, welche der Bundesrath in den Jahren 1858 bis 1864 mit den Königreichen Baiern, Würtemberg, Preussen und Niederlande, mit dem Grossherzogthum Hessen-Darmstadt, dem Herzogthum Nassau und der freien Stadt Bremen ausgewechselt hat. Dieselben wurden, eben weil es keine förmliche Staatsverträge, sondern bloss verpflichtende Erklärungen sind, nicht im Namen der Eidgenossenschaft, sondern bloss der Kantone ausgestellt; doch geschah diess im Namen aller Kantone, indem Waadt, welches sich anfänglich ferne hielt, nachher diesen Uebereinkünften beigetreten ist. Die sich entsprechenden beiderseitigen Erklärungen gehen jeweilen dahin, dass ein Angehöriger des einen Landes, welcher kürzere oder längere Zeit in dem andern Lande wohne, daselbst weder zu irgend einem Militärdienste noch zu einer Ersatzleistung hiefür, dem sogen. Pflichtersatze, solle angehalten werden. Dabei werden oft noch die selbstverständlichen Beschränkungen beigefügt: a. die Befreiung höre auf, sobald der betreffende Angehörige das Bürgerrecht in dem Lande seines Wohnsitzes erwerbe; b. die Erklärung sei für den einen Staat nur für so lange verbindlich als nicht der andere Staat von derselben zurücktrete.*)

Viertes Kapitel.

Freizügigkeit.

Wir haben im ersten Bande (S. 308—309) gesehen, wie die sogen. Abzugsrechte, d. h. die Abgaben, welche in früherer Zeit von allem, sei es in Folge von Erbschaft oder von Auswanderung aus dem Lande gehenden Vermögen erhoben zu werden pflegten, im Innern der Schweiz seit den Zeiten der helvetischen Republik aufgehoben waren und blieben. Es darf wohl angenommen werden, dass auch Frankreich gegenüber seit der nämlichen Epoche volle Freizügigkeit bestand; denn der Allianzvertrag von 1803, wie nachher der Niederlassungsvertrag von 1827 stipulirte, dass die Franzosen in der Schweiz mit Bezug auf ihre Personen und ihr Vermögen gleich

*) Amtl. Samml. VI. 232—234, 357—358, 627—631. VII. 275, 342—343. VIII. 72—73. Kaiser, Samml. IV. 197, 215—216. 300—301, 414—415. 515.

den Schweizern und ebenso die Schweizer in Frankreich gleich den Franzosen zu behandeln seien.*) In Folge der von der Tagsatzung ausgesprochenen Bereitwilligkeit, mit allen auswärtigen Staaten auf Grundlage der Reciprocität Verträge über Freizügigkeit abzuschliessen, wurden bereits im Jahr 1804 die ersten derartigen Staatsverträge mit Baden, Baiern und Oesterreich vereinbart. Hievon sind bloss noch die beiden letztern in Kraft; derjenige mit Baiern setzt Folgendes fest:

»Es solle von dem Tag der wechselseitigen Ratifikation an zwischen den sämmtlichen jetzigen und künftigen Landen Seiner Churfürstlichen Durchlaucht von Pfalz-Bayern und den gesammten jetzigen und künftigen Landestheilen der Eidgenossenschaft ein vollkommen freier Vermögenszug statthaben, und alle Angehörige der beidseitigen Staaten bei ihrem Hin- und Herziehen, bei Anfall von Erbschaften oder sonstigem Vermögensanfall von einer Seite auf die andere — von allen und jeden diessfälligen Abgaben, sie mögen nun den Namen von Abzugs-, Manumissions-, Emigrations-Gebühren, oder irgend einen andern Namen tragen, und von dem Staat selbst, oder von Gemeinheiten, oder Beamten bezogen worden sein, auf ewige Zeiten befreit bleiben, und hierin von beiden Staaten die vollkommenste Gleichheit beobachtet werden.«

Im Wesentlichen damit übereinstimmend, sagt der Staatsvertrag mit Oesterreich:

»Es solle, von dem Tage der ausgewechselten Ratifikationen, zwischen sämmtlichen Staaten Seiner K. K. Apostolischen Majestät und sämmtlichen 19 Kantonen der Löbl. Schweizerischen Eidgenossenschaft eine Freizügigkeit beobachtet und von allen Angehörigen beider Staaten bei ihrem Hin- und Herziehen, bei künftigen Erbschaften oder anderweitigem Vermögens-Anfall ein Abschoss-, Abfahrt-**) oder Abzugs-Geld, insoweit solches bisher zwischen

*) Die Abschaffung der Heimfalls- und Abzugsrechte (droits d'aubaine et de détraction) beruht gegenwärtig in Frankreich auf einem Gesetze vom 14. Juli 1819, welches durch eine Ordonnanz vom 21. November 1821 auf die Kolonien ausgedehnt wurde. In der Praxis wird dasselbe auch auf Algerien angewendet. Erklärung des französ. Botschafters vom 31. Mai 1847, Off. Samml. III. 339.

**) Der Staatsvertrag mit Preussen erläutert den »Abschoss« durch den lateinischen Ausdruck »gabella hereditaria«, das Abfahrtsgeld aber durch »census emigrationis«. Zuweilen wird auch für sämmtliche Abzugsrechte der Ausdruck »Jus detractus« gebraucht.

Oesterreich und der Schweiz mit 10, und zwischen Oesterreich und dem ehemaligen Freistaat der drei Bündten mit 5 vom Hundert in die Landesfürstliche oder Cantons-Cassen geflossen ist, — nimmerhin eingehoben werden.«

Durch spätere Erklärungen von 1821, 1837 und 1851 wurde diese Uebereinkunft nicht bloss auf die im Jahr 1815 von beiden Staaten erworbenen neuen Gebietstheile ausgedehnt, sondern auch diejenigen Abzugsgelder als vollständig aufgehoben bezeichnet, welche in einzelnen Ländern der österreichischen Monarchie früher noch zu Gunsten von Städten, Gemeinden und Herrschaften bezogen wurden.

Es folgten dann in den Jahren 1810 und 1812 die Staatsverträge mit Würtemberg und Preussen. Beide hatten zum Zwecke die Aufhebung sämmtlicher Abzugsgelder, mochten sie nun von der Staatskasse oder von Gemeinden, Patrimonialgerichten, Korporationen oder anderen Privatberechtigten erhoben werden.

Unter der Herrschaft des Bundesvertrages von 1815 wurde das zur Zeit der Vermittlungsakte begonnene Werk der Vereinbarung über die Freizügigkeit mit den auswärtigen Staaten mit grosser Beharrlichkeit fortgesetzt. Da die Abgaben, welche den Vermögenszug von einem Lande ins andere beschwerten, nicht mehr im Geiste der Zeit lagen, so war es eben nicht schwer, mit den meisten europäischen Staaten derartige Verkommnisse zu erlangen und es war die Periode von 1815 bis 1848, so unfruchtbar an wichtigern, Namens der gesammten Eidgenossenschaft abgeschlossenen Staatsverträgen, dafür um so fruchtbarer an Freizügigkeitsverträgen. Es wurden solche abgeschlossen:

a. mit nachfolgenden deutschen Bundesstaaten: mit dem Königreiche Sachsen im Jahr 1820, mit Hessen-Darmstadt 1823, mit Braunschweig 1833, mit Hannover und den drei Hansestädten 1834, mit den sächsischen Herzogthümern 1836, mit Mecklenburg und Oldenburg 1837, mit Hessen-Cassel, den Fürstenthümern Hohenzollern und Lichtenstein 1838, mit den Herzogthümern Anhalt 1839, mit der freien Stadt Frankfurt, den Fürstenthümern Lippe, Reuss, Schwarzburg und Waldeck 1840, mit Hessen-Homburg und Nassau 1841;

b. mit nachfolgenden italienischen Staaten: mit Sardinien 1816 (Turiner Vertrag, Art. 16), mit dem Herzogthum Parma 1821, mit dem Königreiche beider Sizilien 1823, mit dem Herzogthum Modena 1836, mit Lucca 1838, mit dem Grossherzogthum Toskana 1839;

c. mit Dänemark 1827, mit Schweden und Norwegen 1842;

d. mit Russland 1830;

e. mit Griechenland 1836;

f. mit den Niederlanden 1836 (auf die überseeischen Besitzungen ausgedehnt 1847);

g. mit Spanien 1841.*)

Bei dieser Aufzählung haben wir die Freizügigkeitsverträge mit Grossbrittannien, Belgien und Nordamerika übergangen, weil an deren Stelle die einschlägigen Bestimmungen der mit diesen Staaten abgeschlossenen Niederlassungs- und Handelsverträge getreten sind.

Was den Inhalt der genannten Verträge betrifft, so wird in denselben gewöhnlich festgesetzt: es sollen alle Abzugsgebühren von Vermögen, welches aus einem Lande ins andere geht, aufgehoben sein, ohne allen Unterschied, ob das Vermögen durch erlaubte Auswanderung, Kauf, Tausch, Schenkung, Erbschaft oder auf andere Weise weggezogen werde, sowie ohne Rücksicht darauf, ob jene Gebühren in die Staatskasse geflossen oder von Standes- oder Grundherrschaften, Korporationen oder Individuen bezogen worden seien. Vorbehalten werden immer die Gebühren von Handänderungen und Erbschaften, welche auch von dem im Lande bleibenden Vermögen erhoben zu werden pflegen. Nur die Verträge mit den italienischen Staaten: Sardinien, Lucca, Neapel, erwähnen bloss die Aufhebung des sogen. Heimfallsrechtes (droit d'aubaine) von Erbschaften, die von einem Lande ins andere fallen, nicht aber den unbeschwerten Vermögenszug unter Lebenden. Die Verträge mit Russland und Toskana aber beschränken sich darauf, den freien Wegzug von Erbschaften »und anderm, Fremden zugehörigen Vermögen« zuzusichern; es scheint also, dass bei der Auswanderung Einheimischer der Vermögenszug nicht unbeschwert bleibt.

*) Off. Samml. I. 164, 361–382. II. 44–60, 89–102, 205–208, 271–279, 312–327, 550–565. III. 13–47, 92–121, 127–139, 206–214, 217–230. 255–259, 342–349. Snell I. 403–413, 418–455, 731–764. Nachtr. 2. S. 67–133. Amtl. Samml. II. 801–804. Kaiser, Samml. IV. 180–182. 208–212, 216–221, 273–275, 289–291, 293–299, 302–318, 320–334, 339–342, 374–383, 402–411, 415–435, 484–498, 503–508.

Bei der grossen Verbreitung, welche das Princip der Freizügigkeit bereits durch Staatsverträge gewonnen hatte, konnte die Bundesverfassung von 1848 um so leichter in Art. 52 den allgemeinen Grundsatz aussprechen:

»*Gegen die auswärtigen Staaten besteht Freizügigkeit, unter Vorbehalt des Gegenrechtes.*«

Ganz neue Freizügigkeitsverträge wurden seit dem Bestehen der Bundesverfassung nicht mehr abgeschlossen; man beschränkte sich darauf, theils den Grundsatz des freien Vermögenszuges in die seither vereinbarten Niederlassungs- und Handelsverträge aufzunehmen, theils ältere Verträge auf freisinnigerer Grundlage zu revidiren. Die Bestimmungen des Staatsvertrages mit Nordamerika, welche sich auf die hier behandelte Materie beziehen, werden wir unten (Kap. V § 2) in ihrem Zusammenhange kennen lernen; dagegen mag hier der nachfolgende Schlusssatz von Art. IV des Staatsvertrages mit Grossbrittannien Aufnahme finden:

»In jedem Falle wird es den Bürgern und Unterthanen der beiden contrahirenden Theile gestattet, ihr Vermögen ausser Landes zu ziehen, nämlich den Schweizerbürgern aus brittischem Gebiete, und den brittischen Unterthanen aus schweizerischem Gebiete, frei und ohne bei einem solchen Aushinzuge zur Zahlung einer Gebühr als Ausländer verpflichtet zu sein, und ohne eine andere oder höhere Gebühr bezahlen zu müssen, als die Bürger oder Unterthanen des Landes zu entrichten haben.«

Damit ganz übereinstimmend lautet auch der Staatsvertrag mit Belgien an der nämlichen Stelle.

Mit dem Grossherzogthum Baden, welches früher nur in sehr beschränkter Weise den freien Vermögenszug zugesichert und namentlich eine Menge von abzugsberechtigten Korporationen u. s. w. vorbehalten hatte, wurde am 6. December 1856 ein neuer Staatsvertrag abgeschlossen, welcher nunmehr die vollständige Freizügigkeit festsetzt, wie sie gegenüber allen andern deutschen Staaten in Folge älterer Uebereinkünfte besteht.

Endlich wurden noch im Jahr 1862 mit dem Königreiche Italien neue gegenseitige Erklärungen ausgewechselt. Die italienische drückt sich folgendermassen aus:

»*Que les citoyens de la Suisse peuvent prendre possession et disposer d'un héritage qui leur est échu en vertu de la loi ou d'un testament* *dans une province quelconque du Royaume d'Italie à l'égal des sujets italiens sans être soumis à d'autres conditions ou à des conditions plus onéreuses que ceux-ci.»**)

Da einerseits durch diese Erklärung die ältern, mit den früher bestandenen italienischen Staaten abgeschlossenen Freizügigkeitsverträge nicht förmlich aufgehoben worden sind, anderseits aber mehrere Verträge, wie namentlich mit Parma, Modena, Toskana, weiter gehen und auch den Vermögenszug unter Lebenden berühren; so ist wohl anzunehmen, dass die Schweiz immer noch berechtigt wäre, nöthigenfalls auch auf diese letztern Verträge sich zu berufen, wenn — was dermalen wohl nicht zu erwarten — dem freien Vermögenszuge irgend welche Hindernisse in den Weg gelegt werden wollten.

Fünftes Kapitel.

Verhältnisse des bürgerlichen Rechtes und Prozesses.

§ 1. Eheeinsegnungen.

Wir haben oben (S. 154) gesehen, dass in den Jahren 1804 bis 1807 zwischen den schweizerischen Kantonen ein Konkordat zu Stande gekommen ist, welches den Zweck hatte fürzusorgen, dass nicht Ehen ohne Bewilligung der Heimathbehörden der Verlobten in andern Kantonen eingesegnet werden. Das Bedürfniss gegenseitiger Verständigung zwischen den Regierungen, welches dieses Konkordat hervorgerufen hatte, führte bald nachher auch zu einem Staatsvertrage über den nämlichen Gegenstand, welcher von einer Mehrheit der eidgenössischen Stände unterm 23. August 1808 mit dem Grossherzogthume Baden abgeschlossen wurde. Beide Theile gingen die Verpflichtung ein, dass auf dem Gebiete des einen Theiles Angehörige des andern Theiles nicht anders kopulirt werden sollen als gegen Vorweisung eines sogen. Erlaubnissscheines von ihrer heimathlichen Obrigkeit, welcher die Bescheinigung enthalten soll: a. dass der betreffende Angehörige, auch bei längerer Fortdauer seiner Abwesenheit, im Besitze seines angebornen Bürgerrechtes verbleiben

*) Amtl. Samml. VII. 376—377.

werde; b. dass seine Verlobte und die aus der Ehe entspringenden Kinder in seiner Heimath jederzeit als Angehörige und Bürger anerkannt und aufgenommen werden; c. dass die Eheverkündung an seinem Heimathorte nach der Landesgewohnheit erfolgt sei. Sollte dessenungeachtet die Ehe eines Schweizers in Baden oder eines Badensers in der Schweiz eingesegnet werden, ohne dass die vorgeschriebenen Requisite erfüllt wären, so ist der Staat, auf dessen Gebiete diese Einsegnung stattgefunden hat, verpflichtet, derartige Eheleute und ihre Kinder zu dulden und im Nothfalle für deren Unterstützung zu sorgen, ohne die Befugniss zu haben, dieselben in den andern Staat zurück oder überhaupt von sich weg zu weisen.

Dieser Uebereinkunft sind im Laufe der Zeit sämmtliche Kantone mit Ausnahme von S c h w y z, W a l l i s und N e u e n b u r g beigetreten.*)

Ueber Eheeinsegnungen hat die Schweiz sonst mit keinem andern Staate ein Uebereinkommen getroffen, ausser im Niederlassungsvertrage mit S a r d i n i e n vom Jahr 1827, welcher aber seit dem 1. Juli 1857 nicht mehr in Kraft besteht.

§ 2. Eigenthumserwerb und Dispositionsbefugniss.

Neben den, im vorigen Kapitel behandelten Uebereinkünften, welche sich auf den unbeschwerten Wegzug erworbenen Vermögens beziehen, bestehen andere Vertragsbestimmungen mit auswärtigen Staaten, durch welche dem Angehörigen des einen Theiles das Recht eingeräumt wird, auf dem Gebiete des andern Theils Eigenthum jeder Art zu erwerben und im Lande selbst nach seinem Belieben darüber zu verfügen. Bei F r a n k r e i c h und I t a l i e n folgt diese Befugniss, wie wir oben (S. 241, 245) gesehen haben, aus der allgemeinen Gleichstellung der Angehörigen dieser Staaten mit den Schweizerbürgern und umgekehrt. Der Staatsvertrag mit B e l g i e n aber enthält darüber in Art. IV folgende ausdrückliche Vorschrift:

»Die Bürger eines jeden der beiden contrahirenden Staaten können auf dem Gebiete des andern jede Art von beweglichem und unbeweglichem Eigenthum vollkommen frei erwerben, besitzen und darüber verfügen, sei es durch Kauf, Verkauf, Schenkung, Tausch, Heirath, testamentarische oder Intestat-Erbfolge, oder auf jede andere

*) Offiz. Samml. I. 401—406. II. 63. S n e l l I. 473—476. K a i s e r, Samml. IV. 173—176.

Art, soweit die Gesetze des Landes den Angehörigen desselben *(aux nationaux)* das Innehaben und die Verfügung gestatten.

»Ihre Erben und deren Vertreter können in eigener Person oder durch Bevollmächtigte, welche in ihrem Namen handeln, in der gewöhnlichen, gesetzlichen Form und auf die gleiche Weise, wie Bürger des Landes, dieses Eigenthum antreten und in Besitz nehmen. In Abwesenheit solcher Erben und Vertreter wird das Eigenthum auf die gleiche Weise behandelt wie dasjenige eines Bürgers des Landes unter ähnlichen Umständen.

»In allen diesen Beziehungen werden sie von dem Werthe solchen Eigenthums keine andere oder höhere Abgabe, Steuer oder Gebühr bezahlen als von den Bürgern des Landes entrichtet werden muss.«

Im Allgemeinen gleichlautend ist der Art. IV des Staatsvertrages mit Grossbrittannien; doch findet sich in der Redaktion des ersten Absatzes die wesentliche Verschiedenheit, dass mit Bezug auf das Innehaben von Eigenthum die Bürger des mitcontrahirenden Staates keineswegs den eigenen Angehörigen gleichgestellt werden, sondern der Erwerb von Eigenthum ihnen nur insoweit gesichert ist als die Landesgesetze ihn den Angehörigen irgend einer fremden Nation gestatten. Es rührt diess einfach daher, dass in England nach althergebrachtem Rechte die Fremden kein Grundeigenthum innehaben dürfen; doch ist durch Parlamentsakte vom 6. August 1844 dieses alte Recht wenigstens insoweit modificirt worden, dass auch Ausländer, welche Descendenten einer geborenen Engländerin sind, durch Erbschaft oder durch Ankauf Grundeigenthum erwerben können. Die Bundesversammlung hat daher, indem sie den Staatsvertrag genehmigte, sich auch auf diese Parlamentsakte berufen.*)

Da das altenglische Recht auch noch in einigen Staaten Nordamerika's**) in Kraft besteht, andere Staaten***) aber den Erwerb von Grundeigenthum durch Fremde wenigstens theilweise noch beschränken, so ist es begreiflich, dass auch in dem Freundschaftsvertrage mit den Vereinigten Staaten das Recht, auf dem Gebiete

*) Amtl. Samml. V. 269. Bundesbl. 1856 I. 168—173.

**) Alabama, Maine, Missisippi, Nord-Carolina, Tenessee, Vermont, Rhode-Island und Süd-Carolina.

***) Arkansas, Connecticut, Delaware, Georgia, Maryland, Massachusets, New-York, Texas. Bundesbl. 1855 II. 54—56.

derselben Eigenthum zu erwerben und zu besitzen, den Schweizern keineswegs unbedingt zugesichert ist. Der Art. V dieses Vertrages lautet folgendermassen:

»Die Bürger der contrahirenden Theile können frei über ihre persönlichen Güter,*) die in der Gerichtsbarkeit des andern liegen, verfügen, sei es durch Verkauf, Testament, Vergabung oder auf jede andere Weise, und ihre Erben durch Testament oder ab intestato, oder ihre Nachfolger auf irgend welche Art, Bürger des andern Theils, erwerben oder erben diese genannten Güter und sie können davon Besitz nehmen, entweder selbst oder durch Bevollmächtigte; sie können darüber verfügen wie sie wollen, ohne andere Gebühren dafür zu bezahlen als diejenigen, welchen im gleichen Falle die Bewohner des Landes selbst, in welchem diese Güter liegen, unterworfen sind. In Abwesenheit der Erben oder anderer Nachfolger soll von den Behörden die gleiche Sorge für die Erhaltung der genannten Güter getragen werden, wie wenn es sich um die Erhaltung der Güter eines Eingeborenen des gleichen Landes handelte, und dieses auf so lange, bis der gesetzliche Eigenthümer der Güter die geeigneten Massregeln zu deren Anhandnahme hat ergreifen können.«

»Die vorstehenden Verfügungen sollen auch vollständig ihre Anwendung auf Grundbesitz finden, der in Staaten der amerikanischen Union oder in Kantonen der Schweiz liegt, in welchem die Fremden zum Naturalbesitz oder zur Erbschaft von Grundeigenthum zugelassen werden.

»Wenn aber unbewegliches Eigenthum, das auf dem Gebiete des einen der contrahirenden Theile liegt, einem Bürger des andern Theiles zufiele, der wegen seiner Eigenschaft als Fremder zum Naturalbesitz dieses Grundeigenthums in dem Staate oder Kanton, in welchem es liegt, nicht zugelassen würde, so soll diesem Erben oder Nachfolger, wer es auch sei, eine solche Frist, wie die Gesetze des Staates oder des Kantons sie erlauben, gestattet sein, um dieses Eigenthum zu verkaufen; den Ertrag soll er stets ohne Anstand beziehen und aus dem Lande ziehen dürfen, ohne der Regierung eine andere Gebühr zu bezahlen, als diejenige, welche in einem ähnlichen Falle ein Einwohner des Landes, in welchem das Grundstück liegt, schuldig wäre.«

*) Im englischen Texte: »personal property«, bewegliches Eigenthum. Der Gegensatz davon ist »real estate«, Grundeigenthum.

In dem Staatsvertrage mit dem Grossherzogthum Baden vom 6. December 1856 finden sich zunächst ähnliche Bestimmungen wie in den Verträgen mit Nordamerika, Grossbrittannien und Belgien. Den Angehörigen der beiden contrahirenden Theile wird hier in Artt. 3 bis 6 ohne jegliche Beschränkung das Recht gesichert, über Eigenthum, welches sie durch Erbschaft oder auf andere Weise auf dem Staatsgebiete des andern Theiles erwerben, frei zu verfügen und zugleich werden die beiderseitigen Behörden verpflichtet, für die Güter abwesender Erben die nämliche Obsorge zu tragen, wie wenn dieselben Bürgern des eigenen Landes zugehören würden. Eigenthümlich ist dagegen diesem Staatsvertrage eine Bestimmung über das sogen. Epavenrecht, welche sich nur aus den vorhergegangenen Anständen zwischen den beiden Ländern über das Vermögen der Gotteshäuser erklärt. Baden hatte nämlich im Jahr 1836 aus Vorgängen in den Kantonen Aargau, Thurgau und Zürich Veranlassung genommen, auf die in seinem Gebiete gelegenen Vermögenstheile schweizerischer Klöster »zur Wahrung des Heimfallrechtes« Beschlag zu legen und es waren die Vorstellungen, welche die Regierungen der betheiligten Kantone gegen diese Verfügung an den Grossherzog richteten, ohne Erfolg geblieben.*) Beim Abschlusse des Staatsvertrages von 1856 musste nun begreiflicher Weise die Schweiz grossen Werth darauf setzen, dass Baden auf das von ihm angesprochene Recht an dem Vermögen schweizerischer Klöster verzichte, und es geschah diess auch gegen das von Seite der Schweiz geleistete Versprechen, von badischen Angehörigen keine Militärsteuern mehr zu beziehen. Der Art. 9 des Staatsvertrages lautet nun folgendermassen:

»Es wird gegenseitig auf das sogen. Epavenrecht verzichtet. Die schweizerischen Korporationen, Stifter, Klöster, Gotteshäuser oder da, wo an deren Stelle die Regierungen getreten sind, diese letztern sollen das ungeschmälerte Verfügungsrecht über ihr, im Grossherzogthum Baden befindliches Eigenthum haben, dasselbe betreffe Liegenschaften, Geld, Grundzinse, Zehnten, Gefälle irgend welcher Art, oder deren Ablösungskapitalien. In gleicher Weise werden die in der Schweiz befindlichen Vermögenstheile badischer Korporationen und Stiftungen als untrennbar von dem Hauptvermögen anerkannt und den badischen Eigenthümern das freie Verfügungsrecht darüber

*) Bundesbl. 1857 II. 446—447.

eingeräumt. Beide Theile werden daher den von ihnen angelegten staatsrechtlichen Beschlag wieder aufheben.

»Vorbehalten bleiben in beiden Staaten Rechte Dritter an den oben erwähnten Liegenschaften, Grundzinsen, Zehnten, Gefällen, Kapitalien und Vermögenstheilen, über welche Rechte in streitigen Fällen die Gerichte entscheiden.«

§ 3. Autorrecht.

Wir haben oben (S. 167) gesehen, dass zu dem eidgenössischen Konkordate, welches über diese Materie abgeschlossen worden ist, eigentlich Frankreich den Anstoss gegeben hat, welches einen Staatsvertrag mit der Schweiz wünschte. Da indessen bei der Mehrzahl der Kantone keine Geneigtheit zu einem solchen Vertrage waltete, so begnügte sich die französische Regierung zuletzt damit, eine Uebereinkunft mit dem Kanton Genf allein abzuschliessen, welcher in dieser Frage allerdings vorzugsweise für sie in Betracht kommen musste. Da diese Uebereinkunft, welche vom 30. Oktober 1858 datirt, einerseits vom Bundesrathe Namens des Kantons Genf eingegangen, anderseits aber sämmtlichen Kantonen der Beitritt dazu ausdrücklich vorbehalten worden ist, so scheint es uns, dass sie in der gegenwärtiigen Uebersicht, welche die sämmtlichen Staatsverträge der Schweiz mit dem Auslande zusammenstellen will, ebenfalls erwähnt werden müsse.

An der Spitze des Vertrages steht der Grundsatz, dass die Verfasser und Herausgeber aller litterarischen und Kunstprodukte, welche in einem der beiden contrahirenden Staaten veröffentlicht werden, in jedem derselben gegenseitig die Vortheile geniessen, welche das Gesetz oder Konkordate mit Dritten daselbst dem künstlerischen oder litterarischen Eigenthum gewähren, und dass ihnen somit gegen jeden Eingriff in dasselbe der Schutz und die Rechtshülfe zukommen, welche in dem betreffenden Staate den einheimischen Verfassern oder Herausgebern eingeräumt werden. Zur Sicherung dieses Schutzes soll es genügen, wenn die Verfasser oder Herausgeber ihr Eigenthumsrecht beweisen, indem sie durch ein von der zuständigen Behörde ausgestelltes Zeugniss darthun, dass das fragliche Werk ein Originalwerk sei, welches in dem Lande, wo es veröffentlicht wurde, den gesetzlichen Schutz wider den Nachdruck oder die unerlaubte Nachbildung geniesse. Den Originalwerken sind die Uebersetzungen gleichgestellt, soferne nicht der Verfasser sich selbst das Uebersetzungsrecht vorbehalten hat. Im letztern Falle geniesst derselbe während fünf Jahren, vom Tage der ersten Veröffentlichung der von ihm erlaubten Uebersetzung seines Werkes an gerechnet, ein Schutzprivilegium gegen jede von ihm nicht genehmigte Uebersetzung des gleichen Werkes im andern Staate. — Die französischen Einfuhrzölle auf litterarischen und Kunstprodukten des Kantons Genf werden auf folgende Ansätze per 100 Kilogramme herabgesetzt: Bücher und Flugschriften, geheftet oder gebunden, in französischer Sprache 20 Fr., in jeder andern Sprache 1 Fr.; Kupferstiche, Lithographien, Photographien, Land- und Seekarten, Musikalien 20 Fr. Sollte in Zukunft eine bedeutendere Zollermässigung für die Einfuhr nach Frankreich zu Gunsten der Druckerzeugnisse eines andern Staates bewilligt werden, so ist diese Erleichterung in vollem Umfange auf die gleichartigen Erzeugnisse des Kantons Genf auszudehnen, jedoch, wenn dieselbe nur unter einer belastenden Bedingung stattgefunden hätte, auch nur vermöge einer Gegenleistung. — Die contrahirenden Staaten anerkennen überdiess die Zweckmässigkeit, den Schutz, welchen sie den Geistes- und Kunstwerken gewähren, auch auf die Arbeiten der Industrie auszudehnen; sie werden daher fortan die Fabrikzeichen (marques de fabrique) als in demselben inbegriffen betrachten, mithin deren Nachbildung dem künstlerischen und litterarischen Nachdrucke in jeder Beziehung gleichhalten. Die Zeichen, welche die Wahrung des gewerblichen Eigenthums zum Zwecke haben, sind bezüglich der Genfer Industrie beim Sekretariate des Handelsgerichtes in Paris, bezüglich der französischen Industrie aber bei der durch das Gesetz zu bezeichneten Genfer Behörde niederzulegen.*)

§ 4. Konkursrecht.

Das nämliche Verkehrsbedürfniss und Billigkeitsgefühl, welches bereits im Jahr 1803 die Tagsatzung veranlasst hatte, die Rechtsgleichheit der Schweizerbürger verschiedener Kantone in Konkursfällen durch ein Konkordat festzustellen, brachte es auch mit sich, dass in dem gleichzeitig abgeschlossenen Allianzvertrage mit Frankreich die Angehörigen beider Staaten, welche in einem Fallimente Forderungen geltend zu machen haben, einander vollkommen gleich-

*) Amtl. Samml. VI. 86—103. Kaiser, Samml. IV. 256—272.

gestellt wurden. Es lautet nämlich der Art. XVI dieses Vertrages folgendermassen:

»*En cas de faillite ou de banqueroute de la part de Français possédant des biens en France, s'il y a des créanciers suisses et des créanciers français, les créanciers suisses qui se seraient conformés aux lois françaises pour la sûreté de leur hypothèque, seront payés sur les dits biens, comme les créanciers hypothécaires français, suivant l'ordre de leur hypothèque; et réciproquement, si des Suisses possédant des biens dans la Confédération Helvétique, se trouvaient avoir des créanciers français et des créanciers suisses, les créanciers français qui se seraient conformés aux lois suisses pour la sûreté de leur hypothèque en Suisse, seront colloqué sans distinction avec les créanciers suisses, suivant l'ordre de leur hypothèque.*

»*Quant aux simples créanciers, ils seront aussi traités également, sans considérer auquel des deux États ils appartiennent, mais toujours conformément aux lois de chaque pays.*«

Dieser Art. XVI des ältern Vertrages wurde als Art. IV in den Staatsvertrag vom 18. Juli 1828 über nachbarliche, gerichtliche und polizeiliche Verhältnisse aufgenommen, welcher im Namen der gesammten Eidgenossenschaft mit Frankreich abgeschlossen worden ist. *)

Auf der nämlichen Grundlage vollkommen gleichmässiger Behandlung der beiderseitigen Staatsangehörigen in Konkursfällen beruhen die Verkommnisse mit dem Grossherzogthum Baden vom Jahr 1808, mit Würtemberg von 1825, mit Baiern von 1834, mit dem Königreiche Sachsen von 1837, welche jedoch nicht Namens der ganzen Eidgenossenschaft, sondern bloss Namens einer Mehrzahl von Kantonen eingegangen worden sind. Am deutlichsten sprechen sich über jene Grundlage die würtembergische und die sächsische Erklärung in folgenden Worten aus:

»In allen, in dem einen oder andern Staatsgebiete sich ergebenden Konkursfällen werden rücksichtlich aller und jeder hypothekarischen und nicht hypothekarischen, privilegirten und nicht privilegirten Forderungen die Einwohner des Königreichs und die Einwohner der genannten Kantone nach gleichen Rechten, d. h. also behandelt und collocirt, dass die Angehörigen des einen Staates den

*) Offiz. Samml. II. 64—70, 209—222. Snell I. 495—504. Kaiser, Samml. IV. 241—249.

Einheimischen im andern Staate gleich und nach Beschaffenheit ihrer Schuldforderungen so gehalten werden sollen, wie es die Gesetze des Landes für die Einheimischen selbst vorschreiben.«

Entsprechend dem eidgenössischen Konkordate von 1804, stellen sodann die Verkommnisse mit Baden und Baiern noch den Grundsatz auf, dass nach Ausbruch eines Fallimentes wechselseitig keine andern Arreste auf das bewegliche Vermögen des Gemeinschuldners gelegt werden sollen als zu Gunsten der gesammten Konkursmasse. Die Uebereinkunft mit Würtemberg geht weiter als das eidgenössische Konkordat,*) indem sie das Wort »beweglich« weglässt und hierauf den allgemeinen Grundsatz aufstellt:

»Alle beweglichen und unbeweglichen Güter eines Gemeinschuldners, auf welchem Staatsgebiete sich dieselben immer befinden mögen, sollen in die allgemeine Konkursmasse fallen.«

Damit hängt zusammen der in Art. 1 dieser Uebereinkunft aufgestellte Grundsatz der Allgemeinheit des Konkursgerichtsstandes am Wohnorte des Gemeinschuldners. Immerhin aber besteht daneben das forum rei sitae bei behauptetem Pfandrechte an unbeweglichem Gute oder an beweglichen Sachen, welche sich in Händen eines Gläubigers befinden, und es ist, wenn ein solcher Gerichtsstand im andern Lande begründet ist, nur der Ueberschuss des Erlöses der verpfändeten Sache über die versicherte Forderung dem Konkursgerichte auszuliefern. Es lautet nämlich Art. 5 der Uebereinkunft folgendermassen:

»Wenn jedoch ein Gläubiger ein specielles gerichtliches Unterpfand oder ein noch vorzüglicheres Recht auf ein unbewegliches Gut hat, welches ausserhalb desjenigen Staatsgebietes liegt, wo der Konkurs eröffnet wird, oder wenn ein bewegliches Vermögensstück sich als Pfand in den Händen eines Gläubigers befindet, so soll derselbe befugt sein, sein Recht an dem ihm verhafteten Gegenstande vor dem Richter und nach den Gesetzen desjenigen Staates, wo dieser Gegenstand sich befindet, geltend zu-machen.

»Ergiebt sich nach Befriedigung des Gläubigers ein Mehrwerth, so fliesst der Ueberschuss in die Konkursmasse, um nach den Gesetzen des Orts, wo die allgemeine Konkursverhandlung statt hat, unter die Gläubiger vertheilt zu werden.

»Reicht hingegen der Erlös des verhafteten, beweglichen oder

*) Vergl. oben S. 171.

unbeweglichen Gegenstandes zu voller Befriedigung des betreffenden Gläubigers nicht hin, so wird dieser für den Rest seiner Forderung an das allgemeine Konkursgericht gewiesen, um nach den dortigen Gesetzen mit den übrigern Gläubigern zu konkurriren.«

Die Konkursverkommnisse mit den vier deutschen Staaten bestehen dermalen in Kraft für sämmtliche Kantone, jedoch mit folgenden Ausnahmen:

Schwyz ist nicht beigetreten den Verkommnissen mit Baden, Baiern und Würtemberg;

Appenzell-Innerrhoden ist nicht beigetreten den Verkommnissen mit Baiern und Sachsen;

Unterwalden (beide Landestheile) und St. Gallen sind nicht beigetreten dem Verkommnisse mit dem Königreich Sachsen;

Neuenburg ist nicht beigetreten dem Verkommnisse mit Würtemberg.*)

§ 5. Freier Zutritt zu den Gerichten.

Der Art. II des Staatsvertrages mit Frankreich vom Jahr 1828 (Art. XIV des Allianzvertrages von 1803) schreibt Folgendes vor:

»Il ne sera exigé des Français qui auraient à poursuivre une action en Suisse, ni des Suisses qui auraient une action à poursuivre en France, aucuns droits, caution ou dépôt, auxquels ne seraient pas soumis les nationaux eux-mêmes, conformément aux lois de chaque localité.«

Der Bundesrath hat diesem Artikel bei einem Anstande, den die Regierung von Bern mit Frankreich hatte, die Auslegung gegeben, dass, wenn ein Kanton von seinen eigenen, auswärts wohnenden Bürgern Cautionen im Civilprozesse beziehe, diess auch gegenüber Franzosen gestattet sein müsse, gleichwie es, angewendet auf Bürger anderer Kantone, dem Art. 48 der Bundesverfassung nicht widersprechend gefunden wurde.**)

Der Handelsvertrag mit Sardinien vom Jahr 1851, welcher dermalen für das ganze Königreich Italien gilt, enthält in Art. 1 die nachfolgende Bestimmung:

*) Offiz. Samml. I. 390—393. II. 62, 136—140, 328—330. III. 49—52. Snell I. 476—483, 767—769. Amtl. Samml. VI. 368—371. Kaiser, Samml. IV. 177—179, 182—184, 436—438, 510—514.

**) Ullmer No. 631. Vergl. oben Bd. I. S. 224.

»Der freie Zutritt zu den Gerichten, behufs Wahrung und Verfechtung ihrer Rechte, soll den beiderseitigen Staatsbürgern in allen Instanzen und Abstufungen der Gerichtsbarkeit, welche nach den Gesetzen eingeführt ist, offen stehen; bei der Auswahl von Fürsprechern, Rechtsanwälten oder Agenten jeder Klasse, welche sie mit ihren Geschäften betrauen wollen, werden ihnen die gleichen Vortheile eingeräumt, welche die Staatsbürger geniessen, und es wird ihnen die nämliche Sicherheit und der nämliche Schutz gewährleistet, welche die Einwohner des Landes geniessen, in dem sie sich aufhalten.«

Aehnliche Bestimmungen, wie der italienische Vertrag, enthalten die Freundschafts-, Niederlassungs- und Handelsverträge mit Nordamerika (Art. I), Grossbrittannien (Art. III) und Belgien (Art. III). Wir wollen hier nur noch den Text des letztern mittheilen, theils weil er am ausführlichsten ist, theils weil er einen Zusatz enthält, der hier zum ersten Male erscheint:

»Die Bürger der beiden contrahirenden Staaten geniessen auf dem Gebiete des andern Staates beständigen und vollkommenen Schutz für ihre Personen und ihr Eigenthum. Demzufolge haben sie freien und leichten Zutritt zu den Gerichtshöfen zur Verfolgung und Vertheidigung ihrer Rechte, und zwar vor jeder Instanz und in allen durch die Gesetze aufgestellten Graden von Jurisdiktion. Sie dürfen in allen Umständen die Advokaten, Anwälte oder Agenten jeder Klasse nach freier Wahl zur Besorgung ihrer Rechtssachen unter denjenigen Personen wählen, die nach den Landesgesetzen zur Ausübung dieser Berufsarten befugt sind. Sie geniessen in dieser Beziehung die gleichen Rechte und Begünstigungen wie die Angehörigen des Landes, und sie sind auch den gleichen Bedingungen unterworfen.

»Die anonymen commerciellen, industriellen oder finanziellen Gesellschaften, welche in einem der beiden Länder gesetzlich autorisirt sind, dürfen im andern Lande vor Gericht auftreten, und geniessen in dieser Beziehung die gleichen Rechte wie die Privatpersonen.«

§ 6. Gerichtsstand.

Der Art. III des Staatsvertrages mit Frankreich vom Jahr 1828 (Art. XIII des Allianzvertrages von 1803) stellt mit Hinsicht auf die wechselseitigen Beziehungen der beiden Länder folgende Grundsätze über den Gerichtsstand auf:

»*Dans les affaires litigieuses personelles ou de commerce, qui ne pourront se terminer à l'amiable ou sans la voie des tribunaux, le demandeur sera obligé de poursuivre son action devant les juges naturels du défendeur, à moins que les parties ne soient présentes dans le lieu même où le contrat a été stipulé, ou qu'elles ne fussent convenues des juges, par devant lesquels elles se seraient engagées à discuter leurs difficultés.*

»*Dans les affaires litigieuses, ayant pour objet des propriétés foncières, l'action sera suivie par devant le tribunal ou magistrat du lieu, où la dite propriété est située.*

»*Les contestations qui pourraient s'élever entre les héritiers d'un Français mort en Suisse, à raison de sa succession, seront portées devant le juge du dernier domicile que le Français avait en France; la réciprocité aura lieu à l'égard des contestations qui pourraient s'élever entre les héritiers d'un Suisse mort en France. Le même principe sera suivi pour les contestations qui naîtraient au sujet des tutèles.*«

Es werden also hier für die verschiedenen Arten von Rechtsfällen folgende Gerichtsstände festgesetzt:

a. für Forderungs- und Handelsstreitigkeiten als Regel das forum domicilii des Beklagten; als Ausnahmen das forum contractus, wenn beide Partheien sich am Vertragsorte befinden, und das forum prorogatum, wenn eine freiwillige Uebereinkunft zwischen ihnen stattgefunden hat;

b. für Streitigkeiten über dingliche Rechte, welche sich auf Liegenschaften beziehen, das forum rei sitae;

c. für Erbschafts- und Vormundschaftsstreitigkeiten das forum originis des Erblassers, beziehungsweise der, einer Vormundschaft bedürftigen Person.

Der Art. III des Staatsvertrages von 1828 hat in seiner Anwendung auf Specialfälle schon zu mancherlei Verhandlungen Anlass gegeben, von denen wir nur wenige hervorheben wollen. In einem Rechtsstreite zwischen einem Pariser Handelshause und einem dortigen Spediteur wurde von letzterm ein in Basel wohnender Zwischenspediteur als Litisdenunciat ins Recht gerufen und ungeachtet seines Ausbleibens von dem Handelsgerichte des Departements der Seine zur Bezahlung der geforderten Summe nebst Kosten verurtheilt.

Als nun der Bundesrath, gestützt auf den Staatsvertrag, die Aufhebung dieses Urtheiles verlangte, erfolgte von der französischen Regierung zuerst eine ablehnende Antwort, gestützt darauf, dass das forum domicilii nur für die Hauptklage gelte, hier aber es sich um eine Nebenklage (demande en garantie) handle und nach französischem Rechte der Litisdenunciat (appelé en garantie) vor dem Gerichte der Hauptklage Rede stehen müsse, selbst wenn letzteres nicht dasjenige seines Wohnortes sei. Diese Kompetenzregel müsse auch auf die Schweizer angewendet werden, weil sonst diese den eigenen Staatsangehörigen gegenüber ein Vorrecht hätten. Der Bundesrath erwiederte hierauf: der Zweck des Art. III des Vertrages sei nicht, wie die französische Note annehme, dahin gegangen, die Angehörigen beider Länder gegenseitig in dem Sinne gleichzustellen, dass der Schweizer in Frankreich behandelt werde wie der Franzose und umgekehrt, sondern vielmehr, dass über persönliche Klagen jeweilen der Richter des Domicils zu entscheiden habe, mithin dem Schweizer die schweizerische, dem Franzosen die französische Justiz gesichert bleibe. Diess gelte auch für einen Litisdenunciaten, wenn schon die Hauptklage vor den Gerichten des andern Staates angehoben sei. Der Denunciat möge, wenn er es für gut finde, den Hauptbeklagten z. B. vor den französischen Gerichten gegen den Hauptkläger unterstützen, aber nie soll er genöthigt werden können, auf die allfällige Regressklage des Beklagten anderswo als an seinem Wohnorte Recht zu nehmen.*) Auf diese Erörterung hin anerkannte die französische Regierung in ihrer Schlussantwort, dass das Handelsgericht in Paris inkompetent gewesen sei über die gegen den Zwischenspediteur in Basel formulirte Klage zu urtheilen.**) — In einem andern Falle hat der Bundesrath den Grundsatz ausgesprochen, dass, wenn zwischen den Partheien die Vorfrage streitig ist, ob die Streitsache vor den ordentlichen Gerichten oder vor einem Schiedsgerichte auszutragen sei, diese Vorfrage, wie jede auf eine persönliche Leistung bezügliche, vertrags- und naturgemäss vor den

*) Vergl. oben Bd. I. S. 285.

**) Ullmer No. 628. In einem spätern Falle, wo das Handelsgericht von Cette ganz unbefugter Weise einen Berner Weinhändler wegen einer Forderung eines dortigen Handelshauses in contumaciam verurtheilt hatte, beauftragte die kaiserliche Regierung ebenfalls ihren Generalprokurator beim Appellationsgerichte in Montpellier, die Gerichte auf Art. III des Staatsvertrages aufmerksam zu machen. Bundesbl. 1864 I. 335.

Richter des Wohnorts des Beklagten gebracht werden müsse.*) — Endlich hat der Bundesrath auch bei Anwendung des Staatsvertrages mit Frankreich, wie des Art. 50 der Bundesverfassung, den Grundsatz festgehalten, dass die Klage auf Anerkennung eines Liegenschaftenkaufes keine dingliche, sondern eine persönliche und daher nicht in foro rei sitae, sondern in foro domicilii zu beurtheilen sei.**)

In Bezug auf Erbschaftsstreitigkeiten liegt uns ein interessanter Fall vor, wo es sich um den Nachlass eines in Paris verstorbenen Tessiners (Vanoni) handelte. Die Pariser Gerichte anerkannten zuerst die Kompetenz der Tessiner Gerichte, über die Frage der Erbtheilung zu entscheiden. Nachdem aber dieser Entscheid nach tessinischem Erbrechte in der Weise erfolgt war, dass dem Sohne $^3/_4$, den Kindern einer verstorbenen Tochter aber $^1/_4$ des Nachlasses zufallen solle, trat der Vater dieser Kinder, ein Franzose, vor den Pariser Gerichten wieder mit dem Rechtsbegehren auf, es solle ihnen, gestützt auf ein Gesetz von 1819, zunächst eine Quote, welche ihren Antheil an dem in Tessin befindlichen Vermögen von $^1/_4$ auf $^1/_2$ erhöhe, und sodann vom übrigen Vermögen in Frankreich die Hälfte zugeschieden werden. Obschon nun der beklagte Sohn die Einrede erhob, dass die Sache durch das Tessiner Urtheil bereits rechtskräftig entschieden sei und es sich daher bloss um Vollziehung dieses Urtheils handeln könne, entsprachen gleichwohl die Pariser Gerichte dem gestellten Rechtsbegehren. Sie erklärten sich kompetent, weil die Klage die Anwendung des Gesetzes von 1819 verlange, um für die französischen Erben mit Beziehung auf die Güter in Frankreich die bei der Erbtheilung in der Fremde erlittene Ungleichheit wieder auszuebnen und weil die Frage über die Anwendbarkeit jenes von der nationalen Souveränetät gegebenen Landesgesetzes nur der Jurisdiktion der französischen Gerichte unterliegen könne. Der Art. III des Staatsvertrages von 1828, welcher nur den Art. X der Staatsverträge von 1798 und 1803 textuell wiederhole, habe keinen andern Zweck haben können, als für die Angehörigen der beiden Nationen den Gerichtsstand in persönlichen, dinglichen und Erbstreitigkeiten gegenseitig zu bestimmen, ohne in der Materie selbst den Gesetzen und eigenthümlichen Rechten jedes Landes irgendwie Abbruch thun zu wollen. — Mit dieser Rechtsanschauung der Pariser

*) Ullmer No. 625.

**) Bundesbl. 1861 I. 361—365. Vergl. oben Bd. I. S. 281—285.

Gerichtshöfe war der Bundesrath freilich nicht einverstanden; er beauftragte vielmehr seinen Geschäftsträger in Paris, beim Justizministerium Beschwerde gegen das Urtheil zu erheben und dabei namentlich den Grundsatz zu vertheidigen, dass durch einen Staatsvertrag ältere demselben widersprechende Gesetze in den contrahirenden Staaten modificirt und künftige widersprechende Gesetze während der Vertragsdauer unzulässig werden. »Wir haben,« sagte der Bundesrath in seinem Schreiben an den Geschäftsträger, »den Art. III des Staatsvertrages vom 18. Juli 1828 immer in dem Sinne aufgefasst, dass derselbe nicht bloss Kompetenzen und prozessualische Fragen berühre, sondern dass in Folge jenes Artikels, da wo es sich um Theilung einer Erbschaft handelt, die Gesetze des Heimathlandes des Erblassers in Anwendung kommen und zwar auch dann, wenn ein Theil der Verlassenschaft in Immobilien besteht, welche auf dem Gebiete des andern contrahirenden Staates liegen. Wir werden vorkommenden Falles den Vertrag in diesem Sinne anwenden.« Die Beschwerde beim Justizministerium unterblieb indessen auf den Wunsch des Anwaltes des Sohnes Vanoni, welcher sich an den Kassationshof gewendet hatte; letzterer aber bestätigte das Urtheil der Pariser Gerichte, welches somit in Kraft verblieb.*) Es ist zu bedauern, dass die grundsätzlich sehr wichtige Meinungsverschiedenheit zwischen den französischen und schweizerischen Behörden nicht ausgetragen worden ist; denn in der That verliert der dritte Absatz des Art. III den grössten Theil seines Werthes, wenn ein Urtheil der schweizerischen Gerichte über die Theilung der Erbschaft eines in Frankreich verstorbenen Schweizers seinem materiellen Inhalte nach dort nur insoweit Vollziehung findet als es in Bezug auf die Grundlage der Theilung mit der französischen Gesetzgebung übereinstimmt.

Gehen wir nun aber von dem Vertrage mit Frankreich, welcher uns bis jetzt ausschliesslich beschäftigt hat, über zu den Staatsverträgen mit andern Nationen, so finden wir deren bloss zwei, welche Bestimmungen über den Gerichtsstand, und zwar auch nur über denjenigen in Erbstreitigkeiten enthalten. Es sagt nämlich der Staatsvertrag mit Nordamerika in Art. VI:

»*Die Streitigkeiten, welche unter den Ansprechern einer Erbschaft über die Frage entstehen können, wem die Güter zufallen sollen,*

*) Ullmer No. 630.

werden durch die Gerichte und nach den Gesetzen des Landes beurtheilt, in welchem das Eigenthum liegt.«

Ebenso sagt der Vertrag mit dem Grossherzogthum Baden vom 6. December 1856 in Art. VI:

»Sollte unter Denjenigen, welche auf die gleiche Verlassenschaft Anspruch machen, über die Erbsberechtigung Streit entstehen, so wird nach den Gesetzen und durch die Gerichte desjenigen Landes entschieden werden, in welchem das Eigenthum sich befindet.

»Liegt der Nachlass in beiden Staaten, so sind die Behörden desjenigen Staates kompetent, dem der Erblasser bürgerrechtlich angehört, oder in welchem er zur Zeit des Todes wohnte, wenn er nicht Bürger eines der contrahirenden Staaten war.«

Während also der französische Staatsvertrag, wie das eidgenössische Konkordat, den Gerichtsstand der Heimath des Erblassers festsetzt, stellen dagegen die Verträge mit Nordamerika und Baden den Gerichtsstand der belegenen Sache als Regel für die Erbstreitigkeiten auf. Der badische Vertrag aber wahrt wenigstens den Grundsatz der Universalität der Erbschaft dadurch, dass er für den sehr oft vorkommenden Fall, dass der Nachlass nicht bloss in Einem Lande, sondern in den beiden vertragschliessenden Staaten sich befindet, den Gerichtsstand der Heimath, beziehungsweise des Wohnortes des Erblassers für massgebend erklärt.

§ 7. Rechtskraft der Civilurtheile.

Ueber diesen, in Art. 49 der Bundesverfassung behandelten Gegenstand finden wir bloss in dem Staatsvertrage mit Frankreich von 1828 Art. I (Allianzvertrag von 1803 Art. XV) eine Bestimmung, welche folgendermassen lautet:

»Les jugemens définitifs en matière civile, ayant force de chose jugée, rendus par les tribunaux français, seront exécutoires en Suisse et réciproquement, après qu'ils auront été légalisés par les Envoyés respectifs; ou à leur défaut, par les autorités compétentes de chaque pays.«

Ueber die nähere Bedeutung dieser Vertragsbestimmung hat sich der Bundesrath in einem Specialfalle folgendermassen ausgesprochen:

»Man ist schon längst darüber einig, dass nicht jedes Civilurtheil kraft des Staatsvertrages in dem mitcontrahirenden Staate vollzogen werden muss, sondern nur die endgültigen, rechtskräftigen Civilurtheile. Damit ein Urtheil diese Eigenschaft habe, muss es vor Allem aus von dem kompetenten Gerichte ausgefällt, es muss der Beklagte seinem ordentlichen Richter nicht entzogen worden sein. Wäre dieses der Fall, so ist die oberrichterliche Instanz desselben Landes zur Cassation verpflichtet und der Richter des andern Staates, in welchem die Vollziehung verlangt wird, ist berechtigt die Vollziehung zu verweigern. Dieser Grundsatz folgt mit Nothwendigkeit aus Art. III des Staatsvertrages, der die Kompetenz bestimmt; er ist zwischen Frankreich und der Schweiz immer anerkannt worden und wird auch im Verkehr der schweizerischen Kantone unter sich beobachtet.

»Eine nothwendige Folge dieses Grundsatzes ist der zweite, dass, wenn die Rechtskraft und Vollziehbarkeit eines Urtheils vom verurtheilten Schuldner bestritten wird, der natürliche Richter des letztern darüber zu entscheiden hat. Allerdings liegt es nicht in seiner Aufgabe und Befugniss, das Materielle des Prozesses zu revidiren und über den Inhalt des Urtheils zu entscheiden, wohl aber hat er zu beurtheilen, ob das urtheilende Gericht kompetent gewesen und ob keine der wesentlichen schützenden Formen, die eine unpartheiische Rechtspflege garantiren, verletzt worden sei. Auch dieser Grundsatz liegt nicht nur in der Natur der Sache, sondern er wurde immer in der Schweiz wie in Frankreich ausgeübt und es dürfte leicht sein eine Reihe von Beispielen nachzuweisen, in welchen französische Gerichte über die Vollziehung schweizerischer Urtheile und umgekehrt schweizerische Gerichte über die Vollziehung französischer Urtheile entschieden haben, und wobei in der Regel die Prüfung der Kompetenz des Gerichtes, welches das zu vollziehende Urtheil erlassen hatte, den Gegenstand der Entscheidung bildete.«

Ueber das formelle Verfahren, welches zu Erwirkung eines Urtheilsvollzuges zu beobachten ist, hat sich der Bundesrath in einem andern Falle gegenüber der französischen Gesandtschaft folgendermassen ausgesprochen: Nach seiner Ansicht müsse der Inhaber eines rechtskräftigen Urtheils bei der kompetenten Behörde des Landes, in dem es vollzogen werden solle, die Ausstellung eines Vollziehungsbefehls verlangen; sollte diese Vollziehung dem bestehenden Staatsvertrage zuwider verweigert werden, so kann er unter Beilegung des Urtheils und der Weigerung der Vollziehung den Schutz seiner

Staatsregierung anrufen, die auf diplomatischem Wege diese Aktenstücke der Regierung des andern Staates zustellt und die Beschwerde motivirt.*)

Sechstes Kapitel.

Verhältnisse des Strafprozesses.

§ 1. Schutz des Hausrechtes.

Der Art. III des Staatsvertrages mit Grossbrittannien enthält die nachfolgende Bestimmung:

»Die Wohnungen und Magazine der Bürger oder Unterthanen eines der beiden contrahirenden Staaten in dem Gebiete des andern nebst aller zu Wohnungs- oder Handelszwecken bestimmten Zugehör werden geachtet werden. Keine Durchsuchung oder Untersuchung dieser Wohnungen und Magazine, keine Untersuchung oder Einsichtnahme der Bücher, Schriften oder Rechnungen der respektiven Bürger und Unterthanen darf willkürlich vorgenommen werden, sondern solche Verfügungen sind nur kraft eines schriftlich abgefassten, rechtmässigen Urtheils, Erlasses oder Befehles eines Gerichtes oder einer Behörde, die verfassungsgemässe oder gesetzliche Kompetenz hiezu besitzt, zu vollziehen.«

Der Engländer hat bekanntlich das Rechtssprichwort: »*My house is my castle*«; er legte von jeher den grössten Werth darauf, dass er im Genusse seines Hausfriedens, wie überhaupt seiner persönlichen Freiheit so wenig als möglich durch die Organe der Staatsgewalt beeinträchtigt werde. Eben daher pflegt auch die englische Regierung beim Abschlusse von Staatsverträgen mit andern Nationen darauf zu dringen, dass (wie es sonst nicht gebräuchlich ist) eine Bestimmung aufgenommen werde, welche dem Engländer auch im Auslande den Schutz seines Hausrechtes sichere. Der hier mitgetheilte Art. III will nun namentlich fürsorgen, dass nicht Hausdurchsuchungen auf willkürliche und unregelmässige Weise vorgenommen werden durch Beamte oder Angestellte, welche hiezu nicht legitimirt sind. Wenn derjenige Beamte, welcher nach den

*) Ullmer No. 624, 625.

Landesgesetzen hiefür kompetent ist, selbst die Hausdurchsuchung vornimmt, so hat er ohne Zweifel nicht nöthig, noch einen schriftlichen Akt vorzuweisen, der ihn dazu ermächtigt; dagegen ist es eine angemessene Vorsicht, wenn ein derartiger Akt in dem Falle verlangt wird, wo z. B. ein untergeordneter, für sich nicht kompetenter Polizeiangestellter mit der Untersuchung beauftragt wird.*)

§ 2. Auslieferung der Verbrecher.

Es liegt im Interesse der materiellen Gerechtigkeit, dass nicht ein Individuum, welches in einem Staate ein Verbrechen begangen hat, sich dadurch der verdienten Strafe entziehen könne, dass es sich nach einem andern Staate flüchtet. Um daher fürzusorgen, dass in einem solchen Falle die Justiz, welche den flüchtigen Verbrecher verfolgt, auch ausser dem Gebiete des Staates, wo die strafbare Handlung begangen worden ist, seiner habhaft werden möge, pflegen die verschiedenen Staaten mit einander Auslieferungsverträge abzuschliessen, gleichwie über die nämliche Materie zwischen den schweizerischen Kantonen früher ein Konkordat bestand, an dessen Stelle nun ein Bundesgesetz getreten ist. Solche Auslieferungsverträge hat auch die Schweiz mit einer Anzahl auswärtiger Staaten abgeschlossen, und zwar geschah diess vor dem Jahr 1848 im Namen der Kantone, welche den Beitritt erklärten, seit 1848 aber immer im Namen des gesammten Bundesstaates. Die Verträge, welche gegenwärtig in Kraft bestehen, sind, nach dem Datum ihrer Entstehung geordnet, folgende:

mit dem Grossherzogthum Baden, vom 30. August 1808 (nicht beigetreten ist der Kanton Genf);

mit Frankreich (Art. V des Staatsvertrages vom 18. Juli 1828, abgeändert unterm 30. September 1833);

mit Sardinien, nunmehr Italien, vom 28. April 1843 (nicht beigetreten sind die Halbkantone Basel-Stadt und Appenzell A. Rh., sowie der Kanton Genf; der Bundesrath hat sich aber in Uebereinstimmung mit der italienischen Regierung dafür ausgesprochen, dass in Folge der Genehmigung, welche die Bundesversammlung der Ausdehnung des Vertrages auf das ganze Königr. Italien ertheilt hat, der Vertrag nun auch für die ganze Schweiz Gültigkeit haben müsse**);

*) Bericht der ständeräthl. Kommission im Bundesbl. 1856 I. 180.

**) Bundesbl. 1861 I. 400.

mit Belgien, vom 14. September 1846 (allmählig sind sämmtliche Kantone demselben beigetreten);

mit Baiern, vom 16. Juli 1852;

mit den Niederlanden, vom 21. December 1853;

mit Oesterreich, vom 17. Juli 1855;

mit den Vereinigten Staaten Nordamerika's (Staatsvertrag vom Jahr 1855, Artt. XIII und XVI).*)

Was den Inhalt dieser Verträge betrifft, so steht an deren Spitze immer der Grundsatz, dass die Regierungen der contrahirenden Staaten verpflichtet sind, Individuen, welche wegen eines Verbrechens verurtheilt sind oder gerichtlich verfolgt werden und von dem einen Lande in das andere sich flüchten, einander gegenseitig auszuliefern. Diese Verpflichtung ist jedoch keine unbeschränkte, sondern sie wird bedingt einerseits durch die Nationalität des flüchtigen Verfolgten, anderseits durch das prozessualische Stadium, in welchem sich die gegen ihn eingeleitete Untersuchung befindet. In ersterer Beziehung werden in allen Verträgen, mit Ausnahme desjenigen mit Nordamerika, von der Auslieferungspflicht ausgenommen die eigenen Staatsangehörigen der Regierung, auf deren Gebiete sich der Verfolgte befindet. Der Vertrag mit den Niederlanden fügt hier noch folgende Erläuterung bei: »Unter der Benennung von eigenen Staatsangehörigen sind auch diejenigen Ausländer inbegriffen, welche nach den Gesetzen des Landes, von welchem die Auslieferung verlangt wird, den Einheimischen gleichgestellt sind, sowie jene Ausländer, welche sich im Lande niedergelassen und die aus einer Ehe mit einer Eingeborenen eines oder mehrere in dem Lande geborene Kinder haben.« Da die übrigen Verträge keine solche nähere Definition enthalten, so bleibt es eben der Souveränetät jedes Staates anheimgestellt, den Begriff der Staatsangehörigkeit selbst zu bestimmen und namentlich festzusetzen, ob die Niedergelassenen den Bürgern gleichgehalten werden sollen oder nicht. Nach dem Staatsvertrage mit Frankreich besteht die Auslieferungspflicht auch nicht bei Individuen, welche einem dritten Staate

*) Offiz. Samml. I. 394—400, II. 62—63, 211—212, 306—312 III. 261—272, 276—284, 302—312. Amtl. Samml. II. 268—269. III. 219—226. IV. 98—106. V. 188—197, 216—219, 329—333, 529—530. VII. 23—24, 332—335, 375. Kaiser, Samml. IV. 169—172, 185—190, 203—207, 250—255, 314—350, 362—365, 389—395, 466—473.

angehören; nach demjenigen mit Italien sollen solche Individuen nur mit Zustimmung ihrer heimathlichen Regierung ausgeliefert werden.*) — Was sodann das Stadium betrifft, in welchem sich die gegen den Verfolgten eingeleitete Untersuchung befindet, so schicken wir als selbstverständlich voraus, dass nach allen Verträgen Individuen, welche bereits gerichtlich verurtheilt oder schuldig erklärt worden sind, ausgeliefert werden müssen. Was die blossen Angeschuldigten betrifft, so wird nach dem Vertrage mit Belgien die Auslieferungspflicht erst dadurch begründet, dass ein gerichtliches Erkenntniss vorgewiesen werden kann, welches die Versetzung in den Anklagestand festsetzt. Die Verträge mit Frankreich und den Niederlanden begnügen sich dagegen, einen Verhaftsbefehl von Seite der zuständigen Behörde des Landes, in welchem das Verbrechen verübt worden ist, zu fordern; ebenso der Vertrag mit Baden mit dem Beifügen, dass der Verhaftsbefehl aus einem begründeten Verdachte, dass der Verfolgte ein Verbrechen begangen habe, hervorgegangen sein müsse. Der Vertrag mit Italien stellt dem Verhaftbefehle gleich »alle andern Akten, welche von derjenigen Behörde erlassen sind, der das Recht zusteht, in Anklagezustand zu versetzen, und in welchen sowohl die Beschaffenheit und der Belang der in Untersuchung liegenden Handlungen, als die auf diese Handlungen anzuwendende Strafbestimmung angegeben ist.« Die grösste Ausdehnung geben der Auslieferungspflicht die Verträge mit Oesterreich und Baiern, welche nichts weiteres verlangen als dass der Verfolgte wegen eines Verbrechens von den zuständigen Behörden in Untersuchung gezogen worden sei; doch muss auch hier zu Unterstützung des Auslieferungsbegehrens ein nach den gesetzlichen Formen gefertigter Verhaftsbefehl oder irgend eine andere Urkunde von gleicher Bedeutung beigebracht werden, welche das in Untersuchung liegende Verbrechen und die darauf gesetzte Strafe näher bezeichnet. Umgekehrt findet sich die beschränkendste Bestimmung in dem Vertrage mit Nordamerika, welcher sagt: »Die Auslieferung soll nur in dem Falle verbindlich sein, wenn die Thatsachen, deren der Angeschuldigte bezichtigt wird, auf eine solche

*) Auf Verlangen der Regierung von Grossbrittannien und gegen Zusicherung des Gegenrechtes hat sich der Bundesrath geneigt erklärt, in Fällen, wo es sich um Auslieferung brittischer Unterthanen an einen dritten Staat handelt, der dortigen Gesandtschaft vorherige Mittheilung zu machen. Ullmer No. 679.

Weise dargethan sind, dass seine Verhaftung und seine Stellung vor Gericht gerechtfertigt wären, wenn das Verbrechen in dem Lande verübt worden, in welchem das Individuum betreten wird.« Es genügt also hier keineswegs ein einfacher schriftlicher Akt, den die Behörde des, die Auslieferung begehrenden Staates ausstellt und welcher der Regierung des andern Staates bloss vorgelegt zu werden braucht; sondern Nordamerika hat sich vorbehalten, in jedem einzelnen Falle selbst zu entscheiden, ob genügende Verdachtsgründe vorliegen, welche die Auslieferung des Verfolgten rechtfertigen. Ein solcher Entscheid wird freilich in vielen Fällen nur dann möglich sein, wenn die gesammten Untersuchungsakten der Regierung, bei welcher das Auslieferungsbegehren gestellt wird, zugesandt werden. Das eigenthümliche Verfahren, welches der nordamerikanische Vertrag in dieser Hinsicht festsetzt, erklärt sich leicht daraus, dass derselbe, abweichend von allen andern Verträgen, auch die Auslieferung der eigenen Staatsangehörigen, welche in dem andern contrahirenden Lande ein Verbrechen begangen haben, den beiderseitigen Regierungen zur Pflicht macht; eine Bestimmung, auf welche Nordamerika so grossen Werth setzt, dass der Entwurf eines Auslieferungsvertrages, welcher im Jahr 1846 war verabredet worden, von dem Senate der Vereinigten Staaten aus dem Grunde verworfen wurde, weil er die übliche Klausel enthielt, dass die eigenen Angehörigen nicht auszuliefern seien.*)

In allen Verträgen werden die einzelnen Verbrechen, wegen deren die Auslieferung stattfinden soll, genau bezeichnet; in einigen (Baiern und Oesterreich) findet sich die Bemerkung beigefügt, dass die Beurtheilung der Frage, ob im einzelnen Falle ein solches Verbrechen vorliege, sich nach den Gesetzen des, die Auslieferung begehrenden Staates richte.

Folgende Verbrechen werden theils in allen, theils in einzelnen Verträgen aufgezählt:

1) Mord, in seinen verschiedenen Arten; der amerikanische Vertrag fügt auch noch den Mordversuch bei.

2) Todtschlag, nach den Verträgen mit Baden, Italien, Belgien, Baiern und Oesterreich.

*) Botschaft des Bundesrathes im Bundesbl. 1850 III. 747 ff.

3) Nothzucht nach allen Verträgen mit Ausnahme des französischen.*)

4) Blutschande nach dem baierischen Vertrage; der österreichische erwähnt neben der Nothzucht »andere Verbrechen der Unzucht.«

5) Abtreibung der Leibesfrucht und Kindesaussetzung nach den Verträgen mit Baiern und Oesterreich.

6) Schwere Körperverletzung nach den gleichen Verträgen; der baierische erwähnt noch besonders »Verstümmelung«.

7) Brandstiftung.

8) Raub, resp. Strassenraub nach den Verträgen mit Baden, Baiern, Oesterreich, Frankreich und Italien; der badische erwähnt noch den Menschenraub.

9) Seeräuberei nach dem amerikanischen Vertrage.

10) Diebstahl im Allgemeinen nach den Verträgen mit Belgien, Baiern und Oesterreich; nach den übrigen Verträgen ist die Auslieferungspflicht bloss begründet bei qualifizirtem, namentlich mit Gewalt, Einbruch oder Einsteigen verübtem Diebstahl. Der badische Vertrag erwähnt auch den Diebstahl »an Kirchen und in gefriedeten Orten, oder ab den Bleichen«.

11) Unterschlagung im Allgemeinen bloss nach dem österreichischen Vertrage; nach dem badischen hingegen nur die Veruntreuung öffentlicher Gelder, nach dem französischen, belgischen, niederländischen und italienischen nur die von öffentlichen Beamten verübte Unterschlagung. Der nordamerikanische und der baierische Vertrag stellen den Beamten auch die bezahlten Angestellten von Privaten gleich, zu deren Nachtheil die Unterschlagung geschieht; der baierische Vertrag überdiess Vormünder und Curatoren. Endlich fügen der italienische und der amerikanische Vertrag die Beschränkung bei, dass die Unterschlagung eine entehrende Strafe nach sich ziehen müsse.

*) Auf dem Wege der Praxis und des gegenseitigen Einverständnisses hat es sich indessen gemacht, dass auch zwischen Frankreich und der Schweiz die Auslieferung wegen Nothzuchtverbrechen stattfindet. Die französische Regierung stellt überhaupt der Auslieferung überall da kein Hinderniss entgegen, wo Handlungen vorliegen, die nach der französischen Gesetzgebung als »crimes« qualificirt sind. Für ein blosses »délit«, weil nicht mit entehrenden Strafen bedroht, gilt dagegen z. B. die Kinderaussetzung, sofern sie nicht den Tod oder gefährliche Körperverletzung zur Folge hat. Bundesbl. 1863 II. 97. 1864 I. 399.

12) Erpressung nach den Verträgen mit Belgien, Baiern, Oesterreich und den Niederlanden.

13) Beschädigung fremden Eigenthums, insbesondere der Eisenbahnen, nach dem österreichischen Vertrage.

14) Münzfälschung und Ausgabe falscher Münzen nach allen Verträgen mit Ausnahme des amerikanischen; Fälschung von Papiergeld, Banknoten, Staats- und öffentlichen Kreditpapieren, sowie Verbreitung falscher Papiere nach den Verträgen mit Belgien, Italien, Baiern, Oesterreich und den Niederlanden.

15) Fälschung im Allgemeinen nach den Verträgen mit Baiern, Oesterreich, Belgien, den Niederlanden, Nordamerika und Italien; letzterer fügt jedoch die Beschränkung bei: soferne dieselbe mit Leibes- oder entehrenden Strafen bedroht sei. Der Vertrag mit Frankreich erwähnt dagegen nur »Verfälschung öffentlicher Akten und Handelsschriften«; ebenso der Vertrag mit Baden »Verfälschung öffentlicher Schriften und Wechsel«.

16) Falsches Zeugniss nach den Verträgen mit Baiern, Belgien, den Niederlanden, Oesterreich und Italien; letzterer hat wieder die nämliche Beschränkung wie oben. Dagegen erwähnen der österreichische und der baierische Vertrag auch noch den Meineid.

17) Gerichtliche Verläumdung (falsche Anklage eines Verbrechens) nach den Verträgen mit Baiern und Oesterreich.

18) Betrug nach den Verträgen mit Belgien, Baiern, den Niederlanden und Oesterreich.

19) Betrügerischer Bankerott nach allen Verträgen mit Ausnahme des nordamerikanischen und badischen.

20) Bestechung öffentlicher Beamten nach dem Vertrage mit den Niederlanden.

Früher erwähnten die Verträge auch politische Verbrechen, welche zur Auslieferung verpflichteten: so der Staatsvertrag mit Frankreich von 1828 Art. V »crimes contre la sûreté de l'État«,*) der Vertrag mit Baden »Hochverrath, Aufruhr«, ein älterer Vertrag mit Oesterreich vom Jahr 1828 die nämlichen Verbrechen mit dem Beisatze, dass auch Oesterreicher, welche in der Schweiz, oder Schweizer, welche auf österreichischem Gebiete dieselben gegen ihr

*) Der Allianzvertrag von 1803 Art. XVIII sagte noch allgemeiner: »crimes d'état.«

Heimathland begangen hätten, ausgeliefert werden sollten. Diese Verträge sind seither abgeändert worden: derjenige mit Frankreich durch die oben angeführte beiderseitige Erklärung vom 30. September 1833; diejenigen mit Badén und Oesterreich durch Beschluss der Tagsatzung vom 25. Juli 1848, durch welche sie insoweit, als sie sich auf die Verfolgung politischer Verbrechen bezogen, aufgekündet wurden.*) Der Vertrag mit Oesterreich ist seither im Allgemeinen revidirt und durch den neuen Vertrag von 1855 ersetzt worden; derjenige mit Baden hingegen besteht im Uebrigen noch in Kraft. — In den neuern Auslieferungsverträgen ist nun, gleichwie in dem einschlägigen Bundesgesetze, sorgfältige Rücksicht darauf genommen worden, dass dieselben keine Anwendung finden können auf Männer, welche sich in dem Lande, das sie verlassen, eines politischen Vergehens schuldig gemacht haben. So sagt der Art. 11 des Vertrages mit Baiern:

»Die Bestimmungen der gegenwärtigen Uebereinkunft können auf Individuen keine Anwendung finden, welche einer Untersuchung oder Bestrafung wegen irgend eines politischen Verbrechens oder Vergehens in jenem Staate unterliegen, wohin die Auslieferung geschehen soll. Die Auslieferung kann sonach nur zur Untersuchung und Bestrafung gemeiner Verbrechen eintreten.«

Ebenso der Vertrag mit Nordamerika in Art. XVII:

»Die Bestimmungen der vorhergehenden Artikel über Auslieferung der Verbrecher sollen auf Vergehen, welche einen politischen Charakter haben, nicht anwendbar sein.«

Am klarsten endlich sprechen sich die Verträge mit Italien, Belgien, den Niederlanden und Oesterreich in folgender gleichlautender Bestimmung aus:

»Die politischen Verbrechen und Vergehen sind von der gegenwärtigen Uebereinkunft ausgenommen. Es ist ausdrücklich festgesetzt, dass ein Individuum, dessen Auslieferung gewährt worden ist, in keinem Fall wegen eines vor seiner Auslieferung begangenen politischen Vergehens, noch wegen irgend einer mit einem solchen Vergehen in Verbindung stehenden Handlung verfolgt oder bestraft werden darf.«

Die Verträge mit Belgien, den Niederlanden und Oesterreich fügen dann noch bei, dass überhaupt — auch abgesehen vom poli-

*) Offiz. Samml. III. 349.

tischen Vergehen — die Verfolgung und Bestrafung eines ausgelieferten Individuums nicht stattfinden dürfe wegen eines Verbrechens oder Vergehens, welches in der Uebereinkunft zwischen den betreffenden Staaten nicht vorgesehen sei. Auch Frankreich pflegt in der Praxis ein ausgeliefertes Individuum, welches gerichtlich eines geringern Vergehens schuldig erklärt wird, als desjenigen, welches seine Auslieferung bewirkte und nach dem Vertrage bewirken musste, dem ausliefernden Staate wieder zur Verfügung zu stellen. Natürlich kann dann im Specialfalle die ausliefernde Regierung derjenigen, an welche die Auslieferung geschehen ist, die Bestrafung des Ausgelieferten wegen eines derartigen geringern Vergehens gestatten. Der Vertrag mit Baden aber enthält mit Bezug auf Vergehen, welche nicht schwer genug sind um die Auslieferungspflicht zu begründen, in Art. 8 folgende eigenthümliche Bestimmung: »Würde je von einem der contrahirenden Staaten gegen den andern ein Verbrecher verfolgt, dessen Verbrechen keine Auslieferung verbindlich nach sich ziehen würde, so verpflichtet sich der Staat, in dessen Gebiet der Verbrecher betreten wird, entweder denselben aus seinem Gebiet wegzuweisen, oder er übernimmt die Bestrafung desselben nach seinen eigenen Gesetzen, insofern nämlich ihm die nöthigen Beweise der Klage an die Hand gegeben und vollständige Entschädniss der Prozesskosten geleistet werden.« Wir zweifeln daran, ob diese Bestimmung jemals zur Ausführung gekommen ist.*)

Die Auslieferungspflicht fällt nach den Verträgen mit Italien, Belgien, Baiern, den Niederlanden und Oesterreich weg, »wenn seit der Begehung der zur Last gelegten That, seit dem Untersuchungsverfahren oder seit der Verurtheilung eine Verjährung der Anklage oder der Strafe nach den Gesetzen desjenigen Landes eingetreten ist, in welches sich der Beschuldigte oder Verurtheilte geflüchtet hat.« Die ältern Verträge mit Baden und Frankreich enthalten keine derartige Bestimmung, und da die Verjährung eben eine, sich keineswegs von selbst verstehende Ausnahme von der,

*) Der Allianzvertrag mit Frankreich von 1803 enthielt eine ähnliche, jedoch weniger weit gehende Bestimmung, welche 1828 gestrichen worden ist: »Dans le cas de délits moins graves, mais qui peuvent emporter peine afflictive, chacun des deux États s'engage, indépendamment des restitutions à opérer, à punir lui-même le délinquant: et la sentence sera communiquée à la Légation Française en Suisse, si c'est un citoyen français, et respectivement au Chargé d'affaires de la Suisse à Paris, si la punition pesait sur un citoyen suisse.«

als allgemeine Regel hingestellten Auslieferungspflicht enthält, so sind wir der Ansicht, dass sich die Schweiz gegenüber diesen Ländern, sowie letztere ihr gegenüber nicht auf die Verjährung berufen dürfen. Die Gesetze des requirirten Staates können hier um so weniger als unbedingt massgebend betrachtet werden als es sich ja immer um ein Verbrechen handelt, welches ausser dem Gebiete desselben begangen wurde.*) Dagegen mag allerdings der oben (S. 281) angeführten Stelle des amerikanischen Vertrages die Auslegung gegeben werden, dass der requirirte Staat die Auslieferung verweigern kann, wenn nach seinen Gesetzen das Verbrechen oder die Strafe verjährt ist.

Nach dem Vertrage mit den Niederlanden findet die Auslieferung fernerhin in folgenden zwei Fällen nicht statt: a) wenn das zurückgeforderte Individuum für das Verbrechen, wegen dessen die Auslieferung verlangt wird, bereits bestraft worden oder im Erstehen der Strafe begriffen ist; b) wenn es wegen des nämlichen Verbrechens in dem requirirten Staate freigesprochen worden ist. Für den erstern Fall kann wohl die Nichtauslieferung als selbstverständlich betrachtet werden, weil ja der Zweck der Staatsverträge, dass das Verbrechen nicht ungesühnt bleibe, hier bereits erreicht ist. In Bezug auf beide Fälle aber ist zu bemerken, dass überhaupt der requirirte Staat sich selten veranlasst finden wird, Verbrechen, welche durch Fremde in einem fremden Staate verübt worden sind, gerichtlich zu verfolgen.

Verschoben wird die Auslieferung — nach den Verträgen mit Italien, Belgien, Baiern, den Niederlanden und Oesterreich —, wenn das Individuum, gegen welches dieselbe verlangt wird, wegen eines andern, in dem requirirten Staate begangenen Verbrechens oder Vergehens in Untersuchung gezogen oder verurtheilt worden ist. In diesem Falle findet die Auslieferung erst statt, nachdem das strafrechtliche Verfahren durchgeführt, beziehungsweise die zuerkannte Strafe abgebüsst ist. Hier sind wir geneigt mit Kaiser anzunehmen, dass das nämliche Recht auch gegenüber denjenigen Staaten gelten muss, deren Verträge darüber keine Bestimmung enthalten; denn die Priorität des eingeleiteten Verfahrens müsste auch unter Gerichten des nämlichen Staates anerkannt werden. — Der Vertrag mit den Niederlanden geht aber

*) Anderer Meinung ist Kaiser, Staatsrecht III. 287.

noch weiter, indem er festsetzt, dass auch bei blossem Schuldenverhafte des requirirten Individuums die Auslieferung so lange verschoben werde, bis dasselbe wieder in Freiheit gesetzt ist.

Was das bei Auslieferungen zu beobachtende Verfahren betrifft, so darf es als feststehende Regel bezeichnet werden, dass das Auslieferungsbegehren von einer Staatsregierung an die andere gestellt werden muss und daher für die schweizerischen Kantone die Vermittlung des Bundesrathes unerlässlich ist. Die Verträge mit Italien, Baiern, den Niederlanden und Oesterreich schreiben ausdrücklich vor, es sei dasselbe auf diplomatischem Wege zu stellen; der Vertrag mit Nordamerika lässt zwar in Art. XIII zu, dass die Requisition auch durch Vermittlung der Konsularagenten geschehen könne, in Art. XV aber sagt er: »Die Auslieferung kann auf Seiten der Vereinigten Staaten nur durch einen Befehl der Vollziehungsgewalt, und auf Seiten der Eidgenossenschaft nur durch einen Befehl des Bundesrathes bewirkt werden.« Da indessen der diplomatische Weg immer etwas langsam ist, während bei den gegenwärtigen Verkehrsmitteln die grösste Eile bei der Verfolgung eines flüchtigen Verbrechens als geboten erscheint, so ist es gebräuchlich, dass zuerst zwischen den gerichtlichen und polizeilichen Ortsbehörden auf schriftlichem oder telegraphischem Wege korrespondirt wird, um wenigstens die vorläufige Verhaftnahme des Verfolgten zu bewirken. Der belgische Vertrag, welcher, wie wir gesehen haben, die Auslieferung erst bei erfolgter Versetzung in Anklagezustand Platz greifen lässt, gestattet gleichwohl eine vorläufige Verhaftung schon gegen Vorweisung eines, von kompetenter Stelle und nach den gesetzlichen Formen erlassenen Verhaftbefehles. Ist die Auslieferung von Seite der requirirten Staatsregierung einmal gewährt, so soll nach dem badischen Vertrage den Personen, welche von dem requirirenden Staate mit Vollmachten abgeschickt sind, um den Verfolgten abzuholen, sowohl zur Verwahrung als zum Transport hilfreiche Hand geboten werden.

Wie nach dem Bundesgesetze, so sind auch nach den Auslieferungsverträgen mit dem Angeschuldigten zugleich die Objekte und Wahrzeichen des Verbrechens auszuliefern. Die Verträge mit Baiern und Oesterreich drücken sich darüber folgendermassen aus:

»Gleichzeitig mit der Auslieferung sollen auch alle bei dem Verfolgten vorgefundenen Gegenstände übergeben werden, und es hat sich diese Uebergabe nicht bloss auf die entwendeten Sachen, sondern auch auf alle jene Gegenstände zu erstrecken, welche zum Beweise des Verbrechens dienen können. Vorbehalten bleiben die Rechte dritter, an dem Verbrechen unbetheiligter Personen auf die bezeichneten Gegenstände, sowie die kostenfreie Zurückstellung der letztern nach gemachtem Gebrauche.«

Ebenso sagt der Vertrag mit Belgien:

»Die auf dem Verfolgten gefundenen Gegenstände, in deren Besitz sich derselbe durch ein Verbrechen gesetzt hat, die Instrumente und Werkzeuge, deren er sich bedient hat, um das Verbrechen zu verüben, sowie andere Gegenstände, welche als Beweis des verübten Verbrechens dienen können, werden dem requirirenden Staate zugestellt, sobald die zuständige Behörde des hiefür angegangenen Staates die Rückerstattung derselben wird beschlossen haben.«

In gleichem Sinne spricht sich auch der Vertrag mit Italien aus. Dagegen stellen sich die ältern Verträge mit Baden und Frankreich auf einen wesentlich verschiedenen Standpunkt, indem sie einerseits nur von gestohlenen Sachen reden, anderseits aber deren Auslieferung vorschreiben ohne Rücksicht darauf, ob sich solche gerade bei dem Verfolgten oder sonst auf dem Gebiete des requirirten Staates vorfinden. Der Vertrag mit Frankreich sagt ganz kurz:

»Les choses volées dans l'un des deux pays, et déposées dans l'autre seront fidèlement restituées.«

Der Vertrag mit Baden hingegen drückt sich etwas weitläufiger folgendermassen aus:

»Gegenstände und Sachen, die in einem Staate gestohlen, in den andern geschleppt und dort, bei wem es sei, in Natur wieder gefunden sind, sollen getreulich angezeigt und, unbeschwert von Prozess- und Ersatzkosten, dem Eigenthümer zurückgestellt werden. Dem durch diese Rückgabe Beschädigten bleibt, nach den Civil-Gesetzen, der Regress auf seinen Verkäufer offen, und dieser soll von beidseitigen Obrigkeiten unterstützt werden. — Sollten aber die gestohlenen Waaren oder Effekten nicht mehr vorgefunden werden, so bleibt dem Beschädigten die Ersatzklage gegen den Beschädigenden offen, und diese werden auch die beidseitigen Obrigkeiten beschützen.«

Was endlich die Kosten der Verhaftung, der Gefangenhaltung, sowie des Transportes von Personen und Sachen betrifft, so sind es bloss die Verträge mit Baden und Nordamerika, welche dieselben ausschliesslich dem, die Auslieferung verlangenden Staate auferlegen. Nach den andern Verträgen werden solche Kosten von dem requirirten Staate bis an die Gränze seines Gebietes getragen; dagegen fällt der Transport durch das Gebiet der dazwischen liegenden Staaten dem requirirenden Staate zur Last. Letztere Bestimmung findet sich natürlich nur in Verträgen mit Staaten, welche nicht an die Schweiz gränzen, wie namentlich Belgien und die Niederlande. Selbstverständlich ist, dass der requirirende Staat die auf seinem eigenen Gebiete erwachsenden Kosten zu tragen hat.

Die Uebereinkunft mit Würtemberg vom 1. Februar 1826, welche, ohne die Auslieferungspflicht zu begründen, lediglich die Kostenvergütung beschlägt, schreibt in Art. 1 Folgendes vor: »In denjenigen strafrechtlichen Fällen, wo eine Auslieferung auf specielles Ansuchen des einen contrahirenden Theiles von dem andern zugestanden und bewilligt wird, soll die requirirende Stelle der requirirten lediglich die baaren Auslagen für Botenlohn und Postgelder, für Verpflegungsgebühren, Transport und Bewachung der Gefangenen zu berechnen und zu erstatten haben; wogegen alle andern Kosten für Protokollirung, Schreib- und Abschriftsgebühren, sowie für die an die Gerichtspersonen und an die Kasse des Staates oder der Gerichtsstellen sonst zu entrichtenden Sporteln nicht aufgerechnet werden dürfen.« Beigefügt ist ein Tarif für den Unterhalt und Transport der Gefangenen, wie ein solcher auch im badischen Auslieferungsvertrage sich vorfindet.*)

§ 3. Einvernahme und Stellung von Zeugen.

Sämmtliche, im vorigen Abschnitte erwähnten Auslieferungsverträge, mit Ausnahme des belgischen und des nordamerikanischen, enthalten auch Bestimmungen über das Verfahren, welches in dem Falle zu beobachten ist, wenn bei einer strafrechtlichen Untersuchung, welche in einem Staate geführt wird, die Einvernahme eines, in dem andern Staate sich aufhaltenden Zeugen erforderlich ist. Es gelten hierüber die folgenden Grundsätze:

1) Als Regel wird allenthalben angenommen, dass der Zeuge an seinem Wohnorte verhört werden soll. Die requirirende gerichtliche Behörde pflegt unmittelbar an die requirirte ein Ersuch-

*) Offiz. Samml. II. 134 ff. Snell I. 493 ff. Kaiser, Samml. IV. 508 ff.

schreiben zu richten; nur in dem niederländischen Vertrage ist vorgeschrieben, dass diess auf diplomatischem Wege geschehen soll. Die requirirte Behörde ist sodann verpflichtet, die Einvernahme unentgeldlich*) vorzunehmen und der requirirenden Behörde das Verhörprotokoll zu übersenden. Diese Verpflichtung fällt natürlich weg, wenn es sich um die Einvernahme von Personen handelt, welche nach den Gesetzen ihres Landes die Ablegung eines Zeugnisses verweigern können und von diesem Rechte Gebrauch machen. Der baierische und der österreichische Vertrag gestatten ferner eine Ablehnung der gestellten Requisition, wenn die Untersuchung gegen einen Angehörigen der requirirten Regierung gerichtet und entweder der Angeschuldigte noch nicht verhaftet oder aber das ihm zur Last gelegte Vergehen nach den Gesetzen seiner Heimath straflos ist. Der Vertrag mit Italien ist durch gegenseitige Erklärungen aus den Jahren 1855 und 1860 dahin interpretirt worden, dass die Verpflichtung, eingehende Ersuchschreiben unentgeldlich zu erledigen, sich auf alle strafrechtlichen Untersuchungen bezieht, auch wenn es sich nicht gerade um Verbrechen handelt, bei denen die Auslieferungspflicht begründet wäre.**) In diesem Sinne sind ohne Zweifel auch die übrigen Verträge aufzufassen.

2) In ausserordentlichen Fällen kann auch die persönliche Stellung des Zeugen vor der, die Untersuchung führenden Behörde verlangt werden; hier schreiben aber auch der baierische und österreichische Vertrag vor, dass es auf diplomatischem Wege geschehen muss. Nach den meisten Verträgen findet die persönliche Stellung nur dann statt, wenn es sich um Herstellung der Identität von Personen und Sachen handelt. Die Verträge mit Frankreich und den Niederlanden machen hiervon eine Ausnahme, indem sie es der requirirenden Behörde anheim stellen, ob sie das persönliche Erscheinen des Zeugen für nothwendig oder wünschenswerth erachte; indessen beschränkt der französische Vertrag die Verpflichtung der Zeugenstellung ausdrücklich auf die Verbrechen, bei welchen die Auslieferung stattzufinden hat, der niederländische aber verpflichtet die requirirte Regierung bloss, dem Zeugen die Aufforderung zur

*) Nach der Uebereinkunft mit Würtemberg (siehe oben) darf auch bei Zeugeneinvernahmen bloss Ersatz der Baarauslagen »für Botenlohn und Postgelder« verlangt werden.

*) Amtl. Samml. V. 128. VI. 480. Kaiser, Samml. IV. 473—478. Der Kanton Bern ist dieser Uebereinkunft nicht beigetreten.

Reise nach dem requirirenden Lande zugehen zu lassen, und lässt es sodann auf die »Zustimmung« des Zeugen ankommen, ob er dieser Aufforderung Folge geben will. Wenn — nach der einen oder andern Vertragsbestimmung — der Zeuge nach dem requirirenden Lande verreist, so hat ihn seine heimathliche Regierung mit den erforderlichen Pässen zu versehen; die requirirende Regierung aber hat ihn für Reise- und Aufenthaltskosten zu entschädigen und auf den Wunsch des Zeugen kann sie bereits vor seiner Abreise zu Entrichtung eines Vorschusses angehalten werden. Als Massstab für die zu bezahlenden Entschädigungen werden nach dem baierischen und österreichischen Vertrage jene Normen angenommen, welche hiefür bei der requirirten Behörde gelten. Mit Italien ist durch eine besondere Uebereinkunft vom 4. August 1843 ein Tarif für die Zeugenentschädigung aufgestellt.*)

Wenn die Stellung eines Zeugen vor die Behörde des requirirenden Staates durch seine heimathliche Regierung bewilligt worden ist, oder wenn er sich freiwillig gestellt hat, so darf derselbe weder an dem Orte, wo er einvernommen wird, noch auf seiner Hin- und Rückreise festgenommen, noch sonst in seinen Rechten beeinträchtigt werden, es sei denn, dass er als Mitschuldiger erkannt würde. In diesem Falle aber ist der Zeuge seiner heimathlichen Regierung auszuliefern, um vor den Richter seines Wohnortes gestellt zu werden. Durch diese Bestimmung wollte man offenbar eine Umgehung des Grundsatzes verhüten, dass die heimathliche Regierung eines Angeschuldigten zur Auslieferung desselben an die, das Verbrechen verfolgende Regierung nicht angehalten werden kann. Die Verträge mit Baiern und Oesterreich stellen dem Falle, wo ein Zeuge als Mitschuldiger erkannt wird, völlig gleich den andern Fall, dass er während seines unfreiwilligen Aufenthaltes im fremden Lande ein Verbrechen begeht und auf frischer That ergriffen wird. — Was die Kosten des Rücktransportes betrifft, so fallen dieselben nach den Verträgen mit Baden und Frankreich gänzlich auf denjenigen Staat, welcher den schuldig befundenen Zeugen einberufen hat. Nach den Verträgen mit Baiern, Oesterreich und Italien aber hat jeder Staat die Transportkosten auf seinem Gebiete zu zahlen.

*) Offiz. Samml. III. 272—285. Kaiser, Samml. IV. 470—473. Dieser Uebereinkunft sind nicht beigetreten die Kantone Zürich, Basel-Stadt, Appenzell A. Rh. und Neuenburg.

Siebentes Kapitel.

Eisenbahnwesen.

Da die Eisenbahnen in der Schweiz nur in sehr beschränkter Weise zur Bundessache gemacht worden sind, so begreift es sich leicht, dass nur wenige darauf bezügliche Vertragsbestimmungen mit auswärtigen Staaten hier zu erwähnen sind. Die beiden Nachbarstaaten Italien und Baden sind bis jetzt die einzigen, mit denen wir mit Rücksicht auf das Eisenbahnwesen in Vertragsverhältnissen stehen.

Das Königreich Sardinien hatte schon unterm 16. Januar 1847 mit den Kantonen St. Gallen, Graubünden und Tessin einen Vertrag abgeschlossen, welcher die gemeinsame Anstrebung einer Eisenbahnlinie über den Lukmanier zur Verbindung des Langensee's mit dem Bodensee zum Zwecke hatte. Sardinien benutzte dann den Abschluss eines Handelsvertrages mit der Schweiz im Jahr 1851, um im nämlichen Sinne den Art. 8 einzuschieben, welcher folgende wesentliche Bestimmungen enthält:

a. Die eidgenössische Regierung verpflichtet sich, »so viel als möglich zur Errichtung einer Eisenbahn beizutragen, welche unmittelbar von der sardinischen Gränze oder von dem geeignetsten Punkte des Langensee's ausgehend, die Richtung nach Deutschland verfolgend, dort mit den Eisenbahnen des Zollvereins in Verbindung gesetzt würde.«

b. Sollte eine Gesellschaft sich dieses Unternehmen zur Aufgabe machen, so soll die eidgenössische Regierung ihr alle möglichen Erleichterungen gewähren, sei es für die Vorstudien, sei es für die Ausführung der Arbeiten, namentlich durch Anwendung des Expropriationsrechtes. Die Statuten der Gesellschaft sind von der eidgenössischen und der sardinischen Regierung zu genehmigen.

c. Die sardinische Regierung ihrerseits verpflichtet sich, eine Eisenbahn in ihren Staaten zu errichten, welche entweder unmittelbar oder vermittelst der Dampfschifffahrt auf dem Langensee eine Verbindung mit der Schweiz auf demjenigen Punkte herstellt, welcher für die gegenseitigen Interessen als der günstigste anerkannt werden wird.

d. Beide Regierungen verpflichten sich, beim Betriebe ihrer Eisenbahnen den Bürgern des andern Theiles die nämlichen Vortheile einzuräumen wie den eigenen Angehörigen.

Dem gegenwärtigen Stande der Eisenbahnfragen entspricht wohl nicht bloss der letzte Satz, sondern der ganze Art. 8 des Handelsvertrages nicht mehr. Der erste Satz ist niemals dahin verstanden worden, dass die Eidgenossenschaft selbst verpflichtet sei, eine Eisenbahn vom Langensee in der Richtung nach Deutschland zu bauen: Concessionen aber für den Bau einer Lukmanierlinie sind bis jetzt mehrere ertheilt worden, ohne dass jemals von einer Gesellschaft das Unternehmen ernstlich in Angriff genommen worden wäre. Gegenwärtig wäre zu wünschen, dass die beiden Staaten eine bestimmtere Einigung treffen könnten über die Aufbringung der zu einer Ueberschienung der Alpen erforderlichen Geldmittel, wie über die dabei zu verfolgende Richtung. Denn die Förderung der Gotthardlinie, wenn sie auch den Absichten der italienischen Regierung kaum entsprechen würde, ist durch den Wortlaut des Vertrages für die Schweiz nicht ausgeschlossen; umgekehrt aber ist auch die italienische Regierung, nachdem sie der Verpflichtung, an den Langensee zu bauen, längst nachgekommen, durch den Wortlaut des Vertrages nicht gehindert, bei nunmehrigen veränderten Verhältnissen eine östlicher gelegene, z. B. die Septimerlinie zu befördern.

Kann die Erstellung einer Alpenbahn, welche Italien in unmittelbare Verbindung mit der Schweiz und mit Deutschland setzen soll, unbedenklich als eine Frage von europäischer Bedeutung bezeichnet werden, so hatte dagegen die Weiterführung der grossherzoglich-badischen Eisenbahn über das Gebiet der Kantone Basel-Stadt und Schaffhausen nach Waldshut und Konstanz im Allgemeinen mehr nur eine lokale Wichtigkeit. Immerhin war es eine Frage von nicht geringer grundsätzlicher Tragweite, ob und unter welchen Bedingungen einer auswärtigen Staatsregierung der Bau und Betrieb eines Schienenweges auf Schweizergebiet zu gestatten sei. Wenn es für die Schweiz grosse Bedenken hatte, einen Theil ihres Gebietes in gewissem Sinne an Baden preiszugeben, so musste doch bei ihr die Betrachtung überwiegen, dass eine Berührung der Gränzstädte Basel und Schaffhausen durch die badische Eisenbahn mehr in ihrem Interesse liege als deren Umgehung, welche für Baden leicht möglich gewesen wäre. So kam unterm 27. Juli 1852 ein

Staatsvertrag zwischen der Eidgenossenschaft und dem Grossherzogthume zu Stande,*) welcher folgende wesentliche Bestimmungen enthält:

1) Die Eidgenossenschaft, unter ausdrücklicher Wahrung ihrer Hoheitsrechte, sowie derjenigen der Kantone Basel-Stadt und Schaffhausen, überlässt dem Grossherzogthum Baden den Bau und Betrieb einer Eisenbahn durch diese Kantone, als eines Bestandtheiles der von Mannheim an den Bodensee führenden Hauptbahn. (Da diese Bahn nun vollständig erstellt ist, so haben die im Vertrage aufgestellten Termine keine praktische Bedeutung mehr.)

2) Ueber die Zugsrichtung, die Lage der Bahnhöfe, über die gesammte Anlage und Beschaffenheit der Bahn, sowie über die etwaigen Leistungen der zwei betheiligten Kantone hat sich die badische Regierung mit den beiden Kantonsregierungen, unter Vorbehalt der Genehmigung des Bundesrathes, zu verständigen. Die Bestimmung der Spurweite wird der badischen Regierung überlassen.

3) Nach vollendetem Bau wird die badische Regierung eine detaillirte, rechnungsgemässe Nachweisung über die innerhalb des schweizerischen Gebietes, sowie auf die anstossenden Bahnstrecken badischen Gebietes verwendeten Baukosten nebst einem vollständigen, das vermerkte Bahneigenthum nachweisenden Plane dem Bundesrathe zur Anerkennung mittheilen.

4) Das Bundesgesetz betreffend die Verbindlichkeit zur Abtretung von Privatrechten soll auf die badische Eisenbahn Anwendung finden. Zugleich hat die badische Bahnverwaltung Anspruch auf unverweilten gesetzlichen Schutz der schweizerischen Behörden gegen jede Verletzung der Bahn und ihrer Zugehörden, sowie gegen jede Störung des Betriebs oder Beeinträchtigung des hiezu aufgestellten Personals.

5) Die grossherzogliche Regierung macht sich verbindlich, auf den Bahnstrecken schweizerischen Gebietes den Betrieb ununterbrochen wie auf den zunächst gelegenen Strecken badischen Gebiets auf ihre Kosten ausüben zu lassen.

6) Die Eidgenossenschaft verzichtet auf den Bezug von Transitgebühren oder sonstigen Auflagen von Personen und Gütern, die auf der Eisenbahn aus dem Grossherzogthum Baden durch die

*) Amtl. Samml. III. 389—392, 438—456. Kaiser, Samml. III. 196—211.

Schweiz nach Baden befördert werden. Die badische Regierung verspricht Gegenrecht zu halten, »soweit ihre Stellung zu einem Zollverbande, jedoch ohne Uebernahme einer Entschädigungspflicht, solches zulässt.«*)

7) Gegenstände, welche auf der badischen Eisenbahn in die Schweiz eingehen oder aus der Schweiz auf badische Bahnhöfe gebracht werden, unterliegen auf schweizerischem Gebiete keinen höhern Gebühren, als Gegenstände, welche auf irgend einer andern Eisenbahn oder Strasse in der Schweiz aus- und eingehen.

8) Die badische Bahnverwaltung verpflichtet sich, auf Schweizergebiet keine Waaren aufzunehmen oder abzuladen, ohne dass die zollamtliche Abfertigung schweizerischer Seits stattfinden könne; wogegen die Schweiz bei den Bahnhöfen von Basel, Waldshut und Schaffhausen Hauptzollstätten und auf einigen Haltstellen Nebenzollstätten errichten wird. Auf den genannten Bahnhöfen soll der eidgenössischen Zollverwaltung ein passendes Lokal unentgeldlich zur Verfügung gestellt werden.**)

9) Der grossherzoglichen Regierung ist der Transit der Postgegenstände durch die Eisenbahn über schweizerisches Gebiet von einem badischen Postbureau zum andern unentgeldlich gestattet. Auch hat sie der schweizerischen Postverwaltung für den Personentransport keine Entschädigung zu bezahlen. Dagegen ist die badische Bahnverwaltung verpflichtet, ein schweizerisches Brieffelleisen von Basel nach Waldshut, von Waldshut nach Schaffhausen und umgekehrt unentgeldlich zu transportiren. Im Uebrigen behält sich die Eidgenossenschaft alle auf das Postregal bezüglichen Rechte im Bereiche ihres Gebietes vor. In den Bahnhöfen von Basel und Schaffhausen sind der schweizerischen Postverwaltung angemessene Lokalitäten unentgeldlich anzuweisen.

10) Für alle innerhalb des schweizerischen Gebietes auf der Bahn und ihren Zugehörden vorkommenden, sowie für die, die

*) Der Bundesrath hat, in seiner sachbezüglichen Botschaft, diesen Artikel folgendermassen interpretirt: »Nach dem Artikel, wie er vorliegt, kann Baden von sich aus keinen Transitzoll erheben; dagegen übernimmt Baden keine Entschädigungspflicht, falls durch Anordnung eines zu bildenden Zollverbandes auf dieser Strecke ein Transitzoll erhoben werden sollte.« Bundesbl. 1852 III. 92.

**) Wir haben oben (S. 239) die Specialverträge erwähnt, welche später über die Benutzung der Bahnhöfe in Basel, Waldshut, Schaffhausen, Thäyngen und Erzingen durch die beiderseitigen Zollverwaltungen abgeschlossen worden sind.

Sicherheit des Betriebes auf derselben gefährdenden Vergehen und Verbrechen gelten die Gesetze und Verordnungen des betreffenden Kantons und sind die schweizerischen Behörden zuständig. Ebenso sollen die sicherheitspolizeilichen Vorkehrungen der Kantone auf der Bahn innerhalb des schweizerischen Gebietes überall Anwendung finden. Dabei sollen die dienstlichen Anzeigen der Bahnangestellten die gleiche Glaubwürdigkeit haben wie diejenigen der schweizerischen Polizeiangestellten. Jedoch steht den schweizerischen Beamten und Angestellten in Ausübung ihres Dienstes der Eintritt in die Stationsgebäude und Bahnwartshäuser jederzeit offen.

11) Die Fahrpreise, sowie die Lagergebühren sollen auf den durch schweizerisches Gebiet führenden Bahnstrecken nicht höher gestellt werden als überhaupt auf der ganzen Bahnlinie Basel-Konstanz, gleichviel wo die Personen und Waaren auf der badischen Bahn ein- oder ausgehen. Die badische Bahnverwaltung wird für den Transport von Gütern aus und nach schweizerischen Bahnhöfen Niemanden einen Vorzug einräumen, der nicht unter denselben Umständen jedem Andern eingeräumt würde, so lange die gleiche Bestimmung auch für alle übrigen in Basel, Waldshut und Schaffhausen ausmündenden Bahnen schweizerischer Seits beobachtet wird.

12) Die Eisenbahn von Haltingen nach dem Bodensee kann zum Transport von deutschem Militär über schweizerisches und von eidgenössischen Truppen über badisches Gebiet benutzt werden unter folgenden Bedingungen: a. Die betreffende Kreis- oder Kantonsregierung muss in der Regel 24 Stunden, in dringenden Fällen aber, wo thunlich, mindestens 6 Stunden vorher davon in Kenntniss gesetzt werden. b. Die Bahnzüge, welche Truppen befördern, haben ohne Anhalten durch das fremde Gebiet durchzugehen und es sollen mit einem Zuge nicht mehr als 1000 Mann oder eine Batterie Artillerie mit Bedeckung von einer Kompagnie oder Schwadron befördert werden. c. Die Truppen haben das fremde Gebiet mit ungeladenem Gewehr, abgelegter Munition, ohne aufgepflanztes Bajonnett, fliegende Fahnen und klingendes Spiel zu passiren. d. Einzelne Militärs und Abtheilungen von nicht mehr als 30 Mann können mit jedem Zug, ohne weitere Anzeige, befördert werden. e. Schweizerische Truppen sollen keine höhern Taxen entrichten als deutsche Bundestruppen. f. Der Transport von Truppen kann von der

schweizerischen in gleicher Weise wie von der grossherzoglichen Regierung untersagt werden, wenn dadurch die Neutralität der Schweiz oder Badens gefährdet würde.

13) Der Bundesrath und die beiden Kantonsregierungen haben das Recht, den Aus- und Eingang der auf Schweizergebiet gelegenen Bahnhöfe und Haltstellen für das Publikum abzuschliessen, falls diess aus sicherheits- oder gesundheitspolizeilichen Rücksichten im öffentlichen Interesse als geboten erscheint, ohne hiefür Entschädigung leisten zu müssen. Unter derselben Voraussetzung ist auch die grossherzogliche Regierung befugt, ihre Bahnhöfe und Haltstellen auf Schweizergebiet nach Aussen abzusperren und sich auf die unmittelbare Durchfuhr durch schweizerisches Gebiet zu beschränken.

14) Der schweizerischen Bundesregierung, sowie den beiden Kantonsregierungen bleibt das Recht des Rückkaufes der auf ihrem Gebiete befindlichen Bahnstrecken nach Ablauf eines 25jährigen Betriebes und nach vorausgegangener 5jähriger Kündigung vorbehalten. Der rückkaufende Theil hat der grossherzoglichen Regierung sämmtliche auf jene Bahnstrecken verwendeten Anlagekosten, nach alleinigem Abzuge des Minderwerthes der einer Abnutzung oder Fäulniss unterworfenen Theile zu ersetzen, und zwar in 5 auf einander folgenden Jahresraten, deren erste ein Jahr nach erfolgter Kündigung zu entrichten ist. Die Entschädigung für die an baslerisches Gebiet anstossenden badischen Bahnstrecken von Haltingen bis in die Nähe von Rheinfelden wird in gleicher Weise zurückvergütet werden, unter Abzug jedoch des dannzumaligen Veräusserungserlöses des der grossherzoglichen Regierung verbleibenden Bahngebietes und Baumaterials.

15) Die badische Regierung verpflichtet sich, ihre Telegraphenverbindung auch auf jene Theile der Bahn auszudehnen, welche auf schweizerischem Gebiete liegen. Für den eigenen innern Dienstverkehr der badischen Regierung können in den Bahnhöfen Telegraphenbureaux errichtet werden.

16) Für Anlage und Betrieb der Eisenbahn auf schweizerischem Boden und alles darauf Bezug habende ist die Eisenbahnverwaltung den schweizerischen, sowohl richterlichen als sonstigen Behörden unterworfen. Zu diesem Behufe wird sie ihr Domicil in dem Bahnhofe zu Basel, beziehungsweise Schaffhausen nehmen.

17) Ueber etwaige Streitigkeiten, welche zwischen den contrahirenden Theilen über die Auslegung oder Anwendung des Vertrages entstehen, entscheidet ein Schiedsgericht, zu welchem beiderseits je zwei Schiedsrichter berufen werden, die zusammen einen Obmann wählen.

Nach dem Abschlusse dieses Eisenbahnvertrages wurde die Fortsetzung der badischen Linie sofort in Angriff genommen und der Betrieb bis nach Basel im Februar 1855, nach Waldshut im August 1859 eröffnet. Dagegen konnte sich die badische Regierung mit dem Kanton Schaffhausen lange nicht einigen über die auf dessen Gebiete einzuschlagende Zugsrichtung, sowie über das Mass der Entschädigung für anstossende badische Bahnstrecken im Falle des Rückkaufes, welch' letztere Frage durch den Staatsvertrag von 1852 ebenfalls offen gelassen worden war. Dem Bundesrathe, welcher sich ins Mittel legen musste, gelang es endlich, bei der grossherzoglichen Regierung die für die schweizerischen Interessen günstige Klettgaulinie auszuwirken gegen die von Seite der Schweiz gemachte Concession, dass der Rückkaufstermin für die Eisenbahn auf dem Gebiete des Kantons Schaffhausen auf 50 Jahre verlängert wurde. Demnach kam am 30. December 1858 folgender nachträgliche Vertrag*) zu Stande, welcher die Genehmigung sowohl von Seite des Grossherzogs von Baden als auch der schweizerischen Bundesversammlung erhielt:

1) Die Zugsrichtung der Bahn über das Gebiet des Kantons Schaffhausen wird in der Art bestimmt, dass die Bahn bei Trasadingen die schweizerische Gränze überschreiten, von da durch den Klettgau nach Schaffhausen, von hier aus durch das Thäynger Thal führen und bei Thäyngen das schweizerische Gebiet verlassen wird.

2) Die Regierung des Kantons Schaffhausen verpflichtet sich: a. die Expropriation des für Bahn und Zugehörde nöthigen Terrains auf eigene Kosten zu übernehmen, wobei indessen die grossherzogliche Regierung ihr jeweilen rechtzeitig die für Bezahlung der Entschädigungen nöthigen Summen entrichten wird; b. denjenigen Boden, welcher Kantons- oder Gemeindseigenthum ist, unentgeldlich abzutreten; c. eine allfällige Entschädigung, welche der Nordostbahngesellschaft zu bezahlen wäre, auf sich zu nehmen; d. das für den Bahnhof in Schaffhausen benöthigte Wasser unentgeldlich

*) Amtl. Samml. VI. 204—210.

anzuweisen; c. die Herstellung, Unterhaltung und Beleuchtung bequemer Zufahrtstrassen zu dem genannten Bahnhofe und zu den übrigen auf Schaffhauser Gebiet befindlichen Haltstellen auf ihre Kosten zu besorgen.

3) Die badische Regierung hat weder vom Erwerb der Liegenschaften noch vom Bahnbetriebe irgend eine Steuer, Abgabe oder Leistung an den Kanton oder an Gemeinden zu entrichten. Auch die Angestellten der Bahnverwaltung, welche badische Staatsangehörige sind, bleiben von allen direkten Steuern befreit.

4) Die schweizerische Bundesregierung, sowie die Regierung des Kantons Schaffhausen werden von dem ihnen nach dem Hauptvertrage vom 27. Juli 1852 zustehenden Rechte des Rückkaufes nicht vor Ablauf eines 50jährigen Betriebes Gebrauch machen und eintretenden Falls den Rückkauf auf die ganze, auf Schaffhauser Gebiet gelegene Bahnstrecke sammt Zugehörden ausdehnen. Wenn für die Zeit nach dem Rückkaufe über den ferneren zusammenhängenden Betrieb der beiderseitigen Bahnstrecken eine Verständigung nicht erzielt werden könnte, so hat der Rückkäufer dem Grossherzogthum Baden überdiess für die zwischen Oberlauchringen und Singen auf badischem Gebiete gelegenen Bahnstrecken eine Entschädigung zu bezahlen, welche nach der Vorschrift des Hauptvertrages zu berechnen ist, jedoch die Summe von $1\frac{1}{2}$ Mill. Franken in keinem Falle überschreiten darf. Demnach soll die, dem Bundesrathe zu übergebende detaillirte Nachweisung auch die, auf die genannten badischen Bahnstrecken verwendeten Baukosten enthalten.

Achtes Kapitel.

Post- und Telegraphenwesen.

§ 1. Postwesen.

Wie die Centralisation des Zollwesens in der Schweiz den Abschluss günstiger Handels- und Zollverträge mit andern Staaten ermöglichte, so hat die Centralisation der Posten im Innern der Eidgenossenschaft einen noch viel günstigern Einfluss auf unsere postalischen Beziehungen zum Auslande ausgeübt. Nur einer einheitlichen schweizerischen Postverwaltung konnte es gelingen, auch im Verkehre mit andern Staaten dasjenige nationalökonomisch richtige System allmählig zur Geltung zu bringen, welches, gegenüber früherer fiskalischer Ausbeutung, zuerst England den übrigen europäischen Ländern vor Augen geführt hat.

An die Stelle früherer kantonaler Postverträge trat bereits unterm 25. November 1849 ein eidgenössischer Postvertrag mit Frankreich, welcher die regelmässige, periodische Uebermittlung der Korrespondenzen, Zeitungen und Drucksachen aller Art näher zu regeln bezweckt und gegenwärtig noch in Kraft ist. Hinsichtlich der Brieftaxen hat derselbe folgende Grundsätze festgestellt: Als einfache Briefe sind diejenigen zu betrachten, deren Gewicht 7½ Gramme nicht übersteigt; Briefe über 7½ bis 15 Gramme einschliesslich bezahlen zweifaches Porto; Briefe von 15 bis 22½ Gramme einschliesslich bezahlen dreifaches Porto, und so fort von 7½ zu 7½ Grammen ein einfaches Porto mehr. Gewöhnliche, d. h. nicht chargirte Briefe können nach Belieben des Aufgebers frankirt oder nicht frankirt werden. Die Portotaxe solcher Briefe, welche von einem Staate nach dem andern bestimmt sind, darf weder in der Schweiz noch in Frankreich und Algerien die Durchschnittssumme von 40 Centimes für den einfachen Brief übersteigen. Die französische Postverwaltung vergütet der schweizerischen für den einfachen Brief, dessen Porto in Frankreich und Algerien bezahlt wird, 15 Centimes; die schweizerische Postverwaltung vergütet im umgekehrten Falle 25 Centimes. Ausnahmsweise darf, wenn die Entfernung in gerader Linie zwischen dem absendenden und dem empfangenden Bureau nicht mehr als 30 Kilometer beträgt, das Porto gewöhnlicher Briefe in keinem der beiden Länder die Durchschnittssumme von 20 Centimes für den einfachen Brief übersteigen, wovon jeder der beiden Postverwaltungen die Hälfte zukömmt. Die beiden Staatsregierungen verpflichten sich gegenseitig, einander für die über das Gebiet jedes Staates durchgehenden Korrespondenzen den Transit in geschlossenen Briefpaketen zu gestatten, wofür jede Postverwaltung der andern 10 Centimes auf jedes Kilometer in gerader Richtung vom Eintritte bis zum Ausgangspunkte des fremden Gebietes und auf je ein Kilogramm Nettogewicht von Briefen, 1 Centime aber für je ein Kilogramm von Zeitungen und Drucksachen vergütet. Die französische Postverwaltung darf in Basel ein besonderes Bureau halten, welches die Korrespondenzen sowohl mit der schweizerischen als auch mit jenen auswärtigen Postverwaltungen, denen die eidgenössischen Posten zur Vermittlung dienen, auszuwechseln hat. Die Angestellten dieses Bureau sind den Gesetzen und Polizeibestimmungen des Kantons Basel-Stadt unterworfen, dürfen jedoch unter keinerlei Vorwand mit Steuern, Abgaben oder anderweitigen Leistungen belastet werden.

Auch mit Oesterreich war bereits im Jahr 1849 ein Postvertrag abgeschlossen worden. Nachdem indessen in der Zwischenzeit der deutsch-österreichische Postverein sich gebildet hatte, so kam am 23. April 1852 zu Lindau eine neue Uebereinkunft mit demselben zu Stande, welche nachher von allen Betheiligten genehmigt wurde. Die contrahirenden Postverwaltungen verpflichteten sich, die Brief- und Fahrpostsendungen regelmässig mit einander auszuwechseln, zu Beförderung derselben die schnellsten Transportmittel, welche ihnen zu Gebote stehen, zu benutzen und sich gegenseitig auch die über die beiderseitigen Postgebiete hinausgehenden Sendungen zuzuführen, soweit solche nicht durch Ueberlieferung an andere Posten eine mehr beschleunigte Beförderung erhalten. Die beiderseitigen Brieftaxen sollen von den im Vertrage bezeichneten Gränzpunkten ab nach der Entfernung in gerader Linie bemessen werden und für den einfachen Brief (bis auf 15 Grammen) betragen: a. in deutsch-österreichischem Vereinsporto bis auf 10 geographische Meilen 3 Kreuzer Conventionsmünze oder rheinisch, oder 1 Silbergroschen, je nach der Landeswährung, — von 10 bis 20 Meilen 6 Kreuzer oder 2 Silbergroschen, über 20 Meilen 9 Kreuzer oder 3 Silbergroschen; b. an schweizerischem Porto bis auf 10 Meilen 10 Centimes, über 10 Meilen 20 Centimes. Jede Ermässigung, welche der eine oder andere der contrahirenden Theile in Zukunft in seinen Briefportotarifen einzuführen beschliessen sollte, soll unter Festhaltung der Reciprocität auch auf die wechselseitige Korrespondenz Anwendung finden. Als Ausnahme von den vorstehenden Bestimmungen wird zur Erleichterung des Gränzverkehres das Gesammtporto zwischen Gränzorten (bis auf 5 Meilen Entfernung) auf 3 Kreuzer oder 10 Centimes für den einfachen Brief festgesetzt und der Bezug dieses Porto der absendenden Postverwaltung ausschliesslich zugestanden. Die Korrespondenzen, welche zwischen den beiderseitigen

Postgebieten gewechselt werden, können nach dem Willen der Absender entweder unfrankirt, oder bis zum Bestimmungsort frankirt abgeschickt werden. Die Transitgebühren werden folgendermassen geregelt: 1) Die deutsch-österreichischen Postverwaltungen gewähren der schweizerischen den Transit geschlossener Briefpakete aus einem Theile der Schweiz nach dem andern durch das Gebiet des Vereins gegen eine Vergütung von $^1/_2$ Kreuzer per Loth auf die Meile bis zu einem Maximum von 2 Kreuzern. 2) Die schweizerische Postverwaltung dagegen gewährt den deutsch-österreichischen den Transit geschlossener Briefpakate aus einem Theile des Vereinsgebietes nach dem andern durch die Schweiz gegen eine Vergütung von $^1/_3$ Kreuzer per Loth auf die Meile; höchstens aber sollen auf eine Transitstrecke bis zu 10 Meilen 2 Kreuzer, über 10 Meilen 3 Kreuzer vergütet werden. 3) Die ausserdem transitirenden Korrespondenzen müssen gegenseitig stückweise ausgeliefert werden und es finden für Berechnung des Transitporto's, sowie der beiderseitigen Antheile an demselben die für die wechselseitige Korrespondenz angenommenen Taxbestimmungen Anwendung. — Auf Grundlage dieser Uebereinkunft wurden dann noch Specialverträge abgeschlossen mit Oesterreich, Baiern, Würtemberg, Baden, sowie mit dem Fürsten von Thurn und Taxis als Inhaber der Posten in den hessischen Staaten, in Nassau, den sächsischen Herzogthümern, den schwarzburgischen, reussischen und lippeschen Fürstenthümern und den freien Städten Frankfurt, Bremen, Hamburg und Lübeck.*)

Bei den grossen Fortschritten, welche das Postwesen seit der Epoche der Einführung unserer Bundesverfassung allenthalben gemacht hat, war die Schweiz in den letzten Jahren eifrig bemüht, ältere Postverträge, welche noch aus jener Zeit datiren, einer Revision zu unterwerfen. Die erste Frucht dieser Bestrebungen war der Postvertrag mit dem Königreiche Italien, welcher unterm 16. December 1861 zu Turin vereinbart worden ist. Auch mit diesem Lande soll eine regelmässige, periodische Uebermittlung von Briefen, Waarenmustern und Drucksachen aller Art stattfinden. Die Kosten der zu diesem Behufe bestehenden oder noch zu erstellenden Kurseinrichtungen werden von den beiden Postverwaltungen nach Massgabe der auf ihren betreffenden Gebieten zurückgelegten Entfernung getragen; jedoch wird ausnahmsweise die schweizerische

*) Amtl. Samml. IV. 129—191, 331—338. V. 93—117.

Postverwaltung den Transport bis nach Arona, Camerlata, Chiavenna, Colico, Tirano, Luino, die italienische den Transport bis nach Locarno und Magadino gänzlich auf eigene Kosten besorgen. Die beiden Postverwaltungen können, neben den zwischen ihnen direkte ausgewechselten Korrespondenzen, andere durch Vermittlung der französischen Posten einander zusenden; die italienische Postverwaltung bezahlt die an Frankreich hiefür zu bezahlende Transitgebühr und die schweizerische vergütet ihr die Hälfte davon zurück. Sollte in Zukunft die schweizerische Postverwaltung von Frankreich günstigere Bedingungen erhalten, so hat sie die Transitgebühr zu bezahlen. Gewöhnliche, d. h. nicht chargirte Briefe und Waarenmuster können nach Belieben der Aufgeber frankirt oder nicht frankirt werden. Für einen frankirten Brief aus der Schweiz nach Italien oder aus Italien nach der Schweiz beträgt das einfache Porto (bis auf 10 Grammen Gewicht) 30 Centimes; für einen unfrankirten Brief 40 Centimes. Ausnahmsweise wird die Taxe eines frankirten Briefes auf 10, eines unfrankirten auf 20 Centimes reducirt, wenn das Aufgabebureau und der Bestimmungsort nicht mehr als 45 Kilometer von einem Gränzorte entfernt sind. Der Ertrag sämmtlicher Korrespondenzen, welche aus einem Lande ins andere gehen, wird zwischen den beiden Postverwaltungen gleichgetheilt. Die beiden contrahirenden Regierungen verpflichten sich, einander den Transit der Korrespondenzen nach andern Ländern über ihr Gebiet in geschlossenen Briefpaketen zu bewilligen gegen eine Vergütung von 20 Centimes für 30 Gramme Briefe, von 5 Centimes für 30 Gramme Waarenmuster und von 20 Centimes für 1 Kilogramm Drucksachen. Die geschlossenen Briefpakete, welche die italienische Postverwaltung zwischen ihren eigenen Bureaux über schweizerisches oder die schweizerische über italienisches Gebiet auszuwechseln wünscht, werden von der andern Postverwaltung kostenfrei befördert. Durch Vermittlung der betreffenden Postbureaux können mittelst Mandaten, welche durch diese Bureaux auszubezahlen sind, Geldsummen von einem der beiden Länder in das andere übermacht werden, und zwar innert den durch die beiden Verwaltungen festzusetzenden Gränzen. Die beiden Postverwaltungen sind für den Betrag der auf ihren betreffenden Bureaux aufgegebenen Summen verantwortlich, und zwar sogar in Fällen höherer Gewalt.*)

*) Amtl. Samml. VII. 183—209.

Der in Kraft bestehende Postvertrag mit Belgien, welcher in Bern am 17. December 1862 (gleichzeitig mit dem Niederlassungs- und Handelsvertrage) abgeschlossen worden und an die Stelle eines ältern Vertrages von 1849 getreten ist, setzt fest, dass die aus einem Lande ins andere gehenden Briefe, Waarenmuster und Drucksachen in geschlossenen Briefpaketen, durch Vermittlung der französischen oder der deutschen Posten, gemäss den zwischen der Schweiz und Belgien einerseits, Frankreich und Deutschland anderseits bestehenden Verträgen befördert werden sollen. Die Transportkosten werden von den beiden Postverwaltungen zu gleichen Theilen getragen; sie sollen von derjenigen Verwaltung, welche von den zwischenliegenden Staaten die günstigern Bedingungen erlangt, bezahlt und von der andern zur Hälfte rückvergütet werden. Gewöhnliche, d. h. nicht chargirte Briefe aus der Schweiz nach Belgien und umgekehrt können nach Belieben des Aufgebers frankirt oder nicht frankirt werden. Die Taxe für den einfachen Brief (bis auf 10 Gramme Gewicht) ist festgesetzt: a. bei den durch Frankreich beförderten Briefen auf 40 Centimes, b. bei den durch Deutschland beförderten frankirten Briefen auf 30 und bei den unfrankirten auf 40 Centimes. Die beiden contrahirenden Theile verpflichten sich, einander den Transit geschlossener Briefpakete über ihr Gebiet nach andern Ländern zu gestatten gegen Vergütung von 6 Fr. 66 Cent. für ein Kilogramm Briefe und von 33 Centimes für ein Kilogramm Drucksachen oder Waarenmuster.*)

Endlich ist noch unterm 29. Juli 1863, ebenfalls in Revision eines ältern Vertrages von 1850, ein neuer Postvertrag mit Spanien vereinbart worden, welcher folgende wesentliche Bestimmungen enthält: Gewöhnliche, d. h. nicht chargirte Briefe, welche aus der Schweiz nach Spanien (mit Inbegriff der Balearischen und Canarischen Inseln, sowie der spanischen Besitzungen an der Nordküste Afrika's) und aus Spanien nach der Schweiz gehen, können nach Belieben des Aufgebers frankirt oder unfrankirt versandt werden. Das Porto der einfachen Briefe (bis auf $7\frac{1}{2}$ Gramme Gewicht) wird festgesetzt auf 80 Centimes für den frankirten und 1 Franken für den unfrankirten Brief. Jeder Postverwaltung fallen — im Gegensatze zu andern Verträgen, die eine periodische Abrechnung festsetzen — alle diejenigen Taxen ungeschmälert zu, welche auf ihrem

*) Amtl. Samml. VII. 427—448.

Gebiete bezogen werden. Die Korrespondenzen, welche zwischen den beiden Postverwaltungen ausgewechselt werden, sind in geschlossenen Briefpaketen durch Vermittlung der französischen Posten zu versenden, nach Massgabe der auf beiden Seiten mit Frankreich bestehenden Verträge. Der Transitporto soll von derjenigen Postverwaltung entrichtet werden, welche von Frankreich die vortheilhaftern Bedingungen erlangt hat, für einmal also von der spanischen, wogegen ihr von der schweizerischen dasjenige Betreffniss zurückerstattet wird, welches sie nach Massgabe ihrer Ueberlieferungen zu tragen hat. Beide Theile verpflichten sich, einander den Transit geschlossener Briefpakete nach andern Ländern zu gestatten, und zwar zum Preise von $2^{6}/_{10}$ Centimes per Kilogramm für die Briefe und von $^{17}/_{10.000}$ Franken per Kilogramm für Drucksachen, für jeden von dem Briefpaket in gerader Linie durchlaufenen Kilometer.*)

§ 2. Telegraphenwesen.

Wenn schon die Natur des Postverkehres es mit sich bringt, dass derselbe über verschiedene Länder sich erstreckt, welche über die dabei zu beobachtenden Grundsätze sich verständigen müssen, so ist diess noch in höherem Masse der Fall bei dem, durch den elektrischen Telegraphen vermittelten Verkehre, welcher entfernte Gebiete in noch direktere Beziehung zu einander setzt. Die Schweiz hat mit Rücksicht auf die telegraphische Korrespondenz Verträge abgeschlossen mit zwei Gruppen von Staaten, einer westlichen und einer östlichen, welche bis dahin noch nicht zur Bildung eines allgemeinen Telegraphenvereins, wie sie im Interesse des europäischen Verkehres läge, sich haben verständigen können.

Die westliche Staatengruppe besteht aus Frankreich, Italien, Spanien, Belgien und den Niederlanden, welche unterm 1. September 1858 in Bern einen allgemeinen Vertrag über die telegraphische Korrespondenz unter sich und mit der Schweiz abgeschlossen haben.**) Derselbe enthält in nicht weniger als 44 Artikeln nähere Vorschriften für den gesammten Telegraphendienst; wir glauben aber um so weniger auf das Detail dieser Bestimmungen uns einlassen zu sollen, als eine Revision des Vertrages bereits in Aussicht genommen ist und durch den neuesten Specialvertrag mit

*) Bundesbl. 1863 III. 911—919. 1864 I. 65.

**) Amtl. Samml. VI. 155—199, 351—354, 457—460.

Frankreich vom 1. December 1863 *) jedenfalls der wichtigste Theil desselben, welcher sich auf die Taxen bezieht, schon eine wesentliche Aenderung erlitten hat. Durch diesen Specialvertrag wird nämlich eine Einheitstaxe aufgestellt, welche für alle zwischen der Schweiz und Frankreich gewechselten einfachen Telegramme (bis auf 20 Worte) 3 Fr. beträgt, während nach dem allgemeinen Vertrage, welcher gegenüber den andern beigetretenen Staaten immer noch Gültigkeit hat, die Entfernung zwischen dem versendenden und dem empfangenden Bureau in Kilometern berechnet und je nach der Zahl derselben verschiedene, progressiv-steigende Taxen bezogen werden sollen. — Hinsichtlich des telegraphischen Verkehres zwischen den Gränzbureaux bestehen noch ältere Specialverträge mit Italien und Frankreich vom 2. September und 14. December 1858.**) Nach denselben soll ein Telegramm, welches in gerader Linie von einem Bureau zum andern nicht mehr als 50 (bei Frankreich) oder 60 Kilometer (bei Italien) zu durchlaufen hat, nur 1 Fr. 50 Cent. kosten.

Die andere Staatengruppe, mit welcher die Schweiz in Vertragsverhältnissen steht, ist der deutsch-österreichische Telegraphenverein, der unsere nördlichen und östlichen Nachbarländer umfasst. Auch mit diesem Vereine ist unterm 26. Oktober 1858 zu Friedrichshafen ein ausführlicher Staatsvertrag abgeschlossen worden, welcher den gesammten telegraphischen Verkehr zwischen den betheiligten Ländern regulirt; die Taxen aber sind durch eine nachträgliche Uebereinkunft, welche am 1. November 1863 in Bregenz mit dem gesammten Vereine zu Stande kam, wesentlich ermässigt worden. Ist es auch noch nicht gelungen, die deutschen Staaten zur Annahme einer einheitlichen Taxe zu bewegen, wie Frankreich sie zugestanden hat, so sind doch nun die früheren 10 Zonen auf 4 reducirt worden, nämlich I. bis auf 10 geographische Meilen (resp. für die Schweiz 100 Kilometer), II. über 10 bis 45, III. über 45 bis 100, IV. über 100 Meilen. Ein Telegramm bis auf 20 Worte bezahlt in der ersten Zone 1 Fr., in der zweiten 2 Fr., in der dritten 3 Fr., in der vierten 4 Fr. In einem Specialvertrage mit Baiern, welcher ebenfalls in Bregenz verabredet wurde, ist sodann für alle Telegramme, welche von einem baierischen nach einem schweizerischen Bureau und umgekehrt gehen, eine gleichmässige Taxe von 2 Fr.

*) Amtl. Samml. VIII. 8—12.

**) Amtl. Samml. VI. 196—202.

festgesetzt worden; ausgenommen sind bloss Telegramme, welche nicht mehr als 5 Meilen oder $7^3/_4$ Schweizerstunden zurückzulegen haben, indem diese nicht mehr als 1 Fr. bezahlen sollen. Die nämlichen Bestimmungen bestehen gegenüber Würtemberg und Baden bereits in Folge von Specialverträgen vom 27. und 30. Oktober 1858. Mit Oesterreich besteht ein Specialvertrag bloss in Betreff des Gränzverkehres, indem hier von einem Telegramm, welches nicht mehr als 10 Meilen oder $15^1/_2$ Schweizerstunden zurücklegt, 1 Fr. bezogen wird. Dabei ist immer verstanden, dass jedem bei einem solchen Specialvertrage betheiligten Staate die Hälfte der erhobenen Gebühren zufällt, während nach dem allgemeinen Vertrage von 1858 (Art. 37) jede der contrahirenden Regierungen der andern diejenigen Gebührenantheile vergütet, welche für Rechnung der letztern wegen der Beförderung sowohl über deren eigenes Gebiet als über dasselbe hinaus erhoben worden sind.*)

Bei der verhältnissmässigen Neuheit der telegraphischen Einrichtungen lässt sich annehmen, dass dieselben noch mancher weitern Entwickelung und Vervollkommnung in der Zukunft fähig sind. Wie sich bei den Verträgen, welche unmittelbar nach der ersten Erstellung unseres Telegraphennetzes abgeschlossen wurden, das Bedürfniss einer Revision schon nach kurzer Dauer ihres Bestandes herausgestellt hat, so stehen ohne Zweifel auch den jetzt geltenden Vertragsbestimmungen wieder baldige wesentliche Aenderungen bevor. Es liegt in der Natur der Sache, dass Post- und Telegraphenverträge nicht diejenige Stabilität für sich in Anspruch nehmen können, welche bei andern Staatsverträgen bis zu einem gewissen Masse als wünschenswerth erscheint.

Neuntes Kapitel.

Unterstützungen in Krankheits- und Todesfällen.

Oft tritt, seitdem das Reisen so wesentlich erleichtert worden ist, der Fall ein, dass ein dürftiger Angehöriger eines Staates in einem andern Staate krank wird und stirbt. Die Humanität erfordert alsdann, dass die Behörden oder wohlthätigen Anstalten des Ortes,

*) Amtl. Samml. VI. 244—276. VIII. 41—71.

wo dieser Fall eingetreten ist, für die Verpflegung, beziehungsweise die Beerdigung des erkrankten oder plötzlich verstorbenen Ausländers sorgen. Wollen nachher bei den heimathlichen Behörden desselben die darauf verwendeten Kosten zurückgefordert werden, so entstehen leicht unangenehme und langwierige Korrespondenzen; daher erscheint es als zweckmässig, die Frage, ob solche Kosten zurückzuvergüten seien, auf dem Wege der Uebereinkunft ein für allemal zu regeln. Die Schweiz hat solche Uebereinkünfte mit mehrern auswärtigen Staaten in verschiedenem Sinne, bald in förmlicher Weise, bald nur im Korrespondenzwege abgeschlossen.

Der Grundsatz, dass die Verpflegungs- und Beerdigungskosten der beiderseitigen Angehörigen bei den heimathlichen Behörden nicht zurückgefordert werden sollen, findet sich förmlich ausgesprochen in den, zwischen den Königreichen Preussen und Baiern einerseits und dem Bundesrathe Namens einer Mehrzahl von Kantonen anderseits im Jahr 1862 ausgewechselten Erklärungen, welche folgende Bestimmungen enthalten:

»1) Jede der contrahirenden Regierungen verpflichtet sich, dafür zu sorgen, dass in ihrem Gebiete denjenigen hülfsbedürftigen Angehörigen des andern contrahirenden Theiles, welche der Kur und Verpflegung benöthigt sind, diese nach denselben Grundsätzen wie bei eigenen Staatsangehörigen bis dahin zu Theil werde, wo ihre Rückkehr in den Heimathstaat ohne Nachtheil für ihre oder Anderer Gesundheit geschehen kann.

»2) Ein Ersatz der hierbei oder durch die Beerdigung erwachsenen Kosten kann gegen die Staats-, Gemeinde- oder andere öffentliche Kassen desjenigen Staates, welchem der Hülfsbedürftige angehört, nicht beansprucht werden.

»3) Für den Fall, dass der Hülfsbedürftige oder dass andere privatrechtlich Verpflichtete zum Ersatz der Kosten im Stande sind, bleiben die Ansprüche an Letztere vorbehalten.

»Die contrahirenden Regierungen sichern sich auch wechselseitig zu, auf Antrag der betreffenden Behörde die nach der Landesgesetzgebung zulässige Hülfe zu leisten, damit Denjenigen, welche die Kosten bestritten haben, diese nach billigen Ansätzen erstattet werden.«

Diesen Verkommnissen sind folgende Kantone nicht beigetreten:

a. demjenigen mit Preussen Uri, Obwalden, Zug, Freiburg, Basel-Stadt, Schaffhausen, Thurgau und Genf;

b. demjenigen mit Baiern die nämlichen Kantone nebst Appenzell-Ausserrhoden und St. Gallen.*)

Bloss auf dem Korrespondenzwege hat der Bundesrath auch mit den Königreichen Belgien und Italien die Vereinbarung getroffen, dass die beiderseitigen Angehörigen unentgeldlich verpflegt werden sollen, soferne weder die Erkrankten selbst noch ihre Familien im Stande sind, die betreffenden Kosten zu tragen.**)

Auf dem entgegengesetzten Princip, dass nämlich die Verpflegungs- und Beerdigungskosten von den heimathlichen Behörden zurückvergütet werden sollen, beruht die Uebereinkunft mit Würtemberg vom 20./24. Oktober 1860, welche Folgendes vorschreibt:

»1) Unterstützungen, welche in plötzlichen Erkrankungs- oder Unglücksfällen an schweizerische Angehörige im Königreich Würtemberg, oder umgekehrt an Angehörige des würtembergischen Staates in der Schweiz aus öffentlichen Kassen oder in öffentlichen Anstalten geleistet worden sind, sollen wechselseitig vergütet werden.

»2) In jedem vorkommenden Unterstützungsfalle soll die Heimathsbehörde des Unterstützten auf dem Wege direkter Korrespondenz von Gemeinde zu Gemeinde von der geleisteten Unterstützung sofort benachrichtigt werden.«

Dieser Uebereinkunft sind alle Kantone beigetreten mit Ausnahme von Uri, Schwyz, Unterwalden, Graubünden und Tessin.***)

Oesterreich endlich hat den schweizerischen Kantonen zwischen den beiden Systemen, immerhin im Sinne der Reciprocität, die Wahl gelassen. Für Vergütung der Verpflegungskosten in Fällen, wo am Verpflegungsorte keine öffentliche Krankenanstalten bestehen, haben sich ausgesprochen die Kantone Zürich, Bern, Luzern,

*) Amtl. Samml. VII. 114—116, 182, 344—346. Kaiser, Sammlung IV. 518—519.

**) Kreisschreiben vom 25. Januar und 6. Juni 1856. Kaiser, Sammlung IV. 523.

***) Amtl. Samml. VI. 611—613. Kaiser, Sammlung IV. 516—517. Der Beitritt des Kantons Zug wird erwähnt in der von der Bundeskanzlei herausgegebenen »Zusammenstellung der Uebereinkünfte zwischen Kantonen und auswärtigen Staatsregierungen.«

Obwalden, Glarus, Freiburg, Solothurn, Schaffhausen, Appenzell A. Rh., St. Gallen, Aargau, Thurgau und Wallis; für unentgeldliche Verpflegung hingegen die Kantone Schwyz, Zug, Graubünden, Tessin, Waadt, Neuenburg und Genf.*)

*) Kaiser, Samml. IV. 523—524.

Alphabetisches Register.

Die römische Ziffer bedeutet den Band, die arabische die Seitenzahl.

A

Aargau, Wirren von 1841 u. Klosterfrage I. 102 ff.
Abzugsrechte I. 308 ff., II. 255 ff.
Amnestie II. 31.
Amtlicher Verkehr mit dem Auslande I. 169 ff.
Anleihen, eidgenössisches I. 514.
Annahme der Bundesverfassung I. 136—137.
Anschlussverhältnisse der Eisenbahnen I. 411 ff.
Ansprachen, persönliche I. 283 ff.
Arbeitervereine, deutsche I. 465.
Arrestlegung I. 288—289.
Assisen, eidgen. II. 66, 69 ff.
Assisenbezirke II. 65.
Asylrecht I. 469.
Aufenthalter I. 247.
Ausfuhrzölle I. 522.
Auslieferung der Verbrecher I. 207 ff., II. 278 ff.
Ausnahmsgerichte I. 295 ff.
Ausstellungen für Industrie und Landwirthschaft I. 446—447.
Austritt der Bundesrichter II. 57.
Auswanderungswesen I. 447.
Autorrecht II. 166 ff., 265.
Axenstrasse I. 421 ff.

B

Baden (Grossherzogth.), Staatsverträge II. 238—239, 251—252, 254, 259—261, 264—265, 267—268, 275, 278 ff., 293 ff., 302, 307.
Baiern, Staatsverträge II. 239, 256, 267—268, 279 ff., 302, 307, 308.
Basel, Wirren im Kanton I. 61 ff.
Basel, Trennung des Kantons I. 70.
Begnadigungen II. 30—31.
Belgien, Staatsverträge II. 232, 249—251, 254, 261, 270, 279 ff., 304, 305, 309.
Bern, Verfassungsänderung v. 1846 I. 111.
Berner Pressgesetz I. 267 ff.
Bisang'scher Rekursfall I. 258. Vorrede S. IX.
Bise, Rekursfall II. Vorrede S. VI.
Brasilien, Konsularvertrag II. 235.
Brünigstrasse I. 422.
Bünde, die alten eidgen. I. 7—10.
Bündnisse unter den Kantonen I. 161—162.
– mit dem Auslande I. 164.
Bürgerrecht, schweizerisches I. 249 ff.
Bürgerrechtsertheilung an Ausländer I. 472 ff.
Bundesbeamte II. 44 ff.
Bundesentwürfe v. 1832 u. 1833 I. 71 ff.
Bundesgericht II. 51 ff., 96.
Bundesgesetzgebung I. 38 ff., II. 20, 26 ff.
Bundesheer I. 99, 483 ff.
Bundeskanzlei II. 41 ff.
Bundeskasse I. 511—512, II. 95.
Bundesrath II. 34 ff.
Bundesreform v. J. 1848 I. 127 ff.
Bundesrevision, Bestimmungen über II. 106 ff.
Bundesstaat I. 142.
Bundesstadt II. 92 ff.
Bundesstrafrecht I. 275—276, II. 71 ff.
Bundesversammlung II. 19 ff.
Bundesvertrag von 1815 I. 49 ff.

C

Cautionen im Civilprozess I. 224, II. 270.
– von Zeitungen I. 273 ff.

Census I. 25.
Chablais, Handels- und Militärstrasse II. 223.
Châtelain-Fond I. 517.
Civilprozess, eidgen. II. 62.
Civilurtheile I. 290—291, II. 275 ff.
Consumogebühren I. 337 ff.
Conversionen II. 195.
Cottier'sche Erbschaftsfrage II. 147.
Cultusfreiheit I. 252 ff.

D

Dappenthal II. 208 ff.
Darlehen aus den eidgen. Fonds I. 512.
Departemente des Bundesrathes II. 39 ff.
Dessingy, Rekursfall I. 311.
Disciplinarstrafen I. 335, 368, 524, II. 78—79.
Domicilium I. 286.
Doppelbesteuerung I. 213.
Dupré, Mad., Rekursfall II. 85 ff.
Durchfuhrzölle I. 523.

E

Effekten des Falliten II. 171 ff.
Eheeinsegnungen II. 154 ff., 260.
Ehen, gemischte I. 55, 255 ff., II. 60.
Ehescheidungen der schweiz. Niedergelassenen I. 217, II. 149 ff.
Eheverkommnisse II. 142 ff.
Eidgenössische Versammlung I. 44.
Eigenthum, Verträge mit dem Auslande II. 261 ff.
- geistiges, s. Autorrecht.
Einfuhrzölle I. 518 ff.
Einheirathungsgebühren I. 127, 221.
Eisenbahnwesen I. 388 ff., II. 292 ff.
Entstehung d. Eidgenossenschaft I. 5—7.
Epavenrecht II. 264.
Erbrecht I. 56, 225, II. 132 ff., 273.
Expropriationen I. 389 ff., II. 59—60.

F

Faustpfand an Forderungen II. 175.
Feiertagspolizei I. 262 ff.
Flössordnungen I. 301, 336.
Flusskorrektionen I. 414 ff.
Forum contractus II. 271.
- domicilii, s. Gerichtsstand des Wohnortes.
- originis II. 121 ff., 271 ff.
- prorogatum II. 57, 64.
- rei sitae I. 283, II. 271.
Frankreich, Staatsverträge II. 240 ff., 253, 265—266, 267, 269, 271—274, 275—276, 278 ff., 290, 300, 305—306.
Frauengut II. 145.
Freiburger Kontributionsfrage I. 310.
Freischaarenzüge gegen Luzern I. 100 ff.
Freizügigkeit I. 308 ff., II. 255 ff.
Fremdenpolizei I. 463 ff.
Furkastrasse I. 421 ff.

G

Garantie der Verfassungen I. 148 ff.
Garantien, politische (Bundesgesetz) II. 75, 82—84, 94 ff.
Gebietserweiterung der Eidgenossenschaft II. 201 ff.
Gebirgsstrassen I. 420 ff.
Geduldete, s. Tolerirte.
Gegenforderung I. 285.
Geistliche, Ausschluss vom Nationalrathe II. 9.
- evangel., Zulassung zum Kirchendienste II. 197.
Geldkontingente I. 529 ff.
Geldscala I. 532—533.
Genf, Revolution von 1846 I. 114.
- Vergrösserung des Kantons im Jahr 1815 II. 202 ff.
Genfer Flüchtlingsangelegenheit I. 466 ff.
Gerichtsstand bei Erbschaftsklagen I. Vorrede S. X. II. 271 ff.
- bei Injurienklagen Vorreden zum I. und II. Bande.
- bei Paternitätsklagen I. 292.
- des Wohnortes I. 281 ff., II. 271 ff.
Gersau, Genossenstreit I. 316.
Gesandte, schweizerische II. 47—48.
Geschäftsverkehr der eidgen. Räthe I. 25 ff.
Gesundheitspolizei I. 474 ff., II. 180 ff., 193 ff.
Glarus, Verfassungsänderung v. J. 1837 I. 93.
- Unterstützung beim Brandunglück I. 448.
Gleichstellung der Bürger anderer Kantone I. 220 ff.
Goldmünzen I. 375 ff.
Gränzbereinigungen II. 210.
Gränzgebühren, eidgen. I. 40, 54, 126, 511.
Gränzverkehr II. 238 ff.
Graubünden, Portens- und Ruttnerrechte I. 345.
- Strassennetz I. 424 ff.

Grenus-Invalidenfond I. 517.
Grenus-Stürler, Rekursfälle I. 293 ff.
Grossbrittannien, Staatsvertrag II. 231, 248—249, 254, 259, 262, 277.
Grübler'scher Rekursfall I. 211.
Grütliverein I. 158, 277—278.
Guex-Perey'scher Rekursfall II. 130.
Guggenheim'scher Rekursfall II. 139 ff.

H

Handelskonsulate I. 53, II. 48 ff., 233 ff.
Handelsverträge II. 228 ff.
Handfeuerwaffen I. 506.
Hausrecht II. 277.
Heimathlose I. 149 ff.
Heimathrecht der Ehefrau II. 153 ff.
Heimathscheine II. 165.
Heimfallsrechte, siehe Freizügigkeit.
Heizmann'scher Rekursfall I. 231.
Helvetik I. 18 ff.
Heschikofen, Rekursfall I. 322.
Holzausfuhrgebühren I. 335.
Hüningen, Festungswerke II. 225.

I

Jagdrecht I. 225, 313.
Jesuiten I. 106 ff., 117, 444 ff.
Infanterie-Offiziere I. 502.
Injurienklagen, s. Gerichtsstand.
Instruktoren I. 503.
Internirung I. 466 ff., 471, II. 214—215.
Interventionen, eidgen. I. 193 ff.
Invalidenfond, s. Pensionsfond.
Israeliten I. 229, 248, 300, II. 241.
Italien, Staatsverträge, siehe Sardinien. Ferner: II. 259, 302, 305—306, 309.
Juragewässer I. 419.

K

Käsli'scher Rekursfall I. 159.
Kamenzind'scher Rekursfall I. 259 ff.
Kantonalsouveränetät I. 143.
Kantonsverfassungen, s. Verfassungen.
Kanzlei, eidgenössische I. 36, 51.
Kassationsgericht, eidgen. II. 65, 71, 81, 97.
Kirchliche Verhältnisse I. 167, 254—255, II. 195 ff.
Kneubühler'scher Rekursfall I. 275.
Kompetenzkonflikte zwischen Bundes und Kantonalbehörden I. 157 ff., II. 31 ff., 58 ff.
Kompetenzkonflikte zwischen den Kantonen I. 200—201.
Konkordate, eidgen. I. 41—42, 55—56, 86—87, 125—127, 198 ff., 378, 451 ff., II. 115 ff.
Konkursrecht I. 171, II. 145, 170 ff., 266 ff.
Kosten der Bundesrechtspflege II. 63, 68.
Kriegsdienst, fremder I. 172 ff.
Kriegsfond (Kriegskasse) I. 54, 86, 126, 510 ff.
Kriegsrath, eidgen. I. 99.

L

Landammann der Schweiz I. 36 ff.
Landsassen I. 449, 457.
Landwehr I. 508—509.
Lieberherr'sche Angelegenheit I. 199, II. 142 ff.
Liegenschaftenerwerb I. 306, II. 261 ff.
Linthkorrektion I. 41, 384, 414—415.
Litisdenunciat I. 285.
Luzern, Verfassungsänderung v. J. 1841 I. 100—101.
Luzerner Pressgesetze I. 266, 271.

M

Mannschaftscala I. 35, 49, 125, 493 ff.
Mass und Gewicht I. 378 ff.
Merian-Iselin, Rekursfall I. 321.
Militärhoheit I. 146.
Militärkapitulationen I. 179 ff.
Militärorganisation I. 487 ff.
Militärpflichtersatz II. 253 ff.
Militärschule I. 54.
Militärstrafgesetz I. 496 ff.
Militärunterricht I. 500 ff.
Mittheilung der Geburts-, Todes- und Kopulationsscheine II. 161.
Münzwesen I. 40, 369 ff.

N

Nationalrath II. 7 ff.
Nationalrathswahlen II. 10 ff.
Neuenburg, Aufstand v. J. 1831 I. 65.
- Befreiung von preussischer Herrschaft I. 131, 152, II. 204 ff.
Neutralität der Schweiz II. 211 ff.
Niedergelassene, Rechtsverhältnisse der II. 20, 121 ff.
Niederlande, Staatsverträge II. 233, 236, 255, 279 ff., 290, 305.
Niederlassung, freie, der Schweizer I. 39, 227 ff.

Niederlassungsverträge mit dem Auslande II. 240 ff.
Nordamerika, Staatsvertrag II. 231—232, 247—248, 253, 262—263, 274, 279 ff.

O

Oberalpstrasse I. 428 ff.
Oesterreich, Staatsverträge II. 256, 279 ff., 302, 307, 309.
Ohmgelder I. 337 ff.
Orden, auswärtige I. 190 ff.
Oronbahn I. 428 ff.

P

Passwesen II. 189 ff.
Patenttaxen I. 301 ff., II. 237.
Paternitätsklagen I. 222, 284, 292.
Pensionen, auswärtige I. 190 ff.
- eidgenössische I. 499—500.
Pensionsfond I. 126, 517.
Petitionsrecht I. 61, 279 ff.
Politische Rechte der Niedergelassenen I. 238 ff.
Politische Vergehen I. 208, 298, II. 283—284.
Polizeifälle, Stellung der Fehlbaren II. 185 ff.
Polytechnikum, eidgen. I. 435 ff.
Portofreiheit I. 357.
Postentschädigungen I. 358 ff.
Postgeheimniss I. 351, 353—354.
Postregal I. 352 ff.
Posttaxen I. 355 ff.
Postverträge mit dem Auslande II. 299 ff.
Postwesen I. 40, 348 ff., II. 299 ff.
Pressfreiheit I. 61, 264 ff.
Preussen, Verträge II. 237, 255, 257, 308.
Privatbau der Eisenbahnen I. 393.
Provokationsklagen I. 285.
Pulverregal I. 526 ff.
Pury'sches Legat II. 207—208.

R

Rechtsgleichheit I. 217 ff.
Rechtskräftige Urtheile I. 289 ff., II. 275 ff.
Reganelli-Rebaud'scher Rekursfall II. 163.
Rekurse I. 204 ff., II. 21 ff.
Reusskorrektion I. 418.
Revisionsbewegung von 1830 I. 60 ff.
Rheinkorrektion I. 415 ff.
Robadey'scher Rekursfall I. 297.
Rückkauf der Eisenbahnen I. 397.

S

Sachen, gestohlene I. 212, II. 288.
Sachsen, Konkursverkommniss II. 267 ff.
Sardinien, Auslieferungsvertrag II. 279 ff., 290, 291.
- Handelsvertrag II. 228 ff., 244 ff., 253, 292—293.
Sarner Konferenz I. 67.
Savoyen, das neutralisirte II. 215 ff.
Schaffhausen, badische Eisenbahn II. 298.
Scharfschützen I. 501.
Scheidung gemischter Ehen I. 261 ff., II. 60.
Schiedsgerichte, eidgen. I. 51.
Schiessprämien I. 505.
Schifffahrtsverhältnisse I. 342 ff., II. 239—240.
Schmidlin-Ziegler'scher Rekursfall II. 158 ff.
Schoch'sche Erbschaftsfrage II. 147.
Schützenfeste, eidgen. I. 278.
Schulfond, eidgen. I. 517.
Schulrath, eidgen. I. 441.
Schwyz, äussere und innere Bezirke I. 64, 68—69.
- Friedhofstreit I. 315.
Seeabfluss bei Luzern I. 417.
Seerecht, europäisches II. 226.
Sekten I. 251.
Siebnerkonkordat I. 66.
Solothurn, Bahnhoffrage I. 402.
- Volksbewegung von 1841 I. 101.
Sonderbund I. 112 ff.
Sonderbundskrieg I. 116 ff.
Sonderbundskriegskosten I. 513.
Spanien, Verträge II. 304, 305.
Sprachen II. 103 ff.
Staatsverträge mit d. Auslande I. 164 ff., II. 201 ff.
Stab, eidgenössischer I. 488 ff.
Ständerath II. 15 ff.
Stecklikrieg I. 13.
Stempelabgabe von Zeitungen I. 273, Vorrede S. IX.
Steuerbriefe II. 192.
Steuerkonflikte I. 240—243.
St. Gallen, Repräsentationsfrage I. 219.
- Schulfondfrage I. 315, II. 90.
Strafprozess, eidgen. II. 64 ff.
Strafrecht I. 226, 244, II. 182 ff., 277 ff.
Strassen und Brücken 347—348.

T

Tagsatzungen vor 1798 I. 12—17.
Tagsatzung, helvetische I. 23 ff.
- der Mediationszeit I. 35—36.
- die lange I. 46.
- nach dem Bunde von 1815 I. 50 ff.
- constituirende von 1848 I. 133 ff.
Telegraphenwesen I. 364 ff., II. 305 ff.
Tessiner Pressgesetz I. 272.
- Wahlbeschwerden I. 313, 318 ff.
Theilung der Erbschaft II. 137.
Todesurtheile, politische I. 295, 298.
Tolerirte I. 449, 455, 462.
Transportreglemente I. 317—318.
Transportvorrechte I. 341 ff.
Transportwesen der Eisenbahnen I. 413.
Truppen, stehende I. 478 ff.
Turian'scher Rekursfall I. 199.

U

Uebertretungen fiskalischer Bundesgesetze II. 80 ff.
Unabhängigkeit der Schweiz II. 211.
Universalität der Erbschaft II. 147.
- des Konkurses I. 171, II. 172, 268.
Universität, eidgen. I. 430 ff., 443.
Unterstützungen in Krankheits- und Todesfällen II. 307 ff.
Untersuchungsrichter, eidgen. II. 65.
Uri, Kutschertheil I. 344.
- Schiffergesellschaften I. 342.
Urmasse I. 379, 383.

V

Vaganten I. 455, 457, 462.
Verantwortlichkeit II. 97 ff.
Verbannungsstrafen I. 244, II. 186 ff.
Verbot der Selbsthülfe I. 192—193.
Vereinsrecht I. 276 ff.
Verfahren bei der Auslieferung I. 213 ff.
Verfassungen der Kantone I. 148 ff., 309 ff.
Verkehr, freier I. 53, 298 ff.
Verletzung garantirter Rechte I. 201—204.
Vermittelungsakte I. 33 ff.
Vermögen der Eidgenossenschaft I. 515 ff.
Verträge unter den Kantonen I. 161 ff.
Verzicht auf den natürlichen Gerichtsstand I. 287.
Viehwährschaft II. 176 ff.
Viehseuchen II. 180 ff.
Volljährigkeit der Niedergelassenen I. 236—237.
Vollziehung rechtskräftiger Urtheile I. 292 ff.
Vormundschaft der Niedergelassenen I. 246, II. 121 ff.

W

Währschaft, s. Viehwährschaft.
Wahlreglement der Bundesversammlung II. 29—30.
Waldordnungen in Obwalden u. Graubünden I. 306.
Wallis, Wirren von 1839 bis 1844 I. 94, 97—98, 105.
Wehrpflicht I. 479 ff.
Werbverbot I. 184 ff.
Widerklage, s. Gegenforderung.
Wiener Kongress I. 48, II. 201 ff., 211 ff., 215 ff.
Winkelrieddenkmal I. 446.
Wohnsitz, fester I. 283.
Würtemberg, Staatsverträge II. 257, 267—268, 289—290, 302, 307, 309.

Z

Zeugenverhöre in Kriminalfällen II. 182 ff., 289 ff.
Zollwesen I. 40, 52, 54, 126, 131, 324—335, 517 ff., II. 228 ff.
Zonen, zollfreie II. 225.
Zündkapselfabrik I. 507.
Zürich, Revolution von 1839 I. 95 ff.
Zugrechte I. 307.
Zweck des Bundes I. 143.
Zweikammersystem I. 130 ff., II. 2 ff.

Druckfehler.

Seite 137 Zeile 11 von oben lies *zustehe* statt zustehn.
" 164 " 14 von oben lies *Revision* statt Revisionen.
" 268 " 4 von oben lies *ubrigen* statt übrigern.
" 275 " 7 von unten lies *chaque* statt chaqae.
" 302 " 10 von oben lies *Briefpakete* statt Briefpakate.

CPSIA information can be obtained
at www.ICGtesting.com
Printed in the USA
BVHW081427120722
641927BV00008B/412